HEYNE BÜCHER

Das Buch

Zwischen Macht, Magie und Menschlichkeit ist dieser faszinierende Frühzeitroman des Autorenpaares Gear & Gear angesiedelt. Eine geheimnisvolle Totenmaske, die ihrem Träger unumschränkte Macht verleiht, steht im Zentrum der abenteuerlichen Handlung, die um die Zeitenwende in den nordamerikanischen Wäldern spielt. Rivalisierende Indianerclans kämpfen um den Besitz der Maske. Die Häuptlingstochter Sternmuschel und ihre Gefährten haben erkannt, daß der mörderische Kampf um die Macht ihre gesamte Kultur gefährdet. Sie setzen alles daran, die Maske zu vernichten.

Mit einer glaubwürdigen Mischung aus Fiktion und Fakten gelingt es den Autoren, ein lebendiges und farbenreiches Porträt frühen menschlichen Lebens in Amerika zu zeichnen. Eine mitreißende Saga über die Ureinwohner Amerikas, voll tödlicher Verfolgungen, Abenteuer, Überlebenskämpfe und Liebesverstrickungen.

Die Autoren

Kathleen O'Neal, führende Archäologin in den USA, verfaßte bereits über 20 Sachbücher, die sich mit der prähistorischen Geschichte Nordamerikas befassen.

W. Michael Gear studierte Anthropologie an der Colorado State University und arbeitete als Archäologe.

Bereits als Heyne-Taschenbücher erschienen: *Im Zeichen des Wolfes* (01/8796), *Das Volk des Feuers* (01/9084), *Das Volk der Erde* (01/9610), *Das Volk vom Fluß* (01/9947), *Das Volk an der Küste* (01/10338).

GEAR & GEAR

DAS VOLK AN DEN SEEN

Roman

Aus dem Amerikanischen
von Wolfdietrich Müller und Fred Schmitz

WILHELM HEYNE VERLAG
MÜNCHEN

HEYNE ALLGEMEINE REIHE
Nr. 01/10588

Titel der Originalausgabe
PEOPLE OF THE LAKES
erschien im Verlag Tom Doherty Associates, Inc., New York

Umwelthinweis:
Das Buch wurde auf
chlor- und säurefreiem Papier gedruckt.

2. Auflage

Printed in Germany 1998
Umschlagillustration: Royo
Umschlaggestaltung: Atelier Ingrid Schütz, München
Satz: Leingärtner, Nabburg
Druck und Bindung: Elsnerdruck, Berlin

ISBN 3-453-13652-7

Zum Andenken an
George H. Davis
21. August 1921–21. Oktober 1992.
Er liebte Hirsche, Pferde und das Hochland,
vor allem aber liebte er seine Familie und Freunde.
George, wir hoffen, sie haben da oben
ein prasselndes Feuer, eine Büchse scharfen Pfeffer,
einen Teller Speckstreifen und eine Tasse starken Kaffees
für dich bereit, wenn du dort ankommst.
Du fehlst uns.
Wir trinken jetzt auf dich und Shirley …

Das Volk an
den Seen
Norden

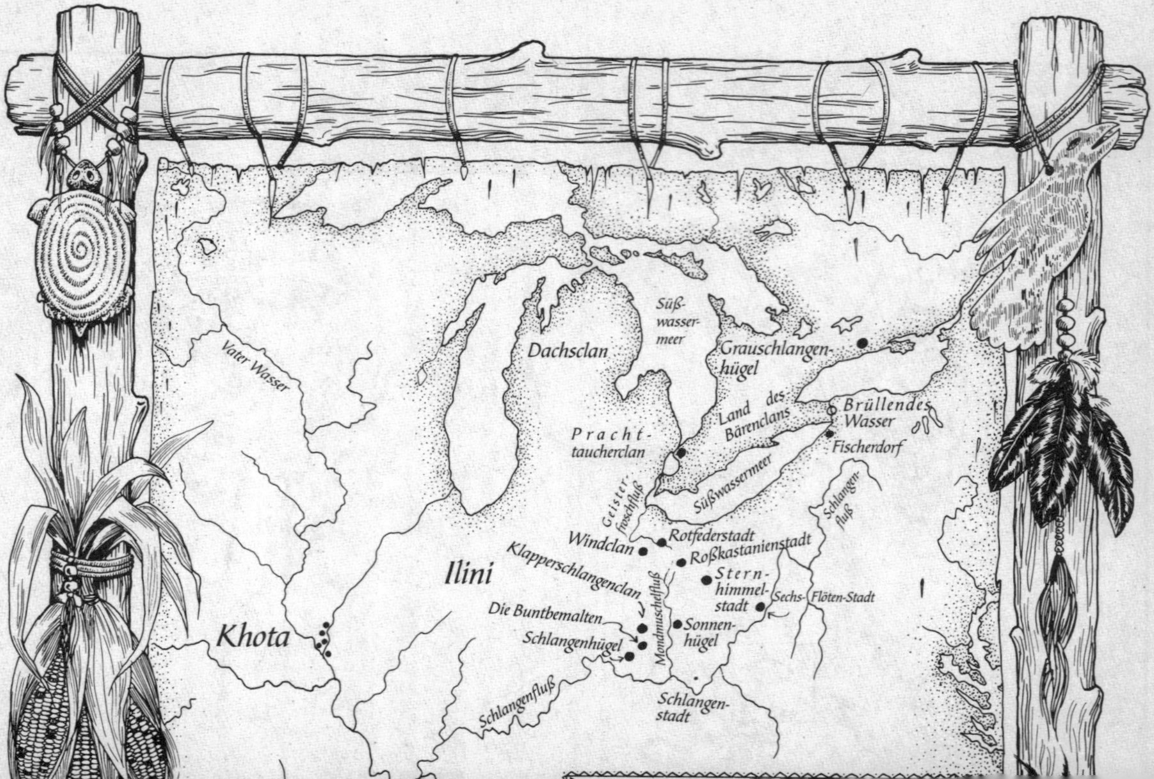
Vater Wasser
Dachsclan
Süß-
wasser-
meer
Grauschlangen-
hügel
Land des
Bärenclans
Brüllendes
Wasser
Fischerdorf
Pracht-
taucherclan
Süßwassermeer
Geister-
froschfluß
Schlangen-
fluß
Windclan
Rotfederstadt
Roßkastanienstadt
Klapperschlangenclan
Ilini
Stern-
himmel-
stadt
Sechs-
Flöten-Stadt
Die Buntbemalten
Schlangenhügel
Mondmuschelfluß
Sonnen-
hügel
Khota
Schlangenfluß
Schlangen-
stadt

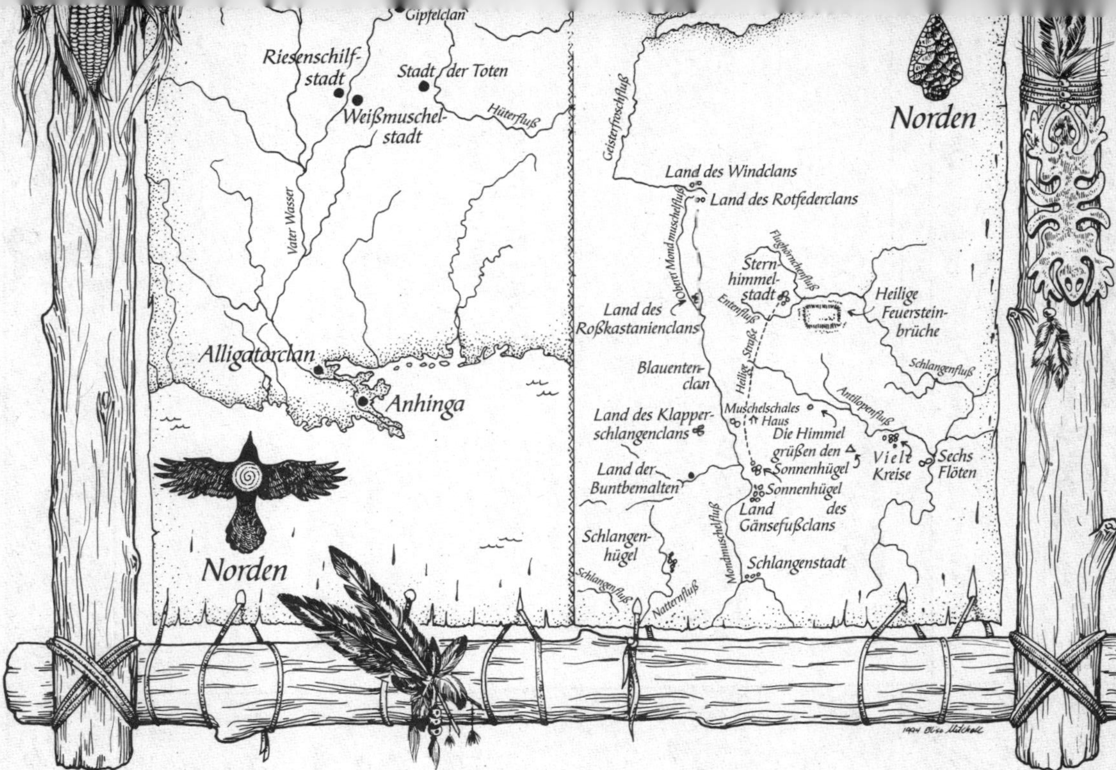
Gipfelclan
Riesenschilf-
stadt
Stadt der Toten
Weißmuschel-
stadt
Hüterfluß
Vater Wasser
Alligatorclan
Anhinga
Norden
Geisterfroschfluß
Norden
Land des Windclans
Land des Rotfederclans
Oberer Mondmuschelfluß
Flughörnchenfluß
Stern-
himmel-
stadt
Entenfluß
Heilige
Feuerstein-
brüche
Land des
Roßkastanienclans
Heilige Straße
Schlangenfluß
Blauenten-
clan
Antilopenfluß
Muschelschales
Haus
Land des Klapper-
schlangenclans
Die Himmel
grüßen den
Sonnenhügel
Viele
Kreise
Sechs
Flöten
Land der
Buntbemalten
Sonnenhügel
Land des
Gänsefußclans
Schlangen-
hügel
Mondmuschelfluß
Schlangenstadt
Schlangenfluß
Natternfluß
1994 Olsa Mitchell

13 000 v. Chr. | 10 000 v. Chr. | 5000 v. Chr.

Mittelsteinzeit
(indianisch)

Im Zeichen des Wolfes
Alaska und Nordwesten Kanadas

Das Volk des Feuers
Rocky Mountains und Große Ebene

Das Volk an der Küste
Pazifikküste und Großes Becken

3000 v. Chr.	100 n. Chr.	800 n. Chr.	13000 n. Chr.
Jungsteinzeit	Waldland-Kultur	Mississippi-Kultur	

Das Volk der Erde

Nördliche Ebene und Becken

Das Volk vom Fluß

Mississippital

Das Volk an den Seen

Östliches Waldland und Großes Seengebiet

VORWORT

In der Zeit vor Christi Geburt bevölkerten Menschen der Mittel-Waldland-Kultur den gesamten Osten Nordamerikas. Überreste ihrer großartigen Kultur finden sich verstreut von Ontario in Kanada bis nach Florida und noch weit westlich in Texas und Wisconsin. Diese Kulturen sind unter vielen Namen bekannt: Adena, Hopewell, Havana, Copena, Marksville, Point Peninsula, Crab Orchard und andere. Archäologen fassen sie unter dem Fachbegriff *Hopewell-Interaktionssphäre* zusammen.

Für uns ist diese Kultur erstaunlich und rätselhaft. Die Menschen, die sie hervorbrachte, waren erfahrene Kaufleute, Handwerker und Erbauer großer Bauwerke und haben offenbar nie Häuptlinge gehabt, nie Städte gebaut und nie größere Gebiete erobert. Statt dessen haben sie die Flüsse überquert und weiträumig Handel getrieben. Infolge ihres weitgespannten Handelsnetzes verbreiteten sie auch die Merkmale ihrer Kultur, zum Beispiel die Bandkeramik, geometrische Erdwerke, exotische Grabstätten und aus Stein und Metall gefertigte Handelswaren.

Ihre gigantischen zeremoniellen Erdhügel und Erdwallanlagen als üppig ausgestattete Beisetzungsstätten wurden überall in der östlichen Hälfte des Kontinents gefunden. Von ihren Häusern aber, den Siedlungen, in denen sich ihr Alltagsleben abgespielt hat, sind weniger als ein Dutzend entdeckt oder ausgegraben worden.

In den Hopewell-Kulturen wurden viele Wildpflanzen kultiviert, die wir heute als Unkraut betrachten: Gänsefußgewächse, Wasserholunder, Knöterich, Glanzgras, und an manchen Stellen Zwerggerste. Nur die Sonnenblume und der Kürbis sind für uns auch heute noch Nutzpflanzen.

Spuren von Maisanbau finden sich vereinzelt bereits vor etwa zweitausend Jahren, doch wurde erst um 400 n. Chr., gegen Ende der Mittel-Waldlandzeit, Mais systematisch angebaut. Einige Forscher glauben zudem, daß gerade der Mais zum Niedergang der

Hopewell-Kultur beigetragen hat. Durch seinen Anbau entstanden Nahrungsmittelüberschüsse, mit der Folge, daß die traditionelle Gesellschaftsstruktur, die auf unabhängigen Gehöften und transkontinentalem Handel beruhte, zusammenbrach und einer neuen Entwicklung Platz machte. Diese Phase nennen die Archäologen Spät-Waldlandzeit (400–800 v. Chr.).

Ziemlich abrupt endet jetzt der Bau von Erdhügeln, und der Handel mit exotischen Gütern verebbt. Es entstehen Dörfer, manche mit Umfriedungen aus Erdwällen oder Baumstämmen befestigt, was auf Spannungen innerhalb der Gemeinschaft oder sogar auf kriegerische Auseinandersetzungen schließen läßt. Der Überfluß an Nahrungsmitteln mag die Dörfer der Spät-Waldlandzeit zum Ziel räuberischer Überfälle durch Menschen aus weniger begünstigten Kulturen gemacht haben.

DAS VOLK AN DEN SEEN ist eine Art Reisebericht durch die Hopewell-Kultur, der über eine Strecke von der Golfküste bis zum Ontariosee führt. Wir möchten dem Leser die zweitausend Jahre alten Mittel-Waldland-Kulturen nahebringen, so daß er ihre Gleichartigkeiten wie auch ihre Unterschiede nachvollziehen kann. Im folgenden nennen wir die Menschen der klassischen Ohio-Adena-Kultur »Langschädel«, die der Ohio-Hopewell-Kultur »Plattformpfeifen«. Adena ist die ältere Kultur, und sie reicht fast bis 700 v. Chr. zurück. Hopewell scheint sich mit Adena vermischt zu haben, so daß aus dieser Verbindung, etwa um die Zeitenwende, ein Goldenes Zeitalter entstehen konnte.

Ein anderes Zentrum wurde in den Tälern von Illinois und des oberen Mississippi gefunden. Diese Hopewell-Gruppe nennen wir Havana. Sie ist vermutlich unter allen Mittel-Waldland-Kulturen diejenige, deren gesellschaftliche Struktur durch die erbliche Häuptlingswürde bestimmt wurde. Die im Innern der Grabanlagen bestatteten Würdenträger sind in der Regel männlich; wir nehmen also an, daß in diesen Clans die patrilineare Abstammungsfolge galt. An anderen Orten, wie in Tennessee, Mississippi und Louisiana, wurde den Frauen ein höherer gesellschaftlicher Status zugestanden, denn ihre Gräber enthielten mehr und wertvollere Grabbeigaben als die der Männer. Das deutet auf ein matrilineares Erbrecht hin, wie wir es aus der Marksville- und der Miller-Kultur kennen.

Beim Verfassen dieser Romanserie war es eines unserer wesentlichen Anliegen, die verschiedenen Persönlichkeiten des frühen Amerika darzustellen. Leser unserer vorangegangenen Bücher haben Träumer, *Berdaches*, Heiler und Schamanen kennengelernt. Der »Verdreher«, eine der vielen Manifestationen des Heiligen Narren, ist in einzigartiger Weise typisch für die Indianer Nordamerikas; mit Humor und in lästerlicher Sprache spricht er tiefe und heilige Wahrheiten aus. Die Offenbarungen der Verdreher sind oft ebenso niederschmetternd wie tiefgründig. Wenn Sie, lieber Leser, Grüne Spinne kennenlernen, werden Sie, wie wir hoffen, etwas von der unglaublichen Kraft des Verdrehers verspüren, der ein Lehrer, ein Mystiker und zugleich ein Schlichter innerhalb der Dualität ist, die er selbst repräsentiert.

Einen Roman über die Menschen der Hopewell-Kultur zu schreiben, ist schließlich auch eine ernüchternde Erfahrung für professionelle Archäologen. Die im vorigen Jahrhundert zusammengetragenen Daten stammen fast ausschließlich aus Ausgrabungen in gewaltigen Grabhügeln und Erdwerken und nicht von Stätten des alltäglichen Lebens. Das kann man den Forschern wohl nicht ankreiden, denn es ist tatsächlich einfacher, Geld für die Ausgrabung bedeutender architektonischer Werke aufzutreiben als für die eines bescheidenen Bauernhauses. Deshalb müssen wir eine gravierende Informationslücke in Kauf nehmen, was heißt, daß wir uns bei dem Versuch einer lebendigen Darstellung interaktiver Kulturen auf Spekulationen und Vermutungen einlassen müssen.

Dessen ungeachtet haben wir uns bemüht, das Leben in der Hopewell-Kultur aufzuzeichnen. Wenn wir Ihr Interesse an den Menschen der Mittel-Waldland-Kulturen geweckt haben und Sie sich über diese Epoche weiter informieren wollen, besuchen Sie archäologische Ausstellungen, wenn Sie dazu die Möglichkeit haben.

EINLEITUNG

Der Oberinspektor des Nationalparks, William L. Jaffman, verschränkte die Hände auf dem Rücken und atmete den frischen Wind, der schon Sturm verhieß, tief ein. Er ging den Naturpfad entlang, der um das nordöstliche Ende des Parks herumführte, genau gegenüber einer Erdwallanlage, dem sogenannten »Ring«.

Vor ihm schlenderten drei Leute her: eine Frau aus der Verwaltung, ein Ingenieur und ein Regierungsbeauftragter. Sie unterhielten sich lachend, unbeeindruckt von der Großartigkeit des Rings, wo vor zweitausend Jahren Astronomen die Umläufe von Sternen aufgezeichnet hatten. Davon wissen die meisten heutigen Amerikaner so gut wie nichts. Als Bill ihnen vorher erklärt hatte, was »Der Ring« bedeutet, hatten sie ihn nur verständnislos angesehen, und seine Überschwenglichkeit dabei hatte sie peinlich berührt.

Sie sahen keine Probleme. Der Staat benötigte 14 Hektar Land, lächerliche 14 Hektar, ein Drittel des Parks, für eine neue Autostraße. Ihr gezwungenes Lächeln hatte ihm schon gleich zu Anfang klargemacht, daß kein Einwand von seiner Seite ihren Entschluß ändern könnte. Die Zukunft war offensichtlich wichtiger als die Vergangenheit. Den ganzen Tag hatte das Herz in seiner Brust gehämmert, und als sie sich nun dem zentralen Erdwall neben dem Parkbüro näherten, schlug es noch heftiger.

Der Anblick der Ahornbäume beruhigte Bill etwas. Auf jedem Blatt glitzerten Regentropfen, die während eines milden Nachmittagsschauers vor einer Stunde gefallen waren. Als sich der Wind erhob, tropften sie auf ihn wie Tränen, benetzten seine hohe Stirn, seine spitze Nase und perlten über seine braunen Locken.

Träumte er oder hörte er tatsächlich leise Jammerrufe aus dem Innern des Rings? Er lauschte angestrengt. Das Wimmern raunte um die Baumstämme, zitterte in den Zweigen, und es murmelte flehentlich. Das überraschte ihn nicht, denn die Geistwesen wußten Bescheid, sie hatten die Unterhaltungen heute ja mit angehört.

Bill verbarg seine Fäuste in den Hosentaschen und biß die Zähne zusammen, um nicht zu schreien. Er wollte nur eines: diesen verdammten Idioten von Bürokraten zurufen, sich zum Teufel zu scheren und ihn und seinen Park in Ruhe zu lassen.

Aber daraufhin würden sie ihn lediglich hinauswerfen, und niemand könnte dann für die Rechte der treuen Seelen kämpfen, die noch am Leben waren und hier arbeiteten.

Weiter vorn standen vier neue glänzende Autos des staatlichen Wagenparks. Dahinter, jenseits des Parkplatzes, befand sich der Werkstattschuppen. Wie üblich stand die Garagentür offen, und er konnte sehen, wie Billy Hanson den Traktor reparierte. Einer der Volontäre in diesem Sommer, ein Collegestudent, war beim Rückwärtssetzen mit dem Traktor gegen einen Zementpfosten gefahren.

Auch Jaffman war auf dem College gewesen, aber sein Vater verzieh ihm nie, daß er sich für das Studium der Archäologie entschieden hatte. Doch das geschah zu einer Zeit, bevor das Fach Volkswirtschaft wegen seiner glänzenden Aussichten so populär geworden war. Es war eine Zeit, in der die Jugendlichen mit der Absicht zur Schule gingen, »etwas ganz anderes« zu machen, ihrem Herzen zu folgen und wunderbare neue Dinge zu erfahren, und kein Interesse hatten zu lernen, wie man viel Geld verdient.

»Du vergeudest nur deine Zeit«, hatte ihm sein Vater, ein amtlich zugelassener Wirtschaftsprüfer, vorgeworfen. »Was soll denn das? Archäologie? Mein Junge, denk mal dran, daß du deinen Lebensunterhalt verdienen mußt! Daß du an die Zukunft denken mußt!«

»Aber Dad, wie soll ich denn wissen, wohin ich gehe, solange ich nicht einmal den Weg sehen kann, der mich dahin geführt hat, wo ich jetzt stehe? Ich möchte wissen, woher wir gekommen sind! Was uns zu Menschen gemacht hat!«

Trotz seiner Jugend hatte er schon gewußt, daß die Menschen verloren wären, wenn sie ihre Vergangenheit mißachteten und deren Bedeutung für die Gegenwart verleugneten. Die Zivilisation war wie ein flachwurzelndes zartes Pflänzchen, das dauernde sorgsame Pflege brauchte, wenn die Wurzeln nicht verdorren und absterben sollten.

»He, Bill, aufwachen!« rief Ed Smith, der Ingenieur vom Transportministerium, und riß Bill Jaffman aus seinen Gedanken.

»Was gibt's denn, Ed?«

Smith war von der Hauptstadt geschickt worden, pflichtgemäß mit Landkarten, Lageplänen und einem Stapel verschiedenfarbiger Vermessungsunterlagen ausgestattet. Er trug stets ein etwas schmuddeliges weißes Hemd und in der Hemdtasche ein Plastiketui für Stifte. Sein graues Haar war immer kurz geschnitten; eine dicke, schwarz eingefaßte Brille beherrschte sein schmales Gesicht.

Anne Seibowitz, Direktorin der staatlichen Parks und Erholungsstätten und Bills Vorgesetzte, stand mit verschränkten Armen rechts neben Smith. Sie trug einen lavendelfarbenen Rock aus Kammgarn, der ihr bis zu den Waden reichte, und einen braun-grauen Pullover. Ihre spitze Nase fiel Bill immer wieder auf, sie sah aus, als hätte jemand ihre Nasenspitze mit einer Wäscheklammer zugezwickt. Ihr schwarzes, graumeliertes Haar war kurz geschnitten und gewellt, ihrer Stellung und ihrem Alter entsprechend. Jetzt wippte sie mit den Füßen, die in italienischen Stiefeln steckten, leicht hin und her, unempfänglich für das Gras, die Bäume und ganz sicher auch für das Flehen der Geistwesen. Ihre eigentliche Aufgabe, abgesehen vom Erbetteln staatlicher Geldmittel, war die Überprüfung der Besucherzahlen, das Kassieren von Benutzungsgebühren und dafür zu sorgen, daß die öffentlichen Toiletten sauber waren.

Anne gegenüber stand Roy Roman, der Assistent des Gouverneurs. Er war etwa vierzig Jahre alt, hatte blonde Haare und trug ein hellblaues Hemd, eine dunkelblaue Krawatte und ein braunes Tweedjackett mit Lederflecken an den Ellbogen – modisch der letzte Schrei für eine Expedition auf gepflasterten Wegen in das wilde Hinterland eines Nationalparks.

Roman stützte die Hände in die Hüften und sagte: »Also, dann wollen wir mal. Der Gouverneur ist an einer Lösung für unser kleines Problem sehr interessiert. Über dieses Ausbauprojekt haben wir uns von vielen Leuten eine Menge anhören müssen. Dummerweise ist die ganze Angelegenheit derart außer Kontrolle geraten, daß wir jetzt schon Anrufe von den Verbänden der Ureinwohner bekommen. Vielleicht, weil diese Soap-Leute sich eingemischt haben.«

»Soap-Leute?« fragte Ed Smith, und seine dicken Brillengläser verstärkten noch seinen erstaunten Ausdruck. »Was hat denn Soap damit zu tun? Wir bauen eine Autostraße, Herrgott noch mal.«

»SOPA«, erklärte Bill, das ist die *Society of Professional Archaeologists* – die Gesellschaft ausgebildeter Archäologen. Ihr glaubt doch nicht im Ernst, daß ihr eine Adena-Hopewell-Anlage von dieser Bedeutung dem Erdboden gleichmachen könnt, ohne in ein Wespennest zu stechen. Dieser Park ist doch nur dazu da, diesen Erdwall zu schützen.«

»Wir schützen diesen Erdwall«, sagte Ed mit Nachdruck. »Der beanspruchte Geländestreifen ist genau achteinhalb Meter breit und zwei Handbreit vom Rand des Erdwalls entfernt. Hör mal, wir haben uns doch alles angesehen. Auf dem Gelände, das wir planieren wollen, gibt's nur Gras. Dem Erdwall passiert gar nichts.«

Bill verschränkte die Arme über der Brust und versuchte, die Übelkeit zu unterdrücken, die er bei jedem Windstoß fühlte. »Also bitte«, sagte er, »ich habe das immer wieder erklärt. Bloß weil man da nichts sehen kann, heißt das noch lange nicht, daß da auch nichts ist. Wir sprechen über Archäologie und nicht über ...«

»Lachhaft«, meinte Anne Seibowitz. »Entweder ist da was oder nicht. Ich bin selber mit Ed über das Gelände gegangen, und ich hab' auch nichts außer Gras gesehen. Da draußen ist ja nicht mal ein kleines Höckerchen. Alles flach wie'n Pfannkuchen.« »Da sind Häuser!« wandte Bill mit klarer Stimme ein. »Wir hatten einen Ausbildungslehrgang hier, das war vor zwei Jahren, erinnern Sie sich?« Anne hatte damals alles getan, um ihn zu verhindern. Bill hatte seine staatliche Ausgrabungslizenz nur erhalten, weil das nichts kostete und weil das Prestige der Universität auch dem Nationalpark mehr Ansehen verlieh. »Sie haben einen Versuchsgraben durch diesen Teil des Parks gezogen, genau da, wo Sie Ihre Straße planen, Ed. In dem Graben hat man Gegenstände des täglichen Lebens ausgegraben und andere Funde gemacht. Sie wissen ja, Scherben, Steinwerkzeuge. Man stieß sogar auf ein Feuerloch.« Als er die gelangweilten Blicke in der Runde wahrnahm, fügte er noch hinzu: »Sie können die Häuser nicht sehen. Aber sie sind da. Unter der Erde!«

»Zeigen Sie mir ein Haus!« gab Smith zurück. »Worüber reden wir überhaupt? Fundamente? Keller? Da müßte allerdings schon etwas Bedeutendes sein, um ein Straßenbauprojekt über zwanzig Millionen Dollar aufzuhalten.«

Bill biß sich auf die Lippen. »Hören Sie, Ed. Das Alltagsleben in der Mittel-Waldland-Kultur ist noch der am wenigstens erforschte Aspekt einer der wichtigsten Kulturepochen in unserer Vorgeschichte.«

»Moment mal!« Roman hob seine Hand. »Mittel was?«

Bill atmete tief ein. Wie oft mußte er sich noch wiederholen? »Mittel-Waldland. So nennen die Archäologen die Kulturepoche, zu der Adena-Hopewell-Erdanlagen wie diese hier gehören. Diese Epoche dauerte von etwa 200 v. Chr. bis etwa 400 n. Chr. Die Mittel-Waldland-Epoche ist sehr wichtig und noch immer ein großes Rätsel.«

»Was meinen Sie mit Rätsel?« fragte Anne Seibowitz mit gerunzelter Stirn. »Wenn man die Archäologen reden hört, ist alles ein Rätsel.«

Verdammtes Weib! Du beaufsichtigst alle Parks mit Ausgrabungsstätten in diesem Staat – und du weißt nicht mal, warum sie so wichtig sind! Bill zwang sich zur Ruhe, er war hier der Experte. »Na schön, sehen Sie's mal so: Diese Leute entwickelten weitläufige Handelsbeziehungen und ›kauften‹ gewissermaßen Silber, Kupfer und Pelze aus Ontario im Austausch gegen Haifischzähne, Konchylien und Gebisse von Barrakudas von den Florida Keys. Sie importierten Obsidian aus so fernen Regionen wie dem Yellowstone Park in Wyoming. Sie führten Glimmer aus Nordkarolina ein und Grünstein aus Alabama. Fertigwaren wie Plattformpfeifen und Rohmaterial wie Feuersteine von Flint Ridge wurden aus Ohio ausgeführt und an allen größeren Flüssen angeboten. Hätten weiße Siedler nicht die Stadt Newark in Ohio auf den vorhandenen Erdwerken aufgebaut, wäre diese Stadt heute eine der ältesten prähistorischen Fundorte der Welt. Dort bauten die Hopewell-Leute auf viereinhalb Quadratmeilen eine Hügelkette mit umwallten Straßen. Und sie bauten die erste Straße Nordamerikas von Newark, Ohio, nach Chillicothe.«

»Ja und?« fragte Smith. »Wir haben Unmengen von komischen Erdhaufen. Was bedeuten die?«

»Sie waren wohl Andachtsstätten, dienten wissenschaftlichen Studien oder waren Orte der Begegnung. Wir fangen gerade an, sie zu verstehen. Die meisten der komplexen Erdanlagen wurden gebaut, um die Himmelsbewegungen von Sonne, Mond und Sternen aufzeichnen zu können. Die Erforschung der Astronomie des Altertums steckt noch in den Kinderschuhen. Ich glaube, wir werden noch staunen, wenn wir dahinterkommen, wie weit diese frühen Menschen tatsächlich waren.«

»Also so etwas wie ein Reich? Vergleichbar dem der Römer?« fragte Anne Seibowitz, und ihre Nase sah noch spitzer aus.

»Es war kein Reich. Und das ist eines der großen Probleme.« Jaffman überlegte kurz. Die Vögel zwitscherten, aber es waren immer noch die gewisperten Klagelaute zu hören, die der kleinen Gruppe durch den ganzen Park zu folgen schienen, an- und abschwellend mit der Brise. »Diese Kultur war anscheinend auf den Handel ausgerichtet und nicht auf militärische Eroberungen. Die Pinsonhügel in Tennessee wurden aus 100000 Kubikmetern Erde aufgerichtet. Für die Hopewell-Hügel in Ohio haben die Menschen dort 54000 Kubikmeter Erde bewegt. Der springende Punkt ist: Das muß Generationen gedauert haben, und es war eine ungeheure Planung nötig, um solche außergewöhnlichen Projekte zu verwirklichen. Wenn man auf dem Adlerhügel innerhalb des Großen Kreises von Newark steht oder über das Achteck dort schaut, wird man unweigerlich von Ehrfurcht ergriffen.«

»So ist es«, sagte Smith, »von Ehrfurcht ergriffen. Große Sache. Da war'n Häuptling, der sprach zu seinen Indianern: ›Herhören, Jungs, ihr grabt hier und häuft die Erde da drüben auf.‹ Und da ihnen ihr Skalp lieb war, gehorchten sie.«

Bill preßte seine verschränkten Arme noch fester an die Brust. Er fragte sich, ob die Ingenieure der Hopewell-Leute vor zweitausend Jahren auch so beschränkt und ohne jede Phantasie gewesen waren.

»Es gab keine Häuptlinge, Ed. Wie gesagt, es waren Farmer, die bei besonderen Anlässen zusammenkamen, um einige der großartigsten monumentalen Erdwerke der Welt zu bauen.«

Roy Roman strich sich eine blonde Haarsträhne aus dem Gesicht. »Ist mir zu hoch. Wenn diese Burschen so toll waren und die ganze östliche Hälfte von Amerika bevölkerten – wieso hab' ich noch nie von denen gehört?« Er deutete auf den niedrigen Erdwall neben dem Parkbüro. »Der Hügel da ist ja auch nicht gerade bemerkenswert.«

Bill antwortete: »Sie haben von ihnen deshalb noch nie gehört, weil unser Schulsystem die Beiträge der indianischen Völker dieses Landes einfach nicht zur Kenntnis nimmt. Außerdem ...«, er atmete hörbar aus, »haben wir in den letzten vierhundert Jahren fast jede größere Hügelanlage in Nordamerika systematisch zerstört. Jahrhundertelang haben wir ja nicht einmal zugeben können, daß die Ureinwohner diese Monumente geschaffen haben. Das mußten verirrte Waliser sein oder Wikinger oder die verlorenen Stämme Israels, Phönizier oder sonstwer, nur nicht unsere amerikanischen Indianer. Wir ...«

»Sie wollen mir doch jetzt nicht etwa mit ›political correctness‹ kommen, Bill?« fragte Smith mit ärgerlich verzerrtem Gesicht.

»Ich will Ihnen nur historische Tatsachen liefern, keine politische Meinung.«

»Also warum haben wir's nur mit Erde zu tun? Mit Ringen, wie mit dem da?« Roman deutete in den Park. »Haben die denn nichts anderes gemacht?«

»Doch, natürlich. Aber ihre Häuser bestanden aus Holz, Stroh und Baumrinde, und Sie wissen ja, wie lange so etwas in diesem Klima überdauert; bestimmt nicht zweitausend Jahre. Die Böden der gesamten östlichen Hälfte des Kontinents sind feucht und sehr säurehaltig. Wenn ich Ed hier beerdigte und ihn nach zweitausend Jahren wieder herausholte, würden wir nur noch seine Brillengläser finden, die Zahnfüllungen und den Reißverschluß seiner Hose. Alles andere wäre weg.«

»Worauf wollen Sie hinaus?« fragte Anne Seibowitz und strich ihren Rock glatt. »Wenn nichts mehr übrig ist, dann ...«

»Aber es ist ja noch etwas übrig. Wir finden vieles wieder: Kupfer, Silber, Keramiken, verkohlte Reste wunderbarer Stoffe, Steinwerkzeuge aus allen Gegenden, Pollen, angekohlte Samenkörner, Holzkohle, angebrannte Knochenteile, Tonscherben, fossile Pflanzen und Grabstätten. Jetzt haben wir besseres Handwerkszeug. Wir können sogar jahrtausendealtes Bluteiweiß von Steinwerkzeugen abheben. Wir können die DNA bestimmen und sehen, ob die Leute Mammuts gejagt haben – oder vielleicht andere Menschen. Jedes Stück Kupfer können wir zu seiner ursprünglichen Ader zurückverfolgen, und dasselbe gilt für Kieselsäuregestein.«

»Kieselsäuregestein?« fragte Roman.

»Bekannter als Feuerstein.« Bill ballte die Fäuste. »Tatsache ist, daß wir weitere Ausgrabungen brauchen, bevor wir wirklich in der Lage sind zu begreifen, wer diese Menschen waren.

Insbesondere über ihre Alltagsbeschäftigungen brauchen wir Auskunft. Stellen Sie sich einmal vor, wie Archäologen zweitausend Jahre nach uns versuchen, unsere nordamerikanische Kultur zu bestimmen. Wenn sie nur Kirchen und Synagogen ausgraben oder die Türme vom World Trade Center – was, glauben Sie, werden die von uns denken?«

Smith warf den Kopf nach hinten und starrte auf die dunklen Wolken, die am Nachmittagshimmel dahinzogen. »Hört sich an, als wollten Sie die ganze Osthälfte des Kontinents umgraben. Ihr Parkverwalter seid doch alle ...«

»Nein. Das habe ich nicht gesagt. Ich habe gesagt, daß 99 Prozent von alledem nicht mehr da ist. Sie sind doch über den Mittleren Westen geflogen, Ed. Und was haben Sie gesehen? Äcker und Städte. Wir haben nur noch wenige winzige unberührte, unzerstörte Stellen, mehr nicht! Und das hier ist eine davon!«

»Das ist nicht mein Problem, klar? Mein Problem ist eine Autostraße, die ich durch diesen Park bauen lassen muß. Der Vermessungsplan liegt vor. Wir haben privaten Grund auf beiden Seiten enteignet und dafür bezahlt. Wir können nicht jede Tonscherbe in Amerika retten.«

»Nein«, Bill seufzte, »das können wir nicht. Aber dieser Ort, diese Stätte, ist so wichtig.«

»Kommen Sie, Bill. Sie reden über einen Ring und einen Erdwall innerhalb einer Grasfläche so groß wie eine Briefmarke.«

Der Wind war abgeflaut, und mit ihm waren auch die klagenden Laute der Geister verstummt, aber Bill konnte dennoch spüren, wie sie zuschauten, zuhörten und beteten. »Ja, und der Ring und der Erdwall waren wahrscheinlich die zentralen Orte eines Clans oder einer Gruppe von Clans, die über 600 Quadratmeilen dieses Flußtals und all seiner Nebenflüsse herrschten. Jetzt haben wir gerade noch 40 Hektar davon übrig, und davon wollen Sie noch 14 abschneiden?«

Ed Smith rückte seine schwarz eingefaßte Brille gerade und machte einen Schritt auf Bill zu. »Wollen wir doch den Tatsachen ins Auge sehen. Wir haben 13,6 Millionen Dollar Bundesgelder für die Umgehungsstraße zur Verfügung. Und warum brauchen wir die Umgehung? Weil sich so viele Yuppies in den Vorstädten Häuser gekauft haben. Stimmt's? Die haben es nicht gern, wenn sie im Stau stehen müssen. Und wenn die Umgehungsstraße schnell gebaut wird, errichtet auch ein großer Computerhersteller eine 60-Millionen-Dollar-Fabrik an der Orchard Road.« Er hob einen Finger. »Können Sie mir folgen, Bill? Ihr gesamter Etat für den Park beträgt fünfzig Riesen im Jahr. Wird Ihnen jetzt was klar? Wir sprechen über Prioritäten.«

Bill litt unter dem Gefühl seiner Ohnmacht. »Es geht immer ums Geld, wie?«

»Willkommen in der Realität, mein Freund.«

Bill lächelte gequält und schaute über den Park, und Dutzende unsichtbarer Augenpaare starrten ihn an. »Man erwartet von uns, daß wir kulturelle Schätze ausgraben, und die Kosten sollen auch im Etat für den Straßenausbau enthalten sein.«

»Na ja, aber das ist im Etat nicht vorgesehen«, bemerkte Smith. »Bei solchen Ausgaben kommt die endgültige Entscheidung vom Gouverneur. Aber ich will Ihnen etwas verraten, das Transportministerium hat schon Kompromisse gemacht. Unter Garantie, wir können den Ring da draußen umgehen. Sie müssen uns entgegenkommen, Bill, geben Sie etwas nach.«

»Etwas nachgeben? Na gut, das werde ich tun.« Er wandte sich an Anne Seibowitz. »Ich brauche 20 000 Dollar, um diese 14 Hektar zu untersuchen, bevor sie planiert werden. In sechs Monaten können wir mit zehn Mann etwa zehn Prozent absuchen, und was wir dort finden, genügt für eine Statistik über die häuslichen Tätigkeiten.«

Ihre Lippen wurden zu einem dünnen, weißen Strich. »Und woher, glauben Sie, bekommt mein Amt diese Mittel?«

»Sie haben 120 000 ausgegeben, um den Parkplatz am Mallard-See asphaltieren zu lassen. Und dann können Sie nicht einmal ...«

»Bleiben Sie auf dem Boden!« Sie musterte ihn von oben bis unten. »Erholungssuchende benötigen Parkplätze, damit sie in den Park gehen und ihr Geld in den Touristenzentren ausgeben können. Parkplätze sind für unsere Vorhaben unabdingbar, Mr. Jaffman. Wenn Sie bei mir Mittel für Parkplätze beantragten, weil das Ihre Besucherzahlen rechtfertigen – was aber ausgeschlossen ist –, dann würde ich es erwägen.«

»Mein Gott«, sagte Bill Jaffman leise. Er hielt sich die Hände vors Gesicht und fuhr sich dann heftig über die Stirn. »Sie würden mir Geld für einen Parkplatz geben, aber nicht einen Cent für Ausgrabungen.«

»Sagen Sie mir doch mal«, warf Roy Roman ein und ließ seine Fingergelenke knacken, »warum ist diese Stätte mit den Häusern so wichtig?«

Bill schluckte und wandte sich dann an Roy: »Ich wiederhole: weil Häuser aus der Mittel-Waldlandzeit so ungemein selten sind. Wir sprechen über eine Gesellschaft, die über sechshundert Jahre existierte, deren Handelsbeziehungen sich über den ganzen Kontinent erstreckten, und die eben keine großen städtischen Bauten errichtete.«

Roman blickte Anne Seibowitz an, sprach aber zu Bill: »Also gut, ich werde dem Gouverneur berichten, womit wir es hier zu tun haben. Er wird sicher die richtige Entscheidung treffen.« Er machte eine Pause. »Wenn Sie nur irgendwas vorzuweisen hätten – außer den Erdhaufen. Vielleicht …«

»Ich habe mich jetzt drei Jahre bemüht, genau dafür Mittel für eine Lehrausstellung zu bekommen«, antwortete Bill leidenschaftlich und sah, wie sich Annes Augen in Erwartung der kommenden Auseinandersetzung verengten. »Mit nur 2000 oder 3000 Dollar und der Hilfe meiner Volontäre im Sommer könnte ich ohne weiteres ein Gänsefuß- und Maigrasfeld anlegen, ein Beinhaus aufbauen, vielleicht sogar Schaustücke herrichten, so hervorragende wie in Cahokia in Illinois oder am Poverty Point in Louisiana ausgestellt sind. In Ontario, in Sainte Marie Among the Hurons, haben sie ein komplettes Langhaus der Hurons, und sie zeigen, wie die Leute dort lebten. Das könnten wir hier auch haben!

Anne Seibowitz wandte sich ab und schaute auf die hinter den Bäumen sichtbaren Dächer der Appartementhäuser. »Bill, Sie kennen die Besucherzahlen. Wären sie höher, zeigte sich das Publikum überhaupt an Ihrem kleinen Park interessiert, dann könnte der Etat …«

»Wie soll ich denn Besucher anlocken, wenn ich ihnen kein Informationszentrum bieten kann? Ich brauche finanzielle Unterstützung, Anne.«

Sie drehte sich zu ihm um und zog eine Augenbraue hoch. »Ich will ehrlich sein, Bill. Ich kann nicht einsehen, warum dieser Ausbau dem Park schaden sollte. Sie könnten sogar mehr Aufmerksamkeit gewinnen. Die Leute werden von der Autostraße das viele Grün hier sehen und dann – wer weiß? Wenn die Besucherzahl steigt, finden wir vielleicht auch die Mittel für informative Ausstellungen.«

Aber dann wären trotzdem 14 Hektar wertvollstes Ausgrabungsgelände dahin.

Roy Roman riß die Augen auf – das war es überhaupt! »Natürlich! Das läßt die Besucherzahl steigen!«

Dieser scheinbare Rettungsanker lag auf Bill allerdings so schwer wie eine Tonne Blei. »Wir haben Gesetze zum Schutz staatlicher Altertümer. Wenn auch der Gouverneur Ihnen zustimmt, Mr. Roman, dann haben Sie nicht nur die SOPA am Hals, dann werden sich auch die Stämme hier furchtbar aufregen. Für sie ist das ein heiliger Ort, und wenn sie hören ...«

»Soll das etwa eine Drohung sein, Bill?« Anne hob die Augenbraue noch höher, und Bill verstand nur allzugut ihre Drohung: *Quertreiber wie dich, mein lieber Freund, werden wir sehr schnell los.* »Ich weiß, Sie sind ein ausgebildeter Archäologe, aber unsere Nationalparks dienen nicht nur einem einzigen Zweck. Wir müssen auf die Bedürfnisse vieler Gruppen Rücksicht nehmen, auf Jogger, Wanderer, Vogelfreunde.«

»Und Autostraßenbauer!« schrie er fast heraus. »Vergessen Sie's, Anne. Ihre Vorgängerin hat mich angestellt, kurz bevor sie den Dienst quittierte. Sie hatte die irrige Idee, einen Archäologen in einem Nationalpark mit archäologischen Funden mit dem Schutz der letzten Adena-Hopewell-Hügel zu betrauen.«

»Bill, jetzt gehen Sie zu weit.«

»Nein, ich sage Ihnen nur, wie es ist, Anne. Seit Jahren bin ich gegen dieses System angerannt. Ich habe immer noch die Schilder vor Augen, die in den fünfziger Jahren von den Damen der hiesigen Gesellschaft für Geschichte geschrieben wurden. Sie behaupteten, diese Erdwerke seien Festungen. Heiliger Himmel!«

»Immerhin, haben Sie wenigstens Schilder«, sagte Roman. »Das ist mehr, als manche unserer anderen Parks vorweisen können.«

Bill hob beschwörend die Arme, als appellierte er an ihren Verstand. »Also gut. Wenn wir dem Publikum diesen Fundort schon nicht erklären können, dann können wir ihn doch zumindest schützen, oder? Geben Sie mir etwas Geld, um dieses Gelände zu untersuchen, bevor Sie alles zerstören! Oder hat der Gouverneur bereits entschieden, daß die prähistorische Vergangenheit in diesem Staat unwichtig ist? Ist das so? Ist es das, worüber wir reden?«

Anne Seibowitz sah ihn kalt an und sagte mit versteinertem Gesicht: »Ich bedaure, Sie zu verlieren, Bill. Ich werde der Personalabteilung mitteilen, daß die Stelle freigeworden ist.«

Er hätte wütend sein sollen, hätte fluchen und toben sollen. Statt dessen fand er alles nur furchtbar sinnlos. Ein scharfer Wind peitschte durch den Park, und die Stimmen schwollen an, schrill und verzweifelt.

Bill stand allein auf dem Naturpfad und schaute zu, wie die Honoratioren in ihre Wagen stiegen und davonfuhren. Es regnete wieder, und die Tropfen fielen wie Perlen auf sein heißes Gesicht.

Er drehte sich um, wanderte zurück zum Ring und stellte sich an den Einlaß. Im Geist sah er die Schamanen in farbigen Gewändern, die ihn aus hohlen Augen beobachteten und wußten, wie Geister eben, daß wieder ein Teil ihrer Welt dem Untergang geweiht war.

»Vergebt mir«, flüsterte Bill, »es tut mir leid.«

Der gedämpfte Verkehrslärm in der Ferne, Hundegebell und gelegentliches Knallen einer Autotür hallten zu ihm in dieser stillen Ecke des Parks. Hier würde in sechs Monaten der Lärm von Bulldozern und Planiermaschinen erschallen.

Mit schweren Schritten ging er durchs Gras und stellte fest, daß es wieder gemäht werden mußte. Da sah er plötzlich etwas aus den grünen Halmen hervorragen.

Bill kniete nieder und schabte mit seinem Klappmesser die Erde beiseite. Es war ein polierter Stein, den er behutsam freilegte. Er fühlte sich kühl an und lag schwer in der Hand.

Das Stück war aus Tonschiefer gearbeitet, dunkel und glänzend, vermutlich aus den Steinbrüchen im Süden Ohios. Die Handwerker der Hopewell-Kultur hatten Ohrgehänge gefertigt, Halsbänder, Pfeifen und viele andere schöne Dinge aus Stein. Was er nun in Händen hielt, war eine künstlerisch so fein geschnittene Arbeit, wie er sie noch nie gesehen hatte: ein Kanu mit einem ungewöhnlichen Fuchskopf auf dem spitz zulaufenden Bug. Vier Menschen saßen darin. Der zweite in der Reihe schaute rückwärts. Was mochte das bedeuten? Das Kanu war rund 15 Zentimeter lang und fünf Zentimeter hoch.

In den Bäumen hinter ihm krächzte verärgert eine Krähe.

Bill schaute hoch und sah den Vogel auf einem Birkenast sitzen; die Zweige des Baums hingen über dem Ring. »Keine Sorge«, sagte Bill verdrießlich, »dieser Trottel vom Transportministerium hat mir versichert, daß sie neun Meter und ganze 17 Zentimeter Abstand vom Ring halten werden.«

Die Krähe flog auf, und im Licht der schräg stehenden Sonne schien ihr glänzendes Gefieder fast zu glühen.

Er schaute wieder das Kanu an. Ihm fielen die Schnitzarbeiten ein, die er im Landschaftspark von Petroglyph in Ontario gesehen hatte. Neben Gitchie Manitou und Nanabush gab es dort zahlreiche Kanus – *aber keines war mit diesem vergleichbar! Keines dort hatte einen Fuchskopf als Bug*!

Seit seinem Schulabschluß hatte er sich mit der Hopewell-Kultur beschäftigt und kannte ihre kunsthandwerklichen Arbeiten. Aber dieses kleine Kunstwerk war stilistisch etwas ganz Neues. Das Gras um ihn herum wogte wispernd; es behütete so viele Geheimnissen.

Der Teufel soll dich holen, Anne Seibowitz!

Die Krähe gab einen leisen, trauervollen Laut von sich und blinzelte mit schräg gelegtem Kopf.

Bill setzte sich ins nasse Gras und beschloß, morgen den Fundort genau festzulegen, den kleinen Kultgegenstand zu fotografieren und ihn zur wissenschaftlichen Überprüfung an die Universität zu schicken. Wenn dann jemand ein ähnliches Stück fände, könnte er es durch Vergleich einzuordnen versuchen – und vielleicht würde dann jemand in der nächsten Zeit toben, weil der Schlüssel zu einem neuen Rätsel für ein Stück Asphalt weggeworfen worden war.

Vielleicht ... ein verzweifeltes Lachen schüttelte ihn. Wer sollte das sein? Anne Seibowitz wäre dann sicher schon in eine einflußreichere Stellung aufgestiegen, und der Gouverneur wäre im Kongreß. Und niemand könnte mehr verantwortlich gemacht werden.

Bill stützte sich mit einer Hand auf dem Boden ab und stand auf. Er ging zum Büro, an einer Reihe schimmernder Lastwagen vorbei, von denen ein einziger soviel gekostet hatte, wie er für die Probeausgrabung gebraucht hätte.

Die Krähe folgte ihm, flog krächzend von Ast zu Ast. Im Gehen betrachtete er die vier Kanufahrer. Waren sie vielleicht Händler?

Die Händler der Hopewell-Zeit hatten den Kontinent in alle Richtungen durchquert und waren mit ihren Waren den Flußläufen gefolgt. Abenteuerlich und voller Gefahren, aber auch wunderbar.

Das war ein Zeitalter von Helden.

Bill blieb am Einlaßhäuschen stehen und holte die Post aus seinem Briefkasten, darunter das Bulletin der Gesellschaft amerikanischer Archäologen. Auf dem Weg ins Büro, blätterte er den Rundbrief durch. Es waren auch Stellenanzeigen darin.

Er hielt inne, um eine genauer zu lesen: »Für das archäologische Projekt zur Erhaltung der Navajo-Kultur werden jetzt Bewerbungen von Archäologen für eine Festanstellung erbeten.«

In der Ferne hupte ein Auto. Die Krähe war verstummt und flog auf die orange-weißen Verkehrsblenden, die an der Rückwand des Büros lehnten.

»Window Rock, Arizona.« Bill überlegte. Er warf einen Blick auf die Krähe, die wiederum gebannt auf ihn schaute. »Meinst du, ich könnte das? Einfach alles einpacken und losfahren? Mein Leben total umkrempeln?«

Der Gedanke machte ihm angst. Weit weg von hier gehen, allein, zu fremden Leuten, in ein fremdes Land? *Aber was hält dich eigentlich hier?* Seine Beziehung zu Marge war schon vor Wochen in die Brüche gegangen.

Er senkte den Kopf und dachte an die Hopewell-Händler, die mit ganzen Kanuladungen Obsidian viele Flüsse befahren hatten. Das muß man sich mal vorstellen: von Yellowstone bis ins Herz des östlichen Waldlands. Aber sie hatten es getan – vor zweitausend Jahren.

Er betrachtete das Kanu und die Gesichter der Männer darin. Was hatte es zu bedeuten? Wer waren sie? Helden?

Die Krähe hüpfte auf die Deichsel einer Karre, nur eine Armlänge von ihm entfernt. Sie beobachtete ihn gespannt, als wollte sie sein Innerstes ergründen.

Das Schieferkanu in seiner Hand strahlte Wärme aus.

Und Bill sprach zu der Krähe: »Ich habe mein ganzes Leben die Hopewell-Kultur studiert und in meinen Gedanken mit den Ahnen gelebt, um vielleicht ihre Stimmen zu hören, um von ihnen zu lernen.« Er lächelte schwach. »Vielleicht ist es jetzt an der Zeit, daß ich meine Suche mit Lebenden fortsetze, und zwar mit solchen, die außer Geld noch anderes im Kopf haben. Glaubst du, der Navajo ist am Hopewell-Mann interessiert? Ihre Wurzeln liegen in der athapaskischen Sprachfamilie aus dem Nordwesten und nicht bei den Algonkinindianern. Sag mir, Krähe: Interessiert sie das? Und ich, kann ich das alles schaffen?«

Die Krähe flog los und kam im Sturzflug direkt auf ihn zu, so daß er zurückweichen mußte. Dann zog sie einen großen Kreis über das Verwaltungsbüro, bevor sie nach Westen weiterflog.

Bill ließ seinen Blick über die Ausgrabungsstätte wandern. Die Geister schwiegen. Schwermut lag in der Luft. Er dachte nach und sagte: »Ihr habt mich geführt, dafür danke ich euch!«

Er schloß die Finger fester um das Kanu und dachte an das Abenteuer, das vor ihm lag. Tief im Innern ahnte er, daß diese Helden aus der Vergangenheit ihn beneideten.

Im tiefsten Winter wurde eine uralte Geschichte erzählt, in der Nacht, als Eules Ruf über die eisigen Wälder ertönte. Wie alle Geschichten enthielt auch diese eine Moral und eine Wahrheit für die Menschen. Manche sagen, die Geschichte stamme von den Langschädeln, andere meinen, sie komme aus der Seele, und der Wind habe sie hergetragen …

Vor langer, langer Zeit, in der Zeit unserer Vorfahren, hatten sich die Menschen geweigert, sich um ihre Toten zu kümmern, und die Erde war voller Geister, die nur Unheil anrichteten. Voller Verzweiflung wandten sich die Geister schließlich an Erster Mann und erklärten ihm ihre mißliche Lage.

Erster Mann hörte sich ihre Klagen an und sandte seinen Zwillingsbruder, Bunte Krähe, um ihnen zu helfen. Zu jener Zeit war Krähes Gefieder so leuchtend, daß die bunte Ammer dagegen völlig glanzlos wirkte.

Bunte Krähe wanderte über das Land und klärte die Menschen über die Toten und deren Schwierigkeiten auf. Er erklärte ihnen, wenn sie ihre Vorfahren ehrten und für sie sorgten, würden sich die Geister erkenntlich zeigen und den Lebenden mit Botschaften aus der Geisterwelt helfen. Dann würden die Geister die Leute nicht mehr quälen und täuschen. Alles würde besser werden.

Die Menschen hörten die Worte von Bunte Krähe und begannen, für ihre Toten zu sorgen. Aber es streiften so viele Geister übers Land, daß Bunte Krähe noch mehr tun mußte. Er war durch den Forst gewandert und zu einem hohen Hügel gekommen. Am Fuße des Hügels sammelte er Reisig, kletterte auf den Gipfel und machte ein Feuer in einem großen Tontopf. Dort betete er vier Tage lang und sang in die vier heiligen Richtungen, und die Geister hörten es. Sie kamen aus der ganzen Welt, um zu sehen, was Bunte Krähe da machte. Am Tag der Wintersonnenwende schließlich waren alle Geister angekommen.

Eines der Gespenster – ein ehemaliger Krieger, dessen Leib im Kampf zerfleischt worden war, fragte: »Was tust du auf diesem Gipfel, tanzend und singend? Wir sind alle hergekommen, um das zu hören.«

Bunte Krähe hob die Hände zur Morgensonne empor und sagte: »Ich habe euch gerufen, um euch ins Land der Toten zu singen. Aber so könnt ihr unmöglich dorthin gehen, denn ihr seid voller Wut und Bosheit und bringt nur Unheil. Davon müßt ihr erst gereinigt werden, bevor ich euch ins Land der Toten singe.«

Während er das sagte, packte Bunte Krähe den Topf mit dem Feuer und schwang ihn über dem Kopf, so daß die Glut ins trockene Unterholz flog. Das fing sofort Feuer, und bald war der ganze Hügel von Flammen eingehüllt. Die Gespenster schrien und wollten fliehen, aber das Feuer ließ ihnen keinen Ausweg. Am Ende blieb von ihnen nur noch Asche übrig. Bunte Krähe sammelte die Asche und brachte sie ins Land der Toten. Dort wurden die Seelen endlich befreit. Alles Böse war nun verbrannt.

Allerdings waren bei diesem großen Brand die leuchtend bunten Federn von Bunte Krähe verschwunden; die Flammen hatten sie kohlschwarz gefärbt. Das ist der Grund, weshalb das Federkleid der Krähe bis zum heutigen Tag schwarz ist.

PROLOG

Damals war ich jung, töricht und wild. Ich reiste in das verbotene Gebiet der Langschädel. Dort erkletterte ich den heiligen Berg und suchte … aber ich wußte nicht, was. Die Stimme im Traum befahl mir zu suchen. Ich fand einen Felsüberhang auf der nördlichen Seite des Bergs, wo der Sandstein unterhöhlt war. Dort saß ein toter Mann – schon unendlich lange tot und ausgetrocknet.

Glimmervogel erinnerte sich noch an diese Worte seines Großvaters, und sie erfüllten ihn mit Furcht. Der junge Krieger wanderte durch eine grüngesprenkelte Welt, wo der Waldboden wie ein samtenes Kissen war. Um ihn ragten kräftige Baumstämme in den Himmel – ein dichtes Labyrinth auf dem Steilhang, den er hochkletterte. Der moschusartige Duft des Waldes wurde intensiver. Wie dicke Taue hingen Wildbeerenranken herunter, manche so dick wie ein Männerbein.

Glimmervogel hielt keuchend an; der Schweiß glitzerte auf seiner braunen Haut. Über ihm verflocht sich das Laub zu einem wunderbaren smaragdenen Baldachin.

Hier, hoch oben in den Wäldern, überwogen riesige Eichen, Hickory, Ahorn und Nußbäume. Er legte eine Hand auf die glatte, silbrige Rinde einer Birke und spürte die ewige Kraft dieses uralten Baums.

Die feuchte Luft war selbst für einen solchen Hochsommertag zu drückend und unerträglich heiß. Er sog keuchend die Luft ein, aber es brachte ihm keine Erleichterung. Als wäre die Erde ein Ofen, so sengend war die Hitze.

Hoch über Glimmervogel zwitscherten die Vögel. Der Triller eines Rotschwänzchens war zu hören, in der Ferne krächzte die heilige Krähe.

In der vorigen Nacht waren sie noch im Haus des Clans gewesen. Glimmervogel erinnerte sich an Großvaters heisere Stimme:

Ich fand das seltsam, daß seine Leute den toten Mann nicht begraben hatten und ihn einfach da sitzen ließen. Kein Grashalm wuchs an diesem dunklen Ort. Es war kalt, trotz der Sommerhitze. Mein Herz schlug schnell vor Angst. Vielleicht hatte er mich gerufen, hatte seinen Geist geschickt, um meine Träume zu verwirren.

Bei einem Geräusch fuhr Glimmervogel herum und versuchte aufgeregt, einen Speer in sein Atlatl einzulegen. (Ein Atlatl ist eine Speerschleuder für die Jagd, bestehend aus einem etwa unterarmlangen, biegsamen Stock, an dessen oberem Ende sich eine Kerbe befindet, in die der Speer eingelegt wird.) Aber dann sah er das graue Erdhörnchen, das auf einen abgestorbenen Schößling sprang, und von dort auf einen anderen Baum.

Mit bebender Hand wischte sich Glimmervogel den Schweiß von der Stirn. Das war nicht sein Land, das Land der Langschädel. Hier war er nicht erwünscht, er war ein Eindringling in diesem unheimlichen Wald.

Hier fühlte er sich fremd und unwohl, ganz anders, als in dem fruchtbaren Tiefland, das er so genau kannte. Schon in seiner Kindheit hatte er die gewundenen Pfade, die am träge fließenden Mondmuschelfluß entlang führten, genau gekannt. An diesen vertrauten Orten wachten die Geister der Vorfahren über die Leute ihres Clans. In jeder Farm im Mondmuscheltal lebten Verwandte von ihm.

Aber in diesem Wald lebten keine Menschen. Auf diesen Steilhängen konnte man keine Felder bestellen; auf diesem Boden wuchs nichts reichlich, weder Gänsefuß, Sonnenblumen, Holunder noch Kürbis. Solche Orte waren für die Langschädel heiliger Boden.

Die Menschen durchstreiften natürlich die Wälder, hauptsächlich, um zu jagen oder um Walnüsse, Eicheln, Pflaumen oder Arzneipflanzen zu sammeln. In Kriegszeiten flohen die Clans in Hügelfestungen. Der Berg blieb allerdings unantastbar; selbst die Langschädel mieden ihn.

Aber Großvater war einst hierher gekommen, und viele Jahre später erzählte er Glimmervogel: *Eine Stofftasche lag neben dem toten Mann, und ich ahnte, daß es etwas Wichtiges, etwas Kostbares war. Der Tote schien mich anzuschauen. Sein Unterkiefer war heruntergefallen, als stieße er noch den Todesschrei aus. Eine verdorrte Hand lag auf der Tasche. Wie eine Klaue, und ich dachte, die Tasche muß etwas sehr Wertvolles enthalten.*

Im Licht des Feuers im Haus des Clans hatte Großvater den Blick abgewendet; er hatte in die Vergangenheit geschaut – unter diesen Felsüberhang.

Glimmervogel, kaum zwanzig Winter alt, war drahtig und hochgewachsen. Da er Sohn eines führenden Mannes im Clan war, trug er auf seiner Stirn einen schwarzen Streifen tätowiert, der seine scharf gezeichneten Kiefer und seine geradlinige, breite Nase noch hervorhob. Gewöhnlich zeigten seine dunkelbraunen Augen Entschlossenheit, aber an diesem verwunschenen Ort schimmerte in ihnen nur Furcht.

Er war leicht bekleidet, trug nur Mokassins und einen Lendenschurz. Ein Anhänger aus Glimmer hing an einer Lederschnur um seinen Hals. In der rechten Hand trug er sein Atlatl. Der Griff war aus einem Hirschgeweih geschnitzt, und ein kleiner schwarzer Stein – in Form einer Krähe – war als Gegengewicht in der Mitte des Schafts befestigt; ein Haken aus Bein bildete den hinteren Verschluß.

In der anderen Hand trug er vier Kriegsspeere, jeder größer als er selbst und jeder mit einer Spitze aus roh gekerbtem Feuerstein. Die Schäfte bestanden aus Pfeilholz und trugen Truthahnfedern, um ihren Flug zu stabilisieren. Das Schaftende war ausgehöhlt, damit es in den beinernen Haken des Atlatl paßte.

Das Atlatl wirkte als Verlängerung des Arms. Mit ihm konnte Glimmervogel einen Bären mit einem Speer durchbohren, was er auch schon bewiesen hatte.

Aber mit einem Bären könnte man leichter fertig werden als mit diesem unheimlichen, fremdartigen Wald. Er spürte etwas in dieser Wildnis lauern, das ihm viel unheilvoller erschien als ein Bär.

Die Nackenhaare sträubten sich ihm, denn er fühlte sich von unsichtbaren Augen beobachtet. Gespenster? War das der Grund, warum die Langschädel diesen Ort so fürchteten? Heiße Winde strichen ihm über den nackten Oberkörper; er fuhr herum, hielt Ausschau. Das Unheimliche schien in der feuchten Hitze zu vibrieren, zu beobachten, abzuwägen.

Ein Mann mußte wissen, wie man die Zeichen im Wald deutet. Ein eigenartiger Knick, eine seltsame Farbtönung, eine Unterbrechung im ungleichmäßigen Gitterwerk von Schößlingen und Baumstümpfen – das waren möglicherweise die einzigen Hinweise, an denen sich ein Jäger orientieren konnte.

Er schaute sich Strünke, Blumen, das Laub und die Ranken genau an. Aber in diesem dichten Geflecht verkrümmter Bäume fand er nichts, das dort nicht hinzugehören schien. Glimmervogel schluckte, seine Zunge war dick geschwollen, und er war durstig.

Er schlich um eine Birke herum. Vorsichtig ging er weiter und betrachtete den steilen Hang über sich. Der alte Mann hatte hierher kommen müssen. Die alten Geschichten drängten sich in seiner Erinnerung, und er hörte die altersheisere Stimme seines Großvaters:

Und so trat ich näher, ging weiter unter den überhängenden Felsen, und ich konnte das Singen hören. Das schwöre ich. Es war die Stimme einer alten Frau, die sang:

»Und wie ist es bei Euch?
Kommt, meine Brüder!
Aus der Sonne geboren. Einer erschlagen.
Hier neben dem langen Pfad liegt der Tote.
Blut fließt. Blut aus dem Kopf.
Der Schwarze geht weg ... ja, er ist tot.
Er, der liebte, ist für immer verloren,
er, der sang des reinen Herzens Lied.
Weine, Weib, denn du weißt nichts.
Verlier, oder lebe in ewiger Kälte!«

Glimmervogel schüttelte seine Furcht ab. Ja, das waren die Worte, so hatte er sie gehört, damals, in jener Nacht.

Ich fürchtete mich, hatte der alte Mann gesagt. *Ich zitterte, konnte nicht aufhören zu zittern. Als ob der Geist der Macht Besitz von mir ergriffen hätte. Aber ich mußte dem toten Mann die Tasche wegnehmen. Ich machte sie auf und schaute hinein. Und da war sie: die Maske.*

Glimmervogel überkam Gier, als er an die Maske dachte und

daran, was sie ihm bedeuten würde. Die Maske von Bunte Krähe besaß eine Schönheit, die Ehrfurcht einflößte. Er hatte sie nur viermal gesehen, zum letzten Mal in jener Nacht. Großvater hatte die abgenutzte Tasche andächtig geöffnet, um ihm die Krähenmaske zu zeigen.

Im Licht des Feuers hatte sie geschimmert. Von einem Meister war der hölzerne Schnabel geschnitzt und schwarz eingefärbt worden. Glänzende Federn bedeckten den ovalen Kopf. Es war seltsam, daß die riesige Maske in der Tasche Platz gehabt hatte.

Großvaters Arme hatten plötzlich gezittert, und er hatte geächzt wie im Kampf. Die Maske hatte sich gedreht, und die leeren Augenhöhlen waren Glimmervogel wie zwei Pforten in eine andere Welt erschienen.

Der Eindruck hatte ihn erschüttert; ein prickelnder Schauer, so intensiv und wonnig wie ein Orgasmus, hatte ihn ergriffen und ein Gefühl von Vergeblichkeit und Leere seine Seele erfaßt.

Seitdem hatte das Geistergesicht jeden seiner Gedanken beherrscht.

Wer durch die Maske blickt, hatte Großvater gesagt, *blickt durch die Augen von Bunte Krähe. An jenem Tag vor langer, langer Zeit habe ich durch die Maske geschaut. Ich habe die Welt nie mehr so gesehen wie damals; sie hat mich geformt, sie hat diesen Clan geformt – alles, was heute existiert.*

Irgend etwas war mit Großvater geschehen, hatte ihn getrieben, die Maske zu nehmen. Zuletzt hatte er sie am Fest der Toten getragen, zur Sommersonnenwende, wenn sich der Clan versammelte, um der Geister der Ahnen zu gedenken, seine Toten zu begraben und die mächtigen Erdwerke zu pflegen.

Danach war der alte Mann nie mehr derselbe gewesen. Er hatte mit ausdruckslosen Augen ins Leere gestarrt, hilfloser als je. Glimmervogel hatte seine letzten Worte noch im Ohr: *Sie hat meine Seele verzehrt, ich hätte sie niemals nehmen dürfen. Sie muß dorthin zurück, wo sie hingehört. Sie ist nicht für Menschen gedacht.*

Am nächsten Tag war der alte Mann verschwunden.

Glimmervogel mühte sich weiter den Steilhang hinauf, keuchend in der windstillen Luft.

Warum hatten die Langschädel die Maske nie erwähnt? Sie hatten zweifellos gewußt, daß Großvater sie besaß, aber nie hatte sie jemand verlangt.

Wieso?

Der Klapperschlangenclan war gegen die Buntbemalten in den Krieg gezogen, als ihr heiliger Helm mit dem Hirschgeweih geraubt worden war. Drei Jahre lang hatten sich die Clans bekriegt, bis durch Vermittlung des Gänsefußclans und die Rückgabe des Kopfschmucks ein Friede zustande kam.

Wieso hatten die Langschädel das Verschwinden der Maske mit keinem Wort erwähnt?

Denk nicht mehr daran! Glimmervogel versuchte, ruhig zu atmen. *Hör auf, dich verrückt zu machen.*

Aber vielleicht war er schon verrückt. Die Gier, diese Maske unbedingt zu besitzen, hatte ihn beunruhigt. Mit ihr würde er der nächste Führer des Leuchtvogelclans sein und könnte seinen Clan über alle anderen im Mondmuscheltal erheben, sogar über die Clans im Norden.

Glimmervogel rang nach Luft. Der Gipfel war jetzt sicher nicht mehr weit.

Warum war es nur so heiß und schwül? Die feuchte Luft schien ihm alle Kraft zu rauben. Schwankend stolperte er weiter und erkannte durch die Bäume den unregelmäßigen Steinring, der die Bergspitze bezeichnete. Er suchte nach Zeichen, die der alte Mann auf seiner Wanderung möglicherweise hinterlassen hatte. Glimmervogel setzte Schritt vor Schritt über Wurzeln und Ranken, bis er die düstere Böschung erreichte, und betrachtete mit zusammengekniffenen Augen die Anhöhe. Auf seinem eigenen Territorium wäre ein solcher Hügel befestigt, als Schutz vor feindlichen Angriffen.

Das Krächzen der Krähe wurde lauter.

Wo war dieser Felsüberhang? Oder hatte der Alte ihm etwas vorgemacht? War es nur eine Erfindung? Hatten deshalb die Langschädel die Maske nie erwähnt?

Glimmervogel fühlte sich plötzlich kraftlos und setzte sich auf einen Felsen. Hatte der Alte den Clan getäuscht? War auch seine Macht nur eine Täuschung? War sein angsteinflößendes Auftreten nur eine List gewesen, um die Leute gefügig zu halten?

Es gingen Geschichten von Mund zu Mund. Wie ein Rivale tot umgefallen sei, als ihn Großvater durch die Maske angesehen hatte. Könnte das ein Trick gewesen sein? Vielleicht war etwas Wasserschierling in einem Getränk gewesen?

Glimmervogel sah das durchdringende Glühen in den Augen des alten Mannes vor sich. Nein, das war keine Täuschung gewesen. Das konnte und wollte er nicht glauben.

Er stand auf und zwang sich weiterzugehen. Er suchte nach dem trockenen Felsüberhang. Die Maske von Bunte Krähe mußte hier irgendwo sein. Der alte Mann hatte immer gehalten, was er versprochen hatte. So hatte er bestimmt die Maske hierher gebracht und sie dem Toten in die verdorrten Hände zurückgelegt.

Trotz seines scharfen Blicks hätte Glimmervogel den Ort beinahe verfehlt. Zedern hatten ihr Blattwerk wie ein grünes Gewebe über den Eingang der Höhle gelegt und sie verborgen. Nur der merkwürdige Moschusduft in der Luft hatte ihn aufmerksam gemacht.

Glimmervogel schob die Zweige zurück und schaute in die Höhle. Ihre Decke war durch viele Feuer schwarz geworden, und die hintere Wand war uneben.

Als Glimmervogel hineintrat, wurde ihm eiskalt. Er erkannte in dem düsteren Raum zwei Gestalten, die an der Rückwand lehnten. Er zwang sich, in das Dunkel zu treten.

»Du bist gekommen.« Die Stimme des alten Mannes klang erschöpft, wie die eines Besiegten.

»Großvater!«

Als sich Glimmervogels Augen an das Dunkel gewöhnt hatten, erkannte er seinen Großvater. Wie gebeugt er dort saß! War das der Mann, den Glimmervogel im Gedächtnis hatte? Wo waren die breiten Schultern? Wo war die hochmütige Macht geblieben, die Großvater einst besessen hatte? Dieser Mann, dieser Schatten eines menschlichen Wesens – sollte das wirklich Großvater sein?

Glimmervogel schaute jetzt auf die Gestalt, die neben seinem Großvater saß. Es war der Tote, den Großvater ihm beschrieben hatte: leere Augenhöhlen, offener Mund, flehentlicher Gesichtsausdruck. Eine Weile starrte Glimmervogel auf den Leichnam, wie betäubt von der Trostlosigkeit, die seine Haltung ausdrückte. Als ob – als ob jemand dem Toten die Seele geraubt hätte.

Glimmervogel nahm seinen ganzen Mut zusammen. »Ich ... ich bin wegen der Maske gekommen.«

Die Arme des Großvaters, dünn wie Stöcke, legten sich schützend über die Stofftasche in seinem Schoß. Als der Alte den Kopf neigte, wirkte sein Gesicht ausgedörrt, und unter dem eingesunkenen Fleisch zeichnet sich die Form seines Schädels ab.

Großvater flüsterte: »Geh weg von hier, sofort, mein Junge! Hier gibt es nichts für dich. Nur Qual, nur Leid.«

»Ich muß die Maske haben. Du kannst es nicht verhindern.«

Der alte Mann starrte auf den Boden. Schließlich fragte er: »Und was, glaubst du, gibt sie dir? Macht? Die Fähigkeit, den Clan zu führen? Nein, Glimmervogel. Laß sie hier! Dieses Ding, dieses fluchbeladene Ding bringt nur Unheil.«

Glimmervogel konnte seine Blicke nicht von dem scheußlichen Leichnam lösen. Braune Fleischstreifen klebten an den brüchigen Knochen. Trockene, verstaubte Haarbüschel hingen noch an der verhärteten Kopfhaut. Zwischen den ledernen Lippen, in tückischem Ausdruck verzerrt, zeigten sich Zahnstümpfe. Die Fetzen der einst bunten Kleidung, verblichen jetzt und voller Staub, hingen wie ein Sack über dem geschrumpftem Leib. Mäuse und Ratten hatten das feine Gewebe zernagt. Aus der wertvollen Brustplatte waren Perlen herausgefallen. Was einstmals Zeichen von Besitz und Ansehen gewesen war, roch nun nach Moder und Verfall.

Glimmervogel zögerte. Wo war der Geist des Toten? Schwebte er in der Luft? Was war das für eine geheimnisvolle Kälte, die Glimmervogel spürte?

Schließlich zwang er sich, seinem Großvater in die Augen zu schauen. »Warum bist du hergekommen?«

»Um zu sterben, mein Junge, zu sterben, wie ich gelebt habe. Allein und zerfressen von Haß und Selbstsucht. Diese Maske hat eine Macht, die Tod und Elend bringt. Tue nicht, was ich getan habe. Du wirst dich nur vernichten.«

»Warum hast du sie behalten, sie nicht zurückgebracht, wenn sie so furchtbar ist?«

Der alte Mann lachte boshaft. »Sie ließ mich nicht. Du mußt verstehen, mein Junge, wenn du durch die Maske blickst, läßt dich Bunte Krähe durch alles hindurchsehen. Willst du das wirklich?

Nichts als Schwäche in anderen sehen? Sehen, wie du andere verletzen kannst, wie du sie für deine Zwecke ausnutzen kannst? Die Schönheit der Welt wird dir verloren gehen. Ist es das, was du willst?«

Glimmervogel richtete sich auf. »Ich würde die Macht besitzen.«

Großvater schnaubte ärgerlich. »Du weißt nicht, was du verlangst. Geh nach Hause. Lebe dein Leben. Sei ein Farmer, und sei glücklich. Zerstöre dich nicht selbst. Werde nicht zu einem weiteren Opfer der Maske.«

»Ein Opfer? Ich werde der mächtigste Mann von allen Clans sein. Wenn ich die Maske habe, wird Sternmuschel mich heiraten. Ich will der Führer meines Volkes sein. Ich werde die größten Monumente bauen lassen, die je gebaut worden sind. Mein Name wird noch über viele Generationen hinweg genannt werden.«

Großvaters Kopf fiel auf seine Brust. »Die Maske bringt dir Sternmuschel. Aber niemals wirst du sie mit den Augen der Liebe sehen. Deine Kinder wirst du nur danach beurteilen, was sie für dich tun können, oder inwieweit sie dir für deine Ziele gefährlich werden könnten. Deine Freunde wirst du nur unter dem Aspekt sehen, ob sie dir nützen können oder nicht. Du wirst verlieren, was menschlich an dir ist.«

»Ich glaube dir nicht.«

»Ich wußte, daß du mir nicht glauben wirst. Aber ich habe dich durch Augen gesehen, die anders waren als andere Augen. Und schon als du noch ein Kind warst, habe ich das alles kommen sehen.«

»Warum hast du mir dann überhaupt die Maske gezeigt?«

»Weil sie mich dazu gezwungen hat.« Er hustete und wischte sich mit dem schmutzigen Ärmel über den Mund. »Damals, in der Nacht im Haus des Clans, konnte ich mich selbst nicht zum Schweigen bringen. Nicht ich habe dir die Maske gezeigt, es war Rabenjäger. Er hat mich beherrscht – vom ersten Mal an, als ich durch diese schreckliche Maske geschaut habe.«

»Rabenjäger?«

»Bunte Krähe, Vogelmann – wie immer du ihn nennen willst. Der dunkle Zwilling, mein Junge. Der blutige Bruder von Erster Mann. Alles hat ein Gegenstück, denn sonst gibt es kein Gleichgewicht, keine Harmonie. Der Geheimnisvolle hat die Welt so erschaffen.«

»Wenn dich Bunte Krähe beherrscht, warum läßt er dich das jetzt sagen?«

»Weil ich nun sterbe. Jetzt hat er mich losgelassen, hat meine Seele freigegeben. Jetzt kann ich sehen, welch schreckliche Dinge ich getan habe. Erst jetzt, wo ich sterbe, sehe ich meine Fehler.« Großvater seufzte hilflos. »Aber was ich auch sage, es wird dich nicht berühren, nichts ändern. Deswegen läßt mich die Maske auch so freimütig sprechen. Sie weiß, daß du dich schon entschieden hast. Du hörst nicht auf meine Worte.«

Glimmervogel blickte wieder auf den verdorrten Leichnam und unterdrückte sein Schaudern. »Du willst doch nur die Maske behalten, das ist alles.«

Großvater schaute auf und sagte voller Mitleid: »Die Maske hat dich schon vereinnahmt, sie hat dich schon eingeplant, mein Junge, wie jemand, der ein Erdwerk baut. Sie weiß, was sie durch dich gewinnt.«

»Großvater«, sagte Glimmervogel, plötzlich unsicher geworden, »warum haben die Langschädel die Maske nie zurückverlangt?«

Der alte Mann zuckte die Achseln. »Warum hätten sie das tun sollen? Sie kennen den Fluch der Maske. Wenn ein Mann eine Klapperschlange in einem Topf hält, soll er den Dieb warnen? Oder soll er einfach der Gerechtigkeit ihren Lauf lassen?«

Doch Glimmervogel sagte nur mit fester Stimme: »Ich nehme die Maske mit.«

»Damit du deine Monumente bauen, ein großer Führer sein kannst?«

»So wird es geschehen.«

Ein bitteres Lächeln umspielte die Lippen des Alten. »Hör mich an, mein Junge. Wenn du die Maske nimmst, wird sie dich vernichten. Was immer du baust, es wird so vergänglich sein wie das Zwitschern der Schwalbe im Wind. Die Menschen, die du lieben möchtest, werden voller Entsetzen vor dir fliehen. Was die Maske dir gibt, nimmt sie dir dreifach weg.«

Glimmervogel befeuchtete seine trockenen Lippen. Warum mußte dieser Leichnam ihn so anstarren? Wie er die braunen

Zahnstümpfe in den Trümmern seines Schädels entblößte, schien er Glimmervogel zu verhöhnen.

Der junge Mann wendete sich plötzlich dem Großvater zu. »Du ... du sagst das bloß, damit ich die Maske nicht nehme, damit ich nicht mächtiger werde als du!«

»Glaub, was du willst. Aber geh! Und versprich mir, niemals wiederzukommen!«

Die Leidenschaft, mit der der Alte das sagte, überzeugte ihn beinahe. »Stirb in Frieden, Großvater. Stirb mit dem Wissen, daß ich unser Volk zu einer Größe führen werde, die du dir nicht vorstellen kannst.«

»Nein! Geh weg von hier! Lauf, lauf, so schnell du kannst!«

»Du hältst mich nicht auf!« Glimmervogel kam näher.

Glanzlose Augen sahen ihn an. Die Brust des alten Mann hob und senkte sich; durch das dünne Gewebe des Hemdes sah er die Knochen. »Du mußt mir einfach glauben. Du bist nicht so stark wie ich einst war. Bunte Krähe weiß das. Laß die Maske hier, Glimmervogel. Laß sie hier bei meinem Geist, oder sie wird dich vernichten. Du bist schwach ... zu schwach. Schon als du geboren wurdest, habe ich das gesehen.«

Glimmervogel warf den Kopf in den Nacken. »Wenn ich so schwach wäre, warum hätte mich die Maske dann ausgewählt, wie du gesagt hast?«

»Sie braucht dich nur kurze Zeit, mein Junge. Du sollst sie zum Volk zurückbringen.« Die Augen des alten Mannes weiteten sich, als hätte er plötzlich die Wahrheit erkannt. »So ist es. Ein starker Mann wird kommen, voller Ehrgeiz. Dann wird die Maske dich zerbrechen. Wird dich wegwerfen, wie ein Mann ein stumpfes Feuersteinmesser wegwirft.«

Glimmervogel griff zur Tasche und schloß seine Finger um sie. »Leb wohl, Großvater. Beim Fest der Toten werde ich dein Loblied singen und deinen Körper zurückbringen, damit er angemessen beerdigt wird.«

»Nein«, kreischte die schwächliche Stimme. »Laß mich hier! Ich will nicht zusehen!«

»Zusehen?«

»Mein Geist wird dich peinigen, dich jagen bis ...« Als Glimmervogel die heilige Tasche aufnahm, wurde der Körper des

Großvaters plötzlich steif. Ein krächzender Laut kam aus der alten Kehle. Dann fiel der Körper schlaff zusammen.

»Ja«, flüsterte Glimmervogel, »ich werde dich zurückbringen, Großvater, dich im Leichenhaus aufbahren, deinen Körper ölen und räuchern lassen. Ich werde dir ein Grab bauen – ein herrliches Grab. Und bei jedem Totenfest wirst du meine Größe wachsen sehen, und du wirst stolz auf mich sein.«

Das Gesicht des alten Mannes zeigte im Tod panischen Schrecken. Glimmervogel starrte in die toten Augen, um diesen Ausdruck im Gedächtnis zu behalten. Dann richtete er sich auf und betrachtete die Tasche, in der die Maske lag.

Vorsichtig öffnete er die Tasche und setzte sich die prachtvolle Maske ehrfürchtig auf, um durch die Augenlöcher zu sehen. Die kühle Innenfläche der Maske schien sich seinem Gesicht anzupassen. Er spürte, wie die Macht in ihm hochstieg, ihn umhüllte und stärker wurde, während er durch die grüne Wand der Zedern blickte.

Er blinzelte. Was geschah? Farben, alle Farben flossen aus der Welt, bluteten aus, so wie das Leben eines Menschen aus einer tödlichen Wunde fließt. Die goldenen Strahlen der Sonne verblichen zu einem schmutzigen Weiß und saugten das Grün und das Blau auf, bis nichts mehr übrigblieb als fleckige Tönungen von Gewitterwolken, und dennoch …

Ja, du spürst es! Die Macht, die mich durchdringt. Die mich verändert, mich groß macht!

Durch die Augenschlitze der Maske schaute er zurück zu seinem Großvater und sah ein geschwärztes, zusammengeschrumpftes Ding – *genau wie Krähenrufer,* unwillkürlich kam ihm der Name in den Sinn, *wie Krähenrufers Seele, als Wolfträumer sie wegtanzte.*

Glimmervogel nahm die Maske ab, voller Ehrfurcht vor der Stimme, die er in seinem Inneren gehört hatte. Sein Großvater lag neben der ausgetrockeneten Leiche, aber es war nicht mehr der Großvater, den er immer bewundert und gefürchtet hatte, sondern nur noch eine Hülle – wie die abgestreifte Haut einer Larve.

Es würde schwierig sein, die Leiche zurückzuschleppen, aber der Eindruck, den er damit auf sein Volk machte, würde die Mühe wert sein. Jetzt mußte er wie ein Führer denken. Jede seiner Handlungen mußte von größtmöglicher Wirkung sein.

Ein schwaches Wispern der Stimme seines Großvaters schien in der Felsenhöhle widerzuhallen. »Nein! Nein, tu es nicht! Laß mich nicht deiner Vernichtung zusehen!«

Glimmervogel holte tief Atem und steckte die Maske wieder in die Tasche.

Als er den Großvater hochheben wollte, war es ihm, als hörte er eine alte Frau singen:

Ihr Vater kam von weit hinterm Meer,
Kinder der Sonne, dort kamen sie her.
Einer muß sterben, und einer muß leben.
Sieh, wie die Seelen zum Himmel streben.

1. KAPITEL

Der nackte Jüngling lag bäuchlings auf einer Schilfmatte im Tempel. Sein Name war Grüne Spinne, aber jetzt glich er mehr einem gerupften Vogel, die Arme wie Flügel ausgebreitet, die Beine eng beieinander. Unbeweglich wie ein Toter lag er da.

Doch bei genauerer Betrachtung sah man, daß sich der knochige Rücken leicht hob und senkte. Auf der glatten, kupferfarbenen Haut funkelten Schweißtropfen. Zwischen beiden Schulterblättern zogen sich drei tiefe Schnitte, aus denen das Blut, ein Opfer an die Geisterwelt, in einem Rinnsal herausgeflossen war. Eine Nadel, aus dem Mittelfußknochen eines Hirschs geschnitzt und an beiden Enden zugespitzt, hielt den dichten Knoten des schwarzen Haars im Nacken fest. Der Mann war kaum älter als fünfundzwanzig Winter.

Trotz seiner Bauchlage konnte man teilweise sein Gesicht sehen. Breite Backenknochen betonten die hohe Stirn; die Nase war schmal und gebogen wie ein Raubvogelschnabel. Dünne Muschelschalen, fein in Spinnenform geschnitzt und leuchtend grün gefärbt, hingen an seinen Ohrläppchen.

Vier Tage hatte er so gelegen, ohne Nahrung, ohne Schlaf und ohne Wasser, schwitzend, betend und in der Tiefe seiner Seele suchend. Und allmählich hatte eine Vision Gestalt in ihm angenommen, eine Vision vom Fliegen, vom Segeln, vom Treiben auf Wolken und im Wind zwischen Nacht und Tag.

Tief unten wartete die Erde, grau und trübe, im harten Griff des Winters. Eisverkrusteter Schnee lag an den Baumstämmen und umrahmte die gelb-braun gefleckte Laubmatte des Eichen- und Hickorywalds.

Seine ungewöhnlich scharfen Augen erspähten den gewundenen Lauf des Vatergewässers und folgten seinen Windungen bis zur Mündung der Hirschflusses, wandten sich dann nach Osten, bis zur Wasserscheide. Kleine schilfgedeckte Hütten drängten sich auf Lichtungen zusammen. Bald würde die Sonne der Wintersonnenwende aufgehen.

Am Nordufer des Hirschflusses erhoben sich massige Erdhügel. In der Mitte überragten einige die Bäume und boten einen freien Ausblick auf ferne Horizonte. Alle waren mit gelbem Sand bedeckt, der im schwachen Licht der Morgendämmerung glitzerte. Weitere Erdhügel waren auf den Linien der Sonnenwende und der Tagundnachtgleiche gebaut worden. Sie waren rechteckig und zur Vorbereitung der Opferzeremonien oben mit weißem Sand bestreut. Andere Hügel wiederum, kleiner und abgerundet, bargen die Gebeine und die Asche der Toten. Diese Hügel erhoben sich auf den Bahnen der Sternzeichen.

Kennst du diesen Ort? fragte eine Stimme aus grau verhangener Ferne.

»Die Stadt der Toten.«

Die Umrisse der eng beieinander stehenden Beinhäuser waren zwischen den Hügeln erkennbar.

An diesem besonderen Tag warteten die Geister der Toten schon begierig und ungeduldig auf das Fest zu ihren Ehren.

Ich schenke dir etwas Besonderes, sagte die Stimme. *Ich lasse dich durch meine Augen sehen – durch die Augen von Bunte Krähe.*

Das Gefühl des Fliegens veränderte sich, die Macht wuchs in ihm, und er gewann die Erinnerung an längst vergangene Zeiten und ferne, ferne Orte.

Grüne Spinne kreiste und hüllte sich dabei in Wolken, wie in einen dichten Kokon. In einem gefiederten Fuß hielt er die Gewalt des Blitzes, bereit, ihn zu schleudern. In seiner lebhaften Vision konnte er die Szene unter sich genau betrachten.

»Bunte Krähe?«

Ich habe gehört, du sehnst dich nach einer Vision?

»Aber, ich … es ist so …«

Schau hinab, und beobachte, was dort vorgeht! Heute ist einer der beiden heiligsten Tage des Jahres.

Trotz des plötzlichen Wintereinbruchs und ungeachtet der Kälte waren die Leute von weit hergekommen. Manche hatten sich erst nach Märschen von sechs Tagen auf dem Hügelzentrum der Stadt der Toten eingefunden. Viele trugen Töpfe mit Nahrung, Opfergaben oder Asche derer, die im vergangenen Jahr gestorben waren. Einige kamen mit Kanus über eisige Flüsse und Moorseen gepaddelt.

Hier trafen sich die Menschen viermal im Jahr, an den Tagen der Sonnenwende und der Tagundnachtgleiche. Manche kamen, um ihre Toten zu begraben, andere, um ihre Vorväter zu ehren, um ihnen Nahrungsmittel oder Geschenke zu bringen. Sie wollten den Toten zeigen, daß sie ihrer gedachten und sie in Ehren hielten. Auch erbaten sie die Hilfe ihrer Toten für das kommende Jahr.

Wieder andere kamen wegen der Festlichkeiten und der Tänze, denn zu dieser Wintersonnenwende würden die Schamanen das neue Jahr begrüßen und Vater Sonne bitten, die Reise nach Norden anzutreten. Kultische Feiern würden stattfinden, um ihre Geister zu nähren und zu pflegen.

Die feierlich Angetretenen tanzten und führten die rituellen Handlungen durch, die allen ein gutes neues Jahr sicherten. Die Jungen, die zur Initiation bereit waren, wurden geprüft und danach in die Geheimnisse ihrer Gesellschaft eingeweiht. Die Baulichkeiten, in denen die Veranstaltungen stattfanden, wurden begutachtet und Pläne für ihren Unterhalt vorgelegt. Sodann wurde der geheiligte Grund der Stadt der Toten in Ordnung gebracht.

Während der viertägigen Zeremonie erledigten die Clans die meisten ihrer Geschäfte. Die weiblichen Anführer eines Clans entschieden, was im Frühjahr angepflanzt werden sollte; stundenlang debattierte man über die Behandlung der Böden. Man besprach auch Familienangelegenheiten; da wurden Streitfälle geschlichtet, Heiraten vermittelt und in einigen Fällen auch Scheidungen genehmigt.

»Gibt mir die Vision auch Gewalt über Stürme? Kann ich die Natur und die Menschen unter meine Kontrolle bringen?«

Nein, Grüne Spinne. Du suchst eine Ordnung und wirst nur Wahrheit finden. Siehst du die Menschen? Sieh sie dir an. Du wirst sie nie mehr sehen wie jetzt.

Als Grüne Spinne herabschaute, schliefen die meisten. Er wandte sich jetzt zu dem langen, schilfgedeckten Tempel südlich vom höchsten Hügel der zentralen Gruppe. Dort waren trotz der späten Stunde noch fünf Männer wach.

Vier alte Männer, die Ältesten der Clans, saßen im Tempel. Wie verrunzelte Kröten hockten sie da und beobachteten einen nackten Jüngling, der auf dem Bauch lag.

»Das bin ja ich!« Der gefühllose Körper von Grüne Spinne lag immer noch auf dem Mattenboden. Wie jammervoll sein Fleisch aussah – vergleichbar einer warmen Tonmasse.

Das bist du, wie du warst. Wer sind die alten Männer, die dich beobachten? Ist ihr Vertrauen in dich gerechtfertigt?

»Es sind die Ältesten der Clans, die alten Männer, die darauf achten, daß die Riten eingehalten werden. Sie sind die geistigen Wächter meines Volkes.«

Grüne Spinne betrachtete die Ältesten. Die Sonne des Sommers und die Winde des Winters hatten ihre nußbraunen Gesichter gegerbt und mit der Patina des Alters überzogen. Kupferohrspulen hingen an gedehnten Ohrläppchen, und verblichene Tätowierungen überdeckten die Runzeln. Hinter faltigen Lippen waren die Kiefer zahnlos, aber die Augen der Alten blickten immer noch klar und beobachteten gespannt den reglosen Körper von Grüne Spinne.

Die Männer trugen lange Wintermäntel, Fransenschals und pelzgefütterte Mokassins, die bis zur Wade reichten. Die Stoffe waren aus bearbeiteten Nessel- und Seidenpflanzengewächsen gewoben. Die Weberei war künstlerisch hoch entwickelt, und das sorgfältig gefärbte Tuch schmückten komplizierte Muster; die Farbe zeigte die Clanzugehörigkeit eines jeden.

Die Blutroten waren der Clan des Ostens. Ihnen war die Farbe Rot heilig. Rot färbten sie ihre kunstvollen Gewebe, und rot bemalten sie ihre Leiber bei zeremoniellen Feierlichkeiten. Blut bedeutete für sie Lebenskraft. Mit Blut erneuerten die Clans die Felder im Frühling, und nach erfolgreicher Jagd bemalten sie sich mit Blut, um den Geistern der Tiere, von denen sie abhingen, zu danken. Ihr Führer, der Alte Blutrote, trug eine Muschelschale als Zeichen seines Amtes.

Der Sonnenclan siedelte auf den Terrassen am Südwall und trug die Farbe Gelb; sie symbolisierte Vater Sonne und das Leben, das er allen Kreaturen schenkte. Dieser Clan versorgte die heiligen

Feuer in den Tempeln und entzündete die Feuer in den umliegenden Clanhäusern bei den Ritualen. Der Sonnenclan brannte Felder mit Fackeln aus, denn Feuer reinigte. Der Alte Mann der Sonne trug die Reibehölzer.

Die westliche Böschung war vom Himmelsclan besetzt, der sich bei seinen heiligen Riten blau kleidete. Blau war die Farbe des Wassers und des Himmels, denn zwischen beiden herrschte eine Wechselbeziehung. Vom Himmel kam das Wasser für die Felder und Flüsse. Blau war die Farbe der Erneuerung. Der Alte Himmelsmann trug einen kleinen Krug voller Wasser.

Die Nordterrasse gehörte dem Winterclan, ihre Farbe war Schwarz, die Farbe des Krieges, der Jagd und der Winterstürme. Denn was nützten Blut, Sonne, Himmel und Wasser ohne Mut, Kraft und Tod? Ohne Tod gab es kein Leben, wie es auch keinen Tag ohne Nacht gab. Alles hatte ein Ende. Doch auf ein Ende folgt immer ein neuer Anfang. Der Alte Nordmann hatte sich Klappern aus Teilen menschlicher Schädel um die Knie gebunden und machte damit bei jedem Schritt auf die Vergänglichkeit der Zeit und die Unvermeidlichkeit des Todes aufmerksam.

War das nicht schon immer so gewesen?

»Ich werde stark genug sein.« Eiseskälte umfing Grüne Spinne. Stark genug – wofür?

Bevor ich dir gewähre, wonach du suchst, muß ich dich prüfen, sagte die Stimme von Bunte Krähe. *Kannst du dem Geist der Macht erfüllen, was er verlangt?*

Sein ganzes Leben hatte sich Grüne Spinne darauf vorbereitet, ein Träumer zu sein. Immer hatte er sich nach der Macht gesehnt, sich gewünscht, sie zu genießen. Mit dieser Macht würde er zu allem fähig sein, Wunden heilen, es regnen lassen, Krankheiten heilen und die Saat zum Wachsen bringen können.

»Ich will alles tun, was du verlangst, damit ich dem Geist der Macht geben kann, was er haben will.«

Du suchst die Wahrheit, Grüne Spinne. Wenn du stark genug bist, dann werde ich dich das Wesen der Macht erleben lassen. Schau … schau diesen Tempel an, den du so liebst. Sieh ihn dir genau an und behalte ihn im Gedächtnis.

Das Feuer in der Mitte des Raums flackerte und warf ein glänzendes Licht auf die kunstvoll bemalten Wände, auf die farbigen

Bilder von Erster Mann, Wolf, Falke, Spinne, Waschbär, Schildkröte und Bär.

Große Tonkrüge mit kegelförmigen Sockeln und Bandverzierungen standen unter den Bänken, auf denen die Alten saßen. Die Krüge waren mit Stoff verschlossen und mit Hanffasern zugebunden. Sie enthielten die Asche der Vorfahren, deren Geister durch Gebete, rhythmisches Rasseln und die Gesänge der Ältesten herbeigerufen worden waren. Nun schwebten sie im Tempel, beobachteten den jungen Mann und hörten seine verzweifelten Gebete.

»Der Tempel ist das Herz des Volkes«, sagte Grüne Spinne. »Hier werden die heiligen Gegenstände aufbewahrt. Hier ist der heiligste Ort für alle Clans.«

Und sehr heilig für dich, Grüne Spinne. Er ist der Mittelpunkt deines Lebens geworden. Die Clans haben dich genährt, sich um dich gekümmert und dir alles gegeben, was du benötigt hast, um ein Träumer zu werden. Willst du mehr als das, Grüne Spinne? Schau diese alten Männer an und fühle, wie du sie liebst. Ja, so ist es gut. Genieße die Wärme, die in deiner Seele aufsteigt.

Grüne Spinne sah hinab; er liebte die alten Männer und dachte an das, was sie ihn gelehrt hatten. Sie waren treu geblieben – sie vertrauten ihm. Stoisch wachten sie über seinen gefühllosen Körper, und er liebte sie von ganzem Herzen.

Liebe ist machtvoll, Grüne Spinne. Bist du stark genug, sie aufzugeben?

»Aufzugeben? Warum?«

Liebe lenkt uns von der Wahrheit ab, von der Realität der Macht. Liebe ist trügerisch.

Das Feuer war niedergebrannt. Der Alte Mann der Sonne stand langsam auf, nahm leise singend ein neues Scheit und legte es ins Feuer. Dann zeichnete er ein Netzmuster in die Luft. Das Volk glaubte, Spinne hätte den Sonnenclan gegründet und gleich nach der Schöpfung den Menschen das Feuer gebracht.

Das Scheit aus Zedernholz knisterte und sprühte Funken, als es Feuer fing. Die Geister schwebten um den reglosen Körper von Grüne Spinne und flüsterten miteinander.

Gesang stieg jenseits der Tempelmauern auf. Der Tag der Sonnenwende dämmerte herauf. Die Blutroten traten aus ihren Häusern in den eisigen Wintermorgen hinaus. Singend begrüßten sie das Licht und hoben die Hände mit erwartungsvollen Gesichtern gen Osten.

Die alten Männer im Tempel wurden unruhig. Die Zeremonie, für die jeder der Ältesten Verantwortung trug, begann. Wie lange sollte ihre Wache noch dauern? Vier Tage waren vergangen, seit Grüne Spinne sich auf der Suche nach dem Heiligen Traum in den Staub geworfen hatte.

Der Älteste der Blutroten seufzte – dachte kurz nach und sagte: »Wir müssen bleiben. Wir haben es versprochen.«

Mit kaum merklichem Nicken stimmten die andern zu. Sie würden bleiben.

Das sind ehrenwerte Freunde, erklärte Bunte Krähe, *und das trifft sich gut; so kann deine Entschlossenheit besser geprüft werden. Bereitest du dich vor, Grüne Spinne?*

»Mich vorbereiten?« Was meinte Bunte Krähe damit? Hatte er das nicht schon getan?

O Grüne Spinne, du hast noch nicht einmal den ersten Schritt getan. Ich habe dir erlaubt zu fliegen, in die Schwingen meines Geistes zu schlüpfen. Wenn du stark genug bist, werde ich dir erlauben, an meiner Stelle zu handeln. Du hast nach Macht verlangt. Ich werde dir gewähren, was du suchst, wenn du mir gewährst, was ich will. Der Weg ist lang, beschwerlich und schmerzlich. Was bist du bereit, der Macht zu opfern?

»Alles. So, wie mein Volk jetzt Opfer bringt.«

Wenn die Ältesten des Clans an so einem wichtigen Tag ihre Aufgaben anderen übertragen würden, wäre das nicht eine Lektion für Grüne Spinne? Die Clans kannten die Rituale, und andere Männer würden die Opfer bringen und die Zeremonien leiten.

»Ich werde tun, was du willst, Bunte Krähe. Sag mir, was du begehrst. Du kannst alles haben, was ich besitze.«

Noch nicht, rief ihm die Stimme von Bunte Krähe aus der Ferne zu. *Das ist erst der Anfang. Du hast noch einen langen Weg vor dir.*

Die Seele von Grüne Spinne wandte sich jetzt den Menschen zu, die vor Erwartung erschauerten und sich in leuchtend farbige Decken hüllten.

Aus den Hütten rings um die Hügel des Clans tauchten in der kristallenen Kälte des purpurfarbenen Morgens Tänzer auf. Sie trugen ihre feinsten Kleider und schauten zum hohen Hügel hinauf, wo die Ältesten hätten stehen sollen. Da sie dort niemanden sahen, wandten sich ihre Blicke dem Tempel zu, der am Fuß des Hügels im grauen Licht aufragte. Geflüsterte Fragen gingen von einem zum andern; die Leute hielten ihre Decken fest und erklommen die Hügel, um die Zeremonien zur Geburt des neuen Jahres einzuleiten. Viele Gesichter wendeten sich zum bleiern glänzenden Himmel.

Dein Volk scheint beunruhigt zu sein, bemerkte Bunte Krähe.

»Die Leute wundern sich, was mit den Ältesten geschehen ist, sie wissen von meiner Suche nach der Vision.«

Grüne Spinne spürte die wachsende Unruhe. Konnten die Rituale ordnungsgemäß stattfinden, auch ohne Leitung der Ältesten? War der Beginn des Frühlings in Gefahr? Und was bedeutete das für das Volk?

Der Geist von Grüne Spinne schnellte empor und schoß in einer Spirale über die Erdwerke. Verstanden sie es denn nicht? Es bedeutete, daß sein Verlangen gestillt sein würde. Er würde die Fähigkeit haben zu vermitteln, ihnen zu helfen, er würde Gewalt über das Wetter und die Stürme, über Krankheiten und Verletzungen haben. Er versuchte, alles auf einmal zu sehen, die Gesamtheit aller Clanbesitzungen, für die er fortan verantwortlich sein würde.

Jenseits der Stadt der Toten standen vereinzelt Häuser, und unregelmäßig verteilte Ackerflächen lagen unter einer Frostdecke. Drei Monde mußten noch vergehen, bis Vater Sonne hoch genug aufgestiegen war, um den Winter zu verbannen; dann würde man den fruchtbaren Boden pflügen, Kürbis anbauen und Maigras und Sumpfholunder zur Frühjahrsernte sammeln können. Man würde Knöterich- und Gänsefußsamen sehr genau prüfen, bevor man sie mit zugespitzten Pflanzstöcken in die fette, rotbraune Erde stieß.

Entlang der Südgrenze der Stadt wand sich der Hirschfluß durch sumpfigen Grund. Fischwehre ragten empor, und Muschelbeete lagen unter dem eisverklumpten braunen Wasser. Verkrusteter Schnee überzog die Laubmatten, das Riedgras und die Schilfrohre, die den trüben Fluß säumten. An den Anlegestellen waren Kanus aufs Land gezogen. Trockengestelle standen für die nächste Ernte bereit, deren Erträge Schiffe heranbringen würden.

Hinter diesen trüben Wasserläufen erstreckte sich der Besitz des Sonnenclans. Auch dort traten die Menschen hinter den Türvorhängen hervor, um diesen besonderen Morgen zu begrüßen. Viele beteten die Sonne an und blickten nach Norden, zu dem hohen zentralen Hügel, der das gegenüberliegende Ufer beherrschte.

Grüne Spinne spürte die Unruhe in ihnen, als ob jeder einzelne ahnte, wie schwer die Macht wog.

»Macht euch keine Sorgen, ich träume für euch«, versprach er ihnen. »Ich werde dafür sorgen, ich werde euch das Leben leichter machen.«

Wenn du stark genug bist! ermahnte ihn Bunte Krähe. *An deiner Stelle, Träumer, würde ich nichts versprechen, von dem ich nicht weiß, ob ich es auch halten kann. Mein Bruder nennt mich einen Narren, weil ich mich für einen Mann entscheide – aber er hat ja auch seine Entscheidung getroffen. Er hat auch nicht mehr Verstand als ich.*

»Ich werde meine Versprechen halten.«

Und dem Geist der Macht helfen, daß er seines halten kann?

»Ja! Ja!« Das Vergnügen des Fliegens erfüllte ihn, und mit jedem Schlag seiner glänzenden schwarzen Flügel wuchs seine Wonne.

In ihren gemütlichen Unterkünften aßen die Leute ihr tägliches Mahl aus Pecannüssen, den Früchten des Hickorybaums, getrockneten Beeren oder gemahlenen Gänsefußsamen aus den großen Tonschalen, die sie unter den Schlafbänken aufbewahrten. Manche holten Kürbis aus ausgehöhlten Lagerstellen im Boden, andere entfachten Feuer in ihrem Ofen.

Hie und da glitt ein Kanu auf dem Moorgewässer vorbei. Die Gespräche drehten sich nur darum, daß die Ältesten der Clans fehlten. Ausrufe der Verwunderung wurden laut, als die Leute mit aufgerissenen Augen zum Tempel blickten.

»Es ist alles in Ordnung«, rief Grüne Spinne, aber seine Stimme verlor sich in den Wolken. »Ich habe meine Vision bekommen!

Von nun an wird alles besser! Ich bin es, der alles besser machen kann.«

Ja, vielleicht kannst du das. Die Gerechtigkeit erfordert es, daß ich dir etwas mitteile, Grüne Spinne. Wenn du wirklich stark genug bist, um das zu tun, was ich verlange, dann wirst du nie mehr so sein, wie du gewesen bist.

»Ich will die Macht!« rief Grüne Spinne abermals. »Ich werde alles tun, wenn du mich die Wahrheit erkennen läßt!«

Um die Wahrheit zu erkennen, mußt du sterben – alles, was du bist, muß sterben. Kannst du dich selbst vernichten, um zu finden, was du suchst?

Trotz wachsender Unruhe und Verwirrung blieben die Menschen, die aus fernen Clangebieten angereist waren, an den Feuern sitzen und erzählten sich die Geschichten des Winters, so etwa, daß Bunte Krähe die Geister gerufen und sie in das Feuer auf dem Berg gelockt hatte.

Die Toten wußten so viel mehr als die Lebenden. Ehrfürchtig betrachteten die Menschen die schönen Urnen mit der Asche der Familienmitglieder, die im vergangenen Jahr gestorben waren. Heute würden sie diese Überreste mit denen ihrer Vorfahren in den Gemeinschaftshäusern der Clans in der Stadt der Toten vermischen. Keiner ihrer Lieben würde jemals mehr allein sein.

Aufregung bemächtigte sich der festlich gekleideten Menschen. Sie trugen glänzende Muscheln, poliertes Kupfer oder Ketten aus fein geschliffenen Steinen um den Hals. Schnüre mit Steinen, Knochen und Muschelperlen wurden stolz zur Schau gestellt. In seidigen schwarzen Haaren steckten grell bunte Federn, und die Gesichter waren mit großer Sorgfalt bemalt worden.

Während die Tänzer herumwirbelten und ihre Gebete zu den Geistern sangen, brachten Verwandte die Leichname zu den Krematorien – flache Lehmgruben mit trockenem Hartholz, in die man die ausgedörrten Körper legte. Das Feuer brachten Mitglieder des Sonnenclans vom Tempel im Südteil des Hügelkomplexes. Die Flammen erfaßten die Leichname und überführten das Fleisch ihrer Körper in das Nichts, aus dem sie gekommen waren.

Fromme Verwandte beteten und sangen zu den Seelen der Verschiedenen, und so wußten die Geister, daß man ihrer gedachte.

Nun hatten sie keinen Grund mehr, unter den Lebenden zu verweilen. Danach wurden Nahrung, Getränke und Geschenke auf den Hügeln angeboten.

Auch Bunte Krähe, der Aasvogel, der listige Jäger, bekam seine Opfergaben. Denn Bunte Krähe kannte die Toten, erwies ihnen Gefälligkeiten und brachte Nachrichten von ihnen ins Land der Lebenden. Deshalb verehrte man ihn; das Bild des Vogels wurde oft in Pfeifenköpfe geschnitzt, in Kupferstücke geschlagen und aus Glimmerplättchen geschnitzt.

»Ja«, sagte Grüne Spinne, der sich zutiefst unwohl fühlte. »Ich will sterben, wenn mir das die Macht gibt. Ich will alles tun, um die Geheimnisse der Macht zu durchschauen.«

Bist du sicher? Du träumst doch nur, deine Seele ist vom Körper befreit und schwebt frei im Raum. Vier Tage und vier Nächte hast du auf der Matte gelegen, ohne Nahrung und ohne Wasser. Du hast dich gezwungen, wach zu bleiben und deine Seele von Gedanken zu befreien. Vielleicht phantasierst du nur.

»Willst du mir erzählen, das alles sei nur Illusion? Ich kann alles sehen, alles, was Bunte Krähe sieht, wenn er am Himmel kreist.«

Alles ist Illusion. Aber du mußt erst sterben, bevor du verstehst. Du wirst das Fest versäumen.

Erst als die Toten versorgt waren, wandten die Trauernden sich wieder den Lebenden zu. Warme Häuser und besorgte Familien erwarteten sie – und natürlich hatte man sich die Neuigkeiten von der Feier zu erzählen. Der Winter war die Zeit der Zusammenkünfte und Erzählungen am behaglich warmen Feuer. Schneide- und Schnitzarbeiten an Faustkeilen, Krummäxten, Atlatls und Pfeifen wurden ausgeführt, während die Menschen auf den Saatmond warteten. Weber gestalteten ihre Kunstwerke. Jäger stiegen ins Hochland, um den Weißschwanzhirsch mit Schlingen zu fangen, oder sie lauerten Truthähnen und Waldhühnern auf, die sie mit Bolas zur Strecke brachten. Dieses Wurfgeschoß, das sich um Hals oder Beine der Beute schlang, bestand aus fünf Riemen, die an den einen Enden zusammengebunden waren, und an deren anderen Enden jeweils ein Stein befestigt war.

Viele Menschen brachen zur Stadt der Toten auf, weil sie ihre Vorfahren um Rat fragen oder die Welt der Geister um Hilfe bitten wollten. Andere beteten, daß sie im Krieg mutig und siegreich sein würden, oder sie erflehten die Fähigkeit, Kranke und Verwundete zu heilen. Junge Leute, die verliebt waren, baten um baldige Heirat oder eine erfolgreiche Verführung. Manche erhofften sich wohl auch Einblicke in die Zukunft oder Warnungen vor kommendem Unheil.

»Ist das alles? Ich tausche ein Fest gegen die Macht.«

Bist du sicher? Ein Fest für die Macht? Ein armseliger Händler würdest du sein, Grüne Spinne. Aber wenn du tust, was ich verlange, machst du den Handel deines Lebens. Ein schlauer Händler würde sich in acht nehmen.

Unwillkürlich blickte Grüne Spinne zum Lager der Händler, das sich oberhalb des Kanulandeplatzes befand. Am Sonnenwendtag fand der Austausch wertvoller Güter statt: feine Stoffe, bunt gefärbte Tuche, Haifischzähne und Muschelschalen aus dem Südmeer, kultische Pfeifen aus den großen Erdwerken der Schlangenhäuptlinge, Kupfer und Silber aus dem Land nördlich des Frischwassersees, Delikatessen wie Ahornsirup aus dem fernen Nordosten, sogar Obsidian aus einem Sagenland im fernen Westen, wo Grizzlybären leben sollten.

»Jeder Händler, der diesen Namen verdient, würde bereitwillig dasselbe tun.«

Bunte Krähe schwieg.

Während der Sonnenwendzeremonien wurden aber nicht nur die Angelegenheiten der Toten geregelt, sondern auch die der Lebenden. Junge Männer trafen junge Frauen. Alte Frauen, immer an neuen Bündnissen mit anderen Familien interessiert, beobachteten die Jungen mit Wohlwollen. Verhandlungen über Grundbesitz wurden geführt und Streitereien beigelegt; Wetten abgeschlossen. Nachdem man der Toten feierlich und festlich gedacht hatte, feierten auch die Lebenden.

Grüne Spinne schwebte in der kalten Luft und sah die Sonne über der Hochebene im Südosten aufsteigen. Die Mitglieder des Clans der Blutroten tanzten den Begrüßungstanz und hielten dabei Ausschau nach dem Ältesten, der sonst immer die Anbetung sang und den Segen erflehte.

Arme Grüne Spinne, erhob sich die Stimme aus der Dämmerung. *Mein Bruder hat sich geweigert, deinen Ruf zu erhören.*

Doch ich werde dich nicht verlassen. Auch ich war einst ein Mensch und ebenso begierig wie du, die Macht zu erlangen. Ich weiß, wie sehr deine Seele sie erstrebt.

Grüne Spinne hatte die alte Mahnung vernommen, daß niemand danach streben sollte, ein Träumer zu werden. Aber der verzweifelte Aufschrei seiner Seele verdrängte die Mahnung. »Ich will die Macht, um die Stürme zu rufen und meinem Volk zu helfen. Mich erfüllt ein heißes Verlangen, das Wesen der Dinge zu ergründen – alles zu wissen.«

Alles zu wissen? O Grüne Spinne, ich verspreche dir, daß ich dir alles zeigen werde. Siehst du das Haus oberhalb der Kanuanlegestelle?

»Ein großer Krieger lebt dort. Ein schrecklicher Mann, der nur auf Unheil sinnt.«

Sammle dich, Grüne Spinne. Ich verleihe dir eine der Fähigkeiten der Macht. Du wirst in seine Seele sehen können.

Am Rande des Felshangs stand ein Haus, an dessen vier Seiten Nachbildungen von Krähe, Klapperschlange, Schnappschildkröte und Geier hingen, die finster in die vier Himmelsrichtungen spähten. An der Südseite ragten zwei Balken empor, geschnitzt in der Zickzackform von Blitzen. Aus ihnen starrten Gesichter von Vorfahren und die Geistertiere des Krieges: Adler, Klapperschlange, Schnappschildkröte und Rotluchs. Die Ausstattung des Hauses zeugte von der Macht und Berühmtheit des Hausbesitzers.

Er wurde Schwarzschädel genannt. Schreckliches war in seiner Vergangenheit geschehen. Manche glaubten, er sei von boshaften Geistern besessen, andere hielten ihn für heimtückisch. Alle aber betrachteten ihn als den gefährlichsten Mann, den es gab, und niemand nannte ihn seinen Freund. Er galt als der größte Krieger, der je gelebt hatte.

Grüne Spinne schüttelte den Kopf, als er ihn sah. »Er wird von Geistern heimgesucht, er ist furchtbar. Er mag mich nicht. Er mag niemanden.«

Er ist ein Mann in Not, und er ist auf der Suche wie du und ich.

»Wonach könnte Bunte Krähe suchen?«

Nach einem Helden, einem Träumer, der bereit ist, nach Norden zu ziehen und die heilige Maske zurückzuholen. Bist du dieser

Held? Ich werde dir die Macht und die Wahrheit zeigen, ich werde dich erleben lassen, was nur wenige Menschen erlebt haben – wenn du dich meiner Sache verpflichtest.

Unsicher betrachtete Grüne Spinne den Krieger, der in brütende Gedanken versunken war. In seiner Seele keimten erste Zweifel auf. Träumte er wirklich nur? Oder flog er tatsächlich wie Bunte Krähes Geist?

Richte deine Gedanken auf diesen Krieger, Grüne Spinne. Sieh in seine Seele hinein!

Während die Morgengesänge der Blutroten wie Nebelstreifen vor dem Morgengrauen leise durch die Stadt der Toten zogen, trat Schwarzschädel, bewaffnet mit seiner tödlichen Kriegskeule, aus der Tür. Unter der bronzefarbenen Haut seiner mächtigen Schultern spielten die Muskeln. Narben bedeckten kreuz und quer seinen Körper, und auch sein Gesicht war von Verletzungen nicht verschont geblieben. Die Keule eines Kriegers der Copena hatte ihm den linken Backenknochen zerschmettert, sein Kiefer war gebrochen und nicht richtig zusammengewachsen, wodurch sein Gesicht völlig aus der Form geraten war.

Mit erhobener Keule stürzte Schwarzschädel zum Gipfel des Hügels hinter seinem Haus.

Mit scharfen Augen erfaßte er die Szenerie, und er prüfte wie jeden Morgen, ob alles noch an seinem Platz war. Die Vorratshütten waren noch verschlossen, und dünner Rauch stieg träge über den Beinhäusern unterhalb der Totenhügel auf. Vereinzelt knisterten noch Feuer in den Krematorien, begleitet vom Singsang trauernder Hinterbliebener.

Er wandte seinen Blick nach Osten, wo sich die aufsteigende Sonne noch hinter Wolken verbarg. Seine narbige rechte Hand umklammerte die schwere Kriegskeule aus hartem, alten Hickoryholz, sorgfältig griffgerecht geschnitzt und poliert.

Die Stadt der Toten fest im Blick, begann Schwarzschädel seine Keule zu schwingen. Er warf sie von einer Hand in die andere, wirbelte sie immer schneller herum und lauschte dem sirrenden Geräusch, das dabei entstand. Im Zickzack und fintenreich täuschend, sprang er von einem Fuß auf den anderen, seitlich ausweichend und sich windend. Er bewegte sich mit tänzerischer Anmut und war sich der harmonischen Vollkommenheit seines Körpers bewußt.

»Ich soll mit diesem Totschläger gehen? Es wird erzählt, er habe seine Mutter ermordet.«

Das hat er. Ihr Geist peinigt ihn immerfort. Wie du sucht auch er nach Ordnung und Berechenbarkeit. Aber anders als du sieht er nichts außer seiner Wut.

Keuchend reckte sich Schwarzschädel und hob die Keule ins segnende Licht des neues Tages. Unter sich konnte er die Zustimmung der Vorfahren spüren, er hörte ihre schwachen Stimmen, das Murmeln der Geister des Winterclans. Die ganze Nacht hindurch waren die Vorfahren durch die Wände seines Hauses eingedrungen und um sein Bett herumgeschlichen; sie hatten seine Träume gestört, gespenstisch ihren Atem über sein Gesicht geblasen und ihm ins Ohr gewispert.

Schwarzschädel sog die eiskalte Luft tief ein. Der Geruch von Herdfeuern schwebte zu ihm herauf; er spürte, wie ihn die Leute beobachteten, die wußten, daß er allmorgendlich mit seiner Keule übte.

Im grauen Licht des Morgens schien der Tempel, in dem die Ältesten warteten, besonders unheildrohend. Sie setzten also ihre Wache fort, ungeachtet der Heiligkeit des Tages. Schwarzschädel schüttelte den Kopf. Daraus konnte nichts Gutes entstehen.

Grüne Spinne hörte Bunte Krähe flüstern: *Vorwärts, Schwarzschädel! Schaffe Unruhe! Es kostet dich nicht mehr als etwas von deiner Seele. Die Zeit ist nahe, daß ich meine Vision an Grüne Spinne weitergebe. Danach, einsamer Krieger, wird dein Leben nie mehr so sein, wie es vorher war.*

Als die Sonne höher in den wolkenübersäten Himmel stieg, hallten die heiligen Gesänge zwischen den Hügeln wider, und die Geister wurden für ihren Flug in die Ewigkeit befreit. Die ganze Zeit blieb der Jüngling Grüne Spinne auf der Matte im Tempel liegen ... verloren in der Spirale des Himmels.

Höre mich, Grüne Spinne. Wenn du bereit bist zu sterben und alles aufzugeben, was du liebst, dann werde ich dir ein Wissen schenken, das kein anderer lebender Mensch besitzt. Du wirst den Weltenbaum besteigen, das Land der Toten durchwandern, und am Ende werde ich dir die Augen öffnen, damit du den Geheimnisvollen sehen kannst. Du wirst deine Wahrheit bekommen, Träumer.

»Und ich werde ausziehen, um deine Maske zu finden.«

Mach dich bereit. Gleich ist es soweit.

Als die Sonne den Zenit erreichte, blinzelte Grüne Spinne. Er wußte, was jenseits der Tempelmauern geschah. Da alles zum Fest der Toten bereitet war, saßen die Leute jetzt an den dampfenden Kochtöpfen.

Zeit zu sterben. Er fühlte, wie Bunte Krähe den Blitz packte, zielte und ihn schleuderte. Der zuckende Strahl schoß aus den Wolken in den Tempel, in dem der Körper von Grüne Spinne lag.

Die Menschen fuhren herum. Es herrschte Totenstille, nur das Echo des Donnerkeils verhallte in der Stadt der Toten. Die Flammen züngelten im zerstörten Tempel und setzten das trockene Holz in Brand. Binnen Sekunden loderten die Flammen prasselnd empor, und überall ertönten Entsetzensschreie.

2. KAPITEL

Ich spüre nur ein unerträglich gleißendes Licht. Ich habe die Augen geschlossen, das weiß ich. Doch dieses Licht durchdringt meinen ganzen Körper wie tausend Feuersteinspäne, und es durchsticht meine Seele.

Meine Gedanken sind noch ungefügt, sie ordnen sich erst langsam, wie Eiskristalle auf einer Pfütze.

»Was … was geschieht mit mir?«

Du hast nach einer Vision verlangt, antwortete eine körperlose Stimme aus großer Ferne.

»Wo bin ich?«

Irgendwo in einem Bereich zwischen Leben und Tod.

Ich habe Angst. Ich will mich nur vor dem schrecklichen Licht schützen. »Ich kann nichts sehen. Es brennt mir die Augen aus.«

Natürlich, Helligkeit blendet immer. Licht gebiert Dunkel. Und Dunkelheit gebiert Licht. Immer wieder, immer wieder, ohne

Ende. Denke daran, Grüne Spinne, du kannst die Wahrheit nur finden, wenn du ihre Gegenseite betrachtest.

Jetzt zittere ich. Ich verstehe nichts. Ich weiß nur, daß ich fühle, wie mein Fleisch brennt, brennt …

Das Gesicht der Mondfrau leuchtete silbern durch den dünnen Wolkenschleier, der aus Nordwesten heranschwebte. Eine kleine Schar schwacher Sternenwesen schimmerte um sie herum, gerade hell genug, um neben ihrem perlmuttartigen Schein zu bestehen. Das fahle Licht ergoß sich über das Land, erleuchtete die Flußufer und die dort liegenden Kanus.

Ein einsamer Mann, hochgewachsen und kräftig, blickte über den mächtigen Fluß. Ein Winterhemd hing ihm bis auf die Waden, lederne Leggings wärmten ihm die Beine, und an den Füßen trug er Mokassins. Über seinen Schultern hing ein Umhang aus Fuchspelz – selbst für diese kalte Jahreszeit zu warm.

Seine Leute, der Weißmuschelclan, nannten ihn Otter. Aber flußauf- und flußabwärts war er auch unter dem Namen Wasserfuchs bekannt. Gab es einen schmeichelhafteren Namen für einen Händler?

Wellen tanzten auf der schwarzen Oberfläche des Flusses, getrieben vom Wind. Das Laub der Bäume auf den fernen Anhöhen im Osten ähnelte im fahlen Mondlicht einem taubengrauen Fell.

Otters Aufmerksamkeit galt dem Fluß, dem Gegenstand seiner Besessenheit. Sein Leben hatte sich durch den aufwühlenden Geist von Vater Wasser verändert. In dieser Nacht aller Nächte hatte er das Ausmaß der Macht des Flusses über seine Seele kennengelernt.

Er beugte sich nieder und berührte mit den Fingerspitzen ehrfürchtig das Wasser. Der breite Fluß war schwarz und bedrohlich, als er aber seinen Blick zum Kanal schweifen ließ, tanzten kleine silberne Mondlichter über den Wellen. Er spürte die starke Strömung des Flusses, der nach Süden zum Meer eilte.

Merkst du es? Merkst du, wie der Fluß ruft? Mächtig und einladend, wie die sanfte Berührung einer Frau, wie … Alles führte zu den Frauen, war es nicht so? Für ihn aber führte alles nur zu einer Frau, zu Rote Mokassins.

Otter atmete tief die berauschende Mischung von Gerüchen ein, den Bisamgeruch des Wassers, den Geruch des Sandschlamms und den stechenden des Brackwassers. Otter kannte sich mit den stillen Sümpfen aus, mit den Geistern des alten Flußkanals, mit dem unbewegten Wasser voller Eisstückchen.

In Otters Nähe störte ein nächtlicher Raubvogel die Enten, die aufgeregt schnatterten. Im Dunkeln glitt die Eule auf lautlosen Flügeln vorbei und ließ ihren Ruf hören. Ein Fisch peitschte das Wasser – auf der Jagd nach Beute oder selbst ein Gejagter.

Der Nachtwind brachte Vorboten eines nahenden Sturms. Otter spürte die Luft aus dem Norden und erschauerte in ihrer Kälte.

Eine Kälte, die der Kälte in meiner Seele spottet. Er steckte seine Hand tiefer ins eisige Wasser.

Die nächtliche Brise trug schwaches Gelächter heran. Otter schaute nach Westen und konnte dort die Häuser des Riesenschilfclans sehen – von dort kam das Gelächter.

Der Riesenschilfclan feierte nun schon vier Tage und Nächte mit Singen und Tanzen, Essen und Trinken, Geschichtenerzählen und Geschenken. Diese Hochzeit war eine glückliche Verbindung zwischen dem Weißmuschelclan und dem Riesenschilfclan. Die beiden Clans waren nun miteinander verknüpft, als hätte diese Hochzeit aus zwei Völkern eines gemacht.

Die Clans, deren Territorien sich auf beiden Seiten des Flusses gegenüberlagen, waren vor langer Zeit Feinde gewesen. Am Anfang hatte der Weißmuschelclan sein Clanhaus und seinen Grabhügel auf den östlichen Uferfelsen mit Sicht über den Fluß erbaut. Das Haus des Riesenschilfclans mit seinem Erdwall war erst errichtet worden, als der Clan flußabwärts gezogen war. Sie hatten sich einen Siedlungsplatz auf einer Anhöhe des Westufers erwählt. Krieger der Weißmuscheln hatten sich aufgemacht, um die Eindringlinge aus ihrem Gebiet zu vertreiben. Der Riesenschilfclan war aber entschlossen, sich am neuen Ort zu behaupten. Irgendwann, in der Zeit der Großmütter, hatte die Fehde schließlich mit einer Heirat geendet.

Otter war dem Fest bei der ersten besten Gelegenheit entflohen. Er brauchte Zeit, um in der Einsamkeit seinen Schmerz zu lindern.

So inbrünstig hatte er sie geliebt, so leidenschaftlich. Hier konnte er nun auf die Reste seiner Liebe zurückblicken.

Wie oft war er den Weg zu dieser Siedlung gegangen? Verzauberte Wege waren es gewesen, denn er wußte, daß sie wartete und die Vorfreude in ihren Augen leuchtete.

Alles vorbei.

Lodernde Feuer färbten die schilfgedeckten Dächer und die Wände des Clanhauses honiggelb. Das Licht tanzte und flackerte, wie es der Brise gefiel.

Die Menschen in den Dörfern im Tal nahmen die furchterregenden Veränderungen in der Welt draußen gar nicht wahr. Otter aber wußte Bescheid. Die Zahl der Kanus, die durch das Land der Clans gefahren waren, hatte sich im Vergleich zum letzten Jahr ums Hundertfache erhöht. Junge Männer wie er wollten Geschäfte machen, denn der Bedarf an Waren ober- und unterhalb des Tals wuchs ständig.

Wir befinden uns jetzt in einem Zeitalter der Bündnisse – und das heißt, in einem Zeitalter großer Gefahren.

Er wandte sich wieder dem bewegten schwarzen Wasser zu. Selbst jetzt im tiefsten Winter wisperte der Fluß, rief ihn und zerrte an seiner Seele, so wie er an den Sandbänken nagte.

»Otter?« Die sanfte Stimme überraschte ihn, und er fuhr herum. Da stand sein Zwillingsbruder im fahlen Mondlicht wie ein Gespenst. Viertöter sah in seinem Hochzeitsgewand sehr elegant aus. Ein kupferner Haarschmuck war an dem dicken Haarknoten in seinem Nacken befestigt. Sein Brustschmuck bestand aus Schichten von Knochen und Muschelperlen; das opalfarbene Mondlicht gab seinem fein geschnittenen Gesicht einen rassigen Ausdruck.

Otter sagte: »Entschuldige, Bruder, du hast mich erschreckt. Wegen des Windes habe ich dich nicht kommen hören.« Unsicher wischte Otter die nassen Fingerspitzen an seinem Fuchsmantel ab und blickte sehnsüchtig zurück auf das Wasser.

Er hätte eigentlich nicht überrascht zu sein brauchen. Viertöter hatte gewußt, daß sein Bruder herkommen würde. Ihre Seelen hatten sehr viel gemeinsam. So gleich sie sich waren, so verschiedenartig waren sie auch, aber das hatte Vater Wasser schon vor langer Zeit entschieden. Vielleicht hatte die längst vergangene

Nacht auf dem Fluß zu diesem Treffen geführt. Ein Mensch wußte nichts vom Wirken der Macht, aber er spürte sie. Sie warfen ihn hierhin oder dorthin, wie einen Stock, den man in die Strömung wirft.

Viertöter kam den Hang hinunter zu Otter und schaute mit ihm über den Fluß. Er sah nur den dunklen Uferfelsen auf der anderen Seite, auf dem sich das Haus des Weißmuschelclans und die Erdhügel befanden. Für Viertöter war der Clan Mittelpunkt seines Lebens, dazu kamen seine Verpflichtungen gegenüber Großmutter. Für Otter dagegen war der Fluß Mittelpunkt, er war der Ort der Seele.

»Ich habe gefühlt, wie verletzt du bist«, sagte Viertöter sanft.

Otter legte einen Arm um seinen Bruder. »Was willst du tun? Die Heirat widerrufen? Den Clans die Stirn bieten? Dein Leben ruinieren, dein Glück – und ihres – aufs Spiel setzen?«

Viertöter schwieg und versuchte bei diesem Licht in Otters Augen zu blicken. »Wenn du es verlangst.«

Otter faßte seinen Bruder auf die Schulter. Das Herz wurde ihm warm. »Ja, das würdest du tun. Das würdest du tatsächlich tun. Weißt du, für einen Mann, der so klug ist wie du, kannst du manchmal ein richtiger Narr sein.«

»Ich möchte dich um nichts in der Welt verletzen. Großmutter sagte mir, daß Rote Mokassins um mich gebeten hat. Ich konnte nicht schlafen und war hin- und hergerissen zwischen Seligkeit und Vorahnung. Voller Angst dachte ich daran, was du dazu sagen, was du davon halten würdest. Ich wußte nicht mehr, was ich tun sollte, Otter. Kannst du das verstehen?«

»Ich verstehe dich sehr gut, Bruder. Unter Zwillingen ist das so.« Otter spürte das Ziehen an seiner Seele; der Fluß rief ihn und erinnerte ihn an ferne Länder und andere Völker.

Er widerstand der Lockung und fügte hinzu: »Aber du solltest auch wissen, daß sie dich liebt. Ich habe es in ihren Augen gesehen … das merkwürdige Schuldgefühl und den Schmerz, wenn sie mich anschaute, und die unbezwingbare Sehnsucht, wenn sie dich ansah.«

»Aber Otter, sie …«

»Warte! Ich bin noch nicht fertig. Hör zu, Bruder. Geh zu ihr und liebe sie. Hab Kinder mit ihr. Du bist der Mann, den sie braucht, der Mann, auf den man in den Ratsversammlungen hört. Ein aufrechter Mann, der die Veränderungen in der Welt versteht. Das Volk hier braucht dich. Sie braucht dich.«

Viertöter nickte niedergeschlagen. »Ja, ich weiß: Pflicht, Verantwortung, Ehre. Aber was ist mit uns, Otter, mit dir und mir? Den Gedanken, dich zu verlieren, kann ich nicht ertragen.«

Otter zwang seinen Bruder, seinem Blick zu begegnen. »Von Verlieren ist keine Rede. Nur ist dein Platz hier, an ihrer Seite. Sie ist klug, Bruder. Sie wird eine sehr geschickte Anführerin sein. Du bist der richtige Mann für sie.«

»Aber du und ich – unsere Beziehung wird sich ändern.«

»Das wird sie. Aber wir werden gut damit umgehen können.«

»Ich hatte gehofft, daß du das sagst.« Viertöter hielt inne und senkte den Kopf. »Ich bin froh, daß du zur rechten Zeit zurückgekehrst bist. Es wäre mir wie ein Verrat vorgekommen, wenn du erst nach der Hochzeit zu Hause erschienen wärst.«

»Ich hätte mich nie verraten gefühlt. Wir sind Zwillinge, Bruder. Großmutter vermittelt die Bündnisse und arrangiert die Heiraten. Außerdem – hättest du dich weigern wollen?«

Viertöter schaute weiter auf den feuchten Boden. »Nein. Du weißt wie ich, daß ich sie immer geliebt habe. Ich habe immer in deinem Schatten gestanden. Du warst der große Handelsmann, der exotische und romantische Otter, der Geschichten aus den fernsten Gegenden und von phantastischen Ereignissen erzählen konnte. Und ich? Ich war nur ein, ein ...«

»Ein starker, fähiger Mann, der da sein würde, wenn sie ihn brauchte«, beendete Otter den Satz. Der Fluß strömte jetzt durch seine Seele, und es war wie die Liebkosung einer Geliebten. Die Nacht senkte sich schwer auf ihn herab. Wieder rief die Eule in der Finsternis – hohl klingende Töne wie aus der Flöte eines Toten. »Deswegen hat sie vermittelt, Bruder. Gleich nach meiner Ankunft hat mir Großmutter mitgeteilt, daß Rote Mokassins um dich gebeten hatte, du warst die erste Wahl.« Er nickte im Dunkeln. »Sie ist gescheit. Du wirst immer da sein, während ich ... da könnte sie genauso gut auf den Wind vertrauen.«

Viertöter lachte leise. »Hättest du nicht wenigstens einmal zu Hause bleiben können? Um ein Haus zu bauen? Um Land zu roden? So übel ist das nicht. Ich tue es doch.«

»Da würde ich sterben, Bruder. Meine Seele würde verdorren wie eine abgerissene Kürbisblüte in der Sonne.« Otter kratzte sich den getrockneten Schlamm von den Händen. »In der Nacht, in der ich in den Fluß fiel, da wurde ich ein anderer Mensch. Das wissen wir beide. Was immer ich war, wurde weggewaschen. Ich gehöre Vater Wasser.«

»Das Wasser ruft dich, nicht wahr?« fragte Viertöter. »Ich kann den Ruf nicht hören, aber ich merke, daß du darauf antworten mußt. Du gehst also wieder fort?«

»Ja, Bruder. Bald.«

»Und teilweise meinetwegen, teilweise wegen Rote Mokassins. Das merke ich auch. Es wird dich schmerzen, bei uns zu sein.«

»Das wird sich schließlich geben, Viertöter. Ich hab' sie von ganzem Herzen geliebt, genauso wie du. Ich brauche etwas Zeit, um mich mit den neuen Verhältnissen abzufinden.«

Sein Bruder bückte sich, nahm mit beiden Händen Schlamm auf, den er zu einer kleinen Kugel zusammendrückte und weit hinaus in den Fluß warf. »Es ist manchmal nicht einfach, die gleichen Empfindungen zu haben.«

Otter nickte. »Wahrscheinlich. Das ist auch ein Grund für mich, von hier fortzugehen. Wenn ich erst einmal weg bin, wird es einfacher sein. Dann nehmen wir auch nicht mehr an den Gefühlen des anderen teil.«

»Du wirst mir fehlen.«

»Du mir auch.«

Viertöter legte Otter die Hand auf die Schulter. »Du weißt, daß du immer auf meine Liebe rechnen kannst ... und auf die von Rote Mokassins.«

»Ich weiß.« Otter trat neben sein breites Kanu. »Ich bin eigentlich hergekommen, um etwas zu holen.« Er schaute auf. »Dem Gelächter nach ist es jetzt an der Zeit für die Geschenke.«

Viertöter verschränkte die Arme und sagte: »Dann gehe ich jetzt wohl besser zurück.«

Otter holte etwas aus seinem Kanu. Eine schwere Platte, mehrfach in festen braunen Stoff gewickelt. »Da ist etwas für dich. Laß uns gehen. Eigentlich solltest du jetzt bei deinem Weib sein.«

Viertöter kniff die Augen zusammen. »Was ist das?«

»Mein Hochzeitsgeschenk für euch. Es wird dir gefallen.«

»Was Nützliches?«

»Kaum. Aber euer Haus wird das wohlhabendste auf dem Territorium des Riesenschilfclans sein.« Otter nahm Großmutters Zorn in Kauf, wenn er dem Clan der Frau seines Bruders ein so wertvolles Geschenk überließ. Die Kupferplatte, die er nun in Händen hielt, war so lang wie ein Männerarm und halb so breit. Die schwere Metallplatte war auf die Dicke einer Schildkrötenschale gehämmert und auf Hochglanz poliert.

Otter würde Rote Mokassins nicht in die Augen blicken, wenn er die Platte auspackte und sie ihr überreichte. Er würde nur ihre Mutter anlächeln und dann höflich zurücktreten.

Otter nahm die schwere Platte unter einen Arm und packte mit dem anderen seinen Bruder an der Schulter. »Los, laß uns zurückgehen, bevor Großmutter tobend auf uns herabfährt wie ein Schneesturm.«

Und ich freue mich schon auf die Reaktion der Mitglieder des Riesenschilfclans, wenn sie soviel Kupfer auf einmal sehen!

Vielleicht war es ein hochmütiges Verhalten, aber es tat ihm gut. Eine solche Kupferplatte zu verschenken, würde seine Stellung stärken.

Er schaute seinen Bruder von der Seite an; der beobachtete ihn aufmerksam. Viertöter würde es verstehen, er würde ihm dieses bißchen Stolz verzeihen.

Am selben Abend, allerdings viele Monatsreisen nordöstlich, hatte der Sonnenuntergang das hügelige, vom Winter geschüttelte Land des Volkes der Plattformpfeifen und seiner Verbündeten, der Langschädel, mit einem goldenen Schleier bedeckt. Von den Völkern der Erde waren die Plattformpfeifen wohl das einflußreichste. Ihre Zeremonienplätze galten als die großartigsten von allen, und Sternhimmelstadt war unbestritten die größte Sehenswürdigkeit.

Die Sternhimmelstadt lag am Fuße bewaldeter Hügel in einem Tal, das sich von Westen nach Osten zog, im Norden begrenzt vom eisführenden Flughörnchenfluß, im Süden vom kleineren Entenfluß. Ihre Kanäle flossen am Ostrand der Stadt zusammen, wo sich auch der Anlegeplatz für die Kanus befand. Auf den Hängen nördlich und südlich der Flüsse befanden sich Haine struppiger grauer Bäume und unregelmäßig angelegte Felder – sie gehörten zu den dahinter liegenden Gehöften. Sonnenblumen- und Gänsefußstengel wuchsen an so vielen Stellen hoch, daß die schneebedeckten Felder bräunlich gesprenkelt erschienen.

Als Kälte und Dunkelheit zunahmen, breitete sich Stille in Sternhimmelstadt aus. Fußspuren führten auf den Pfaden im tiefen Schnee zu den Erdanlagen hinauf, die innerhalb des Erdwalls lagen, der das große Solarobservatorium mit dem riesigen Achteck umschloß. Auf dem Großen Ring im Südosten hingegen, mit seinem adlerförmigen Zentralhügel und dem hohen Tor, regte sich nichts, denn es hatte sich keiner der Astronomen zum Mondkonservatorium in die Kälte hinausgewagt.

Zwischen den Erdwerken, Hügeln, Ringen und Vierecken drängten sich die Clanhäuser, Gesellschaftshäuser und Beinhäuser zusammen. Rauch stieg aus den rinden- und strohgedeckten Dächer spiralförmig in den Nachthimmel auf.

Ein Beinhaus war besonders auffällig. Es war länglich, das Giebeldach mit Rinde gedeckt; schwarzer Rauch kam kräuselnd aus den Rauchlöchern, Zeichen dafür, daß eine Verbrennung stattfand. Menschen standen in Grüppchen vor der Tür. Die Decken, in die sie gehüllt waren, bildeten mit ihren leuchtenden Farben einen Gegensatz zum grellen Weiß ringsum. Im dichten, schwarzen Haar, das dem traurigen Anlaß angemessen streng zu Knoten gebunden war, trugen sie Kopfschmuck aus Kupfer, Glimmer und funkelnden Perlen.

Eine junge Frau trat aus dem Beinhaus in die Kälte hinaus. Viele hielten sie für die schönste Frau der Welt. Ihre vollen Lippen standen im harmonischen Verhältnis zur geraden, festen Nase und zu der klaren Stirn. Ihre Augen, groß und dunkel, waren eigentlich dazu geschaffen, vor Vergnügen zu funkeln, aber nun erfüllte sie das tiefe Leid einer verwundeten Seele. Die Frau hatte lange, schmale Finger, die Zärtlichkeit zu geben verstanden. Das lange, schwarze Haar, das noch im schwindenden Licht schimmerte, war straff zurückgekämmt und wegen der Trauer fest zusammengesteckt; sonst hing es ihr in rabenschwarzen Wellen den Rücken hinunter. Man brauchte sie nur anzusehen, um zu wissen, daß die Eiseskälte in ihrer Seele größer und schmerzhafter war als die Kälte des Wintertages.

Sternmuschel nahm die tiefe Teilnahme, die ihr trauernde Verwandte zum Ausdruck brachten, dankbar wahr. Sie blieb stehen und schaute in die Sonne, die gerade versank, und zog die Decke noch fester um sich. Ihr Blick wanderte über das weite Tal nach Nordwesten, zu den Hügeln, wo die Flughörnchenerdwerke standen. Sie markierten die Konstellation, für die der Hügel errichtet worden war.

Sternmuschel kannte das Tal gut. Hinter dem Beinhaus sah sie in Gedanken den Pfad, der zu den berühmten Feuersteinbrüchen hinaufführte, die Erster Mann dort hingesetzt hatte, als die Welt neu war. Der Hügelkamm zeigte große Löcher, denn unzählige Generationen hatten schon den heiligen Feuerstein aus dem felsigen Grund gebrochen. Sternhimmelstadt hatte die Kontrolle über diese Feuersteinlager, und darauf beruhte auch ihr großer politischer Einfluß. Aus aller Welt kamen die Händler hierher, um sich die großen Knollen zu holen, mit denen sie flußauf- und flußabwärts Handel treiben konnten.

Der Legende zufolge, hatte Erster Mann gleich nach der Schöpfung mit einem gewaltigen Ungeheuer zu kämpfen. Er tötete das Untier mit einem Blitz, und aus dem Blut, das in den Boden rann, entstand der vielfarbige Feuerstein, der als heiliger Stein galt und deswegen nur bei besonderen Zeremonien verwendet wurde. Ein Mensch, der die Geisterwelt darum bat, durfte unter Umständen mit dem heiligen Feuerstein ein Stück Fleisch als Opfergabe abschneiden oder sich selbst ritzen, um sein Blut zu opfern. Man brachte Opfer für die sichere Heimkehr eines Verwandten oder lieben Freundes, für erfolgreiche Händlertätigkeit oder für die Heilung eines geliebten Menschen.

Krieger spalteten den Stein, um massive Speerspitzen zu gewinnen. Die Geheimgesellschaften machten daraus Werkzeuge, mit denen man Pfeifen, Atlatls oder Nachbildungen aus Glimmer schnitzen konnte. In der Töpfergesellschaft wurden mit Klingen aus Feuerstein Schmuckornamente in die Tongefäße eingeritzt.

Sternmuschel hörte ihren Vater kommen; seine Mokassins knirschten im Schnee, als er sich näherte und dann neben ihr stehenblieb.

Polierte Kupferohrspulen hingen in seinen Ohrläppchen, und durch die Kälte wirkte sein tätowiertes Gesicht faltig. Um die Schultern trug er eine gelb-schwarze Decke. Zum ersten Mal fiel Sternmuschel auf, daß seine einst so breiten Schultern eingesunken waren. Wann war er derart gealtert?

Aber schließlich war auch sie gealtert. Nicht so sehr körperlich, denn sie war noch jung, zweimal zehn und vier Jahre alt. Trotz der drei Kinder, die sie Glimmervogel geboren hatte, war sie immer noch eine Frau von legendärer Schönheit. Und körperlich war sie so widerstandsfähig wie eh und je. Nur ihre Seele hatte ihre Kraft verloren.

»Es ist fast vorüber«, sagte Höhlengräber, ihr Vater. »Wenn das letzte Feuer niedergebrannt ist, wollen wir die Asche einsammeln. Dann baue ich eine Grabstätte, und wenn ich tot bin, kannst du mich neben ihr beerdigen.«

»Sie fehlt mir.«

Er senkte den Kopf. »Nach all diesen vielen Wintern fällt es mir schwer, daran zu denken, daß sie fern von uns ist, trotz der kurzen Zeit, die mir noch bleibt.«

»Sprich nicht so, Vater. Ich kann den Gedanken nicht ertragen, daß auch du mich bald verläßt.« Sie fröstelte. »Ich werde zu Mutters Beerdigung zurück sein. Für dich wird es schwer werden, besonders an den Tagen der Sonnenwende und der Tagundnachtgleiche. Ich werde dich nicht allein lassen.«

»Es ist ein langer Weg.« Er machte eine Pause. »Und was sagt dein Mann, wenn du bei den Feierlichkeiten auf den Sonnenhügeln nicht dabei bist? Du hast noch andere Verpflichtungen, Sternmuschel.«

»Er wird es verstehen.« Wie leicht ihr die Lüge von den Lippen ging.

»Wirklich?«

Sie zuckte mit den Achseln, wehrlos gegen seinen Blick.

Höhlengräber seufzte. »Es tut mir leid, meine Tochter. Ich hätte es aufhalten können. Hätte dich hierbehalten, dich mit einem anderen verheiraten sollen.«

»Nein, Vater. Er trägt die Maske, und wer die Maske trägt, dem kann man nichts verweigern. So war es schon bei seinem Großvater.«

Sie haßte diese Gedanken, die an ihr hafteten wie Pilze an einem modernden Baumstumpf. Sie hatte Angst vor Glimmervogel – eine große Angst, die ihre Seele lähmte.

In den letzten vier Jahren hatte er die Maske immer wieder benutzt. Er trug sie bei hitzigen Zusammenkünften des Clans – dann waren seine Gegner binnen Tagen tot. Spannungen zwischen den Mitgliedern des Stammes hatten viele entzweit. Einige hatten ihre Habe gepackt und waren weitergezogen, andere bewunderten ihn, waren voll Verehrung der Macht, die er ausstrahlte, und sie taten widerspruchslos, was er verlangte.

Seit Sternmuschels jüngste Tochter gestorben war, hatte sich ihr Verhältnis verschlechtert. Nicht nur wegen der Schläge, auch wegen anderer Vorfälle. Er bestand darauf, die Maske zu tragen, bevor er sich zu ihr legte. Er sagte, das gebe seinem Samen Kraft. Wenn er dann auf ihr lag, wurde die Maske neben ihnen abgelegt, damit sie zuschauen konnte.

Wenn sie sich dagegen auflehnte, machte er sie durch Schläge gefügig, bevor er ihre Beine auseinanderbog und sich in sie bohrte, was ihr große Schmerzen verursachte. Bei seiner Ejakulation wurde ihr übel.

Muß ich jetzt daran denken? Sie rieb sich übers Gesicht, um ihren Kopf freizumachen.

Höhlengräber sagte nichts. Mit einem flüchtigen Blick nahm sie die scharfen Linien um seinen breiten Mund wahr. Sie kannte diesen Ausdruck tiefen Nachdenkens.

»Ich komme schon zurecht, Vater. Du bist es, um den ich …«

»Sternmuschel, ich möchte, daß du etwas für mich tust. Vor ein paar Tagen ist hier ein Ältester der Langschädel angekommen. Sein Name ist Langer Mann, manche nennen ihn auch den Zauberer. Ich möchte, daß du mit ihm sprichst.«

Sie schaute ihren Vater an. Wer hätte nicht schon vom Zauberer gehört? Überall kursierten Geschichten über den berühmtesten und mächtigsten Zwerg der Langschädel. Wenn ein Embryo im Mutterleib der Macht ausgesetzt wurde, kam er als Zwerg auf die Welt. Manche behaupteten, der Zauberer sei der Mächtigste von allen. Gerüchten zufolge konnte er sich in eine Eule oder eine Eidechse verwandeln. Andere wollten wissen, meist hinter vorgehaltener Hand, der Zauberer setze Schwarze Magie zum eigenen Vorteil ein. Geheimnisvolle Todesfälle ebenso wie wundersame Heilungen schrieb man seiner Macht zu. Auch wurde erzählt, daß Frauen seinen Annäherungsversuchen nicht widerstehen konnten. Mehr als ein wutentbrannter Ehemann sei auf mysteriöse Art ums Leben gekommen, als er für solche Behauptungen Genugtuung verlangte.

Höhlengräber legte seiner Tochter eine Hand auf den Rücken. »Er sagt, er sei gekommen, um dich zu treffen.«

Sternmuschel sah zur Seite. »Warum sollte ich mit dem Zauberer sprechen? Was will er von mir? Ich habe nichts getan.«

»Meine Tochter, die Langschädel wissen über die Maske Bescheid. Sie sind ein älteres Volk als wir. Die Maske ... einst gehörte sie ihnen. Langer Mann kennt die Legenden, und er kennt die Geschichte der Maske. Ich bitte dich, triff dich mit ihm.«

Seine Bitte war so dringlich, daß sie nickte. Hatte sie ihm nicht immer Folge geleistet? Die Kälte in ihrem Innern nahm zu. »Wenn ich mit dem Zauberer rede, wird Glimmervogel das erfahren. Die Maske wird es ihm verraten, und ich werde darunter leiden müssen.«

»Die Maske wird es nicht wissen.« Höhlengräber klang überzeugt. »Es gibt noch andere Kräfte in der Geisterwelt außer der Maske.« Er zögerte. »Der Zauberer kam am Todestag deiner Mutter hier an. Seitdem wartet er.«

Furcht erfüllte Sternmuschel, als hätte sie gerade einen finsteren Waldpfad betreten. Einen Pfad voller Bedrohungen. »Ich rede mit ihm, Vater. Aber es wird nichts Gutes daraus entstehen.«

»Das kannst du nicht wissen. Geh heute nacht zu Langer Mann. Morgen holen wir Mutters Asche, und du kannst fortgehen. Deine Brüder werden dich die Heilige Straße hinab begleiten, bis zu den Sonnenhügeln und dem Mondmuscheltal.«

Sie folgte ihm dicht auf dem schlüpfrigen Pfad. Wo so viele Mokassins hingetreten waren, war der Schnee zu ungleichmäßigen Eishöckern zusammengedrückt worden.

Früher einmal hatte dieses Land den Langschädeln gehört. Sie hatten hier den ersten Heiligen Ring errichtet und ihre Toten in den konischen Hügeln beigesetzt. Von diesem fruchtbaren Überschwemmungsgebiet, in dem sich der Flughörnchen- und der Entenfluß vereinigen, hatten sie den Lauf der Sterne aufgezeichnet und ihre Händler in die ganze Welt geschickt.

Den Sagen zufolge waren drei Clans von den Hügeln gekommen und hatten sich verbündet, um die Langschädel aus dem Tal zu vertreiben. Sie übernahmen die Kontrolle über die Feuersteinbrüche. Großer Stern, der legendäre Führer, hatte einen Frieden geschmiedet. Danach heirateten Angehörige der Langschädel und der Plattformpfeifen untereinander, lebten zusammen, benutzten gemeinsam die heiligen Stätten, und allmählich wuchs das Volk zusammen. Wörter aus beiden Sprachen vermischten sich, so wie auch ihre Legenden und die Blutlinien.

Langer Mann – der Zauberer – wollte sie sehen? *Ich habe nichts Böses getan.*

Sternmuschel zuckte zusammen. Hatte sie nicht schon genug Ängste auszustehen? Das Leben mit ihrem Mann war zu einem Alptraum geworden, aus dem es kein Erwachen gab. Im Dunkel der Nacht fühlte sie, wie seine Macht sie umwallte. Nachts warf er sich herum wie ein Besessener, von Träumen gepeinigt, die sie nur ahnen konnte. Wenn er wach war, neigte er oft seinen Kopf zur Seite, als horche er auf irgend etwas. Und beim geringsten Anlaß bekam er Wutanfälle.

Als er vom Tod ihrer Mutter hörte, hatte er sie geschlagen. Dabei hatte er einen irren Ausdruck in den Augen – als ob er sich schuldig fühlte. Die Wunden auf ihrem Körper waren verheilt, aber die in ihrer Seele nicht. Hatte er ihre Mutter getötet? Warum? Wieso konnte er so etwas getan haben?

Was war aus dem jungen Mann geworden, den sie einst geliebt hatte? Nur die Erinnerung an sein hübsches Gesicht war ihr geblieben. Wenn sie ihn jetzt anblickte, sah sie einen fremden Menschen; er war dünn geworden und knochig. Und wenn er ihr in die Augen schaute, sah sie die Anspannung in seinem glasigen Blick.

Nur ihre erste Tochter, Silbernes Wasser, jetzt bald fünf Jahre alt, war am Leben geblieben. Die nächsten beiden Babys waren bei der Geburt gestorben; als wären ihre Seelen, angesichts des Schreckens, der in diesem Haus herrschte, gleich wieder geflohen.

Ach, könnte ich doch auch fliehen!

Wegen der Reise zu den Totenfeiern hatte Sternmuschel Silbernes Wasser bei ihrer Schwiegermutter gelassen. Dort würde das Mädchen sicher sein und für eine Weile auch fern von seinem Vater. Armes Mädchen Silbernes Wasser. Die schönen Tage einer sorglosen Kindheit waren verweht wie die Blätter eines Baumes im Winter. In ihrem Alter sollten ihre Augen fröhlich strahlen, doch statt dessen war ihr einst unschuldiges Gesicht von Angst erfüllt.

Das letzte Licht des Tages verblaßte, als sie das Haus des Langschädelclans erreichten. Obwohl die Langschädel nicht mehr im Flughörnchental lebten, besaßen sie dort immer noch ein Clanhaus. Der alte Hügel, eine niedrige, kegelförmige Erdwölbung, erhob sich neben einer Lichtung. Daneben bildeten Pfosten, an denen Opfergaben hingen, einen Heiligen Kreis.

Höhlengräber entbot den Geistern murmelnd einen Gruß und berührte voller Ehrfurcht seine Stirn. Sternmuschel folgte seinem Beispiel; sie spürte die uralte Kraft, die von diesem Ort ausging.

»Seid gegrüßt!« rief Höhlengräber: »Höhlengräber und seine Tochter Sternmuschel sind gekommen, um Langer Mann zu sehen, den ehrwürdigen Ältesten des Volkes der Langschädel.«

Ein junger Mann erschien in der Tür. »Seid gegrüßt, Höhlengräber und Sternmuschel. Ich soll euch ausrichten, daß Langer Mann euch willkommen heißt und daß er die Trauer über den Tod eurer liebenswürdigen und gütigen Frau und Mutter teilt. Bitte, tretet ein. Seid willkommen.«

Sternmuschel zögerte, als der junge Mann die Hängetür aufhielt. Eiszapfen hingen wie silberne Lanzen am Strohdach des Clanhauses. Es war kälter geworden – oder bildete sie sich das nur ein?

Sie duckte sich und trat hinter ihrem Vater ein. Nach der beißenden Kälte draußen fühlte sie nun die angenehme Wärme, die ihre Nase und ihre Wangen zum Prickeln brachte. Es roch nach Minze und Rosenblüten und intensiv nach einem wohltuenden Räucherwerk, das sie nicht kannte. Was Sternmuschel für ferne Trommelwirbel gehalten hatte, war ihr eigener Herzschlag.

Sie stand in einem großen, hohen Raum, in dessen Mitte ein kleines Feuer knisterte, das einen rosigen Schein auf die Wände warf, die mit Matten aus blauen Binsen bedeckt waren; dahinter hatte man Moos zur Wärmedämmung hineingestopft.

Verzierte Töpferwaren standen aufgereiht an den Wänden, hölzerne Rückenstützen um das Feuer. Ein Lager aus Hirschfellen und Decken kennzeichnete das Schlafquartier in einer Ecke. Ein Bärenschädel schmückte die Südwand; Medizinbündel hingen von den verrußten Dachbalken herunter.

Langer Mann, der gefürchtete Schamane der Langschädel, saß dem Feuer gegenüber. Er stellte sich auf seine kurzen, stämmigen Beine und breitete grüßend die Arme aus. Der Scheitel des Zauberers reichte gerade bis zu Sternmuschels Nabel. Er hatte O-Beine, als wären sie um einen großen runden Flußstein herum gewachsen. Sein Gesicht erinnerte sie an das einer Schildkröte. In seiner aufgeworfenen Knollennase waren die Nasenlöcher sichtbar. Die Zähne waren ihm ausgefallen, und der Kiefer hatte sich zurückgebildet, was die Schildkrötenfalten auf seinem Hals noch verstärkte. Sein Schädel war hinten abgeflacht, denn als Baby war er auf ein Wiegenbrett geschnallt worden, um seinem Schädel die Form zu geben, der das Volk seinen Namen verdankte. Das graue Haar war im Nacken zu einem Knoten zusammengebunden, und von seinen Ohrläppchen hingen steinerne Ohrspulen.

Erst als Sternmuschel in seine wäßrig-hellen Augen sah, spürte sie die Macht dieses von Geheimnissen umwitterten Mannes – aber auch noch etwas anderes, etwas Dunkles, Verborgenes und Schreckenerregendes.

Langer Mann hatte eine wundervolle Decke um sich geschlagen, mit eingewebten Fuchspelz- und Kaninchenfellstreifen und Federn. An seinen dünnen Armen trug er viele Kupferarmbänder. Seine kleinen Hände waren vom Alter verkrümmt, und die langen Nägel wirkten wie Krallen.

»Ich teile eure Trauer.« Diese einfache Beileidsbekundung war beredter als jede Ansprache.

Höhlengräber nickte. »Wir danken dir, weiser Mann. Es war ein schlimmer Mond für uns, seit ihre Seele den Körper verlassen hat. Die letzten Feuer brennen.«

Der Zauberer verschränkte die Finger über dem Bauch. »Wir möchten euch eine Opfergabe mitgeben. Bitte, lege dieses Zeugnis unserer Achtung zu ihrer Asche, so daß ihr Geist von unserer tiefen Zuneigung weiß. Die Zeit, in der sie Gesprungene Schale pflegte, steht uns noch klar vor Augen.« Als eine Böe die Wand erzittern ließ, blickte er zur Seite. Er erbleichte leicht und flüsterte: »Ja – das vergessen wir nicht.«

Sternmuschel erinnerte sich. Gesprungene Schale war einer der Ältesten des Langschädelclans gewesen, ein geachteter Händler, der unter einer Gesichtsschwellung litt. Ihre Mutter hatte ihn gepflegt, und damals hatte sie den Zauberer kennengelernt. Niemand sonst war gewillt gewesen, dem Kranken zu helfen; alle fürchteten, daß das Schreckliche, was immer es war, das im Kopf von Gesprungene Schale wuchs, auch in ihren Köpfen wachsen könnte.

Unaufgefordert trat der junge Mann mit einem gravierten Steintäfelchen vor. Die Langschädel benutzten diese Täfelchen, um darauf bei heiligen Anlässen rituelle Körperfarben zu mischen.

»Ihr Geist ist geehrt«, sagte Höhlengräber ehrerbietig, als er das Täfelchen annahm.

Sternmuschel betrachtete die bearbeitete Schieferplatte. In dem ausgeklügelten Muster der Gravur zeigte sich das künstlerische Geschick. Sie konnte die Bilder einer Frau, eines Mannes und eines Wolfs erkennen, die miteinander verbunden waren. Auf der Rückseite der Platte waren seltsame Zeichen eingraviert. Flecken hatten den Schiefer durchdrungen, einige wie schwarzes, altes Blut, andere wie silberweiße Verkrustungen getrockneten Spermas.

Diese Tafel zog sie unwiderstehlich an, als saugte sie an ihrer Seele.

Der Zauberer erklärte die Bilder: »Es ist die Geschichte meines Clans, des Wolfvolkes. Die Geschichte der ersten Tage nach der Erschaffung der Welt. Das ist Alte Frau, zusammen mit Erster Mann und seinem Geisthelfer.« Er lächelte. »Du weißt wahrscheinlich, Sternmuschel, daß das Geschlecht deiner Mutter vor Urzeiten von den Langschädeln abstammt. Ihre Vorfahren heirateten in den

Clan von Großer Stern, und deshalb bist du entfernt mit mir verwandt.«

»Ich erinnere mich«, antwortete Sternmuschel und riß sich vom Anblick des Täfelchens los. Sie seufzte, als ihr Vater es in seine Gürteltasche steckte. Spürte er denn nicht die Anziehungskraft des Steins?

»Bitte setzt euch. Man wird euch Getränke reichen.«

Langer Mann setzte sich wieder und verschränkte seine Beine unter sich. Sternmuschel und ihr Vater setzten sich auf die andere Seite des Feuers dem Ältesten gegenüber, wie es die Sitte verlangte.

Wieder erschien der junge Mann, diesmal mit einer großen Muschelschale voll dampfendem Yaupon. Abwechselnd tranken sie alle aus der glänzenden rosafarbenen Schale. Der bittere schwarze Stechpalmentee durchströmte wärmend Sternmuschels unterkühlten Körper. Zum ersten Mal, seit sie vom Tod ihrer Mutter gehört hatte, fühlte sie wieder eine wohlige Wärme. Das war die Wirkung von Yaupon, es kräftigte den Körper und schärfte den Geist.

»Alle eure Vorfahren seien gelobt«, begann Langer Mann. »Mögen eure Nachkommen eure Geister in Ehren halten. Möge Erster Mann seine segnende Hand über euch breiten. Eure Äcker sollen fruchtbar sein, und Hunger halte sich fern von eurer Tür.«

»Und von deiner«, fügte Höhlengräber hinzu.

Der Zauberer trank abermals aus der Muschelschale und gab sie weiter. Das Begrüßungsritual endete erst, als die Schale leer war. Dann nahm Langer Mann eine röhrenförmige Steinpfeife aus seiner Gürteltasche. Sie hatte die Form eines Zwergs mit langem Körper und einer verzierten Schärpe um die Hüften. Das Haar war in der Mitte gescheitelt und in zwei Knoten gebunden. Hohle Ohrspulen schmückten die Ohren.

Langer Mann füllte bedächtig die Pfeife. Kein Tabakblättchen ging verloren, als er sie mit einem stumpfen Knochenstab stopfte. Der junge Mann erschien zur rechten Zeit mit einem glimmenden Stock, um die Pfeife zu entzünden.

Dann machte die Pfeife die Runde, jeder sog den Rauch tief ein und blies ihn mit vier Atemstößen zur Decke aus.

»Möge Erster Mann unsere Worte hören. Mögen die Geister

meiner Ahnen nicht davon sprechen, was hier geschieht.« Langer Mann klopfte den Tabakrest aus und stopfte die Pfeife erneut.

Wieder ging die Pfeife herum, und nun erfüllte blauer Dunst den Raum.

»Nun denn«, begann der Zauberer und schaute Sternmuschel liebevoll an, »du bist beunruhigt. Die Macht der Maske hat angefangen, an deiner Seele zu nagen.«

Sternmuschel schaute verlegen auf den Jüngling, der an der Seite stand, offenbar geistesabwesend.

»Sprich nur, junge Sternmuschel.« Langer Mann hob eine Braue. »Hier bist du sicher.«

Sternmuschel versuchte, ihr hämmerndes Herz zu beruhigen. »Woher weißt du von der Maske? Und von mir?«

»Macht ist wie Rauch.« Der Zauberer sog an seiner Pfeife und stieß den Rauch aus, den er mit einer Handbewegung wegwedelte. »Wenn du den Rauch nur an einer Stelle aufwirbelst, wirbelst du die ganze Wolke auf. Die Maske hat seit Generationen immer wieder Macht aufgewirbelt – und jetzt erneut.«

»Warum hast du mich treffen wollen? Deswegen bist du hergekommen, nicht wahr?« sagte Sternmuschel.

Langer Manns Gesicht verdüsterte sich, doch gleich darauf nahm es wieder den Ausdruck heiterer Gelassenheit an. »Die Reise war in dieser Jahreszeit nicht leicht für mich, aber es ist richtig: Ich bin gekommen, weil ich wußte, daß du in Unruhe bist. Vergiß nicht, mein Mädchen, wir sind vom selben Blut. Eines Nachts im letzten Sommer sah ich dich im Traum, voller Angst zusammengekauert, während dein Mann sich die Maske aufsetzte und auf dich hinabschaute. Das Mädchen, das du in deinem Schoße trugst, kam drei Tage später tot auf die Welt. Glimmervogel will einen Sohn – der etwas von Rabenjägers Seele in sich trägt.«

»Von wem? Von Rabenjäger?«

»So heißt der Schwarze Zwilling, der Bruder von Erster Mann. Du kennst ihn als Bunte Krähe. Er ließ die Maske anfertigen. Durch sie kann sein Geist in dieser Welt wirken. Er sichert sich nämlich die Seele dessen, der durch die Maske blickt. Deswegen trägt dein Mann die Maske, bevor er sich dir beigesellt.«

»Er hat sich verändert.« Sternmuschel nagte an ihrer Lippe. »Er ist nicht mehr der Mann, den ich einmal kannte. Er ist für mich ein Fremder geworden, einer mit dunklen Gedanken.«

»Glimmervogel ist nicht stark genug, er ist der Maske nicht gewachsen.« Langer Mann verschränkte seine Hände. »Sein Großvater war stärker. Aber auch er wurde am Ende zerstört. Und jetzt ist es nicht nur der Einfluß der Maske, der Glimmervogel quält, sondern auch noch der Geist seines Großvaters. Dein Mann hätte die Leiche nie zurückbringen, hätte sie nie in der Erde des Clans begraben dürfen.«

»Ist es das, was er dauernd hört? Kommen seine schrecklichen Träume daher?«

»Der alte Mann wußte, daß die Maske nicht auf seine Erben übergehen sollte, aber sie wußte, was er plante. Bevor der alte Mann die Maske dorthin zurückbringen konnte, wo er sie gefunden hatte, sprach die Maske zu deinem Mann und stellte damit sicher, daß sie zu neuer Machtentfaltung kommen würde.«

»Aber was kann ich tun?«

»Im Augenblick nichts. Solange Glimmervogel die Maske trägt, ist er zu mächtig. Doch andererseits – seine Zeit läuft ab.«

Sternmuschel erstarrte. »Ich verstehe nicht.«

Der Magier betrachtete sie mit herzlicher Anteilnahme. Es war, als ob in seinen liebevollen Augen das Mitgefühl eines ganzen Zeitalters zum Ausdruck käme. »Auch dein Mann versteht es nicht. Er ist in einem Zwiespalt gefangen, den er nicht begreift, der ihn zerreißt.«

»Ja, ich weiß. Kann man das nicht aufhalten? Glimmervogel retten?« Sie blickte auf die Wandmatten und die kleinen Bündel, die da hingen.

Langer Mann seufzte müde. »Die Macht entledigt sich der Menschen, die sie nicht mehr braucht. Doch wenn die Macht eingreift, junge Sternmuschel, mußt du bereit sein.«

»Bereit wofür?«

Die Augen im Schrumpfgesicht von Langer Mann weiteten sich. »Ob es dir gefällt oder nicht – die Macht braucht dich, um das Gleichgewicht wiederherzustellen.«

Sie schüttelte langsam den Kopf und fühlte sich so schwer, als läge ihr ein kalter Felsbrocken im Magen. *Ich will nur meinen*

Mann zurück, von alledem geheilt... bitte, kann ich nicht meinen Mann zurückhaben, so wie er einmal war? »Nein... nein, ich kann das nicht. Ich bin dafür nicht geeignet.«

»Es gibt nur eine Lösung, junge Sternmuschel, die Maske muß an einen Ort gebracht werden, wo kein Mensch sie je wieder finden kann. Erster Mann hat mir von einem solchen Ort erzählt.«

»Ich werde sie verbrennen!«

Die weisen Augen des Alten ruhten auf ihr. »Du hast gerade deine Mutter verbrannt, um ihren Geist zu befreien. Wenn du die Maske verbrennst, setzt du nur ihren Geist frei. Nein, Erster Mann hat mich ein Bild sehen lassen, hat mir einen Ort gezeigt. Dorthin müssen wir die Maske bringen. Du und ich. Weit nach Norden, zum Brüllenden Wasser. Dort wird niemand die Maske finden – und das Gleichgewicht ist wiederhergestellt.«

»Das Gleichgewicht?« fragte sie mit schwacher Stimme.

»Die Maske ist nicht an sich böse, obgleich sie ihre Macht von den Kräften der Finsternis bezieht. Das mußt du verstehen, junge Sternmuschel. Als die Maske erschaffen wurde, war sie notwendig, denn sie hielt die Welt im Gleichgewicht. Die Maske veränderte die Langschädel und führte sie in ein neues Zeitalter. Aber das wirst du alles noch erfahren, wenn es an der Zeit ist.«

Sternmuschel fühlte sich elend, unfähig zu denken.

»Das Problem ist, junge Sternmuschel: Bunte Krähe weiß, daß wir versuchen wollen, uns der Maske zu entledigen. Wie ich schon sagte, wenn du die Macht nur berührst, setzt du damit alles in Bewegung. Bunte Krähe hat sich seine Streiter schon auserwählt, obwohl sie noch gar nicht wissen, wofür sie kämpfen sollen. Wir sind in einem Kampf, Sternmuschel – du, um die Maske verschwinden zu lassen, sie, um das zu verhindern. Ich muß dich fragen: Bist du stark genug, das zu Ende zu bringen?«

Sie öffnete den Mund, brachte aber kein Wort heraus.

»Ich werde dir helfen«, sagte Höhlengräber.

»Nein, alter Freund. Erster Mann hat das Spiel genau berechnet. Würde er die Einsätze erhöhen, dann könnten wir die Welt zerstören, ähnlich, wie Glimmervogel in den Wahnsinn getrieben wird. Ich weiß, was zu tun ist. Es muß in aller Heimlichkeit geschehen. Die Maske hat Sternmuschel berührt und ihr die Schrecken gezeigt, die sie jenen bringt, die ihrer Macht nicht standhalten können. Du, mein Freund, und dein Clan, ihr habt in diesem Spiel nichts zu suchen. Die Macht hat gesprochen. Sie hat Sternmuschel erwählt.«

Sie sah auf das Feuer; Funken sprühten und Rauchwolken stiegen kräuselnd zur schwarzen Decke auf.

3. KAPITEL

Alles in mir zieht sich zusammen, während ich durch das schwarze Nichts falle. Ich drehe mich im Fall, gewichtslos, und habe keine Kontrolle mehr über mich. Ich sterbe …

Halt dich fest! befielt eine Stimme.

»Ein Mann kann sich im Nichts nicht festhalten.«

Du mußt es versuchen. Versuche es!

Ich breite die Arme aus und fühle das Rauschen der Luft, während ich in die Tiefe tauche. Dann schließe ich meine Arme und umarme … den Wind. Der Fall wird aufgehalten, ich taumele, krümme meine Zehen, um mich selbst aufzufangen.

»Aber wie ist das möglich? In dieser grausigen Finsternis gibt es nichts, woran man sich festhalten könnte.«

Hier ist alles anders, Grüne Spinne. Du bist von der Welt der Lebenden hierher übergewechselt; die Macht hat dich hergetragen.

»Wo bin ich?«

In der Stadt der Toten.

»Dann – bin ich also tot?«

Für eine kurze Zeit, Träumer.

»Ich will nicht tot sein.«

Das bist du auch nicht.

Ich spanne meine Armmuskeln an, und ich spüre, wie Federn durch die Luft schwingen. Ich sammle mich, schlage kräftig mit den Armen und schieße voran. Was für ein Wunder … hatte ich schon immer den Teil einer Vogelseele in mir?

»Wenn das der Tod ist, ist er gar nicht so schrecklich. Ich habe mir das ganz anders vorgestellt.«

Du bist mit deinem Leben noch nicht am Ende. Ich habe dich für eine besondere Aufgabe ausgewählt. Und dafür gebe ich dir ein besonderes Geschenk.

»Was für ein Geschenk?«

Dein Leben lang hast du Ruhe, Disziplin und Ordnung gesucht, Grüne Spinne, doch dabei hast du die falsche Richtung genommen. Du mußt dich umwenden und durch diese Werte hindurchblicken, um zu sehen, wie ihr Herz schlägt. Ich gebe dir dazu die Gelegenheit. Deine Augen sind jetzt geschlossen, aber wenn du sie öffnest, werden die trügerischen Erscheinungen der vielen Schöpfungswelten weichen, und nur das chaotische Ödland der Realität wird übrigbleiben. Öffne die Augen, Grüne Spinne. Jetzt! Und sieh!

Die Angst verkrampft mir den Magen. Ich öffne die Augen, und die blendende Dunkelheit verschwindet.

Ich ... ich kann nicht ... mein Mund öffnet sich, und ich schreie. Je lauter ich schreie, um so grauenerregender wird die Stille, bis ich überhaupt nichts mehr höre. Und ich fühle ... ich fühle, wie ich mich auflöse.

Es ist, als wäre mein Atem meine Seele, die in meinen Schrei hinein flieht ... zum Schrei wird.

Die alte Frau Gelbes Schilfrohr saß zusammengekauert hinter dem geschnitzten Fuchskopf im Bug des großen Kanus, das sich bei dem bewegten Wellengang hob und senkte. Der bleierne Morgenhimmel spiegelte sich mit mattem Glanz auf dem Fluß. Schon als kleines Mädchen, sechzig Jahre waren es her, hatte sie mit Vergnügen vorn im Boot gesessen und entzückt zugesehen, wie es das Wasser durchschnitt.

Der Sturm hatte seine ganze Wildheit am Morgen entfaltet und Schleier kalten Regens herabgesenkt. Das schwere Kanu brachte Gelbes Schilfrohr und ihre Tochter zum Haus des Weißmuschelclans. Die alte Frau schaute zurück und sah Otters Paddel, das sie zum Ostufer trieb, blitzend ins Wasser tauchen.

Sie hielt eine kleine Schilfmatte über sich, um sich vor dem eisigen Regen, der in dicken Silbertropfen vom Himmel fiel, etwas zu schützen.

Unter einem schweren Umhang trug sie ein dickes Winterkleid, dennoch war ihr die Kälte bis in die Knochen gekrochen, was für eine Frau in ihrem Alter äußerst schmerzhaft war.

»Mutter?« fragte Blaue Kanne und beugte sich unter ihrer Matte vor.

»Mir geht's gut. Mir ist nur kalt, und ich bin naß, aber das ist vorbei, wenn wir anlegen und ich zum Haus raufhumpeln kann. Weiß die Himmelsspinne, ich hoffe nur, daß dein nichtsnutziger Mann ein schönes Feuer brennen hat.«

Blaue Kanne kniff die Augen wegen des Sturms zusammen. »Nach so vielen Jahren weiß Viele Schildkröten, was du gern hast. Wahrscheinlich ist das Haus auf Hochsommerhitze erwärmt.«

Gelbes Schilfrohr lachte leise. Blaue Kanne hatte gerade viermal zehn und zwei Winter hinter sich. Sie hatte ein Mondgesicht mit einer breiten Nase, und wegen ihrer schweren Augenlider sah sie immer schläfrig aus. Doch das war Blaue Kanne keineswegs, auch war sie nicht langsam im Kopf. In der Verwaltung des Weißmuschelclans hatte sie viele Ämter inne.

Wasser schwappte gegen den Rumpf, als das Kanu durch den Fluß glitt, und Gelbes Schilfrohr lächelte über die weißen Schaumspritzer, die sich in den windgepeitschten grünlich-braunen Wellen auflösten.

»Mit deinem Ehemann hast du eine gute Wahl getroffen.« Gelbes Schilfrohr lehnte sich zur Seite, um sich mit ihrer Schilfmatte besser gegen den Regen zu schützen. Dabei konnte sie außerdem Otter deutlicher sehen. Das Wetter schien ihm gleichgültig zu sein. Otter war kein schlechter Name für den Jungen – er paßte zu ihm.

»Ich hoffe, Viertöter wird mit Rote Mokassins so glücklich wie Viele Schildkröten mit mir.« Blaue Kanne kauerte sich unter ihrer Matte zusammen, auf die unablässig der Regen tropfte. Der Wind fing sich in ihren Matten, als wolle er das Kanu mit aller Macht abdrängen.

Besorgt blickte Gelbes Schilfrohr zu Otter. Doch scharfsinnig wie immer korrigierte er den Kurs sogleich, paddelnd und grinsend, mit blitzenden Augen – die Herausforderung durch die Elemente machte ihm Spaß.

»Ja«, antwortete Gelbes Schilfrohr. »Dem geht es sicher gut. Rote Mokassins ist kein dummes Ding. So wenig wie ihre Mutter oder ihre Großmutter. Das Mädchen war klug genug, sich für Viertöter zu entscheiden und nicht für seinen forschen Bruder.«

Gelbes Schilfrohr kniff die Augen zusammen, nicht so sehr wegen des Regens, sondern weil sie nachdachte. *Was sollte diese Schaunummer gestern abend, Otter?*

Sie biß sich auf die Lippen, wie immer, wenn sie etwas beschäftigte. Die Kupferplatte war eine Sensation gewesen. Die Leute hatten Mund und Augen aufgerissen, und Rote Mokassins schien wie vom Donner gerührt.

Viertöter hatte nur genickt und seinem Zwillingsbruder voller Liebe zugelächelt, als hätte ihm der Clan gerade den Freikauf gewährt.

Otter paddelte entschieden und sicher weiter. Das Wasser perlte über seinen Fuchspelz und rann ihm über das breite Gesicht. Er hatte ein starkes Kinn, ausgeprägte Backenknochen und die mächtige Nase seiner Familie. Sein Haar war straff zu einem Knoten gebunden. Unter seiner Kleidung ahnte Gelbes Schilfrohr die kraftvollen Muskeln.

Gelbes Schilfrohr sagte: »Rote Mokassins hat noch einen jüngeren Bruder … wie heißt er noch?«

»Schwarzwasser.«

»Ja, Schwarzwasser. Den sollten wir uns vielleicht mal ansehen.«

Blaue Kanne warf den Kopf zurück. »Willst du ihn etwa mit Tonschale verheiraten?« Sie zog eine Augenbraue hoch. »Oder hoffst du nur, unsere Kupferplatte zurückzubekommen?«

Gelbes Schilfrohr sah sie von der Seite an. Diese Platte würde ihr sicher noch eine Weile zu schaffen machen. Sie zuckte unter einem Regenguß zusammen. Würde der Sommer nie kommen? Es war wohl das Alter, das sie verwirrte, denn welcher normale Mensch sehnte sich schon nach einem Sommer? Der Sommer brachte nur Hitze, harte Feldarbeit, Moskitos, Milbenlarven, Zecken, Mücken, Ameisen und Tausendfüßler.

Sie kam wieder auf das Gespräch zurück. Schwarzwasser und Tonschale? »Haben die sich denn gern?«

Blaue Kanne zuckte mit den Achseln. »Letzte Nacht ließ sie ihn unter ihre Decke. Für sie war es, glaube ich, das erste Mal. Jeden freien Augenblick verbringen sie nun damit, sich anzustarren. Es muß also gut gewesen sein.«

»Hm. Was wissen denn die jungen Kerle davon, was unter der Bettdecke gut ist?«

»Na ja, ich glaube, sie wollen viel üben.« Blaue Kanne zuckte mit den Achseln.

»Viele Schildkröten und ich haben jedenfalls oft geübt.«

»Und was ist dabei rausgekommen? Zwillinge. Und dauernd hast du Jungen zur Welt gebracht.«

»Also, was ist mit Schwarzwasser und Tonschale?«

»Das wäre keine schlechte Verbindung. Der Riesenschilfclan hat Zutritt zu der Wasserscheide im Norden, wo im vergangenen Jahr diese schlimme Überschwemmung war, weißt du noch? Scheint mir eine gute Stelle, um Kürbis anzubauen. Und außerdem liegt dahinter ein Moorgebiet mit Sandschlamm. Noch vier, fünf Jahre, dann ist das Land bebaubar. Das könnte uns von Nutzen sein – mit der richtigen Heirat...«

»Wenn sie da nicht weiter Töpferton in dem Tempo ausgraben wie jetzt«, meinte Blaue Kanne verständnisvoll und sah ihre Mutter an.

»Sollen sie graben. Sie pressen den Ton durch Gewebe, da wird er fein, und sie machen gute Töpfe daraus. Man kann gar nicht genug von ihnen haben. Besonders, wenn man solche Enkeltöchter hat wie ich, die dauernd welche fallen lassen. Aber in jedem Fall sind wir Nutznießer.«

Blaue Kanne überlegte kurz, dann fragte sie: »Hältst du es denn für klug, Tonschale mit dem Riesenschilfclan zu verbinden? Ist nicht eine Einheirat in die Stadt der Toten besser? Vielleicht in den Winterclan?«

Gelbes Schilfrohr schob ihren zahnlosen Unterkiefer hin und her: »Keine schlechte Idee! Wie bist du darauf gekommen?«

Blaue Kanne beugte sich vor und sagte: »Das mit der Kupferplatte wird sich herumsprechen. Aber nicht nur das, ich habe Otter zugehört. Er hat recht, jedes Jahr fahren mehr Leute auf dem Fluß vorbei. Es müssen aber nicht nur friedliche Händler sein, es könnten auch Krieger kommen. Die Zukunft... eine unsichere

Sache. Ein Bündnis mit dem Winterclan könnte sehr nützlich sein. Da würden sich Plünderer die Sache erst mal überlegen. Und wenn es zum Schlimmsten käme, hätten wir einen Unterschlupf.«

Gelbes Schilfrohr sah mit zusammengekniffenen Augen auf den schlammigen Anlegeplatz, auf den sie zusteuerten. Sie fragte Blaue Kanne: »Machen dir die Gerüchte vom Krieg unter den Schlangenclans im Norden keine Sorgen?«

Blaue Kanne zuckte mit den Achseln. »Ja. Wir müssen mit Otter reden. Vielleicht hat er etwas gehört. Aber wegen der Hochzeit und bei all dem Durcheinander … wir haben ja noch gar keine Zeit gehabt, miteinander zu reden.«

Gelbes Schilfrohr nickte. »Wenn wir zu Hause sind und ich mich aufgewärmt habe, reden wir mit ihm«, sie grinste, »vorausgesetzt, mein nichtsnutziger Schwiegersohn begrüßt uns mit einem prasselnden Feuer.«

»Mein Mann wird's für seine Schwiegermutter bestimmt warm gemacht haben. Er weiß, wer seine Freunde sind.«

Gelbes Schilfrohr nickte entschieden. »Du hast dir einen guten Mann ausgesucht, mein Mädchen.«

Das Kanu fuhr aufs Ufer auf, und Otter half ihnen beim Aussteigen.

»Ich muß dich sprechen«, sagte Gelbes Schilfrohr kurz. »Warte, bis wir zur Ruhe gekommen sind, dann komm zu mir!«

Das kaum verhüllte Vergnügen, das ihn auf dem Fluß beseelt hatte, verging ihm, als er in ihr graues Gesicht sah, das so düster war wie der Tag. »Ja, Großmutter.«

Sie schaute ängstlich auf den schlammigen Pfad, der den Hang hinauf zum Clanhaus führte, aber Blaue Kanne bot ihr einen stützenden Arm. Sie dachte an Otter. Trotz der Jahreszeit wollte er nach Norden reisen. Aber vielleicht war das am besten. Junge Männer wurden verrückt, wenn die Frau, die sie liebten, einen anderen heiratete. Besser war, ihn wegzuschicken, denn zwischen Rote Mokassins und Viertöter würde er vielleicht nur Unruhe stiften.

Mehrere Wochenreisen südlich befanden sich vier schlanke Kriegskanus auf der Fahrt flußaufwärts. Kräftige Arme schwangen die Paddel in nördlicher Richtung, fort von den kristallblauen Gewässern des Golfs und den warmen Winden. Diese Männer – viermal zehn – waren ohne Zweifel Krieger der Khota, im ganzen Norden gefürchtet. Sie waren tätowiert, hatten viele Narben und trugen ihre Haare in straff gebundenen Knoten, und ihre Augen starrten düster auf den Fluß. Im Leitkanu saß eine einsame Frau, in eine Decke gehüllt.

Von ihrem Bugsitz aus betrachtete Perle völlig gleichgültig das ruhige Wasser. Heute war sie jedenfalls glücklich, denn der Wind hatte nachgelassen.

Als sie versuchte, die Veränderung zu begreifen, die sie plötzlich aus ihrer vertrauten Welt gerissen hatte, erkannte sie das ungeheuerliche Ausmaß dessen, was ihr zugestoßen war. Es war besser, einfach teilnahmslos dazusitzen und die winterliche Landschaft vorbeigleiten zu lassen.

Ja, und so zu tun, als durchlebte man nur einen sonderbaren Traum. Dann würde das Leben wieder werden, wie es war.

Perle hatte gelernt, vor den Gesängen der Khotakrieger, zu denen sie rhythmisch die Paddel eintauchten, ihre Ohren zu verschließen. Die Paddel hoben und senkten sich, pausenlos, und mit jedem Paddelschlag schoß das Kanu flußaufwärts, brachte sie einer Zukunft entgegen, die sie sich kaum vorstellen konnte.

Vielleicht würde alles doch nicht so schlimm werden. Schon früher hatten Frauen den Erdteil kreuz und quer bereist und waren glücklich geworden mit Ehe und Familie. Was sie beunruhigte, mußte Heimweh sein. Sonst nichts.

In ihren Adern floß das Blut der Anhinga, des Schlangenhalsvogelclans. Durch die Heirat mit dem Anführer der Khota, Wolf der Toten, würde sie ihrem Clan Wohlstand und eine Blütezeit sichern.

Sie hob den Kopf. Eine Anhinga war sie. Stolz, stark, listig, eine Jägerin. Dieses Wissen war ihr eingeimpft worden, und sie war davon durchdrungen. In ferner Vergangenheit hatte sich Anhinga, der Schlangenhalsvogel, mit einer schönen Frau des Menschengeschlechts vermählt, und aus ihrem Schoß war das Volk entstanden, das später der Anhingaclan werden sollte.

Ihr Volk hatte sich immer die Verhaltensweisen seines Ahnen, des Schlangenhalsvogels, zu eigen gemacht. So jagten die Jäger mit sägeförmigen Speerspitzen, ähnlich dem Schnabel des Vogels. Wie der Vogel seine Flügel zur Sonne ausbreitete, so breiteten auch die Anhinga ihre Arme zur erneuernden Wärme der Sonne aus. Der Anhingaclan kontrollierte die Mündung des Großen Flusses, den die nördlichen Völker Vater Wasser nannten.

Ich bin eine Anhinga. Ich muß diesen Khota zeigen, was es bedeutet, daß in meinen Adern das Blut des Schlangenhalsvogels pulsiert. Dieser Gedanke tat ihr gut. Der Glaube an Legenden gab den Menschen Kraft.

Als siebte Tochter in einem Clan mit mütterlicher Abstammungslinie hätte sie eigentlich das Recht gehabt, sich ihren Ehemann auszusuchen. Doch ihr Schicksal war besiegelt gewesen, als die Khota in ihrem Dorf landeten. Trotz ihrer kriegerischen Erscheinung behaupteten sie, Händler aus dem Norden zu sein. Aber das Wichtigste war, daß sie mit Ladungen von Kupferplatten, Glimmerblättchen und Grünsteinfaustkeilen kamen.

Die jungen Khota wollten Muschelschalen, Marginelliden-Schneckenhäuschen für Halsketten, Haifischzähne und Rochenstachel haben – Güter, die im Norden hohen Wert besaßen.

Der Tauschhandel hatte Tage gedauert. Wegen der Sprachschwierigkeiten, aber auch wegen Großvaters Neigung, lange und ausgiebig zu feilschen.

Perle hatte die Aufmerksamkeit eines der jungen Männer erregt, der offensichtlich ihr Anführer war. Er hatte auf sie gedeutet und den restlichen Kupfervorrat vorgeholt, einige Ohrspulen, einen Kopfschmuck und ein paar Armbänder. Die Khota fügten dem noch Beile aus geschliffenem Stein hinzu und zeigten an, daß sie ein Geschäft machen wollten.

Perle konnte das Interesse der Männer verstehen. Sie hatte ein herzförmiges Gesicht, das von langen schwarzen, im Sonnenlicht bläulich schimmernden Haaren eingerahmt wurde. Mit ihren achtzehn Sommern war sie eine ausgewachsene, geschmeidige Frau. Sie nahm die Bewunderung in den Augen der Männer wahr, wenn sie auf ihre hoch angesetzten Brüste, ihre muskulösen Hüften und ihre glatten Schenkel schauten. Wäre da nicht ihr ganz persönlicher Widerstand gegen die Verpflichtungen des Clans gewesen, dann wäre sie schon längst verheiratet, und hätte eine quirlige Schar Sprößlinge.

Die Pflichten einer Ehefrau zu übernehmen hatte sie nie gereizt. Lieber verbrachte sie ihre Tage im Bug eines Einbaums stehend, Atlatl und Wurfspeer in der Hand, auf der Suche nach Alligatoren auf einem der Moorseen. Am aufregendsten war für sie, einen blutigen Köder an einer geflochtenen Hanfschnur ins tiefe Wasser zu werfen, um die Schnappschildkröte aus ihrem Schlammlager zu locken. Niemand konnte so lange unter Wasser bleiben wie Perle, um Süßwassermuscheln oder Muscheln hinter der Brandung zu suchen. Ihre Vettern gaben widerwillig zu, daß sie sogar besser schwimmen konnte als der Katzenfisch.

Vier Monate vorher war sie von ihrem bisher verwegensten Unternehmen zurückgekehrt. Sie hatte einen ihrer Vettern auf einer Handelsexpedition zu den Inselvölkern jenseits des Meeres begleitet. Einer solchen Fahrt konnten sich nur wenige Männer der Anhinga rühmen – von Frauen ganz zu schweigen.

Sie kannte den scherzhaften Spruch, daß kein Mann, der bei Sinnen wäre, Perle heiraten würde. Welcher Mann wollte auch eine Frau heiraten, die ein besserer Mann war als er selbst? Der Clan hatte sich nicht dafür interessiert, was sie tat. Sie half, die Töpfe mit Panzerkrebsen, Krabben und anderen Delikatessen aus dem Sumpfland und dem Meer zu füllen. Außerdem waren ihre älteren Schwestern gut verheiratet und konnten dem Clan männlichen Nachwuchs schenken und neue Familienverbindungen knüpfen.

Als der Fremde für Perle so viel Kupfer geboten hatte, war in Großvaters Seele einiges durcheinandergeraten. Er hatte sich einen Ruck gegeben und schließlich diskret durchblicken lassen, daß Perle zu haben sei – allerdings nur mit einer Heirat. Damit würde Großvater in eine verwandtschaftliche Beziehung zu den Nordvölkern treten. Danach könnte er Kanus voller Austernschalen, Haifischzähnen, Kohlpalmenmatten, Sumpfeichenmoos, Alligatorhäuten, Yaupon, bunter Federn und anderer Waren aussenden und dafür Kupfer, Faustkeile, Bleiglanz, Steatit, Obsidian, Messerflußfeuerstein, Grünstein, kultische Pfeifen und andere exotische Güter eintauschen. Dann wäre er nicht mehr von den freien Händlern abhängig, die auf dem Fluß kamen.

Tagelang wurde gefeilscht, was Perle anfangs belustigte; man wollte sie mit einem jungen Mann aus dem Norden verkuppeln, dem Sohn eines angesehenen Kriegers. Das war sicher Großvaters Idee, um eine lukrative Geschäftsverbindung auszubauen.

Aber erst als die Abmachung mit dem Ritual des Blut- und Geschenkeaustauschs besiegelt worden war, wurde Perle bewußt, daß der Anhingaclan sich nicht nur an den Handel halten wollte, sondern sich auch einen ansehnlichen Vorteil davon versprach.

Wütend, daß man sie an eine Horde von Barbaren aus dem Norden verkauft hatte, eilte sie zu Großmutter, die sich jedoch schon ausrechnete, welcher Wohlstand sich aus der Verbindung ergeben würde.

»Geh nur, mein Kind. Du bringst uns großen Reichtum.«

»Ich? Gehen?« hatte Perle entgegnet und die Arme hochgeworfen. »Er soll gefälligst zu mir kommen.«

Die alte Frau hatte ihr kopfschüttelnd bedeutet: »Im Norden gilt die männliche Abstammungslinie. Eine Frau, die heiratet, geht zum Dorf des Mannes. Das viele Kupfer war es uns wert, dich dorthin zu schicken. Denk doch mal nach, Mädchen. Mit diesem Kupfer können wir an der ganzen Küste Geschäfte machen.« »Aber Großmutter!«

Die alte Frau hatte sie betrachtet und gesagt: »Wen willst du hier heiraten, Perle? Seit vier Jahren bist du mündig. Wird dein Name genannt, lächeln die Männer nur. Sie achten dich, und sie haben dich gern, aber dich heiraten? Welcher Mann wollte denn ein Kind mit dir zeugen, das er dann allein aufziehen darf, während du mit Alligatoren kämpfst und Mokassinschlangen ärgerst?«

»Aber daß ihr mich einfach in den Norden schickt…«

»Du hast Pflichten dem Clan gegenüber, und ich würde dich nicht gern an irgendeinen hinterwäldlerischen Moorjäger verlieren. Wen gibt es denn hier für dich?« Sie hatte den Kopf geschüttelt. »Nein, mein Mädchen, so ist es besser. Wir dienen alle dem Clan. Das Los der Frauen ist Verantwortung. Der Geheimnisvolle hat es so eingerichtet, daß Männer verantwortungslose Wesen sind, die spielerisch und leichtsinnig dahinleben. Aber Frauen haben Pflichten ihrem Volk gegenüber, sie sind die Bewahrerinnen. Dazu hat uns der Geheimnisvolle bestimmt, als er die Welt gemacht hat.« Mit ihrer welken Hand hatte sie Perle weggescheucht. »Ich habe gesprochen.«

Als Perle gehen wollte, betastete Großmutter geistesabwesend das neue Kupferarmband an ihrem Handgelenk. Eine wunderschön geschnitzte Kultpfeife lag neben dem Feuer bei Großmutters Sachen, die man ihr nach ihrem und Großvaters Tod ins Hügelgrab legen würde.

Da war in Perle die Wut aufgeflammt, und sie glimmte noch immer wie glühende Kohle.

Sie starrte auf den braunen Fluß und fragte sich: *Wäre ich denn anders gewesen? Hätte ich nicht auch exotische Dinge auf meiner Reise ins Land der Ahnen mitnehmen wollen?*

Nach zweimal zehn Tagen, als alle Waren, Hochzeitsgeschenke und Vorräte zusammengekommen waren, hatte sie mit Würde im Kanu Platz genommen.

Mit leeren Augen sah sie das Ufer vorbeigleiten und starrte auf die riesigen Eichen, die sich majestätisch zum Himmel erhoben.

Otter stand im Regen und sah zu, wie seine Großmutter, Gelbes Schilfrohr, den Pfad zum Clanhaus hinaufhumpelte. Die alte Frau hing am Arm von Blaue Kanne und setzte auf dem glitschigen Boden vorsichtig einen Fuß vor den anderen.

Zusammen mit fünf seiner Vettern gelang es Otter, das schwere Handelskanu aufs Ufer zu ziehen und es umzudrehen.

Immer noch fiel der eiskalte Regen in Strömen vom Himmel, als das letzte Kanu des Weißmuschelclans gerade unterhalb von Otters Boot angelegt hatte. Seine Vettern winkten von dort, wo sie ihr Kanu auf den Strand gezogen hatten, und eilten zum Anwesen des Clans hinauf.

»Auf in die Wärme!« rief Eichelhäher und schlang die muskulösen Arme um den nassen Umhang; seine vollen Lippen waren nur noch ein dünner Strich, wodurch sein breites Gesicht merkwürdig flach wirkte.

»Na los!« Otter deutete auf den Pfad, der hinaufführte. Mit der Hand schirmte er die Augen gegen den Regen ab und sah, daß Großmutter und Mutter bereits oben angelangt waren.

Otter zögerte. Er strich mit den Fingern über Wellentänzers Bug. Dort war zuviel Moos. Kein Wunder, daß das Boot auf der Fahrt von den Alligatordörfern so schwerfällig geworden war.

Zärtlich streichelte Otter den sich verjüngenden Bug. Es war sein Herzenswunsch gewesen, ein großes Handelskanu zu bauen. Mit seinem Onkel hatte er einen ganzen Sommer die Wälder nach geeigneten Sumpfzypressen abgesucht. Deren Holz war lange haltbar, widerstand der Fäulnis und splitterte nicht. Ein gut gebautes Kanu aus dem Kernholz würde, wenn man es pflegte, das Leben eines Mannes überdauern.

Als sie den richtigen Baum gefunden hatten, hatte Otter die passenden Gebete gesprochen und begonnen, diesen Sumpfriesen unter großen Mühen zu fällen. Zunächst kerbte er den Baum mit einer Stielaxt, um die graue Rinde abzuhacken und das Holz freizulegen. Dann versengte er die gekerbten Stellen, bis sich die Flammen tief ins grüne Holz fraßen. Spät im Herbst kam er zurück; da war der Baumriese tot und teilweise ausgetrocknet. Er versengte den Fuß des Baums und hackte tagelang auf ihn ein, wie ein Biber. Als der Baum endlich donnernd niederkrachte, brüllte Otter laut und sprang jubelnd hoch.

Dann mußte er die Äste des Baums entfernen und ihn entrinden. Später zog er mit Hilfe seiner Verwandten den Stamm paddelnd aus dem sumpfigen Gewässer in den Flußkanal und von dort auf Weißmuschelgebiet. Den Herbst, Winter und Frühling hindurch arbeitete er daran, mit Feuer, Steinäxten und Feuersteinbeilen den Einbaum auszuhöhlen und den Rumpf zu behauen.

Unter seinen Händen verschlankte sich das Boot, wurde zu einer Art übergroßem Hornhecht. Es wurde glatt, beweglich und schnell. In die Bugspitze schnitzte Otter einen Fuchskopf, damit das Kanu schon von weitem Schwierigkeiten erspähen und sie umgehen konnte. Um den Rumpf zu glätten, benutzte er Blöcke grobkörnigen Sandsteins. Mit gespannten Schnüren als Führungslinien erreichte er, daß die Rumpfkanten vollkommen gerade verliefen. Was die Form betraf, hörte er auf seinen Onkel.

Und das schwere Kanu schoß plan durchs Wasser, wenn zehn kräftige Männer gegen die Strömung paddelten.

Oberhalb der Wasserlinie hatte er die Totems des Clans eingeschnitzt: die Gesichter der Vorfahren und Bilder der Geisttiere wie Bunte Krähe, Spinne, Wasserschlange und Schnappschildkröte. Er bemalte sie in den leuchtendsten Farben. Nach jedem neuen Arbeitsabschnitt goß er, dem Ritual folgend, Flußwasser über das Holz. So sollte sich die Kraft von Vater Wasser zusammen mit seinem Schweiß und seinem Blut in der Maserung festsaugen. Seine Seele hatte sich mit der Seele des Holzes verbunden. Er fühlte, wie die geistige Urform des Kanus, die sich unter seinen Händen entwickelte, Gestalt annahm.

Als es fertig war, hatte es mattglänzend und schlank am Strand gelegen, breit genug, daß zwei kräftige Männer nebeneinander sitzen und lang genug, daß vier Männer hintereinander darin liegen konnten. Was fünfzehn starke Männer gerade noch zu tragen vermochten, nahm es leicht als Ladung auf. Schließlich hatte er sein Kanu Wellentänzer genannt.

Der Regen rann Otter übers Gesicht; er streichelte das polierte Holz. Hätte er Wellentänzer nicht so sehr geliebt, hätte ihn Rote Mokassins vielleicht mehr geliebt. Doch wenn sie nur einmal die Herrlichkeit des Flusses erlebt hätte, wäre sie vielleicht auch dazu gekommen, Wellentänzer und Vater Wasser ebenso zu lieben wie er.

Mit kritischem Blick schaute er sich den Kiel an, eine Eichenlatte, auf der Längsachse des Rumpfes mit Pflöcken befestigt, die nach dem Aufquellen ganz fest saßen. Diese Technik hatte er von den Salzwasserhändlern gelernt, die Tabak, bunte Federn und andere Güter aus dem Süden brachten. Mit einem solchen Kiel war das Kanu nicht so anfällig gegen den Wind und hielt den Kurs besser. Andererseits wurde es damit schwieriger, gegen die Strömung anzukommen, was in schnell fließenden Gewässern oft fatal war.

»Morgen kümmern wir uns um das Moos, Wellentänzer. Wir brechen bald wieder auf, mein Freund.« Er blickte das Ufer entlang. »Nach Norden. Wir bringen Muscheln und Federn flußaufwärts. Vielleicht entdecken wir diesmal mehr Kupfer – oder Silber. Im Süden sind Panflöten begehrt. Sie wiegen nicht viel und bringen uns das Mehrfache ihres Gewichts an Muschelschalen, Tabak und Haifischzähnen ein.«

Er gab dem spitzen Bug einen letzten liebevollen Klaps und nahm den schlammigen Pfad, der nach oben führte.

Der Weißmuschelclan hatte sein Clanhaus auf die hohe Terrasse gebaut, von der aus man Vater Wasser überblickte. Nach der Legende hatte Alter Weißmuschelmann sein Volk aus dem Osten hergeführt. Und an diesem Ort erschien Bunte Krähe dem Ältesten in seinen Träumen. Weißmuschelmann, ein tapferer Krieger und gläubiges Mitglied der Sternengesellschaft, befahl seinen Töchtern, ihn in einem Grab zu beerdigen und es mit Erde aufzufüllen, so wie Bunte Krähe es verlangt hatte. Seit jener Zeit waren noch zwei Lagen Erde auf das Hügelgrab gehäuft worden, als Großmutter und Mutter von Gelbes Schilfrohr sowie ihre Brüder hier begraben wurden. Der schräg fallende Regen umhüllte den Hügel mit einer melancholischen Stimmung.

Jenseits der Besitzungen des Clans erstreckten sich Felder, noch im Bann des Winters, aus denen vergilbte und abgebrochene Stengel von Knöterich und Gänsefuß aus dem letzten Jahr hervorragten. Fast ein Drittel der Felder war mit Unkraut und Gräsern überwachsen. Diese brachliegenden Ackerflächen würde man nach der nächsten Trockenperiode abbrennen und dann aufhacken, um Sonnenblumen, Fuchsschwanz, Flaschenkürbis und Kürbis anzubauen.

Die Leute des Weißmuschelclans wohnten verteilt über ihr ganzes Territorium in einzeln stehenden Häusern. Jeder kleine Hof bestellte seine Felder und sammelte, mit Genehmigung der Ältesten, was der Wald, der dem Clans gehörte, zu bieten hatte. In der Erde wurden große Vorratsmieten angelegt und mit Gras eingefaßt; Borkenmulch hielt sie trocken.

Im Überschwemmungsgebiet der Zuflüsse war flußauf- wie flußabwärts ebenfalls Land urbar gemacht worden. Hier wurden Hundskamille, Tabak und Zwerggerste angebaut. In ausgewählten Marschgebieten wuchsen Schilfrohr und Rohrkolben. Das Schilfrohr lieferte Speerschäfte, Bodenbeläge und Bohrerstiele, die Rohrkolbenwurzeln wurden gegessen, und aus den Blättern flocht man Matten. Hickoryholz, Eicheln, Walnüsse, wilde Trauben und anderes lieferten die Wälder.

Um den Hügel waren nur die für die Gemeinschaft wichtigen Bauten entstanden: das Clanhaus, ein längliches Gebäude mit schilfgedecktem Bogendach, ein gerade leerstehendes Leichenblockhaus mit einem Dach aus Rinden- und Rohrmatten und mehrere Vorratshäuser, darunter auch das, in dem Otter seine Handelsware lagerte. Im weiteren Umkreis standen Familienhäuser, wo man sich während der Zeremonien aufhielt, handwerkliche Opfergaben herstellte und Familienangelegenheiten besprach.

Otter sah dichten Rauch aus diesen Häusern aufsteigen. Offensichtlich warteten die Menschen am wärmenden Feuer auf günstigeres Wetter für die Heimfahrt.

Zum Bau der Familienhäuser wurden mit Grabstöcken im Boden Löcher für die armdicken Stangen vorgebohrt. Grüne, blätterlose Zweige bildeten ein Netzwerk zwischen den Stangen, um den Wänden Halt zu geben; in das Geflecht hatte man schichtweise Grasbüschel eingelegt. Manche Dächer waren mit Rindenstreifen gedeckt, andere mit dem Heu aus dem Flachland an den Bächen.

Otter stapfte durch den Schlamm zu einem Durchgang in dem brusthohen Wall, der den gesamten Komplex umgab. Durch Öffnungen im Wall konnte man die Sonnenaufgänge und -untergänge an den heiligen Tagen beobachten.

Otter blieb stehen und schaute über den hochwasserführenden Fluß zurück. Von dieser Höhe war der Besitz des Riesenschilfclans nicht zu sehen, nur schwarze Schwaden hinter dem Regenvorhang zeigten seine Lage an.

Jetzt würde sich Viertöter an sein neues Leben gewöhnen und daran, daß frühere Freunde nun Verwandte waren. Mit der Hochzeit hatte sich die Beziehung zu seiner Schwiegermutter für immer verändert. Vorbei die Scherze und Neckereien, die ihnen soviel Spaß gemacht hatten. Nun würde ihr Viertöter ganz bewußt aus dem Weg gehen, es vermeiden, ihr in die Augen zu sehen, und sie nie mehr ansprechen. Von ihrem Besitz wurde nichts angerührt, und jeder Verkehr zwischen ihnen bedurfte eines Vermittlers.

Das war die Sitte. Wenn man seiner Schwiegermutter aus dem Weg ging, sicherte man sich die häusliche Ruhe. Gewann ein

Mann die Mutter seiner Frau jedoch lieb, konnte er sich das Recht erkaufen, sie direkt anzusprechen.

Dem Ritus gemäß grüßte Otter murmelnd die Ahnen, deren Geister das Gelände durchstreiften, und stieß dann einen mehrtönigen Pfiff aus. Schnapper, sein struppiger schwarz-weiß-brauner Hund, stürzte aus dem Lagerraum auf ihn zu und begrüßte seinen Herrn überschwenglich.

»Hast du auch schön aufgepaßt? Keine Ratten reingelassen? Aufgepaßt, daß kein Dieb unsere Muschelschalen stiehlt?«

Schnapper jaulte, drehte sich um sich selbst und sprang an Otter hoch. Sein dichtes Fell war seidig schwarz, Hals und Kragen weiß, auf Beinen, Stirn und Schnauze hatte er braune Flecken. Ein guter Händlerhund würde die Waren seines Herrn unter Einsatz seines Lebens bewachen und verteidigen.

Schnapper war einer der besten Hunde, die Otter kannte. Seit sechs Jahren befuhren sie nun schon zusammen die Flüsse, einmal waren sie sogar bis zu den Sandlagunen im Land der Manatees gekommen.

Otter kraulte Schnapper hinter den Ohren, bis der Hund den Streifen gebratenen Schildkrötenfleischs in seiner Gürteltasche gewittert hatte.

»Na, was ist das? Ja, ein Häppchen vom Hochzeitsessen!« Er holte den Leckerbissen hervor. Und Schnapper zitterte vor freudiger Erwartung.

»Sitz! So ist's gut. Jetzt... warte!« Otter legte das Stück Fleisch auf Schnappers Schnauze. »Jetzt!« Otter klatschte in die Hände.

Blitzschnell schnappte der Hund das Schildkrötenfleisch.

»Gut gemacht!« sagte Otter lobend, als er mit dem Hund spielte. »Sei nur genauso schnell, wenn es darum geht, einen Dieb zu erwischen.«

»He!« rief Eichelhäher aus der Tür des Clanhauses. »Großmutter möchte, daß du kommst. Wir warten alle auf dich.«

»Komme gleich, muß nur noch nach meinen Packen sehen.«

Otter ging zum Vorratshaus, und Schnapper lief tänzelnd hinter ihm her. Im Vorratshaus lagen seine Güter geschützt vor Sonne und Wind, und der erhöhte Boden ließ die Luft zirkulieren, so daß sich kein Schimmel bilden konnte. Ein Blick zeigte Otter, daß alles noch so war, wie er es zurückgelassen hatte.

Schnapper beobachtete ihn wachsam und wedelte erwartungsvoll mit seinem Schwanz. Otter lächelte. Er kannte dieses Verhalten. Schnapper wartete darauf, daß Otter seine Packen zum Fluß bringen würde – ein untrügliches Zeichen des Aufbruchs.

»Schnapper! Paß jetzt auf die Bündel auf!«

Schnapper knurrte, hastete die Stangenleiter hinauf und setzte sich auf den Packen an der Tür. Otter aber wandte seine Schritte zum Clanhaus.

Das Clanhaus war sowohl Treffpunkt als auch Gästehaus. Als Führerin des Clans mußte Gelbes Schilfrohr im Haus nichts tun. Was sie brauchte, besorgten ihr ihre Nachkommen.

Der viereckige Bau hatte abgerundete Ecken. Sein Innenraum war zwanzig Schritte lang und fünfzehn breit. Matten aus Rohrkolben teilten ihn in drei Zimmer; ein schwerer Stoff hing vor der sich nach Süden öffnenden Tür und hielt die Stürme ab.

Otter blieb kurz stehen und wünschte, er könnte sich einfach wegschleichen und sich seinem Schmerz hingeben. Wenn er doch nur etwas Zeit hätte, um über Rote Mokassins und Viertöter nachzudenken; um über sich nachzudenken. Seine Fähigkeit, die Dinge praktisch zu sehen, könnte ihm vielleicht helfen, das immer schmerzlicher werdende Gefühl des Verlustes wegzudrängen. Er könnte sein Leben neu ordnen, so wie der Schamane vor der Zeremonie die Knochen ordnet. Er könnte die Harmonie seiner Seele zurückgewinnen.

Resigniert beugte Otter den Rücken, um einzutreten.

4. KAPITEL

Aus der Höhe, in der ich schwebe, sehe ich auf ein grünes Land, das von unglaublich blauem Wasser begrenzt wird. Ein weißer Strand, an dem die Wellen sanft auslaufen, erstreckt sich im Westen bis zum Horizont. Herrlich flaumige Wolkenhaufen, von der Flammenscheibe der hochstehenden Sonne bestrahlt, ziehen am Himmel dahin.

»Dort!« ruft die Stimme. »Gleich am Ufer – siehst du es, Grüne Spinne?«

Ich schlage mit meinen Rabenflügeln und stürze hinab wie ein Jagdfalke, bis ich das Kanu ausmachen kann, ein wunderbares Boot mit einem Fuchskopf am Bug, der aus dem Wasser ragt. Drei Männer und eine Frau paddeln in dem Kanu.

»Das sind meine Leute!« rufe ich entzückt.

»So ist es! Und wenn du nach Osten schaust, über das Land ...«

Ich fliege in einem leichten Bogen, entferne mich von dem großen See und überfliege hoch oben endlose Wälder, den wogenden Baldachin ihres Blattwerks.

»Ich sehe sie«, antworte ich, »ich sehe die Frau und ihre Tochter. Und da ist auch der Sack auf ihrem Rücken, so wie du gesagt hast, Bunte Krähe. Ja, endlich verstehe ich es. Jetzt kenne ich den Weg und kann ...«

Fest zupackende Hände reißen mich aus dem Nichts. Finger massieren meine Muskeln, pressend und stechend. Ich rieche den Duft von Hickoryöl.

Voller Entsetzen fliege ich durch die Luft, drehe mich im Kreis.

»Wer seid ihr?« stoße ich hervor. *Aber die Hände greifen mich, unterbrechen meine Himmelsreise und stoßen mich hinab wie einen glühenden Meteoriten.*

Von irgendwo tief unten höre ich die schwachen Stimmen von Menschen, die mir bekannt sind.

»... Zeit, ihn ins Grab zu legen. Armer Junge. Warum mußte er so jung sterben?«

Ich rieche Feuer, ich höre mein Volk die Totenklage singen ...

Die Heilige Straße verlief von Sternhimmelstadt nach Süden bis ins Mondmuscheltal. Der Sage nach war sie zuerst ein Pfad der Händler der Langschädel gewesen. Er führte durch das Flughörnchental hinauf zur Wasserscheide und wand sich dann zwischen bewaldeten Anhöhen hindurch, bevor er an einem der Bäche entlang zum Mondmuscheltal gelangte.

Im Laufe der Jahre hatten die Langschädel wegen des wachsenden Handels mit exotischen Gütern die Straße verbessert. Die Strecke war zu Fuß schneller zu bewältigen, als eine Kanufahrt vom Flughörnchenfluß zum Schlangenfluß und dann flußabwärts zur Mündung des Mondmuschelflusses und zurück dauerte.

Vor Generationen waren die Völker der Plattformpfeifen von ihren angestammten Gebieten in den Bergen ausgewandert und hatten von den Langschädeln die Errichtung von Erdhügeln und die Beschäftigung mit den Sternen übernommen. Als junges Volk mit großer Lebenskraft hatten sie vielleicht das, was die Langschädel sie lehrten, verbessern können. Möglicherweise kam die Idee zu den riesigen Monumenten aber auch aus den Geheimgesellschaften, deren Mitglieder aus allen Clans stammten. In diesen Gesellschaften studierten die Ältesten die Bahnen der Sterne, das Wesen der Pflanzen und Tiere und die verschiedenen Künste.

Einen jungen Menschen bewogen sein Wunschbild und seine Veranlagung, sich um die Aufnahme in eine der Gesellschaften zu bewerben. Nach vielen Lehrjahren, in denen sie die Rituale von den Ältesten lernten und sich zu eigen machten, hatten die Jungen die Lebens- und Denkweise der Meister verinnerlicht.

Die Gesellschaft der Weber lehrte alles Wissenswerte über den Webstuhl, die Gewebe und Färbetechniken. Die Gesellschaft der Töpfer zeigte, wie und wo man Ton fand, die richtigen Zusätze beimischte, Muster einritzte, das Material bemalte und brannte. Steinmetze lernten Bohren, Behauen und Polieren. Die kleine Gesellschaft der Heiler gab ihren Mitgliedern die Kenntnis über die Kräfte der Pflanzen, Farben und Riten weiter. Die einflußreiche Gesellschaft der Krieger wies ihre Zöglinge in die Technik der Verteidigung ein und vermittelte ihnen strategisches und taktisches Vorgehen.

Die größte aber war die Sternengesellschaft, die den Himmel beobachtete und die Sternenbahnen aufzeichnete. Die nächstgrößte war die Gesellschaft der Baumeister, die ihre Himmelsbeobachtungen auf der Erde nachschufen. Untereinander stimmten die Baumeister den Bau großer Erdwerke ab – jedes eine Widerspiegelung der heiligen Formen am Himmel. In Sternhimmelstadt dienten alle großen Erdwerke spezifischen Funktionen im Generalplan. Im Großen Ring mit dem zentralen Vogelhügel wurde der aufsteigende Mond an seinem höchsten Punkt am nordöstlichen Himmel registriert, auf den linearen Dämmen der Auf- und Untergang der Sonne an Tagen der Sonnenwende und der Tagundnachtgleiche. Das Observatorium auf der Westseite des großen Achtecks war auf den Punkt am Horizont ausgerichtet, an dem die Sonne der Sommersonnenwende aufging.

Von den Langschädeln hatten sie den Großen Ring übernommen, der häufig zusammen mit der quadratischen Form ihrer eigenen Tradition verwendet wurde. Der Ring – oder Kreis – so sagte es die Legende, stellte den Himmel dar, und das Quadrat die Erde mit ihren vier Ecken.

Mit Hilfe von Stöcken und Schnüren legten die Baumeister die Umrisse fest. Die Ausmaße wurden exakt eingehalten, indem man Knoten in den Schnüren zur Bestimmung von Entfernungen verwandte. Steine wurden in Reihen ausgelegt, um die Berechnungen zu überprüfen; so konnten Fehler noch vor der Errichtung der Erdwerke während der Zeremonien im Hochsommer korrigiert werden. Dann kamen auch Mitglieder benachbarter Clans hinzu, nachdem sie die Ernte von Hundskamille und Sumpfholunder eingebracht hatten. Zur Zeit der Sonnenwende waren Männer, Frauen und Kinder zwei Wochen lang damit beschäftigt, mit Grabstöcken Erde auszuheben, sie in Eimer zu füllen und sie auf den Steinreihen auszukippen. Nach dem Zweck des Erdhügels richtete sich auch die Art der Erde. Alles war bis in die letzte Einzelheit geplant.

Jahr für Jahr schritt das Werk voran; innerhalb der Gesellschaft gab eine Generation ihr Wissen an die nächste weiter.

So war auch die Heilige Straße angelegt worden. Sie verlief nach Süden, umging Anhöhen und führte zu den großen Anwesen des Clans auf den Sonnenhügeln.

Sternmuschel fror, und sie legte die Arme um ihren Oberkörper, um sich zu wärmen. Es gab zwar andere Wege, die die Clans der Plattformpfeifen mit den größeren Siedlungen verbanden, aber keiner war so beeindruckend wie die Heilige Straße.

Der kleine Lange Mann folgte Sternmuschel mit seinem sonderbar wiegenden Gang. Er trug zwei Bündel. Das kleinere, kreuzweise um die Schulter geschlungen, hing unter seinem rechten Arm. Es bestand aus fein gegerbtem Leder, war mit einem Wolfsmotiv verziert und prall gefüllt.

Das zweite Bündel hing auf dem Rücken des Zwergs; er benutzte es als Kissen, wenn sie rasteten. Es war aus prachtvoll gefärbtem Stoff mit geometrischen Mustern.

Zu Sternmuschels Überraschung kam der runzlige Zauberer trotz seines Alters und seiner kurzen Beine gut voran. Doch verriet der erschöpfte Ausdruck seines Gesichts, wie sehr ihn dieser Marsch anstrengte.

Um Obdach brauchten sie sich nicht zu sorgen, denn Reisende, besonders Händler, waren bei den Clans immer willkommen, bekamen eine warme Mahlzeit und einen Platz im warmen Clanhaus.

»Es ist nicht mehr weit«, sagte Langer Mann schwer atmend und schaute zum Himmel, der sich verdüstert hatte. »Wir sind im Land des Zürgelbaumclans. Das Clanhaus steht unten im Tal.«

Sternmuschel schaute gleichfalls zum dunkelgrauen Himmel empor. Schneeflocken fielen und schwebten auf die schon weiße Erde.

»Warum bist du mitgekommen?« fragte sie.

»Weil du mich brauchen wirst.«

»Aber du sagst mir nicht, warum?«

»Junge Sternmuschel, es gibt Zeiten, in denen man nicht zu viele Fragen stellen sollte. Ich mache mir Sorgen über die Leute der Plattformpfeifen. Sie müssen alles genau abmessen und untersuchen. Ich habe die Geister flüstern hören. Sie staunen und wundern sich über das, was die Menschen tun.«

»Vielleicht ist das das Schöne, wenn man tot ist – alles zu sehen, ohne sich aufzuregen.«

Er sog die Luft ein. »Und wieso glaubst du, daß sich die Geister nicht mehr aufregen? Glimmervogels Großvater quält ihn aus eben diesem Grund. Er kennt die Macht der Maske. Aber erst als die Macht ihn fallen ließ, wurde ihm ihre Kraft bewußt.«

»Das klingt, als hättest du Mitleid mit ihm.«

Die Schritte des Magiers knirschten im Schnee. »Ich habe ihn gekannt, er war ein aufgeweckter, ehrgeiziger Jüngling. Er veränderte sich. Aber das begriff er erst, als er die Maske zum Berg zurückbrachte.«

»Mir fällt es immer noch schwer, das zu verstehen. Warum haben die Langschädel nicht… warum hast du die Maske nicht zurückverlangt?«

Langer Mann ging eine Weile schweigend weiter. »Heilige Gegenstände sind nicht Eigentum einer Person, sie gehören sich selbst. Menschen nehmen sie nur in ihre Obhut – und die Macht erfüllt sie. Es stimmt, daß es einer meiner Vorfahren war, der die Maske angefertigt hat. Betrachte sie nicht als eine Zierde, sondern eher als eine Behausung. Der Geist von Bunte Krähe hat sich dort eingenistet, das ist alles. Und danach war die Maske mehr als nur ein Gegenstand aus Holz und Federn.«

Sie schüttelte den Kopf. »Das ergibt keinen Sinn. Du erzählst mir, daß Bunte Krähe in Wirklichkeit dieser Rabenjäger ist. Bunte Krähe hat gute Werke getan, er kam zum Beispiel in die Welt und zeigte den Menschen, wie man die Ahnen ehrt. Befreite uns von den Geistern, die die Menschen verfolgten. Und jetzt sagst du, Bunte Krähe sei böse.«

»Nicht böse, junge Sternmuschel. Die Welt hält sich zwischen Gegensätzen in der Balance. Gibt es Leben ohne Tod? Glück ohne Leid? Hättest du Lust, etwas zu essen, wenn es keinen Hunger gäbe? Könnten Bussarde ohne Mäuse leben, Berglöwen ohne Hirsche? Nein! Es ist alles eine Sache des Gleichgewichts. Würde es niemals Nacht, könnten die Glühwürmchen nicht leuchten. Ohne Winter könnten sich die Äcker nicht verjüngen. Sterne würden nie scheinen, verhüllte die Dunkelheit nicht den Himmel.«

Schweigend ging sie weiter.

Der Zauberer hob die kurzen Arme. »Die Gegensätze der Welt sind so ineinander verschränkt wie die Finger beider Hände, sie zerren aneinander, weil jeder die Oberhand gewinnen will. Als die Langschädel selbstzufrieden und träge wurden, fertigte jemand die Maske. Die Menschen – und auch die Geister – brauchen diesen Wettstreit. Wenn man nicht immer wieder einen alten Wald abbrennt, kann kein neuer wachsen. Feuer und Schatten. Immer im Wechsel!«

Sie schüttelte den Kopf, unfähig, etwas zu entgegnen.

Langer Mann ließ die Arme sinken. »Aber worum es jetzt eigentlich geht, ist, daß die Maske von Rabenjäger zuviel Macht gewonnen hat. Ich weiß nicht, warum. Vielleicht saugt sie dem Maskenträger Kraft ab und verleibt sie sich ein. Wie eine Zecke Blut saugen muß. Aber wie auch immer: Zwietracht entsteht. Und Zwietracht bringt die Menschen gegeneinander auf. Wenn das geschieht, werden sie sich bemühen, die Situation zu ändern.«

»Ich weiß nicht, was gegen etwas Harmonie einzuwenden ist.«

»Nichts, gar nichts. Aber wenn wir unser Leben nur in Harmonie verbrächten – was würden wir dann noch vollbringen? Denk an die Clans. Dauernd streiten sie und wetteifern miteinander. Gleichgültig, wie fruchtbar ein Acker ist, er bringt nur für eine bestimmte Zeit Gänsefuß hervor. Danach wachsen dort keine gesunden Pflanzen mehr. Das Schlüsselwort ist Gleichgewicht. Man braucht genug Harmonie, um Sicherheit zu erlangen, und genügend Schwierigkeiten, damit sich etwas bewegt.«

Sternmuschel blickte zu den Hängen mit den kahlen Bäumen oberhalb des unberührten Schnees empor. Auf einer Terrasse sah sie ein einsames Bauernhaus, das verlassen wirkte. Die Bewohner waren wohl zu Verwandten gezogen, um dort die langen Winternächte in gemütlicher Gesellschaft zu verbringen.

Dafür war der Winter gut: um Geschichten zu erzählen, am Webstuhl zu arbeiten und mit Freunden zu plaudern. Darauf hatte sie sich früher immer gefreut. Statt dessen stapfte sie jetzt durch die Kälte, und ihre Träume vom Glück hatten sich zerschlagen. Sie hatte nicht einmal Zeit gehabt, ihre Mutter zu betrauern. Warum hatte sich alles nur so unheilvoll entwickelt? Womit hatte sie das verdient?

Sie sah den Magier von der Seite an. »Du redest viel, aber gesagt hast du mir noch nichts. Über die Zukunft, meine ich.«

»Die Zukunft?« Er lachte leise in sich hinein. »Glaubst du, dir ist wohler, wenn du die Zukunft kennst? Was würdest du sagen, wenn ich dir erzählte, du würdest morgen bei einem Flußübergang im Eis einbrechen? Und wenn ich dir erzählte, deine Leiche würde nie gefunden und dein Geist bliebe ewig da unten im Schlamm gefangen? Wäre dir dann wohler?«

»Ich würde auf der Stelle kehrtmachen und zur Sternhimmelstadt zurücklaufen, zurück ins Haus meines Vaters.«

»Das hab ich mir gedacht. Du willst die Zukunft gar nicht kennen. Kein Mensch will das.«

»Aber du kennst sie offenbar und gehst trotzdem weiter. Wenn wir auf den Sonnenhügeln angekommen sind und Glimmervogel mit seiner Maske gegenüberstehen – das wird dir nicht angenehm sein.«

»Bestimmt nicht«, stimmte er ihr seufzend zu. »Du mußt aber wissen, daß ich keine Ahnung habe, wie es am Ende ausgeht. Ich weiß nur, was wahrscheinlich ist. Trotzdem – ich habe in dieser Sache freiwillig Verantwortung übernommen.«

»Warum nur, Langer Mann? Das ist eine gefährliche Sache. Was geht sie dich an?«

»Das Leid anderer geht jeden Menschen etwas an, Sternmuschel. Mit einigem Mut kann man anderen Menschen viel Leid ersparen. Dafür nimmt man das Risiko in Kauf, meinst du nicht?«

»Ich ... ich weiß nicht.« Nachdenklich kniff sie die Augen zusammen. »Kannst du nicht eine Andeutung machen? Was erwartet uns? Er wird uns doch nicht töten, oder?«

Langer Mann seufzte. »Nun gut, eines kann ich dir verraten: Ich verspreche dir, daß du nicht durch seine Hände stirbst. Aber mit unserer Ankunft auf den Sonnenhügeln beginnt für dich zugleich die schrecklichste Zeit deines Lebens.«

Jetzt konnte sie das Clanhaus sehen. Noch zwei Tage, dann würden sie die Sonnenhügel erreichen. Was bedeutete das für sie? Für ihre Tochter? Würde sie je wieder ein Lächeln auf Silberwassers Gesicht sehen? Oder würde sie ihre Tochter in Not und Elend stürzen?

»Ich hoffe nur, daß du dich irrst, Langer Mann.«

»Ich auch«, aber das klang nicht hoffnungsvoll.

Otter trat ins Haus des Weißmuschelclans. Die feuchtwarme Luft roch nach gewürztem Essen, Holzfeuerrauch und nasser Kleidung, das Ganze von süßlichem Tabakrauch durchzogen. In der Mitte des Raums loderte ein prasselndes Feuer. Viele hatten sich schon auf den Wandbänken niedergelassen oder sich auf den Boden gesetzt. Zwei Töchter von Blaue Kanne, Tonschale und Entenflügel, kümmerten sich um den Herd in der Erde; sie wickelten Pastetchen aus Gänsefuß- und Pfauengrasmehl in Blätter und legten sie auf die Tonplatten.

Weitere Backplatten wurden über die Pastetchen gedeckt, darüber goß man Wasser, das sofort verdampfte. Pastetchen und Backplatten wurden aufeinander geschichtet, bis der Herd voll war. Der Inhalt dampfte und backte dann mehrere Stunden lang.

Als Otter seinen durchnäßten Fuchspelzumhang auszog, nahm er mit einem schnellen Rundblick den Raum auf. Seit letzten Herbst hatte sich nicht viel verändert. Kürbisflaschen hingen gebündelt unter dem Dach. Die meisten waren voller Samenkörner, die Großmutter teils als Arznei, teils zum Essen verwendete. Andere enthielten Blätter, Blumen, Pollen und mineralische Pulver in verschiedenen Farben, um Stoffe zu färben. Netze mit Nüssen, getrockneten Himbeeren, Zürgelbaumbeeren und Pflaumen hingen in der Nähe der Tür. Stränge getrockneter Zwiebeln baumelten herab wie geschrumpfte weiße Holzperlen. Ruß hatte einen Großteil des Dachstrohs, der Dachstangen und Stricke geschwärzt. Die dauernde Räucherung des Dachs vertrieb Spinnen und Insekten und verhinderte Fäulnis und Pilzbefall.

Die Rohrwände waren mit den leuchtenden geometrischen Mustern bemalt, die auch die Frauen in ihre feinen Stoffe webten. Zickzackleiste, Dreieck- und Blitzformen waren typisch für die Arbeiten des Weißmuschelclans.

Die Clanführer saßen im hinteren Teil des Raums auf dem Boden. Blaue Kanne, Otters Mutter, hatte sich auf einer Schilfmatte neben dem Stoffkissen, auf dem gewöhnlich Großmutter saß, niedergelassen. Rundkorn und Rote Farbe, Otters Tanten, saßen auf ihren Plätzen zur Rechten von Großmutters Kissen.

Viele Schildkröten, Otters hochgewachsener muskulöser Vater, saß hinter Blaue Kanne. Wind und Wetter hatten seine Gesichtshaut wie walnußbraunes Leder gegerbt. Seine hellen Augen waren fest auf Otter gerichtet, forschend und wissend.

Schwerer Fels, Otters Onkel, saß auf seinem Platz hinter Rundkorn. Er war ein rundlicher Mann mit freundlichem Gesicht; seine Augen, unter schweren Lidern, funkelten belustigt. Er kannte alle Stellen, an denen sich die Fische sammelten, und konnte einen Puma auch über blankem Stein aufspüren. Neben ihm saß Eichelhäher, Rundkorns Sohn.

Zusammen mit Tante Rote Farbe und ihrem Mann, Gestreifter Vogel, war das die engste Familie; sie hatte die Macht innerhalb des Clans. Weitere Vettern, einschließlich Sechsmuschel, Kleine Warze und Drei Reiher standen gedrängt mit ihren Familien an den Wänden.

»Endlich!« rief Großmutter, als sie durch die Hängetür in den Raum trat. »Zufrieden mit dem Regen, Enkel? Du hast so lange draußen gestanden – fast hättest du noch Wurzeln geschlagen.«

Otter grinste verlegen. »Ich hab' noch nach meinen Warenbündeln geschaut.«

Sie nickte zwar, durchschaute aber seine Lüge. Mit vom Alter geplagten Beinen ging sie an Verwandten vorbei, die ihr Respekt erwiesen, zur Mitte des Raums und ließ sich mit Blaue Kannes Hilfe auf dem mit Rohrkolbenblättern gefüllten Kissen nieder.

Mit knochigen Fingern strich sie den rotgelben Rock über ihrem Schoß glatt und sah in die Runde. Mit klarem Blick erfaßte sie jeden, nickte dabei fast unmerklich und spitzte die Lippen über dem verrunzelten, zahnlosen Mund.

Großmutter wartete geduldig, bis Tonschale und Entenflügel den letzten in Blätter gewickelten Fisch in den Herd gelegt hatten. Aus der Grube stieg Dampf auf, der nach gerösteten Pasteten roch.

»Also ...«, begann Großmutter, »mögen die Ahnen und die Geister uns Gesundheit und Frieden bescheren. Mögen die Früchte auf unseren Felder wachsen und unsere Netze aus den Gewässern voll eingeholt werden. Möge das Wild in den Wäldern sich reich vermehren. Mögen die Enten, Gänse und Truthähne zu unseren Gewässern, Wäldern und Feldern zurückkehren. Möge die Große Sonne unsere wachsenden Pflanzen segnen und unsere Kürbisse zur Reife bringen. Mögen die Segnungen dieses und des nächsten

Lebens uns zuteil werden. Erster Mann, führe uns, und ihr Ahnen, hört unser Gebet und beschützt uns vor dem Übel.«

Dann stimmte die alte Frau, den üblichen Segnungsgesang des Clans an, den Bunte Krähe die Menschen vor Beginn der Zeit gelehrt hatte.

Nach dieser Pflichtübung holte Großmutter aus ihrer Gürteltasche eine aus rötlich braunem Schiefer wunderbar geschnitzte Steinpfeife, die Otter weit oben am Schlangenfluß im Tauschhandel erworben hatte. Ihr flacher Stiel trug einen fein ausgearbeiteten Falkenkopf. Großmutter stopfte etwas Tabak in den Pfeifenkopf und nickte, als Entenflügel ihr etwas Glutasche brachte. Sie paffte, blies den Rauch zur Decke, zum Boden und in die vier Himmelsrichtungen.

Dann wurde die Pfeife Otter gereicht. Er paffte und inhalierte den süßen Rauch des Tabaks, den er aus dem Süden mitgebracht hatte. Bedachtsam stieß er den Rauch in die heiligen Himmelsrichtungen aus und gab Großmutter die Pfeife zurück. »Also gut«, sagte die alte Frau. »Wir hatten eine schöne Hochzeitszeremonie, es war eine großartige Feier. Alle haben Yaupon getrunken, und unsere Herzen, unsere Seelen und unsere Gesänge waren rein. Möge diese Vereinigung immer vom Glück begleitet sein.«

Ihr Blick, scharf wie Obsidian, ruhte auf Otter, und sie sagte: »Nun haben wir endlich Zeit, Otter anzuhören. Er ist gerade von den Dörfern des Alligatorclans an der Flußmündung zurückgekehrt. Er bringt uns Muscheln und heiligen Yaupon mit, ferner getrockneten Fisch, bunte Federn und vieles andere. Enkel, erzähle uns, was du auf dem Fluß gehört hast, und schlag uns vor, was wir mit den wunderbaren Geschenken machen sollen, die du uns gebracht hast.«

Otter trat vor. Er stand jetzt seiner Großmutter gegenüber, schaute seine Familie an und setzte sich dann dort hin, wo ihn jeder sehen konnte.

Wie es sich gehörte, begann er von Anfang an: »Ich fuhr flußabwärts, viermal zehn Tage lang. Als ich die Alligatorclans erreicht hatte, fragte ich nach Moorbär, das ist der Häuptling. Er begrüßte mich herzlich wie immer, bot mir Essen und einen trockenen Schlafplatz an.

In den nächsten Wochen bot ich die Kupferplatte, feine Stoffe, Bleiglanz, Töpferwaren und andere Güter, die ich mit Erlaubnis des Weißmuschelclans flußabwärts bringen durfte, zum Tausch an. Dafür bekam ich wunderbare Muscheln, Tabak, rohen Yaupon, Haifischzähne und viele andere Waren, die weiter flußaufwärts sehr begehrt sind. Mit der Erlaubnis des Clans will ich diese Güter nach Norden bringen, um sie im Kupferland anzubieten.«

Großmutter schaute umher und zuckte mit den Achseln. »Der Clan wird diesen Antrag prüfen.« Sie sah ihn gespannt an. »Was hast du im Süden gehört, Otter? Was hast du erfahren? Welchen Rat gibst du uns für das kommende Jahr?«

Otter überlegte kurz. Er hatte erwartet, daß man ihm sofort genehmigen würde, weiter Handel zu treiben. Der Antrag war eine Formalität, denn die Handelsware gehörte praktisch dem Clan.

»Großmutter, nichts wird so sein, wie es gewesen ist. Der Handel über die Flüsse verändert sich. Du hast selber gesehen, wie jedes Jahr mehr Kanus vorüberfahren. Die Nachfrage steigt. Wir müssen über diese Veränderung nachdenken und uns überlegen, wie wir uns jetzt darauf einstellen.«

Die alte Frau nickte. »So ähnlich haben wir uns das schon gedacht. Sprich weiter.«

»Moorbär hat mir erzählt, daß die Leute, die an der Flußmündung leben, sie nennen sich Anhinga, Händler getroffen haben, junge Männer aus den Dörfern der Khota. Diese Männer sollen mit vier Kanus zur Mündung von Vater Wasser gefahren sein, um zu sehen, ob sie mit den Leuten dort Geschäfte machen können. Sie haben die üblichen Sachen mitgebracht, aber dann ist ihnen ein junges Mädchen aufgefallen, das unter dem Namen Perle bekannt ist. Sie ist die Enkeltochter des Clanführers. Bei den Anhinga gilt die mütterliche Abstammung. Die Khota haben Perle gefragt, ob sie in den Khotaclan einheiraten will.«

Blaue Kanne beugte sich vor. »Hast du uns nicht früher erzählt, daß bei den Khota die männliche Erbfolge herrscht?«

»Das ist richtig. Es wird erzählt, daß dieses Mädchen zu den Khota geht, um Wolf der Toten zu heiraten, den jungen Kriegsherrn des Stammes.« Und er fügte hinzu: »Ich hoffe nur, daß seine Gesellschaft ihr behagt.«

»Sie kann ihn haben«, sagte Großmutter mürrisch. »Wissen die Anhinga überhaupt, was sie ihrer Tochter antun?«

»Das möchte ich bezweifeln.«

Die Anhinga wußten vielleicht nichts von den Khota, aber die Leute des Weißmuschelclans kannten sie. Vor einigen Jahren hatte es Gerüchte gegeben, daß die Khota den Tod von Otters Onkel verschuldet hatten. Niemand sprach jetzt den Namen des Onkels aus. Er war eines gewaltsamen Todes gestorben. Man hatte seine Leiche nicht gefunden und konnte sie daher auch nicht bei den Vorfahren in der Stadt der Toten beisetzen. So streifte sein Geist zornig umher, brachte Unglück und strafte die Lebenden. Wenn man den Namen des Onkels erwähnte, könnte Unheil über das Gebiet des Weißmuschelclans kommen. Krankheiten, Mißernten und Tod wären die Folgen.

Die Nachricht des grausamen Todes hatte besonders Otter schwer getroffen, denn dieser Onkel, ein älterer Bruder seiner Mutter, hatte ihm sehr viel bedeutet. Im Weißmuschelclan – wie in den meisten Gesellschaften mit weiblicher Erbfolge – war dieser Onkel für die Erziehung von Otter und Viertöter verantwortlich gewesen. Er hatte die Jungen erzogen und war ihr Lehrer gewesen. Viele Schildkröten hatte wohl die Kinder von Blaue Kanne gezeugt, aber er war nicht für ihre Erziehung verantwortlich, er durfte nur ab und zu einen Rat erteilen.

Als der Onkel Otters Begeisterung für den Fluß erkannt hatte, nahm er ihn schon früh auf Fahrten flußaufwärts mit. Er war ein angesehener Händler gewesen und hatte Otter Wissenswertes über den Fluß und die Anrainervölker erzählt.

Otter selbst hatte schon mehr als einmal beim Durchqueren des Gebiets der Khota schlechte Erfahrungen gemacht. Die Khota waren erst vor zehnmal zehn Wintern vom Norden zum Ilinifluß gezogen. Von Natur aus wild und kriegerisch hatten sie ihre Vorgänger aus dem Land getrieben und deren Frauen geraubt. Allerdings hatten sie viele Gewohnheiten und Sitten der Besiegten übernommen.

Von allen Völkern machten die Khota immer wieder die größten Schwierigkeiten. Einmal hatten sie eine Kanuladung Grünstein, Bleiglanz und Steatit geraubt, die Otter mühevoll flußaufwärts gebracht hatte. Im allgemeinen versuchten die Händler, nachts an den Dörfern der Khota vorbeizufahren, denn tagsüber wurden sie bedroht, manchmal sogar zusammengeschlagen – aber immer ihrer Ladung beraubt.

Viele Schildkröten murmelte: »Vielleicht wird Perle sich wenigstens an unseren Handelsgütern erfreuen, wenn sie in der Heimat der Khota ankommt.«

Großmutter betrachtete Otter nachdenklich. »Was hältst du davon, von dieser Heirat? Ist sie für uns irgendwie wichtig?«

Otter atmete tief ein. »Der Handel verändert sich in den kommenden Jahren. Die Khota rechnen damit, daß sie die Zwischenhändler auf den Flüssen umgehen und direkt mit den Leuten an der Küste handeln können.«

»Weil so viele Händler nichts von ihnen wissen wollen?« fragte Rundkorn.

»Ja, ich glaube schon«, erwiderte Otter. »Selbst Händler, die sich hier neu niederlassen, tun alles, um ihre Waren unbemerkt durch das Gebiet der Khota zu transportieren. Als die Khota vor ein paar Jahren einen Händler aus Schlangenstadt umbrachten, verloren sie eine Menge Geschäfte. Damals gab es Aufruhr am Fluß, und die Ilinidörfer oberhalb des Gebiets der Khota drohten ihnen mit Krieg, falls so etwas wieder passierte.«

»Dich haben sie auch bedroht, oder?« fragte Großmutter. »Vielleicht wäre es gut, Schwarzschädel und einige seiner Krieger zu bezahlen, damit sie dich begleiten.«

Otter sagte lachend: »Vielleicht. Aber was bringt's? Der Handel wird nicht durch Krieg geregelt. Wenn es dazu käme, würden wir das Schicksal herausfordern und es uns vielleicht auf ewig zum Feind machen. Wenn die Khota nur nicht so unberechenbar wären ... wir könnten alle glücklich und zufrieden sein.«

»Da gibt es allerdings noch eine andere Möglichkeit«, sagte Viele Schildkröten ruhig. »Wir könnten ihren Kanus auflauern und sie ihnen rauben, so wie sie uns beraubt haben. Der Riesenschilfclan ist auf unserer Seite. So wie fast jedes Dorf, das an den Ufern von Vater Wasser liegt.«

Beistimmendes Gemurmel erfüllte den Raum.

Großmutter gebot mit erhobener Hand Ruhe. Bewußt vermied sie, ihren Schwiegersohn anzusehen. »Vielleicht halten das manche für eine gute Idee, aber was würde uns das auf lange Sicht bringen?« Sie machte eine Pause. »Wie Otter schon sagte – sie sind unberechenbar. Ihre Kanus zu rauben, brächte uns vielleicht ihre gesamte Kriegsflotte auf den Hals. Wir werden uns zwar eines Tages alle zu unseren Vorfahren gesellen, aber wir müssen das ja nicht unbedingt beschleunigen.«

»Man müßte es jedenfalls bedenken«, meinte Schwerer Fels, der hinter Rundkorn saß. »Etwas Respekt kann durchaus dazu beitragen, den Handel auf dem Fluß zu sichern.«

Großmutter preßte ihre Handflächen aneinander. »Vielleicht sollte der Mann meiner Tochter bedenken, daß Kanus schneller sind als Nachrichten. Die Khota könnten hier mit einer Kriegsabteilung landen, ohne daß jemand davon wüßte. Sie könnten uns großen Schaden zufügen. Krieg, gleichgültig aus welchen Gründen, kann nicht in unserem Interesse sein.« Sie senkte die Stimme, ihre Augen wurden feucht, vielleicht im Gedenken an ihren ermordeten Sohn. »Auch nicht mit den Khota.«

Otter rieb seine Hände. »Dem stimme ich zu. Daß die Khota eine Handelsexpedition losgeschickt haben, zeigt nur, daß auch sie wegen der zahlreichen Händler, die an ihren Dörfern vorbeifahren, beunruhigt sind. Normale Menschen würden sich entschuldigen und aus ihren Fehlern lernen. Aber die Khota ... na ja, das sind einfach Verrückte.«

Großmutter nickte zustimmend. »Du meinst also, Otter, der Handel auf dem Fluß wird sich verändern. Was rätst du uns?«

»Da kann ich nichts raten, Großmutter. Das ist wie eine Überschwemmung im Frühjahr – man kann nichts aufhalten.« Er legte seine Hände übereinander. »Doch wenn man weiß, daß die Überschwemmung kommt, kann man sich darauf vorbereiten und sie für seine Felder nutzen. Es werden hier immer mehr Händler vorbeikommen. Vielleicht überlegt der Weißmuschelclan, wie er sich einen Teil dieses Handels sichert?«

»Sollen wir Netze über den Fluß spannen?« fragte Rundkorn.

»So weit brauchen wir sicher nicht zu gehen.« Otter machte eine Handbewegung. »Einen Teil dieser Arbeit habt ihr ja schon geleistet. Händler waren bei uns immer willkommen. Diese Tradition hat der Onkel begründet. Sorgt dafür, daß sie sich wohl fühlen. Vielleicht kann man eine Schutzhütte über der Anlegestelle bauen?«

Hinter Rundkorn machte sich Schwerer Fels bemerkbar: »Werden da nicht Sachen verschwinden? Das sind schließlich Fremde,

Leute, die wir nicht kennen. Die könnten doch, sagen wir mal, nicht so ganz vertrauenswürdig sein.«

»Manche vielleicht«, gab ihm Otter recht, »aber du solltest eins bedenken, Onkel, Händler sind von gutem Willen abhängig. Wenn sie stehlen oder Unruhe stiften, werden sie bald nicht mehr willkommen sein – so wie die Khota.«

Großmutter sagte: »Es wird immer ein paar Schwierigkeiten geben. Aber am Ende haben wir mehr Vorteile als Nachteile, wenn wir Händler hier haben. Händler bringen Glück; das habt ihr doch immer gehört, oder? Vielleicht sollten wir es bekanntgeben, daß es hier am Landeplatz immer eine warme Mahlzeit gibt.«

»Das ist aber eine Menge Arbeit.« Blaue Kanne kratzte sich nachdenklich hinterm Ohr. »Man müßte das Essen warmhalten, damit es nicht verdirbt. Manchmal vergehen doch Wochen, bevor Händler vorbeikommen. Da müssen wir einen Haufen Holz sammeln, und jemand muß die ganze Zeit aufs Feuer aufpassen.« Verstohlen blickte sie zu Großmutter hinüber. »Und mein Mann hat schon genug zu tun.«

Viele Schildkröten lachte und schaute aus den Augenwinkeln kurz zur Großmutter.

»Aber man könnte Feuerholz in der Schutzhütte stapeln«, wandte Rote Farbe ein, »und Säckchen mit vorgebackenen Pastetchen an den Wänden aufhängen. Vielleicht sollte man die Pastetchen räuchern, damit sie nicht schimmeln.«

»Eine Hütte würde sicher ausreichen«, sagte Otter. »Die Händler würden gern den Hang hinaufgehen, wenn es oben etwas zu essen gäbe. Sie könnten sich unterhalten, Neuigkeiten hören und mit andern um ein schönes Feuer sitzen. Und wenn sie fühlen, daß sie willkommen sind, werden sie auch Geschenke hierlassen.«

Großmutter neigte nachdenklich den Kopf. »Das bringt uns Vorteile. Je mehr Besucher kommen, um so mehr werden wir erfahren. Wir werden sehen, was sie brauchen, und versuchen, ihnen das zu verschaffen.«

»Dem stimme ich zu, Großmutter.« Otter schaute seine Verwandten nacheinander an. »Wenn wir es richtig anfangen, werden wir viele Händler zu einer Rast bei uns verlocken können. Wir haben auch den richtigen Standort am Fluß. Die Dörfer der Deena im Norden sind noch eine Tagesreise entfernt, und Gelbe Klippen liegt eine Tagesreise weiter südlich. Hier ist wirklich ein guter Rastplatz.«

»Wir werden es erwägen«, schloß Großmutter das Thema vorerst ab.

»Was gibt es denn hier Neues?« Otter drehte sich, damit auch seine linke Seite am Feuer trocknen konnte.

»In der Stadt der Toten ist etwas geschehen«, teilte ihm Großmutter sachlich mit. Alle Augen waren jetzt auf sie gerichtet. »Wir wissen nicht genau, was es war. Ein junger Mann vom Clan der Zerbrochenen Muschel, er nannte sich Vier Gelbe Federn, kam am Vortag der Hochzeit hier vorbei. Offenbar ist der Träumer, Grüne Spinne, tot, getötet am Sonnenwendtag.«

»Was?« rief Viele Schildkröten unbeherrscht und blickte Großmutter mit aufgerissenen Augen an.

Otter erstarrte, sein Herzschlag setzte kurz aus.

»Warum hast du uns nichts davon gesagt?« fragte Blaue Kanne.

Großmutter saß unbewegt und fuhr mit ausdruckslosem Gesicht fort: »Dieser Vier Gelbe Federn tauchte auf, kurz bevor wir zur Hochzeitsfeier den Fluß überqueren wollten. Ich hielt ihn für einen Gratulanten, er aber setzte sich dorthin, wo du jetzt bist, Otter, senkte den Kopf und sagte: ›Grüne Spinne ist tot.‹« Sie schlug die Hände zusammen. »Wir mußten auf eine Hochzeit, also sagte ich euch nichts.«

»Ich verstehe immer noch nicht, daß du mir das nicht erzählt hast.« Die Augen von Blaue Kanne funkelten.

»Wozu?« Großmutter erklärte es ganz vernünftig: »Wenn er tot ist, würde ihn dann unsere Sorge und unsere Unruhe zurückbringen? Wenn's nur ein Gerücht ist, warum sollte man dann alle Welt in Aufregung versetzen? Anscheinend hielt es Vier Gelbe Federn selber nicht für wichtig genug, um zum Riesenschilfclan zu paddeln und Bescheid zu sagen. Die Zeit wird zeigen, ob es wahr ist oder nicht.«

»Mutter, in Zukunft ...«

Großmutter hob die Hand, jeden Widerspruch erstickend. »Rote Mokassins und Viertöter hatten eine sehr schöne Hochzeit. Hätte ich angefangen, Gerüchte zu verbreiten, hätte jeder nur noch schlimme Prophezeiungen gemacht, und bald hätte sich Weltuntergangsstimmung verbreitet.«

Otter schüttelte ungläubig den Kopf, als ihn Großmutters Blick forschend fixierte. Grüne Spinne tot? Was hatte das zu bedeuten?

Viele Schildkröten fragte mit bebenden Lippen: »Wie... wie ist er gestorben? Weiß das jemand?«

Nur das knackende Holz im Feuer unterbrach die Stille.

Großmutter seufzte. Einen Augenblick lang starrte sie in die Leere und sah nur etwas im Geist vor sich. Dann schien sie sich wieder zu fassen und beantwortete die Frage – allerdings redete sie Blaue Kanne an und nicht Viele Schildkröten: »Nach allem, was man hört, ist es am Tag der Wintersonnenwende geschehen, genau zur Mittagszeit, als das Fest der Toten begann. Als das Essen gereicht wurde, fuhr ein Blitz in den Tempel, in dem sich Grüne Spinne und die Ältesten befanden. Offenbar begehrte Grüne Spinne die Macht. Die Ältesten der Clans wachten über ihn und versäumten tatsächlich die Zeremonien.

Der Tempel brannte gänzlich nieder. Die vier alten Männer wären fast verbrannt, als sie Grüne Spinne aus den Flammen zogen. Er saß aufrecht, die Augen weit offen, sah und hörte aber niemanden. Es wurde berichtet, daß er geschrien hat: ›Du bist so wunderbar, ja, ja, ich komme. Ich fliege, fliege in die Spirale des Himmels...‹ Und dann fiel er tot um.«

»Was hat das zu bedeuten?« fragte Rundkorn verwundert.

Großmutter räusperte sich, wie sie es immer tat, wenn sie die Familie wieder zur Vernunft bringen wollte. »Woher soll ich das wissen? Was ich euch erzählt habe, habe ich von Vier Gelbe Federn gehört.«

Unruhe keimte in Otters Seele auf.

5. KAPITEL

Das Abendfeuer knisterte und prasselte, und tanzende Funken stiegen in den sich verdüsternden Himmel. Perle saß schweigend auf dem verwitterten grauen Stamm einer Pappel. Der Fluß hatte den gefallenen Riesen den gewundenen Kanal hinunterbefördert, hatte ihm die Rinde mit derselben brutalen Kraft abgekratzt, mit der er ihm auch Äste und Zweige weggewaschen hatte.

Perle blickte über das Feuer auf das ferne Ostufer und zog die Decke fest um sich. Hinter dem Fluß, jenseits der tosenden Wellen, lag die Freiheit.

Perle beugte sich näher zum knisternden Feuer, um mehr von seiner Wärme aufzunehmen. Der Geruch von Hickory und Styraxbalsam lag in der Luft. Die nächtliche Finsternis bedrückte sie.

»Alles in Ordnung?« fragte Grizzlyzahn, kam näher und setzte sich nieder.

Perle nickte und beobachtete ihn aus den Augenwinkeln. Grizzlyzahn war bestimmt nicht älter als zwanzig Sommer, und doch behauptete er, er habe zehn Feinde im Kampf getötet und außerdem einen großen Eisbären in einem wüsten Land im fernen Westen erlegt.

Er sah aus wie der geborene Krieger, hatte scharfe Augen in einem Gesicht mit breiten Backenknochen und platter Nase. Der entschlossene Mund verriet nicht die Spur von Humor. Er trug ein wadenlanges Hirschfellhemd, das mit menschlichen Schneidezähnen, aber auch mit Reißzähnen von Luchs, Dachs und Fuchs verziert war. Große kupferne Ringe, die im Licht glitzerten, hingen an seinen Ohrläppchen. Sein schwarzes Haar trug er in einem Knoten oberhalb der Stirn zusammengebunden und hatte es mit einer Nadel aus dem Ellenknochen eines Hirschs festgesteckt. Die Grizzlyzähne, denen er seinen Namen verdankte, hingen zusammen mit langen Klauen an seiner Halskette.

Nach allem, was sie wußte, waren Grizzlyzahn und ihr Verlobter, Wolf der Toten, in einer besonderen Zeremonie zu Brüdern geworden

Perle schaute umher; sie haßte den dumpfen Schmerz in ihrer Seele. Die Gefährten von Grizzlyzahn, junge, starke, sehnige Männer, brieten sich auf den anderen Feuern Fische, Enten und einen Reiher, die sie am Tag erlegt hatten. Sie erzählten sich Witze in ihrer gutturalen Sprache und lachten. Gelegentlich sahen sie zu ihr herüber, und ihre schwarzen Augen schimmerten dabei im Schein des Feuers.

Die Khota waren ein ansehnliches Volk, geschmeidig, hochgewachsen, mit breiten Gesichtern und schmalen, gebogenen Nasen.

Sie trugen Schmuck aus Kupfer, Glimmer und Muscheln. Als Bekleidung bevorzugten sie zugeschnittene Felle oder grob gewebte Stoffe, die eher wie Matten aussahen und nicht wie die feinen Gewebe, an die Perle gewöhnt war. Wenn es kalt war, warfen sie sich Decken oder Pelzumhänge über die Schultern. Um die nackten Beine banden sich viele kreuzweise Fell- oder Stoffteile mit dünnen Lederriemen.

Alle jungen Männer trugen ein Atlatl am Gürtel. Derart bewaffnet, stellten die Khota eine beachtliche Streitmacht dar. Darüber war Perle verwundert. Wozu brauchten sie vierzig ausgewachsene Krieger, bedrohlich bewaffnet, um den Fluß zu befahren? Andere Händler machten die Fahrt allein oder höchstens mit zehn Mann.

Wen hatten die Khota zu fürchten? Und warum? Geschichten über ferne Völker hatten sie nie besonders interessiert. Aber nun störte sie das, denn in ihrer Ausbildung schienen ihr wesentliche Dinge entgangen zu sein.

An diesem Morgen hatten sie die Einmündung ihres Flusses in den Westfluß passiert. So weit nördlich war sie schon einmal gekommen, doch als es weiter ging, war alles neu für sie. Sie wurde von dem Gefühl ergriffen, daß die Reise ein unvermeidliches Ereignis war.

Wie würde sie mit diesen Leuten leben können? Dieses fremde Nordland – wie würde es dort sein?

Irgendwo an einem nördlichen Ufer würden sich seltsam gekleidete Khota um sie drängen, sich schubsen, untereinander flüstern, während ihre Blicke sie abtasteten. Dann müßte sie zwischen ihnen umhergehen wie eine fremdartige Trophäe. Aber auch wenn die Angst sie lähmte, mußte sie unbedingt ihren ganzen Stolz aufbieten und sich wie eine Anhinga verhalten.

Aber wie kann ich das, wenn sie mich knuffen und stoßen? Bei dem Gedanken liefen ihr Schauer über den Rücken. Würden sie diese Frau aus dem Süden ablehnen? Ein Mann von so hohem Rang wie Wolf der Toten hätte sicher Frauen, die ihn begehrten, die ihn vielleicht sogar liebten. Wie würden sie ihre Ankunft hinnehmen? Würden sie sie quälen? Ihren Mut auf die Probe stellen? Oder sie ganz offen hassen?

Perle ballte die Fäuste. Sie kannte die Sitten dieses Volkes nicht. Wenn sie nun unwissentlich ihre Glaubenssätze mißachtete? Würden sie dafür Verständnis haben? Oder würden sie den Eindringling ächten?

Sie blickte auf die Krieger in der Runde; persönliche Zuwendung hatte sie bis jetzt nicht erfahren. Nur für Grizzlyzahn schien sie mehr zu sein als eine Trophäe. In den Augen der anderen stand nichts als Begierde, allerdings nur, wenn Grizzlyzahn abgelenkt war.

Während das Feuer loderte, beobachtete sie den Anführer aus den Augenwinkeln. Sie war die einzige Frau unter viermal zehn Männern. Hatte er die Kontrolle über seine jungen Männer? Würde es Wolf der Toten überhaupt kümmern, wenn seine Krieger sich mit ihr vergnügten?

Wenn du nicht daran denkst, Perle, geschieht vielleicht auch nichts.

Unter den starren Blicken von Grizzlyzahn zwang sie sich, ins Feuer zu schauen, und dabei entzündete die Erinnerung andere Feuer, an denen sie in einer glücklicheren Zeit gesessen hatte. Gesichter tauchten auf, nach so langer Zeit verklärt und fein gezeichnet. Braune Augen funkelten, und herzliches Gelächter von Freunden und der Familie hallte in der Erinnerung wider – doch alles versank in der Leere ihrer Seele.

Ich werde meine Leute nie wiedersehen. Ich fahre ins Unbekannte … und ich werde einen schrecklichen Tod unter den Barbaren sterben …

Schwarzschädel tauchte sein verziertes Paddel ins träge Wasser und trieb sein Kanu durch die dünne Eisschicht, die unter dem Anprall krachend zerbarst.

Der Hirschfluß war um diese Jahreszeit trübe. Die dünne Schneedecke, die sich in der vergangenen Nacht gebildet hatte, löste sich im warmen Sonnenschein auf. Gefleckte gelb-braune Laubteppiche bedeckten den Boden, auf dem kahle Bäume standen.

Hoch über den Wäldern eilten tiefhängende flaumige Wolkenfetzen nach Nordosten, vom Südwind unbarmherzig getrieben. Auf den Nordhängen schimmerte bläulich-weiß verkrusteter Schnee.

Die sind alle verrückt geworden! Schwarzschädel sprach verdrießlich mit sich selbst. *Es ist doch ein vergebliches Bemühen, was die vorhaben.*

Er reckte den Hals, um die nächste Biegung besser zu sehen. Von seinem Sitz im Heck des Kriegskanus mußte er über drei Männer hinwegspähen. Zwei davon waren Clanälteste, jeder in den Farben seines Clans gekleidet. Aber als dritter saß *er* im Bug, stocksteif mit erhobenem Haupt, und schaute – unglaublich – rückwärts!

Trotz seiner Verärgerung wurde es Schwarzschädel plötzlich kalt – nicht nur wegen der frischen Morgenluft.

Seine Erfolge verdankte Schwarzschädel seiner Disziplin und seinem Drang nach Ordnung, für Torheiten hatte er keine Zeit. Bei einem Krieger war Torheit Schwäche, und niemand konnte Schwarzschädel Schwäche nachsagen. Schwach war er als Kind gewesen, da hatte er oft Angst gehabt. Bis sein Großonkel ihm den Ausweg gezeigt hatte: den Weg des Kriegers. Disziplin und Pflichtgefühl hatten ihm geholfen, seinen Peiniger zu vernichten und die eigene Schwäche zu überwinden. Als Krieger bestimmten Ehre und Anstand sein Verhalten, wie es sich für einen Mann seines Ranges gehörte; er beachtete die Rituale und Tabus seiner Kriegsgeister, und er trainierte ununterbrochen seinen Körper.

Und dann fuhr der Blitz in den Tempel, und Schwarzschädels geordnetes Leben löste sich allmählich auf.

Ich bin mit diesem Irren geschlagen... bei einem Unternehmen, das wahnsinnig ist. Sein Zorn brauchte ein Ventil; er schlug mit dem zugespitzten Kriegspaddel so stark ins Wasser, daß sein Kanu pfeilschnell vorwärts schoß.

Als Grüne Spinne von den Toten zurückkehrte, war er ganz anders gewesen. An die Stelle des gelassen blickenden, ruhigen jungen Mannes, den Schwarzschädel gekannt hatte, war das Zerrbild einer merkwürdigen Kreatur namens Grüne Spinne getreten. Was war mit ihm geschehen, während er tot war? Was – oder wer – war er jetzt?

Die Muskeln von Schwarzschädel verkrampften sich, als er an das entsetzte Gesicht seiner Mutter dachte, an ihre weit aufgerissenen Augen, mit denen sie ihn an der Schwelle zum Tod angesehen hatte. Warmes Blut war ihr in Rinnsalen übers Gesicht gelaufen.

Er warf den Kopf zurück, als wollte er Wasser aus Gesicht und Haar schütteln. *Blut… Blut, so wie ihres, das über die gefühllose Haut rinnt. Schnecken hinterlassen solche Spuren wie dieses Blut, Spuren wie Pfade in den Tod – und in den Mord…*

Heftig verjagte er diese Erinnerung, so wie man einen Schwarm Wachteln verscheucht. Der Narr hatte das alles mit seinem irrwitzigen Gestammel verursacht.

Schwarzschädel schaute unbehaglich umher, spähte in das stille Gewirr dunkler Baumstämme und horchte auf die Geräusche von Wasser und Eis. Der Geist der Macht schien über ihnen zu schweben wie Dunst, so wie am Sonnenwendtag, als in dem schicksalhaften Augenblick der Blitz den trüben Himmel durchzuckt und den Tempel zerstört hatte.

Nur selten erinnerte sich Schwarzschädel in seinen Träumen an seine Mutter; im Wachzustand dachte er fast nie an sie. Aber jetzt war sie zurückgekommen, um ihn zu quälen. Dieser Irre im Bug des Kanus hatte irgendwie etwas damit zu tun. Er soll im Land der Toten gewesen sein. Hatte er vielleicht mit ihr gesprochen?

Dem Idioten sollte ich den Schädel einschlagen.

Schwarzschädel tauchte mit aller Kraft seines muskulösen Körpers das Paddel tief ins ruhige Wasser ein und trieb das Kanu durch eine neue Eiskruste. Das mußte man sich einmal vorstellen: die Clanältesten, die wichtigsten Männer der Welt, wurden einer solchen Gefahr ausgesetzt. Welch ein Wahnsinn!

Ihm folgte ein zweites Kanu, es war das des großen Kriegers Drei Adler. Darin saßen die anderen zwei Ältesten, hölzern wie Baumstümpfe, in dicke Decken aus Rips und Federn gehüllt.

Ich habe sie davor gewarnt, aber sie wollten nicht auf mich hören. Pflichtbewußtsein hatte seine Nachteile. Wenn den Ältesten etwas zustoßen sollte, wäre es Schwarzschädels Schuld. Aber dieser geistesgestörte Narr, der sich wie ein rasender Eichelhäher gebärdete, brachte sie alle in Gefahr.

Schwarzschädel warf einen mißtrauischen Blick auf Grüne Spinne. Die ausdruckslosen braunen Augen dieses Irren rollten wie losgelöst in ihren Höhlen. Er sah ungepflegt aus, das dreieckige Gesicht war bleich. Das konnte unmöglich die Macht – oder der Geist der Macht, der ihn ergriffen hatte – sein.

Schwarzschädel erinnerte sich an alles, was geschehen war, und er versuchte, jede Spur seiner Mutter zu tilgen, so wie der Clan die Gebeine der Toten im Hügelgrab mit neuen Erdschichten zudeckte.

Bevor der Blitz einschlug, war Schwarzschädel auf dem Weg zum Tempel gewesen. Er hatte gespürt, wie sich seine Haare sträubten und seine Nerven knisterten wie ein Fuchspelz, wenn man darüber streicht.

Grell war der Strahl durch den wolkenbedeckten Winterhimmel gefahren und hatte mit seinem Donnern die Gebeine der Welt erzittern lassen. Glühendes weißes Licht hatte sich wie durch Zauberhand aufgespalten und mit einem Strahl den Tafelhügel gestreift, mit dem anderen das Tempeldach zersplittert. Wie gebannt hatte Schwarzschädel dagestanden, so fest in der Erde verwurzelt wie die alten Eichen. Dann war er so schnell gerannt, wie noch nie in seinem Leben.

Als er hinaufstürmte, zerrten die Ältesten gerade Grüne Spinne aus der brennenden Hölle. Ihre Augen, glasig vor Entsetzen, würde er nie vergessen.

Mit seinen schwieligen Händen hatte Schwarzschädel das Feuer an den Körpern der völlig verwirrten alten Männer ausgeschlagen, sie einzeln geschüttelt, um sie wieder in die Wirklichkeit zu rufen, und sie befragt, ob alles in Ordnung sei.

Einer der Ältesten hatte sich in dem schrecklichen Durcheinander über Grüne Spinne gebeugt und gejammert: »Er ist tot.«

Unheilvolle Stille hatte sich über die Stadt der Toten gesenkt, nur unterbrochen vom Prasseln des Feuers.

Der Rest des Tages war wie in einem Traum vergangen. Einzelne Bilder huschten durch seinen Kopf – verängstigte Leute, die in alle Richtungen rannten; inbrünstige Gebete Kauernder mit tränenüberströmten Gesichtern; stumme Menschen, die zum Himmel aufsahen; und der elende Gesichtsausdruck von Grüne Spinne, als sie ihn zum Leichenhaus des Blutclans trugen.

Die Menschen machten sich unbemerkt davon; viele ließen ihre Habe zurück, andere folgten ihrem Beispiel, und bei Einbruch der Nacht war die Stadt der Toten wie ausgestorben.

Die Clanältesten blieben zurück, Visionen vor Augen, die nichts mehr mit dieser Welt zu tun hatten. Sie wachten beim Leichnam von Grüne Spinne.

Drei Tage dauerte die grausige Totenwache. Nun kamen vereinzelt Verwandte zurück, um die Leiche von Grüne Spinne zu waschen, zu bemalen und um die Zeremonien einzuleiten, damit er sich mit seinen Ahnen vereinigen konnte.

Was machte man mit einem Mann, den der Geist der Macht getötet hatte? Normalerweise konnten die Toten im Beinhaus liegen bleiben, bis ihnen das Fleisch von den Knochen fiel. Dann erst wurden die Knochen bemalt, bevor man sie beerdigte oder verbrannte.

Mit dem Einverständnis der Ältesten hatten Verwandte für Grüne Spinne ein Grab bereitet. Es sollte mit Baumstämmen und einer dünnen Erdschicht abgedeckt werden, bis man eine Entscheidung über den endgültigen Verbleib der Leiche getroffen hätte.

Am vierten Tag, als die Morgensonne am Horizont aufstieg, wurde Grüne Spinne von seinen Verwandten zum Grab getragen und hineingelegt. Als die Stämme quer über dem Grab lagen, richtete sich Grüne Spinne plötzlich zum Erstaunen der Anwesenden auf. Schwarzschädel, der ihre Rufe hörte, rannte schnell herbei und war am Grab, als Grüne Spinne tief einatmete und die Augen öffnete.

Erst nach einiger Zeit nahm Grüne Spinne die Umstehenden und ihre erschreckten Gesichter wahr. Aber dann lächelte er und kletterte aus dem Grab.

Da hätte ich ihn umbringen sollen, dann hätte ich uns allen eine Menge Ärger erspart.

Die alte Frau Viele Blumen war aschgrau geworden und hatte die Augen verdreht, bevor sie torkelte und umfiel wie ein Stück Rinde. Von da an hatte sich Grüne Spinne höchst eigentümlich benommen. Er führte sich auf wie jemand, der nicht bei Verstand ist.

Wenn er gegessen hatte, behauptete er, hungrig zu sein. Wenn er Hunger hatte, sagte er, er sei satt. Bat ihn jemand, sich zu setzen, stand er auf. Wenn man ihn herbeiwinkte, ging er weg. Befahl man ihm, wegzugehen, blieb er.

Wenn man ihn befragte, was mit ihm los sei, sagte er nur: »Mit mir ist alles in Ordnung, aber ihr werdet alle verrückt.«

Nur die Clanältesten schienen ihn zu verstehen. Sie nickten wissend und flüsterten miteinander.

Dann hatte Grüne Spinne mahnend einen Finger erhoben und erklärt: »Die Zeit ist gekommen, um hierzubleiben!« Er hatte mit wachen Augen umhergeschaut, dann die Gesichter der Clanältesten gemustert und schließlich Schwarzschädel mit einem so scharfen Blick angesehen, daß sich dem Krieger die Haare sträubten.

Grüne Spinne räusperte sich. »Bleibt mir fern, ihr feigen Clanältesten. Schwarzschädel, wage bloß nicht, mit mir zu kommen. Drei Adler, auch dich will ich nicht bei mir haben.«

Schwarzschädel blickte zu seinem Freund Drei Adler, der die Augen aufriß. Schwarzschädel trat langsam einen Schritt zurück, und sein Herz schlug wie eine kultische Trommel. Er ging noch weiter zurück, aber da packte ihn Alter Sonnenmann mit seiner verwelkten Hand am Arm und murmelte: »Bleib hier! Er braucht dich für irgend etwas.«

»Aber er hat doch gerade gesagt ...«

»Sei still!«

Schwarzschädel erstarrte und schaute haßerfüllt auf diesen Idioten, den offenbar jeder ernst nahm.

Grüne Spinne drehte sich tänzelnd um sich selbst. »Der Weißmuschelclan – das ist wohl der letzte Ort, wohin ich gehen wollte. Da gibt es nichts für mich. Aber das habt ihr nicht aus meinem Munde gehört.«

Zu Schwarzschädels Verblüffung sagte Alter Himmelsmann nickend: »Wir machen die Kanus fertig.«

Schwarzschädel warf einen Blick auf den alten Mann. Hatte der auch den Verstand verloren, so wie Grüne Spinne? Der Träumer hatte erklärt, er wolle nirgendwohin gehen – und es dann widerrufen!

Die Ältesten bereiteten sofort alles vor. Die Kanus wurden in aller Eile mit Proviant beladen.

»Was macht ihr denn?« fragte Schwarzschädel mit ungewohnt fester Stimme und zog Alter Nordmann beiseite. »Er hat gesagt, er wolle nirgendwohin und bestimmt nicht ins Weißmuschelgebiet.«

Alter Nordmann sah Schwarzschädel mitleidig an. »Genau dorthin will er gehen.«

»Das ist doch Wahnsinn! Er ist krank, gestört, wie jemand, dem man auf den Kopf geschlagen hat. Der sieht doch nicht mehr klar.«

»Er ist alles andere als gestört, Krieger. Er sieht die Dinge klarer als wir.«

»Aber er ist ...«

»Still, Krieger!« Der Älteste legte seine runzligen Finger auf Schwarzschädels Lippen. »Ich weiß nicht, was Grüne Spinne vorhat, aber gerade du kennst deine Pflichten dem Clan gegenüber. Du mußt sie jetzt erfüllen!« Alter Nordmann hatte gezögert und Schwarzschädel eindringlich angeschaut. »In dieser Zeit zu leben, dabei zu sein, wenn dies alles geschieht, ist eine Gnade des Schicksals. Ich habe dich schon als kleinen Jungen gekannt. Ich kann dir nicht zeigen, wie man sehen soll, Schwarzschädel. Aber fühlst du dich an deine Pflicht gebunden? Wirst du tun, was dein Clan verlangt?«

»Ich kenne meine Pflichten. Bei meiner Seele, ich werde alles tun, was ihr befehlt. Aber das ist gefährlich! Ihr solltet euch nicht solcher Gefahr aussetzen. Wenn irgend etwas ...«

»Schwarzschädel, du und Drei Adler, ihr werdet mich und die Clanältesten zum Haus des Weißmuschelclans bringen. Und du wirst alles tun, was Grüne Spinne verlangt. Gehorche, Schwarzschädel, vielleicht lernst du dann auch, die Dinge in dieser wundersamen Weise zu sehen wie er.«

Danach war der alte Mann weggegangen.

Und nun paddelten sie den fast zugefrorenen Kanal des Hirschflusses hinunter zu Vater Wasser und dann stromabwärts zum Haus des Weißmuschelclans. Es war ein sehr riskantes Unternehmen, denn die Clanältesten waren großen Gefahren ausgesetzt. Sie könnten in einem plötzlichen Schneesturm erfrieren oder ertrinken, wenn das Kanu kenterte. Räuber könnten sie überfallen und gefangennehmen. Die Bedrohungen waren vielfältig.

Schwarzschädel zuckte zusammen. Warum umschwebte die Macht solch einen Idioten? Was war mit der Seele von Grüne Spinne geschehen, als er bei den Toten weilte? Hatten die Geister etwas Böses mit ihm gemacht? Ihn vielleicht für eine bösartige Aufgabe vorbereitet?

Selbst ein so tapferer Mann wie Schwarzschädel fürchtete sich, wenn die Toten aus ihren Gräbern auferstanden und wieder in die

Welt kamen. Aber Grüne Spinne war verändert zurückgekommen – wie ein anderer Mensch.

Bin ich an ihn gebunden?

Jedenfalls so lange, bis sie am Ziel waren. Danach hatte er mit diesem Wahnsinn, den Grüne Spinne von den Ältesten verlangte, nichts mehr zu tun. Wenn Grüne Spinne die Ältesten aber weiterhin in Gefahr bringen wollte – nun, ein Krieger wußte, wie man seine Pflicht erfüllt.

Der Morgen war besser verlaufen, als Otter erwartet hatte. Er hatte sich in unruhigen Träumen gewälzt und von Rote Mokassins geträumt. Sie war sein liebendes Weib gewesen, hatte ihn auf der Flußfahrt begleitet und um ein Vermögen an Kupfer gefeilscht. Er sah sie noch, wie sie ihm im Traum verschwörerisch zulächelte, ein kaum merkliches Zwinkern geheimen Einverständnisses im Blick. Im Traum ist die Frau, die man liebt, immer vollkommen.

Er stand neben seinem umgedrehten Kanu und spürte die brennende Sonne. Hinter der braunen Wassergrenze am Ufer schimmerte Vater Wasser in einem phantastischen Blau. Der Geruch des Flusses schien an diesem Morgen intensiver als sonst und lockte ihn zu fernen Zielen. Otter sog die Luft tief ein.

Er zwang sich, nicht zum Gebiet des Riesenschilfclans zu schauen, der unter einem grauen Dunst von Sumpfpappeln und bläulichem Rauch lag.

Jetzt würde Rote Mokassins glücklich neben Viertöter sitzen. Im Geist hörte Otter ihr Gelächter und sah den Widerschein der Liebe in ihren Augen, sah, wie sich ihre Hände liebevoll ineinander verschränkten – Erinnerungen an eine Leidenschaft, die sie gemeinsam genossen hatten, als ihre Körper unter den Felldecken eins wurden …

»Otter?« Die Stimme der Großmutter riß ihn aus seinen quälenden Gedanken.

Er kniff die Augen zusammen. Großmutter kam ihm schwankend entgegen, den knorrigen Wanderstab fest in einer Hand. Im Sonnenlicht schimmerte ihr weißes Haar so rein und makellos wie frisch gefallener Schnee. Sie trug ein gelb-rotes Kleid, das mit schwarzen Rautenmustern und gezackten Blitzen verziert war. Das klare Morgenlicht ließ die Falten in ihrem Gesicht scharf hervortreten.

Sie ging um den polierten Bug von Wellentänzer herum und streckte den Kopf vor wie ein jagender Reiher, als sie über den glänzenden Rumpf strich.

»Du wachst es?« fragte sie und schaute das Holz an.

»Ja, Großmutter. Es hatte zuviel Moos angesetzt. Das hab ich mit Feuersteinmessern abgekratzt und den Rumpf dann mit Sandsteinblöcken kräftig abgerieben.«

»Und warum noch Wachs? Vielleicht Bienenmagie?«

Otter rieb sich die Finger; er fühlte die lästige dünne Wachsschicht, die seine Fingerspitzen überzog. »Nein, Großmutter. Wachs konserviert das Holz. Fühle mal, wie glatt das hier ist. Viele Salzwasserhändler sagen auch, daß das Boot so besser durchs Wasser gleitet. Wellentänzer mag es jedenfalls, das merke ich.«

Großmutter ging an ihm vorbei und blieb am Ufer. Sie stützte sich auf ihren Stab und sah aus wie ein alter Reiher, der über die silbrigen Spitzen der Wellen späht.

Otter trat von einem Fuß auf den anderen. Er atmete tief aus, um sich von der Spannung zu befreien und wandte sich wieder seinem Boot zu. Ein weißer Klumpen Bienenwachs hing noch unten am Rumpf. Energisch rieb er das Wachs in das Holz ein, auf dem dabei matte Schmierstellen entstanden.

»Sie war nicht für dich bestimmt, das weißt du«, rief die Großmutter mit Blick auf den Fluß. »Dein Schicksal hat anders entschieden, Enkel. Der Fluß hat nach dir verlangt. Der Geist des Wassers hat dich erfaßt und dich dann zu uns zurückgeschickt.«

Otter wachste den Rumpf mit kräftigen Strichen weiter ein. Er konnte sich nicht einmal an das Ereignis erinnern, das sein Leben verändert hatte. Wie man sich erzählte, war das nur ein paar Monate nach seiner Geburt gewesen.

»In jener Nacht«, fuhr Großmutter fort und beschwor die Vergangenheit herauf, »kam von Süden Sturm auf. Wir fuhren vom Hirschfluß herab, von der Stadt der Toten. Es war nach der Sommersonnenwende. Es war furchtbar. Auf dem Fluß herrschte völlige Dunkelheit. Der Donnervogel ließ Blitze über den Himmel schießen, und die ganze Welt erbebte unter seinem Gebrüll. Die Wellen türmten sich hoch, höher als ein Mann, der auf trockenem Land steht.«

»Und da fiel ich über Bord«, murmelte Otter.

»Ja.« Großmutter seufzte und drehte sich zu ihm um. Mit vorsichtigen Schritten kam sie näher und betrachtete ihn mit hellen Vogelaugen, den Kopf leicht geneigt. »Wir wußten nicht, daß du ins Wasser gefallen warst. Als Blaue Kanne merkte, was geschehen war, schrie sie, vor Entsetzen halb wahnsinnig. Wir mußten sie festbinden, sonst wäre sie selbst ins Wasser gesprungen.«

Die Großmutter zog ihre dünnen, braunen Lippen zusammen und nickte. »Den Rest der Reise saß Blaue Kanne zusammengekauert im Kanu und preßte deinen Bruder an sich. Ja, ich weiß das noch genau. Sie saß da mit leerem Blick. Man hätte denken können, sie hätte ihre beiden Jungen verloren und nicht nur einen.«

»Und deswegen hat sie immer Viertöter vorgezogen?«

Die Großmutter schwieg, den Kopf gesenkt, und stieß ihren Stab in den feuchten Schlamm, als wollte sie etwas in ihrer Vergangenheit töten. »Ich glaube, du hast ihr immer Angst eingejagt. Alle machten sich dann natürlich auf, um deine Leiche zu suchen. Niemand glaubte, daß du noch am Leben wärst. Sie hatte sich schon mit deinem Tod abgefunden, als dein Onkel dich entdeckte. Im Treibholz oberhalb des Clananwesens war dein Wiegenbrett hängengeblieben.« Sie blickte über den Fluß. »Und jetzt, Enkel? Wunderst du dich, daß sie Angst hatte?«

»Nein, das wundert mich nicht.«

»Und danach kamst du nie mehr los vom Fluß. Dein Bruder blieb im Clangebiet und spielte, wie alle Jungen seines Alters. Aber du … wenn du verschwunden warst, geriet deine Mutter in Panik, aber dein Onkel fand dich immer hier unten am Wasser. Blaue Kanne hat mit dir geschimpft, aber du bliebst im Bann des Wassers, das konnte sie nicht ändern.«

»Das ist in meiner Seele.«

Der Stab stieß noch heftiger zu. »Natürlich. Nur ein Dummkopf sähe das anders.« In ihren schwarzen Augen funkelte etwas auf. »Und Rote Mokassins ist kein Dummkopf.«

»Viertöter ist besser für sie. Ein tapferer Krieger, gewitzt, klug für sein Alter. Bei dem Überfall vor drei Jahren hat er vier Feinde getötet und sich seinen Namen verdient. Und in Ratssitzungen hört man ihm zu.«

»Ich bin froh, diese Worte von dir zu hören. Ich hatte schon befürchtet, du wärst vielleicht eifersüchtig auf deinen Bruder. Zwillinge – da werden manche Leute nervös. Du kennst ja die Geschichten.«

»Über Erster Mann und seinen Zwillingsbruder? Du weißt ja, dieser Bruder war Bunte Krähe.«

»Ja, so ist es«, sagte sie anerkennend, »der Bruder der Toten, Bruder der Finsternis. Und wie ist das mit dir und Viertöter? Reine Gegensätze? Wer von euch steht dann für das Licht, wer für die Finsternis?«

Otter lachte leise. »Er ist das Licht, Großmutter. Ja sicher, und ich bin die Finsternis – verirrt in Stürmen, eingehüllt in Blitze und Donner; in die schwarzen Wellen geworfen, aber immer noch schwimmend. Eifersüchtig?« Er schüttelte nachdenklich den Kopf. »Nicht auf meinen Bruder. Ich fühle ihn …«, er preßte seine Hand auf die Brust, »hier, hier drinnen. Er liebt sie von ganzem Herzen, Großmutter. Und sie liebt ihn.«

Sie hob skeptisch eine Augenbraue.

»Das mußt du verstehen, Großmutter. Er ist ich, er ist, was ich hätte sein können. Keine Frau könnte mich je gegen Viertöter aufbringen. Sie müßte mich erst gegen mich selbst aufbringen.«

»Auch das hat man schon gehört«, sagte sie und hob die Hand über die Augen, um die Strömung besser zu sehen. »Sieh dich an, wie ein aufgeregtes Nagetier kannst du es doch kaum erwarten, dein Kanu in den Fluß zu ziehen, es vollzuladen und nach Norden zu paddeln. Manchmal könnte man denken, du hast mehr mit diesen Fremden gemeinsam als mit deinen eigenen Verwandten.«

»Ach, Großmutter, du weißt genau, daß das nicht stimmt.« Otter arbeitete weiter am Rumpf seines Kanus. Mit kräftigen Strichen rieb er das Wachs ins Holz ein, und bald glänzten die matten Stellen, und die schöne Maserung trat hervor.

»Aber bleiben kannst du nicht, oder?« wollte sie wissen. »Die Gedanken an ihn und sie … da drüben …«, sie deutete mit ihrem Stab dorthin, »… sie nagen doch an dir.«

»Er ist ihr Ehemann. Damit habe ich nichts zu tun.«

»Und die Kupferplatte, die du ihnen geschenkt hast?« Sie schnaubte. »Das war ja ein großartiges Geschenk! Aber der Clan verzeiht dir, daß du so großzügig mit seinem Reichtum umgehst.«

Jetzt war es heraus. Auf eine Auseinandersetzung gefaßt, neigte Otter den Kopf, um dem Blick aus diesen funkelnden Augen zu begegnen. »Nicht alles, was ich sammle, gehört dem Clan!«

»Ach ja?« fragte sie sanft. »Du gehörst dem Clan, also gehört ihm auch alles, was du besitzt. Genauso wie die Kinder einer Frau und wiederum deren Kinder dem Clan gehören.« Sie machte eine Pause und sagte dann mit gesenkter Stimme: »Und wie ich schon sagte, der Clan hat dir verziehen.«

Otter schwieg und fuhr fort, sein Boot zu wachsen.

»Im übrigen«, sagte die Großmutter, »die Geschichte von diesem Geschenk wird sich flußaufwärts und -abwärts herumsprechen. Solche Geschichten sind sehr wirksam.«

»Bist du immer so schlau? Immer auf deinen Vorteil aus?«

»Natürlich! Ich bin Händler wie du. Weißt du, Otter, wir unterscheiden uns gar nicht so sehr, du und ich. Wir suchen beide unseren Vorteil. Du beim Tausch deiner Waren, ich mit Verpflichtungen, gutem Willen und Bündnissen zum Nutzen meines Clans und seines Territoriums.«

»Das alles nennst du Handel?«

»Was sonst? Du bist zwar jung, Otter, aber nicht naiv. Du hast mehr Länder und Leute gesehen als die meisten alten Menschen, die schon tot und zu Asche verbrannt sind. Du weißt sehr viel mehr, als du zu erkennen gibst.« Sie fuhr mit ihrer knochigen Hand durch die Luft. »Laß uns ein Geschäft machen, einen Handel, wenn du willst.«

»Und wie sähe der aus, Großmutter?«

»Sei ehrlich und aufrichtig zu mir – und ich gebe dir dafür die Freiheit.«

»Die habe ich schon. Oder willst du mir damit drohen, daß du mir Wellentänzer wegnimmst und all mein Kupfer?«

»Ja, du hast deine Freiheit oder zumindest das, was du dafür hältst.« Mit ihrem Stab deutete sie nach Norden. »Du könntest zum Beispiel da hinauffahren. Am Schlangenfluß gibt es sicher Clans, die dich mit Wonne sofort aufnähmen. Hm? Die dich wählen ließen, was du haben willst – Frauen, schöne Häuser, Ehre.« Sie machte eine Pause. »Andernfalls wären sie Dummköpfe.«

»Ja, Großmutter, ich glaube auch, da gibt es Leute, die mich nehmen würden.«

»Gut.« Sie senkte den Kopf und fuhr fort: »Ich glaube nicht, daß die anderen verstanden haben, was du versucht hast, ihnen zu erklären. Unsere Welt verändert sich. Der Gedanke beunruhigt mich.«

»Beurteile sie nicht zu streng! Selbst die Händler haben das noch nicht begriffen. Sie sehen den wachsenden Bedarf und halten das für einen Glücksfall – oder für das Ergebnis ihrer persönlichen Macht.«

Die Großmutter sagte schließlich: »Ich bin eine alte Frau. Ich brauche dich, Otter. Aber, was wichtiger ist, der Clan braucht dich. Deine Mutter braucht dich noch mehr. Du hast das dumme Geschwätz gehört, die Kanus der Khota zu erbeuten, die vielleicht den Fluß herunterkommen könnten?«

»Mutter würde das nicht dulden. Dafür ist sie zu klug.«

»Oh, sie mag das instinktiv wissen, aber hat sie genug Erfahrung, um es abzuwehren? Sie ist klug, ich weiß. Sie trifft die meisten Entscheidungen; aber die Fähigkeit zu führen, verlangt mehr als Weisheit. Man muß wissen, was jenseits unseres Gebiets vorgeht. Ob du willst oder nicht – sie braucht deine Augen, deine Ohren, deine Erfahrung.«

Otter polierte das Holz mit kreisenden Bewegungen. »Fürchtest du wirklich, daß ich weglaufen könnte?«

Er zuckte zusammen, als sie ihn am Arm packte. »Ja, Enkel. Was sollte dich aufhalten? Die Frau, die du seit deiner Kindheit liebst, hat gerade deinen Bruder geheiratet. Du bist nicht einer von uns, Otter, du bist nicht so wie die anderen Männer.« Sie seufzte bedauernd. »Die großen Zeremonienzentren am Schlangenfluß, am Mondfluß und am Ilini können dir wesentlich mehr bieten als unser kleines, jämmerliches Stück Land am Flußufer.«

»Und dein Handel?«

»Ich gebe dir Waren, dein Kanu, alles, was du willst. Geh, wohin du willst, und treibe Handel … aber komm zurück und berichte, was du erfahren hast.«

»Ich komme zurück«, versprach er. Im selben Augenblick hörte er den Schrei und schaute hinauf.

Viele Schildkröten stieß einen weiteren Schrei aus und deutete über den Fluß.

»Was ist los?« Großmutter versuchte über das sie blendende Wasser zu sehen.

Otter hielt sich die Hand über die Augen und konnte am gegenüberliegenden Ufer dunkle Gestalten ausmachen. »Ich glaube, es sind die Khota. Vier Kanus, jedes mit zehn – nein, im Leitkanu sitzen elf Mann. Es sind die Khota mit der Anhingafrau, Perle, die sie zu ihrem Verlobten im Norden bringen.« Er schnalzte mit der Zunge. »Ein glückliches Mädchen!«

Nun sah auch Großmutter mit grimmigem Gesichtsausdruck die langen, bedrohlich wirkenden Kanus vorbeifahren. »Da ist sie also unterwegs zu Wolf der Toten. Sein Vater ist Blutwolf. Sein Großvater war Mordwolf, soviel ich weiß. Und sein Urgroßvater, hieß der nicht Wolf, der Menschen frißt, oder so ähnlich?«

»Ja, so ähnlich.«

»Jedenfalls scheinen sie interessante Namen zu mögen.«

»Ja, in der Tat«, stimmte Otter zu. »Aber da sie nur zweibeiniges Ungeziefer sind, ist das vielleicht eine Möglichkeit, sich zu amüsieren.«

»Wolf der Toten.« Großmutter überlegte, die Augen halb geschlossen. »Ist das nicht der, der behauptet, er könne sich in einen Wolf verwandeln?«

»Das ist er. Aber ich glaube nicht, daß er das kann. Denn sonst kämen die Wölfe von weither, um ihn zur Strecke zu bringen. Kein Wolf, der etwas auf sich hält, würde ihn im Rudel dulden.«

»Man sagt«, fügte Großmutter noch hinzu, »daß Blutwolf deinen Onkel getötet hat.«

»Man sagt noch mehr. Daß mein Onkel sich nicht berauben lassen wollte, daß er den Mut hatte, sich gegen sie zu wehren. Und sie haben ihn umgebracht. Tiere sind das, alle miteinander, ekelhafte Ungeheuer.«

»Ich erinnere mich noch, daß ich als kleines Mädchen gehört habe, wie die Khota im Ilinital eingezogen sind und wie sie getötet haben, wie es den Frauen ergangen ist, die sie versklavt haben. Ich hoffe, diese junge Frau Perle weiß, was ihr blüht.«

»Als ich einmal mit den Anhinga Geschäfte machte, habe ich sie gesehen. Sie ist ein sehr schönes Mädchen, aber fast eine Wilde. Schwimmt und taucht und kann mit dem Atlatl besser umgehen als die meisten Männer. Ihr Clan war der Meinung, daß er von Perle keinen Vorteil hätte. Sie konnte tun, was sie wollte. Sie meinten, daß kein Mann sie nehmen würde.«

Die Kanus waren so schnell, daß man meinte, sie flögen den Fluß hinauf. Otter beobachtete sie, und der Haß brannte in seiner Seele.

»Du solltest mal dein Gesicht sehen«, sagte die alte Frau. »Du siehst aus, als wäre dir übel.«

»So ist mir immer zumute, wenn ich an die Khota denke.« Breitbeinig stand er da und beobachtete die Kanus, die unbehelligt aus ihrer Sicht verschwanden. »Arme Perle. Wie wild sie auch sein mag, sie hat Besseres verdient als das, was sie bei den Khota erwartet.«

Otter erinnerte sich an Wolf der Toten. Zuweilen glomm in den Augen des Khotakriegers ein bestialisches Funkeln, als beherrschte ihn wirklich eine gewalttätige Macht. Manchmal brüllte er und schlug mit seiner Kriegskeule um sich. Er war dann wie besessen, besessen von etwas Grausamem, etwas Ruchlosem.

Wenn Perle gescheit wäre, sollte sie sich besser in den Fluß stürzen, damit sie nicht dieses Funkeln in den Augen ihres Mannes sehen muß.

6. KAPITEL

Ich halte mir die Ohren zu, um diese schreckliche Stille nicht hören zu müssen. Und doch wird sie lauter und lauter, bis ich es nicht mehr aushalte. Ich sitze aufrecht in meine Decken gehüllt, stöhnend vor Schmerzen … plötzlich sind die Schmerzen vergangen. Es wollte mich wecken. Warum?

Ich schaue in den leuchtenden Nachthimmel. Tausende von Sternenleuten schauen blinkend auf mich herab.

Stimmen hallen schwach in meinem Kopf wider. Geister. Nur Geister schreien so laut.

Die Stimmen werden deutlicher. Im Prasseln des Feuers höre ich Entsetzensschreie.

Dieser junge Narr muß wieder die Maske aufhaben. Sonst könnte ich die Stimmen der Geister aus dieser Entfernung nicht hören.

Ich schüttle den Kopf, lege mich wieder hin und ziehe die Decke hoch. Es gibt nichts Schlimmeres als eine zornige Horde Toter, die Lebenden quält und von ihnen verlangt zuzuhören.

Ich schließe die Augen und versuche zu schlafen.

Der Sturm, der sich schon seit Tagen ankündigt hatte, entlud sich endlich über Sternmuschel und Langer Mann. Sie hatten das Haus des Salamanderclans verlassen, wo sie die Nacht verbracht hatten, waren aber nur wenig vorangekommen, als sich plötzlich der trübe Himmel öffnete und die Erde mit Schnee überschüttete.

So gingen sie von der Heiligen Straße direkt zum Territorium des Blauentenclans. Sie kämpften sich durch knietiefen Schnee und erreichten den Erddamm, der das Gebiet des Clans begrenzte. Sternmuschel sang die rituelle Begrüßung der Geister, die den Ort bewohnten. War es nur der Sturm, den sie spürte, oder war es die Mißbilligung der Geister? In dichtem Gestöber fiel der Schnee vom Himmel und deckte die Erde wie mit einem Leichentuch zu. Das Beinhaus war kaum zu erkennen, der Grabhügel nur noch ein formloses Gebilde.

Sternmuschel ging voran, aber ihre Beine versagten fast den Dienst. Vor dem Türvorhang des Clanhauses blieb sie stehen. »Ich grüße euch!« rief Sternmuschel, zitternd vor Kälte.

Jemand steckte den Kopf zur Türöffnung heraus: »Wer ist da?«

»Sternmuschel vom Leuchtvogelclan von den Sonnenhügeln und Langer Mann, Ältester der Langschädel. Wir bitten um die Erlaubnis einzutreten.«

Zu Sternmuschels Überraschung verschwand der Kopf wieder. »Es schneit«, rief sie, und an Langer Mann gewandt sagte sie: »Vielleicht besprechen sie gerade Clangeschäfte.«

Der Zwerg schwieg. Mit dem dicken Schnee auf seiner Decke sah er aus wie ein Baumstumpf.

Ein korpulenter Mann duckte sich durch den Türvorhang aus Hirschfell nach draußen. »Sternmuschel? Was bringt dich her? Was willst du?«

Die eisige Begrüßung brachte Sternmuschel aus der Fassung. »Wir können nicht weitermarschieren, es schneit zu stark.« Sie blinzelte durch die fallenden Schneeflocken. »Wanderdrossel? Was ist hier los?«

Er sah sie aus schmalen Augenschlitzen feindselig an.

»Hat dich Glimmervogel geschickt?«

»Nein. Ich war fort... in Sternhimmelstadt. Meine Mutter ist gestorben, und ich mußte der Zeremonie beiwohnen. Verhandelt ihr gerade über Angelegenheiten des Clans? Sind wir zu einer ungünstigen Zeit gekommen?«

Er beobachtete sie in eisigem Schweigen.

Langer Mann meldete sich nun zu Wort: »Ich glaube auch, wir sind zu einer schlechten Zeit gekommen.« Er trat vor. »Wanderdrossel vom Blauentenclan, ich bin Langer Mann, ein Ältester des Langschädelvolks. Was ist geschehen? Warum tust du so, als brächten wir Unheil, anstatt uns müde, frierende Reisende willkommen zu heißen und uns ein wärmendes Feuer und ein Obdach vor dem Sturm zu bieten?«

»Verzeih mir, Ältester. Ich hatte dich nicht erkannt. Der Blauentenclan heißt dich auf das herzlichste willkommen!«

»Ich danke Wanderdrossel für die freundlichen Worte und dem Clan für seinen Willkommensgruß.«

Wanderdrossel schaute auf Sternmuschel. »Aber du, Frau, bist nicht willkommen. Der Älteste weiß vielleicht gar nicht, mit wem er unterwegs ist.«

»Was ist geschehen?« fragte Sternmuschel.

»Wie lange bist du fort gewesen?«

»Länger als einen Mond.« Sie erstarrte. »Geht es um Glimmervogel? Hat er etwas getan? Er... oder die Maske?«

Wanderdrossel zögerte. »Du bist seine Frau. Von seinem Clan. Du bist nicht mit uns befreundet. Verlasse diesen Ort!« Er schaute Langer Mann an. »Verehrter Ältester, tritt bitte ein und setze dich an unser Feuer. Wir haben von dem großen Zauberer gehört.« Er machte eine Pause und schaute Sternmuschel an. »Obwohl du dich in bedenklicher Gesellschaft befindest.«

»Einen Augenblick!« Langer Mann hob seine vor Kälte zitternde Hand. »Sag uns, was passiert ist. Sternmuschel ist dir nicht feindlich gesinnt. Gestatte uns, Wanderdrossel, daß wir uns wenigstens aufwärmen. Du erzählst uns, was geschehen ist. Höre Sternmuschel an, und wenn du dann immer noch glaubst, daß sie böse ist, gehen wir.«

Wanderdrossel nickte kurz. »Aus Wertschätzung für dich, Ältester, werden wir sie anhören. Sonst hätte der Blauentenclan sie draußen im Schnee erfrieren lassen.«

»Mögen deine Ahnen gesegnet sein«, erwiderte Langer Mann.

Sternmuschels Furcht wuchs, als der alte Mann Wanderdrossel ins Clanhaus folgte. Sie schüttelte den Schnee von ihrer Decke und duckte sich durch den Türvorhang, jämmerlich durchnäßt und unterkühlt.

Das Clanhaus ähnelte in der Konstruktion den anderen Häusern im Mondmuscheltal. Es bestand aus zwei länglichen Räumen, die durch eine gedeckte Passage verbunden waren. Sie wurden in den Empfangsraum für Besucher geführt, wo auch die Besprechungen des Clans stattfanden. Der hintere Raum diente Zeremonien, hier wurden die heiligen Gegenstände aufbewahrt.

Im Raum brannten zwei Feuer; der Duft von Gänsefußgebäck und Wildbraten hing in der Luft. Trophäen schmückten die gerippte Wand, außerdem Kriegskeulen, Stoffe und verstaubte Beutel. Sternmuschel sah auch Töpfereien, die sie bei genauerem Hinsehen als bemalte Schädel erkannte. Warum hingen sie hier? Waren es Relikte der Kriegergesellschaft?

Sie wandte sich den Anwesenden zu. Zu ihrer Überraschung waren mindestens viermal zehn Leute im Raum, einschließlich der Clanführer. Sie saßen auf den Wandbänken oder auf Decken auf dem Boden. Hatten sie eine hitzige Debatte unterbrochen? Die alten Frauen betrachteten sie mit unverhohlener Abneigung, die jungen Männer mit wilder Wut.

Wanderdrossel stand im Schein des Feuers. Unter seinem dicken Stoffhemd waren seine mächtige Brust und die breiten Schultern zu erahnen. Seine Ohrspulen aus Kupfer glitzerten; sein Haar war zu einem straffen Knoten gebunden. Als Schmuck trug er sonst nur noch eine Brustplatte aus gespaltenen menschlichen Kieferknochen.

Sternmuschel sah alles andere als Wohlwollen in seinen Reptilienaugen. Vor vielen Jahren war er anders gewesen, als er nach Sternhimmelstadt gereist war, um sie zu erobern. Damals hatte sie seine Werbung abgelehnt. Er war nur der Sohn eines Farmers, und sie – die schöne Sternmuschel.

Wie hochmütig war ich damals; er hat recht, mich zu hassen.

Aber der Mann, der sie jetzt so haßerfüllt ansah, tat das nicht, weil sie ihn damals abgewiesen hatte.

Langer Mann trippelte auf seinen kurzen Beinen zum Feuer. Die Anstrengungen der Reise waren ihm deutlich anzusehen. »Der Winter ist für einen alten Mann wie mich nicht die richtige Zeit zum Marschieren.«

Sternmuschel stand verlegen im Raum und wußte nicht, was sie tun sollte.

»Komm«, Wanderdrossel winkte sie heran. »Wir sind nicht erfreut, daß du bei uns bist. Aber wenn ein so ehrwürdiger Mann wie der Älteste für dich spricht, dann wollen wir dich anhören.«

Eine ganze Weile sprach niemand. Die Leute des Blauentenclans starrten Langer Mann und Sternmuschel mit steinernen Gesichtern an.

Sternmuschel sah die Unversöhnlichkeit auf ihren Gesichtern und fand endlich die Stimme wieder. »Wo ist Katzenfisch? Wo Grünspecht und wo Zerbrochene Pfeife? Ich sehe auch Alter Baum und Warme Erde nicht.«

»Katzenfisch ist tot«, sagte Wanderdrossel kurz. »Frag deinen Mann, wieso.«

»Und die anderen, die Sternmuschel vermißt?« sagte Langer Mann. »Sie bereden sich jetzt wohl mit anderen Clans. Habe ich recht?«

Haßerfüllte Blicke waren die Antwort. Sternmuschel schloß die Augen. Ein Gefühl tiefer Verlassenheit überkam sie wieder. Grünspecht, Zerbrochene Pfeife und Warme Erde waren Mitglieder der Kriegergesellschaft. Sie würde man schicken, um Bündnisse mit anderen Clans zu schließen. Die Blauenten mußten gerade über Krieg gesprochen haben, als sie und Langer Mann gekommen waren.

»Tut das nicht«, flüsterte sie. »Nein.«

Auf eine Geste von Wanderdrossel stellten sich zwei junge Männer mit gekreuzten Armen und finster blickend vor der Tür auf. »Einen Krieg zu führen, würde mehr Schaden als Nutzen bringen«, sagte Langer Mann, sich offensichtlich der drohenden Gefahr nicht bewußt. »Ihr müßtet jetzt die Krieger aus den entlegeneren Gebieten eures Territoriums einberufen. Die Clans, die mit euch ziehen würden, müßten dasselbe tun. Bevor ihr losschlagen könnt, wird noch ein Mond vergehen, und dann hat auch Glimmervogel seinen Leuchtvogelclan zusammengezogen. Außerdem solltet ihr bedenken, daß einige Clans sicher nicht auf eurer Seite kämpfen werden und andere sich mit Glimmervogel verbünden.«

»Ehrwürdiger Ältester, Glimmervogel wird nichts erfahren«, versicherte Wanderdrossel. Aus engen Augenschlitzen beobachtete er Sternmuschel.

Ihr Herz schlug heftig. Gesegnete Geister, werde ich die erste sein, die für Katzenfischs Tod bezahlen muß?

»Er weiß es schon.« Der Magier sah Wanderdrossel nachdenklich an. »Oder er wird es wissen, sobald er die Maske aufsetzt. Sie wird es ihm verraten.«

»So hat er Katzenfisch getötet!« brüllte Wanderdrossel. »Und wir werden dafür sorgen, daß so etwas nie mehr geschieht. Verstehst du nicht, Ältester? Glimmervogel ist zu weit gegangen. Und wir sind nicht der einzige Clan, den er in Wut versetzt hat. Überall im Tal dürsten die Menschen nach seinem Blut. Wir wollen diesem Wahnsinn ein Ende machen. Blut kann nur durch Blut gesühnt werden!«

»Was ist vorgefallen?« Sternmuschel brachte die Frage nur mit Mühe heraus.

Wanderdrossel starrte sie mit haßverzerrtem Gesicht an. »Dein Mann stach dem Sohn von Katzenfisch mit seinem Grabstock ein Auge aus. Dann wollte er den Jungen kastrieren. Es wäre ihm auch gelungen, hätte nicht Alter Schiefer es verhindert. Und warum? Weil man den Jungen dabei erwischte, wie er sich mit Glimmervogels Schwester paarte.

Katzenfisch geriet fürchterlich in Zorn und stürmte zu den Sonnenhügeln, um Vergeltung zu fordern. Glimmervogel schlug ein Treffen im Clanhaus vor – allein. Doch als Katzenfisch dort eintrat, trug dein Mann offenbar die Maske.

Zwei Männer deines Clans warfen dann den Körper hinaus in den Schnee, wo ihn Grünspecht gefunden hat, von Wölfen angefressen.«

»Ihr solltet keinen Krieg führen«, sagte Langer Mann mit Nachdruck.

»Verzeih mir, geehrter Ältester, warum nicht?« fragte Wanderdrossel. »Erwarten die Langschädel von uns, daß wir das erdulden? Uns behandeln lassen wie Lagerhunde, getreten, gar ermordet, je nach Glimmervogels Lust und Laune?«

»Sicher nicht.« Langer Mann drehte sich zum Feuer, um seine Stirn zu trocknen. »Doch bedenkt, Mitglieder des ehrwürdigen Blauentenclans, die Folgen eures Tuns. Das ist kein kleiner Grenzstreit zwischen zwei Clans, sondern ihr wollt Blutrache, die dieses Tal auseinanderreißen wird. Der Krieg kann nicht vor dem nächsten Hochsommer beendet sein. Was woll ihr dann tun? Euch hinter die Hügel zurückziehen? In den Befestigungen des Clans leben? Habt ihr dafür genügend Vorräte? Wann wollt ihr eure Felder bestellen? Und während sich die Auseinandersetzungen dahinziehen, fahren die Händler an euch vorbei.«

»Was rätst du uns also, verehrter Ältester?« fragte Wanderdrossel mit hochgezogener Braue.

»Ich werde mich um Glimmervogel kümmern.«

»Du?« Wanderdrossel lächelte über diesen absurden Vorschlag. »Ehrwürdiger Zauberer, wir kennen deinen Ruf, aber im Ernst ...«

Zum ersten Mal veränderte sich der Gesichtsausdruck des Magiers. Mit funkelnden Augen sah er Wanderdrossel scharf an. Vielleicht war es nur ein Spiel des Feuerscheins, aber er schien zu wachsen, und seine Augen wurden zu großen strahlenden Scheiben. »Beurteilst du einen Mann immer nach seiner Körpergröße, junger Freund?«

Der stämmige Mann trat einen Schritt zurück, und sein Gesicht verlor an Farbe. »Nein, Ältester.« Er atmete tief ein. »Aber angenommen, du bestrafst Glimmervogel tatsächlich, löst das noch immer nicht unser Problem. Dann nimmt sich ein anderer vom Leuchtvogelclan die Maske – und alles fängt von vorne an. Wir waren das Opfer von Glimmervogel und davor das Opfer seines Großvaters. Jetzt ist es genug!«

Langer Mann strich sich nachdenklich über das runzlige Kinn. »Ich verstehe. Ich nehme an, die anderen Clans würden die Maske auch gern haben?«

»Für die anderen Clans kann ich nicht sprechen.« Die Antwort war klar genug. Alle Clans am Mondmuschelfluß hatten gesehen, welche Macht die Maske gewährt. Jeder würde wie Wanderdrossel denken.

Langer Mann lächelte nachsichtig. »Ja, mein junger Freund, ich glaube, wir sind einer Meinung. Der Leuchtvogelclan hat die Maske lange genug gehabt. Wir wollen sehen, was wir tun können.«

»Und sie?« Wanderdrossel deutete auf Sternmuschel.

»Oh, sie ist auf unserer Seite. Das könnt ihr mir glauben.«

Wanderdrossel zeigte Sternmuschel die geballte Faust. »Und was ist mit deiner Verpflichtung dem Clan gegenüber? Du bist deinem Ehemann Gehorsam schuldig – was ist damit? Antworte, Frau.«

Sie zwang sich zur Beherrschung. »Ich bin im Sternhimmelclan geboren, Mann vom Blauentenclan. Wie du weißt, gehörte ich zum Sternhimmelclan, bevor ich Glimmervogel heiratete. Der Sohn von Katzenfisch war nicht der erste Mensch, den Glimmervogel geschlagen und gedemütigt hat. Mein Mann hat sich an mir vergangen. Ich habe meine eigenen Gründe, ihn zu hassen.«

Wandervogel durchbohrte sie mit Blicken. Sie zwang sich, den Anblick der leeren Augen der Maske lebendig werden zu lassen, daran zu denken, wie sie zusah, als Glimmervogel die Bettdecke wegriß und auf ihren nackten Körper einschlug, bis sie sich keuchend fügte. Sie spürte seine harten Hände, mit denen er sie umdrehte, um ihr sein Knie zwischen die Beine zu drücken. Und sie spürte wieder den Schmerz, als er unbarmherzig in sie eindrang und grunzende Laute von sich gab.

Diese Erinnerung ließ die Wut in ihr aufsteigen. Es war jetzt Zeit, daß sie etwas gegen Glimmervogel unternahm – und gegen die verfluchte Maske.

Wanderdrossel nickte und nahm ihre Erklärung widerwillig an. »Gut, Sternmuschel vom Sternhimmelclan. Wir vertrauen dir – für den Augenblick. Aber denke daran, die Zeit der Vergeltung ist gekommen. Wenn du uns täuschen solltest, uns nicht hilfst, die Maske zu bekommen, werden wir uns daran erinnern. Dann wirst du wünschen, ich hätte hier und jetzt deinen Tod befohlen, darauf kannst du dich verlassen.«

Schwarzschädel konnte sich nicht von der Vorahnung befreien, das Unheil nahte – und daran war nur Grüne Spinne schuld.

Er legte sein ganzes Gewicht in die Bewegung des Paddels. Das Sonnenlicht glitzerte auf den Wellen und warf blendende silberne Strahlen zurück. Das Kanu schoß pfeilschnell voran; hinter ihm bemühte sich Drei Adler, fast am Ende seiner Kraft, ihm zu folgen.

Schwarzschädel ließ aber nicht nach, besonders jetzt nicht. Als er die vier fremden Kriegskanus gesehen hatte, war die Angst wie eine eiskalte Lanze in seine Seele gefahren. Er war verantwortlich für die vier wichtigsten Männer der Welt, und nur er und Drei Adler waren da, um sie zu schützen. Er schaute zurück, um sich zu vergewissern. Die fremden Kanus müßten jetzt schon weit flußaufwärts sein. Doch er durfte sich keine Ruhe gönnen, bis die Ältesten der Clans in Sicherheit waren.

Ein Wahnsinn! Diese ganze sinnlose Reise ist ein verrücktes Unternehmen. Nur ein Narr vertraute darauf, daß die Macht der Geisterwelt ihn beschützen würde. Ein weiser Mann verließ sich lieber auf fünfmal zehn wackere bewaffnete Krieger.

Grüne Spinne ... alles führte zu Grüne Spinne zurück. Dieser Idiot mit seinem Geplapper war Ursache dieser ganzen Verrücktheit. Besessen, ja, das war er. Etwas Böses hatte sich seiner Seele bemächtigt. Ein bösartiger Geist war heimlich in die Stadt der Toten eingedrungen, unbemerkt von den Geistern der Ahnen, und hatte sich an den jungen Mann geheftet.

Alles, was er tut, widerspricht jedem vernünftigen Handeln, den einfachsten Verhaltensregeln, die jedes Kind kennt. Es widerspricht dem natürlichen Lauf der Dinge. Er verdreht alles ...

Schwarzschädels Haare sträubten sich. Er hatte von den Verdrehern gehört – aber das waren Sagenwesen, über die man lächelte, ein Kuriosum des Geistes der Macht, wenn er in die Welt der Menschen eingriff.

War es das, was er nach Meinung von Alter Nordmann erkennen sollte?

Schwarzschädel schüttelte den Kopf; das konnte er nicht glauben. Wahrscheinlicher war, daß der Blitz jede Vernunft aus der Seele dieses Narren herausgebrannt hatte.

Für Schwarzschädel unterlag alles in der Welt einer bestimmten Ordnung; alles hatte seinen Platz. Ein Mann hatte ein Ziel, das er diszipliniert und mit harter Arbeit verfolgte. Das Leben war wie Krieg. Man wurde zwar von unerwarteten Schlägen getroffen, aber der gewitzte Krieger kannte eine Gegenstrategie, um die Oberhand zu behalten. Je verzweifelter die Situation, um so verbissener die Gegenwehr, bis beharrliche Ausdauer den Sieg herbeiführte.

Die Taktik war einfach. Als er jetzt Grüne Spinne ansah, dachte er an eine weitere, einfache Lösung seines Problems. Dieser Wahnsinn hätte sofort ein Ende, wenn er seine Finger um den dürren Hals des Narren legte, wenn die Clanältesten gerade nicht hinschauten.

Oder ziehe ich damit den Zorn des Schicksals auf mich? Das wäre allerdings ein Problem. War Grüne Spinne wirklich ein Verdreher? Hatte ihn der Geist der Macht berührt? Oder ihn nur in einen Narren verwandelt?

Als Kind hatte Schwarzschädel an die Macht der Geisterwelt geglaubt. Er hatte zu ihr gebetet, sie möge ihn vor seiner Mutter retten, vor ihrer Abneigung gegen ihn und dem Widerwillen, mit dem sie ihn immer ansah.

Er war als Junge sehr einsam gewesen, konnte sich den anderen Kindern nicht anpassen. Er hatte sich ganz in sich zurückgezogen und sich um so enger seinem Großonkel, seinem einzigen Freund und Wohltäter, angeschlossen.

Von seinem Großonkel – und nicht von der Macht – hatte Schwarzschädel gelernt, wie man sich schützte. Der Großonkel hatte ihm eiserne Disziplin, ständiges Üben und bedingungslosen Gehorsam beigebracht. Damals hatte niemand mehr über Schwarzschädel gespottet. Am Ende triumphierte er – sogar über seine Mutter.

Was würde sein Großonkel sagen, wenn er Schwarzschädel jetzt sähe, wie er die Verantwortung bei dem waghalsigen Unternehmen eines Narren trug, verantwortlich war für vier Clanälteste, die beim geringsten Anlaß in größte Gefahr geraten könnten?

Er hatte den alten Mann noch vor Augen, so dünn und zerbrechlich wie die Gänsefußstengel vom letzten Sommer. Der Großonkel hatte verstanden, wie sehr Schwarzschädel unter den Demütigungen der Kinder litt, wie tief ihn das Verhalten seiner Mutter verletzte, die ihn schlug und anspuckte.

»Alles in der Welt, mein Junge«, sagte der alte Mann, »unterscheidet sich voneinander. Die Steine, die Bäume, die Tiere und die Menschen. Keine zwei Dinge sind vollkommen gleich. Nicht einmal zwei Samen aus derselben Schote. Das Schicksal trennt sie voneinander.«

Der alte Mann nickte, als wollte er einen Gedanken bestätigen. »Menschenwesen sind wie Samen, alle unterschiedlich. Und so, wie zwei Pflanzen nicht genau gleich wachsen, so werden sich auch zwei Menschen nicht gleichen. Manche, wie die Träumer, haben alte Seelen – Seelen, die gewöhnt sind, über lange Zeit Dinge sehen zu dürfen, die normale Menschen nicht sehen. Einige Seelen sind weiblich, andere männlich, einige sind dazu bestimmt, Händler zu werden, andere Krieger.« Er zwinkerte belustigt. »Und manche sind natürlich einfach dazu bestimmt, Dummköpfe zu sein.«

»Wozu gehöre ich, Großonkel?« Schwarzschädel hatte sich herabgebeugt und ängstlich am großen Zeh des alten Mannes gezogen. Die Antwort war ihm ganz besonders wichtig, denn am Morgen dieses Tages hatten ihn die Kinder in eine Falle gelockt, so daß er in den Schlamm gefallen war, und die Kinder ihn Dummkopf genannt hatten. Noch schlimmer war, daß er seine besten Kleider, vorgesehen für die Zeremonien, getragen hatte. Und auch seine Mutter hatte ihn einen Dummkopf genannt. Ihn so laut beschimpft, daß jeder sie hören konnte, ihn herumgestoßen und dann geschlagen. Als er anfing zu weinen, hatte sie ihn getreten und ihn zur Tür hinaus gejagt. Er war gestolpert und wieder in den Schlamm gefallen.

»Dummkopf! Meinetwegen kannst du im Schlamm liegenbleiben, solange du willst«, hatte sie nur gerufen und ihn getreten.

Er war liegengeblieben und hatte den Geist der Macht um Rettung angerufen.

Dummkopf! Der Gedanke, er würde bis ans Ende seines Lebens dumm bleiben, erfüllte ihn mit Schrecken. Wenn er nicht dumm wäre, würde ihn seine Mutter vielleicht nicht mehr schlagen.

Der Großonkel hatte überlegt und die Lippen fest aufeinandergepreßt. »Ich habe dich beobachtet, mein Junge. Ich habe deine Seele gesehen. Du bist dazu bestimmt, ein Krieger zu sein. Das zeigt sich daran, wie du gehst, wie du deinen Kopf hältst und die Dinge siehst. Du siehst die Welt, so wie sie ein Krieger sieht. Das ist in dir angelegt, mein Junge. Was du mit dieser Gabe machst, ist deine Sache. Deine Mutter hat versucht, das aus dir herauszuprügeln. Der Geist der Macht hat dir die Seele eines Kriegers gegeben, nun ist es an dir, einer zu werden, egal, was deine Mutter tut.«

»Ein Krieger?« Kein Dummkopf! Seine Mutter, die anderen Kinder – alle hatten unrecht. Sein Großonkel hatte recht gehabt. »Aber wie soll ich das anstellen?« fragte er

»Du mußt Muskeln und Gelenke trainieren, lernen, Schmerzen zu beherrschen und die Erschöpfung zu besiegen. Du mußt dir Geschicklichkeit und Ausgewogenheit aneignen, das heißt, du mußt deinen Charakter schleifen, so wie man eine Steinaxt schleift, damit sie nicht stumpf wird.« Die Augen des alten Mannes hatten im Schein des Feuers gefunkelt. »Pflichtgefühl, mein Junge, Disziplin, Ordnung und Ehrfurcht!« Dabei hatte er die geballte Faust geschüttelt, »das ist es, was das Leben eines Kriegers bestimmt!«

Diese Nacht hatte Schwarzschädels Leben verändert.

Jetzt paddelte Schwarzschädel weiter, und er hatte das Gesicht des alten Mannes deutlich vor Augen, hörte seine Worte, die sich in seine Seele eingefressen hatten wie Termiten in einen Baumstamm. »Du mußt üben, Junge. Sei, was du bist, und laß die anderen sein, was sie sein müssen. Alles andere hieße, gegen das Schicksal handeln. Geh deinen Weg als Krieger, Junge. Aber bedenke, daß du besser sein mußt als jeder andere. Nimm deine Pflichten ernst und lerne.« Bei diesen Worten glühte ein Feuer in den Augen des alten Mannes.

Ein Feuer so hell wie das an dem Tag, als der Großonkel Schwarzschädel zur letzten Feuerprobe gerufen hatte: *Sie ist besessen, mein Junge. Die Ältesten des Geschlechts haben gesprochen. Töte sie. Bist du ein Krieger oder ein Knabe?* Die Worte hallten nach so vielen Jahren noch dröhnend in seiner Erinnerung wider.

Und so war er ein Krieger geworden. Wenn er kämpfte, erhob sich seine Seele befreit aus seinem Innern und umhüllte ihn wie Rauch. Doch ein Krieger zu sein, war mehr als Schädel der Feinde zu zertrümmern und Kehlen durchzuschneiden. Der wahre Krieger benutzte sein Denkvermögen, um zu gewinnen, ohne Schaden zu nehmen. Der beste Krieger war der, der seine Feinde besiegte, ohne Blut zu vergießen.

Die Ethik des wahren Kriegers trieb Schwarzschädel nun an, versetzte seiner Seele giftige Stiche, weil er sich aus der Stadt der Toten hatte herauslocken lassen – mit den bedeutendsten Männern der Welt und nur zwei Kriegern zu ihrem Schutz.

Die vier Kanus mit den fremden Kriegern hatte ihn mit Angst erfüllt. Es hätte sie nur ein kleines Handgemenge gekostet, die Höchsten der vier Clans und den Irren namens Grüne Spinne gefangen zu nehmen.

Ich hätte sie nicht aufhalten können.

Der Gedanke war Schwarzschädel unerträglich, und er verdoppelte seine Anstrengungen, das Kanu noch zu beschleunigen. Als ihm bewußt wurde, daß Drei Adler nicht mithalten konnte, verlangsamte er leise fluchend die Fahrt wieder, damit das zweite Boot aufholen konnte.

Wie weit war es denn noch bis zum Haus des Weißmuschelclans?

Schwarzschädel beobachtete die baumgesäumten Ufer mit geübtem Auge und hielt sein Kanu mindestens einen Speerwurf von den Büschen und Bäumen entfernt.

Ich hätte noch vier Kanus mit bewaffneten Männern mitnehmen sollen. Doch die Ältesten hatten ihm anderes aufgetragen – und es war die Pflicht des Kriegers, ihnen zu gehorchen.

Grüne Spinne war an allem schuld. »Träumer«, flüsterte Schwarzschädel, »das bedeutet nur Unheil.«

»Da, schaut nur!« rief einer der Alten und deutete auf die Uferfelsen im Osten.

Ein Gefühl großer Erleichterung durchströmte Schwarzschädel. Ein blaues Rauchwölkchen stieg aus dem Wald auf und zeigte das Weißmuschelgebiet an.

Schwach drangen Rufe zu ihnen. Schwarzschädel kniff die Augen zu schmalen Schlitzen zusammen, weil ihn die Sonne blendete. Dann sah er Menschen, die zum Rand des Steilufers liefen.

Er gab dem folgenden Kanu ein Zeichen und steuerte sein Kanu zum Ufer, wo er das Boot mit einem kraftvollen Stoß zur Anlegestelle trieb.

Hier endlich könnte er eine Anzahl Krieger als Begleitschutz für die Heimreise zusammenbringen. Die Ältesten und der Träumer würden dann unter besserem Schutz reisen – das würde er sich von niemandem ausreden lassen.

Das Kanu kam mit einem Ruck auf dem Ufer zum Stehen. Grüne Spinne wäre beinahe rückwärts über den Bug gestürzt. Er sprang an Land und schaute umher wie eine Eule, während die Ältesten schimpften. Alter Nordmann war von seinem Sitz gerutscht und warf Schwarzschädel ärgerliche Blicke zu.

Doch bevor der Alte den Mund aufmachen konnte, war Schwarzschädel schon leichtfüßig ins Wasser gesprungen, hatte Atlatl und Speere an sich genommen und die Kriegskeule am Gürtel befestigt. Er watete an Land und untersuchte die dort liegenden Kanus und die Büsche in der Umgebung.

»Krieger!« murmelte Alter Blutmann mit einem finsteren Blick auf Schwarzschädel. »Er gehört zu deinem Clan. Unternimm etwas.«

»Was erwartest du denn?« rief Alter Nordmann. »Er tut, was Krieger tun. Er sorgt für unsere Sicherheit.«

»Sicherheit? Ich dachte, er bricht mir das Genick, als er das Kanu an Land gesetzt hat. Wollte er uns vielleicht den Steilhang hinaufpaddeln, direkt ins Clanhaus? Wovor sollten wir uns denn fürchten? Grüne Spinne hätte schon Gefahren gesehen, wenn es welche gegeben hätte.«

»Wir werden hier alle ermordet. Fünfmal zehn Krieger stürzen sich auf uns, um uns zu töten!« schrie Grüne Spinne plötzlich, kletterte ins Kanu zurück und hielt sich die Arme über den Kopf.

Das Herz von Schwarzschädel machte einen Satz wie ein Ochsenfrosch auf glühender Kohle. Er duckte sich und legte einen Wurfspeer ein. Wachsam drehte er sich um. »Zurück ins Kanu! Warnt die anderen! Ich decke eure Flucht!«

»Er ist ein Verdreher«, erinnerte ihn Alter Blutmann säuerlich, »wir sind vollkommen sicher.«

»Aber er ...«, Schwarzschädel richtete sich auf. Die vermeintliche Gefahr waren zwei kleine Mädchen, eines acht, das andere vielleicht zehn Jahre alt, die den steilen Hang schreiend und lachend hinunterrutschten.

»Wer ist da?« rief das ältere Mädchen.

Schwarzschädel straffte sich und füllte seine Lungen mit Luft: »Die vier Ältesten der Stadt der Toten, ihr Krieger Schwarzschädel und ... Grüne Spinne.«

Die Mädchen kicherten. »Wenn ihr das seid, dann bin ich Bunte Krähe. Und was soll ich Großmutter sagen, wer ihr wirklich seid?«

Die Achtjährige blieb einige Schritte vor Schwarzschädel stehen, musterte ihn und rief ihrer Freundin zu: »Häßlich genug ist er ja, um Schwarzschädel zu sein.«

Schwarzschädel gab einen Laut des Unmuts von sich, in den Augen von Alter Blutmann sah er, wie ihn das erheiterte. Alter Nordmann starrte auf den Fluß, damit Schwarzschädel sein Lachen nicht bemerkte.

Schwarzschädel erhob seine Keule. »Sagt eurer Großmutter, daß Schwarzschädel gekommen ist, um kleine Mädchen zu fressen!« Er drohte ihnen und sagte: »Los, geht und meldet unsere Ankunft.«

Die beiden Mädchen hasteten den Pfad zum Clanhaus hinauf.

»Wie erziehen diese Leute bloß ihre Kinder? Bringen sie ihnen gar nichts bei? Was erwarten sie – daß ich nicht der bin, der ich behaupte zu sein?«

Mit abwesendem Blick sah Grüne Spinne jetzt Schwarzschädel an. »Wir sind nie der, der wir behaupten zu sein.«

Schwarzschädel merkte, wie sein Gesicht zu zucken begann, und er bemühte sich, das zu unterdrücken. Seit der Copenakrieger ihm einen Backenknochen zerschmettert hatte, konnte er seine Gesichtsmuskeln nicht mehr so gut beherrschen.

»Es ist ein langer Weg da hinauf.« Alter Nordmann betrachtete den Pfad, der zum Gebiet des Clans führte. »Wir sollten jetzt hinaufgehen. Und du, Schwarzschädel, mach diesen Otter ausfindig. Er soll hier Händler sein.«

Schwarzschädel stürmte den zerfurchten Pfad hinauf, den Speer noch im Atlatl. Das Kanu von Drei Adler hatte inzwischen auch angelegt.

Als Schwarzschädel das Plateau erreicht hatte, sah er, wie die beiden Mädchen aufgeregt auf eine Gruppe von Frauen einredeten. Sie verstummten sofort, als sie ihn sahen.

Er atmete tief ein, warf den Kopf zurück und nahm den Speer aus dem Atlatl. Die Frauen erstarrten. Er aber sagte zu ihnen: »Man nennt mich Schwarzschädel. Ich verkünde euch hiermit die Ankunft der vier Clanältesten der Stadt der Toten. Mit ihnen kommt Grüne Spinne. Er sucht einen Mann vom Weißmuschelclan, den man Otter nennt.«

»Du bist wirklich Schwarzschädel, ich habe dich schon einmal gesehen«, mit diesen Worten trat eine Frau mittleren Alters vor, »aber wir haben gehört, daß Grüne Spinne gestorben ist. Am Sonnenwendtag.«

»Grüne Spinne ist von den Toten zurückgekehrt. Ich habe ihn hierher begleitet.«

Eine Greisin drängte sich durch die Frauen. »Das ist er!« Sie leckte nervös ihre Lippen. »Was ... was willst du hier?«

»Wir wollen den Händler Otter treffen. Die vier Clanältesten und Grüne Spinne möchten mit ihm sprechen.«

Die Alte legte der Frau, die zuerst gesprochen hatte, eine Hand auf den Arm, als suchte sie eine Stütze. »Blaue Kanne – was geschieht hier?« Sie schaute zu Schwarzschädel, sah dann Grüne Spinne, der Alter Nordmann den Hang hinaufzog.

»Ich bin Gelbes Schilfrohr, die Älteste des Weißmuschelclans, Otters Großmutter. Was ... was wollt ihr von uns?«

»Das habe ich dir schon gesagt, Großmutter«, antwortete Schwarzschädel grollend. Ihm war dieses dumme Getue zuwider. Die Frauen taten, als wären Geister bei ihnen eingedrungen. Waren die auswärtigen Clans alle so einfältig? Hatten die von nichts eine Ahnung?

»Will ... willkommen«, stotterte die alte Frau und wandte keinen Blick von dem Narren, der heranstolperte. »Hier entlang bitte. Man wird euch Tee machen und etwas zu essen bringen. Und ... und man wird Otter holen. Sofort.« Doch sie blieb wie angewurzelt stehen, als die Ältesten atemlos auftauchten und sich hinter Schwarzschädel stellten.

Grüne Spinne umkreiste die Gruppe wie eine verrückte Antilope und sagte zu Gelbes Schilfrohr: »Mögen alle deine Kinder tot umfallen, und mögest du bis in alle Ewigkeit schrecklich leiden, Gelbes Schilfrohr. Es ist mir ein Graus, deinen Sohn begrüßen zu müssen. Er und ich werden die größten Feinde sein.«

Die alte Frau rang nach Luft, ein erstickter Laut kam aus ihrer Kehle. »W ... was sagst du?«

Die anderen Frauen ächzten nur hörbar. Schwarzschädel, der sah, daß sie gleich auseinanderstieben würden, sprang vor.

»Nein, ihr versteht das nicht, es ist alles in Ordnung!«

»Nichts ist in Ordnung«, kreischte Grüne Spinne. »Es ist alles verkehrt. Nichts ist in Ordnung. Verkehrt, verkehrt, verkehrt.«

»Es ist alles in Ordnung«, brüllte Schwarzschädel noch einmal und hielt Blaue Kanne, die er für die Vernünftigste hielt, fest. »Er hat geträumt, versteht ihr? Er ist zum Verdreher geworden. Versteht ihr jetzt?«

»Das ist die Wahrheit«, sagte Alter Blutmann lächelnd. »Wir sind gekommen, um den jungen Otter zu treffen. Ich glaube, wir brauchen ihn dringend.«

»Ich brauche ihn überhaupt nicht«, sagte Grüne Spinne und verzog sein Gesicht vor den entsetzten kleinen Mädchen zu einer Grimasse. »Ich hoffe, er bleibt den ganzen Tag weg.«

»Ein Verdreher?« fragte Gelbes Schilfrohr.

»Ein Verdreher«, versicherte ihr Schwarzschädel. »Er verdreht alles, verkehrt alles ins Gegenteil. Das kommt von der Vision, die er hatte, während er tot war.«

»Oh! Dann kommt mit ins Clanhaus, und wir werden ... miteinander reden«, flüsterte die alte Frau, offenbar jetzt gefaßter. »Aber das passiert ...«

»... uns ja nicht jeden Tag«, vollendete Blaue Kanne den Satz.

Das denke ich auch. Schwarzschädel warf Grüne Spinne, der offenbar von allem unberührt blieb, einen bösen Blick zu.

Und sobald ich von diesem Irren befreit bin, das schwöre ich, werde ich etwas ... töten.

7. KAPITEL

Mit Steinäxten kannte sich Otter gut aus. Grünstein aus den Bergen südlich des Bogens vom Wächterfluß zum Beispiel wurde von allen Völkern hoch geschätzt. Richtig zugeschliffen und poliert, bekam der Stein einen Glanz wie ein Schmuckstück. Aus Basalt ließen sich auch gute Beile und Äxte herstellen.

Eines aber wußte Otter genau: er würde lieber Tauschhandel mit Steinäxten treiben, als sie benutzen. Denn gerade schlug er mit schmerzenden Händen in gleichmäßigem Takt tiefe Kerben in den Fuß eines Lindenbaums. Der Stiel der Axt, mit der er arbeitete, hatte ihm die Haut aufgerieben, und sein Rücken fühlte sich an, als hätten ihn die Khota mit Keulen traktiert. Der Schweiß tropfte ihm aus den Achselhöhlen über die Rippen.

»Willst du nicht mal Pause machen?« fragte Viertöter, der herangekommen war, eine Muschelhacke in der Hand. »Bist du ganz sicher, daß du den Baum nicht auch wie alle anderen abbrennen willst?«

Otter richtete sich mit schmerzverzerrtem Gesicht auf und warf die Axt von einer Hand in die andere.

Viertöter schaute freundlich. »Dieser Baum ...«, sagte er und klopfte liebevoll auf den Stamm, »... wird uns viele schöne Dinge schenken. Wir rinden ihn ab und schälen dann die weiße Innenschicht heraus. Wenn wir die kochen, habe ich genug Faserstoff, um daraus meine Seile zu drehen, vielleicht werden sie noch besser als die letzten. Du weißt ja, wieviel mir die Leute für meine Seile geben. Keiner am Fluß kann stärkere Seile machen als ich.«

»Ja, das stimmt.« Otter schlug die Rinde mit der Axt ab. »Die restlichen Bäume lassen wir trocknen und machen aus dem weichen weißen Holz Schalen, Weberschiffchen, Fischreusen, Statuen, Masken, alles, was leicht ist oder lange geschnitzt werden muß.«

Viertöter lächelte immer noch gut gelaunt. »Die Linden sind unsere besten Holzlieferanten, aus dem Holz mache ich die stärksten Seile.« Er neigte den Kopf. »Aber offenbar werden es immer weniger. Und du willst sie abbrennen?«

»Hier ist das Gehölz zu Ende.« Otter schaute über das rauchende neue Feld. Im letzten Winter hatten sich die Frauen dieses Gehölz wegen seines fruchtbaren Lehmbodens zur Rodung ausgesucht.

Dann waren die Männer ans Werk gegangen. Kerbten mit Äxten die riesigen Bäume ein, schlugen die Rinde ab und legten Feuer an den Füßen der Bäume, um die Riesen zu töten. Die Linden waren übriggeblieben, denn die mühevolle Arbeit des Fällens lohnte sich bei diesem wertvollen Holz, dabei konnte man auch die kostbare Borke retten.

Als Otter in die Runde blickte, warf eine Horde Kinder gerade Holz auf die Feuer, die an den alten Ulmen, Eichen und Hickorybäumen brannten. Waren die Feuer niedergebrannt, wurde die Holzkohle abgeschlagen, um unversehrtes Holz freizulegen. Dann zündete man die Feuer wieder an, damit sie sich in den Kern der Bäume fraßen. Dann fielen die Bäume, einer nach dem anderen. Zweige, Kletterpflanzen und schließlich die Stämme wurden zu Asche, die den Boden düngte. Auf diesem Boden würden zunächst nur Kürbis, Gänsefuß und Sonnenblumen wachsen.

»Wann fährst du?« fragte Viertöter und unterbrach das lange Schweigen. »Deine Seele ist doch schon ganz wund, das fühle ich, Bruder.«

Otter strich über den Hickorygriff seiner Axt. »Noch in dieser Woche.«

»Oder vielleicht, wenn du den Baum gefällt hast?« Viertöter lachte über diesen Scherz.

Das ist mein Lächeln, dachte Otter. So lächelte er, wenn er auf dem Fluß die Macht der Wassergeister in den Strudeln der Fahrrinne spürte. Und so lächelte er auch beim Handeln, leicht tadelnd, etwas spöttisch, aber ohne Schärfe, als betrachtete er die Welt mit leichter Ironie. Dieses Lächeln brach den Widerstand, besiegte Mißtrauen und flößte seinem Gegenüber Vertrauen ein.

Kann ich überhaupt noch so lächeln? Vielleicht nur hier nicht mehr.

»Da irrst du dich«, antwortete Otter und stieß den Axtstiel gegen den Baum. »Vielleicht gehe ich noch, bevor ich ihn gefällt habe, und überlasse ihn dir, damit er dich an mich erinnert.«

Viertöter klopfte ihm auf die Schulter. »Mögen die Toten dich segnen, Bruder, und mögen all deine Verwandten so garstig sein wie du.«

Otter kniff die Augen zu und verzog seinen Mund. »Besser nicht. Hast du wirklich keine Lust mitzukommen? Den Fluß raufzupaddeln und den Khota Perle wegzunehmen?«

Viertöter schüttelte den Kopf. »Ich habe hier schon genug Sorgen, ich will nicht noch meinen Kopf verlieren wie angeblich mein Onkel. Außerdem erinnerst du dich sicher, was ich dir für eine Hilfe war, als ich ein einziges Mal mitgefahren bin.« Er grinste wieder. »Da liegt eben der Unterschied zwischen uns, Bruder.«

»Ich könnte dich gut gebrauchen. Wird eine schwierige Fahrt, wenn nur ein Mann in so einem großen Kanu ins Kupferland paddelt.«

Sie schwiegen und hörten auf die kreischenden Kinder, die hin- und herliefen und aus der Suche nach Feuerholz ein Spiel machten.

Viertöter hielt die Hand über die Augen und schaute in die Kronen der Bäume. »Sie möchte, daß du noch einmal kommst, bevor du wegfährst. Wenn du willst, sagt sie, macht sie ein großes Festessen. Damit du satt wirst, so wie ein Mann satt sein soll, wenn er mit einem großen Kanu nach Norden paddeln muß.«

Ein Flughörnchen huschte lautlos Richtung Wald. Mit großer Anmut streckte es seinen Körper, landete im Gleitflug auf einem Baum und verschwand im Wald.

Viertöter staunte. »Wie machen die das?«

»Zauberei.« Otter biß sich auf die Lippen. »Ich komme ... vielleicht. Ich weiß noch nicht, ich ...«

Eine Hand senkte sich auf seine Schulter. »Wie du willst, Bruder. Ich sollte es dir jedenfalls sagen. Sie ist ... nun ja, traurig. Sie fürchtet, daß du uns vielleicht für immer aus dem Weg gehst.«

»Ich komme immer mal wieder.«

»Das hab ich ihr auch gesagt. Du bist ich, und ich bin du. Ich weiß, wie es sein wird. Aber sie versteht einfach nicht, daß das seine Zeit braucht.« Viertöter zuckte die Achseln. »Ich sage ihr, daß du für den Clan etwas erledigen mußt. Etwas, das ... ich weiß nicht ... mit deinen Handelsgeschäften zu tun hat? Daß du entweder ins Kupferland fährst oder den Schlangenfluß hinauf zu den Clans da oben.«

»Ich habe gehört, daß sich bei den Schlangenclans etwas Übles zusammenbraut«, sagte Otter.

»Was Übles?« Viertöter hob eine Braue. »Tatsächlich?«

»Gerüchte. Du kennst das ja. Ein Händler, der letzte Nacht hier anhielt, erzählte, daß er es von einem anderen Händler gehört habe, der den Schlangenfluß herunterkam. Glimmervogel, einer der Anführer der Sonnenhügel, soll Unruhe stiften. Die anderen Clans sind entweder eifersüchtig auf die wachsende Macht der Sonnenhügel, oder sie haben Angst vor ihnen. Ich habe Glimmervogel mal getroffen; er ist ein sonderbarer Mensch, launisch und machtgierig. Wie der Mann erzählte, benutzt er so etwas wie eine Geistermacht, um seine Ziele zu erreichen. Hat was mit einer Maske zu tun, die einen Hexenmeister aus ihm macht.«

»Ich werde Rote Mokassins erzählen, daß dich das jetzt beschäftigt. Ist doch nichts Ernstes, oder? Es scheint dich nicht besonders aufzuregen.«

»Ich mich aufregen? Über zwei Anführer, die sich um das Prestige ihres Clans streiten? Sie sind weit weg, oben am Mondmuschelfluß. Um überhaupt hinzukommen, mußt du erst den Schlangenfluß hinauffahren. Warum sollte ich mich da aufregen? Ich fahre in die entgegengesetzte Richtung – zu den Seen an der Quelle von Vater Wasser.«

Viertöter scharrte unruhig mit den Füßen. »Ich weiß, wo das Kupferland liegt. Die Strecke führt über den Ilinifluß. Da werden die Khota versuchen, dich zu erwischen, so wie damals meinen Onkel.« Er hielt inne und biß sich auf die Lippen. »Das hat mir schon immer Sorge gemacht, daß wir die Asche des Onkels nicht zur Stadt der Toten gebracht haben. Sein Geist ist da irgendwo, streift unruhig umher und bringt Unheil.«

»Ich komme nicht einmal in die Nähe der Khota. Die sind noch eine halbe Tagesreise vom Ilinifluß entfernt. Nein, ich fahre direkt zu Vater Wasser und dann ins Kupferland. Vielleicht bekomme ich einige dieser Panflöten und etwas Silber. Beides ist im Süden sehr begehrt.«

»Wenn es zu einem Krieg zwischen den Schlangenclans kommen sollte, würde sich dann für uns etwas ändern?«

Otter schüttelte den Kopf. »Ich habe sie schon früher streiten hören. Wenn Glimmervogel seinen Gegnern kein Angebot macht, wird man Kriegstrupps losschicken, und es wird Überfälle und Kämpfe geben, alles im Namen der Ehre. An Ende wird dann einer der anderen Clans Frieden stiften.«

Viertöter stützte die Hände in die Hüften und sagte mit scheuem Grinsen: »Du versetzt mich in Erstaunen. Du sprichst so sicher von fremden Clans und Kriegen in fernen Ländern. Du kennst diese Männer, die man für Sagengestalten halten könnte, und errätst schon, wie sie handeln werden.«

»Ach, Viertöter, mein Waffenbruder, die Menschen gleichen sich alle, ob sie darüber streiten, wer die Hickorynüsse aus dem Vorratshaus gestohlen hat oder wie die Grenzen der großen Clans am Schlangenfluß verlaufen sollen. Ob sie Häuptlinge oder Fischer sind, sie gleichen sich alle. Nur die Ursachen der Streitigkeiten sind unterschiedlich.«

Viertöter schaute wieder zu den Kronen der Bäume hinauf, in die das Flughörnchen geflohen war. »Diesmal ... ich wünschte, du würdest nicht gehen.«

Otter sagte leise: »Ich muß gehen. Du weißt, warum.«

Viertöter seufzte, den Blick weiter nach oben gerichtet. »Wahrscheinlich, weil soviel vom Krieg geredet wird.«

Erst jetzt erkannte Otter, daß sein Unbehagen nicht mit Rote Mokassins und ihrer Einladung zusammenhing. »Was ist los mit dir, Bruder?«

Viertöter erschauerte, aber dann erzählte er: »Ich hatte gestern nacht einen Traum. Wasser fiel in endlosen Kaskaden, zuerst kristallklar, dann wurde es weiß wie Schnee. Dann erscholl Donner, überall, krachend und dröhnend, jeden anderen Laut im Land erstickend, und die Erde bebte. Das Wasser floß und floß. Darüber schwebte feiner Wasserdunst, und das Sonnenlicht zerlegte ihn in zehnmal zehn Regenbogen.«

»Das war ja ein toller Ort.« Otter schürfte mit der Axt Rinde von einem Stamm. »Hast du auch Geister gesehen?«

Viertöter versuchte, sich an seinen Traum zu erinnern. »Ich habe keinen Geist gesehen, Bruder. Nur den Körper, der den tosenden Wasserfall hinunter in die Strudel rollte. Da wurde er herumgewirbelt, als würden die Wassergeister mit ihm spielen, ihn tanzen lassen.«

»Erzähl weiter.«

Viertöter scharrte mit seinen Mokassins auf dem Boden. »Der Körper drehte sich mit ausgebreiteten Armen im Wasser, der Kopf tauchte auf und wieder unter, und das schwarze Haar schwamm ausgebreitet um ihn herum, so zart wie Quellenmoos.

Ich stand auf einem schwarzen Felsen, und die gischtigen Wellen spritzten auf meine Füße. Es war kalt, Otter. Da brach ein Sonnenstrahl durch den Himmel, glitzerte in der tanzenden Gischt, versilberte die Wassertropfen und fiel golden auf dein Gesicht. Du warst tot, Bruder, und deine Seele tanzte noch auf dem Wasser.«

Otter hatte gebannt zugehört. Jetzt schüttelte er das furchtbare Traumerlebnis ab, faßte sich und lachte leise, um seinen niedergeschlagenen Bruder aufzuheitern.

»Du hast dich immer vor dem Fluß gefürchtet, Bruder.« Otter streckte die Hand aus. »So einen Wasserfall wie in deinem Traum kenne ich im Kupferland nicht.«

»Geh nicht fort!« Viertöter sah ihm in die Augen. »Es ist die Macht der Zwillinge, Bruder. Ich fühle es. Der Kummer über Rote Mokassins treibt dich vielleicht davon, aber ich will nicht, daß du gehst. Jedenfalls solange nicht, bis wir wissen, was der Traum bedeutet. Vielleicht war es der Geist meines Onkels, der mir gestern nacht in meinem Traum zugewispert hat. Vielleicht war es eine Botschaft von den Toten.«

Otter suchte noch nach einer Antwort, als ein schriller Schrei ertönte.

»Onkel Otter!« Es war die Stimme von Kleine Schildkröte, der jüngsten Tochter von Rote Farbe, ein stämmiges Mädchen von etwa acht Sommern. »Onkel Otter! Schnell, du mußt kommen!«

Otter und Viertöter bückten sich und streckten instinktiv die Arme aus. Kleine Schildkröte hielt verwirrt an und schaute den Zwillingen in die Gesichter. »Onkel Otter?«

Viertöter lachte leise und ließ seine Arme sinken.

»Das bin ich«, erklärte Otter. »Du bist so außer Atem, sicher bist du den ganzen Weg vom Clanhaus hierhergelaufen.«

»Ja, das stimmt.« Sie nickte und lief in seine Arme. Sie trug ein Kleid, dessen Rock mit Muschelringen geschmückt war, deren Schalen in der Mitte durchbohrt waren und die ein Hanffaden zusammenhielt. »Du mußt sofort kommen. Großmutter hat mich geschickt. Weil's ein Fall von Not ist.«

»Ein Notfall? Was ist geschehen?« Er schaute auf und sah, daß Viertöter bleich geworden war. Die Offenbarung seines Traums war schon schlimm genug. Und jetzt das?

»Zwei Kanus, Kriegskanus, sind aus der Stadt der Toten gekommen. Mit alten Männern, wichtigen Männern. Clanälteste. Sie haben Grüne Spinne gebracht. Er will dich treffen.«

Otter runzelte mißtrauisch die Stirn. »Ich denke, Grüne Spinne ist tot?«

»War er auch«, erklärte Kleine Schildkröte mit aufgerissenen Augen, »aber er ist wieder lebendig geworden. Und er will dich treffen. Er hat Schwarzschädel mitgebracht. Die vier alten Männer sind auch gekommen, um dich zu sehen, Onkel Otter. Du mußt dich beeilen.«

»Schwarzschädel ist hier?« murmelte Viertöter ungläubig. »Um Otter zu treffen?«

Otter lächelte Kleine Schildkröte liebevoll an. »Und du bist sicher, daß du die Namen richtig verstanden hast? Vielleicht waren die Namen, die du gehört hast...«

»Nein!« Kleine Schildkröte machte sich frei und fuhr aufgeregt fort: »Großmutter hat mir die Namen gesagt. Und ich habe sie noch nie vorher so gesehen. Sie war furchtbar erschrocken, du weißt doch, dann zuckt's in ihren Augen, und der Mund steht offen. Sie hat mich gar nicht richtig angesehen, ich meine, sie hat mich nicht erkannt, als sie mich weggeschickt hat, um dich zu suchen. Und ich bin ihr Lieblingsenkel. Hat sie mir selbst gesagt.«

»Ich glaub's dir. Dann wollen wir uns mal beeilen. Kannst du mit mir den ganzen Weg zurücklaufen?«

»Das kann ich.« Kleine Schildkröte nickte.

Otter richtete sich auf und warf die Axt zu Boden. »Also dann. Los, komm, Bruder. Wenn's Grüne Spinne ist und dann noch Schwarzschädel, dann ist wirklich etwas passiert.«

»Mit dem Traum hat es angefangen«, brummte Viertöter.

»Geister atmen mir die ganze Nacht ins Gesicht. Und du… du schwimmst tot im Wasser.«

»Wenn ich tanze, dann nur an Land«, scherzte Otter und lief voraus über das noch glimmende Feld.

Sternmuschel war an jenem Morgen aus dem Clanhaus der Blauenten in eine Welt von ursprünglicher, makelloser Reinheit hinausgetreten; eine Decke aus unberührtem Schnee hatte alles verzaubert. Der Himmel war tiefblau, die Luft frisch und belebend. Schneekristalle funkelten im Sonnenlicht. Der mächtige Grabhügel wirkte im Morgenlicht wie hinter feinem Dunst. Spuren führten nur auf den Tafelhügel, wo der Sternschamane den neuen Tag singend begrüßte.

Früher hätte Sternmuschel einen solchen Morgen mit entzücktem Staunen genossen. Aber heute war er ihr als Lug und Trug erschienen, als eine Illusion von Frieden und Schönheit nach einer Nacht schrecklichster Träume.

Als sie jetzt vor Langer Mann auf der Heiligen Straße marschierte, auf dem vertrauten Weg zu den Sonnenhügeln, erinnerte sie sich an dieses schöne Bild und versuchte, es in ihre Seele festzuhalten. Vielleicht konnte sie davon zehren, um sich immer wieder klarzumachen, daß nicht alles nur Not und Angst war, und vielleicht gab es ihr die Kraft, auf einen Morgen zu hoffen, der nicht von Ängsten vor der Zukunft verdüstert war.

Sie drehte sich nach dem Magier um; sein Atem hing wie Dunstwölkchen im Schein der Nachmittagssonne. Sein kleiner Wuchs verwirrte sie, dauernd meinte sie, ihn beschützen zu müssen. Dabei war er doch kein Kind mehr, sondern ein weiser Ältester.

In dieser Nacht würde es eisig kalt werden. Wenn ihr Vorhaben auf den Sonnenhügeln fehlschlug, wäre es möglicherweise sogar die Eiseskälte des Todes, die sie umfangen würde.

Langer Mann stapfte durch den Schnee und kam trotz seiner kurzen Beinen mühelos vorwärts. Die zwei Packen auf seinem Rücken hüpften bei jedem Schritt. Sein runzliges Gesicht drückte zufriedene Heiterkeit aus. Fühlte er nichts? Blieb seine Seele unberührt von den Ängsten und Schrecken, die ihre Seele peinigten?

»Wie kannst du nur so ruhig bleiben?«

Er blickte zu ihr, munter wie ein Eichhörnchen, und schaute dann über das weite Tal. Die meisten Bäume hier waren gefällt; einzelne Gehölze standen noch zwischen den Stoppelfeldern. Gedankenvoll sah der Alte über sie hinweg auf die dunkelgrauen Bäume, die im Hügelland wuchsen.

»Vermutlich, weil ich zuviel weiß«, antwortete er schließlich. »Es war ein schöner Tag, junge Sternmuschel. Die Reinheit des frischen Schnees läßt sogar die Werke der Menschen unwichtig scheinen.«

Sie befanden sich im Territorium des Gänsefußclans, eigentlich Freunden des Leuchtvogelclans. Aber von den Menschen, an denen sie vorbeigekommen waren, hatte keiner gewinkt oder ihnen einen Gruß zugerufen. Es war, als wäre ein dunkler Schatten über diese Seelen gefallen.

Sie folgten der Heiligen Straße zum breiten Mondmuscheltal und bogen ab, als der Fluß sich an der Straße entlangschlängelte. Der Schnee verdeckte die Fahrrinne; Binsen und Flußgräser an der Uferlinie zeigten an, wo sich Eis befand.

Sternmuschel konnte sich erinnern, wie der Fluß im Sommer aussah, breit und träge, die Uferhänge waren grün bewachsen. Der Mondmuschelfluß hatte sie von Anfang an in Bann geschlagen, aber jetzt gemahnte er sie nur noch an die Prüfung, die ihr bevorstand.

Der Pfahl, der den Übergang ins Gebiet des Leuchtvogelclans markierte, wirkte mit seiner Schneekappe wie ein Wachtposten.

»Wir sind da. Wir sind im Handumdrehn bei den Hügeln.« Sie konnte die Erdwerke sehen, glitzernd im Neuschnee. Selbst auf diese Entfernung sah man den Rauch aus dem Clangebiet aufsteigen. Zu viel Rauch für einen gewöhnlichen Wintertag. Viele Leute hatten sich auf den Sonnenhügeln zusammengefunden, und Sternmuschel konnte sich denken, warum.

»Es darf nicht zum Krieg kommen«, sagte Langer Mann ernst. »Ein Krieg wäre verheerend.«

»Wieso machst du dir darüber so viele Gedanken? Interessiert es die Langschädel wirklich, ob sich die Plattformpfeifen die Köpfe einschlagen?«

Er verzog das Gesicht zu einer Grimasse. »Wer sind denn die Langschädel? Wie unterscheiden sich denn unsere Völker? Denk einmal nach, Sternmuschel. Unsere Völker sind doch miteinander verschmolzen wie das Wasser zweier Flüsse, die durch dasselbe Flußbett strömen. Könntest du sie auseinanderhalten? Die Clans heiraten untereinander, einige nach dem Ritual der Langschädel, andere nach dem der Plattformpfeifen. Wenn fünf oder zehn Generationen vergangen sind, können wir dann noch Unterschiede sehen? Selbst unsere Sprachen haben sich vermischt.«

Sie grübelte darüber nach. »Wenn es wirklich zu Kämpfen kommt, werden die Langschädel hineingezogen.«

»Du bist zum Teil ein Langschädel – und du bist schon hineingezogen worden.« Er knurrte mißfällig. »Aber es geht ja um mehr. Alle Clans haben zwar ihre eigenen Territorien, sind aber alle voneinander abhängig. Natürlich gibt es manchmal Reibereien, aber sie werden auch wieder beigelegt, weil es sonst für alle zu viele Probleme bringt.«

Er stieß einen tiefen Seufzer aus und sagte resigniert: »Diesmal ist es anders – oder es könnte anders werden. Was geschieht denn mit uns, wenn jeder in den Krieg zieht? Der Handel käme zum Stillstand. Wir brauchen einander. Wenn bei den Blauenten zum Beispiel eine Ernte ausfällt, schickt der Klapperschlangenclan seine Überschüsse, um den Verlust auszugleichen. Aber da ist noch ein anderer Punkt zu bedenken. Wir bearbeiten Felder auf fruchtbarem Schwemmland, und dazu benötigen wir kleine, verstreut liegende Höfe. Und was geschieht, wenn ein Krieg ausbricht? Dann sind diese Höfe doch leichte Beute für die Kriegstruppen. Und was haben wir davon, wenn wir einen Sommer die abgelegenen Farmen der anderen überfallen? Glaubst du, jemand würde dann die Felder bearbeiten?«

»Nein, sie würden bald vom Unkraut überwuchert werden.«

»Genau so ist es, junge Sternmuschel. Und im folgenden Winter würden Menschen verhungern. Und ein Mann, der seine Familie verhungern sieht, wird sich sein Atlatl und seine Speere greifen und sich die Nahrung, die er braucht, von anderen besorgen. Das heißt, er geht zur nächstgelegenen Farm.«

»Das würde niemand zulassen. Man würde dem Einhalt gebieten ... die Sternengesellschaft und die Gesellschaft der Pfeifenmacher. Sonst würden sich ihre Mitglieder doch gegenseitig umbringen.«

»Wenn du das Leben deiner Kinder retten willst, überlegst du dir das nicht mehr.« Unmut lag in seiner Stimme. »Nein, meine Freundin, wir würden uns zerfleischen. Wie eine alte Decke, die plötzlich zerschlissen ist, würden wir das Gewebe in Streifen reißen, und man könnte es nie mehr zusammensetzen.«

Dieses Bild leuchtete ihr ein. Wenn der Aufruhr nicht mehr beherrschbar war, wie sollte man dann die Sommerfeiern organisieren? Wenn jeder nur noch aufs Töten aus wäre, wer würde dann die Arbeiten auf dem Clanbesitz einteilen? Wenn die Händler einen Bogen um das Land machten, wer würde dann Pfeifenstein liefern? Glimmer? Kupfer? Wer würde den heiligen Feuerstein aus den Steinbrüchen um Sternhimmelstadt abbauen? Wer würde die Rituale zum Gedenken der Ahnen organisieren?

Wenn die Menschen aber aufhörten, für die Geister zu sorgen, würden die Geister dann nicht auf Rache sinnen? Würden sie dann nicht die Beziehung zur Geisterwelt zerstören?

»Aber Bunte Krähe hat mit diesem ganzen Wirrwarr angefangen«, murmelte sie voller Groll.

»Ich habe das nur zum Teil begriffen, aber ich glaube, du fängst an, es zu verstehen. Wie Finger, die ineinander verschränkt sind und nach beiden Seiten zerren. Erster Mann will Harmonie und träumt den Traum vom Einssein, Rabenjäger will Konflikt und Kampf. Gleichgewicht muß herrschen – in der Geisterwelt wie in der Menschenwelt.«

Er unterbrach sich kurz. »Und deswegen bin ich so ruhig. Auch du mußt lernen, im Gleichgewicht zu sein, Sternmuschel.

Was uns erwartet, ist Leid und Schmerz. Doch wir sind gewappnet. Jetzt aber genieße die Schönheit; rieche diese Luft; höre die Rufe des Falken über dem Wind. Leide, wann immer du mußt – genieße, wann immer du kannst.«

Sie lächelte leicht. »Weißt du, ich fange an, dich gern zu haben.«

»Ach ja, meine arme Sternmuschel, das ist bedauerlich angesichts dieser Wirklichkeit. Wärst du eine andere, hätte ich so eine Bemerkung mit Wonne vernommen.«

»Das verstehe ich nicht.«

Seine Augen waren jetzt von hypnotischer Eindringlichkeit. »Ja, das glaube ich. Vergiß es, Mädchen. Bemühe dich jetzt um Ausgeglichenheit.«

Aber sosehr sie es auch versuchte, in ihrer Seele war nur Furcht.

Während sie sich den Sonnenhügeln näherten, stellte sich Sternmuschel die Begegnung mit Glimmervogel vor. Was würde sie sagen? Etwa: *Also, ich mache Schluß, ich verlasse dich, und ich nehme die Maske mit.*

Dann würde das irre Flackern in seinen Augen sein. Er würde sie halbtot schlagen und sie dann vor dieser grausigen Maske vergewaltigen.

Was könnte sie tun? Eine Keule ergreifen und ihm damit seinen Schädel zertrümmern?

Zu dem alten Mann sagte sie: »Das wird viel schwieriger sein, als ich gedacht habe.«

»Ich bin froh, daß du das erkennst. Wanderdrossel ist nicht der einzige im Mondmuscheltal, der an die Maske denkt und an die Macht, die sie ihm geben würde. Alle wollen sie haben. Was wir planen, ist keine leichte Sache.«

»Ich habe mir überlegt, wie ich Glimmervogel gegenübertreten soll. Was wird er tun?«

»Was er tun muß.«

Sie lauschte in sich hinein, ob sie fähig wäre, ihn zu bekämpfen. »Ich glaube, ich kann ihn nicht töten, Langer Mann. Ich … also, ich bringe das nicht fertig. Er ist mein Mann. Der Vater meiner Tochter. Ich meine, ich …, was soll ich nur tun?«

»An deiner Stelle würde ich mir überlegen, wohin ich gehen würde.«

»Weißt du etwas, was ich nicht weiß?«

»Ja. Aber frag mich nicht danach, ich sage dir nicht, was ich gesehen habe. Wohin willst du gehen? Was willst du tun? Du mußt die Maske von hier fortbringen. Männer wie Wanderdrossel und die anderen Krieger des Clans wollen sie, Mädchen! Du wirst keine Freunde haben.« Er senkte die Stimme. »Sie werden alle nach dir suchen.«

Jetzt erkannte sie die vertrauten Umrisse der Sonnenhügel, sah die einzelnen Dächer aus der Erdumschließung herausragen. Kein Laut war zu hören, nur Rauchwölkchen stiegen aus den Borkendächern auf.

»Irgend etwas stimmt hier nicht.«

Der Zauberer blieb stumm.

Und ihre Tochter? War Silberwasser noch sicher untergebracht auf der Farm von Glimmervogels Mutter? Bestimmt. Graue Hirschkuh würde nicht zulassen, daß ihrer Enkeltochter etwas geschähe.

Was soll ich nur tun? Worauf habe ich mich eingelassen?

Sie bog von der Heiligen Straße ab und folgte einem ausgetretenen Pfad. Die Sonne neigte sich schräg in den südwestlichen Himmel hinab und würde bald hinter den fernen Steilhängen verschwinden. Sternmuschel fühlte sich unwohl.

Es wird mir weh tun.

Nein, denk das nicht. Schließlich war Langer Mann bei ihr. Sternmuschels Herz schlug bis zum Hals, als sie das Anwesen des Clans betrat und die bekannten Bauten sah, das Beinhaus, den Grabhügel mit seinen…

Sternmuschel stockte der Atem. Ein Loch tat sich an der Seite des Erdbuckels auf, wo das Grab von Glimmervogels Großvater gewesen war. Das schwarze Loch klaffte wie die tödliche Wunde eines außerweltlichen Tiers.

Wer hatte es wagen können. Sie schloß die Augen, ein schrecklicher Gedanke überfiel sie, der sie schwindeln ließ.

Aber nein. Nicht einmal er brächte das über sich.

Sie schluckte; sie fühlte den Zorn der Geister. Etwas trieb sie zu laufen, an dem besudelten Hügel vorbei, um das Beinhaus herum.

»Nein! Warte!« rief Langer Mann, »warte doch!«

Sie schien ihn nicht zu hören und eilte wie unter Zwang zum Clanhaus. Eine Menschenmenge stand stumm und wie gelähmt vor dem Bau.

Entsetzen durchfuhr Sternmuschel, als sie keuchend auf die Menschentraube zulief. »Was ist geschehen?« rief sie. »Was geht hier vor? Habt ihr alle den Verstand verloren?«

»Mama!« rief Silberwasser, löste sich von ihrer Großmutter und warf sich in die Arme von Sternmuschel, die ihre Tochter kurz an sich preßte.

»Ich bin daheim, mein Kind, alles wird gut.« Sie nahm die Hand ihrer Tochter, stellte sich vor ihre Schwiegermutter Graue Hirschkuh und fragte: »Was ist hier vorgefallen?«

Die alte Frau starrte in panischem Schrecken in die Weite. »Er war nicht stark genug. Er .... er ist wahnsinnig. Besessen!«

Sternmuschel zwang sich, die bebende Angst zu beherrschen. »Wo ist er?« Aber sie wußte es schon.

»Silberwasser, bleib bei deiner Großmutter!«

»Nein!« Graue Hirschkuh klammerte sich an Sternmuschels Decke. »Geh nicht hinein! Er trägt die Maske! Ich sag dir, er ist wahnsinnig. Er ist schreiend herumgelaufen, hat Gräber ausgegraben. Er tötet dich. Wie die anderen!«

Sternmuschel schickte ihre Tochter in die Arme von Graue Hirschkuh zurück und wandte sich zur Hängetür, als sich Langer Mann schnaufend durch die vor Schreck erstarrte Menge drängte. Er murmelte irgend etwas, das sie nicht verstand; es klang nach einem schutzerflehenden Zauberspruch.

Sie spürte das Böse, das sich zusammenbraute. Sie holte tief Atem und strebte auf das Clanhaus zu. Sie mußte ihm gegenübertreten. Da drinnen. Jetzt!

Langer Mann stürzte herbei und versuchte, sie zurückzuhalten: »Warte!«

»Wenn du Macht hast, ist es Zeit, sie jetzt anzuwenden.«

»Die Gefahr geht nicht von Glimmervogel aus. *Es ist die Maske!* Sei vorsichtig. Überlaß das mir!«

Sie beachtete ihn nicht. Sie fand einen feuergehärteten Grabstock, der vor der Tür im Schnee steckte. Zweifellos der, mit dem Glimmervogel das Grab seines Großvaters geschändet hatte. Sein Gewicht beruhigte sie.

Sie holte tief Luft und trat geduckt durch den Türvorhang.

Im Innern des Clanhauses war es dunkel. Das Gefühl, daß ein bösartiger Geist in der kalten Luft lauerte, wurde stärker. In der unheimlichen Stille konnte Sternmuschel ihren hämmernden Herzschlag hören.

»Glimmervogel? Wo bist du?«

Schweigen.

An der Tür bewegte sich etwas; Sternmuschel schoß herum, vor Angst den Grabstock erhoben. Im letzten Moment hielt sie inne – beinahe hätte sie Langer Mann erschlagen. In den Armen hielt er ein Bündel aus zusammengerolltem Wolfsfell.

»Vorsicht!« mahnte er.

»Glimmervogel?« rief sie und trat in die Mitte des dunklen Zimmers. Ein knarrender Laut kam aus dem Gang, der ins Hinterzimmer führte.

Sie blinzelte, um besser sehen zu können. Bewegte sich da hinten etwas in den Schatten? »Glimmervogel? Hier ist Sternmuschel. Ich bin zurück. Wo bist du?«

Wieder war das Knarren vernehmbar.

Ihre Augen gewöhnten sich an das Halbdunkel. Sie trat einen weiteren Schritt vor und bemerkte die schwache Glut in der Feuerstelle. An der Wand gegenüber standen die Bänke, die sie kannte. Keramikkrüge lagen herum, die meisten in Scherben. Verschüttete Gänsefußsamen knirschten unter ihren Füßen.

Was wäre, wenn er die Maske trug? Was, wenn er sie gegen sie benutzte? Sie war wehrlos.

Sie trat gegen etwas, das mit einem dumpfen Geräusch wegrollte. Sie blickte zum Boden und sog vor Grauen die Luft ein. Ein zerschmetterter Schädel lag auf der Seite wie ein aufgeschlagenes Ei, die leeren Augenhöhlen starrten ins Leere. Überall auf dem Boden gewahrte sie zerbrochene Knochen – gesplittert, als hätte man sie mit einem Hammerstein zertrümmert.

Sein Großvater!

Sie schluchzte auf, aber der Laut blieb ihr in der Kehle stecken. Voller Entsetzen flüsterte sie: »O Glimmervogel! Was hast du getan?« Sie schlich weiter und schaute in den Gang, der zum anderen Abschnitt des Hauses führte.

O ihr seligen Geister, hat das niemals ein Ende? Sie packte den Grabstock fester, im Ohr die schlurfenden Schritte des Zauberers hinter sich.

Das Dunkel lastete auf ihr, erstickte sie fast. Eine finstere Präsenz lauerte da in der Dunkelheit, schwebte bedrohlich über ihr.

Es mußte der Geist des Großvater sein.

Sie trat mit zitternden Knien in den hinteren Raum. Da bewegte sich etwas, etwas, das in der Luft leicht schaukelte.

Ihr Mund war trocken. Mit bebenden Händen hielt sie den Grabstock erhoben, bereit zuzuschlagen. Flüsternd fragte sie: »Glimmervogel?«

Jetzt sah sie es besser; da baumelte etwas und drehte sich langsam um sich selbst.

Nein! Das war unmöglich!

Der Magier ging vorsichtig um sie herum und hob etwas vom Boden auf. Plötzlich stieß er einen Schrei aus und ließ sofort wieder fallen, was er aufgehoben hatte. Leise murmelnd kämpfte er mit dem Wolfsfell. Sie kannte die Form der Maske.

Sternmuschel stand wie gebannt. Ihre Augen waren auf den Körper ihres Mannes gerichtet, der sich in der Luft drehte.

Dort hing er, nackt, den Kopf sonderbar seitlich verdreht. In dem gedämpften Licht sah sie die geschwollene Zunge, die ihm aus dem Mund hing, seine glasigen Augen, die vor Entsetzen hervorgequollen waren. Jetzt sah sie auch das dicke, am Dachsparren befestigte Seil, an dem er hing. Die groben Fasern hatten sich tief in das aufgedunsene Nackenfleisch von Glimmervogel eingegraben.

»Ich hab sie«, ächzte der Zauberer. »Sie ist eingepackt! Und was immer du tust, Mädchen, du darfst auf keinen Fall die Maske aus diesem Sack nehmen.«

Sie hörte ihn kaum, der Blick aus diesen glasigen Augen bohrte sich in sie hinein. Glimmervogels Körper kam allmählich zum Stillstand und drehte sich dann langsam in die andere Richtung.

8. KAPITEL

Otter war verwirrt, er verstand überhaupt nichts mehr. Warum waren die Ältesten zu ihm gekommen? Was konnte er ihnen geben, was sie nicht auch in der Stadt der Toten finden würden? Unruhe erfüllte ihn, als er vom Waldweg über die Lichtung in die äußeren Gebiete des Territoriums des Weißmuschelclans lief.

Als er durch den Einlaß der Sommersonnenwende trat, in Sichtweite des Clanhauses, fand er dort eine aufgeregte Menge. Er warf Viertöter einen bedeutsamen Blick zu und ging weiter.

Großmutter schien wieder alles unter Kontrolle zu haben. Sie hatte offenbar den Schrecken überwunden, und ihre Augen hatten wieder den scharfen Blick.

Die vier Clanältesten saßen auf einer langen Bank vor Großmutters Haus in der Sonne. Alle, die auf dem Clangelände lebten, sowie die Bewohner der nächstgelegenen Farmen standen beieinander. Begierig wollten sie alles sehen und hören, voller Ehrfurcht vor so hohen Besuchern. Als Otter und Viertöter näherkamen, machten sie ihnen Platz.

Otter erkannte Schwarzschädel sofort. Die Narben, die kreuz und quer über sein Gesicht verliefen, ließen den eingeschlagenen Backenknochen und den schiefen Kiefer noch stärker hervortreten. Die Augen des Kriegers brannten allerdings mit einer Glut, die Otter selten so gesehen hatte. Der ganze Mann schien zu glimmen; sein furchterregendes Gesicht zuckte. Eine seiner kraftvollen Hände packte den Griff des Atlatls, die andere umklammerte die Kriegskeule. Das Sonnenlicht blitzte auf den eingesetzten kupfernen Spitzen, die so todbringend waren.

Über diesen Mann wurde viel erzählt. Man sagte, er habe seine eigene Mutter getötet, weil seine Familie es so befohlen hatte. Im Kampf mit den Copena hatte er sieben ihrer Krieger getötet, die restlichen fünf auf der Flucht gestellt und auch sie ins Jenseits befördert.

Als Otter dem Krieger in die Augen sah, sah er den Tod.

Er riß sich von dem Anblick los, denn er mußte sich den anderen zuwenden.

Otter verbeugte sich höflich vor den Ältesten in der Reihenfolge der Weltrichtungen: Blut, Sonne, Himmel und Winter. Sie antworteten mit einem Nicken ihrer weißen Häupter. Heiligere Männer als diese gab es auf der ganzen Welt nicht mehr. Weswegen waren sie hier?

Schließlich stand Otter einem hageren, dünnasigen Mann gegenüber, der nicht viel älter war als er selbst. Ein Träumer, und besonders einer, der gerade von den Toten zurückgekehrt war, sollte in seinem Auftreten Macht ausstrahlen. Es sollte etwas von ihm ausgehen, das jeden mit Ehrfurcht erfüllte. Wer ihn ansah, müßte sofort spüren, daß dieser Mensch das Großen Mysterium gesehen hatte.

Tatsächlich aber grinste Grüne Spinne leicht dümmlich, machte einen unentschlossenen Eindruck, und sein Blick wanderte ziellos hin und her, als könnte er sich nicht auf einen Punkt konzentrieren. Ein Umhang aus Truthahnfedern hing ihm über die knochigen Schultern, ein dickes Gewebe aus braunem Stoff hatte er sich um die Hüften geschlungen.

Auf seiner ersten Reise nach Süden mit seinem Onkel war Otter dem berühmten Schamanen der Anhinga vorgestellt worden. Er hatte Durch den Himmel gefallen geheißen. Damals hatte der alte Träumer schon über achtmal zehn Jahre gelebt. Dieser Älteste war nur noch Haut und Knochen gewesen, so zerbrechlich, daß ihn ein Kinderfächer fortgewedelt hätte. Dennoch hatte er Macht ausgestrahlt; man hatte sie gespürt wie die Hitze, die einer Feuergrube entströmt.

Grüne Spinne dagegen hockte sich jetzt geistesabwesend nieder und fuhr mit einem Finger um eine Tonscherbe, die jemand gedankenlos in die braune Erde getreten hatte.

Blaue Kanne stand hinter Großmutter, eine Hand vor dem Mund, die Augen angstvoll aufgerissen.

Viertöter verbeugte sich vor den Ältesten; seiner gespannten Aufmerksamkeit entging nichts, und instinktiv stellte er sich zwischen Schwarzschädel und die Großmutter.

Otter legte eine Hand auf die Brust. »Ich bin Otter, Sohn von Blaue Kanne und Enkel von Gelbes Schilfrohr vom Weißmuschelclan. Ich habe gehört, daß die Clanältesten der Stadt der Toten mich zu sprechen wünschen.« Warum war er so nervös? Wie oft war er schon auf dem Gelände fremder Clans gelandet, erwartet von ablehnenden Blicken und abschußbereiten Speeren? Er hatte sich immer seine Gelassenheit bewahrt.

Er faßte sich, zeigte ein entwaffnendes Lächeln und versuchte, sein aufgeregt schlagendes Herz zu beruhigen.

Alter Blutmann senkte den Kopf und betastete dabei seine rosafarbene Muschelschale. »Wir sind sehr froh, dich zu treffen, Otter. Möge dein Leben lang sein, und mögest du dich guter Gesundheit erfreuen. Mögen deine Schwestern viele Kinder haben, und mögen sie alle sehr alt werden.«

»Ich danke dir, Ältester. Der Weißmuschelclan fühlt sich durch euch geehrt. Was uns gehört, steht zu eurer Verfügung. Bleibt hier, solange es euch gefällt. Wir hoffen, wir können euch zu Diensten sein.«

»Gut gesprochen«, sagte Alter Himmelsmann und schaute in

die Runde. »Ich fürchte, daß unsere Ankunft viele Leute erschreckt hat.«

Otter trat von einem Bein aufs andere und blickte unbehaglich auf Großmutter, die sofort die Gelegenheit ergriff und sagte: »Für uns war es etwa so, verehrter Ältester, als hätte Erster Mann unser Lager betreten. Ihr habt uns überrumpelt.« Mit belustigtem Funkeln in den Augen stieß sie Blaue Kanne an. »Aber sobald einige von uns ihre Sprache wiederfinden, werden wir sehr viel gastfreundlicher sein.«

Die Ältesten lachten leise, und die Spannung ließ nach. Nur in Schwarzschädel schwelte weiter die Unzufriedenheit. Viertöter, dem nichts entging, blieb wachsam.

»Wir alle sind wie Tonscherben«, murmelte Grüne Spinne und betrachtete stirnrunzelnd die Scherbe, die er eingekreist hatte. Als er aufschaute, sahen die Gesichter um ihn fast alle unangenehm berührt aus. »Ist euch das klar? Ihr könnt euer Leben sehen in Gestalt von Scherben. Aus Schlamm und Wasser sind wir gemacht. Einmal geboren, werden wir in unserer Kindheit von vielen Fingern geformt und dann in den Leidenschaften unserer Jugend gebrannt. Als Erwachsene sind wir wie Gefäße, wir tun unsere Arbeit, versorgen unsere Habe und sammeln etwas für die geistige Welt. Und eines Tages zerbrechen wir. Was bleibt dann? Bruchstücke. Manche davon werden wieder zu Erde. Andere, die Teile der Seele sind, werden gemahlen und für neue Gefäße verwendet.«

Schwarzschädel brummte: »Jetzt kann ich nie mehr einen zerbrochenen Krug sehen wie früher.«

Otter erkannte jetzt, worauf sich die unverhohlene Feindseligkeit des Kriegers konzentrierte.

Grüne Spinne starrte geistesabwesend nach oben und sprang dann auf die Füße. Mit unsicheren Schritten näherte er sich Otter. Sein leerer Blick schien durch ihn hindurchzusehen, auf etwas am anderen Ende der Welt.

Grüne Spinne legte dem Händler seine kalten Hände auf die Schultern und fragte ihn: »Bist du bereit, Otter? Es ist ein langer Weg bis zum Brüllenden Wasser.«

»Brüllendes Wasser?« Otter blickte unsicher auf die Clanältesten.

»Zuerst drei, dann vier«, fuhr Grüne Spinne fort, »und am Ende ... sechs weniger einen. Wer wird der eine sein? Weißt du es? Ahnst du es?« Er hielt inne, runzelte die Stirn und ließ seine Gedanken schweifen. »Ja. So müssen wir es machen. Die Zeit ist ausschlaggebend. Besonders, wenn du am falschen Ort bist. Zeit ist kein Problem, wenn du rechtzeitig ankommst, wo du gebraucht wirst. Und wozu das alles? Bleibt die Welt stehen, wenn ein junges Mädchen stirbt? Hört die Macht auf, ihre Kraft zu verströmen, wenn eine geheiligte Maske ertränkt wird?«

»Ertränkt?« Otter riß sich von ihm los und blickte besorgt auf Viertöter. Er hatte noch das Bild von seiner Leiche, die in der Strömung tanzte, im Kopf.

»So muß es ja nicht sein«, sagte Grüne Spinne mit Nachdruck. »Viertöter hat von vielen Möglichkeiten nur eine geträumt.«

Eiseskälte umfing Otters Seele. »Wieso ... wieso weißt du etwas von den Träumen meines Bruders?«

Die Augen von Grüne Spinne schienen sich zu erweitern und gewannen zugleich eine unerhörte Tiefe. »Die Macht des Wassers pulsiert im Rhythmus deines Blutes. Die Geister des Wassers nahmen dich und gaben dir dein Leben. Sie können es genauso leicht zurücknehmen, wie es Viertöter geträumt hat. Ein Held muß geprüft werden.«

»Geprüft? Ein Held? Ich?«

Grüne Spinne tastete Otters Gesicht ab, als wollte er sich den Knochenbau unter dem Fleisch einprägen. Otter ließ es geschehen.

»Kennst du die eine größte Wahrheit, Otter?«

»Nein ..., wie soll ich das verstehen? Von welcher großen Wahrheit sprechen wir?«

Grüne Spinne packte Otter an der Nase. »Die eine Wahrheit besagt, daß du dich verlieren mußt, um dich zu finden. Das klingt zwar einfach, ist aber sehr schwer. Nicht nur für Träumer, sondern für jeden Menschen. Du kannst kein Held sein, Otter, wenn du nicht gewillt bist, das aufzugeben, was du dir am meisten wünschst.«

»Und was ist mit dir, Grüne Spinne? Hast du dich verloren?« Grüne Spinne nickte, in seinem träumerischen Blick lag vollendete Gleichgültigkeit. »Ja, Händler. Ich wollte Ordnung, suchte verzweifelt nach ihr. Ich wollte unbedingt wissen, wie die Macht funktioniert, und wollte das Wie und Warum auf der Welt erfahren. Bunte Krähe hat es mir gezeigt. Hast du gewußt, daß es keine Ordnung gibt, Otter?«

»Das habe ich oft befürchtet.«

Grüne Spinne zog an einem von Otters Zöpfen und beugte sich zu ihm. Otter neigte sich ihm entgegen, begierig, ihm zu lauschen – und fuhr erschrocken und fassungslos zurück, als Grüne Spinne aus vollem Halse brüllte: *Alle Welten der Schöpfung wurden als Chaos geschaffen!*

Otter hielt sich das schmerzende Ohr. »Bist du verrückt? Du brauchst doch nicht so zu brüllen!«

»Doch, das mußte ich«, erwiderte Grüne Spinne gelassen, wandte sich um und ging mit ausgreifenden Schritten in die Menge zurück. Dort drehte er sich um, reckte sich hoch auf, hielt sich beide Hände wie einen Trichter vor den Mund, holte tief Atem und flüsterte so leise, daß Otter ihn kaum verstehen konnte: »Anders hättest du mich nicht gehört.«

Schwarzschädel seufzte laut und packte die Kriegskeule so fest, daß seine Finger weiß wurden.

»Was soll das alles?« fragte Viertöter und ging auf Schwarzschädel zu.

Das möchte ich auch gern wissen, dachte Otter. Er blickte verstört auf die Ältesten. Sie saßen da wie Holzklötze, alle schwach lächelnd. Bei näherer Betrachtung sah Otter, daß ihr Haar an manchen Stellen angesengt war. Der Tempel war angeblich von einem Blitz getroffen worden. Hatte der vielleicht die Seele von Grüne Spinne verwirrt? War es eine übergroße Macht aus einer anderen Welt, die eines Mannes Geist versengen konnte wie sein Haar? Ihm die Fähigkeit, klar zu denken, ausbrennen konnte?

Schwarzschädel beugte sich zu Viertöter. »Der Narr sagt, er sei ein Verdreher. Verdreht alles rückwärts und ist noch *stolz* darauf.«

»Nicht stolz«, verbesserte Grüne Spinne und schaute den Krieger an, neben dem er sehr schwächlich aussah. »Ich bin frei, du Menschentöter. Frei, denn *ich* weiß, wie der Fallstrick aussieht. Um frei zu sein, muß man in der Schlinge leben und atmen. Nur so kann man verhindern, daß sie sich um einen zuzieht.«

Schwarzschädel biß die Zähne zusammen. »Du willst einen Strick Den kann ich dir geben, genau die richtige Größe für deinen Hals. Ich ...«

»Ein Verdreher!« rief Otter und klatschte in die Hände.

Die Großmutter trat vor. Sie schaute Grüne Spinne mit einem Glühen in den Augen an. »Warum habe ich das nicht gesehen? Es ist schon so lange her ...«

Viertöter schien zu wissen, was Otter empfand. »Weißt du, was das bedeutet?« fragte er.

Otter betrachtete Grüne Spinne. »Ich habe schon Verdreher getroffen. Die meisten Menschen bewachen sie wie den letzten Sack voll Nahrung in einer Hungersnot. Sie sollen Glück bringen. Sie haben Macht.«

»Kein Glück! *Unheil!*« beharrte Grüne Spinne und tanzte mit ausgestreckten Armen herum. »Keine Macht! Ich bin so schwach, ich könnte nicht mal ein Loch ins Wasser bohren.«

Jetzt wirbelte Grüne Spinne so wild herum, daß die Leute zur Seite sprangen. Schließlich torkelte er und blieb stehen; er wippte auf seinen Füßen auf und ab und warf seinen Kopf hin und her. Dann stolperte er schwankend vorwärts, bis er im Haus der Großmutter gegen eine Wand rannte. »Gepriesen seien die glückseligen Geister! Ich kann immer noch gerade gehen«, rief er.

Großmutter fragte unvermittelt: »Warum seid ihr hergekommen? Was wollt ihr von Otter?«

Sie hatte die Frage an die Clanältesten gerichtet, aber Grüne Spinne antwortete ihr: »Ich will Otter nicht. Hoffentlich sehe ich ihn nie wieder.« Dann drehte er sich wieder im Kreis, hielt sich mit der rechten Hand die Augen zu und deutete mit der linken auf Otter. »Ich sehe dich.«

Die Leute des Clans, die dem Geschehen mit großen Augen zuschauten, waren fassungslos. Viele hatten sich die Decken über den Kopf gezogen, und Mütter hatten ihre Kinder an sich gerissen. Alter Blutmann räusperte sich. »Gelbes Schilfrohr, wir sind hier, um dich um Erlaubnis zu bitten, daß dein Enkel Otter Grüne Spinne zu einem Ort bringen darf, den er in seiner Vision gesehen hat. Wir vier halten das für so wichtig, daß wir selber gekommen sind, um dich um diesen Gefallen zu bitten.«

»Wir wären sehr geehrt«, fügte Alter Sonnenmann hinzu. »Wir wissen, daß du noch andere Verpflichtungen hast, die Otter erfüllen soll, aber wir können nur betonen, daß du uns – und den Clans – damit eine große Gunst erweisen würdest.«

»Wir würden dich auch gern dafür entschädigen, wenn du uns deinen Enkel überläßt«, fuhr Alter Himmelsmann fort. »Vielleicht gibt es etwas, um das sich unsere Clans kümmern könnten. Ein Haus, das gebaut werden, ein Feld, das gerodet werden soll? Gibt es einen Sohn, den du mit jemandem verheiraten möchtest? Wir würden uns freuen, wenn du alles Gewünschte mit uns besprichst.«

»Ich möchte hinzufügen«, sagte Alter Nordmann, »daß das Ansehen des Weißmuschelclans mit dieser Reise erheblich steigen wird. Ich bin sicher, daß sich Otters Ruf als Händler ungeheuer verbessern wird. Das wäre doch äußerst vorteilhaft für dich und deinen Clan.«

»Aber warum gerade Otter?« wollte Blaue Kanne wissen. »Warum habt ihr meinen Sohn gewählt?«

»Wir nicht«, erwiderte Alter Blutmann und deutete auf Grüne Spinne. »Er hat ihn gewählt.«

»Ich nicht«, rief Grüne Spinne und schüttelte vehement den Kopf. »Ich mag ihn nicht einmal.«

Die Großmutter stieß mit ihrem Stock auf den Boden und sagte: »Ich glaube, der Weißmuschelclan hat keine Einwände. Aber das letzte Wort hat Otter.«

Die Leute flüsterten aufgeregt, verwundert, daß Großmutter Otter nicht einfach den Befehl gab mitzugehen.

»Er will nicht gehen. Er will nicht gehen«, brachte Grüne Spinne in einer Art Singsang hervor. »Und er mag mich auch nicht.«

Otter wandte sich an Grüne Spinne. »Kennst du den Weg?«

»Flußabwärts zum Süßwassersee, dann nach Westen zum Brüllenden Wasser.«

Otter legte seine Hände auf Grüne Spinnes Schultern. »Ich weiß ein wenig von der Macht des Verdrehers. Aber ich bin wie ein Kind, habe nicht deine Weisheit. Kannst du zu mir reden wie ein Erwachsener zu einem Kind? Kannst du mir den Weg erklären?«

Grüne Spinne verzog das Gesicht. »Ich bin nur darüber geflogen, das ist nicht dasselbe wie an Ort und Stelle sein. Mein Gefieder wurde nur schrecklich kalt, soviel kann ich sagen. Aber ich erkenne Orte wieder, wenn ich sie sehe. Wir müssen Vater Wasser nach Norden folgen.«

»Na, das ist ja eine große Hilfe«, brummte Schwarzschädel. »Er ist drüber geflogen! Na sowas. Ich wünsche dir Glück, Händler, denn das wirst du brauchen.«

Grüne Spinne bewegte seine Arme wie ein Kranich, der von einem Teich aufsteigt. »Aber du brauchst dir kein Glück zu wünschen, nicht wahr, Krieger? Du brauchst kein Glück, um zu überleben, stimmt's?«

Schwarzschädel warf den Kopf zurück. »Mein Weg ist nicht der deine, Grüne Spinne.«

Der Verdreher krächzte wie eine Krähe. »Keine zwei Wege gleichen sich, Krieger. Nicht einmal, wenn man im selben Boot sitzt. Ich kann dir jetzt schon sagen, daß dir diese Reise Spaß machen wird.«

Schwarzschädels Gesicht verdüsterte sich. »Was redest du? Es gibt nur noch einen Ort, zu dem ich reise, nämlich zurück zur Stadt der Toten!«

Was hatte der Verdreher gesagt? Erst drei, dann vier, dann sechs weniger einen? Otter wandte sich den Ältesten zu. »Ich nehme an, ich muß dann noch für drei Männer Vorräte mitnehmen?«

»Wie Grüne Spinne es wünscht«, antwortete Alter Nordmann. »Der große Krieger Schwarzschädel kommt aus meinem Clan. Er wird tun, was der Verdreher will.«

»Wartet! Nein, das werde ich nicht!« Schwarzschädel stürmte vor. »Bitte! Nur das nicht! Flußaufwärts fahren mit diesem ... diesem ...« Die Muskeln in seinem zerstörten Gesicht zuckten unkontrolliert. »Der ist verrückt!«

Alter Nordmann stand mühsam auf und stellte sich vor den trotzigen Krieger. »Wenn Grüne Spinne will, daß du mitkommst, dann bitte ich dich mitzukommen. Ich kann dich nicht zwingen, Schwarzschädel. Es ist eine unsichere Reise voller Gefahren. Jemand muß die Ehre des Schwarzen Clans hochhalten. Ich werde es an deiner Stelle tun.«

Die mächtigen Muskeln von Schwarzschädel spielten. Sehnen traten hervor, und seine Hände ballten sich zu Fäusten.

Alter Nordmann berührte Schwarzschädel leicht. Der Krieger zuckte zusammen. »Schwarzschädel, weißt du noch, wie das war, als Grüne Spinne von den Toten zurückkehrte? Er stieg von der

Bank im Leichenhaus herunter und führte mich und die anderen Ältesten auf den hohen Hügel. Dort saßen wir, inmitten der Asche der Toten, und er schilderte uns seine Vision. Er erzählte uns von Otter und von der Kanufahrt nach Norden. Du bist ein Teil der Vision. Du gehörst dazu.«

»Und was soll ich tun?« Schwarzschädels tiefe Stimme war ganz leise geworden.

»Dich den Herausforderungen stellen, die auf dich zukommen. Das ist eine Angelegenheit der Macht, Schwarzschädel. Du bist auserwählt worden – vielleicht weil du der größte Krieger aller Zeiten bist.«

Schwarzschädel nickte, richtete sich auf und schwang seine Kriegskeule. »Ich habe *keine* Angst! Aber ich frage dich, wie würdest du es ertragen, mit ihm in einem Kanu zu sitzen? Viele, viele Tage lang?«

Grüne Spinne gab einen krächzenden Laut von sich und sagte zu Schwarzschädel: »Der Verdreher gibt dir ein Rätsel auf.«

»Ich will's nicht hören.«

»Wenn wir ans Brüllende Wasser kommen, dann bist du der häßlichste Mensch der Welt. Also, hat der Verdreher vorwärts gesprochen oder rückwärts? Das mußt du jetzt entscheiden.«

Schwarzschädels Muskeln traten unter der narbigen Haut hervor. Dann nickte er den Ältesten heftig zu und drängte sich durch die Zuschauer.

»Das wird ja eine tolle Reise«, murmelte Otter.

Viertöter hielt Otter an der Schulter. »Bruder, es interessiert mich nicht, was auf dem Spiel steht. Dieser Traum letzte Nacht ... tu es nicht. Du weißt nicht, wie groß mein Entsetzen war. Ich will nicht, daß du stirbst. Ich brauche dich zu sehr.«

Otter streichelte Viertöters Hand. Er spürte seine Angst, die wie ein Gewitterwind in seiner Seele war. »Ich glaube, es soll so sein, Bruder. Du hast jetzt ein neues Leben vor dir. In jener Nacht auf dem Fluß haben sich unsere Wege getrennt. Prüfe deine Gefühle, diesen Teil in deiner Seele, der ich bin. Ich will die Reise machen. Ich *muß* es tun.«

Otter unterdrückte einen Angstschrei, als er in Viertöters Augen sah, daß ihn sein Bruder schon verloren gab. »Du trauerst ja jetzt schon um mich.«

»Wer wird deinen Leichnam begraben?« Viertöter senkte den Kopf. »Und sich um deine Seele sorgen, damit sie kein heimatloser Geist wird?«

Der Bug teilte das rhythmisch rauschende Wasser, als das schlanke Kanu durchs Zwielicht dahinschoß. Das Land hatte sich verändert, die vertrauten Pflanzen an den Ufern von Vater Wasser wurden seltener, auch war es kälter geworden.

Für Perle war die grenzenlose Eintönigkeit des Flusses eine Folter. Um nicht verrückt zu werden, hatte sie sich Kammgras gepflückt, um daraus eine Gebetsmatte zu knoten. Diese Matten stellten die Anhinga in ausweglosen Situationen her und breitete sie dann auf die Grabhügel der Vorfahren mit der verzweifelten Bitte um Hilfe.

Hier gab es keine Grabhügel, und Perle hatte keine Ahnengeister in der Nähe, die sie hätte um Hilfe anflehen können.

Ihr ganzer Körper schmerzte, und zu allem Übel hatte noch ihre Monatsblutung angefangen. Wenn sie ihre unbequeme Stellung veränderte, zischten die Männer hinter ihr.

Sie empfand jetzt tiefen Haß für sie. Nie ließen sie Perle allein, folgten ihr überallhin und lachten über sie.

Aus den Begleitern waren Entführer und Wärter geworden. Sie war ihre Gefangene und nicht mehr eine hochangesehene und begehrte Braut.

»Den ganzen Tag sitzt du nur im Kanu und fährst mit, Frau. Die ganze Nacht müssen wir dich bewachen. Von nun an wirst du für uns kochen«, hatte Grizzlyzahn befohlen. In der vergangenen Nacht hatte er sie gezwungen, die Bettdecken ins Lager zu tragen.

»Damit du lernst, Männern zu dienen«, hatte er erklärt.

Was kann ich dagegen tun? Dieser Gedanke nagte schon seit Tagen an ihr. Sie war jetzt ihre Sklavin. Sie mußte fliehen oder sich wehren. Aber wie?

Es war immer jemand bei ihr, selbst wenn sie ein Bedürfnis erledigen mußte. Perle war nie schüchtern oder verlegen gewesen.

Auf kleinen Booten kann man sich das gar nicht leisten. Aber diese ständige Beobachtung war ihr zuwider.

Früher hatten die Krieger der Khota sie immer mit Ehrerbietung betrachtet; aber jetzt lag Verlangen in ihren Blicken, sogar unverhohlene Begierde.

So hielt der Krieger mit Namen Hundefresser den Blick fest auf ihre volle Brust gerichtet und rieb sich das Kinn, während seine Augen glasig wurden. Rundnarbe mißachtete ihre persönliche Würde am ungeniertesten; immer schlich er hinter ihr her, grinste beim Anblick ihrer schwingenden Hüften und versuchte, ihre Schenkel zu betasten, wenn er ihr ins Kanu half.

Grizzlyzahn hatte die veränderte Haltung der Männer und die wachsende Spannung bemerkt. Obwohl er Anführer der Gruppe und bester Freund von Perles zukünftigem Mann war, beobachtete auch er Perle verstohlen.

Als sich das Kanu einer Sandbank näherte, bedachte Perle ihre Möglichkeiten. Es gab nur zwei, entweder zu fliehen oder sich in ihr Los zu fügen. Wenn sie die Krieger in den Kanus betrachtete, schien ihr diese Aussicht entsetzlich.

Alles was mit den Khota zu tun hatte, war ihr mittlerweile zuwider. Das Lernen der Khotasprache erschöpfte sie. Für sie war es die Sprache eines Volkes, das dauernd nieste.

Das Boot schoß mit einem zischenden Geräusch auf das sandige Ufer, und Perle stand seufzend auf.

»Schwach, Frau?« fragte Rundnarbe, als er ausstieg und sein Paddel im Kanu verstaute. »Vielleicht kannst du mich als Helfer brauchen, um alle die Decken ins Lager zu tragen?«

»Die Egel sollen dein Blut saugen«, ratterte sie in ihrer Sprache herunter. Rundnarbe lachte in sich hinein und wog sein Atlatl in der Hand; er und andere legten Speere ein und schwärmten aus, um die Zugänge zum Lagerplatz zu untersuchen.

Perle ging an Land. Hinter der spitz zulaufenden Sandbank lag eine Brackwasserstelle, aus der jetzt Zypressen wuchsen, hohe Schilfrohre säumten den Uferstreifen, hinter dem sich Wald erhob. Während Perle den Platz betrachtete, liefen Krieger an ihr vorbei, vielleicht um im Wald Wild zu erlegen.

Perle ging zum toten Wasser zurück. Geschützt vom Unterholz

hockte sie sich hin und hob den Rock, dankbar dafür, daß sie endlich einmal ungestört war.

Einarm kam heran, trat hinter sie, grinsend, schnüffelnd.

»Noch immer nicht fertig, Frau?«

»Nur noch einen Moment.« Es mußte doch einen Weg gegen, es diesen ekelhaften Burschen heimzuzahlen …

Die Pflanze stand genau vor ihr. Braun, abgestorben, aber die ovalen Blätter konnte man nicht verwechseln.

Sie wollten doch, daß sie kochte? Sie hob einen Zweig auf und grub damit in der Erde. Vielleicht war die Pflanze im Winterschlaf, aber die Wurzeln würden den Wirkstoff enthalten, für den die Wolfsmilchsgewächse bekannt waren.

Perle packte die kostbare Wurzel, stopfte sie in einen ihrer Mokassins und stand auf.

Einarms Augen glitzerten tückisch. Er hob seinen Lendenschurz und zeigte ihr seinen erigierten Penis. »Willst du den? Vielleicht heute nacht, wenn alle schlafen?«

Sie schüttelte den Kopf und ging rückwärts.

»Ich bin wirklich gut!« sagte er mit Nachdruck. »Mach dich glücklich.«

»Ich bin für Wolf der Toten bestimmt«, antwortete sie, »weißt du noch, wer das ist? Dein Kriegsherr.«

Er lachte und schwenkte sein Glied. »Heute nacht komme ich zu dir. Mach dich glücklich, ja?«

»Nein!«

Sie wich seitlich aus, als er sie packen wollte und rannte zum Lager. Er lachte hinter ihr her.

Grizzlyzahn grub gerade mit einem abgesplitterten Stück Treibholz eine Mulde für eine Feuerstelle. Als er Perles zornig blitzende Augen sah, fragte er: »Gab's Ärger?«

»Einarm will mich. Wollte mir unters Kleid kriechen.«

Grizzlyzahn nickte. »Du bist die einzige Frau. Was erwartest du? Also, hör jetzt auf, Unruhe zu stiften, und bring unsere Dekken ins Lager.«

»Will der Tote Wolf, daß seine Krieger in sein Weib eindringen?«

Grizzlyzahn seufzte. »Er ist nicht der Tote Wolf, sondern Wolf der Toten. Die Antwort ist Nein. Entferne dich nicht aus meinem Blickfeld! Außerdem, so wie du Khota sprichst, meinst du vielleicht nein, sagst aber ja. Klingt, als hättest du den Mund voll.«

»Die Khota sprechen ja auch nicht wie normale Menschen.«

Die Krieger beobachteten sie wie Falken, als sie die Sachen der Männer zum Lager schleppte.

Sie trug einen der Kochtöpfe zum Feuer von Grizzlyzahn und sah ihm zu, wie er das Feuer entfachte. Geduldig blasend, entfachte er die Glut, und die Zweige und ausgedörrten Gräser gerieten in Brand.

Perles Eintopf bestand aus einer Brühe aus Gänsefußsamen mit frisch gefangenem Fisch, fünf Enten und den Resten von dem Hirsch, den sie gestern abend gegessen hatten. Perle aß, während sie die Mahlzeit zubereitete, und gab dann erst die letzte Zutat hinein: Wolfsmilch.

Grizzlyzahn beobachtete sie. »Du denkst ans Weglaufen, willst fliehen, flußabwärts, nach Hause.«

Sie begegnete kurz seinem Blick. »Warum sollte ich das tun? Ich würde damit nur mein Volk entehren.«

Das würde sie in der Tat. Es störte sie, daß sie über die Folgen einer Flucht so wenig nachgedacht hatte. Ihr Volk hatte ein Versprechen gegeben. Wenn sie ihren Wärtern davonlief, würde ihr Volk ewig an dieser Schande zu tragen haben.

Und wenn das Volk damit entehrt wäre? Na und? Ich wollte nicht verheiratet werden.

»An deiner Stelle würde ich nicht weglaufen«, sagte Grizzlyzahn wie nebenbei und legte Holz aufs Feuer. »Wir sind hier vierzig Krieger. Viele sind erstklassige Spurensucher und hervorragende Schwimmer.«

Er schaute ins prasselnde Feuer, zufrieden mit seiner Arbeit. Dann setzte er sich neben sie. »Da ist etwas, was du über die Khota wissen mußt. Wir haben viele Fehler – wie alle Völker. Manchmal bekriegen wir uns, manchmal legen wir große Strecken zurück, um andere Völker zu überfallen und zu berauben. Wir haben auch schon Händler ausgeraubt und sogar welche getötet.«

»Ich habe die Gerüchte gehört.«

Grizzlyzahn zuckte mit den Achseln. »Vielleicht ist das alles gut für uns, vielleicht auch nicht. Aber du mußt wissen, daß wir stark und voller Lebenskraft sind. In unseren Herzen brennt ein Feuer, das nicht in den Herzen anderer Völker brennt.«

Die Nacht brach an, und die Krieger kamen ins Lager. Sie brachten Pfähle zum Bau eines Obdachs, die sie in den Sand trieben. Darüber rollten sie Binsenmatten aus. Sie machten ihre eigene Feuerstellen und holten sich von Grizzlyzahns Feuer Glut.

»Um dir das klar zu machen, erzähle ich dir eine Geschichte, Perle«, fuhr Grizzlyzahn fort. »Zur Zeit meines Ururgroßvaters gab es eine Hochzeit zwischen einem unserer Anführer, Starker Wind, und dem Volk, das an der Ilinimündung lebte.

Die Frau wurde in unser Lager im Norden gebracht, die Zeremonien wurden abgehalten und die Gelöbnisse beider Völker gesprochen. Aber in der Nacht, in der er sie nahm, verlor sie aus unerklärlichen Gründen den Verstand. Sie stach ihm mit einem Dolch aus Hirschknochen in die Seite und zertrümmerte eine Keule aus Eichenholz auf seinem Kopf. Dann huschte sie hinaus in die Nacht, stahl ein Kanu und fuhr auf Vater Wasser zu ihrem Volk an die Ilinimündung.

Seine Angehörigen flehten die Geister der Ahnen an, sie mögen Starker Wind heilen. Und er blieb am Leben. Dann riefen sie die anderen Clans der Khota zusammen, damit sie gemeinsam diese Schmach rächten.«

»Vielleicht bekam er, was er verdiente.«

»Vielleicht. Aber die Welt der Geister hörte den Hilferuf. Als Starker Wind genesen war, schickten alle Clans der Khota Krieger.« Grizzlyzahn betrachtete sie kühl. »Zehnmal zehn Kanus kamen zusammen, und sie paddelten sehr schnell flußabwärts, um es der Ilinifrau und ihren Leuten heimzuzahlen. Sie wurden alle getötet. In dem Gebiet, in dem die Ilinifrau einst lebte, liegen jetzt die Gebiete des Clans, zu dem wir dich bringen.«

Sie starrte auf ihre Hände, braungefärbt von den Gräsern für die Gebetsmatten. Der eisige Wind auf dem Fluß schlug um und drang durch ihr dünnes Gewand bis auf die Haut.

Sie drängte sich näher ans Feuer, und Grizzlyzahn gab einem der Krieger ein Zeichen, er solle ihr eine Decke bringen.

»Warum glaubst du, daß ich fliehen will?«

»Ich habe den Ausdruck in deinen Augen gesehen. Wir haben

eine weite Reise hinter uns. An deiner Stelle hätte ich vielleicht auch den Wunsch zu fliehen.«

»Ich habe nicht vor, mein Volk zu entehren.«

Grizzlyzahn warf ein Stück Holz ins Feuer. »Ich habe das Gefühl, sie hielten nicht viel von dir. Sie haben gesagt, daß du Männer verlegen machst. Daß es für dich besser wäre, wenn du nach Norden gingest, eine Geschäftsbeziehung mit den Khota herstellen würdest. Daß dich keiner zu Hause heiraten würde. Daß du dich besser ...«

»Ich will nicht mit dir über meinen Clan reden.«

Im Wald rief eine Eule.

»Ich will dir etwas sagen.« Grizzlyzahn rollte sich auf die Seite und starrte Perle im Feuerschein an. »Du heiratest nicht einfach einen Mann.«

»Was ist er dann? Ein *Berdache?*«

Abermals rief die Eule, und Grizzlyzahn dämpfte seine Stimme. »Ich hab dir erzählt, was der Clan macht, wenn du fliehst. Aber Wolf der Toten ... er ist nicht wie andere Menschen. Er wird dich jagen, dich aufspüren. Dann macht er auf seine Weise kurzen Prozeß mit dir.« Und mit rauher Stimme fuhr Grizzlyzahn fort: »Er ist nicht einfach ein Mensch. Er ist ... nun, er ist wie sein Vater.«

Perle bemerkte, daß die Krieger allmählich näher rückten. Ihre Augen glitzerten im flackernden Licht.

»Willst du mir Angst einjagen? Ich war allein in den Sümpfen und habe Alligatoren gejagt. Ich bin weit aufs Meer gefahren, nur noch mit den Sternen als Wegweiser. Du machst mir keine Angst.«

Grizzlyzahn machte eine Faust. »Dein Ehemann ist nicht nur ein Mensch. Verstehst du? Wenn ihn die Macht ergreift, verwandelt er sich in einen Wolf.«

»In einen Wolf?« Perle war es unbehaglich. In den Augen der Krieger las sie, daß sie davon überzeugt waren, und ihr liefen Schauer den Rücken hinunter.

»Deswegen kannst du nie vor ihm davonlaufen«, flüsterte Grizzlyzahn, »er findet dich immer. Die Toten sagen ihm, wo du hinläufst. Dann spürt er dich auf in seiner Wolfsgestalt. Vor einem solchen Geschöpf kannst du dich nicht verstecken.«

Er glaubt das tatsächlich! Ein eisiger Luftzug streifte ihre Seele.

Grizzlyzahn sah sie mitfühlend an. Nach einer Weile stand er auf und sprach mit den Kriegern: »Da sind welche unter euch, die begehren diese Frau. Beherrscht euch! Sie ist für Wolf der Toten bestimmt.« Er betrachtete Perle. »Ich will, daß mindestens drei von euch sie ständig bewachen. Teilt euch die Nachtwachen ein. Jetzt kennt sie die Wahrheit und wird versuchen wegzulaufen.«

Perle schlief nicht gut in dieser Nacht, aber auch die Khota nicht. Die ganze Nacht hindurch ächzten und stöhnten sie, rannten fluchend zwischen Lager und Fluß hin und her und wunderten sich über den Aufruhr in ihren Gedärmen. Einige hatten es so eilig, eine Stelle zu finden, wo sie sich erleichtern konnten, daß sie dabei über Perle stolperten.

Perle lächelte, zufrieden mit sich. Wie gut, daß sie das Wolfsmilchgewächs gefunden hatte.

9. KAPITEL

Das Anwesen des Weißmuschelclans lag zwar in einem Wald, doch Brennholz gab es nur sehr wenig. Deshalb kerbten sie manchmal einen Baum unten ein, um ihn allmählich absterben und austrocknen zu lassen. Dann konnten sie ihn umstürzen und sein Holz zum Verbrennen nutzen. Aber so etwas mußte natürlich rechtzeitig geplant werden.

Deshalb brachte die Ankunft der Clanältesten, von Schwarzschädel und Grüne Spinne, die alte Anführerin, Gelbes Schilfrohr, und ihren Clan wahrscheinlich in Bedrängnis. Vielleicht hatte es der Verdreher durch seinen Willen erzwungen, vielleicht war es auch Zufall, daß ein kleiner Hickorybaum zur rechten Zeit umgefallen war. Aus seinen gesplitterten Ästen brachen die Kinder genügend Feuerholz – und in dieser Nacht entzündete der Weißmuschelclan viele Feuer.

Die Nachricht hatte sich herumgesprochen, und ein Kanu nach dem anderen kam mit Gästen vom Riesenschilfclan. Alle wollten die bekannten Ältesten und den berühmten Schwarzschädel sehen, aber auch von der Vision hören, die Grüne Spinne in den Rang eines Verdrehers erhoben hatte.

Die Nacht war von kristallener Klarheit und beißender Kälte. Die Sterne schienen der Erde so nahe, wie es Otter nur aus dem hohen Norden kannte.

Er beobachtete das Gedränge um das lodernde große Feuer vor dem Clanhaus. Die Flammen beleuchteten die Ältesten, deren Gemurmel gespannte Erwartung verriet.

Otter stand hinten, so daß er sich jederzeit unauffällig entfernen konnte. Er betrachtete die Besucher und sah Gebrannte Erde und ihre Familie... und da stand auch Schmächtige Schildkröte mit Angehörigen. Und hinter ihr...

Sein Herzschlag setzte aus. Rote Mokassins, hochgewachsen und elegant, konnte man nicht verkennen. Das Feuer beleuchtete ihr makelloses Gesicht. Sie trug ihr Haar jetzt im Stil verheirateter Frauen, auf der rechten Seite gescheitelt. Sie senkte den Kopf und flüsterte Viertöter, der neben ihr stand und ihre Hand hielt, etwas zu.

Geh lieber, Otter, du tust dir nur weh.

Er wandte sich schon zum Gehen, als er die Ältesten bemerkte. Auf ein Zeichen reichte eines der Kinder Alter Blutmann ein mit Perlen verziertes rotes Pfeifentäschchen. Die Leute verstummten, als er die Pfeife für die Zeremonie mit Tabak stopfte und sie mit einem Feuerstab anzündete. Die Pfeife wurde unter den Ältesten herumgereicht.

Alle schauten sie zum Nachthimmel empor und stimmten den Segnungsgesang an, der Widerhall bei den Sternen fand, die im Rhythmus ihres Liedes zu pulsieren schienen.

Die Menge schwieg erwartungsvoll. Alter Blutmann erzählte, wie Grüne Spinne gefastet, sich in der Schwitzhütte gereinigt und gesungen und getanzt hatte. Wie er vier Tage vor der Sonnenwende gekommen war und um eine Vision gefleht hatte, bevor er in Trance fiel. Und am Tag der Sonnenwende hatte der Blitz zugeschlagen.

»Wir zogen ihn aus dem brennenden Haus«, fuhr Alter Sonnenmann mit der Erzählung fort. »Wir brannten ja selbst. Ihr könnt die Stellen sehen, wo unsere Haut versengt ist.« Er schob einen Ärmel zurück und zeigte, wo die Haut verheilte. »Unser Fleisch erneuert sich noch von selbst.«

»Wir hielten Grüne Spinne für tot«, erklärte Alter Himmelsmann. »Wir ließen seinen Körper ins Leichenhaus tragen und dort unter den anderen Leichen aufbahren. Er wurde gewaschen und mit Hickoryöl eingerieben. Vier Tage lag er so – tot im Leichenhaus. Schließlich ließen wir ihn zu einem Grab nördlich des Tempelhügels tragen.«

Alter Nordmann nickte zustimmend. »Wir hoben das Grab aus und bestrichen es mit Lehm, legten Rohrmatten hinein und mehrere Lagen feinen Stoff darüber, um den Körper weich zu betten und um unseren Respekt zu zeigen. Vorsichtig hoben wir Grüne Spinne ins Grab, stellten ihm eine Trinkmuschel neben den Kopf und legten ihm eine Kupferplatte auf die Brust. Baumstämme waren aus dem Wald geholt worden, um das Grab zu bedecken.«

»Und dann ...«, Alter Blutmann zögerte, »dann sollten die jungen Männer die Stämme auf das Grab legen. Sie hatten den ersten schon angehoben ...«

»... als er aufwachte«, rief Alter Sonnenmann. »Setzte sich auf! Blinzelte, ächzte und rieb sich die Augen.«

»Die Menschen standen da, als wären sie zu Holz geworden«, erklärte Alter Himmelsmann. »Grüne Spinne rappelte sich hoch, schwankend und schwach. Er rief uns, und wir eilten zu ihm und fragten, was geschehen sei.«

Otter beugte seine Knie, um den Krampf in den Beinen zu mildern. Dann schaute er über das Feuer – und blickte Rote Mokassins direkt in die großen, dunklen Augen, in denen er tiefe Niedergeschlagenheit lesen konnte; ihr Kummer überwältigte ihn, und seine Seele schmerzte.

Otter zwang sich wegzuschauen, als Alter Nordmann die Hände hob, auf dem Greisengesicht noch das Staunen über das Wunder. »Er hat uns erzählt, daß er mit den Toten sprechen durfte, daß ihm eine Vision zuteil geworden sei. Hört, mein Volk, hört auf Grüne Spinne. Er hat ein kleines Mädchen gesehen, das im Fluß dahintreibt. Hinter dem Kind kämpft eine Frau mit dem Wasser, hustet, spuckt und schlägt mit den Armen, bemüht sich, das Kind zu packen. Dabei verliert sie das heilige Bündel, das auf ihrem Rücken festgeschnallt ist.«

»Jetzt wird die Strömung schneller«, rief Alter Blutmann. »Sie spült um die Felsen, und das hübsche kleine Mädchen wird aus der

Reichweite der Mutter gerissen und von den schäumenden Stromschnellen im Kreis herumgewirbelt.«

»Jetzt hört man ein Donnern und Dröhnen, es wird lauter und lauter.« Alter Sonnenmann schüttelte seine Hand. »Die Macht ist über dem Wasser, und das hilflose Kind wird von den wütenden Wellen herumgeschleudert, die tobenden Wellen werfen es gegen die Felsen. Aber im letzten Augenblick scheint es, als würde das unschuldige Mädchen gerettet, denn Treibgut schwimmt am Rand der stürzenden Wasser.«

»Doch es sollte nicht sein.« Alter Himmelsmann wandte sein Gesicht zum sternenübersäten Himmel. »Die Strömung trägt das Mädchen fort. Es schreit und spuckt Wasser, als es nach dem schwimmenden Bündel greift. Es reißt daran, und eine wunderschöne Maske löst sich daraus. Unterdessen ist es der Frau gelungen, sich an einem Felsen festzuhalten. Entsetzt muß sie sehen, wie die schnelle Strömung ihr Kind und das Bündel zu einem Wasserfall fortträgt – alles verschwindet im Regenbogen des Sprühwassers, das aus der donnernden Tiefe emporsteigt.«

»Das war der Augenblick, in dem Grüne Spinne über das Land schaute«, sagte Alter Nordmann. »Von oben sah er die ganze Welt, sah die Menschen. Tränen standen in ihren Augen, und auch die Seelen der Toten waren traurig. Die Pflanzen auf den Feldern verdorrten, und der Hirsch verbarg sich im Dickicht. Wolken überzogen den Himmel, aber es fiel kein Regen. Das Land schien winterlich verwandelt.«

Die Menschen schwankten und warfen sich düstere Blicke zu.

»Dann erschien der Geist von Bunte Krähe vor Grüne Spinne«, fuhr Alter Blutmann fort. »Und er sagte ihm – so wie ich es euch jetzt erzähle –, wenn Grüne Spinne zu einem Verdreher erhoben werden wolle, würde Bunte Krähe ihm zeigen, wie er die Frau, das kleine Mädchen und die Maske retten könnte ... doch das würde sehr viel Mut und Hingabe verlangen.«

»Grüne Spinne folgte also dem Geist von Bunte Krähe«, erklärte Alter Sonnenmann. »Und Bunte Krähe begann, Grüne Spinne zu lehren, was das Wesen des Verdrehers ist.«

»Und das geschah, als Erster Mann in einem Dunstschleier erschien, so golden wie der Sonnenstrahl, der den Morgennebel zerreißt«, rief Alter Himmelsmann aus. »Erster Mann, zuerst in Gestalt eines Wolfs, dann in der eines Donnervogels und zuletzt als Klapperschlange, wollte wissen, was Bunte Krähe machte. Bunte Krähe erklärte, daß Grüne Spinne ein Verdreher werden wollte und den neuen Träumer retten würde.«

»Und darauf«, schrie Alter Nordmann und schüttelte die Fäuste, »fingen Erster Mann und Bunte Krähe an zu streiten. Sie stritten wie damals, als die Welt neu war. Der Lärm weckte die Erdmutter, die aus ihrer Höhle in der Unterwelt heraufkam und sie tadelte.

Erster Mann lächelte seinen Bruder an. Goldenes Licht blitzte auf und brachte die regenbogenfarbenen Federn von Bunte Krähe zum Glänzen. Und Erster Mann sagte: ›Gut, Grüne Spinne soll versuchen, das Kind zu retten. Wenn er ein Verdreher werden will, muß er ein guter Mensch sein. Die Macht wirkt nicht immer so, wie wir möchten, Bruder.‹«

Alter Blutmann preßte seine Muschelschale an die Brust. »Bunte Krähe sah seinen Bruder an und sagte: ›Die Spirale verschiebt sich, du träumst deinen Traum nicht mehr allein. Wir können nur abwarten und versuchen, das Volk vorzubereiten.‹ Erster Mann nickte und verschwand.

So lernte Grüne Spinne den Weg des Verdrehers. Dann wurde er seinen Ahnen vorgestellt, die ihm ein Festmahl in der Stadt der Toten bereiteten. Und sie berieten ihn, wie er ein guter Verdreher werden könnte. Als sie glaubten, er sei gut vorbereitet, schickten sie ihn wieder zu uns.«

»Das war, als er im Grab erwachte«, fügte Alter Nordmann hinzu. »Der Rat, den Grüne Spinne aus dem Land der Toten mitbrachte, war, daß er Schwarzschädel und Otter auf seine Reise nach Norden zum Brüllenden Wasser mitnehmen soll. Die Ahnen meinten, wenn alle ihr Bestes gäben, könnten sie die Geistermaske und dieses Kind, den Träumer, retten.«

So wurde ich also erwählt.

Otter schaute auf, und wieder trafen sich seine Blicke mit denen von Rote Mokassins. Ihre Lippen waren leicht geöffnet; sie schüttelte den Kopf und lächelte tapfer. Sie flüsterte Viertöter etwas zu und drängte sich dann durch die Menge.

Otter glitt in die Dunkelheit. Natürlich würde sie mit ihm sprechen wollen. Aber das änderte nichts; sie hatten sich nichts mehr zu sagen.

Geduckt ging er um das Haus der Großmutter herum, schlich mit gesenktem Kopf über den dunklen Clanbesitz und blieb beim Grabhügel kurz stehen. Das Gefühl der Hilflosigkeit nahm ihm den Atem. Die Geister seiner Ahnen waren anwesend, er spürte sie, und sie schienen ihm etwas zuzuflüstern. Aber so sehr er sich auch anstrengte, er konnte nichts verstehen. Er ging weiter zum Vorratshaus.

Dort begrüßte ihn Schnapper freudig; sein Schwanz schlug hin und her, er leckte Otters Hand und sprang an ihm hoch.

»Bald, mein Freund«, versprach ihm Otter, und tobte mit dem struppigen Hund. »Alles in Ordnung? Keine Diebe in der Nacht?«

Schnapper gab einen gedämpften Brummton von sich, streckte sich und gähnte. Otter lächelte und drückte den Hund an sich. Eine Weile genoß er die Wärme und vergrub sein Gesicht im Fell des Hundes. Das besänftigte seine wunde Seele. Er sah das Gesicht von Rote Mokassins vor sich, es quälte ihn, es schmerzte so sehr, als drehte jemand ein Messer in einer Wunde herum.

Bald wand sich Schnapper aus der Umarmung.

Otter seufzte, der trostspendende Augenblick war vorbei. »Du bist ein guter Wachhund, Schnapper. Du bleibst hier und paßt auf. Heute nacht gibt's ein Festmahl, dann bringe ich dir Fleisch und vielleicht ein paar Pfannkuchen.«

Otter lauschte; aufgeregte Stimmen erfüllten die Nacht. Als er ins Dunkel trat, huschten zwei Gestalten an ihm vorbei – ein Junge und ein Mädchen vom Riesenschilfclan. Sie war die Tochter von Nasser Knochen.

Auch Otter ging in die Nacht; er folgte dem Bogen des Walls, der das Anwesen des Clans begrenzte. Vor mehr als vier Monden, er war gerade aus dem Norden zurückgekommen, sein Kanu voller Waren, war auch er mit einer Frau ins Dunkel geschlichen. Er hatte ihre Decke um ihrer beider Schultern gelegt – eine symbolische Geste.

»Ich kann die Heirat nicht länger aufschieben«, hatte sie gesagt, »ich werde einfach zu alt.«

»Dann heirate mich. Großmutter hätte dafür Verständnis. Ich glaube, sie erwartet es sogar.« Er hatte ihre Hand genommen und sie an seine Lippen geführt. »Für die meisten ist es sowieso eine beschlossene Sache. Sie glauben, daß du nur zu wählen brauchst, mich oder Viertöter.«

»Und wenn ich ihn wähle?«

»Er ist der beste Mann, den ich kenne. Wenn du mich nicht nimmst, dann möchte ich keinen anderen Mann für dich als ihn.« Aber sie hatte Otter schon immer bevorzugt. Vielleicht war es ungerecht gegen Viertöter, aber Otter war schon immer der interessantere von beiden gewesen. Ein Händler, der abenteuerliche Reisen in fremde Länder unternahm und mit exotischen Dingen zurückkehrte, die Rote Mokassins begeisterten.

Sie waren auf die schmale Landzunge hinausgegangen Rote Mokassins hatte geseufzt: »Immer kommen wir hierher.«

»Das ist doch ein wunderschöner Platz. Hier hörst du das Wasser, hier spürst du die Freiheit.«

»Freiheit?« hatte sie verwundert gefragt, als er sie an sich zog.

»Hier spürst du die Macht des Flusses, wie er anschwillt und wieder zurückgeht. Schließe die Augen, Rote Mokassins. Der Fluß lebt, er pulsiert, fast so wie das Blut in deinen Adern.«

Er hatte ihre vollen Brüste gestreichelt. Sie hatte sich dann an ihn gepreßt, heftig atmend unter seiner zärtlichen Berührung. »Bleibst du bei mir? Jetzt, meine ich, und fährst erst im nächsten Sommer zu den Alligatorclans im Süden?«

Er hatte die Decke auf dem Sand ausgebreitet und ihr Ohr mit der Zunge liebkost.

»Nächsten Sommer?« hatte er geflüstert, als sie sich in seinen Armen umdrehte und die Bänder an seinem Hemd löste. Sie hatte ihm das Hemd über den Kopf gezogen, und er war erschauert, als sie mit den Fingern über sein Geschlecht fuhr, das bei diesem sanften Streicheln anschwoll.

Auch sie hatte sich ausgezogen und aufrecht und stolz vor ihm im schwachen Mondlicht gestanden. Die Brise vom Fluß wehte durch ihr dichtes schwarzes Haar, das ihr wie ein schimmerndes Vlies über die Schultern fiel.

Dann war sie zu ihm getreten und hatte ihn an sich gedrückt. So fest, als wolle sie sein Inneres in sich aufnehmen und es für immer dort behalten. Dann hatte sie sich auf die grobgewebte Decke niedergelassen und ihn an sich gezogen. Er konnte sich noch an ihr Stöhnen, ihr Entzücken erinnern, als er in sie eindrang. Einen Augenblick lang hatten sie so verharrt, diese atemberaubende Vereinigung genießend, bevor das uralte Spiel begann.

In jener Nacht hatten sie sich voller Leidenschaft geliebt, und nach Phasen der Ruhe die Wonnen wieder und wieder erlebt.

Er war in ihren Armen aufgewacht, erfüllt von einer ungeheuren Befriedigung. Ihre Lebenswärme schien ihn zu durchdringen, so daß ihr beider Herzschlag wie ein einziger zu sein schien.

Sie rückte näher zu ihm, und zu seinem Erstaunen fanden sie in erneuter Leidenschaft zusammen.

In der wohligen Erschöpfung umfing sie ihn wieder und liebkoste seine Nasenspitze mit ihrer Zunge. Er lachte, und sein Lachen spiegelte sich in ihren Augen. »Bleibst du bei mir?« fragte sie noch einmal.

»Ich bin ja nicht lange weg, Liebste. Wenn du heiraten mußt, sag ihnen, daß ich dich heirate, wenn ich aus dem Süden zurückkomme. Jetzt ist es Zeit zu fahren. Ich habe die großen neuen Kupferplatten, auch verschiedene Stoffe können nicht länger hier liegen; die Ladung getrocknetes Fleisch kann ebensowenig warten.«

Sie schien sich ihm langsam zu entziehen. »Ich verstehe dich, Otter. Es ist der Fluß. Aber du mußt mich auch verstehen. Ich kann dir nicht versprechen, daß ich warte, bis du zurückkommst. Ich bin eine Frau ... auch ich habe Pflichten.«

»Ich verstehe dich. Aber ich verspreche ...«

»Es ist schon Morgen. Ich muß zurück.«

Bevor sie sich trennten, hatte sie ihn umarmt und geflüsterte: »Sei vorsichtig, Otter. Möge der Geist des Flusses dir so zugetan sein wie ich.«

Und dann war sie verschwunden.

Er war jetzt so tief in diese Erinnerungen eingetaucht, daß er kaum wußte, wo er war und was er tat. Ohne es zu merken, war er den steilen Serpentinenpfad zum Kanuanlegeplatz hinabgewandert. Dort hielt er inne und schaute sich um.

Der vertraute Duft, der vom Fluß aufstieg, besänftigte ihn. Er sog ihn tief ein – ähnlich wie ein Mann den Duft der geliebten Frau in sich aufnehmen würde.

Auf seinem Gang zum Wasser strich er mit den Fingern über den sanft geschwungenen Rumpf seines Wellentänzers. Er benetzte seine Fingerspitzen mit Wasser und spürte mit geschlossenen Augen die Macht des Wassers, das unaufhörlich in Bewegung war.

Otter verstand nun, was Rote Mokassins an dem Tag ihrer Trennung gesagt hatte. Er reckte sich, schlug die Arme übereinander und lehnte sich an den Bug seines Boots. Ein eisiger Wind blies von Norden. Dort, an der Quelle des Flusses, lag das Land unter Eis und Schnee, Schneestürme wüteten am Mondfluß, angetrieben vom Zorn des Nordens.

Wie lange brauchen wir, um zum Brüllenden Wasser zu gelangen? Und wie erfahren wir, wo es zu finden ist?

Vermutlich hatte Grüne Spinne diese Kenntnis in seinem Verdreherhirn verwahrt. Doch selbst, wenn er versuchen sollte, es zu erklären – würde Otter es verstehen? Oder wäre es wieder nur alles Rückwärtsgewäsch?

»Hättest du Zeit für eine Frau?«

Otter erstarrte, sein Herz fing an zu toben, als er ihre Stimme hörte. Trotz des Bebens in seiner Brust versuchte er, sich zur Ruhe zu zwingen. Er drehte sich um, und da stand sie.

»Du hast mich erschreckt. Ich habe dich nicht kommen hören.«

Sie sagte: »Otter, ich mußte einfach kommen. Ich wollte wissen, ob ... ob ich etwas tun kann, um dich, um deine Gefühle für mich zu ändern.« Sie schlug sich hilflos auf die Schenkel und wandte sich ab. »Und jetzt komme ich mir reichlich dumm vor. Ich kann eigentlich nichts mehr sagen, oder?«

»Nein.«

Sie starrte ihn mit geballten Fäusten an und sagte gequält: »Ich habe nur getan, was ich tun mußte, Otter. Wie sehr ich dich auch liebte, wiegt das ein Leben in Einsamkeit nicht auf. Ich konnte es nicht ertragen, allein zurückzubleiben, während der Fluß und der Handel dein Leben bestimmten. Verstehst du das?«

Er schaute sie finster an. »Also hast du den Nächstbesten genommen. Meinen Bruder.«

»Aber ich habe nur *deinen* Rat befolgt – wie ich es immer getan habe. Du hast gesagt, wenn ich dich nicht heirate, sollte ich ihn nehmen.« Sie senkte den Kopf. »Jetzt sieh mich an. Ich würde dich am liebsten zerfleischen. Ich haßte den Tag deiner Rückkehr, denn ich wußte, wie schwer es sein würde. Und jetzt bin ich einfach wütend auf dich, Otter.« Sie hielt inne, den Blick unverwandt auf den Fluß gerichtet. »Wahrscheinlich, weil ich dich immer noch liebe.«

»Und was ist mit Viertöter?«

Sie rieb sich den Nacken. »Ihn liebe ich auch sehr – aber anders. Ich wußte, daß Zwillinge ihren eigenen Zauber haben, aber ich wußte nicht, wie sehr ich mich darin verstricken würde.« Sie trat heftig mit dem Fuß auf. »Ihr beide … er ist wie die Erde, fest, verläßlich, warm und zärtlich. Du, Otter, du bist das Wasser, so wie dein Geist draußen, auf dem Fluß. Ungestüm, erregend, Regen und Sturm, Überflutung und Erneuerung, alles in einem.«

Er sah, daß sie mit den Tränen kämpfte. Sie zitterte nicht nur vor Kälte, sondern auch wegen der Gefühle, die sie ergriffen hatten.

Er zog sie in seine Arme. »Du hast es richtig gemacht, Liebste.« Ihr Geruch weckte Erinnerungen an die Zeit, als sie sich im Dunkeln ihre Liebe bewiesen hatten.

»Ich weiß«, flüsterte sie, »daß ich bei dir zugrunde gegangen wäre, Otter. Am Ende wäre ich verrückt geworden vor Einsamkeit und dann ohnehin zu Viertöter gegangen. Ich wäre zu ihm gegangen, weil er so aussieht wie du und dir auch sonst so ähnlich ist.« Sie lächelte gedankenverloren. »Es war ja nicht so, als hätte ich nicht auch seine Decke mit ihm geteilt.«

»Das habe ich gewußt.«

»Er hat's dir erzählt?«

»Nein. Es genügte mir schon zu wissen, daß er dich von ganzem Herzen liebte.«

Sie sank in seine Arme. »Am schlimmsten war es immer kurz nach deiner Abfahrt. Ich bin zu ihm gegangen, sooft wir uns wegschleichen konnten. Ich stellte mir immer vor, du wärest es. Und bald wußte ich, daß du nie für mich da sein würdest – er aber würde immer für mich da sein.«

Otter strich ihr sanft übers Haar. »Und wenn ich dich jetzt fragte, ob du meine Decke mit mir teilen möchtest?«

Sie erstarrte und sagte zitternd: »Frag mich das bitte nicht.«

Er schob sie von sich, denn er spürte, wie sein Verlangen wuchs. »Du hast recht, Liebste. Obwohl ich weiß, daß er einverstanden wäre. Er liebt uns beide. Geh zu ihm zurück. Wir haben uns alles gesagt.«

Sie umarmte ihn so heftig, daß es ihm den Atem nahm. Heiße Tränen tropften auf seinen Nacken. »Sei diesmal noch vorsichtiger als sonst, Otter. Ich weiß nicht, warum der Geist der Macht dich haben will, aber es ist gefährlich. Bleib am Leben, Otter. Für mich … für Viertöter. Solltest du sterben, würde er … Bitte, paß auf dich auf!«

Sie umfaßte seinen Kopf und küßte ihn so leidenschaftlich, als wollte sie seine Seele in sich aufsaugen. Dann wirbelte sie herum und rannte davon.

Otter blieb noch einen Augenblick stehen und lief dann am Ufer entlang. Als er eine Gestalt auf einem der umgedrehten Boote kauern sah, blieb er sofort stehen.

Der Mann erhob sich lautlos. Es war Schwarzschädel, der mit tiefer Stimme sagte: »Verzeih mir, Händler. Ich konnte mich vorher nicht bemerkbar machen. Und jetzt … nun, ich hatte gehofft, daß du einen anderen Weg gingst.«

Otter sagte nichts darauf, sondern nickte nur.

»Bitte entschuldige mich, ich muß jetzt wieder auf den Irren aufpassen.« Und der Krieger verschwand im Dunkeln.

10. KAPITEL

Ich sitze mit übereinandergeschlagenen Beinen und blicke auf die tanzenden Flammen.

Jetzt höre ich die Maske ganz deutlich – oder besser die Welt um sie; es ist, als kämen die Laute aus den Augenhöhlen.

Zuerst hatte ein Geist vor Wut geschrien, jetzt wüten zwei gegeneinander. Das Schreckliche ist, daß diese Geister bis in alle Ewigkeit gegeneinander wüten werden.

Von irgendwoher in diesem fernen Land tönt Gelächter. Die Macht vibriert in schwachen Wellen um mich, anschwellend, suchend …

Der Feuerschein warf gespenstische Schatten auf die versammelten Führer des Leuchtvogelclans. Sternmuschel betrachtete die

Männer geistesabwesend, noch immer erfüllt von dem schauerlichen Bild des Leichnams von Glimmervogel. Sie schauderte, als sie an seine hervorquellenden Augen dachte, an die bläuliche Zunge, die zwischen geschwollenen Lippen heraushing.

Die Menschen hatten sich im Gesellschaftshaus der Töpfer versammelt. Niemand wollte das Clanhaus wieder betreten, denn dort wütete noch Glimmervogels gepeinigter Geist, gefangen hinter einer verriegelten Tür. In rasender Eile waren Pfähle in Löcher gesetzt worden, die man hastig in den gefrorenen Boden gebohrt hatte. Die Pfähle zeigten nach innen, um den aufgebrachten Geist von Glimmervogel in Schach zu halten.

Nun wollte der Clan entscheiden, was zu tun war.

Das Haus der Töpfer bestand aus einem Gerüst gebogener Stangen, etwa fünfzehn Schritt im Durchmesser. Auf diesem Rahmenwerk waren Borkenstücke befestigt, zum Schutz der Gegenstände im Innern und der dort arbeitenden Frauen. Tonkörbe und Wasserkrüge standen an der Rückwand. In großen Schalen wurden Sand und Mahlgut aufbewahrt, Ahlen in einem Korb dienten zum Punktieren und Einritzen der typischen Clanzeichen in den Ton; in anderen Gefäßen wurde besondere Tonerde aufbewahrt.

Männer und Frauen drängten sich im Raum. Langer Mann saß, in Gedanken versunken, zur Rechten von Sternmuschel. An ihrem linken Arm hing Silberwasser. Auf ihrem jungen Gesicht spiegelten sich Erschütterung und Angst. Sie klammerte sich fest an ihre Mutter, als könnte sie Kraft aus ihr ziehen.

Graue Hirschkuh, die Mutter von Glimmervogel, saß Silberwasser gegenüber. Sie hatte sich eine Trauerdecke über den Kopf gelegt, um ihre Niedergeschlagenheit und ihr Entsetzen zu verbergen.

»Wir sind alle da«, erklärte Alte Schieferplatte von der Seitenlinie der Nebenflußsippe und Vorsteherin des Töpferhauses. »Wir widmen uns jetzt dem Ritual.«

Sternmuschel nahm an der Beschwörung teil und sprach die Gebete zu Erster Mann mechanisch mit. Als Bunte Krähe um seinen Segen angerufen wurde, blieb ihr die Stimme im Halse stekken. Sie sah, daß Langer Mann den Segen ebenso innig erflehte wie alle anderen. Dann sangen sie zu den Ahnen und riefen deren

Geister an, ihnen zu helfen und ihnen im Traum Ratschläge einzugeben, damit sie nach diesem unerwarteten Unheil die richtigen Entscheidungen treffen könnten.

Alte Schieferplatte zündete sich ihre Sandsteinpfeife an, sog den Rauch ein und blies in die heiligen Himmelsrichtungen. Sodann sprach sie zu der Versammlung: »Hört mich an, meine Clanleute. Etwas Schreckliches ist geschehen. Der Sohn meines Vetters war von etwas Üblem besessen, und die Gründe dafür sind nur der Macht und den Ahnen bekannt. Wir haben es kommen sehen und nichts unternommen. Für diese Unterlassung müssen wir jetzt wohl zahlen. Aber vielleicht fällt uns auch etwas ein, wie wir mit diesem Unglück fertig werden und weiterleben können. Höre ich Vorschläge von euch?«

Schlimmer Zahn stand auf und schaute sorgenvoll in die Runde. Ihre viermal zehn Jahre zeigten sich in den Falten in ihrem Gesicht. Sie fingerte nervös am Saum der Decke, die sie sich um die eingefallenen Schultern gelegt hatte. »Jetzt ist der Geist meines Vetters noch gebannt, so wie der seines Großvaters. Wir haben sie zusammen eingesperrt. Aber das gilt nur für den Augenblick. Wir müssen dafür sorgen, daß diese Geister auf Dauer unschädlich gemacht werden.«

Zustimmendes Gemurmel kam auf.

Mageres Stachelschwein stand seufzend auf. Er trug eine schwarze Decke über einer Schulter und schnalzte mit zahnlosem Mund. »Wir müssen das Clanhaus abbrennen. Bunte Krähe hat den Menschen ein Beispiel gegeben, als er die wütenden Geister auf den Heiligen Berg gelockt und dann alle verbrannt hat. Wir müssen dasselbe tun.«

Weitwerfer, auch vom Zweig der Nebenflußsippe, erhob sich. »Das finde ich auch. Wir müssen das Clanhaus niederbrennen. Aber vorher sollten wir einen Tanz und ein Festmahl veranstalten und dabei unsere Vorfahren um Hilfe bitten, die Geister meines Vetters unter Verschluß zu halten. Mit ihrer Hilfe künnen wir besserer Sperrpfähle aufstellen und über der Asche einen Erdhügel errichten.«

Weitwerfer schaute die Versammelten an. »Dann müssen wir das Anwesen säubern, und alle, die beim Bau des Erdhügels geholfen haben, müssen zuerst vier Tage in der Schwitzhütte verbringen und danach vier Tage und vier Nächte fasten. Nach dem Fasten müssen sie noch einmal schwitzen und mit frischen Zedernzweigen abgerieben werden.«

Es erhob sich ein zustimmendes Flüstern.

Graue Hirschkuh blieb zusammengekrümmt sitzen, als sie sich meldete: »Das wird unseren Grund und Boden reinigen. Doch wir haben noch ein Problem – die Maske. Was soll mit ihr geschehen?«

»Verbrennen!« rief Alte Schieferplatte.

Die Leute wandten sich erschrocken nach ihr um.

Alte Schieferplatte spreizte die Hände. »Die Verwandlung meines Vetters setzte ein, als er sich die Maske von dort holte, wo sein Großvater sie einst an sich genommen hatte. Sie sollte verbrannt werden. Warum höre ich keine Zustimmung von euch?«

Wulstlippe, ein übergewichtiger Mann von der Himmelspolsippe, zerrte an seiner Decke und schaute mißmutig umher. »Die Maske gehört Bunte Krähe, nicht uns. Sie ist ein Instrument der Macht. Wir haben kein Recht, sie zu zerstören. Wenn wir das tun, vergehen wir uns vielleicht an Bunte Krähe.«

Ein paar Leute nickten.

»Woher wissen wir, daß sie Bunte Krähe gehört?« fragte Weitwerfer. »Das Böse in ihr hat möglicherweise jemanden dazu verführt, das zu behaupten. Damit will sie sich schützen. Vielleicht lügt sie ebenso skrupellos, wie sie tötet.«

Manche der Versammelten protestierten.

Wulstlippe sagte: »Wir wissen, daß sie Unheil bringt. Im vergangenen Mond war die Heilige Straße wie ausgestorben. Sieht man aber Leute auf ihr, eilen sie vorbei. Wie oft haben sie früher hier angehalten, um Neuigkeiten zu erfahren? Man macht einen Bogen um uns.«

Nach einigem Zögern faßte sich Sternmuschel ein Herz und sprach: »Einige Clans wollen ihre Krieger zusammenrufen. Von einigen habe ich erfahren, daß sie die Maske selbst haben wollen.«

Das erschreckte die Versammlung. Die Leute schwiegen und schauten sich düster an.

»Welche Clans waren das?« fragte Alte Schieferplatte.

»Zum Beispiel die Blauenten«, erwiderte Sternmuschel. »Aber es gibt noch andere. Für viele ist die Maske das Instrument, um Macht zu erlangen, Einfluß und Ansehen zu gewinnen. Außerdem bedeutet der Besitz der Maske für ehrgeizige Menschen eine große Befriedigung.«

Graue Hirschkuh seufzte: »Ja, die Maske war dem Vater meines Mannes sehr nützlich. Erinnert euch, Leute! Wißt ihr noch, wie es unserem Clan erging, bevor wir die Maske hatten? Wir lebten von der Hand in den Mund. Der Besitz des Clans war klein, und der Gänsefußclan, der Klapperschlangenclan und die Blauenten haben uns nie ernst genommen. Die Maske hat uns geholfen, das Ansehen des Clans zu mehren. Unsere Ernten wurden ergiebiger. Die anderen sahen das. Sie würden auch gern größeren Einfluß haben.«

Langer Mann stand auf. »Ein Ältester der Langschädel bittet um die Erlaubnis zu sprechen.«

Alte Schieferplatte blickte in die Runde und nickte. »Wir haben vom Zauberer gehört. Er ist als weiser Mann bekannt. Er möge sprechen.«

Langer Mann verschränkte seine kleinen Hände. »Wie ihr wißt, sind die Langschädel ein altes Volk. Der Überlieferung zufolge hatte vor sehr langer Zeit einer meines Volkes eine Vision. Es heißt, Bunte Krähe habe ihn gerufen und ihn auf einen Flug durch die goldenen Wolken der Geisterwelt mitgenommen. In dieser Vision gab Bunte Krähe diesem Mann die Anweisung, wie er die Maske formen sollte.

Viele Generationen hindurch half die Maske den Menschen … und manchmal war sie ihnen auch hinderlich. Einige, die stark genug waren, vollbrachten große Dinge mit Hilfe der Maske. Andere, zu schwach, um mit der Macht umzugehen, wurden böse, und die Maske vernichtete sie. Schließlich war da ein Mann, der das Leid sah, das er durch die Maske angerichtet hatte. Er versteckte sie auf einem Berg, und von da an ging niemand mehr dorthin.

Zu jener Zeit kam ein neues Volk, die Plattformpfeifen, in unser Tal. Anfangs kämpften wir gegen sie; dann schlossen wir Frieden und lebten zusammen. Gemeinsam kamen wir zu Wohlstand. Der Handel florierte, und unsere Vorfahren waren glücklich.

Der, von dem wir gesprochen haben, holte sich schließlich die Maske, die lange Zeit verschwunden war. Viele hatten die Maske und ihre Macht vergessen. Die Leute, die sich noch an sie erinnerten, besprachen die neue Lage, beschlossen aber, nichts zu unternehmen. Man dachte, daß die Plattformpfeifen die Maske vielleicht anders nutzen würden, als wir es getan hatten.

Heute glaube ich, daß das ein Fehler war. Wenn Menschen die Maske tragen, wird sie nur Zwietracht säen und Unheil bringen; sie ist zu mächtig geworden. Ich bin der Meinung, daß sie nicht für Menschen geeignet ist.«

»Verbrennt sie«, murmelte Alte Schieferplatte.

Die Leute nickten, ihre Entschlossenheit wuchs.

»Ich möchte meinen Freunden, dem Leuchtvogelclan, raten, die Maske nicht zu verbrennen.« Langer Mann schaute ausdruckslos in die Runde.

Man starrte ihn mit großen Augen an.

»Was sonst?« fragte Alte Schieferplatte. »Sternmuschel erzählt uns, daß die Clans an Krieg denken. Ich glaube ihr, wenn sie sagt, daß viele die Maske haben wollen. Ist das in unserem Interesse? Ich frage den Ältesten der Langschädel: Warum sollten wir die Maske nicht verbrennen? Dann hätten wir endlich Ruhe.«

Langer Mann schaute auf und breitete seine kurzen Arme aus. »Ich halte das nicht für klug. Wenn wir einen Leichnam verbrennen, befreien wir die Seele des Toten, und in gleicher Weise setzen wir die Macht der Maske frei, wenn wir sie verbrennen. Wollt ihr denn, daß solch eine Macht euch umschwebt wie Rauch? Die Geister der Ahnen könnten uns dann unmöglich vor der Vergeltung von Bunte Krähe schützen. Wenn ihr ...«

»Was dann?« unterbrach ihn Wulstlippe grob. »Wir haben dieses Ding hier. Schlimmer noch, wir haben dazu eine Horde aufgebrachter Geister auf unserem Grund und Boden. Ein Grab ist geschändet worden. Das haben wir euch zu verdanken, ihr Langschädel habt doch die Maske gemacht!«

»Genug!« sagte Alte Schieferplatte scharf. Sie holte tief Luft. »Verzeih meinem Vetter, Ältester der Langschädel. Wir sind alle verängstigt und erschüttert über das, was geschehen ist.«

Der Magier lächelte wohlwollend und nahm keine Notiz von Wulstlippe. »Das ist verständlich. Aber erlaubt, daß ich zu Ende spreche. Die Maske muß aus dem Mondmuscheltal entfernt werden. Danach wird alles zur Ruhe kommen. Hitzige Aufwallungen werden abkühlen, und man wird die Maske – nicht den Leuchtvogelclan – für frühere Mißgeschicke verantwortlich machen.«

»Und wer entfernt die Maske von hier?« wollte Alte Schieferplatte wissen.

Sternmuschel hob den Kopf, ein Gefühl der Dumpfheit lastete auf ihr. »Ich übernehme die Verantwortung dafür. Mein Mann hat sie hergebracht. Seine Frau bringt sie wieder fort.«

Zustimmung wurde laut, die Leute nickten.

Alte Schieferplatte schürzte die dünnen Lippen. »Und wohin? In die Sternhimmelstadt? Zu deinem Vater? Der Sternhimmelclan ist stark genug, auch ohne daß dein Vater die Maske trägt. Er braucht diese Macht nicht, um den Einfluß des Sternhimmelclans zu erweitern. Oder willst du die Maske irgendwo verstecken? Man hat sie schon einmal gefunden – das kann wieder geschehen.«

Langer Mann hob eine Hand. »Wenn der Leuchtvogelclan mich freundlicherweise anhören will: Ich kenne einen Ort, wohin man die Maske bringen könnte.«

»Wo ist das?« wollte Wulstlippe wissen. »In einem Clanhaus der Langschädel? Ist das dein Plan? Willst du noch mehr Macht für die Langschädel?«

Argwohn regte sich in der Versammlung.

»Nichts dergleichen ist mein Wunsch. Die Maske ...«

»Du willst sie zurückhaben!« Wulstlippe nahm eine ablehnende Haltung ein. »So ist es doch, nicht wahr, Zauberer? Vielleicht war die Maske tatsächlich in einem Versteck. Und jetzt, wo sie wieder aufgetaucht ist, willst du die Gelegenheit ergreifen, sie an dich zu bringen.« Er schaute in die Runde und nickte den Leuten zu. »Ich habe von dir gehört, Zauberer. Es ist doch auffallend, daß ein Mann, der für Giftmischerei, Verführungen und Betrug bekannt ist, gerade jetzt zu uns kommt. Die Maske würde dir eine ungeheure Macht verschaffen, mit ihr könntest du Führer aller Langschädel werden. Und das ist doch dein Ziel?«

Langer Mann war verblüfft. »So ist es nicht, denn ...«

»Ich sage nein!« Wulstlippe schüttelte den Kopf. »Ich sage: Wir behalten sie hier, oder wir zerstören sie. Wenn wir sie nicht benutzen, dann soll sie auch kein anderer haben.«

Langer Mann verbeugte sich leicht. »Wüßte ich nichts von der Vergangenheit meines Volks, würde ich vermutlich genauso denken wie du, verehrter Sprecher deines Clans. Doch laß mich etwas von den Langschädeln erzählen, was du vielleicht noch nicht weißt. Als dein Volk aus den Wäldern in die Flußtäler kam, waren die Langschädel schon hier. Nun könnte man fragen, wie es euch gelang, uns von unserem Land zu vertreiben. Nicht wegen eurer kriegerischen Heldentaten, denn die meisten Kriege, die wir gegen euch fochten, haben wir gewonnen.«

»Aber nicht alle!« sagte Wulstlippe grollend.

»Nein, nicht alle.« Langer Mann legte seine Hände zusammen. »Doch wir hätten sie gewinnen können. Wir waren schließlich in der Überzahl. Vielleicht hattet ihr einen besseren Zugang zur Macht der Geister als wir. Aber warum habt ihr dann so viele unserer Rituale übernommen? Und unsere Heilgesänge gelernt und euch unser Wissen von Sonne, Mond und Sternen angeeignet?«

Wulstlippe stampfte ärgerlich auf. »Er will nur Zeit gewinnen, er will uns ablenken.«

»Laß ihn ausreden!« Um ihrem Befehl Nachdruck zu geben, klatschte Alte Schieferplatte in die Hände.

Nachdenklich betrachtete Langer Mann seinen Widersacher. »Worauf ich hinauswill, ist das: Als dein Volk in dieses Gebiet einwanderte, bekriegten sich die Langschädel untereinander und stritten um den Besitz der Maske. Daher beachteten wir gar nicht, daß immer mehr Farmen der Plattformpfeifen auf unserem Territorium entstanden.«

Er hob eine Hand. »Laßt mich ausreden. Ich wünsche mir diese Zeit nicht zurück. Ich will nicht, daß die Gebiete der Clans wieder allein den Langschädeln gehören – gemeinsam sind wir stärker. Meine Verwandten sind sowohl Langschädel wie Plattformpfeifen. Unsere Völker haben sich so vermischt, daß wir sie kaum noch auseinanderhalten können. Auch will ich meinen Verwandten keinen Schaden zufügen.

Das letzte Mal hat die Maske den Menschen Haß und Krieg gebracht, und ich will nicht, daß einer von uns das noch einmal erleben muß. Denkt mal darüber nach. Die Gier nach der Macht der Maske würde unsere Gesellschaften auseinanderreißen. Wollt ihr, daß die Heilige Straße wegen eines Kriegs gesperrt werden muß? Soll kein Händler mehr zu uns kommen können und Muscheln aus dem Süden bringen? Oder Obsidian aus dem fernen Westen, Yaupon oder Bärenzähne? Und Karibufelle aus dem Norden?«

»Das ist eine Überlegung wert«, murmelte Alte Schieferplatte. »Für die Rituale zur Sonnenwende brauchen wir den heiligen Feuerstein aus den Steinbrüchen von Sternhimmelstadt. Die Pfeifenmacher brauchen Steine vom Schlangenfluß im Norden. Wir sind vom Handel abhängig.«

»Du bist eine weise Frau, Alte Schieferplatte, genau so ist es«, antwortete ihr Langer Mann. »Und wen wollt ihr bekriegen? Den Blauentenclan? Das heißt doch, gegen eure eigenen Verwandten zu kämpfen, oder? Wie viele eurer Töchter oder Enkeltöchter haben denn in diesen Clan eingeheiratet? Wie viele eurer Söhne sind mit Frauen aus dem Gänsefußclan verheiratet?«

Alte Schieferplatte nickte. »Meine älteste Tochter ist mit einem Mann von dem Blauenten verheiratet.«

Wulstlippe schüttelte trotzig den Kopf. »Das ist eine reine Behauptung von dir, daß es soweit kommen könnte.«

»Ich bin seiner Meinung«, sagte Sternmuschel und zwang sich aufzustehen. »Wenn ihr noch Beweise braucht, daß die Maske die Menschen entzweit und ins Elend stürzt«, sie deutete in die Runde, »dann schaut euch doch nur um! Geht ins Clanhaus und seht euch meinen Mann an, der dort hängt.«

Sie betrachtete die Versammlung, die ihr stumm zugehört hatte. »Gestern nacht hätte mich Wanderdrossel im Haus des Blauentenclans beinahe umgebracht, nur weil ich Glimmervogels Frau bin. Versteht ihr? Kriegskuriere eilen von einem Clanhaus zum nächsten und schüren den Zorn auf den Leuchtvogelclan, daß die Menschen schon so voller Haß sind, daß sie töten wollen.«

Sie trat vor ans Feuer und wählte ihre Worte mit Bedacht: »Die Angst weht über die Territorien der Clans wie der Winterwind. Und weshalb? Wegen der Maske! Mit der Maske hat mein Mann gute Männer getötet; er hat sie einfach nur angesehen. Er mußte sie nicht mit dem Speer durchbohren, er sah sie nur an.«

Sternmuschel schloß kurz die Augen und faßte sich. »Es könnte sein, daß schon alles zu spät ist. Langer Mann hat Visionen gehabt, Visionen, die ihm Erster Mann eingegeben hat. Bunte Krähe weiß, daß wir die Maske ausschalten wollen, aber er ist bereit, das zu verhindern.«

»Aber warum?« fragte Alte Schieferplatte. »Ich verstehe das nicht, Bunte Krähe ist doch unser *Freund*! Warum hat er so ein Ding überhaupt machen lassen?«

»Darf ich dir antworten?« fragte Langer Mann.

Der Alte räusperte sich. »Am Anfang schuf der Schöpfer zwei Brüder: Erster Mann und Bunte Krähe. Sie kämpften miteinander, um ihre Visionen von der Zukunft der Welt durchzusetzen. Erster Mann siegte zwar, aber Bunte Krähe tut alles, damit seine Vision doch noch über Erster Mann triumphiert.«

Seine Worte riefen Verwunderung hervor, und so erklärte er weiter. »Ich behaupte nicht, daß Bunte Krähe böse ist. Er wurde als Gegengewicht zu Erster Mann geschaffen. Stellt man sich die Welt als Feuer vor, weiß man, daß das Feuer immer wieder geschürt werden muß, damit die Glut nicht verlischt.«

»Menschen sind aber kein Feuer«, sagte Wulstlippe von oben herab.

»Ach nein?« entgegnete Langer Mann. »Mein Volk, die Langschädel, war fast ausgebrannt; wir hatten an Hitze verloren. Damals schuf Bunte Krähe die Maske. Innerhalb einer Lebensspanne fing unser Feuer wieder an zu glühen. Die Völker der Plattformpfeifen fachten das alte Feuer wieder an, und wenn ein Feuer aufflammt, mischt sich wieder Licht ins Dunkel.«

»Jetzt erscheint uns die Maske nicht mehr ganz so böse«, bemerkte Alte Schieferplatte.

»Richtig. Allerdings darf man nicht zuviel Holz auflegen, sonst gerät das Feuer außer Kontrolle und setzt das eigene Haus in Brand«, erwiderte Langer Mann. »Bedenkt, daß die Heldenzwillinge Erster Mann und Bunte Krähe unaufhörlich miteinander ringen, um ein Gleichgewicht zu schaffen. Die Maske von Bunte Krähe hat zum Nutzen unseres Volks das vollbracht, wozu sie einst geschaffen worden ist. Aber nun ist es an der Zeit, sie unschädlich zu machen.«

»Das wird Bunte Krähe aber sehr erzürnen«, warf Alte Schieferplatte ein.

»Ja, aber Erster Mann wird es gefallen«, entgegnete der Zwerg. »Wenn ihr eure Entscheidung noch etwas aufschiebt, schlage ich euch morgen eine Lösung dieses Problems vor.«

Wulstlippe war ungehalten. »Wir werden auf jeden Fall die Geisterwelt erzürnen, egal, was wir tun.«

»Das ist richtig«, meinte Langer Mann, ergeben lächelnd. »Aber ich gebe euch mein Wort bei den Geistern meiner Ahnen, daß ich euch morgen abend einen Ausweg vorschlagen kann.«

Alle waren nervös, unsicher und verängstigt. Alte Schieferplatte leckte sich die Lippen und schaute umher. »Und bis dahin?«

Der Magier verschränkte die Hände. »Zunächst legt euch schlafen. Für diese Nacht sind die zornigen Geister deines Vetters und seines Großvaters dingfest gemacht. Dennoch sollte jeder sein Schlafgemach mit einem Zedernzweig schützen und es nicht mehr verlassen.« Mit ironischem Lächeln fügte er hinzu: »Glaubt mir, ich habe Erfahrung mit zornigen Geistern.

Als erstes setzt ihr morgen früh das Clanhaus in Brand und holt dazu soviel Leute herbei wie möglich. Jeder soll dann bis zum Einbruch der Nacht einen Zedernzweig gegen die Flammen schwenken. Achtet darauf, daß die Sperrpfähle nicht in Brand geraten. Morgen, nach Einbruch der Dunkelheit, habt ihr die Lösung des Problems mit der Maske, und kein Geist wird verärgert sein.«

»Morgen abend?« wiederholte Alte Schieferplatte zweifelnd. »Warum nicht jetzt?«

Langer Mann senkte seinen Kopf tief auf die Brust hinab. »Weil unsere Sorge den Geistern im Clanhaus gelten muß. Dann erst kommt die Maske.« Er hob den Kopf wieder und musterte jeden in der Versammlung. »Ich weiß, wovon ich spreche, besonders, was rachsüchtige Geister angeht. Werdet ihr meinen Rat annehmen?«

Die Leute des Clans, verängstigt und hilflos, stimmten murmelnd zu.

»Also dann bis morgen abend?« fragte Alte Schieferplatte.

»Ich verspreche es«, gelobte der Magier feierlich.

Alte Schieferplatte seufzte müde. »Also gut, Ältester der Langschädel. Wir nehmen deinen Rat an.« Und zu den Leuten gewandt sagte sie: »Wir wollen versuchen zu schlafen. Macht, was der Älteste gesagt hat.«

Die Leute hasteten zur Tür, und ihre ängstlichen Blicke überzeugten Sternmuschel davon, daß sie gehorchen würden.

Alte Schieferplatte blieb vor Langer Mann stehen. »Ich danke dir für deinen freundlichen Rat, Ältester.« Ihre Augen glitzerten.

»Ich muß allerdings sagen, auch ich habe mich schon gefragt, warum du gerade jetzt zu uns gekommen bist.«

»Der Geist der Macht hat mich geschickt, weise Alte Schieferplatte. Um ehrlich zu sein, wäre ich lieber vor einem schönen Feuer in meinem Clanhaus geblieben.«

Mit einem schwachen Lächeln ging Alte Schieferplatte hinaus. Nur Wulstlippe zögerte noch, Mißtrauen im Blick. Dann verließ auch er den Versammlungsraum.

Langer Mann reckte sich, um Sternmuschels Arm zu streicheln. »Komm, laß uns einen Spaziergang machen. Wir haben einiges zu besprechen.«

Sternmuschel sah ihn voller Sorge an und blickte dann auf Silberwasser.

»Nimm deine Tochter mit.«

»Aber warum? Was ist – wenn *sein* Geist es fertiggebracht hat...«

»Pst!« Der Zauberer schaute sich verstohlen um, als er Sternmuschel und Silberwasser in die kalte Nacht hinausführte. Der Himmel war übersät mit Sternen.

Langer Mann deutete auf das unselige, dunkle Clanhaus. »Sein Geist ist dort sicher eingesperrt. Aber wir müssen uns beeilen. Ich hole die Maske, und dann verschwinden wir sofort.«

»Verschwinden?« Sternmuschel erstarrte.

Auch Silberwasser schaute erschrocken hoch. »Mama... was?«

»Verschwinden«, wiederholte der Zauberer mit Nachdruck. »Morgen abend werden wir weit weg im Norden sein.«

»Aber du hast gesagt...«

»Ich habe gesagt, daß ich ihnen einen Ausweg zeige, daß ich den Zorn von Bunte Krähe vom Leuchtvogelclan fernhalten werde. Morgen abend werden sie es begreifen – und in der Nacht darauf auch Wanderdrossel und der Blauentenclan und all die anderen Clans, die so gierig auf die Maske sind.« Er lächelte vieldeutig. »Ich bin ein Zauberer... und ich lasse die Maske verschwinden. Aber trotzdem müssen wir schon weit fort sein, wenn sie dahinterkommen.«

»Aber ich verstehe nicht...«

Langer Mann blickte ihr ernst in die Augen. »Das solltest du aber langsam. Ich habe ein Abkommen mit der Macht. Ich bin gewillt, alles zu tun, was ich kann, um dich und Silberwasser zu retten. Viele Menschen werden alles tun, um die Maske zu bekommen. Ihretwegen werden sie dich und deine Tochter oder mich töten. Sie schrecken vor nichts zurück, Sternmuschel!«

Silberwasser geht neben ihrer Mutter über den vereisten Pfad. Langer Mann führt sie weit fort.

Das kleine Mädchen schluckt. Etwas steigt ihr in die Kehle und nimmt ihr den Atem. Sie ist bedrückt. Was wird Kleiner Farn ohne sie anfangen? Ihr Vater mißhandelt sie noch viel schlimmer, als es Silberwassers Vater mit ihr getan hat. Kleiner Farn und Silberwasser haben sich immer gegenseitig festgehalten, wenn es fast unerträglich wurde. Nachts haben sie sich getroffen und miteinander geflüstert. Wer hält Kleiner Farn jetzt fest? Sie wird ganz allein sein.

Silberwasser blinzelt, um die Tränen zurückzuhalten, und schaut um sich. Sternenerhellte Augen, zehn mal zehn mal zehn Augen, starren sie aus Löchern in der Erde an, aus Löchern in den Felsen, aus Löchern in der Welt.

Langer Mann kann sie auch sehen, das erkennt Silberwasser. Er erwidert den Blick der Sternenaugen.

Silberwasser hält die Hand ihrer Mutter so fest, daß ihr die Finger weh tun. Ihr Herz schlägt heftig. Sie horcht auf die Laute der Nacht und bemüht sich, möglichst nicht auf Eis zu treten.

Ein schauerliches Keuchen wie von einem vergehenden Geistwesen ist zu hören. Sie wandern wohl in seinem Innern.

Ihre Mutter sagt leise: »Ich kann sie fühlen, Langer Mann.«

»Wen?«

»Die Geister, die hier umherstreifen. Sie verabschieden sich. Ich fühle, wie sie uns beobachten.«

»Ja, das tun sie. Die meisten verbergen sich und schlüpfen in jede Nische, die sie finden können. Sie haben mehr Angst als wir.«

»Niemand kann mehr Angst haben als ich.«

Silberwasser spürt die Wörter ihrer Mutter, kalt und bitter wie giftige Samen, auf ihrer Zunge.

Oben sieht sie zwei Gesellschaftshäuser, zwischen denen ein riesengroßer schwarzer Schnabel herabhängt.

Silberwasser schaut zuerst auf ihre Mutter, dann auf Langer Mann. Aber sie scheinen den Schnabel nicht zu sehen.

Als sie näherkommen, öffnet sich der Schnabel, und Silberwasser kann dem Geistwesen tief in die Kehle sehen. »Ich habe Freunde hier, Langer Mann«, sagt Sternmuschel. »Ob ich wohl je zurückkommen kann?«

»Das weiß ich nicht. Wir müssen sehen, wohin uns die Macht lenkt.«

Silberwasser grübelt. Was ist die Macht?

Über die Schulter schaut sie auf das geächtete Clanhaus. Sie reckt den Hals, aber ihre Mutter zerrt sie weiter. Ein fahles Grün glüht über dem Dach, und sie meint, die Hände ihres Vaters zu sehen, die durch das Schilfdach greifen. Die Macht hat ihren Vater gepackt, hat ihn fortgetrieben wie ein Wirbelsturm den Samen einer Pusteblume.

Silberwasser betrachtet den Packen auf dem Buckel von Langer Mann. Die Maske wispert dem Zwerg ins Ohr, drohend, schluchzend. Sie weiß nicht, ob der Zwerg es hört, aber sie kann es hören. Bedrückend ist die Trauer, die sie umschleicht, lautlos wie der Wolf auf einer Blutspur, der verzweifelt nach jemandem sucht, der zuhören will.

Sie will zuhören. Aber ihre Angst ist zu groß.

Tief in ihrer Seele hört sie ihren Vater unaufhörlich weinen, als würde er ersticken.

11. KAPITEL

Viertöter spürte die Erregung. Gruppenweise standen die Leute um die Feuer herum und besprachen die Ereignisse des Tages und was sie für die Zukunft bedeuteten.

Aber Viertöter war auch der feierliche Ernst der Angelegenheit bewußt. Immer wieder sahen die Leute ehrfürchtig zu den Ältesten hinüber. Sie saßen vor dem Haus der Großmutter, beleuchtet vom Feuer, das man dort errichtet hatte. Großmutter und Blaue Kanne saßen zu beiden Seiten der Ältesten und nickten gelegentlich, ihren Worten zustimmend. Die gelöste Haltung der Großmutter zeigte, daß sie die allgemeine Unsicherheit nicht berührte.

Viertöter schüttelte sich. *Irgendwo in den Schatten wartet Unheil. Jemand wird verletzt sein, bevor alles vorbei ist.*

Die Bilder des Traums tauchten immer wieder vor seinem geistigen Auge auf. Immer wieder wirbelte Otters Leichnam in dem schäumenden grünen Wasser auf. Das vom Todeskampf gezeichnete Gesicht seines Bruders, das er so genau kannte, schien ihn zu verspotten.

Tu es nicht, Otter. Geh nicht mit!

Viertöter legte sich eine Hand auf seinen Magen, als könnte er damit den inneren Aufruhr besänftigen. Wenn er Rote Mokassins nicht geheiratet hätte? Hätte sich dadurch etwas geändert? Schuldgefühle schnitten in seine Seele, so kalt wie die Schneide einer Axt. Er konnte nachvollziehen, wie tief Otter den Verlust empfunden hatte.

Wir haben zuviel gemeinsam, Bruder. Um mein Glück zu finden, habe ich dich verwünscht.

Hatte Rote Mokassins Otter gefunden? Was würde ein Treffen bewirken? Würde sie Frieden schließen können? Oder würde sie sich ihm ein letztes Mal hingeben?

Wenn man zwei Menschen liebt, sie so genau kennt, kann man keinen von beiden verdammen.

Vielleicht sind wir wie die Heldenzwillinge. Wir lieben dieselbe Frau.

Aber anders als die Heldenzwillingen würden Viertöter und Otter einander nie bekämpfen.

Um die Bilder von Rote Mokassins und Otter zu verdrängen, schaute Viertöter angestrengt auf das Haus der Großmutter. Darin war der Verdreher eingesperrt, und er tat wohl, was Verdreher machen, wenn sie allein sind.

Was mochte das sein? Wie war es einem Mann zumute, der alles rückwärts machte, sogar rückwärts dachte? Mußte er aufpassen, damit er keinen Fehler machte? Oder hatte ihn die Macht verändert, in etwas verwandelt, was nicht mehr menschlich war?

Als Viertöter noch darüber nachdachte, tauchte Schwarzschädel aus dem Dunkel auf und betrat das Clanhaus. Er hatte Schwierigkeiten, mit seinen breiten Schultern durch die Türöffnung zu kommen. Viertöter konnte sich gut vorstellen, daß er der gefährlichste Mann der Welt war. *Ihn möchte ich nicht zum Feind haben.*

Rote Mokassins erschien, Sehnsucht in den Augen. Sie schlang einen Arm um Viertöters Taille und klammerte sich an ihn wie an einen Baumstamm in einem reißenden Strom.

»Ist schon gut«, sagte er sanft. »Er ist noch nicht bereit, mit dir zu sprechen. Die Wunde ist zu frisch.«

Im flackernden Feuerschein sah er, wie sie die Augen schloß und ihren Kopf senkte, den ihr seidiges schwarzes Haar umrahmte. Und trotz ihres Schmerzes war sie so schön, daß es ihm den Atem nahm. Er dachte daran, daß sie ihn gewählt hatte, nicht Otter. Diese wunderbare Frau war seine Frau … ganz allein seine.

Aber bei diesen Gedanken kamen die Schuldgefühle zurück.

Sie schüttelte den Kopf. »Er ist … O Viertöter, ich wußte, daß es so kommt.«

»Er liebt dich.«

Sie holte tief Luft und nickte.

»Und du liebst ihn auch noch«, fügte er hinzu. Er wandte den Blick zum Feuer, an dem sich jetzt die Leute mit ihren Schalen drängten. Das Fest zur Feier der Ankunft der Clanältesten und von Grüne Spinne hatte begonnen. Trotz der bangen Vorgefühle, die seine Seele bedrängten, würde er sich zwingen, glücklich zu sein. Um welchen Preis? Morgen früh würden Otter, Schwarzschädel und Grüne Spinne ins Unbekannte aufbrechen. Wenn sie nun nie zurückkehrten …

»Er ist verletzt, Viertöter. Wie tief, weiß ich erst jetzt. Er hat mich gefragt, ob ich … ob ich mit ihm gegangen wäre. Ich wollte ihn … noch ein letztes Mal.«

Viertöter beherrschte sich und zwang sich zur Gelassenheit. »Ich verstehe. Das ist in Ordnung. Er ist mein Bruder. Nimm meine Decke, und dann könnt ihr beide …«

»Nein.« Sie schaute zu ihm auf. »Er hat mich weggeschoben. Er hat gesagt, du würdest es verstehen, wenn wir's täten, und deswegen konnte er es nicht. Er liebt dich wohl zu sehr.«

Und jetzt liebe ich ihn noch mehr.

Viertöter zog sie dicht an sich, und mit geschlossenen Augen genoß er das Gefühl, sie in seinen Armen zu halten. »Er wird darüber hinwegkommen. Wie wir alle. Er braucht Zeit wie wir auch.«

Unwillkürlich schaute Viertöter zu Großmutters Haus. Dort wartete Grüne Spinne, bewacht von Schwarzschädel. Worauf? Wann würde der Verdreher auf dem Fest erscheinen? Schließlich war er ja der Anlaß.

Großmutter hatte ihr Haus geräumt – die größte Ehre, die sie Besuchern erwies. Sie war in das Haus von Blaue Kanne gezogen und hatte den Clanältesten, deren Kriegern und dem Verdreher ihr Haus überlassen.

Eine Weile betrachtete Viertöter das Haus im Feuerschein. Alles war fehlgegangen. Lag die Lösung dort drinnen bei Grüne Spinne? Hatte der Verdreher in seiner Vision etwas gesehen? Warum hatte er sich unter allen Händlern gerade Otter ausgesucht?

»Was hast du?« Rote Mokassins beobachtete ihn genau.

»Nichts. Ich ...« Er drückte sie ein letztes Mal an sich. »Alles in Ordnung? Kannst du eine Weile ohne mich auskommen?«

Sie sah ihn forschend an. »Laß Otter zufrieden. Er hat schon genug Schwierigkeiten.«

»Ich will nichts von Otter. Hol dir eine Schale. Die Nacht ist kalt, da tut warmes Essen gut. Ich bin gleich zurück.« Er küßte sie auf die Stirn und nahm sich eine der Holzschalen vom Boden.

»Wohin gehst du?«

»Ich bringe Grüne Spinne eine Schale Eintopf, du weißt schon, aus Gastfreundschaft.«

»Du meinst, er kommt nicht? Nicht einmal, um sich etwas zu essen zu holen?«

»Keine Ahnung. Aber so weiß er wenigstens, daß wir uns um ihn kümmern.«

»Viertöter, wage nur nicht ...«

»Pst! Vertrau mir.«

Ich gehe jetzt ins Haus und frage Grüne Spinne, was er weiß, und wenn ich dabei umkomme!

Er füllte die Schale und bahnte sich einen Weg durch die Menge. Vor der Tür des Clanhauses saß die Großmutter, eingewickelt in mehrere Decken, und redete mit den vier Clanältesten. Viertöter fühlte ihren Blick auf sich ruhen; sie schien beunruhigt.

»Kann ich helfen?« Alter Sonnenmann stand auf, und dabei hörte man das Knirschen seiner Knochen und Gelenke.

»Ich bringe Grüne Spinne einen Teller Eintopf. Seit seiner Ankunft hat er noch nichts gegessen. Er hält den Weißmuschelclan sonst vielleicht für knauserig.«

Alter Sonnenmann lächelte freundlich. »Ich danke dir für deine Umsicht, Sohn von Blaue Kanne. Ganz sicher weiß Grüne Spinne deine gastliche und freundschaftliche Geste zu schätzen. Ich werde ihm die Schale bringen, zusammen mit deinen besten Wünschen für sein Wohlbefinden.«

»Danke für deine Liebenswürdigkeit, Ältester, doch ich möchte euer Gespräch nicht unterbrechen.«

»Viertöter«, rief die Großmutter warnend. »Der Clanälteste weiß, was am besten ist. Der Verdreher möchte vielleicht nicht von einem jungen Burschen gestört werden.«

Alter Sonnenmann lächelte noch freundlicher. »Ich verstehe dich, junger Viertöter. Du möchtest ihm persönlich deine Wünsche überbringen. Doch erlaube, daß ich dich begleite. Es ist sicher besser, wenn ich dabei behilflich bin.«

Die Stimme der Großmutter klang jetzt gereizt. »Viertöter, bring die Schale dorthin zurück, wo du …«

Mit einer Handbewegung schnitt ihr Alter Sonnenmann das Wort ab. »Grüne Spinne wird sich ganz bestimmt freuen, ihn zu sehen.«

Als der runzlige Älteste sich durch den Vorhang duckte, fing Viertöter den vernichtenden Blick seiner Großmutter auf. Geduckt trat auch Viertöter ein – und wäre beinahe wieder zurückgesprungen. Das Herz klopfte ihm bis zum Hals.

Grüne Spinne kniete nackt im Schein der schwachen Glut des Feuers. Seine Kleider lagen neben ihm, und vor ihm stand ein Topf mit weißer Farbe. Er hatte seinen Körper mit schwarzer Holzkohle eingerieben und lange weiße Streifen auf Arme und Beine gemalt und die Gelenke von Fingern und Zehen besonders betont. Gerade zog er geduldig Linien, wo die Rippen verliefen. Er glich einem Skelett, das sich aus einem Grab erhoben hat. Ein Skelett ohne Kopf, denn sein Gesicht hatte er noch nicht angemalt.

»Was macht er da?« fragte Viertöter Schwarzschädel, der unbewegt und mit resigniertem Ausdruck an der Tür stand. Das häßliche Gesicht des Kriegers verzog sich. »Der Narr sagt, er male sein Inneres nach außen.«

»Wozu?«

»Das weiß ich nicht. Er ist verrückt.«

»Hast du ihn gefragt?«

»Natürlich habe ich ihn gefragt. Er sagt, das Fleisch ist wie ein Fallstrick, und er muß es loswerden, bevor er darin gefangen ist. Er meint, in seinen Knochen zu leben, das sei, wie eine Schlinge um den Hals zu haben. Verstehst du das? Bestimmt nicht. Kein Mensch, der bei Sinnen ist, kann das verstehen.«

Viertöter schluckte mehrmals.

»Komm her«, sagte Alter Sonnenmann und lächelte.

Der Clanälteste ließ sich vorsichtig auf einer der Bänke zur Rechten des Verdrehers nieder und betrachtete ihn. Dabei leuchteten seine Augen, die von zahlreichen Runzeln umgeben waren, vor Aufregung.

Der Verdreher starrte nachdenklich das Weiß auf seinen Fingerspitzen an. Dann wanderte sein Blick zwischen seine Beine. »Also, das ist ja interessant.« Verwirrt schaute er auf. »Was ist mit dem Knochen geschehen? Ich meine, wo ist er jetzt?«

»Was für ein Knochen?« fragte Schwarzschädel.

»Der in meinem Penis. Was meinst du? Soll ich ihn auch anmalen?«

»Verschone mich«, murmelte der Krieger und rollte die Augen.

»Aber das geht doch nicht«, sagte Grüne Spinne ernsthaft und malte einen weißen Streifen über sein Geschlecht. »Ich kann mich nicht einmal selbst verschonen.«

»Grüne Spinne!« sagte Alter Sonnenmann endlich. »Dieses wertlose Geschöpf vor dir ist Viertöter, Sohn von Blaue Kanne vom Weißmuschelclan. Als Zeichen seiner Mißachtung bringt er dir dieses scheußlich schmeckende Gericht in der Hoffnung, daß du verhungern wirst.«

Viertöter drehte sich mit einem Ruck zum Ältesten um, zu Tode erschrocken. »Nein! Warte! Was sagst du? Das ist nicht …«

Alter Sonnenmann winkte ab. »Es ist wirklich rücksichtslos von Viertöter, daß er dich mit solcher Mißachtung beleidigt, findest du nicht, Grüne Spinne?«

Zu Viertöters Erstaunen pflichtete Grüne Spinne ihm bei:

»Viertöter ist ein armseliger, widerwärtiger Wicht. Er kann dieses scheußliche Zeug nehmen und in den Fluß schmeißen. Soll er doch damit die Fische vergiften. Mögen all seine Ahnen auf seine Geschlecht spucken, die Kinder seiner Schwester sollen blind und ohne Arme und Beine geboren werden!«

Alter Sonnenmann schaute belustigt zu dem fassungslosen Viertöter. »Grüne Spinne ist entzückt. Reiche ihm bitte die Schale. Mach nur! Was ist los mit dir, Junge? Hat dich eine Schlange gebissen? Oder bist du vom Hals abwärts gelähmt?«

Viertöter versuchte, das Zittern seiner Hände zu unterdrücken und bot dem lebenden Skelett die Schale an, darauf gefaßt, daß Grüne Spinne sie an die Wand werfen würde. Statt dessen zog der Verdreher den letzten Strich auf den Rippen, rieb sich die Finger auf dem Erdboden ab und roch selig an der dampfenden Schale. Er trank in großen Zügen, und als er die Flüssigkeit getrunken hatte, nahm er sich Fisch, Fleisch, Hickorynüsse und Sonnenblumenkerne mit den Fingern heraus und steckte sie in den Mund.

Grüne Spinne rülpste herzhaft und seufzte zufrieden. »Ich würde so eine Scheiße nicht einmal dem Hund meines Feindes zu fressen geben.«

Eine schwere Last legte sich auf Viertöters Seele. Was sollte er tun? Einfach aufstehen und hinausgehen? Oder aus der Tür stürmen und sich im Fluß ertränken?

Bevor er noch den Mut zum Handeln aufbrachte, hatte Grüne Spinne seinen gespenstisch verschwommenen Blick auf ihn gerichtet und sagte: »Du bist ein Dieb und ein Feigling, Viertöter. Ich verschwende meine Zeit nicht für deine blödsinnigen Probleme.«

Eine Antwort darauf blieb Viertöter in der Kehle stecken.

»Was wolltest du von Grüne Spinne wissen?« fragte Alter Sonnenmann. »Bedenke, daß er ein Verdreher ist. Je wichtiger die Sache, um so verdrehter sind seine Antworten, desto weiter geht er rückwärts.«

»Nicht rückwärts, junger Sonnenmann... vorwärts, immer vorwärts«, berichtigte Grüne Spinne.

»Rede ganz normal mit ihm, Viertöter«, drängte ihn Alter Sonnenmann, »der Verdreher wird dir auf seine Weise antworten. Er sagt das Gegenteil von dem, was er meint.«

Viertöter, der einmal vier Feinde im Kampf erschlagen hatte, merkte, daß ihn sein Mut verlassen hatte. Er begegnete dem verschwommenen Blick des Verdrehers, und ihm war, als wiche seine Seele aus ihm und triebe in einer schlammigen, braunen Flut davon.

»Warum wolltest du Grüne Spinne sprechen?« fragte Alter Sonnenmann väterlich.

»Mein Traum«, brachte Viertöter hervor.«Ich habe Otter gesehen, ertrunken. Stimmt das, Grüne Spinne? Wird er sterben?«

»Kein Mensch stirbt – oder?« Grüne Spinne lächelte wehmütig. »Ich bin gestorben, und das traurige Ergebnis siehst du vor dir.«

Das beruhigte Viertöter nicht.

Grüne Spinne sah ihm kurz ganz klar in die Augen. »Fürchtest du den Tod, Krieger?«

»Ich sorge mich um Otters Seele.«

»Sein Schicksal wird vom Geist der Macht bestimmt – und von seinen Handlungen. Nicht von deinen.«

Viertöter leckte seine Lippen. »Warum hast du unter allen Händlern gerade ihn ausgesucht?«

»Ich habe gar nichts ausgesucht. Das hat die Macht getan. Ich bin Herr über nichts ... und über alles.« Sein Blick verschwamm. »Rückwärts ist vorwärts. Bunte Krähe, schwärzer als schwarz, schwebt in einer Spirale in goldenem Licht. Wer glückselig in die Gefahr läuft, hat die größte Angst. Schrecken schafft Frieden. Das Glück birgt immer auch viel Kummer und Sorgen.«

»Deine Sicht der Dinge hat dich verblendet«, fuhr Grüne Spinne fort. »Du bist taub und dein Herz ist verhärtet.« Sein Gesicht war ausdruckslos. »Wenn er weggeht, wird Otter seine Heimat finden.«

»Aber wird er die Reise überleben? Ich habe geträumt, daß sein Körper im Wasser wirbelt.«

»Um alles zu gewinnen, mußt du erst alles verlieren. Ist Otter denn anders als wir alle? Anders als Erster Mann und Bunte Krähe?«

»Das verstehe ich nicht.«

Grüne Spinne erstarrte. Ein unsichtbarer Schauplatz nahm sein Interesse gefangen. Er rief: »Aus Eis geboren ... dem Schoß der Mutter!«

Viertöter schaute Alter Sonnenmann verwirrt an. »Was sagt er?«

Das Gesicht von Alter Sonnenmann glühte vor Verzückung. »Kinder der Sonne, dort kamen sie her.«

Viertöter packte die dicke Decke fester; er blickte von einem zum anderen.

»Einer muß sterben, und einer muß leben.«

Auf Viertöters Stirn sammelten sich Schweißtropfen, doch seinen Körper erfüllte eine eisige Kälte. »Ich möchte doch nur wissen, was du sehen kannst... wird Otter etwas zustoßen? Er wird sterben, ist es so? Willst du mir das klarmachen?«

Grüne Spinne schwieg. Er saß regungslos und schien ins Leere zu starren.

»Du kannst von mir verlangen, was du willst. Ich ... ich werde alles tun, was du verlangst«, sagte Viertöter drängend.

Grüne Spinne schwieg weiter. Er tauchte die Finger in die weiße Farbe und begann, Rippen auf sein Hemd zu malen, das neben ihm lag. Schwarzschädel grinste höhnisch.

»Das ist alles«, sagte Alter Sonnenmann abschließend und stand auf. »Mehr wird er nicht sagen.«

»Aber das war keine Antwort!«

Alter Sonnenmann bedeutete Viertöter aufzustehen. »Er hat dir alles gesagt.«

»Er hat in Rätseln gesprochen«, wandte Viertöter ein und erhob sich.

»Ich habe dich gewarnt«, sagte Schwarzschädel. »Er ist ein Idiot.«

»Das scheint er nur für dich zu sein.« Alter Sonnenmann ging zur Tür. »Für ihn ist diese Welt, dieser Teil der Schöpfung, eine Illusion. Du kannst dich glücklich schätzen, daß er dir soviel gesagt hat.«

12. KAPITEL

Schwarzschädel hatte nach dem Fest schlecht geschlafen. Beim ersten Morgengrauen war er aus dem Clanhaus geschlüpft und hatte am Ufer mit seiner Kriegskeule geübt. Dabei war er in Schweiß geraten und hatte sich anschließend im Fluß abgekühlt.

Er schwamm in die Strömung, die Kraft des Wassers forderte ihn heraus. Er spürte die Kälte und tauchte geschmeidig in die dunkle Tiefe.

Ich müßte Angst haben. Aber er hatte keine Angst. Der aufbrausende Geist des Flusses stellte ihn auf die Probe.

Als ihm die Ohren weh taten, schoß Schwarzschädel nach oben. Er rang nach Luft; Gänsehaut überzog seine narbigen Glieder. Er schüttelte das Wasser aus dem Gesicht und schwamm gegen die Strömung.

Da sah er im weichen Licht der Morgenröte den Händler, der mit einem riesigen Packen auf dem Rücken den Pfad herunterkam.

Schwarzschädel tauchte, und nach ein paar kräftigen Stößen berührte er den Boden. Er hörte den Puls des Flusses, dieses besondere Geräusch, das wie ein hohles Echo klang. Er tastete im Dunkeln den Boden an. Gab es hier keine Muscheln und Krebse? Das eisige Wasser nahm ihm Kraft. Als er von Schauern geschüttelt wurde, schoß er wieder an die Oberfläche zurück.

Der Händler hatte die Trockengestelle fast erreicht, und Schwarzschädel schwamm mit aller Kraft zum Ufer. Als der Händler sein Kanu erreichte, fand Schwarzschädel Boden unter den Füßen und stieg aus dem Wasser.

Der Händlers beobachtete ihn aufmerksam. »Die Strömung ist gefährlich«, sagte er gleichmütig. »Mein älterer Bruder ist einst auch auf den Grund getaucht, um Muscheln und Perlen zu suchen. Er kam nicht mehr zurück«

»Ich habe ihn da unten nicht gefunden.« Schwarzschädel schüttelte sich und ging zu seiner Decke, trocknete sich damit ab und zog sein Hemd an. Dann hängte er sein Atlatl an den Gürtel.

Der Händler hatte seine Packen untergebracht und betrachtete ihn. Schwarzschädel nahm seine Keule auf und ging zu ihm. Er ließ seinen Blick über das Wasser gleiten und musterte dann Otter.

»Nun denn, Händler, dann fahren wir also flußaufwärts, du, ich und der Narr.«

»So scheint es, Krieger. Gestern schienst du nicht sehr glücklich darüber zu sein.«

Schwarzschädel gab einen knurrenden Laut von sich, und sein verwüstetes Gesicht nahm einen bedrohlichen Ausdruck an. »Meine erste Pflicht ist, hier bei meinem Volk zu sein und nicht in fremde Länder zu reisen, um dort mit Wilden zu kämpfen. Ich habe für die Sicherheit dieses Landes gekämpft und getötet, für dieses Land, wo unsere Vorfahren lebten. Nicht aber für einen fernen, unbekannten Ort.«

Sein furchterregendes Gesicht beeindruckte Otter nicht. Statt dessen lächelte er leicht und sagte augenzwinkernd: »Sie sind nicht so wild, Schwarzschädel. Wir fahren den Schlangenfluß hinauf, dann den Mondmuschelfluß, der uns zur Heiligen Straße bringt. Von dort geht es weiter zur Sternhimmelstadt. Danach kenne ich den Weg nicht mehr. Auf jeden Fall müssen wir noch viel weiter nach Norden. Die Menschen, die dort leben, sind nicht wild, Krieger. Wie die Alligatorclans im Süden halten uns die Schlangenclans für halbe Tiere.«

Schwarzschädel fühlte den blanken Griff seiner Keule. »Das kann ich nicht glauben. Ihre Händler, die zu uns kommen, wundern sich, Otter. Ich habe das Staunen in ihren Augen gesehen, als sie die Stadt der Toten besuchten. Sie sagen, so einen Ort hätten sie nie erwartet.«

»Das ist richtig, Schwarzschädel.« Otter beugte sich vor. »Wenn du einige ihrer Clangebiete siehst und ihre Ältesten triffst, dann staunst du wahrscheinlich genauso. Wenn wir's in der Zeit schaffen, wirst du vielleicht auf dem Tempel der Sonne stehen und die Sterne der Sonnenwende sehen können.«

»Was ist mit ihren Kriegern?«

Otter zuckte die Achseln. »Sie sind sehr gut. Die Khota hatten einmal Streit mit den Sechs Flöten, einem der Schlangenclans. Als die Khota dann die Sechs Flöten überfallen wollten, schickten deren Krieger sie auf der Stelle wieder zurück – aber nur die Hälfte von ihnen paddelten nach Hause.«

»Also hilft diesen Kriegern die Macht?«

»Das nicht. Es sind sehr viele. Die meisten Männer sind gleichzeitig Krieger und Farmer. Die Leute halten ihre Zeremonien ab wie wir. Es gibt bei ihnen Spiele, Festessen, es wird gebetet und geopfert. Aber einen Teil der Zeit üben sie für den Krieg. Dafür sorgen schon die Kriegsgesellschaften.«

»Vielleicht sollten wir das auch so machen.«

»Bei uns würde das niemals gelingen. Ihre Gesellschaften kennen keine Clangrenzen. Vergleichbar einem gewebten Stück Stoff sind die Clans die Kette und die Gesellschaften der Schuß. Gemeinsam halten sie die Schlangenclans zusammen. Gibt der Führer einer Gesellschaft einen Befehl, gehorchen die Leute auch. Wenn bei uns ein Clanführer um etwas bittet, reden die Leute zuerst einmal darüber, und dann tut's vielleicht die Hälfte und die andere nicht.«

»Wer bringt denn die Schlangenclans dazu, Befehle zu befolgen?« wollte Schwarzschädel wissen.

»Männer wie du. Männer, die in die Gesellschaft aufgenommen worden sind, sorgen dafür, daß Anordnungen befolgt werden.« Der Händler hielt inne und überlegte. »Bei der Kriegergesellschaft im Mondmuscheltal ist das ein Mann namens Wanderdrossel. Ich weiß nicht mehr, zu welchem Clan er gehört, aber er hat seine Prüfungen bestanden und ist in die Gesellschaft aufgenommen worden. Tapferkeit und Hingabe haben ihn zum Führer dieser Gesellschaft gemacht.«

Schwarzschädel nickte und blickte über den Fluß. »Für diese Einrichtung spricht eine ganze Menge.«

»Du hast sie doch Wilde genannt.«

»Das sind sie sicher auch.« Schwarzschädel betrachtete den Händler aus den Augenwinkeln. »Aber vielleicht erzählst du mir das nur, um mich zu täuschen. Du und der Narr.«

»Warum sollte ich das tun?«

»Händler sind geborene Betrüger.«

»Und du, Krieger?«

»Ich habe die Aufgabe, Disziplin und Ordnung aufrechtzuerhalten.«

Otter machte eine Pause. »Du magst Grüne Spinne nicht, oder?«

»Ich glaube es einfach nicht, daß sich die Macht so offenbart. Ich war nicht damit einverstanden, herzukommen. Wir haben unterwegs vier Kriegskanus getroffen. Hätten die Krieger den Ältesten etwas antun wollen, hätte ich sie nicht aufhalten können. Jetzt soll ich von hier wegfahren; wer schützt dann die Ältesten auf ihrem Heimweg zur Stadt der Toten?«

»Viertöter und der Weißmuschelclan.«

»Viertöter mag sich früher tapfer geschlagen haben, aber er ist weder so geschickt wie ich noch so erfahren. Wenn den Clanältesten etwas zustößt, fällt das immer auf mich zurück.«

Otter runzelte die Stirn. »Krieger, ich weiß nicht, was ich noch sagen soll. Es scheint, daß Grüne Spinne und seine Vision einiges in unserem Leben verändert haben. Seit gestern bindet dich die Pflicht an den Verdreher.«

»Und was ist deine Pflicht, Händler?«

»Ich bin Händler, meine Pflicht ist es, Handel zu treiben. Diese Fahrt ist auch eine Handelsfahrt, nur daß ich diesmal auch dich und Grüne Spinne transportiere.«

»Wie du das sagst, klingt es ganz einfach.«

Otter lächelte. »Eine Fahrt ist nie einfach, Krieger. Oft ist sie sogar noch schwieriger, als man befürchtet.«

Darauf sagte Schwarzschädel: »Jetzt redest du wie der Narr.« Und nach einer Pause fragte er: »Was ist mit dieser Vision? Was hältst du davon? Ich habe gesehen, wie der Blitz einschlug, habe die Clanältesten getroffen, als sie Grüne Spinne aus dem brennenden Tempel zogen. Ich spürte die Macht. Aber war sie da, um Grüne Spinne zu erleuchten oder um ihn aus dem Weg zu räumen? Letzteres kommt mir viel wahrscheinlicher vor. Leider hat er überlebt, trotz aller Anstrengungen des Geheimnisvollen.«

Otter hob hilflos die Arme. »Ich habe schon Verdreher getroffen, Schwarzschädel, den Anhinga, Der vom Himmel fiel, und einen im Gebiet der Ilini, aber jeden durfte ich nur einmal sehen. Man hält sie für Heilige, man sagt, daß Verdreher Dinge klarer sehen als andere heilige Männer. Ich weiß genug, daß ich erkennen kann, was aus Grüne Spinne geworden ist.«

»Dann warte ab, bis du mit ihm im selben Boot sitzt.« Schwarzschädel schüttelte den Kopf. »Er ist so einfältig geworden wie ein Kind. Er hat kein Recht, das Leben der Ältesten aufs Spiel zu setzen.«

Otter betrachtete ihn neugierig. »Stellst du die Gebote der Macht in Frage, Krieger?«

Schwarzschädel antwortete voller Verachtung: »Nicht im mindesten, Händler. Ich weiß, wer ich bin. Die Macht hat mich dazu gemacht. Aber Grüne Spinne ist anders. Er war auf dem Weg, ein großer Träumer zu werden, ein Heiler. Als er zur Sonnenwende einen Traum hatte, war es, um die Macht zu gewinnen, Regen herbeizuträumen und die Zukunft zu sehen.« Schwarzschädel knirschte mit den Zähnen. »Sieh dir an, was mit ihm geschehen ist. Er kam als Idiot zurück.«

»Die Wege der Macht sind rätselhaft.«

Wie der Händler das sagte, war aufreizend. Für ihn schien es ganz normal, sein Kanu zu beladen und mit einem Irren an Bord diese Reise zu unternehmen, in der Hoffnung, daß ihm nichts zustoßen werde.

Was ist, habe ich jetzt zwei Verrückte dabei?

Schwarzschädel deutete mit seiner Keule auf den Händler. »Ich will, daß du mir hilfst, den Kerl unter Kontrolle zu halten, Händler. Ich will, daß wir alles anständig durchführen, den Ort finden und sehen, ob da irgendwo eine Maske ist. Finden wir sie, werden wir sie uns schnappen und hierher zurückkehren. Ich will keinen Ärger. Ist das klar?«

Otter blieb locker stehen. »Wir wollen eins klarstellen, Schwarzschädel. Auf dem Fluß gebe ich die Befehle, wenn wir mit anderen verhandeln, gebe ich die Befehle. Kommt es zum Kampf, dann kannst du die Befehle geben. Sonst aber tust du, was ich dir sage!«

Kalte Wut stieg in Schwarzschädel auf, und er zischte durch seine zusammengebissenen Zähne: »Weißt du eigentlich, wer ich bin?«

»In diesem Teil der Welt weiß jeder, wer Schwarzschädel ist. Du könntest mich töten, bevor ich einmal blinzeln kann. Aber das ändert nichts daran, daß du in meinem Boot tun wirst, was ich dir sage. Bei Menschen, deren Sitten du nicht kennst, wirst du meinen Anordnungen gehorchen. Wenn du damit nicht einverstanden bist, gehen wir sofort zu den Clanältesten und lassen sie entscheiden, was zu tun ist.«

Schwarzschädel unterdrückte den Drang, Otter mit der Keule über den Kopf zu schlagen. Diese Frechheit, diese herausfordernde Frechheit! Schwarzschädel bebte, er balancierte auf dem schmalen Grat zwischen Selbstbeherrschung und Mordlust; der Schädel des Händlers wäre zertrümmert, bevor er einen Arm heben könnte. Doch Otter blieb ruhig, nur seine Augen verengten sich unmerklich, und er preßte die Lippen leicht aufeinander.

Disziplin!

Schwarzschädel trat vorsichtig einen Schritt zurück und zwang sich zur Entspannung; er holte tief Luft. Ein Krieger mußte zur rechten Zeit die Fassung bewahren und Disziplin zeigen.

»Du bist ein sehr tapferer Mann, Händler.« Mit einer lockeren Bewegung warf er die Keule auf seine Schulter. »Wir suchen die Clanältesten auf und fragen sie, wer die Befehle auf deinem Boot gibt. Wenn sie sagen, daß ich gehorchen muß, dann werde ich es tun.«

Otter nickte langsam und richtete sich auf. Das Zittern seiner Beine verriet, welche Angst er gehabt hatte. *Vielleicht muß ich ihn am Ende töten, aber trotzdem ist er ein Mann, der Respekt verdient.*

Schwarzschädel folgte Otter den steilen Pfad hinauf. Seine Intuition sagte ihm, daß sich die Clanältesten auf die Seite des Händlers stellen würden.

Und das taten sie auch.

Als Otter zum letzten Mal aus der Vorratshütte kam, schaute er sich noch einmal um. Schnapper sprang, heftig mit dem Schwanz wedelnd, herum und gab winselnde Töne von sich.

Vom Süden waren Wolken herangezogen, ein eisiger Wind wehte und bewegte kräftig die Wellen; spielerisch blies er das letzte Herbstlaub in die Luft.

Wie schon bei früheren Abreisen erfüllte Otter auch diesmal der Blick auf das vertraute Anwesen des Clans mit Trauer.

Um den Hügel standen die Sperrpfähle, an denen Opfergaben

befestigt waren. Sie trugen ihre Botschaften in die Welt der Geister: Gebete für ihn und seine Mannschaft.

Otter nahm die grobgewebte Stofftasche, die seine Habe enthielt: ein Atlatl, seine Flöte, eine Bola, eine Plattformpfeife, eine kleine Keramikschale vom Grabhügel und seine Reibhölzer. Einiges hatte er schon ins Kanu gebracht: eine Axt, ein Beil, Seilrollen, ein sauber gefaltetes Netz und zwei Dutzend Langspeere für sein Atlatl. Außerdem lag ein Tongefäß mit Leinen und Angelhaken aus Knochen ordentlich im Wellentänzer verstaut. Der Rest der Ladung bestand aus den Handelswaren des Clans: Tabak, Schnekkenmuscheln, Stoffballen, Kupferplatten, Flechtwerk aus Palmblattstreifen, Haifischzähnen, Yaupon und anderen Gütern, die er im Süden eingetauscht hatte. Vom Weißmuschelclan nahm er zum Handeln noch feingewebte Stoffe mit und als Vorräte versiegelte Krüge mit Gänsefuß, Sumpfholunder, Sonnenblumenkernen und Kürbissen.

Zwischen den Pfählen mit den Opfergaben setzte er seine Tasche ab und kniete am Fuß des Grabhügels nieder. Hier lag die Elite der Anführer begraben, so ruhten die Führer im Herzen der Erde und konnten von dort aus weiter für ihr Volk wirken, die Bitten Mutter Erde vortragen und mit den Schutzgeistern sprechen.

Er hob die Arme, benetzte die Lippen und sang: »O ihr Vorfahren! Ich bin es, Otter, der Sohn von Blaue Kanne. Ich bitte euch mitzuhelfen, daß mein Volk weiterhin in Sicherheit ist. Bewahrt es vor Krankheit und Unheil, schützt den Clan vor Bösem. Haltet die Hand über meine Familie und meine Freunde, daß sie gesund, erfolgreich und glücklich bleiben.« Er beugte den Kopf. »Ich gehe weit weg. Auch in der Ferne werde ich euer Andenken ehren. Ich hoffe, ihr werdet die Geisterwelt bitten, über mich zu wachen.«

Aus der Gürteltasche nahm er eine dünne Schneide des heiligen Feuersteins. Er zog den linken Ärmel hoch und machte neben einer Reihe parallel verlaufender, kaum sichtbarer Narben einen schnellen Schnitt. Dann drückte er auf seinen Unterarm, bis sich Blut sammelte, das er auf den Boden tropfen ließ.

War es der Wind, oder hörte er die Geister, die den Duft des geopferten Bluts wahrnahmen?

Dann schritt er zielstrebig zum westlichen Einlaß des Erdwalls. Von dort warf er einen letzten Blick auf die Einfriedung.

Hier war er aufgewachsen und zum Mann geworden. Seit dem ersten Abschiednehmen vor seiner Reise mit dem Onkel hatte er stets das Gefühl gehabt, daß er eines Tages für immer weggehen würde.

War dieser Tag gekommen?

Schnapper sprang in großen Sätzen umher; sein Instinkt sagte ihm, daß die Zeit für ein neues Wagnis gekommen war.

Eine wachsende Erregung hatte Otter ergriffen, und sie verdrängte die Trauer, die ihn am vergangenen Abend in den Armen von Rote Mokassins niedergedrückt hatte. Jetzt rief der Fluß, jetzt wartete die bedeutendste Expedition, die er je unternommen hatte, auf ihn.

»Los, Schnapper, komm!«

Glücklich stürmte der Hund vorwärts, und Otter folgte ihm auf dem ausgetretenen Pfad.

Der Himmel versprach nichts Gutes, die Wolkenschichten kündigten Sturm vom Meer an. Das war kein sehr günstiger Tag, um aufzubrechen.

Vielleicht hatte Grüne Spinne Gewalt über das Wetter. Die Macht würde doch sicher dafür sorgen, daß ihr Verdreher in Bequemlichkeit reisen könnte.

Otter schüttelte den Kopf. Wenn man den Überlieferungen glauben durfte, gewährte die Macht den Menschen niemals Bequemlichkeit. Es schien sogar, als hätten die Geister eine perverse Freude daran, gerade denjenigen, die sie zur Ausführung ihrer Wünsche auserkoren hatten, alle möglichen Leiden und Schmerzen aufzuerlegen.

Zum Beispiel, daß sie Schwarzschädel mitschickten.

Otter erschauerte. Wie hatte er nur den tödlichen Blick des Kriegers ausgehalten?

Und doch habe ich ihn gezwungen, seinen Blick abzuwenden. Entweder bin ich mutiger, als ich dachte, oder fünfmal so dumm.

Er erschauerte noch einmal, und seine Muskeln verkrampften sich.

Zwischen Schwarzschädel, dessen Lebenszweck es ist, den Tod zu bringen, und Grüne Spinne, einem Verdreher, der keine einfache Antwort geben kann, bin ich gefangen.

Die Macht wählte merkwürdige Mittel für ihre Ziele.

An der Kanuanlegestelle drängten sich die Menschen vom Weißmuschel- und vom Riesenschilfclan; geduldig warteten auch die Clanältesten. Grüne Spinne war sofort zu sehen, denn die Menschen hatten weiten Raum um ihn gelassen. Offensichtlich wollte niemand einem Mann mit solcher Macht zu nahe kommen.

Der Verdreher schien geistesabwesend. Er lächelte milde die Bäume an. Das weiße Skelett, das er auf sein schwarzes Gewand gemalt hatte, sah erschreckend echt aus.

Otter sah auch den Krieger. Schwarzschädel stand breitbeinig abseits, die muskulösen Arme verschränkt. Selbst in dieser Entfernung wirkte seine aufrechte Haltung anmaßend. Wie sollte er die lange Reise mit diesem Kerl ertragen?

Viertöter hatte Otter kommen sehen und ging ihm mit Blaue Kanne entgegen. Er trug sein bestes Gewand. Sein Haar war über der Stirn zu einem Knoten zusammengebunden, matte Perlen aus kleinen Schneckenmuscheln hoben sich schimmernd von den schwarzen Locken ab. Eine schwere Decke mit Streifen aus weichem Biberfell und Gänsedaunen hielt er über seinen linken Arm gefaltet, über dem rechten hing eine dicke Seilrolle.

Am Fuße des Hangs trafen sich die Brüder. Otter hob seine Tasche und sagte: »Das ist das letzte Bündel. Alles andere ist schon verstaut!«

Viertöter zwang sich zu lächeln, aber seine Augen waren voller Trauer. »Ich wünschte, du würdest nicht fahren.«

»Deine Zunge wird müde werden, das zu sagen, Bruder.«

»Aber es ist wahr.« Viertöter breitete die Decke aus. »Ich möchte, daß du sie mitnimmst. Im Norden ist es sicher kalt. Es ist nicht viel, aber Rote Mokassins und ich ... also, du wirst sie brauchen können.«

Otter strich über die Decke – wie weich sie war und wie warm sie sein würde. Die Verarbeitung war hervorragend, das Gewebe fingerdick. »Ich danke dir. Ich brauche sie nur zu fühlen, um zu wissen, daß es keine kalten Nächte mehr für mich gibt.« *Für dich auch nicht, Bruder, mit Rote Mokassins an deiner Seite.*

»Und hier ist das Seil, von dem ich dir erzählt habe. Es ist das stärkste, das ich je gemacht habe.« Viertöter lächelte. »Vielleicht wußte ich schon im voraus, daß du es brauchen würdest. Es ist meine beste Arbeit, Otter. Vielleicht rettet dir das Seil einmal das Leben. Nimm es. Neben meiner Liebe ist es das Wertvollste, das ich dir geben kann.«

»Ich werde gut darauf achtgeben, das verspreche ich dir.«

Viertöters Lächeln verschwand. »Sei vorsichtig. Meine Zunge wird nicht müde, immerzu dasselbe zu wiederholen.« Er blickte zur Seite. »Ich habe letzte Nacht mit Grüne Spinne gesprochen, jedenfalls hab ich's versucht. Ich hab' nicht verstanden, was er mir mitteilen wollte. Er… er war gerade dabei, sein Äußeres nach innen zu malen.«

Otter lächelte. »Er sieht auch wirklich gedreht aus, findest du nicht? Sonderbare Wesen, die Verdreher. Was hat er gesagt?«

»Daß es gefährlich sein wird für dich.«

»Der Fluß ist immer gefährlich.«

Blaue Kanne war dicht hinter ihnen stehengeblieben. Jetzt trat sie vor und hielt Otter ein Ledersäckchen hin, das mit einer Schnur zugebunden war. »Das ist für dich. Ein Händler, ein Freund meines Bruders, hat das in einem Dorf der Khota für zwei Pfeifen und eine Glimmerplatte eingetauscht. Als er später hier vorbeikam, hab' ich's gegen eine warme Mahlzeit und eine Übernachtung von ihm eingetauscht.«

Ihre Hand umschloß Otters Finger, als er das Säckchen öffnen wollte. »Nicht jetzt. Später, wenn du auf dem Fluß bist und Zeit hast nachzudenken. Versprich mir das.«

»Gut, Mutter.« Otter wog das Säckchen in der Hand. Es war schwer. Was könnte drin sein?

Der Blick seiner Mutter ruhte fest auf ihm. »Du warst schon immer anders, Otter. Vielleicht habe ich deswegen Viertöter dir vorgezogen.«

»Mutter, ich habe doch niemals …«

»Nein. Laß mich ausreden. Wir wissen beide, wie es war. Ich muß dir sagen, wie stolz ich auf dich bin. Ich wünschte nur … ich hätte dich ganz für mich haben können, statt dich mit dem Fluß zu teilen.«

»Du hast mich ganz, Mutter.« Er nahm sie in die Arme und drückte sie fest an sich.

»Ich werde vorsichtig sein.«

»Ja, paß gut auf dich auf.« Sie hatte Tränen in den Augen.

Otter legte seine Hand auf ihre Schulter und holte tief Luft. Schnapper saß schon auf den Packen im Wellentänzer und blickte schwanzwedelnd von dort herab, als wollte er sagen: »Worauf warten wir eigentlich noch?«

Otter nahm nun Abschied von Verwandten und Freunden. Schließlich stand Alter Nordmann vor ihm.

Der Älteste mit dem zerfurchten Gesicht sah ihn an; seine Augen glänzten wie Obsidian. »Möge die Macht über dir sein, Sohn von Blaue Kanne. Von diesen Männern bist du der mutigste.«

»Ich?«

Alter Nordmann unterstrich seine Wort mit einer Handbewegung. »Grüne Spinne lebt in seiner Vision, von der Wirklichkeit des Lebens abgeschnitten. Schwarzschädel aber hat trotz seiner Großtuerei und der anmaßenden Haltung Angst vor dem Unbekannten. Sei freundlich zu ihm, Otter, er braucht deine Hilfe.«

Otter schaute zu dem stämmigen Krieger, der immer noch abseits der Menge stand. Seine schwarzen Augen schienen in erschreckender Glut zu brennen, und seine Haltung strahlte eher Gewalttätigkeit aus als Angst.

»Glaube mir«, sagte der Älteste. »Er wird keinem seine Verwundbarkeit zeigen. Sprich ihm Mut zu, wenn du kannst.«

Lieber mache ich einer Mokassinschlange Mut als Schwarzschädel.

»Ich werde mein Bestes tun, Ältester.«

Der alte Mann klopfte ihm auf die Schulter und machte anderen Platz.

Plötzlich stand Otter Rote Mokassins gegenüber. Eine Schrecksekunde lang blickten sie sich in die Augen. Er wollte sich jede Einzelheit ihrer glatten Haut, ihrer fein geschnittenen Nase und ihrer anmutig gewölbten Stirn einprägen. Sie verzauberte ihn wie eh und je.

Nach einer Weile murmelte sie: »Leb wohl, Otter.« Dann drehte sie sich um und lief davon.

Erinnerungen überkamen ihn wie eine Sturzflut. An Zeiten, in denen sie zusammen am Feuer gesessen, geredet und gelacht hatten. An Augenblicke gemeinsamer Freude, wenn er ihr ausgefallene Geschenke aus fernen Ländern mitgebracht hatte; an ihre Art, scheu zu lächeln oder auch, wie sie ihm manchmal aufreizende Blicke zugeworfen hatte. Er dachte an Tage, an denen sie Hand in Hand gegangen, mit dem Kanu auf den Fluß hinausgefahren waren, an denen sie geangelt oder Netze ausgeworfen hatten.

Dann sah er andere Bilder, gesponnen aus Phantasie und Verlangen: ein warmes Haus, Kinder, ihre offenen Arme. Ein Leben, das er mit ihr hätte haben können. Vorbei jetzt. Vorbei!

»Händler!« Schwarzschädels Stimme riß ihn aus seinen Träumen. »Wenn du noch lange dastehst, schlägst du Wurzeln. Je eher wir zu dieser Wahnsinnsfahrt aufbrechen, desto eher kommen wir auch wieder zurück.«

Otter beachtete ihn nicht, er stapfte durchs kalte Wasser und verstaute seine Sachen in Wellentänzer. Grüne Spinne hatte sich schon mittschiffs zwischen die Packen gesetzt und redete auf Schnapper ein. Die beiden hatten sofort Freundschaft geschlossen.

Otter balancierte über die Packen und setzte sich achtern. Schwarzschädel legte sorgfältig seine Wurfspeere in Reichweite, bevor er sich im Bug niederließ.

»Wir legen jetzt ab!« rief Otter und winkte Viertöter zu. Eichelhäher, Viertöter und einige andere schoben das große Kanu über den nassen Sandstrand ins Wasser.

Otter steuerte rückwärts und führte dann den Bug des Kanus in die Strömung. Er stach mit dem Paddel ins trübe Wasser, und Schwarzschädel paßte geschickt seinen Schlagtakt dem Otters an; Wellentänzer schnitt wie ein Messer durchs Wasser.

Schwarzschädel blickte zum Ufer zurück und sagte: »Wenn sie die Clanältesten nicht heil nach Hause bringen, töte ich jeden von ihnen.«

»Sie werden alle sterben«, krähte Grüne Spinne und lehnte sich gegen die Packen. »Jeder Älteste, tot... tot... Vier Tote!«

»Schweig!« knurrte Schwarzschädel, was aber Grüne Spinne nur veranlaßte, fröhlich zu singen: »Vier Tote, vier Tote!«

»Wohin?« rief Schwarzschädel nach hinten, über das Geplapper des Verdrehers hinweg.

»Quer rüber. Die Strömung ist da nicht sehr stark.«

Mit kräftigen Paddelschlägen steuerten sie schräg auf das

gegenüberliegende Ufer zu. Otter schaute sich um und sah die Kanus des Clans, die ihnen das Geleit gaben. Viele der Boote würden sie bis zum Abend begleiten und erst dann wenden, um mit der Strömung wieder zurückzufahren.

Otter wandte alle Kraft auf, um das große Kanu in die gewünschte Richtung zu steuern. Stolz stand Schnapper auf den Packen, seine Schnauze schnüffelnd in den Wind gestreckt, sein dichtes schwarz-weiß-braunes Fell zerzauste der Fahrtwind.

»Das wird eine lange, schwere Wanderung werden«, verkündete Grüne Spinne. »Mir tun die Füße jetzt schon weh.« Dann nahm er sein Paddel, schlug es aber in die falsche Richtung und spritzte den Krieger völlig naß.

»Du Narr! Gleich komm' ich nach hinten und zerschlag' dir dein Paddel überm Kopf!«

»Grüne Spinne!« sagte Otter nervös, »Schwarzschädel und ich werden schon allein mit dem Paddeln fertig.« Doch der Verdreher paddelte nur noch eifriger, bis Schwarzschädel aufstand und sagte: »Genug, du Idiot! Paddel jetzt nur noch etwas stärker und ich schieb dir dein Paddel in den Schlund.«

Grüne Spinne legte gehorsam sein Paddel ab und seufzte.

Schwarzschädel murmelte ärgerlich einen unverständlichen Fluch.

Alles verdreht! Na, das wird ja eine interessante Fahrt werden, sagte sich Otter. Als er zurückschaute, sah er Rote Mokassins am Ufer stehen, eine schlanke, braune Hand über den Augen, um die Sonne abzuschirmen.

Laß los! Du mußt das jetzt alles hinter dir lassen.

13. KAPITEL

Ich liege warm in meine Decken eingewickelt und bin schläfrig. Am ausgebrannten Feuer bewegt sich etwas – ein Wiegen ... ein Schaukeln. Ich höre Füße im Schnee knirschen. Von weither ruft mich die Maske.

Ihre Macht verliert an Kraft, als würde sie erdrosselt.
Sie sind in die strahlende Dunkelheit entflohen.
Es hat begonnen.

Sternmuschel führte die Gruppe durch die stille Winternacht. Abertausende von Sternen funkelten am samtenen mondlosen Himmel, als sie auf der Heiligen Straße nach Norden gingen. Die eisige Kälte drang durch Sternmuschels Decke und in ihre Mokassins; bei jedem Schritt knirschte der gefrorene Boden unter ihren Füßen.

Der Schnee, der auf den Felder hinter dem niedrigen Damm lag, schimmerte bläulich, und wie Schattenrisse standen die fernen Hügel vor dem Nachthimmel.

Sternmuschel schaute auf Silberwasser, die ihre Hand fest umklammert hielt und mit ihren kleinen Beinen mühevoll Schritt zu halten versuchte.

»Alles in Ordnung, mein Kind?«

»Mir ist kalt, Mama. Ich habe solche Angst.«

Langer Mann hinter ihnen sagte voller Anteilnahme: »Es tut mir leid, Silberwasser. Es wird sehr kalt werden heute nacht, und dieses Wetter wird wahrscheinlich längere Zeit anhalten. Aber du mußt mit uns kommen.«

Der Magier stapfte mit seinen kurzen, krummen Beinen weiter durch den Schnee. Der Packen mit der Maske hing ihm wie ein Buckel auf dem Rücken, und die kleine Tasche mit dem Wolfskopf schwang unter seinem linken Arm hin und her. Sternmuschel fragte sich, ob er nicht auch eine bleierne Müdigkeit spürte.

»Warum muß sie mitkommen?« fragte sie. »Was hat das kleine Mädchen mit alledem zu tun?«

»Ihr Vater hat sich das Leben genommen«, sagte Langer Mann ernst. »Glaubst du, der Leuchtvogelclan würde das je vergessen? Willst du denn, daß sie von Wulstlippe und seinesgleichen immer wieder daran erinnert wird?« Traurig fügte er hinzu: »Welch eine Ironie. Die Macht wirkt über Generationen – manche werden errettet und manche verdammt.«

Was bedeutete dieser gejagte Blick in seinen Augen? Sternmuschel unterdrückte ein Schaudern und betrachtete den kleinen Mann. »Ist denn alles verloren?«

»Nein, junge Sternmuschel.« Sie konnte auch im Dunkeln sehen, daß er grinste. »Solange ihr beide gesund und munter seid, nicht. Und wir haben die Maske. Solange sind wir ganz sicher.«

Sie fühlte sich dennoch unwohl und schaute sich genau den Verlauf der Heiligen Straße nach Norden an. Die Clans hatten zu beiden Seiten als Begrenzung parallel verlaufende Erdwälle errichtet. In einigen Jahren würde die ganze Straße von Erdwällen eingefaßt sein, und dann könnte man die gesamte Strecke von den Sonnenhügeln zur Sternhimmelstadt über die Dämme gehen. »Wohin gehen wir, Mama?« fragte Silberwasser.

»Fort, mein Kind, weit fort, wo wir sicher sind. Wir gehen zur Sternhimmelstadt. Dort wirst du meinen Vater treffen, und es ist schön warm da.« Aber glaubte sie das selbst? Die furchterregende Nähe der Maske hatte sie gerade erlebt. Wie brachte der Magier nur die Kraft auf, sie zu tragen, ihre Nähe auszuhalten?

Sie gewahrte den Schatten einer Eule, die geräuschlos über ein Brachfeld glitt. Ein verlassenes Gehöft lag unter einem Berg Schnee begraben. Erst in zwei, drei Monden würden die Besitzer zurückkehren und dann mit den Ritualen der Aussaat und der Feldarbeit beginnen.

Sternmuschel rutschte auf einer glatten Stelle aus, fing sich wieder und achtete nun besser auf den Pfad. Ihre Füße waren so kalt geworden, daß sie schmerzten. »Glaubst du im Ernst, Wanderdrossel hätte nicht gewußt, daß wir nach Norden gehen? Er weiß, daß ich aus dem Sternhimmelclan bin und kann sich denken, daß ich zu meinem Clan zurücklaufe.«

»Damit rechne ich.« Langer Mann schien unbeteiligt.

»Und das ist doch auch unser Ziel, oder?«

»Wie kommst du darauf?«

»Wir sind auf der Heiligen Straße. Wir müssen die Maske zum Brüllenden Wasser bringen. Da liegt es nahe, daß wir zur Sternhimmelstadt gehen, um uns Verstärkung zu holen und dann zum Roßkastanienclan weiterwandern und von dort immer noch weiter.«

»Mitten im Winter? Überleg einmal, Sternmuschel. Die Nachricht von deinem Ehemann verbreitet sich schneller als die Sonnenstrahlen am Morgen. Wanderdrossel kann sich denken, daß wir auf der Flucht sind. Du glaubst doch nicht, daß eine Frau, ein kleines Mädchen und ein kurzbeiniger Alter schneller laufen können als eine Horde Krieger?«

»Aber warum sind wir dann auf der Heiligen Straße?«

»Nur für kurze Zeit, Sternmuschel. Wir müssen uns beeilen, das ist wahr, aber ich habe ein bestimmtes Ziel im Auge. Gegen Morgen werden wir das Territorium der Blauenten erreichen. Danach können wir uns auf einem mir bekannten Gehöft ein paar Tage ausruhen und neue Kräfte sammeln.«

»Auf einem Besitz der Langschädel?« Sternmuschel zuckte zusammen, als die Eule schrie. »Dort wird Wanderdrossel auch nach uns sehen.«

»Wie will er wissen, wo er suchen soll?« Der Zauberer ging weiter, und er schien so frisch zu sein wie bei ihrem Aufbruch vor vielen Tagen.

Es war alles so schnell gegangen – die Entdeckung ihres Mannes, die Versammlung im Haus der Töpfergesellschaft und die nächtliche Flucht. Sternmuschel überdachte ihre mißliche Lage, und sie erschien ihr immer hoffnungsloser.

Warum überlassen wir die Maske nicht einfach Wanderdrossel? Dann würde ich mit Silberwasser so weit wie möglich vom Blauentenclan und aus dem Mondmuscheltal weglaufen.

Sternmuschel konzentrierte sich auf den Weg; Atemwölkchen stiegen ihr aus Mund und Nase. Die Kälte biß in ihre Haut, nie würde ihr wieder warm werden.

»Ich habe Hunger«, sagte Silberwasser mit leiser Stimme.

»Wir werden bald etwas essen.« Aber was? Sie waren aufgebrochen, ohne Vorräte mitzunehmen. Alles war in großer Hast geschehen.

Es war ganz still, aber Sternmuschel hörte das Knarren. Würde sie jemals wieder die Augen schließen können, ohne den grausigen Leichnam vor sich zu sehen, wie er an dem Seil baumelte? Dieses Bild würde sich immer in ihre Träume drängen und den Seelenfrieden stören, nach dem sie sich so sehnte.

Sie wußte, daß seine Seele noch bei den Sonnenhügeln war. Um die schwache Verbindung zwischen ihnen abreißen zu lassen, schaute sie nicht zurück. Sonst fände sein kranker Geist womöglich noch die Kraft, die Sperrpfosten zu überwinden und sie zu verfolgen.

Morgen würde alles besser sein. Dann würde sie wissen, daß das Clanhaus in Brand gesetzt worden war und die Flammen das Schreckliche, das dort hing, verzehrt hatten.

In ihrer Phantasie beschwor sie das Bild, wie sich die Flammen durch die Bodenmatten fraßen, wie sie an den Wänden emporzüngelten und die Holzbalken verkohlten, bis sie schließlich durch das Schilfdach in den Nachthimmel schossen. Mit gelben Zungen umtanzten sie die Füße ihres Mannes und gewannen neue Kraft. Sie konnte sein Gesicht sehen, das im flackernden Licht glänzte. Die Flammen spiegelten sich in seinen aus den Höhlen getretenen Augen wider, erfaßten sein Haar und stobend als Funken davon, die wie Tränen aus der Erinnerung verschwanden.

Sternmuschel stolperte.

»Mama!« rief Silberwasser.

Sternmuschel fiel zitternd auf die Knie, und ein unbeherrschtes Schluchzen schüttelte sie.

»Mama, was hast du?« schrie Silberwasser und brach in Tränen aus.

Sternmuschel zog ihre Tochter an sich, und beide schluchzten voller Verzweiflung.

Alles ist gut! Morgen ist sein Fleisch nur noch Asche, sind vom Seil nur noch verkohlte Fasern übrig, die reißen werden, und dann stürzen seine elenden Knochen ins Feuer.

Die Kälte in ihren Beinen brachte Sternmuschel in die Realität zurück. Sie wischte sich die Tränen ab und sah ihre Tochter an, die so schwach und bleich aussah im Licht der Sterne.

»Ist alles in Ordnung, mein Kind?«

»Ich friere, Mama. Ich will nach Hause. Ich will es warm haben. Bitte, können wir nicht nach Hause gehen?«

»Leider geht das nicht, Silberwasser. Noch lange nicht.« *Vielleicht niemals.*

Eine Hand legte sich sanft auf Sternmuschels Schulter, und Langer Mann sagte: »Manchmal gehen die Missetaten einer Generation auf die nächste über. Ich wünschte, es wäre euch erspart geblieben.«

Sternmuschel antwortete bitter: »Ich weiß. Aber wir haben wohl keine Wahl?«

Sein Blick wanderte in die Ferne, als sähe er einen anderen Ort in einer anderen Zeit. »Nein. Es gibt nur eine Wahl, und das ist Sühne. Jemand muß für die Fehler der Vergangenheit zahlen.«

»Mama, warum müssen wir weggehen?« Silberwasser blickte unsicher von Sternmuschel zu Langer Mann.

Sternmuschel stand mühsam auf und wischte ihrer Tochter die Tränen von den Wangen. »Komm, Liebes, wir wollen weiter. Wenn wir gehen, wird es uns auch wärmer.«

»Mama, ich will nicht.«

»Pst, mein Kind. Wir müssen jetzt tapfer sein. Und stark.«

Sternmuschel zog ihre Tochter mit sich und setzte mechanisch einen Schritt vor den anderen. Wenn sie sich auf den Weg konzentrierte, könnte sie vielleicht die Erinnerungen verdrängen.

Otter legte Reiser auf das prasselnde Feuer, das Funken sprühte. Sie lagerten an einem Strand, hinter dem sich Wald erstreckte, ein Gewirr aus ineinander verflochtenen Zweigen und von Schlingpflanzen umwachsenen Baumstämmen. Der Fluß, der gleichmäßig dahinströmte, pulsierte im Einklang mit Otters Herzschlag.

Er roch den Duft und nahm die Kraft des Flusses in seine Seele auf, um seinen geschwächten Lebensgeistern neuen Auftrieb zu geben. Die Erregung, in die ihn eine neue Reise sonst immer versetzte, wurde von düsteren Vorahnungen überlagert.

Fast den ganzen Vormittag war Nieselregen gefallen. Grüne Spinne hockte jetzt neben dem Feuer und blickte wie gebannt auf einen Kochtopf, in dem eine Brühe brodelte, die einen köstlichen Duft verströmte.

Otter blickte zu Wellentänzer, der weiter südlich auf dem Ufer lag. Der Fuchskopf am Bug war im Dämmerlicht kaum zu sehen.

»Das Essen ist zu kalt«, bemerkte Grüne Spinne. Er rümpfte die Nase. »Gülle riecht besser als dieses Zeug.«

»Wird also toll schmecken, was?« meinte Otter und zog eine Braue hoch.

»Dich würde ich nicht einmal einen Felsbrocken kochen lassen.«

»Gut, ich werde dir morgen einen kochen, das heißt, wenn wir einen finden.«

»Die finden wir überall.« Grüne Spinne grinste auf die dicke Suppe hinab.

»Tatsächlich?« Otter nahm ein Stück Brennholz. »Du weißt sicher, daß die Leute hier im Tal Kochtöpfe aus Ton benutzen, oder? Sie haben nämlich keine Steine, die größer als ein Sandkorn sind. Außerdem kann man diesen Ton verschiedenartig formen, so daß er sich unterschiedlich erhitzt.«

»Hätte ich nicht gewußt.« Grüne Spinne legte die Stirn in Falten. »Das kann man noch nicht essen. Ist noch nicht fertig.«

»Na schön, nimm deine Schale und schöpf dir was.« Otter neigte den Kopf. »Aber laß bloß was für Schwarzschädel übrig, der sucht nämlich nach einem Vorwand, um dir Arme und Beine ausreißen zu können.«

Grüne Spinne füllte sich Suppe in seine Holzschale, setzte sich auf die gekreuzten Beine und blies geräuschvoll auf die Suppe, um sie abzukühlen.

Da tauchte Schwarzschädel wie ein Geist aus dem Dunkel auf. Wie ein gefährlicher Bär ließ er sich am Feuer nieder und starrte Grüne Spinne mit Abscheu an.

»Was gefunden?« fragte Otter.

Der Krieger schüttelte den Kopf. »Nur alte Spuren. Wer immer hier vor uns kampiert hat, ist nur eine Nacht geblieben. Das muß die kriegerische Einheit gewesen sein, die ich sah, als ich mit den Ältesten flußabwärts fuhr.«

»Die Khota«, brummte Otter.

»Sie hatten eine Frau dabei.«

Otter erzählte ihm die Geschichte von Perle und ihrer Verlobung mit Wolf der Toten.

»Dieser Wolf der Toten«, fragte Schwarzschädel, »ist er ein mächtiger Krieger?«

Otter sagte: »In seinem Land ist er so bekannt wie du im Umkreis der Stadt der Toten. Er ist ein richtiger Totschläger, aber davon abgesehen, seid ihr so verschieden wie Tag und Nacht. Von deiner warmherzigen und gewinnenden Persönlichkeit hat er nichts.«

Schwarzschädel betrachtete ihn mit glitzernden Augen, während Grüne Spinne geräuschvoll seine Suppe schlürfte. »Manchmal verwirrst du mich, Händler, aber lassen wir das jetzt. Offenbar hast du für die Khota nichts übrig. Ich nehme an, du hast schon mit ihnen zu tun gehabt?«

Otter nahm seine Schale und schöpfte sich Suppe. »Sie haben meinen Onkel umgebracht; und mich haben sie bestohlen. Mit denen möchte ich nie mehr etwas zu tun haben.«

Schwarzschädel strich sich über sein schiefes Kinn und schüttelte den Kopf. »Wenn man sich vorstellt, daß die Clanältesten in einer so bedrohlichen Situation waren...« Er warf Grüne Spinne einen bitterbösen Blick zu.

»Manchmal, Krieger, ist es sicherer, auf Reisen nicht aufzufallen«, meinte Otter.

»Ich hab' mich in meinem ganzen Leben noch nie unauffällig verhalten«, knurrte Schwarzschädel.

»Khota«, murmelte Grüne Spinne. »Was für reizende Leute. So liebenswürdig und gastfreundlich. Die schönsten Perlen findet man in den tiefsten Gewässern. Ich freue mich darauf, die Khota zu treffen. Herzliche Umarmungen... überall. Und solch faule Jäger!«

Otter nahme eine Schluck Suppe. »Wenn wir auf dem Schlangenfluß fahren, kommen wir nicht in die Nähe der Khota.«

»Gab's noch was außer den Spuren?« fragte Otter, bemüht, das Gespräch mit Schwarzschädel nicht einschlafen zu lassen.

»Nein. Nur etwas Blut im Gras, das wie altes Hirschblut roch. Nach den Spuren haben ihn die Khota erlegt. Hirschknochen liegen noch bei ihren anderen Feuerstellen. O ja, das habe ich noch gefunden.« Schwarzschädel holte ein Flechtwerk hervor, bei dem Grashalme mit komplizierten Knoten zu einem Viereck verflochten waren.

Otter betrachtete es mit Interesse. »So etwas habe ich schon einmal gesehen, es ist ein Gebetsopfer. Die Anhinga machen so etwas. Man legt sie auf die Grabhügel, um die Hilfe der Ahnen zu erbitten.«

»Von den Anhinga? Dann hat das vielleicht Perle gemacht?«

Otter befühlte das Flechtwerk. »Ich glaube, sie weiß jetzt, in welcher Lage sie ist. Das arme Mädchen wird Todesangst haben.«

Er schlürfte seine Suppe und betrachtete die kleine Gebetsmatte. »Die Anhinga knüpfen so etwas nur, wenn sie in größter Not sind.«

Schwarzschädel nahm seine Schale, trank von der Suppe und gab grunzende Laute der Befriedigung von sich. »Ich bin sehr überrascht, Händler, das schmeckt ja fabelhaft. Du wärst eine gute Hausfrau.«

Eine kalte Bö fuhr über sie und ließ das Feuer auflodern. Otter schirmte seine Schale ab und trank den Rest der Suppe. Einem Impuls folgend, legte er die geflochtete Matte zusammen und steckte sie in sein Hemd.

»Erzähle mir mehr von diesen Khota«, bat Schwarzschädel. »Kommen sie gewöhnlich so weit den Fluß hinab?«

»Nein. Gewöhnlich erwarten sie, daß die Händler zu ihnen kommen. Warum sollten sie auf dem Fluß ein Risiko eingehen, wenn sie ihre schmutzige Arbeit genausogut auch auf eigenem Grund und Boden erledigen können.« Er machte eine Pause und fügte leise hinzu: »Denn manche Leute haben ein gutes Gedächtnis.«

Schwarzschädel schürzte die Lippen. »Das dachte ich mir. Ich kenne sie nur vom Hörensagen. Ich habe noch nie einen Händler von ihnen in der Stadt der Toten gesehen.«

»Du würdest auch keinen da haben wollen. Sie machen nur Ärger.«

»Ärger?« Schwarzschädel grinste, mit seinem gebrochenen Kiefer kein schöner Anblick. »Den machen sie mir nur einmal, Händler.«

»Ist alles so einfach für dich?«

Schwarzschädel sah ihn mit glitzernden Augen durchdringend an. »Im Kampf gibt es nur zwei Möglichkeiten, und ich kenne nur eine, und die heißt Sieg. Damit ist alles gesagt, Händler. Entweder du gewinnst oder du verlierst.«

Grüne Spinne warf ein: »Und du hast immer verloren!«

Schwarzschädel spuckte ins Feuer. »Ich habe immer gewonnen.«

»Gewinnen, gewinnen, immer gewinnen«, zwitscherte Grüne Spinne.

»Was würde ich darum geben, dir den Mund stopfen zu können!«

Um das Thema zu wechseln, sagte Otter zu Grüne Spinne: »Ich möchte, daß du dich konzentrierst, mir zuliebe. Kannst du ein Spiel spielen? Dich daran erinnern, wie es rückwärts ging? Kannst du so zu mir sprechen?«

Grüne Spinne konzentrierte sich. »Ja«, murmelte er, »ich erinnere mich.«

»Warum wurden wir drei ausgesucht, die Maske zu retten? Warum nicht jemand, der in der Nähe des Brüllenden Wassers lebt? Warum müssen wir eine so weite Reise machen?«

Schwarzschädel war plötzlich ganz Ohr.

Das Gesicht von Grüne Spinne zeigte einen schmerzlichen Ausdruck. Er spitzte die Lippen, als suchte er nach Worten. »Wir werden nicht erwartet.«

»Erwartet. Von wem?« fragte Schwarzschädel gespannt.

»Von Glücksspielern.«

»Was für Glücksspieler?« Schwarzschädel beugte sich vor, den Kopf leicht geneigt.

Grüne Spinne starrte in seine Schale, als könnte er aus dem Rest seiner Suppe Erkenntnisse gewinnen. »Glücksspieler, Zwerge, Kinder.«

»Da hast du es!« Schwarzschädel warf die Arme hoch. »Du versuchst, das, was er sagt, zu verstehen. Und was kommt dabei heraus? Nur dummes Zeug! Ich sollte ihm mehrmals über den Kopf hauen. Mal sehen, ob er dann zu Verstand kommt.«

»Ja, Krieger«, flüsterte Grüne Spinne. »Folge deiner Natur. Sei, was du gewesen bist, und nicht, was du sein könntest. Hau allen über den Kopf. Schlag mit deiner Keule zu und zerschlage die Welt.« Er machte eine Pause. »Sie hat es ihm erzählt, weißt du. Sie legte Wert darauf... als hätte er's nicht schon gewußt.«

»Er? Wen meinst du? Wer hat was erzählt? Was quatschst du da?«

Grüne Spinne sagte: »Deine Mutter. Sie hat es Brennender Wolf erzählt.«

»Bah!« knurrte Schwarzschädel. »Ein Wahnsinniger ist das.« Der Krieger trank seine Schale aus und stand auf. Seine Gesichtsmuskeln zuckten, als er den Verdreher finster ansah, aber seine Überheblichkeit war von ihm gewichen. Statt dessen flackerte in seinen Augen etwas, das aussah wie Furcht. Schweigend drehte er sich um, ging zu Wellentänzer und holte sich seine Decken.

Otter betrachtete Grüne Spinne mißtrauisch. »Warum quälst du ihn so?«

Der Verdreher fixierte seinen Blick auf das Feuer. »Welcher Stein schneidet mit der schärfsten Kante, Händler?«

Otter überlegte kurz. »Obsidian.«

»Ja, scharf – und tödlich. Schwarzschädel ist Obsidian. Und so schneidet er durchs Leben. Sauber und schmerzlos.« Jetzt wurde sein Blick unscharf.

»Sprich weiter.«

»Was geschieht, wenn du eine Schneide aus Obsidian biegst, Händler?«

»Sie zerspringt.«

Grüne Spinne schauderte und seufzte. »Schwarzschädel muß sein Inneres nach außen kehren, damit er sich nicht selbst den Kopf abschneidet und erstickt.«

»Ich verstehe.«

Ohne ein weiteres Wort erhob sich Grüne Spinne, summte vor sich hin, tanzte dazu, drehte sich in Pirouetten zum Feuer und ließ sich auf sein Lager fallen. Er rollte sich in seine Decken und fing laut zu schnarchen an.

Otter blickte beunruhigt auf Schwarzschädel, der sich neben das Kanu gelegt hatte.

Worum war es bei diesem Wortwechsel eigentlich gegangen? Schwarzschädel hatte den Gerüchten zufolge seine Mutter getötet. Aber viel mehr wußte man auch nicht. Außerdem hatte der Weißmuschelclan wenig Verbindung zum Winterclan.

Otter schaute noch einmal zu Schwarzschädel. Ein Mann bringt doch nicht einfach seine Mutter um und lebt weiter, als wäre nichts geschehen. Seine Familie würde für so ein grausiges Verbrechen Vergeltung fordern … es sei denn, sie hätte seine Tat vorher gutgeheißen. Das könnte der Grund sein, daß im ganzen Land nicht mehr darüber geredet wurde.

Otter rieb sich das Gesicht. Er war müde. Warum hatte die Macht gerade ihn dafür ausgewählt, dieses ungleiche Paar nach Norden zu bringen? Hätte die Macht nicht genausogut einen leichtgläubigen Händler in der Stadt der Toten finden können? Und Glücksspieler? Er betrachtete Grüne Spinne aus den Augenwinkeln. Der Verdreher hatte ihnen etwas mitteilen wollen, aber wie immer war seine Rede so verworren gewesen, daß die Botschaft nicht mehr zu erkennen war.

Ist in der Welt alles in der Schwebe, wie die Clanältesten behaupten? Oder hat Schwarzschädel recht, daß wir in die Irre fahren? Wenn das der Fall ist, was wird es uns kosten?

Otter rutschte auf seinem Platz hin und her. Da fiel ihm das Ledertäschchen ein, das seine Mutter ihm gegeben hatte. Er holte es hervor und betrachtete es. Blaue Kanne hatte gesagt, ein Händler habe es von den Khota mitgebracht und viel dafür bezahlt. Blaue Kanne hatte es aber nur für eine Übernachtung und ein warmes Essen eingetauscht.

Otter zog den Verschluß des Säckchens auf. Ein Stück Kupfer, in Stoff eingewickelt, fiel heraus. Noch bevor er es auswickelte, erkannte er das vertraute Emblem. Das polierte Stück war in der Mitte durchbohrt und hing an einer geflochtenen Schnur. Es war ein Falke, dessen Auge aus einer Süßwasserperle bestand, die im gelben Licht des Feuers zu glühen schien.

Otter kannte den kupfernen Falken seit vielen Jahren; sein Onkel hatte ihn immer getragen. Otters Faust schloß sich um das kühle Metall.

Er holte tief Luft, und als er aufschaute, sah er den leuchtenden Feuerschein in den Augen von Grüne Spinne. Der Verdreher sagte nichts, er sah ihn nur unverwandt an.

14. KAPITEL

Perle wartete im Dunklen unter dem Schutzdach und tat so, als ob sie schliefe. In dieser Nacht, auf dieser schmalen Flußinsel, würde sie versuchen zu fliehen. Die Khota fühlten sich sicher, und sie hatte ihnen gelben Baldrian in die Suppe getan.

Gelber Baldrian war seit Generationen von den Heilern der Anhinga als schmerzstillendes Beruhigungsmittel verwendet worden. Aber mitten im Winter, und dazu noch unter Bewachung, war schwer zu finden, was man brauchte. Doch Perle hatte eine kleine Wurzel ins Abendessen geben können.

Sie wartete auf den richtigen Zeitpunkt. Nur Geduld, sagte sie sich. Unter den Decken war es so warm, daß sie Müdigkeit überkam. Und so glitt sie in den Schlaf … und träumte.

Das Sonnenlicht schimmerte auf dem türkisfarbenen Wasser, und silberne Funken blitzten von den Wellenspitzen auf. Perle saß, den Speer in der Hand, in ihrem schmalen Kanu, das sich hob und senkte.

Sie durchforschte das klare Wasser nach Beute. Da bewegte sich ein dunkler Umriß in der kristallklaren Tiefe. Mit einer geschmeidigen Bewegung warf Perle den Speer, und die Spulen der geflochtenen Wurfleine rollten sich ab.

Sie hatte es genau berechnet und sah, wie der Speer durchs Wasser schoß und den dicken roten Fisch traf.

Perle packte die Leine vorsichtig, denn ein zu heftiger Ruck würde die mit Widerhaken versehene Spitze herausreißen, und der mächtige Fisch würde entkommen.

Mit großem Geschick holte sie den Fisch schnell ein, damit keine Haie kommen konnten und ihr die Beute wieder abjagten.

Der Fisch kämpfte um sein Leben, sie hörte, wie er verzweifelt um sich schlug. Sie holte den Fisch heran, hängte sich über den Rand des Bootes und griff nach dem Fisch. Mit einem kräftigem Ruck warf sie das zuckende Tier ins Boot. Der Fisch bäumte sich auf und sein Blut, das zwischen den goldroten Schuppen hervorquoll, tropfte auf das nasse Holz.

Der Traum löste sich in viele Einzelteile auf, und ein Gefühl unbestimmten Drängens ließ Perle aufwachen. Einen Augenblick verharrte sie bewegungslos und erinnerte sich an die Freiheit, das Meer, die toten Gewässer im Sumpfgebiet – und daran, was für ein wunderbares Leben sie gehabt hatte.

Sie starrte in die Dunkelheit. Wann wurde es endlich Tag? Sie stützte sich auf einen Arm und schaute hinaus.

Dann setzte sie sich auf, und sofort drang kalte Luft unter ihre Decken. Rechts von ihr lag Einarm. Seine Brust hob und senkte sich mit jedem Atemzug. Am Eingang lag Hundefresser zu einer

Kugel zusammengerollt. Sein gleichmäßiger Atem zeigte, daß auch er tief schlief.

Perle zog die Knie an. Lautlos, wie sie es beim Jagen gelernt hatte, löste sie sich aus ihren Decken, setzte leise die Füße auf, Nerven und Muskeln vor Angst aufs äußerste gespannt.

Mit angehaltenem Atem und wild schlagendem Herzen stieg sie über Hundefresser und ging hinaus in den kalten Regen. Tief gebückt schlich sie durch das Lager. Scharfe Böen aus dem Norden bissen ihr in die Haut, als sie zum Strand eilte.

Am ersten Kanu, das sie erreichte, rührte sich nichts. Jedes ihrer Geräusche hatte der Regen übertönt. Sie bückte sich, um das Kanu mit aller Kraft anzuschieben, doch der schwere Einbaum bewegte sich nicht.

Sie unterdrückte einen Fluch und ging zum nächsten Kanu. Eigentlich wollte sie alle Kanus, bis auf eines, mit dem sie fliehen wollte, ins Wasser zu schieben, damit die Strömung sie forttriebe.

Das dritte Kanu lag nicht so weit auf dem Strand. Sie nahm ihre ganze Kraft zusammen, um es voranzuschieben. Mit dem Kanu könnte sie die Mündung des Flüßchens erreichen, die sie am Nachmittag gesehen hatte. Sie könnte das Flüßchen so weit wie möglich hinaufpaddeln und sich dort so lange verstecken, bis ihre Verfolger flußabwärts verschwunden waren, und sich dann ein Obdach suchen.

Sie könnte warten, bis sie die Suche aufgaben, denn da gab es genügend Fische, Enten und Krebse, von denen sie sich in der Zwischenzeit ernähren könnte. Vielleicht wäre sie erst im Spätsommer wieder im Land der Anhinga, aber sie käme bestimmt hin.

Sie hörte das Wasser gegen den Bug klatschen. Noch ein kräftiger Stoß und...

»Wenn du bis zum Morgen wartest, können wir dir helfen«, rief Grizzlyzahn aus dem Dunkel.

Perle erstarrte, und furchtbare Angst ergriff sie.

»Aufwachen, meine Krieger!« brüllte Grizzlyzahn. »Unsere Frau will fliehen.«

Perle suchte in dem Boot nach einem Speer, einer Waffe. Ihre Finger erfaßten einen Riemen – eine Bola!

Sie lief weg, den Strand entlang. Dabei tastete sie über die Bola, fand den Knoten, der die Riemen verband. Bei jedem Schritt schlugen die Steingewichte aneinander.

»Sie läuft die Insel hinunter«, brüllte Grizzlyzahn. »Schneidet ihr den Weg ab.«

Das zornige Geschrei der Männer schallte durch die Nacht. Perle rannte wie noch nie in ihrem Leben.

Hinter sich hörte sie ihre Verfolger. Sie gab ihr Letztes. Jetzt oder nie! Sie mußte ausbrechen, dies war ihre letzte Chance.

Sie hörte seinen keuchenden Atem – er war sehr nahe.

Sie wurde langsamer, wirbelte die Bola herum und schleuderte sie auf die Beine des Verfolgers. Sie hörte, wie er ächzend zu Boden ging, und blindlings stürmte sie weiter durch die Regennacht.

Vor langer Zeit hatte ein Sturm die alte Pappel gefällt, die nun am Rand des toten Gewässers lag. Treibsand hatte sich um den Stumpf gesammelt, und jetzt ragte nur noch ein verwitterter Ast aus dem Sand.

Erst im letzten Augenblick sah Perle das Holz. Sie versuchte ihren Lauf abzubremsen und zum Sprung anzusetzen, aber sie blieb mit einem Fuß an dem Ast hängen und fiel der Länge nach hin.

Der Fall nahm ihr den Atem. Sie keuchte voller Entsetzen und grub ihre Finger in den Sand. Todesangst erfaßte sie, und sie kroch zum Wasser.

Das Getrampel vieler Füße war zu hören; Männer schrien.

»Hierher!« brüllte einer.

Erschöpft schleppte Perle sich weiter. Leuchtende Sterne, wie tanzende Glühwürmchen, funkelten ihr vor den Augen. Sie faßte mit einer Hand ins Wasser und sprang vorwärts.

Da packte eine Hand ihren Fuß und zog sie zurück.

»Hab sie!« schrie jemand aufgeregt.

Perle keuchte und bekam endlich genügend Luft, um zu weinen.

Harte Hände zerrten sie zurück auf den Sand, und ein schwerer Körper drückte sie zu Boden. Sie verstand nur Wortfetzen »... hat versucht ... fliehen?«

Um sie sammelten sich dunkle Gestalten.

Grizzlyzahn beugte sich herunter, seine Halskette klapperte. »Nur gut, daß der Ast da war, was, Frau? Du hast mir fast das Genick gebrochen. Dafür wirst du zahlen!« Er richtete sich auf, und sie sah, daß er humpelte. »Bindet sie! Bringt sie zurück! Von jetzt an bleibt sie gefesselt.«

Perle ließ den Kopf auf den nassen Sand sinken. Der Regen fiel unablässig. Dann riß jemand sie hoch, und sie wurde über eine muskulöse Schulter geworfen.

Otter steuerte das Boot auf dem gewundenen Fluß, und Wellentänzer durchschnitt das ruhige Wasser wie ein Pfeil. Über ihnen verflochten sich die Zweige zu einem Dickicht; Vögel zwitscherten, Eichhörnchen sprangen in den Ästen und brachten die Schlingpflanzen zum Zittern.

Schwarzschädel war angespannt und gereizt; unbehaglich schaute er hin und her, und bei jedem Geräusch aus dem Wald fuhr er zusammen.

Seine Reizbarkeit ist verständlich, dachte Otter. Die sechs Tage Fahrt mit dem Krieger und dem Verdreher hatten auch ihn überempfindlich werden lassen.

Schwarzschädel schien jedoch nicht wegen seiner Verachtung für den Verdreher nervös zu sein. Es mußte einen anderen Grund geben. Schwarzschädel war auf ihrer Reise immer verdrießlicher geworden. In den Nächten hatte Otter oft gesehen, wie er wachlag, und bemerkt, wie er unruhig umherblickte, dann oft aufstand und das Lager leise abging.

Sein Verhalten erinnerte Otter an ein Kind, das sich im Wald verirrt hat. Aber wovor hatte der Krieger Angst?

Otter benutzte sein Paddel als Ruder, um mehreren hölzernen Schwimmern auszuweichen, die eine Leine mit kleineren Angelschnüren markierte. »Wir sind gleich da.«

Schwarzschädel drehte sich um, die Augen zu Schlitzen verengt. »Weshalb machen wir das? Welchen Zweck hat es?«

Grüne Spinne saß rückwärts wie üblich. Er hielt seine Finger ins schlammige Wasser und murmelte: »Zweck, Zweck, immer muß es einen Zweck haben.«

»Wir machen hier halt. Das ist das Dorf Grüne Schildkröte. Wir wollen von Langes Eichhörnchen Hemden eintauschen. Die Menschen hier stellen einen besonders wertvollen Stoff her. Der Clan verrät nicht, wie sie es machen, wohl aus Seidenpflanzen und der Samenwolle der Schwarzpappel; dann färben sie den Stoff purpurn. Für ein paar Haifischzähne bekommt man ein Hemd.«

»Ein Hemd für Haifischzähne?« Schwarzschädel runzelte die Stirn. »Wozu brauchen wir purpurne Hemden?«

»Wir brauchen eines für Wiesenlerche, den Führer des Braunwasserclans, er liebt purpurne Hemden. Er glaubt, daß diese Hemden ihm Macht geben. Das Problem bei Purpur ist nur, daß die Farbe mit der Zeit ausbleicht, und deshalb braucht Wiesenlerche immer wieder neue Hemden. Für so ein Hemd gibt er uns einige seiner Dachsschalen.«

»Seiner was?« Schwarzschädel sah Otter ärgerlich an.

»Dachsschalen. Seine Töpfer machen Schalen mit einem Dachskopf auf der einen Seite und einem Dachsschwanz auf der anderen. Das sind die Griffe. Nur die Töpfer vom Braunwasserclan stellen solche Schalen her.«

»Und was machen wir damit?«

»Die brauchen wir für Wapitifuß, den Ältesten vom Schwarzpappelclan. Der ist ganz verrückt nach diesen Dachsschalen, die er als Opfergaben für seine Ahnen verwendet. Er füllt sie mit Samen und stellt sie als Zeichen seiner Hochachtung für den Geist seines Urgroßvaters auf dessen Grabhügel. Dafür bekommen wir von ihm ein paar seiner Krüge mit Honigbier.«

»Und das trinken wir?«

»Nein, das bringen wir zu Großer Ring vom Gipfelclan. Ihr Besitz befindet sich südlich der Mündung des Schlangenflusses. Für das Honigbier gibt uns Großer Ring einen gegerbten Bisonmantel, den er im Herbst von den Flachlandbewohnern bekommen hat.«

»Und den Bisonmantel tauschen wir dann woanders wieder ein?« fragte Schwarzschädel.

»Du lernst schnell.«

»Du bekommst dabei doch nie Waren von Wert. Scheint mir ziemlich langweilig zu sein, Händler.« Schwarzschädel murmelte und paddelte mit aller Kraft.

Nach einer Weile nahm Schwarzschädel sein Paddel ins Boot und drehte sich um. »Warum tauschen wir eigentlich nicht die Haifischzähne direkt gegen den Bisonmantel ein – und fertig?«

Otter versuchte, mit seinem Gewicht die einseitige Belastung durch Grüne Spinne auszugleichen, der sich über Bord gelehnt hatte und das Wasser beobachtete. »Weil jeder Händler, der flußaufwärts fährt, bci Großcr Ring Haifischzähne eintauschen will. Das Gebiet des Gipfelclans liegt vor dem Zusammenfluß der Ströme, und deshalb muß jeder, der dort vorbeikommt, flußaufwärts wie -abwärts, durch den Besitz des Clans. Zufällig weiß ich, daß Großer Ring Honigbier liebt. Doch da er und Wapitifuß sich hassen, bekommt Großer Ring nicht soviel Bier, wie er haben will.«

»Dann geben wir ihm doch gleich mehr Haifischzähne und sparen Zeit«, meinte Schwarzschädel.

Otter seufzte. »Ach, dafür taugst du nicht, Schwarzschädel.«

»Aber ich verstehe nicht ...«

»Laß es gut sein.«

Sternmuschel erwachte. Sie hatte einen schrecklichen Traum gehabt. Sie war von brennenden Leichen umgeben gewesen, die alle mit Feuerfingern nach ihr gegriffen hatten. Ein in Flammen stehender Berg war in einen rötlichen, rauchverschmutzten Himmel gewachsen – nicht ein Berg, wie sie ihn kannte, sondern ein ungeheurer Felsbrocken, der steil und majestätisch emporragte. Die bewaldeten Hänge hatten in Flammen gestanden, und es schrien Menschen, die verbrannten.

Ein dicker Mann, mit Fellen bekleidet, war mit winkenden Armen in den Flammen auf sie zugerannt. Er hatte Funken gesprüht und die Bäume in Brand gesetzt.

Mit sanften Fingern strich sie über ihre müden Augen, als könnte sie sich diese lebhaften Bilder aus dem Gedächtnis reiben: Flammen, brennende Menschen, brennend wie die Leiche ihres Mannes, die jetzt schon zu Asche geworden war.

Sie hatte früher schon Träume gehabt, die ihr vom Geist der Macht geschickt worden waren – Visionen von fremden Menschen und entlegenen Orten. Aber die schrecklichen Bilder dieses Traums waren in ihre Seele eingebrannt und vergingen nicht mehr.

Ganz ruhig, Sternmuschel, du bist erschöpft, das ist alles. Sowie die grauenhafte Erinnerung an den Tod deines Mannes verblaßt ist, wird alles wieder in Ordnung kommen.

Sternmuschel schaute zum Dach der Hütte hinauf. Rindenstücke waren wie Dachziegel übereinandergelegt und mit groben Schnüren an den Dachbalken festgebunden. Die Hütte war offenbar alt und müßte instandgesetzt werden.

»Bist du wach?« hörte sie eine rauhe Stimme fragen.

Sternmuschel wandte sich um. Eine alte Frau hockte vor einem kleinen Feuer. Sie trug eine ausgebleichte, abgetragene Decke, die an den Rändern ausgefranst war, einst mit leuchtenden Farben sicher ein schönes Stück, aber jetzt war sie mit Schmutz und Asche befleckt.

Das Haar der alten Frau, das sie in einem straffen Knoten trug, durchzogen Silberfäden. Braune Augen schauten aus dem faltigen Gesicht, und in ihrem vorspringenden Unterkiefer war kein Zahn mehr zu sehen. Ein alter Hund, sein Fell war an der Schnauze schon ganz weiß, saß neben ihr.

Die Alte blickte Sternmuschel mit wäßrigen Augen an. »Ist fast Morgen. Du hast lange geschlafen.«

Sternmuschel setzte sich auf und schaute sich um. Silberwasser war kaum mehr als eine kleine Erhebung unter den Decken; Langer Mann hatte seine Decke bis zur Nase hochgezogen.

»Das ist wirklich eine Überraschung«, sagte die Alte ruhig. »Hab' nicht viele Besucher im Winter. Und der Zauberer ist der letzte, den ich erwartet hätte.«

»Er hat dich eine Freundin genannt.«

Die Frau nickte und warf einen krummen Zweig auf die Glut.

»O ja, das ist lange her, da hat er meiner Schwester das Leben gerettet. Hat das Übel aus ihrem Leib getrieben. Wenn er nicht gewesen wäre, hätte sie das umgebracht. Sie war schon halbtot, als der Zauberer kam.«

Sternmuschel schlug leise die Decken zurück, um die anderen nicht zu wecken. Vorsichtig stieg sie über ihre Tochter, setzte sich der alten Frau gegenüber und hielt ihre kalten Hände übers Feuer.

»Du bist ein Mitglied des Blauentenclans. Durften wir deshalb hierbleiben? Weil er deine Schwester gerettet hat?«

Die Alte zuckte mit den Achseln. »Blauenten? Na ja, vielleicht. Aber damals gehörte ich zum Clan der Sechs Flöten. Ich bin erst nach der Heirat mit meinem vierten Mann hierhergekommen.« Die alte Frau wackelte mit dem Kopf. »Ehemänner halten nicht lange. Ich habe vier davon verschlissen.«

»Richtig«, flüsterte Sternmuschel mit ihren Gedanken woanders, »Ehemänner halten nicht lange.«

»Vier«, murmelte die Alte und starrte in die Glut. »Stell dir vor, wie überrascht ich war, den Zauberer zu sehen. Wirklich komisch – kommen da auf einmal Leute aus dem Wald, als ich meine Morgengebete sagte. Zerren noch ein kleines Mädchen hinter sich her, und das mitten im Winter. Was ist los mit dem Zauberer?«

»Wir sollten weiterziehen. Wir machen dir nur Unannehmlichkeiten. In dieser Zeit sind wir nicht sehr willkommen bei den Blauenten.«

»Der Zauberer sagte auch sowas. Bleibt nur, so lange ihr wollt.«

Sternmuschel runzelte die Stirn. »Aber was ist mit dem Essen? Die Wintersonnenwende liegt erst einen Monat zurück. Wir können dir nicht alle Vorräte wegessen.«

Die alte Frau lachte in sich hinein. »All diese Enkel und Urenkel haben den großen Vorteil, daß sie einem zu essen bringen. Ich habe mehr als genug. Was ich bis zur Frühlingsernte noch nicht gegessen habe, fressen die Mäuse.« Ihr Blick wanderte zu Seite. »Mäuse habe ich immer gehaßt. Hab sie mein Leben lang bekämpft. Und jetzt leisten sie mir Gesellschaft.«

Sternmuschel errötete. »Verzeih bitte, ich habe deinen Namen vergessen.«

»He? O. Welchen?«

»Wie viele Namen hast du denn?«

»Viele. Aber die meisten nannten mich Muschelschale.« Sie starrte ins Feuer. »War natürlich nicht der Name, den sie mir gaben, als ich mündig wurde.« Jetzt wackelte ihr Kopf noch mehr. »Na ja, was erwarten sie denn?«

»Wie bitte?«

»Die Männer gaben mir den Namen Muschelschale.« Ihr zahnloser Mund grinste. »Weil ich so richtig zupacken konnte, verstehst du? Hab da unten bei ihnen all meine Muskeln eingesetzt.

Wie man nassen Ton kräftig mit den Fingern knetet. Oh, die liebten das. Das machten andere Frauen nicht für sie!«

Muschelschale schien den Faden zu verlieren. »So viele Kämpfe. Fünf Männer ... tot. Die haben um mich gekämpft, was kann ich dafür? Damals war ich schön. Schöner noch als du. Geschmeidig und stark.«

Die alte Frau lächelte »Was für ein Leben hatte denn eine Frau, als Frau eines Händlers? Der war immer weg. Ich sah ihn nur alle zwei Jahre. Die übrige Zeit war er auf den Flüssen. Weit nach Westen gefahren, du weißt ja, wo die Welt ansteigt, um den Himmel zu treffen. Hatte Obsidian geladen. Sie haben ihn im Hügel der Sechs Flöten begraben. Haben ihn mit seinem ganzen Vorrat an Obsidian zugedeckt ... der hätte ein ganzes Kanu gefüllt.«

Muschelschale kratzte sich mit der linken Hand am Kopf. Ihr Unterarm war verkrümmt und voller Knoten. Sie bemerkte Sternmuschels Blick und erklärte: »Hat mein zweiter Ehemann gemacht. Hat mich in enger Umschlingung mit einem Händler von irgendwo aus dem Süden erwischt.« Sie schmatzte. »Hab immer eine Schwäche für Händler gehabt.«

Sternmuschel rückte näher ans Feuer. Wieviel war wahr – und wieviel davon nur wilde Phantasien einer alten, einsamen Frau? »Du mußt ein schönes Leben gehabt haben.«

Muschelschales Kopf wackelte hin und her. »Ich bedaure nichts, abgesehen vom Älterwerden. Die jungen Männer, die drehen sich nicht mehr nach mir um, aber mit den Frauen komme ich jetzt besser zurecht als früher. Mit Frauen hatte ich damals nur Ärger, besonders wenn ich mich nachts mit ihren Männern wegschlich.«

»Verleugne niemals die eigene Natur, Mädchen! Das ist es, was mich das Leben gelehrt hat.« Muschelschale kratzte sich wieder am Kopf und nahm ein Stück Holz auf. »Folge deiner Seele und deinen Fähigkeiten. Ich war die schönste und begehrteste Frau zu meiner Zeit. Die Männer kamen von überall, nur, um mich zu sehen.«

Ihr Kopf wackelte nicht mehr. »Kannst du dir das vorstellen, Mädchen? Die Männer kamen von weither, einfach nur, um mich zu sehen.«

»Das war doch sicher herrlich.« *Halte die Alte bei Laune. Sie hat uns immerhin ein warmes Bett geboten, wenn's auch schmutzig war, und einen Tag zum Ausschlafen. Da konnte man sich auch ein paar verrückte Geschichten anhören.*

Muschelschale blickte sie an. »Du siehst ziemlich elend aus, Mädchen. Aber das wird bestimmt vorübergehen. Den Zauberer zum Freund zu haben – was Besseres kann dir doch gar nicht passieren.«

»Man ist hinter uns her.«

»Hier findet euch niemand.«

»Und wenn sie unseren Spuren folgen?«

Muschelschale kratzte sich wieder am Kopf. »Verdammte Läuse.«

Sternmuschel erstarrte; plötzlich juckte es sie am ganzen Körper.

Aber Muschelschale ging darüber hinweg. »Sorg dich nicht um Spuren, Kind. Als ihr hier wart, hat es gleich wieder geschneit. Alle Spuren sind längst zugedeckt. Wenn ihr nicht weggeht, kann kein Mensch was wissen.«

Sternmuschel spürte einen brennenden Juckreiz in ihrem Haar. »Was ist mit deiner Familie? Kommen die nicht her, um dich zu besuchen?«

»Nicht, wenn's schneit.« Muschelschale kicherte leise. »Die warten sicher erst den Frühling ab. Das machen sie jedes Jahr so. Ich glaub, die hoffen, mich hier bis auf die Knochen abgeknabbert zu finden. Dann brauchen sie mein Feld nicht mehr bestellen und mir im Herbst auch keinen Anteil der Ernte bringen.«

Sternmuschel schaute sich in der kleinen Hütte um. Da waren ein paar einfache Töpfe, ohne Ornamente. Ein alter Grabstock mit abgestumpfter Spitze stand an der Wand. Mehrere Stoffsäcke hingen an Querstreben, die meisten mit Löchern.

»Was machst du den ganzen Winter hier draußen?«

»Ich red meistens mit dem alten Hund und den Mäusen.« Muschelschale kratzte sich wieder. »Der alte Hund da, der ist der letzte Mann in meinem Leben. Aber sieh ihn dir an. Schläft die ganze Zeit. Kann kaum laufen, geschweige denn rennen. Aber er kann zuhören.«

Sie schmatzte wieder. »Und die Mäuse, die hören auch richtig zu. Nicht wie die meisten Menschen, deren Seele voller Sorgen ist. Manchmal kämpfen die Mäuse miteinander, und ich weiß, sie kämpfen um mich ... so wie früher die Männer.«

Sternmuschel rutschte unbehaglich hin und her, unangenehm berührt von den Erzählungen der Alten.

Muschelschale redete weiter: »Meistens sitze ich einfach da und betrachte das Feuer. Im Feuer kann man allerhand sehen. Meistens etwas aus der Vergangenheit. Ich habe das geübt, hab das Feuer jahrelang beobachtet, um den richtigen Blick zu gewinnen. Verstehst du? Wenn du jetzt hineinschaust, kannst du Steinmauer sehen. Genauso war er, bevor ich ihn geheiratet habe, jung und stark. Schau dir seinen Gesichtsausdruck an, genauso sah er aus, als ich ihm die Wassernatter unter die Decke legte.«

Sternmuschel sah nur die Glut. Sie bemühte sich, ein Bild zu sehen, doch sie konnte nichts erkennen. Dann ahnte sie es. »Du ... du hast seinen Namen genannt? Und er ist tot? Hast du keine Angst?«

»Seinen Geist zu rufen?« Sie winkte ab. »Ich habe das seit Jahren versucht. Aber ich glaube, das geht gar nicht. Ich habe die Namen all meiner toten Liebhaber gerufen. Es ist nie einer gekommen.« Sie blickte ins Leere. »Sollen sie mich doch verfolgen und mich bedrängen. Ich wünschte, sie täten's. Dann könnten wir nachts miteinander reden, uns an die alten Zeiten erinnern.«

Sternmuschel war es unbehaglich.

Muschelschale murmelte etwas und kam langsam auf die Beine. Vor Schmerzen zuckte sie zusammen, straffte sich dann aber. »Ein Mensch wird hier draußen etwas knorrig.«

»Knorrig?«

»Ja, wie ein alter Baum. Du weißt doch, mit Knoten und Verkrümmungen. Nicht mehr so wie früher, nein ... wirklich nicht.«

Sternmuschel spürte erneut einen Juckreiz hinter dem Ohr und kratzte sich. »Wie lange hast du schon Läuse?«

»Hm? Oh, Läuse? Ich weiß es nicht. Ich habe früher schwarze Walnüsse geschält, dann die Schalen zerstampft und alles in ihrem Saft gekocht. Aber dann hab ich keine Kraft mehr gehabt, sie zu zerstampfen, war zuviel Arbeit. Außerdem sind Läuse ja nicht groß, nur winzige Dinger, weißt du. Die können nicht viel fressen.«

Sternmuschel kratzte sich. »Werd mir's merken.«

Muschelschale sah sie aus den Augenwinkeln an. »Was ist denn in dem Packen, den der Zauberer dabeihat?«

Sternmuschel zauderte. »Ein geheiligter Gegenstand, ich weiß nicht genau. Warum?«

Die alte Frau murmelte vor sich hin und schaute auf das Bündel. »Ich dachte, ich hätte was rufen hören. Du weißt schon, als wollte es mir Bilder ins Feuer zaubern.«

»Schläfst du nie?«

»Wenig. Komisch, was? Man glaubt, je älter man wird, desto mehr Schlaf braucht man. Aber mir kommt's vor, als schliefe ich überhaupt nicht mehr. Oder aber ich schlafe im Wachsein. Ich hab nachts Träume und am Tag auch, aber ich könnte nicht sagen, was der Unterschied ist.« Sie neigte den Kopf. »Aber wenn ich jung bin und die Männer bei mir sind, dann träume ich sicher.«

Muschelschale streckte sich.

»Ich möchte dir danken, daß du uns hier versteckst. Ich hoffe, wir machen dir keine Schwierigkeiten«, sagte Sternmuschel.

»Überhaupt keine. Ich tue es für den Zauberer.«

»Seit wann kennst du ihn?«

Muschelschale dachte nach. »Seit ich ... warte ... Er hat meiner Schwester das Leben gerettet. Hab ich das schon erzählt?«

»Ja.«

»Schon lange, Kind, sehr lange. Zwerge haben Macht, weißt du. Und er, nun ja, er hat mehr Macht als irgend jemand, den ich kenne.« Sie blinzelte ins Feuer. »Ich dachte, sein Kind würde auch so klein sein wie er. Aber es kam ganz normal auf die Welt.«

»Du hast ein Kind von ihm?« rief Sternmuschel verblüfft und blickte auf die Decken, unter denen Langer Mann schlief.

»Das war vor langer Zeit«, flüsterte die alte Frau. »Vor sehr, sehr langer Zeit.«

15. KAPITEL

Der Morgen war klar und frisch, als sie auf Vater Wasser paddelten und nach Norden einbogen. Schwarzschädel mußte zugeben, daß die Sitzung im Clan der Grünen Schildkröten gut verlaufen war. Tatsächlich fühlte er sich zum ersten Mal richtig wohl, seit er die Stadt der Toten verlassen hatte.

Und ich war so nervös.

Das Kanu schwankte, und Schwarzschädel schaute zurück. Grüne Spinne spielte mit Schnapper. Den beiden gefiel das Spiel, aber das Kanu schwankte bedenklich, und die, die es steuerten, mußten die Kapriolen des Hundes und des Verrückten auffangen.

Es war die Schuld des Narren. Aber wie kann ein Mann, ein Krieger, von einem dumm daherschwatzenden Idioten wie Grüne Spinne auch nur eine Andeutung von Disziplin erwarten?

Der Fluß war an diesem Morgen ruhig, und seine glatte Oberfläche sah aus wie angelaufenes Silber. Über ihnen flogen Wildgänse, und von Süden wehte eine kühle Brise.

Schwarzschädels Muskeln wurden beim Paddeln warm. Es machte ihm Spaß, das große Kanu über das ruhige Wasser schießen zu lassen. Der Händler war dabei ein guter Partner. Er war stark und bewundernswert ausdauernd. Aber was konnte man anders erwarten, denn Otter hatte sein bisheriges Leben fast nur in seinem Kanu verbracht, und er liebte dieses Leben!

»Links!« rief der Händler. »Auf den Seitenarm zu. Schau, wo das Wasser klar und ruhig ist. Da kommen wir gut voran.«

Schwarzschädel befolgte Otters Anweisung. An einer Biegung des Flusses kamen sie näher ans Ufer. Sumpfgräser und Röhricht wuchsen im seichten Wasser, an Land ragten Pappeln empor.

Schwarzschädel unterdrückte einen Fluch, als Grüne Spinne und Schnapper das Kanu gefährlich weit nach links kippen ließen.

Doch dann grinste Schwarzschädel. Trotz der Spiele von Grüne Spinne war es doch ein schöner Morgen nach einer angenehmen Nacht im Dorf der Grünen Schildkröte. *Ja, so könnte es mir gefallen.*

Sie hatten an der Landestelle des Clans der Grünen Schildkröte angelegt, niemand hatte sie kommen sehen, niemand sie erwartet.

Schwarzschädel hatte seine Waffen aufgenommen, aber Otter hatte gesagt: »Du brauchst deine Waffen nicht.« Schwarzschädel erinnerte sich an seine ungehaltene Antwort: »Ohne meine Waffen gehe ich nirgendwo hin.«

»Laß sie hier!« hatte Otter kühl befohlen, Schärfe im Blick.

Schwarzschädel war knurrend den Hang hinaufgestapft, ohne den Händler zu beachten, aber Otter hatte sich vor ihn gestellt und ihm den Weg versperrt.

»Ich habe gesagt, du sollst sie hierlassen. Ich habe die Verantwortung. Darüber waren wir uns einig. Die Ältesten haben das bestätigt.«

Jetzt war Wut in Schwarzschädel aufgestiegen.

»Gefahren überall!« hatte Grüne Spinne kreischend gerufen und war lachend und händeklatschend zu ihnen herangetänzelt. »Hör auf den Krieger, Händler! Der hat recht, der hat immer recht. Nimm deine Speere, deine Keule. Jetzt wollen wir alle kämpfen, kämpfen, kämpfen!«

Dieses alberne Theater hatte Schwarzschädel zur Besinnung gebracht. Lieber würde er sich nackt den Copena stellen, als sich von diesem Narren verspotten zu lassen.

Zu Schwarzschädels Überraschung hatte Otter eingelenkt. »Laß wenigstens dein Atlatl und die Speere da. Niemand wird sich daran vergreifen, Schnapper bewacht sie.« Der Händler hatte schwach gelächelt. »Schließlich schickt es sich nicht, daß Schwarzschädel das Dorf der Grünen Schildkröte waffenlos betritt.«

»Gut, Händler. Das Atlatl und die Speere lasse ich hier.«

Dennoch waren seine Nerven bis aufs äußerste gespannt gewesen, als sie den Hang hinaufgegangen und ins offene Gelände getreten waren.

Das Dorf der Grünen Schildkröte bestand aus verstreut stehenden Hütten auf einer langgezogenen Erhebung. Ein Kind hatte sie gesehen und war rufend auf sie zugerannt.

»Der Wasserfuchs!« schrie es.

Dieser fröhliche Empfang zerstreute Schwarzschädels Befürchtungen. Wenigstens sprachen sie eine Sprache, die ein Mensch verstand. Hier mußte er nicht versuchen, sich mühsam im Händlerjargon verständlich zu machen.

Am Rand der Siedlung war ein alter Mann, gestützt von zwei alten Frauen, vor eine Menschenmenge gehumpelt.

»Langes Eichhörnchen und seine zwei Frauen«, hatte Otter geflüstert.

»Zwei Frauen!« Schwarzschädel war verblüfft. Er hatte schon davon gehört. Händler aus dem Norden hatten oft mehr als eine Frau, aber das hatte er nie so richtig glauben können. Nun sah er, daß hier Menschen tatsächlich so lebten. »Bei ihnen ist die väterliche Abstammung bestimmend.« Schwarzschädel kannte kein

Volk mit weiblicher Erbfolge, in dem es erlaubt war, mehr als eine Frau zu haben.

»Das stimmt.« Jetzt erhob Otter seine Stimme: »Langes Eichhörnchen, du siehst fabelhaft aus, so munter wie eh und je.«

»Ha!« rief der alte Mann. »Du bist wieder hier, Wasserfuchs! Willst du vielleicht ein neues Hemd?«

»Mögen alle deine Enkel gesund und glücklich sein. Der Segen von Bunte Krähe ruhe auf dir und allen Mitgliedern deines Clans!« Während sie plauderten, hatte sich Schwarzschädel in der Nähe umgeschaut. So hörte er nicht, wie Otter ihn vorstellte. Plötzlich trat Stille ein, und Schwarzschädel spürte, wie sich die Augen aller auf ihn richten.

»*Der* Schwarzschädel?« hatte Langes Eichhörnchen voll Ehrfurcht geflüstert. »Schwarzschädel? Hier bei uns, in unserem Clan?«

»Und Grüne Spinne, der große Träumer«, verkündete Otter feierlich. »Wir haben Geschäfte im Norden, alter Freund. Grüne Spinne hat eine Vision gehabt und ist Verdreher geworden.«

Atemloses Staunen machte sich breit.

Natürlich platzte Grüne Spinne sofort in die feierliche Stimmung. Er schlug mit den Armen und schrie: »Unten ist oben, und oben ist unten, und der Wind treibt die Blätter im Kreise umher.« Dann fragte er ganz normal: »Bleiben wir hier etwa den ganzen Tag stehen?«

Worauf er sich hinsetzte.

Langes Eichhörnchen hatte es die Sprache verschlagen. Da winkte ihnen eine seiner Frauen, ins Haus zu kommen. »Seid unsere Gäste. Nehmt Platz, alle! Bringt unseren Gästen etwas zu essen! Kinder, holt Brennholz, aber beeilt euch!«

Grüne Spinne war aufgesprungen und wollte zurück zum Kanu laufen. Als Otter das sah, rief er: »Grüne Spinne, geh, und komm nie mehr zurück!«

Der Verdreher machte sofort kehrt und führte die verblüfften Leute in einer Prozession ins Dorf.

Schwarzschädel lachte leise, als er sich an ihre Ankunft im Dorf erinnerte. Langes Eichhörnchen hatte nicht nur ein reichliches warmes Mahl bereiten, sondern ein Haus nur für Schwarzschädel räumen lassen. Sie hatten so viele Geschenke bekommen, daß sie zwei weitere Kanus gebraucht hätten, um sie wegzuschaffen. Klugerweise hatte der Händler sie weitergegeben. Viele davon an kürzlich verwitwete Frauen und an eine arme Familie, deren Haus gerade abgebrannt war. Kein Wunder, daß die Leute des Clans Wasserfuchs liebten.

In dieser Nacht hatten viele Leute ums Feuer gesessen und mit aufgerissenen Augen Schwarzschädel gelauscht, als er von den zahlreichen Kämpfen erzählte, die er schon in seinem Leben bestanden hatte. Sein dankbares Publikum nahm jedes seiner Worte mit der Seele auf. Auf die beharrlichen Bitten von Langes Eichhörnchen hatte er einen Beweis seines Könnens gegeben. Unter Ausrufen des Staunens und der Bewunderung der versammelten Zuschauer hatte er seine Kriegskeule herumgeschleudert.

Schwarzschädel hatte sogar Verehrung in ihren Augen gesehen. Sie hatten verstanden, was für ein Krieger er war. Als er sich dann auf sein Lager zurückgezogen hatte, waren zwei junge Frauen hereingehuscht und unter seine Decken gekrochen. Er schloß die Augen und spürte noch ihre warme, weiche Haut, als sie sich an ihn preßten. Unermüdlich hatten sie abwechselnd sein Geschlecht gestreichelt, wenn er glaubte, er sei erschöpft, bis es wieder in männlicher Kraft anschwoll. Er hörte noch ihre sanften Laute, fühlte, wie sich ihre Körper unter ihm ekstatisch aufbäumten.

Am frühen Morgen waren sie gegangen, aufgeregt flüsternd, welch starke Kinder wohl aus seinem Samen wachsen würden.

Es war ein Wunder, daß er nach dieser Nacht noch ein Paddel halten konnte.

Das Kanu schaukelte bedenklich, als Grüne Spinne wieder mit Schnapper tollte.

»Sitz ruhig!« brüllte Schwarzschädel, »sonst kentern wir.«

Daraufhin stand Grüne Spinne auf, wedelte mit den Händen und tanzte. Das Kanu schwankte jetzt noch gefährlicher.

»Tanz!« schrie Otter vom Bug. »Tobe herum, Grüne Spinne, wie ein Frettchen im Frühling!«

Der Verdreher setzte sich sofort hin, legte die Arme übereinander und verharrte reglos wie ein Baumstumpf.

»Warte nur, eines Tages ...«, murmelte Schwarzschädel.

»Wie war das?« rief Otter.

Schwarzschädel bemühte sich, den Paddeltakt wieder zu finden und überlegte einen Augenblick.

»Hast du schon mal daran gedacht, Händler, daß wir dem Idioten einfach den Schädel einschlagen könnten oder ihn erwürgen? Wenn du willst, schneide ich ihm auch die Kehle durch. Wir könnten die Leiche beschweren und sie im Brackwasser versenken. Anschließend verstecken wir uns, im nächsten Frühling kehren wir zu den Ältesten zurück und erzählen denen irgendeine Geschichte. Kein Mensch wird was merken.«

Er wandte den Kopf nach hinten und sah, wie Grüne Spinne seine Worte pantomimisch darstellte. Otter grinste nur.

»Ich glaube, wir sollten ihn noch etwas leben lassen.«

»Ach, noch mehr solche Wahnsinnspossen – und ich zerschlage das Paddel auf seinem närrischen Kopf.«

»Nicht doch«, erwiderte Otter, »ich bitte dich. Er soll uns erhalten bleiben. Langes Eichhörnchen war so entzückt von euch beiden, daß er nicht einmal um die Purpurhemden gefeilscht hat. Ich habe vier Stück bekommen – und er wollte nichts dafür!«

»Ich bin so froh, daß du die dabei hast«, erklärte Sternmuschel. Sie hob den langen Stößel – geschnitzt aus dem Holz eines kleinen Baums – und zerstampfte in gleichmäßigem Takt getrocknete Papayasamen in einem alten Mörser.

Langer Mann saß, vor Wind und Sonne geschützt, in einer nach Süden liegenden Laube. Die Farmhütte stand auf einer Lichtung, ein Bächlein plätscherte dort, das in den Blauentenbach mündete, der westlich zum Mondmuschelfluß strömte.

Der gesamte Besitz Muschelschales bestand aus der kleinen Hütte, einigen Feldern, der Laube und mehreren Vorratsmieten in Erdgruben vor der Laube. Bäume schirmten die kleine Farm vor dem Hauptpfad ab, der auf der anderen Seite des Blauentenbachs verlief. Neben dem abgenutzten Stößel und dem Mörser dampfte es aus dem einzigen großen Topf, den die alte Frau besaß.

Die Morgensonne hatte den Sturm vertrieben, und das Land glänzte im klaren weißen Licht des frischgefallenen Schnees.

»Ich bin immer gut vorbereitet, wenn ich auf Reisen gehe«, sagte Langer Mann, »und habe immer Sachen dabei, die irgendwann mal nützlich sein könnten.«

Sternmuschel zerstampfte noch immer die getrockneten braunen Samen. »Ich hoffe, das reicht.«

»Das ist genug. Ich kenne den Baum, seine Samen sind besonders giftig.«

Sternmuschel untersuchte die zerstampften Hülsen und nickte. Als sie die Pulverreste vom Ende des Stößels abreiben wollte, rief Langer Mann: »Halt! Nicht anfassen!« Er stand auf, ging zu ihr und gab ihr eine Klinge des geheiligten Feuersteins. »Nimm das und kratze die Reste sorgsam damit ab. Wahrscheinlich hätte es dir nicht geschadet, aber wir wollen nichts riskieren. Ich kenne diesen Baum. Zwei Jahre lang bin ich den Gerüchten nachgegangen, um ihn zu finden.«

»Gerüchte?« fragte Sternmuschel, als sie das Pulver vom Stößel kratzte.

»Ich hörte, daß Leute gestorben sind. Jeder weiß, daß Papayafrüchte köstlich schmecken, ihre Samen aber giftig sind. Ein kleines Mädchen hatte von den Samen gegessen, weil sie es nicht wußte. Tagelang siechte sie dahin, ihre Seele hatte den Körper schon fast verlassen. Ich weiß nicht, ob ihr vielleicht in diesem Zustand ein böser Geist begegnete, jedenfalls drang etwas Schlimmes in die Seele des Mädchens. Die nächsten Jahre starben dann Leute an diesem Gift, und es stellte sich heraus, daß dieses Mädchen die Ursache aller Probleme war. Es hatte nämlich den Leuten, die es nicht mochte, die Samen ins Essen gemischt. Ich konnte das Mädchen dazu bringen, mir den Baum zu zeigen.«

»Ein nettes Kind«, meinte Sternmuschel. Sie kratzte das Pulver aus dem Mörser in die Schale einer Miesmuschel, die Langer Mann auch dabei hatte. Ihr fiel ein, daß man sich erzählte, der Zauberer habe einen Großteil seines Lebens in schlechter Gesellschaft verbracht.

»Arme alte Muschelschale.« Er untersuchte das Pulver. »Mir war nicht klar, wie verwahrlost sie schon ist. Sie hätte doch nie zugelassen, daß Läuse die Herrschaft über ihr Haus übernehmen. Sie war einmal sehr anspruchsvoll und verwöhnt.«

Nach einer Pause fragte Sternmuschel verlegen: »Sie hat mir erzählt, daß du der Vater eines ihrer Kinder bist.«

Langer Mann wandte sich ab und schüttete den Inhalt der Miesmuschelschale ins kochende Wasser. »Da soll's aufbrühen und eine Weile ziehen. Dann können wir die Decken und unsere Kleider darin einweichen, und ein Bad im Bach wird uns helfen, anderes kleines Getier loszuwerden. Ich habe Walnußschalen dabei, damit reiben wir uns im Wasser kräftig ab, und dann haben wir unser Problem so gut wie gelöst.«

Sternmuschel deutete auf den abgenutzten Mörser. »Was ist mit dem Bodensatz? Man wird den Mörser wieder benutzen.«

»Brenn es aus. Der muß sowieso nachgeschnitzt werden.«

Sternmuschel legte den Stößel beiseite und betrachtete den Zwerg. »Besonderes väterlich kommst du mir allerdings nicht vor.«

Sternmuschel hob eine Braue, und er seufzte. »Ja, sie hatte ein Kind von mir. Behauptet sie jedenfalls. Bei Muschelschale war es schwer zu sagen, welches Kind von wem war.«

»Sie behauptet auch, sie sei eine gute Liebhaberin gewesen.«

Langer Mann lächelte und strich sich übers Kinn. »Das war sie wirklich, darin war sie perfekt. Das war überall bekannt.«

Sternmuschel schaute zu den bewaldeten Hügeln. Ein Adler schwebte am blauen Himmel und verschwand dann hinter den Bäumen. »Bist du deshalb nicht bei ihr geblieben?«

Langer Mann starrte ins kochende Wasser. »Nein, das war es nicht. Ich… also, kurz gesagt, ich konnte nicht. Das ist alles. Manchmal bringen sich Leute selbst… du würdest wahrscheinlich sagen – in eine schwierige Lage. Ich war jung, verstehst du? Und sie war der Abendstern.«

Der Name verblüffte sie. »Ich hab das nur für ein Märchen gehalten.«

Langer Mann schaute zur Hütte. »Nein, junge Sternmuschel. Sie war die schönste Frau der Welt. Die Männer kamen von überall her, nur um sie zu sehen. Soviel ich weiß, sind mindestens vier Männer im Kampf um sie gestorben.«

»Sie sagte fünf.«

»Na gut, dann waren's fünf. Ist ja egal.«

Sternmuschel stützte die Hände in die Hüften. »Warum bist du nicht bei ihr geblieben? Sie hat gestern abend sehr liebevoll von dir gesprochen.«

»Sie war verheiratet. Aber das hätte sie nicht abgehalten. Nein, ich ...«, er schaute bedrückt aus. »Ich habe etwas getan, was schon lange her ist.«

»So wie sie redete, könnte man glauben, daß sie etwas bedauert. Ihre Ehemänner haben vielleicht nie eine Rolle gespielt.«

»Nein, für sie nie.«

»Bist du also nicht bei ihr geblieben, weil sie nicht treu sein konnte?«

Langer Mann kniff die Augen zusammen und blinzelte in die Sonne. »Sternmuschel, du mußt verstehen, sie war wie eine duftende Blume. Sie zog die Männer an wie die Blüten die Bienen. Zu lieben und sich mit Männern zu paaren, war einfach ihre Natur. Es gibt Frauen, die haben Talent zum Töpfern, andere können wunderbar weben oder sind geeignet, Politik für den Clan zu machen, zu heilen. Abendsterns Talent war die Liebe, dafür hatte ihr das Schicksal die größte Kunstfertigkeit verliehen. Sie wußte intuitiv, wie man die größten Wonnen in der Liebe finden konnte.«

»Also habe ich recht. Du wolltest nicht, daß alle Welt ihr Lager teilt.«

Er wählte die Worte mit Bedacht: »Nein, das hätte ich sicher nicht gewollt.«

Sie betrachtete ihn mit gerunzelter Stirn. »Warum habe ich nur das Gefühl, daß du mir nicht alles sagst?«

»Du bist zu lange in nächster Nähe der Macht gewesen. Jetzt kannst du schon in den Seelen lesen.« Er seufzte. »Du könntest sagen, daß sie und die Maske sehr viel gemeinsam haben. Wo der Abendstern auch hinging, waren Streit, Unruhe und Aufruhr die Folge. Aber das hätte ich vielleicht noch hingenommen.«

Sternmuschel fragte: »Du verbirgst mir etwas, Langer Mann. Soll ich Muschelschale danach fragen?«

»Sie weiß es nicht.« Er senkte den Kopf. »Und ich möchte, daß es so bleibt. Irgendwann wird ihr Geist es herausfinden.«

»Ihr Geist?«

»Geister erfahren sehr viel mehr als die Lebenden, mein Mädchen. Sie durchschauen die Lügen der Lebenden.«

»Ich werde ihr nichts sagen. Aber ich muß es wissen. Es ist wesentlich, nicht wahr?«

»Wie kommst du darauf?«

»Ich habe so eine Ahnung.«

Langer Mann trat den Schnee mit seinen kleinen Füßen fest. »Ich habe ihren Mann vergiftet. Er war Händler, hatte aus dem fernen Westen Obsidian gebracht. Ich war jung und verliebt – die Macht hatte mich verleitete. Ich glaubte, wenn er …«

»Aus dem Weg wäre?« Sternmuschel vollendete den Satz.

»Ja. Der Clan der Sechs Flöten und mein Clan teilten sich ein Tal. Ich liebte Abendstern schon seit Jahren. Oh, sie war viel älter als ich, aber versteh … sie war die schönste Frau der Welt, und ihre Anziehungskraft betäubte die Sinne der Männer. Das war ihre Art von Macht, und die setzte sie auch ein, um einen der angesehensten Männer von den Plattformpfeifen zu heiraten. Er war ein berühmter Mann, wäre er öfter zu Hause gewesen, wäre vielleicht alles anders gekommen.«

»Also gut, du hast ihn umgebracht. Eine schlimme Tat, würde ich sagen. Aber wenn du so weit gehen konntest – warum hast du sie dann nicht geheiratet?«

Langer Mann trat noch immer den Schnee herunter. »Ich hatte noch nie einen Mann getötet. Die Giftpflanze, die ich mir aussuchte, Wasserschierling, hat eine todbringende Wurzel. Ich machte ihm daraus einen Tee und überdeckte mit Minzblättern den bitteren Geschmack. Ich sah zu, wie er starb. Wie hätte ich da hinterher noch zu ihr gehen können?«

»Und ihre Schwester?«

»Eine einfache Behandlung mit Gummikraut hat ihre Magenbeschwerden sofort gelindert.« Er schaute auf. »Hör zu, Sternmuschel. Tief in ihrer Seele hat sie diesen Händler geliebt. Sie hat vielleicht ihr Lager mit anderen geteilt, aber ihn hat sie wirklich geliebt wie keinen anderen. Ich bitte dich, sag ihr niemals, was ich getan habe.«

Um ihre Verlegenheit zu verbergen, schaute Sternmuschel auf den Mörser, in dem noch Reste des giftigen Pulvers waren. »Ich brenne es mit Brennholz aus. Hol du inzwischen die Decken von Muschelschale. Dann will ich von Läusen nichts mehr sehen und hören.«

Der Magier ging langsam zu dem mit Rinde gedeckten Haus, aus dem die alte Frau und ihr Hund herauskamen. Silberwasser unterhielt sich mit der alten Frau und streichelte den gebrechlichen alten Hund.

Wie viele Geheimnisse verbirgst du noch in deiner winzigen Seele, Zauberer? Eines ist sicher: Ich werde dich nie mehr unterschätzen.

Als Otter Wellentänzer über das offene Gewässer lenkte, rollte und schwankte das große Kanu. Windböen und Regengüsse peitschten auf sie ein; sogar Grüne Spinne schien verängstigt. Die Nässe hatte die Knochen, die er auf sein Hemd gemalt hatte, verlaufen lassen, und die Farbreste tropften in einer grauen Schmiere herab.

Die einzigen Geräusche waren das Seufzen des Windes, das Klatschen des Regens auf Holz und Wasser, der Wellenschlag gegen den Bug und das Eintauchen der Paddel.

Eine Fahrt flußaufwärts erforderte ein scharfes Auge und viel Gespür für Wind und Wasser. Otter setzte sein ganzes Können ein, um den Fluß zu beobachten und schnell zu entscheiden, wo die günstigste Fahrtlinie lag. Gewöhnlich fuhren sie in Ufernähe, abseits der sprudelnden Wirbel in der Mitte der Strömung. Aber wegen seiner vielen großen Biegungen mußte man bei Vater Wasser dauernd kreuzen.

Sie kamen gut voran, auch dank des unermüdlichen Einsatzes von Schwarzschädel. Der Krieger hatte ein sehr gutes Gleichgewichtsempfinden und setzte seinen ganzen Körper ein. Für ihn war es wie eine Kraftprobe mit dem Fluß – eine Herausforderung, die er siegreich bestehen mußte. Vom frühen Morgen bis zum späten Abend tauchte sein zugespitztes Paddel tief in die bewegten Wellen und trieb das Kanu voran.

Dichter Wald erstreckte sich auf beiden Ufern. In Flußnähe, lebte niemand, das Überschwemmungsgebiet war zu ausgedehnt. Statt dessen siedelten die Menschen im Binnenland auf Erhebungen, wo die Häuser vor der Frühjahrsflut sicher waren. Ein Händler mußte alle Zuflüsse kennen, denn nur so konnte er die Territorien der einzelnen Clans erreichen.

»Achtung, Baum!« warnte Schwarzschädel und versuchte, mit dem Paddel seitlich gegenzusteuern.

Da trieb auch schon ein Baumriese im Fluß wie ein wildes Wasserungeheuer auf sie zu. Otter paddelte kraftvoll und steuerte Wellentänzer nach rechts; sie waren gerade noch einmal davongekommen.

»Auf unserer Fahrt nach Norden«, sagte Otter, um sie zu warnen, »wird uns das noch häufiger passieren, denn im Frühling werden die Wurzeln unterspült. Manchmal warnen einen nur die Ringe um den Baum im Wasser.«

»Ist ja die reinste Freude, dein Fluß.«

»Gleich hinter der Biegung liegt eine Insel. Es wird bald Nacht, und wir wollen uns einmal früh einen Lagerplatz suchen.«

»Wie du befiehlst, Händler.«

Otter erinnerte sich, daß man auf der Insel Obdach finden konnte. Er und Schwarzschädel sprangen an Land und zogen Wellentänzer an seinem Fuchskopf auf den nassen Sand. Schnapper sprang von den Packen, schwamm ans Ufer und schüttelte sich lange.

»Typisch Hund«, bemerkte Schwarzschädel, als er den Zipfel seines schweren Lederhemdes auswrang. »Da ist man nun schon völlig durchnäßt, und da muß der Hund genau neben einem das Wasser abschütteln.«

Otter hielt nach einem geeigneten Lagerplatz Ausschau. Er wischte sich das Wasser aus dem Gesicht und sagte zu Schwarzschädel: »Schau mal, ob du trockenes Holz findest. Ich mache derweil Zunder und gebe die Glut aus unserem Feuertopf dazu.«

Der Krieger ergriff sein Atlatl und einige Speere.

»Gehst du niemals ohne deine Waffen los?« fragte Otter.

Schwarzschädel warf ihm einen mißbilligenden Blick zu und schritt mit steifen Beinen auf einen schmalen Waldstreifen zu.

»Er darf nie sein, was er ist«, bemerkte Grüne Spinne. »Deswegen ist er immer, was er nicht ist.«

Otter nahm aus den Packen den dickwandigen Tontopf mit der Glut. Der Topf war angenehm warm. »Er wird immer sonderbarer. Ich fürchtete schon, er würde im Clanhaus von Wiesenlerche Streit anfangen. Warum ist er nur so schwierig?«

Der geistesabwesende Blick von Grüne Spinne gewann an Schärfe. »Das Fleisch der Schnappschildkröte ist sehr delikat.«

Otter zögerte. Ihn fror jetzt, wo er nicht mehr paddelte. »Was hat das mit Schwarzschädel zu tun?«

»Wieso? Gar nichts.« Mit ausgebreiteten Armen tänzelte Grüne Spinne im Kreis herum.

Otter schüttelte den Kopf und ging zu einer Baumreihe. Wie es aussah, waren sie abermals an einem Lagerplatz der Khota gelandet. Die Schutzdächer standen noch und waren leicht wieder instand zu setzen. Er fand auch Feuergruben im schlammigen Sand. Otter befühlte die Holzkohle, sie war höchstens zwei Tage alt.

Er ging zurück, nahm vorsichtig etwas Glut aus dem Topf und blies darauf. Als sie glühte, schob er sie auf den Zunder.

Die ersten Flammen züngelten hoch, und er legte feuchte Reiser auf. Als er hochschaute, sah er, wie Grüne Spinne ihn mit einem rätselhaften Gesichtsausdruck beobachtete.

»Paß bitte darauf auf. Das Feuer soll so naß bleiben wie der Fluß.«

Grüne Spinne grinste und kniete sich hin, um die Flammen vor dem Regen zu schützen.

Otter ging wieder auf Suche und fand genügend trockenes Brennholz. Er brachte es Grüne Spinne, holte die Axt aus dem Kanu und bearbeitete damit dickeres Bruchholz.

»Was gefunden?« fragte Otter. Schwarzschädel drängte an ihm vorbei zum Kanu, in dem er herumstöberte. Dann lief er am Ufer entlang.

Otter biß sich auf die Lippen und bezwang sein Verlangen, den häßlichen Krieger zur Rede zu stellen.

»Tu es lieber jetzt!« flüsterte Grüne Spinne neben ihm. »Jetzt, jetzt! Bevor es zu spät ist.«

Otter runzelte die Stirn. Hieß das etwa »Tu es jetzt, dann bricht dir Schwarzschädel wahrscheinlich das Genick«? Er überlegte. Vor ein paar Tagen waren sie bei Wiesenlerche und seinem Clan gewesen. Und nach dem Vorstellungsritual hatte der Ärger begonnen.

»Der weiß offenbar nicht, wer ich bin«, hatte Schwarzschädel gemurmelt, durch den schnellen Wortwechsel verblüfft; sie sprachen ganz anders. Dann hatte Schwarzschädel gesagt: »Diesem kollernden Truthahn mit seinem Kauderwelsch werde ich schon beibringen, wer Schwarzschädel ist!«

Grüne Spinne war sofort aufgesprungen, im Kreis herumgerannt, die Arme schwingend und unverständliches Zeug plappernd. Und das hatte den Tumult verhindert, der sonst wegen des ungehörigen Benehmens von Schwarzschädel entstanden wäre. Auch Otters scharfer Hinweis darauf, auf welchem Territorium man sich befinde und daß die Clanältesten zu respektieren seien, hatte Schlimmeres verhindert.

Otter stand auf. Er war jetzt davon überzeugt, daß die Reise in einer Katastrophe enden würde. Schwarzschädel wählte immer den ungünstigsten Moment, um zu explodieren. Grüne Spinne würde nicht wissen, wohin man gehen und wie man sich verhalten sollte.

Macht, ich hoffe, du hast einen guten Handel für mich bereit, um das alles wieder gut zu machen.

Aber wenn die Macht handelt, bedenkt sie selten den Wert der Ware. Biete ihr ein Stück Kupfer, und sie gibt dir dafür nur einen Stein.

Otter brachte gerade ein Stück Bruchholz, als Schwarzschädel wie ein Geist unter den Bäumen hervorkam. Der große Krieger sah grimmig aus. »Du siehst dir das besser mal an!« sagte er.

Otter ließ das Holz fallen und folgte Schwarzschädel zum Ufer. Oberhalb der Anlegestelle vom Wellentänzer sah man längliche Spuren im Sand und Fußabdrücke.

Schwarzschädel bückte sich und deutete auf die Spuren. »Kanus, insgesamt vier. Hatten hier angelegt. Der Regen hat viel weggewaschen, aber man kann die Spuren noch lesen. Die Eindrücke hier, da haben sie die Kanus hinausgeschoben. Aber sieh dir die mal an, hier am Bug. Siehst du, wie tief die Spuren sind? Auch kleiner. Als hätte ein Junge oder eine Frau das Boot runterzuschieben versucht.«

Er ging zur zweiten Spur. »Hier dasselbe.«

Otter spitzte die Lippen, als ihm kaltes Wasser übers Gesicht lief. »Wieso glaubst du, daß sie die Boote hier nicht rausgeschoben haben?«

»Hier hat nur jemand versucht, das Boot zu bewegen, du siehst nämlich keine kleinen Fußeindrücke runter zum Wasser. Die müßten nämlich dort sein, wenn das Boot ins Wasser gerutscht wäre. Komm mit.«

Schwarzschädel deutete auf den braunen Sand. »Siehst du? Die Spuren führen jetzt in eine andere Richtung. So verschoben und so tief wie sie sind, zeigt uns das, daß die Frau gerannt ist. Siehst du, wie die Schritte größer werden, wie die Ferse tief in den Sand gedrückt ist und von den Zehen ein richtiges Loch da ist?«

»Ich sehe nicht...«

»Du bist kein Spurenleser. Wie läufst du, Händler? Deine Ferse trifft zuerst auf, und mit den Zehen stößt du dich ab. Daher der Unterschied. Und hier unten läuft ein Mann, ein großer Mann, hinter ihr, siehst du? Sein Schritt ist größer als ihrer.«

Sie folgten den Spuren bis zum Liegeplatz von Wellentänzer.

»Sieh her!« Schwarzschädel hockte sich nieder und tastete eine flache Vertiefung ab. »Hier ist jemand hingefallen. Schau, hier hat er sich abgestützt. Vor dem Regen hättest du einen Handabdruck gesehen. Und was ist das?«

Schwarzschädel zog vorsichtig einen Lederriemen mit einem polierten Stein aus dem Sand.

»Ein Bolagewicht?« Otter griff danach, um es zu untersuchen. Steine für Bolas wurden in Tropfenform geschliffen, an den Enden zugespitzt.

Schwarzschädel lachte leise. »Diese Perle ist schlau. Sie hat den Mann, der sie gejagt hat, damit zu Boden gebracht.«

Otter beugte sich tief hinab und betrachtete den Sand. »Und ist sie entkommen?«

Schwarzschädel schüttelte den Sand von den Händen. »Mal sehen.«

Sie gingen den Spuren nach bis zu der Stelle, an der ein abgebrochener Ast, dick wie ein Männerarm, aus dem Sand ragte.

»Den hätte sie überspringen können«, rief Otter. »Ich kenne Perle. Das ist eine Wildkatze.«

»Im Dunkeln, Händler? Sieh mal auf die andere Seite – sie ist hingefallen. Den Spuren nach ist ein anderer Mann gekommen und hat sich auf sie geworfen. Siehst du die Schleifspur? Als hätte er sie aus dem Wasser zurückgezogen.«

Otter seufzte und richtete sich auf. »Schade. Ich wünschte, sie hätte fliehen können.«

Schwarzschädel starrte über den Fluß. »Fast wär's ihr gelungen. Aber es hätte ihr auch nicht viel genutzt.«

»Sie wäre frei gewesen. So wie ihre Leute über sie reden, schwimmt sie schneller als ein Katzenfisch.«

Schwarzschädel zuckte die Achsel. »Ich bin in deinem Fluß geschwommen, Händler. Und das sehr viel weiter südlich. Wie lange hätte sie diese Kälte ausgehalten? Nicht lange genug, um das Ufer zu erreichen und nicht bei Nacht.«

Otter faßte ins kalte Wasser. Schwarzschädel hatte recht. Das hätte nicht einmal Perle lange ertragen.

Schwarzschädel wischte sich den Regen aus dem Gesicht. »Ist besser für sie, daß sie erwischt worden ist. Da ist sie zwar eine Gefangene, aber wenigstens am Leben.«

Der Krieger ging zum Feuer zurück. Otter starrte auf die Vertiefungen im nassen Sand. Unwillkürlich strich er über die kleine Gebetsmatte in seinem Hemd. Sie lag jetzt über seinem Herzen.

»Kann sein. Aber wie ich die Khota kenne, wär sie vielleicht lieber tot.«

16. KAPITEL

Ich spüre Bewegung im leuchtenden Dunkel, es gleicht den schwarzen Tiefen eines Gewitters, das sich gleich entladen wird.

Ich lehne mich im Kanu zurück, mein Kopf liegt neben Schnapper. Ich finde es erstaunlich, daß ich dies alles erlebe. Die schwer erfaßbare Welt wird für mich jeden Tag unberechenbarer. Die Maske und das, was sie leiden muß, ist zu meiner Realität geworden. Unsäglich niederdrückend ist die Tiefe ihres Leidens. Ich werde von einem starken Mitgefühl aufgewühlt. Es quält und sticht mich wie stachlige Ranken, es bricht sich Bahn wie der Ausbruch eines Vulkans und explodiert in Gelächter.

Und ich weiß ... weiß genau, daß ich mich zwingen muß, in diesem Gelächter zu verharren, denn dann wird es mich alles lehren.

Die glimmenden Reste konnten den Zorn von Wanderdrossel kaum besänftigen. Die Sperrpfähle standen nach innen wie tödliche Fangzähne. Einige von ihnen hatte das Feuer angesengt, doch sie standen noch und bannten die Geister im Innern.

»Du bist wegen meines Vetters gekommen«, sagte Alte Schieferplatte. Die Decke, die sie um ihre müden Schultern geworfen hatte, war einst sehr schön gewesen. Zwischen den Flecken von Asche und Erde konnte man noch das Muster eines Falken erkennen. Sie hob einen ihrer dünnen Arme. »Da ist er. Geh nur hinein. Geh und hol ihn dir.«

Wanderdrossel schaute sich zu den Kriegern um, die ihm zu den Sonnenhügeln gefolgt waren. Sie blickten unsicher umher und umklammerten ihre Waffen. Manche trugen Mäntel aus Kaninchenfell, andere fein gewebte Decken. Dicke, sehr hohe Wintermokassins schützten sie vor dem tiefen Schnee. Die Leute des Leuchtvogelclans standen in eng zusammengedrängten Grüppchen abseits.

Sie hatten hier einen blutigen Krieg erwartet, aber niemand vom Leuchtvogelclan war Wanderdrossel am Einlaß der Erdwerke entgegengetreten. Niemand hatte zum Angriff reizende Sprüche über die verschneiten Felder gebrüllt. Und als seine Krieger in das Gelände eindrangen, starrten sie ihn einfach an, abgehärmt und verstört, die Gesichter rußverschmiert. Die meisten vom Leuchtvogelclan standen unterwürfig da, und nirgends war eine Waffe zu sehen.

Asche schwärzte den Schnee auf den Sonnenhügeln. Immer noch fielen Flocken aus dem verhangenen Himmel. Wanderdrossel spürte die Spannung, die in der Luft lag, denn die Geister hier beobachteten ihn und flüsterten miteinander.

Mit gespannter Aufmerksamkeit betrachtete er die Überreste seines Feindes. Im Lauf der Jahre hatte er Glimmervogel hassen gelernt. Sein Rivale hatte alles – die Vorteile einer hohen Geburt, die Maske, den Status eines Clanführers, Sternmuschel und vieles mehr. Und so sollte alles enden – in einem Haufen glimmender Asche?

Er betastete die Kriegskeule an seinem Gürtel und strich über das glatte Holz. Eine dicke Decke, aus Federn, gerippptem Stoff und Streifen von Kaninchenfell gewebt, hing über seiner Schulter. Um den Hals trug er eine Brustplatte aus einem menschlichen Unterkiefer. Durch die kupfernen Ohrspulen, einem hohen Rangabzeichen des Clans, spürte er die Kälte.

Er war als sechster Sohn eines Farmers geboren worden, eines Mannes aus einer unbedeutenden Familie, der sich mit den Erträgen seiner kargen und steinigen Felder mehr schlecht als recht durchschlug. Sie hatten in einem Hochtal an der Grenze zum Territorium der Blauenten gelebt. Dort hatte er jagen gelernt und wie man sich versteckt und Spuren liest. Schon als Junge hatte er seine Brüder verspottet, weil sie nicht nach Höherem strebten.

Als er zum Manne herangereift war und den Namen Wanderdrossel annahm, nach dem Jagdvogel des Waldes, hatte er beschlossen, seinen eigenen Weg zu gehen. Von ihm wurde nicht viel erwartet, aber er hatte sich hohe Ziele gesteckt. Und er wollte sie erreichen … egal, zu welchem Preis.

Ihn verzehrte das Verlangen, durch politisches Geschick und erfolgreiche Kriegführung aufzusteigen. Die Macht hatte ihn begünstigt, bald hatte er Ansehen gewonnen, da er mit Problemen und Feinden in der gleichen gnadenlosen Härte umging. Er war schon zum Anführer seiner Kriegergesellschaft aufgestiegen, aber er wollte mehr. Er wollte nicht nur der erste in seiner Familie sein, die ganze Welt sollte seinen Namen kennen.

Die Lebenden sollen vor mir knien! Meinen Namen sollen alle Generationen kennen. Wenn ich tot bin, sollen mich die Geister meiner Ahnen mit demütig gesenkten Köpfen empfangen!

Als er nun auf die Überreste des Leuchtvogelclan-Hauses starrte, sagte er sich, daß die Beklommenheit, die seine Seele erfüllte, nur das Geheul der zwei Geister verursacht hatten – das war alles.

Die Mienen seiner Krieger verrieten ihm, daß sie nicht gern hier waren, wo sie das furchtbare Unglück sehen mußten, das dem

Leuchtvogelclan widerfahren war. Was erwartete er? Er hatte sie in den Kampf führen wollen – doch nun bot die alte Frau ihm nur die Asche und den Geist seines Feindes an.

Alte Schieferplatte holte tief Luft und hob die Fäuste. »Er hat sich aufgehängt. Erst schändete er das Grab seines Großvaters und grub die Knochen aus, und dann ging er ins Clanhaus und tat ... was er getan hat.«

»Mein Clanbruder, mein Vetter, ist tot, sein Sohn verstümmelt, blind auf einem Auge. Ich bin gekommen, um das Unrecht zu rächen, und dafür zu sorgen, daß der Geist meines Vetters Ruhe findet.« Wanderdrossel richtete sich auf. »Wo ist Sternmuschel?«

Alte Schieferplatte zuckte mit den Schultern. »Ich weiß es nicht.«

»Was ist mit dem Zwerg von den Langschädeln, dem Magier?«

Alte Schieferplatte antwortete auch darauf: »Das weiß ich nicht.«

»Es ist die Maske!« schrie Wulstlippe. Sein Haar hing in struppigen Strähnen herab, sein Blick war voller Entsetzen. »Die hat uns das angetan.«

Wanderdrossel bückte sich und sah Alte Schieferplatte finster an. »Wo ist die Maske? Hast du die auch verbrannt?«

Alte Schieferplatte fuhr mit ihrer schmutzigen Hand übers Gesicht und verschmierte den Ruß. »Nein, der Zauberer holte sie heraus. Das glaube ich wenigstens. Wir waren alle erschüttert. Ich meine, daß mein Vetter so was ...«

»Dein Vetter hat uns allen einen Gefallen getan«, sagte Wanderdrossel. »Aber damit ist die Sache nicht erledigt, nicht für mich und meine Krieger. Ich will die Maske haben!«

Darauf zuckte Alte Schieferplatte nur mit den Achseln.

Wulstlippe drängte sich heran. »Dieser Zauberer hat sie gestohlen. Gestohlen, sag ich dir. Hätten wir sie doch nur verbrannt, dann ginge es uns jetzt besser.«

Wanderdrossel legte Wulstlippe eine Hand auf die Schulter. »Wo ist Sternmuschel? Wohin hat sie die Maske gebracht?«

Wulstlippe blickte Wanderdrossel an. »Sie ist weg, verschwunden. Sie ist mit ihrer Tochter fortgegangen. Der Zauberer hat gesagt, daß er unser Problem löst, wenn wir das Clanhaus abbrennen. Das haben wir gestern getan. Es war verabredet, daß er uns dann sagt, wie das Problem mit der Maske zu lösen ist.«

»Erinnerst du dich genau an seine Worte?«

Wulstlippe runzelt die Stirn. Er nickte. »Ich glaube, er hat gesagt: ›Wenn ihr eure endgültige Entscheidung bis morgen hinausschieben könnt, kann ich euch morgen abend einen Ausweg zeigen.‹ Ja, so war's doch, oder?«

Alte Schieferplatte nickte müde. »Ja, so war es.«

Wulstlippe rieb sich den Nacken. »Das wäre gestern abend gewesen.«

»Ihr Narren!« zischte Wanderdrossel. »Er hat die ganze Zeit vorgehabt, die Maske an sich zu nehmen. Warum habt ihr das nicht erkannt? Und danach hat sie niemand mehr gesehen?«

»Nein.« Wulstlippe blickte in die Runde. »Ich habe überall herumgefragt. Sie sind verschwunden.«

»Also das war der Ausweg«, sagte Alte Schieferplatte nachdenklich. »Der Zauberer wußte, daß du herkommst und die Maske haben willst.« Sie kniff die Augen zusammen. »Wanderdrossel, höre auf meinen Rat und geh nach Hause. Der Leuchtvogelclan wird dir helfen, die aufgebrachten Geister zu besänftigen. Die Maske hat genug Unheil angerichtet. Laß sie in Frieden.«

»Ich will die Maske aber haben!«

Alte Schieferplatte schien von neuer Kraft erfüllt. »Warum? Damit es dir so ergeht wie meinem Vetter? Sieh dir die Asche an, Wanderdrossel. Willst du auch so enden? Dein Geist in Sperrpfählen gefangen, von allen gefürchtet? Nein. Wenn du der Maske folgst, wird dein Geist in alle Ewigkeit in Finsternis umherirren und für immer vergessen sein.«

Er erstarrte. »Vielleicht würde ich lieber Bunte Krähe dienen, als deinem Rat folgen.«

Die alte Frau schüttelte den Kopf. »Du willst dir selber dienen. Aber das weiß die Maske sicher auch.«

Wanderdrossel ging zu Grünspecht und gab den Befehl: »In kleine Trupps aufteilen. Untersucht alle Wege nach Spuren! Sie können noch nicht weit sein. Dürfte ein leichtes sein, Sternmuschel, ihre Tochter und den Zauberer aufzuspüren.«

Grünspechts magerem Körper sah man die Kraft und Ausdauer, die er besaß, nicht an. Er trug einen Umhang aus Federn über einem dicken Winterhemd und Leggings. Betreten blickte er zum Himmel. »Anfangs waren nur Sternmuschel und Glimmervogel darin verwickelt, aber jetzt ist es auch der Zauberer. Ich brauche dir ja wohl nicht zu erzählen, wie mächtig ein Zwerg ist.«

»Ich weiß, mein Freund, ich kenne die Gefahr. Aber ich werde sehr, sehr vorsichtig sein.« Wanderdrossel senkte die Stimme. »Ich habe eine Perle in Minzblättern geschluckt.«

»Das schützt gegen Zauberei.«

»Genau.« Wanderdrossel packte Grünspecht an der Schulter. »Jetzt teile die Suchtrupps ein. Was wir jagen, kann nicht weit sein.«

Grünsprecht wandte ein: »Es schneit gleich wieder; dann sind die Spuren schwer zu finden.«

»Sie sind nach Norden marschiert, zur Sternhimmelstadt. Das fühle ich.«

»Und warum nicht nach Süden, Richtung Schlangenstadt? Vom Fluß können sie jede Richtung gewählt haben. Vielleicht westlich zu den Buntbemalten? Auch könnte der Zauberer die Maske nach Osten bringen, wo die meisten Clans der Langschädel wohnen; oder zu ihren Clans südlich vom Schlangenfluß.«

»Sternmuschel ist immer noch die verwöhnte Tochter. Sie wird so schnell wie möglich zu ihrem Vater wollen.« Wanderdrossel starrte schon nach Norden, in das breite Mondmuscheltal.

Dort wird sie hingegangen sein.

»Schick unbedingt Suchtrupps in alle Richtungen aus. Wir müssen jede Möglichkeit in Erwägung ziehen.«

Grünspecht ging zu den Kriegern zurück, um die nötigen Befehle zu erteilen. Sollte er sie erwischen, müßte er schnell handeln. Wenn möglich, würde er den Zwerg aus dem Hinterhalt erledigen, ohne ihm Zeit zu lassen, ihn mit einem Zauberspruch zu bannen oder die Maske anzulegen. Oder er würde einfach warmherzig lächelnd auf ihn zugehen und dem Zauberer den Schädel einschlagen, bevor der überhaupt reagieren könnte.

Wanderdrossel lächelte bei dieser Vorstellung.

Und dann werde ich alles besitzen – Einfluß, Ansehen, die Maske … und Sternmuschel.

Die Anhinga waren Experten im Alligatorfang. Auch Perle hatte schon zahlreiche dieser Tiere gefangen. Ihre Leute aßen das Fleisch, gerbten die Häute und ließen das Fett aus. Das mischten sie mit Pflanzen zu einer Salbe, die vor Moskitostichen schützte.

Die Anhinga fingen die Alligatoren oft lebend, zumindest die kleineren. Mit einem Riemen banden sie dem Tier die Schnauze zu, damit es nicht beißen konnte, und mit einer Leine schnürten sie ihm die Beine fest an den Bauch.

Jetzt konnte Perle sich gut vorstellen, was ein Alligator fühlte, denn die Khota hatten sie ebenso gefesselt. Inzwischen hatten die Khota auch den letzten Respekt vor ihr verloren. Aus einer Braut war eine Trophäe geworden. Allerdings achtete Grizzlyzahn darauf, daß keiner sie anrührte.

Großmutter, hast du geahnt, daß man mich so behandeln würde? Hättest du mich auch verkauft, wenn du gewußt hättest, daß sie mich zusammenbinden wie ein Stück Fleisch?

Trostlos starrte sie auf das Flußufer. Sie kannte den Preis für ihr Leben, sie hatte gesehen, wie der Gegenwert aus den Händen der Khota in die der Anhinga übergegangen war. Sie sah es vor sich, wie ihre Großmutter mit braunen Fingern über die kühle Oberfläche des Kupfers gestrichen hatte. Jedes Stück Metall, das sie bekommen hatten, bezahlte Perle mit Schmerzen und Not in einem fernen Land. Diese Finger, die über das polierte Metall glitten, hätte genausogut Fetzen aus ihrer Seele reißen können.

Ich hasse euch … Ich spucke auf alles, was Anhinga heißt!

Sie würde nie mehr den Fluß betrachten können, ohne an diesen schändlichen Verrat zu denken.

Im Schatten der Bäume war der Boden weiß. Schnee war gefallen, der erste, den Perle in ihrem Leben sah.

Vor genau einem Jahr war sie um diese Zeit auf einem Hochseekanu weit draußen im Golf mit einigen ihrer Vetter und anderen Händlern unterwegs gewesen. Sie waren zu den Inseln gerudert, um Tabak, Muscheln und Zuckerrohr einzutauschen. Wäre sie jetzt nur auch so frei wie damals!

Sie schloß die Augen und fühlte noch die Brise, die das Wasser bewegt hatte und das große Kanu auf Wellenkämme erhoben und in Wellentäler hatte hinabgleiten lassen. Das Wasser war von einem so wunderbaren kräftigen Blau gewesen, daß es den Augen weh getan hatte. Delphine waren neben ihrem Boot geschwommen, bis Blutender Seestern einen jüngeren Fisch harpuniert hatte.

Was für ein Kampf das gewesen war! Der Fisch hatte klagende Töne ausgestoßen und das Kanu in Todesangst so schnell fortgezogen, daß das Wasser um den Bug herum weiß aufschäumte.

Als sie schließlich ihre Beute müde gemacht hatten, bedurfte es mehrerer Speerstiche, um den Delphin zu töten. Danach hatte das Wasser blutig geschäumt.

Und danach wendete sich mein Glück.

Delphine hatten sich keine mehr gezeigt. Das Wetter war schlechter geworden und der Seegang stärker. Als sie endlich den Sturm überstanden und Land erreicht hatten, waren sie so weit vom Kurs abgekommen, daß sie Wochen brauchten, um das Territorium der Anhinga wieder zu erreichen.

Blutender Seestern hatte den Weg gekannt und ihr auf dieser Fahrt beigebracht, wie man die Sterne und die Wellenmuster liest. Neben der Freude an diesem Ausflug in neue Länder und zu fremden Menschen war es ihr neuerworbenes Wissen, das diese Fahrt so reich gemacht hatte. Und nur Wochen nach ihrer Rückkehr waren die Khota gekommen.

Wenn sie zum Himmel hinaufschaute, konnte sie sagen, wie weit nördlich sie waren. Sie beobachtete die Veränderungen der Fixsterne und merkte sich, wie die bekannten Sternbilder nach Süden wanderten. Sollte sie fliehen wollen, könnte sie ohne weiteres den Weg nach Hause finden, ob über Land oder übers Meer. Es wurde jetzt jeden Tag kälter, und mit der Kälte nahm auch ihre Verzweiflung zu.

Sie beobachtete die Khota, in der Hoffnung, eine Schwäche zu entdecken, die ihr die Flucht ermöglichte.

Wenn es ihr je gelänge zu fliehen, gelobte sie sich, würde sie nie mehr Delphinfleisch essen.

Sie hörte ein Ächzen und ein verlegenes Lachen und drehte sich um. Der Krieger, den sie Faulmaul nannten – seine Zähne waren alle ausgefallen –, hatte seinen nackten Hintern über den Kanurand gehängt. Den ganzen Morgen hatte er sich schon übergeben, und jetzt ging es unten los.

Perle schaute zu einem der anderen Kanus. Großer Zeh und

Weißes Eichhörnchen schien es auch nicht gutzugehen. Sie hatten gestern abend das Gleiche gegessen wie Faulmaul.

Perle seufzte.

Ich will nie wieder Delphinfleisch essen – und wenn Faulmaul und seine Freunde Bescheid wüßten, dann würden sie auch nie wieder Hundstod essen.

In Muschelschales Hütte flackerte das Feuer. Die alte Frau, die einst Abendstern genannt wurde, betrachtete den Packen aus schön gewirktem Stoff, der neben den Decken des Zauberers lag. Sie lauschte gespannt, setzte sich dann auf und beobachtete argwöhnisch die Umrisse ihrer schlafenden Gäste.

Als der alte Hund den Kopf hob, glühten seine Augen im Widerschein des Feuers. Er sah ihr zu, wie sie über die schlafenden Besucher hinwegstieg und zu dem Stoffpacken schritt. Mit den Fingern fuhr sie die Muster der leuchtend gefärbten geometrischen Figuren nach. Entschlossen nahm sie den Packen und ging damit vorsichtig zum Feuer. Sie hörte nicht, wie der alte Hund winselte. Abgewandt, mit angelegten Ohren, rollte er sich zu einer Kugel zusammen, als wollte er sich vor einem kommenden Unwetter schützen. Voller Abwehr blickte der Hund auf die alte Frau und knurrte.

Doch Muschelschale ließ sich nicht beeindrucken und löste die Schnüre. Neugierig schlug sie den Stoff auseinander und entfaltete das weiche Wolfsfell, um zu sehen, was es verbarg …

Sternmuschel lag auf der Seite, eingehüllt in ihre dicken Decken, und schrie laut auf, von Alpträumen gejagt.

In ihrem Traum stand Sternmuschel auf einem wüsten, windumbrausten Felsplateau. Über ihr wälzten sich schwarze Wolken über einem aufgewühlten Himmel. Der Wind peitschte ihren nackten Körper, scharfe Sandkörner stachen auf sie ein. Sie stolperte über spitze Steine, die sich schmerzhaft in ihre bloßen Füße bohrten, und sie krümmte sich in dem vergeblichen Versuch, ihre zarte Haut zu schützen.

Der Wind heulte über der aufgerissenen Erde mit Stimmen, die kein menschliches Wesen kannte; wilde Blitze erhellten die unheimliche Finsternis.

Sand blies ihr in die Augen, und sie hielt einen Arm vors Gesicht, um sich zu schützen. Die unheimlichen Blitze brannten sich weiter in den Himmel über ihr ein und zerbarsten in grelle Stränge ausgezackten Lichts, das in alle Richtungen explodierte.

Sternmuschel wollte vor Entsetzen aufschreien, aber der Sturm riß ihr die Laute von den Lippen. Sie stolperte unsicher vorwärts; irgendwo mußte es doch Schutz geben!

Doch wo? Überall war nur verdorrtes Land. Aber dann entdeckte sie etwas, das sofort ihre Aufmerksamkeit fesselte.

Vor ihr schwebte etwas Weißes über dem felsigen Grund. Vor dem tiefschwarzen Himmel schien es zu glühen, als wäre es von einem unsichtbaren Lichtstrahl erhellt.

Sternmuschel eilte darauf zu, leise weinend, weil ihr die eckigen Steine in die Füße schnitten. Unsicher ging sie Schritt für Schritt vorwärts, um dieses weiße Ding genauer zu untersuchen.

Was sie sah, erstaunte und verwirrte sie. Eine herrliche dünnwandige Keramikschale schwebte in der Luft. Sie hatte noch nie einen Gegenstand in solch vollkommener Verarbeitung gesehen – als hätte die Erdmutter selbst aus ihrer feinsten weißen Tonerde ein solch wundervolles Stück geformt. Niemals hätten die Hände eines Menschen ein derartig perfektes Gefäß formen können. Hatte ein Geistwesen die Schale erschaffen?

Der Wind legte sich, und in gespenstischer Stille ging Sternmuschel auf die Schale zu. Sie stellte sich auf die Zehenspitzen, um hineinschauen zu können.

Sie stöhnte auf vor Entzücken und strich sich ihr langes schwarzes Haar aus dem Gesicht, um besser sehen zu können. Die Malerei auf der Innenseite der Schale war äußerst fein und von großer Detailgenauigkeit, und die Farben hatten eine überirdische Leuchtkraft. Und in dieser dünnen Keramikschale lag die ganze Welt.

Wasser schloß das Land von drei Seiten ein, im Osten, Süden und Westen. Auf der Nordseite sah sie weiße Schneefelder, die in grüne Senken übergingen. Massive Gebirge grenzten an dick vereiste Ebenen. Silberne Bächlein rannen aus saftig grünen Tälern und wanden sich, zu Flüssen anschwellend, ins Meer.

Der Schauplatz schien sich zu vergrößern, so daß sie winzige Einzelheiten in den Wäldern, Bächen und auf den Steppen erkennen konnte. Sie kam aus dem Staunen nicht heraus. Sie sah Tierherden, nahm den Geruch der üppigen Vegetation wahr und hörte das schwache Seufzen des Windes, der durch Blattwerk und über Gewässer strich.

Von den Tieren, die sie sah, kannte sie einige, andere hatte sie noch nie gesehen. Ungeheuer stapften übers Land, Hirsche, Füchse, Biber und Waschbären tummelten sich in den Wäldern. Das alles sah Sternmuschel mit großem Entzücken.

Währenddessen sah sie aber auch, daß das Eis im Norden schmolz. Verwundert stellte sie fest, daß ihr Standpunkt sich verschoben hatte. Ihr kam es plötzlich so vor, als wäre sie in die Schale hineingefallen, und würde von Luftströmungen ziellos über die Prärie getragen.

In der Ferne ragte, weiß schimmernd, das Eis empor. Der Wind trug ein Lied heran, das von menschlichen Stimmen gesungen wurde. Sternmuschel sah einen einsamen Wolf nach Süden fliehen; Jäger folgten seiner Spur.

Und die Jäger waren bald überall im Land, überquerten die Prärien, folgten den Pässen über die Gebirge. Vor hochwasserführenden Flüssen machten sie nur so lange halt, bis sie Flöße zusammengebunden hatten und ans anderen Ufer staken konnten.

Auf ihren Zügen erlegten sie die riesigen Tiere und ernährten sich von ihrem saftigen Fleisch. Immer mehr Menschen strömten ins Land, das sie jagend eroberten. Dabei nahm die Zahl der Tiere ständig ab. Sternmuschel beobachtete einen verstörten Mann an einem Strand im fernen Westen. Er mühte sich, ein Labyrinth in den Sand zu zeichnen, aber die Brandung zerstörte sein Werk immer wieder.

Heiße Winde wehten über das Land, und die großen Tiere verschwanden. Wüsten breiteten sich immer weiter aus, die Seen versandeten, und die Menschen sahen diesen Vorgängen mit Schrecken zu. In großer Höhe schwebend, sah Sternmuschel einen brennenden Berg, der ihr bekannt vorkam; an seinen Ausläufern tanzten Menschen.

Andere Menschen kamen aus dem Norden und kämpften mit den Völkern, auf die sie trafen. Im Schein eines Feuers saßen eine schöne Frau und ein verkrüppelter Mann, die ein Bündel in die Flammen warfen. In der Ferne war Donnergrollen zu hören.

Wie auf Adlerschwingen wurde Sternmuschel gen Osten getragen. Dort strömten, am Rande eines tiefblauen Ozeans, breite Flüsse in eine große Bucht. Sie sah ein Paar auf einem Berg aus Muschelschalen; es saß an einem klaren Gewässer und sprach bedächtig miteinander. Zwischen den beiden lag ein kleiner Fetisch, den sie betrachteten.

Wieder wurde sie hochgetragen, über die Furchen alter Gebirge, in ein Land, das ihr bekannt vorkam. Es war Sternhimmelstadt, die unter ihr lag. Sie sah die riesige geometrische Anlage, das Achteck, den Großen Ring und die Wege im Wall.

Der Wind riß sie nach Norden, zu einem Süßwassermeer. Weiter ging es zu einem Fluß, dessen klares Wasser zu brodeln schien. Sie schwebte über einer Insel, wo sich der Fluß teilte. In der Ferne hörte sie schwaches Donnergrollen. Als sich die Flußarme wieder vereinigten, sah sie im Westen weiße Dunstwirbel aufsteigen.

Sie beobachtete diese Szene lange und fühlte, wie ihr Herz raste. Aus dem Dunst starrte die Maske sie an und sank dann langsam in das Donnergetöse mächtiger Wasserfälle. Dann verschwand sie plötzlich aus ihrem Blickfeld, fiel wie ein Stein, von Kinderhand geworfen, tief hinab in die Sturzflut.

Sternmuschel schrie auf und wich zurück.

Sie wankte über das Geröll, und die Schale fiel herunter und zersprang auf dem schroffen schwarzen Stein in winzige weiße Scherben.

Sie schreckte aus tiefem Schlaf auf und setzte sich auf; kalter Schweiß rann ihr über den Körper.

»Was ist?« fragte der Magier und richtete sich ebenfalls auf.

Blinzelnd wie eine Eule sog Sternmuschel gierig die kalte Luft ein. »Ein Traum. Gräßlich und schön. Ich sah eine Schale – und darin lag die ganze Welt.«

Sie preßte eine Faust an ihr Herz. »Und die Schale fiel… und zersprang.«

Sie atmete erschöpft aus und schloß die Augen. Sie hatte die Vision des Traums noch lebhaft vor Augen. Bruchstücke der Schale schimmerten weiß auf dem schroffen Fels.

»Die Macht streift frei herum«, sagte der Zauberer sanft. »Schlaf wieder ein.«

Sternmuschel hörte den alten Hund leise winseln. Sie drehte sich um, und was sie da sah, verschlug ihr den Atem.

Das Gesicht von Muschelschale war schmerzverzerrt. Mit glasigem Blick – wie aus einer leeren Seele – schaute sie so, wie Glimmervogel geschaut hatte. Neben dem Feuer fiel Muschelschale zusammen, die Maske mit versteinerten Fingern umklammert.

Der Zauberer schrie auf und warf die Decken beiseite.

Das Gesicht des Raben leuchtete im Feuerschein. Der Widerschein der roten Glut auf dem tiefschwarzen, polierten Schnabel glich Blutflecken. Der schwarze Federkragen flimmerte gespenstisch scharlachrot, grün, blau und violett. Die Augenhöhlen, nur schwarze Löcher, starrten gebannt auf ein festes Ziel im Raum.

Sternmuschel folgte dieser Richtung.

Da saß Silberwasser wie erstarrt, ihre Decken waren teilweise weggerutscht, und ihr junges Gesicht, eingerahmt vom Gewirr der schwarzen Haare, war völlig zusammengefallen. Es hatte jede Farbe verloren, und mit großen Augen erwiderte sie den Blick der Maske.

»Nein!« schrie Sternmuschel und stürzte zu ihrer Tochter.

In die unheimliche Stille hinein heulte nur der alte Hund.

Wanderdrossel lag im Haus des Zürgelbaumclans neben dem Feuer. Er fuhr plötzlich aus dem Schlaf auf, denn er hatte einen Schrei gehört, einen lauten Schrei, der aus seiner Seele kam. Er spürte, wie ihm der Schweiß ausbrach.

Was war das für ein Schrei? Dann vernahm er Worte, die ihm der Winterwind zuzuflüstern schien.

Höre, Krieger, ich habe wenig Zeit. Für einen kurzen Augenblick konnte ich mich aus dem Gewahrsam des Zauberers freimachen.

»Wer bist du?« fragte Wanderdrossel leise.

Ich bin, was du begehrst. Fürchte den Zauberer nicht, Krieger. Ich habe seine Seele berührt. Er ist zwar ein Zwerg, aber seine Macht schwindet, sie geht dahin, sie fault von innen heraus.

»Wo bist du?«

Ich schaue auf ein kleines Mädchen. Es ist so schön, aber noch zu jung. Es fühlt sich von der Macht angezogen. Sieh es dir an. Es hört das Lied, hat es schon gelernt. Du aber bist stark, Wanderdrossel von den Blauenten. Du kannst mich vom Zauberer erretten. Hole mich! Mach schnell, der Zauberer erwacht! Die Schale ist zerbrochen. Hole mich ... hole ...!

Wanderdrossel setzte sich auf und schaute sich um. Sein Herz schlug wild, und sein ganzer Körper vibrierte. Grünspecht und die anderen Krieger schliefen unruhig, als würden sie von schlimmen Träumen heimgesucht.

Wanderdrossel stieß Grünspecht an, und der Krieger öffnete sofort die Augen. »Was gibt es?«

»Hast du die Stimme gehört?«

Grünspechts Finger tasteten nach der Keule. »Was für eine Stimme? Bei den Ahnen – die Macht streift frei umher heute nacht. Fürchtest du Verrat vom Zürgelbaumclan?«

Wanderdrossel wehrte ab. »Nicht vom Zürgelbaumclan. Die Maske! Sie rief mich, und ich erwachte mitten im Traum. Verstehst du? Sie weckte mich, bevor sie sprach.«

Grünspecht hob fragend eine Augenbraue.

Wanderdrossel ballte seine Hände zu Fäusten. »Die Maske rief mich an und teilte mir folgendes mit: Fürchte den Zauberer nicht, Krieger. Ich habe seine Seele berührt. Er mag ein Zwerg sein, aber seine Macht schwindet, sie stirbt, sie fault von innen heraus. Verstehst du, was das bedeutet?«

Grünspecht schüttelte den Kopf.

Wanderdrossel lächelte voll Ingrimm. »Der Zauberer ist schwach, mein Freund. Seine Macht fault von innen heraus. Bald habe ich die Macht! Sie will mich!«

Grünspecht schluckte, die Stirn in Falten gelegt. »Ich glaube dir, daß sie dich anrief, Anführer. Kurz bevor du mich geweckt hast, habe ich geträumt. Aufgewühltes Wasser schäumte und kochte, tief und grün, als ob es ein lebendes Wesen wäre. Dann sah ich dich, wie du in einem großen Kanu durch die Lüfte fuhrst, wie ein Vogel.«

»Die Maske von Bunte Krähe.« Wanderdrossel rieb sich das Kinn. »Ja, ein Vogel. Schlaf weiter, mein Freund. Sorge dich nicht um den Zauberer. Wanderdrossel, Kriegsherr der Blauenten, wird sich seiner annehmen, wenn es an der Zeit ist. So wird es sein, das hat mir die Maske gesagt.«

Die Sonne war noch nicht aufgegangen, als Schwarzschädel aufstand und das Lager verließ. Der hauchdünne Schnee knirschte unter seinen Füßen. Heute würde es endlich sonnig werden, endlich nach den Regenfällen. Doch Schwarzschädel würde auch diesen Tag hassen, wie er alle davor gehaßt hatte.

Nur in seinen Träumen fand er Frieden. Da ging er in der Stadt der Toten umher, im Schatten der hohen Grabhügel. Unter den ihm vertrauten Geistern war er der Herrscher. Die Leute grüßten ihn mit Achtung und sahen bewundernd zu, wenn er die Keule schwang oder wenn er die Kriegsspeere weiter warf als irgendein lebender Mensch.

Aber der Händler machte sogar seine Träume, in denen er etwas Trost fand, zunichte. Kürzlich erst hatte Otter Schwarzschädel aus seinen Träumen gerissen: »Los, komm, steh auf! Da sind Enten im Ried hinterm Lager.«

Warum hielt er sich nur so zurück, anstatt den Händler zu packen und ihm die Kehle zuzudrücken, bis seine Augen aus den Höhlen quollen?

Disziplin! Mit diesem Wort verfolgte ihn sein Großvater noch aus dem Grab. Sein ganzes Leben hatte Schwarzschädel danach gelebt – aber nun fing er an, es zu hassen.

Er war schon vor dem Morgengrauen aufgestanden, als alles noch mit Reif dick überkrustet war. Da hatte sich auch der Händler schon zu seinem verfluchten Kanu aufgemacht, um seine Bola zu holen.

Disziplin! Das Wort ließ Schwarzschädel erneut erschauern. Ihn fröstelte, und sein Körper überzog sich mit einer Gänsehaut. Dennoch hielt er seine Bola fest in der Hand, und als er den Wink des Händlers gewahrte, ging er nach links.

Er spähte über die braune Rasenfläche und sah den Händler kurz nicken. Er sprang vorwärts und stürmte los.

Mit lautem Gequake flatterten Enten auf. Der Händler hatte seinen Wurf perfekt geplant; er wirbelte die Bola über den Kopf und ließ sie in einem Bogen durch die Luft sausen. Wie die ausgestreckten Krallen eines Raubvogels fuhren die Steine an sirrenden Riemen auseinander und durchschnitten die Luft.

Der Wurf war vollkommen. Die Bola wickelte sich um eine aufsteigende Ente, die im Gras landete.

Schwarzschädel beobachtete Otter. Der Händler stürmte durchs Gras und stürzte sich auf die kreischende Ente. Er packte seine flügelschlagende Beute am Kopf, schwang sie herum, und brach ihr das Genick.

Schwarzschädel schaute die Bola in seiner Hand an. Die schwarzen Steine hatte er von einem Händler im Norden. Jeder Stein war in Form eines Tropfens geschliffen und auf Hochglanz poliert. Durch die spitzen Enden war ein Loch für den Riemen gebohrt. Stammen von einem Steinbruch am Schlangenfluß, hatte der Händler erklärt.

Zu diesem Steinbruch hatte Schwarzschädel nie gehen wollen. Aber nun führte ihn das Schicksal dorthin – jedenfalls in die Nähe.

»Bist wohl nicht richtig zum Zuge gekommen?« fragte der Händler, der durch das braungelbe Gras zu ihm kam.

»Nein«, sagte Schwarzschädel nur.

Warum hatte er nicht geworfen? Er überlegte kurz und gab sich selbst die Antwort.

Weil's mir gleichgültig war.

Otters Grinsen schien ihn zu verspotten, als ob der Händler seine Gedanken lesen könnte.

Er wollte dieses Grinsen nicht sehen, drehte sich um und ging zum Lager zurück. Grüne Spinne, dieser Dummkopf, schlief bestimmt noch.

Der Händler holte ihn im Laufschritt ein. Schwarzschädel sah, daß Otter verlegen war.

»Können wir was besprechen?«

Schwarzschädel drehte sich um und fragte: »Was denn?«

Otter hatte nicht erwartet, daß der Krieger so schnell stehenbleiben würde, und rannte einige Schritte an ihm vorbei. Er ging wieder zurück, plötzlich unsicher geworden.

»Alles in Ordnung?« fragte er.

»Mir geht's gut, Händler. Und dir?«

Otters ganzer Körper drückte Unbehagen aus – so wie er die Schultern hielt, die Beine bewegte. Dann setzte er dieses entwaffnende Lächeln auf, das Schwarzschädel inzwischen zur Genüge kannte.

»Unterlaß dieses Wasserfuchslächeln bei mir, Händler.« Schwarzschädel hatte schon oft gesehen, wie dieses Lächeln auf Otters Gegenüber wirkte. Er hatte gesehen, wie es bei Wiesenlerche, diesem armen Narren, wirkte und auch bei Wapitifuß vom Schwarzpappelclan.

Da wurde immer nur über den Wasserfuchs und über diesen Wahnsinnigen, Grüne Spinne, geredet. Aber über ihn, den größten Krieger, den es je gegeben hatte, wurde kein einziges Wort gesprochen.

Wenigstens hatte Wiesenlerche schon von ihm gehört. Dieser Einfaltspinsel Wapitifuß wußte von nichts, hatte ihn nur in seinem glucksenden Händlerjargon willkommen geheißen.

Danach war Wut in ihm aufgestiegen. Wußten sie denn nicht, mit wem sie es zu hatten? Was für einen herzlichen Empfang hatte ihm dagegen Langes Eichhörnchen bereitet? Oh, Wiesenlerche hätte er es schon noch beigebracht. Schwarzschädel hatte auf den richtigen Zeitpunkt gewartet, war in der Nacht leise aufgestanden und hatte Wiesenlerche gepackt. Er hätte ihm eine seiner kostbaren Dachsschalen zu fressen gegeben, wenn… wenn nicht der Wahnsinnige ins Zimmer gesprungen wäre und Wasser ins Feuer gegossen hätte, damit es heller brennt.

»Du hast kaum etwas gesagt«, brachte Otter endlich heraus, »seit wir beim Braunwasserclan angelegt haben.« Er machte eine Pause und warf einen Blick auf Schwarzschädel. »Ich denke, es ist vielleicht deswegen, weil ich dich daran erinnert habe, was Alter Nordmann im Weißmuschelclan gesagt hat.«

»Worauf willst du hinaus?«

»Wenn alles gutgeht, kommen wir heute abend beim Gipfelclan an. Großer Ring ist ein bedeutender Mann, daher ist er für uns sehr wichtig, außerdem weiß er, was überall geredet wird. Er kann uns erzählen, was da oben am Schlangenfluß vorgeht.«

»Und was verlangst du von mir?« *Daß ich einem Schwachkopf, der mich fragt, ob ich ein Krieger bin, nicht den Schädel einschlage?*

Otter stützte seine schwieligen Hände in die Hüften. »Ich hab' mir gedacht, daß wir vielleicht zu einer Art Verständigung kommen könnten. Ich könnte ja etwas tun, etwas ändern, um es dir leichter zu machen. Ich weiß ...«

»Du könntest zum Beispiel mit diesem Gequatsche aufhören. Das ist genauso sinnvoll wie das Gequake der Enten dahinten.« Schwarzschädel ging weiter.

»Was brauchst du denn noch?« fragte der Händler hitzig. »Noch einen Blitzschlag? Wir haben einen langen Weg vor uns. Aber der wird nicht sehr erfreulich sein, wenn du weiter so unverständig bist wie ein dicker dummer Stein.«

Schwarzschädel ließ die Bola fallen und packte Otter am Hals. Kurz versetzte er sich in die Lage des Händlers, als der die Ente getötet hatte, und genoß es mit ganzer Seele. Im letzten Moment aber siegte seine Selbstbeherrschung und bewahrte ihn davor, etwas zu tun, was nicht wiedergutzumachen wäre.

Unter dem unerbittlichen Zugriff öffnete sich der Mund des Händlers und seine Zunge trat hervor. In seinen Augen stand panisches Entsetzen.

»Noch einen weiten Weg?« frage Schwarzschädel ruhig. »Dann könnten wir vielleicht den Idioten Grüne Spinne unter seinen warmen Decken hervorziehen und flußaufwärts fahren. Was hältst du davon, Wasserfuchs?« Damit schob er den Händler zur Seite, der sich mit unsicherer Hand an die Kehle griff, und ließ ihn schwankend und bleich stehen.

Schwarzschädel nahm seine Bola wieder an sich und ging weiter, beseelt von dem Gefühl, daß der Gerechtigkeit Genüge getan sei.

Im Grunde konnte er dem Händler nichts vorwerfen. Der war von dieser Irrsinnsfahrt genauso betroffen wie er selbst. Wenn jemand zu tadeln war, dann der Narr mit seiner blödsinnigen Vision von Bunte Krähe und Masken und seiner Idee, die Welt zu retten.

Als hätten sie ihn gehört, flogen mehrere Krähen über die Wipfel der Bäume und krächzten laut.

Schwarzschädel wirbelte seine Bola über den Kopf und führte einen vollendeten Wurf aus; mit gestrecktem Arm schleuderte er die Waffe in hohem Bogen in die Luft, daß die spitzen Steine sirrten. Die Vögel waren schnell, und es war schwer, einen von ihnen zu treffen.

Die Leitkrähe verharrte auf der Stelle und schlug mit den Flügeln, während die anderen im Sturzflug nach unten schossen. Mit einem Würgegriff umfing die Bola die Krähe.

Schwarzschädel sah im blendenden Licht der Morgensonne ein geisterhaftes Gesicht; die Gesichtszüge seiner Mutter blitzten auf, klar und scharf im grellen Licht. Hörte er sogar ihr Gelächter?

Der Vogel stürzte mit einem seltsamen Kreischen zwischen die Bäume. Schwarzschädel hörte, wie er auf dem Boden aufschlug. Seine Vision löste sich auf.

Er hatte seine Mutter mit der gleichen beherrschten Kunstfertigkeit getötet wie jetzt die Krähe.

Als er an den Eichenbäume vorbeilief, sah er Grüne Spinne. Mit einem komischen Gesichtsausdruck glotzte der Verdreher auf das glänzende, schwarzgefiederte Tier, das ihm vor die Füße gefallen war. Der Vogel hatte sich das Genick gebrochen und schien den Narren anzustarren.

Otter stürzte ins Lager, eine Hand noch an seinem mißhandelten Hals.

»Kein schlechter Wurf, wie?« fragte Schwarzschädel stolz, als er den toten Vogel aus den Riemen der Bola löste. Etwas von seiner ohnmächtigen Wut hatte er abreagiert … nicht viel, aber genug, um diesen Tag zu ertragen.

»Oh, wirklich ein fabelhafter Wurf«, flüsterte der Narr. Er drehte sich um und starrte Schwarzschädel mit irren Augen an, wie einer, den Gespenster verfolgen. Dann brach er in ein hysterisches Gelächter aus, und Tränen rannen ihm übers Gesicht.

17. KAPITEL

Sternmuschel hielt Silberwasser fest umklammert, verzweifelt entschlossen, ihre Tochter zu schützen. Wie eine übergroße Puppe trippelte Langer Mann am Rand der kleinen Hütte entlang. Als er nahe genug war, nahm er das Wolfsfell.

Er hielt es ausgebreitet vor sich, als wollte er ein Kaninchen in der Falle mit einem Netz packen.

Sternmuschel spürte die Bedrohung, die schwer wie rußiger Rauch in der Luft hing. Trotz der Kälte perlte Schweiß auf dem Gesicht des Zauberers.

Langer Mann stürzte vorwärts und packte die Maske. Es war, als ob sie sich wehren wollte. Die Krallenfinger der alten Frau hatten sich fest in sie gebohrt. Mit einem Aufschrei riß der Zauberer die Maske aus ihrem harten Zugriff und ließ sich dann fallen, so plötzlich, als wären seine Füße unter ihm weggeglitten.

Langer Mann seufzte schwer und fragte Sternmuschel: »Ist deine Tochter in Ordnung?«

»Liebes?« Sternmuschel schaute auf ihre Tochter. »Geht's dir gut, Liebes? Sag doch was.«

»Mama?« Silberwasser schaute auf, eine irre Angst in ihren großen Augen, die so dunkel waren wie das Meer bei Nacht.

»Hat dir die Maske weh getan?« Die Verzweiflung saß ihr immer noch in der Kehle und würgte sie.

»Sie hat zu mir gesprochen.« Silberwasser senkte den Blick und betrachtete nachdenklich den Körper von Muschelschale. Sie war tot.

Sternmuschel brachte die zuckenden Muskeln um ihren Mund zur Ruhe. »Was ... was ist geschehen? Was hat sie gesagt?«

»Sie hat mir Geschichten erzählt, Mama. Und Lieder gesungen.«

Langer Mann senkte den Kopf und sagte wie versteinert: »Muschelschale hat die Maske aus der Umhüllung genommen.«

Sternmuschel schluckte. Allmählich gewann sie ihre Fassung zurück. »Sie fragte mich gestern danach. Ich sagte ihr, es sei etwas Heiliges. Das war vielleicht mein Fehler. Ich habe ihr keine gute Antwort gegeben.«

»Sie war schon immer neugierig.« Langer Mann strich sich übers Gesicht. »Sich mit den Gegebenheiten abzufinden, das war nicht ihre Sache.«

»Die Maske rief sie«, flüsterte Silberwasser geistesabwesend. »Sie hat gerufen, Mama. Nicht laut, aber ich hab's gehört.«

Langer Mann beugte sich gespannt vor. »Sie hat gerufen? Hast du das gehört?«

Sternmuschel war wachsam wie ein gejagtes Tier und fragte: »Was hat das zu bedeuten?«

Langer Mann antwortete ihr erst nach einer Weile: »Wahrscheinlich gar nichts.«

»Gar nichts? Muschelschale ist tot! Mein Mann ist tot! Meine Tochter hört etwas, und du sagst ›Gar nichts‹!«

Er starrte sie düster an und erwiderte: »Keine Panik! Sie ist gebannt. Im Wolfsfell. Wir haben sie zur rechten Zeit gefangen. Jetzt brauchen wir die Maske nur noch zum Brüllenden Wasser zu bringen, sie über den Rand zu werfen, und dann ist die Macht sich selbst überlassen.«

Aber das Gefühl der Bedrohung verließ Sternmuschel nicht. »Wieso mußte Muschelschale sterben?«

Langer Mann warf einen teilnahmsvollen Blick auf die Leiche der alten Frau. »Abendstern, meine arme alte Liebe.« Jetzt erfüllte ihn Trauer. »Du mußtest unbedingt in diese Augenhöhlen sehen, war es nicht so?«

»Und ... was war dann? Was hat die Maske mit ihr gemacht?«

Er blickte zuerst Sternmuschel an und dann auf die Tote. »Sie war die schönste Frau, die je gelebt hat. Du hättest sie sehen sollen, als sie jung war. Strahlend, verführerisch. Und jetzt, im Alter, hat sie die Maske angeschaut – nicht durch sie hindurch. Statt die Welt zu sehen, wie Bunte Krähe sie sehen würde, sah sie sich selbst wie in einem Spiegel.« Er machte eine Pause. »Es waren die Alpträume vom Altwerden, unter denen sie so sehr gelitten hat.«

Langer Mann packte das Wolfsfell mit der Maske wieder in die Stofftasche und schloß der toten Muschelschale die Augen. »Sie hat gesehen, was aus ihr geworden ist, Sternmuschel. Nicht, wie sie sich selbst geträumt hat, sondern so, wie sie wirklich war. Ihr Leben lang hat sie sich nicht gesehen, wie sie war. Was muß das für eine Erschütterung gewesen sein, sich in diesem Zustand zu sehen. Alt, häßlich ... nun, manche Menschen können damit fertigwerden. Sie aber lebte ihr ganzes Leben hinter einer Art Maske, und in dieser Nacht sah sie dann diese Maske an.«

Sternmuschel schloß die Augen und drückte Silberwasser noch fester an sich, bis ihre Tochter klagte: »Mama, du tust mir weh.«

»Oh, das tut mir leid, das tut mir leid, mein Liebes.« Sie strich ihr liebevoll übers Haar. »Und was hat meine Tochter gesehen?«

Langer Mann lächelte ihr beruhigend zu. »Sie ist ein Kind, Sternmuschel. Kinder sehen sich meistens, wie sie sind. Das ist der Segen des Jungseins.«

Sternmuschel runzelte die Stirn. Sie sah auf die tote Frau und schüttelte den Kopf. »Nein, Langer Mann. *Was ist mit meiner Tochter geschehen?* Das mußt du mir jetzt sagen!«

Sie schauten sich an, beide entschlossen, den anderen durch Willenskraft zum Nachgeben zu zwingen. Dann antwortet er ihr offen: »Ich weiß es nicht, Sternmuschel.« Er fragte Silberwasser: »Hat die Maske etwas von dir verlangt? Daß du jemandem weh tust?«

Silberwasser schüttelte den Kopf und schmiegte sich an ihre Mutter. Sternmuschel drängte: »Silberwasser?«

»Sie hat mir nur Geschichten erzählt, Mama. Über Menschen aus alter Zeit, als die Welt jung war. Das ist alles. Ich schwöre es.«

»Ich glaube dir, Liebes.« Tat sie das wirklich? Konnte sie ihr glauben? Sie zweifelte. »Langer Mann, ich verstehe das nicht. Viele Leute haben auf die Maske geschaut, als mein Mann sie trug. Er … sie starben nur, wenn er es wirklich wollte. Ich habe auf das verfluchte Ding geschaut, wenn er es trug, und sogar, wenn es nur auf dem Bett lag und zusah …« Sie versuchte, ihre Gedanken zu sammeln. »Die Maske allein hat nie einen Menschen getötet. Nicht so, wie sie Muschelschale getötet hat.«

»Nein, das tat sie sicher nicht. In der Maske lebt die Macht; sie handelt allein aus sich heraus. Sie will nur ihre Ziele erreichen.«

»Du meinst, sie lebt?«

»Natürlich lebt sie. Wenn auch auf eine Weise, die du noch nicht verstehst. Sie hat weder Füße noch Hände; sie kann sich nicht bewegen. Sie braucht einen Menschen, der ihr hilft, ihre Ziele zu erreichen. Ohne einen Träger ist die Maske verloren. Daher muß sie sich anstrengen, jemanden zu gewinnen, der als Brücke zwischen ihr und der Welt zu gebrauchen ist. Nur so kann die Macht wirksam werden.«

Langer Mann legte Holz nach, die Flammen warfen ihr Licht auf das schäbige Innere der Hütte von Muschelschale.

Sternmuschel versuchte, sich zu konzentrieren. »Wie kann das Wolfsfell die Macht der Maske bannen?«

»Der Wolf, Geisthelfer von Erster Mann, besitzt eine besondere Macht. Dieses Fell stammt nicht von einem gewöhnlichen Wolf, sondern von einem Geisttier. Es ist ein schwarzer Wolf mit glühenden gelben Augen, den ich aufspüren mußte. Vier Monde habe ich ihn gejagt. Als ich mich als würdig erwiesen hatte, da kam er zu mir und erlaubte mir, ihn wegen seines Fells zu töten.«

»Du hast seit langer Zeit gewußt, daß du diese Reise machen wirst, ist es so?«

Langer Mann nickte verlegen. »Wir alle übernehmen notgedrungen bestimmte Risiken, Sternmuschel. Die Macht legt ihren Standort fest. Wir Menschen müssen planen, um unsere Ziele zu erreichen, und dafür müssen die richtigen Leute ausgesucht werden.«

Ausgesucht? Das Wort ließ sie erschauern.

Warum mußte die Macht mich und meine kleine Tochter aussuchen?

»Nun komm«, sagte Langer Mann sanft. »Hilf mir, den Körper meines Abendsterns zu versorgen. Jemand muß sich um ihren Geist kümmern, sie waschen und vorbereiten.«

Sternmuschel nickte. Unsicher schaute sie zu Silberwasser. Die Geschehnisse der letzten Tage hatten den Erwachsenen einiges abverlangt, aber auch Silberwasser schien davon nicht unberührt geblieben zu sein; sie war älter geworden.

Silberwasser kriecht hinter ein Gebüsch und späht durch das Gewirr kahler Zweige in die winterliche Welt. Sie ist so ängstlich, daß sie kaum Luft bekommt. Sie atmet flach und in schnellen Stößen, wie ein Kaninchen, das in der Falle sitzt. *Wer sind all diese Leute?* Die ersten kamen in der Dämmerung, jetzt sind es Dutzende. Nur Männer. Sie sind nicht zu sehen, aber sie spürt sie. Wenn der Wind die Äste bewegt, hört sie Stimmen, und hie und da erhascht sie einen Blick auf ein Gesicht in den zuckenden, windgeschüttelten Schatten. Sind sie zur Beisetzung von Muschelschale gekommen?

Sternmuschel sieht, wie ihre Mutter und Langer Mann die Leiche von Muschelschale versorgen. Sie haben ihren nackten Leichnam auf eine rotblaue Decke gelegt und reiben die alte faltige Haut liebevoll mit Hickoryöl ein; dabei sprechen sie leise miteinander.

Tränen laufen dem Zwerg übers Gesicht, aber seine Stimme ist fest, nur seine Augen sind voller Trauer. Er sieht die Männer nicht, die sich als flackernde Schatten um ihn drängen. Silberwasser dreht den Kopf, um besser hören zu können, sie bekommt aber nur Wortfetzen mit.

»... so sehr geliebt«, hört sie Langer Mann sagen.

Ihre Mutter nickt. »Nun braucht sie nicht mehr von ihren alten Liebhabern zu träumen. Bald wird sie ...«

»Ja«, erwidert Langer Mann. »Sie freut sich sicher schon darauf.«

Das graue Haar von Muschelschale ist zu einem Knoten zusammengebunden und mit einer Kupfernadel festgesteckt. Die Nadel glänzt in dem winterlich weißen Sonnenlicht, das durch das Filigran der kahlen Äste strahlt. Dreiecke aus Licht sprenkeln den Waldboden, sie zucken und schimmern, als spielte der Wind mit ihnen, als zersplitterte er sie in zehnmal zehn winzige Bruchstücke, bevor er sie wieder freudig zusammensetzt.

Silberwasser schaut in die Runde und fragt sich, ob das wohl diese Männer sind. Sind das alles Liebhaber von Muschelschale?

Eine Bö fegt durch den Wald, und ein tiefes pulsierendes Ächzen windet sich durch die Bäume. Das müssen die Männer sein, die miteinander reden. Es ist ein Ächzen, das aus Schmerz und Sehnsucht erwächst. Silberwasser versucht, den Ton nachzuahmen, er schmeckt wie eine grüne Papaya auf der Zunge, sauer, aber schon Süße verheißend. Das tröstet Silberwasser. Vielleicht sagen die Männer zu Muschelschale, wie leid es ihnen tut, daß sie tot ist, und sie beschreiben ihr die Wunder des Lebens nach dem Tode, um sie aufzumuntern.

Sie wünscht sich, sie gingen weiter und erzählten alles auch dem alten Hund. Das treue Tier liegt still an Muschelschales Seite, die weiße Schnauze ruht auf den Pfoten. Vorher hatte er Muschelschale bittend angeschaut, ihn nicht allein hier zurückzulassen. Den ganzen Tag hatte er seine großen traurigen Augen nicht von ihr abgewendet.

Silberwasser fühlt den Schmerz des Hundes in ihrem Herzen. Es ist, als schaute man vom Grund eines eiskalten Sees hinauf und weiß, daß es unmöglich ist, jemals wieder nach oben zu schwimmen in die Sonne.

Es wird Silberwasser wird heiß und kalt, der Schweiß bricht ihr aus. In der Tiefe ihrer Seele, aus einem geheimen Ort, greift die Hand ihres Vater durch ein grünes Glühen. Sie hört wütendes Atmen, Mokassins auf einem fellbedeckten Boden, und seine Finger sind heiß; kochendes Fett ergießt sich über sie, und sie ertrinkt.

Ihre Beine werden kraftlos, und sie setzt sich zurück. Der geheime Ort verschwindet langsam, tiefer und tiefer kreisend, wie ein Falke, bis er nur noch ein winziger schwarzer Fleck auf ihrer hellen Seele ist. Ihr Mund ist ausgetrocknet. Sie nimmt eine Handvoll Schnee und kaut darauf. Es ist kalt. Sie sitzt in einem Wald und lauscht den Stimmen der Männer. Es ist nicht seine Stimme.

Silberwasser teilt mit beiden Händen die Stengel vor sich, um hindurchzuschauen. Muschelschale hat sich verändert. Silberwasser spürt, daß sie genießt, wie ihr Körper massiert und gestreichelt wird. Flimmernde Lichtflecken tanzen über ihre Brüste. Es scheint ihr zu gefallen.

Silberwassers Mutter richtet sich auf und schaut nachdenklich umher. »Langer Mann, wo hast du die Maske gelassen?« fragt sie. »Ist sie noch im Haus von Muschelschale?«

»Ja, sie liegt beim Feuer. Ich wollte nicht, daß meine alte Liebe sie noch einmal sehen muß.«

»Gut. Ich will sie auch nicht mehr sehen.«

Silberwasser atmet tief ein und langsam wieder aus. Langer Mann hat gesagt, wenn Kinder in die Augenhöhlen der Maske blicken, dann sehen sie sich, wie sie sind – aber sie hat sich nicht gesehen. Schlangenaugen waren in den Höhlen. Glänzende, goldene Sonnen, die auf sie zurasten.

Als nach vier Tagen die Gebete gesprochen waren und genug Brennholz bereitlag, trugen sie Glut aus der Feuergrube zu dem Scheiterhaufen, auf dem der Leichnam von Abendstern lag.

Als die Flammen loderten, schwang sich Sternmuschel ein Bündel, das sie gepackt hatte, über die Schulter und folgte Langer

Mann in die Dämmerung. Diesmal hatten sie Essen dabei und was sie sonst noch für die Reise brauchten.

Sie zündeten das Haus der alten Frau an, und während die Flammen sich an den Rindenwänden emporfraßen, nahm Langer Mann den Grabstock aus Hartholz. Der alte Hund blickte traurig auf das Feuer. Blitzschnell schleuderte der Zwerg den schweren Stock in hohem Bogen durch die Luft. Er erwischte den Hund genau hinter den Ohren und brach ihm das Genick.

»Warum hast du das getan?« wollte Sternmuschel wissen, die sich hinkniete und den Hund streichelte.

»Weil ich Mitleid mit ihm habe, Sternmuschel«, sagte Langer Mann leise. »Dieser alte Hund wäre vor Einsamkeit gestorben. Ich glaube, er hat Muschelschale mehr geliebt als alle Männer in ihrem Leben zusammen.« Er zog das Tier am Schwanz in die Flammen. »So kann er mit ihr gehen und die Ahnen kennenlernen. Das hätte er sich sicher gewünscht.« Darauf schulterte Langer Mann seinen Packen und ging über das Schneefeld.

Als Sternmuschel wieder aufgestanden war, gewahrte sie, daß Silberwasser lächelnd auf den Hund blickte. Wie konnte sie lächeln?

»Los, komm«, befahl Sternmuschel, schärfer, als sie beabsichtigt hatte. Dann stapfte sie in der Spur der kleinen Schritte von Langer Mann und drehte sich noch einmal um. Die Flammen schoßen rot in den Abendhimmel. Bald würde die Dunkelheit das rauchende Totenhaus, das so viele Geheimnisse barg, sanft umhüllen.

Jetzt hörte sie Silberwasser singen:

Bunte Federn und Totenklagen,
Holz über Gräbern, in Erde gebaut.
Trägheit und Faulheit, in Körben getragen.
Ein Paar der Sonne, im Himmel getraut.

»Was ist das für ein Lied, Liebes?«

Silberwasser sah auf. »Mama, das ist ein Lied, das ich gelernt habe.«

»Wo?«

Silberwasser deutete nach vorne. »Wir sollten uns beeilen. Langer Mann ist schon weit voraus.« Sie lief hinter dem Zwerg her.

Sternmuschel zwang sich, ihre Tochter nicht zu packen und die Wahrheit aus ihr herauszuschütteln. *Jetzt ist nicht die Zeit dazu, sie hat schon genug erlebt.*

Hinter ihr flammte das Feuer hoch. Kreisten in ihm noch die letzten Erinnerungen von Abendstern? Und wenn es so wäre – würden das jetzt andere sein, nachdem sie gewagt hatte, die Maske anzublicken?

Die Feuersteinklinge war glatt von Blut und Fett. Perle wischte die Schneide am Hemd ab und machte sich dann wieder daran, den Weißschwanzhirsch zu zerlegen, den Sechsfinger und Schwanzloser Puma gebracht hatten.

Ein eisiger Wind blies aus Nordwesten, und immer wieder wirbelten Schneeflocken über das aschgraue Wasser des Flusses. Um die Düsternis zu vertreiben, hatten die Khota große Feuer entfacht, die funkensprühend prasselten.

Perle hatte den weißen Bauch des Tiers aufgeschlitzt. Sie griff in die warme Bauchhöhle, den Geruch des Hirschs in der Nase. Mit kundiger Hand riß sie die Eingeweide heraus. Sie zerschnitt das Zwerchfell, und warmes, rotes Blut quoll aus den verletzten Lungen in den Bauchraum.

Herz, Leber und Nieren legte sie auf feuchte Blätter. Während sie den Hirsch ausweidete, bemerkte sie den Bandwurm. Sie schnitt ein Stück Darm ab, schob einen Teil des Bandwurms hinein und knotete die Enden zu. Sie verwahrte das Teil in einer Hemdfalte.

»Beeil dich!« rief Einarm. »Deinen faulen Hintern hier raufzupaddeln hat uns hungrig gemacht.«

Natürlich hatte er Hunger. Die Sumpfdotterblume, mit der sie seinen Katzenfisch gewürzt hatte, war ein so vorzügliches Abführmittel, daß er zwei elende Tage ohne Nahrung hinter sich hatte.

Sie schnitt die Hinterviertel des Hirschs ab und röstete sie über dem Feuer. Dann kratzte sie sich das Blut unter den Fingernägeln weg und sah sich im Lager um. Bald würde Grizzlyzahn den Befehl geben, sie wie einen gefüllten Truthahn zu schnüren. Aber jetzt konnte sie sich noch frei bewegen.

Da schrie Großer Zeh plötzlich auf, krümmte sich und übergab sich über sein Lager. Perles Gesicht war steinern. Muß wohl das Stück Hundsgiftwurzel gewesen sein, das sie ihm zum Frühstück vorgesetzt hatte.

Grizzlyzahn stand vom Feuer auf und schüttelte den Kopf. Er wollte zu dem kranken Krieger gehen, warf aber dann einen mißtrauischen Blick auf Perle. Er zögerte und musterte sie aus zusammengekniffenen Augen. »Ich fange langsam an, mich zu wundern. Meine Krieger sind offenbar die meiste Zeit krank. Es ging ihnen nicht annähernd so schlecht, als wir flußabwärts fuhren.«

Schade, daß ich die Schierlingswurzel nicht gefunden habe, sonst hätte ich dich schon längst von deinen Sorgen befreit – und mich auch.

»Vielleicht sollten deine Krieger sich nicht so weit von zu Hause entfernen.« Perle kratzte etwas getrocknetes Blut von ihrem Daumennagel. »Sind alle Khota solche Schwächlinge?«

»Ich glaube langsam, daß es ein Fehler war, dich kochen zu lassen.«

»Was meinst du damit?«

»Kein Mensch war krank, bevor du gekocht hast.«

Perle schlug sich mit beiden Händen auf die Schenkel, ein Geräusch, bei dem das ganze Lager aufhorchte. »Glaubst du etwa, daß ich, ein gefangenes Weib, dauernd unter Bewachung und angebunden wie ein Lagerhund, euch dünnblütige Krieger vergifte? Wann denn? Und wie denn?«

Grizzlyzahn murmelte vor sich hin und sah wieder zu Großer Zeh, der sich nochmals übergab. »Ich weiß es nicht. Aber vielleicht laß ich dich nicht mehr kochen.«

»Du wirfst deine Befehle ja ziemlich oft um, Kriegsherr, aber mir soll's recht sein. Falls du dich erinnerst, wollte ich gar nicht für deine Schwächlinge kochen. Laß doch Einarm kochen. Der ist bestimmt eine bessere Hausfrau als ich. Oder vielleicht Großer Zeh. Na, das ist ja ein wackerer Krieger, brauchst ihn nur anzusehen. Oder vielleicht auch du, Grizzlyzahn. Warum kochst du nicht für deine Handlanger?«

Die Krieger hörten mit zusammengebissenen Zähnen zu. Im Lager herrschte vollkommenes Schweigen.

Grizzlyzah[illegible] fen. »Du kochst, [illegible] verdirbst, dann dre[illegible] Toten wird eine kleine[illegible]

Damit schritt Grizzlyz[illegible]

Perle lächelte verstohlen [illegible] wild kratzte. Durch die Löche[illegible] ter Ausschlag zu sehen.

»Sieht böse aus«, sagte Perle.

»Stimmt das? Du vergiftest das Ess[illegible]

Perle schnaubte verächtlich. »Du bist d[illegible] die meiste Zeit bewacht. Hast du je geseh[illegible] pflückt habe, was ich nicht auch gegessen [illegible] Mondnarbe allerdings zerquetschten Wasserpfe[illegible] zeug getan, als sie es vom Kanu heraufbrachte. [illegible] Stengel der Pflanze hatte sie heimlich am Uferrand ge[illegible]

Großer Zeh mußte sich abermals übergeben. Perle sch[illegible] desinteressiert zu. »Er tut mir wirklich leid. Das muß das [illegible] wasser hier sein.«

»Ihm ist ziemlich übel.«

»Ich würde ihm gern helfen«, sagte Perle seufzend, »aber dann würde ich bloß beschuldigt, daß ich ihn vergiften will.«

Mondnarbe kratzte sich wieder an seinem Ausschlag und runzelte die Stirn. »Wie würdest du ihm helfen?«

»Hirscheingeweide. Hast du schon einmal einen Hirsch gesehen, der sich übergeben hat? Es sind Wiederkäuer. Ein Stück Hirschdarm beruhigt den Magen. Das hat mir meine Großmutter gesagt.«

»Hirschdarm, he?« Mondnarbe kratzte sich am Kopf.

Zu schade, daß Hautreizmittel im Winter an Kraft verloren. Wäre es Sommer gewesen, dann hätte sie die Hälfte von denen dazu gebracht, sich selbst die Gurgel durchzuschneiden.

»Ich habe gerade den Hirsch zerlegt.« Sie reichte Mondnarbe das Stück Darm. »Wenn Großer Zeh einen Freund hat, dann könnte der ihm das bringen.«

Mondnarbe betrachtete das grauweiße Stück Fleisch genau, warf dann einen Blick auf Großer Zeh und schaute Perle noch einmal beunruhigt an.

chen
g mit
Viel-
kt?«
tt es
Sein

ben,

sch
rbe
er-
er-

amkeit!

Mir ist, als hätte ich zerstampftes Obsidian gegessen. Jetzt wühlen die Splitter meine Seele auf und zerschneiden sie, bis nichts mehr übrig ist.

O Bunte Krähe, höre mich an! Wie lange muß ich diese Pein noch ertragen?

Alles in der Welt weint, weint, weint …

Aber meine Augen sind tränenlos.

Wurde je ein Mensch gezwungen, eine so unerträgliche Einsamkeit zu ertragen?

Hast du so gefühlt, als du noch unter den Lebenden weiltest und mit deinem Bruder darum kämpftest, welche von euren Visionen das Schicksal der Welt bestimmen würde?

Es war ein warmer, klarer Tag, aber Otter war betrübt. Seine Vorahnung hatte sich an diesem Morgen erstaunlich schnell erfüllt. Er betastete seine Kehle, die ihn nach Schwarzschädels Angriff noch immer schmerzte.

Sonst reagierte er eigentlich blitzschnell, aber diesmal hatte er die Bewegung von Schwarzschädel nicht bemerkt.

Er saß im Heck von Wellentänzer und beobachtete das Muskelspiel des Kriegers beim Paddeln. Schwarzschädel ließ keinen Schlag aus, aber er wirkte gelöster als sonst.

Direkt vor Otter saß Grüne Spinne, unbeweglich wie ein Baumstumpf. Seine Hände hatte der Verdreher gefaltet im Schoß liegen. Grüne Spinne achtete nicht einmal mehr auf das Treibgut im Wasser, auf die Vögel oder die Landmarken, die ihn sonst immer interessiert hatten.

Also gut, Schwarzschädel, wir wissen jetzt, daß du genausogut einschüchtern wie töten kannst.

Am östlichen Ufer erhoben sich steile Hänge, die dicht mit Bäumen bewachsen waren. Otter registrierte die Landmarken und rechnete damit, daß sie das Gebiet des Gipfelclans noch vor Einbruch der Nacht erreichen würden.

Und was dann? Konnte er es wagen anzulegen, um sich die Information, die er so dringend brauchte, von Großer Ring zu holen?

Hinter einer Biegung sah Otter die bekannte Klippe. Da hob Grüne Spinne den Kopf. Sein Gesicht war verzerrt und bleich und noch ernster als sonst. Mit ungewohnter Direktheit sagte der Verdreher: »Du mußt anhalten.«

Otter blickte nervös über die Schulter von Grüne Spinne. »Wir brauchen eigentlich keinen Bisonmantel.«

Der Blick des Verdrehers schien ziellos. »Du bist tapferer, als gut für dich ist. Mit dem Mut, den du hast, sind wir in guten Händen. Fahre weiter, Händler. Die Strömungen hören auf deinen Befehl.«

Und er wandte sich ab.

Otter holte tief Luft; seine mißhandelte Kehle tat ihm so weh, daß er zusammenzuckte.

Was hätte ich sonst tun sollen? Ich habe versucht, mit ihm zu reden. Aber was hat es mir eingebracht? Ich wäre fast erdrosselt worden, das war der Erfolg.

Wie sollte er nun mit Schwarzschädel umgehen? Warten, bis er nicht hinsah und ihm dann einen Speer in den Rücken stoßen? Den Krieger im Schlaf mit dem Paddel erschlagen?

Otter merkte nicht, daß Grüne Spinne ihn abermals anblickte. »Die Macht hat ihre Wahl getroffen. Die Spielsteine sind gesetzt. Der Spieler, der seine Spielsteine wegnimmt, wenn er einmal geworfen hat, wird nie gewinnen.«

»Was soll das Gerede über die Spieler?«

»Bei Sonnenaufgang könnte eine Krähe wetten, daß sie den Sonnenuntergang sehen wird. In deiner Jugend hättest du vielleicht darauf gewettet, daß du die Frau heiraten wirst, die du liebst. Am Morgen der Sonnenwende hätte Schwarzschädel darauf setzen können, daß es nichts auf der Erde gibt, was er fürchtet. Wir wissen immer mehr, als wir glauben.«

»So viel wissen wir nie«, gab Otter zurück. »Nur ein Narr kann mit einem Verdreher reden, ohne danach noch verwirrter zu sein als vorher.«

»Siehe da, du fängst an, die Ordnung der Dinge zu begreifen.«

»Ich sagte gerade, daß ich immer verwirrter werde.«

»So schnell, wie du lernst, wird das Leben für dich bald kaum noch Geheimnisse haben.«

Verärgert konzentrierte sich Otter ganz aufs Paddeln. »Grüne Spinne, du bist ein Ärgernis, wußtest du das?«

»Paddle mit aller Kraft. Bei Dunkelheit bist du längst am Gipfelclan vorbei, und keiner wird's merken.«

Otter brummte, verstummte aber, als Schwarzschädel lachte und zurückrief: »Du lernst wirklich schnell, Händler. Nur ein Narr würde mit einem Idioten wie Grüne Spinne reden.«

Die Furcht nagte noch immer an Otter, als er in die letzte Biegung des Flusses unterhalb des Clanbesitzes einbog. Er konnte jetzt die Dächer über dem Kliff sehen.

Otter murmelte einen Fluch und befahl: »Paddel einholen. Wir landen genau unter den Trockengestellen.« *Möge ihm die Macht helfen, wenn Schwarzschädel handelt, wie es seiner Natur entspricht.*

Als sie aufs Ufer fuhren, hatte sich der übliche Schwarm von Kindern mit einigen Erwachsenen auf den Klippen versammelt. So war das im Winter; da lebten mehr Menschen auf dem Anwesen des Clans als sonst, aber es kamen auch weniger Händler vorbei. Im Sommer hatte Otter Wellentänzer neben mehr als zehn Händlerkanus an Land gesetzt, und niemand hatte von seiner Ankunft Notiz genommen.

Nachdem die Geräte untergebracht und die Krüge mit Honigbier gesichert waren, ließen sie Schnapper als Wache im Kanu und gingen den Pfad an den Trockengestellen und Schutzdächern vorbei zum Haus. Otter wie üblich als erster, danach Grüne Spinne und schließlich Schwarzschädel. Otter bemerkte, daß der Krieger seine schwere Keule geschultert hatte, die Kupferspitzen waren frisch poliert.

Fast oben angelangt, murmelte Schwarzschädel: »Stell mich zuerst vor, Händler. Wollen mal sehen, was sie machen.«

Was sie machen?

Du dreimal verdammter Holzkopf, willst du denn hier einen Streit vom Zaun brechen?

In den schwarzen Augen des Kriegers sah er, daß das nicht ganz ausgeschlossen war. Otter ging weiter. Was sollte er tun? Wie konnte er den Zorn seines Gefährten beschwichtigen?

Das Töten der Krähe konnte nur Böses nach sich ziehen.

Schwarzschädel bat Otter: »Erzähl mir mehr von diesen Leuten, Händler.«

War das eine Möglichkeit, Ärger zu vermeiden? Otter sagte: »Der Sitz des Gipfelclans ist einer der wichtigsten Orte am Fluß. Ich habe hier viel Zeit verbracht und mich bemüht, ihre Sitten und Gebräuche kennenzulernen.«

Dabei hatte er auch gelernt, mehr schlecht als recht, in ihrer Sprache zu radebrechen. »Eine hier ansässige Familie hat mich als Mitglied adoptiert. Der Name meines Bruders ist Eulenauge.«

»Und was kannst du über Eulenauge sagen?«

»Er ist ein Mann in meinem Alter. Ist wie jeder andere Mann, nehme ich an. Ich mag ihn gern.«

Durch Eulenauge konnte Otter Großer Ring warnen, ohne daß Schwarzschädel etwas merkte – doch würde das wohl einen Schatten auf das Treffen werfen, das sonst heiter und gemütlich verlaufen würde.

Wie würde Großer Ring auf eine Herausforderung reagieren?

Der Gedanke ließ Otter erstarren. Der Gipfelclan hatte eine stolze Kriegertradition, und jede Beleidigung wurde … Vielleicht war das der Ausweg: Sollen die Krieger von Großer Ring doch Schwarzschädel erschlagen.

Als Otter mit seinen Gefährten das Klippenplateau erreichte, warteten dort schon die Leute des Clans. Am Einlaß, der auf den Fluß hinausging, blieb Otter stehen und grüßte die Geister der Ahnen. Grüne Spinne plapperte Unverständliches und sah offenbar Dinge, die Otter nicht sah.

»Die Geister wünschen uns alles Gute auf der Suche nach Bunte Krähe«, verkündete Grüne Spinne.

Bevor Otter antworten konnte, rief eine fröhliche Stimme aus der Menge: »Wasserfuchs!« Eulenauge sprach im Händlerjargon. »Schön, dich zu sehen, wenn auch etwas früh. Noch liegt viel Schnee im Norden.«

Otter erkannte seinen Adoptivbruder. Er war schlank, muskulös und trug einen Bärenfellumhang. Eulenauges starke Backenknochen beherrschten sein dreieckiges Gesicht und warfen Schatten auf seine tätowierten Wangen. Das schwarze Haar trug er nach der Mode der Krieger des Gipfelclans zu einem Knoten zurückgebunden.

Otter hob die Hand. »Bruder! Ich grüße dich! Schnee im Norden, sagst du? Du kennst mich, ich bin langsam. Ich fahre erst wieder flußaufwärts, wenn die Blätter wieder braun werden.«

Leichtes Gelächter kam auf. Otter wies auf seine Gefährten; die Geste wirkte etwas unbeholfen, denn er trug die zwei Krüge mit Honigbier. »Dieses Jahr habe ich Hilfe. Vielleicht kann ich schon zur Ernte oben sein. Und wie geht's deinem Baby, meinem Neffen?«

»Neffe?« brummte Schwarzschädel.

Otter erklärte ihm die Verwandtschaftsverhältnisse: »Heiraten zwischen Cousin und Cousine sind bei ihnen üblich. Ein Mann kann beispielsweise die Tochter des Bruders seiner Mutter heiraten, seine Cousine; sie ist natürlich in einem anderen Clan, weil im Gipfelclan die männliche Erbfolge herrscht.«

»Das ist ja verrückt!« Schwarzschädel konnte es nicht glauben und schaute sich unbehaglich die Leute an, die um sie herumstanden.

»Warum? Sie haben ihre Gründe, Schwarzschädel. Außerdem herrscht hier das Schwesternrecht, das bedeutet, daß von einem Mann, der eine Frau heiratet, erwartet wird, daß er auch alle ihre Schwestern heiratet.«

»Die Schwestern? O ihr Geister – das heißt, ein Mann heiratet gleich eine ganze Familie?«

»So ist es. Die Leute hier behaupten, daher gäbe es bei ihnen keine Scheidungen, die Clans auseinanderreißen könnten. Das wäre nämlich problematisch für ein Volk, das auf den Gruppenzusammenhalt angewiesen ist. Sie haben zahlreiche Feinde im Oberland.«

»Dann ist also dieser Eulenauge...«, Schwarzschädel betrachtete den jungen Mann, der bei ihrer Rede verstummt war, »... mit allen Schwestern seiner Frau verheiratet?«

»Noch nicht. Eulenauge ist jung, er kann sich jetzt nur eine Frau leisten, aber als ich das letzte Mal hier war, hatte er schon etwas für den Brautpreis einer Schwester gespart.«

»Das ist nicht zu glauben!« murmelte Schwarzschädel. »Ich hätte nie gedacht, daß ein Volk so anders ist.«

»Nun, so ist es aber.«

Und ich hoffe, du erinnerst dich daran, Menschentöter. Es könnte dir eines Tages das Leben retten.

Eulenauge trat vor und schlug Otter leicht auf den Rücken. »Du fragst nach deinem Neffen? Er ist kein Baby mehr, läuft längst auf zwei Beinen herum. Komm, ich melde dich an.« Seine klaren, braunen Augen schauten besorgt. »Geht's dir gut, Otter?«

Sah man ihm die Befürchtungen an? Er zwang sich zu seinem entwaffnenden Lächeln. »Ich bin so gesund, daß ich es jederzeit mit diesem Baby aufnehmen könnte.«

Das Anwesen des Clans war kreisförmig angelegt. Trotz des Wohlstands des Gipfelclans waren seine Bauten klein. Nördlich und südlich vom zentralen Grabhügel standen die Beinhäuser, das Clanhaus erhob sich hinter dem viereckigen Zeremonienhügel. Die Stämme im Oberland hielten Jagen und Überfälle für einträglicher als den Ackerbau. Die Lehre von Bunte Krähe hatte bisher noch keine Wirkung auf die Menschen jenseits des Flusses gehabt.

Bei dem Gedanken an Bunte Krähe erfaßte Furcht Otters Seele. Warum hatte Schwarzschädel auch die Krähe töten müssen?

Gemeinsam gingen sie über den Besitz des Clans. Eulenauge schaute neugierig auf Schwarzschädel und dann auf den Verdreher. Ungleichere Reisegenossen konnte man sich kaum vorstellen. Schließlich sagte er: »Der große Krieger hat seine Keule mitgenommen. Bruder, sag mal, so wütend, wie der blickt, könnte er sie sogar benutzen. Ihr macht uns doch keinen Ärger, oder?«

Otter lachte, senkte dann seine Stimme und sagte in der Sprache des Clans: »Er ist ein großer Krieger unter den Clans in der Stadt der Toten. Hier ist er nur einer von vielen.« In diesem Moment glaubte Otter, einen Ausweg gefunden zu haben. »Manchen fällt es schwer, wenn sie erfahren müssen, daß sie nicht so bedeutend sind, wie sie glauben. Er wird nur Ärger machen, wenn man ihn reizt.«

»Ich verstehe.« Eulenauge grinste. »Ich danke dir für deine Ehrlichkeit.«

«Das Geschick eines Händlers beruht auf seinen ehrlichen Worten.«

»Noch mehr auf seinen unehrlichen Worten, was Wasserfuchs?«

Darauf rief Otter: »Es schmerzt mich, was du da sagst!«

Vor dem Clanhaus blieb Eulenauge stehen und sagte: »Leute meines Clans, mein Bruder, der Händler Wasserfuchs, ist gekommen. Lieber Bruder, ich grüße dich. Du und deine Freunde sind uns willkommen. Tretet ein. Die Ältesten erwarten euch – und das, was du in den Krügen trägst und so ängstlich festhältst.«

Gelächter kam auf, denn was die Krüge enthielten, war kein Geheimnis.

Otter ging als erster ins Haus. Im Innern, wo sich seine Augen erst an die Dunkelheit gewöhnen mußten, warteten schon viele Menschen. Das Haus des Gipfelclans unterschied sich von anderen Häusern nur darin, daß hier Atlatls, Speere und Decken an den verrauchten Wänden hingen. Schädel ohne Unterkiefer waren darunter, Trophäen aus Kriegen mit den Nomandenvölkern in den Bergen.

Der Hauptraum maß zwanzig Schritte in der Länge und vielleicht fünfzehn in der Breite. Unter den Bänken an den Wänden standen Keramikkrüge und -töpfe, bemalt mit den charakteristischen Emblemen der Völker am Fluß.

Großer Ring saß auf seinem Ehrenplatz in der Mitte des Raums, dem Feuer gegenüber. Die Männer saßen in der vordersten Reihe, hinter ihnen die Frauen, die ihnen immer wieder ihre Ratschläge zuflüsterten.

Otter blieb vor dem Feuer stehen und setzte die Krüge mit dem Honigbier ab. »Großer Ring, möge deine Sippe blühen und gedeihen, mögen all deine Kinder groß und stark werden. Mögen die Geister deiner Ahnen immer auf dich herablächeln und dir Weisheit verleihen. Möge der Segen von Bunte Krähe auf deinem Volk und deinen Ländereien ruhen.«

Und möge Bunte Krähe Schwarzschädel verzeihen, daß er die arme Krähe getötet hat!

»Wasserfuchs.« Großer Ring stand auf. Er war ein drahtiger alter Mann mit einem Gesicht voller Narben; ein Auge fehlte ihm. Trotz seines Alters war sein Haar noch glänzend schwarz und nach Art der Krieger zu einem Knoten gebunden. Er hielt sich aufrecht, obwohl er einer alten Verwundung im Bein ein steifes, leicht krummes Knie verdankte. Über die Schulter trug er einen Umhang aus Bärenfell.

Großer Ring hob einen Zweig des heiligen Zedernbaums hoch und wedelte damit in Otters Richtung. Singend erflehte er den Segen für Otter, seine Ahnen, seinen Clan und seine Nachkommen. Als die rituelle Begrüßung zu Ende war, fragte der Clanführer: »Wer sind deine Gefährten?«

Otter zeigte auf Schwarzschädel und sagte in der Sprache des Clans: »Das ist Schwarzschädel, der größte Krieger unter den Clans in der Stadt der Toten. Er hat eine schwere Reise hinter sich. Ich bitte dich um die Gefälligkeit, ihn mit allen Ehren zu empfangen. Dank seiner Tapferkeit, verehrungswürdiger Großer Ring, hat er viele Siege erfochten. Er ist im Süden und im Osten bekannt. Vielleicht hast du schon von ihm gehört?«

Würde es gelingen? Schwarzschädel schaute auf Großer Ring mit einem ungewöhnlich sanften Ausdruck in seinen schwarzen Augen.

Großer Ring betrachtete Otter eine Weile und nickte dann Schwarzschädel zu. »Ich habe von dir gehört, Schwarzschädel, aber manchmal glaube ich den Geschichten nicht, die erzählt werden. Du mußt ein großer Krieger sein – du bist ja fast so häßlich wie ich.«

Otter übersetzte, wachsam und vorsichtig. Ein Lächeln kräuselte die Lippen des Kriegers, als das Wort »häßlich« fiel. »Ich bin sehr geehrt, hier in deinem Land zu sein. Mögen die Geister und die Macht dich und dein Volk beschützen. Später können wir uns vielleicht Geschichten erzählen.«

Großer Ring nickte und sagte: »Das machen wir, Schwarzschädel!«

Otter zog Grüne Spinne sanft nach vorne. »Und das ist Grüne Spinne. Ein Träumer aus der Stadt der Toten. Großer Ring, ehrenwerte Mitglieder des Gipfelclans, ich muß euch warnen, denn dieser Träumer hat die Macht des Verdrehers.«

Da wurden die Leute unruhig und flüsterten miteinander. Otter sah, wie sich Schwarzschädels Muskeln spannten. Was war nur los mit ihm? Konnte er denn nicht nachgeben, wenigstens ein bißchen?

Großer Ring sagte im Händlerjargon zu dem Verdreher: »Wir haben von deiner besonderen Macht gehört. Komm bitte und nimm mit uns am Feuer Platz.«

Grüne Spinne drehte sich um und ging zielstrebig zur Tür.

Otter rief sofort: »Ja, geh nur weg, Grüne Spinne. Die Leute wollen nicht, daß du mit ihnen am Feuer sitzt. Sie hoffen, daß du weit weg gehst und ihnen nie deinen Segen gibst.«

Grüne Spinne seufzte laut, klatschte in die Hände, sprang zum Feuer zurück und setzte sich mit gekreuzten Beinen hin. Er zog eine Grimasse und stocherte mit einem Hölzchen auf der Erde herum. Als der Verdreher ein Erdklümpchen ausgrub und es sich in den Mund steckte, schauten ihm die Versammelten erstaunt dabei zu.

Auch Schwarzschädel beobachtete den Verdreher, und er rief ihm zu: »Hör auf, du Narr! Jetzt ist es genug!«

Grüne Spinne aber kaute weiter auf dem Erdklümpchen, ohne die Drohungen des Kriegers zu beachten.

Großer Ring sah verwirrt zu und winkte dann einem jungen Krieger, der sofort die Pfeife des Anführers holte. Sie war aus grauem Schiefer geschnitzt und hatte die Form eines knienden Kriegers, dessen Hände den Pfeifenkopf umschlossen.

Die Leute des Gipfelclans beobachteten Schwarzschädel und den Verdreher ohne Angst, während der Clanführer ein Gebet sang und die Pfeife mit Tabak stopfte. Der junge Gefolgsmann hielt einen Zweig ins Feuer und entzündete die Pfeife von Großer Ring.

Weitere Gebete wurden gesprochen, die Pfeife machte die Runde. Als die Vornehmsten des Clans sie geraucht hatten, lehnte sich Großer Ring zurück und fragte: »Was hat euch veranlaßt, uns mit eurer Gegenwart zu beehren, Wasserfuchs? Dies ist sicher keine gewöhnliche Reise. Erzähl uns deine Geschichte.«

Otter sammelte sich und sagte: »Ich lasse besser den großen Schwarzschädel die Geschichte erzählen.« In seiner Sprache sagte er zu Schwarzschädel: »Der Gipfelclan möchte die Gründe für unsere Fahrt wissen. Du möchtest ein bedeutsamer Mann sein, also erzähle ihnen alles.«

Ganz kurz trafen sich ihre Blicke; dann stand Schwarzschädel auf. Er hielt den Griff der Kriegskeule fest, die Spitze zwischen seinen Füßen und begann: »Ich bin Krieger, jemand, der gegen Menschen kämpft, kein Geschichtenerzähler. Trotzdem – kam alles so.«

Otter übersetzte, was Schwarzschädel erzählte. Er berichtete wahrheitsgemäß, wie Grüne Spinne am Sonnenwendtag nach einer Vision verlangte, erzählte dann von dem Blitzeinschlag und wie Grüne Spinne von den Toten auferstanden war. Als er über die Vision von Grüne Spinne sprach, war im Clanhaus nur das Knistern des Feuers zu hören. Otter hatte noch nie eine derart gebannt lauschende Zuhörerschaft erlebt. Als von der Maske die Rede war, von den ertrinkenden Frauen und der Angst, die die ganze Welt erfaßte, waren viele fassungslos.

Schwarzschädel erwähnte auch die Bedrohung durch die Kanus der Khota, die Ankunft beim Weißmuschelclan und die Fahrt flußaufwärts.

»Ich maße mir nicht an, die Wege der Macht zu verstehen.« Schwarzschädel überlegte. »Und doch bin ich hier, bei eurem Clan. Lieber wäre ich zu Hause.«

»Fern der Heimat! Fern, fern der Heimat!« sang Grüne Spinne. »Der Krieger bekommt immer, was er sich wünscht.« Die Augen in seinem ausgemergelten Gesicht gewannen plötzlich an Schärfe. »Und Schwarzschädels Wünsche sind leidenschaftlicher als die jedes anderen.«

Um eine hitzige Antwort Schwarzschädels zu verhindern, sagte Otter schnell: »Das ist unsere Geschichte. Die Macht hat uns auserwählt, diese Reise in den hohen Norden zu machen, um die Maske von Bunte Krähe zu bergen. Wenn uns das gelingt, können wir vielleicht die Welt vor einer Erfüllung der fürchterlichen Vision von Grüne Spinne bewahren.«

Großer Ring nickte und unterbrach das Schweigen. »Du bist sehr tapfer, Wasserfuchs.« Er schaute zu Schwarzschädel, Glitzern in seinem einen Auge. »Und du, Krieger, bist sehr ehrenwert.« Unsicher schaute er Grüne Spinne an, der wieder mit dem Hölzchen in der Erde herumstocherte.

Großer Ring betrachtete die Schieferpfeife in seinen Händen und blickte dann auf. »Du bist willkommen bei uns, Verdreher. Deine Gegenwart ehrt uns.«

»Meine Gegenwart bringt nur Kummer und Sorgen«, sagte Grüne Spinne mit müdem Gesicht; er starrte ins Feuer. »Soviel Kummer. Der Zwerg irrte sich, versteht ihr? Die alte Frau sah nicht nur das Alter, sie sah zum ersten Mal ihre Einsamkeit, sah sich aller Gefährten ihrer Phantasie beraubt, die sie bisher erfreut hatten.«

»Was sagt er?« fragte Schwarzschädel.

»Ich weiß es nicht«, gab Otter zu, und zu Großer Ring sagte er: »Er ist ein Verdreher. Wenn die Macht über ihm ist, wie es jetzt der Fall ist, dann ist fast alles, was er sagt, rückwärts gesprochen. Auch sonst kann man schwer erkennen, wann das, was er sagt vorwärts, wann rückwärts gemeint ist.«

Großer Ring nickte. »Niemand kennt die Wege der Macht.« Er wechselte das Thema: »Wie fährst du zu diesem Ort, dem Brüllenden Wasser?«

»Den Schlangenfluß hinauf und von dort den Mondmuschelfluß entlang...«.

»Das würde ich nicht tun«, unterbrach ihn Eulenauge. Geflüster erhob sich im Raum.

Otter zog eine Braue hoch. »Das ist der kürzeste Weg.«

»Ist ein Händler auf dem Fluß an euch vorbeigefahren?« fragte Großer Ring. »Flußabwärts?«

»Mindestens zwei. Beide fuhren ziemlich schnell mit der Strömung und hielten nicht an, um Neuigkeiten auszutauschen.«

Großer Ring faßte sich an sein Kinn. »Ja, Neuigkeiten verbreiten sich schnell. Was Schwarzschädel uns von der Maske erzählt, ist höchst interessant. Die Maske von Bunte Krähe.«

Otter fühlte ein Prickeln auf seiner Haut. »Du weißt etwas?« Großer Ring schaute listig. »Das kann gut sein. Wenn es so ist, tausche ich es gegen diese beiden Krüge Honigbier ein. Die sind in meinem Bauch sowieso besser aufgehoben als in dem von Fetter Wapiti.«

»Einen Krug Bier. Für den zweiten wirst du mir drei gegerbte Bisonfelle besorgen. Flußaufwärts wird's kalt sein.«

Großer Ring neigte den Kopf. »Was ich weiß, ist beide Krüge wert, aber ich bewundere dein Geschick, Wasserfuchs. Du bist so dreist und verwegen wie kein anderer Händler. Was deinen Mut betrifft, könntest du ebenso ein Krieger sein.«

»Die Maske, die Maske«, flüsterte Grüne Spinne, »in ihrem Widerschein tanzen die Seelen.«

Otter war sehr nervös, er blieb aber dennoch hart. »Zwei Bisonumhänge.«

Großer Ring schaute ihn durchdringend an. Er war besorgt, zugleich aber verlangte er unbedingt den Tauschhandel machen. Eine seiner Frauen flüsterte ihm etwas ins Ohr. Er nickte grinsend. »Abgemacht, Händler. Mein liebes Weib hat darauf hingewiesen, daß wir schon durch deine Anwesenheit hier ein gutes Geschäft gemacht haben. Viele Jahre lang können wir nun die Geschichte von deinem Besuch erzählen, egal, was dann aus dir geworden ist. Allerdings rate ich dir ab, ins Land der Schlangenclans zu fahren.«

Otters Muskeln spannten sich an. »Es ist die kürzeste Strecke.«

»Nicht wenn die Schlangenclans auf dem Kriegspfad sind, Wasserfuchs«, wandte Großer Ring ein.

»Auf dem Kriegspfad?« Otter wog die Worte ab. »Bist du sicher? Die Schlangenclans hatten Auseinandersetzungen, aber daß ihre Gesellschaften einen Krieg riskieren, hätte ich nie gedacht. Das wird verheerende Folgen haben.«

So wie Großer Ring jetzt lächelt, dachte Otter, so lächelt er auch, wenn er einen erschlagenen Feind betrachtet. »Normalerweise würde ich auch so denken«, meinte Großer Ring. »Du solltest aber wissen, daß viele der Clans sich gegen den Leuchtvogelclan verbündet haben. Und zwar wegen seines Anführers, wegen Glimmervogel.«

»Und er ... hat die Heilige Maske.« Das Blut gefror Otter in den Adern.

»Genau so ist es.« Großer Ring zuckte, als er sein verletztes Bein bewegte. »Der Händler, der vorbeikam, erzählte daß Angst und Mißtrauen unter den Schlangenclans immer größer werden. Dieser Glimmervogel soll Menschen getötet haben, einfach, indem er sie durch die Maske angeblickt hat.«

Otter schaute auf Grüne Spinne. Der Verdreher starrte dümmlich grinsend ins Feuer. Dann deutete er in die Flammen und sagte: »So was seht ihr nicht alle Tage, wie?«

»Ich verstehe das nicht«, sagte Schwarzschädel murrend, ohne auf das Geschwätz des Verdrehers zu achten. »Ist das dieselbe Maske, hinter der wir her sind?«

»Ich sehe sie!« Grüne Spinne breitete die Arme weit aus und schaute weiter wie gebannt ins Feuer. »Krieger, reihenweise gehen sie durch den Schnee. Asche tanzt im Wind. Seht ihr, wie der Wind um die versengten Pfosten kreist? Schwarzer Wind, voll mit Ruß des verbrannten Clanhauses. Da hängt er noch, der Geist windet sich am Seil, verflucht von den Erinnerungen eines Lebens. Jede Schwäche wächst auf seiner Seele wie Pilze auf moderndem Holz.«

Und als hätte er nie etwas gesagt, lehnte Grüne Spinne sich zurück und gähnte.

»Was siehst du noch?« wollte Otter wissen; er packte den Verdreher an seinen dünnen Schultern und schüttelte ihn.

»Dich nicht, das ist gewiß«, murmelte Grüne Spinne. »Mein Bauch ist so voll, gleich wird er platzen und das ganze Zimmer mit braunem Schleim füllen.«

Otter stöhnte vor Enttäuschung. »Du bekommst bald zu essen. Hör endlich auf, Erde zu kauen.«

Trotzdem bohrte Grüne Spinne sich wieder einen Klumpen Erde aus und verschlang ihn. »Ich bin ein Kannibale. Ich esse Mutter Erde. Nage das Fleisch von ihren Knochen. Kannibale ... Kannibale!«

Otter versuchte, sein Unbehagen abzuschütteln, aber er sah, daß selbst Großer Ring sprachlos war. »Wie alt ist diese Information, Eulenauge?«

»Drei Monate, vielleicht etwas älter.« Eulenauge hatte als erster seine Fassung wiedergefunden; er sprach zwar zu Otter, aber sein Blick hing wie gebannt am Verdreher.

»Als ich Glimmervogel zuletzt gesehen habe, das war vor drei Wintern, da hat er schon alle Welt vor den Kopf gestoßen. Was muß er dann jetzt erst für ein Schreckgespenst sein«, meinte Otter.

Eulenauge nickte ernst. »Wir haben Geschichten gehört. Man sagt, die Maske habe seine Seele besessen. Wir hören das nicht zum ersten Mal, daß er jemanden getötet haben soll, nur indem er ihn durch die Maske ansah.«

»Und wenn's wahr ist?«

Schwarzschädel hatte den Kopf geneigt. »Dann laufen die Gerüchte über Hexerei durchs Land wie Kaninchen. So was macht nur Angst und Unruhe. Zum ersten Mal verstehe ich, warum ich ausgewählt worden bin, Händler.« Ein gequältes Lächeln zog über seine Lippen. »Dein Freund Großer Ring hat recht. Es gibt Krieg, und keine dieser Gesellschaften wird ihn aufhalten können.«

Otter wollte antworten, aber da fiel Grüne Spinne ihm schlaff in die Seite; er rollte seine Augen, so daß nur noch das Weiße zu sehen war.

»Ich zerplatze gleich«, flüsterte Grüne Spinne in jammervollem Ton. »Krieg oder nicht.« Mit knochigen Fingern kratzte er wieder am Boden nach Erdklümpchen.

Otter drehte sich um und fragte: »Großer Ring, du hast doch nichts dagegen, wenn wir uns jetzt etwas von deiner Suppe nehmen? Denn wenn wir den Verdreher nicht bald mit Essen versorgen, wird es nicht lange dauern, und du wohnst in einem großen Loch.«

19. KAPITEL

Perle saß vor dem kleinen Feuer und schaute Mondnarbe zu, der mit einem Zweig in den Flammen herumstocherte. Am Morgen hatten die Khota den Zusammenfluß von Schlangenfluß und Vater Wasser passiert. Kurz danach hatte Grizzlyzahn einen westlich abzweigenden trüben Nebenfluß entdeckt und die Boote dort hinein geleitet.

Der Wasserweg war so schmal, daß die Khota ihre Kanus an den überhängenden Büschen und Zweigen vorwärtsziehen mußten.

»Gutes Versteck«, hatte Grizzlyzahn zu Perle gesagt, als sie die Kanus auf ein flaches Ufer schoben. Sie hatten sie grob aus dem Kanu gezerrt, und dabei konnte sie sehen, daß Weiterfahren auf den gewundenen Kanal unmöglich war, denn gleich hinter der Anlegestelle blockierten Äste die Strecke.

Der Schnee hatte unter den Füßen der Khota geknirscht, als die Krieger sie über einen Hirschpfad durch das Dickicht geschleppt hatten. Auf einer kleinen Lichtung hatten sie Feuer gemacht, Perles Fesseln überprüft und Mondnarbe als Wache bei ihr zurückgelassen.

So saß sie zusammengekrümmt dicht am Feuer. Um seinen Blicken auszuweichen, schaute sie sich in der Umgebung um. »Was haben die vor?« fragte sie schließlich. Sie konnte den lüsternen Blick dieses Kriegers kaum noch aushalten.

Es ist angenehm, begehrt zu werden, aber im Gesicht eines Mannes zu sehen, wie er einen im Geist vergewaltigt, immer und immer wieder, das ist abstoßend.

»Einen Überfall«, brummte er und rieb sich sein Kinn. »Kaum noch Vorräte da. Das Flachwasser ist zugefroren, da haben wir nicht viele Fische gefangen.« Er zeigte in die Runde. »In dem Dickicht hier, da mußt du fest stehen können. Auf der Lauer zu liegen, dazu haben wir keine Zeit. Vögel sind noch nicht so weit nach Norden gekommen. Zu kalt.«

»Und wen wollt ihr hier überfallen?«

Mondnarbe grinste und kratzte sich. »Händler hat Grizzlyzahn von einem kleinen Clan erzählt. Wohnen ganz in der Nähe.«

Wie zur Bestätigung trug der Westwind schwache Schreie heran.

»Unsere Krieger haben ihn wohl gefunden.« Mondnarbe stand auf. Weitere Schreie waren zu hören.

Er lachte, als er Perles Gesicht sah. »Freu dich über die Pause, Frau. Meine Freunde, die haben erst mal eine Weile zu tun. Müssen die Verwundeten töten. Müssen die versteckten Vorräte finden. Lassen vielleicht ein paar Babys in den Frauen, die sie sich schnappen. Wie fühlst du dich, wenn ich dir sage, daß jeder Krieger, der sich eine Frau schnappt, die Augen schließt und sich vorstellt, daß du's bist, die er nimmt?«

Perle war voller Abscheu. »Wie weit ist es noch bis zu den Dörfern der Khota?« fragte sie.

Mondnarbe zuckte die Achseln. »Nicht mehr weit. Wir sind da, wenn der Mond voll ist. Wie findest du das? Bereit zur Heirat? Wolf der Toten verbraucht dich, verstehst du. Vielleicht kauf ich ihm dann ab, was er übrigläßt. Wie gefällt dir das?«

»Lieber wäre ich mit einem Stinktier verheiratet.«

Mondnarbe betrachtete sie genau. »Du bist eine mutige Frau, weißt du das? Hab geglaubt, jetzt hätten sie deinen Widerstand gebrochen. Aber du bist immer noch unbezähmbar, deines künfigten Mannes würdig – ein Gewinn für jeden Mann.«

Sie lächelte voller Haß. »Ich bin Perle von den Anhinga. Wenn Toter Wolf noch seine Sinne beisammen hat, dann läßt er mich in dem Augenblick gehen, in dem er mich sieht.« Sie reckte den Kopf. War das eine Gelegenheit? »Ein Gewinn für jeden Mann? Was ist mit dir, Mondnarbe? Du wärst kein übler Mann für eine Frau wie mich. Du hast starke Schultern und bist auch kein Feigling.«

Mondnarbe blickte auf den Pfad, der zum Dorf führte. Es waren immer noch Schreie zu hören. Er setzte sich wieder, Argwohn in seinen schwarzen Augen. »Was redest du da?«

»Du und ich. Nur wir beide.«

Mondnarbe grinste. »Gleich hier? Bevor sie zurück sind?«

»Nein, Dummkopf! Ich rede davon, daß wir uns davonmachen, du und ich. Daß wir uns in eins der Kanus setzen und flußabwärts paddeln.« Sie schenkte ihm ein verführerisches Lächeln. »Und dann, Mondnarbe, haben wir alle Zeit der Welt, um festzustellen, was für ein Mann du bist ...«

Er zögerte, doch da war wieder dieser lüsterne Ausdruck, den sie schon kannte.

»Du und ich«, stachelte sie ihn auf. »Wenn du den Mut hast, einen Gewinn wie mich zu genießen.«

Und sowie du mir den Rücken zukehrst, schlag ich dir mit dem Eichenpaddel den Schädel ein!

Mondnarbe verzog das Gesicht. Sie sah, wie Begierde und Verstand in ihm miteinander kämpften. Schließlich schüttelte er den Kopf und sagte: »Nein. Dafür ist mir mein Leben zuviel wert.«

»Ach, komm, dein Leben. Die fangen uns doch nie.«

Mondnarbe spuckte ins Feuer. »Das verstehst du nicht. Wolf der Toten würde dich finden, und dann findet er auch mich. Er schlitzt mir den Bauch auf und läßt meine Eingeweide rausquellen. Und so läßt er mich verrecken. Du kennst ihn nicht. Er verwandelt sich in einen Wolf und wittert uns. Du kannst nicht wegrennen, nicht vor Wolf der Toten.«

»Doch, ich weiß, daß wir das können«, beharrte Perle. Aber sie wußte, daß sie verloren hatte. Früher hätte sie vielleicht eine Chance gehabt, denn Mondnarbes Begierde war viel stärker als die ihrer anderen Bewacher. Jetzt allerdings hatten sich sein Verlangen und sein Mut wie Rauch im Wind aufgelöst.

Als Perle ihn anschaute, vermied er ihren Blick.

»Es ist nicht zu spät«, sagte sie mit Nachdruck. Sie wollte noch nicht aufgeben.

Mondnarbe warf ihr einen warnenden Blick zu. »Weiter unten am Fluß hätte mich das vielleicht gelockt. Du wärst genau die Frau für einen Krieger. Aber jetzt, wo wir Wolf der Toten so nahe sind, nicht mehr. Weil ich dich begehre, will ich dir einen Rat geben, Frau. Lauf nicht weg von ihm. Wenn du ein angenehmes Leben bei ihm haben willst, dann ordne dich ihm unter, tu alles, was er will.«

»Und wenn ich das nicht tue?«

»Vielleicht zieht er dir dann die Haut ab, aber immer nur eine Handbreit. Vielleicht verbrennt er dich, aber immer nur ein Stückchen pro Tag. Vielleicht schneidet er deinen Körper an verschiedenen Stellen auf und setzt dir Maden ein. Er wird sich schon schreckliche Sachen ausdenken, um dich langsam zu töten.«

Schwarzschädel saß am Feuer im kleinen Haus von Eulenauge, und eine unangenehme Ahnung stieg in ihm auf.

Seit Beginn dieser wahnsinnigen Reise peinigten ihn täglich böse Vorahnungen. So weit flußaufwärts flüsterten ihm nachts böse Geister ins Ohr. Die Geister seiner Ahnen waren weit weg, gesichert in der Stadt der Toten. Und seit er diese Stadt verlassen hatte, konnten sie ihn nicht mehr schützen.

Wie war er bloß zu solch seltsamen Leuten gekommen? Zu Männern, die der Sitte folgend ihre Cousinen heirateten? Er hatte natürlich davon schon gehört, Händler brachten solche Geschichten mit – aber so etwas mit eigenen Augen zu sehen, war etwas ganz anderes!

Aber es gibt vieles, was du nicht weißt.

Er verdrängte diese Gedanken. Ein Krieger braucht nur Disziplin, Stärke, Mut und Pflichtgefühl.

Zu seiner Rechten saßen Otter und Eulenauge und sprachen über eine Skizze, die sie in die Asche auf dem Boden gezeichnet hatten. Zur Linken hockte reglos der Verdreher. Aber er beobachtete Otter mit gespannter Neugier und großer Aufmerksamkeit. Im Hintergrund stillte eine anmutige und zarte junge Frau, Eulenauges Weib, einen Säugling. Die Anwesenheit der hochrangigen Besucher schien sie einzuschüchtern. Als sie das Baby in die Wiege legte, wanderten ihre großen braunen Augen von einem zum andern.

Schwarzschädel betrachtete das Netzwerk der verflochtenen Schößlinge und Zweige, aus denen die Hütte gebaut war. Er wurde die Vorstellung nicht los, daß er irgend etwas falsch gemacht hatte.

Alles hing mit dem Morgen zusammen, an dem er diese Krähe getötet und den Händler auf seinen Platz verwiesen hatte. Tatsächlich hatte er seinen Führungsanspruch durchgesetzt, wie es die Pflicht eines Kriegsherrn war. Er wußte, er hatte seine Autorität bewiesen, und das hätte ihn eigentlich erleichtern müssen.

Warum bin ich aber nicht erleichtert?

Trotz seiner unausgesprochenen Herrschaft über den Händler und den Verrückten ließ ihn diese dumme Vorahnung nicht in Ruhe. Bunte Krähe hatte mit Krieg oder Kampf wenig zu tun, anders als die Geistwesen Schnappschildkröte, Falke, Rotluchs und Wassermokassinschlange; sie gaben einem Krieger Macht. Ob man eine Krähe oder eine Ente jagte – wo war da der Unterschied? Eine Krähe mochte dem Irren etwas bedeuten, vielleicht auch dem Händler – aber nicht einem Krieger.

Schwarzschädel holte tief Luft, verdrängte seine Gedanken und fragte: »Was besprecht ihr?«

Otter und Eulenauge schauten auf, und der Händler erklärte: »Wir haben den Weg nach Norden besprochen.«

»Das hast du mir oft genug erzählt. Den Schlangenfluß hinauf zum Mondmuschelfluß und dann ...«

»Nein«, sagte Otter und sah ihn nicht an. »Diesmal nicht.«

Schwarzschädel fragte erstaunt: »Warum nicht? Du hast selbst gesagt, es ist der kürzeste Weg.«

Otter seufzte, sein Gesicht war leicht gerötet. Aus Furcht? »Hast du gehört, daß über Krieg geredet wurde?«

»Natürlich hab' ich's gehört. Deshalb bin ich ja bei diesem verrückten Abenteuer dabei. Wenn da ein Krieg im Gang ist, braucht ihr einen Krieger. Offenbar wurde ich ausgewählt, damit ich uns den Weg zwischen den sich bekriegenden Schlangenclans freikämpfe.«

»So einfach ist alles für dich? Haust dir mit der Keule deinen Weg durchs Leben frei?«

Hast dich ja schnell wieder hochgerappelt, seit ich dich an der Gurgel gepackt hatte, Händler.

»Ich erreiche mein Ziel meistens zu meiner Zufriedenheit.«

Grüne Spinne murmelte vor sich hin: »Wie stumpfes Obsidian, so stumpf, daß es sich seinen Weg durch die Welt freihacken muß.«

Otter schwieg, als würde er über die unsinnige Erklärung des Verdrehers ernsthaft nachdenken. Dann beschäftigte er sich wieder mit der Zeichnung in der Asche.

»Was hat er wieder geplappert?« fragte Schwarzschädel.

»Nichts. Jedenfalls ist es für dich sicher nicht interessant.«

Der Narr gleicht immer mehr einem Kind, das sich verlaufen hat – und der Händler läßt ihn gewähren.

Otter lenkte die Aufmerksamkeit des Krieger auf die Zeichnung, aber Schwarzschädel konnte mit den Linien und Kratzern nichts anfangen.

»Was ist das?«

Otter deutete auf ein in die Asche eingedrücktes Loch. »Das ist der Gipfelclan. Die Linie hier ist Vater Wasser, und hier, eine Tagesreise weiter nach Norden, der Zusammenfluß mit dem Schlangenfluß.« Eine Reihe von Punkten folgte dem Flußlauf. »Das sind die verschiedenen Clans am Fluß. Dieser Punkt ist die Schlangenstadt an der Mündung des Mondmuschelflusses. Danach kommen wir an weiteren Clans vorbei, bis wir die Sonnenhügel erreichen, das ist dieser Punkt. Die nächste Linie ist die Heilige Straße, die nach Norden zur Sternhimmelstadt führt.«

»Und die andere Linie?« Schwarzschädel zeigte darauf und beugte sich vor.

»Das ist Vater Wasser. Er führt uns durch die Engstellen am Zusammenfluß mit dem Ilini nach Norden. Diese Punkte bezeichnen die Clans, an denen wir vorbeikommen.«

Schwarzschädel neigte den Kopf. »Am Ilini sind die Khota.«

»Das stimmt. Das ist dieser Punkt.« Otter deutete auf die Linie, die zu einem großen Kreis führte. »Die Punkte bis zum Süßwassermeer sind Clans der Ilini, die wir passieren.«

»Moment mal. Du hast gesagt, wir fahren diese Strecke nicht.« Schwarzschädel spürte, wie sich die Muskeln in seinem Gesicht verkrampften, und er wünschte, er hätte sie besser in der Gewalt.

Otter ballte die Fäuste und schluckte, als wollte er sich gegen den entscheidenden Angriff wehren. »Du kannst mich töten, jederzeit. Das wissen wir doch. Aber es ist mein Kanu – und ich bestimme den Weg!«

Grüne Spinne krähte: »Töte ihn, Krieger. Töte ihn!«

Eulenauge verstand die Sprache nicht, wohl aber den Sinn. Er rutschte etwas zurück, die funkelnden Augen auf Schwarzschädel gerichtet.

Dic böse Ahnung, die Schwarzschädel die ganze Zeit gehabt hatte, brach sich in seiner aufgewühlter Seele Bahn. Er mußte gegen den Drang, den Konflikt herauszufordern, ankämpfen, aber dann sah er das Interesse in den Augen des Narren. Hier ging es um mehr als um einen Widerstreit von Willen gegen Willen. Otters Körperhaltung ließ erkennen, daß schon der kleinste Stoß etwas in ihm zerbrechen würde.

Will ich ihn denn zerbrechen?

Schwarzschädel zögerte, doch dann löste sich seine innere Spannung, und er fragte: »Was ist besser an dieser Strecke? Sie ist doch länger, das hast du selbst gesagt.«

Grüne Spinne bohrte mit einem Finger in die Erde. Der Narr wollte doch nicht etwa schon wieder davon essen?

»Sie ist sicherer.« Otter warf einen Blick auf den Narren. »Grüne Spinne sah das Süßwassermeer in seiner Vision. Zuerst habe ich das nicht verstanden, aber jetzt weiß ich's. In der Vision von Grüne Spinne sind wir auf dem Süßwassermeer und nicht im Kampf mit den Schlangenclans, die wir ohnehin nicht schlagen könnten.«

»Das könnte ich dir aber beweisen!«

»Dein Mut steht außer Frage, Schwarzschädel, ebenso wie deine Erfahrung. Andererseits haben dich schon vier Kanus mit Khota nervös gemacht, und denke daran, der Clan der Sechs Flöten hat sie alle in die Flucht geschlagen.« Otter hob eine Hand, um Schwarzschädels Einwand abzufangen. »Sag mir, was besser ist – einen Kampf siegreich zu führen oder ohne Kampf zu gewinnen?«

Wenn ich bedenke, daß ich ihm gerade erlaubt habe, sein Gesicht nicht zu verlieren.

»Kein Kampf. Das weiß doch jeder gute Krieger.«

Otter nickte zustimmend. »Eben. Und deswegen bist du ein so guter Kriegsführer.«

Schwarzschädel dachte über die Worte nach, aber sie beschwichtigten ihn nicht. Obwohl er sich über die Änderung der Pläne ärgerte, konnte er dem Händler doch keinen Denkzettel erteilen, nur weil er ihn auf seinem eigenen Gebiet geschlagen hatte.

»Wieviel länger dauert der andere Weg?«

»Drei Wochen?« Otter fragte Eulenauge in der Sprache des Gipfelclans.

Otter übersetzte Eulenauges Antwort: »Vielleicht drei Wochen. Das hängt vom Wetter ab. Nach unserer Rechnung erreichen wir das Süßwassermeer im fünften Mond. Das ist der ruhige Mond.«

»Der Ilinifluß kommt aus dem Süßwassermeer?«

»Nein, aber im Quellgebiet liegt ein Schlammsee, der auf der Westseite in den Ilini fließt und im Osten ins Süßwassermeer.«

Schwarzschädel überlegte und rieb sich dabei das Kinn. »Und wie groß ist dieses Süßwassermeer?«

Otter zuckte die Achsel und fragte Eulenauge. Er übersetzte: »Von den Händlern, die es überquert haben sagen manche, es ist ein Meer, andere sagen, es ist eine große Seenplatte.«

Was kann man einem Händler schon glauben? »Wird wohl nicht viel größer sein als Vater Wasser. Mehr Wasser als dort fließt, gibt's sonst nirgends auf der Welt.«

Otter wollte etwas sagen, zuckte aber dann nur mit den Achseln.

»Was ist mit diesen Khota?« Schwarzschädel deutete auf den Lauf des Ilini auf der Skizze. »Mit denen bist du schon einmal aneinandergeraten.«

Otter sah ihn an. »Vielleicht ist das der Grund, Krieger, warum die Macht dich ausgesandt hat.«

Vier Kriegskanus mit blitzenden Paddeln. Schwarzschädel fielen seine Befürchtungen wieder ein, als sie vorbeigefahren waren. »Ja, das ist vielleicht der Grund, warum die Macht mich ausgesandt hat.«

Er erschauerte. Der Händler mochte die Khota fürchten, aber Schwarzschädel nicht! Ein Zusammenstoß mit einigen von ihnen war möglicherweise genau das, was die Macht plante.

Grüne Spinne ließ einem Singsang hören: »Obsidian biegt sich, ein wenig. Wie lange noch? Bis der Fels zartem Fleisch weicht? Paß auf dich auf, Schnappschildkröte, das Wasser ist tief!«

»Wir nehmen den längeren Weg«, sagte Schwarzschädel.

In dieser Nacht träumte Schwarzschädel. Er sah Wellentänzer, der wie ein Stück Holz im aufgewühlten Strom schwamm. Ein hoher Wellenkamm trug das Kanu hoch, dann stürzte es wieder in ein tiefes Wellental, und von allen Seiten brauste brodelnd und schäumend das Wasser heran.

Voller Entsetzen paddelte Schwarzschädel um sein Leben und trieb das Kanu von einem Wellenkamm zum nächsten. Jeden Moment konnten die aufgepeitschten Wellen ihn unter ihren Wassermassen begraben.

Ein Ausweg! Er mußte einen Ausweg finden! Doch er kämpfte vergeblich gegen die Flut der mörderischen Wellen.

Da schrie er auf, er war verloren. In diesem schrecklichen Augenblick schlug der Ton des klagenden Windes in ein schreckliches Gelächter um, das er so gut kannte. Aus Grabestiefe hörte er das heisere, kehlige Lachen seine Mutter.

Als das Kanu wieder in ein Wellental stürzte, wurde ihm das Paddel aus der Hand gerissen. Voller Verzweiflung klammerte er sich am Bootsrand fest, aber da schlug die nächste Wasserwand auf ihn herunter und drückte ihn tief in die eiskalte Finsternis.

Höhlengräber schaute zum endlos blauen Himmel hinauf, der schon den Frühling ahnen ließ. Noch viele Stürme würden aus dem Nordwesten übers Land toben, bevor der Winter zu Ende war, aber jetzt genoß er den schönen Tag.

Als er den Südwall des riesigen Achtecks entlangwanderte, traf er den Ältesten der Wildpflaumenfamilie, dem er zuwinkte. Grasbüschel war schon ein uralter Mann.

»Mögen deine Ahnen dich segnen, Höhlengräber«, rief der Älteste, und blieb, auf seinen Stock gestützt, stehen. Der Alte trug eine aus Federn und Kaninchenfellstreifen gewebte Decke, deren Enden zu beiden Seiten herunterbaumelten wie gefaltete Schwingen.

»Ich grüße dich, Grasbüschel. Mögen deine Ahnen lächelnd auf deine Familie und all deine Enkelkinder herabblicken.«

»Ha! Das sollen sie ruhig. Ich werde noch nicht so bald unter ihnen weilen, jedenfalls im nächsten Frühling noch nicht.« Sein silbernes Haar war zu einem Knoten über der Stirn gebunden; kleine Strähnen hatten sich gelöst und schwangen wie Fühler im Morgenlicht hin und her. »Manchmal frage ich mich, ob die Ahnen mich überhaupt bei sich haben wollen. Sie beachten mich gar nicht mehr. Haben mir aber vor kurzem die Urenkeltochter genommen. Das arme kleine Ding. Was immer sie aß, lief gleich durch sie hindurch. Schrumpfte zu einem Knochenbündel zusammen, und am Ende hatte ich mehr Fleisch am Körper als sie.«

»Ich trauere mit dir«, sagte Höhlengräber.

»Dein Weib ... das war ein schwerer Verlust.« Grasbüschel schwankte leicht. »Die Geister der Ahnen sind reich, wir aber sind arm, bis uns Bunte Krähe zu sich winkt.«

Wie lange würde es ihm so schwerfallen, über den Tod seiner Frau zu sprechen? »Ich werde bald bei ihr sein.«

»Was meinst du?« Grasbüschel blinzelte. »Du bist noch jung. Kann gut sein, daß die Geister ebenso an dir vorbeistreichen wie an mir. Ich hab nur die Hoffnung, daß Geister keine Körper haben, die so verfallen wie die von uns Menschen. Ist doch eine eigenartige Sache, alt zu werden, nicht? Ich finde, daß der Geheimnisvolle uns das hätte ersparen können.«

»Das ist wahr.«

Grasbüschel seufzte. »Ich sollte mich auf den Weg machen. Dachte, ich setze mich mal auf den Hügel.« Er meinte natürlich den Grabhügel, in dem seine Freunde und seine Familie begraben lagen. »So kann ich sie besuchen, ihre Stimmen hören. Ich glaube, daß sie es sind, die ich höre. Ich kann das nicht mehr unterscheiden.«

»Sag ihnen, ich wünsche ihnen alles Gute.« Höhlengräber ging weiter. Geister liebten das Gespräch, und sie halfen einem, die Einsamkeit zu vertreiben.

Ein Händler hatte ihm einmal erzählt, daß manche wilden Völker im Westen die Geister ihrer Ahnen sogar fürchteten. Was war denn das für ein Leben? Den eigenen Lieben ausweichen zu müssen, nur weil sie von ihrer weltlichen Existenz in eine andere übergegangen waren? War es da nicht angenehmer zu wissen, daß die Ahnen über alles wachten, was man selbst oder die Familie tat, daß sie Rat und Tadel aussprachen?

»Ach, übrigens – was wollten die Krieger?« fragte Höhlengräber den Alten unvermittelt.

»Krieger?« Grasbüschel blinzelte. »Sind zum Haus der Kriegergesellschaft gekommen, wollten dich sehen. Große Delegation. Von irgendwo aus dem Süden … Blauenten und Klapperschlangen. Hatten einige von den Buntbemalten dabei. Auch Gänsefuß, glaube ich. Wollten dich sehen.«

»Ich hatte keine Ahnung … Ich war bei meinen Vettern beim Flughörnchenhügel. Die wollten zu mir? Bist du sicher?«

»Du solltest hingehen.« sagte Grasbüschel. »Der Kriegsherr, Wanderdrossel, war kalt wie eine Eisscholle und sehr ungeduldig. Er wollte dich unbedingt sehen.«

Aus dem Süden? Mit einer Nachricht über Sternmuschel? Das mußte es sein.

»Ich danke dir, Ältester. Grüße die Ahnen von mir.« Höhlengräber ging eine Abkürzung um den Moorsee, der zwischen dem Achteck und dem Großen Ring lag, und eilte zum Haus der Kriegergesellschaft. Um den Bau sah er eine Reihe Schutzdächer aufgestellt. Wie viele Krieger waren denn da aus dem Süden gekommen?

Zwei Monde war es her, seit Sternmuschel und der Magier Sternhimmelstadt verlassen hatten. Geschichten waren über die Heilige Straße herangetragen worden – über Sternmuschels Mann und von den schrecklichen Dinge, die er getan hatte. Vor einem Mond war dann sein furchtbarer Selbstmord bekanntgeworden. Während der langen Zeit seitdem hatte Höhlengräber gewartet und gehofft, daß Sternmuschel käme. Statt dessen hatte er nur die wildesten Gerüchte gehört.

Es wurde erzählt, daß Sternmuschel und Langer Mann, der Zwerg von den Langschädeln, verschwunden seien. Und mit ihnen die unselige Maske.

Später hatte er gehört, sie sei eine Hexe geworden, die mit der Maske vor dem Gesicht, für die Menschen unsichtbar, nachts umherwandere. Es wurde auch erzählt, daß sie und der Zwerg ein Liebespaar geworden seien, das sich in den Wäldern verberge und nachts verlassene Gehöfte ausraube.

Höhlengräber wußte nur, daß seine Tochter in Not war – aber das hatte er schon vor der Beisetzung seiner Frau gewußt.

Ich habe sie mit Langer Mann nach Süden geschickt, ich hätte ihr lieber verbieten sollen, zu den Sonnenhügeln zurückzugehen.

Doch das hätte er gar nicht tun können, denn als Ehefrau mußte sie ein Kind versorgen und hatte auch der Familie ihres Mannes gegenüber Verpflichtungen.

Das vergebliche Warten hatte ihn gezwungen, die Besuche bei seinen Vettern zunächst einmal aufzuschieben. Und wenn sie nun gekommen wäre? Ihn nicht angetroffen hätte? Aber nein, sie wäre sofort zum Hof seines Bruders gegangen und dort in Sicherheit gewesen.

Höhlengräber kam an der ersten Schutzhütte vorbei, die die fremden Krieger sich gebaut hatten. Es hatten mindestens zwei Männer darin geschlafen. Er schaute sich um und zählte mehr als dreimal zehn der behelfsmäßigen Unterkünfte. Und wie viele Männer waren noch im Haus der Kriegergesellschaft untergebracht? Sein Blut erstarrte. Er hielt sich die Hand zum Schutz gegen die grelle Sonne vor die Augen. Er sah eine große Menschenmenge, die sich vor dem Haus versammelt hatte.

Als er sich näherte, kamen fünf und zehn Krieger die Heilige Straße entlang. Sie trugen Kampfhemden und aus Weiden geflochtene Schilde, und ihre Speere glänzten im Sonnenlicht. Sie bewegten sich so wachsam wie Wölfe auf der Pirsch.

Langsam ging Höhlengräber zum Haus der Kriegergesellschaft.

Der Bau war mindestens vierzig Schritte lang und fast ebenso breit. Im Notfall konnte Sternhimmelstadt eine stattliche Anzahl an Kriegern aufbieten – bei den Clans dieses Gebiets gehörte jeder vierte Mann der Kriegergesellschaft an.

»Höhlengräber«, rief jemand. »Da kommt er.«

Die Menschen machten ihm Platz, und alle Augen waren auf ihn gerichtet.

Drei Biber, ein Angehöriger des Würgkirschenclans im Gebiet von Sternstadt, trat vor und sprach: »Wo warst du?«

»Bei meinen Vettern. Was geht hier vor?«

Drei Biber musterte ihn verlegen. »Deine Tochter – ist sie da?«

»Nein.«

»Die Krieger der Mondmuschelclans sind auf der Suche nach ihr. Du hast die Geschichten über die Maske gehört? Ihr Kriegsherr, Wanderdrossel, will sie haben.« Drei Biber zögerte. »Unbedingt – um jeden Preis!«

»Was heißt das – um jeden Preis?«

»Genau das, was ich sage. Und mach uns nichts vor.« Drei Biber legte eine Hand warnend auf Höhlengräbers Arm. »Wenn du sie versteckst, wird dir das nicht gut bekommen, Ältester. Sie werden uns alle töten, um sie zu finden.«

Inzwischen war die Menschenmenge noch größer geworden. Höhlengräber nickte denen zu, die er kannte. Die Krieger des Mondmuschelclans, die vor der Tür standen, verharrten regungslos und beobachteten ihn. Einige schlugen mit Stöcken auf ihre Schilde zum Zeichen ihrer Ungeduld.

»Schlag keine Funken«, sagte Drei Biber warnend, »denn der Zunder ist sehr trocken.«

Höhlengräber nickte und bahnte sich den Weg zum Haus. »Geh hinein«, befahl ihm ein Krieger. »Wanderdrossel erwartet dich.«

Höhlengräber spürte, wie seine Kehle trocken wurde. Welches Unglück war Sternmuschel widerfahren? Er spürte die Spannung und die Feindschaft zwischen den Kriegern von Sternhimmelstadt und den Männern aus dem Süden. Trockener Zunder – in der Tat.

Geduckt trat er ein. Höhlengräber war noch nie hier gewesen, denn er hatte noch an keinem Krieg teilgenommen. Er diente seinem Clan als Sprecher und hatte noch andere öffentliche Ämter inne. Bei seinem Eintritt verstummte alles.

Die Krieger standen dicht gedrängt im Raum. Es roch nach ungewaschenen Menschen, nassen Stoffen und rauchgebeiztem Leder.

Langsam paßten sich seine Augen dem Licht an; er sah Kriegstrophäen an den Wänden hängen: bemalte Schädel, Masken und Fetische, Speere und Keulen.

Er nahm alles wahr in dem Raum, und sein Magen verkrampfte sich, denn er spürte, daß beide Clans voller Zorn waren, der sich auf ihm entladen würde.

Die Führer am großen Feuer in der Mitte erhoben sich.

Höhlengräber blieb vor ihnen stehen. Er nickte denen zu, die er kannte, und wandte dann seine ganze Aufmerksamkeit den Fremden zu. Einer von ihnen, stämmig und mit groben Gesichtszügen, trug eine schwere blaue Decke mit dem Bild einer Ente, außerdem eine Halskette aus geschliffenem Schiefer, an der menschliche Unterkiefer hingen. Das mußte Wanderdrossel sein. Der Mann, der neben ihm stand, war schlanker, wirkte aber ebenso bedrohlich.

Sechs Bären, der Führer der Kriegergesellschaft, stand auf der anderen Seite des Feuers und schaute Höhlengräber besorgt an. Sechs Bären trug ein Pumafell über der Schulter – das Zeichen seines Ranges. Er hatte das Tier allein gejagt und mit einem Speer erlegt – Beweis seines Mutes und seiner Fähigkeit, die Kriegergesellschaft anzuführen.

Neben ihm stand Bleiglanzmarder, sein Vertreter, die muskulösen Arme vor der Brust verschränkt. Außerdem waren anwesend: Starker Strang, Vorstand der Gesellschaft der Baumeister, Grüne Schote von der Sternengesellschaft und Riesenhand, Aufseher über die Steinbrüche des Heiligen Feuersteins. Ferner die Leiter einiger Gesellschaften, zum Beispiel der Weber, der Töpfer und der Pfeifenschnitzer. Viele der Clanältesten, ranggleich mit Höhlengräber, saßen hinter Sechs Bären und beobachteten gespannt, was vor sich ging.

Sechs Bären sagte freundlich: »Höhlengräber, mögen deine Ahnen dir ihren Segen spenden. Mögen alle deine Kinder gesund sein und alle deine Enkel glücklich.«

Der Segenswunsch für die Kinder schien Wanderdrossel noch mehr zu erzürnen.

»Diese Männer«, Sechs Bären deutete mit ausgestrecktem Arm auf die Krieger, »sind auf der Suche nach etwas, was deine Tochter gestohlen haben soll. Eine Maske, die Maske von Bunte Krähe. Sie sagen, sie wollen sie zurückhaben. Dieser Krieger heißt Wanderdrossel«, damit bestätigte Sechs Bären Höhlengräbers Vermutung, »er ist Anführer der Kriegergesellschaft im Mondmuscheltal. Er ist vom Blauentenclan; neben ihm steht Grünspecht, ebenfalls aus seinem Clan.«

Höhlengräber sah Wanderdrossel an und hoffte, daß er seine Stimme beherrschen könnte. »Ich bin Höhlengräber vom Sternhimmelclan. Frage mich, was du willst. In der Gegenwart meiner Ahnen werde ich dir alles sagen, was ich weiß.«

Hoffen wir, daß ihm das genügt.

Wanderdrossels dünnlippiger Mund zuckte ironisch. »Deine Tochter ist Sternmuschel? Ist es dieselbe Sternmuschel, die in den Sonnenhügelclan eingeheiratet hat?«

»Dieselbe.«

»Dann weißt du, was geschehen ist? Die Ermordung meines Vetters durch Sternmuschels Mann? Den Diebstahl der Maske?«

Höhlengräber schluckte und fürchtete, der ganze Raum könnte es gehört haben. »Einiges weiß ich. Ich habe gehört, was mit dem Mann meiner Tochter geschehen ist, auch das Verschwinden der Maske ist mir bekannt. Von deinem Vetter und seinem Tod weiß ich nichts.«

»Wo ist deine Tochter?« Wanderdrossel glich einem Raubtier auf dem Sprung.

»Die Geister meiner Ahnen sind mein Zeuge, Kriegsherr Wanderdrossel, ich weiß es nicht. Ich habe sie seit der Nacht, in der sie Sternhimmelstadt verlassen hat, nicht mehr gesehen und nichts mehr von ihr gehört. Das war vor über zwei Monden, es war vor den Ereignissen, von denen du sprichst. Mehr kann ich nicht sagen.«

Sechs Bären seufzte erleichtert.

»Sollen wir dir das glauben?« fragte Wanderdrossel verächtlich.

»Er ist einer unserer Ältesten!« warf Sechs Bären ein. »Höhlengräber hat dir die Wahrheit gesagt.«

Wanderdrossel betrachtete den alten Anführer mit kalten Augen. »Das wäre nicht das erste Mal, daß Männer lügen, um ihre Kinder zu retten.«

»Nicht Höhlengräber«, murrte Sechs Bären, und zustimmendes Gemurmel kam von den Führern der Gesellschaften.

Auf Wanderdrossel machte das keinen Eindruck. »Was ist mit dem Zwerg der Langschädel, dem Zauberer? Hast du ihn gesehen?«

»Er war hier«, brachte Höhlengräber mühsam hervor, »er ging in der Nacht weg, in der auch meine Tochter mich verließ.«

»Und was«, fragte Wanderdrossel sanft, »hat der Zauberer von deiner Tochter gewollt?«

Höhlengräber zögerte.

»Bitte Höhlengräber«, sagte Sechs Bären freundlich, »sag's uns.« Der Anführer der Kriegergesellschaft deutete hinter sich auf die anderen Vorsitzenden, die einflußreichsten Männer und Frauen der ganzen Sternhimmelgemeinde. »Wir haben das besprochen. Alle Gesellschaften wünschen, daß die Sache zufriedenstellend abgeschlossen wird. Wir befinden uns in einer so gefährlichen Lage, wie wir sie seit langer Zeit nicht mehr erlebt haben. Es wird von Krieg geredet. Wenn wir hier zu keiner Einigung kommen, werden ganz sicher Feindseligkeiten die Folge sein. Das will niemand, alter Freund!«

»Ich möchte meinen Freund Höhlengräber dringend bitten zu sprechen«, ergriff Starker Strang das Wort. »Ich kenne das Herz von Höhlengräber und weiß, daß er ein guter Mensch ist. Er hat immer mit uns in der Gesellschaft der Baumeister gearbeitet. Er hält seinen Clan in Ordnung und hat Arbeitskräfte für die Erdwerke gestellt. Er hat uns in der Vergangenheit immer geholfen. Ich möchte, daß er auch jetzt mithilft, diese Angelegenheit zu Ende zu bringen, bevor ein Unglück geschieht.«

Höhlengräber merkte, wie ihn der Mut verließ. Er konnte die Gesellschaften nicht im Stich lassen, und er sprach: »Der Älteste der Langschädel, Langer Mann, kam kurz nach dem Sonnenwendtag hier an; meine Frau war gerade gestorben. Er schickte einen jungen Mann, der mich holen sollte, und verlangte, daß ich Sternmuschel mitbringe, denn der Zauberer, Langer Mann, könnte ihr vielleicht helfen. In der Nacht, in der meine Frau verbrannt wurde, ging ich mit Sternmuschel zum Zauberer. Sie sprachen über die Maske und was sie mit dem Mann meiner Tochter gemacht hatte.«

Höhlengräber wiederholte das Gespräch nach bestem Wissen. »Wie du siehst, Wanderdrossel«, beendete Höhlengräber seinen Bericht, »haben sie vielleicht die Maske mitgenommen, aber ich kann dir nicht sagen, wohin. Nur das möchte ich dir mitteilen: Die Maske wurde von den Langschädeln gemacht, und sie wissen, welche Macht sie hat. Auch wenn du sie leidenschaftlich begehrst, wärest du weise, wenn du sie dort ließest, wo sie nach Meinung der Langschädel hingehört.«

»In ihren Clanhäusern? Damit sie die Maske gegen uns benutzen können?« rief Wanderdrossel. »Spar dir deine Ratschläge, Ältester.«

Höhlengräber wich zurück, als hätte man ihn geschlagen. »Wenn du meinen Rat nicht willst, dann vielleicht den des Ehemanns meiner Tochter? Ich könnte mir vorstellen, daß er mit dir reden würde, Kriegsherr Wanderdrossel. Soviel ich gehört habe, schwebt sein Geist ruhelos und einsam zwischen den Sperrpfosten auf den Sonnenhügeln.«

Da ging ein Gemurmel durch die Menge.

Wanderdrossel trat so nahe an Höhlengräber heran, daß er seinen Atem spüren konnte. »Wenn du gelogen hast, alter Mann, kommen wir nach Sternhimmelstadt zurück. Dann werden eure Frauen in ihren leeren Häusern jammern. Und die Leichen, die dann in euren Beinhäusern liegen, werden keine Köpfe mehr haben.«

Empört sprangen die Krieger von Sternhimmelstadt auf und griffen zu ihren Kriegskeulen.

Ein falsches Wort, dachte Höhlengräber, und es gibt ein furchtbares Gemetzel.

Da hob Grünspecht die Hand. »Hört mich an! Was mein Vetter gesagt hat, könnte zu Mißverständnissen führen. Wir suchen nur die Maske … und Rache für den Tod unseres Vetters, aber keinen

Krieg mit den Sternhimmelclans. Mein Vetter entschuldigt sich für jede unbeabsichtigte Kränkung des edlen Volks der Sternhimmelgemeinde und seiner verbündeten Clans.«

Wanderdrossel sah in die Runde, sah in die grimmigen Gesichter der Sternhimmelleute, und das brachte ihn in die Wirklichkeit zurück. Er erblaßte. »Verzeiht mir!« sagte er und legte eine Hand aufs Herz. »Mir geht es nur um Sternmuschel, mit den Clans der Sternhimmelgemeinde habe ich nichts abzumachen. Der Schmerz über den Tod meines Vetters hat mich wohl zu unüberlegten Worten verleitet.«

»Dir ist verziehen«, antwortete Sechs Bären, allerdings mit eisiger Stimme. »Wir haben Höhlengräber gehört. Sternmuschel und die Maske sind nicht in Sternhimmelstadt.«

»Und wenn sie herkommen sollten?« fragte Wanderdrossel hitzig.

Sechs Bären kreuzte die Arme. »Als Führer der Kriegergesellschaft der Sternhimmelgemeinde wäre das nicht mehr meine Angelegenheit.«

»Wäre es deine Angelegenheit, wenn meine Krieger kämen, um sich zu überzeugen?«

Sechs Bären erwiderte den finsteren Blick des jüngeren Mannes. »Ich will dich etwas fragen, Kriegsherr. Was ist dein Ziel? Willst du einen Krieg mit den Sternhimmelclans? Wenn ja, geb' ich dir mein Wort, daß sich das arrangieren läßt. Oder willst du lieber Sternmuschel und die Maske finden? Sollte das der Fall sein, warum willst du dann zusehen, wie deine Krieger sterben? Statt dessen solltest du sie lieber das suchen lassen, was du so sehnlichst begehrst. Was du tust, entscheidest du, Kriegsherr.«

Wanderdrossel bebte vor Wut, sein Gesicht war dunkelrot angelaufen.

Grünspecht schrie: »Wir suchen nur Sternmuschel und die Maske!« Etwas leiser fügte er hinzu: »Wir haben keinen Streit mit Sternhimmelstadt, ihren Clans und ihren Kriegern.« Er legte die Hand fest auf die Schulter seines Vetters. »Komm, wir haben hier alles Menschenmögliche getan.«

Wanderdrossel schüttelte die Hand ab, drehte sich um und winkte seinen Männern. Es wurde kein Wort gesprochen, als er und seine Krieger den Raum verließen.

Höhlengräber starrte trostlos zu Boden. Seine Seele war zusammengefallen wie eine zerstochene Fischblase.

Sechs Bären ging zu Höhlengräber und nahm seine Hand. Teilnahmsvoll sagte er zu ihm: »Ich weiß nicht, was für ein Verhängnis deine Tochter bedroht, aber ich hoffe aus ganzem Herzen, daß sie einen Ausweg findet, ohne daß wir gezwungen sind, Krieg zu führen.«

»Es ist die Maske.« Höhlengräber schüttelte den Kopf, und sein Herz war wie ein Eisklumpen in seiner Brust – wie an dem Tag, an dem seine Frau gestorben war. »Alter Freund, sie bringt jedem Unglück, der irgendwie mit ihr zu tun hat.«

20. KAPITEL

Warme Winde und Sonnentage hatten den Schnee zum Schmelzen gebracht, und die Bäche waren angeschwollen. Die Seitenarme führten so viel Wasser, daß es die Ufer überspülte und die fruchtbaren Äcker an den Ufern des Flusses überschwemmte.

Wellentänzer schoß elegant wie ein Pfeil durch das trübe Wasser, als sie den Zusammenfluß von Schlangenfluß und Vater Wasser passierten. Otter hatte schon früher ein solches Hochwasser erlebt, allerdings nur nach anhaltenden Regenfällen. Auf der Ostseite schwappten die Wellen von Vater Wasser bis zu den Hängen, im Westen ragten lianenbewachsene Bäume aus den Fluten.

Schwarzschädel staunte über diesen Anblick; Grüne Spinne erfreute sich an dem Treibgut, das die Flut mit sich führte.

Otter fuhr nahe am Westufer. Zweige und Rindenstücke schwammen im Wasser; in der windstillen Luft roch es nach Schlamm und nassem Holz.

»Das ist ja alles Wasser der Welt«, rief Schwarzschädel. »Wohin geht das?«

»Auf, auf in den Himmel!« kreischte Grüne Spinne. »Es fliegt wie ein Vogel nach Norden, immer nach Norden.«

Schwarzschädel warf einen bösen Blick zurück auf den Verdreher. »Ich wüßte schon einen Weg, um das herauszufinden, du Narr. Ich könnte dir deinen dürren Hals abdrehen und den Rest über Bord schmeißen, und da würde man sehen, wohin deine jämmerliche Leiche abdriftet.«

Grüne Spinne legte die Hände zusammen und seufzte. »Du Menschentöter wirst bald in einer Wüste stehen, wie du sie noch nie gesehen hast. Sand. Soweit das Auge reicht, nichts als Sand, den der Wind vor sich hertreibt und in Spiralen aufwirbelt, endlos. Wird deine Leiche da schwimmen in all dem aufgewirbelten Sand?«

Schwarzschädel verstand nichts. »Das ist eine Narrenfrage«, sagte er nur.

Otter stimmte ihm zu.

Und ich bin der größte Narr von allen, weil ich vom Weißmuschelclan weitergezogen bin. Da hätte ich schon ablehnen sollen. Ich hätte diese Wahnsinnsreise nie mitmachen dürfen.

Aber dann stieg das Bild von Rote Mokassins vor ihm auf, und er wußte, daß er sich gerade selbst belogen hatte. Er hätte jede Möglichkeit genutzt, um aus ihrer und Viertöters Nähe zu entkommen. Eine Faust schloß sich um sein Herz.

Schnapper streckte sich und gähnte, drehte sich ein paarmal um sich selbst und ließ sich wieder nieder, die Nase über dem Bootsrand und das vorbeiziehende dunkle Wasser vor Augen.

»Wo lagern wir heute nacht, Händler?« Schwarzschädel deutete auf die unendlich scheinende Wasserfläche. »Meinst du, wir finden ein Hochufer?«

Otter paddelte weiter und beobachtete das Kielwasser seines Kanus. »Wir finden kein Hochufer, Krieger, nicht hier beim Zusammenfluß. Wir könnten drüben an den Klippen landen, aber dann müßten wir hochklettern, um uns eine flache Stelle zum Übernachten zu suchen. Wahrscheinlich müssen wir das Boot an einem Baum festbinden. Weiter nördlich haben sich im Sandstein Überhänge gebildet, die uns schützen. Für die nächsten Nächte haben wir gute Lagerplätze.«

»Und danach?«

»Der Fluß verbreitert sich unterhalb der Einmündung des Großen Schlammflusses, den manche auch den Mondfluß nennen. Eine halbe Tagesreise dahinter erreichen wir die Mündung des Ilini. Dann kommen wir besser voran, denn die Strömung ist nicht so stark und der Fluß nicht so breit.«

»Und da finden wir auch die Khota«, bemerkte Schwarzschädel beiläufig.

»Nein, da versuchen wir, den Khota auszuweichen«, verbesserte ihn Otter.

Nachdem sie das Boot festgemacht und kalt zu Abend gegessen hatten – Gänsefuß- und Sonnenblumensamenbrot –, holte Otter seine Flöte hervor. Grüne Spinne lehnte an den Packen, sein Lager war in der Mitte des Kanus. Schwarzschädel hatte seine Schlafstelle so eingerichtet, daß der Fuchskopf am Bug ihm als Kopfkissen diente.

Otter blies die Flöte, und die Töne verklangen über dem dunklen Wasser. Er spielte viele Melodien.

»Du bist gut, Händler«, sagte Schwarzschädel anerkennend aus dem Dunkel. »Viele dieser Lieder sind neu für meine Ohren.«

»Ich versuche immer etwas zu lernen, wenn ich irgendwohin komme.« Otter fuhr über das glatte Holz des Instruments. Die Flöte hatte ihm der Onkel einst geschenkt.

»Wie lange spielst du schon?«

»Seit meiner Kinderzeit. Da hab ich nicht viel geübt. Das habe ich erst, seit ich Händler geworden bin.« Er erinnerte sich. »Wir spielten jeden Abend.«

»Wir?«

»Mein Onkel und ich.«

»Den die Khota getötet haben?«

»Er war mehr als mein Lehrer, er war mein Freund. Wahrscheinlich der beste, den ich je hatte.« Ein Gefühl der Einsamkeit überkam Otter, wie eine Krankheit nagte es an seiner Seele. Bestand denn das Leben nur aus Verlusten? Der Onkel, Rote Mokassins, Viertöter? Geliebte Menschen, die er verloren hatte, und es gab nichts, was sie ersetzen konnte.

»Ein Freund?« forschte Schwarzschädel nach.

»Ein Freund!« bestätigte Otter, seinen Erinnerungen nachhängend. Er griff in sein Hemd und fühlte das Geschenk seines Onkels, das er um den Hals trug. Ein Fisch sprang aus dem Wasser, und eine Eule schrie. Am Himmel glitzerten und schimmerten die

Sterne. Ein schwacher Schein am Horizont deutete an, daß der Mond aufstieg.

»Ich habe nie einen Freund gehabt«, sagte Schwarzschädel ruhig.

Kein Wunder, wo du ein so seltsamer Mensch bist. Laut sagte Otter: »Aber irgend jemanden muß es doch gegeben haben.«

»Mein Großonkel. Er hat mich gerettet, hat mich unterrichtet.« Der Krieger hielt kurz inne. »Weißt du, wie das ist, wenn du anders bist als die anderen? Sie haben sich über mich lustig gemacht. Meine Mutter, die ...« Er verstummte.

Nach einer Weile sagte Otter: »Ich weiß, was es heißt, wenn man anders ist. Auf mich hat der Fluß Anspruch erhoben. Er hat mich vereinnahmt, als ich noch ein kleines Kind war. Fast wäre ich ertrunken, aber er gab mich zurück. Mein Onkel hat das verstanden.«

»Vielleicht sind wir uns ähnlicher, als ich dachte.« Schwarzschädel rutschte herum und brachte das Kanu zum Schaukeln.

Ähnlich? *Ich und Schwarzschädel?* Der Mann hatte keine Freunde. Otter dagegen konnte seine gar nicht zählen. Von Rauchender Bär im Kupferland bis zu Dickbauchschlange auf den Koralleninseln hatte Otter Freunde. »Ich gebe dir welche von meinen ab. Wie wär's mit Langes Eichhörnchen? Du hast ihn doch gern gemocht.«

»Ist er wirklich dein Freund, Händler?«

»Natürlich. Er ist ...«

»Würdest du dein Leben für ihn einsetzen, für ihn sterben?«

Würde er das tun? Otter schaute in die Finsternis. Von wie vielen Menschen konnte er das sagen? Viertöter, das war klar, aber von wem sonst noch?

»Wenn's um dein Leben geht, dann sieht alles anders aus.« Schwarzschädel wollte weiter über das Thema sprechen. »Die Leute, die du bei deinen Geschäften triffst, sind sicher liebenswert, aber doch nur solange, wie du mit ihnen Güter austauschst. Wie viele würdest du als wirkliche Freunde bezeichnen, Händler?«

Schnapper. Um das Leben Schnappers zu retten, würde er bereitwillig sein Leben opfern. Er schaute auf den Hund, der auf den Packen schlief, und ihm wurde warm ums Herz. Ja, das würde er ohne Bedenken tun.

Schwarzschädel wartete auf eine Antwort und mußte lächeln.

»Streite es nur ab, aber du und ich, wir sind uns ähnlicher, als du möchtest.«

»Hast du wirklich deine Mutter umgebracht?«

Jetzt schwieg Schwarzschädel. Sein Gesicht zuckte im Mondlicht. Schließlich sprach er mit rauher Stimme: »Sie war besessen, Händler. Eine böse Frau, von Dämonen getrieben. Sie tat furchtbare Dinge. Als ich klein war und was falsch machte, wie das alle Kinder tun ...«, er machte eine Pause, »... dann schlug sie mich, Händler. Bestrafte mich viel zu hart für Sachen, für die ich gar nichts konnte.«

Otter streichelte seine Flöte.

»Einmal brach sie mir den Arm. Warf mich in wilder Wut durch den Raum. Niemand hielt sie auf. Der Mann, den sie geheiratet hatte, der mich vermutlich auch gezeugt hat ... den hatte sie schon vor Jahren aus dem Haus gejagt. Das heißt nicht, daß sie nicht unzählige andere Männer gehabt hätte. Sie brauchte Männer. Zum Schluß holte sie sich Knaben in ihr Bett. Verstehst du, sie war besessen.«

»Und dein Clan?«

»Sie haben etwas geahnt. Mein Großonkel hat mich schließlich in die Enge getrieben und ausgefragt. Ich hatte Todesangst, denn meine Mutter hätte mich getötet, wenn ich sie verraten hätte, und mein Großonkel, wenn ich es ihm nicht gesagt hätte.«

»Aber die Leute müssen es gewußt haben«, entgegnete Otter. Der Clan wußte immer über alles Bescheid.

»Das haben sie auch. Die Clanführer hatten dem Großonkel ihre Entscheidung mitgeteilt. Er hatte die Verantwortung, aber er war zu alt. Ich mußte ihm erzählen, was meine Mutter mir angetan hatte, und was sie anderen antat. Sie verletzte Menschen; sie war böse.«

Es folgte ein langes Schweigen.

Dann sagte Otter: »Dein Großonkel hatte also die Pflicht ...«

»Er konnte sie nicht töten.« Schwarzschädels Stimme klang heiser. »Er war zu alt, verletzt in vielen Kriegen. Und so fiel es mir zu. Ich ... ich kam von hinten, sie schlief. Ich hatte entsetzliche Angst, sie könnte aufwachen, sich umdrehen, mich sehen.«

»Aber du hast es getan?«

»Ja.« Schwarzschädel schnaubte verächtlich. »Die Menschen sind komisch, Händler. Danach hatten sie Angst vor mir. Es zählte nicht mehr, daß meine Familie … letztlich machten sie mich für das Verhalten meiner Mutter verantwortlich. Unser Erbrecht ist immer noch durch die Mütter bestimmt, anders als beim Gipfelclan. Mit diesem Keulenschlag wurde ich zum Ungeheuer. Ich weiß, daß sie schlecht war, böse und von Dämonen besessen. Aber sag, Händler, was wäre, wenn man dich zwingen würde, Blaue Kanne zu töten? Wie würden dich dann die Leute ansehen?«

Otter konnte es sich vorstellen. Was immer die Gerechtigkeit auch fordern mochte, man würde ihn anschließend verabscheuen. »Dann bist du also den Weg des Kriegers gegangen?«

»So ist es. Mein Großonkel zeigte mir den Weg. Lehrte mich, mein Leben in Ordnung zu bringen. Er zwang mich zur Disziplin. Ich sollte der Beste werden, den es je gab. Und wie du siehst, wache ich noch immer über mein Volk. Viele haben auch diesen Blick nicht mehr in ihren Augen. Trotzdem werde ich ihnen nie verzeihen, wozu sie mich gezwungen haben.«

»Dich trifft keine Schuld. Du hast getan, was zu tun war. Zum Besten deines Clans.«

Schwarzschädel brummte: »Ich habe Frieden gemacht mit meiner Seele. Meine Mutter war ein Monstrum, sie hat Unschuldige mißbraucht, hat mir Schmerzen zugefügt und mich erniedrigt, bis ich mich selbst mehr haßte als sie. In ihrer Seele hat etwas Fürchterliches gewuchert. Solche Menschen muß man vernichten, sonst stecken sie die Gesellschaft an. Aber …«, er schaute auf seine Hände und spreizte sie, »aber man sollte einem Kind nicht solche Verantwortung aufladen.«

»Da hast du recht. Ich habe so etwas auch noch nie gehört.«

Schwarzschädel war es unbehaglich. »Ich habe das bisher nur dem Großonkel erzählt, bevor er starb.« Er schluckte. »Ich möchte nicht, daß darüber geredet wird, Händler.«

»Ich würde dein Vertrauen nie mißbrauchen, Krieger. Das bleibt unser Geheimnis.«

Grüne Spinne, der sich auf den Packen umsetzte, fügte sanft hinzu: »Und nicht meines.«

Der leicht bewölkte Himmel, von der Morgensonne rosig gefärbt, hatte sich im Osten aufgehellt. Sternmuschel fröstelte im kalten Ostwind, zog die Decke fester um sich und kletterte weiter.

Sie drückte die kalte Hand von Silberwasser und flüsterte: »Es ist bald soweit, Liebes.«

Die Wanderung auf diesen windgepeitschten Gipfel hatte fast die ganze Nacht gedauert, denn in der Dunkelheit ging es nur langsam vorwärts. Die Kälte des Morgens war beißend, und Sternmuschel versuchte, ihr Zittern zu unterdrücken. Ihr Magen knurrte vor Hunger.

Silberwasser schien auf etwas zu lauschen. Sternmuschel hörte nichts, aber sie fragte sich voller Angst, was es wohl sein mochte. Seit der Nacht in der Hütte von Muschelschale hatte sich Silberwasser verändert. Sie war sehr ruhig geworden, vielleicht befand sich ihr Geist noch auf dem Flug übers Land?

Oder war es etwas anderes? War es die Maske? Denk nicht daran! Aber Sternmuschel grübelte.

Es war der Morgen der Tagundnachtgleiche im Frühling – einer der vier höchsten Feiertage des Volks. Heute würden Männer und Frauen in der ganzen Welt ihre Gebete zu den Geistern senden. Sie würden zu dem, den sie Der Geheimnisvolle nannten, beten, zu Erster Mann und Bunte Krähe.

»Es ist soweit«, sagte Langer Mann.

Der junge Mann namens Grüßt die Sonne nickte und lächelte, als er sie über eine steinbedeckte Wiese zu einem kleinen Erdhügel führte. Er sah gut aus, war jünger als Sternmuschel und wirkte sehr würdevoll.

Langer Mann hatte sie hierhergeführt, in östliche Richtung vom Blauentenclan. Sternmuschel war überrascht, was er für Schleichpfade kannte und wie vertraut er mit Leuten auf den abgelegenen Gehöften war.

Langer Mann hatte sie die hügelige Wasserscheide zwischen den Mondmuschel- und den Antilopenabflüssen entlang zum kleinen Haus von Grüßt die Sonne geleitet.

Der Hügel lag noch im Gebiet der Familie des jungen Mannes. Das felsige Hochtal wurde neben mehreren Quellen auch von einem wilden Bach bewässert. Grüßt die Sonne wohnte am Fuß des Hügels, den sie in der Nacht bestiegen hatten.

»Er lebt hier wie ein Einsiedler. Er ist ein einfacher Mann«, hatte Langer Mann ihr gesagt, als sie auf das kleine Haus zugingen. »Schon als er ein Junge war, hat ihn die Macht berührt. Er spielte nie so wie die anderen Kinder. Er war lieber allein, verbrachte seine Zeit im Wald oder lauschte den Vögeln.«

Das Haus sah verfallen aus. Aber Flüchtlinge konnten nicht erwarten, in sauberen, warmen Clanhäusern unterzukommen, dachte Sternmuschel.

»Was macht er hier oben?« hatte Sternmuschel gefragt.

Langer Mann hatte mit den Achseln gezuckt. »Etwas Landwirtschaft ... jedes Jahr bearbeitet er ein neues Feld, vergißt dann aber, sich darum zu kümmern. Er hat noch niemals etwas zu Ende gebracht. Meistens lauscht er den Geistern und redet mit dem Geheimnisvollen. Er spricht zu den Tieren, ruft die Wolken an und beobachtet die Sterne. Er ist schon jung in die Sternengesellschaft aufgenommen worden, hat aber das Interesse daran verloren. Zurück zu deiner Frage: Er ist ein Einsiedler; seine Familie versorgt ihn mit Essen. Er wirkt als Heiler, und manchmal träumt er für andere, sagt ihnen, wo sie Sachen wiederfinden, die sie verlorene haben.«

Sternmuschel war auf die erste Begegnung mit Grüßt die Sonne nicht gefaßt gewesen, als sie sich an der Schwelle seines armseligen Häuschens in die Augen sahen; in diesen sanften braunen Augen sah sie seine Seele, sah Wärme, Zärtlichkeit und Anteilnahme. Dann hatte er ihr zugelächelt.

»Willkommen in meinem Haus«, sagte er nur. »Der Gesang der Vögel hat euch schon angekündigt.«

Sogar Silberwasser war von ihm eingenommen und lächelte verlegen, als er ihr über den Kopf strich.

Inzwischen war es wärmer geworden, der Schnee begann zu schmelzen, und ein besänftigender Frieden war in Sternmuschels Herz eingezogen.

Jetzt stieg sie auf den kleinen Erdhügel auf dem Gipfel, hob die Arme und sang den traditionellen Gruß an die Sonne. Neben ihr kniete Langer Mann und betete um Gesundheit, Glück und Regen. Grüßt die Sonne sang mit weit ausgebreiteten Armen in der Sprache der Langschädel, sein schönes Gesicht von Wonne erfüllt.

In diesem Moment machte Sternmuschels Herz einen Sprung. Das Gesicht des jungen Einsiedlers glänzte golden in den Strahlen der Sonne. Sie hatte noch nie einen so schönen Menschen gesehen.

Sie betete. *Ich bitte dich, Sonne, hilf mir, diese schreckliche Maske loszuwerden. Schenke mir Frieden, laß mich die Schönheit finden, und gib mir endlich Ruhe.*

Sie untersagte es sich, für diesen schönen jungen Mann zu beten, der sie so fesselte.

Als wären sie eins, ritzten sie mit dem heiligen Feuerstein die Haut an ihren Schultern. Sternmuschels Blut sammelte sich in einer roten Perle und rann dann ihre weiche Haut hinunter.

Sie zog Silberwassers Hemd über die weißhäutige Schulter. »Hast du dir gewünscht, was du sehnlichst möchtest, Liebes?«

»Ja, Mama. Ich habe um das gebetet, was ich mir am meisten wünsche.« Silberwassers Augen schienen sich zu vergrößern, und Sternmuschel war wie verzaubert von ihrem Blick.

»Mama«, sagte Silberwasser. »Darf ich selbst schneiden? Ich möchte mein Blut alleine opfern.«

Sternmuschel zögerte, nickte dann aber. »Ja, sicher. Aber schneide nicht zu tief. Hast du denn keine Angst?«

»Nein, Mama. Die heiligsten Opfer müssen wir selbst bringen.« Und sie nahm die scharfe Schneide und schnitt sich die Haut zuerst auf der einen, dann auf der anderen Schulter ein.

»Das hast du gut gemacht, Liebling«, lobte Sternmuschel sie. Grüßt die Sonne sang immer noch.

Silberwasser zupfte am Hemd ihrer Mutter. »Du hast Grüßt die Sonne gern, nicht wahr, Mama?«

Sternmuschel warf einen schnellen Blick auf den jungen Mann. »Ich kenne ihn doch kaum. Wir haben ihn erst vor ein paar Tagen getroffen. Dein Vater ...«

Sie seufzte und flüsterte: »Ich habe keine Zeit, um jemanden gern zu haben.«

Silberwasser beobachtete sie. »Mama, vielleicht können wir hierbleiben? Vielleicht hat dir die Macht Grüßt die Sonne zugedacht. Er ist freundlich, und mir gefällt er auch, Mama.«

»Ja, Liebes, er ist sehr freundlich.«

Schade, daß dein Vater nicht so war wie er.

Als sie das dachte, ertappte sie sich dabei, wie sie Grüßt die Sonne wieder beobachtete. Er stand gerade und hoch aufgerichtet da. Seine Schultern waren breit und kräftig, sein langes schwarzes Haar glänzte im Morgenlicht.

Was hatte er Besonderes an sich? Woher kam diese unerklärliche Anziehungskraft?

»Ich glaube, das wird ein guter Frühling«, sagte Grüßt die Sonne, warf seinen Kopf zurück und atmete die frische Morgenluft tief ein. Er sah zufrieden aus. »An einem solchen Tag kann man sich wirklich des Lebens freuen.«

»Genau so ist es«, stimmte ihm Langer Mann zu und tupfte das Blut ab, das aus den Schnitten auf seinen Schultern quoll. Er schlüpfte in seinen abgetragenen Mantel und nahm den Sack mit der Maske auf.

Grüßt die Sonne zog sich sein Hemd an und schritt um Langer Mann herum. Es klang so, als spräche er nur zu Sternmuschel: »Zur Feier dieses Tages habe ich etwas Besonderes, einen Truthahn.

Gestern nacht machte ich die Feuermulde sauber, wickelte den Puter zuerst in Lehm, dann in festes Gewebe und vergrub ihn in der heißen Glut. Jetzt müßte er fertig sein.«

»Das klingt ja wunderbar.«

Beim Gehen nahm sie seinen Körpergeruch in sich auf. Langer Mann und Silberwasser waren schon vorausgegangen.

»Ich bin froh, daß du hergekommen bist«, sagte Grüßt die Sonne zu Sternmuschel. »Du hast etwas Glück in mein kleines Tal gebracht.«

»Ich dachte, du wärst lieber allein.«

»Das stimmt.« Er schien verwirrt. »Aber du bist anders als die meisten Menschen, die Macht hat dich berührt ... da ist noch etwas. Ich fühle ein großes Leid, das du ausstrahlst.«

»Mein Mann ist tot. Seit zwei Monden erst.«

Er betrachtete sie forschend. »Meine Seele trauert mit deiner. Hast du ihn sehr geliebt?«

»Anfangs ja ... früher einmal. Er besaß Macht. Oder vielleicht war es nur ...«

Die Maske.

Ein Prickeln lief ihr den Rücken hinunter. »Nein, wenn ich darüber nachdenke – vielleicht habe ich ihn gar nicht geliebt.«

»Das tut mir leid. Nie geliebt zu haben, ist schrecklich.«

Vorsichtig umging sie eine steile Stelle und warf ihm einen Blick aus den Augenwinkeln zu. »Und was ist mit dir, Grüßt die Sonne? Hast du jemals geliebt?«

»Ich liebe dauernd, jeden Tag.« Er lächelte schüchtern. »Ich glaube, ich liebe dich. Ich glaube, ich habe dich vom ersten Moment an geliebt, als ich dir in die Augen sah.«

»Aber du weißt doch gar nichts von mir.«

»Ich weiß, daß du schön bist, daß man dich verletzt hat, daß du erschöpft und traurig bist. Ich glaube, nur ein Mensch mit einer reinen Seele kann richtig traurig sein.«

»Verstehe ich dich? Du glaubst, wer leidet, ist schön?«

»Ja, das glaube ich. Und er weiß mehr vom Geheimnisvollen.«

»Er weiß mehr ...« Sie stolperte. Sofort fing er sie mit warmen, schützenden Armen auf. Seine starken Hände gaben ihr Sicherheit. Sie erfaßte jede Einzelheit seines vollkommen geformten Gesichts, und sie sah, wie er ihren Duft gierig einsog.

Als ihre Gesichter so nahe beieinander waren, durchfuhr sie eine Erregung wie ein Blitzschlag.

Sich beherrschend, trat sie zurück, dankte ihm lächelnd und achtete fortan auf ihre Schritte, damit er keine Gelegenheit fände, ihr Inneres noch einmal derart aufzuwühlen.

Was geschieht mit dir, Sternmuschel? Er ist doch nur ein hübscher junger Mann. Was ist los mit dir, daß du so schnell bereit bist wie eine läufige Hündin?

Sie versuchte, sich zu beruhigen und wußte, daß diese plötzliche Nähe auch ihn nicht unberührt gelassen hatte. Die Köpfe gesenkt, gingen beide vorsichtig den absteigenden Pfad hinunter.

Sie sah pralle Knospen, die darauf warteten, sich in der Sonne entfalten zu können. Auf dem Waldboden waren die ersten grünen Wildpflanzen erwacht; selbst das Moos schimmerte neu belebt in Verheißung des Frühlings.

Ist es das, was ich will? Ein neues Leben? Eine neue Liebe?

Sie drehte sich verstohlen um und sah, wie er behende den Pfad hinunterschritt. Er ging mit einer natürlichen Körperbeherrschung, machte keine überflüssige Bewegung. Er war ein Mann im Einklang mit sich und der Welt.

Sie durfte sich nicht ausliefern. Nicht so schnell.

21. KAPITEL

Tagelanger warmer Regen hatte dem Ilini Hochwasser gebracht, das die Ufer bis in die Niederungen überschwemmt hatte. Die Kriegskanus der Khota näherten sich ihrem Ziel, und Perle sah es voller Angst.

Sie waren an einer Schleife von Vater Wasser abgebogen und dann auf dem Ilini nach Norden gefahren. Durch das Hochwasser war der Kanal viel breiter geworden, und das Wasser floß langsam.

»Sehr gut«, sagte Grizzlyzahn und deutete auf das überschwemmte Gelände. »Jetzt sind die toten Seitenarme wieder voller Fische, und der Schlamm düngt die Felder.«

»Gibt eine gute Ernte dieses Jahr«, meinte Mondnarbe zustimmend, »wenn uns nicht der späte Regen das Maigras und die Zwerggerste wegschwemmt. Ist jetzt schon öfter vorgekommen.«

Soll doch alles überflutet werden, sollen sie alle verhungern!

Perle saß auf ihrem Sack mit Saatmais, gefesselt und so hoffnungslos wie noch nie.

Die Hügel schienen hier nicht so dicht mit Bäumen bewachsen zu sein wie weiter südlich. Es waren offenbar Eichen oder Hickorybäume, auch Haselnußbüsche konnte Perle erkennen.

Dann bemerkte sie auf einer Hügelspitze einen Turm. War das ein Ausguck? Für wen?

Grizzlyzahn erhob sich, gegen den Paddeltakt sein Gleichgewicht haltend, und stieß sein zugespitztes Paddel fünfmal in den Himmel.

Perle beschattete ihre Augen und sah die Silhouette eines Wächters, der von dem Turm herunterstieg.

»Sie wissen, daß wir kommen«, sagte Grizzlyzahn zufrieden und setzte sich wieder.

»Sieh mal!« rief Trabender Hund. »Da hat Wolf der Toten die Dicken Decken in den Hinterhalt gelockt.«

»Und da hat der Doppelwurfclan ein neues Feld gerodet«, rief Mondnarbe. Unter den Bäumen kamen zwei schmale Kanus hervor; eines drehte bei, das andere schoß flußaufwärts.

Grizzlyzahn rief: »Sie benachrichtigen die Clans. Meine Krieger, wir sind zu Hause! Wir sind Helden! Wir haben es vollbracht! Uns ist gelungen, was bisher noch keinem Khota gelungen ist.«

Wilde Schreie und Jubelrufe wurden laut. Jetzt legten sie ihre ganzen Kräfte in die Paddelschläge, und die Kanus flogen elegant über das braune Wasser.

Denk nach, Perle! Schau hin und beobachte!

Vielleicht konnte sie in dem Durcheinander, das ihre Ankunft verursachen würde, fliehen. Aufgeregt würden die Leute herandrängen und ihre Freunde begrüßen. Sie betrachtete die gezackten Klippen im Westen sehr genau und sah die Silhouetten von Erdhügeln. Von dort stiegen spiralförmig Rauchwölkchen in den Abendhimmel auf.

Langsam wurde es dunkel. Sie mußte wenigstens eine oberflächliche Kenntnis des Geländes gewinnen. Wohin sollte sie laufen?

Das einsame Kanu war nun in Rufweite. Begrüßungen wurden ausgetauscht.

»Was gibt's Neues?« rief Grizzlyzahn.

»Nicht viel, Kriegsherr. Einige Überfälle, einige beraubte Händler. Deine Familien und Clans sind wohlauf. Wie war die Fahrt?«

»Wunderbar! Wir haben Sachen gesehen, die einfach ... ihr würdet's nicht glauben«, rief Grizzlyzahn und stieß erneut Jubelschreie aus.

Bravourös steuerten die Heimkehrenden die Kanus in einen überfluteten Seitenarm. Weitere Kanus kamen in Sicht und schossen den Kanal hinunter, um die Ankömmlinge willkommen zu heißen.

Zum ersten Mal sah Perle, wie die Khota lebten und fand, daß die Leute ungewöhnlich gut gekleidet waren. Viele trugen glänzenden Glimmer-, Bleiglanz- und Kupferschmuck und Muscheln. Ihr Haar war in straffen Knoten direkt über der Stirn zusammengefaßt. Ihre Kleidung bestand aus wadenlangen Hemden mit einem Gürtel um die Taille, ihre Mokassins waren kniehoch und leuchtend rostrot gefärbt. Sie sah rote, blaue und braune Gewänder, die bevorzugte Färbung aber schien hellgelb zu sein. Das Muster auf den Stoffen war immer ein stilisierter purpurfarbener Wolf, zweifellos mit dem Saft von Kermesbeeren eingefärbt.

»Wer ist das Weib?« schrie ein Mann. Als er grinste, fielen Perle seine weißen Zähne auf.

»Wir haben ein Weib für Wolf der Toten gebracht!« rief Grizzlyzahn. »Die Heirat verbindet uns mit dem Volk der Anhinga. Wir haben eine Abmachung mit ihnen getroffen und jetzt einen Handelspartner.«

Wieder erschallten Jubelschreie, die sich anhörten wie das Geheul von Wölfen.

Der schmale Wasserlauf endete an einer Gabelung unter Bäumen. Hier war die Anlegestelle, hier stieg der Hang zum nordwestlichen Hochtal auf. Die Khota hatten ihre Siedlung an der Mündung eines ostwärts fließenden Bachs angelegt. Das Gebiet begrenzten Hügel. Lachend und aufgeregt schreiend, strömten die Menschen die Pfade hinunter, die vom Hochland zu der Ansiedlung führten.

Wie Perle erwartet hatte, verursachte die Ankunft der Khotakrieger ein großes Durcheinander. Kaum war das Kanu an Land gezogen worden, drängten sich schon die Menschen neugierig darum. Sie wollten schwatzen und Perle anfassen. Die neue Frau von Wolf der Toten beherrschte alle Gespräche. Woher kam sie? Wieviel hatten sie für sie bezahlt? War sie eine Wilde? Konnte sie sprechen wie ein Mensch?

Starke Hände hoben Perle aus dem Kanu. Mondnarbe, Grizzlyzahn und Trabender Hund bildeten eine Eskorte, die sie vor der gefährlich andrängenden Menge schützte.

Perle duckte sich und hätte am liebsten gefaucht wie ein wildes Tier, für das sie hier offensichtlich gehalten wurde. *Ich bin eine Anhinga!* Mit diesem Gedanken besiegte sie ihre Angst; sie stand aufrecht, mit erhobenem Haupt und stolz. »Grizzlyzahn, schneide mir die Fesseln an Armen und Beinen ab. Ich will nicht wie ein Tier behandelt werden.«

Die Khota glotzten sie aus großen Augen an, streckten die Hände nach ihr aus.

»Die redet ja«, flüsterte jemand.

Dann war sie wieder im Gedränge. Jeder wollte Perle berühren. Aufrecht erduldete sie das Gewoge, die sie betastenden Finger, die drängenden Körper und die unverschämten Blicke. Sie fühlte, wie ihr die Fußfesseln durchgeschnitten wurden. Jetzt konnte sie wenigstens gehen – vielleicht sogar laufen.

Die Menge bewegte sich hügelwärts. Die Krieger kümmerten

sich nicht mehr um Perle, schützten sie nicht vor den Zugriffen; sie genossen ihre Heimkehr.

Im Gewühl erhaschte Perle Blicke auf die Häuser der Khota, von denen die meisten mit vom Wetter grau gewordenem Schilf gedeckt waren. Sie maßen etwa vier Schritte in der Breite; die Dächer waren aus Balken konstruiert, die auf einem Pfosten in der Mitte ruhten. Trockengestelle und Sonnenblenden standen vor Vorratsgruben mit Krügen.

Eine Hand versuchte, ihre Brust zu betasten; Perle schlug mit dem Ellbogen kräftig zu und hörte jemanden aufheulen.

»Hört auf damit!« brüllte Grizzlyzahn. »Macht Platz! Behandelt man so einen fremden Gast?«

»Wird doch besser behandelt, als andere fremde Gäste bei uns«, wandte ein junger Mann ein, worauf Gelächter ertönte. »Übrigens, wie viele Kinder habt ihr der Frau schon eingepflanzt, du und deine Krieger?«

Ein Krummbeiniger schrie: »Ja, erzählt mal! Bringt ihr Wolf der Toten ein Feld, auf dem die Saat schon keimt?«

»Niemand hat sie angerührt!« schrie Grizzlyzahn und grinste. »Das heißt natürlich nicht, daß wir nicht dran gedacht hätten.«

Das brachte die Menge erneut zum Lachen.

Perle zischte in ihrer Sprache: »Ihr Schmeißfliegen, ihr Maden in verfaultem Fleisch, ihr sollt an eurem eigenen Kot ersticken!«

»Was hat sie gesagt?«

»War nicht sehr schmeichelhaft.«

»Wolf der Toten wird ihr diese Frechheiten schon austreiben.«

Jetzt ging es steiler aufwärts, einen ausgewaschenen Pfad hinauf, der zu einem hohen Haus am Rand des rissigen grauen Sandsteins führte. Obwohl der Pfad eng war, drängte die Menge weiter. Perles Alptraum war noch nicht zu Ende. Sie wurde gestoßen, beleidigt und betatscht.

Diese Demütigung werde ich ihnen nie verzeihen. Nie. Das schwöre ich.

Vor dem Haus angekommen, verstummte die Menge plötzlich.

Perle orientierte sich. Im Westen war die Sonne unter die schwarze Schattenlinie der Bäume gesunken, unter ihnen erstreckte sich das Ilinital von Norden nach Süden. Jenseits des Flusses im Osten verloren sich unregelmäßig angelegte Felder in

Gehölzen und im Dickicht. In der Ferne stieg das Gelände zu einem Hochland an.

»Kriegsherr!« rief Grizzlyzahn in das dämmrige Licht des Abends, »dein treuer Krieger und Bruder Grizzlyzahn ist von der Reise zurückgekehrt, auf die du ihn geschickt hast. Unsere Heimkehr ist siegreich – wir haben keinen Krieger verloren, und keiner ist verwundet. Wir kommen zu dir zurück mit Schneckenhäusern, Barrakudazähnen, Yaupon, Tabak, feinen Stoffen und anderen Kostbarkeiten aus südlichen Ländern. Wir haben ein Bündnis mit den Völkern der Anhinga geschlossen, und als Zeichen ihres Respekts vor dem großen Wolf der Toten vom Volk der Khota senden sie dir ein Geschenk, ein Weib.«

Die Menge klatschte donnernd Applaus.

Zwei junge Männer mit brennenden Schilffackeln traten aus der Tür.

Perle war starr vor Schrecken, ihr Herz schlug wie wild. Die Spannung in dieser Menschenmenge hatte nichts Gutes zu bedeuten. Wo war er?

Sie befeuchtete ihre Lippen und schaute sich unruhig um. Alle Blicke waren auf die von Fackeln beleuchtete Tür gerichtet.

Los, komm! Wir wollen das hinter uns bringen!

Der Türvorhang, ein schwerer, orangefarbener Stoff, bewegte sich und teilte sich dann; der Kopf eines mageren, mißgestalteten Wolfs schob sich hindurch und spähte nach links und rechts.

Und dann trat er hervor. Kein Wolf, sondern ein Wesen, halb Mensch, halb Wolf. Die lange Wolfsschnauze wuchs aus einem menschlichen Gesicht heraus, den Schädel bedeckte Fell, die Ohren waren leicht zurückgelegt, wie es Wölfe tun, die sich bedroht fühlen. Lange weiße, spitze Zähne schimmerten im Licht der Fackeln.

»Mein F-f-freund.« Wolf der Toten sprach stockend und undeutlich. »Die M-macht is-s mit d-dir-r.«

Grizzlyzahn fiel auf die Knie und senkte sein Haupt. »Ich und deine Krieger haben getan, was du verlangt hast. Wir haben Handelspartner, jetzt gehört der Flußhandel uns, und niemand kann uns mehr zurückhalten. Unseren rechtmäßigen Wohlstand können uns die Händler nicht rauben.«

»Gut-t, m-mein F-f-reund.«

Perle mußte immer nur auf diese entsetzliche Kreatur im Licht des Feuers starren. Da drehte sich das Ungeheuer mit glitzernden Augen zu ihr, und etwas in ihrer Seele schrie auf.

»Dieses Weib«, erklärte Grizzlyzahn, »ist die Tochter des Anhingaführers. Die Anhinga schenken dir dieses Mädchen, Perle, zur Frau. Indem du dich mit ihr vereinst, vereinst du dich mit den Anhinga.«

Der Wolf legte den Kopf zurück, und aus seiner Kehle brach ein geisterhaftes Heulen. Perle beobachtete ihn mit verschleierten Augen.

»Dann ver-rein-nen wir-r uns mit dis-se Anhinga-a.« Die Kreatur ging auf Perle zu und betrachtete sie forschend. Perle zuckte zusammen, als zwei Menschenhände aus dem Wolfsfell hervorkamen und ihre Brüste betasteten und nach oben fuhren, um ihr Gesicht zu streicheln.

»Ser-r sche-en«, zischte das abscheuliche Wesen mit verzerrter Stimme. Perle spürte, wie die Fesseln an ihren Handgelenken zerschnitten wurden.

Lauf! schrie entsetzt eine innere Stimme, aber ihre gelähmten Muskeln konnten den Befehl nicht ausführen. Bevor sie wieder ihre Fassung gewann, packten sie grobe Hände von hinten. Sie versuchte zu schlagen, um sich zu treten, aber sie hatten sie fest im Griff, rissen ihr das Hemd von den Schultern und öffneten ihren Gürtel. Während sie schrie, zerriß der Stoff, und der Wolf lachte mit unsäglich grauenhaften Lauten.

Zu viele Hände hielten sie fest, drehten sie hin und her und rissen ihr die Reste der Kleidung vom Körper. Sie wand sich, das Grunzen der Krieger im Ohr, die sie niederhielten. Es gelang ihr, auf die Knie zu kommen und sich zusammenzukauern. Die fürchterlichste Angst, die sie je erlebt hatte, ergriff sie und ließ sie von Kopf bis Fuß erzittern.

Sie konnte den Kopf drehen und sah in die Menge, die verzückt und mit ehrfürchtiger Erwartung zusah. Erwartung worauf?

Sie fuhr auf, als weiches Wolfsfell über ihren nackten Rücken glitt. Sie spürte die Wärme seines Körpers und sein heiseres Atmen. Der Wolf kauerte über ihr.

Sie schrie, als seine Hüften auf ihr Gesäß drückten und sie sein steifes Glied zwischen ihren Beinen fühlte. Keuchend und zitternd wehrte sie sich. Aber zu viele Hände hielten sie fest. Seine Arme umfaßten ihren Brustkorb, seine Hände legten sich auf ihre Brüste.

»Ja-a«, stieß die unmenschliche Stimme hervor. »Jets-s wirst du die F-r-au von Wolf-f der To-ot-t-en.«

Und sie konnte nur schreien… schreien… und immer wieder schreien.

Wellentänzer schoß vorwärts, und Otter flehte, daß der Fuchs am Bug ihn an jeder Gefahr vorbeilenken möge.

Zu Anfang war die Nacht noch klar; einige hohe Wolken hatten den Sonnenuntergang widergespiegelt, bevor sie sich im indigoblauen Himmel auflösten. Jetzt war der Nachthimmel schwarz verhangen, und es würde noch eine Weile dauern, bis der Mond aufging. So steuerte Otter nach Gefühl, nach dem Verlauf der Strömung, und orientierte sich an den dunklen Bäumen zu seiner Rechten.

»Ruf in der Brise, rufe im Licht, ruf mit dem Wind, ruf ohne Sicht. Ruf mit den Blättern, nach Gras und nach Krieg, rufe nach Unschuld und rufe nach Sieg. Ruf nach der Macht, und ruf nach der Stärke der Frauen heut nacht.« Der Singsang von Grüne Spinne hatte einen traurigen Unterton.

»Hör auf, Dummkopf!« grollte Schwarzschädel, der zum ersten Mal seit Einbruch der Nacht etwas sagte. »Deinetwegen werden wir noch umgebracht.«

Grüne Spinne pfiff und zwitscherte und ahmte das Abendlied des Rotkehlchens nach.

»Pfeif noch etwas lauter, Grüne Spinne, dann lädt dich Wolf der Toten in sein Haus ein«, flüsterte Otter. »Der mag Verdreher wirklich gerne.«

Grüne Spinne verstummte sofort, und Schwarzschädel lachte in sich hinein.

Otter hatte Mühe, in der Dunkelheit etwas zu sehen. Er neigte den Kopf, in der vergeblichen Hoffnung, so besser hören zu können. Gegen die Bäume schwappendes Wasser, manchmal ein

Windstoß, der durch die Kronen fuhr, waren die einzigen Laute, die die tiefe Stille unterbrachen.

»Das gefällt mir nicht«, flüsterte Schwarzschädel.

»Die Passage durch ihr Territorium würde dir am Tag noch weniger gefallen.«

»Das ist nicht ehrenhaft, sich hier so vorbeizuschleichen. Ein aufrechter Krieger geht furchtlos auf die Reise.«

Otter spähte argwöhnisch in die Dunkelheit. Er fühlte den Geist seines Onkels hier irgendwo. Der kupferne Falke lag kühl auf Otters Brust. »Willst du damit sagen, du hättest Angst in der Finsternis, Schwarzschädel?« Otter spürte, wie das Kanu leicht erzitterte, als der Krieger sich starr aufrichtete, und fügte hinzu: »Wenn ja, dann bist du besser dran als ich. Denn ich habe Todesangst.«

»Ich bin einfach nervös, weil man nicht genug sehen kann«, erwiderte Schwarzschädel.

»Und wenn uns die Khota erwischen, wissen sie, daß wir an ihnen vorbeischlüpfen wollten. Gegen Händler, die das versuchen, hegen sie einen ganz unvernünftigen Groll.«

»Der Onkel weiß das«, sagte Grüne Spinne sanft. Schauer rannen Otter den Rücken hinunter, als der Verdreher weitersprach. »Er beobachtet uns aus den Schatten heraus, er sieht in die Seelen der Menschen. In dunklen Nischen dort nisten viele Schwächen. Die Frau wird keinen Erfolg haben, aber jetzt ist es Zeit zu handeln. Es ist bald soweit.«

Otter zögerte zuerst, aber dann fragte er: »Was sagst du, Grüne Spinne? Der Geist meines Onkels ist hier? Er beobachtet uns?«

»Dich blendet grelles Licht«, sagte Grüne Spinne. »Kneife die Augen zusammen, dann siehst du besser.«

Schwarzschädel war gereizt. »Jetzt phantasiert er wieder, Händler. Wir wollen sehen, daß wir an diesem Ungeziefer vorbeikommen. Dann wird uns wohler sein.«

Otter paddelte langsam weiter. Er versuchte, die Augen zusammenzukneifen, aber es half nichts.

Onkel, bist du da? Ich habe deinen kupfernen Falken. Ich kenne die Wahrheit. Eines Tages zahle ich es ihnen heim, das verspreche ich dir.

»Ein Licht«, rief Schwarzschädel. »Da oben links, auf dem Hügel.«

Otter sah ein flackerndes Licht, kaum mehr als ein Irrlicht.

»Jetzt weiß ich, wo wir sind. Das ist ihr unterer Wachturm. Wenn wir am Tage versucht hätten, hier vorbeizukommen, hätte schon ein Läufer die Krieger alarmiert, und ihre Kanus hätten uns abgefangen. Sie hätten uns ins Clanhaus geführt und dort ausgeraubt.«

»Ich würde lieber selber jemanden ausrauben«, erklärte Schwarzschädel.

»Dieb! Dieb!« brach es aus Grüne Spinne hervor. »Mach dich bereit zu laufen, Dieb! Raub ihnen das Herz und den Schneid. So wie die Khota jagen, so verlieren sie auch.«

»Halt den Mund!« Schwarzschädel drehte sich um und brachte das Kanu zum Schaukeln. »Ich hätte gute Lust, dich rauszuschmeißen, du Dummkopf. Wenn du dir die Seele aus dem Leib brüllen willst ...«

»Schon gut, schon gut.« Otter versuchte, beide zu beruhigen. »Der Fluß fließt hier ziemlich gerade. Wir wollen uns bemühen, schnell vorbeizukommen. Am Morgen will ich im Gebiet der Ilini sein.« *Bitte, Bunte Krähe!*

Die Sterne hatten sich kaum eine halbe Handbreit bewegt, als Schwarzschädel warnte: »Schau hinauf nach Westen – noch ein Feuer.«

Otter sah es. »Das ist ihr Haupthügel«, sagte er. »Südlich davon siehst du ein kleineres Feuer am Rand des Tals. Sie haben ihre Gehöfte und Familienhügel entlang der Klippen und Terrassen, es ist noch etwa zwanzig oder dreißig Speerwürfe weit. Jetzt müssen wir ruhig sein und beten, daß niemand unterwegs ist in der Nacht.«

»Außer Dummköpfen wie wir«, ergänzte Grüne Spinne. »Wie werden sie sich freuen, daß wir unterwegs waren.«

»Idiot!« schimpfte Schwarzschädel.

Da hörten sie Geschrei in der Ferne. Otter sah, wie Wachfeuer aufloderten, eins nach dem anderen, entlang der Klippen.

Sein Herzschlag raste, und eine schreckliche Angst umschloß sein Herz wie eine eisige Faust. »Jetzt haben sie uns entdeckt.«

Perles ganzer Körper prickelte. Sie kauerte in einer Ecke im Haus von Wolf der Toten, den nackten Rücken gegen das stachelige Schilf der Wand gepreßt. Der Schweiß rann ihr über den Leib, Strähnen ihres Haares klebten an ihren Brüsten und verbargen sie teilweise vor seinem gierigen Blick.

In der Mitte des Raums glimmte Glut in einem Herd. In ihrem rötlichen Schein sah Wolf der Toten aus wie ein Scheusal, das nicht von dieser Welt zu sein schien. Er sagte nichts mehr, aus seiner Schnauze stieg nur ein tiefes Heulen auf, während er auf allen vieren durch den Raum pirschte. Mit seiner langen Nase schnüffelte er an seiner Schlafmatte und stieß dann die Atlatls, die Speere, Äxte und andere Geräte an, die auf der Bank an der Nordwand lagen. Kupfer, Schneckengehäuse, Glimmerplatten, Bleiglanzklumpen und glasiges Obsidian bedeckten die anderen Bänke; Bahnen aus feinen Stoffen in allen Farben hingen von der Decke. Netztaschen voll mit heiligem Feuerstein, genug, um damit in der ganzen Welt Blutopfer zu bringen, baumelten an Wandhaken. Schnüffelnd kroch Wolf der Toten weiter durch den Raum und ließ Perle dabei nie aus den Augen.

Sie war vor Entsetzen wie gelähmt. Ein gespenstischer gelber Schein lag über seinen Augen, und seine Bewegungen erinnerten sie an die roten Wölfe, die manchmal um die Feuer der Anhinga schlichen.

Er hatte die Türklappe zurückgeschlagen, um den kühlen Nachtwind einzulassen. Ein Fluchtweg? Durch die Öffnung sah sie die Menschen, nur einen Speerwurf entfernt, um das riesige Freudenfeuer springen. Gelächter und Geschrei hallten über die Klippen.

Würden sie die ganze Nacht feiern? Man hatte sie und Wolf der Toten schon vor längerer Zeit allein gelassen, damit sie das Begattungsritual, wie sie es nannten, fortführen konnten. Doch Perle nahm an, daß sie die perversen Auswüchse von Wolf der Toten schon zur Genüge kannten und statt dessen lieber den Geschichten von Grizzlyzahn über die Clans im Süden zuhörten.

Denk nach, Perle! Denk nach. Du findest einen Ausweg!

Sie befeuchtete mit der Zunge ihre trockenen Lippen und sagte: »Wolf der Toten!« Dabei versuchte sie das Zittern in ihrer Stimme zu unterdrücken. »Was willst du noch von mir? Du hast mich vor den Augen des ganzen Dorfs genommen. Haben dich ihre Jubelrufe und ihre Lobgesänge nicht schon befriedigt? Wir sind jetzt alleine. Wenn ich dein Weib sein soll, dann sprich zu mir wie ein Mann.«

Und er war doch ein Mann? Sah sie denn nicht, wie das Wolfsfell über ihm hing wie eine Decke? Aber der Kopf... was konnte das sein?

Wolf der Toten neigte den Kopf und beäugte sie mit einem glitzernden Auge. Er legte zuerst die rechte Hand auf den Boden, dann die linke und schlich lautlos auf sie zu wie ein halbverhungertes Tier. Er schien kaum zu atmen, langsam senkte er den riesigen grauen Kopf, die Muskeln seiner Arme und Beine schwollen an und spannten aus sich. Sie hatte richtige Wölfe gesehen, so verhielten sie sich, bevor sie auf ein Kaninchen sprangen und es zerrissen.

Perle lehnte sich an die Wand und machte sich auf seinen Angriff gefaßt. Ihr Bewegungen schienen ihn zu erregen. Ein fremdartiger grollender Laut kam aus seiner Kehle – halb menschliches Gelächter, halb wölfisches Knurren.

Er machte einen schnellen Satz auf sie zu, dem sie ausweichen wollte, aber sein sehniger Arm packte sie um die Hüften und zerrte sie zu Boden. »Nein! Bitte!« Sie schrie, trat und bohrte ihre Nägel in sein Fleisch, bis das warme Blut über ihre Hände lief.

Er ließ ein unheimliches Heulen hören und zeigte seine Fangzähne. Perle schrie, als er sich auf ihre Kehle stürzte. Sie wälzte sich zur Seite – dabei streiften ihre Finger glattes Holz unter einer Bank. Es gelang ihr, einen Fuß gegen seine Brust zu stemmen, und in Todesangst trat sie mit aller Kraft dagegen, bis er hintenüberfiel. Sie zog die Kriegskeule unter der Bank hervor und kroch schnell weg. Sein Wolfskopf war verrutscht, und er wollte ihn mit beiden Händen wieder in die richtige Stellung bringen. Perle sah, wie seine Augen sich weiteten, als sie die Keule hob und sie heruntersausen ließ.

Der Schlag krachte auf seine linke Schläfe. Er schwankte und fiel kopfüber zu Boden. Noch einmal hob sie die Keule und sah, daß sie das harte Eschenholz gespalten hatte. Er regte sich nicht mehr.

Perle stand auf und wich zurück.

Benutze jetzt deinen Verstand – oder du mußt sterben!

Sie warf die Keule neben ihn und schluchzte tonlos.

Sie würden sie töten, das war sicher, und ihr Tod würde langsam und qualvoll sein. Sie hatte genügend grausige Geschichten von Grizzlyzahn auf der Flußfahrt gehört und wußte, was ihr bevorstand.

Sie lehnte sich an die Wand und rang um Fassung. Die Tränen waren versiegt, aber das krampfartige Zittern dauerte an. Es war, als wollte ihr Herz bei jedem Schlag bersten.

Sie hatte ihn getötet. Wolf der Toten war auf eine solch gewaltsame Abwehr offenbar nicht gefaßt gewesen.

Ich bin Perle von den Anhinga! In meinen Adern fließt das Blut des Schlangenhalsvogels!

Sie bückte sich, packte das Wolfsfell und zog es ihm ab. Im gedämpften Licht der Glut sah ihn Perle mit gerunzelter Stirn an. Sein Gesicht war das eines Menschen, nur die Vorderzähne fehlten. Sie drehte den Wolfskopf, betrachtete das Maul und warf das Ding in die Glut.

Die Maske war sehr geschickt gemacht. Sie bestand aus einem richtigen Wolfskopf, und das hintere Ende des knöchernen Gaumens paßte genau in die Lücke, wo Wolf der Toten die Vorderzähne fehlten, die man ihm einmal ausgeschlagen hatte. Kein Wunder, daß er mit der Wolfsmaske so fremdartig und undeutlich gesprochen hatte.

Das Fell fing Feuer und ging in Flammen auf, und der beißende Geruch brennender Wolfshaare durchzog den Raum.

Sie mußte sich beeilen. Sie rieb sich nervös die Hände auf den Schenkeln, als wollte sie den Schmutz loswerden, und traf ihre Entscheidung. Sie zog ein gelbes Hemd mit einem eingewebten rot-schwarzen Wolfsbild über. Die hohen Kriegsmokassins mit dicken Sohlen waren ihr zu groß, daher schnürte sie sie an den Füßen fest zu.

Eine Ledertasche füllte sie mit Reibhölzern, heiligem Feuerstein, Obsidian und Kupfernadeln und steckte die Schlaufe über einen dicken Ledergürtel, den sie um ihre Hüften band. Das Atlatl von Wolf der Toten hatte nicht das richtige Gewicht für sie, aber sie nahm es trotzdem und band es an ihren Gürtel. Dann bemerkte sie den Sack mit dem Saatmais der Anhinga, auf dem sie während der Fahrt auf Vater Wasser gesessen hatte. Die Khota sollten auf keinen Fall Gewinn aus ihr oder ihrem Clan ziehen, und so warf sie sich den Maissack über die Schulter. Schlimmstenfalls würde sie die Saat in den Fluß schütten, anstatt sie den Khota zu überlassen.

Einem plötzlichen Impuls folgend, drehte sie sich zum Feuer um, und trat die Glut durch den ganzen Raum. Als sie sich durch die Türklappe duckte, hatten die Flammen schon die Schilfwände erreicht.

Auf dem Zeremonienhügel tanzten und grölten noch immer die Khota.

Nimm dich zusammen, Perle! In stolzer Haltung ging sie zum Pfad, der über das Geröll zur Anlegestelle führte. *Wenn du jetzt in Panik gerätst, war alles umsonst und sie töten dich!*

Die dunklen Schatten, die sie durch eine Lücke im Fels sah, waren ein Hoffnungsschimmer. Sie hatte kaum ein Drittel des Weges hinter sich, als die Flammen aus dem Haus von Wolf der Toten schlugen und prasselnd zum Himmel loderten.

Schreie wurden laut, und sie sah Silhouetten am Klippenrand entlangrennen. Perle hastete voran.

»Was ist da los?« rief ein Khota aus dem Dunkel vor ihr.

»Feuer!« Perle betete, ihre Aussprache möge sie nicht verraten. »Beeil dich!«

Der Mann stürzte an ihr vorbei und kletterte den Hang hoch.

Vor Erleichterung knickten ihr fast die Knie ein. Sie glitt aus und rutschte den ganzen Weg hinunter. Hätte sie sich doch nur das Gelände besser einprägen können!

Von der Klippe brüllte jemand: »Die Frau ist geflohen! Mondnarbe! Trabender Hund! Schnell! Sie wird sich ein Kanu nehmen. Lauft, ihr Idioten!«

Sie kannte diese herrische Stimme, es war Grizzlyzahn, und der Mut verließ sie.

Sie hörte sie den Hügel hinabstampfen – Krieger, die ihr den Weg abschneiden wollten. Perle bog vom Pfad ab und stürzte blindlings vorwärts.

Renn, sagte sie zu sich selbst, renn zum Fluß!

Vielleicht lag da ja ein Kanu, vielleicht nur ein Baumstamm – irgend etwas, mit dem sie aufs Wasser hinaus könnte.

Keuchend rannte sie weiter, hinunter zum Fluß.

Laß den Mais zurück, dein Leben ist wichtiger.

Aber hartnäckig hielt sie den dicken Sack fest und lief vorwärts. Sie rutschte aus und fiel hin; die Luft ging ihr aus. Wertvolle Zeit verstrich, bis sie wieder zu Atem gekommen war. Sie rappelte sich auf und raste weiter durch die Dunkelheit. »Sie flieht!« brüllte jemand, aber noch weit entfernt. »Sie rennt zum Fluß!«

Zweige peitschten sie, als sie den Baumgürtel am Hochwasser erreicht hatte. Nach zehnmal zehn Schritten berührten ihre Füße das Wasser. Und jetzt – in welche Richtung?

Nach Norden! Sie würden wahrscheinlich denken, sie liefe nach Süden, Richtung Heimat. Perle watete in das flache Wasser, suchte sich ihren Weg flußaufwärts durch die schwarze Nacht. Diese verfluchten Khota – hätten sie ihr hier nicht ein Kanu zurücklassen können?

Sie hörte hinter sich, wie jemand im Wasser lief, aber nicht nahe genug, um ihr Angst zu machen. Bei der Macht der großen Anhinga – sie konnte vielleicht davonkommen!

In diesem Augenblick trat sie ins Nichts und versank in eine kalte schwarze Tiefe.

Sie kämpfte sich nach oben, hustete und spuckte schlammiges Wasser. Mit einer Hand schlug sie wild ins Wasser, mit der anderen hielt sie den Sack mit der Maissaat fest.

»Ihr dreckigen Blutsauger«, zischte sie. »Aaswürmer sollen sich in eure Hoden fressen, verdammte Khota!«

Sie hustete wieder. Die schweren Mokassins zogen sie ins Wasser hinunter. Wie lange würde sie es aushalten, bevor sie vor Kälte nicht mehr schwimmen konnte?

Die Strömung sog sie in die Tiefe, aber sie kämpfte sich wieder zur Oberfläche zurück und versuchte, mit einer Hand zu schwimmen.

Laß doch den Mais los, dein Leben ist wichtiger!

Aber das konnte sie nicht. Diese Saat war alles, was sie aus ihrer Welt gerettet hatte. Würde ihr die Flucht gelingen, dann brauchte sie diese Maissaat. Sie konnte den Mais entweder essen oder ihn bei den Völkern im Norden eintauschen.

Wieder zogen sie Wasserwirbel hinab, wieder kämpfte sie sich nach oben und hielt dabei den Sack fest. Aber was nutzte ihr ein Sack mit Maissaat wenn sie ertrinken würde?

Sie ließ den Sack von der Schulter rutschen, bereit, ihn fallen zu lassen.

Da packte sie eine feste Hand am Arm und zog sie durch das Wasser nach oben. Sie hustete und ihr Atem ging flach. Sie hatten sie also doch erwischt. Perle wurde schlaff und gab endlich auf.

»Also los«, brachte sie heiser hervor. »Ihr Schweine, ihr Khota – tötet mich jetzt.«

»Das geht leider nicht«, sagte eine tiefe Stimme aus dem Dunkel, und starke Arme zogen sie in ein Kanu.

22. KAPITEL

Grizzlyzahn hatte seine Pflichten erfüllt, den Geistern der Ahnen auf dem Großen Grabhügel für die heile Rückkehr gedankt und ihnen Nahrung, Kupfer und Glimmer geopfert, als er den schwachen Geruch von brennendem Haar wahrnahm, den ihm die Nachtbrise zutrug. Eine Ahnung hatte ihn bewogen, zum Haus von Wolf der Toten zurückzulaufen. So hatte er als erster die Flammen gesehen, die das Haus in eine riesige Fackel verwandelt hatten.

Er fing an zu rennen und konnte zunächst nicht glauben, was er sah. Das Haus des Clanführers brannte? Wie konnte das geschehen?

Perle!

Grizzlyzahn hatte das Gesicht des Mädchen beobachtet, als Wolf der Toten sie genommen hatte – wie ein Leitwolf von hinten. Sein Rudel hatte ihm dabei zugesehen, und er hatte ihnen damit seine Vormachtstellung bewiesen.

Grizzlyzahn hatte allmählich Verständnis für Perle gehabt und dann sogar Achtung. Die furchtbare Angst und das Entsetzen auf ihrem Gesicht, als sie ausgezogen und festgehalten wurde, wich einem Ausdruck der Erniedrigung und des Ekels, als Wolf der Toten sie bestieg. Sie hatte dabei so wild geblickt, als hätte sie der Wahnsinn ergriffen.

Ich hätte sie nicht aus den Augen lassen dürfen.

Schon während er zu dem brennenden Haus lief, wußte er, daß nichts mehr zu retten war. Andere kamen angerannt und starrten voller Unverständnis auf das prasselnde Inferno.

»Habt ihr Wolf der Toten gesehen?« wollte er wissen. Aber noch bevor jemand antworten konnte, stürzte er sich in die Flammen.

Rauch und wirbelnde Funken trübten ihm die Sicht. Er hob die Arme, um sich gegen die Hitze zu schützen. Dann sah er seinen Anführer auf dem Boden liegen. Er beugte sich herab, die wäßrigen Augen zu Schlitzen verengt, und zog Wolf der Toten aus der lodernden Hölle hinaus in die Nacht – dann stürzte das brennende Dach ein.

Trotz seines schmerzenden Brustkorbs brüllte er heiser: »Die Frau ist geflohen! Mondnarbe! Trabender Hund! Schnell! Sie wird sich ein Kanu nehmen wollen! Lauft, ihr Idioten!«

Er bückte sich, drehte Wolf der Toten vorsichtig um und legte ein Ohr auf die Brust seines Blutsbruders. Das Herz schlug noch ganz schwach.

»Lebt er noch?« fragte Einarm, der sich aus der Masse der Gaffenden vorbeugte.

»Er lebt noch. Aber die Frau … die darf nicht mehr leben! Ihr müßt sie finden! Los! Ich will sie haben, bevor die Nacht vorbei ist.«

Stirb nicht, mein Freund. Du darfst nicht sterben. Es wäre mein Fehler. Alles mein Fehler.

Grizzlyzahn blinzelte, um wieder klar sehen zu können. Den Schmerz, den er im Feuer gar nicht gespürt hatte, fühlte er jetzt um so qualvoller. Blasen hatten sich auf seiner Haut gebildet. Seine Augen taten ihm so weh, als hätte er heiße Steine in den Höhlen.

Er sah das brennende Haus und tobte innerlich vor Wut. *Perle, ich kann deine Angst verstehen, aber hierfür wirst du bezahlen. Wenn ich mit dir fertig bin, wirst du mit deinen Anhinga wünschen, du wärst nie geboren worden.*

Er ballte die Faust, aber die Verbrennungen auf seiner Hand ließen ihn zusammenzucken.

Ich schwöre es vor den Geistern meiner Ahnen!

Vielleicht ist der Winter meiner Seele vorüber?

Dieser Gedanke gab Sternmuschel neuen Mut. Sie ging über den unebenen Pfad und sah frische Hirschspuren auf dem dunklen Boden.

Mit den Fingern streifte sie über Zweige und Büsche, die alle schon Knospen trugen. Vor ihr stieg der Hang auf zu der Warte, wo sie zur Tagundnachtgleiche ihre Andacht gehalten hatten.

Vogelgezwitscher war zu hören, und überall erwachte das Land zu neuem Leben, um den vierten Mond des Jahres zu begrüßen.

Sternmuschel hielt an einem moosbewachsenen Kalkstein an. Wasser rann über felsigen Grund und sammelte sich in einem Becken. Sie eilte dorthin, prüfte das Wasser mit den Fingerspitzen, und da es ihr erträglich erschien, schlüpfte sie aus ihrem Kleid und watete ins Wasser. Seine Kühle belebte und stärkte sie.

Sie genoß die Erfrischung, tauchte und holte eine Handvoll Sand vom Grund und rieb sich damit ab. Wie eine Forelle bewegte sie sich in dem klaren Wasser, und zum ersten Mal seit vielen Monden fühlte sie sich sauber und frisch.

»In allen Geschichten ist das der Augenblick, in dem feindliche Krieger ein Mädchen rauben.«

Sternmuschel unterdrückte einen Schrei, da stand Grüßt die Sonne auf den Felsen, die muskulösen Beine gespreizt, die Hände in die Hüften gestemmt. Das Sonnenlicht warf einen bläulichen Schimmer auf sein glattes rabenschwarzes Haar.

»Hast du mich erschreckt!«

Sein Lächeln verzauberte sie. »Ich gehe sofort und komme wieder, wenn du angezogen bist.«

Sie sah an ihrem nackten Körper hinunter und wurde sich bewußt, wie schön er war. Während der anstrengenden Tage auf ihrer Wanderung hatte sie abgenommen, aber ihre Muskeln hatten an Spannkraft gewonnen. Sie richtete sich stolz auf. »Was wolltest du denn?«

Er verlor etwas an Farbe. »Ich muß mich entschuldigen. Ich habe dich von da oben gesehen.« Er zeigte zum Hang hinauf. »Da dachte ich, wir könnten etwas reden. Dann ... nun ja, ich ging dann zu der Felsspitze und ...«

Sie lachte leise, als sie seine Verwirrung sah, watete aus dem Wasser und wrang ihr Haar aus. »Und da hast du nicht gewußt, was du machen sollst, bist einfach stehengeblieben und hast gegafft.«

Er wollte das mit einem Achselzucken abtun, aber dann senkte er den Blick. »Du bist eine schöne Frau, Sternmuschel, und du erregst mich.«

Sie zog sich das Kleid über und betrachtete ihn. »Du erregst mich ebenfalls, Grüßt die Sonne.«

Er war verwirrt. »Ich?«

Sie setzte sich auf eine Kalksteinplatte in die Sonne, lockerte mit den Fingern ihr Haar zum Trocknen auf und sagte: »Ja, das tust du.«

Unsicher ging er zu ihr und setzte sich neben sie. »Die meisten Frauen interessieren sich nicht für mich.«

»Das ist schwer zu glauben, denn du siehst sehr gut aus.«

Ein Lächeln huschte über sein Gesicht. Die Verletzlichkeit, die sich in seinen sanften Augen zeigte, ließ ihre Seele erzittern: Dieser Mann würde ihr nie weh tun. *Ihm könnte ich vertrauen.*

Grüßt die Sonne runzelte die Stirn. »Die Frauen verlieren bald das Interesse an mir. Ich weiß nie, was ich sagen soll. Vor allem hasse ich diesen Druck, heiraten zu müssen.« Er warf eine Eichel in die Luft. »Dafür war ich noch nicht reif, verstehst du? Für Clanpolitik bin ich nicht geeignet. Es gibt mehr auf der Welt als Familie und Klatsch, als Felder roden und Häuser bauen.«

»Nämlich?«

»Den Geheimnisvollen.« Er neigte den Kopf, und das Licht spielte auf seinen ausgeprägten Backenknochen. »Wahrscheinlich nehme ich alles zu ernst und suche immer nach Hintergründen. Ich habe nach Schönheit gesucht, Sternmuschel.«

»Nach Schönheit gesucht.« Sie wandte den Blick ab und schaute in das kristallklare Wasser. »Ich habe im letzten Jahr soviel Häßlichkeit gesehen, daß es mir schwerfällt zu glauben, daß es noch Schönheit gibt. Außer vielleicht hier.

»Du bist schön.«

Sie lächelte und wagte es, seine Hand in ihre zu nehmen. Eine Weile genoß sie die Wärme dieser Berührung. »So habe ich noch nie gefühlt, bis heute … bis ich sah, wie du mich angestarrt hast. Ganz kurz sah ich mein Spiegelbild in deinen Augen und konnte alles andere vergessen, wenn auch nur für diesen Moment.«

»Du könntest es für immer vergessen, Sternmuschel.«

Sie schüttelte traurig den Kopf. »Es wäre schön, wenn ich das glauben könnte. Aber leider kann ich nicht vergessen. Da sind Männer, Krieger, die mich jagen. Die nach der Maske jagen.«

»Du kannst hierbleiben.« Das klang so einfach.

»Und wenn sie kommen? Irgendwann wird es sich herumsprechen, wo ich bin.«

Seine Muskeln spannten sich, als er auf das hügelige Gelände deutete. »Ich kenne mich hier aus, Sternmuschel. Ich bin den Fährten von Hirsch und Luchs gefolgt, ich habe Puma und Fuchs gejagt. Ich kann dich verstecken und dich und Silberwasser beschützen.«

»Das glaubst du wirklich, nicht wahr?«

Er strich mit den Fingern liebevoll über ihre Kinnlinie. Seine Berührung ließ sie erschauern. »Ich glaube das wirklich. Und du tust es auch.«

Die Schauer wurden zu einem Gefühl warmer Geborgenheit. »Wieso geschieht das mit mir?«

»Was?«

Sie lachte über sich und über seine Verwirrung. »Du bist ein gut aussehender Mann. So einen Mann wie dich habe ich noch nie kennengelernt – du bist stark, aber ohne Gewalt.« Sie betrachtete seinen Hals, sah seine goldfarbene Haut. »Dauernd kämpfe ich mit mir, wenn du in der Nähe bist.«

Seine Hand schloß sich fester um ihre. »Warum? Mache ich dir Angst? Das will ich nicht. Wenn es etwas ist, was ich tue …«

Sie holte tief Atem und fühlte, wie ihr Puls sich beschleunigte. »Ich weiß nicht. Ich habe noch nie einen Mann so sehr gewollt wie dich. Dann denke ich wieder, daß es möglicherweise eine Falle ist.«

Sein Blick schweifte über das zerklüftete Land. »Ich gebe dir mein Wort, Sternmuschel, daß ich dir niemals eine Falle stellen würde, dir niemals weh tun würde. Du bist zu schön, um verletzt zu werden. Außerdem hat man dich schon genug verletzt.«

Sie sah auf seine weichen, vollen Lippen. Er sah so verletzlich aus, und sie vertraute ihm. Seit sie in seinem Haus hier war, hatte er niemals versucht, Eindruck auf sie zu machen. Nicht ein einziges Mal hatte er versucht, sich ihr sexuell zu nähern. Aber wenn sie ihm nahe war, bestimmte Verlangen ihre Gedanken.

Warum kämpfst du dagegen an?

»Ich bin verletzt worden. Mein Mann ... er hat mich sehr verletzt. Vielleicht hat er mir die Fähigkeit genommen zu lieben, Grüßt die Sonne. Vielleicht hat er mich zerstört, wie er jeden zerstört hat. Er hat mir die Angst so tief eingebrannt, daß ich vielleicht nie mehr einem Mann vertrauen kann.«

Er schaute sie an und fragte: »Bin ich wie dein Mann?«

»Was redest du da! Natürlich nicht.«

»Dann kannst du mir doch vertrauen, Sternmuschel. Hier bist du in Sicherheit. Hier gibt es nichts, was dich verletzen kann. Wenn du frei und sicher sein willst, mußt du den ersten Schritt tun. Du mußt entscheiden, was du mit deinem Lebens anfangen willst.«

Sein Gesicht war dem ihren so nahe, und sie konnte sehen, wie sehr er sich nach ihr sehnte. Seine Hand streifte ihre Brust in einer unschuldigen Geste. Als sie mit der Hand über seine Brust fuhr, erschauerte er.

Sie spürte ihre Erregung. Das Blut rauschte in ihren Adern, ihr Atem hatte sich beschleunigt; Wärme durchströmte ihren Körper. Er hatte die Arme um sie gelegt und sein Gesicht in ihrem Haar vergraben, süchtig nach ihrem Duft.

Meine Entscheidung! Der Gedanke hallte wie ein Echo in ihr. Sie hatte die Grenze überschritten, sich von diesem Strom der Begierde mitreißen lassen. Sie streifte ihm das Hemd ab, wußte nicht mehr, daß sie sein Beinkleid schon aufgebunden hatte. Als sie sein steifes Glied anfaßte, stöhnte er lustvoll.

»Bist du sicher?« fragte er flüsternd.

»Ja.« Sie zog sich aus und legte sich auf das warme Gestein.

Kein Mann hatte sie bisher so zärtlich und liebevoll behandelt wie er. Seine liebkosenden Hände auf ihren Brüsten verstärkten noch ihr Verlangen. Sie schloß die Augen und bog sich etwas nach oben, als er in sie hineinglitt. Als er anfing, sich zu bewegen, strömten ekstatische Wonnen in Wellen durch ihren Körper.

Warum jetzt? Diese Frage kam aus einem anderen Ich zu ihr.

Was geschieht mit mir? Wie kann das sein? Ich bin auf der Flucht. Ich kann nicht bleiben.

Doch alle Gedanken verblaßten, als ihre Körper eins wurden, bereit für eine neue, beglückende Erfüllung.

Otter wußte, daß sie in Schwierigkeiten waren. Er hatte die günstige Strömung verloren. Und als er dann Geräusche im Wasser hörte, zischte er zwischen den Zähnen hervor: »Still!«

Er hörte den Khota im tieferen Wasser strampeln, dann einen unterdrückten Fluch. Ihm kam die Aussprache bekannt vor, und er ließ das Paddel, das er schon angehoben hatte, wieder sinken.

Kleine Dinge im Leben haben oft große Wirkungen. Otter steuerte Wellentänzer vorsichtig neben die Gestalt im Wasser, beugte sich über Bord und versuchte den Menschen zu packen. Der wehrte sich kurz, gab dann den Widerstand auf und sagte heiser: »Also los. Ihr Schweine, Ihr Khota – jetzt tötet mich!«

»Das geht leider nicht«, sagte Otter im Jargon der Händler und zog sie aus dem Wasser. »Wenn du vor den Khota wegläufst, bist du unter Freunden.«

Er zog auch noch einen nassen Sack heraus und ließ ihn abtropfen; dann warf er ihn ins Kanu. »Schwarzschädel, bring uns raus, weg von den Feuern. Wir haben den Kanal verpaßt.«

»Ich hab's mir schon gedacht, Händler. Wen hast du da gefangen?«

»Eine Frau.«

»Genau das, was wir brauchen«, war die mürrische Antwort.

»Wer seid ihr?« fragte sie.

Er fühlte wie sie fröstelte. »Ich heiße Otter. Und du?«

»Was machen wir?« Schwarzschädel versuchte verzweifelt, in der Dunkelheit etwas zu sehen. »Was geht da vor?«

»Wir stehlen von den Dieben«, sagte Grüne Spinne frohlokkend. »Wer ist der Schlaueste, Menschentöter? Ist es der einfache Dieb oder der, der Diebe bestiehlt?«

»Still!« zischte Otter. »Fliehst du vor den Khota?«

Sie war jetzt auf der Hut und sagte zurückhaltend: »Ich war dazu bestimmt, Ehefrau von Wolf der Toten zu sein.«

»Dann bist du Perle? Von den Anhinga?« Er beruhigte sie in ihrer Sprache. »Mögen deine Ahnen dich segnen, mögen deine Tage glücklich sein.«

»Und wer bist du?« fragte sie ungeduldig.

Mit einem Paddelschlag lenkte Otter das Boot seitlich. »Ich bin Otter, ein Händer vom Weißmuschelclan. Warte. Das ist jetzt drei Jahre her, daß ich mit den Anhinga Geschäfte gemacht habe. Letztes Jahr war ich beim Alligatorclan. Wir haben Gerüchte gehört, daß man dich Wolf der Toten versprochen hat. Ist er nicht ein bemerkenswertes Exemplar?«

»Und was macht ihr hier?« wollte sie wissen.

»Erzählt mir mal jemand, was hier vorgeht?« Schwarzschädel brachte das Kanu zum Schaukeln, als er sich umdrehte. »Wer ist diese Frau?«

»Wir haben offenbar gerade Perle gerettet«, antwortete Otter. »Jetzt wollen wir aber sehen, daß wir hier schleunigst wegkommen. Die zehnmal verfluchten Khota werden gleich wie gereizte Bienen herumschwärmen, und ich habe keine Lust, mich stechen zu lassen.«

»Bienen, Bienen, die immer Nektar schlürfen«, verkündete Grüne Spinne. »Mach langsam, Händler. Je langsamer, um so besser. Man kennt die Gastfreundschaft der Khota. Sie sind so liebe Leute. Du hast die ganze Nacht noch vor dir, um's dir gemütlich zu machen. Der träge Händler macht den größten Gewinn.«

»Richtig.« Otter tauchte das Paddel tief ein und trieb den Wellentänzer in die Nacht. »Schwarzschädel, halt die Augen offen!« Das Kanu rammte einen Baumstamm.

»Ich glaub', ich hab's begriffen«, murmelte Schwarzschädel, steuerte seitlich dagegen und schlug die Zweige weg.

»Ich brauche dir nicht zu sagen, wenn wir kentern, dann ...«

»Ich sagte doch, ich hab's begriffen.«

»Was macht ihr hier?« fragte Perle noch einmal.

»Wir versuchen, uns noch vor dem Morgen an den Khota vorbeizumogeln. Daß wir dich gerettet haben, macht die Sache sicher noch schwieriger. Sind sie hinter dir her? Brennen deswegen die großen Feuer auf den Klippen?«

»Ich habe das Haus von Wolf der Toten niedergebrannt.«

Otter ließ vor Erstaunen einen Paddelschlag aus. »Du hast sein Haus in Brand gesteckt?«

»Ja.«

So wie sie das sagte, steckte sicher noch mehr dahinter. »Da war er wohl etwas ärgerlich?«

»Ich habe seine Reaktion nicht abgewartet.«

Perles Frösteln war jetzt Schüttelfrost geworden. »Wie geht's?« fragte er sanft. »Grüne Spinne, gib doch Perle meinen Fuchsmantel. Und dann wickelst du sie noch in eine Decke.«

»Mir geht's gut«, versicherte sie zwar, zitterte aber noch mehr.

»Du bist jetzt außer Gefahr.« Otter schaute angestrengt in die Nacht und lauschte den Schreien in der Ferne.

Was sagte er da? Unsinn! Solange sie das Land der Khota nicht weit hinter sich gebracht hätten, wären sie keineswegs außer Gefahr ... und wenn Wolf der Toten seine Wut stillen wollte, dann erst recht nicht.

Sternmuschel erwachte aus glücklichen Träumen. Sie lächelte und zog ihre warmen Decken bis zum Kinn. Strahlen der Morgensonne schienen durch kleine Löcher in der Schilfwand. Grüßt die Sonne hatte ein kleines, aber gemütliches Haus. Sternmuschel reckte sich und schickte dann ihre Hand unter der Decke auf die Suche nach Grüßt die Sonne. Aber sie fühlte nur ein kaltes Lager.

Nun ja, es war Morgen. Ein Mann mußte früh aufstehen, um den Tag zu begrüßen. Sie wußte, daß er dem Morgen immer Gebete darbrachte.

Sie schloß die Augen und genoß die Erinnerung an die Nacht. Sie hatte ihr Lager neben dem von Grüßt die Sonne bereitet, und

Langer Mann hatte dabei zugesehen, seine Augen merkwürdig kalt. Warum? Was brachte ihn so auf? Er war doch nicht etwa eifersüchtig?

Silberwasser hatte ihr ein träumerisches Lächeln geschenkt, bevor sie unter ihre Decke geschlüpft war.

Aus Rücksicht hatten sie und Grüßt die Sonne gewartet, bis alle anderen fest eingeschlafen waren, bevor sie sich umarmten. Sie blinzelte und unterdrückte ein Gähnen. Wenn sie an seine Leidenschaftlichkeit dachte, wärmte ihr die Erinnerung noch immer Leib und Seele.

Sie hätte nie gedacht, daß ein Mann zugleich so zart und auch so stark sein könnte. Sie schlang die Arme um sich, erfüllt von einer überschwenglichen Freude.

Ich liebe ihn! Welch eine wundervolle, schwindelerregende Liebe!

Was aber mochte der Grund für die entsetzten Blicke von Langer Mann sein?

Sie hörte die Vögel singen. Widerstrebend zog sie ihr Kleid an, legte sich eine Decke um die Schultern, und schlüpfte mit einer Schüssel voll Wasser aus der Tür.

Als sie sich gewaschen hatte, ging sie zum Haus zurück. Da saß Langer Mann in der Morgensonne, mit dem Rücken an der Hauswand, und rauchte seine steinerne Kultpfeife. Sie hätte schwören können, daß er noch in seine Decken gewickelt war, als sie hinausging.

»Guten Morgen, Langer Mann. Gut geschlafen?«

»Das Schöne beim Altwerden ist, daß man auch schwerhörig wird.«

Diese nette Anspielung auf die letzte Nacht stand in völligem Widerspruch zum Ausdruck seiner Augen. Dort erkannte Sternmuschel dunkle Vorahnungen und wachsende Verzweiflung. »Gehen wir ein paar Schritte, Sternmuschel?«

Sie zögerte kurz, setzte die leere Wasserschüssel auf dem Boden ab und zog die Decke fester um sich. »Ich will nur meine Mokassins anziehen.«

Sie nahmen den Pfad, der im Talgrund nach Osten führte. Überall kündigte sich schon der Frühling an.

»Ich dachte, wir waren leise«, begann Sternmuschel ein Gespräch. »Wir wollten dich nicht stören.«

Seine Stimme war kalt und sachlich. »Ich würde gerne glauben, daß ich dein Freund geworden bin.«

»Das bist du.«

»Gut. Dann weißt du also, daß ich jetzt als Freund zu dir spreche, Sternmuschel. Du glaubst, daß du ihn liebst, ist es so?«

Sie nickte. »Er ist ein wunderbarer Mann. Er ist zärtlich und mitfühlend. Wenn er lächelt, strahlt seine reine Seele aus seinem Gesicht. Er ist der beste Mann, den ich bisher getroffen habe, makellos.«

»Ein makelloser Mann? Aber nicht länger, glaube ich. Es ist mein Fehler. Alles mein Fehler.«

»Was heißt das?«

»Nichts, mein Mädchen. Laß mich nachdenken.« Mit einer Hand fuhr sich Langer Mann übers Kinn, in der anderen hielt er noch seine Pfeife. »Daran habe ich nicht gedacht, als ich euch hergebracht habe. Welche Frau würde so einen Jungen nicht ...« Er schüttelte verzweifelt den Kopf. »Ich hab doch nur ein Versteck gesucht, das die Krieger von Wanderdrossel nicht suchen würden.«

»Du brauchst dich nicht zu entschuldigen. Es ist das Schönste, was mir je passiert ist.«

»Das meinst du?« Langer Mann sah sie bedrückt an. »Es könnte unseren Ruin bedeuten. Für dich, für ihn ... für mich. Aber – vergessen wir das im Moment. Was ist mit der Maske, Sternmuschel?«

»Was soll mit ihr sein? Wir warten hier noch zwei Monde und gehen dann weiter nach Norden. Wanderdrossel kann seine Krieger nicht so lange im Land herumjagen lassen. Wenn er hört, daß wir nach Norden gezogen sind, sind wir schon längst fort.«

»Zwei Monde? Glaubst du, wir hätten noch so lange Zeit? Grüßt die Sonne hat Verwandte, die sich sehr um ihn sorgen und dauernd nach ihm sehen. Er stammt aus einer sehr traditionsbewußten Langschädelfamilie. Wie werden sie sich wohl verhalten, wenn ein Mann ihrer Familie und ihres Clans mit seiner ... einer Fremden das Lager teilt, was meinst du? Und diese Neuigkeit wird sich über alle Territorien verbreiten.«

»Wir werden uns verstecken. Grüßt die Sonne hat mir schon

gesagt, daß wir hier in Sicherheit sind. Wenn Wanderdrossel käme, kann er uns schützen.«

»Und das glaubst du?«

Warum redest du so mit mir? Du tust, als hätte ich etwas ganz Schreckliches angestellt.

»Ja. Er kennt die Gegend hier genau. Kennt Stellen, an denen niemand suchen wird.«

Langer Mann blieb stehen und breitete seine Arme weit aus. »Hat dich die Maske derart verblendet, Sternmuschel? Siehst du denn nicht, was sie vorhat?«

»Die Maske?« Völlig durcheinander schüttelte sie den Kopf. »Was hat das alles mit der Maske zu tun? Ich verstehe dich nicht.«

Langer Mann drehte die Pfeife in seinen Händen hin und her. »Du siehst in Grüßt die Sonne einen Helden, der dich beschützen wird. Einerseits vor dem Bösen, das wir bei uns haben, andererseits vor den rachsüchtigen Kriegern, die dich verfolgen. Du siehst einen kraftvollen jungen Mann, der strahlt, wenn er dir in die Augen sieht.

Ich dagegen sehe einen stämmigen Burschen, der bis jetzt jeder Verantwortung ausgewichen ist. Wenn sein Clan eine Heirat für ihn ausgehandelt hatte, lief er weg. Wenn die Zeit zur Aussaat näherrückte, verschwand er. Er wurde in die Sternengesellschaft eingeführt, verlor aber das Interesse daran und schied nach vier Monden aus. Die einzige Verpflichtung, an die er sich hielt, war die, jeder Verpflichtung aus dem Wege zu gehen. Aber nun gut, die Menschen müssen ihrer Berufung folgen. Das Ziel von Grüßt die Sonne ist es, hier oben wie ein Einsiedler zu leben, zu jagen, Nüsse und Beeren zu sammeln und von den Überschüssen seiner Familie zu leben.«

Ihr war unbehaglich zumute, und sie sagte zu Langer Mann: »Bist du etwa eifersüchtig?«

Er sah sie mit verschleiertem Blick an. »Unsinn. Für mich gibt es keine Eifersucht mehr, jedenfalls nicht, was das Körperliche betrifft, das ist lange vorbei. Nein, Sternmuschel, ich möchte wissen, wie es mit deinem gesunden Menschenverstand bestellt ist, den ich eigentlich bei dir vorausgesetzt habe. Erinnerst du dich an Wanderdrossel? Weißt du noch, wie seine Augen voller Haß geglüht haben, damals im Haus des Blauentenclans? Glaubst du wirklich, Grüßt die Sonne könnte dich vor so einem Mann schützen? Vor diesem ruchlosen, rachsüchtigen Mörder? Glaubst du, der junge Mann, der jeder Schwierigkeit aus dem Weg gegangen ist, könnte dich vor Kriegern verstecken, die es gewohnt sind, die Spuren ihrer Feinde zu erschnüffeln wie Wölfe?«

Zum ersten Mal trübten sich ihre freudigen Erwartungen; sie rang nach Worten.

»Und dann frage ich dich noch ...«, die Augen von Langer Mann funkelten, »wie hast du dir denn dein Leben vorgestellt? Angenommen, Grüßt die Sonne ist einmal in seinem Leben wirklich zuverlässig. Angenommen, es gelingt ihm, dich hier oben zu verstecken. Willst du etwa so leben? Als Einsiedlerin, für den Rest deines Lebens? Was ist mit Silberwasser? Ist sie dann auch zu so einem Leben verdammt? Und was ist – die Ahnen mögen mir vergeben –, wenn du ein Kind von ihm bekommst?«

Sie fuhr zusammen; er spuckte das Wort »Kind« mit unverhohlenem Abscheu fast aus.

Langer Mann hob die Hände. »Du bist nicht verheiratet, Sternmuschel! Das könntest du gar nicht sein! Sein Clan würde dich nicht anerkennen! Ich kenne sie. Wenn sie hören, wer du bist, was dein Mann getan hat, was du mit der Maske zu tun hattest, dann stimmen sie einer Heirat niemals zu, ganz gleich, welchen Rang dein Clan in der Sternhimmelstadt auch einnimmt.«

Als er ihr die Zukunft so düster dargestellt hatte, fragte sie ihn: »Warum tust du das? Warum sagst du das alles?«

Die dunkle Verzweiflung in seinem runzligen Gesicht wich einer liebevollen Teilnahme. »Sternmuschel, ich verstehe, was du durchgemacht hast, und ich weiß, wie verführerisch es ist, sich in einen Traum zu flüchten. Als junger Mann tat ich das auch, wie du ja weißt. Aber es ist eine Illusion, Sternmuschel. Eine schreckliche Falle, die du noch nicht erkennst, ein Unheil, das dich verderben wird. Es gibt an diesem Ort keine Sicherheit. Nicht bei diesem jungen Mann.«

Sie begriff nichts, nur die Angst wuchs wieder in ihr.

Dann sagte Langer Mann noch: »Bitte, Sternmuschel, du mußt mir glauben. Er wird dich zerstören. Wenn du es schon nicht meinetwegen tust, darfst du ihn dir zuliebe nie wieder berühren.«

Sternmuschel wandte sich ab. Sie wollte ein paar Schritte gehen, um ihre Fassung wiederzugewinnen. Aber sie verfiel in Laufschritt und rannte dann wie eine Besessene, rannte, als ob sie vor allem davonlaufen könnte.

Im Morgengrauen lenkte Otter Wellentänzer in das träge fließende Wasser eines Kanals. War das der richtige Weg? Trog ihn seine Erinnerung nicht?

Er schaute sich die Landschaft an. Es mußte der richtige Weg sein, und mit kräftigen Paddelschlägen trieb er das Kanu weiter ostwärts.

Perle lag zusammengerollt, die Knie bis zum Kinn angezogen, unter Otters Fuchsfellmantel eingekuschelt. Ihr Gesicht hatte im Schlaf einen zarten, unschuldigen Ausdruck, der Otter rührte.

»Was hast du vor?« wollte Schwarzschädel wissen; mit wachsamen Augen durchforschte er den überschwemmten Wald. »Der Tag bricht an. Wir wollen uns ein Plätzchen suchen, wo wir uns verstecken und abwarten können.«

»Versteh ich nicht, Händler. Die sausen doch jetzt den Fluß rauf und runter auf der Suche nach der Frau. Wir sollten lieber nach Norden paddeln, so schnell wie Ratten auf der Flucht.«

»Ich hab mir das auch schon überlegt, aber wenn Wolf der Toten noch einen Funken Verstand hat – und ich weiß, den hat er –, dann hat er bereits schnelle Kriegskanus in den Hauptkanal nach beiden Seiten ausgeschickt, damit sie Beobachter auf den Ausgucken postieren. Bedenke, Krieger, er sucht nur nach einer Frau. Bei Tagesanbruch wissen sie, daß sie kein Kanu gestohlen hat und noch in der Nähe sein muß. Wenn sie Wellentänzer sehen, dann werden sie uns fangen und wissen wollen, wer wir sind.«

»Und das wäre so schön«, frohlockte Grüne Spinne. »Sie würden ein so langweiliges Fest uns zu Ehren geben. Da muß ich gähnen. Da würde ich bestimmt gleich einschlafen.« Der Verdreher starrte auf Perle. Neben ihm lag Schnapper, zusammengerollt auf einer Matte.

Otter stimmte ihm zu. »Das ist richtig. Wenn man Totsein als Schlafen versteht.«

»Ich glaube, ich will das nicht hören«, sagte Schwarzschädel grollend. »Händler, such uns lieber ein Versteck.«

Sie fuhren den Kanal weiter. Perle schrie immer wieder im Schlaf, sie schien schreckliche Alpträume zu haben.

Wärst du bei den Khota gefangen gewesen, Otter, würden dich auch solche Schreckensbilder heimsuchen.

»Da!« Otter zeigte mit seinem Paddel nach rechts. »So hoch, wie dieser Busch gewachsen ist, müßte dahinter trockenes Land sein. Wenn wir dort sind, wo ich glaube, dann ist das ein alter Damm.«

»Ist 'ne Menge Unterholz da. Gute Deckung.« Schwarzschädel schaute argwöhnisch auf die hohen Eichen und Hickorybäume. Ihre Kronen boten ideale Schutzdächer.

»Das ist etwas, was die Khota von den Ilini gelernt haben. Wenn man den Wald ausbrennt, Ulmen, Eschen und Ahornbäume rodet, bringen die Nußbäume mehr Früchte. Haselnußsträucher wachsen an Gehölzrändern, nicht im dichten Wald. Ein weiterer Vorteil ist, daß du beim Sammeln der Nüsse mit den Eichhörnchen mithalten kannst. Wenn die nämlich nicht von Baum zu Baum springen können, müssen sie den Stamm hinaufklettern. So hat man doppelte Ernte: mehr Nüsse und außerdem Platz, um Fallen für die Eichhörnchen aufzustellen – und die ergeben eine saftige Mahlzeit.«

»Pfiffige Burschen, diese Khota.«

»Dumm«, entgegnete Grüne Spinne und schlug mit der Hand ins Wasser. »Dumm wie Kiesel und doppelt so weich.«

Schwarzschädel hob drohend die Faust. »Am liebsten würde ich dir Verstand einbleuen, du Narr. Aber wenn ich dir den Kopf abschlage, würde er nur wegrollen und seine Leere überall verbreiten.«

Grüne Spinne nickte. »Leere. Jawohl. Schadet nie, Wahrheit zu verbreiten, Menschentöter.«

Schwarzschädel blickte ihn finster an. »Sobald ich nicht mehr vor Angriffen der Khota auf der Hut sein muß, drehe ich dir ein paarmal den Arm um, nur um das Vergnügen zu haben, dich schreien zu hören.«

»Je lauter der Schrei, desto tiefer die Stille. Stille – so tief, daß sie dich taub macht.« Der Verdreher holte tief Luft, warf den Kopf zurück und tat mit schmerzverzerrtem Gesicht so, als würde er schreien.

Schwarzschädels Gesicht zuckte in ohnmächtiger Wut, und er paddelte weiter; Otter hörte ihn murmeln. Sie umrundeten mühsam den Rand des Haselnußgestrüpps und fanden schließlich einen gewundenen Kanal, der ihnen Schutz versprach. Sie zogen Wellentänzer an den überhängenden Zweigen mit den Händen weiter.

Perle schreckte auf. Mit aufgerissenen Augen setzte sie sich auf und griff sich ans Herz. Sie holte tief Atem, und als sie erkannte, wo sie war, half sie, das Boot durch das Gestrüpp zu ziehen.

»Wo sind wir?« fragte sie Otter nervös.

»In einem Versteck. Hier können wir uns hoffentlich tagsüber vor den Khota verbergen.«

Otter sah die Angst in ihren Augen; er verstand es, ihm ging es ja nicht anders.

»Fester Grund«, sagte Schwarzschädel, als er das dichte Unterholz betrat. Er packte den geschnitzten Fuchskopfbug und zog das schwere Kanu vorwärts.

»Sehr gut«, lobte Otter, als das Kanu an Land lag. Alle kletterten hinaus und gingen durchs Unterholz. Sie kamen auf eine kleine trockene Lichtung, die von allen Seiten von Dickicht umgeben war.

Perle blieb etwas zurück. Sie betrachtete Otter sehr genau. Grüne Spinne widmete sie nur einen kurzen Blick. Schwarzschädel jagte ihr allerdings solch einen Schrecken ein, als er sich plötzlich zu ihr umdrehte, daß sie unwillkürlich ins Wasser zurücktrat.

»Vielleicht sollte ich dir noch einmal sagen, wer wir sind«, sagte Otter mit seinem liebenswürdigsten Lächeln. »Ich bin Otter vom Weißmuschelclan. Mein magerer Gefährte hier ist Grüne Spinne, ein Verdreher von den Blutroten in der Stadt der Toten. Der Krieger ist Schwarzschädel vom Winterclan in der Stadt der Toten. Wir sind auf dem Weg nach Norden zum Süßwassermeer.«

Ihr Gesichtsausdruck zeigte Otter, daß Schwarzschädels verunstaltetes Gesicht und die Narben auf seinem Körper sie verstörten.

Ihre verstohlenen Blicke über das Gelände deuteten an, daß sie den schnellsten Fluchtweg ausfindig zu machen suchte.

Obwohl sie jetzt abgehärmt aussah, Schmutzflecken im Gesicht und in den Haaren hatte, würde sich jeder Mann nach ihr umdrehen. Das Kampfhemd der Khota bedeckte ihre vollen Brüste nicht ganz. Der Gürtel betonte ihre schmale Taille; ihre Hüften waren rund, ihre Beine lang und muskulös. Auch der Ausdruck größter Angst in ihrem Gesicht nahm ihr nichts von ihrer Schönheit.

»Schwarzschädel«, Otter mußte sich mit Gewalt dieser Faszination entziehen, »schau nach, ob da jemand ist. Wenn ich recht habe, und das ein alter Damm ist, müßte es eine schmale Insel sein. Es würde mir gar nicht gefallen, wenn ich hinter dem Dickicht ein Haus oder einen Acker entdeckte.«

Der Krieger nahm sein Atlatl, seine Keule und seine Speere aus dem Boot und trottete los.

Otter watete zu Wellentänzer und holte Decken und einige versiegelte Krüge. Grüne Spinne nutzte die Gelegenheit, um mit Schnapper herumzutollen.

Otter legte Decken und Krüge auf dem Boden ab und winkte Perle. Sie kam mit der Vorsicht eines halbverhungerten Wolfsjungen heran.

»Setz dich bitte.« Otter deutete auf einen Platz und öffnete mit einer Ahle aus Hirschknochen das Wachssiegel eines Krugs. Er hatte sich den Pemmikan, eine Trockenobstmischung, im Gipfelclan eingehandelt, in weiser Voraussicht, wenn er einmal eine schnelle Mahlzeit brauchte.

Perle kniete nieder, und Otter gab ihr einen freundlichen Hinweis. »Du kannst jederzeit gehen, Anhingafrau. Doch du bist uns willkommen und kannst dich bei uns sicher fühlen.« Er reichte ihr den Krug. »Iß! Es sind getrocknete Trauben, Erdbeeren, Heidelbeeren und Himbeeren, haltbar gemacht mit einer Mischung aus feingeschnittenem Hirschfleisch und Bisonfett.«

Sie probierte, zog eine Grimasse, tauchte aber dann ihre schmale Hand noch einmal in den Krug. »Warum sollte ich bei euch sicher sein?«

»Ich weiß nicht. Vielleicht weil wir die Khota genauso hassen wie du … vielleicht sogar noch mehr. Wir sind euch flußaufwärts gefolgt und haben die Geschichte deiner Gefangenschaft in den verlassenen Lagerstätten nachvollziehen können.« Er nickte ihr bewundernd zu. »Du bist eine tapfere Frau. Eines Tages erzählst du mir vielleicht, was alles passiert ist. Die meisten Frauen hätten aufgegeben, hätten sich mit ihrem Schicksal abgefunden.«

Sie aß gierig weiter und vermied seinen Blick.

»Die Khota haben meinen Onkel getötet«, fuhr Otter fort. »Und sie haben mich früher mehrmals ausgeraubt. Was auch geschieht, denen werden wir dich niemals überlassen.«

»Doch, das werden wir«, flüsterte Grüne Spinne und sprang auf alle viere wie ein Hund. Dann kicherte er und kroch auf dem Bauch vorwärts. Er robbte dicht zu Perle, streckte seine Zunge aus wie ein Reptil und erschreckte sie zu Tode.

Otter erklärte ihr: »Er ist ein Verdreher. Alles, was er sagt, ist rückwärts. Ich gebe dir mein Wort, daß du bei uns sicher bist.«

Grüne Spinne kroch noch näher an Perle heran, die dichter an Otter rückte. Sie war bleich geworden.

»Grüne Spinne«, sagte Otter, »ich halte sie für sehr tapfer. Komm doch noch näher, ich glaube, Perle möchte, daß du dich auf sie stürzt.«

Doch diesmal schenkte ihm Grüne Spinne keine Beachtung.

»Er ist am Leben«, sagte Grüne Spinne, dabei zischelnd wie eine Schlange. »Die Keule ist zerbrochen, als du ihn getroffen hast. Das Fell der Wolfsmaske hat den Schlag gedämpft. Bevor er verbrannte, hat ihn sein alter Freund aus dem Feuer gezogen. Spürst du die Wut, Frau aus dem Wasser? So eine rasende Wut ... sie brennt in deiner Seele und in seiner. Schrecklich wird das sein, wenn ihr euch trefft, denn dann kommt der endgültige Frieden, der Frieden der Toten – fragt sich nur, für wen?«

Sie drehte sich zu Otter. »Was sagt er? Er meint doch nicht ...« Ihre Augen wurden vor Entsetzen starr. »Gestern nacht war Grüne Spinne doch bei euch, oder?«

»Das war er.« Otter hielt sein Gesicht so nahe vor das von Grüne Spinne, daß sie sich fast berührten und sagte: »Mach so weiter, Verdreher, das gefällt ihr, du ängstigst sie kein bißchen.«

Mit zischelnder Stimme erwiderte Grüne Spinne: »Gut. Ich wollte ihr keine Angst machen. Außerdem ist sie sicher bei uns. Hast du selbst gesagt.«

Otter stand auf, um sich zum Haselnußbusch umzudrehen. Er spürte dort den Geist seines Onkels, der ihm etwas zurief, das er aber nicht verstehen konnte.

Perle schloß die Augen. Dann fragte sie Otter: »Hast du … hast du gehört, wie er sagte, daß er noch lebt? Daß die Keule zerbrach, ihn sein alter Freund gerettet hat?«

»Das hat er gesagt.«

»Aber er ist ein Verdreher. Hat er vorwärts oder rückwärts gesprochen? Ist Wolf der Toten tot oder lebendig?«

Otter sah ihren rasenden Puls unter der seidigen Haut am Hals. Nun war auch er nervös geworden. »Ich weiß nie genau, was er meint.«

Mit entsetztem Blick schaute sie Grüne Spinne an. Er stieß die Worte heraus: »Was siehst du auf dem Grund deiner Seele, Frau aus dem Wasser? Hat er dich vernichtet? Wirst du zurückschlagen? Wie wirst du mit deiner Angst fertig? Wirst du feige sein, oder wirst du ins Feuer greifen, obwohl du weißt, daß du vor Schmerzen schreien wirst, weil dein Fleisch versengt wird, aber du auch weißt, daß die Wunden verheilen?«

Otter versuchte, die Spannung aufzulösen. »Wenn du mich fragst, meint er vermutlich, daß Wolf der Toten noch am Leben ist. Sehr schade. Ich hätte alles darum gegeben …«

»Wie kann er … Ich meine, er war doch gar nicht dort? Er war bei dir! Er kann es doch nicht wissen! Das ist …«

»Unmöglich?« Otter fuhr sich übers Gesicht, er war müde nach der schlaflosen Nacht. »Er ist ein Verdreher, Perle. Die Macht überschattet ihn. Er weiß Dinge, die sonst niemand weiß. Auch, wo wir hingehen werden. Er hat darüber eine Vision gehabt. Die Clanältesten haben ihm geglaubt, ich glaube ihm auch. Und allmählich glaubt ihm sogar auch Schwarzschädel.«

Darauf legte sich Grüne Spinne auf den Rücken, die Arme auf dem Bauch gekreuzt. »Dieser Pemmikan stinkt. Ich wette, der schmeckt widerlich. Wie der Schleim auf faulendem Fisch.« Otter reichte Grüne Spinne den Krug. »Glaub mir, Perle, du wirst dich an ihn gewöhnen.« Schnapper legte sich neben seinen Herrn, und Otter streichelte ihn.

Perle hatte sich kaum bewegt. Unruhig schaute sie auf den

glückseligen Verdreher, der sich mit inniger Freude Pemmikan in den Mund stopfte.

Mit leiser Stimme sagte sie: »Ich habe von einem Händler namens Wasserfuchs gehört … vom Weißmuschelclan.«

»Das bin ich.«

Sie stand auf, langsam, als wollte sie sich vergewissern, ob ihre Beine sie noch trügen. »Du hast den Ruf, ein guter und ehrlicher Mensch zu sein. Ich danke dir, daß du mich gestern nacht aus dem Wasser gezogen hast. Aber … aber ich gehe wohl lieber, ich bringe dich nur in Schwierigkeiten.«

»Jawohl, das tust du«, gurgelte Grüne Spinne mit vollem Mund. »Du wirst uns alle töten. Deine Zeit kommt, Perle. Es steht in den Sternen. Sie scheinen für dich.«

Otter streckte eine Hand aus. »Warte!« Dann fragte er Grüne Spinne: »Hast du sie in der Vision gesehen?«

Grüne Spinne lachte leise. »Ich bin blind, Händler. Die Welt ist so voller Licht, daß alles in völliger Dunkelheit liegt.«

»Sag mir, wenn Perle uns verläßt, ihre eigenen Wege geht, was geschieht dann? Grüne Spinne, bitte! Sprich so, daß ich es verstehen kann.«

Der Verdreher leckte sich jeden Finger. »Sie wurde uns aus gutem Grund gebracht.« Das schien ein Anfang zu sein. Dann schaute er auf Perle. »Der Delphin kann seinen Weg finden. Kannst du es auch? Kannst du die Dunkelheit zwischen den Sternen sehen?«

Perles angsterfüllte Augen weiteten sich. »Ich gehe, Wasserfuchs. Ich danke dir und deinen Freunden noch einmal. Ich will keine Last mehr für euch sein. Behaltet den Sack Mais. Ich hatte vor, ihn einzutauschen, aber vielleicht habe ich das schon – für mein Leben.« Sie nickte Grüne Spinne zu. »Wir sind quitt.«

Otter seufzte. »Du kannst gehen, wann du willst. Aber ich kenne diesen Fluß, und ich weiß, daß wir auf einer Insel sind. Es wird also ziemlich naß für dich werden. Fahr doch wenigstens bis zum Gebiet der Ilini mit uns. In ein oder zwei Tagen werden wir dort sein.«

»Nein. Ich danke dir. Ich … ich will nur …« Sie wandte sich ab und verschwand im Unterholz.

Otter drehte sich zu Grüne Spinne um. »Wir brauchen sie, bist du sicher?«

Der Verdreher hatte wieder seinen leeren Blick. Angestrengt riß er ein Bartgrasblatt in haarfeine Fasern. »Überhaupt nicht. Die taugte ja nicht mal als Gesellschaft für eine tote Bisamratte.«

»Grüne Spinne, hättest du nicht etwas freundlicher sein können? Sie ist verletzt! Verängstigt! Aber du mußtest ihr nur noch mehr Angst machen! Ich sollte deinen Hochmut aus dir herausprügeln.« Er hob die Hände. »Ach, was soll's.«

»Ist dir schon aufgefallen, wie sich das Gras zusammensetzt? Was glaubst du, wie sich der Geheimnisvolle das Muster ausgedacht hat?« Grüne Spinne betrachtete die Fasern des Blatts.

»Also gut, ich hole sie wieder.« Otter wollte gerade Perle folgen, als Grüne Spinne seinen Knöchel festhielt und sagte: »Was du jagst, das rennt am schnellsten. Das, vor dem du wegläufst, folgt dir am schnellsten.«

Otter schloß die Augen. Was sollte er damit anfangen? »Weißt du, manchmal kann ich Schwarzschädel sehr gut verstehen.«

23. KAPITEL

Ich sitze hier auf ihrem Maissack, die Hände im Schoß, und warte. Ich habe Angst.

Sie war gerade hier, schlich sich vom Kanu weg. Als die Vögel sie sahen, blieb ihnen das Gezwitscher in der Kehle stecken. Auch die Eichhörnchen hörten auf zu schreien.

Jetzt bin ich wieder allein.

Otter ist gegangen. Schwarzschädel ist gegangen. Selbst Schnapper hat mich verlassen, er konnte den Blick meiner Augen nicht länger ertragen.

Er weiß es. Alle Tiere wissen es.

Wie immer sich diese verängstigte Frau auch entscheidet, am Ende stehen Leid und Tod.

Ich lege den Kopf in die Hände und schließe die Augen. Ein Pano-

rama von Sternen zeigt sich leuchtend auf dem Gewebe meiner Seele. Wie herrlich! Zu viele, um sie zu zählen. Sterne wie Eiskristalle. Es sind unendlich viele. Sie glitzern an einem kalten Frühlingsmorgen auf einer Wiese.

Sie strahlen und zwinkern mir zu.

Doch sie sind stumm.

Vielleicht verstehe ich deshalb nicht, wie diese Frau sie sprechen hören kann, weil ich so müde bin. Aber ich bin sicher, daß das so ist.

Und wenn ich unrecht habe …

Mühsam atme ich aus. Otter, armer Otter. Er fühlt sich für uns alle verantwortlich. Was wird er wohl tun, wenn wir alle tot sind?

Sie fand Grüßt die Sonne, wo der Sandstein eine kleine Klippe bildete. Er lag auf der Seite, ein bronzebrauner Held auf dem grauen Gestein. Da es für die Jahreszeit ungewöhnlich warm war, trug er nur einen Lendenschurz.

Sternmuschel blieb reglos stehen und erfreute sich an dem Anblick; die Sonne beleuchtete seinen geschmeidigen Körper und das glänzende Haar.

Langer Mann hat gesagt, ich darf ihn nicht mehr berühren. Aber was kann daran falsch sein, einen Mann wie Grüßt die Sonne zu berühren? Wenn Langer Mann sich seiner selbst nur nicht so sicher wäre. *Weshalb soll es falsch sein?*

Als sie weiterging, drehte er sich um und lächelte sie strahlend an. »Komm, setz dich zu mir. Ich habe den Falken zugehört, es ist ihre Paarungszeit. Von hier aus kannst du sehen, wie sie kreisen und hinabstoßen, sich mit den Füßen packen, während sie durch die Luft taumeln.«

Sie streckte sich neben ihm aus. »Da«, sagte er, »zwei Bussarde. Der größere ist das Weibchen. Sie hat sich noch nicht entschieden. Schau, gleich werden sie vor uns schweben. Hier steigt an einem warmen Tag die Luft zuerst nach oben. Das gefällt ihnen, denn das erleichtert ihnen das Schweben.«

Das Problem war die Maske. Wenn das gelöst wäre, käme alles wieder in Ordnung. Sie kämpfte mit sich, was sie sagen sollte.

»Ich habe mich in dich verliebt, Sternmuschel«, sagte er träumerisch.

»In mich? Du liebst mich?«

Er lachte frei und unbekümmert. »Ja, ich liebe dich. Ich habe nie geglaubt, eine Frau so lieben zu können. Du hast mein Herz in Brand gesetzt und meine Seele geschmolzen.«

Er zog sie an sich, seine Hände tasteten nach ihren Brüsten. In ihrer Verwirrung gab sie sich ihm abermals hin; sie wandte sich um, so daß sie ihn ansehen konnte. Und sie genoß ihre heftige Vereinigung. Ihre Muskeln schmerzten, als sie ihre Beine um ihn schloß. Ihre Schreie vermischten sich mit denen der Falken. Danach wollte sie ihn nicht mehr loslassen.

»Ich habe nie gewußt, daß es so schön sein kann«, flüsterte er.

Sie drückte ihn noch fester an sich, von Verzweiflung getrieben. »Ich brauche deine Hilfe. Wirst du mir helfen?«

Er lächelte, verklärt vom Glück. »Ich würde alles für dich tun.«

»Wirst du mit mir weggehen? Wirst du mir und Langer Mann bei dem helfen, was wir tun müssen?«

»Ich liebe dich. Ich werde dir helfen. Wo müßt ihr hingehen? Ich kann euch hinbringen. Ich kenne mich in dieser Gegend aus.«

»Es ist weit im Norden, Grüßt die Sonne, sehr weit. Wir müssen zum Brüllenden Wasser gehen.«

Er runzelte die Stirn. »Davon habe ich noch nie gehört.«

»Viele Tageswanderungen nach Norden liegt ein großes Süßwassermeer. Hast du davon gehört?«

Er nickte.

»Wenn man der Küste nach Osten folgt, kommt man zu einem Fluß, der das Süßwassermeer speist. Da ist das Brüllende Wasser.«

Er zögerte. »Du meinst ... es ist nicht hier in der Nähe?«

Ihr Herz wurde schwer. »Nein. Weit, weit weg von hier.«

Grüßt die Sonne schob sie weg. »Was ihr da zu tun habt – muß das so weit weg geschehen?«

»Ja, leider.« Sie ergriff seine Hand. »Es ist sehr wichtig. Kommst du mit uns? Es wäre ein großartiges Abenteuer. Und du und ich, wir würden zusammen sein.«

Er lächelte. »Zusammen!«

»Ja, und wenn wir die Maske ins Brüllende Wasser geworfen haben, können wir zurückkehren, zur Sternhimmelstadt gehen, wo mein Vater, der Große Höhlengräber, deinem Clan Nachricht senden wird.« Sie strich ihm über die Wangen. »Wir werden zusammen sein, Grüßt die Sonne, für immer. Du, ich und Silberwasser. Wir werden hierher zurückkommen … und den Rest unseres Lebens den Falken zuhören.«

»Verheiratet meinst du?«

»Ja …«

Er zog die Stirn in Falten. »Dieser Marsch – wie lange wird er dauern? Fünf Tage, zehn Tage?«

»Länger. Vielleicht drei Monde.«

Er biß sich auf die Lippen, stand auf und band sich den Lendenschurz um. Sein Gesicht zeigte Unsicherheit.

Sternmuschel strich mit einem Finger über den rauhen Kalkstein. »Ich muß nur noch das erledigen, dann können wir für immer zusammensein.«

Da nickte er und lächelte sie an. »Ich werde dir helfen.«

Sie lachte erleichtert. »Ich wußte es. Ich wußte, daß du mitkommst.«

Er streichelte ihre Wange. »Ich sehe dich gleich im Haus. Ich habe noch etwas zu erledigen. Muß mich fertig machen und … und Gebete darbringen. Es dauert nicht lange. Ich sehe dich dann.« Er lief auf den Wald zu, den Kopf gesenkt.

»Ich werde da sein«, rief sie. »Ich liebe dich.«

Vor den Bäumen drehte er sich um und winkte. »Ich liebe dich auch.«

Sie holte tief Luft und schaute zum unendlich blauen Himmel empor. Die Brise auf ihrem heißen Körper war angenehm kühl.

Schließlich suchte sie ihre Kleider zusammen und zog sich an.

Du hast unrecht gehabt, Langer Mann. Er liebt mich. Und weil er mich liebt, wird er mir helfen.

Sie streckte ihren geschmeidigen Körper und genoß die Sonnenwärme. Die Verzweiflung, die sie nach den Worten von Langer Mann ergriffen hatte, war weggeblasen wie der verkrustete Schnee des letzten Winters.

Perle hatte ein niedriges Gebüsch entdeckt, unter dem sie sich zusammenrollte und in der sanften Frühlingssonne döste. Allerdings plagten sie weiter ihre Gedanken, die Angst, daß die Khota sie finden würden.

Der Wind, der den Duft des Wassers, der nassen Erde und der Bäume heranwehte, brachte auch den Gesang der Vögel.

Perle packte das Atlatl von Wolf der Toten. Dem Wunsch, es so weit fortzuwerfen wie möglich, gab sie jedoch nicht nach, denn die Waffe könnte ihr Leben retten.

Zwar hatte sie Todesangst, schlich aber trotzdem noch einmal zum Kanu und nahm sich ein halbes Dutzend Speere hinter dem schlafenden Verdreher heraus. Der Sack Mais war bei weitem ausreichend als Entschädigung für alles.

Ich hätte noch mehr mitnehmen sollen – Sachen zum Eintauschen oder um sie selbst zu benutzen.

Vor ihrem inneren Auge zogen noch einmal die schrecklichen Szenen bei den Khota vorbei. Die Erniedrigung, die ihr Wolf der Toten angetan hatte, als er sie vor aller Augen wie eine schmutzige Hündin bestiegen hatte.

Er lebt, flüsterte sie leise, und er wird mich suchen ... er wird seine Krieger sammeln und mitnehmen. So wie sie damals nach der Ilinifrau gesucht hatten, die dann auf schreckliche Weise ums Leben gekommen war.

Wie konnte der Verdreher das wissen?

Was siehst du auf dem Grund deiner Seele, Frau aus dem Wasser? Hat er dich vernichtet? Oder wirst du zurückschlagen?

Wie sollte sie zurückschlagen? Gegen zehnmal zehn Krieger? Allein, mit nur sechs Speeren.

Perle konnte das Bild von Wasserfuchs und seinen freundlichen Augen nicht loswerden. Er hatte es gewußt und hatte versucht, ihre Ängste zu mildern.

Warum habe ich mich bloß nicht vergewissert, ob ich Wolf der Toten den Schädel eingeschlagen habe? Wenn ich gewußt hätte, daß er noch lebte, sein Herz noch schlug, hätte ich ihm einen Speer durch die Brust jagen können.

Nur ein Gedanke gab ihr Trost: Sollte er sie finden und töten, dann würde ihr Geist ihn niemals in Ruhe lassen. Sie würde ewig in diesem Flußtal spuken und jeden in Schrecken versetzen, der hier vorbeikäme. Sie würde es ihnen heimzahlen – das war ein Handel, den nicht einmal Wasserfuchs verstehen würde. Gewalt und Schrecken vergolten mit Gewalt und Schrecken.

Ich habe mich nie vor etwas gefürchtet, dachte sie. Nichts konnte Perle erschrecken – kein Alligator, nicht einmal die Stürme und Wellenberge auf dem großen, weiten Meer.

Damals, als sie den Delphin harpuniert hatten, hatte sich ihr Leben verändert.

Perle zitterte jetzt. Ihre Angst war wie ein Ungeheuer, das sie zu verschlingen drohte.

Wieder hörte sie die Stimme des Verdrehers. *Wie wirst du mit deiner Angst fertig? Wirst du feige sein und sie an deiner Seele nagen lassen? Oder wirst du durchs Feuer greifen, obwohl du weißt, daß du vor Schmerzen schreien mußt, weil dein Fleisch versengt wird, aber du auch weißt, daß die Wunden verheilen?*

Sie flüsterte: Vielleicht habe ich Angst, Verdreher, aber feige bin ich nicht. Kein Mann bringt mich dazu, mich selbst zu verleugnen – nicht einmal Wolf der Toten.

Sie hörte leise Männerstimmen hinter sich. Khota! Jäger auf der Pirsch, die ihre Strecke festlegten.

Sie kamen näher. Gleich würde ihr Herz die Rippen sprengen. Sie müßten ihr Zittern spüren, ihre Angst wittern.

Sie verstand Wortfetzen: »... lagern oberhalb ... Hund dabei, achte auf den Wind ... wollen sie umzingeln ...« Die Stimmen entfernten sich wieder.

Sie war erleichtert, nicht sie wurde gejagt, es waren der Händler und seine Gefährten, hinter denen sie her waren. Am liebsten hätte sie ihre Freude herausgeschrien, zum Himmel und zur untergehenden Sonne.

Leg dich ruhig hin, sei still, dann werden sie dich hier nie vermuten.

Sie schloß die Augen und ärgerte sich über ihre Dummheit. Der Sack Mais würde sie verraten. Wenn die Khota ihn im Kanu fänden, wüßten sie Bescheid. Sie hatte dem Händler Speere weggenommen – wie würde er sich dann verteidigen?

Du bist Perle von den Anhinga! Steh auf! Sie sammelte sich.

Beweise, daß du nicht feige bist, Frau!

In ihrer Phantasie heulte Wolf der Toten im Triumph auf, als sie vorwärtskroch.

Todmüde wartete Otter mißmutig auf den Abend. Er lag unbequem im trockenen Gras. In der Ferne hörte er das Geschrei der Wildgänse. Die Schatten wurden in der Abenddämmerung länger, der blaue Himmel war lavendelfarben.

Otter streckte sich. Er schlief sonst nie tagsüber, deshalb war er jetzt auch wie zerschlagen. Der Gedanke, daß sich Perle allein hinausgewagt hatte, bedrückte ihn. Er hatte sie nicht gefunden, allerdings war er auch kein guter Pfadfinder.

Schwarzschädel lag mit offenem Mund da, er schnarchte, und die Lider über seinen geschlossenen Augen flatterten, von Träumen bewegt. Grüne Spinne lag auf dem Bauch und mit dem Gesicht auf Perles Maissack.

Otter ging hinter einen Busch, um sein Wasser abzuschlagen. Er gähnte und rieb sich den Nacken. Hoch oben kreiste ein Adler in den letzten goldenen Strahlen des Sonnenlichts; zwei Eichhörnchen lärmten in der Ferne.

Otter räumte das Lager auf und trug schon Sachen zum Kanu. Schwarzschädel war wach, blieb aber noch liegen. »Ist die Frau zurück?«

»Nein«, antwortete Otter. »Ich hatte gehofft, sie würde einsehen, daß sie mit uns am besten von der Insel wegkäme.«

»Sie muß ihren eigenen Weg gehen, Händler. Aber ich muß zugeben, sie war ein erfreulicher Anblick, einer der schönsten seit langer Zeit.« Schwarzschädel warf die Decken zurück. Er sah Grüne Spinne finster an und kratzte sich in seinem verfilzten Haar. »Ich bin froh, wenn wir hier wegkommen. Wie lange brauchen wir, bis wir weit genug von den Khota weg sind?«

»Wenn heute nacht der Mond scheint, könnten wir morgen die Grenze des Ilinigebiets erreichen.«

»Ilini?« fragte eine Stimme aus dem Gebüsch.

Schwarzschädel sprang auf, geschmeidig wie eine Katze. Doch

die Krieger, die jetzt aus dem Dickicht traten, waren gut gerüstet: Speere in ihren Atlatls, Kriegskeulen in der Hand.

»Ich grüße euch!« rief ein großer Krieger. »Ihr wollt also zum Ilini? Man nennt mich Hundefresser.« Er schaute umher und bemerkte das Kanu im Unterholz.

»Sitz!« kommandierte Otter, als Schnapper knurrend aufsprang. »Sitz, Schnapper! Die bringen dich sonst um.«

»Wie war das?« fragte Hundefresser. »Die Sprache kenne ich nicht.«

Otter antwortete im Händlerjargon. »Verzeih mir, edler Hundefresser. Wir sind Händler auf der Fahrt nach Norden und suchen die großen Khota.« Er breitete die Arme weit aus, denn das müßte ihnen gefallen. »Ich muß gestehen, der Fluß hat uns in die Irre geführt. Bei diesem Hochwasser haben wir den Hauptkanal verpaßt und quälen uns zwischen diesen Bäumen auf der Suche nach dem Territorium der Khota.«

Die Khota standen im Kreis um sie herum, jeder von ihnen äußerst wachsam. Es waren zweimal zehn und ein Mann.

Hundefresser grinste und ließ die tödliche Keule in seinen Händen tanzen.

»Ich verstehe, Händler. Aber es ist doch komisch, daß ihr am Tage schlaft. Ein kluger Mann würde sich doch nach der Sonne richten.« Barsch gab er Befehle, und seine Krieger stellten sich angriffsbereit auf.

Otter zeigte sein berühmtes Lächeln. »Großer Hundefresser, wir hatten uns verirrt. Das ist der erste trockene Boden, den wir seit langem betreten haben. Nach drei Nächten Schlaf in einem angebundenen Kanu – da würdest du doch auch ein Schläfchen auf Mutter Erde machen wollen?«

»Sehr schlau«, sagte Hundefresser lobend. »Aber ich habe nichts zu entscheiden, Händler. Wolf der Toten wird sich um euch kümmern. Ich muß euch leider mitteilen, daß er gestern einen sehr schlimmen Tag hatte.«

Grüne Spinne setzte sich in diesem Augenblick auf seinem Lager auf, warf den Kopf zurück, krächzte wie eine Krähe und ruderte mit den Arme, als seien sie Flügel.

»Was ist denn das?« fragte Hundefresser, seine Mundwinkel spöttisch nach unten gezogen.

»Das«, erklärte Otter, »ist Grüne Spinne, ein Verdreher aus der Stadt der Toten.«

Hundefresser schien wenig beeindruckt. Er kniff die Augen zu und trat näher an Otter heran. »Ich kenne dich. Wasserfuchs, nicht wahr?«

»Dein Gedächtnis ehrt mich.«

»Ehrte auch deinen Onkel«, sagte Hundefresser ruhig. »Und du bist ihm sehr ähnlich, ist es nicht so?«

Otter fühlte, wie der Falke des Onkels auf seiner Brust brannte.

»Vorsicht, Händler«, sagte Schwarzschädel in ihrer Sprache. »Beherrsch dich!«

Otter hatte nicht gemerkt, daß er die Hände zu Fäusten geballt hatte. Er holte tief Luft und unterdrückte die aufsteigende Wut. »Hat er sich auch im Hochwasser verirrt?«

»Guter Witz.« Hundefresser lachte laut. »Ihr drei kommt mit uns. Euer Kanu wird zu den Khota gebracht.«

Da stand Grüne Spinne auf und deutete zum Himmel. In perfektem Händlerjargon schrie er: »Seht nur! Die Sonne! Sie brennt so schwarz wie der Regenbogen! Die Flügel von Bunte Krähe sind ausgebreitet, und für viele kommt jetzt das weiße Licht der Finsternis.«

»Was?« Hundefresser drehte sich um und sah gebannt auf den Verdreher, der durch das Lager tanzte. »Der Liebhaber deiner Frau wird uns für diesen Tag dankbar sein«, sagte Grüne Spinne zu dem überraschten Khota. »Er hat dir den Tod gewünscht, damit sie dich los ist. Wie denn? Hast du gedacht, unter ihrem Rock wäre es kalt, als du so weit nach Süden gereist bist? Ha, dann hast du wohl nicht genau hingeschaut, als du gestern nacht in ihr noch warmes Bett gekrochen bist, wie? Hast im Dunkeln den geschwollenen Leib nicht gesehen. Dann kam ja auch der Alarm!«

Hundefresser stand starr und schaute sich um. Einige seiner Krieger schauten zu Boden, und er erkannte, daß der Verdreher die Wahrheit gesagt hatte. Er schlug Grüne Spinne so heftig ins Gesicht, daß dieser zu Boden fiel.

»Steh auf, du Hund! Jetzt!«

Grüne Spinne lachte und wischte sich das Blut ab, das ihm aus der Nase lief. »Du solltest die Leute nicht so kitzeln, sonst müssen sie den ganzen Tag kichern.«

Zorn loderte in Otter auf. Er trat vor, um Grüne Spinne auf die Beine zu helfen. Doch der Verdreher sprang in die Luft wie ein verzweifelter Fisch aus dem Wasser. »Wahrheit macht Freude, stimmt doch, Hundefresser? Aber ich kann dir noch eine Freude machen und dir verraten, daß heute mit dir dein Geschlecht stirbt.«

»Wahnsinnig!« ... »Besessen« ... »Von Geistern gejagt«, flüsterten die Khotakrieger; Otter konnte sie verstehen. Er sah, daß Schwarzschädel etwas zur Seite gegangen war. Die Khota, die nur Augen für den Verdreher hatten, beachteten ihn nicht.

»Tötet sie!« brüllte Hundefresser plötzlich. »Ich will das nicht länger hören!«

Die Krieger zögerten.

»Nur ein Verrückter greift einen Verdreher an!« schrie Otter. »Wollt ihr von der Macht gejagt und gehetzt werden, solange ihr lebt? Er ist ein Geschöpf der Macht!«

»Falls er ein Verdreher ist!« brüllte Hundefresser. »Ich sage euch, das ist doch nur ein Trick des Händlers! Diese ... diese Kreatur ist kein Verdreher! Wenn er einer ist, dann soll mich die Macht verderben.«

Die Krieger wurden nervös.

Grüne Spinne brach in ein unheimliches Gelächter aus, er lachte so sehr, daß er sich schließlich die Seiten halten mußte.

Hundefresser holte Luft, um einen neuen Befehl zu brüllen, aber da war ein Zischen und darauf ein Klatschen zu hören, und er stolperte. Die Wucht riß Hundefresser einige Schritte weiter. Mit großen Augen starrte er auf die blutige Speerspitze, die unter seinem Brustbein eingedrungen war.

Jetzt müssen wir sterben. Das war Otters erster Gedanke, als er Hundefresser stürzen sah. Zweimal zehn und ein Mann standen im Kreis um sie.

Ein zweites Geräusch des Atlatl brachte den nächsten Krieger zum Schwanken; ein Speer hatte seine Seite durchbohrt. Hundefresser fiel vornüber, seine Krieger kreischten und stießen Kriegsschreie aus. Ein neuer Speer fand sein Opfer, und die Khota reagierten darauf, indem sie ziellos Speere in das Dickicht ringsum abschossen.

Jetzt sprang Schwarzschädel auf, die Kriegskeule in der Hand. Er schwang sie, und wie ein Blitz fuhr sie hernieder, und wenn sie auf Fleisch traf, waren schauerliche Geräusche zu hören.

Grüne Spinne tanzte durch das Kampfgetümmel wie ein glückliches Kind, jubelnd und singend.

Otter war wie erstarrt und schaute mit offenem Mund auf Schwarzschädel. Der Krieger machte keinen überflüssigen Schritt beim Kampf. Wieder fuhr ein Speer in das Bein eines Khotakriegers.

Otter kam zu sich und rannte zu Wellentänzer. Er ergriff das erste, das er fand, es war sein Paddel. Er stürzte sich damit in den Kampf und erschlug mit seiner ganzen Kraft einen Krieger.

Nun benutzte Otter die Spitze des Paddels wie eine Lanze. Beim ersten Stoß ging der Mann zu Boden, und bevor der sich wieder fassen konnte, zog ihm Otter die scharfe Paddelkante über die Kehle.

Otter riß sein Paddel hoch, um eine Keule abzuwehren, die auf seinen Schädel sauste. Der Khota sprang zurück, bereit für einen neuen Schlag. Otter aber stach mit dem Paddel auf ihn ein, trieb ihn zurück und schlug ihm mit dem Hartholzpaddel auf die Schulter.

Der Khota brach zusammen, und Otter schlug wie rasend auf ihn ein. Dann richtete er sich auf und stieß mit einem Schrei dem Mann die Paddelspitze in die Brust.

»So viele!« Grüne Spinne lachte leise, als er vorbeitänzelte. »Sieh, wie sie im Licht tanzen. So viel Leben, so wenig Tod! Spiralen, soweit das Auge sieht.«

»Halt mir den Rücken frei«, rief Schwarzschädel Otter zu. »Sie können uns immer noch umbringen.«

Otter schwankte, er rang nach Luft. Er sah die Körper am Boden, von denen noch manche zuckten, die Beine bewegten oder ihre Hände ausstreckten, bevor sie starben.

»Daß wir noch leben!« flüsterte Otter heiser, er zitterte. »Zweimal zehn und einer. Eigentlich hätten sie uns erschlagen müssen. Du hast ... du hast siebzehn Mann getötet, Schwarzschädel!«

»Zwölf, Händler.« Schwarzschädel spähte mit zugekniffenen Augen ins Unterholz. »Du kannst herauskommen, Freund«, rief er im Händlerjargon. »Ich möchte gern wissen, wer du bist. Sag deinen Namen, Schwarzschädel will dein Loblied singen!«

»Daß wir noch leben!« Otter stolperte auf unsicheren Beinen umher.

»Ja, wir leben noch«, sagte Schwarzschädel. »Komm heraus, mein Freund.«

Perle schob das Gestrüpp beiseite, das Atlatl in der Hand. Ihr schönes Gesicht zeigte keine Bewegung.

Schwarzschädel nickte ihr zu, Bewunderung im Blick. »Du hast mir das Leben gerettet, Frau. Ich habe den Krieger nicht gesehen, und als er dastand, war es zu spät, ich konnte nichts mehr tun. Du sollst wissen, wie dankbar ich dir bin.«

»Nennen wir es ein Tauschgeschäft«, antwortete sie. »Ihr habt mich letzte Nacht gerettet, das habe ich heute gutgemacht. Das ist alles.«

Schwarzschädel wies mit dem Kopf auf Otter. »Hilf ihm, die zu töten, die noch atmen. Wir müssen uns beeilen.«

»Die zu töten ...« Otter schluckte und faßte sein Paddel, diese tödliche Waffe.

Das ist, als schlügest du einen Hirsch tot, der in der Schlinge liegt.

Perle nickte; die Falten um ihren Mund vertieften sich. Sie sah sich die Gesichter der toten Khotakrieger an, als ob sie ihr bekannt wären. Sie hob einen Speer auf und ging unter den Toten umher; sie stieß manche mit dem Fuß an, um zu sehen, ob sie sich noch rührten, aber sie durchbohrte jede Brust, um sicherzugehen. Sie handhabte den Speer mit großer Geschicklichkeit und zielsicher.

Als spießte sie einen großen Fisch auf, dachte Otter.

Er sah einen stöhnenden Khota, der wegkriechen wollte, hob sein Paddel und schlug im kräftig auf den Hinterkopf. Otter schlug immer wieder zu, und jedesmal krachten die Knochen des Opfers. Sie spüren nichts, sagte sich Otter, es ist, als wenn man Fische totschlägt.

Aber er fühlte, wie er dabei zitterte. Ihm wurde übel, und er spürte, daß er sich gleich übergeben müßte.

Eine harte Hand schlug ihm auf die Schulter. Er blickte in Schwarzschädels besorgte Augen. »Bist du verletzt? Oder sind es die Nerven?«

»Die Nerven.«

Schwarzschädel nickte ihm ermutigend zu. Er klang ungewohnt teilnahmsvoll. »Das vergeht wieder, Otter. Du hast dich sehr gut gehalten. Dein Bruder hätte sich heute nicht besser geschlagen.«

Otter schaute seine Hand an, öffnete und schloß sie, und betrachtete die Finger, die sich bewegten.

Am Leben… noch am Leben. Und so viele sind tot.

»Je eher wir fahren, desto besser«, ermahnte ihn Schwarzschädel. »Händler, pack ein.«

Otter tat, was der Krieger ihm sagte und bewegte sich dabei ganz automatisch. Nur wenige Sachen waren noch einzuladen, es dauerte also nicht lange. Er versuchte wegzusehen, als Schwarzschädel den Toten alles nahm, Khotaschmuck und Waffen. Grüne Spinne hatte wieder zu singen angefangen und hüpfte herum wie ein Kind bei einer Zeremonie. Frohgelaunt ging er zwischen den toten Khota hin und her, tauchte einen Finger in das Blut eines Gefallenen und zeichnete damit Muster auf Gesicht und Brust der Leiche. Dabei betrachtete ihn Perle interessiert.

Otter kämpfte sich durch das dichte Gestrüpp, seine Beine drohten unter ihm wegzuknicken; er watete zu Wellentänzer und schob das blutige Paddel neben einen Packen. Schnapper sprang darauf und leckte geronnenes Blut von seiner Schnauze. »Wir sind fertig, Schwarzschädel. Wir können losfahren!«

Als Perle und Schwarzschädel halfen, das Kanu zurückzustoßen und im Gleichgewicht zu halten, watete Grüne Spinne durchs Wasser und sprang ins Boot.

Dann kletterten auch die anderen hinein und setzten sich auf ihre Plätze, die sie am Abend vorher schon eingenommen hatten.

Sie glitten auf das dunkle Wasser hinaus, und Perle sagte zu Otter: »Ich konnte nicht anders, ich mußte einfach zurückkommen.« Ihre Hände verkrampften sich, die Muskeln auf den Unterarmen spannten sich an. »Ich weiß nicht. Ich mußte einfach. Vielleicht weiß der Verdreher, warum.«

»Weil du die Dunkelheit zwischen den Sternen sehen kannst«, sagte Grüne Spinne ernst und widmete sich wieder seinen Fingern, die mit Blut verklebt waren.

»Ich wünschte, er würde das lassen«, sagte Perle, mehr zu sich selbst als zu Otter.

»Du sprichst mir aus dem Herzen«, bestätigte ihr dieser.

Auch Schwarzschädel grunzte zustimmend.

24. KAPITEL

»Glaubst du, es geht ihm gut?« Sternmuschel legte Stöcke aufs Feuer. Sie wollte den milden Abend noch im Freien verbringen, denn bald würden die Frühjahrsstürme beginnen, und dann gab es dazu keine Gelegenheit mehr.

Langer Mann sagte nichts. Mit einer Ahle aus Hirschknochen hatte er rundum Löcher in eine Mokassinsohle gebohrt und sie zum Nähen vorbereitet. Jetzt legte er seine Arbeit beiseite und sagte: »Dein Stimmungsumschwung überrascht mich, Sternmuschel. Als du heute morgen wegranntest, warst du gar nicht glücklich, und jetzt scheinst du sorglos wie eine Kohlmeise zu sein.«

Sie stocherte im Feuer und blickte zu den Purpurtönen des Sonnenuntergangs über dem Bergkamm auf. Äste mit prallen Knospen zeichneten unregelmäßige Muster am leuchtenden Himmel. »Ich habe ihn gebeten, mit mir zu gehen, und er ist dazu bereit.«

Langer Mann schlug seine kurzen Beine übereinander, und seine schildkrötenartigen Gesichtszüge nahmen einen verkniffenen Ausdruck an. Bildete sie es sich bloß ein, oder sah er wirklich niedergeschlagen aus? »Er hat gesagt, er würde mit dir gehen?«

Sie strich ihr langes Haar über die Schultern zurück. »Er sagte mir, daß er mich liebt. Du bist mein Freund, Langer Mann, ich schätze deinen Rat und höre darauf. Aber Grüßt die Sonne und ich, wir lieben uns.«

Langer Mann schloß für einen Moment die Augen wie vor Schmerz, dann nahm er wieder die Mokassinsohle auf und bog sie, um die Geschmeidigkeit des Leders zu prüfen. »Einverstanden. Es wird ein Segen sein, eine starke Person mehr zu haben. Er wird ein … eine Bereicherung für uns sein.«

Sternmuschel hörte Verzweiflung in seinen Worten.

Langer Mann hielt das Gesicht gesenkt. »Die Sonne ist untergegangen, Mädchen. Der Morgen kommt schnell. Ich suche jetzt meine Decken und lege mich schlafen.«

Als er aufstand, sagte sie: »Du glaubst nicht, daß er es tun wird, oder?«

»Wir werden sehen.« Dann verschwand er im Innern des Hauses.

Sternmuschel wartete draußen und legte von Zeit zu Zeit Holz nach, das sie und Silberwasser am Nachmittag gesammelt hatten. Der Eintopf stand auf dem Feuer. Er würde sich freuen, wenn er bei seiner Rückkehr eine warme Mahlzeit bekäme.

Wie lange würde er fortbleiben?

Die Sterne standen am Himmel, als Grüßt die Sonne aus dem Wald auftauchte. Sie strahlte ihn an und ging ihm entgegen, um ihn an sich zu drücken. Lange stand sie in seine Arme geschmiegt und lauschte dem Rhythmus ihrer Herzschläge.

»Ich habe heißen Eintopf für dich.«

»Danke.« Er ließ sie los und setzte sich ans Feuer. »Ich habe nachgedacht«, sagte er.

»Worüber?« Sie setzte sich zu ihm und nahm seine Hand. Das Gefühl, daß alles seine Richtigkeit hatte, war zurückgekehrt.

»Über das, was wir auf dem Berg gesprochen haben. Liebst du mich?«

»Ja! Was für eine dumme Frage.«

Er blickte sie ernst an. »Wenn du mich wirklich liebst, Sternmuschel, bleibst du bei mir. Es ist eine Prüfung… eine Prüfung, wie sehr du an mich, an uns glaubst. Wenn du sagst, du bleibst hier und vergißt diese Reise, frage ich meinen Clan… nein, verlange ich, daß man uns erlaubt zu heiraten.«

Sie saß still da und überlegte sich eine Antwort.

»Liebe hat immer zwei Seiten, Sternmuschel. Sie kann nicht nur so sein, wie du es möchtest. Es geht auch um meine Wünsche.«

»Was ist mit der Maske?«

»Was soll damit sein? Wir hängen sie irgendwo an einen Baum; graben ein Loch und verbrennen sie! Niemand wird wissen, wo sie ist.«

»Aber sie muß ins Brüllende Wasser geworfen werden.«

»Woher weißt du das?« fragte er. »Hattest du die Vision?«

»Nein. Aber Langer Mann.«

Grüßt die Sonne sah sie mit strahlendem Lächeln an. »Wenn ihn die Maske wirklich so hetzt, dann soll *er* sie nach Norden bringen. Ich werde dich hier beschützen, da gebe ich dir mein Wort. Wenn du mich liebst, bleibst du bei mir.«

Sternmuschel schaute in die Flammen, die auf dem Eschenholz

hüpften und tanzten. Man konnte Dinge im Feuer sehen; wenigstens hatte ihr das einmal eine alte Frau gesagt.

»Die Maske hat schreckliche Dinge getan«, flüsterte sie.

»Mich interessiert die Maske nicht, Sternmuschel. Wenn ihr Geist uns in Ruhe läßt, was macht sie uns dann? Du hast das Wort eines alten Mannes, daß sie an diesen Ort im Norden gebracht werden muß. Das ist alles.«

»Langer Mann ist ein angesehener Ältester, nicht bloß ein alter Mann.«

»Ich weiß.« Er faßte ihr Kinn, drehte ihr Gesicht zu sich und sah ihr in die Augen. »Ich fürchte den Zauberer nicht. Wenn du mich liebst, Sternmuschel, mußt du mir vertrauen. Kannst du das? Mich lieben und mir gleichzeitig vertrauen?«

Sie biß sich auf die Lippen und nickte, doch das Nachgeben tat ihr in der Seele weh.

Grüßt die Sonne hob die Eintopfschüssel. »Danke für dein Vertrauen, Sternmuschel.«

Sie verkrampfte die Hände im Stoff ihres Kleides. »Laß mich heute nacht über alles nachdenken. Ich muß mir klar werden. Gewiß, ich vertraue dir, Grüßt die Sonne. Und ich liebe dich, so sehr, daß es mir das Herz zerreißt. Aber ich habe soviel mit Langer Mann erlebt. Wir haben Dinge gesehen, die ... nein, du würdest es nicht glauben.«

Sein glückliches Lächeln war zurückgekehrt. »Wir reden morgen weiter.« Er leerte seine Schüssel und beugte sich vor, um sie auf den Scheitel zu küssen. »Ich werde von dir träumen, Sternmuschel. Ich werde von dir als meiner Frau träumen.«

Darauf lächelte auch sie, nahm seine Hand und drückte sie an ihre Wange. »Vielleicht schlüpfe ich heute nacht zu dir unter die Decke.«

»Ich warte auf dich«, sagte er und huschte durch die Tür.

Müde seufzend warf sie noch einen Ast ins Feuer. Was schuldete sie Langer Mann? Was war mit seiner Vision? Mußte die Maske wirklich nach Norden gebracht und in die Tiefe geworfen werden, wie der Zauberer behauptete? Und wenn sie den Antrag von Grüßt die Sonne ablehnte, hatten sie dann nie wieder Aussicht auf Glück?

Sag ihm, er soll mit dir gehen.

Hatte er nicht ebenso recht wie sie? Er hatte ihr Schutz und die Heirat angeboten. In welchem Verhältnis stand das zu ihrer Forderung, er möge die Gefahren einer Reise in den fernen Norden auf sich nehmen?

Ich verlange zuviel, er dagegen ist vernünftig.

Langer Mann würde furchtbar enttäuscht sein, das aber hinter Fröhlichkeit verbergen. Er würde fortgehen, seinem ungewissen Schicksal entgegen. Und auch dem der Maske.

Es ist in Ordnung, Sternmuschel. Er hat sein Leben gelebt, seine Fehler gemacht. Du hast ein Recht auf dein eigenes Leben.

Hoch am Himmel sah sie eine Sternschnuppe.

Ja, ich habe die Wahl. Ich kann hierbleiben und mit diesem Mann leben, der mich liebt, oder ich kann der Vision eines alten Mannes folgen, die mich wer weiß wohin führt.

Wanderdrossel und seine Krieger würden dort draußen sein, aber Grüßt die Sonne konnte ihnen mitteilen lassen, daß die Maske fort war.

Sternmuschel rieb sich die Beine. Langer Mann würde ihre Entscheidung verstehen. Er kannte sich in Herzensdingen aus. Sie hatte die Sehnsucht in seinen Augen gesehen, als er von Muschelschale sprach und davon, was er getan hatte, um eine Liebe zu gewinnen, auf die er keinen Anspruch erheben konnte. Er würde bestimmt verstehen, warum sie sich für Grüßt die Sonne entschieden hatte.

Sie stand auf. Morgen früh wollte sie es ihm sagen.

Nach einem letzten Blick zu den Sternen drehte sie sich zur Türklappe. Und bei dem Gedanken, daß sie jetzt zu Grüßt die Sonne unter die Decke schlüpfen würde, wurde ihr warm. Sie würde ihm gleich ihren Entschluß zuflüstern. Wenn sie sich vereinigt hätten, würde sie sich fest an ihn pressen, in dem Bewußtsein, daß sie heiraten und hier glücklich sein würden.

Sie hob die Türklappe, hielt aber inne. Wäre die Nacht nicht so still gewesen, hätte Sternmuschel das leise Flüstern nicht gehört.

»Es wird alles gut«, sagte Silberwasser mit gedämpfter Stimme. »Er wird meiner Mutter nicht weh tun. Ich werde es nicht zulassen. Nein, nein.«

Sternmuschel bückte sich unter der Klappe durch. Das Feuer loderte auf, und sie konnte Silberwasser erkennen. Das Kind war aus seinen Decken gekrochen und kauerte vor dem Bündel, in dem die Maske von Bunte Krähe lag.

In Sternmuschels Gedanken blitzte die Erinnerung an eine baumelnde Leiche auf.

»Was … was machst du, Kleines?«

»Nichts, Mama. Ich rede nur mit mir selbst.« Silberwasser setzte sich auf und schaute sie an, sich keiner Schuld bewußt. Langer Mann schaute auch von seinem Lager auf und nahm mit wissenden Augen alles auf.

Sternmuschels Seele schmerzte. Ihre Tochter hatte sie nie zuvor angelogen.

Sie schloß die Augen.

Oh, Bunte Krähe, meine Tochter darfst du nicht haben! Niemals!

Silberwasser rollt sich unter ihren Decken zusammen, die kalten Hände zwischen die Knie gesteckt, und beobachtet das Bündel mit der Maske. Es liegt am Feuer und schimmert rot im Schein der Flammen. Auch Langer Mann beobachtet es. Kann er die Stimme hören? Sie ist sich nicht sicher. Er sieht aus, als lausche er angestrengt.

Silberwasser befeuchtet ihre trockenen Lippen mit der Zunge und dreht sich lautlos, um über die Schulter zu schauen. Das Lager von Grüßt die Sonne ist noch leer. Grüßt die Sonne und ihre Mutter haben sich gestritten. Sie schläft unruhig hinter ihr, und Silberwasser ist froh, daß sie schläft. Ihrer Mutter würde es nicht gefallen, wenn sie wüßte, daß Silberwasser noch immer der Maske lauscht.

Langer Mann lächelt Silberwasser an. In dem rötlichen Licht sieht er merkwürdig aus, unheimlich.

Nur Silberwassers Augen sehen ihn. Ihre Seele aber ist weit weg … getragen von der Stimme, mit der die Maske spricht.

Es ist ihre Stimme.

Aber nicht ihre Stimme, so wie sie jetzt ist, sondern ihre Stimme Jahre später.

Silberwasser ist fasziniert. Wie kann die Maske ihre Erwachsenenstimme in sich haben? Ihre Stimme kommt aus ihr. In der

Maske sieht Silberwasser das Mondlicht und einen Mann, der in wirbelnden Nebeln tanzt. Es ist seltsam, zu wissen, daß sie eines Tages diese schwüle silberne Stimme haben wird.

Langer Mann rollt sich schweigend auf die Seite und starrt sie an. Lautlos formt er die Worte: Was hörst du?

Er weiß also nichts.

Silberwasser tut, als verstünde sie ihn nicht.

Er stützt sich auf einen Ellenbogen, beugt sich zu ihr und flüstert: »Was sagt dir die Maske?«

Seine grauen Zöpfe baumeln wie Schlangen neben seinen welken Wangen. Als er die Maske anschaut, merkt sie, daß er sich wirklich fürchtet.

Silberwasser flüstert: »Die Frau erzählt mir von dir. Von dem, was du getan hast.«

Das Gesicht des alten Mannes verfällt. *Die Frau?* Seine Stimme bebt: *Wer ist sie?*

Die Art, wie er das sagt, veranlaßt Silberwasser, sich die Decken fast übers Gesicht zu ziehen. »Du weißt es«, antwortet sie und beißt die Zähne fest zusammen.

Langer Mann scheint schwach zu werden. Er liegt auf dem Rücken und starrt mit reglosem Gesicht zur Decke, seine Brust hebt und senkt sich sehr schnell.

Silberwasser mustert das Bündel mit der Maske und denkt: *Ich bin darin. Sie hat mich verschlungen.*

Und aus weiter Ferne kommt das Murmeln einer Männerstimme: *Du siehst nicht aus wie eine Zauberin, Mädchen.*

»Ich bin keine Zauberin«, antwortet sie, aber niemand hört es, weil die Worte aus ihrer Seele kommen. Sie hat ihre Zähne noch immer zusammengebissen, und sie knirschen.

Der Zwerg wendet sich von Silberwasser ab.

Draußen rufen zwei Eulen. Es ist Paarungszeit. Flügel schwirren in der Dunkelheit, und Silberwasser setzt sich auf, um den Eulen zu lauschen. Sie hält den Atem an.

Aufmerksam hört sie hinaus ... verwundert.

Schwarze Witwen fressen ihre Männchen. Das hat sie schon gesehen. Das Weibchen beißt dem viel kleineren Männchen den Kopf ab und verspeist dann langsam den restlichen Körper.

Hat das die Maske auch mit ihr gemacht? Ihre Seele bei einem

Paarungsritual verschlungen? Lebt deshalb ihre Erwachsenenstimme jetzt im Bauch der Maske?

Silberwasser rutscht leise rückwärts, bis sie ihre Mutter berührt. Verschlafen streckt Sternmuschel eine Hand aus, legt sie auf Silberwassers Schulter und seufzt erleichtert.

Das hatte ihren Vater verrückt gemacht; die eigene Stimme aus dem Mund der Maske zu hören. Er ertrug es nicht. Was er hörte, war die Stimme eines kleinen Jungen – und sie war immer zornig. Auch Silberwasser hörte sie zu ihm sprechen und schreien, klagend und fordernd.

Diese Stimme brachte ihren Vater dazu, haltlos zu schluchzen. Und wenn er weinte, tat er Schlimmes, das anderen Menschen weh tat, das Silberwasser weh tat und das ihrer Mutter Schmerzen bereitete.

Deshalb sprach sie nie mit dem kleinen Jungen, wenn er ihren Namen rief, immer wieder: »Silberwasser? Silberwasser?« Oh, wie sehr er gewünscht hatte, daß sie antwortete.

Aber Silberwasser hatte den Jungen gehaßt.

Sie hebt den Kopf, um noch einen Blick zur Maske zu werfen. Sanfte Winde wehen durch die Wand, streichen über die Kohlen, und rotes Licht kriecht langsam über den Boden, um das Bündel zu streicheln. Es ist eine liebevolle Geste.

Heute nacht weiß Silberwasser, daß der Junge wirklich tot ist.

Grizzlyzahn hatte schon brutale, unmenschliche Kämpfe erlebt, aber was er jetzt sah, erschreckte sogar ihn.

Die schmale Insel war eine der wenigen Stellen nahe dem Ostufer des Flusses, die vom Hochwasser nie erreicht wurden.

Diese kleine Insel lag günstig, um Händler abzufangen. Nun sah es so aus, als ob Hundefresser genau das getan hatte – und irgend etwas Furchtbares mußte geschehen sein.

Wolf der Toten beugte sich über eine der Leichen und verscheuchte die Frühjahrsfliegen. »Großer Specht«, murmelte er, während er auf die Fleischfetzen schaute, die noch an dem zerschmetterten Schädel hingen.

Er stützte sich mit einer Hand ab, um das Gleichgewicht zu halten. Wolf der Toten hatte sich von Perles Angriff noch nicht ganz erholt. Fast alle seine Haare hatte das Feuer weggesengt, und die schlimmsten Verbrennungen waren mit Pflastern aus zerstampfter Weidenrinde behandelt worden. Manchmal zuckte er jäh zusammen, weil er schreckliche Schmerzen hatte, die ihm fast den Verstand raubten. Grizzlyzahn hatte genug Männer gesehen, die einen Schlag auf den Kopf bekommen hatten, er kannte die Symptome.

»Ich verstehe das nicht«, meinte Grizzlyzahn nachdenklich. »Es wurden keine Leichen weggeschleppt, man sieht keine Schleifspuren. Nur ein Kanu war hier – mir kann keiner erzählen, daß ein Kanu genügend Krieger trägt, um das hier anzurichten!«

Wolf der Toten schwankte noch immer und schloß die Augen. Grizzlyzahn stützte ihn und sagte: »Setz dich, alter Freund. Überlaß das nur mir.«

Grizzlyzahn bemerkte den wachsenden Zorn seiner Krieger, die zwischen den Toten umhergingen und Freunde darunter fanden. Die meisten Leichen waren ihres Schmucks beraubt – oft Stücke, die seit Generationen der Vater dem Sohn weitergegeben hatte. Eigenartigerweise waren viele der Toten mit ihrem eigenen Blut bemalt; Fische, Vögel, Spiralen und Kreise waren auf die Haut aufgetragen worden.

Was hatte das zu bedeuten? Grizzlyzahn kannte keine Feinde, die so etwas taten. Er ging zu Flinke Maus, einem der besten Spurenleser. Der hockte stirnrunzelnd da, die Ellenbogen auf die Knie gestützt, und betrachtete das zertretene Gras.

»Wie viele?« fragte Grizzlyzahn.

Flinke Maus antwortete: »Ich sehe drei Männer, einer schwer, einer mittel, einer leicht. Ich sehe einen Hund … und eine Frau.«

»Eine Frau?« Grizzlyzahn erstarrte.

»Eine Frau«, bestätigte Flinke Maus. »Sie kam in großer Eile den Pfad herunter.«

»Perle«, sagte Grizzlyzahn. »Sie muß es gewesen sein. Aber wo waren die anderen?«

»Es gibt keine anderen.«

»Mach keinen Unsinn! Es muß noch andere gegeben haben.

Schau dich um! Zweimal zehn und einer unserer besten Krieger sind tot! Und du sagst, es waren nicht mehr da?«

Flinke Maus schüttelte den Kopf und schien verwirrt. »Keine anderen, Kriegsherr. Die Frau allerdings ... sie hat alle Speere geworfen. Ich habe die Stelle, wo sie sich versteckt hat, dort hinten im Gestrüpp gefunden. Einige von unseren Kriegern haben ziellos Speere ins Gestrüpp geschossen.«

Grizzlyzahn drehte sich um und sagte: »Du willst mir also erzählen, daß drei Männer, eine Frau und ein Hund dieses Blutbad angerichtet haben?«

Flinke Maus stand auf. »Kriegsherr, ich habe mir hier alles angeschaut. Das Zeichen auf der Erde ist für alle zu sehen. Hier versteckten sich die Angreifer den Tag über, und ich vermute, daß sie die Nacht vorher unbemerkt durch unser Gebiet gezogen sind. Unsere Krieger überraschten sie auf ihren Lagern, gerade als es Abend wurde. Du kannst den Spuren folgen und den Hinterhalt sehen, den Hundefresser gelegt hatte. Er machte es richtig, Hundefresser machte nie Fehler. Dann tötete die Frau, die sich im Gestrüpp versteckt hatte, die Männer.« Flinke Maus war völlig aus der Fassung. »Danach brach alles auseinander! Wie ein alter verfaulter Korb löste es sich auf. Aber ich kann dir eins sagen – der kräftige Mann tötete die meisten unserer Krieger. Wie, weiß ich nicht. Zehn und zwei. Ich kann dir die Spuren zeigen.«

Grizzlyzahn konnte in den Augen von Flinke Maus lesen, daß er die Wahrheit sagte – aber er konnte es trotzdem nicht glauben.

»Wir müssen sie verfolgen«, sagte Grizzlyzahn.

Endlich hatte Wolf der Toten seine Benommenheit abgeschüttelt. »Wir verfolgen und töten sie! Niemand darf etwas davon erfahren. Und unsere Männer haben *keinen* von ihren getötet?«

»Nein, Anführer.« Grizzlyzahn geleitete Wolf der Toten zu der Stelle, wo das Kanu gelegen hatte. »Aber wir können sie finden. Da, im Schlamm. Dieses Kanu ... es hatte einen Kiel.«

»Einen was?«

»Einen Kiel. Die Salzwasserhändler benutzen sie. Es ist ein Boot aus dem Süden. Und da, siehst du diese Spur, großer Anführer? Ich kenne diese Spur. Ich habe sie oft genug gesehen, wenn ich vom Land der Anhinga den Fluß heraufgekommen bin. Diese Spur ist von Perle.« Vielleicht erklärte das auch die merkwürdigen Muster, die auf die Haut der Toten gemalt waren. Es mußte ein Ritual aus dem Süden sein. Was hatte sie gemacht? Hatte sie ihre Geister verflucht, damit sie vergessen werden?

Wolf der Toten beugte sich hinunter und fuhr mit den Fingern über die Spuren im fast trockenen Schlamm. Als er den Kopf hob, glitzerte es seltsam in seinen Augen. »Wir werden sie finden, mein Freund. Und dann werden wir sie so gräßlich sterben lassen, daß man noch nach Generationen darüber reden wird. Niemand, niemand wird es jemals wieder wagen, den Khota in die Quere zu kommen!«

25. KAPITEL

Wind brach in heftigen Böen aus dem Nachthimmel und rauschte im dichten Geflecht der Äste. Um sie zitterte und schwankte der Wald im Sturm. Das Mondlicht drang kaum durch das Geäst, und bald würde das Unwetter es ganz auslöschen. Mußten sie immer im Dunkel der Nacht fliehen? Mußten sie immer laufen, wenn sie nicht sehen konnten, wohin sie traten?

Sternmuschel konnte aber nicht an den drohenden Stern denken. Sie mußte die Maske vernichten, bevor sie ihre Tochter vernichten konnte.

»Mama?« sagte Silberwasser, die vielleicht ihre Gedanken ahnte.

»Geh nur zu, Kleines.« Der Wind peitschte die schwankenden Äste. Um sich zu bestrafen, nicht, weil Eile notwendig war, trieb Sternmuschel sich zu diesem scharfen Tempo an.

»Ich hätte nicht gedacht, daß du so rasch zur Vernunft kommen würdest«, murmelte Langer Mann, der sich hinter ihr seinen Weg bahnte. Sie brauchte sich nicht umzudrehen, um die häßliche Form des Maskenbündels zu sehen, das er auf dem Rücken trug. Sie konnte auch so ihre Nähe fühlen.

Sie will meine Tochter … meine liebe Kleine. Warum? Warum will sie ein kleines Mädchen? Wie könnte Silberwasser ihr bei ihren bösen Zielen helfen? Alles hatte in der Nacht begonnen, als die alte Frau starb. Damals war die Verbindung geknüpft worden.

Ich hätte sofort nach Norden ziehen sollen, Wanderdrossel und seine Krieger nicht beachten und direkt zum Brüllenden Wasser gehen sollen.

Silberwasser stolperte, und ihr gedämpftes Schluchzen verstärkte Sternmuschels Entschlossenheit, so weit wie möglich von dem einsamen Haus von Grüßt die Sonne wegzukommen.

»Mama, ich bin müde. Ich möchte ...«

»Geh weiter, Tochter. Später hast du genug Zeit zum Schlafen.«

Sie erreichten eine Lichtung. Sternmuschel ging etwas langsamer, um Langer Mann herankommen zu lassen. »Es war eine Falle, oder? Grüßt die Sonne, meine ich. Er war so vollkommen, und er bot mir alles, was ich nicht habe.«

»Das glaube ich auch. Es war so schlau eingefädelt, daß ich unsicher war – auch noch, als ich dich so verzweifelt drängte fortzugehen.« Er schaute nach unten, um zu sehen, wohin er in der Dunkelheit trat. »Erst als Silberwassers Worte mich weckten, begriff ich, wie weit die Maske gehen würde, um dich von deinem Auftrag abzulenken.«

»Wie spricht sie zu meiner Tochter?« Mit jedem Schritt nahm die Kälte in ihrer Seele zu.

»Ich weiß es nicht«, gestand Langer Mann. »Da sie mit dem Wolfsfell gefesselt ist, dürfte sie es eigentlich nicht können. In jener Nacht vermutlich, als die alte ... du weißt, meine alte Geliebte, die Maske aus dem Bündel holte. Silberwasser starrte sie gebannt an und sang dann das Lied.«

»Sie wird sie *niemals* mehr sehen, verstehst du?«

»Ja, ja, natürlich, aber ...«

»Niemals, Langer Mann.«

»Ich *verstehe*, Sternmuschel. Aber bevor du einen alten Mann zu Tode hetzt, möchte ich wissen, was wir machen? Wohin gehen wir? Hast du etwas Bestimmtes vor? Oder läufst du einfach davon wie ein Hirsch vor dem Brüllen eines Pumas?«

Beinahe wäre sie hingefallen. »Ich laufe wohl einfach.«

»Es ist noch etwas anderes, oder?«

Ja, Langer Mann, es ist noch etwas anderes. Heute nacht muß ich mich antreiben, um den Gesichtsausdruck von Grüßt die Sonne zu vergessen, als wir mit dem Packen begonnen haben. Diese sanften Augen, so liebenswert, so ungläubig und so verletzt.

Sternmuschel senkte die Stimme, als Langer Mann neben ihr war. »Wußte Grüßt die Sonne Bescheid? Hatte er mit der Maske zu tun?«

»Das glaube ich nicht, Sternmuschel. Ich kenne den Jungen seit seiner Geburt. Ich bezweifle, daß er einen verschlagenen Gedanken hegt.«

»Du magst ihn nicht besonders.«

»Darum geht es nicht. Ich mag den Jungen sehr, sonst wären wir gar nicht zu ihm gegangen. Er ist nur so einfältig. Deshalb ist der Gedanke, daß du und er ... Es ist eigentlich gegen jede Vernunft, daß du dich in ihn verlieben konntest.«

»Er ist nicht einfältig.«

»Dann sehe ich ihn vielleicht falsch.«

»Vielleicht, ja.«

Nach einer Weile fragte Langer Mann: »Sternmuschel, wohin gehen wir wirklich? Auf diesem Pfad kommst du zum Hof von Blaues Totenhemd. Dort ist ein sehr scharfer Hund.

»Was hast du gegen scharfe Hunde?«

»Du hast vergessen, wie es ist, wenn ein so kleiner Mann wie ich einem solchen Hund begegnet.«

»Was schlägst du vor?«

»Auf unserer Seite läuft ein schmaler Pfad bachabwärts. Nehmen wir den, anstatt auf die andere Seite zu gehen. Er führt uns wieder bergauf, endet aber bei einem schützenden Felsen, wo häufig Jäger lagern. Von dort können wir zum Kamm klettern, die Befestigungen des Totenhemdclans überqueren und den Kammweg bis hinunter zum Antilopengrund nehmen.«

»Und dann, Langer Mann? Ich möchte die scheußliche Maske loswerden. Je eher, desto besser. Ich möchte nach Norden wandern, Zauberer, und es endlich hinter mich bringen!«

Wie zur Antwort zuckte ein weißer Blitz über die Wolkenfetzen. Die ersten Regentropfen prasselten nieder, und dann brach das Gewitter mit ungeheurer Wucht über ihnen los.

Am Horizont zeigte sich das erste Blau der Dämmerung, doch Otter paddelte mit seiner Begleitung weiter den Hauptlauf des Ilini hinauf. Otter fand den schnellsten Weg, indem er die schwächste Strömung suchte und dabei hin und her über den Fluß kreuzte. Außer Schwarzschädel, der ab und zu nach der Richtung fragte, hatte niemand ein Wort gesagt.

Nach dem schockierendsten Ereignis seines Lebens, hin und her gerissen zwischen Schuldgefühl und Stolz, war Otter noch immer in Sorge. Der Kampf auf der Insel ging ihm nicht mehr aus dem Kopf. *War es wirklich geschehen? War es ein Traum, die phantastische Schöpfung seiner Seele? Habe ich wirklich diese Männer getötet?*

In der Erinnerung starrten ihn gequälte Augen voller Furcht und Ungläubigkeit an. Er preßte seine Hände fester um das Paddel. Das Gefühl, wie Knochen und Fleisch zermalmt wurden, hatte sich jeder Faser seines Körpers eingeprägt. Er hatte noch die gräßlichen Geräusche im Ohr. Vor seinem inneren Auge sah er die Khota wieder und wieder sterben. Bis zu seinem Tod würden diese Krieger zucken und sich krümmen. Khota liebten, hatten Angehörige wie andere Menschen. Wie viele Leben waren außer denen der Krieger zerstört? Frauen würden klagen, Kinder schreien, und Eltern würden die schmerzende Leere der Seele fühlen.

Otter konzentrierte sich aufs Paddeln.

Ihre Geister sind frei, Otter. Du wirst nie mehr auf diesem Fluß fahren, ohne über die Schulter zu blicken und zu fürchten, daß die zornigen Toten über dich herfallen.

So starrte er, im Innersten aufgewühlt, auf die Stellen, wo Nebel wie dunkle Schatten über dem Wasser hingen. Lauerten dort schon ihre Geister? Bereit, sich wutentbrannt zur Vergeltung auf die Seele eines Mannes zu stürzen?

Die Temperatur war in der Nacht gesunken. Wann würden die Frühlingsstürme losbrechen?

Otter beugte sich vor, setzte das Paddel ins Wasser und trieb das Kanu im immer gleichen Rhythmus vorwärts.

»Hast du über einen Lagerplatz nachgedacht?« fragte Schwarzschädel leise.

»Das hängt davon ab, wo wir sind.« Darauf hatte Otter gleich auch die Antwort. »Der Punkt... oben auf dem Steilufer nach

Westen. Der Holzturm dort ist der nördliche Ausguck der Khota.«

»Was schlägst du also vor, Händler?« Schwarzschädel schaute mit zusammengekniffenen Augen auf den undeutlichen Umriß, der sich vom purpurn dämmernden Himmel abhob.

»Wir halten darauf zu. Das Hochwasser geht zurück, aber wenn wir dicht an den Bäumen fahren, verbirgt uns der Schatten ihrer Äste. Das Gebiet der Ilini liegt direkt vor uns, Schwarzschädel.«

»Dann laß uns dorthin steuern.«

»Du machst das nicht gut, Grüne Spinne«, sagte Perle. »Außerdem schaust du in die falsche Richtung. Gib mir dein Paddel!«

Der Verdreher lächelte und drückte das Paddel an die Brust, als wäre es ein kostbares Stück.

Sie hatte recht. Grüne Spinne tauchte das Paddel kaum zur Hälfte ein, sein Rhythmus war ein anderer als ihrer. Perle streckte die Hand aus und zog vorsichtig an dem Paddel, bis Grüne Spinne es losließ.

Dann strengte sie sich an und Wellentänzer schoß voran.

Otter blickte nervös zum Turm auf dem Steilufer. *Halten die Khota dort oben Wache? Vielleicht sind es Verwandte der toten Krieger, die auf der Insel liegen?*

»Und wenn wir an dem Ausguck vorbei sind?« fragte Perle. »Sind wir dann sicher?«

Otter lachte gequält. »Das bedeutet nur, daß wir das Gebiet der Khota hinter uns haben. Aber sicher? Ob uns die Ilini schützen oder nicht, das hängt davon ab, wieviel sie riskieren wollen und auch davon, wie gereizt die Khota wirklich sind. Eine Frage, wie wütend war Wolf der Toten?«

Sie konnte ein Zittern nicht verbergen. »Wenn er am Leben ist – was der Narr behauptet –, wird er furchtbar wütend sein. Auch Grizzlyzahn wird voller Rachegedanken sein. Er mochte mich schon vorher nicht... außerdem haben wir sie im Kampf gedemütigt.«

»Die Khota brauchen Demütigungen.« Otter schätzte die Entfernung zum Turm ab. Er war auf einer Sandsteinplatte errichtet, und am Fuß des Steilufers strömte der Fluß vorbei. Der Turm lag nicht mehr als drei Speerwürfe entfernt.

Perle packte das Paddel fester. »Meinst du, ich wüßte das nicht? Ich habe die letzten vier Monde bei ihnen gelebt. Aber sie haben ihr eigenes Ehrgefühl, und wir haben ihnen ins Gesicht gespuckt, als wir die Krieger töteten. Das werden sie uns büßen lassen.«

»Büßen? Wie?« fragte Schwarzschädel, während sein Paddel im heller werdenden Morgenlicht aufblitzte.

»Mit unserem Leben«, sagte Perle knapp. »Wenn sie uns schnappen, wird es furchtbar.«

»Das letzte Mal, als sie uns schnappten, war es auch unangenehm«, erinnerte sich Schwarzschädel.

»Dein Glück, daß ich mich zufällig im Gebüsch versteckt hatte, sonst wäre es noch unangenehmer geworden«, erwiderte Perle.

»Ich zum Beispiel bin froh, daß du da warst, Frau.«

Otter mußte lächeln. Komisch, daß Perle etwas Menschliches aus Schwarzschädel herausgelockt hatte. Vielleicht war es auch der Sieg, der ihn liebenswürdig machte.

Otters Arme und Schultern waren bleiern vor Erschöpfung. Sein Atem ging schwer. Auch Perle mußte es schlecht gehen, aber ihr merkte man nichts an. Sie hielt gut mit ihnen mit, obwohl ihre Haut vor Schweiß glänzte und sie heftig atmete.

Schwaches lavendelfarbenes Licht hatte das Grau vertrieben, und Otter konnte jetzt gut sehen. Das Wasser lag ruhig in der Morgendämmerung unter den Bäumen.

Otter beobachtete, wie Perles schlanker Körper sich mit jedem Paddelschlag geschmeidig bog. Die Bewegung ihrer Schultern straffte den Stoff über ihrem muskulösen Gesäß und dem Rücken und betonte ihre schmale Taille. Das glänzende schwarze Haar ging im Takt der Bewegung mit.

Wenn Perle nicht seine Speere gestohlen und zur rechten Zeit gehandelt hätte, wären sie jetzt Gefangene der Khota. Otter dachte darüber nach, und er konnte sich nicht vorstellen, daß Rote Mokassins mit Perles kühlem Geschick gehandelt hätte – vor allem nicht nach einer so qualvollen Zeit, wie sie die Anhingafrau bei Wolf der Toten erlebt haben mußte. Perle hatte im kritischen Moment ihr Atlatl gebraucht, wissend, daß es tödlich wirkte.

Hätte ich es genauso gut gemacht? Die Frage quälte Otter. Er hatte noch nie einen Menschen getötet. Was hätte er getan, wenn er dort im Gestrüpp gelegen hätte?

Mit Respekt beobachtete er Perle beim Paddeln. Was mußte ein Mann tun, um sich einer Frau wie Perle würdig zu erweisen?

»Warum hast du dich mit uns zusammengetan?« flüsterte Otter, während sie sich dem Turm näherten. »Du hättest dort liegen können, versteckt unter den Haselnußbüschen, und sie hätten dich nie entdeckt.«

»Entgegen deiner Ansicht mache ich hin und wieder Fehler. Eure wertlosen Häute zu retten, könnte so einer gewesen sein«, erklärte sie ihm trocken und blickte zum Turm hinauf.

Da drang ein leiser Schrei vom Steilufer herüber.

»Was war das?« fragte Schwarzschädel.

»Wieso haben sie uns gesehen?« Als Otter sich umdrehte, wußte er es. »Das Kielwasser!« Die Welle, die hinter Wellentänzer kräuselnd über die Wasserfläche zog, hatte sie verraten.

»Was für ein verdammtes Pech«, zischte Schwarzschädel. »Paddelt! Los, paddelt, so schnell ihr könnt!«

»Wasser kann tragen, und Wasser kann verraten, die Khota können uns bei Tageslicht sehen«, rief Grüne Spinne laut und fröhlich. »Und ich würde sagen, wenn wir sterben müssen, sollten wir besser umkehren und in die andere Richtung fahren.«

»Wenn wir hier heil rauskommen, erwürge ich ihn, das schwöre ich«, murmelte Schwarzschädel.

Grüne Spinne griff mit beiden Händen an seine Kehle, und sein Gesicht drückte Panik und Verzweiflung aus, während er nach Luft schnappte. Er verdrehte die Augen, machte sich steif und fiel nach hinten. Begeistert von dieser Vorstellung sprang Schnapper über die Ballen und leckte das erschlaffte Gesicht von Grüne Spinne.

Wie konnte der Narr in einer so verzweifelten Lage über sie spotten? Begriff er die Gefahr nicht?

Otter hatte keine Kraft mehr, darüber nachzudenken. Er spürte die Anspannung an Armen, Schultern und im Rücken. Perle schnaufte schwer, jedesmal, wenn sie stromabwärts schaute, spornte ihre Phantasie sie an, ihre Anstrengungen zu verdoppeln. Schwarzschädel ließ das Paddel ruhen, um seinen Mantel auszuziehen und den Platz zu wechseln.

»Ja!« rief Otter krächzend, als der Fluß eine Biegung nach Osten machte. »Nach der Biegung kommt das Gebiet der Ilini!«

Keuchend und schwer arbeitend kreuzten sie über den Fluß, wobei die träge Strömung sie ein wenig abtrieb. Eine blutrote Sonne hing nun über dem Horizont, als sie die Biegung umrundeten und die Grenzmarkierung der Ilini passierten. Ein kräftiger Holzpfahl, in dessen oberes Ende ein Bärenkopf geschnitzt war, ragte aus dem schlammigen Wasser.

»Was ist das?« fragte Schwarzschädel und zeigte auf einen anderen Turm auf einer Klippe.

»Das ist der Turm der Ilini.« Otter atmete schwer, und seine Muskeln verkrampften sich. »Du würdest auch einen Wachturm bauen, wenn du die Khota als Nachbarn hättest.«

Sie behielten das hohe Tempo bei, zwangen Wellentänzer, an der geschwungenden Reihe der Bäume entlangzugleiten, bis Otter sie durch den Hauptstrom steuerte, als der Fluß wieder nordwärts bog.

»Jetzt könnt ihr langsamer machen«, befahl Otter. »Es ist Zeit, zu Atem zu kommen.« Er hustete und verringerte das Tempo. »Weiß gar nicht … wie der Beobachtungsposten es geschafft hat … uns so zu hetzen.«

Grüne Spinne richtete sich im Kanu auf und reckte die mageren Arme zur Morgensonne. »Ein schwarzer, schwarzer Tag! Sei gegrüßt, mein dunkler Freund. Wir danken dir für deine kühle Berührung und die erhellende Dunkelheit.«

»Ist er immer so?« fragte Perle, ohne den Verdreher anzuschauen.

»Manchmal ist er noch schlimmer.« Schwarzschädel blickte über die Schulter, und schaukelte das Kanu kräftig.

Grüne Spinne schrie auf, griff ins Leere, fing sich aber gerade noch und konnte sich im Boot halten.

Otter lachte, es war das erste Mal seit Tagen. Schwarzschädel fiel auch ein und Schnapper bellte vergnügt mit. Perle konnte nur leicht lächeln.

Die Fröhlichkeit war jedoch nur von kurzer Dauer. Grüne Spinne entdeckte sie zuerst und deutete nach vorne. »Ein Anblick für müde Augen, meine Freunde.«

Otter sah ein langes, schlankes Kriegskanu der Khota um die Biegung kommen.

»Ich denke, wir paddeln weiter«, sagte Perle atemlos.

»Vorerst ist es nur ein Kanu.« Schwarzschädel nahm seine kraftvollen Paddelschläge wieder auf. »Warten wir ab, wie viele uns folgen. Wir sind doch jetzt auf Wassern der Ilini?«

»Richtig«, bestätigte Otter.

»Und sie beobachten ihre Nachbarn, die Khota?« Schwarzschädel schaute zum Turm der Ilini.

»Wie Truthähne einen Fuchs beobachten.«

»Dann wissen sie vermutlich, daß wir auf ihrem Wasser sind?«

»Vermutlich. Kommt darauf an, wie wachsam der Posten ist.«

»Wenn uns die Khota nur mit einem Kanu folgen, was werden sie tun? Auf offenem Wasser den Kampf mit uns suchen?«

»So gemein sind sie«, warnte Perle.

Otter schaute noch einmal zurück. Dank seiner geschmeidigen Form kam das Kanu der Khota blitzschnell voran. Er konnte vier blinkende Paddel zählen.

»Wie viele siehst du?« fragte Otter.

Perle stand auf. »Ein Kanu, vier Männer an den Paddeln, das ist alles. Kein zweites Kanu in Sicht. Händler, wir sind ebenso stark.«

»Dann haben wir vielleicht eine Chance.«

»Was meinst du?« fragte Perle. »Sie sind frisch, wir paddeln schon die ganze Nacht.«

Otter überlegte.

»Ich kenne diesen Blick«, bemerkte Schwarzschädel mit leisem Lachen. »Was denkst du, Otter?«

»Sie können noch nichts vom Kampf auf der Insel wissen. Das bedeutet, daß sie bloß Perle suchen. Die restlichen Khota werden im Süden das Buschland nach ihr durchsuchen. Was können sie schon wissen? Nur, daß ein Händler durch ihr Netz geschlüpft ist.«

»Warum folgen sie uns dann?« fragte Perle, der die Sorge deutlich anzusehen war.

»Um herauszubekommen, wer wir sind. Versetz dich an ihre Stelle. Dieser nördliche Clanführer ist nicht dumm und würde die Verantwortung für ein Grenzgebiet nur einem guten Mann überlassen. Er wird erfahren haben, daß Perle entkommen ist. Schön, jetzt hat er uns entdeckt. Das Kanu wird versuchen, uns einzuholen, und sie werden wissen wollen, ob Perle bei uns ist. Das ist alles.«

»Also?« fragte Schwarzschädel.

»Ja, also?« wollte auch Perle wissen. Otter bemerkte, daß die Knöchel an ihren Händen, die das Paddel hielten, weiß waren.

»Wenn nun keiner von diesen Khota, die uns verfolgen, Perle jemals gesehen hat?«

»Ich sage, wir schießen einen Speer auf sie ab.« Schwarzschädel blickte mit zusammengekniffenen Augen flußabwärts, um den Abstand abzuschätzen. »Dann kommen sie nie so nahe, daß sie es sehen können.«

»Und damit bestätigst du jeden Verdacht. Perle, schnell, in dem Ballen vor dir findest du ein Hemd aus einem Stoff des Weißmuschelclans. Zieh es über, so daß es dein gelbes Khotahemd völlig bedeckt.«

»Mir gefällt das nicht«, murmelte Schwarzschädel und faßte nach unten, um sich zu vergewissern, daß seine Speere griffbereit lagen.

»Vertrau mir, Krieger«, sagte Otter, während Perle das Hemd anzog. Und er fügte hinzu: »Der graue Topf, der hinter Grüne Spinne steht... ja, der. Stopf ihn unter dein Hemd... Frau.«

»Frau?« rief sie und warf ihm einen bestürzten Blick zu.

»Frau!« betonte Otter. »Los. Beeil dich! Sie kommen näher.«

Perle zwängte den Topf unter ihr Hemd, so daß sich der Stoff stramm darüberspannte.

Schwarzschädel gluckste. »Händler, du bist verschlagen wie ein Fuchs. So könnten wir es schaffen.«

Blinzelnd betrachtete Perle ihren vorstehenden Bauch.

»Überlaßt alles mir«, mahnte Otter. »Perle, du bist vom Riesenschilfclan, verstanden? Die Händlersprache kannst du kaum, und wenn du sie doch sprichst, dann so holprig, als wäre sie neu für dich. Dein Name ist... ist...«

»Dicker Frosch!« rief Grüne Spinne.

»Gut, Dicker Frosch!« stimmte Otter zu. »Wir sind einfach den Fluß hinaufgefahren, klar? Haben im Gebiet des Khotaclans haltgemacht und getauscht... hm, was?«

»Schmuck!« Schwarzschädel deutete auf den Sack mit der Beute von den toten Kriegern.

»Genau! Und Wolf der Toten hat dafür zehn Krüge Honigbier bekommen.«

»Und ein paar Dachsschüsseln«, ergänzte Schwarzschädel.

»Na, du machst dich gut.« Otter bemerkte, daß die Khota den Abstand verringert hatten. Bald würden sie mittschiffs sein. »Ach, Grüne Spinne, wenn die Khota uns einholen, möchte ich, daß du heulst, schreist und soviel redest, daß keiner ein Wort anbringen kann, verstanden?«

»Nein!« erwiderte der Verdreher.

»Gut.«

»Ihr da!« Der Ruf kam über das Wasser. »Halt!«

Otter brachte Wellentänzer geschickt mit dem Paddel ins tote Wasser. In der Händlersprache rief er zurück: »Wir haben unseren Beitrag zu Gesundheit und Reichtum des Khotaclans schon geleistet!«

»Keine Waffen zu sehen«, flüsterte Schwarzschädel leise.

Otter sah, wie Perle sich vor Angst verkrampfte. Sie würde doch nicht schlappmachen? Dann könnte allerdings sein schöner Trick platzen.

Das Kanu der Khota hüpfte über das Wasser, die vier Männer waren so schweißnaß wie Otters Gefährten. »Wer bist du?« fragte einer der Khota.

»Viertöter! Ein Händler vom Weißmuschelclan. Wer bist du?«

»Kohledaumen, ein Krieger des Khotaclans. Ihr kommt gerade aus dem Gebiet der Khota?«

»Das ist richtig«, erwiderte Otter, während das Kanu der Khota dicht an ihre Seite kam. »Und jetzt befinden wir uns auf dem Gebiet der Ilini – wie der Pfosten dort hinten anzeigt. Was will Wolf der Toten jetzt noch?«

Die vier Khotakrieger starrten Perle an und murmelten miteinander.

Schwarzschädel brüllte: »Er hat schon unser Honigbier. Zehn Töpfe! Und unsere Dachsschüsseln. Wißt ihr, wie wertvoll Dachsschüsseln sind? Und mein purpurfarbenes Hemd. Langes Eichhörnchen wollte zehn mal zehn Haifischzähne für dieses Hemd!«

»Schon gut, schon gut«, zischte Otter aus dem Mundwinkel. »Treib es nicht zu arg.«

»Wer ist diese Frau?« wollte Kohledaumen wissen.

»Ihr Name ist Dicker Frosch. Sie ist vom Riesenschilfclan. Meine Frau.«

»Wir suchen eine Frau«, erklärte Kohledaumen, während er nach Perle schielte.

»Ich könnte dir mit der hier ein gutes Geschäft anbieten«, sagte Otter zu ihm. »Weißt du, wie viele Pausen eine schwangere Frau machen muß? Wir wären schon fast oben am Fluß, wenn sie nicht jeden halben Herzschlag aussteigen müßte. Was für eine schwere Prüfung!«

Einige der Khota kicherten. Perle drehte sich um, und ihre schwarzen Augen blitzten. Was immer dieser Blick bedeuten mochte, Gutes verhieß er nicht.

Otter fügte hinzu: »Ihr Kind kommt in einem Mond. Wenn du denkst, ich hätte jetzt Ärger, warte nur, bis es mein ganzes Boot vollscheißt! Was hältst du davon, wenn wir tauschen? Einen von deinen jungen Männern mit guter Lunge, stark in den Schulter, für diese Frau? Ach ja, und der junge Mann muß sein eigenes Paddel mitbringen und Befehle ohne Widerspruch ausführen.«

Wieder brachen einige Khota in Gelächter aus.

»Ist das richtig, Frau?« fragte Kohledaumen.

Durch die zusammengebissenen Zähne antwortete Perle in der Händlersprache: »Ich wollte diese Fahrt nicht!« Dann sagte sie auf Anhinga noch anderes, das Otter nicht verstehen konnte, aber der Ton war eindeutig.

Die Khota lachten, bis auf Kohledaumen. Er schien argwöhnisch. »Was hast du bei Wolf der Toten eingetauscht, Weißmuschelmann?«

Schwarzschädel hob den Sack mit dem Schmuck. »Für das Honigbier, die Dachsschüsseln und mein Purpurhemd haben wir billigen Schmuck bekommen.«

Die Mienen der Khota blieben gleichgültig. Kohledaumen sagte: »Du könntest ja zurückfahren und dich bei Wolf der Toten beschweren.«

Otter zuckte die Achseln. »Wir reden mit ihm auf der Rückfahrt. Das ist der Preis des Geschäfts, meinst du nicht, Krieger? Wir durchqueren das Gebiet der Khota, trinken ihr Wasser, lagern auf ihrem Land und angeln in ihren Flüssen. Besser um Frieden handeln, als für Krieg bezahlen.«

»Und wohin gehst du, um zu handeln?«

»Zu den Ilini. Danach hoffen wir, zum Süßwassermeer zu kommen. Wir wollen die Küste entlang nach Norden, ins Kupferland. Wir haben von warmen Fellen gehört, die dort getauscht werden. Auch steckt dort viel Silber im Boden. Vielleicht bringen wir diese Dinge mit, um damit in der Gegend der Stadt der Toten und bei den Copena zu handeln.«

»Copena?« knurrte Schwarzschädel und fluchte. »Mein Lebtag gehe ich nicht dorthin.«

Kohledaumen murmelte ganz leise etwas in der Khotasprache. Dann fuhr er in der Händlersprache fort: »Fahr weiter, Händler.«

Damit wendeten die Khota ihr Kanu und ließen sich mit der Strömung flußabwärts treiben.

Schwarzschädel sah ihnen nach, und Otter trieb Wellentänzer nordwärts.

Als die Khota aus Speerschußweite waren, lächelte der Krieger. Er ballte eine Faust und haute damit auf seine andere Hand. »Du bist ein kluger Mann, Otter. Du würdest sogar Bunte Krähe um seine Federn betrügen.«

Perle wackelte, um den Topf zu »gebären«. »Dicker Frosch? Dicker Frosch! Das werde ich dir nie vergeben. Lieber lasse ich mich von einer Mokassinschlange beißen, als dich zu heiraten, du Blutegel!«

»Was?« rief Otter. »Unser erster Streit! Und das Kind soll frühestens nach einem Mond kommen!«

Da mußte Perle grinsen und hatte zum ersten Mal wieder Feuer in den Augen. »Genieße deine Phantasien, Händler. Das einzige, was du mir einpflanzen wirst, sind Kopfschmerzen.«

Otter blickte zurück und sah, wie die Khota flußabwärts um die Biegung paddelten. »Sie werden wiederkommen.«

»W ... was?« Perle warf sich herum.

»Kohledaumen. Er wird herausbekommen, daß wir ihn überlistet haben. Dann wird er uns genauso zur Strecke bringen wollen wie Wolf der Toten.«

26. KAPITEL

Sternmuschel saß unter der vorspringenden Felsbank zu einer Kugel zusammengekauert, um die Schultern eine feuchte Decke. Grau und trübe war die Dämmerung angebrochen, noch immer prasselte der Regen nieder. Donner grollte über den dunkel lastenden Bergen und verhallte in der Ferne.

Das Jägerlager war kaum mehr als eine Höhle unter einem rissigen Sandsteinüberhang. Darunter war der Boden zu einer unbequemen Schräge ausgewaschen, so daß man sich zwar hinsetzen konnte, versuchte man aber, sich hinzulegen, ragten die Füße über den Vorsprung und wurden naß.

Silberwasser lag in einer Vertiefung. Als Sternmuschel ihre Tochter betrachtete, tat ihr das Herz weh. In ihren Decken sah Silberwasser so unschuldig und lieb aus. Ihr Gesicht war entspannt, der Mund stand leicht offen, die Augen waren geschlossen, und an den langen Wimpern hingen silbergraue Nebeltröpfchen.

»Sie schläft tief«, sagte Langer Mann.

»Sie sollte nicht hier sein. Mein kleines Mädchen sollte lieber mit Freundinnen spielen, sollte Puppen basteln.« Sternmuschel lehnte erschöpft den Kopf zurück. »Was ist geschehen, was hat das alles zunichte gemacht?«

»Dein Mann.« Langer Mann hob herausfordernd den Kopf. »Vielleicht der Großvater deines Mannes oder der letzte Langschädel, der die Maske trug. Das Übel könnte sogar bis zu dem Mann zurückgehen, der sie gefertigt hat.

Ich weiß nicht, Sternmuschel. Wenn ein Mann in einem Fluß ertrinkt, wann wurde das Wasser zu tief zum Schwimmen? Lag es an dem Regentropfen auf dem Gipfel des Bergs? An dem Hochwasser auf dem Weg zum Bach? Du kannst das Wasser bis zum Salzwasser erforschen, der Mann bleibt ertrunken.«

Sie hob einen Stock auf, um auf dem Boden des Unterstands zu kratzen. Angekohlte Knochenstücke erinnerten an die Mahlzeiten früherer Bewohner. Ihre Rückenmuskeln hatten sich verkrampft. »Ich möchte daß es endlich vorbei ist, Langer Mann. Fast zwei Monde laufen wir schon davon. Ich bin müde und verzweifelt.«

»Ich weiß, kleine Sternmuschel, aber es wäre zu gefährlich gewesen, einfach nur nach Norden zu gehen. Wanderdrossel hätte uns aufgespürt. Deine Tochter wäre mit dir zugrunde gegangen. Glaubst du, in Sternhimmelstadt hätten sie Krieger zusammengerufen, um eine Frau zu retten, die in Schwierigkeiten geraten ist?«

»Nein.« Nicht einmal ihr geliebter Vater hätte es gewagt, eine solche Torheit vorzuschlagen.

»Und wie wäre es dann gekommen? Deine Tochter und du, ihr wäret tot, und Wanderdrossel würde die Maske tragen.«

Sie brauchte sich nicht auszumalen, wie Wanderdrossel sie oder Silberwasser behandelt hätte.

Sie seufzte, als sie daran dachte, was Grüßt die Sonne ihr angeboten hatte. Von allen Fallen, die die Maske stellen konnte, war diejenige, die Glück, Sicherheit und Liebe verhieß, die hinterhältigste gewesen. Der Friede in seinen ehrlichen Augen, die warme Stärke seines Körpers, der sich mit ihrem vereinigt hatte...

Hätte mich seine Liebe so geblendet, daß ich nicht gesehen hätte, wie die Maske Gewalt über meine Tochter gewann?

»Eines Tages«, versprach Langer Mann, »wenn du auf alles zurückblickst, werden die Lehren bittersüß sein, aber nicht vergeblich. Diese Tage, Sternmuschel, sind die wunderbarsten deines Lebens.«

»Wenn das ein Scherz sein sollte, kann ich nicht darüber lachen.«

»Ich meine es ernst.« Er rieb sich die kleinen Hände, weil ihm kalt war. »Du sprühst doch vor Leben. Dieses Abenteuer wird das aufregendste und wichtigste deines Lebens. Egal, wohin du gehst, du wirst immer mit Ehrfurcht und Freude an diese Tage denken.«

»Ich habe Angst, Langer Mann, bin müde, hungrig und hoffnungslos.«

»Das stimmt. Doch vor allem bist du heldenhaft. Was du für eine einmalige Gelegenheit bekommen hast.«

»Ich würde sie eintauschen.« *Und ich hätte es getan... für einen jungen Mann und einen Traum vom Glück.*

Sie schaute ihn aus den Augenwinkeln an und fragte: »Wie steht es mit dir? Ist dies auch deine einmalige Gelegenheit?«

Traurig schüttelte er den Kopf. »Nein, ich bin ein Narr. Ich dachte, ich könnte ein Abkommen treffen, Friede im Leben nach dem Tod erhandeln. Dafür bat mich Erster Mann, die Menschen vor dem bösen Einfluß der Maske zu bewahren. Dann aber machte ich mich auf, um die schöne Sternmuschel zu retten und dem Unwürdigen die Maske zu entreißen.«

Der Regen war noch stärker geworden. Wolkenfetzen schwebten wie Girlanden durch den Wald. »Meine Schwächen sind immer Eitelkeit, Überheblichkeit und Stolz gewesen. Ein Zwerg zu sein, ist ein großes Privileg. Einem Zwerg werden alle Wünsche erfüllt. Frauen kommen in Scharen zu ihm, Glück und Segen von ihm erhoffend. Wenn er Schmuckstücke, Häuser oder Felder bewundert, bekommt er sie von den Besitzern geschenkt. Alle achten ihn. Was könnte nützlicher sein, als einem magischen Zwerg ein Geschenk zu machen?«

»Das hört sich verbittert an.«

»Ich bin verbittert. Ich habe die Illusion vorbeiziehen sehen wie Wolken vor der Mittagssonne. Ich bin nichts! *Nichts!* Ein Parasit und überheblich dazu.«

»Nichts von alldem würde geschehen, wenn du nicht wärst.« Sternmuschel streckte die Hand aus und nahm seine. »Du weißt immer, was zu tun ist. Ohne dich wäre ich verloren.«

Seine Lippen bebten. »Ja, das wärst du. Deshalb hat man mich geschickt. In meiner Eitelkeit glaubte ich natürlich, die Macht interessierte sich für mich. Narr, der ich bin.«

»Du bist kein Narr.«

»Doch. Um dich geht es. Ich bin nur Führer und Ratgeber. Das Schicksal hat sich für dich entschieden. Wenn ich nicht mehr gebraucht werde, wirft man mich weg wie einen zerbrochenen Topf.«

»Ich glaube, du hast unrecht«, sagte sie, aber ihre Worte klangen halbherzig.

Es blieb ihnen nur, die Maske nach Norden zu bringen und sie ins Brüllende Wasser zu werfen. War das getan, könnten sie sich um Erinnerungen und die alten Überlieferungen kümmern.

Der Schmerz im Schädel von Wolf der Toten war so schlimm, daß es ihm vorkam, als habe ihm jemand einen gesplitterten Hartholzpfahl ins Gehirn getrieben. Der höllische Schmerz war so plötzlich gekommen, daß ihm alles vor den Augen verschwamm und ihm den Atem nahm.

»Anführer.« Grizzlyzahn sprach ihn an.

»Es… es geht mir gut. Ich brauche nur… einen Moment.« Er zwang sich zu atmen, die Qual zu ertragen. Der Schmerz ließ langsam nach.

»Anführer«, wiederholte Grizzlyzahn.

Wolf der Toten blickte auf. Verschleiert sah er wieder das Kriegskanu, in dem er saß. Das schlanke Boot glitt ungesteuert übers Wasser. Alle Krieger hatten mit dem Paddeln innegehalten und beobachteten ihn besorgt.

»Schmerzen, das ist alles.« Wolf der Toten sog noch einmal die kühle Luft ein; die Frische trieb den Schmerz weiter fort. »Es wird heilen.«

Grizzlyzahn setzte sich vor ihn. »Anführer, wenn ich geahnt hätte, daß sie zuschlagen würde, dann hätte ich…«

»Nein, du hast deine Pflicht getan, mein Freund. Wir haben sie falsch eingeschätzt.«

»Ein Kanu!« rief einer der Krieger. »Es kommt sehr schnell auf uns zu.«

Grizzlyzahn stand auf, um flußaufwärts zu blicken. »Anscheinend bringen sie Neuigkeiten.«

Wolf der Toten wollte nicht hinschauen, denn er fürchtete, die Benommenheit würde dann zurückkehren. Was war schiefgegangen? Was als Feier begonnen hatte, war zur Suche nach einem Mädchen geworden. Dabei war einer seiner bewährtesten Männer von unbekannten Händlern getötet worden – darunter eine Frau. Grizzlyzahn behauptete, es sei dieselbe Frau gewesen, die ihm über den Schädel geschlagen und sein Haus niedergebrannt hatte. »Anführer!« rief eine Stimme aus dem anderen Boot. »Wir haben eine Nachricht von unserem nördlichen Wachposten. Vier Personen, drei Männer und eine Frau versuchten, sich kurz vor Tagesanbruch vorbeizuschleichen, aber unsere Posten erwischten sie.«

»Was haben sie mit ihnen gemacht?«

»Nichts, Anführer, nichts! Sie wußten ja nicht, wonach sie suchen sollten, und ließen sie gehen.«

Diese Nachricht wollte einfach nicht zu den Überlegungen von Wolf der Toten passen.

»Das waren sie!« brauste Grizzlyzahn auf. »Sie sind uns entwischt.«

Das Kanu schwankte. Grizzlyzahn sagte zu Wolf der Toten: »Anführer, ich verstehe, wie Kopfwunden einen Mann mitnehmen können, aber wir müssen sie verfolgen! Wenn die Ilini erfahren, daß wir es uns gefallen lassen, daß sie unseren Anführer beleidigt, sein Haus niedergebrannt und so viele Krieger getötet haben, werden wir nie mehr sicher sein. Verstehst du?«

»Was?« Wolf der Toten konnte nicht klar denken.

»Die Ilini, Anführer. Sie sind viel mehr als wir. Wir halten sie nur in Schach, weil sie Angst vor uns haben. Wenn sie uns angreifen, könnten sie uns aus diesem Land vertreiben.«

»Ja, ja.« Allmählich ergab es einen Sinn. Die toten Krieger ... ihre Mörder waren nach Norden geflohen, zu den verhaßten Ilini. »Wir müssen sie töten. So schnell, wie wir diese Frau, die mich überfallen hat, finden und töten müssen.«

Grizzlyzahn sagte: »Ich glaube, sie ist bei den Händlern.«

»Aber wenn sie es nicht ist? Es könnte doch eine andere Frau sein.« Jetzt konnte er wieder denken.

»Das spielt keine Rolle«, erwiderte Grizzlyzahn. »Wir sagen, daß Perle bei ihnen ist, und wegen der Gefahr für unsere Nordgrenze müssen wir diese Händler töten. Auf dem Rückweg durch das Gebiet der Ilini müssen wir ihre Köpfe vorführen, damit alle sehen, wie wir mit Verrätern umgehen.«

»Sehr gut. Du hast natürlich recht. Ruf die Krieger. Wir müssen nach Norden und diese Händler finden.« *Und wenn wir sie haben, werden sie langsam sterben, über viele Tage, damit alle Ilini zuschauen können.*

Seine Gedanken fügten sich wieder zusammen. Er befeuchtete seine Lippen, merkte kaum die Lücke im Oberkiefer, wo ihm als junger Mann die Zähne ausgeschlagen worden waren. Das war schmerzhaft gewesen – aber es hatte nicht annähernd so weh getan wie jetzt sein Kopf. Schmerz mußte mit Schmerz, Demütigung mit Demütigung vergolten werden – so hielten es die Khota.

Schon einmal hatte eine Frau sich einer solchen Tat schuldig gemacht.

Wehklagen hatten danach über Generationen ihr Volk bestimmt.

27. KAPITEL

Ich spüre die kleinen Wellen und Veränderungen in der Geisterwelt. Die Maske ist wieder unterwegs, wird über schlammige Waldpfade getragen. Ich kann das sprießende Gras und die ersten Wildblumen riechen. Eine kühle Brise streicht über junges Grün.

Der Geist der Macht schwillt an, ist dann wieder schwächer. Bunte Krähe tänzelt abschätzend um Erster Mann herum. Beide suchen eine Möglichkeit anzugreifen, den anderen zu besiegen.

Wer sich auf Menschen verläßt, muß auf alles vorbereitet sein. Denn wenn ein Mann einen Kampf auch noch so gut beginnt, kann er ihn am Ende doch verlieren.

Ich hebe die Hand und schaue. Das Blut, das ich vor langer Zeit abgewaschen habe, ist noch immer unter meinen Fingernägeln zu sehen.

»Viele Menschen«, bemerkte Schwarzschädel. Sie paddelten auf dem ruhigen Wasser östlich der Hauptströmung des Ilini.

Drei Kanus zogen in dieselbe Richtung wie Wellentänzer. Otters Trupp war von den Kriegern, die an der Grenze Wache hielten, bereits begrüßt und untersucht worden. Sie waren an mehr als zweimal zehn Kanus vorbeigekommen.

»Es gibt viele Ilini, und sie sind wohlhabend«, sagte Otter gähnend. Er hielt sein Paddel über den Kopf, um die verspannten Muskeln in den Schultern zu dehnen. Sie waren eine Nacht und einen Tag gepaddelt und hatten obendrein den Khota ein Wettrennen geliefert. Daß sie sich ablösten, war eine gewisse Erleichterung gewesen. Perle war eine gute Paddlerin, und was ganz ungewöhnlich war, Grüne Spinne hatte sich auch beteiligt.

Otter war voller Vorfreude. Diese Nacht würden sie friedlich in einem Clanhaus der Ilini schlafen.

»Bist du sicher, daß es hier oben ein Dorf gibt?« fragte Perle.

»Oh, der Wasserfuchs weiß alles«, antwortete Schwarzschädel mit einer schwungvollen Geste. Dann grinste er Otter an. Grüne Spinne legte den Kopf in den Nacken, rülpste und rief: »Nichts! Überhaupt nichts!«

»Seid gegrüßt, Händler!« hörten sie eine Stimme in der Händlersprache sagen. Aus dem toten Wasser glitt ein Kanu, in dem ein Mann und eine Frau saßen. Sie sahen schmutzig aus.

»Willkommen im Gebiet des Haselnußclans. Woher kommt ihr?«

»Den Fluß herauf!« rief Otter zurück.

»Mögen die Khota verfaulen!« sagte die Ilinifrau und lächelte, als sie längsseits heranpaddelten. Neben Wellentänzer sah ihr Einbaum klein aus.

»Ihr habt Glück gehabt!« Katzenfische und Neunaugen bedeckten neben feuchten Netzen den Boden des Kanus. Außerdem lagen lange Fischspeere mit Widerhaken neben Atlatlspeeren und einem zerbrochenen Fischfangerät.

Der Mann lachte vergnügt und sagte: »Wir haben im toten Wasser eine Reuse gebaut. Bei Hochwasser schwimmen die Fische hinein, und wenn das Wasser fällt, versperrt die Reuse ihnen den Ausgang. Was uns nicht in die Reuse geht, fangen wir mit dem Netz.«

»Wir könnten ein paar Fische eintauschen«, sagte Otter zu dem Mann, die Worte mit seinem gewinnendsten Lächeln unterstreichend.

Der Illini schien erst jetzt Schwarzschädel zu bemerken und stutzte. Auch die Frau starrte ihn an und fragte: »Ist dieser Mann verletzt?«

Schwarzschädel sprach: »Ich bin Krieger.«

Die Ilini fragten ängstlich: »Müssen Händler heute Krieger mitnehmen, um an den Khota vorbeizukommen?«

»Nein. Wir sind auf der Fahrt in den fernen Norden.« Otter deutete auf Grüne Spinne, der sich über Bord lehnte und versuchte, mit dem Zeigefinger ein Holzstöckchen zu versenken. Otter lächelte und erklärte: »Grüne Spinne ist ein Verdreher. Bunte Krähe schenkte ihm eine Vision, der wir jetzt nordwärts folgen.«

»Eine Vision! Von Bunte Krähe?« Der Mann sprach schnell auf Ilini mit seiner Frau. Dann starrte er Grüne Spinne unerschrocken an. »Ich ... wir sind gesegnet. Verzeiht mir. Mein Name ist Dreibein, und meine Frau hieß ursprünglich Frau, die im Morgennebel geht. Wie ihr euch denken könnt, wurde ihr langer Name abgekürzt. Wir nennen sie jetzt Bäckerin.«

»Bäckerin?« fragte Perle.

»Ja, wegen der Brote, die sie mit Gänsefuß, Haselnüssen und Pfeilkrautknollen backt.«

Otter zeigte auf Perle. »Diese schöne Frau ist Perle vom weit entfernten Anhingaclan. Und mich kennt man als Wasserfuchs, einen Händler von den Weißmuschelleuten.«

»Ah! Wir sind geehrt, euch kennenzulernen«, rief Bäckerin. »Ihr seid von weit her gekommen. Kein Wunder, daß ihr müde ausseht. Bestimmt könnt ihr ein heißes Mahl und etwas Ruhe vertragen. Der Bruder meines Mannes ist Clanoberhaupt.

Unsere Ahnen haben dieses Land bestellt und hier gejagt, seit Erster Mann auf der Erde wanderte und den Ilini die Lebensregeln gab. Kommt, seid uns willkommen. Wir fahren voraus.«

»Das laß ich mir schon eher gefallen«, brummte Schwarzschädel über die Schulter.

»Sie wußten nicht recht, was sie mit deiner Geschichte über die Vision von Grüne Spinne anfangen sollten«, sagte Perle nachdenklich.

»Wie kommst du darauf?« fragte Schwarzschädel.

»Ich kann Menschen durchschauen«, erwiderte Perle knapp.

Das Dorf des Haselnußclans lag am Nordufer des Bachs. Dreibein schrie so laut er konnte, um die Ankunft der Händler anzukündigen.

Es duftete nach Holzrauch, als Wellentänzer am Anlegeplatz auf den Strand lief. Aus allen Richtungen strömten Leute herbei, Hunde bellten, und Kinder schrien. Die Ilini strahlten, während man sich die Hände drückte und miteinander plauderte.

»Was für eine Begrüßung«, staunte Perle.

»Die Händler machen sonst einen großen Bogen um diese Gegend«, erwiderte Otter, »daher sind die Ilini ausgehungert nach Waren – besonders solchen, die sie für ihre Bestattungen und heiligen Riten brauchen.«

Nach der rituellen Begrüßung der Geister wurden die Gäste zum Clanhaus geleitet. Auf dem Weg fiel Otter auf, daß die Leute bei ihrer Ankunft alles, womit sie gerade beschäftigt gewesen waren, stehen und liegen gelassen hatten, um erst einmal die Besucher willkommen zu heißen.

»Kommt!« rief Dreibein und bahnte sich mit Bäckerin an seiner Seite einen Weg durch die Menschenmenge.

Das große, dunkle Clanhaus roch nach rußigen Feuern, staubiger Erde, Stoffen und Stroh. An den Wänden standen große Töpfe, viele davon mit Punkten und eingeritzten Mustern verziert, an den Wänden hingen Körbe und Netztaschen; auch Zeremonialmasken waren aufgehängt.

Ein endloser Strom von Menschen füllte das Haus.

Hinter dem Feuer stand der Anführer des Clans. Er war mit einer blau und weiß gemusterten Decke, einem lederfarbenen Hemd und hohen Mokassins bekleidet.

Er breitete weit die Arme aus. »Seid gegrüßt, Händler. Ich bin Schweigsame Eule und heiße euch im Gebiet des Haselnußclans willkommen. Mögen eure Söhne stark werden, und mögen eure Kindeskinder Bunte Krähe, euren Ahnen und eurem Clan Ehre und Reichtum bringen.«

Otter antwortete auch mit einer Begrüßung. Während sie noch die Rituale vollzogen, brachten Jungen Feuerholz herein für die Feuerstelle in der Mitte des Raums.

Otter gab Schweigsame Eule Tabak für die Pfeife, die traditionell zu den Gebeten geraucht wurde. Nachdem Otter gezogen hatte, reichte er die Pfeife an Grüne Spinne, dann an Schwarzschädel und zum Schluß an Perle.

Als die Schutzgeister gebührend geehrt waren, legte der Clanführer eine Hand an die Brust. »Ich bin Schweigsame Eule, der Sohn von Große Eule. Ihr seid meine Gäste, ich bitte euch, Platz zu nehmen.«

Grüne Spinne ging wie immer auf die Tür zu. Otter befahl ihm, hinauszugehen; darauf ließ sich der Verdreher am Feuer nieder.

Otter erschien Schwarzschädel merkwürdig ungezwungen. Was hatte sich im Umgang des Kriegers mit Fremden geändert? War das durch den Kampf auf der Insel geschehen? Ein wenig Blut, und es ging ihm gut?

Schweigsame Eule erhob die Stimme. »Jemand möge den Händlern Essen bringen!«

Dann blies er blauen Rauch aus. »Es ist dir geglückt, an den Khota vorbeizukommen. Und mit einem ziemlich vollen Kanu.« Er lächelte. »Ich glaube, ich weiß, wer du bist... Wasserfuchs? Dein Boot ist uns von anderen Händlern beschrieben worden. Deine Ehrlichkeit und deine herausragende Stellung als Händler ist überall bekannt. Du bist ein Freund der Ilini.«

»Ich bin bei vielen Völkern bekannt«, sagte Otter. Dann berichtete er von ihrer Fahrt durch das Land der Khota und auch vom Kampf auf der Insel.

»Wir haben zweimal zehn und einen ihrer Krieger getötet«, brummte Schwarzschädel in Otters Sprache. »willst du ihnen nichts davon erzählen?«

Otter zögerte, aber die Neugier von Schweigsame Eule war geweckt. Otter wandte sich wieder an ihn. »Edler Clanführer, leider hatten wir mehr als Ärger mit den Khota. Wir waren gezwungen, einige ihrer Krieger zu töten.«

»Einige?« rief Schwarzschädel, indem er sich mit der Faust auf die Brust schlug.

»Wie viele?« fragte Schweigsame Eule.

»Zweimal zehn und einen!« brüllte Schwarzschädel.

Otter zuckte zusammen. *Warum habe ich ihm vorher nicht gesagt, daß er schweigen soll. Zu spät.*

Im Raum waren Laute des Erstaunens zu hören.

Der Blick von Schweigsame Eule wanderte von Schwarzschädel zu Otter. »Du bist sehr zurückhaltend, Wasserfuchs. Die Ilini werden um tote Khota nicht weinen. Verrate mir, wie du ihnen den Hinterhalt gelegt hast. Wie viele eigene Leute hast du verloren?«

»Wir haben ihnen keinen Hinterhalt gelegt«, erklärte Schwarzschädel, »sie griffen uns an. Und wir brauchten keine Hilfe, um diese erbärmlichen Feiglinge zu töten.«

Schweigsame Eule machte große Augen. »Oh, für einen so häßlichen Mann erzählst du aber eine sehr schöne Geschichte.«

»Lügen, Lügen, alles Lügen!« schrie Grüne Spinne, sprang auf und wedelte mit den Armen. Er schaute sich in dem plötzlich still gewordenen Raum um. »Ich frage euch, wer lebt ... wer ist tot? Ich würde sagen, daß Hundefresser und seine zweimal zehn Krieger die grenzenlose Fülle des Lebens genießen, während dieser Khotaführer und sein Kriegshäuptling – deren Namen wir nicht aussprechen können – nichts als Geister sind.«

»Was sagt er?« fragte Schweigsame Eule besorgt.

»Idiot!« murmelte Schwarzschädel leise. Dann fügte er hinzu: »Der Narr hat die Khota abgelenkt, damit ich meine Keule holen konnte.«

»Sei still!« Grüne Spinne sprang vor und zeigte auf Schwarzschädel. »Das ist nie geschehen, Menschentöter. Sie leben! Jetzt noch mehr als damals, als du, Perle und Otter sie getötet habt.«

Schweigsame Eule beugte sich zu Otter, zeigte auf den Krieger und den Verdreher und fragte: »Was bedeutet das?«

Otter war es unbehaglich. »Eine Botschaft, edler Clanführer. Der Verdreher warnt uns vor etwas.«

»Nicht dich, großer Händler!« Grüne Spinne ließ sich auf alle viere fallen. »Nur ruhig, Mann vom Weißmuschelclan. Laß dir Zeit. Niemand verfolgt dich. Das wagen sie nicht, wenn du Menschentöter bei dir hast. Oder die zarte Perle, die es ihnen ausreden könnte.«

Otters Herz klopfte laut. »Ich verstehe.«

»Was verstehst du?« fragte Schwarzschädel mit einem finsteren Blick auf Grüne Spinne.

Panik stand in Perles schwarzen Augen. Sie flüsterte dem Krieger zu: »Er ist wahnsinnig!«

Schwarzschädel nickte müde.

Otter wich dem Blick von Grüne Spinne aus und reckte den Hals, um den Anführer des Haselnußclans zu sehen. »Ich bitte dich um Rat, große Schweigsame Eule von den Ilini. Was werden die Khota tun? Wir haben ihre Krieger getötet, sonst hätten sie uns überfallen, unsere Waren geraubt und diese Frau verletzt.«

Schweigsame Eule blickte unbehaglich von einem zum anderen. »Dann ist es also wahr? Ihr habt ihre Krieger getötet?«

Schwarzschädel faßte in sein Hemd und warf ein kupfernes Amulett zum Feuer. Schweigsame Eule fing es auf und hielt es hoch, um es genau zu betrachten. Im Feuerschein schimmerte poliertes Kupfer, dessen Ränder Blutflecken sprenkelten. Das Stück ähnelte einem Schildkrötenkopf, die Augen waren zwei Flußperlen.

Schwarzschädel zeigte auf Perle. »Ihr erster Speer hat ihn getötet. Es war der Anführer des Trupps, der uns gefangennehmen wollte.«

Schweigsame Eule warf den Schmuck schnell zurück, als hätte er sich die Finger verbrannt. »Ich kenne das Amulett. Hundefresser hat es getragen.«

Das Gemurmel in der Menge war bedrohlich angeschwollen.

»Das war sein Name«, bestätige Otter. In dieser Nacht würde er vielleicht doch nicht so ruhig schlafen können.

Schweigsame Eule blickte verstohlen zu den Versammelten, wandte sich dann aber wieder an seine Gäste. Er wirkte nervös, als er sagte: »Du hast mich um Rat gefragt. Euch mag dieses Morden als bemerkenswerte Heldentat erscheinen, ich bezweifle immer noch, daß eure Worte wahr sind. Vielleicht war es die Macht dieses Verdrehers, vielleicht das Können dieses Kriegers. Ich glaube, daß ihr den Khota einen Hinterhalt gelegt, sie in diese Falle gelockt habt und ...«

»Ich habe dir gesagt«, unterbrach ihn Schwarzschädel ungeduldig, »daß sie uns umzingelten.«

»Ganz recht.« Otter hob die Hand, um weitere Ausbrüche zu verhindern. »Bitte, sprich weiter, Schweigsame Eule, ich erwarte deinen Rat.«

Grüne Spinne rülpste, was Otter mißfiel. Dann sagte er: »Denk über folgendes nach, berühmter Clanführer. Wir bieten dir die Erfüllung deines größten Wunsches an. Der Zufall fliegt schnell wie eine Schwalbe, hierhin und dorthin. Willst du diesem Vogel erlauben zu fliegen und die Sehnsucht deines Volks erfüllen?«

Der Clanführer musterte Grüne Spinne, bevor er antwortete. »Die Khota sind unsere Nachbarn. Vor nicht sehr langer Zeit, mein Volk erinnert sich noch gut daran, kamen sie von Norden und nahmen das Land in Besitz, in dem sie heute noch leben. Es gehörte den Ilini.«

Dreibein und eine der alten Frauen hatten sich vorgebeugt und redeten beide auf Ilini. Etwas in ihrem Benehmen deutete Schwierigkeiten an.

Schweigsame Eule hob eine Hand, um seine Ratgeber zu beruhigen, und wandte sich dann an Otter. »Wenn du einen ihrer Kriegertrupps vernichtet hast, werden sie dich gnadenlos verfolgen. Ich rate dir, diese Nacht hier auszuruhen. Iß dich satt und schlafe in Frieden. An deiner Stelle würde ich mich aber mit dem ersten Morgenlicht davonmachen.«

Grüne Spinne hüpfte noch immer auf allen vieren herum. »Niemals! Nicht die Khota! Alles Feiglinge! Ich kann sie sehen, wie sie in ihren Hütten zittern. Sie würden uns nicht um die Welt jagen. Nein, sie würden Wasserfuchs erlauben, ihren Ahnen ins Gesicht zu spucken, ihre Anführer zu beleidigen! Sie lachen! Sie ducken sich! Seht ihr sie?«

Otter schloß kurz die Augen und stellte sich die Khota vor, wie sie sich in Wut steigerten. Er sah das häßliche Gesicht von Wolf der Toten, verzerrt vor Haß. Als er die Augen wieder öffnete, flüsterten die Ratgeber von Schweigsame Eule erneut und schauten argwöhnisch auf Otter und Schwarzschädel.

Der Anführer des Haselnußclans bedeutete ihnen zu schweigen und sagte: »Du steckst tief in Schwierigkeiten, Händler. Ich würde genau aufpassen, was dein Verdreher sagt. Er weiß mehr als wir alle.«

Otter fühlte ein lähmendes Gefühl der Unausweichlichkeit. Der Verdreher beobachtete ihn, und sein Blick war von schneidender Schärfe.

Die Decke bis zum Kinn gezogen, lag Perle flach auf dem Rücken. Eine innere Unruhe ließ sie nicht einschlafen. Sie lauschte dem Schnarchen von Schwarzschädel, draußen konnte sie einen Hund bellen hören.

Der Schlaf brachte ihr keine Ruhe mehr, Alpträume ließen sie keinen Frieden finden. Wolf der Toten, die Khota, jene entsetzliche Nacht – alles kam zurück, alles durchlebte sie noch einmal. Die Demütigung fraß ständig an ihr.

Sie hatte gehofft, es würde ihr helfen, daß sie diese Khota getötet hatte. Vielleicht hatte es das getan. Möglicherweise war Hundefresser einer von den Kriegern, die sie in jener Nacht festgehalten hatten. An Einarm und Mondnarbe konnte sie sich erinnern – und Grizzlyzahn natürlich. Ein Teil der Schuld war zurückgezahlt. Aber die Wunde würde nie heilen.

Perle stand leise auf. Als sie über das Lager des Kriegers stieg, stutzte sie – die Schlafstelle des Verdrehers war leer!

Sie schlüpfte durch den Türvorhang.

Das Mondlicht erhellte das Gelände des Iliniclans. Sonst hatten sie die weichen Rhythmen der Nacht immer getröstet. Aber das war lange her.

Die Khota würden sie verfolgen, von den ersten Tagen auf dem Fluß an hatte sie das gewußt. Die Khota kannten keine Vergebung.

Sie preßte ihre Arme an den Körper. Der Mond hing als Sichel über dem östlichen Horizont. Im Zwielicht sah sie Felder, hin und wieder Baumgruppen. Dieses Tal bedeckte ein üppiger Boden, der alles hervorbrachte, was die Ilini brauchten. Ihre Gesellschaftshäuser und die großen Grabhügel waren Zeichen für den Fleiß und die Betriebsamkeit dieses Volks.

Warum sammelten die Ilini nicht ihre ganzen Kräfte und holten sich ihr Land zurück, das die Khota gestohlen hatten? Oder glaubten sie auch an den Mythos von der Unbesiegbarkeit der Khota?

Perle spürte die Bewegung mehr, als daß sie etwas sah. Sie drehte sich um, als der Händler aus der Tür schlüpfte.

»Konnte auch nicht schlafen«, sagte er verlegen. »Eigentlich müßte ich wie ein Toter schlafen. Statt dessen kreisen meine Gedanken immer um ein und dasselbe.«

»Es ist nicht die Zeit für ruhigen Schlaf.« Im fahlen Licht musterte sie sein Gesicht, bemerkte seine schmale Nase und die aufrichtigen Augen. Was für ein gutaussehender Mann er war, geachtet und begabt. Er verhielt sich ihr gegenüber großzügig und rücksichtsvoll. Seine Frau mußte sich sehr glücklich schätzen.

Warum habe ich nie einen solchen Mann gefunden? Und wenn ich ihn gefunden hätte, wäre ich dann so klug gewesen, ihn für mich zu verlangen? Nein, das hätte sie nicht getan. Unter den Anhinga hätte sie nie über ihre Pflichten der Familie und dem Clan gegenüber hinausgeschaut.

Zum ersten Mal spürte sie Bedauern, eine unbekannte Einsamkeit stieg in ihr auf. Bei den Anhinga war sie frei gewesen. Bei den

Khota hatte sie nur an Flucht und Rache gedacht. Heute nacht wußte sie, daß sie den Rest ihres Lebens allein und ohne Freunde sein würde.

Die Anhinga würden sie nicht wieder aufnehmen. Sie war eine entwurzelte Frau, ohne Familie, Stammbaum oder Clan. In welchen Clan könnte sie heiraten, wenn sie selbst keinen Clan hatte, der für sie sprach?

Sie schaute den Mann, der neben ihr stand, unsicher an. Würden Otter und seine Freunde immer noch so wohlwollend sein, wenn sie merkten, daß sie völlig allein und verletzlich war?

Otter brach das Schweigen und fragte: »Ich verstehe es immer noch nicht. Warum hast du für uns gekämpft? Du hättest dich verstecken, abwarten können.«

Sie wählte ihre Worte mit Bedacht. »Vielleicht konnte ich den Gedanken nicht ertragen, daß jemand den Khota in die Hände fällt. Sie hätten euch erst gedemütigt und dann getötet.«

»Ich dachte, es wäre vielleicht mehr als das gewesen.«

Sie musterte ihn kurz und wog sein Interesse gegen ihre verletzliche Lage ab. *Er zog mich aus dem Fluß, und seitdem ist er nur freundlich zu mir gewesen.* »Ja, das war es auch, es hatte etwas mit dem zu tun, was der Verdreher über Angst und Feigheit gesagt hat und wie ich leben würde. Ich wollte mich verstecken. Aber der Verdreher sagte, ich müßte eine Entscheidung treffen, ob ich leben oder sterben wollte – und ich beschloß zu leben, mich meinen Ängsten zu stellen.«

Otters Lächeln verriet, daß er das schon wußte. »Du könntest hierbleiben. Die Ilini würden dich verstecken, bis ein Händler kommt, der flußabwärts fährt. Er könnte es schaffen, dich nach Hause zu bringen.«

»Muß ich das so verstehen, daß du mich loswerden willst?« Die Frage machte ihr angst. »Habe ich nicht einen Teil der Last getragen?«

Er schien belustigt. »O ja, und mehr, als ich von so einer schlanken Frau erwartet hätte. Ich wollte dich nur wissen lassen, daß du noch andere Möglichkeiten hast.«

Sie schaute zu den Tausenden von Sternen hoch, mit denen der Himmel übersät war. »Verrate mir, wohin ich nach Hause gehen könnte. Mein Clan ... meine Leute, sie haben mich für eine

Kupferplatte verkauft. Die Anhinga würden sich entehrt fühlen, wenn ich zurückginge. Sie gaben mich weg an diesen Blutsauger, Wolf der Toten. Zahnloser, zweibeiniger Abschaum, der er ist.«

Ich hätte ihm etwas Spitzes durch den After treiben und ihn im Feuer rösten sollen. Vielleicht hätte er sich dann vorstellen können, wie ich mich fühlte, als er in mich eindrang.

»Möchtest du mir davon erzählen?«

»Nein.«

»Ich möchte, daß du es begreifst, Perle. Sie werden uns verfolgen. Und selbst, wenn wir schneller sind als die Khota, erwarten uns andere Gefahren. Das Süßwassermeer, fremde Menschen, unbekanntes Land.«

»Warum bist du so besorgt um mich?«

»Ich weiß nicht.« Er zog seine Schultern hoch. »So wie du einen Speer wirfst, kannst du bestens auf dich selbst aufpassen. Ich möchte einfach nicht, daß du ...«

»Hör auf damit.«

»Womit?«

»Dir um mich Sorgen zu machen. Otter, was auch kommt, ich stehe für mich selbst ein. Ich kann nicht ... ich werde nicht zu den Anhinga zurückkehren. Auf keinen Fall will ich hierbleiben. Diese Leute sind zu Tode erschrocken über das, was wir ihnen erzählt haben. Schweigsame Eule sagte, ob es nicht besser wäre, uns zu fesseln und den Khota zu übergeben.«

Otter war erstaunt. »Du sprichst ihre Sprache?«

»Sie ist ähnlich wie die Sprache der Khota. Schweigsame Eule sagte, sie wären entfernte Verwandte. Ich hörte die Sprache der Khota so viele Monde. Als ich flußauf fuhr, lernte ich sie gegen meinen Willen. Wie es scheint, hat es sich gelohnt.«

»Was haben sie noch gesagt?«

Sie blickte auf. Was hatte der Verdreher gemeint, als er sie fragte, ob sie die Schwärze zwischen den Sternen sähe? »Einige von ihnen glauben nicht, daß wir zwei mal zehn und einen von den Khota getötet haben – schon gar nicht Hundefresser und seine Kämpfer. Und sie meinen, falls wir wirklich so viele Khota getötet haben, wird Wolf der Toten vor nichts haltmachen, nicht einmal vor einem Krieg mit den Ilini, um uns zu fangen.«

»Das glaube ich.« Er runzelte die Stirn. »Ich kann wenig sagen über die Khota. Sie töteten meinen Onkel. Wenn ich an sie denke, werde ich so wütend, daß mir mein Verstand abhanden kommt.«

»Otter, hör auf mich. Sehr viele von diesen Ilini würden nicht zögern, dich an die Khota auszuliefern. Bisher hat uns nur gerettet, daß sie nicht wissen, daß ich die Frau von Wolf der Toten war, und die schreckliche Angst, die sie vor Grüne Spinne haben.«

»Frau? Ich dachte …«

»Schon gut. Sie hassen die Khota, gewiß, aber wir könnten ihnen mehr Ärger bereiten, als der Haß ihnen wert ist. Wenn sie wüßten, wieviel sie gewinnen könnten, wenn sie uns ausliefern … das macht mir angst.«

»Ich wollte nicht, daß Schwarzschädel über die getöteten Krieger redet. Der Idiot hat wirklich nicht genug Verstand, um zu wissen, wann er den Mund halten soll.«

»Aber kämpfen kann er.« Bei der Erinnerung mußte sie grinsen.

»Allerdings. Hättest du deinen Speer nicht im richtigen Augenblick geschleudert und wäre er nicht der Krieger, als der er berühmt ist, wären wir verloren gewesen.«

Großmutter hatte ihr einmal gesagt, das Gesicht eines Mannes spiegele sein Inneres wider. Wenn das stimmte, war Otter anziehend, stark, freundlich und klug. Perle hatte auch in seinen Worten oder Taten keine Tücke oder Unehrlichkeit erkennen können.

»Ich habe gehört«, sagte Perle, »daß du einer der erfolgreichsten Händler auf dem Fluß sein sollst. Und Schwarzschädel ist der beste Krieger, den ich je gesehen habe, vielleicht der beste auf der Welt. Und Grüne Spinne ist ganz sicher ein Verdreher. Verrate mir, worum es wirklich geht.«

Otter hielt die Luft einen Moment an, dann ließ er sie mit den Worten heraus: »Es geht um eine Maske – eine besondere Maske, die im Land der Schlangenclans ist. Zur Wintersonnenwende wurde Grüne Spinne von einem Blitz getötet. Während er tot war, flog er mit Bunte Krähe über die Welt und sah dabei offenbar diese Reise. Sie endet an einem großen Wasserfall auf der anderen Seite des Süßwassermeers. Dorthin müssen wir gelangen und die Maske retten. Ich bin zwar sicher, daß mehr dahinter steckt, aber mehr hat Grüne Spinne nicht preisgegeben.«

Sie zog eine Braue hoch. »Warum hat Bunte Krähe nicht jemanden in der Nähe gefunden? Sicher haben sie Händler, Verdreher und Krieger im Land der Schlangenclans.«

Otter hob die Hände. »Ich weiß es nicht. Schwarzschädel wollte bestimmt nur zurück in die Stadt der Toten. Grüne Spinne ... na ja, du weißt, wie er ist. Er wünschte, daß Schwarzschädel und ich ihn nach Norden bringen. Der Krieger konnte nicht ablehnen.«

»Und du, Händler? Warum bist du auf diese Reise gegangen?«

Er blickte beiseite. »Ich – ich mußte gehen.«

»Auf der Flucht?«

»Vielleicht.«

»Beherrschst du deine Frau nicht, oder machen dich deine angeheirateten Verwandten unglücklich? Ich habe gehört, daß viele Männer aus diesem Grund Händler werden.«

»Ich habe keine angeheirateten Verwandten.«

Perle machte große Augen. »Etwas nicht in Ordnung bei deinen Weißmuschelleuten? Ein kleiner Skandal oder Klatsch?«

Otter lachte. »Hör auf, Dicker Frosch. Es ist nichts dergleichen.«

»Dicker Frosch!« Sie verschränkte die Arme. »Sag es mir, und ich bin still.«

»Handeln wir also.« Er schaute sie unverwandt an. »Ich sage dir, warum ich weggelaufen bin ... wenn du mir sagst, was mit Wolf der Toten geschehen ist.«

Verflucht sei er für sein Verständnis und diese Zärtlichkeit. »Kein Handel.«

»Dann haben wir festgestellt, welchen Wert wir unseren persönlichen Angelegenheiten beimessen«, sagte Otter.

Sie wich aus. »Was weißt du von Grüne Spinne?«

»Was kann überhaupt jemand von einem Verdreher wissen? Manchmal lacht man über ihn, manchmal hat man schreckliche Angst, daß er mehr weiß als man selbst.«

»Du denkst anscheinend, daß er weiß, wohin er gehen muß. Wie man dort hinkommt.«

»Er hat den Weg gesehen. Ich muß mich darauf verlassen.«

»Und er warnt dich vor Ereignissen, bevor sie eintreten?«

»Manchmal, aber nie mit einer direkten Erklärung. Er wird dir das genaue Gegenteil von dem sagen, was du tun sollst. So, wie er das heute abend im Clanhaus gemacht hat. Die Geschichte über

Wolf der Toten, daß es ihm nichts ausmacht, was wir ihm angetan haben. Das war eine deutliche Warnung.«

»Auf der Insel hörte ich ihn sagen, daß die Frau von Hundefresser einen Liebhaber hat. Er schien es zu glauben.«

Otter verschränkte seine Finger hinter dem Rücken. »Es scheint zwar unmöglich, aber Grüne Spinne weiß viel mehr, als er erzählt – und man kann es ihm nicht entreißen. Wenn man zu starken Druck auf ihn ausübt, gibt er gar nichts mehr preis. Ich denke, er wußte genau, was er zu Hundefresser sagte, wußte wann dein Speer treffen würde. Perle, er hat alles gesehen, bevor es passierte.«

Perle, wo bist du da hineingeraten? Sie preßte ihre Finger auf den Mund. *Wie konnte Grüne Spinne etwas über den Delphin wissen?* Sie fragte: »Warum hat er dich dann nicht vor den Khota gewarnt, dir Zeit zur Flucht gegeben? Wir hätten diese Krieger nicht töten müssen. Und du würdest jetzt nicht in dieser bösen Geschichte stecken.«

»Tja, es sei denn ...«

»Was?«

»Es sei denn, diese Krieger mußten sterben, um dich zu zwingen, mit uns zu kommen. Der Geist der Macht hat uns benutzt, aber zu welchem Zweck?«

Der Geist der Macht benutzt uns? Sie fröstelte. Verfolgte sie die Macht? Warum war das Kanu des Händlers dagewesen, als sie es am dringendsten brauchte?

Eine unheimliche Vorahnung beschlich sie. »Wolf der Toten ist am Leben, weil die Macht nicht wollte, daß ich ihn töte. Die Macht rettete ihn – nicht die Wolfsmaske.«

»Was?«

Sie hob die Hand, um ihn am Reden zu hindern, während sie versuchte, noch mehr zu verstehen; doch es wurde undeutlich, verschwand. »Also treibt uns der Geist der Macht zu diesem Wasserfall?«

»Ja, soviel ich ...« Otter hielt inne und blickte über die mondbeschienenen Felder.

Perle drehte sich um. In den Gänsefußfeldern konnte sie einen Mann mit einem Hund sehen. Der Mann sprang, machte kehrt, rannte. Dann beschrieb er einen Kreis und raste den Weg zurück, den er gekommen war. An Kleidung und Gang erkannte sie Grüne Spinne. Der Hund genoß offensichtlich das Spiel.

»Falls das Schnapper ist«, sagte Otter, »schlage ich ihn tot, weil er das Kanu und die Ballen verlassen hat.«

»Nein.« Sie legte eine Hand auf seinen Arm. »Warte. Etwas ist eigenartig...«

Die Entfernung hatte sie getäuscht, das waren nicht der Verdreher und Schnapper. »Das ist kein Hund, Händler. Das ist ein Wolf.«

28. KAPITEL

Ich habe die Freiheit zu wählen. Ich hätte ablehnen können. Schließlich war es nicht mehr als ein Schrei in der Dunkelheit. Aber dieses leise Winseln rührte mein Herz – und so stand ich auf und ging hinaus, um den Wolf zu treffen.

Seltsam, von allen Seelen in der Natur legen nur Menschen und die Macht Wert auf Versprechen von Menschen. Die anderen Geschöpfe haben längst von unserer Falschheit gehört.

Aber ich lehnte nicht ab... seine Worte haben mich verwirrt. Was bisher ein gerader, klarer Weg war, gabelt sich nun.

Doch jeder Pfad führt mich zum selben Ziel.

Er setzte mir keine Frist für meine Entscheidung. Als ich zögerte, mahnte er mich jedoch, daß keine Entscheidung auch eine Entscheidung wäre.

Ich muß diesen Gedanken in meiner Seele behalten...

Weiße Blitze zuckten über den wolkigen Himmel, gefolgt vom Donner, der den Boden erbeben ließ. Angeschwollene Bäche traten über die Ufer und strömten über das Schwemmland.

Sternmuschel war am ganzen Körper naß, und sie fror. Sie hatte Bilder vom trockenen Haus von Grüßt die Sonne im Kopf. Wärme,

Sicherheit – alles war dahin. Nie mehr würde er für sie lächeln, nie mehr seine starken, zarten Hände nach ihr ausstrecken.

Sternmuschel zog das Bündel auf ihrem Rücken wieder fest und betrachtete die dunklen Wolken. Nirgendwo konnte sie einen hellen Schimmer entdecken.

»Mir ist kalt«, jammerte Silberwasser. »Ich will nach Hause. Ich möchte zu meiner Großmutter.«

»Ich weiß, Liebes. Aber wir müssen weitergehen. Wir finden bald einen Ort, wo wir uns aufwärmen können.«

»Dort unten.« Langer Mann deutete über eine Ebene. »Da ist das Tiefland des Roten Rehbockclans. Dort finden wir auch ihr Gesellschaftshaus. Sie werden uns aufnehmen.«

»Noch mehr Freunde von dir, Magier? Bis jetzt hat jeder Freund, den wir getroffen haben, teuer für unsere Ankunft bezahlt.« Sie zog eine Braue hoch.

»Hast du denn eine bessere Idee, Sternmuschel? Es wird bald Nacht.«

»Mama, gehen wir hin! Mir ist kalt«, rief Silberwasser. Durchnäßt, wie sie war, machte sie einen sehr unglücklichen Eindruck.

Es ist nicht ihre Schuld. Warum muß sie leiden? Sternmuschel warf einen wütenden Blick auf das Maskenbündel und stapfte durch das nasse Gras.

Verbissen marschierte Sternmuschel weiter in ein flaches Wasser. Ihre Füße versanken in schlüpfrigem Matsch. Zwischen den Stämmen der Bäume sah sie nichts als Wasser.

»Mama, das gefällt mir nicht!« Silberwasser watete tiefer und schaute sich unsicher um.

»Geh mir einfach nach, meine Kleine. Ich lasse dich schon nicht ertrinken«, sagte ihre Mutter und fügte hinzu: »Es ist wie Perlentauchen, Grille.«

Silberwasser schien ein wenig besänftigt.

Sternmuschel blickte zurück zu Langer Mann, der sich durch das schmutzige Wasser kämpfte, gebeugt unter der Last des Bündels mit der Maske.

Wie erträgt er es, dieses Ding so nahe bei sich zu haben? Und was meinte er, als er sagte, er sei mit dieser Tragödie eng verbunden?

»Geh mehr nach links«, rief Langer Mann. »In diesem Wasser kann man unter den Bäumen leicht vom Weg abkommen.«

»Da du den Weg kennst...« Sternmuschel bedeutete ihm voranzugehen.

»Da lang«, zeigte er die Richtung an. »Geh weiter. Ich brauche länger als du.«

Zweige, Laub und Rinde schwammen vorbei, und schließlich tauchte das schlammige Land wieder auf. Sternmuschel watete zu einem grasbewachsenen Hügel. Durch die Bäume sah sie eine Lichtung und dahinter eine Böschung.

Durch den Regen ging sie um den Kreis der heiligen Einfriedung herum. An ihrem höchsten Teil standen hohe Pfähle. Sie waren unterschiedlich farbig bemalt und trugen an den Spitzen geschnitzte Tier- und Menschenköpfe.

»Er wird nachlässig«, sagte Langer Mann sarkastisch. Sie warf einen Blick über die Schulter und sah, daß der Zwerg einen zweijährigen Schößling in der Hand hatte. »Sie hätten alle herausgeschlagen werden müssen.« Er zeigte auf die jungen Bäume, die den Hang zum Kreis hinaufwuchsen.

»Wo sind wir, Mama?« fragte Silberwasser beklommen.

»In Himmelsort«, antwortete Langer Mann und redete in einer Sprache, die Sternmuschel noch nie gehört hatte. Während der Zauberer einen Singsang anstimmte, hob er die Hände zum dunklen, regnerischen Himmel und wandte sich der Öffnung zu.

Als er zu Ende war, fragte Sternmuschel: »Soll ich einen Segen für die Geister erflehen?«

»Wenn du es wünschst, aber es gibt hier keine Geister. Nein, der Segen wurde schon erfleht – und mit größerer Beredsamkeit, als du sie jemals aufbringen würdest, junge Sternmuschel.« Er schwieg kurz. »Allerdings bin ich nicht sicher, wie lange solche Worte noch in der Welt der Menschen gesprochen werden.«

Darauf ging Langer Mann durch die Öffnung. Vor Enttäuschung warf er die Arme hoch und rief: »Sieh nur! Was für eine Schande! Aus der Abflußgrube im Kreis wächst Unkraut!«

Sternmuschel nahm ihre Tochter an die Hand und folgte dem Alten.

Langer Mann ging nicht zur Mitte, sondern wandte sich nach Nordwesten. Im Mittelpunkt konnte Sternmuschel mehrere

Pfähle sehen, die im Kreis um einen kleinen Hügel gesetzt waren – wie es bei den Langschädeln Brauch war. Die kurzen Pfähle waren nach außen geneigt, und am Ende flatterten Wimpel oder Quasten.

»Sieh dir das an!« Langer Mann trat gegen ein Bäumchen, wenig mehr als ein Austrieb. »Im Kreis! Was ist mit ihm los? Verbringt er soviel Zeit mit den Sternen, daß er so etwas übersieht?«

»Es ist bloß ein Baum«, bemerkte Silberwasser.

Langer Mann drehte sich zu ihr um. »Würdest du zulassen, daß ein Baum auf dem Clanboden in Sonnenhügel wächst?«

»Bestimmt nicht.«

Der ausgetretene Pfad, dem sie folgten, führte zu einer Hütte mit Rindenwänden und Giebeldach. Rauch über dem Dach zeigte an, daß drinnen Hickoryholz brannte.

»Sei gegrüßt!« Langer Mann blieb vor der Türklappe stehen und nahm das Maskenbündel von der Schulter. »Langer Mann, Zauberer der Langschädel, fragt, wer drinnen sein mag!«

Nach einer Weile streckte ein alter Mann den Kopf durch die Türklappe. Er blinzelte in den Regen. »Langer Mann hast du gesagt? Bist du der?«

»Natürlich bin ich der! Hätte ich mich sonst so angekündigt, wenn ich es nicht wäre?«

»Was machst du hier?« wollte der Älteste wissen. »Im ganzen Land sucht sucht man nach dir. Sie sagen, daß du die Maske von Bunte Krähe hast, daß du Menschen ermordet hast und überall deine Zauberkraft wirken läßt.«

»Wer sagt das?«

»Wer schon, die Leute. Stimmt das?«

»Natürlich nicht! Ich brauche die Maske nicht, um zu zaubern. Das weißt du.«

»Warum bist du dann hier?«

»Weil du gerade gesagt hast, alter Narr, daß das ganze Land nach mir sucht. Wer würde daran denken – oder es wagen –, hier zu suchen? Ich dachte, dieser Ort wäre sicher.«

»Das mag wohl so sein.« Der alte Mann zog sich ein wenig zurück, als ein kurzer Regenguß niederprasselte. »Niemand kommt mehr hierher, außer den Bäumen natürlich. Jeden Sommer muß ich die Schößlinge aushacken.«

»Du hast ziemlich viele übersehen. Wartest du, bis sie so hochwachsen, daß du den Himmel nicht mehr sehen kannst?«

»Ich sehe *sehr gut*! Du hast doch nicht etwa mit meinem blöden Enkel gesprochen? Hat er dich geschickt? Er ist schlimmer als eine Zecke in den Falten des Hodensacks.«

»Wir brauchen einen Ort, wo wir bleiben können.«

»Ich dachte, den hättet ihr – bei Viele Kreise.«

»Das stimmt. Aber wir brauchen einen Platz, wo wir jetzt bleiben können. Hast du deinen Verstand völlig verloren?«

»Ich weiß nicht. Meinst du?«

»Es scheint fast so«, Langer Mann war ungehalten. »Es wird dunkel!«

»Die Sterne gehen auf«, sagte der Älteste. »Der Zweiköpfige Hund steht heute nacht im Zenit. Direkt dort oben, an dem senkrechten Pfahl.«

»Draußen regnet es, wußtest du das?« fuhr er fort.

»Natürlich, du verrückter alter ...«

»Nenn *mich* nicht verrückt!« drohte der Älteste Langer Mann. »Ich stehe ja nicht draußen im Regen!«

»Seliger Erster Mann, hilf uns, dürfen wir hineinkommen?«

»Natürlich! Was für ein Freund wäre ich, wenn ich euch draußen im Unwetter stehen ließe, wo es hier ein ausgezeichnetes Haus gibt?« Und der Schildkrötenkopf zog sich in seinen Hauspanzer zurück.

Langer Mann schaute Sternmuschel an. »Vielleicht geht es ihm ein wenig schlechter als beim letzten Mal. Sei nachsichtig, er war einst ein bedeutender Mann. Wir bleiben nicht lange.«

»Was ist das hier?« fragte Sternmuschel, während sie sich auf dem Gelände umsah.

»Es wird Himmelsort genannt. Es ist eine Sternwarte, die allerdings nur noch selten benutzt wird, seit die Plattformpfeifen und die Langschädel untereinander heiraten. Ein Ort des Wissens ist es noch immer gewesen«.

Sternmuschel blieb draußen stehen. Sie mochte nicht in das Gesellschaftshaus gehen. Himmelsort verbreitete eine Atmosphäre von alter Macht. Es würde nichts Gutes dabei herauskommen.

»Mama, ich friere.« Silberwasser zog kräftig an ihrer Hand.

»Kommst du?« Langer Mann streckte den Kopf aus er Tür.

»Laß uns reingehen, Mama«, murmelte Silberwasser kläglich. »Ich friere und bin hungrig und müde. Drinnen ist es warm und trocken, Mama.«

Sternmuschel duckte sich durch die Tür. Dann hielt sie staunend inne. Silberwasser war hinter ihr her getrippelt.

Es dauerte eine Weile, bis Sternmuschel begriff, was sie sah. Das Innere des Hauses war mit blauem Stoff verkleidet, der mit weißen Punkten bemalt war. Ein Feuer – tatsächlich von Hickoryholz – knisterte im Raum. Der Älteste saß an einer Wand und musterte sie verdrießlich. Um seine schmalen Schultern trug er eine alte Decke, ebenso blau wie die Wandbehänge und mit weißen Tupfen bemalt. Abgetragene Mokassins waren um die Füße geschnürt, ein dicker Lendenschurz um die Taille gewunden.

Vorsichtig legte Langer Mann das Bündel mit der Maske ab und schüttelte seinen tropfnassen Mantel aus.

»Das ist also die berühmte Sternmuschel?« sagte der alte Mann. »Komm, Frau, bring deine Tochter mit, und laßt euch betrachten.«

Sternmuschel überwand ihre Abneigung, nahm Silberwasser an der Hand und trat zum Feuer. Im Lichtschein musterten sie und der Alte sich gegenseitig.

»Ja, Ältester. Ich bin Sternmuschel, und das ist meine Tochter Silberwasser. Wir danken dir für den Empfang und die Gastfreundschaft.«

»Du dankst mir? Ich hätte euch im Regen stehenlassen, hätte nicht der Magier verlangt, eingelassen zu werden.«

»Du könntest etwas bessere Manieren zeigen, Sterngukker«, rügte Langer Mann. »Oder hast du so lange in den Himmel geguckt, daß du vergessen hast, daß auch du ein Mensch bist?«

Sternmuschels Herz hüpfte. Sterngucker? Der heilige Mann der Langschädel? Das sollte Sterngucker sein? Dieses alte Knochenbündel?

»Das ist schon in Ordnung«, sagte Langer Mann. »Mir fiel kein anderer Ort ein, an den ich dich hätte bringen können. Hier sind wir abgeschieden genug.«

Dann bemerkte Langer Mann noch freundlich: »Du mußt es dir schon selbst bequem machen, junge Sternmuschel. Sterngucker könnte dein Wohlbefinden nicht gleichgültiger sein. Für Menschen hat er sich noch nie interessiert.«

Sterngucker fragte: »Was machst du hier, Zauberer?«

»Sicher darf ich eine Nacht bei einem alten Freund verbringen. Laß uns bei dir ausruhen und erzähle uns die Neuigkeiten. Morgen früh ziehen wir weiter.« Langer Mann deutete zum Dach, auf das der Regen trommelte. »Heute nacht kannst du den Himmel nicht beobachten.«

»Ich kann die Sterne von hier aus ganz gut sehen«, knurrte Sterngucker und zeigte schräg nach oben. »Das Sternbild des Fuchses steht dort.« Sein Arm fuhr weiter. »Die Heldenzwillinge gehen im Osten auf, die sieben auffallendsten Sterne sind gerade über dem Horizont sichtbar. Nach Westen hin sinkt am frühen Abend die Spinne... sie geht dann nicht mehr auf bis zur Tagundnachtgleiche im Herbst. Dann kommt die Spinne aus dem Osten! Der Pflanzstern wartet unter dem östlichen Horizont. Die Heldenzwillinge werden aufgehen und dem Pflanzstern Platz machen. Und alle jagen die Spinne fort.«

»Ist es nicht seltsam?« Langer Mann hatte sich bis auf den Lendenschurz entkleidet und breitete seine Sachen zum Trocknen aus. »Die Spinne ist der Vorbote des Winters. Es war die Spinne, die den Menschen das Feuer brachte.«

»Aber die Spinne ist auch der Schwindler!« Sterngucker wandte den Kopf nach Westen, wo das Sternbild stand. »Uns alle schwindelt das Leben an, alter Freund. Alles ist flüchtig, nichts bleibt. Von allem, worüber ich je nachgedacht habe, ist für mich am unverständlichsten, warum der Geheimnisvolle die Welt und die Menschen so zerbrechlich geschaffen hat.«

»Zerbrechlich?« fragte Langer Mann und wärmte seine Hände am Feuer.

»Sternmuschel, zieh die nassen Sachen aus. Wärm dich auf. Du mußt deine Schlafdecken und die von Silberwasser trocknen.«

»Zerbrechlich«, wiederholte Sterngucker. Dann zeigte er auf seinen Kopf. »Eine Generation nach der anderen hat das Wissen zusammengetragen, das ich hier bewahre. Und wenn ich nicht mehr bin, Zauberer, wird es mit mir verschwinden. Keiner von den jungen Männern kommt her, um zu lernen. Sie gehen nach Sternhimmelstadt, zur Großen Schlange oder zu den Orten der Plattformpfeifen am Mondmuschelfluß. Sie treten in die Sternengesellschaften ein und lernen diese neune Sachen, nicht mehr das alte Wissen.«

Als Sternmuschel sich auszog und ihre nassen Kleider vor dem Feuer ausbreitete, sagte der Zauberer: »Vieles davon ist geblieben. Es sind dieselben Sternenbahnen, derselbe Wechsel der Jahreszeiten. Orte wie Sternhimmelstadt sind einfach größer. Mehr Menschen können dort leben.«

»Aber die alten Bräuche gehen verloren«, meinte Sterngucker. Sogar hier, alter Freund. Mein Sohn spricht nicht einmal mehr den Segen in der alten Sprache.«

»Heute abend wurde er in der rituellen Sprache gesprochen«, erwiderte Langer Mann.

»Das höre ich mit Freude. Aber wenn ich nicht mehr bin, du nicht mehr und eine Handvoll anderer auch gestorben sein werden? Wer wird dann den Segen sprechen? Die Welt verändert sich, und das macht mir angst. Der Geist der Macht verwandelt sich, treibt Spiele. Die Bräuche unserer Väter verblassen wie gelber Stoff in der Sonne.«

»Mir ist aufgefallen, daß der Pfad nicht so ausgetreten ist wie früher.« Langer Mann hielt inne. »Du zeigst doch den Menschen immer noch die Sterne?«

»Viel seltener als früher. Es kommen nur noch wenige. Die meisten von ihnen wollen nur Antworten auf dumme Fragen. Wen sie heiraten werden, ob es ein guter Handel wird. Ob sie sich mit einer Kupferkette oder mit einer Glimmerkette begraben lassen sollen. Wird mein Mann hinter mein Liebesverhältnis kommen?« Der alte Mann schaute unverwandt zur Decke hoch. »Wäre kein Unwetter, könntet ihr sehen, wie die Fliegende Fledermaus ihren Aufstieg beginnt.«

Sternmuschel schaute hin und überlegte, welches Sternbild die Fliegende Fledermaus sein könnte. »Wäre das bei den Plattformpfeifen der Flußotter oder der Schwarze Bär?«

»Siehst du?« Sterngucker war empört. »Wer würde die Fliegende Fledermaus nicht kennen? Niemand besitzt die Weisheit der Ältesten!« Seine Stimme brach. »Sie wird verloren sein. Was hatte der Geheimnisvolle vor, als er diese Welt schuf? Die Wahrheit sollte sich nicht mit den Generationen wandeln. Wahrheit ist Wahrheit.«

Langer Mann fragte: »Geht es dir gut?«

»Natürlich, du Narr! Sehe ich nicht so aus? Ich bin nur angeekelt, sonst nichts. Aufgebracht wegen der Welt und der Ungerechtigkeiten. Jetzt höre ich, daß du ein Hexer bist.«

»Ich bin immer Zauberer gewesen. Bisher hat es dich nicht gestört.«

»Bringst du noch immer Menschen um?«

»Nein.« Langer Mann seufzte. »Schon seit vielen Jahren nicht mehr. Die Geister haben mich immer geplagt, wenn ich zu einer Stelle kam, wo jemand begraben war, den ich getötet hatte.«

»Wirst du mir aufrichtig antworten, alter Freund?« fragte Sterngucker, während er seine leeren Augen auf Sternmuschel richtete. »Schaust du immer noch nach den Sternen und kennst noch ihre richtigen Namen? Oder hast du auch diese neuen Bräuche der Plattformpfeifen angenommen?«

Langer Mann zeigte auf das Bündel mit der Maske von Bunte Krähe. »Da ist die Antwort, alter Freund.«

»Sie ist eine junge Frau, dazu noch von den Plattformpfeifen! Weiß nicht, wo die Fliegende Fledermaus steht! Und was machst du in deinem Alter mit einer hübschen jungen Frau? Du solltest lieber zu Hause sein, und deinen Enkeln die alten Geschichten erzählen.«

Langer Mann ging jetzt auf Zehenspitzen durch den Raum und schwenkte seine Hand neben Sternguckers Kopf. Erst als er sie vor dem Feuer hin und her bewegte, reagierte der alte Mann.

Er bewegte seinen Kopf, als suche er etwas. »Welche Torheit hast du vor? Noch mehr Hexerei, dummer kleiner Mann? Wenn du nur in die Nähe eines Objekts der Macht kommst, wie es diese Maske ist, führst du dich auf wie ein Possenreißer!«

Langer Mann seufzte und legte seine kleine Hand auf Sternguckers Schulter. Der alte Langschädelmann fuhr zusammen, packte die Hand und sah den Zauberer an. »Was machst du, Magier? Setz dich hin, du störst meine Konzentration. Ich versuche zu denken, und du belästigst mich.«

»Ich verstehe dich, alter Freund.«

»Hör auf zu wimmern wie ein verlassenes Kitz.«

Langer Mann schien betroffen. Sternmuschel kam es so vor, als sei in seiner Seele ein weiteres Licht erloschen – ebenso wie in den blinden Augen des berühmten Ältesten der Langschädel.

Seit der Zeit des Vaters von Wolf der Toten waren nicht mehr so viele Kanus zusammengekommen. Mehr als zehnmal zehn Krieger hatten die Grenze der Khota überquert und ihre Kanus auf dieser Insel mitten im Ilinifluß an Land gezogen.

Der Fluß strömte gewunden von Norden herab. Seine Ufer, vor kurzem noch überflutet, waren mit Treibgut übersät. Die Pappeln bedeckte ein frischer grüner Flaum, die Weiden trugen schon ihr volles Laub. Es war ein guter Tag für eine Zusammenkunft – sonnig, obwohl Wolf der Toten im Wind Regen riechen konnte.

Glücklicherweise war sein Kopf klar, seine Gedanken so scharf wie Splitter von Obsidian. In der Vormittagssonne stand er Schweigsame Eule, dem Anführer des Haselnußclans, gegenüber. Nur ein schmaler Sandstreifen, schmutzig vom letzten Hochwasser, lag zwischen ihnen.

Schweigsame Eule sprach als erster: »Ich hab erwartet, daß du kommst.« Der Tonfall und die Aussprache der Ilini brachte Wolf der Toten immer wieder in Wut. Dabei bedachte er nicht, daß er selbst wegen der fehlenden Zähne lispelte.

»Du hast erwartet, daß ich komme?«

Schweigsame Eule stand vor seinen Kriegern, denen das Unbehagen vor den Khota, die über die Grenze gekommen waren, deutlich anzusehen war. Er sagte: »Wir haben höchst merkwürdige Geschichten gehört. Vier Händler machten letzte Nacht hier halt. Unter anderem behaupteten sie auch, warte … zweimal zehn und einen von euren Kriegern getötet zu haben.«

»Wir werden ihre Herzen essen!« zischte Mondnarbe.

Wolf der Toten hob eine Hand, um seine Krieger zum Schweigen zu bringen.

»Sie könnten übertrieben haben«, warf Grizzlyzahn mit einem besorgten Blick auf Wolf der Toten ein.

»Das haben sie allerdings«, erwiderte Wolf der Toten. »Diese Händler töteten zwei Knaben, die zufällig auf ihr Lager stießen. Jetzt haben die Mörder daraus zweimal zehn und einen gemacht? Vier Männer?«

Alle lachten. Grizzlyzahn war erleichtert. Hatte er wirklich gedacht, Wolf der Toten hätte von einem Schlag auf den Kopf schon den Verstand verloren?

»Drei Männer und eine Frau«, erwiderte Schweigsame Eule, »die Zahl haben wir auch angezweifelt.«

Wolf der Toten verschränkte die Arme. »Sollten solche Leute ins Gebiet der Khota kommen, wären wir mißtrauisch. Wir hätten sie unter einem Vorwand aufgehalten und ein Kanu losgeschickt, um bei unseren nördlichen Vettern Erkundigungen über sie einzuholen.«

Schweigsame Eule nickte, während ein kaum merkliches Lächeln seine Lippen umspielte. »Unter anderen Umständen hätten wir das wohl auch getan. Es war jedoch kein gewöhnlicher Händler. Hast du vom Wasserfuchs gehört? Ich glaube, dein Vater hat seinen Onkel getötet.«

Also waren sie hinter Wasserfuchs her. Gut. Da gab es eine alte Rechnung zu begleichen, etwas, das Wolf der Toten zu lange aufgeschoben hatte. Schon häufiger waren Gerüchte über den Fluß gekommen, daß Wasserfuchs wie ein Geist durch Khotaland gestreift sei; daß Hundefresser auf ihn stieß, war der Beweis. Wieso wußte der Händler überhaupt von der kleinen Insel?

»Und außerdem«, fuhr Schweigsame Eule fort, »war er in Begleitung eines Verdrehers, eines Mannes mit Namen Grüne Spinne.«

»Das war wohl eine List.« Wolf der Toten tat das ab, weil er wußte, wie solche Gerüchte sich auf die Moral seiner Männer auswirken würden.

»Das dachte ich auch«, sagte Schweigsame Eule leise. »Ich ließ ihn bewachen, aber der Verdreher schlich sich in der Nacht fort. Ich sah dann mit eigenen Augen, wie er im Mondlicht spielte.«

»Du sahst ihn spielen?« Wolf der Toten lachte, und seine Krieger fielen ein. »Dann ist er vielleicht bloß ein Irrer. Womit hat er gespielt? Mit sich selbst? Ihn würde doch keine Frau wollen.« Derbes Gelächter begleitete seine Worte.

Schweigsame Eule und die Ilinikrieger verzogen keine Miene. »Nein, Anführer der Khota, er spielte in den Feldern mit einem großen Wolf. Es war ein wilder Wolf, den vor der Ankunft des Händlers niemand gesehen hatte. Meine Männer versuchten, heute morgen das Tier aufzuspüren. Sie fanden nichts, keine Spur. Dieser Wolf ist verschwunden.«

»Manche können Spuren lesen, andere ...« Wolf der Toten wollte die Aufmerksamkeit von der Wolfsgeschichte ablenken und sagte. »Und diese Frau?«

»Perle, eine Frau von den ...«

»Ich spieße die Hexe auf einen Pfahl und röste sie!« brüllte Grizzlyzahn und ballte seine Fäuste.

Wolf der Toten legte beschwichtigend eine Hand auf den Arm seines Freundes. »Bleib ruhig, später.«

Schweigsame Eule schien unbeeindruckt von dem Ausbruch. »Du solltest schon sehr gut sein, Kriegsherr. Heute, kurz vor Sonnenaufgang, sah ich den Krieger, der mit ihr reist, mit der Kriegskeule üben. Er bewegt sich wie durch Zauberei. Seine Keule ist eigentlich zu schwer, um sie leicht schwingen zu können, aber er wirbelte sie umher wie ein dünnes Stück Holz.« Schweigsame Eule hielt inne und fügte dann noch hinzu: »Als ich ihn sah, konnte ich glauben, daß zweimal zehn und ein Mann durch ihn gefallen sind.«

»Wie sieht er aus?« fragte Grizzlyzahn. »Ich habe noch keinen Mann kennengelernt, der mir gewachsen war.«

»Dieser Mann ist groß, kräftig, seine Arme sind so dick wie sonst Männerbeine. Von vielen Kämpfen ist seine Haut überall mit Narben bedeckt. Du wirst ihn erkennen, denn eine Backe ist zerschmettert. Sein Kiefer sitzt schief, und wenn er in Wut gerät, zucken seine Gesichtsmuskeln.«

»Das Kanu«, fragte Wolf der Toten, »hat es am Bug einen geschnitzten Fuchskopf?«

»Das ist das Boot«, stimmte Schweigsame Eule zu.

»Hat der Wasserfuchs Handelsware dabei?«

»Viele Ballen.«

»Dann wird er nicht so schnell vorankommen.«

»Das denke ich auch.«

»Schweigsame Eule, wir möchten um Erlaubnis bitten, dein Gebiet zu durchqueren. Dieser Wasserfuchs hat Verbrechen gegen uns begangen. Wir werden deinem Land oder deinen Leuten keinen Schaden zufügen. Darauf gebe ich mein Blut, damit du weißt, daß ich die Wahrheit sage.«

Wolf der Toten griff in seinen Gürtelbeutel und zog einen großen Feuersteinsplitter heraus. Ohne zu zucken, schlitzte er sich die Haut über dem Handgelenk auf und ließ das Blut an den Fingern hinabrinnen und in den Sand tropfen.

Nachdenklich schaute Schweigsame Eule zu und sagte dann: »Also gut, Anführer der Khota, du darfst das Land der Ilini unter den Bedingungen passieren, die ich und alle meine Krieger gehört haben. Wir lassen dein Blut und dein Wort gelten.«

Wolf der Toten lächelte Grizzlyzahn grimmig an. »Du kennst meine Befehle. Berichte allen meinen Kriegern von diesem Abkommen.«

Und jetzt machen wir uns nach Norden auf, um diese Mörder zu finden.

Zu Schweigsame Eule sagte er: »Wir machen auf unserem Rückweg wieder halt. Dann zeige ich dir diese drei Männer und die Frau, und du kannst zusehen, wie sie langsam und qualvoll sterben werden.«

Schweigsame Eule saß in seinem Kanu, das auf den Wellen schaukelte. Dabei sah er, wie sich die Krieger der Khota auf der Verhandlungsinsel versammelten. Wolf der Toten hatte über fünfzehnmal zehn Krieger, und es kamen immer mehr.

Schweigsame Eule machte sich Sorgen. Vor seinen Augen formierte sich die größte Kriegstruppe der Khota seit der Eroberung des unteren Ilinilands.

Die Worte des Verdrehers hallten in seinem Gedächtnis nach. Sein glühendster Wunsch war immer gewesen, sein Volk aus dem Würgegriff der Khota um den Unterlauf des Flusses zu befreien. War jetzt die Gelegenheit gekommen, die er sich bisher nur in der Phantasie ausgemalt hatte?

»Das gefällt mir nicht«, flüsterte Dreibein.

»Mir auch nicht.« Schweigsame Eule rieb sich das Kinn. »Aber denken wir nach, Vetter. Der Wasserfuchs wollte nicht, daß Schwarzschädel uns von den toten Kriegern erzählte. Ich glaube, es war kein Trick. Wasserfuchs war sichtlich bestürzt. Der Verdreher hätte den Händler warnen können, daß ihnen Wolf der Toten folgen würde. Er wartete; dann – falls er Verdreher war – sahen wir ihn mit dem Wolf spielen. Ein Wolf? Merkwürdig, meinst du nicht?«

»Aber so viele Krieger der Khota auf unserem Gebiet zu haben!« Dreibein war der Gedanke unangenehm. »Was ist, wenn sie den Händler in den nächsten Tagen finden? Was ist der Eid von Wolf der Toten wert?«

Das ist auch meine Frage. Schweigsame Eule traf eine Entscheidung. »Ich möchte drei Kanus schicken. Wähle dazu unsere stärksten jungen Männer aus. Ein Kanu soll zur Ostseite des Flusses fahren und unser Volk warnen, das andere soll dies an der Westseite übernehmen. Dabei sollen sie um Krieger bitten. Die ziehen dann heimlich nach Süden. Wir werden uns abseits vom Fluß versammeln, dort, wo die Rosensträucher wachsen.

»Und das dritte Kanu?«

»Das schnellste der drei soll flußaufwärts paddeln und den Wasserfuchs suchen. Ich möchte, daß er weiß, daß er verfolgt wird.«

»Du willst ihm helfen zu entkommen?« fragte Dreibein.

»Unbedingt. Verbreite die Nachricht, daß ihm jede Hilfe gewährt wird. Der Haselnußclan wird für Nahrung und Ausrüstung aufkommen – für alles, was benötigt wird.«

»Das verstehe ich nicht.«

»Lieber Bruder, ich glaube daß Schwarzschädel, Perle und der Wasserfuchs diese Krieger getötet haben. Das ist die einzige Erklärung, warum Wolf der Toten und Grizzlyzahn sie unbedingt fangen wollen. Wolf der Toten ist außer sich, und kann nicht mehr klar denken, sein Kriegsherr ebensowenig. Sie haben mit ihrem Blut versprochen, friedlich durch unser Land zu ziehen, und wir wissen, daß Wasserfuchs zum Süßwassermeer unterwegs ist. Wolf der Toten muß den Händler und seine Begleiter fangen, sonst verlieren die Khota ihren Ruf der Unbesiegbarkeit.«

»Ungeziefer, alle!« Dreibein hatte verstanden. »Du bist der richtige Führer für unseren Clan. Das ist unsere Chance!«

»So ist es. Ich hoffe, Wasserfuchs kann Wolf der Toten bis über das Süßwassermeer locken.«

»Gesegnet sei Erster Mann!« rief Dreibein und klatschte in die Hände. »Und mögen diese Khota niemals wieder zurückkommen! Ich weiß schon, wen ich mit den Kanus schicke. Ist Wasserfuchs langsam, wird er am Nachmittag wissen, wer ihn verfolgt, ist er schnell, erfährt er es morgen.«

29. KAPITEL

Für die Kiefer von drei Barrakudas, aus denen die Ilini Halsketten machten, und Palmwedelmatten für ihre Böden hatte Otter mehrere Körbe Dörrfisch, drei Krüge Hickoryöl und zwei Hirschhauttaschen mit getrockneten Beeren und Haselnüssen eingetauscht Für eine zerbrochene Seemuschelschale, aus der die Ilini Perlen schneiden würden, bekam Otter ein fein gewebtes Jagdhemd für Perle sowie ein neues Paddel, das er ihr schenkte.

Als die Sonne aufging, fuhren sie den Bach hinab und in den hochwasserführenden Ilini.

Zu Otters Überraschung sah Grüne Spinne so ausgeruht aus, als hätte er die ganze Nacht selig geschlafen und nicht mit einem wilden Wolf gespielt. Er pfiff und klatschte vor Freude in die Hände und strahlte über das ganze Gesicht.

»Er ist von den einfachsten Dingen hingerissen«, murmelte Perle.

»Ist das einfach?« Grüne Spinne betrachtete neugierig, wie Sonnenlicht auf dem Wasser funkelte.

»Ich nenne es Dummheit«, rief Schwarzschädel vom Bug.

»Ich weiß nicht.« Grüne Spinne kratzte sich verwirrt am Kopf. »Rätselhaft, würde ich sagen.«

»Und warum, Grüne Spinne?« fragte Otter.

»Die Sonne prallt doch vom Wasser ab. Das habt ihr alle gesehen. Warum wird dein Gesicht dabei nicht naß?«

»Naß?« fragte Schwarzschädel. »Was ist daran einfach?«

»Die Sonne scheint durch das Wasser.« erklärte Grüne Spinne. »Wenn ich mit der Hand darauf klatsche, wird sie naß, also müßte die Spiegelung auch naß werden!«

»Was für verrückte Gedanken!« murmelte Schwarzschädel.

Schnapper schaute aufmerksam ins Wasser, während Grüne Spinne sich hinauslehnte und versuchte, die Sonne zu verspritzen. »Seht! Ich kann die Sonne in viele, viele kleine Stücke zerbrechen!«

»Du machst mich naß!« schrie Perle.

»Mich auch!« brüllte Schwarzschädel, drehte sich um und funkelte Grüne Spinne an. »Hör auf, du Narr! Sofort, oder ich zwicke dir den Kopf vom Hals!«

Grüne Spinne grinste über die kleinen Wellen, die er im Wasser gemacht hatte. »Da, schaut, ich habe die Welt gerettet.«

Perle paddelte wieder im Takt. »Wie das, Grüne Spinne?«

»Wenn ich weiter geplanscht hätte, wäre die Sonne vielleicht ausgegangen. Ginge es der Welt dann nicht schlecht? Es hätte Tage gedauert, die treibenden Sonnenstücke wieder zusammenzusetzen.«

Otter schüttelte den Kopf. Die Schwierigkeit war, daß man bei Grüne Spinne nie wußte, wie er etwas meinte.

Und das, mein Freund, ist in der Tat ein schrecklicher Gedanke.

»Grüne Spinne?« Perle gab sich Mühe, beiläufig zu klingen. »Haben wir heute irgendwelche Gefahren zu erwarten?«

»Eine ganze Menge. Wir werden heute alle ertrinken ... ich hätte beinahe die Sonne ausgelöscht.«

»Du hast die Sonne nur aus dem Grund nicht gelöscht, weil ich dich dann getötet hätte.« Schwarzschädel schaute sich um. »Wie gut, daß ich solchen Einfluß auf dich habe, Narr. Eine kleine Drohung von mir, und die Welt ist gerettet. Denk daran, wenn du wieder einmal mit Wasser herumspritzen willst.«

Grüne Spinne stimmte zu. »Wie wahr, Menschentöter! Von allen Leuten, die ich kenne, hast du den größten Einfluß!« Er hielt inne. »Aber glaubst du, daß dich das Wasser gehört hat?«

»Das Wasser?« Verblüfft blickte Schwarzschädel auf das Wasser.

»Ja, das Wasser«, erwiderte Grüne Spinne. »Denn das Wasser hat doch aufgehört, über dich zu springen. Es hätte nicht mit dem Spritzen aufzuhören brauchen, nur weil ich es getan habe.«

»Was für ein lächerliches ...« Schwarzschädel paddelte weiter.

Die meisten Leute, denen sie auf dem Fluß begegneten, fuhren in ihre Richtung. Sie riefen ihnen einen Gruß zu oder winkten. Es war ein vielbefahrener Fluß.

Die Krähe erschien am späten Vormittag und umkreiste krächzend das Boot. Die Vögel hatten sich ferngehalten, seit Schwarzschädel im Süden einen von ihnen getötet hatte.

»Schwarzschädel«, warnte Otter, »laß sie in Ruhe.«

»Ich habe meine Lektion gelernt, Händler. Mach dir um mich keine Sorgen.« Das Gesicht des Kriegers war aschfahl geworden – wie das von Grüne Spinne auch.

Der Narr stand auf und breitete seine Hände aus. Da flatterte die Krähe in engen Kreisen um das Kanu. Grüne Spinne schrie: »Nein!«

Die Krähe krächzte, es hörte sich zornig an.

»Was erwartest du? Ich konnte ihn doch nicht unbeachtet lassen!«

Die Krähe stürzte herab, streifte fast den Kopf von Grüne Spinne, der sich duckte, und stieß einen langen, gellenden Schrei aus.

Grüne Spinne schrie: »Ich habe ihm nichts erzählt! Ich meine – nichts Wichtiges! Er wollte nur reden, mehr nicht!«

Darauf flog die Krähe aus ihrer Reichweite.

Grüne Spinne rief: »Glaubst du mir nicht?«

Mit lautem, ungehaltenem Geschrei und rauschendem Flügelschlag verschwand die Krähe nach Osten.

Alle schauten auf Grüne Spinne, der tief seufzte.

»Was hat das alles zu bedeuten?« fragte Perle unbehaglich.

Grüne Spinnes verwirrter Blick wanderte über den Horizont. »Wußtest du, daß nicht jeder Sinn für Humor hat?«

Otter packte sein Paddel fester. »Grüne Spinne, der Wolf in der letzten Nacht ...«

»Tanzte immer im Kreis herum«, gluckste der Verdreher. »Immer herum und herum. Die Krähe spielte mit dem Jungwolf Jagen.« Dann lachte er hysterisch, lachte, bis ihm die Tränen übers Gesicht liefen.

»Grüne Spinne«, Perle war beunruhigt, »geht es dir gut?«

»Könnte nicht besser gehen.« Der Verdreher wischte sich die Augen. »Alles ist Frieden. Welch eine Ruhe!« Mit diesen Worten setzte er sich rückwärts und zog eine Decke über den Kopf.

Eine Weile trieb das Kanu ungesteuert, und sie sahen sich unbehaglich an. Dann hob Otter sein Paddel und brachte sie wieder auf Kurs nach Norden.

Um Mittag brach von Westen das Unwetter über sie herein. Kalter Regen ergoß sich wie aus Eimern über die Paddler, aber Wellentänzer fuhr unbeirrt weiter.

»Ob wir ein Clanhaus finden, in dem wir bleiben können?« Schwarzschädel starrte in den aufgewühlten Himmel.

»Nein!« Otter hatte seine Entscheidung schon in der Frühe getroffen. »Perle hat letzte Nacht bei den Ilini einiges aufgeschnappt. Die Hälfte von ihnen war dafür, uns den Khota auszuliefern. Außerdem werden uns die Khota verfolgen. Wolf der Toten kann uns nicht ziehen lassen, seine Ehre steht auf dem Spiel. Zuerst schlägt Perle ihm fast den Schädel ein und brennt sein Haus nieder, dann vernichten wir noch einen seiner Kriegstrupps.« Otter grinste. »Was würdest du tun, Krieger, wenn dir das jemand angetan hätte?«

»Ihn zur Strecke bringen und töten.« Schwarzschädel kniff die Augen zusammen. »Und zwar so, daß jedem, der versuchen sollte, das gleiche zu tun, das Blut in den Adern gefrieren würde.«

Otter sprach weiter. »Bei einem Clanhaus haltzumachen kostet Zeit – Begrüßungen, Gebete, Festessen, Rituale, die Neuigkeiten, die jeder wissen will. Nein, ich sage, wir lagern am Weg, konzentrieren uns darauf, möglichst schnell flußaufwärts zu kommen.«

Und so lagerten sie auf einer flachen Kuppe, einer Landzunge zwischen zwei Flußschlingen. Bäume boten Schutz vor dem Wind, und sie konnten Schutzdächer gegen das Unwetter bauen.

Otter schleppte Vorräte aus Wellentänzer herauf, wobei er in dem Matsch, der vom Hochwasser zurückgeblieben war, ausrutschte.

»Kann ein Mensch so etwas essen?« Schwarzschädel schaute sich den Fisch an, den Otter gegen mehrere Rochenstachel und ein paar Haifischzähne eingetauscht hatte. Der riesige Fisch war so lang wie ein Männerbein, und sein langes, flaches Maul ragte eine weitere Armlänge vor.

»Sieht aus wie ein Hai«, erklärte Perle, schüttelte aber den Kopf, als sie die glatten Seiten des Fischs befühlte. »Zu zart. Wo ich herkomme, benutzen wir die Haifischhaut zum Holzschmirgeln.«

»Es ist ein Löffelstör«, erklärte Otter, »und sogar noch ein kleiner. Sie leben in totem Wasser und abgeschnürten Flußschlingen und sollen ihr langes Maul dazu benutzen, den Schlamm aufzurühren auf der Suche nach Nahrung. Man kann sie nur mit Netzen fangen oder mit einem Speer aufspießen.«

»Wenn ihr ihn aufschneidet«, erklärte Otter, »findet ihr zwei Sorten Fleisch, rotes wie vom Wild und weißes wie bei Fischen.«

»Ich esse das rote Fleisch«, sagte Schwarzschädel. »Rotes Fleisch ist immer kräftiger als weißes.«

Otter ließ das Bündel neben das kleine Feuer fallen. »Meinetwegen, aber ich warne dich schon jetzt, das rote Fleisch schmeckt wie Schlamm, aber das weiße ist süß und zart.«

Mit einem scharfen Steinsplitter schlitzte Perle den Fisch auf. »Keine einzige Gräte!«

Als der Fisch gekocht war, machte Schwarzschädel viel Aufhebens um das rote Fleisch – aber Otter bemerkte, daß die meisten Stücke davon im Maul von Schnapper verschwanden.

Nach dem Essen rollten Schwarzschädel und Grüne Spinne ihre Decken unter dem Schutzdach aus. Otter setzte sich zu Perle ans Feuer. Das flackernde Licht betonte die Konturen ihres Gesichts und hob ihre vollen Lippen hervor.

Wie bist du nur hier gelandet? Ein Mann sollte dich lieben, dich bewundern. Otter unterdrückte ein plötzliches Verlangen, sie zu berühren. Am Tag war sein Blick immer wieder zu ihrer schlanken Taille gewandert, zu den vollen Rundungen ihres Pos und auf ihr glänzendes Haar. Auch ihre geschmeidigen Bewegungen beim Paddeln hatte ihn immer wieder fasziniert.

Ich sollte an Rote Mokassins denken. Er starrte finster ins Feuer. Nach den Erlebnissen bei den Khota würde Perle sich bestimmt für keinen Mann mehr interessieren.

Er sagte: »Ich staune, daß du noch wach bist. Nach der letzten Nacht dachte ich, du würdest dich als erste in deine Decken wickeln.«

Sie lächelte. »Vermutlich geht mir zuviel im Kopf herum. Aber du hast recht. Ich bin müde. Sieh dir diese Blasen an. Wie konnte ich bloß so verweichlichen? Kannst du glauben, daß ich früher tagaus, tagein gepaddelt habe?«

Die Blasen waren rot und sahen entzündet aus. Er wünschte, er könnte ihre Hand nehmen und ihre Schmerzen lindern. Perle hatte etwas Glänzendes auf ihre Hände geschmiert. »Womit hast du die Blasen behandelt?« fragte er.

»Mit Fett von dem seltsamen Fisch, den wir gegessen haben.«

»Es gibt hier oben noch einen seltsamen Fisch, den Weißstör. Er wird noch größer als der Löffelstör.«

Sie stützte ihre Ellenbogen auf die Knie und sah ihn an. »Die Menschen hier haben keinen Mais. Nur Gänsefuß, Sumpfholunder und solche Dinge, oder?«

»Schon früher haben Händler den Ilini Mais gebracht. Ich weiß nicht, ob er so hoch im Norden gedeiht.«

Nachdenklich schaute sie Otter an. »Seit Monaten sitze ich nun schon auf diesem Sack. Erst im Kanu der Khota und jetzt in deinem. Zuerst fand ich es albern, daß ich ihn Wolf der Toten nicht gelassen habe. Jetzt denke ich, daß es klug war.«

»Wie meinst du das?«

»Na ja, es ist der beste Mais, den die Anhinga ziehen können, aus den gesündesten Pflanzen aussortiert. Es ist Saatmais, Otter.«

»Schön, es ist also Saatmais.«

»Bist du immer so langsam, oder hast du einen Stein im Hirn? Ich trage nichts zu dieser Fahrt bei.«

»Du brauchst nicht zu ...«

»Ich möchte meinen Saatmais tauschen. Vielleicht wächst Mais so weit nördlich. Er wird nie Gänsefuß, Sumpfholunder, Zwerggerste oder Sonnenblumen als wichtigste Nahrungsmittel verdrängen, aber er brächte Abwechslung in die Kost. Es ist Luxusware, Otter. Dafür zahlen die Leute.«

Er lächelte. »Also gut, Perle, dann wollen wir mit deinem Mais handeln. Ich wäre nie auf den Gedanken gekommen, daß Saatmais etwas zum Tauschen sein könnte, aber vielleicht hast du recht.«

Eine Zeitlang saßen sie schweigend da, während Otter sich bewußt war, daß sie ihn verstohlen musterte. Ein sehr gescheites Mädchen war sie, und sie konnte besser als die meisten mit dem Paddel umgehen. Sie schien geradezu geboren für ein Leben auf dem Wasser.

»Wie kommt es, daß noch keine Frau Abgesandte ihres Clans geschickt hat, um dich zu erbitten, Otter?«

Er lächelte. »Wir sind nicht wie die Anhinga. In meinem Volk würde ich meinen Clan bitten, den Clan der Frau wegen einer Heirat anzusprechen.«

»Bei den Anhinga halten die Frauen um die Männer an.« Sie sah müde aus. »Vielleicht glaubte ich es deshalb auch nicht, als die Khota mich haben wollten. Es erschien mir wie ein Scherz.«

»Die Heiratsbräuche sind unterschiedlich, Perle. Als Händler fällt mir auf, wie viele Möglichkeiten es für Paare gibt, sich zu finden.«

»Dann wolltest du nicht heiraten?« Sie warf ihm einen Seitenblick zu. »Du bist doch in Ordnung? Ich meine, hast kein Gebrechen, oder?«

Er zog eine Braue hoch. »Ich bin ein gesunder Mann – in jeder Hinsicht.« Und aus Angst, sich zu verraten, mied er ihren Blick.

Als die letzte Flamme erlosch, sagte Otter: »Sie heiratete meinen Zwillingsbruder.«

»Ist er auch Händler?«

»Nein – eigentlich ist er alles, was ich nicht bin. Er ist tapfer, stark, dem Clan, der Herkunft und der Familie treu ergeben. Er ist vernünftig, klug und gerissen. Eines Tages wird er ein großer Führer sein – des Weißmuschelclans und auch des Clans seiner Frau.«

»Du sprichst voll Liebe von ihm.«

»Er ist außer ihr die wichtigste Person in meinem Leben. Unsere Seelen sind eins, und so vieles andere auch ...«

»Bist du Händler geworden, weil sie ihn geheiratet hat?«

»Nein. Im Gegenteil. Sie heiratete ihn, weil ich Händler bin. Ich gehöre dem Fluß von Kindesbeinen an.« Er lachte. »Das ist die Antwort auf deine Frage, Perle. Keine vernünftige Frau würde mich wollen.«

Sie nickte verständnisvoll. »Ich war genauso. Wie du dem Fluß gehörte ich den südlichen Gewässern. Die beste Zeit meines Lebens verbrachte ich in den Sümpfen oder auf dem großen Meer. Aber nimm dich in Acht, Otter, am Ende kriegen sie dich.«

»Wer?«

»Dein Clan. So ist unser Leben, verstehst du? Jeder erfüllt einen Zweck für seinen Clan. Jeder hat eine Rolle, seinen Platz, eine Aufgabe. Wir sind nicht frei, Otter. Wir sind Sklaven unserer Clans und unserer Abstammung. Wir sind in diese Verhältnisse hineingeboren worden und lernen nie etwas anderes kennen. Eines Tages werden sie dich verheiraten, warte nur ab. Du wirst mit deinem Kanu anlegen, und sie haben ein Braut, die dich am Ufer erwartet.«

»Sei nicht so traurig. Es ist doch alles in Ordnung. Du bist frei, bist ihnen entkommen.«

Verwundert blickte sie ihn an. »Wohin?« Sie deutete auf das Land. »Nehmen wir an, ich finde einen netten Ilinimann, der mich heiraten möchte und mit dem auch ich einverstanden bin. Auch er ist ein Sklave seines Clans. Werden sie ihn eine Frau ohne Familie heiraten lassen? Ohne Bindung an den Clan und ohne Verwandtschaft, die mich unterstützt, habe ich für sie weder Namen noch Geschichte. Ich bin wenig mehr als ein Tier – bei den Khota ist man sogar ein Tier, auch wenn man einen Clan hat.«

Otter überließ sie eine Weile ihrem Zorn. Dann sagte er: »Ich glaube, ich habe mich mit meinem Clan ausgesöhnt. Bis jetzt verstand ich nicht, was Großmutter mir gab – nicht richtig. Es ist dein Ausweg, Perle.«

»Was ist mein Ausweg?« Sie beobachtete ihn argwöhnisch.

»Handel. Das heißt, wenn du möchtest. Manchmal ist es zwar ein einsames Leben. Man verbringt Monate frierend und hungrig, im Sommer ist es heiß und schwül. Und man muß die Waren ständig vor dem Verderben schützen. Aber dann gibt es so wunderbare Augenblicke wie einen Sonnenaufgang über dem Wasser. In so einem Moment kann man sogar den Herzschlag des Schöpfers, des Geheimnisvollen, spüren. Man sieht aber auch neue Dinge, lernt andere Menschen kennen. Das alles ist manches Unbehagen wert.«

»Ich bin schon früher mit Händlern gereist. Ich kenne das Leben. Eine Zeitlang war ich mir nicht sicher.« Sie zögerte. »Ich hatte ein schlimmes Erlebnis mit einem Delphin.«

»Denk darüber nach, Perle. Der Handel könnte dir geben, was du suchst. Schauen wir mal, was wir mit deinem Mais anfangen können. Oft sind es die einfachsten Dinge, die sich am besten tauschen lassen.«

Unvermutet lächelte sie ihn an, so daß seine Seele einen Sprung machte. Sie streichelte sein Bein, und die Berührung ließ ihn erschauern. »Dann habe ich auch einen Anteil an diesem Unternehmen.«

»Das hast du.« Er wollte sie halten, beruhigen, aber er zwang sich, ins Feuer zu starren.

»Gut«, sagte sie. »Ich nehme dein Angebot an, weil ich alles andere verloren habe.«

Sternmuschel streckte ihren Rücken. Jeder Muskel war verspannt.

»Schau, Mama. Da ist noch einer!« Silberwasser deutete auf einen Schößling und sprang fröhlich auf ihn zu.

Sternmuschel blickte zum dunkel verhangenen Himmel auf. Schlechte Arbeit, schlechter Tag.

»Das sieht wirklich schlimm aus«, bemerkte Langer Mann, als er über die Einfriedung blickte.

»Ich habe es so gut gemacht, wie ich konnte«, erklärte Sterngucker resigniert. Eine Hand auf die Schulter des Magiers gelegt, ließ er sich führen. Im trüben Tageslicht war jede Farbe aus seinem Gesicht gewichen. Wie er aussah, würde er schon bei dem Versuch, die Schößlinge auszuhacken, brechen wie ein dürrer Stecken.

Der dunkle Himmel über ihnen kündigte Regen an. Böen fegten um sie herum, dann trat wieder unheilvolle Stille ein. Das Breitbeil in der Hand folgte Sternmuschel Silberwasser.

»Was für eine Verschwendung«, bemerkte Sternmuschel. »All diese kleinen Bäume, alle Blätter. Sie werden nie die Sonne spüren.«

»Verschwendung?« fragte Langer Mann. »Im Herbst würden sowieso alle Blätter auf dem Boden liegen, tot.«

»Genau das meine ich!« rief Sterngucker. »Was für einen Zweck hat das alles? Warum muß alles leben und sterben? Nichts dauert ewig! Welchen Zweck sieht der Geheimnisvolle darin, daß er uns alles ständig neu lernen läßt?«

»Vielleicht ist er vergeßlich.« Sternmuschels Beil schlug dumpf auf, als sie ein Bäumchen an den Wurzeln abschlug.

»Ich möchte eins wissen, Sterngucker. Wenn du eine Welt schafftest, wie oft würdest du dann Fehler machen? Wie viele Fehler machst du, wenn du das erste Mal ein Haus baust, ein

Stück Land rodest? Könntest du beim ersten Versuch eine feine Grabschüssel formen, wie man sie in Sternhimmelstadt herstellt?«

»Ganz sicher nicht!«

»Du erwartest doch nicht, daß der Geheimnisvolle vollkommen ist? Das wäre vermessen, meinst du nicht auch?«

Sterngucker richtete sich kerzengerade auf. »Ich will dir eins sagen, Mädchen. Niemand weiß mehr über den Himmel als ich. Seit meiner Einführung in die Welt der Erwachsenen habe ich jede klare Nacht auf dem Hügel verbracht. Ich habe alles, was meine Ältesten mich lehren konnten, im Kopf. Wußtest du zum Beispiel – ich erzähle dir das nur, weil sich niemand mehr darum kümmert –, daß manche Sterne bisweilen rückwärts ziehen, dann wieder vorwärts? Es sind nur wenige, aber ich verrate dir nicht, welche es sind. Ich habe das nicht entdeckt, Mädchen. Ich erfuhr es von einem Mann, dem es ein anderer Mann sagte, der es wiederum erfahren hatte, und so weiter. Ich habe es dir zwar gesagt, aber du wirst von diesem Wissen keinen Gebrauch machen. Du kannst es nicht. Und wenn ich sterbe, ist es verloren. Wirst du es weitergeben? Vielleicht.«

Sternmuschel hackte wieder einen Schößling ab. Langer Mann führte den Ältesten hinter ihr her. »Vielleicht ist es ohnehin sinnlos. Ist es wichtig für mich, daß manche Sterne ihre Richtung ändern? Gibt es mir etwas zu essen? Hält es meine Tochter warm?«

»Und wenn ich dir sage, daß es das nicht tut? Besteht das Leben nicht aus mehr als nur aus Hetze, um zu überleben?«

Sternmuschel zeigte auf den Alten. »Meine Sorge ist, am Leben zu bleiben. Und indem ich das tue, erhalte ich meine Tochter am Leben, und sie ist sicher vor der Maske. Bis auf Silberwasser habe ich alles verloren, was ich liebte. Ich werde gejagt, und meine Arme tun mir weh vom Abhacken deiner Bäume. Die meisten meiner Schwierigkeiten sind durch dein ›altes Wissen‹ entstanden. Laß es untergehen.«

Sterngucker sagte: »Du bist ja voll Bitterkeit! Wie hart du sprichst für eine so junge Frau. Es untergehen lassen? Lehrt man das etwa heute? Was ist mit der Hoffnung geschehen? Mit dem Glauben an eine Zukunft?«

»Frag Bunte Krähe.« Sternmuschel bearbeitete ein weiteres Bäumchen. Ein Bild von Grüßt die Sonne entstand in ihrem Kopf, aber sie verscheuchte es mit einem Ungestüm, das dem glich, mit dem sie die Schößlinge beseitigte.

»Keine Hoffnung, keine Zukunft.« Sterngucker schüttelte den Kopf. »Du weißt nicht, was am Himmel geschrieben steht. Denk an meine Worte, Mädchen. Öffne deine Ohren und höre. Denn eines Tages wird das Schicksal der Menschen davon abhängen, was sie zwischen den Sternen finden. Manche wie du werden sich vom Himmel abwenden, und wenn das geschieht, werden wir alle zu Stillstand und Tod verdammt sein.«

»Das hast du in den Sternen gelesen? Das lehren sie dich?« Sternmuschel stützte die Hände auf die Knie.

»Und mehr... Aber nicht auf eine Weise, die du verstehen könntest. Nicht bei dem Zorn und dem Gefühl der Sinnlosigkeit, die deine Seele erfüllen.« Nach diesen Worten schien er zu verfallen, schien seltsam niedergeschlagen. »Wie steht es mit dir, Magier? Für deine Vorliebe für anrüchige Bemerkungen bist du merkwürdig still.«

»Ich denke, alle Dinge müssen sterben und wiedergeboren werden«, sagte Langer Mann ruhig. »Ich denke, daß so die Welt geschaffen wurde. Menschen, Bäume, Tiere, Felsen und Flüsse, alles muß sterben.«

»Und das Wissen?« fragte Sterngucker.

»Auch das Wissen, vermutlich.« Langer Mann folgte Sternmuschel zum nächsten Bäumchen, während Sternguckers Hand immer noch auf seiner Schulter lag. »Es ist der Untergang des Wissens, was dich quält, alter Freund. Du glaubst an die alten Bräuche, glaubst, Wissen sei heilig, sei etwas, das in Ehren gehalten werden müsse. Du schätzt die alten Traditionen und findest Sicherheit und Frieden in ihnen.«

»Du nicht?«

»Ich wünschte, ich könnte es. Aber es waren doch gerade die alten Bräuche, die uns für die Völker der Plattformpfeifen verwundbar gemacht haben. Während wir nachts die Sterne beobachteten, bepflanzten sie unsere Felder. Du trauerst um das Wissen wie manche Männer um den Tod ihrer Frau. Es erfüllt dich mit einer Hoffnungslosigkeit, die ich an dir gar nicht kenne.«

»Weißt du, wie es ist, erleben zu müssen, wie alles, was man heilig gehalten hat, stirbt und verfällt? Zauberer, ich habe meine Welt dahinschwinden sehen. Die Schüler blieben fort, lernten nicht mehr, oder sie spotteten und wurden Händler oder Pfeifenschnitzer.« Sterngucker machte eine ausholende Geste. »Was siehst du jenseits des äußeren Rings? Sag es mir! Was ist dort draußen?«

»Bäume«, sagte Langer Mann, auch wenn er zu klein war, um über den Wall zu blicken.

»Bäume!« stimmte Sterngucker zu. »Und als ich ein Junge war, stand dort ein Gehöft neben dem anderen, so weit das Auge reichte. Damals sprachen wir nicht vom Tod, sondern vom Leben und vom Lernen. Wir verehrten die Toten, und was wir in ihre Grabhügeln taten, gaben wir aus Achtung und Bewunderung. Was höre ich heute? Daß die jungen Leute sich abhetzen, um Reichtum anzuhäufen. Und warum? Damit sie im Überfluß begraben werden können und verehrt werden – als Leute von Rang unter ihren Ahnen.«

Sterngucker schlug sich auf die Brust. »Ich erinnere mich dieser Ahnen, Magier. Ich erinnere mich an sie und daran, was sie mir von ihren Ahnen und von den noch früher Dahingegangenen berichteten! Sie werden diese großtuerischen Narren ebenso verachten, wie der Jäger den Truthahn verachtet, der mit gespreizten Federn auf und ab stolziert.«

»Du kannst nicht erwarten, daß die Sterne stillstehen.«

»Nein, aber selbst der einfältigste Narr sollte begreifen, daß man die Ahnen und ihren Glauben verstehen sollte, wenn man ins Jenseits geht. Denn wenn man das nicht tut, steht man im Abseits und wird verspottet!«

»Was würdest du also tun?« wollte Langer Mann wissen. »Du müßtest doch die Welt verändern.«

»Das würde ich auch – wenn ich könnte.« Sterngucker trat kräftig mit dem Fuß auf. »Aber man hat mich beraubt, Magier. Meine Schüler wurden mir gestohlen. Mein Volk hat man mir gestohlen. Was mein Volk glaubte, wurde mir weggenommen. Meine Zukunft wurde mir gestohlen. Und schließlich hat man mich noch des Augenlichts beraubt – meiner Fähigkeit, noch mehr von den Sternen zu lernen.«

»Du besitzt doch immer noch, was du weißt«, rief Sternmuschel. »Geh fort von hier. Geh nach Sternhimmelstadt und gib dort dein Wissen weiter!«

»Von hier fortgehen?« Er zeigte auf die Pfähle, die vom äußeren Wall aufragten. »Weißt du, was sie bedeuten? Jeder Pfahl ist mit einer Schnitzerei verziert. Wenn ich richtig stehe, Mädchen, trägt der rechts von dir einen Falkenkopf.«

»So ist es.«

»Er bezeichnet den Punkt am Horizont, wo der Falke während des Mondes nach der Tagundnachtgleiche im Herbst aufgeht. Und warum ist das wichtig, Mädchen?«

»Ich weiß es nicht.«

»Unwissenheit, sie ist überall. Der Falke ist deshalb wichtig, weil bei seinem Erscheinen der Saft in den Bäumen aufhört zu fließen. Der schnelle Jäger warnt die Welt, daß der Winter naht.«

»Wir nennen diesen Tag den Tanz des Dachses«, antwortete sie. »Es ist der Tag, an dem das Auge des Dachses auf der südwestlichen Linie des Achtecks erscheint.«

»Siehst du«, sagte Langer Mann beschwichtigend, »es ist dasselbe Sternbild, nur der Name ist anders.«

Sterngucker wendete sich erbost in Sternmuschels Richtung. »Das ist es ja! Warum braucht alles einen anderen Namen? Sogar du, Zauberer, läufst mit einem wütenden Mädchen von den Plattformpfeifen herum, das nichts Nützliches lernt! Du bist so verdorben und gemein wie alle anderen.« Unsicher machte Sterngucker auf dem Absatz kehrt und schritt geradewegs auf das Häuschen an der nordwestlichen Seite zu.

»Deshalb geht er nicht fort«, sagte Langer Mann unglücklich. »Er kennt die Welt innerhalb des Kreises, mag er noch so einsam sein.«

»Er nennt mich wütend?« Sternmuschel warf das Beil von sich und dehnte ihren Rücken, um den Schmerz zu lindern. »Wenn er durchgemacht hätte, was ich in den letzten ...«

»Langsam, junge Sternmuschel.« Langer Mann hob beschwichtigend die Hand. »Er hat es erlebt, genauso wie du. Für dich war es ein schneller Tod – es geschah alles im letzten Jahr. Für ihn ging es langsam und schleichend; er hat seine Welt über Jahre sterben sehen.«

Sie biß sich auf die Lippen und wandte den Blick ab.

»Er teilt deine Wut und deine Verzweiflung.« Langer Mann trat zu ihr, um ihre Hand zu streicheln. »Im Unterschied zu dir hat er keine Möglichkeit, etwas daran zu ändern.«

Sternmuschel faßte nach der Hand des Zauberers. »So habe ich es nie gesehen.«

»Mama?« Silberwasser kam angerannt. »Am Wallgraben habe ich noch mehr Bäume gefunden.«

»Gut gemacht, Kaulquappe. Ich glaube, ich sollte ...«

»Nein, laß.« Langer Mann drückte ihre Hand. »Nach diesem Morgen denke ich, daß der Ort so gut ist. Er sieht den Horizont und die aufgehenden Sterne deutlich genug.«

Sternmuschel nickte, während sie sich in dem verlassenen Kreis umsah. Einst hatte sich hier das Zentrum der Macht befunden. Die Menschen hatten geforscht, gelernt und beobachtet. Hier war das geheime Wissen von den Sternen, dem Mond und der Sonne an die Jungen weitergegeben worden. Nun hatten schon fast die Bäume alles zurückerobert. Das Zentrum des Wissen befand sich nun in Orten wie Sternhimmelstadt.

Und wie stand es um Sternhimmelstadt? Würde die Stadt auch irgendwann in Vergessenheit geraten wie Himmelsort?

Unmöglich! Das Ackerland war zu fruchtbar, die Lage am Zusammenfluß der Flüsse zu bedeutend. Sie hatte die Händler voller Ehrfurcht reden hören. Kein Ort der Welt besaß so gewaltige Erdhügel! Und der heilige Feuerstein würde für die Menschen immer wichtig sein. Sternhimmelstadt hätte ewig Bestand!

30. KAPITEL

Manche Sterne bewegen sich rückwärts wie ich.

Einen hellen, glühenden Stern habe ich einen ganzen Mond lang beobachtet. Er bildet die Spitze der langen Nase des Rennenden Dachses. Er kehrte seinen Lauf um, und es schien, als habe der Dachs seinen Kopf gereckt, um den funkelnden Bauch des Himmels zu überblicken. Jede Nacht dreht sich sein Kopf weiter. Erst schaute er sehnsüchtig nach der Dunkelheit im Westen, heute nacht hat der Dachs ein neugieriges Auge nach Osten gerichtet.

Wartend …

Das hat mich nachdenklich gemacht.

Vielleicht sollte auch ich zum Licht blicken. Vielleicht könnte ich es. Ich weiß es nicht. Vermutlich könnte ich rückwärts in die andere Richtung gehen. Es müßte ein seltsames Gefühl sein, mit dem Rücken zu Vater Sonne dem Sonnenaufgang entgegenzugehen. Vielleicht wäre es einfach, wenn ich die Augen schlösse. So könnte ich die Dunkelheit sehen, aber das Licht würde mir den Rücken wärmen. Es müßte angenehm sein, vom Licht gewärmt zu werden. Mir war immer so kalt in letzter Zeit. Kalt bis ins Mark.

Aber allein daran zu denken, tut mir weh. Würde rückwärts zum Licht gehen bedeuten, daß ich der Dunkelheit den Rücken kehre?

»Du hattest schon von uns gehört«, sagte Langer Mann, während der Regen auf das Rindendach trommelte. So alt Sternguckers Gesellschaftshaus auch schien, sein Dach war dicht – dafür konnten sie dankbar sein.

Sternmuschel hatte mit Silberwasser gespielt. Jetzt wandte sie ihre Aufmerksamkeit Sterngucker zu.

»Von euch gehört?« Sterngucker saß in seine Decken gehüllt vor dem Feuer. »Ich habe viele Geschichten von euch gehört. Mein idiotischer Sohn kam letzten Neumond herauf. Alle suchen nach euch – und dieser besessene Wanderdrossel hat das Interesse an der Maske von Bunte Krähe geweckt. Ich habe es von Zwei Hände und einigen der anderen Ältesten gehört. Sie fragten sich, was zu tun sei. Zwei Hände kennt die Macht der Maske und weiß, was dieser dumme Mann von den Plattformpfeifen ausgelöst hat, als er die Begräbnisstätte auf dem Berg plünderte. Die Maske gehört nicht in die Hände der Plattformpfeifen!«

»Niemand sollte die Maske besitzen«, erwiderte Langer Mann. »Aus diesem Grund versteckten unsere Ahnen sie auch, und deshalb trage ich sie jetzt bei mir – um sie weit von den Menschen wegzubringen. Mit der Maske gibt es nur Schwierigkeiten.«

»Glimmervogel war nicht stark genug ...«

Als Sternmuschel hörbar die Luft einsog, wandte sich der Älteste der Langschädel ihr zu. »Still, Mädchen. Die Geschichte, daß die Nennung des Namens den Geist herbeirufe, ist blanker Unsinn.«

»Nicht für ihr Volk«, warf Langer Mann ein, »und ich bitte dich, ihren Glauben zu respektieren und seinen Namen nicht mehr zu erwähnen.«

»Warum nicht? Was kümmert es sie oder sonst jemanden, was ich oder meine Ahnen glauben? Das ist der Punkt! Du kannst das eine nicht ohne das andere haben, sonst herrscht Tyrannei! Ist ihr Glaube wichtiger als meiner? Warum darf ich den Namen eines toten Mannes nicht herausschreien? Ich verlange ja auch nicht von ihr, daß sie sich an meinen Glauben hält!«

»Er macht mir angst.« Sternmuschel warf einen verstohlenen Blick auf das Bündel mit der schrecklichen Maske. »Er war ein Selbstmörder, Sterngucker. Ein furchtbarer, zorniger Mann. Ruf ihn bitte nicht her.«

»Geister sind nicht so leicht herbeizurufen«, belehrte sie Sterngucker. »Frag den Zauberer, er hat früher genug Zeit darauf verwandt, die Geister zu beschwören. Hast du dazu nur ihren Namen genannt?«

»Nein«, gab Langer Mann zu. »Aber einen Geist zu veranlassen, etwas für dich zu tun, ist etwas ganz anderes.«

Die Angst, die plötzlich in Sternmuschel hochstieg, raubte ihr beinahe den Atem. »Du? Du hast früher ...?«

»Vor langer Zeit, Kind, ja. Aber das war eine andere Zeit, es war ein anderes Volk.«

»Wieso anders? Die Langschädel sind doch noch dasselbe Volk, oder?«

»Manches verändert sich mit der Zeit.« Der Zauberer verzog sein Gesicht. »Die Macht existiert aus sich, Sternmuschel. In einer Gesellschaft unter den Langschädeln war es üblich, die Geister zu rufen. Manchmal kamen sie auch.«

»Ruf einen Geist!« schrie Silberwasser begeistert.

»Nein, Kleines«, sagte Sternmuschel sanft zu ihrer Tochter, »schlaf jetzt, Grille«

»Die Maske ...«, begann Sterngucker, »... sie ist nicht böse von sich aus.

»Nein«, bestätigte Langer Mann. »Der Ärger kommt von den Männern, die sie tragen wollen. Dieser Wanderdrossel will die Maske, um dadurch Rang und Macht zu erringen – das ist der Mißbrauch, den du heute morgen kritisiert bist.«

»Was hast du von uns gehört?« unterbrach Sternmuschel. »Sterngucker, berichte, was dein Sohn gesagt hat. Wer sucht nach uns? Was reden die Leute?«

Sterngucker hob den Kopf. »Sie sagen, daß der Magier die Maske zur Zauberei benutzt, daß er ... äh, die Ahnen beschwört und Böses tut. Daß du, Mädchen, seine neue Schülerin bist, daß du die Methode der Maske lernst, Männer mit einem Blick zu töten. Außerdem wird erzählt, du frißt kleine Kinder. Wenn die Leute heute nur nicht so beschränkt wären und so voller Furcht vorm Tod!«

»Das reden sie? Über mich?« *Wie ist das möglich? Ich bin nicht so! Das ist ungerecht!*

»Oh, nicht alle reden so«, beschwichtigte Sterngucker. »Die Schwachen glauben immer, was am kühnsten und unwahrscheinlichsten klingt. Die Welt ist ihnen nicht wundersam genug. Es treibt sie, grauenhafte Phantasien auszubrüten. Aber es stimmt, daß sich dein Mann tötete, auch hast du die Maske gestohlen, und du bist mit dem Magier unterwegs – also, was erwartest du?«

Was erwarte ich? Die innerliche Leere wuchs. »Dann sollten wir aufbrechen. So schnell wie möglich.« Sternmuschel warf einen Blick auf ihre Tochter. »Wir vertun unsere Zeit, wir sollten eigentlich längst auf dem Weg nach Norden sein.«

»Solange die Flüsse Hochwasser führen, kommen wir nicht weit«, belehrte sie Langer Mann. Er hatte Schmerzen in der Seite, beugte sich vor und wiegte sich leicht, um sie zu lindern. »Viele Pfade werden überflutet sein, auf den Flüsse können wir nicht reisen. Auf abgelegenen Wegen an Land sind wir wahrscheinlich vor Entdeckung sicherer.«

»Werden wir es schaffen?«

»Ja, junge Sternmuschel.« Langer Mann lächelte sie beruhigend an, drückte aber weiter vorsichtig seine Hand auf die Seite.

Silberwasser war eingeschlafen. Mit den Fingern fuhr Sternmuschel durch das seidige Haar ihrer Tochter. Noch immer trommelte der Regen auf das Dach, der Donner krachte und erschütterte die Welt. Sternmuschel konnte förmlich spüren, wie die Zeit unwiederbringlich verstrich.

»Was für eine Art von Zauberer bist du?« fragte sie den Zwerg.

»Ich möchte jetzt nicht darüber reden, nicht hier.« Langer Mann zuckte mit den Achseln. »Ein andermal, Sternmuschel.«

»Nein«, sagte Sterngucker mürrisch. »Du wirst einen deiner alten Geister rufen. Und der Geheimnisvolle weiß, daß du ziemlich viele hast.«

»Ja, sie weiß es«, antwortete Langer Mann auf die unausgesprochene Frage.

»Alles?« fragte Sterngucker.

»Einiges.«

»Erzähl mir alles darüber«, verlangte Sternmuschel.

»Morgen, wenn niemand mithören kann.« Langer Mann deutete auf Silberwasser.

Auf Sterngucker Gesicht zeigte sich plötzlich ein Lächeln. »Das wäre eine Möglichkeit ...«

»Was?« fragte Langer Mann. »Sprich es aus! Wovon redest du?«

»Die alten Bräuche zu retten«, antwortete Sterngucker. »Ja, das wäre es. Wenn jemand genügend Macht hätte, genügend persönliche Stärke.«

»Die Welt hat sich gewandelt«, sagte Langer Mann mit Nachdruck. »Unsere Zeit ist vorbei. Laß sie sterben, mein Freund. Laß sie in Frieden gehen.«

»Vielleicht ...« Sterngucker schien zu grübeln. »Seht ihr? Die Ente geht auf. Dort, direkt unter dem Horizont.«

»Die Ente?« flüsterte Sternmuschel und sah den Ältesten beunruhigt an.

»Das Sternbild des Frühlings. Das Zeichen der Erneuerung, der Wiedergeburt.«

»Sterngucker, geh schlafen!« knurrte Langer Mann.

»Nein, alter Freund. Ich werde gerade erst richtig wach. So ist die Welt.« Er streckte einen Finger aus. »Seht! Dort ist die Wahrheit! Ich werde die Sterne wieder sehen! Jeder wird sie sehen, wird die richtigen Namen lernen.«

»Ja«, stimmte Langer Mann zu, du wirst die Sterne wieder sehen.«

Sternmuschel kniff die Augen zusammen. *Und morgen, Magier, unterhalten wir uns lange und ernsthaft darüber, wer und was du gewesen bist!*

Mit diesem Gedanken zog Sternmuschel Silberwassers Decken zurecht und legte sich zu ihrer Tochter.

Sie schlief schon, als Sterngucker spät in der Nacht vor den glimmenden Kohlen saß, die blinden Augen auf das Bündel gerichtet, in dem sich die Maske von Bunte Krähe befand.

Der Ilinifluß war ein angenehm zu befahrendes Gewässer, breit und mit einer trägen Strömung. Wellentänzer kam schnell stromauf voran, denn Otter wich dem Hauptstrom aus. Das Hochwasser war gefallen, aber immer wieder brach unter Blitz und Donner der bewölkte Himmel auf, und Regen fiel herab.

Mittags legten sie an einer licht bewaldeten Insel an. Ihr Mahl bestand aus kaltem Löffelstör, Gänsefußbrot, getrockneten Beeren und Pfefferminztee, den sie aus einem Tonkrug ausschenkten.

»Wir kommen rasch voran«, bemerkte Schwarzschädel, wischte seine geschnitzte Holzschale sauber und aß das letzte Stück Brot. »Besser, als ich erwartet habe.«

»Langsam, zu langsam«, sagte Grüne Spinne.

»Das einzige, was hier langsam ist, sind deine Gedanken«, gab Schwarzschädel zurück. »Habe ich dir jemals verraten, Narr, daß du mich bis aufs Blut reizt? Manchmal möchte ich meinen Arm um dich legen und dich so fest an mich drücken, daß jeder deiner Knochen bricht.«

»Eine Umarmung? Wir könnten ein Liebespaar sein. Hast du jemals daran gedacht?« Grüne Spinne schenkte dem Krieger ein Grinsen. »Bis jetzt wußte ich nicht, daß du mich so sehr liebst. Du sollltest das nicht für dich behalten. Heimlichtuerei läßt die Seele faulen, und eine Zuneigung wie deine entzückt mein Herz.«

Schwarzschädel wurde rot, sein Mund öffnete und schloß sich wie der eines Fischs auf dem Trockenen. Dann warf er fluchend seine Schüssel hin und stapfte über die Insel.

Perle unterdrückte ein Lachen, bis Schwarzschädel außer Hörweite war.

Auch Otter lachte vor sich hin, während er seine Schale sauberwischte. Er betrachtete die Maserung des Nußholzes. Das Stück hatte Viertöter geschnitzt, Rote Mokassins hatte es poliert. Warum behielt er es? Jedesmal, wenn er die Schale anschaute, tat sein Herz weh.

»Woher weißt du, wie weit du es mit ihm treiben kannst?« fragte Perle Grüne Spinne. »Weil du in die Zukunft sehen kannst?«

»Nein«, erwiderte Grüne Spinne. »Weil ich gar nichts sehen kann.«

»Ich weiß nicht, Grüne Spinne.« Otter klopfte mit den Knöcheln an seine Schale. »Ich glaube, es macht dir Spaß, das Schicksal herauszufordern.«

Als der Verdreher aufschaute, war sein Blick etwas klarer. »Schwarzschädel wird nur wütend, wenn man nicht ehrlich zu ihm ist. Du mußt ihm immer die Wahrheit sagen, Perle. Denn wenn du ihn jemals anlügst, tötet er dich.«

»Aber du hast ihn gerade angelogen. Oder nicht? Bist du nicht nur ein Verdreher, sondern auch ein *Berdache*?«

Grüne Spinne schüttelte den Kopf. »Nein. Nein. Nein! Ein *Berdache* steht zwischen den Welten, er ist eine Brücke zwischen Männern und Frauen, Licht und Dunkel. Ich dagegen gehe vorwärts durch eine Welt, die rückwärts geht.«

Otter ging zum Strand hinunter, wo Wellentänzer lag. Er faßte den geschnitzten Fuchskopf an und drehte sich um zu Grüne Spinne. »Was machst du mit Frauen, Grüne Spinne? Sind sie dir auch zu rückwärts gerichtet?«

»Was ich mache?« Grüne Spinne schaute ihn an. »Würde ich mich mit einer Frau paaren, würde ich sie ruinieren. Sie würde nie mehr einen anderen Mann wollen. Wie könnte sie zu einem gewöhnlichen Burschen gehen, nachdem ich ihr die Geheimnisse der

Lust gezeigt habe? Weißt du, alles hat damit zu tun, wie man sein Glied gebraucht. Meins ist geübt; es weiß genau, wo es anschwellen und wo es stoßen muß.«

»Darauf würde ich wetten«, spottete Perle. »Als Verdreher bleibst du wahrscheinlich schlaff, bis du fertig bist.«

Grüne Spinne grinste glücklich. »Ist das eine Herausforderung? Ich liebe Herausforderungen. Ich glaube, da Schwarzschädel mir einen Korb gegeben hat, werde ich heute nacht unter deine Decken kriechen.«

Plötzlich war Perles Lächeln zu Eis geworden. »Du bist eingeladen, jederzeit unter meine Decken zu kriechen, Grüne Spinne. Aber wenn du am Ende herauskriechst, bist du dein Glied, deine Hoden und jedes Verlangen, das du nach einer Frau hattest, für immer los.«

Sofort griff sich Grüne Spinne zwischen die Beine, stieß einen gräßlichen Klagelaut aus und warf sich auf den Boden.

»Das würdest du nicht tun!« Otter zog eine Braue hoch.

»Versuch es«, sagte sie kalt.

Otter sah ihren panischen Schrecken – und erkannte, woher er rührte. *Wolf der Toten.*

Grüne Spinne jammerte lauter: »Vernichtet! Sie hat mich zur Frau gemacht! Ich muß mich zum Pissen hinhocken! Und ich liebte sie! Ersehnte sie aus ganzem Herzen. Gemeiner Verrat!«

»Was ist denn mit dem passiert?« fragte Schwarzschädel, der zurückgekommen war.

»Perle hat ihn gerade kastriert«, sagte Otter, leerte die Blätter des Pfefferminztees aus und vermied dabei, Perle anzuschauen.

Schwarzschädel verbeugte sich tief vor ihr. »Ich gratuliere! Ich wollte, wir hätten dich gleich damals gerettet, als wir zum ersten Mal an den verfluchten Kanus der Khota vorbeikamen. Ich hätte gegen alle vierzig gekämpft, um dir bei dem Narren eine Chance zu geben. Aber wo ist das Blut?«

»Ich brauchte kein Messer.« Mit gesenktem Kopf sammelte Perle ein, was von ihrem Essen noch herumlag. »Worte waren genug.«

»Zu dumm.« Schwarzschädel drehte sich um. »Du hättest warten und dir von mir helfen lassen sollen. Ich habe ein unglaublich scharfes Stück Obsidian.«

Die Hände noch immer zwischen den Beinen, setzte sich Grüne Spinne auf. »Ich frage mich, warum sie so lange gebraucht haben. Wären sie etwas eher gekommen, wäre mir die Verstümmelung erspart geblieben.«

Otter drehte sich rasch um und sah, wie ein schlankes Kanu in voller Fahrt auf sie zupaddelte. Er spürte ein prickelndes Gefühl im Bauch.

»Bloß eins«, bemerkte Schwarzschädel.

Perle stellte sich neben Otter und legte eine Hand über die Augen. »Es ist voll junger Männer. Sechs, würde ich sagen. Etwa die Hälfte paddelt. Es kommt schnell voran, und das Wasser schäumt am Bug.«

»Das kannst du sehen?« fragte Otter. »Auf diese Entfernung?«

»Laßt uns lieber die Waffen nehmen«, murmelte Schwarzschädel. Bei diesen Worten sprang Grüne Spinne auf und rannte weg, um hinter den Bäumen Deckung zu suchen. Schwarzschädel beachtete ihn nicht. »Es macht mich unruhig, wenn ich ein Kanu sehe, das mit aller Kraft angetrieben wird. Es sieht fast so aus, als wollte uns jemand einholen – und als hätte er es sehr eilig.«

»Das ist richtig«, stimmte Otter zu. »Ich würde ihnen lieber auf dem Wasser begegnen. Das hieße Kanu gegen Kanu. Dann können sie ihre zahlenmäßige Überlegenheit nicht gegen uns ausnutzen. Und wenn es zu einem Kampf kommt, ist Wellentänzer groß genug, um eine stabile Standfläche zum Schleudern der Atlatls abzugeben.«

»Eine gute Überlegung«, gab ihm Schwarzschädel recht.

»Wellentänzer ist nicht so flink wie ein Kriegskanu«, erinnerte sie Perle, als sie zum Wasser hinunterliefen.

Schwarzschädel brüllte: »Was zum … sollen Maden seinen dreckigen …«

Otter drehte sich zu ihm um. »Was ist los?«

»Dieser stinkende kleine Wurm!«

Schnapper begann aufgeregt zu bellen, sprang herum und wollte unbedingt dabeisein.

»Wo kann er bloß hingegangen sein?« Schwarzschädels Fäuste waren geballt, sein Bizeps geschwollen, und Zorn brannte in seinem Gesicht.

»Was kümmert's dich?« fragte Otter. »Da hält ein Kriegskanu auf uns zu. Schnapper, verflixt, los, ins Boot! Wo ist Grüne Spinne?«

Schwarzschädel schüttelte seine Fäuste. »Dieser Idiot! Wo ist er nur? Ich schlitze ihm seinen dürren Hals auf und reiße ihm das Herz heraus!«

»Schwarzschädel, komm! Grüne Spinne? Grüne Spinne, wo bist du?«

Fluchend kam der Krieger und schob mit seinem ganzen Gewicht Wellentänzer vom Strand. »Ich weiß nicht, wohin der Narr gegangen ist, aber es war sehr schlau zu verschwinden. Und schlau wäre es auch, wenn er sich inzwischen selbst den Hals abgeschnitten hätte.«

»Wir müssen wohl zurückkommen und ihn suchen«, rief Otter, als sie ins Kanu stiegen. Dann murmelte er noch: »Falls wir da heil rauskommen.«

Schwarzschädel atmete laut ein und bemühte sich um Selbstbeherrschung. Seine Muskeln um die starken Schultern spielten, als er Wellentänzer mit dem Paddel wendete. »In Ordnung, Händler, was ist? Willst du sie angreifen oder abwarten, was sie wollen, bevor wir sie töten?«

Otter zuckte zusammen. Der Krieger war begierig zu kämpfen. »In einem fremden Land sprich stets zuerst und kämpfe zuletzt, Schwarzschädel.« Otter steuerte Wellentänzer schräg von der Insel weg.

»Eins steht fest«, sagte Perle zu ihm. »Es wäre schwierig, diesem Boot davonzufahren.«

Otter stimmte ihr im stillen zu, als das schlanke Boot über das Wasser flog wie ein Pfeil. Er wölbte die Hände vor dem Mund. »Seid gegrüßt! Wer kommt in solcher Eile?«

Im Bug des sich nähernden Kanus erhob sich eine Gestalt. Das Spiegelbild im ruhigen Wasser verdoppelte die Größe des Mannes. »Seid gegrüßt! Du bist Wasserfuchs? Wir kommen von Schweigsame Eule und sollen dich warnen! Dreh bei! Wir haben Nachrichten!«

Otter warf einen Blick auf seine Gefährten. »Eine List?«

»Kann sein«, meinte Schwarzschädel, »ich hoffe es.«

Grüne Spinne? Warum jetzt? Otter rollte die Augen. Vielleicht waren heikle Verhandlungen erforderlich, und Schwarzschädel brannte darauf zu töten.

Perle sah dem Boot argwöhnisch entgegen. »Wir haben allerdings einen leichten Vorteil.«

»Wie das?« Otter schaute sich um, sah aber keine Fluchtmöglichkeit, falls es gefährlich werden sollte.

»Sie wissen nicht, daß ich ihre Sprache spreche.« Perle zog kaum merklich eine Braue hoch. »Wenn sie versuchen, uns reinzulegen, schnappe ich vielleicht eine Warnung auf.«

Otter nickte und rief den Leuten zu: »Wir drehen bei!«

Die Ilini legten längsseits an. Von den sechs Männern im Kanu hatten drei gepaddelt; trotz des stürmischen und kühlen Tages glänzten ihre muskulösen Körper vor Schweiß.

»Sei gegrüßt, Wasserfuchs.« Der junge Mann lächelte. »Ich bin Langer Speer vom Haselnußclan. Mein Clanführer, Schweigsame Eule, hat dich richtig eingeschätzt. Er sagte, wenn du ein kluger Mann wärst, würden wir dich bis heute mittag einholen. Du bist schnell vorangekommen.«

»Was ist eure Nachricht?« Schwarzschädels Augen glühten.

»Die Khota – Wolf der Toten. Er hat viele Krieger mitgebracht. Als wir aufbrachen, um euch zu verfolgen, waren mindestens zwei mal zehn Zehnertrupps auf der Verhandlungsinsel eingetroffen. Er legte einen Blutschwur ab, euch zur Strecke zu bringen. Schweigsame Eule mußte ihm die Durchfahrt durch Illinigebiet gewähren.«

»Mußte?« rief Schwarzschädel.

»Ich verstehe«, sagte Otter, denn die Miene des jungen Mannes zeigte, daß diese Nachricht einem Todesurteil gleichkam. »Schweigsame Eule schuldet uns nichts. Daß er dich schickt, um uns zu warnen, verblüfft mich. Wir wisssen deine Mühe sehr zu schätzen – und als Händler werden wir jeden von euch großzügig belohnen, auch Schweigsame Eule –, aber warum riskiert er soviel für uns?«

Der junge Mann zuckte mit den Achseln. »Das ist das Vorrecht eines großen Führers wie Schweigsame Eule. Er hat sein eigenes Ziel. Wir wurden geschickt, um euch zu warnen und in jeder Hinsicht zu helfen.«

»Helfen? Und wie?« fragte Schwarzschädel, während er seine narbigen Finger um das Paddel schloß.

»In jeder Weise.« Langer Speer deutete auf seine Gefährten. »Wenn ihr Hilfe beim Paddeln braucht, bei der Suche nach Nahrung, was auch immer. Der Haselnußclan wird alle Schulden bezahlen, die ihr bei anderen Iliniclans flußaufwärts macht – nur damit ihr schnell vorankommt.«

»Ah!« Für Otter ordnete sich alles zu einem Bild. »Allmählich begreife ich den Plan von Schweigsame Eule. Sehr klug!«

»Ich nicht«, brummte Schwarzschädel mit einem wütenden Blick auf das Kanu der Ilini.

»Wie weit will Wolf der Toten uns jagen?« fragte Otter den Ilini.

»Bis er euch einholt!«

Otter ließ den Blick nach Süden schweifen. Der Geist des Onkels durchstreifte noch immer die Landstriche dort. Vielleicht ging er gerade jetzt auf der Insel umher und nickte zustimmend. Es wäre ein guter Tausch – vorausgesetzt, daß Schweigsame Eule klug genug war, die Gelegenheit zu nutzen. »Wir werden so schnell sein, wie wir können. Hast du Verwandte am Fluß? Jemand, der Schweigsame Eule die Nachricht bringen kann?«

»Ich habe welche«, sagte ein anderer Mann.

»Dann werden wir dafür sorgen, daß Wolf der Toten uns den ganzen Weg den Ilinifluß hinauf und ins Süßwassermeer folgt.«

»Was redest du da?« Schwarzschädels wütender Blick wanderte zwischen Otter und den Ilini hin und her.

»Eine Falle mit einem Köder versehen«, antwortete Otter. »Und wir sind der Köder.«

»Ich verstehe nicht ganz«, sagte Perle, und die Verzweiflung in ihrem Blick schmerzte ihn.

»Ich habe dir gesagt, daß mir mein Verstand total abhanden kommt, wenn es um die stinkenden Khota geht. Sagen wir einfach, ich zahle alte Schulden zurück und spiele dabei ein bißchen.«

Die Muskeln in Schwarzschädels Gesicht zuckten wie Termiten in einem verfaulten Baum. »Ich werde nervös, Händler, wenn du Entscheidungen triffst, die ich nicht verstehe. Worauf setzt du?«

»Auf mich, dich – und vielleicht auf den Verdreher. Was hat er dir übringens vorhin getan?«

Schwarzschädel blickte sich drohend um. »Während wir nach dem Kanu der Ilini Ausschau hielten, hat er in meine Schüssel geschissen! Einen großen, nassen, stinkenden braunen Haufen mitten hineingesetzt.«

Perle lachte verstohlen und brach dann in hemmungsloses Gelächter aus.

»Das ist nicht komisch!« Schwarzschädel krümmte seine Finger, als wollte er Perle würgen.

»Worum geht es?« fragte Langer Speer.

Otter winkte ab. »Nichts. Nur eine kleine Plänkelei unter uns. Los jetzt, wir müssen zur Insel zurück, um den Verdreher zu holen. Danach zeigen wir euch, wie schnell man ein großes Kanu flußaufwärts paddeln kann.«

Otter tauchte sein Paddel ins Wasser, um zu wenden. Schwarzschädel schaute Perle immer noch empört an. Sie aber lachte nur lauter.

»Übrigens«, rief Otter den Ilini zu, »habt ihr vielleicht etwas, was wir gegen eine gute Holzschüssel tauschen können?«

Sternmuschel wachte vom Gezwitscher der Vögel kurz vor Tagesanbruch auf. Sie blinzelte und rieb sich den Schlaf aus den Augen. Sie hatte unruhig geschlafen, denn lebhafte Träume hatten sich um ihre Seele geflochten. Sie war wilden tätowierten Männer begegnet, die in Felle gekleidet und mit gefährlich aussehenden Speeren bewaffnet gewesen waren. Verschlungene Irrwege waren aus einer Landschaft voller Wasser aufgestiegen, hatten sie verstrickt – und ein gewaltiger, unbeholfener Bär hatte einen riesigen Wolf in die Enge getrieben und in einer blutigen Schlacht getötet. Doch als alles vorbei gewesen war, lag der Leichnam eines bedauernswerten Mannes auf der Lichtung.

Kam das nicht am Ende immer dabei heraus? Der bedauernswerte Tod eines Menschen? *Vielleicht nehmen wir den Tod doch zu wichtig.*

Sternmuschel streckte die Hand aus. Silberwassers Platz war leer. Sternmuschel setzte sich abrupt auf und schlug ihre Decke zurück.

»Silberwasser?« Sie stocherte im Feuer nach Kohlen und blies darauf, bevor sie Holz nachlegte. Es gab genug Licht, so daß Sternmuschel das Maskenbündel sehen konnte, das hinter Langer Mann an der Wand lehnte.

»Silberwasser?« Sternmuschel zog ihre zerrissene Decke um die Schultern, bevor sie hinaustrat. Es regnete nicht mehr, und der Morgenhimmel schien klar; im Westen waren noch die letzten Sterne zu sehen. Sie schaute sich in der großen Einfriedung von Himmelsort um und spürte, wie der Geist der Macht pulsierte.

Wo konnte ihre Tochter sein? »Silberwasser?«

»Mama?« hörte sie da.

»Wo bist du, meine Kleine?«

»Hier, Mama. Wir betrachten die Sterne.«

Sterngucker! Wenn er ihre Tochter in die Kälte hinausgeführt hatte, nur um ihr die Sterne zu zeigen ..., dann würde sie ihm seinen alten Langschädelhals brechen, wie man ein morsches Stück Holz bricht.

Von der Stimme geführt, eilte Sternmuschel auf die Mitte des Kreises zu. Da waren sie! Sterngucker zeigte auf den Westhimmel.

Wie konnte er es wagen, mit dem kleinen Mädchen in die Morgenkälte zu gehen? Was trieb diesen Mann? Sternmuschel unterdrückte einen Fluch und rannte durch das nasse Gras.

Erst als sie an den Pfählen vorbeikam, bemerkte sie etwas. Sternguckers Kopf sah größer aus. Plump. Unmenschlich.

Silberwasser stand in die Armbeuge des Alten geschmiegt. Sie folgte mit den Augen seiner Hand, die auf den Himmel deutete.

»Sieh!« rief Sterngucker glücklich aus. »Die Sternschnuppe!«

Sie hielt jäh inne. Wie konnte der alte Mann ...

Sterngucker drehte den Kopf, und ein langer schwarzer Schnabel war zu erkennen, und eine Federkrause flatterte in der Morgenbrise.

Sie begann zu zittern.

»Und dort ...« hörte sie seine Stimme sagen, »wenn du eine Linie zwischen diesen beiden Sternen ziehst, weisen sie dir genau den Weg nach Norden. Du wirst dich nie mehr verirren, kleine Silberwasser. Die Sterne und ich werden dir immer den Weg zeigen.«

Silberwasser nimmt Sternguckers Arm und dreht sich zu ihrer Mutter um, die vom Hügel wegrennt, die Arme schwenkt und nach Langer Mann ruft. Das sieht Silberwasser erschrocken. Ihre Mutter haßt die Maske – das weiß sie. Aber sie wünscht, daß ihre Mutter nicht solche Angst hätte. Silberwasser möchte so gerne über ihre Stimme als Erwachsene reden.

Die Maske flüstert Sterngucker etwas zu, was ihn zum Lächeln bringt, ihn an etwas über den Nachthimmel erinnert, das er vergessen hat. Silberwasser fragt sich, wo sie diese Dinge lernen wird. Alte Geschichten erzählen von Träumern, die in den Himmel emporgetragen wurden, um mit dem Sternenvolk zu sprechen. Bei diesem Gedanken runzelt sie die Stirn. Funkeln ihre Stimmen? Wasser rauscht, wenn es über Felsen rinnt. Sind die Stimmen der Sternenmenschen so ähnlich? Oder hören sie sich an wie die Stimme von Schwester Blitz.

Das beunruhigt Silberwasser. Sie schmiegt sich an Sterngucker, der seinen Arm fester um ihre Schulter legt. Der Himmel über ihnen glänzt schieferblau, gesprenkelt mit Eiskristallen.

»Ja, ja«, flüstert Sterngucker. »Natürlich erinnere ich mich daran.«

Silberwasser blickt zu ihm auf. »Woran erinnerst du dich?«

Sterngucker weist mit dem Maskenschnabel nach Osten. »Bald wirst du die Sonne und den neuen Mond gleichzeitig aufgehen und zur gleichen Zeit untergehen sehen.«

»Wirklich?«

»O ja, und es ist sehr wichtig, solche Dinge zu wissen, kleine Silberwasser. Der Mond geht jeden Tag ein wenig früher auf. Das bedeutet, daß das Mondjahr 354 Tage hat, das Sonnenjahr dagegen 365 Tage.«

»Du meinst, der Mond braucht weniger Zeit, um zur selben Stelle am Horizont zurückzukehren?«

»Das ist richtig.« Er nickt, und die schwarze Halskrause der Maske flattert wie bei einem Raben, der seine Federn nach einem Staubbad ausschüttelt.

»Der Mond ist ein schneller Läufer.«

Sterngucker lacht vergnügt vor sich hin. Er beugt sich vor, so daß der Maskenschnabel mitten auf ihrer Brust ruht und sie durch die Augenhöhlen in Sternguckers Augen schauen kann.

»Ich werde dir ein Geheimnis verraten, Silberwasser«, flüstert er. »Etwas, was nur die Mitglieder der Sternengesellschaft wissen. Aber du wirst eines Tages auch ihr Mitglied sein, und deshalb will ich dir ...«

»Wirklich?« unterbricht sie ihn aufgeregt.

»Natürlich. Hat die Maske dir das nicht gesagt? Doch, wirklich.« Er hebt den Maskenschnabel und setzt die Spitze auf Silberwassers Nase. Die Maske riecht modrig, als hätte sie zehn mal zehn mal zehn Winter in einem Erdloch geschlafen.

Sterngucker flüstert: »Ich möchte, daß du sehr aufmerksam zuhörst. Versprichst du das?«

Silberwasser versucht zu nicken und dabei den Kontakt zwischen ihrer Nase und dem schwarzen Schnabel der Maske zu halten. »Ja.«

»Gut.« Er sieht sie an. Am Himmel werden die Wolkenstreifen purpurrot. »Alle unsere Erdarbeiten sind nach einem einheitlichen Maß angelegt. Weißt du, was das bedeutet?«

Silberwasser denkt kurz nach und schüttelt dann den Kopf. »Nein.«

»Es bedeutet, daß wir alles ausmessen, um sicherzugehen, daß es vollkommen ist. Jedes Mitglied der Sternengesellschaft trägt eine Schnurrolle mit sich, die alle dieselbe Länge haben. Wenn man so eine Rolle elfmal spannt, von Ende zu Ende, hat man eine Einheit des Himmelsmaßes. Alles, was wir tun, beruht auf der Zahl elf. Was meinst du, warum das so ist?«

Silberwasser flüstert: »Warum?«

Der Schnabel rückt näher, und Sterngucker spricht leise: »Weil es einen Unterschied von elf Tagen zwischen dem Mondjahr und dem Sonnenjahr gibt. Das ist eine sehr heilige Zahl, kleine Silberwasser. Du wirst feststellen, daß alle von der Sternengesellschaft entworfenen und von der Ingenieurgesellschaft erbauten Wälle die Elf als Grundlage haben. Es können zweiundzwanzig oder vierundvierzig Maßeinheiten sein oder auch fünfeinhalb, aber stets beziehen sie sich auf die Zahl elf.«

Silberwasser fragt: »Aber wie lang ist die Schnur, Sterngucker? Ich meine ...«

»Das ist das größte Geheimnis von allen.« Er spricht noch leiser weiter: »719 normale Maßeinheiten ergeben zusammen eine

Himmelseinheit. Wenn du nun deine Hand betrachtest, findest du den Ursprung einer normalen Einheit …«

»Silberwasser!« schreit ihre Mutter heiser.

Silberwasser versucht, über Sternguckers Schulter zu blicken. Schwer atmend, die Augen ängstlich aufgerissen, stehen Langer Mann und ihre Mutter am Fuß des flachen Hügels.

»Silberwasser? Schnell! Komm her zu mir!« Sternmuschel kniet nieder und breitet die Arme aus. »Komm sofort! Schnell!«

Silberwasser beißt die Zähne zusammen. Zärtlich streichelt sie Sternguckers Brust, voller Liebe, weil er ihr von den Sternen erzählt hat. Sie ist nie ungehorsam gegen ihre Mutter gewesen, aber – diese Geheimnisse sind wie Adlerjunge, die versuchen, in ihrem Innern fliegen zu lernen. Sie spürt, wie die Flügel an ihre Rippen schlagen.

»Möchtest du den Rest hören«, fragt Sterngucker, »oder lieber zu deiner Mutter gehen?«

Silberwasser schaut zu den rasch verblassenden Sternen auf. Sie weint, aber es kommen keine Tränen. Es ist ihr Inneres, das weint. Die Adlerjungen flattern wie wild, und die Sehnsucht nach dem Himmel tut Silberwasser so weh.

»Ich … ich möchte mehr hören«, stößt sie hervor. Dann dreht sie sich um, damit sie das Gesicht ihrer Mutter nicht sehen kann. »Bitte erzähle mir mehr.«

31. KAPITEL

Was ist die Gegenwart? Und wo ist sie in mir? Ich kann sie nicht finden.

Ich sehe das Ufer des Flusses vorbeiziehen, und flüchtige Blicke auf die Zukunft blitzen am Rande des Bildes auf …

Was für Narren die Menschen doch sind.

Ahnungslos leben wir, wie Körper ohne Verstand oder Herz. Die Gegenwart erscheint am Rande unseres Verstehens und rückt erst dann in den Mittelpunkt unseres Bewußtseins, wenn sie Vergan-

genheit geworden ist. Also sehen *wir die Gegenwart nie, wenn sie geschieht. Diese Zeit in unserem Leben ist nur Illusion.*

Für mich hat sich die Zukunft mit der Gegenwart vermischt. Beide sind im Zustand des »Werdens«.

Aber solange etwas nicht der Vergangenheit angehört, kann ich das, was ich sehe, nicht glauben. Die Szenerie erscheint vor mir, doch bleibt sie – oberflächlich, unscharf.

Es ist bedauernswert, daß man die Wahrheit nicht sehen kann.

Bedeutet das, daß ich den Gedanken aufgeben sollte, sie begreifen zu wollen? Vielleicht soll man die Wahrheit gar nicht erfassen können. Vielleicht ist sie wie ein Becher, glatt von heißem Bärenfett. Wenn es einem je gelingt, ihn anzufassen, rutscht er einem aus der Hand und zerbricht in tausend Scherben.

Vielleicht ist dies das Los der Menschen – je angestrengter wir versuchen, die Wahrheit festzuhalten, desto wahrscheinlicher ist es, daß wir sie zerbrechen.

Versucht der Wolf, mir das mitzuteilen?

»Machen wir halt? Ich dachte, du würdest wieder die ganze Nacht paddeln wollen, Händler.« Beißende Ironie lag in Schwarzschädels Worten, als Otter Wellentänzer im letzten Tageslicht zum flachen Ufer lenkte.

»Diese Stelle scheint mir so gut wie jede andere«, erwiderte Otter. In Wahrheit hielt er sie für besser als die meisten. Zum Gewinn eines Langstreckenrennens gehörte die richtige Zeiteinteilung.

Als sie aus dem Kanu sprangen und Wellentänzer aufs Ufer zogen, warf Otter einen verstohlenen Blick auf Schwarzschädel. Der Krieger war den ganzen Tag abscheulich gewesen. Alle seine Bemerkungen waren scharf wie ein Messer, und der feurige Glanz war in seine Augen zurückgekehrt. Aber schließlich war es auch sein gutes Recht, gereizt zu sein, nach dem, was Grüne Spinne getan hatte. Als sie zurück zur Insel gefahren waren, hatte der Verdreher schlafend am Strand gelegen. Seitdem waren Schwarzschädels Blicke immer mordlustiger geworden.

Otter hörte das Geräusch eines Steinbeils, die Ilini schlugen ihr Lager auf. Er zeigte auf die Wiese und sagte: »Errichten wir dort unser Lager, da ist es windstill.«

Schwarzschädel murrte zwar, begann aber, Packen von Wellentänzer zum Lagerplatz zu schleppen. Während die anderen die notwendigen Arbeiten erledigten, sprang Grüne Spinne mit ausgebreiteten Armen auf der Wiese herum und lachte, lachte wie ein albernes Kind.

Schwarzschädel baute einen Regenschutz für seinen Schlafplatz. Aus Schößlingen und Stangen flocht er einen Rahmen, auf den er eine gegerbte Haut spannte. Seine schnellen Bewegungen und das Zucken seiner Gesichtsmuskeln verrieten seinen Zorn.

»Ärger?« fragte Perle leise, als sie neben Otter stehenblieb.

»Ich weiß nicht«, meinte Otter, der gerade eine flache Grube aushob, um darin Feuer zu machen. »Er gerät in solche Stimmungen – und normalerweise kann nur Blutvergießen sie vertreiben.«

Argwöhnisch beobachtete Perle den Krieger. »Ich weiß nicht, was ich von ihm halten soll.«

Otter bereitete das Feuer vor. »Er ist ein merkwürdiger Mann. Immer schaut er über seine Schulter zurück, als verfolgten ihn nicht nur die Khota, sondern auch sein vergangenes und sein gegenwärtiges Ich.« Otter schwieg. »Ich vermute, daß er genauso einsam ist wie wir alle.«

Der Krieger rollte die Haut über die Stangen und band sie mit einer Schnur fest.

Perle sagte: »Als ich Hundefresser den Speer in den Rücken trieb, hoffte ich, wenigstens einigen von euch die Flucht zu ermöglichen. Ich konnte nicht ahnen, daß Schwarzschädel daraus einen Kampf bis zum letzten Mann machen würde.«

Otter sah dem Krieger bei der Arbeit zu. Keine Bewegung war zuviel, alles an ihm zeugte von Beherrschung und Anmut – bis auf seinen Zorn. »Die Macht wählte ihn aus. Ohne ihn wären wir dort umgekommen. Wellentänzer wäre mit allen Waren geraubt worden. Ich weiß nicht, was mit Grüne Spinne geschehen wäre.« Otter schaute sich um. »Wo steckt er übrigens?«

Perle legte kleine Äste auf das Feuer. »Er und Schnapper sind im Wald verschwunden. Ich weiß nicht, ob Schnapper noch dein Hund ist oder ob er jetzt zu ihm gehört.«

»Es beunruhigt mich, daß Grüne Spinne jetzt immer verschwindet. Auf dem Weg den Fluß herauf hat er das nicht getan.«

»Denkst du an die Nacht, als wir ihn mit dem Wolf spielen sahen?«

»Wahrscheinlich. Ja.«

Sie schaute ihn nüchtern an. »Die Frage nach der Krähe hat er nie beantwortet. Ich kenne ihn nicht, aber mir schien er erschrocken, Otter.«

»Ich habe mir deswegen auch schon Sorgen gemacht. Dieser Vogel schien wütend.«

»Und wenn Bunte Krähe uns im Stich gelassen hätte?«

Otter spürte Perles festen Blick und rieb sich das Kinn. Ja, was dann? Jedesmal, wenn eine Krähe wütend wurde, geschah etwas Schlimmes. »Ich weiß nicht.«

»Sei gegrüßt, Händler!« rief Langer Speer, der aus dem Schatten der Bäume auftauchte. »Ich bin gekommen, um zu fragen, ob du etwas brauchst.«

Der junge Ilini schaute sich um und bemerkte mit Zufriedenheit das ordentliche Lager. Sein magerer Körper war muskulös, und er hatte die Angewohnheit, den Kopf schräg zu halten, weil er wohl mit dem rechten Ohr besser hören konnte. Er behauptete, sein linkes beim Tauchen nach Flußmuscheln verletzt zu haben. Meistens nahmen die Taucher einen großen Stein, um mit dessen Gewicht zu sinken. Je schneller jemand den Grund erreichte, desto mehr Zeit hatte er beim Suchen der Schalentiere. Geschädigte Ohren waren dabei ein Risiko, ebenso der Verlust von Fingern durch den Biß einer Schnappschildkröte.

»Wir haben alles«, erwiderte Otter.

Schwarzschädel war zum Feuer gekommen und schaute wachsam umher. »Vielleicht einige Khota, die ich töten kann? Den ganzen Tag habe ich schon Lust darauf«

Langer Speer sah Schwarzschädel abschätzend an. »Nein, Krieger. Khota sind nicht unter den Vorräten, die wir mitführen.«

»Zu dumm!« Schwarzschädel verzog mit gespielter Enttäuschung den Mund.

Langer Speer scharrte mit seinem Mokassin im plattgetretenen Gras. »Wenn ich fragen darf, Krieger, hast du wirklich so viele Khota auf der Insel getötet?«

Schwarzschädel nahm seine schwere Kriegskeule, die an einem Baum lehnte. Als er mit seinen schwieligen Fingern über das Holz strich, leuchteten im Feuerschein Kupfernägel auf. »Ich habe sie mit der gleichen Kunstfertigkeit hergestellt, mit der der Händler sein Kanu geschnitzt hat. Ihr Gewicht ist genau auf mich abgestimmt, und meine Hände passen sich dem Holz ideal an. Mein Geist und mein Blut haben sich mit der Keule verbunden. Jede Verzierung, die in den Griff geritzt ist, zieht die Macht meiner vier Geisthelfer in die Waffe, und mit dem Fleisch und Blut von ihnen ist die Keule eingerieben worden. Meine Waffe hat ihre eigene Seele, ihre eigene Macht. Keine Hand außer meiner berührt sie!«

Und mit diesen Worten ließ Schwarzschädel die mächtige Keule über seinem Kopf kreisen. Das tödliche Pfeifen ertönte, und er begann sein Ritual. Die Keule wirbelnd, sprang der Krieger um das Feuer, tanzte und drehte sich um sich selbst. Schnell wie ein Frettchen umkreiste er den staunenden Langer Speer. Mit offenem Mund sah der junge Ilini zu, und als Schwarzschädel plötzlich stillstand, sprang er zurück. Langer Speer bewegte stumm den Mund, als die glänzenden Stacheln einen Fingerbreit vor seinem Kopf haltmachten; der zugespitzte Stein schwebte über seinem Kopf.

»Du siehst also, die Keule und ich sind eins«, sagte Schwarzschädel, zog die Keule zurückzog und hängte sie locker über die Schulter. »Das Wichtigste im Kampf ist Harmonie. Ich teile sie mit meinem Atlatl und mit den Speeren, die ich bisher so vollkommen abgeschossen habe. Die Antwort, mein Freund, ist, daß wir diese feigen Khota wirklich getötet haben.«

Langer Speer hatte es die Sprache verschlagen.

Schwarzschädel grinste und gab dem jungen Mann einen freundschaftlichen Klaps auf die Schulter. »Wir brauchen nichts, Langer Speer. Geh zu deinen Freunden zurück und sag ihnen, daß es uns ausgezeichnet geht.«

Langer Speer nickte und ging fort.

Der Krieger ließ sich mit nachdenklicher Miene am Feuer nieder. Otter stellte einen Schmortopf zum Aufwärmen in die Glut.

»Ich weiß nicht viel vom Geist der Macht, auch nicht, wie Menschen für oder gegen die Geisterwelt arbeiten, aber dieser Kampf mit den Khota hat alles verändert.« Schwarzschädel schaute zu Otter. »Ich kann den Unterschied spüren. Es erinnert mich sehr daran, wie sich die Welt für mich an dem Tag veränderte, als der Blitz in den Tempel einschlug.«

»Hast du deshalb den Jungen zu Tode erschreckt?« Otter schürte das Feuer mit einem Stock. Perle war näher zu ihm gerückt.

Schwarzschädel seufzte. »Ja. Wir hatten kaum Gelegenheit, miteinander zu reden, du und ich. Aber ich möchte, daß du es weißt. Ich habe viel Zeit gehabt nachzudenken, zu versuchen, alles zu verstehen.«

Otter richtete sich ein wenig auf. »Ich bin noch immer so unsicher, daß ich gerne jede Hilfe annehme. Was hast du entdeckt?«

Die nachdenklichen Falten auf der Stirn von Schwarzschädel wurden tiefer. »Es ist eine Frage der Disziplin, Händler. Das ist mir am Anfang entgangen. Ich war nicht... Nein, sehen wir es so. Meine Aufgabe änderte sich. Zuerst hatte ich eine Verpflichtung gegenüber dem Clan, jetzt habe ich die Verantwortung für diese Reise übernommen. Vielleicht verstehe ich noch immer nicht, warum wir tun, was wir tun, oder welche Rolle der Narr dabei spielt – aber ich werde meine Pflicht erfüllen. Mich läßt der Gedanke nicht los, daß wir mit der Vernichtung der Khota begonnen haben.«

Dafür würde ich dir meine Seele schenken. Hörst du das, Onkel? »Was hat das mit der Reise zu tun, die wir machen, um die Maske zu retten?«

»Ich weiß nicht, Otter. Vielleicht mag die Geisterwelt die Khota nicht. Niemand scheint sie zu mögen. Vielleicht kamen wir gerade zur richtigen Zeit, um die Sache in Gang zu bringen.«

»Sie waren von Anfang an in die Geschichte verwickelt«, meinte Otter. »Ich habe sie mit Perle vorbeiziehen sehen, weit unten im Gebiet des Weißmuschelclans. Du hast sie gesehen, als du Grüne Spinne und die Clanältesten zum Weißmuschelclan brachtest.«

»Und wir lagerten an fast jedem ihrer Lagerplätze auf dem Weg den Fluß hinauf«, fügte Schwarzschädel hinzu.

Perle hörte aufmerksam zu und flüsterte: »Alle von uns... auserwählt. Warum? Was haben der Wolf und die Krähe damit zu tun?«

Eine Weile beobachteten sie das Feuer. Alle wunderten sich über den Verdreher und über die Geistkräfte, die um sie ihre Wirkung entfalteten.

Schwarzschädel blickte zum Wald. »Ich weiß nicht, Perle. Vor einem Mond tötete ich eine Krähe und bedauere es heute. Ich hoffe, der Narr weiß, was er tut.«

Verwundert über die Veränderungen von Schwarzschädels Benehmen, runzelte Otter die Stirn. Der Krieger wirkte unruhig, sein Blick wanderte zwischen Perle und Otter hin und her, als versuchte er, ihre Reaktion auf seine Worte zu beobachten.

»Das hoffe ich auch.« Otter wurde ernst. »Vorerst soll sich der Verdreher über die Macht den Kopf zu zerbrechen. Wir müssen uns um Wolf der Toten kümmern. Er verfolgt uns – und wenn er uns einholt, wird es sehr unangenehm.«

Schwarzschädel hob vielsagend den Kopf. »Hat die Macht Perle als Köder benutzt? Sollte sie deshalb Wolf der Toten heiraten?«

Ihre dunklen Augen blitzen vor Zorn. »Wenn man mir die Wahl zwischen der Heirat mit einem Khota und einem Blutegel ließe, würde ich immer den Blutegel vorziehen.«

»Ein weiterer Zufall?« wunderte sich Schwarzschädel. »Die Khota kamen wegen einer Frau, einer Braut, in dieses Land. Nun ist eine andere Braut nach Norden geschickt worden, Perle – und sie ist auf die gleiche Weise entkommen wie eine Frau der Ilini vor vier Generationen. Das ist doch eine merkwürdige Ähnlichkeit.«

»Das finde ich auch.« Otter blickte zu den dunklen Bäumen auf. Hin und wieder waren Stimmen aus dem Lager von Langer Speer zu hören. »Diese Ilinifrau wurde doch damals getötet, war es nicht so?«

Perle stieß zornig den Stock in die Flammen. »Ja. Aber ich bin keine schwache Ilini, ich bin eine Anhinga. Falls sich die Khota an meinem Volk rächen wollen, sollten sie sich sehr gut in den Sümpfen auskennen. Wer gegen die Anhinga kämpft, endet als Alligatorfutter.«

»Aber wir sind in die andere Richtung unterwegs«, bemerkte Schwarzschädel. »Nach Norden, zum Süßwassermeer.«

»Ob Grüne Spinne uns etwas verrät? Uns einen Hinweis auf die Zukunft gibt?« fragte Perle.

»Oh, er wird uns etwas sagen«, beruhigte Schwarzschädel sie. »Aber es wird dich mehr verwirren, als wenn du einfach deine eigenen Vermutungen anstellst und die Zeichen beobachtest.«

»Zeichen?« fragte sie verwundert.

»Ein Muster«, erklärte Otter. »Welche Muster gibt es, und woran erkennen wir, daß der Geist der Macht am Werk ist?«

Der Eintopf kochte, und sie taten das Abendessen auf. Otter überlegte, wo Grüne Spinne sein konnte. Was machte er dort draußen in der Dunkelheit?

Als Perle gegessen hatte, stand sie auf, streckte sich und verstaute ihre Schüssel. Otter schaute ihr zu, wie sie sich in den Hüften wiegte, wie der Stoff sich um ihre schmale Taille schmiegte, als sie sich bückte.

»Ich glaube, daß Rote Mokassins allmählich aus der Erinnerung des Händlers verschwindet«, murmelte Schwarzschädel leise,

Otter blitzte ihn warnend an. »Ich habe keine Zeit für Frauen.«

»Dann sollte ich vielleicht Perle unter meine Decken einladen.«

Es ärgerte Otter, daß er sich zwingen mußte, darauf gleichgültig zu antworten. »Das wäre eine Sache zwischen euch beiden. Ich kann dir nur sagen, daß sie anscheinend überhaupt nicht an einem Mann interessiert ist.«

Schwarzschädels Miene wurde milder. »Ich glaube, die Khota haben ihr weh getan. Ich habe Frauen, denen so etwas geschehen ist, schon öfter gesehen. Manchmal können sie gegen die Dämonen ankämpfen, die sie nach einer Schändung bedrängen, manchmal aber richten die Dämonen sie auch zugrunde. Wie es bei Perle sein wird, kann man nicht sagen.« Nach einer Weile fügte er hinzu: »Geh sehr behutsam mit ihr um.«

Otter fragte erstaunt: »Behutsam? Wobei? Ich sage doch, sie ist nicht interessiert – und ich auch nicht.«

Schwarzschädel zeigte einen Audruck des Verständnisses, den Otter an ihm nicht kannte. »Wenn du möchtest, könnte ich dich hin und wieder erinnern, daß du nicht interessiert bist«, sagte er.

Otter sah den Krieger mißtrauisch an. »Was ist los mit dir? Du bist richtig menschlich. Das beunruhigt mich.«

Schwarzschädel zog eine Braue hoch. »Und mich würde es beunruhigen, wenn du damit recht hättest.«

Perle lag unter ihren Decken und lauschte den Stimmen der Männer, die um das Feuer saßen. Was zuerst nur Sorge war, hatte sich zu Angst entwickelt. Warum gab es so viele Ähnlichkeiten zwischen ihr und der Ilinifrau? Diese Frau, die vor einem ebenso verabscheuungswürdigen Mann wie Wolf der Toten geflohen war, starb elendiglich, nachdem man sie vor den Augen der Khota und der gefangenen Ilini gefoltert hatte.

Sie zog sich eine dicke Decke unters Kinn. *Ist dies das Schicksal, das der Geist der Macht für mich bereithält?*

Sie fröstelte bei der Erinnerung an grobe Hände, die ihre Brüste betasteten, an den Schmerz, den sie gefühlt hatte, als sein Glied sich in sie bohrte. Das Frösteln wurde noch stärker, als sie an die vor Ehrfurcht aufgerissenen Augen der Khota dachte, die Zeugen ihrer Demütigung gewesen waren.

Perle schlug die Arme um sich und kniff die Lippen zusammen, weil sie nicht wimmern wollte. Eine Träne rann ihr heiß die Wange hinab.

Es würde kein Vergessen geben, die Wunde, die in ihrer Seele eiterte, würde niemals heilen.

»Wo warst du?« hörte sie Otters Stimme.

»Überall! Jedenfalls dort, wo ich war«, rief Grüne Spinne. »Und jetzt bin ich hier!«

»Was ist das, was du ...«

»Scht!« flüsterte der Verdreher. »Die Lust geht in Menschengestalt durchs Land.«

Perle mußte die törichten Gedanken, die keinen Zusammenhang ergaben, aus ihrem Kopf verbannen. Diese Nacht wollte sie schlafen. Wenn die Träume kämen, um sie zu quälen und an Wolf der Toten zu erinnern, an seine ...

Sie schrie auf, als ihre Decke weggezogen wurde, und griff in panischem Schrecken danach.

»Schscht!« machte Grüne Spinne und versuchte, neben sie zu schlüpfen. »Wir wollen nicht zuviel Lärm machen. Sonst werden Otter und Schwarzschädel eifersüchtig. All ihre Säfte werden eintrocknen, und wir kommen nie den Fluß hinauf!«

»Grüne Spinne! Was hast du dir dabei ...« Dann spürte sie etwas in ihrer Seite.

»Ich erfülle ein Versprechen! Ich bin gekommen, um dein Lager mit dir zu teilen! Um dich in den Rausch zu versetzen, den nur ein Verdreher einer Frau schenken kann. Danach wirst du nie mehr einen gewöhnlichen Mann in dein Bett lassen.«

Perle stieß einen schrillen Schrei aus, rollte sich auf die Seite und sprang auf.

Auch Grüne Spinne sprang auf. Sein Lendenschurz hing wie ein kurzes Zelt über einer riesigen Baumwurzel, die zwischen seinen Beinen hervorragte. Zu Perles Entsetzen baumelten zwei große Kürbisse neben der langen Wurzel.

»Das kann ich nicht glauben!« Sie wich zurück, während Grüne Spinne johlte und hüpfte. Dazu rasselten die Samen in den trockenen Kürbissen; die Wurzel wippte anzüglich.

»Was ist los?« Schwarzschädel kam unter seinem Schutzdach hervor und glotzte Grüne Spinne an. Otter grinste belustigt – und Perle schwor sich, ihm dieses Grinsen bei der nächstbesten Gelegenheit heimzuzahlen.

»Ich habe es versprochen!« rief Grüne Spinne. »Komm, Perle. Paaren wir uns, teilen wir die Lust! Das ist erst der Anfang. Warte, bis er richtig groß wird!« Er breitete die Arme aus, um die Länge zu zeigen und bog sich nach hinten, so daß die Wurzel wie eine Lanze nach vorn stieß.

Perle versuchte, das Feuer zwischen sich und Grüne Spinne zu bringen. Otter stand da, als könne er nicht glauben, was er sah.

»Verflucht, Händler, tu etwas!«

»Grüne Spinne«, sagte Otter ruhig, »ich glaube, das war kein guter Einfall.«

»Der schlimmste! Der schlimmste!« schrie der Verdreher und ging näher ans Feuer.

Schwarzschädel kroch von der einen Seite heran, Otter näherte sich Perle von der anderen, um sie zu schützen. In ihren Ohren dröhnte das Flüstern der Stimmen von Tausenden Khota.

Schwarzschädel warf sich auf Grüne Spinne und drückte ihn zu Boden. Die beiden rangen miteinander, dabei geriet die Wurzel ins Feuer und begann, knisternd zu brennen. Sie platzte und glitzernde Funken sprühten in alle Richtungen.

Grüne Spinne verdrehte die Augen und fixierte den Phallus, während das Feuer an der Wurzel hinaufkletterte und seinen Lendenschurz in Brand setzte.

»Zum Fluß!« Otter wedelte erschrocken mit den Armen. »Wirf ihn in den Fluß!«

Bevor Schwarzschädel reagieren konnte, rannte Grüne Spinne kreischend im Kreis. Schwarzschädel jagte ihm nach, und Schnapper, vor Vergnügen bellend und jaulend, sprang auch hinterher. Als Schwarzschädel sich auf den schreienden Grüne Spinne werfen wollte, verfehlte er ihn und landete mit dem Gesicht im Sand.

Grüne Spinne stieß einen Heulton aus, rannte in einer Wolke aus Rauch und Funken den Hang hinunter und stürzte sich kopfüber in den Fluß.

Perle ließ sich auf den Boden fallen und starrte auf ihr verwüstetes Lager.

»Perle? Alles in Ordnung?« fragte Otter und bückte sich mit besorgtem Blick zu ihr.

Sie schaute ihn finster an. »Warum hast du ihn nicht aufgehalten?«

»Es sah so lächerlich aus, als er ins Lager schlenderte. Ich dachte nicht ...«

»Jedenfalls ist er diesmal zu weit gegangen«, knurrte Schwarzschädel, die Hände in den Sand gekrallt. »Wir müssen ein ernstes Wort mit ihm reden, Händler. Genug ist genug!«

»Kommt drauf an«, erklärte Otter knapp. »Ich finde, wir sollten erst sehen, wie schlimm er sich verbrannt hat.«

Die drei gingen ans Wasser hinunter.

»Grüne Spinne?« Perle hatte ihre Stimme wiedergefunden. »Alles in Ordnung?«

Das Wasser sah unnatürlich ruhig aus.

Fackeln waren auf der Uferböschung über ihnen zu sehen. Es waren die Ilini, ihre Atlatl mit langen, tödlichen Speeren bestückt.

»Was ist hier los?« wollte Langer Speer wissen.

»Der Verdreher hat Feuer gefangen«, antwortete Otter.

»Was? Seine Kleidung? Seine Haare?« fragte Langer Speer.

»Seine Wurzel«, knurrte Schwarzschädel.

Im Fackelschein konnten sie gut sehen, aber das schwarze Wasser schien Grüne Spinne verschluckt zu haben.

Perle überkam ein beklemmendes Gefühl des Verlusts. »Es war nur ein Scherz«, flüsterte sie. »Nicht mehr. Er war nicht das Leben von Grüne Spinne wert.«

»Es geht ihm sicher gut«, beruhigte Otter sie. »Er muß irgendwo …«

»Was macht ihr da unten?« rief Grüne Spinne plötzlich hinter ihnen.

Alle drehten sich um und sahen seinen mageren splitternackten Körper, dessen Silhouette sich scharf vom Lagerfeuer abhob.

»Du gemeiner Hund!« brüllte Schwarzschädel. »Wenn ich dich in die Finger bekomme …«

»Du kannst mich nicht töten!« Grüne Spinne sprang hoch und zappelte in der Luft. Schnapper neben ihm bellte und hüpfte. »Ich werde Vater! Vater!«

Schwarzschädel wollte auf ihn zugehen, doch Perle hielt ihn zurück. »Laß nur«, sagte sie. »Er hat es nicht böse gemeint.«

»Vater?« fragte Otter, während er die Böschung hinaufstieg. »Wie das?«

»Ich habe gerade den Fluß geschwängert!« rief Grüne Spinne hüpfend und tanzend.

»Ich hole jetzt meinen Odsidianschneider, und dann kann er von Glück sagen, wenn ich bei seinen Hoden aufhöre!« brummte Schwarzschädel.

Erst als die Ilini gegangen waren, ging auch Perle zu ihrem Schlafplatz zurück. Jemand hatte ihre Decken wieder ordentlich hingelegt.

Vorsichtig schlüpfte sie hinein. Als ihr Schenkel etwas Kaltes berührte, schrie sie gellend.

»Was ist?« rief Otter. »Was hast du?«

Perle schaute auf die verkohlte Wurzel und die zwei angekohlten Kürbisse, alles in ein Bündel Gras gewickelt. »Es geht mir gut«, rief sie zurück. »Schlaf nur.«

In dieser Nacht schlief Perle tief und ruhig.

»Wir müssen miteinander reden«, sagte Langer Mann. »Komm, laß uns ein Stück gehen.«

»Ich kann nicht!« widersprach Sternmuschel. »Er hat meine Tochter. Sieh doch, wie sie dort auf dem Hügel sitzen. Ich habe sie gerufen, und sie wollte nicht kommen! Sie wollte Sternguckers Schoß nicht verlassen. Gesegnete Geister, was kann ich ...«

»Folge mir. Schnell!«

Sternmuschel gehorchte und ging wie benommen vor Angst hinter Langer Mann her, der sie durch die östliche Öffnung im kreisrunden Wall und hinunter auf den morastigen Flußgrund führte.

»Wie konnte das geschehen?«

»Die Maske tut alles, um einen Hüter zu finden.« Langer Mann ging langsam bergab, die Hände auf dem Rücken verschränkt.

»Sie ist *meine* Tochter! Die Maske ist hinter ihr her! Du hast es nicht gesehen!«

»Nein. Aber deine Schreie habe ich gehört.« Langer Mann stieg über einen umgestürzten Ahorn. »Damit hast du dir Sternguckers Groll zugezogen.«

»Ich will meine Tochter nicht an dieses *Ding* verlieren!«

»Oh, doch, das wirst du, wenn du Sterngucker noch ein einziges Mal herausforderst. Die Maske wird es ihm zuflüstern, wenn er sie trägt, wird ihm verraten, wie er sie nutzen kann, um seine Feinde zu beseitigen. Und du bist jetzt als Feind gezeichnet.«

Sternmuschel preßte ihre Fingerspitzen an die Schläfen und schloß die Augen. *Denk nach. Es gibt einen Ausweg. Nimm einfach deine Tochter und renne!*

»Wir müssen die Maske zurückholen«, sagte Langer Mann betrübt. »Und ich fürchte, das wird meinen alten Freund töten.«

»Langer Mann«, sagte sie, als sie ihre Entscheidung getroffen hatte, »ich gehe fort. Ich steige den Hügel hinauf, hole meine Tochter, und dann gehe ich fort.«

Er hob sein runzliges Gesicht. »Glaubst du wirklich, daß es so leicht geht, junge Sternmuschel? Heute wirst du gewinnen, dessen bin ich mir sicher. Sterngucker wird Silberwasser gehen lassen. Aber wie sieht es morgen aus?«

»Ich kümmere mich nicht um morgen! Ich bringe nur meine Tochter in Sicherheit – weit weg von hier!«

»Für wie lange?« Der Zauberer drückte seine Finger gegeneinander. »Hör zu, hör aufmerksam zu, Sternmuschel. Deine Tochter ist mit der Maske in Berührung gekommen. Und wie dein Mann ihr bis zu der Stelle folgte, wo sein Großvater sie hingebracht hatte, so wird es auch Silberwasser tun. Nicht gleich, aber wenn die Jahre vergehen wird auch ihr Unmut über dich wachsen. Du kannst sie nicht für immer halten, Sternmuschel. Sie wird zurückkommen, vielleicht als junge Frau. Und was wird sie dann finden?«

Sternmuschel bekam weiche Knie. »Sterngucker und die Maske – sie warten.«

»Ich glaube nicht, daß es Sterngucker sein wird. Er ist sehr alt und dem Tode nahe wie ich. Es wird ein junger Mann sein, einer, den die Maske benutzen kann, wie sie deinen Mann benutzt hat. Wenn Silberwasser alt genug ist, um sich dir zu entziehen, wird sie für ihn bereit sein.«

»Was? Das ist verrückt!«

»Ist es das?« Er sah sie ausdruckslos an. »Die Maske hat ihre Seele berührt, Sternmuschel. Ob es uns nun gefällt oder nicht, sie hat eine Neigung zum Geist der Macht, und mit jedem Mal, das sie der Maske ausgesetzt ist, wird diese Neigung zunehmen. Wenn wir Silberwasser retten wollen, müssen wie die Maske zurückholen und schnellstens zum Brüllenden Wasser ziehen – wir müssen rennen. Das ist unsere einzige Hoffnung.«

»Ich bringe Silberwasser fort. Sie wird nicht hierher zurückkommen.«

»Das hilft nichts, denn sie ist davon besessen, genauso wie ihr Vater!«

Sternmuschel zögerte. »Warum hat die Maske Sterngucker ausgewählt?«

»Er ist ideal für ihre Zwecke.« Langer Mann fiel wieder in einen raschen Schritt. »Die Maske hat ihm geboten, was er am sehnlichsten begehrt. Wenn er die Maske trägt, kann er wieder die Sterne sehen. Mit ihrer Macht kann er junge Menschen herlocken, damit sie wieder von ihm lernen. Dafür würde Sterngucker in der Tat seine Seele hergeben. Und für den Augenblick würde Silberwasser das gleiche tun. Du warst zu aufgeregt, zu zornig, aber ich habe es gesehen.«

»Was gesehen?«

»Die Sterne, gespiegelt in den Augen deiner Tochter.«

»Ich hole sie und gehe fort.«

»Das hoffe ich nicht.«

»Glaubst du, du kannst mich aufhalten?«

Der Magier schüttelte den Kopf. »Nein. Du wirst von selbst darauf kommen.«

»Du hast viel Vertrauen zu mir, das ist ganz unberechtigt.«

»Nein, junge Sternmuschel. Mein Vertrauen zu dir ist berechtigt. Weil du nicht dumm bist, wirst du bleiben. Jetzt sprichst du wie eine Mutter, die Angst um ihr Kind hat. Tief in deinem Innersten weißt du, daß du nicht weglaufen kannst. Der Geist der Macht hat dir diesen Weg versperrt. Du mußt gegen die Maske gewinnen oder deiner eigenen Vernichtung zuschauen.«

Sie gab den letzten Rest ihres Widerstands auf. »All das habe ich nie gewollt.«

»Nein. Ich meine aber, wir können dankbar sein, daß die Macht jemanden mit deiner Stärke und Standhaftigkeit ausgewählt hat.«

Ein Bild der Leiche ihres Mannes blitzte vor ihr auf. Wie in jener Nacht erfüllte die bedrückende Dunkelheit des Clanhauses ihre Seele; sie spürte die beißende Kälte des Geistes.

Und die Maske hat meine Tochter berührt.

Sie funkelte Langer Mann an. »Sterngucker hat dich einen Hexer, einen Zauberer genannt.«

Er zuckte mit den Achseln.

»Du hast viele Menschen getötet, nicht wahr? Du bist nicht der freundliche Wohltäter, wie du mich glauben machst?«

Er seufzte. »Ich verstehe ein wenig von Pflanzen und von der Macht, und ich weiß, wie man sie anwendet, das ist alles.«

Sie musterte ihn und spürte sein Unbehagen, obwohl er es zu verbergen suchte. Er hob kraftlos die Hand. »Die Langschädel sind ein altes Volk, Sternmuschel. Unsere heiligen Gesellschaften hatten bereits ihre eigenen Mysterien, als die Völker der Plattformpfeifen noch mit den Eichhörnchen um Hickorynüsse kämpften. Wir hatten dieses geheime Wissen, manche von uns haben es noch immer ...«

»Wie mächtig bist du wirklich, Magier? Warum habe ich deinen Namen früher immer nur flüstern gehört? Warum sind wir auf dieser Reise immer nur auf Nebenpfaden gegangen? Nur um Wanderdrossel und seinen Kriegern nicht zu begegnen? Hätten wir uns nicht nach Nordosten durchschlagen können, in das Gebiet des Walnußclans? Oder hätten sie dich gejagt?«

»Du weißt, daß ich besonnen gehandelt habe.«

Sie schaute in seine verschleierten braunen Augen. »Das weiß ich, aber jetzt trägt Sterngucker die Maske. Auch er ist mächtig, und damit rechnet die Maske, ist es nicht so?«

Langer Mann befeuchtete seine Lippen. »Deshalb mußte ich dich wegbringen, aus dem Kreis heraus, hierher, wo wir reden können.«

»Er wird die Maske nie aus der Hand geben. Wie willst du sie bekommen? Willst du sie in den Wolfspelz wickeln?«

»Wenn er die Maske trägt, kann er nicht schlafen. Sie würde in seine Seele flüstern, seinen Schlaf stören. Er muß sie ablegen.«

»Aber die Maske wird ihn sofort warnen, wenn wir versuchen, sie zu nehmen! Sie wird wissen, was wir ausgeheckt haben!«

Langer Mann betastete sein Kinn. »Läßt sich der Kriegsherr auf eine Schlacht im Nebel ein?«

»Niemals. Dann kann er doch die Aufstellung seiner Krieger auf dem Schlachtfeld nicht erkennen.«

Langer Mann lächelte. »Nicht alle Schlachten werden gewonnen, wenn man ungestüm angreift. Manche Angriffe führt man am besten im Nebel aus.«

Was hast du vor, Magier? »Wir reden über die Macht und eine Maske und nicht über einen Kampf Mann gegen Mann.«

Sternmuschel verschränkte die Arme und funkelte den kleinen Mann an. »Wie willst du dich an die Maske anschleichen? Wie können wir es schaffen, ohne Silberwasser in noch größere Gefahr zu bringen?«

Langer Mann spielte mit seinen kupfernen Ohrspulen. »Sternmuschel, es ist ein alter Spruch, daß ein Geheimnis von zwei Menschen nur bewahrt werden kann, wenn einer von ihnen tot ist. Ich habe sehr viele Geheimnisse, die ich für mich behalten möchte. Vertrau mir.«

»Nein, mein Vertrauen ist erschöpft. Es geht um meine *Tochter*. Du hast die Entscheidungen getroffen – und ich bin unsicher, ob es nicht besser gewesen wäre, wenn wir einfach nach Sternhimmelstadt geflohen wären, die Hilfe meines Vaters erbeten hätten und dann zum Brüllenden Wasser gezogen wären.«

»Na ja, das hätte nicht ...«

»Sag mir, wer du bist! Verdammt, Zauberer, du mußt mir sagen, warum ich dir vertrauen sollte, daß du die Maske täuschen kannst. Wieso solltest du die Fähigkeit haben, etwas zu überlisten, das die Macht der Maske hat?«

»Sternmuschel, du mußt mir einfach glauben, was ich dir sage.«

»Die Seele meiner Tochter steht auf dem Spiel!«

Unter ihrem zornigen Blick gab er langsam nach. »Also schön. Ich will dir ein wenig von ...«

»Alles, du wirst mir jetzt alles sagen! Du hast gemordet und wofür? Aus Wollust! Du hast gelogen, betrogen, getötet. Was noch? Sterngucker hat dich einen Zauberer genannt.«

»Unter anderem.« Er schaute sie an. »Du möchtest alles wissen, bevor du mir glaubst, daß ich die Maske zurückhole? Bevor du einwilligst, mir zu helfen?«

Komm schon, Sternmuschel. Du mußt die Kraftprobe bestehen. Sie verkrampfte sich unter seinem hypnotischen Blick. »Falls ich Silberwasser weiter aufs Spiel setzen soll, muß ich wissen, wer du bist.«

»Dir ist bekannt, daß wir von den meisten Menschen auf der Welt als Schlangenclans bezeichnet werden. Weißt du, warum?«

Sternmuschel runzelte die Stirn.

»Das ist wirklich schwierig zu beantworten. Der große Fluß im Süden von uns, der Schlangenfluß, bildet jetzt die Lebensader der Langschädel. Wie eine Schlange fließt er durch ihre Welt, und viele Clans meines Volks leben heute südlich von ihm. Aber warum der Name Schlange?«

»Hexen werden als Schlangen bezeichnet«, flüsterte sie. »Wie Schlangen verschmelzen sie mit der Umgebung, sie sind lautlose, räuberische Wesen, die in der Nacht jagen.«

»Du bist eine kluge Frau«, sagte er. »Mehrere Tagesreisen vom Gebiet des Viele-Farben-Clans nach Südosten gelangt man zu einer Festung auf einem Berg. Das Gebiet gehört heute den Plattformpfeifen.«

»Ich weiß davon.«

»Aber im Südosten davon erstreckt sich das Gebiet des Natternclans.«

»Plattformpfeifen sind dort nicht willkommen. Eigentlich ist dort fast niemand willkommen. Nicht einmal die Langschädel.«

Langer Mann nagelte sie mit seinem Blick fest. »Die Schlangengesellschaft hat dort ihren Mittelpunkt. Als ganz junger Mann ging ich dorthin. Was ich dir jetzt sage, muß unter uns bleiben, denn wenn du es verrätst, werden die Schlangenleute dich töten. Wie die Giftschlangen kommen wir nachts, so daß du den Todesboten nie sehen wirst.«

Gefangen in seinem Blick, versuchte sie zu blinzeln.

»Auf einem Bergrücken über dem Natternfluß liegt eine riesige Schlange. Die Legende erzählt, daß Erster Mann mit der Bestie kämpfte. Sie biß ihn in den Knöchel, und Erster Mann schwebte vier Tage lang zwischen Leben und Tod. Mit jeder Morgendämmerung kam eine neue Vision von der Zukunft der Welt. Am fünften Tag fand Erster Mann wieder zu seiner Stärke und kämpfte mit der Schlange. Aber inzwischen hatte das Schlangengift sich mit dem Blut von Erster Mann gemischt, und keiner konnte den anderen töten.

Schließlich brach die Schlange den Kampf ab und traf mit Erster Mann eine Abmachung: Ich werde nicht mehr mit dir kämpfen, Erster Mann. Du kannst mich nicht vernichten und ich dich nicht. Deshalb will ich einen Vertrag mit dir schließen. Die Schlangen sollen klein werden und Jäger der Dunkelheit und der Niederungen sein. Läßt man sie in Ruhe, werden sie auch die Menschen in Ruhe lassen. Werden sie belästigt, schlagen sie zurück. Ich, die Große Schlange, werde auf diesem Bergrücken liegen, und manche Menschen werden sich zu mir hingezogen fühlen. Ich werde sie verschlingen und ihre Seelen verzehren, und sie gehören mir für alle Zeit.

Erster Mann nahm das Angebot der Großen Schlange an. Seit diesem Tag kriechen die Schlangen auf dem Bauch und jagen in den Niederungen. Wenn sie gestört werden, verschwinden sie meistens, werden sie aber in die Enge getrieben, schlagen sie zu – wie es ihr Recht ist. Auch die Menschen haben den Vertrag eingehalten. Wie ich als junger Mann.«

»Bist du ein Mitglied der Schlangengesellschaft?«

»Ich bin einer ihrer Ältesten.« Langer Mann nickte. »Ich besitze die Macht der Großen Schlange. In dem Ei, das sie im Maul hält, wurde ich vorbereitet. Bei meiner Initiation verschlang sie mich, und ich ging meinen Weg durch ihren Leib. Ich ging den Weg der

Sterne, des Mondes und der Sonnenwenden, der durch die Windungen ihres Leibs gekennzeichnet ist. Am Ende schied sie mich aus, und ich ging durch das schneckenförmige Labyrinth in die Welt zurück.«

»Ich verstehe nicht, was du sagst.«

»Hoffentlich verstehst du es nicht. Ich sollte dich überzeugen, daß ich die Maske täuschen kann. Also gut. Die Macht der Großen Schlange strömt in meinen Adern. Du mußt verstehen, Sternmuschel, daß die Maske mächtig ist, gewiß, aber ihre Klugheit ist besiegbar. Ich werde einen Nebel zaubern, durch den sie nicht sehen kann; ein Ablenkungsmanöver. Wir werden sie von einer ungeschützten Seite angreifen.«

Ein Zauberer, ein Hexer! Ein Wesen in der Schwebe zwischen Dunkelheit und Licht. Die Schlange brachte den Tod oder sie hauchte Sterbenden Leben ein. Geben und Nehmen. *Wem dienst du, Magier?* »Du bist ein Mensch, der Furcht einflößt.«

»Ich bedaure, daß du dies erfahren mußtest.« Er wandte sich ab und ging zum Wald. »Komm, hier zwischen diesen Bäumen finden wir die Ruinen alter Häuser. Hier lagen einst fruchtbare Felder, die von Männern und Frauen bestellt wurden. Hier hofften, liebten und empfingen sie, hier brachten sie ihre Kinder zur Welt; hier wurden sie begraben. Der Wald hat sich das Land zurückgeholt. Vielleicht haben die Menschen hinterlassen, was wir brauchen werden.«

32. KAPITEL

Mondlicht spielte auf dem Wasser und tanzte auf den kleinen Wellen, die von der Abendbrise bewegt wurden. Gerüche nach Schlamm, Wasser, Frühjahrslaub und vom Rauch, der aus Otters Feuer aufstieg, hingen in der Luft.

Der Sonnenuntergang erhellte den leicht bewölkten westlichen Horizont, und aus dem Illinidorf in der Ferne erklang Gesang.

Langer Speer und seine Gesellschaft waren dort und hatten sich am Abend von ihren Verwandten bewirten lassen. Otters Gruppe dagegen hatte auf das Fest verzichtet. Sie wollten sich auf einer Kuppe über dem Fluß ausruhen.

Perle lehnte mit einer Decke über dem Schoß an einem Ballen und schaute mit schläfrigen Augen ins Feuer. Otter beobachtete sie wie so oft in diesen Tagen. Der Wind hatte ihr Haar wie einen flatternden Kranz um ihr schönes Gesicht gelegt. Wenn sie sich bewegte, glänzte ihre Haut in dem weichen Licht wie poliertes Kupfer.

Auch Schwarzschädel saß am Feuer.

Das Lager von Langer Speer lag ein wenig abseits vom Fluß, von ihnen durch einen trägen Bach getrennt, der mit Binsen und Rohrkolben zugewachsen war.

Grüne Spinne war wie immer nach Anbruch der Abenddämmerung fortgegangen. Manchmal kam er erst spät in der Nacht zurück.

»Was meinst du, wo er ist?« fragte Schwarzschädel. »Seit fünf Nächten geht er fort. Glaubst du, daß er eines Tages einfach verschwindet und wir nach Hause gehen können?«

»Er kommt wieder.« Perle gähnte, während sie die Decke behaglich über ihre Beine zog.

Otter hatte sich diese Beine eingeprägt: muskulös, fest, mit seidiger Haut. Er zuckte zusammen und zwang sich, diese Gedanken zu verdrängen, denn sie führten weiter zu anderen Gedanken, und das führte zu Wahnsinn.

Denk an Rote Mokassins, befahl er sich. *Perle interessiert sich nicht für dich.* Aber es war schwierig, denn wenn sie vor ihm im Kanu saß, beschworen die Bewegungen ihres Körpers und das melodische Lachen Sehnsüchte in ihm herauf, die man besser schlummern ließ.

Ein Wolf heulte in der Ferne.

»Er ist draußen und jagt sich mit diesem Wolf«, sagte Otter, um seine Gedanken in eine andere Richtung zu lenken. »Ich bin sicher, daß ich ihn gesehen habe.«

Perle hob den Kopf. »Glaubst du, er folgt uns?«

»Diese Krähe ist auch in unserer Nähe geblieben«, fügte Schwarzschädel hinzu. »Gestern, kurz vor Einbruch der Dunkelheit, stand ich zwischen den Bäumen und hörte sie krächzen. Ich hörte auch Grüne Spinnes Stimme – zweifellos hat er die Krähe gereizt. Zuerst dachte ich, der Narr würde mit sich selbst streiten. Jetzt bin ich mir nicht mehr so sicher.«

Perle schloß die Augen und seufzte. »Wölfe? Krähen? Mir ist, als würde mich ein Strudel einsaugen.«

Und der Geist der Macht ist in seiner Mitte und versucht, uns hinabzuziehen.

»Vielleicht ist es Wolf der Toten. Grizzlyzahn sagte, daß er sich in einen Wolf verwandelt.« Der Feuerschein liebkoste Perles Gesicht. »Vielleicht war es mehr als diese Maske.«

»Wenn du diesen Wolf siehst«, Schwarzschädel unterdrückte ein Gähnen, »sag mir Bescheid. Ich schieße einen Speer auf ihn, dann können wir ihn uns ansehen.«

»Ich möchte dich nicht an den Tag erinnern, an dem du die Krähe getötet hast«, bemerkte Otter bedrückt. »Es hat Unglück gebracht. Vielleicht streitet Grüne Spinne mit der Krähe, um deine Haut zu retten, denn du hast den Geist der Macht beleidigt.«

Schwarzschädel schaute in die Nacht. »In den letzten paar Monden, Otter, habe ich viel gelernt. Ich würde zurückgehen … diese Tat ungeschehen machen, wenn ich könnte. Wenn nur Grüne Spinne nicht wäre. Er macht mich verrückt, verzerrt die Welt, so daß keiner mehr etwas gerade sehen kann. Und er tut es absichtlich.«

»Natürlich. Er ist ein Verdreher.« Perle blickte zu der weißen Mondscheibe auf. »Hast du jemals von Verdrehern gehört?«

»Meine Kunst und Leidenschaft ist der Krieg. Mein Großonkel lehrte mich nichts anderes. Wenn du dich mit Verdrehern auskennst, sag mir eins: Warum muß er eine solche Plage sein?«

Otter schlug eine Stechmücke tot. »Die Macht will uns durch Verdreher an die menschliche Torheit erinnern. Das ganze närrische Gebaren ist todernst. Im Grunde sind wir doch eitle Geschöpfe, von Wünschen und Sehnsüchten bestimmt, die für die Geisterwelt zweifellos belanglos sind. Reichtum, Rang, Ehre? Was bedeutet das alles am Ende?«

»Ich glaube, der Verdreher will uns klar machen, uns nicht zu ernst zu nehmen.« Perle blickte nachdenklich ins Feuer. »Ich meine, würde sich etwas ändern, wenn die Menschen von der Erde verschwänden? Würden die Wanderdrosseln aufhören, im Gras zu jagen? Würden die Katzenfische aufhören, Elritzen zu fressen? Würden die Bäume aufhören zu wachsen?«

Schwarzschädel sagte lachend: »Wir müßten nicht den ganzen Tag wie Sklaven paddeln, denn die verfluchten Khota wären nicht da, um uns zu jagen. Freilich gäbe es auch uns nicht, die sie jagen könnten.«

Otter rieb sich das Gesicht. »Allmählich denke ich, das wäre gar kein so schlechter Zustand. Aber du würdest auch nie in die Stadt der Toten zurückkehren, Schwarzschädel, um dort als Held empfangen zu werden.«

»Händler, ich bezweifle, daß ich die Stadt der Toten jemals wiedersehe. Mein Geist wird sich irgendwo hier oben verirren. Meine Ahnen werden das Fest der Toten ohne mich genießen.«

»Was für eine Überlegung.« Perle lehnte den Kopf zurück, um den Mond zu sehen, der bald zwischen den Wolken erscheinen mußte.

Otter schaute ihr dichtes, schwarzes Haar an. Sie sollte wieder bei den Anhinga sein, lachen, Geschichten von Alligatoren erzählen und auf die Jagd gehen.

Ich würde dich zurückschicken, wenn ich könnte.

Er schloß die Augen, um Wünsche zu beschwören, die er so angestrengt aus seiner Seele zu vertreiben versucht hatte. Vom Fluß war Rote Mokassins gekommen, ihr nackter Körper vom Mondlicht beleuchtet. Ja, besser eine ferne Frau begehren, als die eine, die so nahe saß.

»Die Macht hat uns wohl ausgewählt, weil uns keiner vermißt«, sagte Perle leise.

»Vielleicht vermissen dich die Anhinga nicht, Frau, aber mein Volk wird mich gewiß vermissen«, bemerkte Schwarzschädel mit Nachdruck. »Wenn die Copena das nächste Mal den Fluß herabkommen, werden sie verzweifelt wünschen, ich wäre da.«

»Die Copena haben seit Generationen gegen die Clans gekämpft, längst bevor du geboren warst«, erklärte Otter. »Und da sich manches nie wandelt, werden sie noch gegen sie kämpfen, wenn dein Geist längst unter einem Grabhügel ruht.«

Schwarzschädel stand kopfschütteld auf. »Ich gehe jetzt lieber schnell eine Runde ums Lager und sinne über die Wahrheiten nach, die du mir gerade erzählt hast.« Er hob seine Kriegskeule auf und verschwand lautlos wie ein Geist in die Nacht.

»Wird er nie müde?« wunderte sich Perle.

»Er würde sich eher töten, als es sich anmerken zu lassen.«

Sie saßen schweigend da, bis Perle fragte: »Was ist das? Der Gesang, meine ich. Es hört sich an wie eine Feier.«

»Pflanzmond.« Otter zeigte nach oben, wo die Wolken über die leuchtende Scheibe gezogen waren. »Morgen werden alle auf den Feldern sein, um das Glanzgras und die Zwerggerste in die Erde zu bringen.«

Sie richtete ihre sanften, dunklen Augen auf ihn. »Es war mir ernst, als ich sagte, daß keiner von uns vermißt wird. In meinem Fall ist es verständlich. Ich wollte nicht heiraten, nur um meine Pflicht dem Clan gegenüber zu erfüllen. Wie war es bei dir, Otter? Du bist mir ein Rätsel. Du bist ein Mann und brauchst trotzdem keine Verantwortung zu übernehmen, brauchst deinen Platz im Rat nicht einzunehmen. Hast du etwas Unrechtes getan? Ein Verbrechen begangen?«

»Im Weißmuschelclan müssen die Männer in der Tat Verantwortung übernehmen. Wir müssen Land roden, unsere Nichten und Neffen unterrichten und sehr viele andere Dinge. Nein, ich habe kein Verbrechen begangen. Aber ich dachte, wir wollten nicht darüber reden. Ich frage nicht nach den Khota, und du fragst mich nicht aus.«

Ihre Stirnfalten vertieften sich, als sie sagte: »Also gut. Unterhalten wir uns.« Sie rückte näher und atmete tief. »Es gibt zu viele Geheimnisse zwischen uns, als daß wir richtige Freunde sein könnten. Und ich … ich möchte deine Freundin sein.«

Otters Magen zog sich zusammen. »Du kannst meine Freundin sein, ohne …«

»Die Khota. In der Nacht, als wir ankamen, brachten sie mich zum Haus von Wolf der Toten. Es liegt auf einer Klippe über dem Gelände des Khotaclans.«

»Ja, ich bin dort gewesen. Ich kenne den Ort.«

»Ich war ihm versprochen. Ein Handel. Eine Heirat, um Handelsbeziehungen zu begründen.« Ihre Faust ballte sich. »Auf dem Weg flußaufwärts lernte ich die Khota hassen. Sie sind es gewohnt, Sklaven zu nehmen – und so behandelten sie mich auch.

Ich konnte nicht entkommen, und so nutzte ich meine Kenntnisse der Pflanzen, um ihnen auch Leiden zu bereiten.«

»Sie bekamen es nie heraus?«

»Grizzlyzahn hatte einen Verdacht, aber er konnte mich nie dabei ertappen.« Sie hielt inne. »Dann brachten sie ... ich ...«

»Perle, du brauchst nicht mehr zu sagen.«

»Bitte. Grüne Spinne weiß es. Er hat mich mir selbst wiedergegeben. Er und sein Wurzelglied.« Ihre schlanke braune Hand strich die Decke glatt. »In jener Nacht brachten sie mich zu Wolf der Toten. Innerlich hatte ich mich damit abgefunden, seine Frau zu werden. Ich dachte, es würde eine Heirat sein wie überall. Festessen, Geschichtenerzählen, Singen und Tanzen.

Doch dann zogen sie mich aus.« Sie schloß die Augen. »Warfen mich auf alle viere ... und er ...«

Otter machte eine Faust. »Ich habe die Geschichten gehört. Ich verstehe dich. Aber das ist jetzt vorbei.«

Sie atmete flach und schnell. »Nein. Es ist nicht vorbei. Diese Erinnerungen sind immer in mir. Niemand kann so etwas vergessen. Er nahm mich wie eine Hündin, wie einen schmutzigen Köter. Dort, vor aller Augen.«

Otter hatte noch schlimmere Geschichten darüber gehört, was Wolf der Toten seinen Frauen nach der ersten Nacht antat. Entsetzliches. Von Folter, Verstümmelung. Hatte Perle sich nie gefragt, warum ein Mann mit dem Rang von Wolf der Toten nicht ständig eine Frau hatte? Perle wußte nicht, welches Glück es war, daß sie hier saß. »Du hättest ihn töten sollen.«

»Ja.« Sie lächelte tapfer. »Das ist wohl nicht geschehen, weil der Geist der Macht ihn noch braucht. Und jetzt folgt uns dieser schwarze Wolf. Manchmal möchte ich in Tränen ausbrechen, aber dann treibe ich mich um so härter an, weil ich weiß, daß er hinter uns her ist, daß seine Kanus immer näher kommen.«

»Sie werden dich nicht kriegen, das lassen wir nicht zu.«

Sie blickte ihn an. »Du hast großes Selbstvertrauen, Otter.« Sie schwieg einen Moment. »Und jetzt, wo du mein Geheimnis kennst, erzähle mir, warum du immer so traurig aussiehst. Warum hast du diese Reise unternommen, wenn du kein Verbrechen begangen hast?«

Otter preßte die Lippen fest zusammen, er kämpfte mit sich,

überlegte, was er sagen sollte, was nicht. »Sie heißt Rote Mokassins. Sie heiratete meinen Bruder.«

»Das hast du einmal erwähnt. Du hast ihn getötet? Bist du deshalb hier?«

»Nein. Nein, das könnte ich nie tun«, sagte er. »Ich liebe meinen Bruder sehr. Und ich liebe sie. Sie ist eine kluge, tüchtige Frau, und sie wird eine große Führerin ihres Volks sein, und sie braucht einen Mann, der ebenfalls ein großer Führer ist. Viertöter ist dieser Mann. Ich bin es nicht. Der Fluß forderte mich, als ich noch ein Säugling war. Ich bin anders als andere. Meine Großmutter wußte, was sie tat, als sie mir meine Freiheit gab. Sie ließ mich ziehen, damit ich dem Clan durch Handel dienen konnte. Das war besser, als wenn ich mich auf dem Gelände des Clans versteckt hätte, besessen von der unerfüllten Liebe zu meiner Schwägerin.«

»Gilt ihr das Verlangen, das ich in deinen Augen sehe?«

Er zog eine Schulter hoch. »Ich wußte nicht, daß man es mir ansieht.«

Sie sagte: »Ich glaube, Rote Mokassins hat einen schrecklichen Fehler gemacht. Du bist ein guter Mann, Otter.«

»Das ist mein Bruder auch.« *Und er träumte meinen Tod am Brüllenden Wasser.* »Wir sind Zwillinge. Unsere Seelen sind eins. Deswegen kann ich dir sagen, daß er ein viel besserer Mann ist als ich.«

Sie legte sich auf den Bauch in den Sand und blickte zu ihm auf. Mußten diese Augen sie so verzaubern? »Drei Ausgestoßene und ein Verdreher. Die Macht muß sehr verzweifelt sein, daß sie uns ausgewählt hat.«

Er lachte. »Allerdings«, und langte zu ihr, um ihre Hand zu streicheln. »Danke, daß du mir deine Geschichte erzählt hast. Du bist eine sehr tapfere Frau.«

»Wirklich? Tapfer, wo mich ständig die Angst würgt?«

»Das ist Tapferkeit. Tun, was man tun muß, auch wenn die Angst noch so groß ist.« Er warf einen Blick auf das Gebüsch. »Schwarzschädel hat diese Lektion besser gelernt als wir andern zusammengenommen.«

»Man kann sich nur schwer vorstellen, daß er jemals Angst hat.« Sie drehte sich auf die Seite und bettete den Kopf auf das Bündel. Die Decke hatte sich den Formen ihres Körpers angepaßt und unterstrich die Rundungen ihrer Brüste, ihre Taille und die vollen Hüften, die Länge ihre muskulösen Beine. Was war es, was er in diesen Augen sah?

»Ich hatte von dir gehört, bevor wir uns kennenlernten«, steuerte er das Gespräch in eine unverfänglichere Richtung. »Das wilde Mädchen aus den Sümpfen. Ich sah dich sogar mehrmals im Gebiet der Anhinga. Ich fand dich damals bemerkenswert, lebendig.«

Er zwang sich, das Feuer zu beobachten. Besser, nachtblind zu werden, als die Augen auf ihrem sinnlichen Körper ruhen zu lassen. Er stellte sich den Körper von Rote Mokassins vor, wie er in jener Nacht am Fluß ausgesehen hatte, als der Mond nur halb so hell schien wie jetzt. In nackter Schönheit hatte sie dagestanden, die Brüste straff und voll, weiche Schatten auf ihren festen Bauch werfend.

»Damals war ich lebendig«, sagte Perle traurig und zerstörte den Zauber, in den er sich versetzt hatte. »Wenn ich allerdings genau darüber nachdenke, glaube ich, daß ich in die Sümpfe floh, weil etwas in meinem Leben fehlte. Immer ging ich an wilde Orte, um es zu finden.«

Deshalb ging ich zum Fluß.

»Du wirst es finden«, sagte er, und täuschte ein Gähnen vor, weil er die verrückten Gedanken nicht zulassen wollte, die mit seiner Seele spielten. »Wir sollten versuchen zu schlafen. Bald kommt der Morgen. Der Fluß ist noch lang, und die Paddel werden unnachgiebig sein.«

»Schlaf gut, Händler«, flüsterte sie und kuschelte sich tiefer in ihre Decken.

Er stellte sich schlafend und beobachtete sie.

Wolf der Toten, das sind zwei, die ich dir schuldig bin. Einen für Onkel, einen für Perle. Bei dem Geheimnisvollen und den Geistern hoffe ich, daß ich es dir vollständig zurückzahlen kann.

Während er in seiner Vorstellung Wolf der Toten erwürgte, schlief er ein. Im Unterbewußtsein hörte er noch, wie Schwarzschädel zurückkam und Schnapper befahl, still zu sein, und schließlich das triumphierende Heulen eines Wolfs in der Ferne.

Schnappers leises Knurren war für Otter die erste Warnung. Dann kam der Geruch, und dann hörte er Schwarzschädels unterdrückten Fluch.

Otter setzte sich auf und versuchte, im schwachen Dämmerlicht etwas zu sehen. Auf den ersten Anschein war im Lager nichts Auffälliges zu sehen, doch Schnapper, der zu Füßen von Otter saß, hatte die Ohren gespitzt, und ließ ein drohendes Knurren hören.

Schwarzschädel saß kerzengerade und schaute wütend auf den Schlafplatz von Grüne Spinne. Ein beißender Stinktiergeruch hing in der Luft.

»Die Ahnen mögen uns bewahren!« sagte Otter leise. »Wo ist der Skunk? Siehst du ihn?«

»Der tobende Irre!« schrie Schwarzschädel.

Auch Perle war aufgewacht, kroch aus ihren Decken und hielt sich die Nase zu. »Ein Skunk im Lager. Warum hat Schnapper uns nicht gewarnt?«

Otter schüttelte den letzten Rest Schlaf ab. »Moment. Grüne Spinne hat einen Skunk ins Lager gebracht?«

Schwarzschädel knirschte mit den Zähnen. »Ich war es! Jedes menschliche Wesen mit dem Verstand der Ahnen wäre schreiend weggerannt. Aber schaut ihn euch an! Seht selbst! Er schläft mit ihm!«

Otter öffnete seinen Mund, aber der Gestank reizte ihn zum Würgen. »Du hast einen Skunk ins Lager gebracht? Du?«

»Und in das Bett von Grüne Spinne gelegt?« Perle mußte laut lachen.

»Er hat es verdient – nach dem Ärger, den er gemacht hat.« Schwarzschädel fuchtelte mit den Armen herum. »Ich mußte mit ihm abrechnen!«

»Bist du sicher, daß er da ist?« Otter ging vorsichtig einen Schritt näher an das Lager von Grüne Spinne, während er Schnapper ein Zeichen gab, sitzen zu bleiben. »Grüne Spinne?«

»Guten Morgen, Otter.« Die Stimme des Verdrehers klang fröhlich. »Schwarzschädel hat mir einen Freund gebracht.«

Der Krieger platzte vor Wut: »Du verdammter Narr! Steh auf! Raus da!«

»Still!« warnte Grüne Spinne. »Du erschreckst Schwarzweiß.«

Schwarzweiß? Otter warf einen beunruhigten Blick auf den Krieger. Er kannte diesen Ausdruck; Schwarzschädels Lust zu Töten.

»Seht nur dieses Näschen«, schwärmte Grüne Spinne, »ist es nicht wunderschön?«

Mehr um sich selbst zu beruhigen, bedeutete Otter den anderen zu schweigen. Niemand schien etwas Dummes zu tun. O nein, das war bereits geschehen.

Schwarzschädel suchte nach Worten: »Ich hab's versucht, Otter, wirklich. Ich habe ihn doch nicht getötet? Ich wollte nur mit ihm abrechnen.«

Otter zuckte. »Im Namen von Bunte Krähe und der Ahnen, warum?«

Schwarzschädels Gesicht war rot angelaufen. »Er hat alle andern reingelegt! Wieso läßt man es ihm durchgehen und mir nicht?«

Otter rümpfte die Nase, denn der Gestank wurde immer schlimmer. *Was soll ich tun?* »Grüne Spinne, du kannst den Skunk nicht behalten.«

»Schwarzschädel hat ihn mir geschenkt.«

Otter versuchte, es ihm klarzumachen: »Ja, hm, nicht jedes Geschenk...« Nein, so ging es nicht. »Hm, Schnapper wird verletzt sein. Er hält es für seine Pflicht, das Lager zu schützen. Wie soll er jetzt wissen, ob es Schwarzweiß ist oder ein Skunk, der plündern will?«

»Hunde erkennen den Unterschied wie bei Menschen. Sie riechen es.«

»Tausche«, sagte Perle plötzlich mit glänzenden Augen. »Tausche etwas gegen das Stinktier! Irgendwas!«

Was könnte er tauschen? Der prächtige sich rötende Dunst der Morgendämmerung gab ihm die Antwort. »Grüne Spinne, ich möchte etwas mit dir tauschen. Du hast einen... einen wundervollen Skunk. Ich habe diesen phantastischen Sonnenaufgang!«

»Sonnenaufgang?«

»Ja, Grüne Spinne. Es ist ein wunderschöner Sonnenaufgang, und ich habe immer einen Skunk haben wollen!« *So sehr, wie ich noch einen Verdreher in meinem Leben haben möchte.* »Ich würde mit dir tauschen. Schwarzweiß für diesen Sonnenaufgang.«

»Ich weiß nicht«, erwiderte Grüne Spinne. »Wie wird sich Schwarzweiß fühlen? Es ist schrecklich, frühmorgens schon getauscht zu werden.«

»Na ja, er wird wenigstens diesen schönen Sonnenaufgang erleben. Er ist unbeschreiblich schön! Mach schon, Grüne Spinne, tausch mit mir! Diesen wunderschönen Sonnenaufgang für Schwarzweiß.«

»Und zwei Dachsschüsseln!« entgegnete Grüne Spinne.

Otter war wütend. »Du stellst überzogene Forderungen.« Ihm waren nämlich die Dachsschüsseln ausgegangen. »Ich muß die Schüsseln später besorgen, Grüne Spinne, aber wenn du solange warten willst, bis du sie bekommst, sollst du den Sonnenaufgang und zwei Dachsschüsseln haben.«

»Abgemacht!« Grüne Spinne schlug seine Decken zurück, und ein furchtbarer Gestank stieg auf.

»Ekelhaft!« stöhnte Schwarzschädel und wich zurück.

Perle lief weg.

Der Verdreher setzte sich mit dem aufgeregten Skunk in den Armen auf. Die Nase von Schwarzweiß zuckte, und seine glänzenden kleinen Augen schauten im Lager umher. Als er Schnapper sah, stellte sich sein Schwanz auf, und ein trüber Strahl bespritzte Grüne Spinne; der Gestank folgte.

»Oh, nein …«

Schnapper raste wie der Blitz auf Wellentänzer zu; Perle hinter ihm her, und sie hielt sich mit einer Hand die Nase zu.

»Hier!« Grüne Spinne packte den Skunk am Genick und hielt ihn Otter hin. Das Tier zappelte verzweifelt, fauchte und knurrte.

»Setz Schwarzweiß einfach ab.« Otter zeigte auf den Boden und versuchte, die Tränen zurückzuhalten.

Sofort drückte Grüne Spinne den Skunk wieder an die Brust, und das verängstigte Tier spritzte noch einmal.

»Nein! Ich meine, ja! Behalte den Skunk! Erwürge ihn, Grüne Spinne! Laß ihn nicht los!«

Grüne Spinne schaute zuerst Otter, dann Schwarzschädel an. »Er könnte beschließen wegzulaufen.«

»Nein, nein, er bleibt bestimmt.« Otter mußte husten, seine Nase brannte.

Mit einem Achselzucken setzte Grüne Spinne Schwarzweiß

ab, und der Skunk lief schnurstracks auf das Sumachwäldchen zu.

Schwarzschädel sagte: »Niemand, hätte sich jemals vorgestellt, daß du …«, dann machte Grüne Spinne einen Satz und warf sich an Schwarzschädels Hals. »Ahhh!«

Der Verdreher drückte ihn fest an sich, so daß der Skunkgeruch in Schwarzschädels Kleidung zog. Zugleich rief Grüne Spinne: »Du bist der beste Freund, den ich je hatte! Ich wollte den Skunk, den du mir geschenkt hast, nicht eintauschen, aber sieh nur diesen prachtvollen Sonnenaufgang! Und ich verspreche dir, ich schenke dir eine von den Dachsschüsseln, wenn ich sie bekomme!«

Schwarzschädel packte Grüne Spinne, rannte zum Fluß und warf ihn kopfüber hinein.

Sterngucker erwachte nach einem Tag voll unruhiger Träume. Bilder aus der Vergangenheit waren wiedergekehrt und hatten ihn geplagt. Jenseits der Sternwarte hatten die Menschen die fruchtbaren Felder im Überschwemmungsgebiet des Antilopenflusses bebaut. Er hatte am Rand des Erddamms gestanden und das Land des Himmelsclans überblickt.

Als er sich wieder der Sternwarte zuwandte, sah er, wie gepflegt das Gelände war. Die Markierungspfähle standen aufrecht in der Biegung des Umfassungswalls, frisch bemalt, und die Bildnisköpfe, die die Lage der Sternbilder angaben, waren klar und ohne Risse in dem frisch geschnitzten Holz. Und in der Mitte des Beobachtungshügel saßen Eingeweihte nach Rang und lauschten Zweiter Stern, der eine Lektion über die Lichter erteilte, die sich nach dem Plan des Geheimnisvollen am Himmel bewegten. Seine Zuhörer lauschten hingerissen, begierig den Enthüllungen des alten Wissens folgend.

Was für ein wunderbarer Traum. Er würde wieder leben. Die Maske hatte versprochen, daß die alten Bräuche, der alte Geist der Macht zurückkehren würden. Die Schüler würden wiederkommen, ihm zuhören, wenn er die Maske trug und sein Wissen weitergab.

Dieses kostbare und heilige Wissen durfte man nicht sterben lassen.

Ich werde leben, um den Traum erfüllt zu sehen. Ja, vielleicht war es das, was der Traum ihm mitzuteilen versuchte. Er hatte nicht die Vergangenheit gesehen, sondern die Zukunft.

Ein Lächeln erschien auf seinen Lippen, als er die Maske berührte, die auf seiner Brust lag. Das Holz faßte sich glatt an, die Federn an der Halskrause frisch.

Und er hatte bereits seine erste Schülerin. Silberwasser war ihm gespannt gefolgt, als er ihr die Sterne zeigte. Sie würde seine Stellung erben; das hatte ihm die Maske bereits verraten. Nach ihrer Einweihung würde sie Erster Stern und nach seinem Tod Sterngucker werden, Wahrerin der alten Weisheiten.

Jetzt war es Zeit, die kleine Silberwasser eine weitere Nacht in die Bewegungen der Himmelskörper einzuweihen.

Und das Beste war, daß er wieder sehen würde. Wenn er die Maske trug, kam der Himmel in strahlender Klarheit zu ihm zurück. Dieses Geschenk erfüllte seine Seele mit großer Freude.

Diese Sternmuschel, würde wieder schreien, aber Silberwasser war nicht mehr ihre Tochter. Nicht, solange er die Maske trug. Diese Sternmuschel – obendrein eine von den Plattformpfeifen – verdiente keine solche Tochter.

Du hast sie an mich verloren. Sterngucker streifte die Maske über sein Gesicht.

»Maske?« Er tastete behutsam, dann wurde er unruhig. Die Formen waren falsch, der lange Schnabel war locker. Panischer Schrecken erfaßte ihn. Seine tastenden Finger erkannten die Wahrheit. – es war eine Fälschung!

Magier? Er taumelte, griff an die Wand, um sich zu stützen. Dann kroch er dorthin, wo das Maskenbündel gelegen hatte. Nichts. Die Stelle war leer. Daß er die Maske heimlich an sich genommen hatte, hatte ihm der Zauberer heimgezahlt.

Sterngucker stürzte zur Tür und taumelte hinaus in die Abenddämmerung. »Magier!« rief er. »Bring sie zurück! Zauberer, bring mir die Maske. Ich tue alles, was du willst!«

Er rieb sich mit dem Ärmel über die tropfende Nase. »Verstehst du nicht? Nicht nur ich werde sterben, sondern unser Volk! Dein Volk! Bedeutet dir das nichts?«

Stille. Die Abendbrise trug nur das Gurren einer Taube zu ihm.

»Magier?« rief der alte Mann erneut. Es gab keine Rettung. Sein Augenlicht war verloren, sein Erbe, sogar dieser Ort. Himmelsort würde mit ihm untergehen.

Schmerzend hämmerte die Einsamkeit in seinem Herzen.

33. KAPITEL

Meine Gefährten nennen mich einen Narren, aber wer ist hier der Narr? Ich fahre in diesem Kanu und sehe die Gegenwart am Rand meines Vorstellungsvermögens, schaue den Fluß zurück, dorthin, wo ich gewesen bin. Was neben einem erscheint, ist die Gegenwart. Wir wissen nur, wo wir gewesen sind, wenn wir über das Heck des Kanus blicken, und wir können nur raten, was erscheinen wird, wenn wir die nächste Biegung umrunden.

Leben nicht alle Menschen so?

Wer also ist der Narr? Wer von uns reist wirklich rückwärts?

Oder gibt es gar keinen Unterschied zwischen den Richtungen?

»Wohin gehen wir, Mama?« fragte Silberwasser als sie dem Pfad neben dem Flußlauf folgten. Über ihnen raschelten die Zweige, deren junge Blätter im zarten Grün des Frühlings leuchteten. In der zunehmenden Abenddämmerung floh ein Waschbär vor ihnen in den Schutz des Waldes.

Die kühle Luft roch nach fruchtbarer feuchter Erde, nach neuer Vegetation und Wasser. Finken, Rotschwänzchen und Grasmücken flatterten wie bunte Farbflecke aus dem Ufergebüsch in die Baumspitzen hinauf, wo sie vor Anbruch der Nacht singen würden. Tiefer im Wald schrie eine Eule auf der Jagd.

»Nach Norden, meine Kleine. Wir wandern den Antilopenfluß hinauf, dann folgen wir wieder einem Pfad in den Bergen, den

Langer Mann kennt. Danach kommt ein langer Marsch.« Sternmuschel blickte zurück. Der Zauberer schwang energisch die kurzen Beine, um mit ihnen Schritt zu halten. Die Maske reiste in dem Bündel auf seinem Rücken. Bildete sie es sich nur ein, oder war sein Gesicht grau geworden? War sein Mund zusammengekniffen, als ob er Schmerz litte?

Regt sich dein Gewissen, Langer Mann? Leidest du schon, spürst du schon Reue über Sternguckers gebrochenes Herz?

Als läse sie ihre Gedanken, fragte Silberwasser: »Mama, Sterngucker wollte mir alles über den Himmel erzählen. Er weiß so viel! Wenn es ganz dunkel ist, müssen wir nach Himmelsort zurückgehen. Dann überquert der Pflanzstern den Horizont.«

»Ja, Kind, ich weiß. Aber wir werden ihn von einem anderen Ort aus sehen.«

Silberwasser zog an der Hand ihrer Mutter. »Wir müssen jetzt zurückgehen!«

»Nein! Wir können nicht, Kleines. Wir haben etwas sehr Wichtiges im Norden zu erledigen. Dann, und nur dann können wir etwas über die Sterne erfahren, das verspreche ich.«

Silberwasser reckte den Hals, um über die Schulter zu blicken. »Was ist mit Sterngucker? Er wollte mich unterrichten. Nur mich. Ich würde sein Erster Stern sein. Und später würde ich Sterngucker und die Menschen retten. Dann könnte ich die Maske tragen.«

Sternmuschel erstarrte das Blut in den Adern. »Du mußt mir sehr aufmerksam zuhören. Erinnerst du dich an deinen Vater? Die Maske überlistete ihn und tötete ihn später. So wird sie es mit jedem machen, der sie trägt. Ich liebe dich, meine Kleine. Wenn du mich liebst, wirst du mir bei deiner Seele versprechen, niemals die Maske zu tragen! Hörst du mich?«

»Die Maske ist nicht schlecht, Mama. Es ist ...«

»Tochter!« Unter zunehmender Angst bemühte sich Sternmuschel, mit ruhiger Stimme zu sprechen. »Erinnerst du dich, was dein Vater tat? Hast du ihn die Knochen seines Großvaters ausgraben sehen?«

Silberwasser senkte den Blick.

»Antworte!«

»Ja, Mama.«

»Und du erinnerst dich, was dein Vater tat? Wie er starb?«

»Ja.« Die Stimme des kleinen Mädchens war kaum zu hören.

»Versprichst du, mir zu sagen, wenn die Maske jemals zu dir spricht, ja?«

»Ich werde die Maske nicht tragen, Mama, aber können wir zu Sterngucker zurückgehen, damit ich alles über den Himmel und die Bräuche der Alten lerne?«

Sternmuschel bückte sich, packte ihre Tochter an den Schultern und versuchte, ihr ernstes Gesicht zu ergründen. »Hör zu, kleine Grille. Wir können nicht immer tun, was wir möchten. Verstehst du? Ich will nicht böse sein. Wir haben einfach keine andere Wahl. Ich nicht, du nicht und auch Langer Mann nicht. Wir müssen nach Norden wandern.«

»Um die Maske in das Brüllende Wasser zu werfen. Ist es nicht so?«

Sternmuschel ließ sie los und wandte sich wieder dem Pfad zu. »Ja, Tochter. Ich möchte, daß du das verstehst. Wir tun, was du willst, wenn unsere Reise zu Ende ist. Ich bringe dich zurück nach Himmelsort, und du kannst bei Sterngucker lernen. Aber bis dahin mußt du wie eine Erwachsene handeln. Schaffst du das? Für mich erwachsen zu sein, bis wir erledigt haben, was wir tun müssen?«

»Wann wird das sein, Mama?«

»Noch ein Mond, vielleicht zwei.«

»Bis zur Sommersonnenwende?«

»Ich denke, ja.«

»Und dann können wir zurückgehen, und ich kann weiter über den Himmel lernen?«

»Ja, mein Kleines.«

Silberwasser saugte an ihren Lippen, wobei sich ihre Wangen aufblähten. »Und du könntest zu Grüßt die Sonne zurückgehen?«

»Wenn du möchtest, reden wir darüber.«

»Das heißt gewöhnlich soviel wie nein.«

Sternmuschel lachte gequält. »Dieses Mal heißt es, daß wir darüber reden werden. Mama wurde weh getan bei Grüßt die Sonne – so wie dir weh getan wurde, als wir Sterngucker verließen. Diese kleinen Verletzungen müssen wir ertragen, und dann, zur Sonnenwende, werden wir nie wieder verletzt werden.«

»Versprichst du es?«

»Ich verspreche es. Und versprichst du, nie die Maske zu tragen?«

»Ich trage sie nicht. Aber ich will sie auch nicht ins Brüllende Wasser werfen. Sie will nicht sterben.«

Sternmuschel schaute sich nach Langer Mann um, der ungerührt vor sich hin stapfte. »Es muß sein, Kleines. Langer Mann hat es in einer Vision gesehen. Es ist die einzige Möglichkeit.«

Der Pflanzmond hatte den halben Himmel überquert, als Sternmuschel endlich auf einer kleinen Lichtung halt machte. Obwohl es nach Regen aussah, rollte sie die Decken aus, und Silberwasser schlief sofort ein.

Auf dem Rücken liegend, starrte Sternmuschel auf das Netz der Äste, das den Himmel verbarg. Konnte sie sich auf Silberwassers Versprechen verlassen? Was wußte ein kleines Mädchen von den Täuschungen und Listen, zu denen die Maske fähig war? Die Geräusche der Nacht schienen sie zu verspotten.

»Wie geht es weiter, Magier?« fragte sie tonlos, denn sie spürte, daß auch er wach lag.

»Nordwärts, wie du gesagt hast. Der Antilopenfluß entspringt einen Tagesmarsch von hier. Jenseits der Wasserscheide können wir uns zwischen zwei Richtungen entscheiden.«

»Das ist Sternhimmelgebiet.« *Es ist Zeit. Du mußt es tun.* Der Plan hatte in ihr Gestalt angenommen, seit sie Himmelsort verlassen hatten. Sie zwang sich, mit fester Stimme zu sprechen: »Komisch, so viele Monate Weglaufen und Verstecken, und jetzt bin ich wieder da, wo wir aufgebrochen sind. Also schön, wir werden den Sternhimmelbesitz durchqueren. Ich werde meinen Vater kurz besuchen, damit er weiß, daß ich lebe, und dann durchqueren wir das Land auf kürzestem Weg zum oberen Mondmuschelfluß. Wir können auf dem Gebiet des Roßkastanienclans ein Kanu stehlen, nach Norden ins Quellgebiet paddeln, über Land zum Geisterfroschfluß gehen, dort ein anderes Kanu stehlen und uns zum Windmeer hinuntertreiben lassen.«

»Ich glaube nicht, daß ein Besuch bei ...«

»Genauso machen wir es, Magier. Wie ich Silberwasser schon gesagt habe, können wir nicht tun, was wir möchten. Wären wir schon vor drei Monaten nach Norden gezogen, wären wir die Maske bereits los.«

»Sternmuschel, erinnerst du dich an den Ausdruck in Wanderdrossels Augen?«

Sie blickte auf die dunklen Äste über ihr. Der Mond war hinter den Wolken verschwunden. Der Ruf einer Nachtschwalbe war zu hören. »Ja. Aber ich erinnere mich auch an die Augen der alten Frau, an die von Grüßt die Sonne und von Silberwasser heute abend. Weißt du, wie Sterngucker jetzt gerade aussieht? Nein, Zauberer, das weißt du nicht. Du weißt, daß wir dem alten Mann Verderben gebracht haben. Genauso wie jedem, mit dem wir bisher in Berührung gekommen sind.«

Langer Mann zog seine Decke zum Kinn. »Und trotzdem willst du deinen Vater besuchen?«

Sie zuckte zusammen und hoffte, daß er es nicht gesehen hatte. Angst griff hungrig nach ihrer Seele. »Er leidet ohnehin schon, fragt sich, was aus mir und seiner Enkeltochter geworden ist. Ich möchte ihn nicht in der Nähe der Maske wissen – wir wollen ihm doch nur sagen, daß ich am Leben bin.«

Langer Mann seufzte. »Du bist eine harte Frau, Sternmuschel.«

Sie blickte auf das zarte Muster der Zweige und erinnerte sich an die Rituale, die er vollzogen hatte, um die falsche Maske zu schaffen, die sie Sterngucker gegeben hatten. »Wie steht es mit dir, Magier? Wurde deine Seele zu Stein, als du im Bauch der Schlange warst? Du sagtest, die Schlange habe dich verschlungen. Fraßen ihre Magensäfte wie Säure deine Seele und verwandelten dich in das herzlose Ungeheuer, das du wurdest?«

»Ich habe mich nie für ein Ungeheuer gehalten, Sternmuschel. Allerdings habe ich Fehler gemacht.«

»Bei Sterngucker hat dein Zauber gewirkt. Dein Gebräu aus Gummikraut und Lattich hat ihn fest schlafen lassen. Aber mir sträubten sich die Haare, als du wie ein Wolf warst, das Fell trugst und Erster Mann anriefest.«

»Aber wir haben die Maske.«

»Ja. Wir haben die Maske, und Sterngucker hat seinen Traum verloren.«

»Schlaf, Sternmuschel. Du bist müde.«

»Sag mir, ob es dir Freude macht, Leute zu überlisten. Die falsche Maske zerfiel wahrscheinlich in seinen Händen.«

»Sie erfüllte ihren Zweck.«

»Aber war es ein gutes Gefühl, ihn so zu betrügen?«

»Nein, Sternmuschel«, sagte Langer Mann und atmete gepreßt aus.« Es war kein gutes Gefühl. Ich bin ebenso traurig wie er, daß die alten Bräuche aussterben. Doch ich werde es nicht wagen, die Maske zu tragen, um sie zu retten. Wir leben in einer neuen Zeit. Händler werden die Zukunft bestimmen, um Wohlstand und Größe wird es dann gehen. Hätte ihnen die Weisheit der Langschädel wirklich genutzt, würden wir unsere Beobachtungen noch immer in Himmelsort machen und nicht in Sternhimmelstadt.«

»Himmelsort sollte also sterben?«

Langer Mann zögerte, dann antwortete er schließlich: »Alles stirbt, junge Sternmuschel. Pflanzen, Menschen, Flüsse, Berge und irgendwann sogar die Erde selbst. Warum sollte es bei Völkern und religiösen Überzeugungen anders sein?«

»Eine Wahrheit aus dem Bauch der Schlange?«

»Wenn du das glauben möchtest.«

»Ob ich es glauben möchte? Sag mir, Zauberer, was hat dir die Schlangengesellschaft gegeben? Wohlstand? Ansehen? Einfluß?«

»Das alles und mehr. Und als ich jung war, habe ich das skrupellos eingesetzt. Jetzt bin ich älter und ... weiser.«

»Aber genauso skrupellos.«

Er drehte sich um und sah sie an. Der Mond brach wieder durch die Wolken, beleuchtete seine Runzeln und ließ den Zauberer tausend Jahre älter aussehen und sehr müde. »Ja. Vielleicht kann nicht einmal das Alter so etwas aus der Seele eines Mannes tilgen. Aber denk bitte daran, daß ich nur skrupellos bin, wenn ich keinen anderen Weg sehe. Setze nicht mein Vertrauen in dich aufs Spiel, Sternmuschel.«

»Sonst vernichtest du mich wie so viele andere?«

»Um dir eine Vorstellung zu geben, wie weit ich gehen würde, damit die Maske vernichtet wird, denke über dies nach: Wenn es sein müßte ... würde *ich* die Maske aufsetzen.«

In der Dunkelheit schimmerten seine Augen wie die eines Wolfs, der um ein Lagerfeuer kreist.

Leise, mit heftig klopfendem Herzen, ordnete sie ihre Dekke und kehrte ihm den Rücken zu. Wieder hörte sie den Ruf der Nachtschwalbe.

Der Ilini war so schmal geworden, daß er kaum noch die Bezeichnung Fluß verdiente.

Das leichtere Boot von Langer Speer mit seinen sechs Paddlern zog an Wellentänzer vorbei. Im Vorbeifahren hatte Langer Speer ihnen zugerufen: »Ich will einen Vetter aufsuchen, der bei den Hügeln der Toten Eule lebt, aber die Durchfahrt durch den Schlammsee liegt direkt unterhalb seines Besitzes. Ich treffe euch dort und helfe, falls der See nicht zu befahren ist.«

»Gut! Möge Bunte Krähe dich segnen und deine Weiterfahrt beschleunigen!« erwiderte Otter und winkte.

»Haltet euch von Skunks fern!« war der Abschiedsruf.

»Was meint er damit?« fragte Perle, die eine kurze Pause machte, um ihre schwieligen Hände anzuschauen, bevor sie wieder zum Paddel griff. »Warum können wir nicht durchfahren? Es wird doch nicht viel schmaler sein als hier?«

Sie waren nun seit drei Tagen immer nach Osten gepaddelt. Die Steilufer, die sie so lange begleitet hatten, waren zu einer sanft hügeligen Landschaft abgeflacht. Das weite Grasland hatte Schwarzschädel, der sein ganzes Leben in der Sicherheit der Wälder verbracht hatte, einen Ausruf des Staunens entlockt.

»Wir haben gerade die Biegung nach Nordosten passiert«, antwortete Otter. »Hier liegen einige Clanbesitzungen, aber die großen Iliniclans, die Langer Speer erwähnt hat, leben nördlich der Durchfahrt, die wir zum Süßwassermeer nehmen. Es ist ein Sumpf, der Schlammsee genannt wird.

Um den See gibt es einen Pfad. Vielleicht müssen wir Träger nehmen, die Wellentänzer und die Ladung einen Tagesmarsch weit tragen, bis wir wieder zu einem Wasser kommen, das tief genug zum Paddeln ist. Dann haben wir auch die Wasserscheide überwunden und die direkte Fahrt ins Süßwassermeer vor uns.«

»Ich möchte euch nicht entmutigen«, rief Schwarzschädel nach hinten, »aber Wellentänzer ist schwer zu tragen.«

»Das ist ein weiterer Grund, warum Langer Speer vorausfährt. Wenn wir das Kanu tragen müssen, wette ich, daß alle seine Verwandten bereit stehen, um uns zu helfen.«

»Und deine Tauschwaren?« fragte Perle. »Du könntest sie alle als Bezahlung für die Hilfe verlieren.«

Otter zuckte mit den Achseln. »Und wenn? Ich vermute, daß Wolf der Toten weniger als einen Tag hinter uns ist. Falls ich den Ilini wirklich alles geben muß, wir aber entkommen, dann möge Erster Mann sie segnen.«

»Weniger als einen Tag?« Schwarzschädel richtete sich auf. »Glaubst du, sie sind so nahe? Wir haben uns furchtbar abgehetzt, Händler. Sie mußten alle Nebenflüsse abfahren, um sich zu vergewissern, daß wir nicht kehrtgemacht haben.«

»Dafür hatte Wolf der Toten genügend Krieger«, erinnerte ihn Otter. »Ein Kriegskanu kann schneller fahren als Wellentänzer. Wenn ich ehrlich bin, hatte ich damit gerechnet, daß sie uns schon vor ein paar Tagen einholen würden. Daß sie das nicht geschafft haben, ist nur dem Wohlwollen der Flußgeister und Bunte Krähe zu verdanken.«

Perle drehte sich um und suchte seinen Blick. »Meinst du das wirklich?«

»Ich kenne mich mit Flüssen und Booten aus. Ich glaube, ich kann Wasser besser beurteilen als jeder Khota, und dadurch haben wir etwas Zeit gewonnen. Aber als Grüne Spinne uns vor zwei Tagen beim Paddeln half, wußte ich, daß Wolf der Toten nahe war.« *Und ich wollte dich nicht so ängstigen, daß du nicht mehr hättest denken oder schlafen können.*

Perle hielt seinem Blick stand, während tief in ihren braunen Augen ein Zornesfunken aufblitzte. »Ich werde es mir für die Zukunft merken.« Sie paddelte wieder, und er bemerkte, daß sie es energischer tat als vorher, so daß das Wasser unter ihrem kräftigen Schlag spritzte.

Otter biß sich auf die Lippen, während er an der grünen Wand am Rand der engen Fahrrinne entlangblickte. Der Himmel war tiefblau, aber im Norden zogen gewaltige schwarze Gewitterwolken über die Prärie.

»Warum wachsen dort keine Bäume?« fragte Schwarzschädel und schaute auf eine offene Grasfläche.

»Es hat dort gebrannt. Im Herbst kann es sehr trocken sein, dann vernichten Brände die Bäume auf der Ebene. Die Färbereiche kann ihnen widerstehen, aber du wirst bemerken, daß Zuckerahorn, Ulmen und Eschen nur dort stehen, wo Wasser sie vor dem Westwind schützt.«

»Nicht genug Regen? Feuer? Was für ein Land ist das? Und seht, man könnte denken, das seien Erdhügel.« Solche flachen Rücken und Erdbuckel hatte der Krieger noch nie gesehen.

»Wir werden viel Wundersames sehen, bis wir das Brüllende Wasser erreicht haben«, erklärte Otter.

»Ich habe schon genug sehen«, murmelte Perle.

»Was meinst du, Grüne Spinne?« fragte Perle. »Müssen wir Wellentänzer über den Schlammsee tragen, oder wird er Wasser unter dem Kiel haben?«

Der Blick von Grüne Spinne schweifte umher, losgelöst wie immer. »Schreckliche Zeit«, sagte er. »Trockener, rissiger Boden, überall weht der Staub. Und die Khota... fröhlich und glücklich, Paddel tauchen ins Wasser... wünschen uns weiter.«

Perle spürte wieder Spannung in den Schultern beim Führen des Paddels. Otter beobachtete die Muskeln, die sich unter der glatten braunen Haut ihrer Arme bewegten. Woher kam der Wunsch, sie zu berühren? Und schlimmer noch, warum quälte ihn das noch immer?

Ich liebe sie doch nicht?

»Alles in Ordnung«, rief Schwarzschädel von seinem Platz hinter dem Fuchskopfbug. »Wir können über den Schlammsee paddeln. Aber die Khota hinter uns kommen immer näher.«

Vor sich sah Otter eine größere Flußgabelung. Zwei Wegweiser der Ilini zeigten die Richtung, die er nehmen wollte. »Wird ganz schön knifflig hier oben. Viele Kanäle und tote Arme. Halte die Augen offen, Schwarzschädel. Unseren Weg markieren Eulenzeichen an den Pfosten.

Pflaumenbäume, Brombeeren und Erdkirschen zeigten das erste Grün, Wiesenblumen setzten bunte Flecken auf die Hänge.

Otter ertappte sich dabei, wie er sich ausmalte, mit Perle über diese Hänge zu wandern, ihre Augen vor Lachen blitzen zu sehen, während das Sonnenlicht einen bläulichen Ton auf ihr rabenschwarzes Haar zauberte. Wie würde sie sich in seinen Armen anfühlen?

»Mögen die verfluchten Khota sich verirren und nur im Kreis fahren«, flüsterte Perle mit einer Leidenschaft, die Otter aus seinem Tagtraum riß.

»Khota sind wie Speere, die immer geradeaus fliegen, niemals im Kreis«, sagte Grüne Spinne.

In diesem Augenblick kreiste eine schwarze Krähe krächzend über ihnen.

Perle warf einen nervösen Blick auf den Vogel, der sich im Gleitflug flußabwärts entfernte, und sie paddelte mit wilder Entschlossenheit weiter.

Otter beugte sich vor und setzte seine letzten Kraftreserven ein, um Wellentänzer voranzutreiben.

Sie passierten ein Clangebiet am Südufer. Menschen rannten herbei, riefen ihnen Grüße zu und forderten sie zum Anlegen und Tauschen auf. Otter lehnte höflich ab, warf aber den Jungen, die am Ufer mitliefen, einige Haifischzähne zu. Großzügigkeit hatte noch keinem Händler geschadet.

Die Sonne neigte sich schon, als sie Langer Speer trafen, der mit drei Kanus wartete. Der Ilini grinste sie an. »Gute Fahrt, Wasserfuchs! Bis zum Einbruch der Dunkelheit können wir dich zum Süßwassermeer bringen. Das sind meine Vettern, sie wollen uns helfen.«

»Und dafür eine gute Entschädigung bekommen«, murmelte Perle, aber Otter sah, daß ihre Arme zitterten und die Bewegungen ihres Paddels schwerfällig waren.

Wie lange würde sie noch durchhalten? »Ruh dich aus … verschnaufe etwas. Vielleicht brauchen wir bald noch mehr Kraft.« Er schaute zurück, den Fluß hinab, und rief Langer Speer zu: »Die Khota sind nicht mehr weit. Je schneller wir drüben sind, desto besser!«

»Woher weißt du das?« fragte Langer Speer.

»Wenn der Verdreher so angestrengt paddelt, sind die Khota sehr nahe!«

»Rechts! Hier lang!« Der Vetter von Langer Speer ließ sie mit diesen Worten in eine sumpfige Bucht abbiegen, die mehr einem toten Arm als einer Fahrrinne glich.

»Ich möchte nicht in eine der Seitenrouten abbiegen«, sagte Otter, als er die Kanäle bemerkte, die wie riesige Bisamrattengänge in verschiedene Richtungen führten. Hier und da markierten Flöße, jedes mit dem unverwechselbaren Zeichen seines Besitzers versehen, die Lage der Fischnetze.

Schwarzschädel rief über die Schulter: »Was machen diese Leute? Fischen?«

»Natürlich lohnt sich hier der Fischfang, ebenso die Jagd – sie erlegen sogar Bisons und Elche. Auch das Land ist fruchtbar. Sie sammeln Nüsse, darunter Haselnüsse, Walnüsse und Pecannüsse. Auf diesen seltsam gerundeten Hügeln, an denen wir vorbeigefahren sind, gedeihen Zwiebeln und Hundszahn. Auch Wildreis wächst hier oben; sie ernten ihn in den Sümpfen. Sumach, Brombeeren, Weißdorn, Trauben, Pflaumen und Erdkirschen sind wichtige Nahrungsmittel. Und wie du gesehen hast, ziehen sie Gänsefuß, Zwerggerste, Knöterich, Sonnenblumen, Kürbisse und viele andere Nutzpflanzen.«

»Man sollte meinen, daß hier Bäume wachsen«, sagte Schwarzschädel.

»Ich kann dich in Gegenden bringen, wo du tagelang den Fluß hinunterfährst, ohne einen Baum zu sehen.«

»Hier oben? Wohin wir fahren?« Schwarzschädel deutete auf das Kanu, dem sie in der schmalen Rinne durch den Sumpf folgten.

»Nein, viel weiter im Westen. Hinter den Bisonländern. Und wenn du noch weiter nach Westen gehst, siehst du Berge, die so hoch aufragen, daß sie an den Himmel stoßen. Dort liegen die Obsidianländer.«

Als Otter erneut zurückblickte, konnte er nur noch den Sumpf sehen. Dieser Teil der Strecke würde die Khota aufhalten, würde sie zwingen, vorsichtig zu steuern. Außer sie fänden auch einen Führer.

Otter seufzte. Natürlich würden sie den finden. Der Clan der Toten Eule würde ungern zweihundert Khotakrieger in seinem Gebiet haben wollen. Da würden sie ihnen sicher den Weg zeigen, der sie weiterführte. Sollten sie doch einen anderen Clan draußen am Ufer des Süßwassermeers belästigen.

Die Sonne war bis auf eine Handbreit über dem Horizont gesunken, als der Sumpf schmaler wurde und im Norden und Süden hohes Gelände sichtbar wurde. Es war ein allmählicher Übergang, doch Otter entdeckte an Zweigen und Blättern, die vorbeitrieben eine Strömung, die sich mit ihnen bewegte.

»Wir haben den Schlammsee durchquert«, bemerkte Otter und wurde mit einem zustimmenden Grinsen von Perle belohnt. Sie sah matt und hohläugig aus von der Anstrengung, das mörderische Tempo zu halten.

Sie hatte das alles getan, ohne ein Wort der Klage. Sie war eine Frau, auf die man stolz sein konnte. *Und Hand aufs Herz – Rote Mokassins, mochte sie noch so tüchtig sein, hätte diese Fahrt nicht so durchgestanden wie Perle.* Dieser Gedanke war der schlimmste Verrat, den er je begangen hatte.

Im Norden waren die Gewitterwolken noch dunkler geworden. Wenn sie nur ihre Richtung beibehielten und abzögen!

Langsam weitete sich die Fahrrinne, und Otter paddelte mit gleichbleibender Kraft weiter. Der Wind blies von hinten und trieb sie voran. Aber er würde auch die Khota vorantreiben. Wer wußte, wie nahe sie waren? Grüne Spinne paddelte, summte dabei vor sich hin und kitzelte Schnappers Pfote.

Wenn er zu schwitzen anfängt und wie verrückt paddelt, werden wir alle sterben.

Hier gab es kein klar erkennbares Flußufer, nur Sumpfgebiet, das mit vereinzelten Baumgruppen durchsetzt war. Hin und wieder sah man bucklige, mit wogendem Gras bewachsene Dünen.

»Seht doch!« Perle deutete auf weiße Vögel, die über ihnen kreisten. »Möwen! Und so viele! Ich fühle mich fast zu Hause.«

»Wir haben es nicht mehr weit.« Otter knetete seine schmerzenden Hände. Wieso zeigte Schwarzschädel kein Zeichen von Schwäche? Der Mann hatte kein Gefühl. Eine andere Erklärung für seine unerschöpfliche Kraft gab es nicht.

Und dann hatten sie es geschafft; um eine Biegung gelangten sie in ein sandiges Delta und hatten nichts als blaues Wasser vor sich. Darauf funkelte abendliches Sonnenlicht, das sich im flachen, scharf gezogenen Horizont verlor. Im Unterschied zum Ozean war das Süßwassermeer auffallend ruhig, keine Brandung brach sich am weißen Sandstrand.

Schwarzschädel erhob sich langsam und schaute wie gebannt auf die endlose Wasserfläche.

Das Kanu von Langer Speer drehte längsseits bei, und der junge Ilini gestikulierte und strahlte. »Du hast die Durchfahrt geschafft, Wasserfuchs. Uns bleibt noch eine kurze Spanne Tageslicht. Kommt, wir teilen zum letzten Mal ein Lager mit euch. Mein Vetter kennt eine Stelle hier oben. Außerdem sagt er, daß es heute nacht ein starkes Unwetter geben wird, mit bösen Winden und schweren Regengüssen.«

Otter dehnte sich, ärgerlich über den Schmerz in seinen Schultern. »Grüne Spinne, sind die Khota direkt hinter uns? Werden wir sterben, wenn wir die Nacht hier verbringen?«

Der Verdreher blickte zurück, diesmal seine Augen tatsächlich auf ein Ziel gerichtet. »Oh, du wirst sicher sein. Geborgen wie ein Wurm auf einem Blatt mit einer Drossel als Hüter. Schlaf gut heute nacht, denn du wirst lange und glücklich leben.« Er runzelte die Stirn. »Wir werden auf den Dünen tanzen, Händler. Für immer. Tanzen und wirbeln, wirbeln und tanzen.«

Mit einem müden Achselzucken sagte Otter zu dem Ilini: »Wir fahren weiter, Langer Speer. Wolf der Toten ist zu nahe. Schwarzschädel, wirf diesen Packen… Schwarzschädel! Wach auf, wirf diesen Packen zu Langer Speer hinüber.« Mit leicht glasigen Augen blickte der Krieger hoch, dann bewegte er sich mit einer merkwürdiger Trägheit. »Da, dieses meine ich.«

Otter drückte Langer Speer über das Wasser hinweg die Hand. »Mein Freund, hier hast du genügend Schneckenmuschelschalen, in Greisenbart aus dem Süden gewickelt, sie können dir und deinen Vettern für ein Dutzend Hochzeiten und halb so viele Beerdigungen dienen. Aber noch etwas anderes möchten wir dir für deine Hilfe schenken.«

Er gab Perle ein Zeichen, und sie griff nach dem Sack mit Mais. Ihre Augen glänzten traurig, als sie Otter den Sack reichte. Selbst als er ihn schon in den Armen hielt, berührte sie ihn noch, als gäbe sie ihn ungern her.

»Willst du es wirklich?« fragte Otter leise.

»Ja. Dann haben wir nicht so schwer zu tragen, und es sind gute Menschen.«

Während Otter Langer Speer den Sack überreichte, sagte Perle:

»Bei meinem Volk ist dies eine sehr kostbare Saat. Sie wurde aus unseren besten Maispflanzen ausgelesen. Ich möchte dich bitten, die Saat mit allen euren Clans zu teilen. Pflanzt sie, hegt sie, und denkt an Perle von den Anhinga, wenn ihr erntet.«

Langer Speer zog die Brauen zusammen. »Mais«, sagte er langsam, als probiere er den Namen auf der Zunge aus. »Das tun wir, ich verspreche es. Dann haben wir also unseren Handel abgeschlossen.«

»Ja«, stimmte Otter zu, und betrachtete die Lücken in seinem Warenvorrat.

Langer Speer schaute sich die Ausbeute an. Sein schlankes Kriegskanu faßte die großen Stoffsäcke kaum. »Dann sagen wir euch Lebewohl und wünschen viel Glück!«

Otter winkte den Ilini ein letztes Mal. »Sei vorsichtig, Langer Speer, und laß Wolf der Toten wissen, daß wir ihm ins Gesicht lachen und auf die Gräber seiner Ahnen spucken. Sag ihm, daß er nicht halb soviel wert ist wie ein Hund, und wenn wir nicht wichtige Geschäfte am Ostende des Süßwassermeers hätten, wir auf ihn warten und noch einmal dreimal zehn seiner Krieger töten würden.«

Perle richtete sich auf und redete in der Khotasprache, die von den Ilini verstanden wurde. Sie fingen an zu grinsen, mehrere lachten – auf diese männliche Art, die fast ein Bellen war und auf eine gelungene Beleidigung hinwies.

»Was hast du gesagt?« fragte Otter, als die Ilini ihre Kanus gewendet hatten.

»Ich bat sie, Wolf der Toten eine Botschaft von mir zu überbringen.«

»Was für eine Botschaft?«

Perle tauchte ihr Paddel wieder ins Wasser, bereit zur Weiterfahrt. »Daß er umkehren soll, denn wenn er uns einholt, schlage ich ihm nicht nur den Schädel ein und brenne sein Haus nieder, diesmal werde ich ihm die Hoden abschneiden, sie wie Pecannüsse rösten und Schnapper damit füttern.«

»Du weißt einen Mann zu reizen, das muß ich dir lassen«, erwiderte Otter und blickte zurück. Die Strömung und der Wind trugen sie ins offene Wasser hinaus. »Welche Richtung, Verdreher?«

Grüne Spinne zeigte nach hinten, zu den Kanus der Ilini.

»Genau richtig.« Otter hob das Paddel, seine Arme waren taub wie Steine. »Die Uferlinie verläuft nach Südosten, wenn ich mich richtig erinnere. Dann wendet sie sich an den Dünenfeldern vorbei nach Norden. Das ist unsere Richtung.«

Otter drückte Wellentänzer mit dem Paddel vom Ufer fort. Schwarzschädel paddelte nicht, sondern saß nur da und starrte auf das dunkler werdende Wasser.

Otter hörte den schwachen Schrei von hinten kaum. Als er die Augen gegen die untergehende Sonne abschirmte, konnte er ein Kanu der Ilini mit dem Vetter von Langer Speer sehen. Der Mann gab ihnen aufgeregte Zeichen, sich zu beeilen.

Das genügte als Warnung. Otter murmelte wütend vor sich hin, griff sein Paddel und gab sein Letztes, um Wellentänzer hinaus aufs Meer zu jagen.

»Otter, was machst du?« fragte Perle, die immer noch nach dem Ilini blickte. »Es wird bald dunkel. Wo willst du hin?«

»Hinaus.« Er zeigte über das Süßwassermeer. »Wohin könnten wir uns sonst wenden? Sie werden ausschwärmen und uns suchen. Bleiben wir in Ufernähe, werden sie uns bald finden.«

Er versuchte, nicht auf die Blitze zu achten, die grell aus der Wolkenbank im Norden zuckten. Das war ein Unwetter! Wenn man im Auftrag des Geistes der Macht war, konnte man wählen, welchem Gewitter man sich stellen wollte: dem in der Natur oder dem, das die Khota auslösten.

»Du bist so verrückt wie der Verdreher«, sagte sie und paddelte noch stärker. Schwarzschädel saß im Bug und blickte weiter unverwandt geradeaus.

Hinter ihnen konnte Otter gerade noch im Dämmerlicht die Kanus der Khota erkennen. Wie weit waren sie entfernt? Sechs, sieben Speerwürfe? Auf dem Wasser war die Entfernung schwer zu schätzen. Der Wind trug Siegesschreie herüber.

»Paddelt! Strengt euch an! Sie haben uns entdeckt. Sie kommen!«

»Ich bin froh, daß du mich ausruhen läßt«, rief Perle ihm zornig zu, und sie bot ihre ganze Kraft auf.

Auch Grüne Spinne – jetzt nach vorn schauend – paddelte wie besessen.

Nur Schwarzschädel saß reglos im Bug.

»Krieger?« schrie Otter. »Schwarzschädel!«

Die schlanken Kanus der Khota verringerten den Abstand immer mehr, tödliche Speere lagen bereit zum Wurf. Otter biß sich auf die Lippen, um mit dem Schmerz gegen seine bleierne Müdigkeit anzukämpfen. Was war mit dem Krieger los? Otter sah, wie seine Muskeln sich verkrampften und wie Steine unter dem Hemd hervortraten. »Schwarzschädel!« rief er ihm zu.

»Laß ihn!« Perles Blick wurde weich, als sie auf den Rücken des Kriegers sah, als hätte sie so eine Reaktion schon einmal erlebt. »Paddle einfach weiter! Was ist schlimmer, die Khota hinter dir oder das schwarze Meer vor dir?«

Grizzlyzahn drehte sich in dem schmalen Kanu um und sah Wolf der Toten in die Augen. »Bald können wir sie nicht mehr sehen.«

Wolf der Toten erhob sich und starrte auf den schwarzen Punkt vor ihnen. Wie weit war das? Fünf, sechs Speerwürfe? Er blickte in die Runde, spürte den Zorn, der in seinem Kopf brannte. So nahe waren sie! Er konnte sie sehen! Dort in undeutlicher Ferne paddelte Perle – begleitet vom Wasserfuchs, vom Schwindler und vom Mörder!

Sein Herz hämmerte; der nüchterne Verstand des Kriegers riet ihm, sich zurückzuziehen, an den Strand zurückzukehren und ein Lager für die Nacht aufzuschlagen. Um ihn herum jagten dreimal zehn Kanus mit dem Wind dahin. In der zunehmenden Dämmerung konnte Wolf der Toten von den Gesichtern seiner Krieger ihre Gefühle ablesen. Manche schauten besorgt auf die endlose Wasserfläche vor ihnen; andere hatten ihre Aufmerksamkeit auf den Feind in der Ferne gerichtet, einzig darauf aus, ihn zu stellen und zu töten.

Ahnen, sagt mir, was ich jetzt tun muß? Die schreckliche Frau und die Mörder seiner Leute waren so nahe!

»Ich habe dreimal zehn Kanus«, sprach er vor sich hin.

»Gegen eins«, sagte Grizzlyzahn mit grausamem Lächeln. »Selbst wenn wir nur die Hälfte unserer Kanus in die Dunkelheit schicken, muß doch eines unserer Boote sie finden und fangen können.«

Ein stechender Schmerz überlagerte einen Augenblick seine Gedanken – die Erinnerung an den Schlag der Anhingafrau. Wolf der Toten brauchte die Ahnen nicht zu fragen. Schon einmal hatte eine Frau versucht, ihren Mann zu töten – wie Perle versucht hatte, ihn zu töten.

»Los!« Wolf der Toten stand auf, und sein Ruf schallte über das Wasser. »Folgt ihnen! Alle! Ich will sie lebend! Und dann lasse ich sie langsam sterben. Alle Völker der Welt sollen die Khota kennenlernen – und erfahren, wie wir Verrat bestrafen!«

Die Abendbrise trug Schlachtrufe heran.

»Wenn ihr sie habt«, fuhr Wolf der Toten fort, »macht gegen den Wind kehrt, das bringt euch ans Ufer zurück. Sucht dann nach einem Feuer; dicker schwarzer Rauch wird die Stelle bezeichnen, wo wir unser Lager aufgeschlagen haben.«

Wolf der Toten setzte sich wieder. Einer von ihnen würde den Händler fangen. Das große Kanu konnte den leichten, schnellen Booten der Khota nicht davonfahren. Heute nacht würde er Perle wieder ins Gesicht sehen.

»Wir sind das Wolfsrudel und werden dich zur Strecke bringen, Anhingahündin. Und dann soll sich jeder Mann in dir ergießen. Ich werde dich erst töten, wenn jeder Mann genug hatte, und dann werde ich dich langsam in kleine Stücke zerschneiden, und du und deine Händlerfreunde könnt mir zusehen, wie ich die Stücke aufesse.«

Was die Männer, die bei ihr waren, betraf, könnte sie zusehen, wie jeder den Tod erlitt. Am Ende jedoch würden ihre Schädel poliert und an der Trophäenwand des Clanhauses aufgehängt. Der Wasserfuchs konnte neben seinem Onkel ruhen.

Langer Speer stand auf einer der höheren Dünen. Der Wind peitschte in seinem Rücken, zerrte an seinen Kleidern und ließ das Amulett aus rotem Schiefer hüpfen, das an einem Riemen um seinen Hals hing.

Er wölbte die Hände, um seine Augen abzuschirmen, nicht vor dem schwindenden Tageslicht, sondern gegen den scharfen Wind. Er bemerkte seinen mageren Vetter kaum, der neben ihm heraufgestiegen war.

»Sind alle fort?«

»Ja.« Dann schaute Langer Speer nach Norden auf die tiefschwarzen Wolkengebirge und sah, wie Blitze den Himmel zerrissen. »Bist du sicher, daß es ein schweres Unwetter wird?«

»Ich bin der Wettermann, hast du das vergessen? Warte ab, spätestens um Mitternacht wirst du dich fragen, ob das Ende der Welt gekommen ist.

Langer Speer nickte, und verlor Wellentänzer, der schon weit vom Ufer entfernt war, aus den Augen. Auch die Kanus der Khota waren nicht mehr zu sehen. »Morgen breche ich vor Tagesanbruch auf, um meinem Clanführer zu berichten, daß die Khota das Süßwassermeer erreicht haben.«

»Und der Wasserfuchs?«

»Falls dieses Gewitter so schrecklich wird, wie du vorausgesagt hast, möchte ich nicht dort draußen auf dem großen Wasser sein.« Langer Speer verzog sein Gesicht. Sie waren gute Menschen, ehrlich, mutig und höflich. Daß sie soviel Mühe aufgewandt hatten, um schließlich bei einem Unwetter zu ertrinken. Aber nein, sie hatten die grimmigsten und besten Krieger der hochmütigen Khota mitgenommen.

»In ein paar Tagen, Vetter, werde auch ich eine Botschaft an deinen Clanführer schicken.« Der Wettermann hielt inne. »Ich werde ihm sagen können, daß keiner der Khota an unseren Strand zurückgekehrt ist.«

»Sei dessen nicht allzu sicher«, warnte Langer Speer.

Eine gewaltige Bö fegte sie beinahe von der hohen Düne. »Oh, ich bin mehr als sicher«, sagte der Vetter von Langer Speer zahnlückig grinsend. »Nur ein Mann, der Erfahrung mit tiefem Wasser hat, wird diese Nacht überstehen. Ich hoffe, dein Freund, der Händler, hat nicht sein ganzes Leben nur auf Flüssen verbracht.«

Langer Speer legte eine Hand auf die Schulter seines Vetters. *Wasserfuchs, ich werde deinem Geist Opfer bringen. Vielleicht ruht deine Seele dann ein wenig leichter dort unten im kalten schwarzen Wasser.*

34. KAPITEL

Während das Kanu tanzt und hüpft, blicke ich in den stürmischen Himmel hinauf. Wasserspritzer von den aufklatschenden Wellen prasseln auf mich wie zornige Speerspitzen und durchnässen meine dünne Kleidung, bis ich erbärmlich zittere.

Vielleicht sterbe ich heute nacht. Vielleicht sterben wir alle.

Wolf, ich wünschte, du wärst bei uns in diesem Boot. Wie gern würde ich deine Miene sehen, wenn wir kentern und in den dunklen, kalten Wellen versinken. Vielleicht seid ihr beide, du und dein Bruder, vom Geist der Macht überlistet worden.

Ich lächle, als das eisige Wasser über mein Gesicht rinnt, und weiß, daß dies erst der Anfang des Entsetzlichen ist, weiß, wieviel von dieser Nacht abhängt …

Schwarzschädel klammerte sich verzweifelt an das Kanu, die Finger um das nasse Holz gepreßt. Seine Arme schmerzten von der Anstrengung, aber mit jedem Aufbäumen des Fuchskopfbugs wurde sein Griff fester, ehe der unausweichliche Absturz in den schwarzen Abgrund kam. Hinter sich hörte er Perle, die Otter Befehle zuschrie, ihn über das Wesen des Sturms belehrte, ihm sagte, wie er jeder neuen Gefahr begegnen sollte. Aber die meisten Worte gingen im würgenden Entsetzen unter, das Schwarzschädels Seele erstickte.

Er schloß fest die Augen gegen den stürmischen Regen, doch Schaukeln und Stoßen wurden nur schlimmer.

Dies geschieht nicht! Es konnte nicht sein, sie mußten bald das Ufer erreichen. Das Süßwassermeer konnte doch nicht *so* groß sein. Das Bild von unendlich viel Wasser, das sich noch über einen purpurroten Horizont hinaus dehnte, ohne Land in Sicht, brannte sich in seinen Kopf ein.

Aus der Schwärze heulte die nächste Bö und wehte eiskalten Regen und Gischt über Schwarzschädels Rücken. Er verkrampfte sich, die Kiefer schmerzhaft zusammengepreßt. Nicht einmal der Schmerz konnte die schreckliche Angst lindern, die ihn mit jedem Herzschlag durchströmte.

Wellentänzer zuckte, taumelte und schlingerte in dem hohen Wellengang und peitschenden Sturm. Genauso drehte und wand sich auch ein sterbendes Tier.

Sterben! Wir alle müssen sterben! Und das Wasser würde sie in die schreckliche Schwärze hinuntersaugen.

Er schrie auf, als das Kanu von einer Welle erfaßt wurde und in die Höhe schoß. Kurz überlegte Schwarzschädel, ob seine Hände den Halt verloren hatten – dann stürzte Wellentänzer unter ihm weg, fiel tief in ein Wellental, und Schwarzschädel sah zu beiden Seiten, gespenstisch in der Dunkelheit, weißen Gischt wegsprühen.

Er hörte die Stimme seiner Mutter. »Dummes, schmutziges Kind!«

»Nein ... das bin ich nicht. Geh weg! Bitte!«

»Du bist nicht mehr als ein Wurm ... dummer kleiner Junge. Dummkopf!«

Er schluchzte, und ihm war so übel, daß sich sein Magen umdrehte. Schwäche hatte seinen Mut aufgezehrt. So übel war ihm, daß er sich über die Seite lehnte und in die aufgewühlte Schwärze erbrach. Er schämte sich schrecklich, schämte sich und war voller Angst.

»Schmutziges Kind!« zischte die Stimme seiner Mutter aus der Dunkelheit. »Ekelhafter Schwächling! Du taugst nichts. Ein Narr und ein Feigling bist du! Sieh dich an, so ängstlich, daß du zitterst wie ein junger Hund vor dem Schmortopf!«

Er wollte schreien. »Mutter? Großonkel befahl mir, dich zu töten!« Aber die Worte blieben ihm in der Kehle stecken.

»Schwarzschädel? So nennst du dich jetzt? Das ist hochmütig und dumm! Du hast dir einen Namen gegeben, kleiner Junge, damit die Welt nicht erfährt, wer du wirklich bist!«

»Ich bin Schwarzschädel! Schwarzschädel!«

»Du bist Kleine Maus, erinnerst du dich? Das war dein Kindername, aber ich habe dich anders gerufen ... oder hat das dein dummes Hirn vergessen?«

»Schnecke! Du hast mich Schnecke genannt!« Dann brach er

zusammen und schluchzte vor Erniedrigung. Die Übelkeit und die Angst vor den haushohen Wellen riefen diese Erinnerungen wieder in ihm herauf. So hatte er sich auch gefühlt, wenn seine Mutter ihn erniedrigte. Angeekelt, so angeekelt.

»Du kleine Schnecke!« Ihre Lippen hatten sich zu einem höhnischen Grinsen verzogen, als sie ihn begutachtete, wie er vor dem Feuer stand. »Laß dich ansehen. Komm her! Ich habe schon mehr Nackte außer dir gesehen!«

Er hatte gezittert, und die Angst hatte ihn bis zum Brechreiz gequält.

»Sieh mich an! Ja, sieh mich an!«

Und er hatte in ihre verrückten Augen geschaut, hatte das Vergnügen gesehen, das sie an seiner Angst und seinem Ekel vor sich selbst empfand.

»Schau her! Siehst du, was ich mache? Fühlt sich das gut an? Hm?«

Und er hatte nach unten blicken und zusehen müssen, wie sie sein kleines Glied packte und wie sie mit ihren schwieligen Fingern unter seinen vor Angst geschrumpelten Hodensack fuhr.

»Und du glaubst, du wirst ein Mann werden!« Sie warf den Kopf zurück und lachte. »In deinen Adern fließt Wasser. Wenn du richtiges Blut hättest, wärst du jetzt hart wie ein Hickorystecken.« Wieder verzog sie verächtlich die Lippen. »Geh weg! Bedecke dich und verstecke diese baumelnde Schnecke vor meinem Blick.«

Er war weggerannt und tränenüberströmt unter die Decken seines Betts gekrochen. Bis er seine Schande bedeckt hatte, war sie schon fortgegangen, hinaus in die Nacht auf der Suche nach anderen kleinen Jungen.

Dann lag Kleine Maus da, begraben unter den Decken seines Betts. In den meisten Nächten wünschte er, er wäre tot, und manchmal wünschte er, seine Mutter wäre tot oder würde ihn wenigstens in Ruhe lassen.

Oft kam sie die ganze Nacht nicht zurück. Manchmal kam sie wieder, kichernd, begleitet von einem Männerlachen. Dann hörte er, wie sie sich paarten wie Wiesel, und seine Mutter Laute wie ein verwundeter Bär von sich gab, oder der Mann fluchte, wenn sie ihn biß und kratzte.

»Und du bist immer noch wertlos, du kleiner Wurm«, klagte die Stimme seiner Mutter im Sturm. »Du hast mir den Schädel gespalten in jener Nacht ... dich von hinten angeschlichen ... wie ich es jetzt bei dir tue! Heute nacht, Schnecke, wirst du ertrinken ... eintauchen in die kalte Schwärze!«

Kleine Maus senkte den Kopf, bald würde er sich nicht mehr halten können.

Wellentänzer stampfte wieder, sein Rumpf schlug auf und Gischt spritzte auf den gekrümmten Körper von Kleine Maus.

Blitze zuckten und erhellten eine entsetzliche Szenerie: aufgewühltes Wasser, zu Wellenbergen aufgetürmt, die Kämme zerfetzt und zerrissen vom Wind. Wogend und strudelnd schäumte dieses furchtbare Wasser, und es steigerte seine Todesangst.

Sie kam – sie kam, um ihn zu töten. Dort draußen, zwischen den sich auftürmenden Wogen des dunklen Wassers. Peitschender Regen schlug auf ihren gespaltenen Schädel, prasselte auf die zersplitterten Knochen und auf ihr offen liegendes Gehirn.

Sein Geist würde hier oben enden und für immer im schwarzen, endlosen Wasser gefangen sein. Kleine Maus schluchzte seine Verzeiflung hinaus.

Eine dünne, hohe Stimme drang durch den Sturm. Es war der Narr, der schrie! *Schwarzschädel? Schwarzschädel! Wußtest du, daß Geister immer gegenwärtig sind? Ich möchte wissen, wie ihnen das möglich ist!*

In seinem ganzen Leben hatte Otter noch nie solche Angst gehabt. Er strengte sich an, das Gleichgewicht zu halten, mit den Händen nicht vom glitschig nassen Paddel abzurutschen. Der schräg fallende Regen peitschte hernieder, während Böen das Kanu durchschüttelten. Diese Gewalt! Wellentänzer hob sich, als ritte er auf dem Rücken eines Ungeheuers, dann stürzte er in die Tiefe, nur um im nächsten Augenblick wieder aufwärts zu schlingern. Jedesmal wenn das Kanu unter ihm wegsackte und ihm dieses kitzelnde Leeregefühl in den Magen fuhr, hätte er sich übergeben oder vor Schrecken aufschreien können.

Regen trommelte auf den Rumpf des Kanus, und die Gischt von den brechenden Kämmen der Wellen traf Otter wie Hagel.

Im Licht eines Blitzes sah er Perle flüchtig, die mit einem Tontopf in den Händen vor ihm kniete und Wasser aus dem Kanu schöpfte. Ihre Knie hatte sie gegen die Kanuwände gestemmt, ihr nasses Gesicht drückte Entschlossenheit aus.

»Halte den Rücken zum Wind!« rief Perle, als der Donner über das tosende Wasser rollte. Nasses schwarzes Haar klebte in ihrem Gesicht. »Es kommt noch viel schlimmer! Hast du schon ein solches Gewitter auf dem Wasser erlebt?«

»Nein!« Wasser schwappte um seine Füße, und die Kraft schien Otter zu verlassen. *Es war ein Fehler gewesen rauszufahren.* Ein Fehler… Fehler. Der Gedanke ließ ihn nicht los. Jedesmal, wenn er das Paddel zu einem neuen Schlag hob, griff der Wind danach, wollte es ihm entreißen und in die tobenden Wellen schleudern.

Bei einem anderen Blitz sah er, wie die Packen hin und her rutschten, während Wellentänzer vom aufgewühlten Meer geschüttelt wurde. Grüne Spinne schaute den Blitzen mit einem Ausdruck von Ausgelassenheit zu.

»Nicht so schlimm!« rief Perle. »Wir nehmen kaum Wasser!« Aber ihre Stimme klang schrill gegen das Heulen und Brüllen des Sturms. »Laß Wellentänzer vor dem Wind laufen. Wenn das Heck vollzulaufen beginnt, müssen wir wenden, den Bug in den Wind drehen und versuchen, ihn so zu halten.«

Otter zuckte zusammen, als der Wind stechend Gischt über sein Gesicht trieb. Die lähmende Erschöpfung war mit dem Angriff des Sturms von ihm abgefallen, und an ihre Stelle war hellwacher Schrecken getreten. Wo waren die Khota? Er hatte ihre Rufe schwach mit dem Wind hören können. Wie würden die schmalen Kriegskanus in dem aufgewühlten Wasser zurechtkommen?

Lieber in diesem Unwetter sterben, als von deiner Hand, Wolf der Toten.

Blitze leuchteten in gezackten Ranken wie ein unheimliches, storchenbeiniges Ungeheuer, das kreuz und quer über das aufgewühlte Meer tanzte. Das Bild brannte sich für immer in Otters Erinnerung ein: riesige, gepeitschte schwarze Wellen, gekrönt von schäumendem Weiß, gefangen in den Armen einer riesigen, glühenden Spinne.

Es war verrückt! Wie konnte Wasser so besessen sein?

»Und wenn wir wenden und immer noch Wasser nehmen?« Otter bemühte sich, seinen gesunden Verstand zu bewahren. *Denk ruhig nach, Otter. Du darfst nicht in Panik geraten, sonst kommen wir alle um.*

»Dann werfen wir Ladung ab, um weniger Tiefgang zu haben«, antwortete Perle.

»Das sind meine Tauschartikel, die du über Bord werfen willst!«

»Es ist unser Leben, das ich retten will!« schrie sie zurück.

Gezackte Blitze leuchteten blauweiß auf, so daß Otter Wellentänzer gerade noch kopfüber in ein tiefes Wellental stürzen sah. *Das ist es!* Sein Magen verkrampfte sich; gleich würde er in die Kälte gezogen werden.

Zu seiner Überraschung tauchte das Kanu wieder auf und trug sie sicher aus dem Inferno. Er paddelte kräftig, während der Wind an seinem Rücken zerrte.

Schon wieder stieg Wellentänzer auf, um sofort in die Tiefe zu stürzen, lief mit den Wellen, stieg und tauchte so steil, daß Otter sicher war, sie würden alle über Bord in die schwarze Vergessenheit stürzen. Im Licht der Blitze sah er endlose Wellenkämme und -täler, alle gierig tobend.

Er wischte sich mit der Hand über sein triefendes Gesicht.

»Wir schaffen es nicht!« rief er Perle zu, aber das ohrenbetäubende Krachen des Donners riß seine Worte fort.

»Halte das Heck in den Wind!« schrie Perle, als eine Welle sie auf die Seite warf, »sonst laufen wir voll!«

Otter versuchte, Kurs zu halten. Paddelte noch einer? Grüne Spinne? Schwarzschädel? Er konnte es nicht erkennen. »Bitte, daß wir Land erreichen!«

»Nein!«

»Was?«

»Ich sagte nein! In tieferem Wasser sind wir sicherer als in flachem. Die starke Brandung würde uns mit solcher Wucht auf den Strand schleudern, daß Wellentänzer zersplitterte und wir dabei umkommen würden!«

»Halte den Kurs!« rief Perle, die ihren Platz wechselte. »Ich muß schöpfen!«

»Was macht Schwarzschädel?« Verdammte Dunkelheit ... wenn er nur etwas sehen könnte! Aber bei dem Regen und der Gischt, die ihm ins Gesicht wehte, war er halb blind. »Paddelt er? Ich kann ihn nicht sehen.«

»Wie soll ich das wissen? Er könnte über Bord gegangen sein, aber Grüne Spinne paddelt wie ein Verrückter.«

Wellentänzer machte seinem Namen alle Ehre, hüpfte, drehte sich, bäumte sich auf. Otter konnte nicht mehr tun, als mit aller Kraft zu verhindern, daß das Kanu kenterte.

»Hast du Angst?« rief Perle, während sie einen Topf voll Wasser über die Seite leerte.

»Ja!« Er sah ihr Lächeln, einen Schimmer weißer Zähne.

»Ich auch!« antwortete sie.

»Du würdest nicht lieber umkehren und riskieren, auf die Khota zu stoßen?«

Ein Blitz beleuchtete sie kurz, wie sie noch mit dem Topf Wasser schöpfte, völlig durchnäßt, aber trotzig. »Du hast noch keinen gesehen, der so glücklich ist, wie ich jetzt, Händler. Jeden Tag ein solches Gewitter würde mir weniger ausmachen, als die Stücke Dreck sehen zu müssen! Wir schaffen es sicher besser als diese stinkenden Khota. In ihren dünnen Kriegskanus sind sie inzwischen Haifischfutter.«

Ja, Otter, denk darüber nach. Wenn schon Wellentänzer in großer Not ist, dann sterben die hinter uns gewiß. Was war das für ein Gefühl, in diesem eisigen schwarzen Entsetzen zu versuchen, sich an den runde Unterseite eines gekenterten Kriegskanus zu klammern? Er konnte sich vorstellen, wie sie im Wasser um sich schlugen und dabei mit den riesigen Wellen stiegen und fielen und Wasser schluckten, wenn sie nach Luft schnappten.

Hör auf! Seine Vorstellung war zu nahe an der Wirklichkeit.

»Wie kommen wir voran?« Otter stach das Paddel ins Wasser, als er spürte, wie Wellentänzer sich drehte, wie die Dünung sich hob und der Wind sie plötzlich nach rechts warf. Ihm war, als ritte er auf dem Rücken eines kämpfenden Ungeheuers.

Wellentänzer sackte unter ihm weg. Otter fühlte sich schwerelos. Sein Magen machte einen Sprung, und das Kanu stieg mit einem gewaltigen Spritzer und hob ihn wieder. Wie groß waren diese Wellen? Höher als drei Männer, soviel war gewiß. Und der vierte Mond war angeblich die ruhigste Zeit auf dem Süßwassermeer.

»Ich bin froh, daß du hier bist!« überschrie Otter das Pfeifen und Tosen.

Perle grinste und schöpfte weiter. Wie hielt sie nur das Gleichgewicht? »Ich auch. Wenn es am Ende auch nur eine kurze Fahrt war, bin ich doch froh, sie erlebt zu haben. Ich bin wieder ich selbst!«

»Du bist immer du selbst gewesen!«

Sie schwieg, und Otter konzentrierte sich aufs Paddeln, auf das Gewitter. Trotz seiner Angst zu sterben, spürte er jetzt den Schmerz in den Muskeln. *Wie weit kannst du dich selbst antreiben? Wie lange kannst du das durchhalten?*

Perles Stimme überraschte ihn. »Nein. Nur für kurze Zeit hatte ich mich verloren. Nach dem Erlebnis mit den Khota. Jetzt habe ich mich wiedergefunden.«

»Gerade rechtzeitig, um zu ertrinken!«

»Halte du nur immer deinen Rücken zum Wind, dann kommen wir durch.«

Otter versuchte, mit zusammengekniffenen Augen die Dunkelheit zu durchdringen, und spürte, wie das Wasser an ihm herunterströmte. Er war naß bis auf die Haut.

Perle kniete näher bei ihm, und er fing ihren zarten Duft auf, ein Duft nach Frau, gemischt mit Regen und Nacht. »Ich kann schneller schöpfen, als das Wasser hereinkommt. Wir machen unsere Sache gut!«

»So kam es mir nicht vor.«

Sie lachte. »Ich sehe die rosige Schönheit in jedem Sonnenaufgang, Wasserfuchs, weil ich gelernt habe, daß es mir guttut, mit dir zu reisen.«

»Stimmt das?«

»Aber ja! Ich genieße jeden, weil ich das Gefühl habe, daß sie gezählt sind.«

»Kluge Frau!« In diesem Augenblick begann er, sie zu lieben. Ohne es zu wollen, mußte Otter über ihren neckenden Ton lächeln, und er richtete sich an ihrem Mut auf, an dem Gefühl, Gefahr und Gesinnung mit ihr zu teilen. Ein zaghaftes Hochgefühl umfing ihn ... und verging, als Wellentänzer hoch in die Luft schoß und weit aus dem Wasser sprang, ehe er wieder fiel und mit dem Bug voran eintauchte.

»Wo ist Schnapper?« schrie Otter in plötzlicher Panik. »Perle, schau nach! Ist er noch bei uns?«

»Ich weiß es nicht!« Perle entfernte sich, und Otter wischte sich mit dem nassen Ärmel über das Gesicht. Seine Finger verkrampften sich vor Anstrengung, das glatte Paddel zu halten.

Perle kämpfte sich zu ihm zurück. »Der Verdreher sagt, er ist schon lange fort! Weggespült und ertrunken. Ich nehme an, das bedeutet, daß er unter der Abdeckung schläft.«

»Schnapper geht es gut? Bist du sicher?«

»Ja, keine Sorge. Der Verdreher spielt Verdreher!«

Perle schöpfte, und Otter strengte sich an, das Boot in der Windrichtung zu halten. Die riesigen Wellen stiegen und stürzten noch immer mit einer solchen Gewalt, als wollten sie das Kanu im Zorn zerschmettern.

Wie schwach und unbedeutend wir sind. Wenn ich nur etwas sehen könnte! Er folgte Perles Anweisungen, die bis jetzt alle richtig gewesen waren. Er verstand nicht, wieso sie das Geheimnis kannte, in diesen haushohen Wellen über Wasser zu bleiben.

Dann brach der Sturm wieder mit unverminderter Stärke los.

»Wir müssen wenden!« brüllte Perle in den Sturm. »Sonst werden wir überspült!«

»Sag mir wie!«

»Es ist gefährlich, denn wir müssen es im Gleichklang mit den Wellen versuchen. Wenn uns der Wind seitlich auf einem Wellenkamm trifft oder wenn wir eine Welle teilweise mit dem Heckteil erwischen, gehen wir unter!«

Otter fühlte, daß seine Kehle in dieser Welt aus Wasser und Nässe staubtrocken geworden war. »Gut, ich warte auf deinen Ruf!«

Perle warf den Topf beiseite, nahm ihr Paddel, beugte sich vor und redete mit dem Verdreher.

»Paddle kräftig! Rechte Seite – jetzt!«

Wellentänzer machte eine so schnelle Kehrtwendung, daß Otter nicht auf die Wasserwand vorbereitet war, die über ihm hereinbrach.

Er hörte Perle rufen, spürte einen Schlag von ihr, hörte ihren Befehl zu paddeln.

Jetzt sterben wir.

Der junge Mann wirkte gesund und schien Einfluß zu haben. Er trug ein feingewebtes rotes Hemd unter einem schweren braunen Reiseumhang. Ein Atlatl hing an seinem Gürtel, und die kniehohen Mokassins zeigten Spuren einer anstrengenden Reise.

Durch die Tür sah Wanderdrossel den jungen Mann, den Grünspecht führte, auf das Haus des Blauentenclans zugehen. Das feierliche Geleit gehörte zum Ritual. Schließlich legten die Langschädel großen Wert auf Rituale und Formen, und dieser Mann kam vom Himmelsclan, einer der traditionsbewußtesten Gruppen der Langschädel.

Wanderdrossel ließ die Türklappe fallen und zog sich auf seinen Platz auf der anderen Seite des Feuers zurück. Es mußte etwas mit der Maske zu tun haben – anders ließ sich die Anwesenheit dieses Mannes nicht erklären.

Die Trophäenschädel an den Wänden starrten mit leeren Augenhöhlen in den Raum. Wanderdrossel spürte die Gegenwart der Geister der Ahnen.

Er spannte seine kräftigen Brustmuskeln an, so daß der Brustharnisch aus Menschenkiefern klapperte.

Du bist töricht. Die Ahnen schätzen Mut, und keiner ist mutiger als Wanderdrossel vom Blauentenclan. Das werden die kommenden Generationen sagen, wenn die jungen Krieger an meinem Grabhügel Blut opfern. Mein Name wird auf immer gepriesen werden.

Grünspecht schlug den Türvorhang beiseite und rief: »Hohe Feder vom Himmelsclan der Langschädel ist gekommen, um Wanderdrossel, den Kriegsherrn des Blauentenclans, zu besuchen.«

»Möge der edle Mann Hohe Feder eintreten und sich willkommen fühlen.«

»Bitte.« Wanderdrossel deutete auf das bunte Tuch, das gefaltet auf dem Boden lag. »Nimm Platz. Grünspecht, laß Essen und Trinken für unseren Gast bringen.« Dann begann Wanderdrossel, die Ahnentafel seines Clans aufzusagen – das gehörte zum Begrüßungsritual.

Während Wanderdrossel geduldig die Segnungen sprach, musterte er den jungen Mann, der über die Berge gekommen war.

Der Kopf des Mannes war im Säuglingsalter eingeschnürt worden, um die Wölbung der Stirn zu verstärken und den Hinterkopf flach zu drücken. Seine gerade, dreieckige Nase harmonierte mit dem breiten Mund und den hohen Backenknochen. Klare braune Augen, aus denen Klugheit sprach, begegneten aufmerksam dem Blick von Wanderdrossel.

Als das Aufsagen der Abstammungsreihen endlich abgeschlossen war, wurde die Steinpfeife mit einer Mischung aus Tabak und Weidenspänen gefüllt und angezündet.

»Der Blauentenclan heißt dich willkommen«, sagte Wanderdrossel, nachdem die Pfeife geraucht und dem Gast Speise und Trank gebracht worden waren. »Ich bin Wanderdrossel, Kriegsherr und Clansprecher der Blauentenfamilien. Iß und trink in Frieden, und mögen dir und deinen Ahnen alle Segnungen zuteil werden.«

»Ich bin Hohe Feder aus der Familie Krummer Schweif vom Himmelsclan. Wie du weißt, bin ich aus dem Antilopental zu dir gekommen. Ich komme auf Befehl meines Großvaters, Sterngucker, der letzte der Hohen Ältesten von Himmelsort. Es ist eine der ältesten Sternwarten.«

»Ich habe davon gehört«, erwiderte Wanderdrossel, während er die Pfeife erneut stopfte, anzündete und Hohe Feder zurückgab.

Hohe Feder nahm die Pfeife, paffte und blies den Rauch zu dem länglichen Abzugsloch im Dach. »Mein Großvater ist kürzlich verstorben. Er starb durch Hexerei.«

»Das tut mir leid.« Wanderdrossel zwang sich zur Geduld. *Laß dir Zeit. Er wird schon zur Sache kommen. Diese alten Clans haben eine Menge an seltsamen Benimmregeln.*

»Ich fand ihn auf dem Sterbebett. Er klagte über Schmerzen in der Brust und sagte mir, daß der Zauberer, der ihn tötete, sein Herz gepackt habe und dann das Leben aus ihm herauspreßte.«

»Mit solchen Zauberern sollte man streng umgehen.«

»In der Tat, so ist es. Ich selbst muß zu meinem Clan zurück und an den Zeremonien für meinen Großvater teilnehmen. Gegenwärtig liegt er im Beinhaus. Vier Monde muß er dort liegen, bis sich das Fleisch von seinen Knochen gelöst hat. Wie es Brauch ist, bemalen wir dann seine Knochen mit rotem Ocker und bauen ein Grabmal – es wird ein ganz besonderes sein, weil er der letzte der Sterngucker ist. Ich werde gebraucht, weil ich dafür sorgen muß, daß alle Zeremonien ordnungsgemäß durchgeführt werden.«

»Du bist ein würdiger Enkelsohn für einen so vornehmen Ältesten«, stimmte Wanderdrossel weise zu. *Komm endlich zur Sache, verflucht!*

Der Langschädel trank aus seiner Suppenschüssel und fischte die Stücke Wildbret und Kürbis heraus, die auf dem Grund schwammen. Als er die Schüssel geleert hatte, stellte er sie ordentlich ab, und sein Rülpser zeugte von guter Erziehung. Dann neigte er den Kopf und sagte: »Ich stehe in deiner Schuld für dieses vorzügliche Mahl. Du erweist mir zuviel Ehre mit deiner Gastfreundschaft.«

»Du ehrst mich mit deinem Lob für eine so bescheidene Gabe.« *Jetzt heraus mit der Sprache!*

»Mein Großvater war ein höchst ehrwürdiges Mitglied unseres Clans. Nicht viele Älteste mit einem so reichen Wissen sind uns geblieben. Deshalb wurde sein Rat in meinem Volk auch hoch geschätzt.«

»Ein weiser Mann, in der Tat«, stimmte Wanderdrossel mit einer ausholenden Handbewegung zu.

»So unterrichteten wir ihn vom Treiben eines unserer Ältesten, eines Mannes von Macht und ausgezeichnetem Ruf. Großvater wußte also Bescheid, als dieser Älteste in Himmelsort eintraf.«

»Langer Mann!« stieß Wanderdrossel aus und verletzte damit die Regeln der Langschädel. Als er die Miene von Hohe Feder sah, fügte er hinzu: »Verzeih meinen Ausbruch. Die Erwähnung des Magiers rührt Leidenschaft in mir auf.«

»Es wühlt auch meine Seele auf, so wie mein Großvater davon erschüttert war.« Hohe Feder sah Wanderdrossel mißbilligend an. »Ich wäre nicht gekommen, hätte es mir mein Großvater nicht aufgetragen. Als er im Sterben lag, bestand er darauf, daß ich dich über die Hexerei des Magiers unterrichte. Ich soll dir sagen, daß er mit einer jungen Frau, ihrer Tochter und der gestohlenen Maske von Bunte Krähe unterwegs ist.«

Wanderdrossel stützte einen Ellenbogen aufs Knie. »Und weiß der edle Mann Hohe Feder, wo sich der Zauberer und diese junge Frau aufhalten? Vielleicht auf dem Gebiet des Himmelsclans?«

»Im Augenblick nicht, glaube ich.« Der Langschädel machte eine Geste des Bedauerns. »Einige unserer Jäger bemerkten jedoch Spuren, die nach Norden zum Oberlauf des Antilopenflusses führen. Da sie von der Tücke des Magiers nichts wußten, vermuteten sie, daß die Spuren von einer Frau und zwei Kindern stammten. Erst später wurde ihnen klar, daß eine Spur die eines Zwerges war.«

Nordwärts! Nach Sternhimmelstadt. Wanderdrossel dachte nach.

Er konnte seine besten Krieger zusammenrufen; mehr als zweimal zehn ihm ergebene Männer aus seiner Familie würde er nicht brauchen. Leicht und schnell würden sie nach Norden eilen.

Mit einem Lächeln streckte Wanderdrossel wieder die Hand aus. »Hat Hohe Feder vielleicht noch weitere Nachrichten, die die Dankesschuld des Blauentenclans gegenüber dem Himmelsclan vergrößern könnten?«

»Du erweist mir zuviel Ehre, wenn du von Dankesschuld sprichst. Ich komme mit unbedeutenden Neuigkeiten. Doch ich sage dem edlen Kriegsherrn, daß sie nach Norden wandern und daß das Brüllende Wasser ihr Ziel ist. Wenigstens glaubte das mein Großvater, als er starb. Eingedenk des Alters und der Erfahrung unserer Quelle ist diese Auskunft nur eine Vermutung.«

»Ich habe verstanden und danke dir für deine Offenheit und Ehrlichkeit.« Wanderdrossel lächelte grimmig und fügte hinzu: »Wenn ich sie fange, bringe ich dir den Kopf des Magiers. Aber vielleicht behalte ich auch seinen Schädel, dann kannst du den Kieferknochen haben – auf eine Schnur gezogen als Brustschmuck.«

Die Nasenflügel von Hohe Feder bebten vor Ekel. »Wenn du mich entschuldigst, ich muß zurück, meine Pflichten rufen.«

»Gut«, brummte Wanderdrossel im Aufstehen. »Wenn du so empfindest, werde ich auch die Kieferknochen behalten.«

35. KAPITEL

Sternmuschel wanderte unter einem smaragdgrünen Baldachin, in dem sich die üppig hellgrünen Äste der Eichen, Buchen und Ahornbäume miteinander verflochten. Wilder Wein – mit Reben, dick wie ein Männerschenkel – hing von den Baumriesen herab.

Die Vögel sangen um die Wette und brachten ein wenig Freude in Sternmuschels müde Seele.

Am Rand des flachen Höhenzugs lag die östliche Grenze des heiligen Feuersteinlagers, das Sternhimmelstadt zu so großem Reichtum und Einfluß verholfen hatte.

Sternmuschel ging voran, und durch die Baumstämme konnte sie die Wellen und Gruben sehen, die aus der Erde gehauen waren. Um sie herum lagen gebrochener Kalkstein und gesplitterter Feuerstein.

»Viele, viele Jahre ist das her«, seufzte Langer Mann, als er neben sie trat. »Als junger Mann kam ich hierher und grub selbst meinen heiligen Feuerstein aus der Erde. Als Erwachsener ritzte ich damit meine Brust bei meiner ersten Sommersonnenwende.«

»Vor oder nachdem dich die Schlange verschlungen hatte?«

»Vorher. Als ich jünger und unschuldiger war.«

Sternmuschel kletterte auf einen der Steinhaufen, und Langer Mann hockte sich hin und hob ein Stück Stein auf. »Mancher wäre froh, wenn er einen Topf gegen Feuerstein von dieser Qualität tauschen könnte. Aber hier wirft man ihn weg.«

»Hier machen sie die Rohstücke.« Sternmuschel zeigte auf einen Haufen Splitter. »Sie schlagen den Brocken heraus und machen ein flaches, ungefähr handgroßes Stück daraus. So ist es viel leichter zu transportieren als große runde Steinbrocken. Aus dem Rohstück macht man dann eine Ahle, ein Messer, einen Schaber oder eine Bohrerspitze.«

Und natürlich hatten sie Klingen hergestellt, die in der ganzen Welt gehandelt wurden. Der einzige Stein, der es mit dem heiligen Feuerstein aufnehmen konnte, war der Obsidian aus dem fernen Westen.

»Komm, laß uns gehen. Wir haben noch einen weiten Weg, und selbst wenn wir uns beeilen, erreichen wir das Haus meines Vaters erst nach Sonennuntergang.«

Sternmuschel war seit vielen Jahren nicht mehr bei den Steinbrüchen des heiligen Feuersteins gewesen. Damals war sie so alt wie Silberwasser... und nun lief ihre eigene Tochter um die Löcher herum, schaute hinunter, warf Steine hinein und kletterte glücklich auf die Abraumhaufen.

Ich erinnere mich daran mit ihren Augen, riesige Löcher in der Erde. Jetzt, so viele Jahre später, scheinen sie nicht mehr so tief, so bedrohlich. Aber es gab so viele! Während sie auf dem Händlerpfad von Grube zu Grube ging, konnte sie wahrlich glauben, daß hier vor langer Zeit eine gewaltige Schlacht stattgefunden hatte. Und was noch schlimmer war, sie konnte sich gut vorstellen, daß es eine war, die Menschen ausgefochten hatten, ein Blutbad.

Denkst du an nichts anderes? Nur an Krieg, Tod und Kampf? Sie sollte stolz darauf sein, daß ihre Familie diese Steinbrüche verwaltete, aus denen die ganze Welt ihre rituellen Steine bezog.

»Sieh mal!« Silberwasser kam auf sie zu, einen Feuersteinbrocken in einer Hand. »Du kannst jede Farbe sehen, Mama! Rot und Blau, Purpur und Gelb und Grün, alle Farben durcheinandergewirbelt.«

Sternmuschel betrachtete das Stück. »Wunderschön, Kleines.«

»Ist es wirklich Blut von einem Ungeheuer?« wollte Silberwasser wissen.

»Natürlich, Grille. Deshalb ist der Stein heilig. In den ersten Tagen der Welt tötete Erster Mann hier oben ein Ungeheuer. Die Blutstropfen strömten heraus und wurden zu Stein, aus dem sich dieser Höhenrücken bildete.«

»Hat das Blut von Ungeheuern alle diese Farben?«

»Normalerweise ist es so rot wie jedes Blut«, sagte Langer Mann. Er setzte sich vorsichtig auf einen Felsen und beugte sich vor, als wäre er plötzlich müde, aber Sternmuschel bemerkte das aschfahle Gesicht und sah, wie er eine Hand an seine rechte Seite legte. »Aber in diesem Fall waren die Farben, wie sie im Gestein erscheinen. Dieses Ungeheuer besaß nämlich besondere Macht.«

Silberwasser nickte ernst, bevor sie mit ihrem kostbaren Fund davontrottete.

»Und was ist mit dir, Magier?« fragte Sternmuschel. »Welche Farbe hat dein Blut?«

»Rot«, sagte er. »Hast du gleich an mich gedacht, als ich von Ungeheuern sprach?«

»Es gibt sie in allen Formen und Gestalten, nicht wahr?«

Er stand auf und atmete stockend. »Ja, vermutlich.«

»Ich begreife es nicht. Du hast Menschen getötet, weil du dafür bezahlt wurdest, richtig? Wenn ich dir Muscheln, Flußperlen oder Kupferplatten angeboten hätte, hättest du die Seele eines anderen getötet? Einfach so?«

»Es ist nicht nur Mord, Sternmuschel. Menschen müssen dazu stehen, wer und was sie sind. Zauberer wie ich halten alles im Gleichgewicht. Du warst die hochgeschätzte Tochter eines angesehenen und einflußreichen Clans. Wenn du und die, die du liebtest, von einem anderen verletzt wurden, verlangten Ansehen und Einfluß deiner Familie eine Abrechnung, und sie erhielten sie. Der Gerechtigkeit war Genüge getan, oder nicht?«

Sie sagte nichts, und er fuhr fort: »Menschen, die nicht in solchen Clans leben, müssen einen anderen Weg finden, wenn sie Gerechtigkeit suchen. Nehmen wir an, ein Mann wie Wanderdrossel, einflußreich und geachtet, begeht eine Greueltat. Nehmen wir an, er tut einem kleinen Mädchen vom Froschkrautclan Gewalt an.«

»Wem? Von so einem Clan habe ich noch nie gehört.«

»Nehmen wir an, es gibt ihn, er fristet irgendwo in den Bergen mühsam sein Dasein. Welches Gehör würde wohl einer seiner Ältesten beim Blauentenclan finden? Meinst du, der Clan würde Wanderdrossels Familie drängen, das Unrecht wiedergutzumachen?«

»Sie würden nichts tun. Aber man würde dennoch munkeln; die Saat des Mißtrauens wäre gelegt.«

»Nicht, wenn Wanderdrossel mit Feingefühl und Verstand lügen würde. Er könnte es ohne Makel überstehen.«

»Ja, ich weiß, solche Dinge geschehen.«

»Und da ist ein Zauberer gefragt.«

»Also kann zu dir jeder kommen und dich dafür bezahlen, daß du tötest. Ist das richtig?«

»In der Regel schon. Kommen wir aber auf den Froschkrautclan zurück. Ihr Ältester wurde vom Blauentenclan abgewiesen und kommt zu mir. Ich höre mir an, was er über die Vergewaltigung des kleinen Mädchens erzählt. Dann berichten sie mir alles genau. Der Älteste möchte, daß Wanderdrossel dafür bezahlt, und er verlangt den Tod des Kriegsherrn. Ich sage, daß es den Froschkrautclan vier große Stücke Kupfer kostet, wenn ich Wanderdrossel töte.«

»Was fast mehr ist, als sie zahlen können.«

»Stimmt. Aber daß sie soviel zu zahlen bereit sind, zeigt, wie schwer der Vorwurf wiegt.«

»Sie sind also bereit, dir das Kupfer zu geben.«

»Dann berichte ich Wanderdrossel, daß der Froschkrautclan sehr empört ist, frage ihn, was er dazu zu sagen hat. Er erzählt es mir, aber ich erkenne die Lüge in seiner Seele. Ich sage ihm, seiner Familie und dem Blauentenclan, daß der Froschkrautclan entschädigt und für das Mädchen mit Land, Bündnis, Heirat oder Tribut gesorgt werden muß.

Der Blauentenclan bespricht das und beschließt, daß er keine Verpflichtung hat zu zahlen; die Familie von Wanderdrossel behauptet, daß er allein entscheiden muß. Er aber weigert sich.«

»Und dann?«

»Dann töte ich ihn. Der Froschkrautclan bezahlt mich mit vier großen Kupferplatten, und die Sache ist für beide Clans erledigt.«

»Mehr oder weniger.«

»Mehr oder weniger.« Langer Mann stand auf und ging einen rutschigen Hang hinunter, an dem Händler neben einer Feuersteinader einen Weg gegraben hatten.

»Eine hübsche Geschichte, Magier. Wenn du immer alles richtig und gerecht getan hättest, dann hättest du dich nicht so schuldig gefühlt, daß du diesen Händler ermordet hast, um die Frau, die du liebtest, zu bekommen. Sterngucker hätte dich nicht wie einen Fisch am Speer zappeln lassen, als er die zornigen Geister erwähnte, oder doch?«

Langer Mann ging eine Weile schweigend weiter, dann sagte er: »Ich habe auch Fehler gemacht.«

»Und weshalb, Magier?«

»Macht, Sternmuschel, ist von Natur aus weder gut noch böse. Sie existiert einfach. Die Menschen können sie für alles mögliche einsetzen. Wir sind alle mit Fehlern behaftet. Als ich jung war, ich muß es zugeben, war ich eitel. Schließlich war ich ein Zwerg, begehrt, geschätzt und von Geburt an mächtig. Ich brachte den Menschen Glück. Wenn man so aufwächst, sieht man die Dinge nicht, wie sie wirklich sind. Von jedem wird man verhätschelt. Wenn ich um etwas bat, bekam ich es.«

»Und du wolltest alles.«

»Ja. Und ich bekam es. Aber ein Mensch will natürlich immer mehr. Ich ging nach Süden zum Schlangenclan und bat um Aufnahme. Da war ich plötzlich niemand Besonderer mehr. Anfangs genoß ich die Anonymität, die Möglichkeit, mich mit anderen zu messen. Du mußt wissen, daß ich immer die Fähigkeit und Klugheit besaß zu erreichen, was ich wollte. Und durch angestrengtes Lernen stieg ich zur Spitze auf. Es half mir, daß ich ein Zwerg bin. Die meisten hegten noch den Glauben an die angeborene, natürliche Überlegenheit eines Zwergs. Und das nutzte ich aus.«

Sternmuschel beugte sich vor. »Dann bist du, der Urteile über andere fällt, nicht besser als deine Opfer?«

»Menschen sind eben fehlbar.« Er seufzte. »Der Geist der Macht versteht es, Dinge auszugleichen, junge Sternmuschel. Ich entschuldige mich nicht. Ich habe vieles falsch gemacht ... in vollem Bewußtsein. Diesen Händler zu vergiften war eine meiner bösen Taten. Es gibt andere, viel abstoßendere; aber du sollst wissen, daß ich meine Schulden an die Macht und an die Geister zurückzahle.«

»Wirklich? Ich könnte fast glauben, daß du und die Maske mehr Ähnlichkeiten als Unterschiede habt.«

»Wir sind uns sehr ähnlich, junge Sternmuschel. Ich weise jedoch darauf hin, daß ein Mann viel schneller lernt als eine Maske.«

»Mama, schau!« Silberwasser kam angerannt und hielt eine Dosenschildkröte in den Händen. »Ich habe sie gefunden! Sie hatte sich unter den Blättern vergraben. Darf ich sie behalten?«

»Meine Kleine, wie denn? Wir haben nichts, wo wir sie hineintun könnten.«

Silberwasser betrachtete den hübschen Panzer mit den gelben Flecken auf dem Braun. »Wir könnten sie essen. Dann machen wir aus dem Panzer eine Rassel, und ich könnte bei allem, in dem vielleicht ein Geist haust, rasseln.«

»Und Geister mögen Rasseln nicht?«

»Nein, Mama. Es stört sie, weil sie beim Klang einer Rassel Lust zum Tanzen bekommen. Und Geister wollen nicht immer tanzen, nur bei den Zeremonien.«

»Woher weißt du, daß Geister tanzen möchten, wenn sie eine Rassel hören?«

Silberwasser schürzte die Lippen. »Jemand hat es mir gesagt.«

»Wer?«

»Jemand. Ich habe versprochen, es nicht zu sagen.«

Sterngucker? »Schon gut, Kleines. Wir werden zurückgehen, und dann kannst du alles über die Sterne lernen – wenn wir unsere Aufgabe im Norden erledigt haben.«

»Es ist zwecklos, Mama. Sterngucker ist tot.« Silberwasser betrachtete noch immer die Schildkröte.

»Warum glaubst du das?« fragte Sternmuschel leise. Sie merkte, daß Langer Mann ihre Tochter nachdenklich beobachtete.

»Ich weiß es einfach, das ist alles.«

Sternmuschel sah den Magier mit Unbehagen an. Sein Schulterzucken verriet ihr, daß er verwirrt war.

»Kleines, du kannst nicht wissen, daß Sterngucker ...«

»Ich weiß es, Mama!« sagte sie traurig. »Ich weiß es!« Mit diesen Worten rannte Silberwasser, die Schildkröte an die Brust gedrückt, in den Wald.

Sternmuschel stand wie gelähmt. »Was bedeutet das? So hat sie sich noch nie verhalten!«

»Angst vielleicht?« Langer Mann kam zu ihr. »Oder Zorn? Es ist sowieso erstaunlich, wie gut sie auf unserer Flucht durchgehalten hat.«

»Ich werde ihr nachlaufen, sie übers Knie legen und ...«

»Sternmuschel, laß es!« sagte Langer Mann freundlich. »Wenn sie das öfter macht, kannst du sie immer noch bestrafen.«

Sternmuschel schaute auf den Boden und achtete darauf, wohin sie ihre Mokassins setzte. Die Frage ging ihr nicht aus dem Sinn: Wie kann sie wissen, daß Sterngucker tot ist?

Und wenn er tot ist, waren dann sie und Langer Mann dafür verantwortlich?

Der Zwerg folgte ihr. Das über die Schulter hängende Bündel mit der Maske gab ihm ein groteskes Aussehen.

Sternmuschel hatte große Angst.

Silberwasser sitzt an einem kleinen Teich. Moos polstert die Felsen am Ufer wie eine weiche grüne Decke. Sie schaut in den Panzer der Schildkröte. Die hat den Kopf eingezogen, aber die gelben Augen sind noch zu sehen. Sie blinzelt jedesmal, wenn eine heiße Träne über Silberwassers Backen rollt und auf ihr Gesicht fällt.

»Er ist tot«, flüstert sie. »Er … er kam mich besuchen … am Ende.«

Silberwasser streichelt zärtlich den Panzer, spürt sein erhabenes Muster unter ihren Fingerspitzen.

Ihr Herz steht in Flammen. Es hört nicht auf zu brennen.

Der Schmerz versteckt sich an der geheimen Stelle in ihrer Seele. Flammen verzehren ihr Inneres, und ihr Gesicht ertrinkt in heißen Tränen.

»Arme Schildkröte«, schluchzt sie und trocknet die Tränen auf dem Panzer. »Ertrinkst du da drinnen?«

Im Moos sieht Silberwasser Tränen. Sieben sind es. Sie haben glitzernde Sterne in der Mitte.

»Sterngucker hat es mir versprochen! Er sagte, wenn ich den Himmel erst richtig verstehe, bleiben die Sterne bei mir.«

Zögernd schaut sie sich um und sieht die Sterne im Teich blinken – auf den Blättern der Bäume, und sie blitzen in den Stäubchen, die durch die Luft wirbeln. Alle tanzen.

Sie vermißt Sterngucker.

Er starb an Einsamkeit.

Auch sie ist einsam. So einsam, wie sie es noch nie in ihrem Leben gewesen ist. Ihr Vater jagte ihr immer Angst ein. Nun tut es ihre Mutter. Wenn ihre Mutter nur mit ihr über die Maske reden würde …

Silberwasser legt sich auf das Moos neben die Schildkröte, rollt sich zu einer Kugel zusammen und versucht, mit Armen und Beinen einen Schutzpanzer zu bilden.

36. KAPITEL

Ich kauere über meiner Beute, starre in sein gebrochenes Gesicht. Warte, daß es endlich vorbei geht.

Der Sturm hat sich gelegt; jetzt will ich sehen, was das Unwetter angerichtet hat. Und beten, daß es genug ist, um uns zu retten, wenn die Zeit kommt.

Nur wenige können am Rand des Abgrunds gehen, ohne abzustürzen. Noch weniger haben den Mut, sich herauszuziehen, wenn sie ausrutschen …

Kleine Maus träumte. Es war ein besonderer Traum: Dieses Mal träumte Kleine Maus seinen Tod.

Er hatte schon früher geträumt, daß er stirbt. Das Sinken, das Entsetzen vor den Flüchen seiner Mutter, aber stets war er vor dem Tod aufgewacht. Nun erlebte er, was nach dem Tod geschieht, und seine Seele litt in einsamer Gefangenschaft.

Er ertrank in Dunkelheit, sein Leichnam schwerelos mit den Strömungen treibend.

Wo Leben gewesen war, blieb nur hohle, schmerzende Einsamkeit. *So also war es, ein Geist zu sein.*

Es war kalt, seine Haut weiß und vom Wasser aufgequollen. Um ihn herrschte schwerelose Stille. Das Schaukeln und Treiben in der Dunkelheit beruhigte ihn.

Werde ich jetzt allein sein? Ist das mein Fluch? Hier, auf dem Grund des Süßwassermeers, gab es keine anderen Geister. Er war allein, seine Seele der Vergessenheit anheimgegeben.

Nur Einsamkeit, Dunkelheit und Kälte würde er spüren.

Für alle Ewigkeit.

Was machte ein Geist in diesem schwarzen Nichts?

Du wirst es ertragen … weil es nichts anderes gibt. Der Gedanke tröstete ihn nicht. Er könnte toben, in die düstere Stille schreien, die Dunkelheit bis zur Raserei schlagen und peitschen. Und niemand würde es bemerken oder sich darum kümmern. Nie vorher hatte er sich eine solche Verlassenheit der Seele vorstellen können.

Er hatte gehofft, in einer Schlacht zu sterben, im Kampf gegen würdige Feinde – man hätte seine sterblichen Überreste in die Stadt der Toten getragen und dort nach dem vorgeschriebenen Ritus versorgt. Dann hätte er das Reich der Ahnen betreten, wo er mit der Hochachtung und Bewunderung begrüßt worden wäre, die einem Mann seines Rangs und Rufs gebührte.

Nicht dies …

Allein. Treibend. Für immer.

Du mußtest sterben, hörte er eine mitfühlende Stimme.

»Wo bist du?« Ein schwacher Funke flammte in der Ruhe auf.

Hier, Kleine Maus. Dein Kopf ruht auf meinem Schoß.

»Ich bin tot, Großonkel.«

Er war nicht allein! Dies erfüllte ihn mit einem Hochgefühl, das seinen Körper wie ein Orgasmus durchströmte – und dazu stiegen Bilder von seiner Mutter auf.

»Das hat sie mir angetan, Großonkel. Sie hat sich an mir gerächt, weil ich ihr den Schädel gespalten habe. Aber ich mußte es doch tun. Du hast gesagt, es sei meine Pflicht. Sie war krank an Geist und Seele. Sie tat anderen Menschen weh. Sie … sie tat mir weh.« Wie sehr, hatte er erst auf der Flußfahrt mit Otter richtig verstanden. Fast gegen seinen Willen hatte er einen Freund gefunden. Wenn er nur den Tag ungeschehen machen könnte, an dem er die Krähe getötet hatte – und über die einzigen Menschen, die ihm etwas bedeuteten, Schande brachte.

Ja. Ich weiß. Aber das liegt jetzt hinter dir. Deine Seele ist geheilt. Eine sanfte Hand streichelte seinen Kopf, liebevoll und beruhigend, wärmend in der kalten Dunkelheit. *Du bist jetzt in Sicherheit, Kleine Maus. Du hast dich selbst gefunden. Alle Fäden, die wegen deiner Mutter zerissen waren, fügen sich wieder zusammen. Dein Selbst formt sich erneut.*

»Ich habe mich selbst gefunden.« Die wundersame Wahrheit brannte in seinem Innern. Er wurde sich des warmen Schoßes bewußt, auf dem sein Kopf ruhte, spürte, wie sein Körper schaukelte und sich wiegte, und irgendwo schrie eine Möwe.

Ein anderes Geräusch, wie Holz, das hohl gegen Holz stößt, ließ ihn auffahren. Schwarzschädel öffnete die Augen, sah das vertraute Dollbord am Kanu des Händlers. Lange schaute er wie gebannt darauf, und wirre Gedanken schwirrten durch seinen Kopf.

Wellentänzer! Das bedeutete... daß er gar nicht tot war. Schwarzschädel sah, wie der Sonnenaufgang den Fuchskopfbug in rötliches Licht tauchte. Überall war Wasser, endlos bis zu einem flachen Horizont.

Da wandte Schwarzschädel den Kopf und sah in die ziellos schweifenden Augen von Grüne Spinne.

Grüne Spinne sah ihn spöttisch an und sagte: »Guten Abend, Menschentöter.«

Schwarzschädels ganzer Körper schmerzte von der verkrampften Stellung, in der er geschlafen hatte.

»Letzte Nacht...« Schwarzschädels Stimme schnappte über.

»Friedlich und heiter«, bemerkte der Verdreher gelassen.

»Ich dachte...«

»Ich denke nie.«

»Das weiß ich, du Narr!« Schwarzschädel beugte sich vor und schaute auf das Wasser, das im Boot schwappte. »Letzte Nacht... war das wirklich? Was davon war Traum?«

»Krieger, Träume sind die einzige Wirklichkeit. Alles, was du wachend siehst oder tust, ist unecht, ist Illusion... Sinnestäuschung. Letzte Nacht wurde es endlich hell genug, daß du sehen konntest.«

»Ich dachte, ich wäre tot... meine Seele trieb dahin.«

»Wir sind alle tot. Tot. Tot. Mehr noch, wenn wir vom Leben besessen sind.«

Schwarzschädel zuckte zusammen, wünschte sich, der Narr würde wenigstens dieses eine Mal wie ein normaler Mensch sprechen. »Es erschien so wirklich, so ewig.«

»Kleine Maus, ich will dir die Wahrheit sagen. Die erfundenen Dinge sind es, die am längsten halten. Je angestrengter du suchst, desto geringer wird deine Fähigkeit zu verstehen. Letzte Nacht, als du losließest, fandest du endlich dich selbst. Verstehst du?«

Schwarzschädel blickte aus schmalen Augenschlitzen über die endlose Weite des Wassers. In der Morgenstille spiegelte sich der flammende Himmel in der flachen Dünung.

»Dann weißt du, was für ein Feigling ich war?« Er schämte sich, so sehr er auch versuchte, es zu verbergen.

Der Blick von Grüne Spinne begann zu wandern. »Du solltest alle Kämpfe mit solchem Mut austragen.«

»Verspotte mich nicht, Verdreher. Nicht jetzt, nicht heute morgen.«

Die Augen von Grüne Spinne wurden klar, und sein Blick durchbohrte Schwarzschädel bis in sein tiefstes Inneres. »Wir alle müssen unseren Stürmen ins Auge sehen, Menschentöter. Letzte Nacht hast du deinem getrotzt – hast ihn überstanden und bist zu einem neuen Morgen aufgewacht. Du wirst es allmählich verstehen. Letzte Nacht sah ich zum erstenmal, wie du wirklich bist.«

»Wie ich wirklich bin? Ich hatte solche Angst, daß ich ...« Er schloß die Augen. Was hätte Großonkel gesagt?

Der Verdreher berührte kurz Schwarzschädels Schulter und vermittelte ihm damit ein Gefühl des Verstehens. »Kein Mann sollte solchen Mut bedauern. Sich selbst zu erkennen, ist das schwerste.«

Schwarzschädel fühlte die Einsamkeit in seiner Seele und schluckte mühsam. Alle Wälle, die er in sich aufgebaut hatte, waren eingerissen oder zertrümmert. Wie sollte er in dieser Verwirrung sich selbst wiederfinden?

Als er dem Blick des Verdrehers begegnete, sah er Achtung darin.

»Danke, Grüne Spinne.«

Grüne Spinne zog ein Gesicht und streckte die Zunge heraus. »Ich habe nichts getan.«

Schwarzschädel mußte lachen. »Meinetwegen, Narr. Ich glaube, das hast du doch.« Er hielt inne. »Was wirklich ein beängstigender Gedanke ist.«

Grüne Spinne rollte seine Zunge ein und tat so, als würde er sie verschlucken. »Macht dir angst? Überlege, was es mir macht!«

Schwarzschädel war zufrieden, nur zu atmen, das Gefühl zu genießen, wie die Luft durch seine Lungen strömte.

Er hob den Kopf. »Wohin, Verdreher? Wie soll einer hier draußen ohne Landmarken die Richtung wissen?«

»Das Meer ist wie die Seelen.« Mit beiden Händen deutete Grüne Spinne umher. »In der Morgendämmerung, bei der Geburt, ist der Weg deutlich. In der Lebensmitte, im grellen Licht der Mittagssonne, gerät alles ins Schwimmen. Erst am Lebensabend blicken wir zurück und fragen uns, wo wir gewesen sind, was wir versäumt haben und warum.«

»Jetzt ist Morgen. Die Sonne geht auf. Wo ist das Ufer?«

»Da!« Grüne Spinne zeigte nach Westen.

»Dann ist es im Osten, Narr.« Schwarzschädel fand sein Paddel. Er nahm es und paddelte dem Sonnenaufgang entgegen.

Wie viele sind übrig? Wolf der Toten suchte den weißen Strand ab. Das blaue Wasser war friedlich, als schliefe das Süßwassermeer in traumloser Vergessenheit. Er und seine Krieger waren mit knapper Not dem Ertrinken entgangen. War es dasselbe Wasser gewesen?

Mit der Hand über den Augen blickte er suchend über die fahlen Sandflächen. Die winzigen Punkte weit im Norden könnten einige seiner Krieger sein. Oder Ilini? Zweifel überfiel ihn. Die Gebiete der Ilini mit zweimal zehn Kanus mit je zehn Kriegern zu durchqueren, das war eine Sache – eine kleine Gruppe Khota in Feindesland zu sein dagegen eine andere.

Er kniff die Augen zusammen. Wie der Wolf, von dem seine sagenhaften Ahnen abstammten, witterte er die Luft, sog die feuchte Frische des Morgens tief ein. Dabei spielte ein grausames Lächeln um seinen Mund.

Mit besorgter Miene kam Grizzlyzahn zu ihm. Seine Faust umschloß das Atlatl an seinem Gürtel. »Siehst du jemanden?«

»Ich kann nur eine kleine Gruppe von Menschen weit draußen sehen.« Wolf der Toten zeigte in die Richtung. »Auf diese Entfernung kann ich nicht erkennen, ob es Khota sind oder Ilini. Dieses verwünschte Land ist zu voll von ihnen.«

»Sieht nicht so aus, als wären es Khota.« Grizzlyzahn begann die Umgebung abzusuchen. »Nichts, nur Wasser, Sanddünen und dieses dünne Gras.«

»Wie viele haben wohl überlebt, was meinst du?«

Grizzlyzahn seufzte und blickte aufs Wasser. »Ich weiß nicht. Wir wären selbst ertrunken, wenn Mondnarbe nicht so klug gewesen wäre, uns sofort vor den Wind zu bringen und ans sichere Ufer zu steuern. So haben wir es gerade noch geschafft.«

»Und Perle und der Wasserfuchs?« Wolf der Toten richtete seine Aufmerksamkeit nach Osten und suchte vergebens nach Booten.

»Wer weiß?« Grizzlyzahn nahm eine Handvoll Sand und ließ ihn durch die Finger rinnen. »Das Kanu des Händlers ist groß; es liegt hoch im Wasser. Ist es im Sturm gekentert, oder haben sie das Unwetter heil überstanden?«

»Woher soll ich das wissen? Was weiß ich vom Süßwassermeer? Vielleicht sind sie ertrunken. Um ein Haar wäre uns das selbst passiert.«

Lebst du, Frau? Und du, Wasserfuchs? Seid ihr dort draußen? Lacht mich aus? Wolf der Toten schloß die Augen, um mit der Seele zu suchen. Was bedeutete dieses Gefühl? Konnte er sie dort draußen spüren? Am Ende siegte der nüchternen Verstand des Kriegers. »Ich denke ... ich denke, sie sind am Leben. Dieses große Kanu mit dem Kiel könnte das Unwetter überstanden haben. Wir müssen wohl davon ausgehen, daß sie am Leben sind.«

Grizzlyzahn brummte und ließ den Sand weiter zwischen seinen Fingern hindurchrinnen.

»Unsere einzige Rettung ist, sie zur Strecke zu bringen, sie zu töten und ihre Köpfe nach Hause zu bringen, um allen Völkern zu zeigen, daß niemand die Khota beleidigt.« Wolf der Toten fuhr mit der Zunge über seine Zahnlücke. »Nun zeig mir die Lage dieses Süßwassermeers.«

»Ich habe gehört, daß es so aussieht.« Grizzlyzahn zeichnete eine lange Schleife in den Sand. »Hier sind wir hergekommen, an der Südwestseite. Dieses Ufer südlich von uns zieht sich an gewaltigen Sanddünen vorbei nach Osten. Dann verläuft die Küste nach Norden.«

Grizzlyzahn zeichnete noch eine Schleife wie einen großen Daumen in den Sand. »Das ist das Land hinter dem Ostufer. Wie du siehst, ist es eine große Halbinsel. Der größere Teil des Süßwassermeers liegt auf der anderen Seite. Ich bin noch nie hier gewesen. Ich weiß nur von den Händlern, daß es ein weiter Weg zum anderen Ende ist.«

»Welcher Wahnsinnige würde bei einem aufziehenden Unwetter mitten ins Süßwassermer paddeln?« Wolf der Toten starrte wütend auf das silbrig schimmernde Wasser.

»Wer das tut, muß verzweifelt sein.« Grizzlyzahn wischte seine Landkarte im Sand weg. »Und was machen wir? Wenn unsere Krieger überlebt haben, sind sie an der ganzen Küste verstreut.«

»Welche Möglichkeiten bleiben uns? Uns auf unser Gebiet zurückziehen? Das glaube ich nicht.«

»Du hast recht, mein Anführer. Es gibt nur eine Möglichkeit, wir müssen weitermachen.« Grizzlyzahn schüttelte den Kopf. »Die Ilini würden unsere Schwäche bemerken. Wir können nicht zulassen, daß sie zu dem Massaker von Wasserfuchs auch noch über einen Rückzug von uns berichten.«

Wolf der Toten nickte. Wieder einmal kündigten sich die lähmenden Kopfschmerzen an. Bis zum Nachmittag würde ihn der hämmernde Schmerz so schwächen, daß er zu nichts mehr zu gebrauchen wäre. »Wenn die Ilini unsere übringgebliebenen Männer wie eingeschüchterte Hunde nach Hause schleichen sehen, geben wir unser Volk der Vernichtung preis. Also, sammeln wir die, die wir lebend finden, und setzen die Verfolgung fort, dann werden die Ilini nicht erfahren, welches Unglück uns getroffen hat.«

Grizzlyzahn rieb sich müde das Gesicht. »Ich glaube, du hast recht.«

»Du scheinst dich nicht zu freuen.«

»Nein. Ich wäre gerne einen Mond zu Hause geblieben. Nach all den Tagen im Kanu mit Perles reizvollem Körper vor mir, wünsche ich nichts mehr, als mit meiner Frau unter warmen Decken zu liegen. Aber genug davon. Wir sollten tun, was du sagst. Und wenn wir genügend Überlebende finden, sollten wir ein Kanu zurückschicken, um den Leuten zu versichern, daß alles in Ordnung ist.« Grizzlyzahn runzelte die Stirn und legte die Finger an die Lippen. »Sie sollen ... ja, eine Geschichte erzählen, wie wir alle Boote zusammenbanden und den Sturm heil überstanden haben. Die restlichen Kanus paddeln dann inzwischen direkt über das Süßwassermeer.«

»Und wir treffen sie, wenn wir uns vergewissert haben, daß Perle und der Wasserfuchs nicht umgekehrt sind.«

Grizzlyzahn dachte darüber nach. »So wird es gehen. Wenn wir es richtig anstellen, können wir noch gewinnen.«

»Ganz recht.« Wolf der Toten grinste, um das Gefühl der Sinnlosigkeit, das ihn erfüllte, zu verbergen. »Haben wir eine andere Wahl? Die Ilini müssen glauben, daß unsere Krieger überlebt haben – und daß wir zurückkommen.«

Grizzlyzahn betrachtete mit stumpfen Augen das Wasser. »Es ist meine Schuld. Ich habe Perle den Fluß heraufgebracht.«

»Nein, mein Freund.« Wolf der Toten legte eine Hand auf die Schulter seines Blutsverwandten. »Du hast nur getan, worum ich dich bat. Wir werden das überstehen. Die Ilini sagten, der Wasserfuchs sei zu einem Ort unterwegs, der Brüllendes Wasser heißt. Er liegt am östlichen Ende des Süßwassermeers. Wir folgen ihm dorthin und töten ihn und die Frau. Auf dem Rückweg plündern wir die Gehöfte und nehmen Sklaven soviel wir können. Die Ilini werden uns als Sieger sehen – und wir sagen ihnen, daß unsere Krieger in den Ländern geblieben sind, die wir auf der anderen Seite des Süßwassermeers in Besitz genommen haben.«

Grizzlyzahn spielte immer noch mit dem Sand. »Glaubst du wirklich, daß es so gehen wird?«

»Ich sehe keine andere Möglichkeit.«

Grizzlyzahn stand auf. »Dann komm, zünden wir ein Signalfeuer an! Daran können sich die Überlebenden orientieren. Denen, die ankommen, erzählen wir, daß die anderen schon aufgebrochen sind. So verhindern wir, daß sie in Panik geraten, und wir bleiben die Anführer.«

Wolf der Toten nickte und warf einen letzten Blick auf das leuchtende Wasser.

Schauen die Geister meiner ertrunkenen Krieger herauf, während ich hinabblicke? Weinen sie? Wie ich eines Tages weinen werde... es sei denn, ich kann ihren Tod rächen.

Otter war mehrmals am Tag aufgewacht. Dann hatte er mit halboffenen Augen in die Runde geblickt und war gleich wieder in erschöpften Schlummer gefallen, beruhigt, daß alles in Ordnung war.

Als der Wind sich endlich legte, hatten er und Perle unter einer Decke Schutz gesucht. Der Regen fiel unablässig. Immer wieder zuckten Blitze durch die Wolken, und der Donner rollte über den gespaltenen Himmel. Die Arme freundschaftlich umeinandergeschlungen, waren sie zum Trommeln des Regens auf dem Wasser eingenickt.

Als Otter wach wurde, gähnte er und fuhr mit der Zunge über seine Lippen. Der Geschmack erinnerte ihn an feuchte, schimmelige Decken voller Mäusedreck.

Was für ein ekliger Gedanke! Aber ist es nicht herrlich, am Leben zu sein, auch nur, um so einen nichtigen Gedanken zu hegen? Er lachte und schaute sich das mitgenommene Dollbord seines Kanus an. Durch die Schläge des Paddels über die Jahre war das Zypressenholz abgestoßen und zerkratzt. Aber Wellentänzer hatte gerade seine schwerste Prüfung gut überstanden. Er streckte den Arm aus und strich zärtlich über das Holz. Spürte er, wie das dem Kanu guttat?

Perle regte sich in seinen Armen, und er blickte hinauf zum Abendhimmel. Wolkenfetzen jagten nach Osten. Im Bug paddelte Schwarzschädel mechanisch ostwärts, und der Verdreher lag zusammengerollt auf den Packen, Schnapper schlief in der Höhlung seines Bauchs.

Otter drehte eine Strähne von Perles Haar zwischen seinen Fingern. Wie weich es sich nach dem Regen anfühlte! Ihr Geruch war angenehm, und er konnte sich gut vorstellen, diesen Duft für den Rest seines Lebens zu genießen.

Perle, du weißt nicht, was für ein wunderbares Geschenk du mir letzte Nacht gemacht hast.

Ein altvertrautes Gefühl der Zufriedenheit, wie er es seit den Tagen mit Onkel auf dem Fluß nicht mehr empfunden hatte, breitete sich in seiner Brust aus.

Sie hatten den Sturm besiegt! Er wollte lachen, schreien vor Freude, doch statt dessen genoß er nur einen heimlichen Jubel, getrübt durch die Ahnung, daß diese besondere Kameradschaft, die sie während des Unwetters geteilt hatten, mit ihrem Erwachen vorbei sein würde.

Und du kannst ihr keinen Vorwurf machen. Nach allem, was die Khota ihr angetan haben. Plötzlich war er sich ihrer festen, vollen Brüste bewußt, die gegen seinen linken Arm drückten. Er schloß die Augen, um dieses Gefühl, die warme Geborgenheit ihres Körpers an seinem, in sich aufzunehmen. Dies wollte er bewahren, um es in den kalten, langen Nächten, wenn er und Schnapper am Fluß lagerten, wieder lebendig werden zu lassen.

Solche Erinnerungen konnten für immer andauern, wenn man sie in sich bewahrte. Sein Leben als Händler und die Einsamkeit erlaubten ihm, die Vergangenheit intensiver nachzuleben und zu ergründen, als Menschen, die in ständiger Gesellschaft lebten.

Er sah auf dem Wasser ein zitterndes Spiegelbild des Sonnenuntergangs. Das Wasser wurde zum Himmel. Da wäre selbst der Verdreher verwirrt.

Bei Einbruch der Dunkelheit regte sich Perle endlich und streckte sich, setzte sich auf und schaute sich um.

»Wo sind wir?« fragte sie und rieb sich die Schultern. »Jedes Gelenk und jeder Muskel tut mir weh.«

»Aber wir leben«, erinnerte Otter sie. »Das haben wir dir zu verdanken.«

»Nein, uns allen.«

»Bist du wach? Gut«, rief Schwarzschädel vom Bug. Sein Paddel tauchte weiter regelmäßig ins Wasser. »Ich weiß nicht, wohin ich paddle, nur daß es nach Osten ist.«

Otter sah Grüne Spinne fest schlafend auf einer zusammengerollten Palmwedelmatte und machte vorsichtig einen Schritt über den Verdreher. Dann kauerte er sich neben den Krieger.

Schwarzschädel senkte die Stimme. »Ich war keine große Hilfe für euch letzte Nacht.«

»Schon gut, Schwarzschädel. Ich kenne deine Beziehung zum Wasser. Ich wäre in Ufernähe geblieben, aber die Khota ließen mir keine andere Wahl.«

Schwarzschädel paddelte weiter. »Ich habe letzte Nacht meinen eigenen Kampf ausgefochten.« In seinen Augen stand Verletzlichkeit. »Seit jenem Tag beim Gipfelclan habe ich ... habe ich mich neu gesehen. Letzte Nacht ... es tut mir leid, Otter. Ich hätte dasein sollen.«

Otter schlug dem kräftigen Mann auf die Schulter. »Du machst das sehr gut. Wichtig ist, daß wir alle überlebt haben.«

Schwarzschädel holte tief Luft. »Es fällt mir schwer, das zu sagen, aber ich hatte Angst. Ausgerechnet ich.«

Otter blickte aufs Wasser. »Uns allen ging es so. So ein Unwetter habe ich noch nie erlebt. Wir haben uns alle auf unbekanntes Gebiet gewagt, Schwarzschädel.«

»Verzeihst du mir, daß ich dir damals an die Kehle gegangen bin?«

»Das ist längst verziehen, Krieger.«

Nach einer langen Pause fragte Schwarzschädel: »Warum hat der Spaß mit dem Skunk nicht gewirkt?«

»Er hätte es normalerweise ... nur nicht bei einem Verdreher.«

Darüber mußten beide lachen.

Schwarzschädel zeigte nach vorn. »Ist dort drüben Land?«

»Überall um uns herum ist Land ... wenigstens habe ich das gehört.«

Schwarzschädel brummte leise. »Dann sag mir, Händler, wo wir sind. Sollen wir nach Norden oder Süden fahren? Osten oder Westen? Heute morgen sagte Grüne Spinne, wir sollten nach Osten fahren. Vielleicht wecken wir den Narren und fragen, nur um ...«

»Nein. Nein, laß ihn schlafen.« Otter rieb sich den Hals. »Ich weiß nur, Schwarzschädel, daß das Brüllende Wasser östlich liegt.«

»Und wenn es dunkel ist, wo geht es dann nach Osten?«

Otter hob den Kopf und entdeckte die ersten Sterne.

»Osten?« fragte Perle, die sich im Heck die Haare gewaschen hatte. Sie drehte die langen Strähnen, um das Wasser über der Bootswand auszuwringen, dann zeigte sie die Richtung. »Dorthin! Wir steuern ein wenig nördlich von der genauen Ostrichtung.«

Otter fragte: »Du kannst die Sterne deuten?«

Im schwindenden Licht sah er sie lächeln, und ihre weißen Zähne schimmerten. »Ich bin zu den Inseln weit draußen im Salzwassermeer gefahren, weißt du nicht mehr? Wenn man die Sterne nicht kennt, kommt man dort draußen um. Anders als auf dem Süßwassermeer kann man das Wasser nicht trinken.«

Otter stellte die Richtung fest, indem er den Himmel beobachtete. Über Nacht würde sich das Bild verändern, er würde beginnen zu lernen.

»Schwarzschädel, warst du den ganzen Tag wach?«

»Einer mußte doch wach bleiben und aufpassen.«

»Schlaf jetzt. Perle und ich, wir halten den Kurs in der Nacht. Am Morgen hast du dann die Sonne – und die guten Ratschläge von Grüne Spinne –, nach denen du steuern kannst. Im Osten finden wir Land.«

Der Krieger nickte, und Otter ging wieder. Er hätte gern gewußt, warum Schwarzschädels Verhalten sich so verändert hatte. Außerdem machten ihn die Gefühle verlegen, die Perle in ihm geweckt hatte.

»Wieso hast du nie gelernt, die Sternbilder zu erkennen?« fragte Perle. »Ich hätte gedacht, das wäre für einen Händler sehr wichtig.«

Er wich ihrem Blick aus, um sein Verlangen, wieder den Arm um sie zu legen, zu verbergen. »Wenn wir reisten, erklärte Onkel mir die Strömungen der Flüsse, die Pflanzen, die Tiere und wie man Gefahren im Wasser erkennt. Du weißt, was der Flußgeist versuchte, mir zu sagen. Als ich das beherrschte, mußte ich noch lernen, welche Nebenflüsse in wessen Gebiete flossen, dann die unterschiedlichen Geschichten und Bräuche der verschiedenen Völker. Wußtest du zum Beispiel, daß ich sechsundzwanzig Frauen habe?«

Sie blickte plötzlich kühl und abweisend. »Du hast gesagt ...«

Er lächelte. »Dazu mußt du etwas von Händlern und vom Handel verstehen. Vier meiner Frauen sind tot. Von den anderen sind die meisten glücklich mit anderen Männern verheiratet, bekommen von ihnen Kinder und erfüllen ihre Pflichten gegenüber ihrem Clan. Bei manchen Völkern, mit denen man Handel treibt, muß man Teil der Familie sein, ein Verwandter, sonst ist man kein richtiger Mensch.«

»Was meinst du mit richtiger Mensch? Du hast die richtige Anzahl Beine, Arme und … na ja, auch alles andere.«

Otter fühlte die Verlegenheit, die zwischen ihnen aufgekommen war.

»Aber Teile allein machen keinen Menschen, Verwandte dagegen schon. Wie bei dir und Wolf der Toten. Heirate, und du gehörst zu zwei Clans, mögen sie noch so unterschiedlich sein. Oder man läßt sich adoptieren. Ich habe – warte – sechzehn, nein, siebzehn zusätzliche Brüder und mehr als eine Handvoll Väter über das ganze Land verstreut. Das ist deshalb so, weil man als Familienmitglied beim Handeln die eigene Familie nie betrügen, überlisten oder verraten würde.«

»Ich sage dir, ein Anhinga würde es trotzdem tun.« Sie schien verbittert. »Es ist so still, nicht der geringste Laut zu hören.«

Er lächelte und wünschte, er wüßte ihr das Richtige zu sagen.

»Diese Frauen«, fragte sie endlich. »Wohnst du bei ihnen, wenn du ihre Clans besuchst?«

»Nein. Ausgenommen bei Pantherfrau.«

»Pantherfrau?«

In ihrem Profil konnte er sehen, wie sie eine Braue hochzog. »Eine von meinen, hm, Frauen. Pantherfrau ist mindestens sechs mal zehn Jahre alt. Sie ist aus dem Morgensternvolk, das hoch im Norden am Trüben Fluß lebt. Ich glaube, sie ist mit der Hälfte der Händler, die ich kenne, verheiratet, und wenn ich dorthin gehen, um Bison, Antilope, Prärierüben oder Feuerstein vom Messerfluß zu tauschen, wohnen wir in ihrer Hütte. Sie ist … also wir alle nennen sie Großmutter. Aber ich könnte mir denken, daß sie als junge Frau einiges Aufsehen erregt hat.«

»Aufsehen?« Ihre Augenbraue war immer noch ein wenig hochgezogen.

»Ich kenne Händler, die sechs oder sieben Familien am Fluß haben. Auf ihren Reisen verbringen sie eine gewisse Zeit bei ihnen. Keine schlechte Lebensweise, denke ich.«

»Warum machst du es dann nicht so?«

»Ich habe meine Gründe.«

Perle nickte verständnisvoll. »Rote Mokassins war ein Dummkopf.«

»Nein. Sie war sehr klug.« Doch Otter mußte zugeben, daß sie bei aller Klugheit letzte Nacht zitternd auf dem Boden des Kanus gelegen hätte. Das zu wissen – und erlebt zu haben, wie Perle dem wütenden Sturm trotzte –, hatte etwas in ihm verändert.

Sie beugte sich wieder zu ihm. Ihr seidiges Haar lag auf ihrem Rücken, und er konnte ihren köstlichen Duft riechen, der ihn tief in seinem Innern beruhigte.

»Das ist der Blaue Krebs, der Aasfresser«, erklärte Perle Otter und zeigte nach Süden.

»Wir ... meine Leute vom Weißmuschelclan, nennen das Sternbild die Schnecke.«

»Die Menschen haben verschiedene Namen für dieselben Dinge.« Sie schaute zum Himmel hinauf und erinnerte sich an die Wärme seines Körpers und daran, wie er sie gehalten hatte. Du bist eine Närrin, Perle, sagte sie zu sich. Du solltest es besser wissen. Ein Mann befreit dich aus Schwierigkeiten mit einem anderen Mann, und schon bist du bereit, dich an ihn zu hängen wie eine Entenmuschel an eine Mangrovenwurzel.

»Das ist die Schwarze Trommel, westlich vom Blauen Krebs. Er dreht sich im Wasser ... mit offenem Mund. Siehst du, du kannst die Sterne verbinden und dir seine Gestalt vorstellen.« In seinen Armen zu schlafen, war so angenehm gewesen. Sie hatte sich sicher gefühlt, als gehörte sie dahin. Wie konnte ihr ein nahezu Fremder solche Wärme und Sicherheit geben?

Er ist kein Fremder. Länger als einen Mond bin ich mit ihm schon unterwegs.

Sie runzelte die Stirn. Noch bei keinem Mann hatte sie sich so sicher gefühlt wie bei Otter; es war, als wären sie schon immer zusammen. Außerdem war jeder Tag wie ein neuer Anfang, frisch und aufregend.

Was wirst du also mit ihm anfangen, Perle?

»Wir machen aus dieser Gruppe zwei Sternbilder.« Otter paddelte weiter. »Den Einbeinigen Mann und einen Teil des Langen Eichhörnchens.«

Es war ungerecht! Auf dem Höhepunkt des Unwetters hatten sie so gut zusammengearbeitet, dieses Gefühl der Verzweiflung geteilt und ...

Hast du dir vorgestellt, es wäre ein magischer Augenblick? Denk nach, Mädchen! Er liebt diese Rote Mokassins. Wahrscheinlich fühlt sich Otter zutiefst schuldig, weil er mit dir in den Armen aufwachte.

Sie zeigte nach Osten. »Wir nennen dieses Bild dort die Hochzeitsschüssel. Du weißt, daß bei den Anhinga die Frauen um die Männer bitten. Es gibt eine Geschichte von einer jungen Frau, die sich hoffnungslos in einen hübschen jungen Mann verliebte. Ihre Familie bat seine um die Heirat. Als er zustimmte, war sie das glücklichste Mädchen auf der Erde.«

»Was geschah?«

»Bei den Anhinga wird eine besondere Schüssel hergestellt und mit den Symbolen jeder Familie verziert. Am Ende der Hochzeitszeremonie trinken Mann und Frau daraus.« *Was hast du denn! Deine Stimme zittert ja!* »Das frisch vermählte Paar kehrt zu seinem Haus zurück – im allgemeinen ist es von den Verwandten des Mädchens für die Hochzeit geborgt worden. Wenn sie miteinander geschlafen haben und er seinen Samen in sie ergossen hat, zerbrechen sie die Schüssel und legen die Scherben vor das Haus, um zu zeigen, daß sie Mann und Frau sind und die Vereinigung vollzogen ist.«

»Das habe ich gesehen«, murmelte er. »Wie ist die Schüssel dann an den Himmel gekommen?«

Perle holte tief Luft. Sie stellte sich vor, wie die Hände der Khota nach ihren Gedanken griffen und sie wie dünnen Stoff zerrissen. »Als das Paar, von dem ich erzählte, in das Haus ging, in dem es die erste Nacht verbringen sollte, sagte er, er könne nicht mit ihr schlafen. Er liebe eine andere Frau, die für immer in seinem Herzen lebe. Diese Frau habe einen anderen Mann geheiratet, damit ihr Clan Reichtum und neue Fischgründe gewinnen konnte. Aus denselben Gründen habe er sie geheiratet. Auch wenn er sie nie lieben, nie mit ihr schlafen könnte, könnten sie doch die Schüssel zerschlagen, und niemand würde es je erfahren.«

»Der Mann war eine Made«, knurrte Otter.

Perle musterte ihn eine Weile, beobachtete die gleichmäßigen Bewegungen seiner Arme beim Paddeln. Er schien nachdenklich, seine Aufmerksamkeit aufs Wasser gerichtet. Dachte er jetzt an Rote Mokassins?

Oder daran, daß Wolf der Toten seinen Samen in dich ergossen hat? Ist es das? Glaubt er, du bist beschmutzt, besudelt vom Samen des Khota? Sie empfand so, warum sollte nicht auch er so empfinden?

Er schien verlegen, als er mit ihr in den Armen aufgewacht war. Was hatte sie getan? Oder gesagt?

Kopf hoch, Perle. Sei keine Närrin, nur eine dumme Frau erwartet von einem Mann, daß er sich um sie kümmert. Wie Großmutter immer sagte, es liegt nicht im Wesen der Männer. Kümmere dich endlich selbst um dich! Sie atmete tief durch, um sich zu beruhigen. Es mußte die Erschöpfung sein, daß sie solche Gedanken hatte.

»Das Herz der jungen Frau war gebrochen. Sie konnte die Schüssel nicht zerschlagen. Sie ging zur Tür – und warf die Schüssel in den Himmel. So hoch, daß sie dort hängenblieb, wo wir sie heute noch sehen können.« Das ist auch eine Lektion für dich, Perle. Mag dieser Mann noch so freundlich sein, mag dir das Funkeln in seinen Augen noch so gut gefallen, du darfst nichts von ihm erwarten.

»Das ist eine traurige Geschichte«, meinte Otter.

»Ja, das ist wahr.« Sie wandte sich um und rückte die Ballen so zurecht, daß sie selbst paddeln konnte. Aber das Leben, Händler, ist schließlich voll von traurigen Geschichten.

37. KAPITEL

Sternmuschel wußte, wo sie ihren Vater in Sternhimmelstadt suchen mußte. Als sie an den Klippen am Flughörnchenfluß entlangliefen, stießen sie auf eine Gruppe von Männern.

Dem grollenden Donner und dem Sprühregen zum Trotz arbeiteten mehrere Ingenieure mit Schnüren und Pflöcken. Sternmuschel kannte die Bedeutung der Messungen, Linien und Winkel nicht, aber sie wußte, was dort gebaut wurde. Jeder, der in Sternhimmelstadt geboren und aufgewachsen war, verstand es.

Sie war mit Silberwasser und dem Zauberer im ersten Morgenlicht den Höhenweg hinabgestiegen. Die Nacht hatten sie bei einem jungen Paar verbracht – Angehörigen des Clans Schnelles Eichhörnchen –, dessen Besitz an einem kleinen Bach südlich des Entenflusses lag. Von ihnen hatte Sternmuschel erfahren, daß man in Sternhimmelstadt einen neuen Erdhügel bauen wollte, wenn die Zeremonien zur Sommersonnenwende beendet waren. Und natürlich würde ihr Vater dort sein.

Zum Schutz gegen den Sprühregen hatte Sternmuschel ihre Decke über den Kopf geworfen; auch Silberwasser schütze sich mit ihrer Decke. Langer Mann ging barhäuptig, und die Wasserperlen schimmerten silbern an seinem dicken Haarknoten.

»Ihr Leute von den Plattformpfeifen erstaunt mich«, sagte der Zauberer. »Wieviel wollt ihr denn hier noch bauen? Habt ihr vor, die ganze Welt mit Erdhügeln zu überziehen?«

Sternmuschel antwortete: »Sterngucker wäre entsetzt.«

»Er sagte, die Menschen vergessen zuviel«, warf Silberwasser ein. »Nach wenigen Jahrzehnten kennt niemand mehr die alten Weisheiten.«

Das neue Erdwerk würde einen Halbkreis auf der Terrasse bilden, die über dem Zusammenfluß von Flughörnchen- und Entenfluß lag.

Sobald die Entscheidung zum Bau getroffen war, begaben sich die Ältesten der Sternengesellschaft zu den Clanführern, um das Vorhaben auf einer Ratsversammlung zu besprechen. Wenn das

Volk dann dem Bau zustimmte, wurden die Ingenieure berufen, den Plan umzusetzen.

Sternmuschel sah den Umriß des geplanten Baus, der bereits mit Pflöcken und Schnüren abgesteckt war. In den folgenden Monaten würden die Astronomen der Sternengesellschaft Himmelsbeobachtungen an dem Ort durchführen, um sicherzustellen, daß die Ausrichtung absolut exakt war.

Wenn die Ingenieure und die Angehörigen der Sternengesellschaft zufrieden waren, wurden die Clanführer, zu denen auch Höhlengräber, Sternmuschels Vater, gehörte, zusammengerufen. Zum Schluß bestimmte man die Arbeitskräfte und organisierte die notwendigen Arbeiten. An sämtlichen Planungen für das Vorhaben waren Höhlengräber und die anderen Clanführer beteiligt.

Sternmuschel spürte einen Stich im Herzen, als sie näher kam. Sie erkannte ihn in der Gruppe der Ältesten, die an der Steinreihe standen. Trotz der Entfernung fiel ihr auf, daß er verändert aussah, so zerbrechlich. Eine erregte Diskussion zwischen zwei Baumeistern und einem Astronom hatte sich so gesteigert, daß jetzt alle mit den Armen fuchtelten und sich anschrien.

Die Clanführer beobachteten den Streit belustigt. Höhlengräber blickte zwar in Sternmuschels Richtung, schien sie aber nicht zu sehen. Er sagte etwas zu einem der Männer, dann erkannte er sie und reagierte erschrocken. Er löste sich aus der Gruppe und ging beiseite.

Sternmuschel unterdrückte einen Ausruf.

»Das ist nicht gerade die herzliche Begrüßung, die ich erwartet habe«, sagte Langer Mann. »Bei den Ahnen, er kann doch unmöglich wissen ...«

»Was wissen?«

Der Zauberer zuckte zusammen und hielt sich die Seite. »Nichts, Mädchen. Träumereien eines müden alten Mannes.«

Sternmuschel blieb stehen und versuchte zu begreifen, warum ihr Vater weggegangen war. Als sie zur Seite schaute, sah sie Höhlengräber eine lebhafte Geste machen. Er zeigte nach rechts zum Grabhügel des Eichhörnchenclans.

»Es muß etwas geschehen sein«, sagte Sternmuschel leise. »Er will nicht mit uns gesehen werden. Hier lang.« Sie ging quer durch das nasse Gras auf den Hügel zu. *Seltsam, mein ganzes Leben habe ich hier verbracht und kann mich nicht erinnern, welcher Älteste hier begraben liegt oder warum er wichtig war. Vielleicht hatte der alte Sterngucker doch nicht so unrecht.*

Ein Grabhügel wurde nicht für einfache Angehörige des Clans errichtet, nur hohen Würdenträgern stand dieses Vorrecht zu. Große Muschel, der Stammvater ihrer Familie, ruhte unter dem Hugel am westlichen Zugang zum Achteck. Zur Sommersonnenwende konnte ein Beobachter von der Sternwarte aus die Sonne über dem Grabhügel von Große Muschel aufgehen sehen, er sah sie dann praktisch durch seine Augen.

»Vergiß nicht, daß jeder nach dir Ausschau hält«, mahnte Langer Mann. »Ein Mann, der auf einem hohen Grat wandert, sucht bei einem Gewitter nicht unter einer Eiche Schutz.«

»Weil eine Eiche den Blitz anzieht«, ergänzte Sternmuschel. »Ich muß ihm nur sagen, daß ich lebe und er sich nicht um mich sorgen soll.«

»Das hätte auch ein Bote tun können.« Langer Mann schaute sich nervös um. »Ich werde den Gedanken nicht los, daß es ein Fehler ist.«

»Dann ist es wenigstens mein Fehler.«

»Es liegt mir fern, dich daran zu hindern, Fehler zu machen. Die Ahnen wissen, daß ich selbst viele gemacht habe.« Er blieb stehen, um die Grabhügel wachsam zu mustern.

Warum? Was hatte er von den Geistern in Sternhimmelstadt zu befürchten?

Höhlengräber war inzwischen aus der Sicht der Ältesten und Ingenieure verschwunden. Er tauchte hinter dem grasbewachsenen Grabhügel auf. Hier waren sie von den anderen abgeschirmt. Eine Weile konnte Sternmuschel nur auf den gehetzten Ausdruck, die verkniffenen Lippen starren. Die Falten waren tiefer geworden, sein Gesicht seltsam ausgemergelt. Bildete sie es sich nur ein, oder waren seine freundlichen Augen eingesunken? Wann war er so gealtert? Der Mann, den sie als gesund und munter und so stark in Erinnerung hatte, stand jetzt wie ein mit Haut bedecktes Knochengerüst vor ihr.

»Vater?«

»Sternmuschel. Meine schöne Kleine.« Ein schwacher Schatten

des alten Lächelns spielte um seine Lippen. »Ich ... ich habe mir solche Sorgen gemacht.«

Sie stürzte in seine Arme, drückte ihn an sich. Silberwasser blieb zurück.

»Kleine?« Sternmuschel machte sich los. »Komm her, Silberwasser. Das ist dein Großvater, begrüße ihn.«

Silberwasser schaute Höhlengräber mißtrauisch an. Zögernd kam sie näher.

»Hallo, Silberwasser«, grüßte Höhlengräber und kniete sich vor sie hin. »Du bist genauso schön wie deine Mutter.«

Silberwasser nickte, schien allerdings wenig überzeugt.

»Was ist mit dir geschehen?« Sternmuschel zupfte mit nervösen Fingern an seiner Kleidung. »Du siehst aus, als würdest du nichts essen. Ernährt dich mein Bruder nicht gut? Du bist doch nicht krank gewesen?«

»Nur im Herzen«, antwortete er freundlich und nahm ihre Hände. Doch in seinen Augen sah sie die Qual. Seine Haut war aschfahl und kalt.

»Was ist, Vater?«

»Robin, der Kriegsherr des Blauentenclans, kam hierher. Natürlich, um nach dir zu suchen. Wir standen kurz vor einem Krieg mit den Clans im Mondmuscheltal.« Er drückte sie an sich, klopfte ihr besorgt auf den Rücken. »Die Ahnen mögen mir beistehen, ich war in solcher Sorge um dich. In Angst. Und nachts ist der Geist deiner Mutter nahe. Sie versucht, mir etwas mitzuteilen. Sie scheint zornig, sie jammert, aber ich ... ich kann sie einfach nicht verstehen.«

»Mir geht es gut, Vater.« Sie hielt ihn ganz fest. »Du mußt zurückgehen und die Planung des Erdwerks beenden. Ich warte beim Haus. Wir werden ...«

»Nein. Das geht nicht.« Er schob sie weg, die Tränen unterdrückend. »Hier ist es zu gefährlich für dich. Ich muß dich verstecken. Warte. Vielleicht beim Clan deiner Mutter ...«

»Vater!«

Er hob die Hände. »Tochter, die Leute haben Angst. Angst vor dir und vor der Maske und davor, was sie ihnen bringen könnte. Du mußt fort von hier. Dich in Sicherheit bringen. Der Clan deiner Mutter wird dich aufnehmen. Sie sind ...«

»Sie sind einen Mond weit südlich von hier! Ich muß nach Norden wandern, Vater.«

Er runzelte die Stirn. »Nach Norden? Dort oben haben wir keine Verwandten.«

»Ich weiß. Ich muß die Maske zum Brüllenden Wasser bringen. Du hast die Worte von Langer Mann in der Nacht nach Mutters Verbrennung gehört. Erinnerst du dich?«

Er nickte.

»Ich wollte dich nur wissen lassen, daß ich am Leben bin, wollte eine Nacht bei ...«

»Nein, Kind. Das ist zu gefährlich.«

»Dies ist mein Zuhause!«

Er senkte den Blick.

Aus Enttäuschung über ihre unglückliche Lage ballte sie die Fäuste. »Ich hätte es wissen sollen. Wohin ich mich auch wende, mir ist kein Ort geblieben, nichts, wohin ich gehen könnte.«

»Es tut mir so leid. Ich ... ich komme mit. Schließe mich euch an. Helfe dir, die ...«

»Nein, Vater.« Sie nahm allen Mut zusammen. »Aber du kannst etwas für mich tun. Nimm Silberwasser auf. Biete ihr Sicherheit.«

»Mama?« Silberwasser hob den Kopf, die Augen groß vor Angst.

»Etwas Besseres fällt mir nicht ein, Kaulquappe. Deshalb sind wir hergekommen. Dein Großvater kann ...«

»Nichts tun«, fiel Höhlengräber ihr ins Wort. »Sie gehört zur Familie deines Mannes. Ihr Clan ist der Sonnenhügelclan, Tochter – sie gehört nicht nach Sternhimmelstadt. Sie werden sie bald bei mir entdecken. Ich würde alles tun, was in meiner Macht steht, aber du weißt, daß ihre Leute nach ihr fragen werden.«

»Sie brauchen nicht zu erfahren, wo sie ist! Sie ist nur ein kleines Mädchen! Schick sie zum Vetter Langsamer Fuß. Er lebt ganz allein auf seinem Hof. Wer sollte es herausbekommen?«

Höhlengräber runzelte die Stirn. »Du denkst nicht klar, Tochter. Bist du so verzweifelt? Denk nach, Mädchen! Du stehst mitten im größten Sturm, der seit Generationen dieses Land erschüttert hat. Im letzten Mond ist der Clan Viele Farben gegen den Klapperschlangenclan in den Krieg gezogen. Offenbar wollen sie ihre alte Fehde um Gebietsansprüche blutig ausfechten. Wie man hört, werden Kopftrophäen erbeutet. Wie kreisende Falken beobachten alle den Sternhimmelclan. Sie würden Silberwasser bald entdecken. Ein kleines Mädchen mehr würde sogar auf dem Hof von Langsamer Fuß auffallen. Es wird sich herumsprechen. Du weißt, wo es endet.«

Sternmuschel wollte es einfach nicht glauben. »Ich muß einen sicheren Ort für sie finden.«

»Begreifst du jetzt?« fragte Langer Mann und trat vor. »Nicht zufällig habe ich die abgelegenen Pfade gewählt. Dein Vater hat völlig recht. Es gibt keinen sicheren Ort. So lange es die Maske gibt, werden die Menschen nicht ruhen.«

Sternmuschel suchte das Gesicht ihres Vaters zu ergründen, suchte ein erlösendes Zeichen – und sah nur tiefe Traurigkeit in den gehetzten braunen Augen.

»Es tut mir leid, Tochter. Bei dir ist Silberwasser besser aufgehoben.« Er wollte lächeln, aber selbst dieser Versuch mißlang. Er streckte eine zitternde Hand aus und legte sie ihr auf die Schulter.

»Du warst meine letzte Hoffnung«, murmelte Sternmuschel. »Und jetzt ist mir, als würde ich …« *Dich nicht einmal kennen.* Aber sie brachte nicht über sich, es auszusprechen.

Langer Mann war neben sie getreten. Er starrte Höhlengräber an und sagte: »Es tut mir leid, alter Freund. Ich hoffe, daß du mir eines Tages all die schrecklichen Dinge, die ich getan habe, verzeihen wirst.« Er hielt inne. »Mitunter lernen wir zu spät im Leben.«

Mit diesen Worten streckte Langer Mann die Hand aus, berührte die reglosen Finger von Höhlengräber, ging langsam an ihm vorbei und schaute auf das gewundene Band des Flusses.

»Nicht einmal für eine Nacht?« fragte Sternmuschel.

»Es wäre zu gefährlich. Weiß irgend jemand, daß du hier bist? Hat dich jemand erkannt?«

»Wir hielten uns bei …«

»Dann geh, sofort!« Sein Blick flackerte. »Bist du sicher, daß du mich nicht bei dir haben möchtest?«

»Mama?« fragte Silberwasser. »Gehen wir jetzt?«

Sternmuschel nickte. »Leb wohl, Vater. Mögen die Ahnen dich segnen und erhalten.«

»Und dich, Tochter.«

Für einen Augenblick versuchte sie, sich vorzustellen, wie er gewesen war, als sie klein war, aber es gelang ihr nicht. Die Gegenwart war übermächtig.

Ihre Füße waren schwer wie Stein; dennoch ging sie auf den Zauberer zu. Alles in ihrem Leben war vermodert wie ein alter Baumstamm. Sie zwang sich, zurückzublicken. Ihr Vater stand reglos, mit hängenden Schultern, eingehüllt vom Sprühregen – ein Zeugnis der Sinnlosigkeit.

Da begriff sie, daß sie ihn nie wiedersehen würde.

38. KAPITEL

Wellentänzer hob und senkte sich im endlosen Rhythmus der Dünung. Otter hatte noch nie so blaues Wasser wie das des Süßwassermeers gesehen.

Sie hatten den Sturmschaden größtenteils in Ordnung gebracht. Mit Lumpen nahmen sie die letzten Wasserreste auf. Dann wurden die Ballen mit den Waren zum Lüften umgedreht, die Matten getrocknet, und Wellentänzer folgte endlich sauber dem Weg der Wellen und des Windes – der einzige Farbfleck in einer blauen Welt.

Wie fühlst du dich? Otter rieb sich das Kinn und blickte auf den grünlichen Schleier am Horizont. *Du hast Land gefunden.*

Wo waren sie? Er hatte keine Ahnung. Erkannten die Bewohner einen Händler? Verstanden sie die Händlersprache? Und warum wurde er das plötzliche Gefühl nicht los, daß hinter diesen weißen Dünen vor ihm Gefahren lauerten?

»Seht!« Otter streckte den Arm aus und zeigte an Perles Schulter vorbei. Allmählich war er wie besessen von ihr. Sie erschien in seinen Träumen, und wenn er wach war, beobachtete er sie. In Gedanken beschwor er die Erregung, die er empfinden würde, wenn er ihre Brüsten spürte, ihre Arme sich um ihn schlingen würden. Er sah ihre dunklen Augen und wie sich ihre Lippen erwartungsvoll öffneten. Wenn er die Augen schloß, konnte er fühlen, wie ihr langes, seidiges Haar auf ihn fiel, wenn sie sich über ihn beugte und lächelte.

Hör auf! Sie darf auf keinen Fall spüren, daß du solche Gedanken hegst. Sie würde sich fühlen, als wäre sie wieder bei den Khota.

»Möchtest du an Land paddeln?« fragte sie. »Ich würde Abstand halten und der Küstenlinie folgen. Wir müssen noch weiter nach Norden, nicht wahr?«

»Ich glaube. Wenn dies wirklich die östliche Küstenlinie ist und nicht nur eine Insel.«

Sie deutete in die Morgendämmerung. »Weiter nach Osten kannst du nicht.«

»Dann also nach Norden.«

Ihre Stimmen hatten Schwarzschädel geweckt. Er setzte sich auf und betrachtete das Ufer mit sichtlicher Erleichterung. Er grinste Otter an. »Gut gemacht, Händler.«

Otter brachte Wellentänzer auf Nordkurs. »Wenn du jemandem danken mußt, dann ist es Perle. Ohne sie wären wir Wasserleichen, ertrunkene Seelen.«

»Wir alle setzen ein, was wir haben« – sie warf einen traurigen Blick auf Otter – »und wir tun, was wir tun müssen.«

Schwarzschädel betrachtete die Küste. »Wir tun, was wir tun müssen.« Er nickte vor sich hin, dann trat er gegen die Decken von Grüne Spinne. »Raus da, Narr.«

»Vorsicht«, mahnte Perle. »Du hast ihm doch keinen neuen Skunk geschenkt?«

Zu Otters Überraschung lachte Schwarzschädel.

Grüne Spinne und Schnapper tauchten aus dem Gewühl der Decken auf. Beide gähnten, streckten und schüttelten sich gleichzeitig. Dann rappelte sich Grüne Spinne hoch, erhob die Hände zur Sonne und strahlte glücklich in den Morgen. Er bückte sich und ließ einen Furz in Perles Gesicht abgehen.

Als Antwort spritzte sie ihn mit dem Paddel naß. »Warum hast du das getan?«

Grüne Spinne sah sie verträumt an und lächelte. »Ich wollte, daß du die Wurzeln deiner Schwierigkeiten klarer sehen kannst, Perle. Du darfst nicht länger denken, du seist die einzige unreine Person im Kanu.«

»Was?« Sie blickte von Schwarzschädel zu Otter und wieder zurück, um zu sehen, ob sie das verstanden hatten. Beide zuckten mit den Achseln. »Du hast mir ins Gesicht gefurzt! Und ich sage dir eins, tust du das nochmal, dann treibe ich dir einen Holzpflock in deinen Hintern, daß du dich aufblähst wie eine Fischblase.«

»Guter Gedanke, Anhinga.« Schwarzschädel befühlte eine Kerbe im Blatt seines Paddels. »Aber zum Ausgleich würde er wahrscheinlich zweimal soviel rülpsen.«

Otter seufzte und legte einen der Ballen als Kissen unter seine Decke. Der Verdreher hatte ihn beobachtet. Warum? Hatten sich seine Worte an Perle auch auf Otter bezogen? Was hatte Unreinheit mit …

Als Otter sich umdrehte, sah er, wie Perle es sich auf den Rollen der Palmwedelmatten bequem machte, die Füßen zu ihm gestreckt. Der Tag würde warm werden; trotzdem zog sie ihre Decke ans Kinn und schützte ihr Gesicht mit einer krausen Rohrkolbenmatte vor der Sonne.

Ganz kurz begegneten sich ihre Blicke, und er bedauerte, daß sie sich so versteckte.

Er sehnte sich danach, zu ihr zu kriechen und ihr zu sagen, wieviel sie ihm bedeutete, wie sein Herz sich für sie öffnete.

Sei kein Narr! warnte ihn sein Verantwortungsbewußtsein. *Nach allem, was der Khota ihr angetan hat, ist das Letzte, was sie wünscht, ein Geliebter. Sie muß sich immer noch besudelt fühlen.* Er zwang sich, die Augen zu schließen. *Sei einfach ihr Freund. Mehr will sie nicht, Otter. Einfach Freundschaft.*

Er schlief fast den ganzen Tag, während Schwarzschädel und Grüne Spinne sie nach Norden paddelten. In seinen Träumen verhöhnte ihn Rote Mokassins. Je verzweifelter er sie liebte, desto leidenschaftlicher wies sie ihn ab. Im Hintergrund lachte Perle ihn aus, bevor sie in Tränen ausbrach.

In seinem Traum begegnete er auch einem traurigen Viertöter. *Der Wasserfall wartet, Bruder. Rote Mokassins gehört dir nicht mehr. Eile nach Norden, Otter. Dort unten im schäumenden, klaren Wasser wirst du deiner Not ein für allemal ein Ende machen.*

Perle erwachte, als der Abend heraufzog. Sie verbannte den quälenden Alptraum von einem Wolfsungeheuer, das drohend über ihr stand. Sie hatte sich nackt unter es geduckt, entsetzt auf das schlangenartige Glied der Bestie starrend. Hilflos konnte sie nur in Erwartung der schmerzhaften Schändung zittern.

Otter hatte ihr mit einem Gefühl der Ohnmacht zugeschaut. Und wenn sie laut nach ihm rief, hatte er ihr den Rücken gekehrt.

Wenn sie ihn nur nicht so liebgewonnen hätte! Nie hatte sie einen so starken und liebenswürdigen Mann gekannt. Seit er sie aus dem Fluß gezogen hatte, zeigte er ihr nichts als Freundlichkeit, Achtung und Anerkennung. Im Unwetter hatten sie wie eine perfekte Mannschaft zusammengearbeitet. Ihr ganzes Leben hatte Perle nach einem solchen Gefühl der Eintracht gesucht.

Und nun, wo du es gefunden hast, erlaubt er sich wegen deiner Schändung durch den Khota nicht, dich zu berühren. Sie drehte sich um. Matte Bilder von Otters starken Händen tauchten vor ihr auf. Sie konnte sie sich warm und weich auf ihrer Haut vorstellen. Sie konnte das Funkeln des Verlangens in seinen freundlichen Augen sehen. Mit schläfriger Benommenheit konnte sie unter sein Hemd fahren, mit den Fingerspitzen den schwellenden Muskeln seiner Brust und seines Bauchs nachspüren. Während sie ihn festhielt, schlug sein Herz im Gleichklang mit ihrem. Sie wußte, wie sein Körper sich an ihrem anfühlte, und deshalb wurde die Sehnsucht nach ihm immer stärker.

Daß solche Phantasien je Wirklichkeit werden könnten, war in jener Nacht unmöglich geworden, in der Wolf der Toten sie genommen hatte. Den Schandfleck würde sie für den Rest ihres Lebens nicht mehr loswerden.

Welches Leben, Perle? Wohin kannst du gehen? Was kannst du tun? Du bist eine Frau ohne Zuhause – ohne Clan oder Familie. Du bist ein Nichts geworden.

Sie schob den Sonnenschutz beiseite, schüttelte die Decke ab, stand auf und schaute Otter an. Er lag auf der Seite, sein Kopf ruhte unbequem auf dem gebogenen Heck.

Wenn er nur etwas gesagt hätte, angedeutet hätte, daß ich vielleicht mehr sein könnte als nur eine Freundin … Perle atmete tief ein und seufzte. Der Händler würde sich wohl für den Rest seines Lebens wegen Rote Mokassins quälen.

Nimm es, wie es ist. Dich mit Rote Mokassins messen zu wollen, würde dich verrückt machen wie ein tollwütiges Tier.

Sie blickte zur Küstenlinie, die von der sinkenden Sonne beleuchtet wurde. Landeinwärts erhoben sich Dünen, die spärlicher Graswuchs krönte.

Fest steht, daß du keine Zukunft hast. Auf dem Fluß, auf der Flucht vor den Khota, hatte sie nur an den Kampf ums Überleben denken können. Aber hier, gefangen zwischen Himmel und Wasser, mußte sie ihrer wirklichen Lage ins Auge sehen. Zu den Anhinga konnte sie nicht zurückkehren. Welches Volk würde eine Frau ohne Clan haben wollen? Jetzt mußte sie ohne Wurzeln leben, ohne Zuhause, ohne Volk.

Die Zukunft war einsam und kalt geworden. Was tat eine Frau allein auf der Welt, um zu überleben? Beten, daß eine Familie sie ernähren und ihr ein Dach über dem Kopf bieten würde, wenn sie dafür auf ihren Feldern arbeitete, ihr Brennholz schleppte, ihr Mehl mahlte? Das stellte sie gerade eine Stufe höher als einen Lagerhund.

Ein Kanu bauen, Handel treiben, wie Otter vorschlug? Sie dachte an die Ilini. Völker in denen die männliche Erbfolge zählte, hatten andere Vorstellungen von Frauen – und selbst bei ihren Anhinga war Handel Männersache. Würden sie sich dazu herablassen, mit ihr Tauschhandel zu treiben? Oder würden sie sich von einer Frau ohne Clan nehmen, was sie wollten?

Sie zog beklommen an ihrem Haar. Otter hatte flußauf- und flußabwärts Verwandte. Wie könnte ihr das gelingen? Männer konnten eine beliebige Zahl von Frauen heiraten, sie schwängern oder ihnen den Beischlaf verweigern und danach einfach fortgehen, um Handel zu treiben. Aber konnte eine Frau so leben?

Sie wußte keine Antwort. *Wer bist du, Perle? Wohin gehst du? Was wirst du tun?*

Die Nachmittagsonne schimmerte golden auf der weiten Wasserfläche, die sich zum westlichen Horizont dehnte.

»Ein Kanu!« rief Schwarzschädel und deutete voraus.

Perle legte die Hand über die Augen und sah, wie Otter aufwachte und wild um sich schaute.

Das Boot war ein kleiner Einbaum, in dem zwei Männer mit einem Berg von Netzen saßen. Das Sonnenlicht blitzte auf ihren Paddeln.

Als sie nahe genug waren, rief Otter in der Händlersprache: »Seid gegrüßt!«

»Seid gegrüßt!« kam die Antwort in derselben Sprache zurück; dann wechselten sie zu Perles Überraschung in die Ilinisprache. »Wer seid ihr? Woher kommt ihr? Sprecht ihr unsere Sprache?«

In der Händlersprache stellte sich Otter vor, aber die Männer im Kanu schienen sie nicht zu verstehen und riefen in ihrer Sprache: »Wir verstehen die Händlersprache nicht. Wir sprechen nur Ilini! Wer seid ihr?«

Perle rief ihnen in der Khotasprache zu: »Möge Bunte Krähe euch und euren Clan segnen. Wir sind Händler aus dem Süden auf der Durchreise. Ich bin Perle von den Anhinga, mich begleiten Otter, der Wasserfuchs, vom Weißmuschelclan, Schwarzschädel, ein Krieger aus der Stadt der Toten, und Grüne Spinne vom Blutclan.«

Als der Einbaum näher kam, merkte Perle, daß die beiden Männer nach ihren Atlatls griffen.

Der Ruf kam zurück: »Seid gegrüßt, Händler! Ich bin Forelle, das ist Schmaler Gürtel. Wir sind vom Nördlichen Kolibriclan. Das Gebiet unseres Clans liegt ungefähr einen Tag südlich von hier und dann zwei Tage nach Osten, den Fluß hinauf und landeinwärts. Ihr seid dort willkommen. Unsere Ältesten werden euch freundlich aufnehmen und festlich bewirten.«

Perle übersetzte, während die Ilini näher paddelten.

»Frag sie, wo wir sind«, sagte Otter. »Und sag ihnen, daß sie ihre Waffen nicht brauchen. Wir sind Händler.«

Die beiden Ilini antworteten: »Südlich von hier liegt Ilinigebiet. Nach Norden dagegen kommt man in eine Gegend, die wir Wildes Land nennen. Verzeiht uns unser Mißtrauen, aber die Menschen dort sind kriegerisch.«

»Werden sie uns angreifen?« wollte Otter mit einem nachdenklichen Blick nach Norden wissen.

»Nur einmal«, versprach Schwarzschädel.

Perle übersetzte die Antwort der Ilini: »Sie meinen, es wäre besser, wenn wir uns wieder nach Süden wenden und bei ihrem Clan tauschen.«

»Wie weit ist das?«

»Drei Tage«, antwortete Perle. »Einen Tag nach Süden an der Küste entlang und zwei Tage den Fluß hinauf bis zum Eichen- und Hickorywald, wo sein Clan Felder hat.«

Otter schaute mißtrauisch auf Grüne Spinne. Er schien die Ilini überhaupt nicht wahrzunehmen. »Was rätst du, Verdreher?« fragte er.

»Süden! Süden! Und nie zurückblicken.« Grüne Spinne zuckte nicht einmal, als eine Welle an seinen Kopf schlug. »Wußtest du, daß man die Fische reden hören kann, wenn man genau hinhört?«

»Und ich wette, sie sagen viel interessantere Dinge als du«, brummte Schwarzschädel gereizt. Dann an Otter gewandt: »Ich glaube, wir behalten besser unseren Kurs. Aber ich möchte gerne mehr über diese wilden Menschen erfahren.«

»Einverstanden.« Otter zeigte auf den Strand. »Perle, frag sie, ob sie landen und eine Mahlzeit mit uns teilen möchten... und vielleicht ein paar Haifischzähne und Muscheln gegen Auskünfte tauschen wollen.«

Perle übersetzte.

»Es wäre uns ein Vergnügen!« Forelle wendete das Kanu.

Perle sah, wie Otter versuchte, die Brandung abzuschätzen. »Hast du jemals ein Kanu in Brechern auf Land gesetzt?«

»Nein.«

»Es gibt einen Kniff. Wenn ich das Zeichen gebe, paddelt jeder, so sehr er kann.«

Otter jauchzte, als Wellentänzer die Welle erwischte und vorwärts schoß. Schnapper bellte, als sie hoch auf den Strand getragen wurden. Als die Welle ablief, kippte Wellentänzer auf dem Kiel nach einer Seite.

Die Ilini waren schon am Ufer, luden Sachen aus und trugen sie zum weißen Sand hinter der bogenförmigen Linie der Brandung.

»Wie hoch steigt das Wasser... ich meine, bei Flut?« fragte Perle die Ilini.

Forelle war verwirrt. »Außer bei einem Unwetter bleibt seine Höhe immer gleich.«

Was? Es gab keine Gezeiten wie bei einem Salzwassermeer. Perle musterte die Illini. Forelle war jung, kaum älter als sie, muskulös, groß und mit Humor in den Augen. Ohrspulen aus Ton hingen an seinen Ohrläppchen, was auf einen Mann mit bescheidenen Mitteln hinwies. Sein kräftiges Kinn, feste Wangen und eine gerade Nase machten ihn außerordentlich anziehend.

Schmaler Gürtel dagegen war klein, rundlich und stämmig. Sein dickliches Gesicht zeigte viele Lachfalten.

Forelle sagte zu Perle: »Wir begegnen nicht täglich Händlern von deiner Schönheit und deinem Zauber.« Er schaute auf Schwarzschädel, der seine Waffen genommen hatte und zu seinem täglichen Erkundungsgang aufbrach. »Dein Mann ist Krieger?«

Ein schlauer Kerl, dieser Forelle. »Nein, mein Freund ist Krieger. Mein anderer Freund, Otter, ist Händler, und der dürre Mann, Grüne Spinne, ist ein Verdreher – ein sehr heiliger Mann.«

»Ein echter Verdreher?« fragte Schmaler Gürtel erstaunt.

In diesem Augenblick wirkte Grüne Spinne nicht gerade heilig. Er folgte auf allen vieren Schnapper um das Lager.

»Er sieht Dinge, tut Dinge anders als wir«, erklärte Perle ihnen. »Ich verstehe es nicht, aber der Geist der Macht erfüllt ihn.«

Forelle grinste breit. Er bückte sich, um eine Feuergrube auszuhöhlen, und nickte grüßend, als Otter mit einem Packen heraufkam. Perle bemerkte, daß Forelle Otter von oben bis unten einer genauen Prüfung unterzog. Wollte er einen Konkurrenten einschätzen?

Sie überlegte. »Bist du verheiratet, Forelle?«

Schmaler Gürtel lachte und stieß seinen Freund in die Rippen. »Was willst du ihr erzählen, hm, Freund? Daß du mit deinem Kanu und den Netzen verheiratet bist?« Er sah Perle an. »Das ist der Scherz, den sie hier über meinen Freund erzählen. Wir warten immer noch darauf, daß er wieder vernünftig wird.«

Forelle rieb den weißen Sand von seinen kräftigen braunen Händen. »Meine Frau wurde vor zwei Wintern getötet. Wir hatten ein Problem mit dem Dachsvolk – den wilden Menschen, die nördlich von uns leben.«

Mit einem verschmitzten Lächeln blickte Schmaler Gürtel zuerst Perle und dann Forelle an. Leise sagte er: »Vorsicht, Vetter. Hüte dich stets vor einer Frau, die mit drei Männern reist.«

Perle spürte, wie ihr Gesicht heiß wurde. »Laß dir von einem Händler einen guten Rat geben, Schmaler Gürtel: Ein kluger

Mann beurteilt die Umstände nie nach dem Äußeren. Wenn du zu denen gehörst, die das tun, dann bist du genau der Mann, mit dem ich Handel treiben möchte. Alles, was du hast, für alles, was ich habe. Interessiert?«

Lachend boxte Forelle seinen Vetter mit der Faust in die Seite. »Paß auf, Vetter. Ich glaube, dieser Perle bist du nicht gewachsen.«

Dann gingen sie los, um Treibholz am Strand zu sammeln und stapelten es neben der Feuerstelle. Perle brachte trockenes Gras als Zunder. Forelle legte glühende Kohlen aus einem seiner kleinen Keramiktöpfe darauf, und bald loderte ein knackendes Feuer.

Otter kam mit dem letzten Packen. Dann kramte er nach Pfeife und Tabak für das Ritual.

»Was haben sie gesagt?« fragte er.

»Belangloses. Die Leute im Norden werden Dachsvolk genannt. Vor zwei Jahren bekriegten sie sich mit dem nördlichen Kolibriclan. Dabei wurde Forelles Frau getötet. Schmaler Gürtel sagt, daß er jetzt mit seinem Boot verheiratet ist.«

Sie spürte eine leichte Reserviertheit bei Otter.

Nach dem rituellen Rauchen, den Gebeten und der förmlichen Vorstellung kam Otter zur Sache. »Bitte sie, uns zu zeigen, wo wir sind.«

Forelle zeichnete eine lange Linie in den Sand, die von Norden nach Süden verlief, zog sie dann in einer großen Schleife nach Osten und wieder nach Norden. Er zeigte auf die Westseite der Schleife. »Das Iliniland, aus dem ihr kommt, liegt auf der Westseite dieses Teils des Süßwassermeers. Verschiedene Iliniclans kamen vor mehreren Generationen hierher« – er zeigte auf die Ostseite der Schleife – »und nahmen das Land den wilden Völkern ab. Natürlich treiben wir noch Handel mit unseren Verwandten und heiraten untereinander, um die Bindungen zu erhalten.«

»Wie sähe es aus, wenn wir nach Osten gehen wollten, so weit das Süßwassermeer reicht?

Forelle stützte seine Faust auf den braunen Oberschenkel. »Das ist ein langer Weg, mein Freund. Wir sind ungefähr auf halbem Weg die Küste hinauf. Die häufigsten Bäume hier sind Buche und Zuckerahorn, auch Hickory ist verbreitet. Wenn ihr weiter nach

Norden kommt, setzen sich Birke, Schierlingstanne und Kiefer durch. Es ist kein gutes Land, um Ackerbau zu treiben oder Nüsse zu ernten.«

Forelle zog die Küstenlinie weiter nach Norden, dann nach Osten. »Hier ist eine schmale Durchfahrt. Seid vorsichtig, denn die Leute vom Dachsvolk sind um diese Jahreszeit an den engen Stellen, um den großen Stör zu jagen. Manchmal sind sie freundlich, manchmal aber auch nicht. Es hängt wohl von den Zeichen ab, die sie von ihren Geistern bekommen.«

»Dann sollten wir sie besser meiden«, bemerkte Schwarzschädel.

»Ganz meine Meinung«, stimmte Otter zu.

Forelle zog die Linie vom Osten wieder nach Süden und zeigte eine Stelle auf der Halbinsel. »Da drüben, weit landeinwärts, findest du Leute, mit denen du tauschen kannst. An diesem Ufer lebt das Prachttauchervolk. Sie sind Fischer und Krieger, aber normalerweise lassen sie Händler in Ruhe. Gegen Tauschware zeigen sie euch den Weg nach Süden in ein anderes Süßwassermeer.«

»Ein anderes?« fragte Otter, als Perle übersetzt hatte. »Ich dachte, es gäbe nur eins.«

Forelle dachte einen Moment nach. »Wenn ihr lange genug lebt, um das Prachttauchervolk zu erreichen, werden sie euch mehr sagen können. Ich kann nur weitergeben, was ich von Händlern weiß. Daß man, um nach Osten in das Land der Schlangenclans zu gelangen, einen Fluß hinunter in ein anderes Süßwassermeer fahren muß.«

»Wenn wir lange genug leben?« fragte Perle und zog eine Augenbraue hoch.

»Das Dachsvolk lebt nördlich von hier.« Forelle deutete den Strand hinauf. »Wir haben noch keinen Weg gefunden, mit ihnen fertig zu werden. Im Krieg schlagen wir sie jederzeit. Aber sie kommen immer wieder, schleichen sich aus dem Wald an, um uns zu überfallen. Sie sind so vertrauenswürdig wie ein Wiesel. Seid äußerst vorsichtig.«

»Das werden wir beherzigen.« Otter betrachtete die Landkarte im Sand und seufzte. »Ich dachte, wir wären schon näher am Brüllenden Wasser.«

Als sie übersetzt hatte, musterte Forelle Otter zweifelnd. »Das

Brüllende Wasser? Ich habe davon gehört. Es liegt irgendwo dort drüben.« Er zeigte nach Osten. »Ihr habt einen weiten Weg vor euch. Und es wird sehr gefährlich. Ich habe die Händler reden gehört. Schreckliche Stürme. Wilde Krieger machen das Land unsicher. Im Wasser dort leben riesige Ungeheuer, die Menschen verschlingen.«

Otter betrachtete noch immer die Zeichnung im Sand. Obwohl er sich beherrschte, konnte Perle sehen, daß er sich Sorgen machte.

»Sag Forelle, daß wir ihm danken, daß er uns das mitgeteilt hat. Perle, biete ihm von unseren schönsten Muscheln an.« Otter stand auf und ging schweigend in die Dunkelheit.

»Er schien nicht erfreut zu sein«, bemerkte Forelle.

»Es ist ihm nur klar geworden, wie weit wir noch fahren müssen«, antworte Perle. »Er dachte, wir wären schon näher am Brüllenden Wasser.«

»Bist du aus seinem Clan?« fragte Forelle. »Eine Verwandte?«

»Nein, mein Clan lebt tief im Süden, wo Vater Wasser sich ins Salzmeer ergießt.«

»Dann hast du keine Bindung?«

Perle lächelte wehmütig. »Wenn du fragst, ob ich an Otter gebunden bin, nein. Wir lernten uns im Land der Khota kennen. Damals schien es ratsam, gemeinsam zu reisen.«

»Ah! Die Khota.« Schmaler Gürtel verstand. »Wir haben von ihnen gehört. Keine netten Menschen, glaubt man den Geschichten. Ich habe schon bemerkt, daß du einen merkwürdigen Tonfall hast.«

Sie sah auf, denn sie spürte Forelles abschätzenden Blick. Seine Aufmerksamkeit und sein Interesse schmeichelten ihr. »Wie kommt es, daß eine Frau von so weit her hier landet – und dazu im Tonfall der Khota spricht?« Forelle stocherte in den Kohlen. Schmaler Gürtel kam mit zwei riesigen Forellen vom Kanu zurück. Grüne Spinne ging mit knurrenden Lauten rückwärts aufs Feuer zu.

»Das ist eine lange Geschichte.«

»Ich würde sie gerne hören.«

Perle begegnete seinem Blick, in dem sie Herausforderung, Verlangen und Sorge las. *Na schön, dann wollen wir mal sehen, was du damit anfängst, Forelle.* Sie begann zu erzählen. Währenddessen filetierte Schmaler Gürtel mit einem Feuersteinsplitter die Fische, spießte sie auf Stöcke und briet sie dann über dem Feuer.

Die Nacht brach herein, das Feuer, auf dem die Fische garten, knackte. Forelle hörte Perle zu. Otter und Schwarzschädel setzten sich ans Feuer, als die Fische fertig waren. Sie redeten leise, während sie die Forellen aßen. Als die anderen ihre Schlafdecken suchten, blieb Perle am Feuer sitzen. Und Forelle schaute sie unentwegt an.

»Das Brennholz ist bald verbraucht«, bemerkte er und stand auf.

Der Mondschein fiel schräg über die Dünen. Der Strand war voller Treibholz, und das Sammeln dauerte nicht lange.

»Komm.« Forelle nahm ihre Hand. »Erzähle deine Geschichte zu Ende.«

Perle sprach weiter und betrachtete ihn dabei. Er war einen halben Kopf größer als sie und bewegte sich selbstbewußt. Sein leichtes Stirnrunzeln wirkte verlockend auf sie; sie musterte sein Profil und seine muskulöse Brust, die vom Mondlicht beleuchtet wurden.

Sie berichtete ihm von ihrer Flucht vor den Khota, von Otter, der sie aus dem Fluß gezogen hatte, von der Verfolgung und dem Unwetter auf dem Meer. Sie erzählte ihm nicht alles und wunderte sich selbst über ihre Zurückhaltung.

»Du könntest hierbleiben«, sagte er, als sie das Ufer entlanggingen.

»Bleiben?« fragte sie. »Du hast die Geschichte gehört. Ich habe keinen Clan, der für mich eintritt. Ich bin eine heimatlose Frau ohne Verwandte. Was würde ich tun? Wie … wie eine Sklavin leben?«

Er drückte ihre Hand fester. »Du verstehst nicht. Nördlich von uns lebt ein Haufen wilder Leute, die dich auf der Stelle töten würden, wenn sie dich sehen. Dieses Gebiet hier ist der nördlichste Vorposten der Ilini. Wir achten nicht so sehr auf Formen und Zeremonien wie unsere Vettern unten im sicheren Ilinital. Wir sind jung und tatkräftig und bauen uns hier etwas Neues auf. Eine Frau von deinen Fähigkeiten und deinem Mut könnte ihren Platz bei uns finden.«

»Und meine Freunde?«

»Sie wären ebenfalls willkommen. Diese Dummheit, das Brüllende Wasser erreichen zu wollen – es ist ein legendärer Ort. Perle, hier wärst du sicher. Und wenn die Khota kämen, würden wir dich schützen.«

Sie musterte ihn verstohlen. »Warum machst du dieses Angebot einer Frau, die du heute erst kennengelernt hast?«

Er blieb stehen und nahm ihre andere Hand. »Weil ich glaube, du könntest den leeren Platz in meinem Herzen ausfüllen. Als ich dich vom Strand heraufkommen sah, dein Körper von der Abendsonne beleuchtet, sahst du aus wie eine von den Meergeistern, so unwirklich schön. Du bist eine Frau, auf die ein Mann stolz sein, mit der er sein Leben und seine Träume teilen kann.«

Sie schloß die Augen, als er sie an sich zog. Lange standen sie so, hielten sich fest. Er streichelte ihr Gesicht, und sie hörte, wie sein Atem schwerer wurde.

»Ich will dich«, flüsterte er drängend.

»Und wenn ich dir sage, daß mich die Khota vergewaltigt haben?«

Er wich zurück. »Ändert das etwas? Ich würde dir nicht weh tun, Perle.«

»Aber zu wissen ...«

»Pst. Die Schlächter, die meine Frau töteten, vergewaltigten sie auch, bevor sie ihr endlich den Kopf abschlugen. Es wäre mir gleichgültig gewesen, was sie ihr angetan haben, wenn ich sie nur zurückbekommen hätte. Versteh doch, so möchte ich wieder lieben.«

Perle schaute auf die Wellen, die unaufhörlich auf dem weißen Sand ausliefen. »Und wenn du merkst, daß ich nicht die richtige Frau bin? Was ist, wenn ...«

Er legte die Finger auf ihre Lippen. »Ich weiß, daß du die richtige Frau bist, Perle. Ich kann es in meiner Seele spüren. Bleib bei mir.«

Otter fuhr aus dem Schlaf auf. Die rhythmischen Geräusche der Brandung und das leise Knacken des Feuers verbanden sich mit der Brise, die vom Wasser wehte. Von schrecklichen Träumen gequält, setzte er sich auf. Er rieb sich sein Gesicht und war dankbar für eine Nacht an Land, anstatt im engen Heck von Wellentänzer schlafen zu müssen.

Das Feuer war heruntergebrannt, und er stand auf, um Holz nachzulegen.

Otter blieb noch eine Weile sitzen und betrachtete den Mond. Woher kam dieses Gefühl drohenden Unglücks?

Perles Schlafdecken lagen noch zusammengerollt. Er sah Schmaler Gürtel fest schlafen. Und Schwarzschädels Schnarchen war unverwechselbar. Aber wo war Forelle, wo Perle?

Otter sprang auf, entfernte sich vorsichtig vom Lager und suchte den in Mondlicht getauchten Strand ab. Er ging zum Kanu der Ilini, fand dort aber nur Netze, auch im Wellentänzer war niemand.

Sollte er rufen? Nein. Das Lager zu wecken, könnte demütigend für ihn sein. Statt dessen versuchte er, die Spuren zu lesen. Er fand zwei, die am Wasser entlang nach Norden führten.

Mit geballten Fäusten folgte er ihnen. Was dachte sie sich dabei? *Bei den Ahnen, falls er ihr weh tut, schlage ich ihn, daß ihm Hören und Sehen vergeht!*

Er steigerte sich so in seinen Zorn, daß er den weißen Sandhügel kaum wahrnahm. Irgendwo würde er auf zwei menschlicher Körper stoßen, und dann ...

Plötzlich wirbelte der Sandhügel auf. Otter war starr vor Schreck. Da hörte er gedämpftes Gekicher und eine Stimme: »Wer narrt den Narren?«

»Grüne Spinne?« Otter blinzelte durch den wehenden Sand. »Was machst du hier?«

Der Verdreher setzte sich auf den Sandhaufen. »Ich habe den unterirdischen Wellen gelauscht. Das Problem ist, daß die Leute nicht richtig hinhören. Sie verstopfen alles mit ihren Gedanken, so daß sie nichts hören können. Hast du in letzter Zeit gelauscht, Otter?«

»Ich denke schon.« Er starrte abwesend aufs Wasser.

Grüne Spinne zeichnete Muster in den Sand. »Woher kommen die Wellen? Was treibt sie an? Denk darüber nach. Würdest du aus der Tiefe aufbrechen, nur um schließlich auf einen Strand aufzulaufen?«

Otter atmete tief ein, um sein Herzklopfen zu dämpfen. »Grüne Spinne, was machst du hier draußen?«

Der Verdreher blickte auf. »Mich wundern, Otter. Du hast dich zur Welle gesteigert. Warum?«

»Eine Welle? Was für eine Welle? Wovon redest du?«

»Du hast die ferne Küste verlassen… als eine winzig kleine Kräuselung. Aber im tiefen Wasser wuchs die Welle an, eine Dünung, die alles vor sich anhob. Und jetzt, hier, habe ich beobachtet, wie du über den Strand gerollt kommst, bereit, alles fortzuspülen, und am Ende machst du doch nur einen Spritzer. Die schimmernde runde Perle wird zu dem großen Fisch fliehen, der wegschwimmen wird, Sieger eines nie geführten Kampfs. Und du, mein Freund, wirst trotz deiner Wut kehrtmachen und geschlagen zum Wasser zurückgleiten, während eine andere Welle über dich brandet.«

Otter brummte: »Schwarzschädel hat recht. Ich wünschte, du würdest nur ein einziges Mal wie ein richtiger Mensch handeln. Kannst du nicht normal reden?«

»Schwarzschädel sagt das nur, wenn er nicht zuhört – so wie du jetzt nicht zuhörst.« Grüne Spinne blickte auf den Sand zwischen seinen Beinen. »Warum sind meine Strände sandig und andere nicht? Ich meine, woher kommt der Sand?«

Otter hob die Hände. »Also noch einmal von vorn. Was versuchst du, mir mitzuteilen?«

»Was du am härtesten verfolgst, flieht dich am schnellsten.«

»Sie könnte in Schwierigkeiten sein.«

»Sie könnte es nicht sein.«

»Das bedeutet, sie ist es, richtig?«

»Das bedeutet, sie ist es nicht, falsch.«

Otter stützte die Hände auf die Hüften und blickte finster. »Willst du mitkommen und sie suchen?«

Grüne Spinne sprang auf, und der Sand wirbelte in alle Richtungen. Er legte eine Hand auf Otters Schulter. »Geh und suche sie. Du wirst für den Rest deines Lebens friedlich schlafen, froh, daß du die Entscheidung für sie getroffen hast.«

Der Ton des Verdrehers war sanft geworden, als spräche er zu einem unverständigen Kind. Otters Zorn legte sich und wich würgender Angst.

»Welche Entscheidung?«

Die Augen von Grüne Spinne glänzten merkwürdig im Mondlicht. »Einmal sagte ich dir, wie du dich selbst findest. Weißt du noch?«

»Indem ich mich verliere«, erinnerte sich Otter. »Was überhaupt keinen Sinn ergibt.«

»Und wieviel Sinn es ergibt!«

Otter seufzte. »Sag mir, was ich tun soll. Soll ich am Strand weitergehen und sie suchen oder nicht?«

Die Augen von Grüne Spinne sprangen hierhin und dahin, wie ein Schmetterling auf der Flucht. »O ja, geh! Eile! Stürme los! Brülle und tobe, scharre und stampfe! Geh auf deinen Rivalen los und schlagt einander zu Brei!«

Otter war unbehaglich zumute, er drehte sich um und ging zum Feuer zurück. Mit jedem Schritt spürte er die Leere in seiner Seele, fühlte die Niederlage.

Sternmuschel und Langer Mann hatten mitten im Wald gelagert, wo die Nacht so dunkel war wie Sternmuschels Seele. An diesem Ort schien es, als gäbe es auf der Welt nur Regen und Bäume.

Die Knie hochgezogen, das Kinn aufgestützt, lehnte Sternmuschel an einem Baumstamm. Nichts war von ihrem Leben geblieben außer ihrer Tochter. Alles andere – Träume, Hoffnungen und Sehnsüchte – waren vergangen wie Morgentau in der Sonne. Die Niederlage lag schwer auf ihrer Seele.

Der Zauberer saß ihr gegenüber, zwischen ihnen lagen Silberwassers Schlafdecken, unter denen sich die Körperform des kleinen Mädchens abzeichnete.

Sternmuschel sah den Zauberer mutig an. »Warum bist du hier? Die Maske mag von den Langschädeln gefertigt worden sein, aber das erklärt noch nicht, was du damit zu tun hast. Der Geist der Macht hätte ebensogut einen andern aussuchen können. Womit hast du das verdient?«

Sie hatte es aufgegeben, herauskriegen zu wollen, warum sie ausgewählt worden war. Aber Langer Mann, ein Zauberer, hätte etwas tun können, um das hoffnungslose Leid dieser jämmerlichen Flucht zu vermeiden.

Er blickte auf seine Hand, als studiere er die Linien. »Am Ende zahlen wir alle für unsere Fehler.«

Sternmuschel fragte sich, warum es ihr noch immer nicht gleichgültig war. »Fehler? Was für Fehler? Jemand, den du getötet hast? Du schweigst schlau über deine Vergangenheit. Mir scheint, du sprichst nur von dir, wenn es nicht anders geht.«

Der Zwerg zuckte mit den Achseln. »Möchtest du etwa deine tiefsten Geheimnisse vor mir ausbreiten? Komm, Sternmuschel, was ist das Schlimmste, was du jemals getan hast? Erzähle mir von allen Fehlern oder Missetaten, die du begangen hast – erzähle mir, was du anders machen würdest!«

Ich war einst schön. »Ich hätte meinen Mann nicht heiraten sollen.«

Langer Mann legte ein Scheit Holz aufs Feuer. »Davon spreche ich nicht. Erzähle mir vom Schlimmsten, was du je getan hast. Welche böse Tat hast du begangen, die du für immer bedauern wirst?«

»Böse Tat?« Sternmuschel schüttelte den Kopf. »Außer daß ich meinen Mann geheiratet habe, bedauere ich nichts. Oh, ich würde zurückgehen und einige Dinge verändern. Ich wünschte, ich hätte zu meinem Vater nicht gesagt, daß ich ihm nie verzeihe, daß er mich zwang, für meine Tante Gänsefußsamen zu mahlen. Das werde ich ewig bedauern. Ich warf zwei große Krüge voll weg. Meine Tante war halb blind. Sie hat nichts davon gemerkt.«

»Das war böswillig?«

»Was wäre geschehen, wenn wir einen richtig harten Winter bekommen hätten? Sie war alt, allein auf ihrem Hof, und ein dummes Mädchen schüttet zwei große Krüge Gänsefußsamen weg. Warum? Weil ich verwöhnt und faul war.« *Ich war zu stolz. War die schöne Tochter, zu gut, um für eine alte Frau Mehl zu mahlen. Und sieh mich jetzt an.*

»Aber du mußt etwas bewußt Böses getan haben, Sternmuschel.«

Sie überlegte. »Schlimmer als Gänsefußsamen wegzuschütten?«

»Viel schlimmer.«

»Na ja... da war ein Mädchen in der Bleichblumenfamilie. Steinrose hieß sie. Sie ärgerte mich immer. Wir haßten uns. Mich beachteten die Jungen mehr als sie, und das paßte ihr nicht.

Ich bekam heraus, daß Steinrose sich mit einem verheirateten Mann vom Schnelles Eichhörnchenclan eingelassen hatte. Als er sich wieder einmal zu ihr geschlichen hatte, schickte ich durch eine meiner Freundinnen seiner Frau eine Nachricht, ließ ihr sagen, ihr Mann wollte sie unten am Fluß in dem Weidengehölz treffen.«

»Und dort lag Steinrose mit dem Ehemann der Frau?«

Sternmuschel nickte, während sie an die Vergangenheit dachte. »Das würde ich ungeschehen machen, wenn ich könnte. Auch wenn ich sie nicht mochte, war es nicht recht, sie so zu verletzen.«

Langer Mann seufzte und preßte eine Hand an seine rechte Seite. Der stechende Schmerz schien in den letzten Tage stärker geworden zu sein. »Ist dies das Schlimmste, was du getan hast?«

»Außer meinen Mann zu heiraten? Ja. Er brachte mir nichts als Qual.«

»Du wußtest nicht, daß er ein Ungeheuer werden würde. Du hast nichts Unrechtes getan. Ich meine, es war nichts Böswilliges, weil du es nicht bewußt getan hast.«

»Wenn ich es gewußt hätte, warum hätte ich es dann tun sollen?« Ihre Geste drückte die Sinnlosigkeit aus. »Ich fühlte mich so erbärmlich, nachdem ich den Gänsefußsamen meiner Tante weggeschüttet hatte, daß ich mir schwor, nie mehr etwas Gemeines zu tun.«

Langer Mann seufzte. »Es fällt mir schwer, zu glauben, daß du ein so makelloses Kind warst.«

Ich war es nicht, Magier. Ich war stolz, eitel, eingebildet auf meine Schönheit und meine Bevorzugung. Sie lauschte dem Regen. »Meine Eltern erzogen mich zu Verantwortungsbewußtsein, denke ich. Sie selbst nahmen ihre Pflichten sehr ernst. Alle liebten meine Mutter, und nicht nur, weil sie mit dem Clanführer verheiratet war.«

»Ja«, sagte Langer Mann müde. »Jeder liebte sie.«

»Sie war eine schöne Frau. Bis zum Schluß.«

»Wie das lebendig gewordene Wunschbild einer Frau.«

»Sie wird mir fehlen. Schade, daß Silberwasser sie nicht mehr kennengelernt hat.« Der vertraute Schmerz schnürte ihr die Kehle zu. Voller Haß sah sie auf das Bündel, in dem die Maske verborgen war.

»Mir auch.« Langer Mann senkte den Kopf und überließ sich seinen Träumen.

»So«, sagte sie mit einem Seufzer, »dann sind wir wieder bei meiner ursprünglichen Frage. Warum du? Ich würde meinen, der Geist der Macht hätte deinen Charakter erkannt und dich in Ruhe gelassen. Oder wirkten deine Zaubermethoden nicht?«

»Sie haben immer sehr gut gewirkt, Sternmuschel. Zu gut.«

»Aber du bist noch hier, auf der Flucht wie ich. Für dich ist es nicht angenehmer gewesen als für mich. Kannst du dich nicht fortzaubern oder einen Nebel heraufbeschwören und entwischen?«

Der Magier erklärte ihr nüchtern: »Meine Fähigkeiten habe ich vom Geist der Macht bekommen, Mädchen. Erster Mann zeigte mir, was mich erwartete, ich verstand und nahm sein Angebot an. Was geschenkt wird, muß angenommen werden. Ausgewogenheit bildet den Kern aller Dinge.«

Sternmuschel versuchte, einen bequemeren Platz zu finden. Ihre Füße waren geschwollen und taten weh, sie hatten sich an den regennassen Mokassins wundgerieben.

»Du mußt etwas Schreckliches getan haben, um dies zu verdienen«, behauptete sie beharrlich. »Was meinst du, was das war? Ich habe dir die schlimmsten Dinge, die ich jemals tat, verraten. Und du? Du hast einen Mann vergiftet, weil du seine Frau wolltest... ein Kind gezeugt, bliebst aber nicht bei ihr. Du hast Menschen gegen Lohn getötet; hast du die Seelen von Säuglingen gestohlen? Welche deiner Taten hältst du für die böswilligste?«

Langer Mann starrte mit leerem Blick ins Feuer, das schildkrötenartige Gesicht ausdruckslos.

»Gerechtigkeit muß sein«, sagte sie. »Wir waren uns einig. Welche deiner Taten würdest du rückgängig machen? Heraus mit der Sprache, Magier, warum bist du hier?«

Die Blätter über ihnen raschelten im Wind, und gleich darauf prasselten Tropfen auf ihre Decke. Kalt und naß.

Dann sagte er mit müder Stimme: »Es ist die Spirale. Kreise in Kreisen. Licht und Dunkel müssen im Gleichgewicht sein. Von allem, was ich getan habe, würde ich heute vieles anders machen.«

»Auch, daß du die Macht in dein Herz gelassen hast?«

»Zum Beispiel.« Sein Lächeln wirkte unnahbar. »Für einen so kleinen Mann wie mich hat sich die Macht in mir zu sehr ausgeweitet. Und ich gebrauchte sie für mich, nur für meine Ziele. Was geschenkt wird, wird auch wieder genommen. Was ich mißbraucht habe, mißbraucht jetzt mich.«

»Was bedeutet das?«

Als er schwieg, stupste sie ihn an. »Sag es! Du hast es angedeutet, dich entzogen und mich irregeführt. Meine Geheimnisse weißt du jetzt, nun mußt du mir deine sagen! Hat es etwas mit der Maske zu tun? Ich muß es wissen!« Sie schüttelte ihn. »Sag es mir, Magier!«

Langer Mann nickte. Sie ließ ihn los und wich vorsichtig zurück, denn beinahe hätte sie ihre Tochter geweckt.

Langer Mann verzog den Mund, als hätte er etwas Bitteres gegessen. »Vor etwas mehr als zweimal zehn Jahren wurde ich von einem Langschädelclan gebeten, eine Heilung vorzunehmen. Doch dem Patienten war nicht mehr zu helfen. Das Schicksal nimmt seinen Lauf. Ein Leben kann lang oder kurz dauern, bis die Seele entweicht. Das ist alles.«

Langer Mann schloß die Augen, als hätte er Schmerzen. »Sie war kurz vor mir angekommen. Ich erinnere mich, daß mein Herz einen Sprung machte, als ich sie zum ersten Mal sah, und ich mußte sie immerzu anschauen. Ihre Schwester hatte sie rufen lassen. Sie lebte weit im Norden, hatte verwandtschaftliche Beziehungen zu den Langschädeln. Ihre Schwester war mit einem Langschädel verheiratet, und beide stammten von berühmten Langschädelclans ab.«

»Wie ich.«

Er stotterte fast, als er schnell hinzufügte: »Ja, wie du. Ich war bezaubert, völlig besessen von ihr. Ich gebe zu, daß ich viele leidenschaftliche und schöne Frauen gekannt habe. Eine hast du im Gebiet des Blauentenclans kennengelernt – aber diese war anders. Sie war nicht nur schön, sondern sie hatte ein Auftreten, eine Haltung, wie ich es noch bei keiner Frau erlebt hatte.

Wenn sie mich ansah, schmolz meine Seele wie Bienenwachs auf heißem Stein. Sie bewegte sich mit würdevoller Anmut, jede Bewegung ihres Körpers berührte mich tief. Ihre unglaublich dunklen Augen entführten mich in traumhafte Phantasiewelten.

Es fiel mir schwer, meine Aufgaben zu erledigen, und der Mann, den ich heilen sollte, starb. Sie blieb zur Bestattung; ich blieb auch.

Sie war eine vollkommene Frau! Verstehst du? Sie war die Erfüllung für jeden Mann. Bezaubernd, sinnlich, klug und einfühlsam, einfach, als hätte sie mir der Geheimnisvolle selbst geschickt.«

»Und hast du ihr deine Liebe gestanden?«

Langer Mann senkte den Kopf. »Ja. In der Nacht der Verbrennung. Die Hände im Schoß hörte sie mir zu, dann sagte sie: ›Lieber Langer Mann, deine Worte sind sehr schmeichelhaft und höflich. Ich weiß deine Beredsamkeit und Ernsthaftigkeit zu schätzen. Doch ich bin glücklich verheiratet. So werde ich deine Worte in Ehren halten und hoffe, du wirst das gleiche mit meinen tun.‹«

»Das hat sie sehr schön gesagt«, bemerkte Sternmuschel.

»So hat sie alles getan.« Der Zwerg rollte seinen Hemdsaum hoch. »Doch ich war nicht damit zufrieden. Ich war der Magier! Mit Hilfe meiner Fertigkeiten bestimmte ich den Weg, den sie nach Norden nehmen würde, und brach einige Tage vor ihr auf. In dem Clanhaus, in dem sie die letzte Nacht vor ihrer Ankunft zu Hause verbringen wollte, erwartete ich sie.

Stell dir ihre Überraschung vor, als sie mich dort sah. Mit ihrem feinen Gefühl verstand sie sofort, was ich vorhatte. Mit vollendeter Beherrschung sagte sie mir, daß zwischen uns nichts sein könne. Und ich begriff, wie ernst sie es meinte.«

»Aber du konntest sie nicht in Ruhe lassen?«

Langer Mann schüttelte den Kopf. »Weißt du, ein Zauberer kann alles bekommen, was er wünscht, Sternmuschel. Die Macht gewährt es ihm. Ich wollte sie, und in jener Nacht besaß ich sie auch.«

»Und sie hat dir nicht die Augen ausgekratzt?«

»Du verstehst anscheinend immer noch nicht. Ein Hexer, ein Zauberer verfügt über Mittel, sich Menschen gefügig zu machen. Ihr erschien es sicher wie ein Traum – und ganz gewiß dachte sie, ich sei ihr Mann. Denn als ich mich mit ihr paarte, sah sie mich mit einer solchen Liebe und Bewunderung an, daß ich den Gedanken nicht ertrug, dieselben Augen könnten mich voller Haß ansehen. Und sie hätte mich mit der ganzen Leidenschaft gehaßt, mit der sie den Rest der Welt liebte.«

»Du hast sie also in diesem falschen Glauben gelassen?«

Er nickte traurig. »Ich sah sie später öfter wieder. Wenn ich dann die Umstände beeinflussen konnte, nutzte ich meine Macht, um sie zu nehmen. Und immer ließ ich ihr die Illusion, daß sie von ihrem Mann geträumt hatte.«

»Du bist ein Scheusal!«

Er spürte den Ekel in ihrer Stimme. »Ich wollte sie besuchen, als ich hörte, daß sie im Sterben lag. Aber ich kam zu spät. Vielleicht hätte ich sie retten, noch eine Weile am Leben erhalten können. Jetzt ist sie tot, und ihr Geist weiß alles.«

Sternmuschel sagte: »Allmählich beginnst du dir Sorgen zu machen. Du bist kein junger Mann mehr, Magier. Ihr Geist wartet auf dich, ist es so?«

»Du bist eine kluge Frau. Das ist etwas, was mich sehr bekümmert. Ja, sie wartet. Zu viele Geister warten auf mich. Den meisten kann ich mich stellen. Aber wie soll ich ihr gegenübertreten?«

»Und deshalb hat der Geist der Macht dich auf diese Reise geschickt? Erster Mann ist zu einem Handel bereit? Wenn du hilfst, die Maske von Bunte Krähe zu beseitigen, wird Erster Mann dir helfen, die Begegnung mit dieser Frau zu vermeiden, die du … du … geheiligte Ahnen! Ich kann es kaum aussprechen! Du hast sie geschändet.«

Die Augen von Langer Mann waren glanzlos. »Ich glaube, du verstehst nicht. Ich muß ihr gegenübertreten, junge Sternmuschel. Erster Mann wird mir nichts ersparen. Aber vielleicht ist es mir möglich, ein wenig wiedergutzumachen, bevor ich sterbe. Für die meisten kommt die Gelegenheit zu spät. Ich kämpfe darum, wenigstens ein winziges Stück Aussöhnung zu erreichen – damit ich keinen Haß in ihren Augen sehe, wenn wir uns begegnen.«

Sternmuschel schüttelte den Kopf. »Du solltest froh sein, daß sie nicht ist wie ich. Ich würde dir nicht vergeben, und wenn du dir als Buße noch so gute Taten vornehmen würdest.«

Der Blick von Langer Mann schien wieder etwas von seiner unermeßlichen Tiefe zu gewinnen. »Ach, ich weiß nicht. Ein Händler würde sagen, daß jeder etwas besitzt, womit er sich ein wenig Wohlwollen erkaufen kann.«

»Du müßtest ihr etwas geben, das ebenso kostbar ist wie das, was du ihr genommen hast.« Sternmuschel legte eine Hand zärtlich auf die Decke der schlafenden Silberwasser.

»Ja«, sagte er nachdenklich, während er auf ihre Hand schaute, »das habe ich vor. Und vielleicht wird sie mir am Ende verzeihen.«

39. KAPITEL

Ich habe entdeckt, daß Träumern eine Krankheit droht.

Eine Krankheit der Seele.

Die selbst an den Eifrigsten nagt.

Wenn du im moosgrünen Teich der Welt die Steine siehst, die auf dem Grund liegen, fragst du dich, warum es diesen Teich überhaupt gibt. Warum wird es den Menschen so schwer gemacht, die Steine zu sehen?

Ich verstehe, daß es deshalb Verdreher und Schwindler gibt.

Jemand muß die Steine nach den Menschen werfen, weil nur ein kräftiger Schlag auf den Kopf einen Menschen hindert, herumzurennen. Dann kann er sich auf den Kopf stellen, um so alles besser zu sehen.

Aber trotzdem tut es weh. Man schlägt und wird geschlagen.

Es verletzt... Der Schmerz mir nahestehender Menschen wächst mit jedem Tag. Ich fühle ihr Leiden wie eine eigene Krankheit, die meine Stärke schwächt, die Fragen aufwirft...

Und ich kann nichts tun, als weiter Steine zu werfen.

Perle hatte schon Feuer gemacht und in einem der großen Keramiktöpfe das Essen zum Kochen gebracht, als Grüne Spinne aus der Dämmerung herangetanzt kam.

»Das riecht ja scheußlich! Warum kippen wir nicht alles weg, damit sich niemand übergeben muß?«

»Freut mich, daß du Appetit hast«, erwiderte sie. Dann dachte sie wieder darüber nach, wie sie aus ihrer Zwangslage herausfinden konnte. Ihr Blick wanderte zu Forelle, der tief schlafend in seinen Decken lag.

»Ich verabscheue es, Pfade entlangzugehen«, murmelte Grüne Spinne, als er sich neben sie setzte. »So viele Gabelungen und Abzweigungen … und alle führen sie irgendwohin. Ganz egal, welchen Pfad du nimmst, am Ende landest du immer irgendwo.«

Perle nickte. »Ja, und wenn du dort bist, findest du meistens viele neue Pfade, zwischen denen du dich entscheiden mußt.«

»Ich entscheide mich nie. Ich setze mich einfach hin und weine.«

Abwesend schaute Perle auf das Wasser hinaus. »Grüne Spinne? Du weißt es doch? Ich meine … daß Forelle mich hierbehalten möchte. Ich … ich habe gesagt, ich würde mich bis zum Morgen entscheiden. Ich glaube, der Morgen kommt schneller, als ich möchte.«

»Während die Zeit verstreicht, wird es heller und heller, und es wird immer schwerer, etwas zu sehen.« Grüne Spinne schöpfte den heißen Eintopf in eine Holzschüssel und blies geräuschvoll hinein. »Ist dir jemals aufgefallen, daß Dampf immer nach oben steigt? Warum geht er nicht einmal seitwärts?«

»Forelle wäre ein sehr guter Ehemann. Er ist zuverlässig, ein guter Ernährer, und er würde mich zum Fischen und Jagen mitnehmen. Es wäre fast wie zu Hause. Keine Verpflichtungen gegenüber dem Clan.«

»Bist du Dampf?«

Sie schaute sich die Muster an, die sie in den Sand gezeichnet hatte. »Ob ich was bin?«

»Dampf. Dampf oder Gedämpftes. Der Dampf muß immer aus der Schüssel heraus, er wirbelt und dreht sich, bis er entwichen ist. Schließlich verschwindet er, aber du erinnerst dich an die Muster. Das Gedämpfte ist in der Schüssel. Wenn es jemand ißt, verschwindet es auch. Der Unterschied ist, daß die Leute sich erinnern, wie der Dampf aussah – beim Gedämpften ist es ungewiß, ob sie sich an den Geschmack erinnern.«

Perle strich sich eine Strähne hinter das rechte Ohr. »Würdest du mal sagen, was du meinst?«

Grüne Spinne blickte auf seine Schüssel. »Das fragen mich die Leute jetzt immer. Man sollte meinen, daß sie nach so langer Zeit gelernt hätten, richtig zu hören.«

Perle lehnte den Kopf zurück. »Ich hätte wieder ein Zuhause. Das mußt du bedenken.«

»Wie Gedämpftes«, behauptete Grüne Spinne. »Dann ist es auch leichter, Kinder im Auge zu behalten.«

Kinder? Sobald sie Ruhe hätte und etwas zugenommen, würde sie wahrscheinlich schwanger werden. Wieder schaute sie zu Forelle. Er würde ein guter Vater sein, herzlich und fürsorglich. Anders als die Männer der Anhinga würde er helfen, die Kinder großzuziehen. Er wäre ein Vater, kein Onkel.

Und für sie: ein Gefährte, kein Ehemann. Gefährte, das gefiel ihr.

Warum hatte sie dann nicht zugestimmt? Letzte Nacht, als er seine Arme um sie gelegt hatte, war dieses Gefühl von Kameradschaft und Wärme über sie gekommen.

Ärgerlich stocherte sie im Feuer, und erinnerte sich an das angenehme Prickeln, als er sie gestreichelt hatte. Und als seine zärtliche Hand ihre Brust umschlossen hatte, war sie erbebt. An ihrer Hüfte hatte sie den Druck seines harten Penis gespürt, der sein Lendentuch gespannt hatte. Schließlich war sie im letzten Moment zurückgeschreckt – nicht aus Angst, sondern aus Verwirrung, weil sie nicht wußte, was sie wollte.

Und Forelle, dessen Blut wallte, der nach ihr verlangte, hatte sich sofort gefügt. Um die Erregung zu dämpfen, hatten sie sich im kalten Wasser abgekühlt.

Hand in Hand waren sie später zurück ins Lager gegangen.

»Was soll ich tun, Grüne Spinne?«

Grüne Spinne aß weiter. Schwarzschädel nahm seine Keule und verschwand in den Dünen.

Durch irgend etwas aus dem Schlaf geschreckt, setzte sich Otter auf und blickte dann beklommen auf Perle. An diesem Morgen lächelte er nicht und entfernte sich grußlos. Etwas legte sich schwer und kalt wie ein Stein auf ihren Magen.

»Guten Morgen«, flüsterte Forelle ihr ins Ohr, als er sich neben sie setzte. Dann roch er den Eintopf und fragte: »Hast du das gekocht?«

»Ich habe nicht geschlafen«, erklärte sie ihm. »Ich mußte über so vieles nachdenken.«

»Und?«

Sie holte tief Luft. »Und ich …«

»Du weißt es nicht.« Forelle sah, wie Schwarzschädel über die Düne lief, die Kriegskeule über der Schulter. »Er sieht wirklich gemein aus.«

»Du müßtest ihn kämpfen sehen«, sagte Perle.

Dann kamen die andern zu ihnen. Und Perle hatte das Gefühl, daß alle sie und Forelle beobachteten.

Sie schnappte sich eines von Otters Bündeln und lief zum Wellentänzer. Als sie sich umdrehte, stand Schwarzschädel hinter ihr.

»Ist etwas zwischen dir und dem Ilini?«

Sie befühlte den Fuchskopf des Kanus. »Er bat mich, bei ihm zu bleiben. Ich weiß nicht, Schwarzschädel. Ich mag ihn.« Sie schlug auf das Holz. »Es ist wirklich ein gutes Angebot. Ich habe keinen Clan, keine Familie. Er wäre ein guter Ehemann – und wir beide tun das gleiche gern.«

Schwarzschädel war verlegen. »Was ist mit dem Händler?«

»Was soll mit ihm sein?« Sie bemerkte, daß sie die Fäuste geballt hatte.

Schwarzschädel schwieg, dann lächelte er. »Ich denke, er würde sehr enttäuscht sein, wenn du gingest. Ich selbst bitte dich, mit uns weiterzufahren.«

»Warum?« Sie war erstaunt über Schwarzschädels Veränderung.

»Aus zwei Gründen. Erstens bist du eine Kriegerin, Perle, und wir könnten dich noch brauchen. Außerdem bist du meine Freundin geworden. Zweitens wegen Otter, der ebenfalls mein Freund geworden ist.«

»Warum wegen Otter? Ihn kümmert es doch nicht … der?« Ihr Herz pochte gegen die Rippen. »Ich meine, ich … Er liebt immer noch Rote Mokassins. Das weißt du besser als ich.«

»Ein Mann kann sich zur gleichen Zeit für mehr als eine Frau interessieren.«

»Und wenn ich beschließe zu gehen?«

Er zog sie an sich und drückte sie fest. »Dann lasse ich dich mit den besten Wünschen für dein Glück und deine Sicherheit ziehen.«

Sie schaute zu ihm auf. »Du bist ein guter Freund, Schwarzschädel.«

»Du auch. Du kannst jederzeit an meiner Seite kämpfen.« Damit ließ er sie los und ging weg.

Als Forelle seine Decken zu seinem Kanu getragen hatte, kam er langsam auf Perle zu. »Geht es dir gut?«

Perles Brust schnürte sich zusammen. Sie schaute zu den Dünen hinauf, wo Otter verschwunden war. Er liebte Rote Mokassins. Jede andere Frau wäre immer nur ein Schatten. Aber ... wenn er ihr nur an diesem Morgen zugelächelt hätte ...

»Ich denke, ich bleibe bei dir.« Sie brauchte ihre ganze Beherrschung, um nicht in Tränen auszubrechen.

Forelle sah sie an. »Ich werde dafür sorgen, daß du es nie bereust.«

Die Kanus waren beladen, und das Feuer bis auf die Glut heruntergebrannt, als Otter von den Dünen herunterkam. Sie machte sich bereit.

»Otter?« Warum war der Anfang so schwer? »Forelle hat mich gebeten, ... bei ihm zu bleiben ... ich habe ja gesagt.« Sie zwang sich, ihm in die Augen zu sehen, und kämpfte gegen das plötzliche Verlangen, ihre Hand an seine Wange zu legen.

»Das ist gut. Ich habe dir ja versprochen, wir finden einen Platz für dich.« Otter nahm ihre Hand an die Lippen.

Plötzlich zitterte sie und zog ihre Hand zurück, bevor er sie küssen konnte. »Paß auf dich auf, Wasserfuchs. Laß dich nicht von den hinterlistigen Khota – oder diesen Dachsleuten – einholen.«

»Ich will es versuchen.«

Er ließ ihre Hand los und ging schnell an ihr vorbei. Alle warteten bei den Kanus. Lächelnd ging Perle zu Forelle. Schwarzschädel, Grüne Spinne und Otter drehten Wellentänzer mühsam um und ließen ihn in die Wellen gleiten. Nur Schwarzschädel schaute Perle traurig an.

»Oh!« Otter kam zurückgerannt. Er lächelte Forelle zu. »Paß auf sie auf. Sie ist die beste Frau der Welt.« Er zog eine gefaltete Matte aus Gras aus seinem Hemd. »Hier«, sagte er zu Perle und sah ihr in die Augen. »Ich glaube, sie gehört dir. Ich kenne deine Gebete nicht … aber ich hoffe, sie werden erhört.«

Er berührte zärtlich ihre Hand und wich zurück. »Auf Wiedersehen.«

Als er zu seinem Kanu lief, schaute Perle sich die Gebetsmatte an und erinnerte sich, daß jeder der Knoten für Verzweiflung und für Entsetzen stand.

»Perle?« fragte Forelle ängstlich.

Er mußte die Matte auf dem Fluß gefunden und dann den ganzen Weg an seinem Herzen bewahrt haben. Warum? Kannte er die Bräuche ihres Volks? Wußte er, daß sie glaubten, die Wärme erwecke die Seele in der Matte, nähre sie, halte die Gebete lebendig? Vielleicht war es ihr deshalb gelungen, den Khota zu entkommen. Weil er sich um eine unbekannte Frau und ihre Angst gekümmert hatte …

»Forelle?« Sie konnte kaum sprechen. »Ich … ich kann nicht mit dir gehen.«

»Warum nicht, Perle?«

»Ich bin der Dampf, nicht Gedämpftes.« Sie schnupfte und suchte nach Worten. »Weil ich Otter liebe.«

Als sie sich umdrehte, die Augen in Tränen schwimmend, hatte Wellentänzer schon die Brandung hinter sich und fuhr im offenen Wasser. Nur Schnapper schaute zurück, die Ohren aufgestellt und mit dem Schwanz wedelnd.

Sternmuschel spürte eine Hand auf dem Mund und war sofort hellwach.

»Psst!« flüsterte Langer Mann ihr ins Ohr, sein kleines Gesicht war direkt über ihr. »Mach keinen Lärm! Weck Silberwasser und nimm die Bündel. Versteck dich zwischen den Sumachbäumen, und bei deinen Ahnen, sei leise!«

»Warum? Was …«

»Scht! Ich habe fast alles getan, was ich für dich tun konnte, Sternmuschel. Etwas bleibt noch. Dann wirst du dich auf deinen eigenen Verstand verlassen müssen. Traue niemandem! Du weißt, daß die Maske die stärksten Seelen verderben kann.«

Er versank im dichten Gras, als er wegschlich. Dann zog er aus seinem Zauberbündel mit dem Wolfskopf mit Gras umwickelte Stöckchen, steckte sie in den Boden und eilte den Pfad hinab auf die dunklen Bäume zu.

Auf der anderen Seite der Lichtung steckte er noch ein Stöckchen in den Boden, und schon war er im Gespinst der Bäume verschwunden.

Sternmuschel schlug ihre Decken zurück und hängte sich das Bündel mit der Maske über die Schulter.

Sie weckte Silberwasser. »Komm mit, meine Kleine. Wir müssen sehr, sehr leise sein.«

»Warum, Mama?«

»Scht!« Sternmuschel schob ihre Sachen und das Maskenbündel vor sich her und kroch zwischen den Sumachstämmen voran. Sie schaute sich immer wieder um, ob Silberwasser ihr auch folgte.

»Mama?« flüsterte Silberwasser. »Ich habe Angst.«

Ich auch. »Es wird alles gut, Kaulquappe.« Was war überhaupt passiert? Was hatte Langer Mann entdeckt, was …

»Hier lang!« hörte sie da Wanderdrossels Stimme.

Sternmuschel biß so fest die Zähne zusammen, daß ihr Kopf zitterte. Sie hielt Silberwassers Umhang noch fester und wagte kaum zu atmen.

»Dort geht er!« schrie Grünspecht. »Fangt ihn!

»Hat er die Maske?« rief Wanderdrossel.

Sternmuschel kauerte am Boden und drückte Silberwasser an sich.

»Mama?« fragte Silberwasser.

»Still«, flüsterte sie. »Wir müssen so stumm sein wie ein zugefrorener Teich.«

Sternmuschel versuchte, nicht an die gräßliche Maske zu denken. Wußte die Maske, daß Wanderdrossel und seine Krieger den Wald durchkämmten? Versuchte sie, ihnen ein Zeichen zu geben? Oder hatte die Maske sie gerufen, sich in ihre Träume eingeschlichen und ihnen gesagt, wo sie nach ihr und Langer Mann suchen sollten?

Wir waren so nah am Ziel! Der obere Mondmuschelfluß war weniger als einen Tagesmarsch von hier entfernt. Langer Mann hatte ihr von einem Mann erzählt, der ihnen zeigen würde, wie man zum Brüllenden Wasser gelangte. Nun aber, wo Wanderdrossels Krieger ihre Fährte ausgekundschaftet hatten, würden sie es niemals schaffen.

Was machst du, Langer Mann? Am liebsten wäre sie weggelaufen, aber besser war es wohl, den Anweisungen von Langer Mann zu folgen.

Das Geraschel von Blättern und leise Stimmen zwangen sie, ihre Hand auf Silberwassers Mund zu drücken.

»... muß irgendwo hier sein.«

»Der Zwerg könnte gelogen haben.«

Wieder Geräusche von Schritten.

»Wir sollten bis morgen warten. Im Hellen sind ihre Spuren besser zu finden.«

»Wir haben ihn doch da vor uns auf dem Pfad gesehen. Sie müssen dort sein.«

»Hier ist die Feuergrube!« rief einer.

Sie standen so nah, daß Sternmuschel ihren Schweiß riechen konnte. Sie wollte schlucken, aber ihre Kehle war wie zugeschnürt.

»Da drin?«

»Nein. Das ist Giftsumach. Sternmuschel ist kein Dummkopf.«

»Trotzdem, wenn sie verzweifelt ist, könnte sie etwas Dummes tun.«

Sternmuschel schaute sich die Blätter an. *Er ist verrückt! Das ist milder Sumach. Die Ränder der Blätter haben kleine Zähne! Sogar einem Kind würde der Unterschied auffallen.*

»Jedenfalls krieche ich nicht hinein«, murmelte einer der Krieger.

Sternmuschel erstarrte. Durch den Wald tönte ein furchtbarer Schrei, hoch und schrill. Sie kannte diese Stimme. Auch Silberwasser wußte, wer da so qualvoll schrie.

»Wanderdrossel bringt den Zauberer zum Heulen«, lachte einer der Krieger. »Ich glaube, wenn ich dieser kleine Gauner wäre, wünschte ich, nie geboren zu sein.«

»Er ist mutiger als ich, wenn er sich das bei einem Zwerg traut. Denke an meine Worte: Wanderdrossel wird eines schrecklichen Todes sterben, weil er den Magier so behandelt.«

»Er hatte einen Traum. Der Geist der Macht ist in diese Sache verwickelt. Wanderdrossel weiß, was er tut.«

Ein anderer brummte: »Sieh dich um. Kannst du was entdecken?«

»Bist du sicher, daß der Magier sagte, sie würden hier lagern?«

»Du hast es auch gehört. Wahrscheinlich eine List.«

»Wenn du mich fragst, sind sie längst fort. Würdest du etwa bleiben? Abwarten, bis man dich fängt?«

»Warum sollte der Zauberer seine Freunde betrügen?«

»Folter kann die Zungen der stärksten Männer lösen.«

Sternmuschel fragte sich, wie es geschehen konnte, daß sie Langer Mann gefangengenommen hatten. Ein Magier von seiner Macht hätte entkommen müssen! Hätte er keinen Zauber anwenden können, um seine Verfolger abzulenken?

»Das ist unmöglich!« brüllte einer der Krieger. »Kommt! Sagen wir Wanderdrossel Bescheid. Die Maske ist nicht hier. Die Frau hat sie ...«

Sternmuschel lag reglos, während die Krieger durch das regennasse Unterholz verschwanden.

»Mama?« murmelte Silberwasser.

Die Lippen am Ohr ihrer Tochter flüsterte sie: »Du rührst dich nicht von der Stelle! Wage nicht, dich zu bewegen – was auch kommen mag! Ich muß schauen, ob ich etwas tun kann. Du bleibst hier! Hast du verstanden?«

Silberwasser nickte ängstlich.

Sternmuschel kroch aus dem Gestrüpp. Ob die Krieger einen Wachposten zurückgelassen hatten? Konnte es eine List sein, damit sie ihre Deckung aufgab und ihnen direkt in die Arme lief?

Ein neuer qualvoller Schrei war zu hören.

Was tun sie dir an, Magier?

Sie suchte Deckung zwischen den Bäumen und folgte den Kriegern. Im Wald waren der verkrustete Schlamm und der Schmutz auf ihrer Kleidung und Haut eine gute Tarnung.

Wie hatte Wanderdrossel sie so spät in der Nacht gefunden? Das Feuer! Der Wind mußte den Geruch des Rauchs bis auf den Kamm getragen haben. Nur die Wachsamkeit von Langer Mann oder seine Macht hatten sie davor bewahrt, gefangen zu werden.

Sternmuschel kam zu einer Eiche, die ein Blitz gespalten hatte. Nicht weiter als fünfzig Schritt davon entfernt hatte Wanderdrossel sein Lager aufgeschlagen. Ein Feuer flackerte und warf unheimliche Bilder von einem Trupp von mindestens einem Dutzend Krieger an die Baumstämme.

Sternmuschel zitterte so sehr, daß sie sich mit einer Hand an der Eiche abstützen mußte. Eine Hand steckte sie in den Mund, um das Schluchzen zu ersticken, das vor Entsetzen aufsteigen wollte.

Sie hatten Langer Mann an eine Eiche gehängt und seinen Bauch aufgeschlitzt. Wanderdrossel ließ die heraushängenden Därme langsam in einen Topf mit kochendem Wasser gleiten.

Wieder schrie der kleine Mann. Seine Arme waren hinter dem Rücken zusammengebunden, sein ganzes Gewicht hing an den Handgelenken.

Der Feuerschein beleuchtete das schweißnasse Gesicht von Langer Mann. Er lebte noch.

»Wo sind sie?« brüllte Wanderdrossel. »Sag es mir, Magier! Sag es, und ich lasse dich in Frieden sterben.«

»Süden!« krächzte Langer Mann. »Süden… zum Clan von Sternmuschels Mutter.«

»Süden?« Wanderdrossels Brustharnisch aus Menschenkiefern schimmerte im Feuerschein. »Warum gehst du dann nach Norden, kleiner Mann?«

»Als Köder«, stieß der Zauberer röchelnd aus. Dann drehte er den Kopf und schaute zu den Bäumen, wo Sternmuschel sich versteckte. »Schau… nach dem Händler… Schlangen auf seinen Wangen.«

»Was? Welcher Händler?« fragte Wanderdrossel.

Die Augen von Langer Mann quollen aus den Höhlen, und seine Zunge hing heraus. Noch einmal konnte er den Kopf heben und zu

Sternmuschel sehen, während er keuchend ausstieß: *»Händler … Schlangen auf seinen Wangen!* Sagt ihm, ich hätte …«

»Er phantasiert«, meinte Grünspecht. »Sein Schmerz ist einfach zu stark.«

Die Stimme des Magiers wurde leiser. »Verzeiht mir …«

Sternmuschel stolperte rückwärts, und ein letzter schrecklicher Schrei zerriß die Nacht.

Wenn es hell wird, finden sie unsere Spuren. Wir müssen weiter. Auf der Stelle! Sie stürmte hinunter und bahnte sich ihren Weg zurück zu Silberwasser.

»Mama?« flüsterte Silberwasser. »Mama, ich habe Angst!«

Nach Luft ringend, versuchte Sternmuschel einen klaren Gedanken zu fassen. Sie fiel auf die Knie, Tränen schossen ihr aus den Augen, und sie begann zu schluchzen.

»Mama?«

Sternmuschel betrachtete das Versteck genauer. Ihr fielen die kleinen mit Gras umwickelten Stöckchen wieder ein, die Langer Mann in den Boden gesteckt hatte, als er fortging. Hatte er seine Macht genutzt, um sie zu schützen, hatte er Wanderdrossels Krieger gezwungen, ihn zur Strecke zu bringen?

Sie kroch vor, warf das Bündel mit der Maske und ihre Decke über die Schulter, packte die Hand von Silberwasser und zerrte sie mit sich.

»Komm, Kleines. Wir müssen wieder rennen.« Händler … Schlangen auf den Wangen … Langer Mann hatte diese Worte zu ihr gesagt und nur zu ihr. Woher hatte er gewußt, daß sie ihn hören konnte?

Es ist unwichtig! Renne!

»Ja, Mama. Ich will nicht wie Langer Mann gefangen werden.«

Sternmuschel befeuchtete ihre Lippen und schaute sich wachsam um. »Dann weißt du, was Wanderdrossel mit uns machen wird, wenn er uns findet.«

»Ich möchte nicht, daß er mich tötet.« Während sie den Pfad hinuntergingen, fügte Silberwasser noch hinzu: »Aber vorher würde er uns vergewaltigen, Mama.«

»Du bist zu klein, um von solchen Dingen zu wissen, Grille.«

Sternmuschel versuchte, das schreckliche Bild von Langer

Mann aus ihrem Kopf zu löschen – den aufgeschlitzten Bauch, die Därme, die sich wie Schlangen aus seinem Leib ringelten.

Hätte der Zauberer sich nicht geopfert, lägen sie jetzt alle drei sterbend dort oben.

»Lauf! Renn, so schnell du kannst!«

Sie umklammerte Silberwassers Hand und zog sie hinter sich her.

Sternmuschel hörte plötzlich ein leises Lachen. Es lief ihr kalt den Rücken hinunter, als sie bemerkte, daß die Stimme aus dem Wolfsfell kam, in dem die Maske gefesselt lag.

Wolf der Toten befühlte vorsichtig die Stelle an seinem Kopf, wo die Anhingafrau ihn geschlagen hatte. Vier Kanus. Zehn und sieben Krieger, ihn und Grizzlyzahn eingeschlossen, das war alles, was von seiner Kriegerschar geblieben war.

Zweimal zehn mal zehn brachen aus der Heimat auf. Von ihnen bleiben nur zehn und sieben. Die Wahrheit brannte im Kopf von Wolf der Toten, als er sich nach den drei Kanus umdrehte, die ihnen folgten.

Was war dies für ein furchtbares Land! Nur Wasser und Sand.

Hätten die Khota nicht ihre Netze und Bolas gehabt, wären sie verhungert. Abends tauchten die Krieger nach Süßwassermuscheln, um die mageren Suppen aus Fisch, Ente, Gans oder Reiher, zu verbessern.

»Vor uns!« rief Grizzlyzahn begeistert. »Zwei Kanus …« Seine Stimme wurde leiser. »Keine Kriegskanus.«

Also keine Khota. Wolf der Toten sah, daß die Boote ein Fischnetz schleppten.

»Sehen wir sie uns aus der Nähe an«, meinte er. »Schaut euch um. Sagt mir, ob ihr sonst noch was entdeckt. Vielleicht Rauch hinter den Dünen. Eure Augen sind besser als meine.«

Während die Boote näherkamen, suchten Grizzlyzahn und Wolf der Toten die Wasserfläche ab. Bloß zwei Kanus? Woher kamen sie?

Sie konnten jetzt Einzelheiten erkennen. Im vorderen Kanu saßen ein Mann und zwei Frauen. Nach den Umrissen zu urteilen, befanden sich im zweiten Boot eine Frau und zwei Männer. Zwischen den Einbäumen hüpfte eine Reihe Netzschwimmer auf und ab.

»Seid gegrüßt!« rief Wolf der Toten in der Händlersprache.

»Seid gegrüßt!« kam die Antwort auf Ilini. »Wer seid ihr? Woher kommt ihr?«

»Sag ihnen, wir sind vom Haselnußclan«, sagte Wolf der Toten. »Versuch, den Tonfall der Ilini zu treffen.«

»Vom Haselnußclan. Weit im Süden!«

Die Ilini holten ihr Netz ein und legten es ordentlich zusammen. Ihr Sprecher rief: »Seid ihr zu Besuch oder Händler?«

Grizzlyzahn murmelte: »Glaubst du, sie haben irgendwo hier in der Nähe ein Dorf?«

»Frag sie. Vielleicht können wir daraus Nutzen ziehen. Sag ihnen, daß wir den Wasserfuchs suchen. Daß... daß er etwas genommen hat, was ihm nicht gehört.«

Grizzlyzahn rief zu den Kanus hinüber: »Wir verfolgen einen Händler, der uns bestohlen hat. Liegt der Besitz eures Clans in der Nähe?«

»Zwei Tage«, rief der Mann zurück. »Welcher Händler hat euch bestohlen?«

»Wasserfuchs. Er hat einen geheiligten Gegenstand aus unserem Clanhaus gestohlen.«

Inzwischen hatten die Fischer ihren Fang ins Kanu gebracht. Wolf der Toten konnte silberne Schwänze im Netz zappeln sehen. Sein Magen knurrte. Auch seine Krieger schienen hungrig zu sein.

»Der Wasserfuchs?« rief eine der Frauen. »Wir haben von ihm gehört. Inzwischen ist er weit im Norden. Ihr müßt euch anstrengen, wenn ihr ihn fangen wollt.«

»Es gibt einen anderen Weg«, sagte die zweite Frau. »Sie könnten doch am Gebiet des Clans vorbeifahren, die Kanus über Land tragen und dann dem Weinbeerenfluß bis zum Oberen See folgen. Wenn sie angestrengt paddeln und nicht schwer beladen sind, könnten sie das Land überquert haben, bevor der Wasserfuchs den Weg außenherum auf dem Wasser geschafft hat.«

Grizzlyzahn grinste.

Inzwischen waren sie ganz nahe an den anderen Booten. Ein Mann fragte: »Ihr seid keine Ilini! Wer seid ihr?«

»Was würdest du sagen, wenn ich erkläre, daß wir Khota sind?« antwortete Wolf der Toten.

Der Mann wurde blaß und versuchte instinktiv, rückwärts zu paddeln. Die Frauen schienen nicht zu merken, was los war.

»Du kannst nicht entkommen«, drohte ihm Wolf der Toten. »Unsere Kanus sind schneller.«

»Ihr habt meinen Vetter getötet!« rief der Mann. »Ich werde euch niemals helfen!«

Die Frauen, die endlich begriffen, auf wen sie getroffen waren, starrten nur, als wären Ungeheuer aus dem Meer aufgetaucht. Wolf der Toten bemerkte, daß eine der Frauen jung und sehr reizvoll war.

»Grizzlyzahn, mein Freund, hier finden wir zwei Kanus voller Fische, drei Frauen und nur drei Ilinihunde, die sie beschützen.«

»Was schlägst du vor, Anführer?«

Wolf der Toten rieb sich das Kinn. Er spürte die Panik des Mannes, der jetzt hektisch paddelte. Es wäre eine Schande, die Situation nicht auszunutzen. »Ich denke, mein Freund, daß wir heute nacht am Strand lagern. Wir werden uns am Fisch satt essen, und diese drei Frauen werden unsere Lager wärmen. Du und ich teilen uns natürlich die junge. Unseren Kriegern überlassen wir die zwei anderen.«

»Und die Männer?« fragte Grizzlyzahn.

»Bestimmt kennen sie die Gegend gut, die Flüsse und diese Strecke über Land, von der die Frau sprach. Schließlich können wir uns ja nicht alle gleichzeitig mit den Frauen beschäftigen. Während wir warten, bis wir dran sind, sollen uns die Männer diesen Weg erklären.«

»Ich verrate euch nichts!« erklärte der Ilini mit einem verzweifelten Unterton.

»Wir werden sehen, Lagerhund. Die Khota verstehen sich darauf, Leute zum Reden zu bringen.«

Die Insassen des zweiten Kanus versuchten zu fliehen. Schon schnitten ihnen zwei schnelle Kriegskanus der Khota den Weg ab.

Wolf der Toten starrte die junge Frau an, betrachtete ihre Brüste, die sich in schnellem Atem hoben und senkten. In ihren Augen stand das blanke Entsetzen.

In jener Nacht aß sich Wolf der Toten an frisch gebratenem Fisch mehr als satt. Neben dem Knistern des Feuers waren das Wimmern und die verzweifelten Todesschreie der Illinimänner zu hören.

Wolf der Toten dachte darüber nach, was er erfahren hatte. Sie müßten ihr Äußeres verändern; sie durften nicht mehr als Khota zu erkennen sein. Ihre Kriegshemden hatten sie verraten. Wenn er die Route über Land nahm, könnte er den Wasserfuchs auf dem Weg zum Brüllenden Wasser abfangen.

Grizzlyzahn stöhnte vor Lust, dann rollte er sich von der regungslosen Ilinifrau herunter und schaute in die Sterne.

Wolf der Toten stopfte sich immer noch von dem weißen Fischfleisch in den Mund. Er stand auf, ging um Grizzlyzahns Körper herum und schaute die nackte junge Frau an.

»Perle hätte sich länger und viel heftiger zur Wehr gesetzt«, sagte er, als er sich auf sie legte. Ihren Körper zu spüren genügte, um ihn zu erregen, aber sie reagierte nicht, als er in sie eindrang.

Als er sich mit ihr paarte dachte er an das, was die Illinimänner im Sterben noch gesagt hatten. Sie konnten den Kolibrifluß hinauffahren, dann die Kanus über Land tragen und auf der Ostseite der Landzunge den Weinbeerenfluß hinunterfahren. Vom Oberen See gelangten sie zum Brüllenden Wasser.

Ich komme dich holen, Perle. Welche Ironie! Die Ilini werden mir helfen, dich zu fangen. Und dann, du Hündin von den Anhinga, wirst du für jeden meiner toten Krieger büßen.

»Was meinst du?« fragte Otter und beobachtete, wie die Sonne vom glutrot leuchtenden Wasser im Westen verschluckt wurde. Im Osten, hinter den Dünen, stieg Rauch auf. Das zeigte, daß dort Menschen waren. Forelle hatte ihnen ja erklärt, daß die Dachsleute gefährlich waren.

»Ich denke, wir sollten Ärger vermeiden.« Perle sah den Rauch auch.

»Ich empfehle, daß wir weiterpaddeln.« Schwarzschädel stand im Bug. »Bei Tageslicht auf dem Wasser Kanus zu begegnen ist eine Sache, mitten in der Nacht in einen Hinterhalt zu geraten eine andere.«

»O nein!« Protestierend streckte Grüne Spinne seine dünnen Arme aus. »Niemand würde wagen, uns einen Hinterhalt zu legen! Wir sind mächtige Helden auf dem Weg ins Unbekannte.«

Schwarzschädel sah den Verdreher angewidert an. »Nenne mich nicht Held, du Narr. Ich weiß aus Erfahrung, daß unter allen Männern die Helden am leichtesten zu töten sind. Sie sind furchtlos, hüpfen herum wie Waldhühner, denn sie glauben, daß die Macht sie schützt. Einen einzigen Schlag an den Kopf – mehr braucht man nicht, um das Gegenteil zu beweisen.«

»Ich denke, wir fahren weiter.« Otter schaute auf den Griff seines Paddels. Längst hatte das Holz einen kräftigen dunkelbraunen Ton angenommen, gefärbt von seinem Schweiß. Er hatte das Paddel aus bestem Hickoryholz geschnitzt. Damit hatte er den größten Teil der Welt durchquert... Jetzt würden sie Tag und Nacht paddeln müssen, um den Landvorsprung, den Forelle ihnen aufgezeichnet hatte, zu umrunden.

Alle paddelten angestrengt, als die Sonne im Westen ins Wasser tauchte. Der Küstenabschnitt, an dem sie das Feuer gesehen hatten, lag bald weit hinter ihnen.

Was wirst du jetzt tun? Otter war wieder genau da, wo er begonnen hatte. Er hätte sich den Arm abgeschnitten, um Perle bei sich zu behalten... und jetzt wußte er nicht, was er zu ihr sagen sollte.

Sie war bei ihnen geblieben. Was Forelle ihr bot – Sicherheit, Fürsorge –, hatte sie gegen eine unsichere Fahrt eingetauscht. Was sagte da ein Mann? Danke?

»Paddeln wir wie immer?« fragte Schwarzschädel. »Der Narr und ich am Tag, du und Perle nachts?«

»Ja. Ich muß viele Sterne lernen«, antwortete Otter. »Und tagsüber kann man sich nicht verirren. Haltet einfach genügend Abstand vom Ufer, dann können wir nicht so leicht entdeckt werden.«

»Schwarzschädel und ich verirren uns nie! Wir leben beide in unseren Knochen«, sagte Grüne Spinne mit Nachdruck, während er das Paddel ins Wasser stieß.

»Narr«, murmelte Schwarzschädel. »Das einzige, was in deinen Knochen lebt, ist Dummheit.«

Otter senkte die Stimme, damit nur Perle ihn hören konnte. Dabei behielt er die dunkle Küste im Auge. »Du wirst deine Entscheidung vielleicht noch bedauern.«

»Vielleicht bedauern wir alle noch manches.« Sie wandte sich um. »Werde ich immer im Schatten von Rote Mokassins gehen müssen?«

»Wolltest du deshalb bei Forelle bleiben?«

»Ich konnte den Gedanken nicht ertragen, einen Mann zu lieben, der eine andere Frau liebt, die er nicht bekommen kann. Ich glaube, ich ... na ja, die Geschichte mit der Hochzeitsschüssel traf genau zu. Forelle war hübsch, lustig und freundlich. Hätte ich ihn an deiner Stelle kennengelernt, wäre ich mit ihm sehr glücklich geworden. Wir haben uns verstanden.«

»Perle ... wegen Rote Mokassins.« Otter suchte die passenden Worte. »Tut mir leid, ich glaube, es ist nicht ganz einfach. Ich – ich werde sie wohl immer lieben. Dafür kann ich nichts, genausowenig, wie ich nicht anders kann, als Viertöter zu lieben.«

Sie zog eine Augenbraue hoch. »Aber mit deinem Bruder hast du nie geschlafen.«

»Doch, natürlich! Wir teilten die Wiege und die Decken, bis wir ...«

Sie schlug mit dem Paddel aufs Wasser und spritzte ihn naß. »Das meine ich nicht, das weißt du genau.«

»Was ist da hinten los?« rief Schwarzschädel, als das Kanu schaukelte.

Grüne Spinne antwortete: »Mir hat es besser gefallen, als sie Angst voreinander hatten.«

»Wir haben noch immer Angst voreinander. Jetzt sei still, dreh dich um und paddle«, befahl Otter.

Grüne Spinne warf das Paddel auf den Boden des Kanus, krabbelte nach hinten und hielt sich die Hände hinter die Ohren, um besser hören zu können.

»Verdreher!« schrie Otter, Perle mußte grinsen. »Na schön, Grüne Spinne, hör genau zu. Perle und ich möchten, daß du jedes Wort verstehst. Wir wollen unbedingt, daß du unsere geheimsten Gedanken hörst.«

Grüne Spinne stieß einen Seufzer aus, bevor er enttäuscht an seinen Platz zurückkroch und wieder zum Paddel griff.

»Was wolltest du sagen?« fragte Perle.

»Hm? Ach ... Rote Mokassins.« Noch immer schaute Otter unruhig zu dem Verdreher. *Sei ehrlich, Otter!* »Das ist für immer vorbei. Nehmen wir mal an, Viertöter würde sich von Rote Mokassins trennen. Sie würde mich nicht nehmen, Perle, und ich sie nicht. Sie wird das Gebiet des Riesenschilfclans nie verlassen. Und ich werde niemals nur zu Hause bleiben und ein verantwortungsbewußter Ehemann sein können.«

Perle drehte sich, um seinem Blick zu begegnen. »Ich kann nicht in ihrem Schatten leben, Otter.«

Ernst sagte er: »Du wirfst deinen eigenen Schatten. Während des Unwetters wurde mir klar, wie sehr ich dich liebe.«

»Warum hast du nichts *gesagt?*«

Otter zuckte unglücklich mit den Schultern. »Warum? Weil ich Angst hatte. Angst, dich zu erschrecken. Nach dem Sturm schienst du unschlüssig.«

»Das ist richtig – aber nur, weil du schuldbewußt wie ein Dieb ausgesehen hast!«

»Weil ich dachte, noch einen Mann abzuwehren, wäre zuviel für dich! Ich wollte dich nicht in Verlegenheit bringen.«

Sie senkte den Kopf und betrachtete ihr Spiegelbild im Wasser. Es zitterte in den kleinen Wellen, die der Verdreher beim Paddeln machte.

»Behandelst du Frauen immer, als hättest du es mit Mokassinschlangen zu tun, denen man besser aus dem Weg geht?«

»Es gehört nicht viel dazu, sich unbeliebt zu machen.« Beide paddelten jetzt nicht mehr.

»Bei den heiligen Ahnen, wirst du von jetzt ab mit mir reden? Was die Khota mir angetan haben, habe ich hinter mir, Otter. Grüne Spinne, na ja, in der Nacht, als er die Wurzel verbrannte, zeigte er mir einen Weg aus meiner Qual.«

»Er ist eben etwas Besonderes.« Otter blickte zum Himmel, wo die ersten Abendsterne leuchteten. Er atmete tief ein und genoß den kühlen Geruch des Wassers.

»Ja.« Mit einem Lächeln nahm sie seine Hand. »Und Schwarzschädel auch. Ihr alle seid mir mehr zur Familie geworden als meine richtigen Verwandten. Aber sag mir, Otter, was wird, wenn wir zum Weißmuschelclan zurückkehren? Werde ich in Gegenwart von Rote Mokassins leiden müssen?«

Er rieb ihren Handrücken. »Leiden? In ihrer Gegenwart? Das glaube ich nicht. Wenn wir das hier überstehen und zurückgehen, ist es sowieso nicht für lange. Ich habe ein Abkommen mit Großmutter; sie wird mich nicht halten.«

»Und wenn sie es doch tut?«

»Dann würde ich einfach gehen. Das habe ich oft genug gemacht.«

»Das löst nicht das Problem, Otter. Welche Rolle übernehme ich in deinem Leben?«

Er beugte sich vor und wollte sie in seine Arme ziehen, aber sie ließ es nicht zu.

»Aufrichtiger als jetzt kann ich nicht sein«, sagte er, und schob dabei Haarsträhnen von ihren weichen Wangen. »Rote Mokassins war meine Geliebte. Ihr Verantwortungsbewußtsein hat ihre Entscheidungen beeinflußt – und das war richtig. Aber jetzt... ich möchte dich lieben, Perle. Willst du das? In der Nacht des Unwetters waren wir uns so nah, arbeiteten Hand in Hand, taten, was wir beide gern tun. Ich kann mir keine Frau außer dir vorstellen, die bereit wäre, mein verrücktes Leben zu teilen.«

Sie schmiegte sich jetzt eng an ihn. Mit einem Glühen in den Augen schaute sie ihn von der Seite an. »Und wenn wir ein Liebespaar werden sollten? Wie wird die Zukunft, Wasserfuchs? Für wie lange werden wir Gefährten sein?«

»Für immer, wenn es nach mir geht. Vielleicht würdest du mich sogar irgendwann heiraten.«

»Das solltest du dir lieber nochmal überlegen.« Sie neigte den Kopf. »Was bedeutet dir eine Ehefrau? Erkläre es mir. Die Ilini leiten ihre Abstammung von den Männern her. Das Kind einer Frau gehört dem Mann. Besitz gehört dem Mann. Deshalb konnte Forelle sagen, er würde mich heiraten.

Aber bei den Weißmuschelleuten hat die Mutter das Recht zu sagen, wen du heiraten darfst, wen nicht. Mein Clan hat mich bereits dem Khota gegeben, und wenn sie erführen, daß ich Schande über sie gebracht habe, würde ihnen das sicher nicht gefallen. Ich denke, mein Bruder würde mich töten. Glaubst du, deine Mutter würde dir erlauben, mich zu heiraten?«

»Ich werde meinen Clan bitten, dich zu adoptieren.«

»Und warum sollte er das tun? Der ganze Ärger nur für dich, den ausgerissenen Enkelsohn, der sich vor den Pflichten gegenüber dem Clan drückt?«

»So gesehen ist Forelle wirklich eine viel bessere Partie als ich.«

Sie nahm seine Hand. »Vielleicht habe ich mich aber für dich entschieden, Wasserfuchs. Und das, worüber wir reden, ist nur eines der vielen Probleme, die wir noch bekommen.«

»Was für Probleme?«

»Sagen wir, wir heiraten und Dicker Frosch« – sie stieß ihn mit dem Ellenbogen in die Rippen – »bekommt ein Kind und dann noch eins. Hast du vor, hier im Wellentänzer eine Familie zu gründen?«

Er kratzte sich hinterm Ohr. »Hm, darüber habe ich noch gar nicht nachgedacht.«

»Das müssen wir aber.« Sie zog eine Braue hoch. »Oder hast du dein Leben nur im Augenblick gelebt, dich nicht darum gekümmert, was morgen sein wird?«

»Ich habe mich nie um den nächsten Tag gekümmert.«

»Einer muß wenigstens praktisch sein – oder willst du dich den Rest deines Lebens auf Grüne Spinne verlassen?«

Otter zuckte.

Perle grinste ihn an. »Siehst du? Du brauchst mich, Otter. Ich habe selbst so gelebt, bevor die Khota mich holten. Und als du mir meine Gebetsmatte gabst, hatte ich wohl wieder so einen Anfall.«

»Mir war ganz elend, als wir Wellentänzer ins Wasser schoben und du nicht dabei warst. Ich wußte nicht, was ich tun sollte.«

Perle drückte seine Hand an ihre Wange. »Zum Glück wußte ich es.«

Ein lautes Klatschen ließ Otter und Perle auffahren.

»Was war ...«, fragte Schwarzschädel.

Das Kanu schwankte, Wasser spritzte und Grüne Spinne schrie: »Hilfe! Hilfe! Ich sterbe vor Durst!«

Der Verdreher war über Bord gefallen.

Otter, Perle und Schwarzschädel streckten die Arme nach dem strampelnden Grüne Spinne aus.

Schwarzschädel erwischte eine Hand und zog ihn ins Boot zurück.

»Wie ist das denn passiert?« fragten Perle und Otter einstimmig.

Schwarzschädel schüttelte den Kopf. »Der Narr pinkelte. Ich hörte ihn noch fragen: ›Möchte wissen, woher die vielen Blasen kommen.‹ Vermutlich hat er so fasziniert beobachtet, wie sein Wasser Blasen machte, daß er dabei kopfüber aus dem Boot fiel.«

»Machst du Witze?« fragte Otter.

Der Verdreher trocknete sich sein Gesicht mit Schnappers zottigem Schwanz ab. Schwarzschädel deutete auf ihn. »Wer würde über so einen Witze machen?«

Hoch über ihnen fiel eine Sternschnuppe vom Himmel.

40. KAPITEL

»Kennst du den Unterschied zwischen einer dicken Karibufrau und einem Grizzlybär?« Bleiche Schlange verstaute sorgfältig ein Bündel in seinem Kanu, das auf Gleitstämmen am Ufer ruhte. In der Nähe lagen weitere Kanus mit Unterseiten nach oben.

Steinfaust überlegte kurz, dann sagte er: »Nein.«

Bleiche Schlange grinste. »Wenn du einem Bären einen Kupferring anbietest, frißt er dich einfach auf, und die Sache ist erledigt. Bietest du aber den Ring der dicken Karibufrau an, bist du für immer mit ihr verheiratet!«

Steinfaust lachte, dann neigte er den Kopf und fragte: »Was ist eine Karibufrau? Und warum ist sie dick?«

Die Leute vom Schlangenclan kannten die Karibuleute nicht. Sie kamen jeden Winter auf Schlitten, die von Hunderudeln gezogen wurden, nach Süden, um Fertigwaren einzutauschen – Kupfer und Lebensmittel.

Steinfaust klopfte Bleiche Schlange auf den Arm. »Weißt du,

wie viele Händler nötig sind, um das Bett eines Clanführers zu füllen?«

»Wenn du von mir sprichst – einer; aber ich gehe lieber nicht mehr denselben Weg zurück. Und denke daran, wenn ich das nächste Mal zum Roßkastanienclan komme, hoffe ich, daß du dann verheiratet bist.«

»Verheiratet? Ich? Glaubst du, ich könnte jemals eine Frau finden, die bereit ist, eine solche Last zu tragen?« Steinfaust schlug sich mit beiden Händen auf seinen runden Bauch. »Aber dann würdest du mich ständig besuchen, dich bei mir satt essen, versuchen, meine Frau zu verführen.« Steinfaust schaute auf seinen Bauch, ein ungeheures Fleischgebirge.

Bleiche Schlange sah eine Frau die Böschung herunterkommen. Obwohl sie schmutzig war, konnte man sehen, wie schön sie war. Sie zog ein kleines Mädchen hinter sich her, und das bedeutete, daß sie verheiratet war. Sie hatte also einen Mann, der ihm sein Interesse an ihr verübeln könnte.

Der Händler boxte seinen Freund in den Bauch. »Du würdest mich nicht oft zu Besuch haben wollen, alter Freund. Bei diesem gewaltigen Hängebauch könnte deine Männlichkeit gar nicht den Weg zu einer Frau finden … außerdem würdest du sie auf der Stelle totdrücken.«

»Oder sie ersticken. Na ja, träumen kann ich immer.« Steinfaust schaute zu, wie Bleiche Schlange sein letztes Bündel im Kanu verstaute. »Ich werde dich vermissen. Es ist immer ein Vergnügen, wenn du kommst. Leider nur alle zwei Jahre. Warum wohnst du am Rand der Welt?«

»Mir gefällt es.«

»Also dann, möge Bunte Krähe dich begleiten und beschützen.«

»Und mögen deine Ahnen dich erhalten, Steinfaust.« Sie drückten sich die Hände und umarmten sich. Bleiche Schlange wollte gerade sein beladenes Kanu in die braune Flut schieben.

»Warte!«

Er hielt inne, und auch Steinfaust drehte sich um. Die Frau und das Kind kamen auf sie zugerannt. Ein kalter Schauer lief ihm über den Rücken, als er das Gesicht des Kindes sah. Er kannte diesen Blick.

»Du bist Händler?« fragte die Frau. Beim Anblick der tätowierten Schlangen auf seinen Wangen kniff sie die Augen zusammen. Er konnte sehen, wie sich ihre Gesichtsmuskeln spannten. Sie sah aus, als hätte sie einen Ringkampf mit einem Waschbären verloren. Das kleine Mädchen war nicht besser dran.

»Vielleicht bin ich Händler, aber das hängt davon an, was du tauschen willst. Ich habe ein Kanu voller Waren. Wenn du nicht an heiligem Feuerstein, Schieferpfeifen, Kupferahlen und Gänsefußsamen interessiert bist, habe ich einer Einheimischen nicht viel zu bieten.«

Sie würde wunderbar aussehen, wenn sie gewaschen wäre und neue Kleidung trüge. Was mag wohl in diesem Bündel sein?

Sie richtete sich etwas auf. »Ich muß zum Brüllenden Wasser. Kennst du den Ort? Ein Freund von mir ...« Sie warf einen ängstlichen Blick auf Steinfaust und nahm dann Bleiche Schlange am Arm beiseite. »Kennst du den Magier der Langschädel, Langer Mann?«

Bleiche Schlange erschrak, sein Inneres fröstelte. Wer war diese Frau mit den harten Augen? Sie redete wie eine Frau aus einer berühmten Familie der Plattformpfeifen, die seit langem in höchstem Ansehen stand. Nach dem feinen Schnitt ihres Gesichts und der zarten Nase zu schließen, mußte sie von den nördlichen Schlangenclans stammen. Im Zusammenhang mit Langer Mann hatte er nur von einer einzigen Frau gehört, auf die das alles paßte. »Du bist Sternmuschel.«

Sie reagierte nicht, sondern fragte nur zurück: »Und du bist?«

»Bleiche Schlange.« *Und wenn ich soviel Verstand hätte, wie der Geheimnisvolle einer Stechmücke mitgegeben hat, würde ich auf dem Absatz kehrtmachen und weggehen!*

»Du hast meine Frage nicht beantwortet. Kannst du ...«

»Und in dem Bündel«, sagte er nachdenklich, »ist die Maske von Bunte Krähe.«

Ein leises Lächeln spielte um ihren vollen Mund. »Mach dir keine falschen Hoffnungen, Bleiche Schlange. Du scheinst ein gesunder Mann zu sein, ein Mann, der mit seinem Leben zufrieden ist. Außer meiner Tochter und mir sind alle Menschen tot, die diese Maske in den letzten vier Monden gesehen haben.«

»Was willst du von mir?« fragte er kalt. *Und was hat Langer Mann damit zu tun?* Fast rechnete er damit, daß der Zwerg den Hang heruntergestürmt käme, und Bleiche Schlange behielt die Hügel im Auge. *Und was würdest du dann tun? Ihm auf der Stelle das Genick brechen? Oder ihm nur die Arme ausrenken?*

»Daß du uns mitnimmst. Wir müssen zum Brüllenden Wasser, ich, meine Tochter und die Maske.«

Bleiche Schlange musterte das kleine Mädchen. Er war seltsam angerührt von der Macht, die er in ihren großen braunen Augen sah. »Wer hat euch zu mir geschickt?«

»Langer Mann ... kurz bevor Wanderdrossel ihn tötete. Das war letzte Nacht.«

Bleiche Schlange schaute ihr scharf in die Augen, er wollte in ihrer Seele lesen. »Bist du sicher, daß Langer Mann tot ist? Ist es nicht bloß eine List?« *Tot? Wirklich?*

»Der Kriegsherr Wanderdrossel hat letzte Nacht seine Eingeweide gekocht«, erklärte sie mit Fassung. »Nicht einmal der Magier könnte in dieser Lage einen Trick anwenden.«

»Nein, das glaube ich auch ... Ich frage mich aber, warum hat Langer Mann sich fangen lassen?«

»Du bist kein gewöhnlicher Händler, Bleiche Schlange.«

»Wie kommst du darauf?«

»Ich kann den Namen von Langer Mann erwähnen, ohne daß du dich erschrocken umsiehst, ob wir nicht seinen zornigen Geist herbeirufen könnten.« Sie betrachtete ihn mit schmalen Augen. »Nein, du bist in keiner Hinsicht gewöhnlich.«

Er spürte, wie Steinfaust die ganze Zeit mit Interesse zugehört hatte. Ihm blieb nicht mehr viel Zeit. *Du bist ein Narr, Bleiche Schlange. Du solltest einfach nein sagen, ins Boot steigen und so schnell wie möglich nach Hause eilen.*

Statt dessen legte er eine Hand auf Sternmuschels Schulter, wandte sich zum Kanu und sagte: »Hör zu, Gelbe Schnecke, ich bringe dich und Kleiner Salamander zum Gebiet des Eichelclans. Von dort kannst du den Pfad zum Graunußclan nehmen. Ist das ein Angebot?«

»Ich nehme es an.« Sternmuschel zeigte auf das Kanu. »Komm, Kleiner Salamander, wir können den Mann nicht den ganzen Tag warten lassen.«

Silberwasser krabbelte ins Boot, stieg über die Packen und faltete ihre Decken. Sternmuschel fand ein zweites Paddel im Kanu und setzte sich in den Bug.

Bleiche Schlange flüsterte Steinfaust zu: »Ich weiß nicht recht. Sie hat nur einen Tragkorb in ihrem Bündel, aber behauptet, ein Verwandter vom Eichelclan würde mit einer guten Platte Kupfer bezahlen.«

»Hm.« Steinfaust schien besorgt. »Hör auf meinen Rat, tauche sie mehrmals ins Wasser, wenn du sie nachts unter deine Decken kriechen lassen willst. Sonst kannst du einen Mond lang die Flöhe und Zecken von deinem Hodensack lesen.«

»Ich glaube nicht, daß ich das tue.«

»Ich würde sie zu Fuß gehen lassen«, riet ihm Steinfaust, als Bleiche Schlange das Kanu abstieß.

»Bis in zwei Sommern!« rief der Händler zurück.

»Und grüße meine Schwester!«

»Versprochen!« Bleiche Schlange paddelte vom Ufer in die Strömung.

Sternmuschel war ärgerlich: »Ich habe gehört, was er gesagt hat. Wenn du meinst, ich käme auch nur in die Nähe deiner Decken ...«

»Ich will nichts dergleichen tun.« *Vor allem nicht, wenn du mit Langer Mann zu tun hattest.* »Aber ich nehme auch ich nicht an, daß es dir gefällt, wenn Steinfaust Vermutungen anstellt, warum ich dich mitnehme. Zu erkennen, wo die Schwächen des Gegenübers liegen, ist eines der Geheimnisse beim Handeln. Zum Glück hat Steinfaust so viele Schwächen, daß ich immer noch nach einer Stärke suche.«

»Du bist sehr zungenfertig, Bleiche Schlange.« Sie schlug das Wasser so heftig mit ihrem Paddel, daß es Kleidung und Packen des Händler anständig naßspritzte.

»Sachte, sachte!« rief Bleiche Schlange. »Du mußt das Paddel ins Wasser tauchen und gerade zurückziehen – mit einer flüssigen Bewegung.«

»Das tu' ich doch.«

»Denkst du! Du benutzt es, als wäre es ein Grabstock oder eine Kriegskeule ... ich bin nicht sicher, was von beiden.«

»Bring uns einfach zum Brüllenden Wasser. Du kennst doch den Weg?« Aber sie versuchte, seinen Rat zu befolgen.

»Ich denke schon«, erwiderte Bleiche Schlange. Dann fragte er sie: »Ich kann ja verstehen, wie dir zumute ist. Dich hat im letzten halben Jahr fast jeder gehetzt, aber das heißt noch nicht, daß mir dieser Ton gefällt.«

»Dann sag mir, was du dagegen tun willst?«

»Ich könnte zum Beispiel den Rat von Steinfaust befolgen und dich in den Fluß werfen. Dann kannst du mit der Maske zurück zu Wanderdrossel und seiner Horde von Wieseln treiben.«

Sie drehte sich um und sandte einen eisigen Blick in seine Richtung. »Anders als die meisten scheinst du dich überhaupt nicht um die Maske zu kümmern. Ich finde das interessant … und mehr als verdächtig.«

Er lachte in sich hinein. »Das kann ich mir denken. Aber ich glaube doch, daß du mich interessant findest.«

»Du hast ja eine ziemlich hohe Meinung von dir.«

»Es hat auch Jahre gedauert, bis ich dahin gekommen bin. Ich gebe zu, daß ich mit den Ergebnissen ganz zufrieden bin.«

Sternmuschel schaute ihn mit Erstaunen an. »Warum hat mich der Magier bloß gebeten, ausgerechnet dich aufzusuchen? Man sollte doch meinen, daß er unter allen Händlern, die nach Norden reisen, einen … achtbareren hätte finden können.«

»Oh, so achtbar wie die andern bin ich auch – das heißt, ausgenommen meine Herkunft. Das ist immer ein Problem, dazu eins, das sich nicht ändern läßt. Freunde kann man sich aussuchen. Nimm mich zum Beispiel. Ich habe mich nie mit meinem Vater verstanden. Wir waren in allem unterschiedlicher Meinung, stritten immer nur.«

»Ich bin sicher, daß dein Vater mir gefallen würde.«

»Das glaube ich nicht. Er war verachtenswert, ein Tyrann, überzeugt von der eigenen Bedeutsamkeit, ein Schurke, überhaupt alles in allem ein Scheusal.«

»Ich merke, daß du seine bezaubernden Eigenschaften alle geerbt hast.«

Bleiche Schlange lachte. »Ich glaube, du könntest mir gefallen, Sternmuschel. Du hast Feuer, genau da, wo es nötig ist.« Er hielt inne, als er Silberwassers Blick spürte. »Was meinst du, Silberwasser? Hat deine Mutter Feuer?«

»Das braucht sie nicht. Sie hat die Maske.«

Bleiche Schlange erstarb das Lächeln auf den Lippen. »Du hast die Maske gesehen, Silberwasser?«

Bildete er sich das nur ein, oder versuchten diese Augen, ihn einzusaugen? Hoffnungsvoll fragte Silberwasser ihn: »Du bist auch ein Zauberer, ja?«

Bei den Worten ihrer Tochter drehte sich Sternmuschel so schnell um, daß das Kanu wippte und schaukelte. Sie schaute ungläubig auf Bleiche Schlange. »Ein Zauberer? Hast du deshalb die Schlangen auf deine Wangen tätowiert? Hat die große Schlange dich auch verschluckt, Händler?«

Er hob die Schultern. Sternmuschel hielt ihr Paddel reglos ins Wasser, und das Kanu steuerte auf das von Bäumen gesäumte Ufer zu.

»Oh, sie versuchte es, Sternmuschel. Das tat sie. Das Problem war, daß sie von mir nur Bauchschmerzen bekam. Hm, würde es dir etwas ausmachen, weiter zu paddeln, damit wir nicht gegen diese Bäume krachen?«

Bleiche Schlange schaute an Silberwasser vorbei, er konnte ihr unheimliches Starren nicht ertragen. »Was hast du mit der Maske vor, wenn du mir die Frage erlaubst, sobald du am Brüllenden Wasser bist? Willst du die Nebelgeister vergiften?«

»Ich werfe sie über die Kante.«

»Um die Nebelgeister zu vergiften?« Bleiche Schlange bemerkte die Schärfe in Silberwassers Augen. Sah Sternmuschel das nicht? Begriff sie nicht, was das bedeutete?

Er atmete tief aus. Leise sagte er mehr zu sich selbst: »Ich hätte schon mitten in der Nacht beim Roßkastanienclan aufbrechen sollen.«

»Was hast du gesagt?«

»Ach, nichts. Gar nichts, Sternmuschel. Ich freue mich auf die Fahrt.«

Otter behielt die Küstenlinie im Auge, die endlos an ihnen vorbeizog. Zweimal begegneten sie Kanus, deren Besatzung ihnen in der Händlersprache zurief: »Tauschen! Tauschen!« Die Männer wirkten abweisend, was Otter Unbehagen bereitete, auch waren an den Schultern ihrer hellbraunen Hemden Haarsträhnen befestigt, die aussahen wie Teile von Skalps.

Sie hatten Fische gezeigt, für die Otter Rochenstacheln, einen Strang Muschelperlen und ein Bündel Hängemoos anbot.

Als sie vorschlugen, daß Wellentänzer bei ihrem Lager anlegen und sie mit ihnen tauschen sollten, lehnte Otter höflich ab.

Der Mond verblaßte allmählich, und Otter und Perle beendeten ihre Nachtschicht an den Paddeln. Eine steife Brise blies von Westen, die Küstenlinie verlief jetzt nach Osten. Hier wichen die Strände steilen Klippen, auf denen dichter Mischwald aus Nadelbäumen, Ahorn und Eichen wuchs.

Im Norden sahen sie Land, in dem sich das Wasser zu einem schmalen Kanal verengte.

»Das muß die nördliche Durchfahrt sein«, vermutete Perle, »wo die Dachsleute den großen Stör jagen.«

»Ich erinnere mich, daß Forelle sagte, es sei ein gefährlicher Abschnitt.« Er war besorgt. »Es wäre besser gewesen, diese Strecke nachts zu fahren.«

»Seht mal da oben!« Otter deutete auf mehrere Feuer. »Sieht nach einem ansehnlichen Dorf aus.«

»Wir nähern uns tatsächlich dem Engpaß«, sagte Perle, und betrachtete die Uferlinie genau. »Forelle sagte, daß wir es erkennen würden.«

Otter beobachtete die Feuer, die auf den Felsen rechts loderten. »Hat er auch gesagt, wie es auf der anderen Seite des Engpasses aussieht?«

»Wir werden auf beiden Seiten Land sehen können. Wir halten uns nahe am Ufer und folgen einem breiten Kanal zwischen dem Festland und einer Insel.«

Als sie die hohe Landzunge umrundet hatten, sah Otter nach Osten nichts als Wasser. Dann wandte er seine Aufmerksamkeit dem Nordufer zu, das sich im morgendlichen Zwielicht abzeichnete. Er sah hohe Fichten, Tannen und Kiefern, die wie unheilvolle Speere aus dem glänzenden Grün ragten.

»Bei Sturm möchte ich hier nicht durchfahren.«

»Ich auch nicht«, stimmte Perle zu.

»Sie kommen immer etwas zu spät«, verkündete Grüne Spinne.

»Wer?« fragte Otter und sah sich um.

»Diese Wilden.«

»Was für Wilde?« fragte Schwarzschädel, der sich gerade aufgesetzt hatte.

»Ich würde bestimmt nicht dorthin schauen, um sie zu entdecken.« Grüne Spinne zeigte auf eine kleine Bucht.

Otter legte eine Hand über die Augen. Auf dem Kliff sah er Männer einen schmalen Pfad hinunterlaufen. Wie Ameisen sahen sie aus. Viele von ihnen trugen etwas, das auf die Entfernung wie Stöcke aussah.

»Schwarzschädel! Das gefällt mir nicht. Diese Burschen könnten schlimmer sein als die Khota!« Otter legte seine ganze Kraft ins Paddeln.

»Grüne Spinne«, schlug Perle vor, »möchtest du nicht rückwärts paddeln und dich dabei so wenig wie möglich anstrengen?«

Der Verdreher setzte sich zurecht, stieß sein Paddel ins Wasser, und Wellentänzer flog dahin, um die Wette mit den Wellen.

Otter behielt die Kanus im Auge, die aus dem kleinen Hafen aufbrachen. Bald schossen neun dunkle Pfeile auf sie zu.

»Anhalten und tauschen?« überlegte Perle.

»Vielleicht sind sie freundlich... aber wenn sie es nicht sind? Möchtest du wetten? Warum tragen so viele von ihnen wohl Wurfspeere? Nein, ich meine, wir sollten paddeln wie verrückt.«

»Hin und wieder beweist du eine überraschende Logik, Händler«, bemerkte Schwarzschädel.

Otter schätzte Wellentänzers Geschwindigkeit ab. Sie flogen am Ufer entlang, genau auf die leuchtende Sonnenscheibe zu, die über die Horizontlinie stieg. Es war, als ginge der Wettlauf mit den Khota noch einmal von vorn los.

»Wir schaffen es nicht«, rief Otter.

»Dann müssen wir uns die Kanus einzeln vornehmen«, entgegnete Schwarzschädel. »Boot gegen Boot haben wir eine Chance.«

Otter blickte über die Schulter, um den Abstand der Verfolger abzuschätzen. Wenn die Sonne einen Fingerbreit über dem Horizont hinge, würden sie in Wurfweite sein. Diese Vorstellung ließ ihn nur noch schneller paddeln.

Als sie an einer Bucht vorbeifuhren, nahmen drei weitere Kanus die Verfolgung auf.

»Das wird nicht gut ausgehen«, knurrte Otter. »Perle, wärst du nur bei Forelle geblieben.«

»Bin ich aber nicht. Paddle weiter.«

Grüne Spinne drehte sich um und sagte ernst: »Wenn sie nicht bei Forelle geblieben wäre, wäre sie jetzt hier, und würde uns retten.«

Unsinn? In so einer Situation?

»Paddle!« befahl Otter, und zu seinem Entsetzen legte der Verdreher sein Paddel aus der Hand. »Also gut! Paddle *nicht*!« Grüne Spinne nahm sein Paddel wieder, und Otter murmelte: »Es gibt Momente, da bringt er mich zum Heulen.«

»Uns retten? Aber wie?« fragte Perle und grübelte. »Grüne Spinne? Wie kann ich uns retten?«

»Du weißt es«, sagte der Verdreher, ohne sich aus seinem Rhythmus bringen zu lassen. »Diese Flußmänner kommen nie darauf.«

»Meint er wirklich, ich kann uns alle retten… oder töten?« fragte sich Perle.

»Paddle nur!« drängte Otter.

Er hatte den Abkürzungskurs fast richtig ermittelt.

Der erste Pfeil kam aus dem Himmel und sauste mit einem seltsam zischenden Laut hinter ihnen ins Wasser.

»Sie schießen auf uns!« schrie Otter. Seine Kraftreserven waren erschöpft, er keuchte, und seine Haut klebte vor Schweiß. Perle ging es ebenso, nur Schwarzschädel trieb sie mit seiner ungeheuren Kraft voran.

Nicht mehr als eine Manneslänge rechts von Wellentänzer zischte der nächste Pfeil ins Wasser.

Schwarzschädel stand im Bug auf und blickte zurück. »Das vorderste Kanu ist schon in Reichweite.«

Der Krieger legte einen langen Wurfspeer in sein Atlatl. Er wartete auf den Wind. Als Schwarzschädel den Speer abschoß, erbebte das große Kanu.

Das Geschoß stieg auf, kam in den Wind und fiel kurz vor dem Ziel herunter. Die Jäger brachen in schadenfrohes Geheul aus.

»Dieser verdammte Wind!« knurrte Schwarzschädel und griff nach einem neuen Wurfspeer. Er flog durch den rotgefärbten Morgenhimmel und senkte sich pfeifend.

Schwarzschädel stieß einen Freudenschrei aus, als der Speer ins Holz des Einbaums fuhr. Diesmal waren empörte Schreie zu hören, und die Verfolger fielen zurück.

»Guter Wurf!« rief Otter, und Schwarzschädel ging zurück ans Paddel.

Schwarzschädel knirschte mit den Zähnen. »Sie geben uns keine Gelegenheit zum Kampf Mann gegen Mann. Sie wissen, daß sie uns überholen können.«

Otter wurde flau im Magen, als er sah, wie sie versuchten, sie einzukreisen. »Die Zeit scheint auf ihrer Seite zu sein.«

»Wenn nur der Wind nicht wäre!« brüllte Schwarzschädel. »Außerdem haben sie mehr Pfeile als wir, Händler. Sie können herausfischen, was sie auf uns schießen. Unsere Speere sind nach jedem Wurf verloren.«

»Der Wind …«, flüsterte Perle.

Ein weiterer Pfeil zischte ins Wasser, tauchte wieder auf, der befiederte Schaft dem Wind abgewandt.

Immer mehr Pfeile wurden auf sie abgeschossen.

Plop! Grüne Spinne schnappte nach Luft, ein Pfeil hatte sein Hemd an den Bootsrumpf genagelt.

»Verfluchter Wind!« tobte Schwarzschädel. »Warum hilft er uns nicht?«

Lachend bückte Perle sich nach den Bündeln und hob die schweren Säcke von den Matten.

»Was suchst du?« fragte Otter, seine Arme schmerzten und waren bleischwer. Bei jedem Atemzug brannte seine Brust, als wollte sie bersten. *Dieses Mal werden wir es nicht schaffen.*

Wieder zischte ein Pfeil vor dem Fuchskopfbug ins Wasser, den sich Schwarzschädel schnappte.

Und was wirst du tun? Du weißt, was sie mit Perle machen werden. Er würde langsam unter ihrer Folter sterben. Aber bevor sie Hand an die Frau legten, die er liebte, würde er sein Paddel ein letztes Mal gebrauchen. Sie würde nichts merken, nichts spüren.

Inzwischen hatte Perle eine große zusammengerollte Palmwedelmatte hochgehoben. Dabei grinste sie übers ganze Gesicht. »Bete um mehr Wind.«

»Das hätte uns gerade noch gefehlt!« Schwarzschädels Gesicht glänzte vor Schweiß. Er sah besorgt aus.

»Hilf mir«, bat Perle Otter. »Halte die andere Seite. Starr mich nicht an, als wäre ich verrückt, tu es!«

»Du meinst, ich soll mit dem Paddeln aufhören?«

»Ja! Sofort!«

Otter kroch zu ihr und faßte die eine Seite der dicht gewebten Matte. Perle breitete die Matte aus, und als sich der Wind darin fing, ruckte das Kanu so heftig, daß Otter beinahe über Bord gegangen wäre.

»Geschafft!« schrie Perle. »Damit fangen wir den Wind!«

»So machen es die Salzwasserhändler!« rief Otter und stemmte einen Fuß gegen das polierte Dollbord. »Ich habe sie gesehen. Sie...«

»Klar!« rief Perle. Der Wind blähte die Matte. Wellentänzer schoß über die Wellen, und Otter hatte Mühe, das Gleichgewicht und die schwere Matte zu halten.

»Schwarzschädel, bleib auf Kurs! Du mußt uns steuern!«

Otter schaute nach den Verfolgern. Würde dies Wellentänzer den Schwung geben, den sie brauchten? Gischt sprühte unter dem Fuchskopfbug auf, während sie über das dunkle, kristallblaue Wasser schossen.

Ahnen, helft uns! Vielleicht wird uns Perle wieder das Leben retten! Sie schenkte ihm ein hinreißendes Lächeln, und in ihren Augen tanzten Freudenfunken. Er jauchzte, fühlte sich voller Lebenswillen wie damals in dem Unwetter. »Habe ich dir eigentlich schon gestanden, daß ich dich liebe?«

»Nein!« flötete Grüne Spinne. »Aber das freut mich, Otter.«

»Dich doch nicht!« fauchte Otter und fügte hinzu: »Grüne Spinne, halte dein Paddel in die Mitte der Matte, hilf uns, sie zu stützen.« Auf den verständnislosen Blick des Verdrehers hin flehte Otter: »Nur dieses eine Mal, Grüne Spinne, zwing mich nicht, umgekehrt zu denken! Hilf uns!«

Ein mattes Lächeln umspielte die Lippen des Verdrehers, als er tat, was Otter ihm gesagt hatte.

Noch hielten die Dachsleute mit.

»Wenn der Wind hält ...« Otter versuchte, die Matte noch weiter zu spannen. Wellentänzer sprang nur so über die Wellen.

Die Dachsleute waren jetzt ein ganzes Stück außerhalb der Pfeilschußweite zurück.

»Wie kommen wir voran?« fragte Schwarzschädel, dem die Matte die Sicht versperrte.

»Wir machen etwas gut, verlieren aber auch wieder etwas. Im Augenblick verlieren wir.« Aber da frischte der Wind wieder auf.

»Dort ist unsere Insel«, meinte Perle und wies mit dem Kopf in die Richtung. »Der Kanal, den wir suchen, liegt rechts, aber er läuft schräg zum Wind.«

»Und was ist auf der anderen Seite der Insel?« fragte Otter. »Was finden wir, wenn wir nach Norden fahren?«

»Offenes Wasser ... denke ich.«

Otters Mund war ausgetrocknet, und er wünschte, er könnte sich Wasser schöpfen. »Gut, wenn wir aufs offene Wasser hinausfahren, können wir uns an den Sternen orientieren. Paddeln wir nach Süden, müßten wir wieder auf die Küstenlinie stoßen.«

»Wer hat Angst vor offenem Wasser?« fragte Perle.

»Ich«, erwiderte Schwarzschädel.

»Laßt uns im Wind bleiben«, schlug Otter vor. »Schwarzschädel, steure uns nach Osten.«

Wieder verstärkte sich der Wind, und wieder kam Wellentänzer ein gutes Stück voran, aber dann flaute der launische Wind so stark ab, daß Otter, Perle und Grüne Spinne wieder paddeln mußten.

Und die Jäger hinter ihnen verfolgten sie noch immer.

Die große Insel zog rechts an ihnen vorbei. Der weiße Strand war mit Treibholz übersät. Am Ufer waren kleine Fischerlager auszumachen, aber die Leute dort schauten nur zu, wie sie vorbeifuhren.

Erbarmungslos schlossen ihre Verfolger wieder auf.

»Werden wir es schaffen?« Perles Arme zitterten, aber sie paddelte noch.

»Ich weiß nicht«, sagte Otter.

Die Sonne stand hoch am Himmel, als sie die letzte Landzunge hinter sich ließen und aufs offene Wasser fuhren.

Ein Pfeil zischte hinter ihnen herunter.

Paddeln, sagte Otter verbissen zu sich. *Alles, was du tun kannst, ist paddeln.*

Seine Glieder schmerzten, und seine Muskeln verkrampften sich vor Erschöpfung. Vielleicht wäre es besser, sich von den tückischen Dachsleuten töten zu lassen.

Du darfst ihnen Perle nicht überlassen. Er schaute hinter sich. Zwei Kanus verfolgten sie nur noch, alle andern waren umgekehrt.

»Eins ist sicher. Sie haben es verdient«, stellte Perle fest.

»Ja, wir wissen jetzt, daß sie nicht freundlich gesinnt sind. Niemand würde sich so anstrengen, nur um ein paar Haifischzähne oder Muscheln einzutauschen.«

Wieder zischte vor ihnen ein Pfeil herab.

»Das reicht«, knurrte Schwarzschädel, warf sein Paddel ins Boot und griff zum Atlatl. »Der Wind ist weg. Jetzt werde ich diesen kriechenden Maden zeigen, was mein Atlatl kann.«

Otter sah, wie nah das eine Kanu schon war. Schwarzschädels Speer traf einen der Krieger. Der Mann schrie auf und kippte nach hinten. Dann drehte das Kanu ab; das zweite Boot verlangsamte die Fahrt.

»Laßt uns wenden, dann kann ich alle töten.« Schwarzschädel legte einen zweiten Speer in sein Atlatl. Er stemmte die Füße fest auf Wellentänzers schwankenden Boden und warf; der Speer blieb mit einem hohlen Laut im Rumpf des hinteren Kanus stecken.

»Laß sie gehen«, sagte Otter müde, als die beiden Kanus abdrehten und auf die Insel zuhielten.

»Sie werden wohl lange überlegen, bevor sie uns noch einmal jagen«, erklärte Grüne Spinne, während er einen Finger durch das Loch steckte, das der Pfeil in seinem Hemd hinterlassen hatte.

Perle ließ sich stöhnend auf die Packen fallen. »Gesegnete Geister! Grüne Spinne, wann kommen sie wieder?«

»Ehe wir auf sie gefaßt sind, soviel steht fest.«

Perle rieb sich mit beiden Händen kräftig das müde Gesicht.

Otter war auch erschöpft. »Wir sollten lieber versuchen, ein wenig zu schlafen, Perle. Sieht so aus, als würden wir die Ruhe brauchen.«

»Welche Richtung?« Schwarzschädel schaute unbehaglich auf die endlose Wasserfläche.

»Süden. Halte nach Land Ausschau.« Otter schöpfte mit den Händen Wasser und trank. Dann legte er sich hin und hielt die Decke hoch, damit Perle zu ihm kriechen konnte.

»Wir haben es geschafft«, flüsterte sie und schmiegte sich an ihn.

»Du hast uns wieder einmal gerettet.« Er küßte sie auf die Schläfe.

»Hmm?« murmelte sie.

»Deine Windfalle. Sie hat uns davor bewahrt, daß sie uns einholten. Das hat alles entschieden.« Perle reagierte nicht, und er sah, daß sie eingeschlafen war.

Er legte einen Arm um sie. »Guter Gedanke.«

Grünspecht kam zwischen den Bäumen hervor. Er ließ seine Muskeln spielen und zeigte die Kraft seiner Schultern und Arme. Wanderdrossel konnte nichts in seinem Gesicht lesen, als er näher kam. Seit der Ermordung des Zwergs hatte sich viel geändert. Es war, als hätte Grünspecht eine unsichtbare Matte zwischen sich und ihm ausgerollt.

»Nichts«, meldete Grünspecht keuchend. »Sie hat sich entweder in einen Felsen verwandelt oder ist eins mit einem Baum geworden. Wir sind kreuz und quer über die Hügel gegangen, haben die Gehöfte durchsucht und die Fährten geprüft. Kann die Maske sie in die Lage versetzen, sich in Luft aufzulösen?«

Wanderdrossel trat wütend gegen den Erdhügel eines Waldmurmeltiers. »Also, wo ist sie? Der Magier hätte sie nicht im Stich gelassen – und er hätte die Maske nicht zurückgelassen.«

Grünspecht wischte sich den Schweiß aus dem Gesicht und sagte: »Wir suchen nun schon seit einem halben Jahr nach dieser Maske. Es sind weniger als zwei Monde bis zur Sommersonnenwende. Deine Krieger werden langsam ungehalten, weil sie schon so lange von zu Hause weg sind.«

»Du auch, Vetter?«

»Einen Tod haben wir gerächt; dieser Geist kann nun leichter ruhen. Ich schlage vor, daß wir den Schädel des Magiers zum Clanhaus bringen und die Krähen und Elstern daran picken lassen. Dann können wir wieder zu unseren häuslichen Pflichten zurückkehren.«

»Ich spüre noch etwas.«

Grünspecht sah ihn unergründlich an. »Manche fragen sich, ob das Glück sie nicht verlassen hat.«

»Weil ich den Zwerg getötet habe?« Wanderdrossel funkelte die Krieger, die im Schatten der Bäume lagen, wütend an. Aufgeben? War es an der Zeit, mit dem Schädel von Langer Mann nach Hause zu gehen und die Geister ruhen zu lassen?

Nein! Ich war mächtig genug, den großen Zauberer zu fangen! Ihn zu töten! Ich werde mächtig genug sein, die Maske zurückzugewinnen! Vor seinem inneren Auge sah er den hohen Grabhügel, den sie für ihn errichten würden. Er kämpfte nicht für den Augenblick, sondern für die Ewigkeit – und den Schlüssel dazu trug Sternmuschel bei sich.

Man wird mich mit der Maske begraben – damit alle von der Macht und dem Ansehen Wanderdrossels, Kriegsherr des Mondmuscheltals, wissen!

Er streckte die Hand aus und fuhr über die glatte Rinde einer Buche. Dann wandte er sich um und erklärte: »Wir werden eine letzte Jagd machen. Ich möchte, daß alle ausschwärmen und im Gebiet des Roßkastanienclans suchen. Wenn wir kein Zeichen von Sternmuschel, ihrer Tochter oder der Maske finden, bevor wir den Oberen Mondmuschelfluß erreichen, wird es ein Wink vom Geist der Macht sein, daß wir aufgeben sollen. Stoßen wir aber auf ihre Spuren, suchen wir weiter.«

Von den Kriegern kam zustimmendes Gemurmel. Sie würden den Willen der Macht erfüllen.

Bald würde es zu Ende sein.

41. KAPITEL

Sternmuschel saß mit Bleiche Schlange am Feuer und musterte ihn heimlich. Warum war er so gelassen? Er wußte alles über sie und – über die Maske. Wie konnte sich ein Mensch da wohl fühlen?

Als Lagerplatz hatte er ein Eichen- und Ahornwäldchen ausgesucht. Das Blätterdach über ihnen verteilte den Rauch des Feuers; weiches Gras bedeckte den Boden. Er hätte keinen besseren Lagerplatz auswählen können.

»Er macht Gänsefußkuchen, Mama.« Silberwassers Augen leuchteten voll Vorfreude. Sie lag auf dem Bauch, das Kinn in die Hände gestützt.

»Den allerbesten«, erklärte ihr Bleiche Schlange. »Ich mische Mehl mit etwas Fett und tue ein wenig von dem Gärmittel dazu, das ich in diesem Krug aufbewahre. Dann muß man die Masse gehen lassen. Zuletzt wird sie platt gedrückt und zum Backen in einen Topf getan.«

»Du scheinst in allem, was du anpackst, tüchtig zu sein«, sagte Sternmuschel zu ihm. Eine Hand lag beruhigend auf Silberwasser. Noch immer wußte sie nicht, ob sie ihn mochte oder nicht.

Bleiche Schlange war ein gutaussehender Mann, mittelgroß, muskulös und mit Sorgfalt gekleidet. Ein Atlatl hing an seinem Gürtel, außerdem mehrere Beutel, deren Inhalt Sternmuschel nur raten konnte. Die gewundenen Schlangen auf seinen mageren Backen waren sein auffälligstes Merkmal. Bei jedem Lächeln schienen sie sich aufzurollen, um anzugreifen – und Bleiche Schlange lächelte sehr häufig.

»Es dauert noch etwas, bis wir das essen können. Aber die Nacht ist warm, und die Weiden schirmen uns vom Fahrwasser ab. Warum geht ihr beide nicht zum Bach? Vielleicht ist es die letzte Gelegenheit, euch zu waschen.«

»Und die Maske soll ich wohl hierlassen?« Sternmuschel zog eine Augenbraue hoch. *Sag es nur, Händler Bleiche Schlange.*

»Wenn du möchtest. Aber nimm sie nur mit. Am besten du wirfst sie dort unten in die Strömung!«

»Ich traue dir nicht«, sagte Sternmuschel. Sie stand auf, nahm Silberwasser an der Hand und das Bündel mit der Maske.

»Weil du nichts von mir weißt.« Er schob die Kohlen zusammen.

»Oh, da irrst du dich aber. Ich weiß einiges. Zuerst einmal bist du ein Mann. Sollte ich mir Gedanken machen, daß du durch die Büsche spähst, während ich mich wasche?«

Bleiche Schlange lächelte gutmütig. »Selbstverständlich solltest du das. Ich weiß nämlich auch was über dich – daß du dir ständig Sorgen machst. Du würdest dich nämlich nackt da unten gar nicht wohl fühlen, weil dich die Frage quälte, ob ich dir nun zuschaue oder nicht. Ich rate dir daher, gleich loszugehen und dir Sorgen zu machen ... dann wird's dir besser gehen.«

»Das ist nicht lustig. Ich verachte dich!«

»Nein, nein, du verwechselst mich mit meinem Vater. Ich glaube er hat dich als eine Art Strafe oder Marter ... einfach aus Gehässigkeit geschickt. Das würde gut zu ihm passen ...«

Vater? Sternmuschel stutzte. Sie versuchte, Ordnung in ihre Gedanken zu bringen, sie war aber zu müde dazu. *Was meinte er damit?*

»Er ist ein eigenartiger Mann«, sagte Silberwasser, als sie zum Wasser gingen. »Er fürchtet sich vor mir.«

»Niemand sollte sich vor dir fürchten, meine Kleine.« *Aber es stimmte, oder nicht? Bleiche Schlange sah die Veränderungen an dir, die ich nicht wahrhaben wollte.*

Ein klarer Bach floß aus dichtem Gestrüpp. Die Abendkühle machte sich bemerkbar, aber das Wasser sah wunderbar aus. Sie brauchte sich nur anzuschauen. Sie war in einem schrecklichen Zustand. *Das also ist das junge Mädchen aus Sternhimmelstadt, das immer bevorzugt war.* Aber dieses Mädchen war ja vor langem verschwunden.

»Komm, Kleines. Waschen wir uns.« Sie legte das Maskenbündel auf den Boden und zog ihre Sachen aus. Als sie ins Wasser watete, ertappte sie sich dabei, daß sie den Hang hinaufblickte und auf sein anzügliches Grinsen wartete.

Die Kälte des Wasser ließ sie erschauern, aber sie setzte sich dennoch in den Bach. Silberwasser sah ihr vom Ufer aus zu.

»Komm schon, Kleines.«

»Es sieht kalt aus.«

»Es sieht sauber aus. So habe ich mich nicht mehr gefühlt…« Sie konnte den Namen von Grüßt die Sonne nicht aussprechen. Nicht mehr. Auch diesen Traum hatte sie zu Grabe tragen müssen. *Wenn ich noch mehr von mir verliere, wird nichts mehr übrigbleiben.*

Silberwasser zog ihr Kleid aus und watete unwillig ins Wasser. Sternmuschel zog sie tiefer hinein, was das Kind mit unwilligen Schreien beantwortete.

»Wir wollen doch richtig sauber werden.«

»Es ist aber eiskalt!«

Sternmuschel schrubbte ihre Tochter und behielt dabei den Hang im Auge. Bleiche Schlange verwirrte sie. Anscheinend wußte er alles von ihr – und der Maske –, und er hatte Humor! Ein Zauberer? Angst vor Silberwasser?

Sternmuschel biß sich auf die Lippe. *Machst du dir nicht etwas vor, Sternmuschel? Du hast die Veränderungen gesehen. Sie ist nicht mehr so wie ein kleines Mädchen.*

Aber wie könnte sie das auch nach allem, was sie durchgemacht hatte?

»Au!« Silberwasser wollte sich loszureißen. »Nicht so fest, Mama.«

»Tut mir leid, Kaulquappe. Komm, laß dir das Haar kämmen. Da stecken ja Hölzchen drin… und was ist das? Eine Zecke?«

Silberwasser jammerte, als Sternmuschel die Zecke aus ihrer Kopfhaut zwickte.

»Sternmuschel?« rief Bleiche Schlange von oben. »Ich habe saubere Kleider. Ich lasse das Bündel über die Kante segeln.«

Ehe sie etwas sagen konnte, flog auch schon ein Packen herunter und rollte ans Ufer. Der Stoff sah neu aus. Sie blickte nach oben.

»Leider nichts für Silberwasser. Hab ich schlecht geplant. Ich hoffe, du entschuldigst.«

»Danke«, rief sie zurück und fügte leiser hinzu: »Aber ich bin sicher, daß wir ohne deine Lumpen auskommen.«

Silberwasser war schon wieder an Land. Dann watete auch Sternmuschel hinaus und sah, wie ihre Tochter vor Kälte zitternd hin und her hüpfte.

»Ich friere, Mama!«

»Lauf hinauf zum Feuer. Wärme dich! Aber laß dich nicht von ihm anfassen, verstanden?«

»Ja, Mama.« Silberwasser sprang die Böschung hinauf.

Sternmuschel wusch sich auch noch ihre Haare. Es dauerte etwas, bis sie die verfilzten Strähnen entwirrt hatte. Auf einer Schulter entdeckte sie einen Bluterguß, der schmerzte. Wann war das passiert? Vielleicht auf der Flucht vor den Khota?

Du bist müde, Sternmuschel. Kannst nicht mehr klar denken. Sie benetzte ihr Gesicht und betrachte ihr verschwommenes Spiegelbild im Wasser. *Ich brauche jetzt meinen ganzen Verstand.* Aber ihre Gedanken schienen so trübe wie das Wasser, in das sie schaute.

Sie wandte sich um und breitete Silberwassers Sachen auf dem Gras aus. Es waren fast schon Lumpen. Die kläglichen Reste ihrer Kleidung waren vor Monden noch ein wunderschönes Kleid gewesen.

Es ist gut, Sternmuschel. Bald, vielleicht schon in einem Mond, wirst du wieder wie eine Frau handeln können… einen Kamm machen, deine Kleider ausbessern.

Sie bekam eine Gänsehaut, aber sie fühlte sich jetzt wirklich sauber und wohl. Damit hatte Bleiche Schlange recht gehabt. Sie zog ihr Kleid wieder an; dann schaute sie neugierig in das Bündel, das er ihr hinuntergeworfen hatte.

In einer nagelneuen dicken Decke lagen ein Kleid und ein Paar schwere Mokassins. Das Oberteil des Kleides war mit Gräten, Muscheln und Kupferperlen in einem Zickzackmuster geschmückt. Lange Fransen hingen von den Ärmeln und von der Passe im Rücken. Es war aus fein gegerbtem Wildleder, dünn und geschmeidig, und fühlte sich wunderbar an. Sie hob es auf, um seinen kräftigen Geruch einzuatmen.

Wie wunderschön es ist. Sie blickte wieder auf die abgewetzten Lumpen, in denen sie unterwegs war. Warum schenkte er ihr ein solches Kleid? Wie tief stünde sie in seiner Schuld, wenn sie es annähme?

Er hätte es dir nicht gegeben, wenn er dafür nicht etwas von dir erhoffte. Dennoch mußte sie es immer wieder anfassen. Das Leder war so weich. Es wäre so warm. Und ihr war lange nicht mehr warm gewesen.

Entschlossen zog sie das wunderbare Kleid an und seufzte, so angenehm lag es auf ihrer kalten Haut. Sie strich es über der Rundung ihrer Hüften glatt und schaute an sich hinab. Leder paßte sich dem Körper an, aber das Kleid war ein bißchen zu klein; sie errötete, als sie bemerkte, wie es ihre vollen Brüste, den flachen Bauch und die schmale Taille hervorhob.

Die kniehohen Mokassins waren leuchtend rot und aus dickem Leder. Begeistert schlüpfte sie hinein, und sie paßten, als wären sie für ihre Füße zugeschnitten worden. Riemen umschlossen die Wade.

Sie rollte ihre alten nassen Kleider zusammen, hängte das Bündel mit der Maske um und stieg den Hang hinauf.

»Stillgestanden, kleines Mädchen«, hörte sie Bleiche Schlange sagen.

Beim Klang seiner Stimme lief Sternmuschel schneller. Dann konnte sie das Feuer sehen. Mit trotzigem Gesicht stand Silberwasser vor Bleiche Schlange, der etwas an ihrem Haar machte. Erst als Sternmuschel sich dazwischenstürzen wollte, bemerkte sie den Kamm.

Bleiche Schlange hob mit einem ärgerlichen Blick den Kopf. »Hat das Kind keinen Kamm?«

»Nein. Hör auf damit! Ich kämme ihr Haar … wenn sie angezogen ist!«

Bleiche Schlange war ungehalten. »Macht das einen Unterschied? Haare habe ich seit … na, schon lange Zeit gekämmt. Ob man angezogen oder nackt ist, das macht keinen Unterschied!«

»Das finde ich nicht.«

Er machte weiter. »Halt still, Silberwasser. Auch wenn deine Mutter davon überzeugt ist, daß ich ein schmutziger Blutsauger bin, muß das noch lange nicht stimmen. Und sobald ich diesen Knoten entwirrt habe, bist du so hübsch wie eine polierte Schneckenmuschel.«

Sternmuschel stutzte. »Dränge dich nicht zwischen mich und meine Tochter.«

Er blickte zu ihr auf, sah das Lederkleid und bekam große Augen. »Jetzt weiß ich, daß der alte Dämon dich geschickt hat, um mich zu martern. Bei den Ahnen, Sternmuschel, du bist eine Schönheit.«

»Nicht deine«, sagte sie kalt. »Und sobald meine Kleidung trocken ist, kannst du dein Kleid wiederhaben.«

Endlich konnte er den Kamm frei durch Silberwassers Haar ziehen. »Siehst du, Kleine. Jetzt bleibst du hier stehen und läßt dein Haar am Feuer trocknen.«

Er ging auf Sternmuschel zu und zwang sich, ihr in die Augen zu sehen. Dann hob er den Kamm und runzelte die Stirn. »Dreh dich um!«

»Du bist sehr anmaßend!«

»Also gut, dann eben nicht.« Er legte den Kamm auf ihr Kleiderbündel und ging zum Feuer. Mit einem Stock schob er die Kohlen an den Topf. Ein köstlicher Duft entströmte ihm, und Sternmuschel spürte, daß sie großen Hunger hatte.

Bleiche Schlange deutete auf ein Gestell aus Schößlingen, das er neben dem Feuer gebaut hatte. »Da kannst du die nassen Sachen zum Trocknen aufhängen. Du wirst dich in diesem Kleid wohl nicht so schrecklich unwohl fühlen, aber Silberwasser braucht trockene Kleidung.«

Sternmuschel hängte die Kleider auf, dann legte sie das Maskenbündel neben sich und kämmte die Knoten aus ihrem Haar. Vielleicht wäre es leichter gewesen, wenn er es gemacht hätte. Aber er sollte die Finger von ihr lassen!

»Warst du eine seiner Frauen?« fragte Bleiche Schlange leise.

»Eine seiner ...«

»Von Langer Mann?«

»Nein. Nein. Er behandelte mich immer mit großem Respekt. Beinahe mit ... Traurigkeit.« Sie sah ihn flüchtig an. »Beunruhigt es dich nicht, seinen Namen auszusprechen? Sein Geist ist irgendwo, und glaube mir, nach allem, was er getan hat, ist sein Geist nicht sehr glücklich.«

Bleiche Schlange musterte sie verstohlen. »Davon bin ich überzeugt. Sag mir, hat er dir jemals etwas geschenkt? Zu menschlichen Formen gedrehte Grasbüschel? Kleine Ledertaschen mit Armen und Beinen? Bündel aus zusammengebundenen Federn?«

»Nein. Warum?«

Bleiche Schlange streckte seine Hand aus, um zu fühlen, ob Silberwassers Haar schon trocken war. »Trocken, Kleine. Wenn Mama uns den Kamm zuwirft, bringen wir es zum Glänzen.«

»Ich kämme sie. Komm her, Schatz.« Während Sternmuschel den Kamm durch Silberwassers Haar zog, warf sie einen mißtrauischen Blick auf Bleiche Schlange. »Hat er es so gemacht? Er erzählte, er habe seine Macht gebraucht, um eine Frau zu täuschen, um sie zu nehmen ... und sie träumte, er sei ihr Mann.«

Übertrieben eifrig stocherte Bleiche Schlange in der Glut. »Dann hat er dir sehr viel von sich verraten. Das ist Zeichen eines ungewöhnlichen Vertrauens, Sternmuschel. Warum hat er das wohl getan?«

Sie zuckte mit den Achseln. »Er wird seine Gründe gehabt haben. Ich nehme an, auch du hast deine. Das ist ein sehr schönes Kleid. Ist es für deine Frau?«

Er lachte auf seine respektlose Art. »Ich hab meine Frau vor sieben Jahren getötet.«

»Getötet?« Sie hielt im Kämmen inne.

»Sie schlief mit meinem Vater – ohne Zwang, könnte ich hinzufügen.« Er betrachtete die glühenden Kohlen. »Ich hätte es dabei belassen können. Aber sie sagte Dinge. Na ja, es war genug, und ich schlug ihr den Schädel ein.«

Sternmuschel erschrak. »Aus was für einer Familie stammst du nur?«

»Aus der schlimmsten ... aber damit müßtest du dich eigentlich auskennen.«

Sie schluckte und dachte an ihren Mann, sah das Seil vor sich. »Es war die Maske, die Glimmervogel dazu brachte, diese schlimmen Dinge zu tun. Er war nicht ... vorher war er nicht so.«

»Trug er die Maske?« Bleiche Schlange wurde unruhig. »Hör mir zu, Sternmuschel, warum werfen wir sie nicht einfach in den Fluß und verschwinden von hier? Ich bringe dich, wohin du willst. Die Maske bedeutet nur Ärger, Schmerz und Gram. Bei Silberwasser zeigt sie bereits ihre Wirkung.«

Sternmuschel lief es kalt über den Rücken. »Was? Was willst du damit sagen?«

»Siehst du es denn nicht? Dieser Blick in ihren Augen? Hast du die Veränderungen nicht bemerkt?«

Sie fühlte einen Schmerz in der Kehle. »Was ... was für Veränderungen?«

»Der Geist der Macht spricht zu ihr.« Mit freundlicher Stimme fragte er das Mädchen: »Ist es nicht so, Silberwasser? Sie lehrt dich Lieder?«

Silberwasser schaute ihre Mutter flehentlich an, als fürchtete sie sich davor zu antworten. Sie setzte sich und starrte ins Feuer. Suchte sie Gesichter? Gesichter, wie sie die alte Frau gesehen hatte?

Bleiche Schlange kniete sich neben das Mädchen, sprach aber zu Sternmuschel: »Es wird gut werden. Wir haben Zeit.«

Sternmuschels Mund war trocken. »Was ... was bemerkst du, was ich nicht sehe?«

»Der Geist der Macht hat sie berührt. Bei einem unschuldigen Kind folgt die Macht einfach seinen Launen und Wünschen. Die Macht an sich ist nicht böse. Die Menschen benutzen sie, und manchmal benutzt sie auch Menschen.«

»Mein Mann, er ... erhängte sich. Tat schreckliche Dinge. Tötete. Die Maske brachte ihn dazu, das alles zu tun. Willst du andeuten ...«

»Nein.« Bleiche Schlange schüttelte den Kopf. »Sie bediente sich nur dessen, was schon in seiner Seele lauerte. Deshalb überrascht es mich, daß Langer Mann die Maske trug.«

»Er trug sie nicht.«

»Aber das hast du gesagt.«

»Ich meinte meinen Mann.« Sie schüttelte den Kopf. »Ach, ich bin ganz durcheinander. Langer Mann fürchtete die Maske. Zur Wintersonnenwende kam er zu mir. Ich war zum Begräbnis meiner Mutter in Sternhimmelstadt. Langer Mann war auch dort. Er hatte gehört, daß die Maske für böse Zwecke gebraucht wurde. Der Magier verstand, was vor sich ging, und er berichtete mir, Erster Mann habe ihm eine Vision geschenkt. Er wußte, wie man die Maske zurückbekommt, wie mit dem Wolfsfell ihr etwas von ihrer Macht genommen werden kann. Aber um die Maske für immer unschädlich zu machen, müßte man sie ins Brüllende Wasser werfen.«

Bleiche Schlange zog Silberwasser zärtlich an den Haaren. »Das sieht ihm gar nicht ähnlich. Wieso sollte es den Magier gekümmert haben, daß eine Maske sich die halbe Welt unterwirft?«

Sternmuschel unterdrückte eine Antwort und sah weg.

»Du weißt noch mehr.« Bleiche Schlange sah sie argwöhnisch an. Die Schlangen auf seiner Haut ringelten sich, als er die Backenmuskeln spannte.

»Er hat es mir im Vertrauen gesagt.« Sie wurde wütend. »Es tut mir leid, aber dir vertraue ich nicht... auch keinem anderen. Ich mußte zusehen, wie mein Leben zerstört wurde, das Leben meines Vaters, meiner Mutter und das meines Mannes... und wenn es wahr ist, was du mir von Silberwasser und der Maske erzählst, ist das Leben meiner Tochter vielleicht in größerer Gefahr, als ich ahne. Ich habe gesehen, wie Menschen starben. Wanderdrossel jagt mich, will mich töten. Den Zauberer hat er schon umgebracht. Ich kann niemandem trauen... nicht mehr. Vor allem dir nicht.«

Er war nachdenklich und nickte. »Aber du hast Langer Mann vertraut, Sternmuschel. Ist das nicht ein eigenartiger Winkelzug des Schicksals? Lieber hätte ich meine Hand in einen Korb voller Klapperschlangen gesteckt, als ihn eine Wochenreise in meine Nähe kommen lassen.«

»Warum? Was hat er dir angetan?«

Bleiche Schlange kniff die Augen zusammen, und an seinen Fäusten sah man den langsam aufsteigenden Zorn. »Alles, was er konnte. Anfangs wollte ich sein wie er. Ich gab mir selbst die Schuld, daß ich größer wuchs als er. Das war die erste Enttäuschung. Ich strengte mich an, zu sein wie er – aber ich war anders. Je mehr ich ihn verachtete, desto mehr haßte er mich.«

»Langer Mann haßte dich?«

»In allem war ich das genaue Gegenteil von ihm.«

Sie neigte den Kopf. »Zu mir war er freundlich.«

»Gerade das beunruhigt mich ja.«

»Warum hat er mich dann zu dir geschickt, wenn er dich so sehr haßte?« Geistesabwesend kämmte sie sich.

»Das ergibt alles keinen Sinn – wahrscheinlich wußte er, daß ich dumm genug sein würde, dich zu retten. Ich hab schon immer mit Hilfesuchenden Mitleid gehabt. Deshalb bin auch nur ein mittelmäßiger Händler.«

»Ich hielt dich nicht für einen netten Menschen, als ich dich mit Steinfaust scherzen hörte.«

»Ich bin kein netter Mensch. Wie bist du auf diesen Unsinn gekommen? Ich habe meine Frau getötet, hast du das schon vergessen?« Er wirkte unglücklich. »Langer Mann war immer nur auf seinen eigenen Vorteil bedacht. Und der Geist der Macht gewährte ihm das.« Er verschlang seine Finger ineinander. »Er hätte sich eine letzte Gelegenheit, mir weh zu tun, nicht entgehen lassen. Ist das der Grund? Hat er dich geschickt, um mir weh zu tun?«

Sternmuschel sagte: »Ich bin nicht hier, um jemandem weh zu tun. Ich will nur die Maske von Bunte Krähe zum Brüllenden Wasser bringen, sie über die Kante werfen, und dann ...«

Was? Sie fiel ins Leere. Was würde geschehen, wenn sie das getan hatte?

»Du bist eine Falle«, erkannte Bleiche Schlange. »Wenn du wahrscheinlich auch nichts davon weißt. Dieses eklige Wiesel mußte einen letzten Schlag gegen mich führen.« Er sah sie an, sah, wie das Kleid ihre Figur betonte. »Bist du sicher, daß er dir keinen Zauber mitgegeben hat?«

»Ja, ganz sicher! Sieh mich nicht so an!«

Er schien sie nicht zu hören. »Ich komme nicht dahinter. Du bist vollkommen. Schön, jung, klug und mutig, dazu gesund – genau die Art Frau, mit der er hätte schlafen wollen.«

»Mit mir schlafen! Sei kein ...« Er musterte sie argwöhnisch, und sie sprach weiter: »Würdest du ... würdest du mir das erklären?«

»Frauen waren seine Leidenschaft, sein Leben. Vielleicht weil er ein Zwerg war, vielleicht weil ihm nie etwas verweigert wurde.« Die Miene von Bleiche Schlange war zu Stein geworden. »Deshalb mußte er sie haben.«

»Deine Frau?« fragte Sternmuschel, als sie sah, wie er in sich zusammensank. »Aber du hast doch gesagt, daß dein Vater ... Bei den geheiligten Ahnen, nein!« Und plötzlich war ihr alles klar.

Seine Miene veränderte sich nicht. »Du hast es nicht gewußt?«

Wie betäubt schüttelte sie den Kopf. »Ich bin so müde, daß ich kaum denken kann. Ich frage mich bloß, was mir noch alles in letzter Zeit entgangen ist. Er sagte mir, daß er einen Sohn hat. Aber ich ... er nannte keinen Namen.«

»Das Essen ist fertig«, sagte Bleiche Schlange steif. »Silberwasser, deine Kleider sind trocken. Zieh dich lieber an, bevor die Nachtkälte kommt.«

Als es dunkel wird, läuft ein Prickeln über Silberwassers Rücken. Aber es ist nicht nur die Kälte.

Die Eulen und Fledermäuse sind verstummt, keine Frosch quakt. Nicht einmal der Wind wagt es, heute nacht zu atmen. Alles ist voller Angst.

Silberwasser kniet vor dem Feuer und betrachtet Bleiche Schlange verstohlen. Er ist ein Zauberer. Sie würde so gern mit ihm reden – über die Maske, über die Geschöpfe, die sich im Wald bewegen. Er sitzt dicht bei ihr, aber ihre Mutter beobachtet sie. Außerdem beißt er die Zähne so fest zusammen, daß seine Backenmuskeln spielen. Er sieht nicht aus, als ob er mit jemandem sprechen wollte.

Silberwassers Magen verkrampft sich.

Um ihr Lager sind Schatten. Während sie zwischen rauchgeschwärzten Stämmen schleichen, blitzen Schwänze auf. Sind es Schlangen? Silberwasser atmet flach. Schuppen glänzen golden auf, wenn das Licht sie trifft.

»Ich bin gleich wieder zurück«, hört sie ihre Mutter sagen. Ihre Mutter geht auf den Wald zu, und das Kind folgt ihr mit den Augen.

Sollte Silberwasser sie vor den Schlangen warnen?

Nein. Sie wird mich anschreien. Fragen, woher ich es weiß. Fragen, ob die Maske es mir verraten hat.

Silberwasser blickt wieder auf Bleiche Schlange. Er mustert das Bündel mit der Maske, das auf der anderen Seite des Feuers liegt. Die Maske ist merkwürdig still geworden, als wären ihr die Worte ausgegangen. Oder ist sie nur müde?

Bleiche Schlange streicht nachdenklich über sein Kinn. Silberwasser beugt sich zu ihm hinüber und flüstert: »Die Maske schläft.«

Bleiche Schlange dreht sich nach ihr um. »Ich weiß«, antwortet er, ebenfalls flüsternd.

Silberwasser wendet sich ihm zu.

Bleiche Schlange wartet, daß sie spricht, dann lächelt er. »Was möchtest du mir sagen?«

Heiser sagt sie: »Siehst du sie?« Mit den Augen weist sie auf die Schlangen im Wald.

Bleiche Schlange folgt ihrem Blick zum Wald. »Nein. Aber ich spüre da draußen etwas. Was siehst du?« Sehr ernst blickt er Silberwasser an.

Die Worte strömen aus ihrem Mund: »Ich – ich sehe Schlangen. Viele. Sie habe glänzende Schuppen, sie züngeln ...«

Der Feuerschein beleuchtet sein Gesicht. Unheimlich.

»Schlangen«, wiederholt sie kaum hörbar. »Dort zwischen den Bäumen.«

Sein Gesicht entspannt sich. »Wo? Zeig sie mir.«

Silberwasser ruft: »Da! Siehst du sie? Hinter den Büschen. Eine kriecht auf uns zu.«

»Wirklich?«

»Ja, und sie... ist riesig. Sie könnte uns auf einmal verschlucken.« Ihre Hände zittern.

Bleiche Schlange streichelt ihr zärtlich übers Haar. »Hat die Schlange zu dir gesprochen?«

Sie schüttelt den Kopf.

»Ich bin aber sicher, daß sie es tun wird.«

»Warum? Warum sollte sie?«

Ein Lächeln wärmt sein Gesicht. »Ich glaube, deshalb ist sie hier. Für dich, Kleine. Ich habe diese Schlange schon kennengelernt, also kann sie mich nicht suchen. Und deine Mutter, na ja ...« Er seufzt. »Sie ist nicht von der Art, daß die Schlange sie gern verschlucken möchte.«

Silberwassers Herz hämmert. »Aber ich... ich will nicht von der Schlange gefressen werden!«

»Aber eines Tages wirst du es wollen«, antwortet er. Er senkt seine Stimme, und sagt: »Eines nicht sehr fernen Tages, glaube ich.«

»Nein. Nein, ich... ich will nicht ...«

Da kommt Sternmuschel aus dem Wald. Silberwasser schaut flehend zu Bleiche Schlange, möchte noch mehr mit ihm reden ...

Ihre Mutter setzt sich ans Feuer. »Was ist los?« will sie wissen und schaut erst Silberwasser, dann Bleiche Schlange an.

»Gar nichts«, antwortet er und faßt ein Knie mit den Händen. »Hast du gesehen, ob sich im Dunkeln etwas bewegt, Sternmuschel?«

»Nein. Warum?« Mißtrauen schwingt in ihrer Stimme.

Bleiche Schlange lacht leise. »Wir wußten, daß du nichts sehen würdest«, sagt er. »In zehnmal zehn Jahren nicht, Sternmuschel. Du bist nicht dafür geschaffen.«

»Warum mußt du mich eigentlich immer beleidigen, wenn ich am wenigstens damit rechne.«

»Sei nicht albern.«

»Ich lege mich schlafen!« sagt Sternmuschel. »Komm, Silberwasser. Ich bin sehr müde.«

»Ja, Mama.« Silberwasser springt auf und faßt die kalte Hand ihrer Mutter.

Als sie an Bleiche Schlange vorbeikommen, zwinkert er ihr zu, und Silberwasser kann wieder atmen.

Bleiche Schlange formt stumm die Worte: *Hab keine Angst.*

Er steht auf und tritt mit dem Fuß Erde auf das Feuer. Dabei wirbelt Staub auf, und die Schlangen gleiten in den Wald zurück und sind verschwunden.

Mit offenem Mund sucht Silberwasser sie. Aber sie sind fort. Alle. Er hat sie getötet.

Silberwasser hat sich vergewissert, daß ihre Mutter sie nicht beobachtet, und sie winkt Bleiche Schlange. Er lächelt, und auch auf ihren Mund zieht ein kaum merkliches Lächeln.

Ganz kurz verwandelt sich die Welt.

Die Blätter der Bäume sind in Sternenlicht getaucht. Die Felsen, die Grashalme, die Wolken, alles schimmert. Und sie weiß, alles wird gut, wenn sie ihr Herz öffnet und die Sterne einläßt. Dann werden alle Schatten verwehen.

Die Schlangen werden sie nicht fressen.

Nicht, solange sie es nicht will.

Nackt und triefend watete Schwarzschädel ans Ufer. Er blickte zurück über das glänzende Süßwassermeer und zum Horizont, wo bald die Sonne aufgehen würde. Sie hatten die Halbinsel umrundet und würden nun weiter nach Süden fahren.

Er hob die Arme, und aus dem Herzen strömte ein Lied der Freude und des Dankes. Zwar hatte er das Lied gestohlen, beim Blutclan sang man es, aber er glaubte, daß sie nichts dagegen haben würden. Beim Singen fühlte er sich wohl, fand innere Ruhe.

Da sah er Otter am Strand entlanglaufen.

»Guten Morgen, Händler.«

»Guten Morgen, Menschentöter.« Otter deutete auf das silbrig schimmernde Wasser. »Ich sehe, du hast deinen unbekümmerten Schwung nicht verloren. Einen Augenblick lang glaubte ich, du wärst dort draußen zum letzten Mal versunken.«

»Ich tauche gerne tief«, sagte Schwarzschädel, während er das Wasser von seiner Haut rieb. »Es ist einmalig kalt auf dem dunklen Grund.«

»Hast du diesmal da unten Gespenster gefunden?«

»Nein.« Schwarzschädel betrachtete nachdenklich die glatte Fläche des Meers. »Nicht einmal einen gemeinen Khota. Aber schließlich habe ich selbst mal gefürchtet, dort unten meine Seele zu verlieren.« Er blickte Otter verstohlen an. »In der Nacht des Unwetters bekam ich meine Seele zu fassen und packte sie an einen sicheren Ort in mir. Jetzt fürchte ich nicht mehr so wie früher, daß sie mir entgleitet. Ich weiß, daß ich dir in jener Nacht nicht sehr von Nutzen war.«

Otter bückte sich, hob ein flaches Stück Schiefer auf und ließ es übers Wasser hüpfen. »Um ehrlich zu sein, ich hatte während des Sturms eine unbeschreibliche Angst.«

Schwarzschädel zupfte an seinem Hemd und klopfte den Sand ab. »Ich danke dir für die Lüge, Otter. Du bist mein Freund geworden. Aber wir beide kennen die Wahrheit: Ich bin zerbrochen.«

Der Händler warf jetzt den nächsten Stein übers Wasser. »Meinst du nicht, daß zerbrochen das falsche Wort ist? Für mich bedeutet es, daß etwas nicht mehr auszubessern ist. Du aber erscheinst mir jetzt stärker als vorher.«

Otter hob nochmal einen Stein auf, um ihn übers Wasser springen zu lassen.

Schwarzschädel band einen Lendenschurz um und nahm seine Kriegskeule. »Sag mal, Händler, hast du je geglaubt, daß wir so weit kommen würden? Sieh dir das an. Wasser, so weit das Auge reicht, genauso wie auf der anderen Seite der Halbinsel. Wieviel Wasser gibt es überhaupt auf der Welt?«

»Das weiß ich nicht, mein Freund.«

»Ich auch nicht, aber in mir ist ein Gefühl für das Wunderbare entstanden, Otter. Manchmal blicke ich zurück, denke daran, wie ich in der Stadt der Toten lebte, und kann nur noch den Kopf schütteln. Dieses Leben damals ... Es war wirklich, aber jetzt erscheint es mir wie ein Traum.«

»Weil es schwer ist, von zu Hause fort zu sein?«

»Nein. Es ist wie ein Traum, an den man sich beim Aufwachen erinnert. Ich würde nichts davon eintauschen, keinen einzigen Augenblick – oder doch? Na, vielleicht zwei Augenblicke.«

»Welche zwei?«

Er schwieg, um sich zu sammeln. »Als ich die Krähe auf dem Fluß tötete ... und, als ich dich an der Gurgel packte.«

Mit festen Griff faßte Otter Schwarzschädels Schulter. »Es war eine Lektion ... für uns beide.«

»Was vermißt du am meisten, Otter?« Sie gingen langsam zum Kanu zurück.

»Ach, ich weiß nicht. Nächte mit Onkel? Ich glaube, er ruht jetzt unbeschwerter. Vielleicht vermisse ich ein wenig die Unschuld, die ich früher hatte. Von Grüne Spinne habe ich viel gelernt. Ich halte mich nicht mehr aus allem heraus, wie ich es früher tat.«

»Und Rote Mokassins? Quält sie dich immer noch?«

»Manchmal ... im Schlaf.« Otter legte seine Hände auf den Rücken. »Seit ich mit Perle zusammen bin, habe ich diese Träume immer seltener. Wir scheinen einfach zueinander zu passen. Ich blicke auch nach vorn, in die Zukunft, und frage mich, was wohl aus uns wird. Ich würde sie heiraten, Schwarzschädel, aber wir beide haben keinen Clan. Beim Weißmuschelclan hat ein Mann wenig Rechte, was das Heiraten betrifft. Und die Anhinga werden sie verstoßen, wenn sie erfahren, was sie mit Wolf der Toten gemacht hat.«

»Du machst dir zu viele Gedanken, Händler. Glaub mir. Ich kenne dich, du wirst schon eine Lösung finden.«

Otter mußte grinsen. »Und wie steht es mit dir? Wenn das vorbei ist – wenn wir's erleben –, was machst du dann? Du wirst ein großer Mann sein in der Stadt der Toten, geachtet, verehrt.«

Schwarzschädel zog die Schultern hoch und stieß mit dem Fuß Sand in die Luft. »Ich könnte mich darauf verlegen, vom Skunkfang zu leben.«

»Keine schlechte Idee, dafür hast du ja Talent.«

Schwarzschädel blinzelte in die Sonne, die gerade über den Horizont kroch. »Händler, ich begreife wohl allmählich, was es mit diesem Leben, das dich erfüllt, auf sich hat. Sobald du dich von deinem Clan entfernst, kannst du nie mehr zurück. Was soll ich ihnen sagen?« Er deutete nach Osten. »Wie ich die Sonne aus dem Süßwassermeer steigen sah? Werden sie mir glauben? Über den Sturm, der das Wasser zu Wellen aufpeitschte, höher als ein Clanhaus? Über Landstriche, wo die Menschen nichts von Bunte Krähe gehört haben? Sie würden mich nur verständnislos ansehen.«

»Aber nach vielen Reisen kannst du müde werden«, entgegnete Otter. »So erging es Onkel, und er wollte nach Hause, um zu heiraten und eine Familie zu haben. Auch wenn Perle und ich einen gemeinsamen Weg finden, werden wir eines Tages Kinder haben wollen.« Mit ernster Miene fuhr er fort: »Dicker Frosch sagt, das kann man nicht gut auf dem Wasser tun.«

Schwarzschädel lachte vergnügt. »So viele Sorgen – und wir sind noch gar nicht am Brüllenden Wasser. Denk jetzt nicht daran, Händler. Wenn Bunte Krähe es gut mit uns meint, hast du später noch genug Zeit dazu. Vorerst gibt es Wichtigeres.«

»Du meinst die Leute vom Dachsclan?« Otter blickte auf die Dünen, die in der Morgensonne orangerot glühten.

»Sie sind unsere geringste Sorge. Irgendwo hinter uns sind immer noch die Khota – oder glaubst du, sie sind alle ertrunken? Der herrliche Strand, den Perle letzte Nacht für uns entdeckt hat, verschafft uns nur eine Atempause, es ist ein Geschenk des Schicksals, damit wir unsere Kräfte wieder auffrischen können.«

»Du hast recht. Wir können alle den Tod finden, ohne unser Ziel erreicht zu haben.« Otter blickte auf die Schlafdecken am Strand. »Wenn ich sie beschützen könnte ...«

»Du kannst es nicht. Und es steht dir nicht zu.«

»Und wenn ihr etwas zustößt?«

»Und wenn dir etwas zustößt? Was dann? Glaubst du, ihr würde nicht das Herz brechen? Du mußt mit dem Verdreher darüber sprechen, daß du dir an allem die Schuld gibst. Wenn ihr etwas geschieht, Otter, werden wir alle um sie trauern, wenn du sterben solltest, wirst du auch ein Loch in unsere Seele reißen. Aber so ist nun mal das Leben.«

»Gewiß, aber deshalb braucht es mir doch nicht zu gefallen, oder?«

Schwarzschädel musterte seinen Freund. »Warum bist du dann hier unten, gehst hier herum, anstatt unter Perles Decken zu liegen?«

»Dafür haben wir noch nicht die richtige Zeit gefunden. Seit wir das Lager von Forelle hinter uns gelassen haben, sind wir hier das erste Mal an Land. Perle war todmüde, ich konnte nicht schlafen. Und um ehrlich zu sein, außer Gefahr sind wir noch nicht.«

»Du könntest auch einfach sagen, daß ihr noch immer Angst voreinander habt.«

»Ja, gut, könnte ich ... tue ich aber nicht.«

Schwarzschädel schmunzelte. »Geh lieber und schlafe noch ein bißchen. Ich halte inzwischen Wache. Wenn die Sonne ihren höchsten Punkt erreicht, fahren wir weiter nach Süden.«

Otter schaute auf die Sonne, die jetzt rot über dem Horizont hing. »Ich würde gern eines Tages wieder herkommen und an diesen Ufern entlangfahren, ohne daß ich einen Wettlauf machen muß.«

»Einen Wettlauf«, fragte Schwarzschädel langsam, Otters Blick folgend. »Ein Krieger entwickelt ein Gespür für so etwas. Wolf der Toten ist noch immer hinter uns her – und er ist noch verzweifelter darauf aus, uns zu fangen, als vorher.«

42. KAPITEL

An einem Geisthelfer zu zweifeln, setzt Mut und Verzweiflung voraus.

Sie sind schließlich unsterblich.

Dennoch habe ich herausgefunden, daß sie unvollkommen sind – oder besser vollkommen blind.

Weder Erster Mann noch Bunte Krähe betrachten die Gesamtheit. Sie befinden sich deshalb im Krieg, die Welt schwankt hin und her in einem heldenhaften Wiegenlied von Tragik und Verzückung, von Licht und Dunkelheit.

Dieser Krieg dauert ewig.

Das ist möglicherweise die einzige Wahrheit.

Aber ich denke, daß es eine Brücke geben muß, eine Brücke, die diese Gegensätze verbindet, den Krieg beendet und es dem Träumer ermöglicht, das Schlachtfeld zu überqueren, ohne von den streitenden Parteien gefangengenommen zu werden.

Ein Verdreher ist die Verkörperung jener ewigen Gegensätze. Ich stehe genau in der Mitte, so daß ich beide Seiten sehen kann. Aber ich sehe keine Brücke, nur den erbarmungslosen Kampf.

Die Ältesten des Clans sprachen immer von der stillen Seele des Geheimnisvollen.

Und ich frage mich, ob sie nicht die Brücke ist, die ich suche. Aber wie finde ich sie?

Ist sie in mir? Ist sie außerhalb? Oder ist sie innen und außen?

Dunkle Ahnungen regen sich in mir wie eine Antwort auf diese Frage.

Steinfaust saß auf einem Baumstumpf vor seinem Haus und genoß die Wärme. Das Frühjahr war trüb und regnerisch gewesen, aber an diesem Tag hatte die Sonne das Land in Licht und Wärme getaucht.

Steinfaust war eine Art Vermittler geworden – Gastgeber für die Händler. Er sorgte für angenehme Gesellschaft und bot ihnen reichlich Speisen an. Als Zeichen der Dankbarkeit ließen ihm die Händler meistens etwas Besonderes zurück. Mit diesen Geschenken, darunter Muscheln, Obsidian, Glimmer oder Kupfer, tauschte er bei Freunden und Verwandten Gänsefuß, Sonnenblumenkerne und Kürbis ein oder was er sonst brauchte, um seinen überdimensionalen Bauch zu ernähren.

Heute hatte er nichts Besseres zu tun, als den angenehm warmen Sonnenschein zu genießen und über Bleiche Schlange, seinen letzten Gast, nachzudenken. Das war wirklich ein eigenartiger Mann. Zwar erfreulich liebenswert, doch merkwürdig verschwiegen. Manchmal behauptete er, zu einem alten Clan der Langschädel zu gehören, dann wieder zu den Buntbemalten oder zum Schlangenclan des Nordens.

Eine Nacht mit Bleiche Schlange war fast immer fröhlich, und es wurden zweideutige Späße gemacht, die jedoch nie den guten Geschmack verletzten.

Ich könnte seine Gesellschaft schon ein wenig länger ertragen. Steinfaust nickte vor sich hin, dann streckte er sein Gesicht in die Sonne. Was machte Bleiche Schlange bloß dort oben im Norden? Zu dumm, daß er nur alle zwei Jahre kam.

»Steinfaust?«

Er blickte auf, mußte aber die Hand über die Augen legen, um sie gegen die Sonne abzuschirmen. »Sei gegrüßt! Du bist hier neu. Suchst du einen Platz für die Nacht?«

»Eigentlich nicht.« Der Mann trat aus dem Sonnenlicht, und Steinfaust sah, daß es kein gewöhnlicher Händler war. Das war er sicher nicht – mit den gespaltenen menschlichen Kieferknochen, die wie ein Harnisch auf seiner Brust hingen.

»Wie kann ich zu Diensten sein, Krieger?«

»Ich suche eine Frau.«

»Du suchst eine Frau? Tun wir das nicht alle?« Steinfaust bemerkte den Staub auf den hohen Mokassins des Kriegers, auch sein Hemd war schmutzig; manche Flecken sahen aus wie Blut. War es von einem Menschen oder von einem Tier?

»Ihr Name ist Sternmuschel. Vielleicht hast du von ihr gehört?«

»O ja. Wie jeder. Und von der Maske ... und von diesem Krieger vom Blauentenclan, der geschworen hat, sie zu finden.«

»Dieser Mann bin ich. Ich heiße Wanderdrossel.«

Steinfaust richtete sich auf. »Der bist du? Wirklich? Was führt dich zu mir, edler Kriegsherr?«

Wanderdrossel kauerte sich hin, und Steinfaust fand, daß er aussah wie eine Katze, bereit zum Sprung. Sehnige Muskeln spannten sich unter seiner bronzefarbenen Haut. Mit scharfem Blick erfaßte er alle Zugänge zum Gelände des Roßkastanienclans. Er war ein harter Mann. Jetzt schaute er Steinfaust an. »Wie ich schon gesagt habe, suche ich nach einer Frau. Ich habe gehört, daß vor ein paar Tagen eine Frau mit einem kleinen Mädchen von hier fortgegangen ist ... Ich glaube, die Frau war Sternmuschel.«

Steinfaust hob herausfordernd den Kopf. Wanderdrossel sprach leise und hörte sich gefährlich an. Steinfaust fröstelte. »Ich weiß von keiner Sternmuschel, großer Krieger.«

»Aber du weißt von einem Händler, der eine Frau und ein Mädchen von hier weggebracht hat? In einem Kanu?«

»Ah! Du meinst Bleiche Schlange! Ja, eine Frau und ein Mädchen! Aber ihr Name war Gelbe Schnecke und ... warte.« Er überlegte kurz. »Kleine Schnecke? Nein, die Frau hieß Gelbe Schnecke. Kleine Schlange? Kleine ...«

»Es ist nicht wichtig. Beschreib mir die Frau.«

»Sie sah sehr schmutzig aus, war aber recht hübsch. Ich riet Bleiche Schlange, sie in den Bach zu tauchen, um sie zu säubern – und das Kind auch.«

»Hatte sie ein Bündel über der Schulter?«

»Ja. Ein Tragekorb war drin. Sie sagte zu Bleiche Schlange, er könnte ihn haben ... und eine Kupferplatte, ja, so war es. Eine Kupferplatte, die sollte er haben, wenn er beim Eichelclan angekommen sein würde.«

»Flußaufwärts.«

»So ist es. Aber es war nicht Sternmuschel. Es war Gelbe Schnecke. Und ... jetzt fällt es mir ein! Der Name des Mädchens war Kleiner Salamander!«

Wanderdrossel blieb in der Hocke, die Arme auf seine starken Oberschenkel gestützt. »Bist du sicher, daß sie sagte, sie wolle zum Gebiet des Eichelclans?«

»Ganz sicher.«

»Nach Norden.«

»So ist es.«

»Sie sprach nicht vom Brüllenden Wasser?«

»Nein, das hätte ich … warte. Ja, ganz zu Anfang. Ich glaube, sie erwähnte es. Aber Bleiche Schlange sagte zu ihr, er würde sie zum Gebiet des Eichelclans bringen.«

»Sie erwähnte nicht, daß sie die Maske irgendwohin bringen wollte?«

»Nein.«

»Machte sie den Eindruck, als wollte sie unbedingt, daß Bleiche Schlange sie mitnimmt? War sie aufgeregt?«

»Ein wenig … zuerst. Als sie dann ganz leise mit ihm redete, schien sie, wie soll ich sagen, zuversichtlich. Wie eine Frau, die genau weiß, was sie vorhat. Ich nehme an, sie versprach, ihm das Bett zu wärmen, wenn er sie und das Mädchen nach Norden brächte.«

»Ja, das kann ich mir denken.« Wanderdrossel stand auf. »Wann sind sie aufgebrochen?«

»Gestern … im Lauf des Morgens.«

»Danke, Steinfaust. Ein Segen für dich und deine Ahnen.« Wanderdrossel lief mit federnden Schritten davon, mit der Anmut eines Pumas, der sich an ein verwundetes Reh heranpirscht.

Sternmuschel folgte Bleiche Schlange und den Trägern, die ihnen halfen, ihr Gepäck über die Wasserscheide zu tragen. Einmal blieb sie noch stehen, um einen letzten Blick auf das Dorf des Clans der Roten Feder am von Bäumen gesäumten Oberlauf des Oberen Mondmuschelflusses zu werfen. Sie waren den Mondmuschelfluß so weit wie möglich hinaufgefahren, bis der ihr so vertraute Fluß nur noch ein gewundener Bach gewesen war. An manchen Stellen so schmal, daß Gebüsch und Äste weggeschlagen werden mußten, um für die Kanus eine Fahrrinne freizuhalten.

Im Dorf des Clans der Roten Feder hatten sie bei einem Freund von Bleiche Schlange das Kanu getauscht. Die jungen Männer einer anderen Familie waren für Muschelperlen bereit gewesen, die Packen über die Wasserscheide in das Gebiet des Windclans zu tragen. Dort wollte Bleiche Schlange ein neues Kanu beschaffen.

»Sie befördern diese Kanus hin und her?« fragte Sternmuschel, als sie dem Händler folgte.

»Zwischen den Seen ist der Handel schwierig«, erklärte ihr Bleiche Schlange. »Von den Schlangenclans gibt es zum Oberen See keine Durchfahrt für Kanus; vom Oberen See zum See der Winde auch nicht – es sei denn, du willst das Brüllende Wasser hinabpaddeln. Falls du das tust, könnte ich mir vorstellen, daß dieses Hochgefühl dich begeistern wird. Das große Problem ist nur, was du in der tosenden Gischt antreffen wirst. Die Legenden sagen, daß nur mächtige Träumer die Fahrt über den Wasserfall überlebt haben.«

Sie ging nicht darauf ein, sondern versuchte, eine Antwort auf ihre Frage zu bekommen. »Es gibt also einen guten Handel mit Kanus?«

»Ja, in der Bärenfamilie. Sie haben Besitz auf dem Gebiet des Clans der Roten Feder, des Windclans und des Bärenclans. Sie stellen die Kanus nur für den Handel her. Wie viele haben sie sich spezialisiert, seit sich der Handel immer stärker entwickelt hat. Wenn wir zum Windclan kommen, handeln wir mit einem Mann der Bärenfamilie um ein neues Kanu. Ich gebe ihm dafür eine geschnitzte Pfeife. Wenn wir ins Gebiet des Bärenclans kommen, lassen wir das Kanu bei einem Vetter meines Freundes. Für eine weitere Pfeife heuern wir dann Männer an, die unsere Waren um das Brüllende Wasser bringen. Und dort schließlich habe ich mein Kanu am Windsee versteckt. Dann liegt nur noch die lange Fahrt nach Hause vor uns.«

Sie schaute über die Schulter, ob ihr Silberwasser noch folgte. »Wie hat es dich ans Nordufer des Windsees verschlagen?«

»Ich wollte so weit wie möglich weg von meinem Vater. Meine Geschäfte erledige ich alle beim Roßkastanienclan. Ich habe keine feste Bleibe.«

»Was treibst du dort oben im Norden?«

»Wir bearbeiten die Felder, jagen, fischen und treiben Handel mit den Karibuleuten.«

»Karibuleute?« Sie sah seine breiten Schultern und bemerkte die natürliche Anmut seines Gangs. Dabei versuchte sie, nicht an seine schlanke Taille und an seinen muskulösen Rücken zu denken.

»Sie sind wandernde Jäger, die den Herden folgen, Nomaden. Ihre Hütten aus Fell tragen sie immer bei sich. Aus Elfenbein und Knochen können sie wunderschöne Dinge schnitzen.«

»Und du kannst ihre Frauen für einen Kupferring heiraten?«

»Deine Ohren sind schärfer, als dir guttut. In Wirklichkeit habe ich das erfunden. Wenn Steinfaust die Wahrheit wüßte, könnte ich mich vor seinen Fragen über ihre sexuellen Praktiken nicht mehr retten. Man braucht keinen Kupferring, denn bei manchen Clans und Familien bietet einem der Mann seine Frau als Zeichen der Gastfreundschaft an.«

»Stimmt das?« War das ein neuer Scherz oder ein Versuch, sie zu reizen?

»Na ja. Sie sind ein praktisches Volk. Weder der Mann noch die Frau tun das allein aus Freundlichkeit dem Gast gegenüber. Sie wollen den Samen.«

»Den Samen? Es soll ein Kind dabei herauskommen?«

»Das ist das erwünschte Ergebnis.«

Sternmuschel war befremdet. »Das klingt sehr ... ja, anders.«

»Ach, das finde ich nicht. Ein Kind zu empfangen, bedeutet, daß sich ein Mann mit einer Frau paart, egal, welchem Volk sie angehören. Jedenfalls habe ich noch nie gehört, daß ein Kind empfangen wurde, ohne daß der Samen ...

»Mißverstehst du immer absichtlich, was jemand sagen will?«

Er lachte. »Nicht immer, aber ich habe hart daran gearbeitet, so respektlos zu sein.«

»Warum? Es ... es paßt nicht zu dir.«

»Ich passe in alles – von Eulen bis zu Schnecken.«

Sie konnte den Funken in seinen Augen sehen, als er sie anschaute. »Kannst du niemals ernst sein?«

»Doch. Auch du hast mich schon sehr ernst erlebt. Aber ich bin es nicht gern.«

»Alles nur, um anders als dein Vater zu sein?«

»Das ist es wohl.« Er bückte sich unter einer dicken Ranke hindurch. »Weißt du, früher war ich sehr ernsthaft. Es kostete mich meine Frau, meine Familie und meine Seele. In der Nacht, als ich sie tötete, schlich ich mich wie ein Wolf aus meinem Haus und lief weg. Aber mich verfolgten die Dämonen Schuld, Zorn, Trauer, Rache und Entsetzen. Ich war ziellos unterwegs. Am Ufer des Oberen Sees stahl ich ein Kanu – beinahe wäre ich ins Brüllende Wasser geraten, für das du dich so interessierst.

Eines Tages hörte ich von einem winzigen Dorf, das an einem kleinen See neu entstanden war. Dorthin ging ich, und der Clan nahm mich auf. Sie fragten nur, ob ich kämpfen und arbeiten kann. Nach fast einem Jahr konnte ich wieder lachen, und da beschloß ich, nur noch fröhlich zu sein.«

Sternmuschel bewunderte die roten Mokassins, die er ihr geschenkt hatte. »Und du hast eine andere Frau gefunden?«

Er ging schweigend weiter, so daß sie schon glaubte, er hätte ihre Frage überhört. Doch dann sagte er: »Ich liebte, Sternmuschel. Ich öffnete meine Seele, und sie zerriß mich, wie ein Puma ein Kitz. Nie wieder.«

Sie rückte das Bündel mit der Maske auf ihrem Rücken zurecht. »Dein Vater ist jetzt tot, du könntest zurückgehen.«

»Ich glaube, du verstehst nicht. Es gibt kein Zurück für mich. Niemals.«

Sie dachte an ihren Vater, an seinen Blick, als sie im Regen gestanden hatten, an Sterngucker, der versucht hatte, die Vergangenheit wieder aufleben zu lassen. Und sie dachte an sich im kleinen Tal von Grüßt die Sonne. Auch an Muschelschale, die in der Glut die Vergangenheit gesehen hatte, erinnerte sie sich.

»Wie heißt der Clan deiner Mutter, Bleiche Schlange?«

»Die Buntbemalten. Warum?«

Wie viele Kinder hat Langer Mann hinterlassen? Eins war von Muschelschale. Gab es in jedem Clan eins von ihm?

»Du überlegst doch nicht ...? Schlag dir das aus dem Kopf. Ich interessiere mich nicht für dich. Du hast zu viele fragwürdige Freunde und Bekannte.«

»Bilde dir nicht zuviel ein. Ich denke, ich könnte bei den Karibu einen ansehnlicheren Mann finden als dich.«

»Keine schlechte Idee. Aber ich warne dich, sie baden sehr selten. So wie du allerdings aussahst, als du beim Roßkastanienclan auftauchtest, scheint dir das nicht wichtig zu sein.«

Sternmuschel suchte nach einer Antwort, statt dessen griff sie zu einer Walnuß und traf ihn mitten am Hinterkopf.

»Hallo, Händler!« Der Ruf trug über das Wasser.

Otter blinzelte gegen das Licht, und Schwarzschädel stellte sich in Wellentänzers schaukelnden Bug, um besser sehen zu können.

»Was ist?« fragte Perle. Sie beschirmte ihre Augen gegen das grelle Sonnenlicht.

»Ein Kanu.« Otter zeigte zur Küste. Sie waren ein gutes Stück vom Land entfernt, so weit, daß sie das Ufer gerade noch sehen konnten.

»Freund oder Feind?« überlegte sie.

»Feind!« platzte Grüne Spinne heraus. »Sie werden uns töten und Schnapper die Zunge aus dem Kopf reißen, damit er mich nicht mehr lecken kann.«

Als hätte er es verstanden, wedelte Schnapper mit dem Schwanz und sprang auf Grüne Spinne zu. Die beiden balgten sich, daß das Kanu gefährlich ins Schwanken geriet.

Otter schaute übers Wasser, dann den Strand entlang, ob er Rauch oder andere Zeichen für eine Ansiedlung entdecken konnte. »Ich sehe nichts.«

Perle suchte ihr Atlatl. »Die Händler im letzten Kanu, dem wir begegnet sind, haben uns davor bewahrt, um diese Bucht paddeln zu müssen. Vielleicht treffen wir jetzt wieder Händler.«

»Hoffentlich. Oder wenigstens freundliche Menschen.«

Otter stand auf, um sich das Kanu anzuschauen, das sich näherte. Drei Männer steuerten den grob ausgehöhlten Baumstamm in ihre Richtung. Viele Netze lagen im vorderen Teil.

Otter legte die Hände an den Mund und rief: »Seid gegrüßt! Wo sind wir?«

»Nicht weit!« Wenigstens vestanden sie die Händlersprache.

Otter fragte verwundert: »Nicht weit wovon?«

»Von Wenshare … Schienbeins Dorf!«

Sie waren näher gekommen, und Otter konnte drei freundliche Gesichter sehen. Der Sprecher war ein Mann von ungefähr zweimal zehn Sommern. Ein jüngerer Bursche und eine junge Frau saßen hinter ihm. Alle drei waren nackt, grinsten und schienen glücklich zu sein, daß sie sie gefunden hatten.

»Was kannst du mir über Schienbeins Dorf berichten?« Otter lächelte ihn gewinnend an. Er merkte, wie den jungen Leuten das Lächeln verging, als sie Schwarzschädel aus der Nähe sahen.

»Oh, kümmert euch nicht um ihn!« Otter machte eine beruhigende Geste. »Der ist ganz harmlos!«

Nun lächelten sie wieder. »Würdest du in Schienbeins Dorf kommen und tauschen?«

Otter setzte sich aufs Dollbord. »Das kommt darauf an, wo es liegt. Wir steuern einen Fluß an, der aus dem Süßwassermeer fließt. Man hat uns gesagt, daß er nicht weit von hier im Süden liegt, an dieser Küste entlang.«

Der ältere der jungen Männer antwortete. »Unser Dorf liegt ein Stückchen landeinwärts, am Ostufer dieses Flusses. Ihr seid im Land des Prachttaucherclans. Folgt uns, wir zeigen euch den Weg.« Dann grinste er. »Zum Handeln, richtig?«

»Richtig. Aber … oben im Norden wurden wir gejagt.«

»Ja, das wissen wir. Wilde Menschen. Wir sind anders, wir sind Schienbeins Leute. Hier seid ihr in Sicherheit. Wir mögen Händler. Wenn man einen Händler ärgert, kommt er nicht wieder, richtig?«

»Richtig!«

»Folgt uns!« Und sie wendeten den plumpen Einbaum.

»Ich glaube, wir haben Glück«, sagte Perle. »Forelle erwähnte die Prachttaucher. Er sagte, wir wären außer Gefahr, wenn wir ihr Land erreicht hätten.«

»Schienbein?« Otter rieb sich die Backe. »Und er lebt an unserem Fluß?«

»Vielleicht«, sagte Schwarzschädel nachdenklich, »befinden wir uns wieder unter normalen Menschen. Laßt uns sehen, was die Nacht bringt.«

»Scheußliche Nacht!« meldete sich Grüne Spinne. »Ausgeweidet, unser Fleisch verwest in der Sonne. Seht uns an, alle Knochen gebrochen. Diese Qual – und ich werde Hungers sterben, am Boden festgenagelt.«

»An den Boden genagelt?« fragte Schwarzschädel. »Du hast doch nicht vor, jemanden so wütend zu machen, daß er dich mit einem Speer durchbohrt, während du schläfst?«

Grüne Spinne nickte ernst, die Augen weit aufgerissen.

Perle zwinkerte Otter zu. »Wenn es hart auf hart kommt, kann Schwarzschädel ein paar Leute töten und uns damit heraushelfen.« Sie streckte sich. »Ich bin reif für eine weitere Nacht an Land, wo der Boden flach ist und sich nichts bewegt.«

»Ich dachte, du liebst das tiefe Wasser«, neckte Otter sie.

»Ich hätte auch gern einen heißen Eintopf. Und vielleicht ein frisches dickes Rückenstück vom Hirsch, dessen Fleisch man mit den Fingern abzupfen kann.«

»Das reicht«, stöhnte Otter. »Laßt uns lieber paddeln.«

Die jungen Leute im Leitkanu trieben ihren Einbaum mit kräftigen Schlägen voran und riefen ihnen in regelmäßigen Abständen ermutigende Worte zurück.

Otter konnte schon vor ihnen eine Küstenlinie aus dem Wasser steigen sehen. Was zuerst ein breite Bucht war, verengte sich zu einem träge strömenden Fluß, den sie weiterfuhren.

»Das gefällt mir schon besser«, meinte Schwarzschädel.

An manchen Stellen wuchs der Wald bis ans Wasser. Reihen krummer Stöcke kennzeichneten Fischreusen, Schwimmer wiesen auf Netze hin.

»Sieht bewohnt aus«, stellte Otter fest.

»Wie schön und friedlich«, flüsterte Perle glücklich, als sie durch das ruhige Wasser glitten. Nach den endlosen Wellen war der sanft fließende Fluß angenehm.

Die Sonne war hinter den Bäumen verschwunden, und sie gerieten in den Schatten. Ein Wegzeichen aus zusammengebundenen Brettern war auf dem Ufer aufgestellt. Auf der gelben Fläche war ein blaues schielendes Gesicht mit herausgestreckter Zunge zu sehen.

Otter lenkte Wellentänzer in den schmalen Wasserlauf. Aus dem Wald riefen Leute, die jungen Männer antworteten. Bald tauchten viele der Dorfbewohner auf und liefen neugierig winkend herbei.

Die Männer trugen Lendenschurze aus Fell mit breiten Lappen, die vorn und hinten bis zu den Knien reichten. Sie waren mit einem Muster geschmückt, meistens einem Tiersymbol. Die Frauen trugen nur Röcke, die knapp unter dem Knie endeten, ihre Brüste waren nackt.

Sie legten mit ihren Kanus an.

Der Kanubau, entdeckte Otter, wurde bei diesem Clan nicht sehr gepflegt. Die Leute vom Prachttaucherclan fällten einen Baum, schälten seine Rinde ab und höhlten den Stamm mit Feuer, Breitbeil und Meißel aus und formten eine Art Bug – das war schon alles.

»Tauschen, ja?« rief Otter, und nachdem Wellentänzer auf den Sand gezogen worden war, schenkte er jedem seiner Führer ein paar Haifischzähne. Doch sie schauten ihn nur verwirrt an, und drehten und wendeten die Zähne hin und her.

»Haifischzähne«, sagte Otter.

»Kennen wir nicht.« Der ältere junge Mann fuhr mit dem Daumen über die scharfe, sägeförmige Kante des dreieckigen Zahns.

»Das ist ein großer Fisch im Salzwassermeer.«

»Für Schmuck«, erklärte Perle, als sie zu Otter trat. »Bohrt Löcher hinein und macht eine Halskette daraus. Kein anderer wird so etwas besitzen.«

Schwatzend und gestikulierend drängten sich bald die Leute um sie.

Sie machten Platz, als ein alter Mann mit grauem Haar majestätisch dahergeschritten kam. Seine knochige Faust umklammerte einen Holzstab. Sein Lendenschurz zeigte das Bild eines wilden Bären mit langen Zähnen und ausgestreckten Krallen.

Er blieb stehen und überblickte die Anlegestelle. »Seid gegrüßt, Händler. Ich bin Schienbein. Willkommen im Dorf Wenshare.«

»Wenshare?« fragte Otter, trat vor und verbeugte sich höflich. »Wir kennen dieses Wort nicht, verehrter Anführer.«

Der Älteste musterte Otter und seine Gefährten eingehend, dann schaute er sich Wellentänzer und den knurrenden Schnapper an. Er sprach ein Wort – offenbar ein Befehl –, und die Leute zogen sich zurück. Der Älteste erklärte: »In der Händlersprache bedeutet es ›Ort, wo die großen Nüsse fallen‹. Kommt ihr von weit?«

»Mich kennt man als den Wasserfuchs, einen Mann vom Weißmuschelclan. Dieser starke Mann ist Schwarzschädel vom

Winterclan aus der Stadt der Toten. Die Frau ist Perle von den Anhinga. Und er ist Grüne Spinne, ein Verdreher. Ja, wir kommen von weit her.«

Schienbein zog die Stirn in Falten. »Ich kenne kein Salzwassermeer im Süden. Ich habe von einem im Osten gehört, jenseits der Mündung des Windsees.«

Otter erklärte es ihm: »Wir sind Vater Wasser, den mächtigen Strom, heraufgekommen. Dann fuhren wir den Ilinifluß aufwärts zum Süßwassermeer auf der anderen Seite des Landes im Westen. Wir sind wilden Menschen entkommen. Sie waren vom Dachsvolk, glauben wir.«

Schienbein nickte. »Ah … ihr habt wirklich eine weite Reise hinter euch. Händler haben mir von der Durchfahrt zum Vater Wasser im westlichen Land der Ilini berichtet.«

Nun wandte Schienbein seine Aufmerksamkeit Wellentänzer zu. Er ging hin und faßte den geschnitzten Fuchsbug an. »Ein solches Kanu habe ich noch nie gesehen.« Und als er Schwarzschädel sah, fuhr fort: »Oder einen Mann wie diesen. Ein Krieger, ja?«

»Ein Händler«, antwortete Schwarzschädel unbefangen, »der ein Krieger war.«

Schienbein lächelte und machte eine einladende Geste. »Kommt, Händler. Ihr seid meine Gäste. Eure Bündel und Waren sind hier sicher. Gesellt euch zu mir und meinen Leuten vom Prachttaucherclan. Laßt uns tauschen und erzählt uns von euren Abenteuern.«

Otter nahm Perles Hand und führte die Gruppe an. Grüne Spinne folgte natürlich als letzter. Schienbeins Leute deuteten auf ihn, neugierig die meisten, manche beunruhigt.

»Ihr braucht keine Angst vor ihm zu haben«, sagte Schwarzschädel. »Er ist nur ein bißchen verrückt.«

Ein gewundener Pfad führte sie in ein Dorf, das auf auf einem kleinen flachen Hügel lag. Die Langhäuser, die dort standen, sahen alle gleich aus – vermutlich waren sie erst im vergangenen Herbst gebaut worden.

Schienbein führte sie zu einer freien Fläche zwischen den Häusern. Dort schwelte ein Feuer in einer Grube. Als er in die Hände klatschte, brachten die Kinder Brennholz. Schienbein bedeutete allen, sich zu setzen. Da trat aus einem der Häuser eine grauhaarige Frau, sie brachte Schienbein einen Pfeifenbeutel.

Der Alte nahm eine Steinpfeife in Form eines Prachttauchers heraus. Der Vogelrücken war zum Pfeifenkopf ausgehöhlt, und die Spitze der Schwanzfedern bildete das Mundstück.

Otter bot Tabak an, den Schienbein würdevoll annahm. Der Älteste stopfte die Pfeife, zündete sie mit einer glühenden Kohle an und blies den Rauch in die vier heiligen Himmelsrichtungen, zum Himmel und zur Erde.

»Alle sollen wissen, daß Schienbein und sein Dorf diesen Händlern aus der Ferne ihre Herzen und Häuser öffnen. Laßt uns in Frieden, Harmonie und Ehre handeln. Großer Vater Sonne, segne uns mit Gesundheit und Weisheit. Mutter Erde, mögen uns die Hirsche weiterhin ihr Fleisch bieten, damit wir stark werden. Mögen die Fische uns weiterhin die Netze füllen, mögen die Nüsse im Herbst zahlreich fallen, damit wir den Winter überleben. Für all dies danken wir der Geisterwelt und Erster Mann. Wir bitten nun unsere neuen Freunde, mit uns die Herzen und das Feuer zu teilen und die Geister des Landes zu ehren.«

Die alte Frau nahm die Pfeife aus seiner Hand, zog daran und erklärte: »Ich bin Lange Fischerin, Frau des großen Schienbein. Ich rufe mein Volk auf, Speisen und warmen Tee zu bereiten, damit meine Gäste essen und sich erfrischen können. Euch, verehrte Gäste, heiße ich in meinem Haus und an meinem Feuer willkommen.«

Otter nahm die Pfeife, zog daran und blies den süßen Tabakrauch in die heiligen Richtungen. »Wir wiederholen die Hoffnungen und Gebete unseres tapferen und weisen Gastgebers Schienbein. Und danken der ehrwürdigen Lange Fischerin für das herzliche Willkommen. Wir sind Fremde in diesem Land und kennen seine Geister und Bräuche nicht, aber in unserem Land erbitten wir stets den Segen von Bunte Krähe und Erster Mann. Das wollen wir auch jetzt tun. Wir bitten sie, Schienbeins Dorf mit Gesundheit und Reichtum zu segnen, damit ihre Jagden erfolgreich und ihre Netze immer voll sein mögen und die Nußernte ihre Körbe füllt.«

Er gab die Pfeife an Perle weiter.

»Sollen wir nicht auch um den Segen der Geister bitten?« fragte Schwarzschädel leise in ihrer Sprache.

»Erwähne keine Geister, solange du nicht weißt, woran die Leute glauben«, murmelte Otter. »Manche Völker fürchten sich vor Geistern.«

»Wie sich jemand vor seinen Ahnen fürchten kann, ist mir rätselhaft.« Schwarzschädel nahm die Pfeife, rauchte und gab sie dann an Grüne Spinne weiter.

»Wir haben von Bunte Krähe gehört, und wir ...« Schienbein hielt inne, als Grüne Spinne in die Pfeife blies, anstatt daran zu ziehen. Glühende Tabakteilchen flogen in die Luft und schwebten über das magere Gesicht von Grüne Spinne herab. »Er ist wirklich ein Verdreher!«

»Du kannst es dir nicht vorstellen.«

Schienbein räusperte sich und schaute nervös auf Grüne Spinne. »Wie ich gerade sagte, haben wir von Bunte Krähe gehört und achten seine Botschaft und Völker, die so leben, wie er es sie gelehrt hat. An solche Leute grenzt unser Gebiet im Westen, im Süden und Osten. Das Prachttauchervolk hat jedoch seine eigenen Bräuche. Die Himmelsmutter schenkte uns dieses reiche Land voller Fische, Schildkröten, Muscheln, Vögel, Nüsse, Beeren und Wild. Ich glaube, jedes Volk muß auf die Geister des Landes und die Lehren des Herzens hören.«

»Wir stimmen deinen weisen Worten zu, großer Schienbein«, sagte Otter herzlich. »Da eure Sitten uns fremd sind, bitten wir dich, uns zu belehren, wenn wir unbeabsichtigt gegen eure Bräuche verstoßen.«

Schienbein zwinkerte. »Bei dir, Wasserfuchs, werden wir eine Ausnahme machen.«

Der Abend war hereingebrochen; die Tagvögel verstummten, und die Grillen und Nachttiere begannen sich zu regen. Das Feuer sprühte Funken. Die Anspannung fiel von Otter ab, und der Duft der Speisen erfüllte ihn mit Vorfreude.

»Und wie war deine Reise?« fragte Schienbein. »Erzähl uns davon.«

Otter stand auf, damit ihn alle im Feuerschein sehen konnten. Mit seiner natürlichen erzählerischen Begabung berichtete er die Geschichte von Grüne Spinne und seiner Vision, von den langen Monden auf dem Fluß, dem Wettlauf mit den Khota und dem Unwetter auf dem See. Er erzählte von der Begegnung mit Forelle und der Umfahrung der Halbinsel, wo die wilden Menschen sie gejagt hatten, von Perles Windfalle und von der langen Fahrt nach Süden.

»Und jetzt sind wir hier, bereit, mit Schienbein und seinem Volk zu tauschen, und neugierig auf den Weg, der noch vor uns liegt.«

Die alte Lange Fischerin warf einen kurzen Blick auf ihren Mann und sagte: »Wir haben von dieser Maske gehört. Während des letzten Mondes sind mehrere Händler hier durchgezogen. Sie sprachen von Ärger bei den Schlangenclans. Es heißt, eine Sternmuschel, eine Frau vom Sternhimmelclan, und ein Zwerg von den Langschädeln, ein Magier namens Langer Mann, hätten die Maske gestohlen und seien verschwunden. Der Blauentenclan will die Maske haben und wird alles dafür tun – sogar einen Krieg anzetteln.«

»An der Mündung des Schlangenflusses hörten wir, daß es Krieg geben soll«, sagte Otter. »Hat er schon angefangen?«

Lange Fischerin rieb sich die knochigen Hände. »Das können wir dir nicht sagen, Wasserfuchs. Wir wohnen zu weit weg von den Schlangenclans. Eine Neuigkeit braucht etwa einen Mond, bis sie bei uns ist. Von Kämpfen haben wir noch nichts gehört, aber es gibt gefährliche Spannungen.«

»Eine Frau namens Sternmuschel«, murmelte Schwarzschädel vor sich hin.

»Was hat es mit diesem Zwerg auf sich?« Das Kinn auf die Hand gestützt, beugte Otter sich vor. »Die Langschädel haben große Hochachtung vor Zwergen.«

»Langer Mann, der Älteste der Langschädel«, sagte Schienbein. »Man hält ihn für sehr mächtig. Bei den Schlangenclans ist er als der Magier bekannt.«

Lange Fischerin sah Grüne Spinne mit mehreren kleinen Kindern Blindekuh spielen. Sie sagte nachdenklich: »Sternmuschel und der Magier haben die Maske gestohlen ... und der Wasserfuchs kommt mit Grüne Spinne, einem Verdreher, um die Maske zurückzubringen? Du sagst, ihr sollt zum Brüllenden Wasser gehen?«

Otter nickte, plötzlich beunruhigt. Perle drückte fest seine Hand, aber er wußte nicht, warum. »Diese Vision hatte Grüne Spinne von Bunte Krähe.«

»Ich nicht!« Grüne Spinne drückte die Augen fest zu. »Ich sehe nie etwas! Ich laufe gegen Bäume, falle über Wurzeln und stoße ständig mit irgend etwas zusammen. Seht nur, wie hell es hier drinnen ist!«

Schwarzschädel fragte: »Welchen Weg müssen wir nehmen? Nach Süden, ins Obere Meer?«

»Das ist richtig«, bestätigte Schienbein. »Wenn ihr dem Fluß folgt, kommt ihr auf einen großen See. Am Südwestufer trefft ihr auf einen Fluß, der euch nach Süden bringt, direkt in den Oberen See. Von dort liegt euer Ziel im Osten. Viele Flüsse münden in den Oberen See, aber nur ein einziger verläßt ihn. Auf diesem Fluß findet ihr das Brüllende Wasser. Paßt aber auf, daß ihr nicht in die Stromschnellen geratet ... ihr könntet den Wasserfall hinabstürzen, und das soll ein weiter Weg nach unten sein.«

»Diese Maske«, Lange Fischerin preßte die Handflächen gegeneinander, »seid ihr sicher, daß es ein guter Plan ist, die Maske zu retten? Sternmuschels Mann, Glimmervogel, soll wegen der Maske Selbstmord begangen haben; wir hörten davon. Ist von der Maske die Rede, wird auch über Ärger, Krieg und Leid gesprochen.«

Grüne Spinne ging ans Feuer, und seine Stimme war leise. *Dies ist der Weg, Mann des Volks. Ich zeige dir den Weg zur Rettung.*

»Was?« fragte Schwarzschädel mit einem erstaunten Blick auf Grüne Spinne.

Der leere Blick des Verdrehers huschte über Schwarzschädels Gesicht. »Wolf. Ja, er kaute an der Leiche von Der wie eine Möwe fliegt. Deshalb tötete und verspeiste man ihn. Ich würde nicht am Körper der alten Frau kauen. Man könnte mich erschießen – und es wäre furchtbar, wenn einem das Blut aus dem Herzen getrunken und dann das Herz gegessen würde.«

»Was sagt er?« fragte Schienbein.

Die versammelten Menschen redeten ängstlich durcheinander.

Schwarzschädel schien nervös. »Was sein Geschwätz bedeutet, ist selten klar. Keine Sorge. Wenn er eine Weile bei euch ist, merkt ihr, daß er ein Idiot ist. Wenn er dann noch länger bei euch ist, werdet ihr merken, daß ihr größere Idioten seid als er. Es ist verwirrend.«

»Haben seine Worte etwas mit der Maske zu tun?« fragte Lange Fischerin.

»Ich weiß es nicht.« Schwarzschädel rieb sich das Kinn. »Händler? Was meinst du?«

Otter sagte: »Ich bin nicht sicher.«

Grüne Spinne klatschte in die Hände, drehte sich und sang mit ausgebreiteten Armen:

> Du, Sohn von Vater Sonne.
> Ins Licht gekommen in der Nacht.
> Du hast die Wahl, mein Volk.
> Tanzt für den Vater, euch unbekannt.
> Wir ziehn nach Süden, dort liegt das Land ...
> Erwacht ihr Leute vom Prachttaucherclan!
> Und tanzt! Tanzt mit dem Verdreher!

Grüne Spinne sang ununterbrochen. Sein Gesicht strahlte vor Glück, und alle im Umkreis waren berührt und fühlten sich gewärmt.

»Kommt!« rief er. »Steht auf! Alle! Tanzt mit mir! Singt! Der Geist der Macht bewegt die Erde! Wolf und Krähe drehen sich im Kreis!«

Grüne Spinne streckte eine Hand aus und zog die junge Frau hoch, die in dem Kanu gesessen hatte. Er zeigte ihr die Schritte, und ihre Freunde machten auch mit.

Perle flüsterte Otter ins Ohr: »Grüne Spinne hat das vorwärts gesagt. Die Worte von Lange Fischerin über die Maske müssen ihn ernsthaft beunruhigt haben.«

»Es scheint so.« Otter schaute aufmerksam zu. Grüne Spinne tanzte und sang wie nie. Wollte er sie alle ablenken? Mit welcher Absicht? Würde es nicht allen nützlich sein, mehr über die Maske zu erfahren?

Perle zog an Otters Hand. »Komm. An dem Tanz ist sicher etwas Heiliges. Laß uns mitmachen!«

Sie mußte über seine Miene lachen, als er Grüne Spinne nachahmte.

Lange Fischerin erhob sich feierlich, half ihrem Mann aufzustehen, und sich in die Gruppe einzureihen.

Schwarzschädel blieb still sitzen, die schwere Kriegskeule in der Hand. Erst als ein mutiges Mädchen ihn auf die Beine zog, machte auch er den Tanz mit.

Otter genoß den Augenblick, behielt aber den Verdreher im Auge.

Was weiß er? Eins war sicher, Perle hatte recht gehabt. Grüne Spinne wollte nicht, daß Lange Fischerin von den Schwierigkeiten sprach, die von der Maske verursacht wurden. Das war sehr verwirrend. *Fürchtet Grüne Spinne, daß wir dann die Maske nicht mehr retten wollen?* Wer war bloß diese Sternmuschel? Eine Frau von den Sternhimmelclans?

Seine Gedanken verflogen, als Perle den Arm um seine Taille legte und ihn zwang, sich ihren Schritten anzupassen.

Grüne Spinne verbirgt etwas. Und ein Zwerg von den Langschädeln, ein mächtiger, gefürchteter Mann, hat damit zu tun. Warum? Um der Macht des Verdrehers entgegenzuwirken?

Die Macht hatte ihre Kämpfer ausgewählt, war es das?

Beim Geheimnisvollen, warum hatte Grüne Spinne ihnen nichts gesagt? Hatte der Verdreher die ganze Zeit gewußt, daß die Suche nach der Maske sie in einen Krieg des Sternhimmelclans verwickeln würde?

Otter blickte auf Schwarzschädel, der mit zwei hübschen jungen Frauen tanzte. Zum ersten Mal sah der Krieger glücklich aus, wirklich glücklich.

Dann begegnete Otter dem Blick von Grüne Spinne.

Und Angst erfüllte seine Brust. Diese sonst so fröhlichen Augen schwammen in Tränen …

43. KAPITEL

Schwarzschädel ließ sich von dem Lied treiben, hob und senkte die Füße, wie es der Verdreher machte. Seit seiner Kindheit hatte er nicht mehr so getanzt. Und auch jetzt hielt er seine Kriegskeule fest, den treuen Gefährten bei einem anderen Tanz.

Die Wärme, die sich in seiner Brust ausbreitete, überraschte ihn, und er fühlte sich ganz leicht. Wie langte tanzten sie schon?

Sie kreisten um das Feuer, ein rauschhaftes Lächeln auf den Gesichtern.

Schwarzschädel gefiel es. Zum ersten Mal seit vielen Jahren tanzte er so gelöst, bis ihn die Beine schmerzten.

Aber er tanzte weiter, genoß das wunderbare Gefühl von Freiheit, bis er endlich neben Grüne Spinne und Schienbein zu Boden sank. Er war außer Atem, glücklich und wischte sich den Schweiß ab. Auch Grüne Spinne hatte sich verausgabt, an seinen Wimpern hingen Schweißperlen.

Schwarzschädel bekam eine Schüssel mit Essen in die Hände gedrückt, und er schöpfte die Fisch- und Fleischbrocken mit Genuß heraus, aus einem Kürbis trank er Wasser.

»Von euch wird man aber wirklich freundlich aufgenommen«, sagte er zu Schienbein.

Mit einem Lächeln nickte der einäugige Älteste. »Ich glaube eher, daß ihr uns mit eurem Verdreher Freude bringt.« Schienbein blickte wieder auf die glänzenden Körper der Tänzer. »Sieh sie dir an, wie sie es genießen. Bis zur Sonnenwende ist es noch ein wenig mehr als ein Mond. Und so bald wird hier niemand heiraten, da ist dieses unerwartete Fest ein willkommenes Vergnügen für sie.«

Schwarzschädel aß das letzte Stück Fisch aus seiner Schüssel, die sich wie durch Zauberei immer wieder füllte. Grüne Spinne sang immer noch, klatschte in die Hände und beobachtete die Tänzer mit funkelnden Augen.

»Diese Sternmuschel«, fragte Schwarzschädel Lange Fischerin, »hält man sie für eine böse Frau?«

Die alte Frau seufzte. »Ich weiß nicht recht, was ich dir sagen soll, Händler. Wir haben zum ersten Mal von ihr gehört, als die Schwierigkeiten mit der Maske begannen. Wenn zutrifft, was erzählt wird, ist Sternmuschel eine schöne junge Frau von den Sternhimmelclans. Sie heiratete einen Mann vom Sonnenhügelclan, diesen Glimmervogel … der dann die Clans mit der Maske in Schrecken versetzt hat. Am Ende erhängte er sich. Seine Leute brannten das Clanhaus nieder, in dem er starb, und stellten dann Pfähle auf, um die zornigen Geister festzuhalten. Sternmuschel floh mit der Maske – in Begleitung des Magiers. Sie wird von Wanderdrossel verfolgt, einem Kriegsherrn vom Blauentenclan.«

»Und was weißt du von ihm?« Schwarzschädel wollte gerade eine weitere Portion Fleisch und Fisch essen, die ihm eine junge Frau in die Schüssel geschöpft hatte. Als er lächelte, sah er, wie ihr der Atem stockte – da wurde ihm bewußt, wie er aussah, wenn er lächelte. So zwinkerte er lieber, und sie grinste ihn verlegen an.

Schienbein antwortete: »Wanderdrossel ist ein ehrgeiziger und geachteter Mann. Ich kenne ihn. Er will nur seine Macht und seinen Einfluß vermehren. Ich glaube, er will einer der mächtigsten Männer bei den Schlangenclans werden.« Die Lippen des Ältesten zuckten. »Wie er dieses Ziel erreicht, ist ihm wohl gleichgültig. Er hat bereits ein stattliche Sammlung polierter und bemalter Schädel an den Wänden seines Gesellschaftshauses hängen.«

»Und Langer Mann?« fragte Schwarzschädel. »Dieser Magier?«

Grüne Spinne hörte mitten im Satz zu singen auf und wandte sich an Schwarzschädel. »Er ist tot. Wanderdrossel hat ihn wie einen Fisch aufgeschlitzt und seine Eingeweide geröstet. Wie das zischte und brutzelte!« Er wiegte den Kopf hin und her. »Du solltest seinen Geist um Vergebung flehen hören.«

»Tot?« fragte Schienbein.

»Oder lebendig?« fragte Schwarzschädel. »Sprichst du vorwärts oder rückwärts, Narr?«

Grüne Spinne grinste und sagte ungerührt: »Während ich spreche, bringt ein Krieger den Schädel des Magiers nach Süden, um ihn im Gesellschaftshaus der Krieger des Blauentenclans aufzuhängen. Bedaure den Geist des Magiers. Nirgendwohin kann er gehen. Gehetzt, gejagt, wie Sternmuschel von Wanderdrossel gejagt wird.«

Schienbein fragte: »Verdreher, woher weißt du das?«

Grüne Spinne senkte den Kopf und atmete erschöpft aus. »Keine Angst, großer Schienbein. Du und dein Volk, ihr seid nicht in Gefahr. Morgen sind wir fort, und ihr habt schöne Waren und Erinnerungen an unseren Aufenthalt. Nur die heutige Nacht ist wichtig für uns. Hier in deinem Dorf finden wir alle unseren Weg.«

»Und welchen Weg finde ich, Narr?« fragte Schwarzschädel.

»Einen Weg«, flüsterte Grüne Spinne. »Mehr weiß ich nicht.«

Der Verdreher zeichnete einen Kreis auf den Boden und daneben eine Spirale mit kleinen Spitzen. Dann stand er auf, warf den Kopf in den Nacken, und aus seinem Mund kam ein Heulen wie von einem einsamen alten Wolf. Überrascht hielten die Tänzer inne.

Da antwortete ein Wolfsgeheul aus den Bäumen. Grüne Spinne grinste, klatschte in die Hände und rief: »Tanzt! Laßt eure Seelen und Herzen im Takt eurer Hände und Füße schwingen!«

Grüne Spinne machte rückwärts tanzend vier Kreise und verschwand dann zwischen den Häusern.

»Er ist ein furchterregender Mann«, bemerkte Schienbein. »Ihr müßt eine interessante Zeit mit ihm verbracht haben.«

»Allerdings«, erwiderte Schwarzschädel und schaute sich die Kreise des Narren an. Der Kreis war das Zeichen für einen Stern, die Spirale mit den Stacheln eine Muschel. Schwarzschädel konnte es deutlich sehen.

Sternmuschel. Die Frau, die mit der Maske auf der Flucht war. Aber was bedeutete das für Schwarzschädel?

Perle tanzte, eingehüllt in Otters strahlendes Lächeln. Nach den Tagen der Enge in Wellentänzer durchströmte sie Glückseligkeit, sich endlich wieder bewegen zu können und zu spüren, wie ihre Seele tanzte. Sie hielt Otters Hand ganz fest, nahm nur ihn wahr, konzentrierte sich ganz auf die gemeinsamen Schritte – ein Harmonie der Seelen und der Musik in den sich wiegenden Körpern.

Sie zog ihn aus dem Kreis, und beide ließen sich keuchend und erschöpft auf die Erde fallen. Die Ältesten boten ihnen lächelnd Schüsseln mit Essen an. Perle nahm süße zerstampfte Nüsse, und dann wurde ihr sogar ein großes gebratenes Stück Fleisch gebracht.

»Da hast du deinen Preis!« rief Otter, der noch immer lächelte.

Sie schaute ihm ins Gesicht. Die strengen Linien waren im Feuerschein weich geworden. Noch immer wippte er im Takt mit den Menschen.

»Eine wunderbare Nacht«, sagte Otter glücklich und zog sie an sich. »Das war der Verdreher, er hat ein Fest daraus gemacht.«

Perle hatte den letzten Bissen Fleisch heruntergeschluckt und leckte sich die Finger ab. »Besser, als wenn Lange Fischerin über die Maske spricht.«

Perle schmiegte sich an Otter und spürte durch ihr Hemd seine Wärme. Sie schloß die Augen und genoß es, seinen Arm um sich zu spüren. In der Nähe hörte sie ein Mädchen kichern, und ein junger Mann lachte. Jugend und Verliebtsein, das gehörte einfach zusammen.

Sie befreite sich aus Otters Armen und zog ihn hoch. »Komm, laß uns spazierengehen.«

Sie nahm seine Hand und führte ihn an den Häusern vorbei und weiter in die Dunkelheit der Bäume.

»Wohin gehen wir?« fragte er.

»Ich weiß es nicht. Ich war noch nie hier. Kommst du mit?«

»Ich komme ja schon.« Er umfaßte sie zärtlich.

»Otter, wenn das alles vorbei ist, möchte ich wieder nach Süden gehen.«

Er schwieg, sagte dann nach einer Weile: »Schön. Wir könnten vielleicht sogar das Wetter überlisten. Flußabwärts geht's immer schneller als flußaufwärts.« Nach einer Pause: »Wohin wollen wir gehen?«

Sie zuckte mit den Schultern. »Irgendwohin, wo Sümpfe sind, Alligatoren, und wo es angenehme Winterabende gibt.«

»Alligatorclan? Oder ist das zu nahe bei den Anhinga?«

Sie seufzte. »Es wird in jedem Fall schwierig, oder?«

»Von weitem sieht es meistens schwieriger aus als aus der Nähe.«

Sie kamen auf eine Kuppe. Die Gegend schien nur aus Hügeln zu bestehen. Von diesem konnten sie fast das ganze Land, das im Mondlicht lag, überblicken.

»Ich hoffe, du behältst recht.« Sie blieb stehen, um nach Süden zu blicken, den Sternen zu folgen, dorthin, wo ihr ehemaliges Zuhause lag. »Ich hatte dort ein wunderbares Leben.«

»Magst du mir sagen ...«, begann er zögernd, »warum sie dich wie eine Ware eingetauscht haben?«

»Es wollte mich niemand.« Sie zog ihn zu sich, schmiegte sich unter seinen Arm und hielt ihn ganz fest.

»Du bist eine sehr schöne Frau. Ich hätte mich schon um dich bemühen sollen, als ich dich zum ersten Mal sah.«

Sie streichelte sein Gesicht. »Damals war dein Herz woanders. Bist du sicher, daß du damit im reinen bist?«

»Sie ist die Frau meines Bruders.«

»Und was bin ich?«

In den Bäumen schrie eine Eule, ein leichter Wind bewegte die Blätter.

»Die Frau, die ich liebe«, sagte er leise.

Sie fuhr mit den Fingern über seinen Arm. Er zitterte unter ihrer Berührung, und das erregte sie. »Ich fürchte, wir geraten von einem Sturm in den nächsten, Otter.«

»Ich glaube, das gefällt mir.« Langsam und zärtlich streichelte er ihre Brust. »Ich möchte nicht ... ich meine ...«

»Ich habe keine Angst, Otter.«

»Das stimmt, du und Forelle ...«

»Nein, da war nichts. Es ging nicht.« Sie blickte ihn lächelnd an. »In jener Nacht wünschte ich mir sehnlichst, umarmt zu werden. Aber es waren *deine* Arme, die ich wollte.«

»Du weißt nicht, wie nahe ich daran war, euch ... Ich stürmte über den Strand, und Grüne Spinne rettete mich. Ich hätte mich ganz schön zum Narren gemacht.«

»Warum?« Sie fuhr mit den Händen unter sein Hemd und spürte die gespannten Brustmuskeln.

»Bis dahin wußte ich nicht, wie sehr ich dich liebe. Ich fürchtete, daß Forelle ...«

»Grüne Spinne hat recht daran getan, dich aufzuhalten. Ich brauchte diese Zeit mit Forelle.«

Ihr Puls ging schnell. Sie zog ihm das Hemd aus, löste den Knoten seines Gürtels und zog seinen Lendenschurz herunter. »Ich habe mich lange genug gefragt, Otter, ob du dir etwas aus mir machst.«

»Jetzt weißt du es.«

Als sie Hemd und Rock ausgezogen hatte, beugte er sich zu ihr hinab, um ihre Brüste zu küssen.

Sie hielt seinen Kopf mit beiden Händen einen Augenblick fest. »Ich liebe dich, Otter.«

»Perle, ich liebe dich aus ganzem Herzen. Ich möchte dich für immer bei mir haben.«

Sie faßte nach unten, um ihn zu führen, und stöhnte auf, als er in sie glitt. Sie schlang sich um ihn und flüsterte: »Ein Sturm nach dem anderen, Otter, ich habe dich gewarnt.«

Bleiche Schlange schüttelte sich. In den zwei Tagen seit ihrem Aufbruch vom Gebiet des Windclans hatte er alles getan, um Sternmuschel aus seinen Gedanken zu vertreiben.

Als sie nun den gewundenen Geisterfroschfluß hinunterpaddelten, zwang er sich, die Ufer angestrengt zu beobachten, nur, um nicht nach vorn schauen zu müssen, wo sie saß.

Ihr das Lederkleid zu schenken, war der größte Fehler seines Lebens gewesen – na ja, der größte nach der Heirat mit seiner Frau. Dieses Kleid paßte sich jeder Kurve ihres Körpers an. Ihre geschmeidigen Bewegungen beim Paddeln und ihre vollen, runden Brüste ließen seine Phantasie nicht mehr ruhen. Er konnte sein Verlangen, den Arm auszustrecken und sie zu berühren, kaum noch beherrschen.

Bleiche Schlange war erleichtert, daß sie in einem Boot saßen, denn im Lager war es schwerer gewesen, ihrem Blick auszuweichen, als hier im Kanu. Sternmuschel bezauberte ihn … so sehr, daß es sein Herz zum Überfließen brachte.

Du hast mir das angetan, Vater! Du hast sie geschickt, weil du wußtest – du erbärmlicher kleiner Dämon –, daß ich sie unwiderstehlich finden würde. Und selbst wenn sie ihm entgegenkommen würde – er könnte sie nicht berühren, denn er fürchtete, daß sie ein Geschöpf seines Vaters war.

Ihre Stimme unterbach seine Überlegungen. »Du bist so still, Bleiche Schlange. Das ist für dich ganz ungewöhnlich.«

»Ich habe nachgedacht.«

Bleiche Schlange biß sich auf die Lippe. *Ja, das ist es. Du mußt versuchen, sie zu hassen, vielleicht kannst du dich dann ein wenig entspannen.*

Vielleicht würde es helfen, von einem anderen Mann zu reden.

»Erzähl mir von deinem Mann, Sternmuschel. Wie war er, bevor die Maske ihn vereinnahmte?«

Er konnte die Spannung in ihren Schultern sehen. »Ich vermute … eigentlich weiß ich es nicht. Ich erinnere mich an ihn als einen ernsten Jungen. Als mein Vater uns miteinander bekannt machte, verbrachte er den größten Teil des Tages damit, mich anzustarren. Damals glaubte ich, Anbetung in seinen Augen zu entdecken. Vielleicht war es das – später erfuhr ich, daß es Besessenheit war.«

Als wüßte ich das nicht! »Hast du ihn nicht gemocht?«

»Am Anfang. In der Nacht, bevor er ging, wollte er, daß ich mit ihm schlafe. Ich sagte nein, und er war gekränkt. Damals versprach er, mich zu heiraten.«

»Also hast du ihn geheiratet?«

»Das nächste Mal sah ich ihn mehrere Monde nach dem Tod seines Großvaters. Er war anders, selbstbewußter, ein junger Anführer. Vater war beeindruckt von ihm und ich wohl auch. Es schien die perfekte Verbindung für meine Familie und meinen Clan zu sein.«

»Und du tratest natürlich in ein Vipernnest.«

»Ein interessanter Ausdruck von einem Zauberer des Schlangenclans, meinst du nicht?«

»Er muß dich aber geliebt haben. Es muß Augenblicke der Zärtlichkeit zwischen euch gegeben haben. Schließlich hast du eine Tochter geboren.«

»Zärtlichkeit?« fragte sie und schüttelte wehmütig den Kopf. »Ich weiß nicht, was ich empfand. Mag sein, daß er so empfand, aber ich bezweifle es. Es gibt einen Unterschied zwischen Liebe und Brunst. Das eine ist tiefstes Vertrauen, das andere dient allein der Fortpflanzung. Zurückblickend würde ich sagen, als mein Mann und ich mit der Fortpflanzung begannen, ging alles schief.«

Bleiche Schlange zuckte zusammen. »Es tut mir leid, Sternmuschel. Wenn ich zurückgehen könnte und …« *Was sagst du da? Schweig!*

»… die Dinge ändern könnte?« beendete sie den Satz für ihn. »Das ist freundlich gedacht, Bleiche Schlange. Aber ich fürchte, es ist zu spät. Wie ahnungslos und dumm ich war. Sternhimmelstadts verwöhnter kleiner Liebling. Ich hatte alles ... Ansehen, Familie, Schönheit und Bewunderer. Einst, mein Freund, kostete ich die allgemeine Bewunderung aus. Jetzt erkenne ich, daß sie ein Fluch war.«

»Fluch?«

»Wie würdest du es sonst nennen? Wäre ich nicht so begehrenswert gewesen, hätte er mich gar nicht zur Kenntnis genommen.« Er ertappte sich wieder dabei, wie er voller Wohlgefallen ihren Bewegungen zuschaute, und er zwang sich, seinen Blick abzuwenden.

»Aber du mußt doch einen Liebhaber gehabt haben.«

In ihrem Lachen schwangen bittere Töne mit. »Also schön, Bleiche Schlange, ich will es dir verraten. Sein Name war Grüßt die Sonne, ein ...«

»Doch nicht mein verrückter Bruder!«

Sie drehte sich um, ließ das Paddel im Wasser treiben und starrte ihn an. »Dein ... Bruder?« Sie blinzelte. »Du hast doch aber gesagt, dein Clan wären die Buntbemalten.«

»Das ist der Clan meiner Mutter«, sagte er mürrisch. »Ich wuchs bei den Buntbemalten auf. Grüßt die Sonne war mein Halbbruder. Er lebte bei einem Clan der Langschädel am Antilopenfluß.«

»Der Sohn von Langer Mann?« Sternmuschel wurde blaß.

»Hast du seine Mutter gesehen? Dann wüßtest du nämlich, warum Langer Mann sie verführen mußte. Was meinst du, warum sie Grüßt die Sonne in den Bergen versteckt haben? Seine Anwesenheit erinnerte jeden im Clan daran, daß Langer Mann die Frau eines bedeutenden Mannes geschwängert hatte.«

»Als wir fortgingen, machte Langer Mann einen Bogen um ein Gehöft, behauptete, der Mann habe einen bissigen Hund.«

»Wahrscheinlicher war es eine mit Nägeln beschlagene Kriegskeule mit dem Namen ›Böser Hund‹ ... oder vielleicht ›Zwergentöter‹, wovor er Angst hatte.«

Sternmuschel wandte sich zu Bleiche Schlange um. »Von wem Grüßt die Sonne auch gezeugt worden sein mag – er war nett. Er gab mir Seelenfrieden. Ich ... ich wäre bei ihm geblieben, hätte die Einsamkeit seines kleinen Tals genossen. Ich würde alles tun, um ihn wieder lächeln zu sehen, um jene einfache Unschuld zu teilen.«

»Vielleicht habe ich ihn unterschätzt. Der Magier suchte einen weiteren Sohn, der seine Nachfolge antreten sollte, vor allem, nachdem ich ihn so enttäuscht hatte.«

Sternmuschel blickte auf. »Ich glaube, er war eine Falle, Bleiche Schlange. Ein Köder, wie die Feder am Angelhaken, die man vor dem Maul eines Barsches baumeln läßt. Ich schnappte danach.«

»Was geschah dann?«

»Während ich Grüßt die Sonne liebte, sprach die Maske zu Silberwasser. Ich wollte bei ihm bleiben, aber als ich meine Tochter mit der Maske reden sah, wußte ich, daß ich fortgehen mußte.«

Bleiche Schlange paddelte verbissen weiter. »Wenn ich es nur gewußt hätte, wäre ich nach Süden gegangen ... hätte dich vor dem kleinen Dämon gerettet. Ich weiß nicht, was mit Langer Mann war. Ich kannte andere Zwerge ... Sie waren nicht so verdreht wie er.«

»Bleiche Schlange, er war nicht ganz verdreht und unheimlich. Er wußte, was zu tun war, als mein Mann sich erhängte. Mehrmals rettete er mich. Er war nicht nur schlecht.«

»Nenne mir eine einzige Tat von ihm, die selbstlos gut war.«

Sie sah ihn verärgert an – aber dieser Blick verzauberte ihn völlig. »Er bot meinem Vater eine sehr schöne Steintafel für das Grab meiner Mutter an. Damit erinnerte er an einen guten Dienst, den sie jemandem von einem Langschädelclan während einer Krankheit geleistet hatte. Damals war diese Gabe für meinen Vater sehr wichtig.«

»Laß mich raten. Damals bat er um die Erlaubnis, dich zurück nach Sonnenhügel zu begleiten, stimmt das?«

Ihre Augen blitzten lebhaft. »Glaubst du, das tat er *alles* aus eigennützigen Motiven?«

»Ja, das glaube ich.«

»Zum ersten Mal rettete er mir das Leben beim Blauentenclan, als Wanderdrossel mich töten wollte.«

»Natürlich. Du warst sein sicheres Geleit nach Sonnenhügel.«

Abgestoßen schüttelte sie den Kopf und wandte sich ab. »Wie steht es um dich, Zauberer? Hast du jemals geliebt, Bleiche Schlange?«

»Ja, ich habe geliebt. Es war, nachdem ich mich bei der Schlange von meinem Vater getrennt hatte – bei dem Erdwall, wo die Gesellschaft ihre geheimen Geräte aufbewahrt.«

»Auf dem Gebiet des Natternclans«, warf sie ein.

»Ja, du kennst also den Ort. Unser letzter Kampf war erbarmungslos. Ich wußte inzwischen, wie er war, ränkeschmiedend, hinterlistig, lüstern. Ich ging nach Hause und schwor mir, daß ich nie mit ihm was zu tun haben wollte. Ich zog zu den Verwandten meiner Mutter, redete kaum, nahm ab und zu Heilungen vor. Ich war jung, und der Geist der Macht in meinem Blut war stark. Die Kunde von meinem Können breitete sich aus, und von überall her kamen die Leute zu mir.«

Du willst das eigentlich nicht sagen. Du reißt nur den Schorf von einer nicht verheilten Wunde. Aber er mußte weiterreden.

»Als ich sie das erste Mal sah, machte mein Herz einen großen Sprung. Sie war klein, zierlich, hatte langes schwarzes Haar, das ihr wie ein Umhang bis über die Knie hing. Und wenn sie mich ansah, glänzten ihre Augen verschmitzt. Deine vollendete Schönheit besaß sie nicht, aber sie war wie eine Puppe, die man beschützen mußte.

Ich war hingerissen. Sie kam aus einer Gegend südlich vom Schlangenfluß. Mit ihrem Vater war sie nach Norden gereist, um Verwandte zu besuchen – und einen Mann zu finden. Die Familie meiner Mutter hatte eine hohe Stellung bei den Buntbemalten, und für ihren Vater war es eine willkommene Gelegenheit, seinen Clan mit den Buntbemalten zu verbinden.«

»Hat sie dich geliebt?« fragte Silberwasser.

»Am Anfang vielleicht. Ich weiß es nicht. Ich war jung und nahm alles sehr ernst. Bei den Buntbemalten war ich beliebt. Ich beaufsichtigte die Familienarbeit bei der Errichtung des äußeren Vierecks der Einfriedung.«

»Die Aufsicht übertragen zu bekommen, weist auf große Hochachtung hin«, sagte Sternmuschel. »Mein Vater hatte die gleiche Aufgabe, als ich ihn zuletzt sah.«

»Ja, große Hochachtung.« Bleiche Schlange erinnerte sich daran, wie sie die frische Erde Korb um Korb an der Bachterrasse aufgehäuft hatten. Mit den Clanführern war er auf den nördlichen Höhenrücken gestiegen, um das fertige Werk zu besichtigen, den großen mittleren Hügel und die Gesellschaftshäuser in ihrer vollkommenen Ordnung.

Ein Tag, auf den er stolz sein konnte.

»Und dann kam Langer Mann?«

Sternmuschels Frage riß ihn aus seinen Gedanken. »Wie konnte er mich übersehen? Mein Ruhm und Ruf breiteten sich immer mehr aus. Der neue, junge Führer bei den Buntbemalten! Und ich erreichte alles aus eigener Kraft.«

»Warum hast du ihn nicht hinausgeworfen, als er kam?«

»Als er ankam, war ich fort... beim Clan meiner Frau, um eine Heilung durchzuführen. Sie war mit unserem ersten Kind schwanger, und ich dachte, sie sollte lieber nicht reisen. Wie dumm von mir, wenn ich jetzt daran denke, denn es war mein zweiter Fehler.«

»Und dein erster?«

»Ihr nicht zu erzählen, was für ein gemeiner Mensch mein Vater war. Verstehst du, ich war der Meinung, daß so etwas nur die angeht, die es direkt betrifft, aber nicht andere.

Langer Mann kam in strömendem Regen auf unserem Gehöft an, und meine unschuldige Frau nahm ihn auf. Natürlich war er reizend und bezaubernd – die ganze Zeit fütterte er sie mit Tees und Kräutern, was ich bis heute für ihre Fehlgeburt verantwortlich mache. Er war freundlich, aufmerksam und nutzte es aus, daß ich weit weg war.«

»Und deine Mutter?« fragte Sternmuschel, die wieder zum Paddel gegriffen hatte.

»Nach einigen Tagen erwähnte einer meiner Vettern, daß Langer Mann auf dem Hof sei – aber argwöhnisch war eigentlich niemand.«

Bleiche Schlange versuchte, sich zu entspannen, als er merkte, daß er das Paddel fest umklammert hielt.

»Zauberer erkennen nicht immer Zauberei. Als ich zurückkehrte, waren fast drei Monde vorüber. Im ersten Mond hatte meine Frau die Fehlgeburt, und zwei Monde lang hatte er sie getröstet, umworben und ihr vielleicht eines seiner Zaubermittel gegeben.

Einer seiner Geisthelfer warnte ihn vor meiner Rückkehr, und als ich ankam, war er fort. Ich hätte den verträumten Ausdruck in ihrer Augen erkennen müssen, die Ferne, die ich spürte, wenn wir unter den Decken lagen. Natürlich schrieb ich es dem Verlust des Kindes zu. Auch sagte sie, daß er nur kurz dagewesen sei.«

»Bist du sicher, daß er es tat?« fragte Sternmuschel. »Reden wir wirklich von demselben Mann, ist es der, mit dem ich solange reiste?«

»Ich vermute es. Klein, fleischige Nase, kupferne Ohrspulen, er trug einen kleinen Beutel mit einem Wolfskopf, in dem er Gifte, Liebestränke und Zaubermittel aufbewahrte?«

»Bis dahin stimmt es mit ihm überein.«

Er schaute sie an. »Binnen zwei Monden ging ich wieder fort, ausgerechnet nach Sternhimmelstadt. Ich begleitete den Vater meiner Mutter und die Ältesten, um über einen Abbau des heiligen Feuersteins zu verhandeln und auch um einen Grenzstreit beizulegen. An dem Tag, an dem ich aufbrach, traf Langer Mann ein. Innerhalb weniger Tage war er im Bett meiner Frau, und dieses Mal ohne die Hilfe von Zaubermitteln.«

»Warum?« fragte Sternmuschel. »Warum schlief sie mit deinem Vater? Hast du ihr nicht gesagt, was für ein Mensch er war?«

Bleiche Schlange hielt das Paddel über dem Wasser in der Luft und rieb sich über sein erhitztes Gesicht. »Ich hatte ihr gesagt, sie dürfe ihn nicht einlassen. Sagte ihr, daß ich ihn nicht in meinem Haus haben wolle. Sie glaubte mir nicht. Vielleicht war das der Grund, warum er so wenig Mühe hatte, ihr die Beine zu spreizen. Er war schon wieder fort, als ich zurückkam. Ich dachte, daß meine Frau und ich wieder so leben könnten wie vorher. Ich wußte nicht, daß sie mich auslachte.«

»Vielleicht lachte sie gar nicht. Vielleicht denkst du das nur, um dein Gewissen zu erleichtern, weil du sie ermordet hast.«

»Ich wollte, es wäre so einfach, Sternmuschel.« Er blickte zum Himmel, beobachtete die Wolken, die von Westen heraufzogen. »Vermutlich war sie für ihn einfach zu haben. Immerhin war er der Magier, verehrt, mächtig und einflußreich. Er verkörperte alles, was man ihr zu Hause als bewundernswert beigebracht hatte. Du weißt selbst, wie reizend er sein konnte.

»Ich ging wieder fort, diesmal mit Ältesten zu einer Hochzeit beim Clan der Sechs Flöten. Einen Tag nach meinem Aufbruch war er im Bett meiner Frau. Als ich danach zurückkehrte, konnte ich den Unterschied spüren. Sie hatte nichts dagegen, wenn ich das Bett mit ihr teilte, aber sie sagte, es ginge ihr nicht gut. Jeden Morgen war ihr übel. Verstehst du langsam? Es war Winter. Ich war beinahe drei Monde beim Clan der Sechs Flöten gewesen.«

Sternmuschel drehte sich mit gequälter Miene um. »Nein!«

Bleiche Schlange strich mit den Fingern über das Holz des Paddels. »Er behauptete, er habe nie eine Frau gehabt, die er nicht schwängerte. Das war eines seiner Motive. Ich brauchte einen Mond, einfältig, wie ich war, bis ich es begriff.«

»Es tut mir leid, Bleiche Schlange«, sagte Sternmuschel. »Warum hast du sie nicht verstoßen? Sie zu ihrem Clan zurückgeschickt?«

»Wegen der Reden, die sie führte. Weil sie über mich, über meine Männlichkeit lachte. Sie reizte mich, sagte mir noch, daß sie das Kind auf die Welt bringen und daß mein Vater es aufziehen würde. Daß das Kind all das sein würde, was ein Versager wie ich nicht war.«

Seine Hände umklammerten das Paddel. »Und etwas in mir wurde schwarz und böse, und als ich wieder zu mir kam, lag sie tot am Boden.«

Das Kanu trieb ungesteuert und drehte sich langsam in der schwachen Strömung. Silberwasser blinzelte, und als er sie ansah, schien es ihm, als schaute er in einen grundlosen Teich.

Er schüttelte sich, um die Dämonen zu vertreiben. »So, Sternmuschel, jetzt kennst du es, das gräßliche Geheimnis des Mannes, mit dem du unterwegs bist. Jetzt weißt du, warum ich weggelaufen bin.«

Sie betrachtete ihn mit einfühlender Zartheit und streckte ihm freundlich ihre Hand entgegen, doch dann ließ sie sie sinken, wandte sich ab, um ihr Paddel einzutauchen und das Kanu wieder in die Fahrrinne zu lenken.

Du bist hier, um mir zu schaden, Sternmuschel. Ich möchte gern glauben, daß du nichts davon weißt, daß du nicht eingeweiht bist.

Aber er konnte es nicht glauben.

Schwarzschädel wachte mit dem seltsamen Gefühl von Vertrautheit auf. Bald würde die Sonne aufgehen. Er spürte einen Körper an seiner Seite.

Wenn es der verrückte Kerl ist, springe ich ihm ins Gesicht und drehe ihm die Nase ab.

Schwarzschädel sah zerzaustes schwarzes Haar. Dann die volle Brust des Mädchens, die bloßlag. Da erinnerte er sich plötzlich wieder.

An den Tanz und das Gefühl von Freiheit, das er empfunden hatte – ein so starkes Gefühl, daß er gar nicht mehr aufhören konnte zu tanzen. Dabei hatte er das Lächeln des jungen Mädchens erwidert, das ihm immer wieder seinen Teller gefüllt und ihm Wasser gebracht hatte.

In den späten Stunden der Nacht hatte das Mädchen schüchtern gelächelt und ihn an dieses stille Ende des Langhauses geführt. Geschickt hatte sie die Decken ausgebreitet, sich ausgezogen und ihn in ihre weichen Arme gezogen.

Jetzt zog er sie an sich und schloß sie in die Arme. Sie murmelte glücklich und schmiegte sich an ihn. Die Wärme ihres Pos an seiner Hüfte weckte eine Sehnsucht, die er in seiner so oft verletzten Seele selten gefühlt hatte.

»Ich muß aufstehen«, flüsterte er. »Es ist Morgen, Mädchen.«

Sie strahlte ihn an, gähnte und streckte sich, fuhr dann mit den Fingern über seine Brust und gab Töne der Zufriedenheit von sich.

Nur ein einziger Körperteil von Schwarzschädel stand auf, und das Mädchen schien nichts dagegen zu haben. Sie schlang die Arme um ihn, zog ihn auf sich, und als sie sich gefunden hatten, gab sie gurrende Wohllaute von sich.

Als beide erschöpft waren, schaute Schwarzschädel in ihre sanften braunen Augen. »Warum wolltest du mich, Mädchen? Ich bin ein furchtbar häßlicher Mann mit einer noch häßlicheren Vergangenheit.«

Mit den Fingern zeichnete sie sein schiefes Gesicht nach. Er wollte aufstehen, aber sie klammerte sich an ihn und hielt ihn fest und murmelte leise etwas in ihrer Sprache.

»Ich muß aufstehen. Gleich geht die Sonne auf.« Wieder versuchte er, sich loszumachen, und wieder hielt sie ihn fest, die schlanken Beine um seine Hüften geschlungen. Schwarzschädel wollte sich schon gewaltsam befreien, als sein Körper erneut auf die Bewegungen ihrer Hüften reagierte. Darauf kicherte das Mädchen und brachte ihn zu einem weiteren Höhepunkt.

Danach schlug sie die Decken zurück und nahm aus einem kleinen Beutel eine Kugel aus gebranntem Ton, die sie vorsichtig in ihre Scheide einführte.

Schwarzschädel musterte sie unsicher, aber sie schenkte ihm ein hinreißendes Lächeln, bevor sie ihr Kleid überstreifte.

»Na schön, Mädchen. Wenn das bei euch Brauch ist.« Er zog sich an, hob seine Keule auf und ging zum Fluß hinunter. Sie folgte ihm, und mit offenem Mund bestaunte sie sein morgendliches Ritual.

»Sehr gut, Schwarzschädel«, rief Schienbein vom Weg herüber. Der Älteste lehnte an einem Ahornstamm. Das Mädchen plapperte aufgeregt und strahlte über das ganze Gesicht.

Schienbein nickte, umarmte sie, und sah dann zu Schwarzschädel. »Meine Tochter sagt mir, daß du sie geschwängert hast.«

Schwarzschädel ließ beinahe die Keule fallen. Ein plötzliches Unbehagen erfüllte ihn. »Sie kam nach dem Tanz zu mir, großer Häuptling. Da es von ihr ausging, nahm ich an, es wäre so Brauch bei eurem Volk. Ich hoffe, ich habe keinen Fehler gemacht.«

Schienbein drückte seine Tochter noch einmal an sich. »Schwarzschädel, du bist ein großer Händler und Gast meines Volks. Meine Tochter erwählte dich wegen deines Muts und deiner Stärke. Sie sagt mir auch, daß du freundlich und zärtlich warst, und in dieser Hinsicht war sie ein wenig besorgt, bevor sie ihre Entscheidung traf. Sie sagt mir, daß sie gut gewählt hat.«

»Ich verstehe nicht.«

»Als Vater«, erwiderte Schienbein.

Schwarzschädel runzelte die Stirn. »Du mußt wissen, daß ich mit meinen Freunden zum Brüllenden Wasser gehen muß. Ich habe nicht geplant, Vater zu werden.« *Bei den Ahnen, ich bin doch nicht verheiratet? Otter, wo bist du?*

Schienbeins runzliges Gesicht drückte Belustigung aus. »Laß mich eines fragen. Du hast ein Kind gezeugt. Was würdest du antworten, wenn ich dir sagen würde, daß du meine Tochter jetzt heiraten mußt?«

Schwarzschädel holte tief Luft. Er schaute das lächelnde Mädchen an. Sie war schön, und ihr langes schwarzes Haar schimmerte im Morgenlicht. Jeder Mann könnte sich das Gefühl vorstellen, wenn sich diese warmen Brüste an ihn preßten. Und der Gedanke an diesen festen Po an seiner Hüfte kehrte zurück.

»Das könnte schwierig werden«, meinte Schwarzschädel. »Kann sie mitkommen? Mit mir in mein Land zurückkehren, wenn ich meine Pflicht gegenüber meinen Freunden erfüllt habe?« Blitz und Donner! Das Mädchen konnte nicht einmal wie ein normaler Mensch sprechen!

Schienbein redete mit seiner Tochter. Dann ging sie auf Schwarzschädel zu und umarmte ihn. Leicht verwirrt, konnte er nichts anderes tun, als ihr über den Rücken zu streicheln.

Schienbein begann zu lachen. »Du bist ein Ehrenmann, Schwarzschädel. Ich gratuliere Lange Fischerin zu der guten Wahl für ihre jüngste Tochter. Aber ich muß dir verraten, daß du aussiehst, als wärst du zum Tode verurteilt worden.«

»Die Neuigkeit, daß ich heiraten soll, ist... sagen wir, hat mich überraschend getroffen.« Er zuckte mit den Achseln. »Und ich muß zugeben, daß ich sie letzte Nacht, hätte ich gewußt, was das für Folgen hat, trotz ihrer Schönheit abgewiesen hätte.«

»Du bist ein ehrenwerter Mann, Schwarzschädel.« Schienbein sprach mit seiner Tochter, die Schwarzschädel noch fester an sich drückte, zu ihm aufschaute und mit ernstem Ton redete.

»Was meint sie?«

»Daß du ihr das schönste Geschenk gemacht hast. Sie hofft, daß dein Samen in ihr wachsen wird und sie jetzt heiratsfähig ist.« Schienbein holte mit der Hand aus, als ob er die ganze Erde einbeziehen wollte. »Bei unserem Volk ist ein Mädchen keine Frau, solange sie nicht schwanger ist. Ein Mann heiratet nur, wenn er weiß, daß die Frau ihm eine Familie bescheren kann. Meine Tochter hat gewartet, und zweimal hat sie es schon vergeblich versucht, aber das waren junge Burschen, Freunde von ihr. Diesmal wünschte sie sich einen Mann.«

Schwarzschädel hielt das Mädchen immer noch im Arm. »Schienbein, der Samen eines Mannes geht nicht immer nach nur einer Nacht auf.«

Der Älteste machte eine lässige Handbewegung. »Von diesen

Dingen verstehe ich nichts. Lange Fischerin um so mehr. Von ihr weiß ich, daß eine Frau die Tage zwischen ihren Blutungen zählt. Meine Tochter hat eine gute Aussicht... und ich glaube, sie möchte Großes Netz heiraten, vom Clan meines Vetters. Sie haben sich seit Jahren im Auge.«

Schwarzschädel hob das Kinn des Mädchens. »Ich wünsche Großes Netz Glück, Gesundheit und Weisheit. Und vielleicht haben wir beide uns gegenseitig etwas geschenkt.«

Sie lächelte, als Schienbein übersetzte.

Da tauchte Grünne Spinne auf dem Pfad auf, er schlug mit den Armen wie ein Adlerjunges, das Fliegen lernt. Ein törichtes Grinsen lag auf seinem mageren Gesicht.

»Sei gegrüßt, Narr! Warst du wieder unterwegs, um mit Wölfen herumzutollen?«

»Niemals!« schrie Grüne Spinne. »Ich habe geschlafen!« Er blieb schwankend stehen, die Augen aufgerissen, während er auf das Mädchen in Schwarzschädels Armen zeigte. »Unheil droht, Menschentöter! Hüte dich.«

Schwarzschädel beachtete ihn nicht. »Hast du Otter und Perle gesehen?«

Schienbein antwortete: »Sie sind im Dorf. Sie waren sehr großzügig mit ihren Tauschwaren.« Der Älteste zwinkerte. »Sie scheinen heute morgen ebenso zu glühen wie meine Tochter. Lieben sie sich schon lange?«

Grüne Spinne hoppelte wie ein Kaninchen herum. Er hielt inne, starrte auf das Mädchen, dann blinzelte er und wich vor Schwarzschädel zurück. »Du, Menschentöter, hast heute morgen die merkwürdigste Entdeckung gemacht. Paß auf, Schwarzschädel, dir entgleitet dein altes Ich. Die Erde bebt, das Land erzittert. Woher kam Schwarzschädels Zorn?«

»Ich empfand keinen Zorn, Narr. Ich fühlte mich ... geehrt. Und vielleicht ist das gar nicht so schlecht.« Der Krieger fuhr mit den Fingern zärtlich durch das Haar des Mädchens, während er über die Worte von Grüne Spinne nachsann.

Otter und Perle tauchten aus dem Wald auf. Die fröhliche Menge, die ihnen folgte, half, Wellentänzer ins Wasser zu schieben, und Schwarzschädel nahm seinen Platz hinter dem Fuchskopf ein, Schnapper bellte aufgeregt.

Aus dem mit kleinen Wölkchen bedeckten Himmel schraubte sich eine Krähe herab und umkreiste sie laut krächzend.

Otter stöhnte, und Schwarzschädel sah, wie er den Verdreher mißtrauisch ansah.

Grüne Spinne stand auf, breitete seine Arme aus und rief hinauf: »Er hat nicht unrecht … und du auch nicht!«

Krächzen antwortete ihm.

»Ich weiß wirklich nicht!«

Bildete Schwarzschädel es sich bloß ein, oder klang die Stimme von Grüne Spinne wirklich flehend?

»Grüne Spinne«, rief Otter, »möchtest du uns etwas sagen?«

»Alles! Alle Dinge, die auf der ganzen Welt gesagt werden müssen!« antwortete der Narr, als die Krähe nach Osten davonflog.

Hin und wieder warf Schwarzschädel einen Blick über die Schulter. Wenn der fehlende Nachtschlaf nicht seinen Blick trübte, sah der Verdreher krank aus. Vielleicht hatte er zuviel vom Fisch gegessen.

Den ganzen Tag paddelte Schwarzschädel, trieb das Boot nach Westen auf das Ufer zu, dann nach Süden, um den Abfluß zum Oberen See zu finden.

»Du bist so still«, rief Perle schließlich.

Schwarzschädel erinnerte sich an die glücklichen Augen, die ihn angeschaut hatten. »Ich hätte mein Leben ändern können. Ich hätte dieses Mädchen heiraten können.«

Perle lächelte ihn beruhigend an. »Du hättest dein Leben ändern können, Krieger? Was? Schon wieder?«

»So habe ich es noch gar nicht gesehen. Aber ja!« Und ich weiß noch nicht einmal ihren Namen.

44. KAPITEL

Ich glaube fast, daß ich einer der wenigen Träumer in der Geschichte bin, der von den Geisthelfern so geplagt wird. Sie lassen mich nicht in Ruhe. Ich kann nicht schlafen, nicht essen, ich kann nicht einmal in den Wald gehen, um mich zu erleichtern, ohne daß sich mir heulende Wölfe oder flatternde schwarze Schwingen nähern.

Sie zerren mich mit einer solchen Kraft, hin und her, hierhin und dorthin, daß ich fürchte, sie reißen mich entzwei.

Vielleicht sollte ich mich nicht wehren … jedem eine Hälfte von mir lassen.

In dem leeren Raum, der dann zwischen den Hälften bleibt, könnte ich vielleicht die Gegenwart finden.

An die Gegenwart glaube ich nämlich inzwischen.

Ich bin sogar davon überzeugt, daß sie die Brücke ist, die über das Schlachtfeld führt.

Wolf der Toten stieß einen Freudenschrei aus, als sein Kriegskanu in den Wassern des Oberen Sees fuhr. Hinter ihm schossen die übrigen Kanus aus der Flußmündung in das vom Wind gekräuselte Wasser. Die dicht bewaldeten Ufer des Weinbeerenflusses lagen nun hinter ihnen. Irgendwo da draußen auf dem endlosen Blau würde er den Wasserfuchs, Perle und ihre Gesellschaft finden.

Auch die anderen Krieger stießen Triumphgeheul aus, als sie das lange gesuchte Meer vor sich sahen. Sie holten die Paddel ein und kosteten diesen Anblick aus, für den sie sich so lange angestrengt hatten.

»Was meinst du, wo sie sind?« fragte Grizzlyzahn. »Ich sehe jede Menge Wasser. Wo fangen wir an?«

Wolf der Toten stieß seine Zunge durch die Zahnlücke und versuchte, die Richtung zu erspüren … er fand nur Leere. »Dieses Brüllende Wasser liegt am entgegengesetzten Ende des Sees.« Er betrachtete prüfend die Küstenlinie, sie schien in nordsüdlicher Richtung zu verlaufen. Sie waren tatsächlich am Westufer herausgekommen. Aber wo verlief der kürzeste Weg zum Brüllenden Wasser?

»Da!« Grizzlyzahn zeigte zum Himmel und brachte sein Halsband aus Menschen- und Bärenzähnen zum Rasseln. In großer

Höhe flog ein weißköpfiger Seeadler nach Nordwesten. »Ein Zeichen?«

Vielleicht. »Dorthin!« Wolf der Toten deutet nach Nordwesten.

Siebzehn Paddel stießen ins Wasser, und die schlanken Kriegskanus flogen wie Pfeile hinaus auf den See.

Das Land veränderte sich, während sie dem Lauf des Geisterfroschflusses westwärts und später nach Norden folgten. Hatte der Fluß sich am Anfang durch niedrige Hügeln geschlängelt, floß er nun in weiten Windungen träge durch welliges Waldland.

Es fiel kaum ein Wort, als sie anlegten und auf einem hohen Ufer unter den Bäumen ihr Lager aufschlugen. Bleiche Schlange zog das Kanu auf den Schlamm, lud die Bündel aus und entfachte rasch und geschickt ein Feuer, dann kochte er eine Mahlzeit. Sternmuschel und Silberwasser hatten Brennholz gesucht und sich dann zum Baden zurückgezogen.

Ein Roteichenwäldchen gewährte ihnen Schutz. Nicht weit oberhalb hatten sie das Gebiet des Eichelclans durchquert, jedoch nicht haltgemacht. Ihr Ziel war es, jeden Tag eine möglichst weite Strecke zurückzulegen – und je weniger Menschen von ihnen wußten, desto besser.

Beim Abendessen sprachen sie kein Wort, und es beunruhigte Sternmuschel, daß Bleiche Schlange nicht die gewohnte Überschwenglichkeit zeigte. Erstaunt entdeckte sie, daß seine respektlose Art ihr neuen Lebensmut gegeben hatte.

»Mama?« fragte Silberwasser, als Sternmuschel ihre Decken ausrollte. »Geht es Bleiche Schlange bald wieder gut?«

»Ja, Kleines. Er ist nur traurig, das ist alles.«

»Er ist kein schlechter Mensch, Mama. Ich spüre es.«

»Ich weiß. Schlaf jetzt.«

Als Silberwasser die Decke fest um sich gezogen hatte, setzte sich Sternmuschel gegenüber von Bleiche Schlange ans Feuer. In Gedanken versunken hob sie ein Stück Holz auf und legte es in die Kohlen.

Schließlich hob sie den Kopf, weil sie merkte, daß er versuchte, an ihr vorbeizuschauen. »Ich gebe dir keine Schuld. Hör auf, mit dir selbst zu hadern.«

Darauf lachte er, doch es klang gezwungen.

»Es ist nur so, daß, na ja, daß deine Geschichten von Langer Mann mich beunruhigen«, sagte sie mit einiger Überwindung. »Es ist fast so, als redeten wir von zwei verschiedenen Menschen. Der Dämon, den du kanntest, und der reumütige Dulder, den ich kannte. Er nannte uns einmal Helden.«

»Helden?« Er starrte nachdenklich ins Feuer, und ihr fiel die Müdigkeit in seinem Gesicht auf.

»Dich nannte er vielleicht so. Er führte etwas im Schilde.«

»Er erwähnte allerdings den Geist dieser Frau, an der er sich vergangen hatte. Er sagte mir, daß sie, solange sie lebte, seinen Schwindel nicht bemerkt habe, daß aber nach ihrem Tod ihr Geist alles wüßte, die vielen Male, die er sie getäuscht hatte, um mit ihr zu schlafen. Mit seinem Zaubermittel, sagte er, habe sie immer geträumt, ihr Mann sei bei ihr.«

Bleiche Schlange stieß einen zischenden Laut aus. »Er sah seinen Tod nahen. Das ist alles.«

Sternmuschel blickte auf.

»Er war ein Zauberer, Sternmuschel, wie ich – nur sehr viel besser als ich. Ich vernachlässige meine Fähigkeiten, nachdem … nachdem …«

»Er wußte, daß er sterben würde? Und deshalb mußte er es wiedergutmachen – durch eine gute Tat? Er erzählte mir einmal, daß er mit Erster Mann einen Vertrag geschlossen hatte. Daß Erster Mann vielleicht für ihn spräche, wenn er helfen würde, die Maske zu beseitigen. Daß dann der Geist dieser Frau vielleicht keine Rache üben würde.«

Bleiche Schlange lächelte bitter. »Das beschwichtigt ein wenig das unheimliche Gefühl im Magen. Wenigstens weiß ich jetzt, daß der alte Blutsauger einen Grund hatte, dir nichts Schreckliches anzutun.«

Sie legte eine Hand auf seine. Er schien zu Eis zu werden. »Bleiche Schlange, vielleicht wünschte er Vergebung von dir. Vielleicht schickte er mich deshalb zu dir. Er sagte etwas von verzeihen, bevor ich mich umwandte und in den Wald floh.«

Bleiche Schlange zitterte und zog seine Hand zurück, noch immer nicht bereit, ihrem Blick zu begegnen. »Ich ... ich kann es nicht glauben, Sternmuschel. Ich liege nicht im Sterben, und selbst wenn, würde ich keine Rache suchen. Ganz im Gegenteil. Ich hätte Angst, daß er in meinem Tod nur eine weitere Gelegenheit sähe, mich zu hetzen.«

Sie rückte neben ihn und wollte den Arm um ihn zu legen, doch er entzog sich. »Bleiche Schlange?«

Er sah sie mit glänzenden Augen an. »Tu das nicht, Sternmuschel. Du versuchst zu trösten, und das macht es noch schlimmer.«

»Was?«

»Du.«

Verwirrt schüttelte sie den Kopf, näherte sich ihm aber nicht. »Ich war nicht eine seiner Frauen!«

Darauf lächelte Bleiche Schlange und breitete die Hände aus. »Eigentlich glaube ich es mittlerweile schon. Nein, es ist etwas anderes. Eine Falle, eine Falle von ihm. Und du mußt sie sein, Sternmuschel.«

»Ich weiß von keiner Falle. Ich habe dir die Wahrheit gesagt, Bleiche Schlange. Ich werde dir nicht schaden.«

Er war ängstlich. »Ich denke, du glaubst, was du sagst, und beinahe kann ich es selbst glauben. Nein, so einfach ist es nicht, Sternmuschel.«

Plötzlich versuchte sie, seinem Blick auszuweichen. »Was ist nicht einfach?«

Er schwieg eine Weile. »Seit dem Tod meiner Frau habe ich kein Interesse mehr an Frauen gehabt. Bis ich dich traf.«

»Bleiche Schlange, bitte.«

»Oh, keine Angst, Sternmuschel. Selbst wenn du dich mir zu Füßen werfen würdest, schreckte ich davor zurück.«

Warum traf sie das so? Sie konnte ihn inzwischen gut leiden, gewiß, aber nie hatte sie sich ihn als Liebhaber vorgestellt. »Du würdest davor zurückschrecken?«

»Ich will dich zu sehr. Es ist ... unnatürlich.«

»Die Maske«, flüsterte sie heiser. »Es muß ein Trick der Maske sein. Bisher ist jeder gestorben oder schrecklich verletzt worden, dem ich nahe gekommen bin. Nur Silberwasser und ich sind unbeschadet geblieben, und Silberwasser... Deshalb mußte ich Grüßt die Sonne verlassen.«

»Ich wollte, ich hätte dir dieses Kleid nicht geschenkt. Es rührt etwas in mir an, was ich lange für tot gehalten habe, verstehst du?«

Sie betrachtete ihre Hände. »Wenn du möchtest, ziehe ich etwas anderes an, einen Sack aus Lindenholzfaser vielleicht.«

Er schüttelte den Kopf. »Seit wir darüber sprechen können, ist es nicht mehr so schlimm. Du darfst dir nur nichts daraus machen, wenn ich dich anstarre und rot werde, ja?«

»Ja. Mir tut es nur gut. Ich fühle mich zur Zeit nicht besonders anziehend. Ich fühle mich nur... müde. So müde, daß ich zu schwach bin, mich zu zwingen, mich zu bewegen oder auch nur zu denken.«

»Du bist die bezauberndste Frau, die ich seit Jahren gesehen habe, Sternmuschel. Das ist es ja, was mich so verrückt macht. Ganz gewiß wußte Langer Mann, daß ich dich begehren würde – und irgendwie hat er die Falle mit einem solchen Köder versehen, damit ich allein durch das Begehren vernichtet werde.«

»Bist du davon überzeugt, daß er so etwas getan hätte?« fragte sie.

»Das bin ich. Wenn er meine Frau zugrunde richtete, sie gegen mich aufbrachte – und ich habe dir darüber die ungeschminkte Wahrheit gesagt –, würde er auch einen Weg finden, um ein letztes Mal zuzuschlagen.«

»Er hat dich nie erwähnt.«

»Ich komme einfach nicht dahinter. Er muß doch gewußt haben, daß ich mißtrauisch sein würde.«

»Womöglich rechnete er gerade damit. Daß du argwöhnisch genug wärest, mich durch alle Gefahren zu begleiten.« Sternmuschel rieb sich die Augen. »Bleiche Schlange, laß uns die Maske zum Brüllenden Wasser bringen. Wir werfen sie über die Kante, holen tief Luft, und dann finden wir für alles eine Lösung. Wer weiß? Vielleicht merkst du bis dahin, was für eine Last ich sein kann, und verlierst jedes Interesse an mir.«

Mit einem bitteren Lächeln auf den Lippen musterte er sie. »Sag mir, glaubst du wirklich, es wird so leicht sein?«

Sie schüttelte den Kopf und starrte wütend auf das unförmige Bündel. »Die Maske wird uns nicht erlauben, einfach hinzugehen und sie in die Vergessenheit zu schleudern, meinst du das?«

»Ich bezweifle es.« Er runzelte die Stirn und schloß die Augen. »Ich habe die Macht lange nicht mehr gebraucht und bin ein wenig ungeübt, aber wenn ich nach der Seele der Maske suche, kann ich sie spüren, spüre, wie sie wartet, wartet auf den richtigen Augenblick.«

»Was könnte sie versuchen?«

Er schwieg eine Weile, dann sagte er: »Alles, was ihr helfen würde zu überleben.«

Sternmuschel schaute nach Silberwasser, die ruhig unter ihren Decken lag. »Was auch immer sie im Sinn haben mag, Bleiche Schlange, meine Tochter werde ich ihr nicht überlassen. Verstehst du?«

»Niemals. Sie ist ein gutes Mädchen, Sternmuschel.«

»Ich … ich möchte, daß du mir etwas versprichst.«

»Und was ist das?«

»Wenn die Maske handelt und ich sterben muß, um sie daran zu hindern, wirst du dafür sorgen, daß meine Tochter in Sicherheit ist. Wirst du das tun?«

Er rieb seine Hände aneinander, seine Gedanken waren bei Silberwasser. »Wenn ich kann, Sternmuschel – und wenn Silberwasser vielleicht die Falle ist?«

»Wie könnte das sein?«

»Ich weiß es nicht. Aber es jagt mir Todesangst ein.« Er rieb sich kräftig die Arme, als wäre ihm kalt.

Otters Flötenmusik trug weit in der abendlichen Brise, als Perle zum weißen Sand hinunterging. Der zunehmende Mond beleuchtete schwach den Kamm der Wellen, die an der langen Landzunge entlangliefen und draußen im offenen Wasser in bewegten Mustern zusammenstießen.

Sie waren am Nordufer des Oberen Sees entlanggefahren und hierhergelangt. Fast hätte sie glauben können, daß sie auf das südliche Salzmeer hinausblickte – aber es war nicht der Strand ihrer Jugend.

Perle lief zur Spitze der Landzunge.

»Wie der Bug eines Kanus, nicht wahr?« Schwarzschädel saß da, seine Keule über der Schulter. Er deutete auf das bewegte Wasser. »Man kann beinahe sehen, wie das Land in die Wellen hinausfährt.«

»Ich dachte, du hättest genug vom Wasser.« Sie setzte sich neben ihn. »Du siehst seit einigen Tagen so nachdenklich aus. Ist es das Mädchen in Wenshare?«

Schwarzschädel nickte. »In solchen Momenten versuche ich mich zu erinnern, wer ich war. War es ein Traum, Perle? Habe ich wirklich meine Mutter getötet? War ich der gefürchtetste Krieger? Zitterten die Copena, wenn sie meinen Namen hörten?« Er legte seine Kriegskeule beiseite und zeichnete eine Raute in den Sand. »Mir ist, als hätte es die Stadt der Toten – und den Mann, der ich war – nie gegeben.«

Er nahm eine Handvoll Sand auf. »Manchmal frage ich mich, ob ich in diesem Unwetter nicht gestorben bin. Vielleicht ist das hier mein Geist.« Er hob den Kopf zu der dünnen Mondsichel. »All das ist das Leben nach dem Tode. Schwarzschädel starb in jener Nacht draußen auf dem Wasser. Als ich am nächsten Morgen mit meinem Kopf auf dem Schoß des Narren aufwachte, war ich schon ein Geist.«

»Dann sind wir alle zusammen gestorben«, sagte sie nachdenklich. »Aber was mich betrifft, so brachte Wolf der Toten mir den Tod, damals im Clangebiet der Khota.«

»Tod, Leben, Wandel. Ich frage mich, ob ein Mensch wirklich merkt, wann er vom Lebenden zum Geist wird. Ich meine, manche müssen es merken. Wenn du an dir hinunterblickst und siehst einen Kriegspfeil in deinem Herzen stecken, müßte das ja ein Beweis sein, daß du stirbst oder schon tot bist.«

Perle schauderte. »Das ist wahr. Genauso, wenn du in einem Grab mit Erde bedeckt aufwachst.«

»Oder man dir den Kopf abgeschnitten hat. Ob es nicht interessant wäre, als Geist zu leben?«

Sie mußte über ihr absonderliches Gespräch lächeln. »Du sitzt also hier draußen, um dir klar zu werden, ob du tot bist oder lebst. Und das alles nur, weil ein Mädchen dich zum Vater ihres Kindes ausgewählt hat?«

Er lachte. »Die Wahl allein ist es nicht, sondern der Grund für die Wahl. Frauen wollten mich immer wegen meines Ruhms. Sie wollten sich mit Schwarzschädel, dem großen Krieger, vereinigen, nicht mit dem Menschen. Schienbeins Tochter aber wählte mich um meiner selbst willen ... als Mann, meine ich. Bevor wir in ihr Lager kamen, hatte sie noch nie von Schwarzschädel gehört.«

Seine Gesichtsmuskeln zuckten. Er sprach langsamer weiter. »Anfangs erschreckte ich sie. Sie wollte nicht in meiner Nähe sein. Aber dann ... Das Wunder ist, daß ihr *gefiel*, was sie sah!«

»Das quält dich? Du gefällst mir auch, ich mag dich, Schwarzschädel, sehr sogar. Otter auch und sogar der Verrückte.«

Er seufzte. »Ich war nie liebenswert, wollte es auch gar nicht sein. Weißt du, eigentlich habe ich mich selbst nicht leiden können. Deshalb frage ich mich auch, ob ich da draußen gestorben bin, ertrunken, fortgespült. So habe ich es geträumt: Vielleicht war es gar kein Traum.«

»Vielleicht war das, was da ertrank und fortgespült wurde, der Teil von dir, den du nicht mochtest.« Das Plätschern der Wellen mischte sich in Otters Flötenmusik. »Magst du dich jetzt?«

Die Muskeln in seinem Gesicht entspannten sich. »Ich glaube ja. Als ich in die Augen des Mädchens blickte, sah ich mein Spiegelbild ganz anders als bisher. Als ich sie berührte, geschah es mit anderen Händen. Ich fragte mich sogar, ob ich nicht bleiben sollte.«

»Du könntest zurückgehen.«

Er warf eine Handvoll Sand ins Wasser. »Bis wir zurückgehen können, wird sie festgestellt haben, ob sie schwanger ist. Sie wollte eigentlich einen Ehemann, und ich weiß nicht, ob ich das ertragen könnte.«

Sie legte eine Hand auf seinen muskulösen Arm. »Du hast den Honig gekostet, und nun möchtest du den ganzen Bienenstock. Aber du hast Angst vor dem Alltäglichen, glaubst, es würde dich wahnsinnig machen.«

»Möglich.«

»Sag mal, kannst du überhaupt in die Stadt der Toten zurückkehren und leben wie früher? Nach allem, was ich gehört habe, hast du gelebt wie die Schnitzfigur an einer Steinpfeife – hart und unwandelbar.«

»Ich bin auch nicht sicher, Perle, ob ich wieder in dieses Leben zurückkehren kann.«

»Was willst du also machen, wenn das hier vorbei ist?«

Er zuckte mit den Achseln. »Zunächst einmal müssen wir sehen, ob uns die Macht überleben läßt, und dann werden wir wohl den langen Weg zu Vater Wasser zurückreisen müssen. Was meinst du? Ob ich wohl ein guter Händler wäre?«

»Ich bin nicht sicher. Es scheint dir ziemlich schwergefallen zu sein, eine Dachsschüssel zu tauschen.«

Er rieb sich sein entstelltes Gesicht und lachte kurz auf. »Daran muß ich arbeiten. Und auch daran, Skunks zu fangen.«

Sie bewegten sich wie Wölfe in der Nacht, setzten vorsichtig die Füße auf, schoben die Äste beiseite, um lautlos durch die Dunkelheit vorzurücken.

In Wanderdrossel stieg ein Hochgefühl auf, das ihm fast die Brust sprengte.

Ich habe diese Männer ausgebildet. Ich habe ihnen diese Fähigkeiten beigebracht!

Das Gebiet des Windclans lag wie ein schlafendes Ungeheuer dunkel vor ihnen. Wanderdrossel und Grünspecht hatten diesen Anmarsch geplant, gegen den Wind, um nicht von den Lagerhunden entdeckt zu werden. Sie mußten an zwei kleinen Häusern vorbei, aber niemand hatte sie bemerkt.

Wanderdrossel brauchte mehrere Kanus für seine zweimal zehn Krieger. Und der Windclan hatte Kanus, lag doch sein Gebiet an der Handelsroute nach Norden zu den Seen. Allerdings wollte der Clan etwas dafür haben, und alles, was Wanderdrossel im Augenblick bieten konnte, waren das Geschick und der Wagemut seiner Krieger.

Grünspecht schlich in das Gebüsch, und Wanderdrossel gab mit erhobener Hand das Zeichen. Alle Männer blieben auf der Stelle reglos stehen.

Wie ein Schatten schlüpfte Grünspecht durch das Dunkel, gefolgt von Wanderdrossel. Er konnte die Anlegestelle sehen und umklammerte die Kriegskeule in seiner Hand fester.

Grünspecht schaute sich das erste der auf den Sand gezogenen Kanus an, ging dann zum nächsten. Dort machte er eine Armbewegung, darauf trat Wanderdrossel vor und gab seinen Männern ein Zeichen. Sie eilten herbei, teilten sich auf, und ohne ein Wort trugen sie ein Kanu zum Wasser.

Grünspecht ging weiter, gab wieder das Zeichen, und die nächste Gruppe Krieger trug das zweite Boot zum Wasser.

»Was geht hier vor?« fragte eine Stimme in der Händlersprache.

Wanderdrossels Herz blieb fast stehen, doch er lächelte und trat einen Schritt vor. »Sei gegrüßt! Wer ist da?«

»Ich heiße Kupferzahn, ein Händler vom Waldkauzclan vom Volk der Ilini.«

Jetzt konnte Wanderdrossel den Händler sehen. Er saß in dem größten der Kanus am Ufer. Offenbar hatte er, wie die meisten Händler es tun, bei seinen Packen geschlafen. Die Keule über der Schulter trat Wanderdrossel vor.

»Wir fahren zu unseren Fisch- und Krebsfallen, Kupferzahn. Bis zum Morgen wollen wir dort sein.«

Der Händler schaute aufs Wasser hinaus. Als er sich zu Wanderdrossel drehte, konnte er nur noch schreien: »Warte! Laß mich ...«

Wanderdrossels Kriegskeule krachte auf Kupferzahns Schädel. Der Klang schien die Nacht zu spalten. Der Händler stöhnte kurz auf, dann war wieder Stille.

Keiner von Wanderdrossels Kriegern hatte sich bewegt. Jetzt suchte Grünspecht die Paddel zusammen und verteilte sie an die Krieger.

Wanderdrossel untersuchte das Kanu des Händlers. Es war ein schönes Boot voller Packen. Er lächelte und gab das Zeichen. Sofort kamen die restlichen Krieger herbei und schoben das schwere Handelskanu ächzend zum Wasser.

»Was machen wir mit der Leiche des Händlers?« flüsterte ein Krieger.

»Weiter flußabwärts werfen wir sie über Bord«, zischte Wanderdrossel. »Erst einmal fort!« Er stieg in das große Handelskanu.

Sie paddelten rückwärts in die Strömung hinaus und lenkten das Boot in die schmale Fahrrinne.

Grünspecht flüsterte: »Warum hast du das Boot des Händlers genommen?«

»Ich wollte diese Packen haben.« Wanderdrossel steuerte das Kanu von einem düsteren Ufer weg. »Wer weiß, wohin uns diese Jagd bringen wird? Ich bin sicher, daß wir die Packen brauchen, um Auskünfte, Nahrung und vielleicht sogar Kanus einzutauschen.«

Grünspecht lachte glucksend. »Du bist ein ganz Gerissener. Ich glaube wirklich, daß du der größte Führer von allen bist. In künftigen Zeiten wird man dein Lob singen.«

Wanderdrossel lächelte. So würde es in der Tat kommen. Wenn er erst die Maske hätte, würde die ganze Welt aufhorchen.

Als der Morgen anbrach, hatten sie schon eine weite Strecke zurückgelegt.

Kupferzahns Leiche glitt fast ohne ein Geräusch ins Wasser. Als Wanderdrossel zurückblickte, trieb sie mit dem Gesicht nach unten davon.

Sie paddelten an der äußersten Landspitze vorbei in den Oberen See, und Sternmuschel staunte über die unermeßlich große Wasserfläche. Sie dehnte sich endlos nach Norden hin aus.

»Ich wußte gar nicht, daß es soviel Wasser auf der Welt gibt.«

Da fiel ihr das Bild von der Traumschüssel wieder ein. Sie hatte es doch gesehen. Aber ein Mensch konnte die Größe des Himmels und des Wassers, diese weite Entfernung nicht begreifen. Das machte einem die eigene Bedeutungsloskeit nur zu deutlich klar.

»Es gibt noch viel mehr Wasser auf der Welt, Sternmuschel«, sagte Bleiche Schlange hinter ihr.

»Mama? Wir ertrinken doch nicht?« fragte Silberwasser.

»Nein, Kaulquappe. Bleiche Schlange und ich sorgen dafür, daß dir nichts geschieht.«

»Ich glaube, uns kann nichts passieren. Wir halten uns immer an die Südküste, bis zu dem Fluß, der uns zum Brüllenden Wasser bringt. Wie du am Ufer sehen kannst, häuft sich das Treibholz am Strand. Wind und Strömung haben hier eine östliche Richtung – und wenn das Kanu wirklich kentern sollte, braucht ihr euch nur daran festzuhalten. Es wird im Nu auf den Strand gespült.«

»Das ist *sehr* beruhigend.« Sternmuschel spürte, wie sich das kleine Kanu hob und senkte, es war ein unangenehmes Gefühl.

»Beruhige dich«, rief Bleiche Schlange. »Bewege dich mit den Wellen, nicht dagegen. Was ist los? Zuerst muß ich dir das Paddeln beibringen, und jetzt muß ich dich lehren, wie man Kanu fährt?«

»Ich habe nie den Fluß verlassen!«

»Glaub mir, ich kenne mich aus.«

Sie versuchte zu tun, was er ihr geraten hatte. *Sternmuschel, viele Leute paddeln über dieses Wasser. Es kann nicht so schwer sein.*

»Mama? Hat dieses Wasser einen Grund?« fragte Silberwasser.

»Ich glaube, ja.« Aber wenn sie zur Küste blickte und dann ins trübe Wasser, war sie sich nicht sicher. Das Land schien hier weiter als einen Speerwurf entfernt zu sein. Am Unteren Mondmuschelfluß konnte ein Mann leicht einen Speer über den Fluß werfen. Auch der Schlangenfluß, den sie nur einmal gesehen hatte, war nicht breit. Sie fragte sich, ob das Land auf dem Wasser trieb oder das Wasser auf dem Land war.

»Bleiche Schlange?« fragte Sternmuschel heiser. »Gibt es einen Grund?«

»Die Küste entlang schon. Man kann ihn mit den Senkgewichten an den Fischernetzen spüren. Paddelt man aber weiter hinaus, verschwindet er. Man weiß nicht, ob es ihn gibt. Niemand hat bisher versucht, es herauszufinden. Ich vermute, irgendwo da unten gibt es einen Grund.«

»Warum?« Sie wünschte, sie könnte sich einfach an den Seiten des Kanus festklammern, die Augen schließen und warten, bis sie wieder auf einen Strand setzten.

»Weil der Obere See von Land umgeben ist. Wenn man an den Ufern den Grund sehen kann, ist es sehr wahrscheinlich, daß er von einer Seite zur anderen reicht … wenn es in der Mitte kein großes Loch gibt.« Er hielt inne. »Aber wenn es eines gäbe, würde dann nicht das ganze Wasser dort verschwinden?«

»Nicht, wenn das die Stelle ist, wo das Wasser heraufsprudelt«, erwiderte sie.

»Wie eine riesige Quelle, meinst du? Hm. Ein interessanter Gedanke.«

»Was geschieht, wenn ein Mensch hier draußen untergeht?«

»Dasselbe, was geschieht, wenn ein Mensch im Oberen Mondmuschelfluß, im Antilopenfluß oder sogar im Farbenfluß untergeht. Er stirbt. Du wirst doch nicht in Panik geraten? Du kannst in flachem Wasser genauso ertrinken wie in tiefem.«

»Kann sein, daß ich wirklich gleich in Panik gerate.«

Er lachte. »Silberwasser, deine Mutter gerät in Panik. Ich weiß nicht recht, aber vielleicht sollten wir sie dazu bringen, sich umzudrehen, damit wir sie besser sehen und beobachten können, wie sich ihr Gesicht verändert.«

Silberwasser schrie: »Dreh dich um, Mama! Dreh dich um!«

»Du bist unmöglich!« Sternmuschel schämte sich. Sie nahm das Paddel auf und tauchte es trotz ihrer großen Angst rhythmisch ins Wasser.

»Das ist gut«, lobte Bleiche Schlange.

»Wie weit ist es noch bis zum Brüllenden Wasser?«

»Ich würde sagen, daß wir bis zur Sonnenwende dort sind.«

»So lange? Du hast gesagt, es wäre am Ostende des Sees.«

»Das stimmt.«

»Wie groß ist denn der See?«

»Wie du gesagt hast, das ganze Wasser der Welt.«

Sie versuchte, ihre Gedanken zu ordnen. »Aber das hier ist der Obere See. Ist der Windsee auch so groß?«

»Ja. Ich wohne auf seiner Nordseite. Ich habe dir gesagt, daß es eine lange Reise dorthin ist.«

»Erzähle mir davon.« *Mir ist alles recht, was mich davon ablenkt, wo ich bin – und daß ich bald ertrinke!* »Von dem Ort, in dem du lebst, meine ich. Wie ist er?«

»Wir haben viele Seen. Enten und Seetaucher und Wild gibt es dort. Die Rituale und der Glaube der Menschen dort sind ganz anders als in Sternhimmelstadt. Unsere Sprache ist ihrer sehr ähnlich. Wir verehren die Himmelsmutter statt des Geheimnisvollen, und bei meinem Volk ist die Familie wichtiger als der Clan.«

»Habt ihr Gesellschaften?«

»Ja, aber die Gesellschaften sind nicht so stark oder so fest gefügt, wie du sie kennst.«

»Wenn der Zusammenhalt nicht so stark ist, wie bringt ihr dann etwas zustande?«

»Wir haben auf jeden Fall viel mehr Spaß dabei als die Leute bei euch. Ich habe sogar eine Schlange gebaut – einen Hügel wie den, von dem du gehört hast.« Er machte eine Pause. »Ich habe es wohl aus Trotz gegen meinen Vater getan. Er würde fluchen, wenn er wüßte, daß nicht geweihte Helfer so einen Hügel errichtet haben.«

»Er kann nicht mehr fluchen, Bleiche Schlange«, sagte Sternmuschel, »Wanderdrossel hat ihm die Därme herausgerissen.«

»Du bist schon zu lange in meiner Nähe. Mein Humor nutzt sich ab.«

Sternmuschel schaute ihn an. »Beleidige mich nicht… Also bestimmen bei euch Familien, nicht die Clans? Und ihr habt keine richtigen Gesellschaften. Was ist sonst noch anders? Wer bestellt die Felder? Wer entscheidet, was gepflanzt wird?«

»Sternmuschel, mein Volk ist nicht sehr groß. Mein Land ist nicht wie das Mondmuschel- oder das Sternhimmelland. Bei uns gehört der Boden nicht einer Familie. Wenn du Gänsefuß säen willst, rodest du einfach ein Stück Land und bestellst es. Bei uns werden Regeln nicht so ernst genommen. So halten wir es auch beim Handel. Der größte Teil des Silbers kommt durch unsere Dörfer, ebenso die edlen Pelze aus dem Norden, Bärenzähne und Karibufelle.«

»Und heiliger Feuerstein?«

»Bei uns hat er nicht einen solchen Ruf wie bei euch. Wir verwenden ihn nicht zum Aderlaß oder für heilige Schnitzereien. Den Feuerstein, den wir brauchen, bekommen wir von den Clans zu beiden Seiten des Brüllenden Wassers, vom Bärenclan zum Beispiel. Wenn ich dort bin, werde ich welchen eintauschen.«

Er hörte kurz auf zu paddeln, um sich die Haare aus dem Gesicht zu streichen. »Ich muß sagen, daß mein Clan nicht von der Rangfolge bestimmt wird wie bei den Leuten im Süden. Wir bauen wenig an, um uns davon zu ernähren. Wir fangen dagegen Fische, tauchen nach Muscheln, ernten Wildreis aus dem See und sammeln im Wald Beeren und Nüsse. Im Herbst und Winter, wenn die Hirsche sich in großen Herden auf den Weideplätzen sammeln, verbringen wir viel Zeit auf der Jagd. Diese Lebensweise führt dazu ... du würdest vermutlich sagen, zu weniger Interesse an Politik. Ich meine, daß wir etwas beweglicher sind.«

Sie hatte sich nun an den Rhythmus des offenen Wassers gewöhnt und hoffte, daß ihr nichts mehr passieren würde. »Warum kehrst du, wenn du hier oben so glücklich bist, zu den Schlangenclans zurück? Warum bleibst du nicht bei deinen undisziplinierten Nordländern?«

»Ich bin einer der wenigen, der keine Familie hat, und niemand vermißt mich, wenn ich fort bin. Es ist nicht wie im Süden, wo die Händler die Flüsse befahren und euch die Waren bringen. Wir müssen selbst Handel treiben, mit den Schlangenclans ebenso wie mit den Steinjägern.«

»Mama?« fragte Silberwasser. »Kann ich auf die Jagd gehen, wenn wir zum Clan von Bleiche Schlange kommen?«

Sternmuschel wollte es ihr schon erlauben, hielt aber inne. *Was wirst du tun, wenn du das Brüllende Wasser verläßt?* Und sie antwortete, wie jede Mutter, die ihr Kind vertrösten will: »Wir werden sehen, meine Kleine.«

»Du kannst dort jagen, was du willst«, sagte Bleiche Schlange gütig zu Silberwasser. »Ich habe sogar einen Freund in deinem Alter. Sein Name ist Nerzjäger, und er wird einmal einer der mutigsten und geschicktesten Jäger sein, die wir haben. Er wird dir gefallen.«

Sternmuschel war wütend. Wie kam er darauf, daß sie in sein Land mit den Karibumenschen und Seen gehen wollte? Soviel sie wußte, wimmelte es dort von Stechmücken und Fliegen, und an jedem Grashalm hingen Zecken.

Bist du wirklich deshalb so wütend? Sie zwang sich zu paddeln, den Blick nach vorn gerichtet. Dort sah sie die weiße sandige Küste, hinter der sich Wald ausbreite.

Eigentlich begann sie, Bleiche Schlange wirklich gern zu haben. Diese freche Haltung erfrischte sie und nahm ihr irgendwie etwas von der Last der Verantwortung ab.

Es war verrückt. Der Mann war der Halbbruder ihres letzten Liebhabers! Der Sohn von Langer Mann! Ein Abtrünniger, der seine Frau ermordet hatte, weil sie mit seinem Vater geschlafen – und ein Kind empfangen hatte!

Trotz einer warnenden inneren Stimme bewunderte sie ihn, ihr gefiel die Art, wie er sich bewegte. Der verhaltene Humor, der in seinen Augen aufblitzte, faszinierte sie. Sie war verwirrt von der Wirkung, die sein muskulöser Körper, seine schmalen Hüften und die breiten Schultern auf sie ausübten.

Er brachte sie zum Lachen; es war ihm sogar gelungen, einen Teil von ihr wieder lebendig zu machen, den sie verloren geglaubt hatte.

Aber möchtest du alles hinter dir lassen? Mit ihm in den Norden reisen, um Silber und Karibufleisch einzutauschen?

Sie paddelte kräftiger, um das quälende Gefühl der Unentschlossenheit loszuwerden. *Du darfst dich nicht in Bleiche Schlange verlieben, Sternmuschel! Er hat recht, es gibt irgendwo eine Falle. Aber es ist die Maske, die Böses ausheckt. Ich kann nicht glauben, daß es eine letzte Bosheit von Langer Mann gewesen sein soll, mich zu Bleiche Schlange zu schicken.*

Die Maske – der scheußliche Dämon, der in dem Bündel auf ihrem Rücken saß – war plötzlich ganz heiß geworden. Als wäre sie aus einem langen Schlaf erwacht. Diese Verpflichtung mußte sie zuerst erledigen; dann konnte sie eine Entscheidung fällen, was sie mit Bleiche Schlange und mit ihrem Leben machen sollte.

Du sitzt in der Falle, Sternmuschel. Gefangen … das ist alles, was du weißt.

45. KAPITEL

Aus Westen wehte eine steife Brise, und Wellentänzer machte gute Fahrt. Perles Windfalle trieb sie voran, und unter dem Fuchskopfbug schäumte das Wasser, wenn Otter sein Paddel einsetzte, um sie zu steuern.

Otter genoß diesen Sonnentag, den Wind und das glitzernde Wasser. *Wenn er doch nur die Zeit anhalten könnte!*

Wolken jagten vor ihnen her, als wäre alles nach Osten unterwegs. Schnapper saß auf den Packen, die Nase im Wind. Dann rollte er sich zusammen und schlief ein.

»Ein Hund zu sein, wäre nicht schlecht.« Perles Arme schmerzten vom Halten der Windfalle. »Den ganzen Tag nur die Packen bewachen, herumtollen und schlafen.«

Ihr gegenüber hielt Schwarzschädel die Palmwedelmatte fest. »Es muß eine bessere Möglichkeit geben. Vielleicht könnte man Stangen verwenden, an denen man die Matte befestigt.«

»Die Stangen müßten aber auch noch abgestützt werden«, meinte Otter, dem der Wind die Haarsträhnen ins Gesicht blies.

»Wenn man Löcher ins Holz bohrt«, entgegnete Schwarzschädel, »könnte man die Stangen im Boot befestigen.«

»Das machst du nicht mit meinem Kanu, ich warne dich!«

Der Wind drückte Perles Hemd an ihren Körper, und Otter konnte ihre Formen, die Kurven ihrer Brüste sehen, als wäre sie nackt. Er lernte gerade jede Kleinigkeit ihres wunderbaren Körpers kennen, und es war sehr aufregend, ihn zu erforschen.

Wie sie sich mit der Windfalle abmühte, sah sie wild aus, ihre Augen blitzten, und sie schien hingerissen von der Herausforderung, das Kanu mit ihrer Kraft voranzutreiben.

Von allen Frauen der Welt hat mich das Glück diese finden lassen … wenn auch nur für so kurze Zeit.

Der Wind drehte etwas, und Otter versuchte, das Kanu mit dem Paddel so auszurichten, daß sie ihn genau von hinten bekamen. Sie sausten in einer atemberaubenden Geschwindigkeit übers Wasser.

»Das nenne ich reisen!«

»Nur weil *deine* Finger nicht vor Verkrampfung weh tun«, sagte Perle.

Schwarzschädel drehte sich um und fragte: »Sag mal, Narr, wird dein Wolf mithalten können? Du bist doch letzte Nacht zu ihm geschlichen, oder nicht?«

Darauf schrie der Verdreher: »Die Geister sind langsamer als die schnellsten Männer, Krieger. Du, Kleine Maus, solltest doch das Wesen der Macht kennen.«

»Kleine Maus?« fragte Otter. »Hat er dich Kleine Maus genannt?«

Schwarzschädels narbiges Gesicht wurde blaß, er murmelte: »Der Narr redet wieder mal irre, Händler. Schon gut, Grüne Spinne. Vergiß einfach, daß ich deinen jämmerlichen Wolf erwähnt habe.«

Grüne Spinne schnupperte in Schwarzschädels Richtung. »Das Wesen der Macht, ja. Du stinkst nach Macht in diesen Tagen, Kleine Maus. Es war das glitzernde Tageslicht während des Unwetters. In der Nacht hast du gelernt, in deinen Knochen zu leben. Denk daran! Du wirst dich immer daran erinnern!«

Kleine Maus? Otter beobachtete den Krieger neugierig. Wer hätte gedacht … aber jeder hatte einen Kindernamen, den er dann später ablegte.

In der Nacht lagerten sie auf einer sandigen Landzunge. Als das Lager aufgeschlagen war, zeigte Otter mit dem Kopf zur windgeschützten Seite der Landzunge. »Hast du Lust zu schwimmen?«

»Nach diesem Tag bin ich etwa so unternehmungslustig wie ein ausgewrungener Lumpen.«

Schwarzschädel machte seine abendliche Runde, Grüne Spinne setzte sich vors Feuer, und Otter und Perle zogen sich aus und liefen ins Wasser.

Schnapper sprang mit und schwamm ihnen voraus. Perle tauchte in das klare Wasser und bewegte sich darin so behende wie ein Fisch. Sie tauchte vor ihm weg, und er jagte sie. Bald mußte er jedoch auftauchen und nach Luft schnappen. Perle kam von hinten angeschwommen und kniff ihn in den Po. Als er untertauchte, sah er sie grinsen; und schon war sie ihm davongeschwommen.

»Es macht Spaß, dich zu kneifen.«

»Ich sollte dich ertränken!«

»Versuch es doch«, forderte sie ihn heraus und tauchte wieder unter. Dieses Mal kniff sie ihn einfach in den Penis. Otter nahm sofort die Verfolgung auf, aber vergeblich. Bei den Ahnen, sie war ein halber Fisch!

Dann schwamm er mit trägen Zügen zum Ufer, und sie folgte ihm.

»Du siehst glücklich aus«, sagte er.

Sie nahm seine Hand. »Ich bin glücklich, Wasserfuchs. Aber eins ist sicher, du bist kein Otter. Ein richtiger Otter sollte einer Anhinga jederzeit davonschwimmen können.«

Während sie aus dem flachen Wasser wateten, sahen sie Schwarzschädel auf dem Dünenkamm. Er kam mit einem Schritt auf sie zu, den Otter schon kannte und der nichts Gutes verhieß.

»Was gibt es?« Er ließ Perles Hand los und nahm sein Hemd.

»Ihr solltet euch mal was ansehen«, sagte Schwarzschädel mürrisch. »Ich weiß nicht, ob es Ärger bedeutet. Grüne Spinne machte keinerlei Andeutungen; vielmehr verschlang der Narr Beeren aus einem der Töpfe und verschwand. Wahrscheinlich kriegen wir morgen Besuch von einer verrückten Krähe.«

»Was willst du uns zeigen?« fragte Perle.

»Kommt mit.« Nachdem sie sich angezogen hatten, ging Schwarzschädel über die niedrigen, mit Gras bewachsenen Dünen voran.

Er führte sie zum Strand hinunter, wandte sich nach Norden und blieb dann stehen. »So, Händler, sag mir, was du siehst.«

Otter ging vorsichtig näher. Die Schleifspuren im Sand sprachen für sich. Hier war ein Kanu entlanggezogen worden. Vier solcher Spuren waren zu sehen.

»Hier muß jemand an Land gegangen sein«, antwortete Otter.

»Seht euch die Feuergruben dort oben an«, sagte Schwarzschädel.

Otter fühlte die Wärme, die sie noch abstrahlten. Demnach war hier letzte Nacht ein Lager gewesen. Er schaute auf Perle. »Kannst du damit etwas anfangen?«

»Sieht aus wie eine Feuergrube. Da drüben haben sie ihre Decken ausgebreitet.« Sie runzelte die Stirn.

Schwarzschädel kniete. »Schau dir das hier an, Händler. Es ist ein höchst interessanter Fußabdruck.«

Otter bückte sich neben Schwarzschädel. Hier hatte jemand in nassen Sand getreten, und der Abdruck war jetzt getrocknet und sehr gut zu erkennen.

»Der Größe nach ist er von einem Mann. Hm, die Naht läuft am Spann des Mokassins hoch, was auf einen hohen Schuh hinweist, stimmt's? Niedrige Mokassins haben gewöhnlich nur hinten eine Naht.«

»Du bist besser, als ich dachte. Aber was dir nicht auffällt, ist, daß wir diese Spur schon einmal gesehen haben.« Schwarzschädel kniff die Augen zusammen.

»Khota«, sagte Perle plötzlich und wich erschrocken zurück. »Das ... das ist es! Bei jedem Lager, das wir aufschlugen, haben sie ihre Schlafdecken so gelegt. Den Kopf landeinwärts, die Füße zum Feuer. Wenn es stürmisch gewesen wäre, hätten sie auf der anderen Seite der Insel gelagert und Windschirme gebaut. Die letzte Nacht war ruhig. Kein Wind.«

Otter streckte die Hand aus und berührte den Abdruck. »Wir haben diese Spur schon einmal gesehen? Bist du sicher?«

»Ganz sicher!«

Perle setzte sich neben ihm in die Hocke und schaute sich den Abdruck genau an. »Grizzlyzahn«, sagte sie nur.

Otter lief es kalt über den Rücken. »Wie? Ich meine, es ist unmöglich! Wir hätten sie sehen müssen. Sie können uns nicht überholt haben, das hätten wir doch gemerkt!«

»Sie müssen einen anderen Weg genommen haben.« Schwarzschädel rieb sich den schiefen Kiefer. »Wir sind um diese Schleife gefahren, die Forelle gezeichnet hat. Wenn die Khota nun einen Weg quer durchs Land kannten? Das Land wird von Flüssen durchzogen, und wie der Ilinifluß haben sicher manche auch Durchfahrten oder eine kurze Schleppstrecke.«

»Aber warum haben *wir* nichts davon gehört?« Otter konnte es nicht glauben.

Schwarzschädel zeigte auf die Kratzspuren im Sand. »Das ist von leichten Kriegskanus, Otter. Ich zähle zehn und sieben Schlafplätze dort oben. Wie weit können vier Krieger ein leichtes Kriegskanu an einem Tag tragen? Sieh dir an, wie schmal die Spuren im Sand sind. Mit diesen Kanus kann man sehr enge Wasserläufe hinaufpaddeln, Strecken, die wir mit Wellentänzer niemals befahren könnten.«

Perle ging beiseite, höher hinauf ins Gras, wo sie nach etwas suchte. Sie bückte sich, stand dann auf und sagte: »Ich glaube, ich kenne auch diesen Mann. Er hat einen Bandwurm im Bauch.«

»Wie kannst du wissen, ob ein Mann einen Bandwurm hat?« fragte Otter.

Eine ihre feinen Augenbrauen hob sich. »Ich habe ihn diesem schmierigen Wiesel ins Essen getan, deshalb. Er hatte noch Glück. Du hättest sehen sollen, was ein paar von den andern gegessen haben.«

»Ich werde dich nie wütend auf mich machen«, versprach Schwarzschädel und ging zum Strand hinunter, seine Lippen vor Ekel verzogen. »Was sollen wir jetzt tun, Otter? Sie sind uns voraus.«

Otter blickte zum Sonnenuntergang. Er spürte den kühlen Wind, der in den Bäumen raschelte. »Ihre Kanus haben keinen Tiefgang. Sie müssen sich an die Küste halten und rauhes Wasser meiden. Wellentänzer kommt mit Seegang besser zurecht, und auch der Wind hilft uns.«

Schwarzschädel steckte die Daumen in seinen Gürtel und schien zu zweifeln. »Denkst du daran, ihnen noch einmal davonzufahren?«

»Wir sind im Vorteil. Wir wissen, daß sie hier sind, und wir wissen, wie viele es sind.«

»Vielleicht«, wandte Perle ein. »Er könnte seine Krieger aufgeteilt haben, einen Teil nach Norden, den anderen nach Süden geschickt haben.«

Otter blickte auf die Spuren im Sand. »Ja, das ist möglich. Aber eins ist sicher: Er weiß, daß wir zum Brüllenden Wasser unterwegs sind. Kommt er vor uns dort an, kann er ein Lager aufschlagen, das Land erkunden und uns einen Hinterhalt legen. Sind wir zuerst da, können wir ihm eine Falle stellen.«

Schwarzschädel nickte. »Nun redest du wie ein Krieger.« Er blickte auf das Wasser. »Ich wünschte allerdings, du hättest lieber nicht unser Ziel erwähnt.«

»Ja, ich auch. Aber damals hielt ich es für richtig. Die Hauptsache war, Wolf der Toten und seine Krieger ins Süßwassermeer zu locken. Ich möchte wissen, wie viele den Sturm überlebt haben.«

»Ich denke, daß ein Khota genauso verzweifelt sein kann wie andere Männer.« Perle blickte finster auf das verlassene Lager. »Und vielleicht wollten die Wassergeister, die im Süßwassermeer leben, sich nicht von den Geistern der Khota ihr Revier beschmutzen lassen. Wer weiß, der Leichnam von Wolf der Toten könnte einen Fisch vergiften.«

Otter nickte. »Schön. Suchen wir Grüne Spinne, essen etwas, schlafen ein bißchen, und um Mitternacht übernehmen Perle und ich die erste Wache.«

»Man braucht drei Personen, um die Windfalle einzusetzen«, bemerkte Schwarzschädel.

»Solange wir sie benutzen können, kommen wir klar. Grüne Spinne ist zwar lästig, aber vielleicht kann er steuern. Das wird er wohl hinkriegen.«

Sie gingen nun den Strand entlang, und Schnapper lief mit ihnen.

»Tja«, seufzte Otter und nahm Perles Hand, »es war wunderbar, solange es dauerte.« Bilder ihres muskulösen Körpers geisterten durch seinen Kopf; er hatte sich vorgestellt, über ihre Formen mit den Fingern zu fahren – auf die Khota war Verlaß, wenn es darum ging, angenehme Träume zunichte zu machen.

»Es ist noch lange bis Mitternacht«, flüsterte Perle.

»Ich dachte, nachdem du gesehen hast, daß die Khota ...«

»Um so mehr Grund, dich heute Nacht ganz nah zu haben.« Sie drückte seine Hand und blickte ihn mit dunklen Augen an. »Die Khota werden, wie es aussieht, noch früh genug unsere angenehmen Träume verdrängen.«

Der Wind mischte sich mit dem Tosen der Brandung und dem Flüstern des Grases. Perle war eingenickt, nachdem sie sich verzweifelt geliebt hatten. Otter konnte nicht schlafen. Ein melancholisches Gefühl des Verlusts erfüllte seine Seele.

Letzte Nacht hatte ich einen Traum. Ich sah ein in endlosen Kaskaden fallendes Wasser, das zuerst kristallklar war und dann weißer als Schnee wurde. Donner ... überall ... Er hörte Viertöters Stimme. Otter schaute in den Nachthimmel und nannte die Sterne, die Perle ihm gezeigt hatte, beim Namen.

... Der Körper wirbelte in den saugenden Strudeln herum. Ein Sonnenstrahl brach aus dem Himmel, schimmerte durch die tanzende Gischt, versilberte die Tröpfchen und fand Gold, als er dein Gesicht beleuchtete.

Er erinnerte sich. Viertöter war völlig sicher gewesen, daß der Traum eine Vision war. Otter streckte die Hand aus, um eine Strähne von Perles dichtem Haar zwischen den Fingern zu drehen.

Er dachte daran, wie wunderbar der Tag gewesen war und wie glücklich er sich gefühlt hatte.

Du warst tot, Bruder, und deine Seele tanzte noch im Wasser.

Mußte es so enden? War das der Preis für die Rettung der Maske?

Otter schlüpfte unter seiner Decke hervor und gab Schnapper, der am Fußende zusammengerollt lag, ein Zeichen, Wache zu halten. Er zog sich an und ging über die grasbewachsene Düne.

Zu seiner Überraschung brannte ein kleines Feuer, das im Wind flackerte. Davor kauerte Grüne Spinne.

»Ich kann nicht schlafen«, sagte Otter.

»Ich schon.« Grüne Spinne ließ ein Stück Holz in die Flammen fallen. »Feuer ist merkwürdig. Hast du dich schon mal gefragt, warum es so dunkel wird?«

»Darüber habe ich nie nachgedacht.«

»Sieh dir das an, Otter. Soviel Dunkelheit, sie breitet sich aus, so daß das Auge in der hellsten Nacht sehen kann. Aber was ist am nächsten Tag übrig? Bleiches Holz. Bekommt man Holzkohle, weil das Feuer das ganze Licht aus dem Holz nimmt?«

»Das ergibt einen Sinn. Ich habe nie überlegt, daß Licht in einem Stück Holz eingesperrt sein könnte. Vielleicht ist Holzkohle deshalb schwarz? Aber wenn du ein Stück davon wieder anbrennst, glüht es, bis nur noch weiße Asche übrig ist.«

Die Augen von Grüne Spinne blieben auf das Feuer gerichtet. Mit trauriger Stimme sagte er: »Ich kann nicht alle deine Fragen beantworten, Otter, nur einige.«

»Warum nicht, Grüne Spinne?«

»Weil ich nicht alle Antworten kenne.«

Otter holte tief Luft. »Es wird nicht so leicht sein, wie es die Vision beschrieb, oder? Nicht, wo die Khota und die Magie der Langschädel damit zu tun haben.«

»Nur die schwersten Dinge sind leicht. Nein, Otter, dies wird nicht wie die Vision sein.«

»Warst du heute nacht bei dem Wolf? Ist es derselbe, den wir in jener Nacht auf den Feldern des Iliniclans gesehen haben?«

»Sein Name ist Wächter.« Grüne Spinne preßte die Lippen zusammen. »Er ist ein sehr alter Wolf – zumindest ist seine Seele sehr alt. Er hat mir erstaunliche Dinge gezeigt, Otter. Ich habe Irrlicht und Weißes Kalb, Sonnenjäger und Schlimmer Bauch kennengelernt. Und Reiher – die Erste Frau –, die in einer Höhle wohnt, durch die ein Baum wächst. Ich habe die Wurzeln dieses herrlichen Baums geküßt, es ist der Lebensbaum, und seine Zweige gefühlt, die Vater Sonne berühren.«

»Was wird geschehen, Grüne Spinne? Was steht uns bevor?«

Grüne Spinnes Blick gewann an Schärfe. »Oh, ... Otter, ich sehe nur Bruchstücke. Weißt du, der Einsatz für die menschliche Seele ist armselig. Nicht einmal Bunte Krähe, der soviel von den Menschen versteht, versteht alles.«

»Hat es mit der Rettung der Maske zu tun?«

Grüne Spinne lächelte. »Manchmal ist die einzige Möglichkeit, etwas zu retten, es zugrunde gehen zu lassen.« Sein Blick wanderte umher, abgelenkt vom Zucken des Feuers. »Da ist diese Brücke – die Gegensätze aussöhnt. Erde und Luft. Wasser und Feuer. Alles umschlingt sich. Das ist die Macht des Brüllenden Wassers.«

Grüne Spinne öffnete den Mund, als wollte er mehr sagen. Hilflosigkeit und Hoffnungslosigkeit schimmerten in seinen Augen. Otters Magen zog sich zusammen. Er hatte es schon einmal gesehen... in der Nacht des Tanzes im Dorf des Prachttaucherclans. Die Nacht, in der Tränen in den Augen des Verdrehers gestanden hatten.

Otter beugte sich vor. »Grüne Spinne, ich weiß, daß es für dich sicher schlimm ist, aber... hat Bunte Krähe dich im Stich gelassen? Ist das der Grund, warum du nicht mehr ...«

Grüne Spinne lachte laut auf. Dann gluckste er nur noch leise. »O ja. Er hat mich allein gelassen in der Wildnis, so daß ich nur noch mit mir selbst reden kann! Das Tier! Seinem Träumer das anzutun, dem Träumer, den er ausgewählt hat! Was für eine Bestie er ist!«

»Aber ... ich verstehe nicht. Ich dachte ...«

»Otter.« Der Verdreher schloß seine Augen, als würde er sich konzentrieren. Dann sprach er leise und angespannt: »Ich... ich weiß das Ende dieser Reise nicht mehr.«

»Aber du wußtest es zu Beginn.«

»Ich weiß, daß da ein Nebel ist«, sagte er, als würde es ihn große Mühe kosten, wie ein normaler Mensch zu reden. »Und ich weiß, daß es die Brücke im Herzen gibt. Aber ich kann sie nicht sehen. Verstehst du? Der Nebel ist so dicht, daß ich ...«

Otter ließ ihm Zeit, aber er redete nicht weiter. Otter fragte: »Grüne Spinne, sag mir eins. Was ist mit den Khota? Was aus mir wird, kümmert mich nicht, aber kannst du mir etwas versprechen? Kannst du dafür sorgen, daß Perle nichts geschieht? Und Schwarzschädel?«

»Du würdest dich selbst aufgeben, um für ihre Sicherheit zu sorgen?« Der Verdreher schaute ihn mit glasigen Augen an, und Otters Innerstes bebte.

»Ich erinnere mich an Viertöters Traum. Damals spottete ich darüber, aber ist es der Preis? Mein Tod? Gut, ich werde ihn bezahlen. Für Perle und Schwarzschädel... und um auch *deine* Sicherheit zu garantieren.«

»Warum, Otter? Deine Seele hat wieder zu singen begonnen, deine Flötenmusik hat die Sterne entzückt. Warum willst du das für uns aufgeben?«

Otter blickte in Gedanken ins Feuer und hörte Viertöter die Geschichte seines Traums erzählen. »Ich werde ertrinken, ja? Viertöter hat es gesehen. Du weißt von dem Traum. Du kannst ihn nur kennen, weil du ihn gesehen hast, als Bunte Krähe dir deine Vision schenkte. Mein Leichnam, wirbelnd, im Wasser tanzend.«

»Es muß nicht sein. Noch kannst du dich retten.«

Otters Herz schmerzte. »Aber ich glaube, ich verstehe endlich, was du damals beim Weißmuschelclan gemeint hast, als du sagtest, um mich zu finden, müßte ich mich verlieren. Ich habe Liebe gefunden, Grüne Spinne. Die Liebe einer Frau, die Liebe von Perle. Und ich habe die Liebe der Freundschaft entdeckt... durch Schwarzschädel.« Er hob die Hände. »Und du hast mich die Liebe zum Geheiligten gelehrt, Verdreher. Aber ich glaube jetzt, ich verstehe, daß ich diese Dinge verlieren muß, um sie zu schützen – ich muß mich selbst aufgeben, um sie zu retten.«

Grüne Spinne lächelte traurig. »Der Geist der Macht hat gut gewählt.«

»Schwarzschädel wird versuchen, meinen Plan zu vereiteln.« Otter schluckte schwer. Schwarzschädel würde alles tun, um Otter zu retten. »Es liegt in seiner Natur zu glauben, er müßte sich opfern, um andere zu retten. Aber ich will nicht, daß er stirbt, Grüne Spinne. Wirst du dafür sorgen, daß ich es bin an seiner Stelle, versprichst du das?«

»Und wenn er es wünscht, sich zu verlieren, um dich zu retten?«

»Du und Perle werdet einen Krieger brauchen, der euch gegen die Khota hilft. Schwarzschädel ist der einzige, der das kann. Du brauchst ihn, um die Maske zu schützen. Ich habe also Gründe.«

»Und Perle?«

Ein Ring schnürte sich um Otters Herz, das Sprechen wurde ihm schwer. »Ich bedaure, daß wir so wenig Zeit hatten...« Mühevoll holte er tief Luft. »Wenn alles vorbei ist, Grüne Spinne, wenn du die Maske hast und den Khota entkommen bist, wenn dann Perle und Schwarzschädel sich liebevoll in die Augen sehen, dann wirst du ihnen sagen, daß es in Ordnung ist, nicht wahr? Daß sie sich nicht mit Gedanken darüber, wie es mir in der Stadt der Toten geht, ihr Glück verscherzen sollen.«

Grüne Spinne legte seine Hand aufs Herz. »Deine Worte sind hier, Otter. Ich werde es ihnen sagen.«

»Und deine sind in meiner Seele, Freund.« Er schwieg einen Moment. »Grüne Spinne, am Brüllenden Wasser wäre sicher keine Zeit gewesen, dies alles zu sagen. Ich möchte dir danken... für alles.«

Das Abkommen war geschlossen.

Er fühlte eine große Erleichterung, daß der Verdreher, Perle und Schwarzschädel sicher sein würden.

Es tut mir leid, Viertöter. Aber du würdest an meiner Stelle ebenso handeln.

Er legte Grüne Spinne eine Hand auf die schmale Schulter und drückte sie, dann ging er zu der Frau, die er liebte.

Schwarzschädel hob den Kopf, als der Händler über die Düne verschwand. Er hatte jedes Wort gehört, das Otter gesagt hatte.

Lautlos wie eine Katze kroch Schwarzschädel aus seinen Dekken, beschwerte sie mit Sand, damit der Wind sie nicht fortblies, und ging leise zum Feuer, an dem Grüne Spinne saß.

Er setzte sich neben den Verdreher, seltsam beklommen.

»Hör zu«, sagte er geradeheraus, »ich weiß, was der Händler vorhat, der Wind hat mir jedes seiner Worte zugeweht.«

»Ist es nicht eine komische Sache mit dem Wind? Wie er den Klang verändert, meine ich. Hast du dich noch nie darüber gewundert, Kleine Maus?«

»Hm, nein, ich glaube nicht.«

»Luft kann man fühlen, atmen. Wenn der Wind bläst, erfüllt Stille das Land.«

»Weil der Wind den Klang überdeckt?«

»Nur die lautesten Geräusche sind vollkommen still.«

Schwarzschädel seufzte. »Otter glaubt, er würde ertrinken. Das ist Unsinn, und das weißt du auch.«

»Warum? Sag es mir, Menschentöter.«

»Ich bin es. Hör zu.« Schwarzschädel fühlte, wie seine Gesichtsmuskeln zuckten, er war verzweifelt. »Ich wurde nicht ausgewählt, diesen weiten Weg zu machen, nur um auf der Insel einige Khota zu töten. Sonst wäre ich nämlich in dem Unwetter in jener Nacht ertrunken. Aber die Macht hat mich am Leben erhalten. Ich habe meinen Zweck noch nicht erfüllt, Grüne Spinne. Ich werde es tun. Es ist mein Recht, dafür zu sorgen, daß es geschieht.«

»Willst du damit sagen, daß du sterben möchtest?«

Schwarzschädel lächelte. »Du hast mich einmal gefragt, ob ich der schönste oder der häßlichste Mann sein würde, wenn wir das Brüllende Wasser erreichen sollten. Gut, Verdreher, ich kann es dir sagen. Ich bin beides.«

Der Verdreher blickte starr auf die Flammen. »Kann man zwei Dinge gleichzeitig sein, Krieger?«

»Natürlich, Narr. Dampf und Eis sind bloß zwei verschiedene Gestalten des Wassers. Dieses Mädchen in Wenshare wählte mich aus, weil sie mich sah, wie ich mich nie gesehen hatte. Als ich in ihre Augen blickte, war ich schön.«

»Der Tod wird dir dieses Gefühl rauben. Warum suchst du ihn?«

Schwarzschädel faltete die Hände. »Ein Krieger rechnet immer damit, im Kampf zu sterben. Sterben ist nicht schwer. Aber weiterzuleben mit dem Wissen, daß mein Tod meine Freunde vielleicht gerettet hätte... das könnte ich nicht ertragen. Verurteile mich nicht dazu, Verdreher. Ich bitte dich als meinen Freund, laß mich derjenige sein.«

»Du bittest mich, Otters Wunsch zu mißachten?«

»Ja.« Schwarzschädel fühlte einen inneren Frieden, er fühlte, daß seine Entscheidung richtig war. »Du hättest Perle und ihn am Strand sehen sollen. Wie zwei Geister stiegen sie aus dem Wasser, beide so hingerissen von ihrer Liebe – ich würde ihnen die Ewigkeit kaufen, wenn ich könnte.«

»Otter dachte, du könntest dich um Perle kümmern.« Grüne Spinne machte einen langen Hals, um besser ins Feuer zu spähen, als könnte er dort eine Vision entstehen sehen. »Das Feuer ist mächtig. Der kleine Tänzer verstand es kaum.«

»Wer? Versuch nicht, mich abzulenken, Narr! Ich liebe Perle, das stimmt. Sie ist eine Kriegerin und meine Freundin. Aber verstehst du nicht, das schulde ich ihr, sie rettete mir das Leben, gab mir die Möglichkeit, wiedergeboren zu werden. Wenn mein Tod Otter retten kann, ist dies das kostbarste Geschenk, das ich ihr dafür geben kann.«

»So sehr liebst du die beiden?«

»Und dich auch, du dummer Narr.« Dann lachte er leise. »Ich glaube, die Welt hat einen Verdreher wie Grüne Spinne nötiger als einen Schwarzschädel.«

Grüne Spinne starrte ihn aus klaren Augen an. »Aber wie sollen wir ohne dich und deine Kraft nach Hause kommen?«

Schwarzschädel wehrte ab. »Ich kann niemanden nach Hause bringen. Ich kenne weder die Flüsse noch die Bräuche der Clans unterwegs. Otter ist der einzige, der dafür sorgen kann, daß jeder sicher davonkommt – auch die Maske.« Er legte seinen schwieligen Daumen an die Brust. »Ich kann es nicht.«

»Verstehe.«

Dann nahm Schwarzschädel seinen ganzen Mut zusammen. »Grüne Spinne, ich bitte dich als Freund, löse das Problem mit dem Geist der Macht. Ich kümmere mich um die Khota. Laß die Macht wissen, daß ich die Chance haben möchte, meine Freunde zu retten. Mein Leben für eure Leben.«

»Suchst du nach Ruhm, Krieger?«

»Nein. Das bedeutet mir nichts mehr. Mein Name und mein Geist mögen in Vergessenheit geraten, mein Körper kann unter Laub oder in der Dunkelheit unter dem Wasserfall verwesen. Ich wünsche nur, daß meine Freunde in Sicherheit sind.«

Grüne Spinne lächelte. »Du bist ein guter Mann, Kleine Maus. Ich werde für dich sprechen. Bunte Krähe war einst selbst Krieger – er wird es verstehen.«

Schwarzschädel umarmte Grüne Spinne so fest, daß ihm fast die Luft wegblieb. »Mögen die Ahnen dich segnen, Freund. Paß auf Otter und Perle auf, hilf ihnen. Das ist das letzte, worum ich dich bitte.« Und Schwarzschädel eilte zu seinem Schlafplatz zurück.

Perle lauschte Otters tiefem Atmen und rutschte vorsichtig unter seinem Arm weg. Sie ging ein Stück und überlegte, was Otter wohl wachgehalten haben mochte und warum er heimlich fortgegangen war.

Der Schein des Feuers auf der Düne weckte ihre Neugier, und sie hatte schon fast den Kamm erreicht, als sie Schwarzschädel und Grüne Spinne entdeckte.

Perle zögerte, aber dann rutschte sie über den Sand, bis sie Schwarzschädel verstehen konnte. Das Blut erstarrte ihr in den Adern, als sie lauschte.

Otter hatte mit seinem Leben Sicherheit für sie kaufen wollen? Und nun versuchte Schwarzschädel, Narr, der er war, das gleiche?

Sie wartete, tief gerührt, bis der Krieger mit seiner leidenschaftlichen Bitte zu Ende war und in der Nacht verschwand. Dann ging sie auf das Feuer zu und setzte sich neben Grüne Spinne. Sie kehrte dem Wind den Rücken, damit sie nach Otter und dem Krieger Ausschau halten konnte.

»Sie sind verrückt, Grüne Spinne«, sagte sie ganz ruhig. »Bist du sicher, daß sich jemand für die Maske opfern muß? Sag es mir – war das Teil der Vision?«

Ziellos wanderten die Augen von Grüne Spinne, und er sagte: »Ich flog mit Bunte Krähe, und ich sah jemanden im wirbelnden

Nebel unter dem Wasserfall. Sehr viele Geister hausen dort. Dieser Geist sah bekannt aus, aber das Gesicht war anders ... dunkel, häßlich.«

»Schwarzschädel? Du meinst Schwarzschädel?«

»Kein menschliches Gesicht und noch häßlicher als das von Schwarzschädel ... in einem schwarzen Ring. Ein schönes Gesicht mit schwarzen, leuchtenden Augen. Die Gestalt wirbelte um mich herum, als wollte sich mich necken. Ich versuchte, sie zu berühren, aber sie war zu schnell. Danach stieg ich kreisend auf, drehte mich wie Silber in der Sonne, beobachtete bunte Regenbogen und stieg dabei immer höher.«

»Ein schwarzer Ring? Ein schönes Gesicht mit schwarzen Augen?« Sie stützte ihr Kinn auf die Hand und blickte ins Feuer. »Dann könnte ich es doch sein.«

»Das könntest du sein«, entgegnete er. »Otter und Schwarzschädel haben beide darum gebeten, dieser Geist zu sein.«

Sie schloß die Augen, während ihre Seele schmerzte. »Das paßt zu ihnen. Aber sie sind Narren.« Sie legte ihre schlanke Hand auf seinen Arm. »Grüne Spinne, wenn die Macht eine Seele im Austausch für die Maske haben muß, wäre es mir am liebsten, wenn es meine wäre.«

Er blinzelte und kniff die Augen zusammen, um sie deutlich zu sehen.

»Es liegt doch auf der Hand, daß ich es bin«, erklärte sie entschlossen. »Ich habe nichts. Keine Familie, keinen Clan, keinen Ort, wohin ich gehen könnte. Und ich kann auch Otter oder Schwarzschädel nicht an meiner Stelle gehen lassen. Ich würde es mir nie verzeihen, Otters Tod nicht, nicht den von Schwarzschädel und ganz gewiß auch deinen nicht.«

Sie beugte sich vor. »Wenn es jemand sein muß, bin ich am besten geeignet. Ohne mich wären die Khota nicht hier. Es ist *meine* Schuld, verstehst du? *Mich* wollen sie. Meinen Anteil habe ich beigetragen. Ich habe Otter alles gelehrt, was ich über tiefe Wasser weiß. Er kann die Sterne so gut lesen wie ich; er weiß, wie man dem Sturm trotzt, wie man die Dünung deutet.«

»Und eure Liebe? Bedeutet sie dir gar nichts?« wollte Grüne Spinne wissen.

Sie antwortete ihm: »Grüne Spinne, wenn Otter für mich stirbt, wird meine Seele mit ihm sterben. Wie kann ich Otter und dich lieben, wenn ich weiß, daß Schwarzschädel sterben mußte, um mich zu schützen? Wenn einer von ihnen an meiner Stelle stirbt, bin ich verurteilt.«

»Und wenn du stirbst? Sind sie es dann nicht auch?«

Sie blickte traurig ins Feuer. »Schwarzschädel wird trauern, aber er hat die Seele eines Kriegers, er ist solche Verluste gewohnt. Was Otter angeht, so hat ihn schon einmal eine Liebe fast zerstört. Er wird leiden, Grüne Spinne, aber er wird dich haben, du wirst ihm helfen. Wirst du ihnen helfen?«

»Ich habe nie eine Wahl«, flüsterte er. »Vorne ist hinten, und das Innere kommt immer nach außen.«

»Gut«, sagte Perle, ohne zu verstehen, was er meinte. »Wir müssen aber noch etwas anderes bedenken. Diese Maske von Bunte Krähe ...« Sie drückte fest seinen Unterarm. »Grüne Spinne, sieh mich an.« Er tat es, und sie fuhr fort: »Verrate mir, ob die Maske böse ist. Wenn sie es ist, sag mir auch, warum wir alle davon reden, unser Leben wegzuwerfen, um sie zu retten?«

»Sie ist nicht böse, Perle.«

Ein Seufzer der Erleichterung kam über ihre Lippen. »Seit jener Nacht im Lager des Prachttaucherclans habe ich darüber nachgedacht. Ich konnte einfach nicht verstehen, warum du ...«

Er neigte den Kopf und wirkte dabei so verletzlich, daß sie ihn gern getröstet hätte. »Ich tue mein Bestes, Perle.«

»Das weiß ich, Grüne Spinne, schon immer.« Sie war nervös. »Die Maske ist am wichtigsten, aber an zweiter Stelle kommst du. Du bist der Träumer, den die Macht erwählt hat. Du weißt, wie man mit der Maske umgeht, wohin man sie bringen muß. Danach kommen Otter und Schwarzschädel. Es stimmt, Schwarzschädel kennt die Menschen und die Flüsse nicht. Aber Otter ist ohne ihn so verletzlich. Und du weißt genausogut wie ich, daß Schwarzschädel die Maske – und alle anderen – beschützen kann, bis du sie wieder nach Hause gebracht hast.«

Sie holte tief Luft. »Die Khota sind meinetwegen hier. Sie wollen *mich*. Gut, sie können mich haben.«

Grüne Spinne schloß die Augen. »Und so kann die Entscheidung getroffen werden, ohne an die Leidenschaften des Herzens zu denken: Liebe, Haß, Verzweiflung. Das soll ich dir glauben?«

Sie fühlte, wie sie errötete, und senkte die Augen. »Nein, mein Freund, ich würde dich nicht anlügen. Ich habe große Angst vor dem, was die Khota mir antun werden. Aber ich werde dir die Zeit verschaffen, die Maske zu retten, und du mußt verhindern, daß diese beiden heldenhaften Narren merken, was ich tue. Es würde ihnen ähnlich sehen, mich retten zu wollen … uns drei sterben zu lassen, während die Maske in die Vergessenheit stürzt. Grüne Spinne, so ein Unglück können wir uns nicht leisten, deshalb mußt du mir helfen.«

Der Mund von Grüne Spinne zitterte. Er starrte sie mit aufgerissenen Augen an. »Aber was wird aus deiner Seele, Perle? Die Khota werden ihr keine Heimat geben, sie wird auf immer umherstreifen müssen.«

»Ich bin bereits heimatlos«, erwiderte sie. »Ich werde sehr glücklich sein an den einsamen Orten, wenn ich mit den Hirschen rede, zu den Schneefinken flüstere und mit den Grillen singe. Als Geist werde ich all die Dinge sehen, die ich lebend nicht zu sehen bekam.

Außerdem«, sagte sie mit mattem Lächeln, »werde ich es hinnehmen, Grüne Spinne, denn ich habe diesen Tod ja aus freien Stücken gewählt.«

»Nur ein Feigling könnte so mutig sein«, flüsterte er.

Perle rieb sich die Stirn, ihre Hände waren kalt. »Das ist rückwärts. Nur der Mutige kann so feige sein. Du solltest mein Herz fühlen – ich habe schreckliche Angst. Aber dieses Mal, Grüne Spinne, werde ich bereit sein für diese ekligen Maden, anders als beim ersten Mal.«

»Letztes Mal ging es nicht um einen langsamen Mord«, erinnerte sie der Verdreher.

»Letztes Mal rettete ich meinen Freunden nicht das Leben … oder dem Mann, den ich liebe. Ich werde tun, was ich tun muß. Wirst du auch tun, was du zu tun hast, Grüne Spinne?«

Seine Augen waren wieder ruhelos. »Niemals! Nein, nie! Und nie wieder! Alles ist verloren! Otter, Schwarzschädel und der alberne Verdreher, tot, tot! Nur Perle lebt in der Herrlichkeit des Lichts – des funkelnden, wunderbaren Lichts so vieler Farben.«

Perle führte seine Hand an die Lippen. »Danke, Grüne Spinne. Hättest du am Ilini nicht deine Wurzel verbrannt, hätte ich nie diesen Mut gefunden. Du hast mir sehr viel gegeben. Ich werde mich würdig erweisen, das verspreche ich. Du wirst stolz auf mich sein.«

Damit stand sie auf, lächelte noch einmal dem Verdreher zu und ging nachdenklich ins Lager zurück, wo Otter fest schlief.

Als sie wieder unter ihren Decken lag, bettete sie ihren Kopf auf seine Brust, um seinem Atem zu lauschen und den gleichmäßigen Rhythmus seines Herzschlags zu spüren.

»Hm?« sagte er verschlafen.

»Ich liebe dich einfach«, flüsterte sie. »Schlaf weiter.«

Zärtlich schmiegte er sich an sie und schlief wieder ein. Über Perles Wangen liefen Tränen, während sie die Sterne betrachtete, die hoch am Himmel schimmerten und funkelten.

Ich sehe zu, wie das Feuer herunterbrennt, wie die Glut im Wind aufleuchtet. In einem meiner Träume erzählte mir Weißesche, daß ihm das Gesicht des Wolfträumers in den flackernden Kohlen erschienen sei.

Und so warte ich … schaue … bedenke die Worte meiner Gefährten. So verzweifelt alle.

Ich kann das Schluchzen nicht unterdrücken, das mir beinahe die Brust sprengt. Otters würdevolle Entsagung, Schwarzschädels einfache Treue und Perles schreckliche Sachlichkeit – alles hinterläßt ein Gefühl der Leere in mir, als hätte ihre Liebe zueinander mich auf die kahlen, windigen Ebenen der Macht versetzt.

Um mich herum sehe ich nur Ödland.

Nichts lebt hier. Außer dem Tod.

Ich starre auf die flackernden Kohlen.

Aber ich sehe kein Gesicht.

Auf dem Schlachtfeld scheint es plötzlich still geworden zu sein.

Die Entscheidung bleibt mir überlassen.

Welchen meiner Freunde verurteile ich zum Tode, damit die Maske von Bunte Krähe leben kann?

Ich schließe die Augen und lache wild und hemmungslos.

46. KAPITEL

Bleiche Schlange rutschte unbehaglich zur Seite, als der Wind sich drehte und sein Feuer störte. Leuchtendgelbe Funken wirbelten mit dem Rauch auf und schwärmten um ihn. »Die Antwort liegt bei Langer Mann.«

Sternmuschel senkte den Kopf, um Bleiche Schlange nicht ansehen zu müssen. Sie strich über Silberwassers dunkle Locken. Das kleine Mädchen hatte sich in seine Decken gewickelt und vor dem Feuer ausgestreckt.

»Ich glaube, du irrst dich«, sagte Sternmuschel. »Ich glaube, es ist die Maske.«

Unablässig schlugen die Wellen auf den Sand, leckten die Schaumränder hinauf, als wollten sie das Heck des auf den Strand gezogenen Kanus fangen.

Entmutigt und zum Umfallen müde platzte Sternmuschel heraus: »Langer Mann? Geht immer alles auf ihn zurück? Kannst du nicht einen Moment aufhören, deinen Vater zu hassen? Du bist ein Zauberer! Was ist mit der Maske?«

»Sie ist furchteinflößend.« Er sah Sternmuschel finster an. Der Feuerschein hob seine kräftigen Backenknochen noch hervor. »Aber du mußt daran denken, daß eine Maske genau das ist, eine Hülle für den Geist der Macht – weder gut noch böse. Sie spiegelt etwas wider oder vermittelt, und ein Mensch, der durch sie blickt, sieht mit den Augen von Bunte Krähe, das ist alles.«

»Sie spricht zu meiner Tochter.«

Bleiche Schlange drehte sich nach Silberwasser um, die ihn mit leuchtenden Augen ansah, und fragte: »Sagt sie dir böse Dinge?«

Silberwasser preßte die Lippen zusammen und schüttelte den Kopf, wich aber Sternmuschels Blick aus.

»Bittet sie dich, jemandem weh zu tun?«

Wieder schüttelte Silberwasser den Kopf.

»Sag mir, Silberwasser«, bat Bleiche Schlange freundlich, »was bittet dich die Maske zu tun?«

»Nichts, aber sie … sie zeigt mir Dinge. Ich meine, manchmal zeigt sie mir im Traum Menschen und Orte, die ich nicht kenne.

Ich höre Stimmen, die seltsame Worte sprechen, aber ich verstehe, was sie sagen.«

Sternmuschel nahm ihren Mut zusammen und zwang sich, ruhig zu sprechen. »Hat sie dich jemals gebeten zu töten?«

Silberwasser schüttelte den Kopf. Sie sah sehr unglücklich aus.

»Bittet dich die Maske, Gutes zu tun?« fragte Bleiche Schlange. »Menschen zu helfen? Sie vor Schaden zu bewahren? Sie vielleicht vor Gefahren zu warnen?«

Silberwasser blinzelte und schüttelte wieder den Kopf.

Bleiche Schlange lächelte beruhigend. »Silberwasser, möchtest du manchmal jemandem weh tun? Oder jemandem helfen?«

Das Mädchen sah Sternmuschel mit flehenden Augen an.

»Es ist gut, Kleines. Sag einfach die Wahrheit. Ich habe dich lieb.«

Silberwasser sagte unglücklich: »Bleiche Schlange, ich weiß nicht mehr, was ich will. Außer ... vielleicht ... ich möchte nach Hause.«

Bleiche Schlange lächelte und zerzauste ihr Haar. »Das kann ich verstehen.« Er blickte auf. »Sternmuschel, ich möchte die Maske sehen.«

Sie schauderte und hob eine Hand, als wollte sie ein schreckliches Ungeheuer abwehren. »Nein! Sie tötet!« Sie schluckte schwer. »Verstehst du nicht? Jeder, der sie bisher angesehen hat, lebt nicht mehr!«

»Du nicht. Und Silberwasser auch nicht.« Ruhig beobachtete er sie, und seine Stimme klang sehr vernünftig.

»Aber die alte Frau, mein Mann, Sterngucker, Langer Mann ... vielleicht sogar Grüßt die Sonne.«

»Nach dem, was du mir erzählt hast, tötete nicht die Maske meinen Vater, Wanderdrossel und seine Krieger waren es.« Bleiche Schlange seufzte. »Ich kann die Maske fühlen, Sternmuschel. Sie ruft nach mir. Und es liegt nichts Böses in der Aufforderung – obwohl sie dazu fähig ist. Ich spüre auch keine Güte. Obwohl sie auch dazu fähig ist. Sie wartet, und sie weiß etwas, das wir, glaube ich, wissen sollten.«

»Es ist mir gleichgültig, was du sagst. Langer Mann ist tot. Und er war ein viel mächtigerer Zauberer als du.« Sie zuckte zusammen, denn sie bedauerte ihre Worte sofort.

Doch Bleiche Schlange erwiderte nur: »Alles, was du sagst, ist wahr. Aber hör mir zu. Langer Mann trug die Maske nie, oder doch? Hast du jemals gesehen, daß er sie wirklich aufgesetzt hat? Durch ihre Augen geblickt hat?«

Sie schüttelte den Kopf. »Nein. Er sagte ... er sagte, er habe Angst vor ihr. Vor ihrer Macht. Davor, was sie tun könnte.«

»Aha.« Dann fuhr Bleiche Schlange fort: »Sternmuschel, er ist tot. Aber du mußt verstehen, daß es ein Unterschied ist, ob jemand durch die Maske selbst stirbt oder jemand wegen der Maske getötet wird. Also wie ist er gestorben? Hat die Maske ihn direkt getötet?«

Sie schüttelte den Kopf.

»Vertraust du mir?« Er sah sie fest an. »Nachdem du mit mir gereist bist, nach allem, was ich dir erzählt habe – vertraust du mir? Ich glaube, du tust es.«

Sie befeuchtete ihre Lippen, während sie Silberwassers unheimlichen Blick spürte. »Ja. Ja, ich vertraue dir.«

Er atmete müde aus. »Danke, Sternmuschel. Ich wußte nicht, wie wichtig es war, das von dir zu hören.«

»Aber ich möchte nicht, daß du die Maske auch nur anschaust.« Sie schloß die Augen und malte sich gräßliche Szenen aus. »Ich möchte dich nicht verlieren.«

»Also, in diesem Fall solltest du mir lieber eine Schnur um den Hals binden – oder vielleicht meine Füße fesseln.«

Sie lächelte und rieb sich die Augen, bevor sie ihn wieder ansehen konnte. »Die Maske bedeutet Ärger, Bleiche Schlange.«

»Ich stimme dir ja zu, aber ich habe einen Verdacht, dem ich gern nachgehen würde. Dazu muß ich die Maske nicht tragen oder durch die Augenlöcher blicken. Ich muß ihr nur einige Fragen stellen, aber ohne deine Erlaubnis kann ich das nicht.«

Sternmuschel warf einen Blick auf Silberwasser, die sich schnell abwandte, zweifellos aus Angst vor ihrer Mutter. In diesem Augenblick begann Sternmuschel zu erfassen, wie stark die Kluft zwischen ihnen wirklich war. Alles, weil sie die Maske so sehr haßte.

»Kleines? Du ... ich meine, hältst du es für einen guten Gedanken?«

Silberwasser blickte unglücklich ins Feuer.

»Silberwasser?« fragte Bleiche Schlange freundlich. »Du kennst die Maske besser als deine Mama oder ich. Glaubst du, sie würde mir weh tun?«

Langsam schüttelte Silberwasser den Kopf, und Sternmuschel spürte einen Schmerz in der Brust.

»Also schön«, sagte Sternmuschel heiser, ohne den bittenden Blick von ihrer Tochter abzuwenden. »Sieh sie an. Bring es hinter dich.«

»Nicht so schnell«, warnte Bleiche Schlange. »Die Maske ist ein Ding der Macht, kein einfacher Fetisch. Ich muß mich vorbereiten.«

»Dich vorbereiten?« Konnte sie diese Wunde zwischen ihrer Tochter und sich heilen? War es bloß ein vorübergehendes Mißverständnis, oder hatte die Maske ein neues Opfer gefordert?

»Mich vorbereiten, ja. Du hast richtig gehört.«

Sie blickte auf, plötzlich verwirrt, verletzt und ängstlich. Ihr Inneres war zerrissen.

»Hab keine Angst.« Bleiche Schlange beugte sich vor und legte seine Hände auf ihre Schultern. Auf seinem Gesicht konnte sie seine übergroße Sehnsucht nach ihr sehen, seine Liebe, die er ihr so gern schenken würde.

»Warum?« fragte sie. »Warum tust du das?«

»Die Maske könnte mir verraten, wo die Falle liegt oder ob es überhaupt eine gibt. Wenn ich mit der Maske geredet habe, werde ich wissen, ob die Worte von Langer Mann wahr sind. Hat er sie jemals berührt? Ich meine, ohne den Wolfspelz als Schutz zu benutzen?«

Sie dachte nach. »Ja, als er … beim ersten Mal. Im Clanhaus. Gleich nachdem mein Mann …«

»Das ist gut. Das bedeutet, daß die Maske direkten Kontakt mit seiner Seele hatte.« Sein Griff um ihre Schultern wurde fester.

Sie konnte fühlen, wie ihre Seele seine berührte und sich langsam ergab. Wie sehr wünschte sie sich, sich auf jemanden verlassen zu können, jemanden, der sie trösten und beruhigen könnte.

»Ich gehe jetzt lieber.« Seine Stimme war rauh geworden. »Ich muß singen und tanzen, um meine Seele vorzubereiten. Es wird nicht lange dauern.«

Sie nickte und nahm Silberwassers Hand. Als er ging, flüsterte sie: »Mein Kleines, es tut mir leid. So leid.«

Silberwasser blickte auf und wischte ihrer Mutter eine Träne weg. »Es wird gut ausgehen, Mama. Die Maske wird ihm nichts tun.«

Sie hörten, wie seine Stimme anschwoll und er in einer Sprache sang, die sie nicht kannten. Singend näherte sich Bleiche Schlange aus der Dunkelheit, und Sternmuschel erschrak bei seinem Anblick. Er hatte seine Wangen schwarz eingerieben, um die Schlangen zu bedecken, und mit Kohle eine Krähe auf seine Stirn gemalt. Um die Arme trug er Grasschnüre, und anscheinend hatte er mit Zweigen des Lebensbaums seinen Körper gerieben.

Sein hübsches Gesicht strahlte großen Frieden aus, als er sich vor ihr hinkniete, eine Zedernwedel schwenkend.

Sternmuschel zitterte, als sie das Bündel vom Rücken nahm und in seine Hände legte. In diesem Augenblick fühlte sie sich, als ob sie schwebte; ihre Seele wurde ganz leicht.

Bleiche Schlange hob das Bündel zum Feuer und begann unter einem melodischen Singsang die Schnüre aufzubinden.

Er hob den Wolfspelz, herrlich und leuchtend, von der äußeren Hülle und legte langsam die tiefschwarz schimmernden Züge der Maske frei.

»Gesegneter Geheimnisvoller«, flüsterte er. »Sie ist wunderschön.«

Sternmuschel hielt den Atem an, denn die Maske schien zu glühen, und sie spürte, wie die Macht widerhallte.

»Sieh nur!« rief Silberwasser. »Sie ist so schön, Mama!«

Bleiche Schlange hörte auf zu singen. Dann begann er langsam in der Sprache der Langschädel zu sprechen – in der alten Sprache, der Sprache der Ältesten, die nun fast alle tot waren.

Der Lärm der Brandung wurde lauter, ein Windstoß erfaßte das Feuer und wirbelte Funken durch die Luft. Von draußen ertönte ein merkwürdiges Brüllen wie der Ruf eines riesigen Tiers. Dann schien ein Singen direkt aus der Luft zu kommen.

»Sieh, Mama!« rief Silberwasser. »Ein großes weißes Tier mit zwei Schwänzen! Vorn und hinten! Und gebogenen langen Zähnen!«

Sternmuschel blinzelte in die wirbelnden Funken, und da stand er und starrte sie aus den Flammen an, ein stolzer Krieger, voller Narben, aber stark. Sein häßliches Gesicht hätte sie erschrecken sollen, doch die schwarzen Augen strahlten Stärke aus. Er versuchte zu lächeln, aber die Muskeln in seinem entstellten Gesicht ließen ihn im Stich. Er seufzte, doch seine Seele schien zu leuchten wie blankgeriebenes Kupfer in der Sonne.

»Es ist gut.« Sie versuchte, ihm die Hand entgegenzustrecken. »Ich sehe deine Seele.«

Und dann war er fort, verschwunden im Glühen des Feuers.

»Warte!« rief sie und sprang auf. »Komm zurück!«

Aber nur das Feuer knisterte.

Bleiche Schlange saß mit gesenktem Kopf da und packte die Maske wieder in das Bündel.

»Ich glaube, ich habe die Antwort, die ich brauchte.« Bleiche Schlange blickte mit stumpfen Augen auf. »Sternmuschel, wir müssen gehen. Wir müssen sofort weg von hier. Ich bin ein doppelter Narr, vielleicht sogar ein dreifacher. Ich hätte es ahnen müssen, daß sie die Suche nicht aufgeben würden.«

»Wanderdrossel?« sagte sie dumpf.

»Ja, wir müssen fort.« Er schien gebrochen. »Ich bringe dich bis zur Insel, und dann wirst du auf dich gestellt sein.«

»Allein?« Sie runzelte die Stirn. »Bleiche Schlange?«

»Du solltest mich vernichten, Sternmuschel.«

»Dich vernichten? Wie?«

Er stand auf und trat vor sie, strich mit zitternden Fingern über ihre Wange. »Ich sage es dir unterwegs. Ich kenne nicht alle Einzelheiten. Du mußt mir helfen, die Teile zusammenzusetzen. Komm, laß uns packen. Bis morgen nacht können wir den Fluß erreichen, der Wind wird uns helfen.«

Seine Miene wurde bitter. »Ich hatte eine Vision von deinem Schädel, sorgfältig gesäubert und poliert hing er an Wanderdrossels Wand neben dem meines Vaters.«

»Was … was hast du noch gesehen, Bleiche Schlange?«

»Du solltest geliebt werden, Sternmuschel. Das hat der gierige Dämon verstanden.«

Und er begann damit, die Packen in das Kanu zu laden.

Das Bild verging in züngelnden Flammen, Funken und Rauch wirbelten umher und sengende Hitze zwang Schwarzschädel, hinter dem harten Hickoryholz seiner Kriegskeule Schutz zu suchen.

Er schrie auf und erwachte. Wellentänzer ritt auf den Wellen, angetrieben von der Windfalle, in der sich die wilden Böen fingen, die sie über das schwarze Wasser trieben.

»Alles in Ordnung?« rief Perle, die eine Seite der Windfalle hielt.

»Ein Traum«, rief er zurück und schüttelte den Kopf. Er konnte Grüne Spinne sehen, der mit einer Ecke der Windfalle kämpfte.

Schwarzschädel bemühte sich, das Bild zurückzuholen, und da war sie, sie streckte ihm durch den Feuerschein die Hand entgegen.

Schwarzschädel kroch nach hinten auf die Packen und schaute in das eulenhafte Gesicht von Grüne Spinne. »Was war das?«

»Die Maske«, erklärte ihm der Verdreher mit seltsam gequälter Stimme. »Ihre Macht wurde heute nacht freigelassen, nutzte Wind und Wasser, funkelte mit den Sternen. Hast du sie nicht rufen gehört?«

»Ich habe geträumt«, gab Schwarzschädel zu. »Komisch. Noch nie habe ich geträumt, ein Vogel zu sein, aber auf einmal stieg ich auf, flog hoch über dem See und sah Kanus paddeln. Natürlich stieß ich hinab, um nachzusehen, ob es Khota waren, aber nein, es waren andere Krieger, zornige Männer, Blutvergießen im Sinn und mit Blutflecken auf ihrer Kleidung.

Aber wen verfolgten sie? Ich ließ mich vom Wind am Südufer entlangtragen, immer nach Osten. Und dort sah ich einen Lagerplatz mit einem Mann, einer Frau und einem kleinen Mädchen. Der Mann träumte, er war eins mit der Macht, tanzte im Kreis, und die Frau blickte angstvoll zu mir auf, als ich hinabflog.

Sofort war mir klar, daß die Krieger sie jagten. Da ich gerade über sie geflogen war, wußte ich, wie nah die Verfolger waren. Als ich sie warnen wollte, sah ich sie richtig…« Er hielt inne. »Die schönste Frau der Welt. Direkt vor mir, sie hielt das Kind an der Hand und blickte zu mir auf.«

»Sternmuschel«, sagte Grüne Spinne. »Das kleine Mädchen ist Silberwasser, ihre Tochter.«

»Und der Mann?«

»Eine Art Medizinmann. Ich habe ihn noch nie gesehen.«

»Ihr Mann?« Schwarzschädel verließ der Mut.

»Nein. Er wäre es aber gern. Ich spüre, daß er sie liebt, und sie ... sie ist sich über ihre Gefühle noch nicht im klaren.«

»Ich muß sie retten, Grüne Spinne.« Ja, er würde sie retten. Zweifellos für diesen anderen Mann. »Deine Vision im Dorf Wenshare war falsch, Verdreher.« Schwarzschädel senkte die Stimme, damit Perle nichts verstehen konnte. »Ich werde auch für sie sterben. Ich werde gegen die Khota kämpfen und dann gegen diese anderen Krieger, die Sternmuschel und Silberwasser verfolgen. Ich werde für euch alle sterben.«

Grüne Spinne lächelte traurig. »Ja, mein Freund. Du, der häßlichste Mann der Welt, wirst für die schönste Frau sterben. Der Verdreher hat gesprochen.«

Schwarzschädel nickte entschlossen.

»Sag mir, Menschentöter«, flüsterte der Verdreher, »würdest du deine Meinung ändern, wenn du sie haben könntest? Würdest du leben wollen, wenn du wüßtest, daß du sie für den Rest deines Lebens lieben könntest?«

Wollte er das? Sein Herz hatte schneller geschlagen, als er sie erblickt hatte, sie, die so allein und voller Angst zu sein schien. Sie hatte ihn mit ihren wundersamen Augen angesehen, und er war dahingeschmolzen.

Er warf einen Blick über die Schulter auf Perle, die mit der Windfalle kämpfte. Otter konnte er nicht sehen, aber er stellte sich vor, wie glücklich seine Miene sein mußte, weil sein Kanu schneller denn je über die Wellen schoß.

Schwarzschädel stand wieder auf. »Nein, Grüne Spinne. Zuerst will ich meine Freunde retten. Dann erst werde ich versuchen, auch sie zu retten. Aber wenn dieser andere Mann sie nicht gut behandelt, wird mein Geist kommen und seine Seele heimsuchen.«

Grüne Spinne nickte. »Der Geist der Macht kennt dein Herz, Menschentöter. Er hat deine Worte gehört.«

»Gut! Dann werden meine Freunde und vielleicht die schöne Sternmuschel in Sicherheit sein.« Darauf lächelte er und merkte, daß seine Gesichtsmuskeln ihm im Traum besser gehorcht hatten. Aber Sternmuschel hatte sich nicht daran gestört, sie hatte seine Seele gesehen.

Schwarzschädel streckte die Hand aus und strich beruhigend über Wellentänzers Holz, dann schloß er die Augen und zog die Decke bis ans Kinn. Ja, er konnte sie noch vor seinem inneren Auge sehen. Er betrachtete die Linien ihres zarten Gesichts, suchte sie sich einzuprägen, damit er sie sich noch vorstellen könnte, wenn er längst tot war, getötet von den Khota oder von den schnüffelnden Füchsen, die Sternmuschel zu ihm hetzten.

Der Tod machte ihm nun immer weniger Angst.

Sternmuschels Beine schmerzten vom verkrampften Sitzen im Kanu. Inzwischen hatte sie sich etwas an das Kanufahren auf dem großen See gewöhnt, fürchtete aber noch immer die hohen Wellen.

Sie versuchte, schnell zu paddeln, damit sie nicht zu sehr fror.

Am Geräusch der Brecher, die am Ufer zu ihrer Rechten ausrollten, und am weißen Schaum der Wellen konnte Sternmuschel sich orientieren. Die Nacht zog sich hin – und Bleiche Schlange weigerte sich zu sprechen. Wenn sie nach hinten schaute, sah sie seine dunkle Silhouette.

»Bleiche Schlange? Was hast du gesehen?«

Wie schon die ganze Nacht sagte Bleiche Schlange kein Wort. Als ob er seelenlos geworden wäre, nur vom Aufblitzen seines Paddels und dem Schaukeln seines Körpers bei jedem Schlag getrieben.

Sternmuschel sah nach ihrer Tochter, die in die Decken gekuschelt schlief.

Warum spricht er nicht? Hatte die Maske Bleiche Schlange etwas angetan? Seine Seele aufgegessen? Ihn gegen sie eingenommen? Plante er schon, wie er sie Wanderdrossel ausliefern könnte?

Bleiche Schlange fühlte sich ausgedörrt und verlassen.

Kaum hörte er ihre inständigen Bitten, endlich zu reden, zu erklären, was geschehen war. Er biß die Zähne zusammen und trieb sich an, noch kräftiger zu paddeln. Die Maske hatte seine Fragen beantwortet. Ja, Langer Mann hatte ihm eine Falle gestellt – und der Plan war aufgegangen, wenigstens zum Teil. Zum äußersten Verrat war es nicht gekommen.

»Aber warum?« hatte er gefragt. »Warum hat mein Vater sie zu mir geschickt?«

Gerechtigkeit, hatte die Maske ihm erklärt, und vor seinen Augen waren Szenen aus der Vergangenheit aufgeblitzt. Diese Bilder hatten sich tief in seinem Gehirn eingebrannt, und nun begann er, sie zu ordnen.

»Ist Sternmuschel eine Falle? Wird sie mich vernichten?«

Ja.

»Wie?«

Die Maske hatte ihm den Schlüssel gegeben, es herauszubekommen. *Frag Sternmuschel nach der Frau, die Langer Mann entehrt hat.* Und dann die Warnung: *Flieht! Schnell! Wanderdrossel und seine Krieger vom Blauentenclan sind euch dicht auf den Fersen!*

Während nun die Dämmerung die Dunkelheit im Osten vertrieb, konzentrierte sich Bleiche Schlange auf die Bilder, die ihm die Maske gezeigt hatte. Bilder von seiner Frau, von seinem Vater und von sich.

Um nicht aus tiefster Seele zu schreien, zwang er sich zu paddeln, um seine Verzweiflung in das Holz und das Wasser abzuleiten. Er trieb sich an, ohne auf den Schweiß zu achten, der an ihm hinabrann und seine Kleidung durchnäßte. Er war ein Verfolgter, der vergeblich vor den Dämonen in seinem Kopf floh.

Zu Perles Überraschung schwebte ihre Seele in seliger Heiterkeit, während sie Wellentänzer mit dem Krähenkopfpaddel auf die orangerot leuchtende Morgendämmerung zusteuerte. In der Nacht hatte sie die Küste aus den Augen verloren und war immer mehr nach Norden gekommen, aber die Wellen schienen sie zu ihrem Bestimmungsort zu tragen. Noch tauchte keine Uferlinie auf, aber solange sie auf den Nordosten zuhielten, würden sie entweder das Nordufer oder das Ostufer finden und dann den Kurs korrigieren.

Otter schlief im Bug. Schwarzschädel tadelte Grüne Spinne, weil er die Luft ungenutzt durch die Windfalle schlüpfen ließ.

Perle überließ sich dem Wunder des Morgens, dem Wunder, das Wellentänzer vollbrachte, der vom Brausen des Windes und des Wassers belebt wurde; des Kriegers und des Verdrehers, die sich mühten, die Windfalle zu spannen; am meisten aber Otters, ihres Geliebten.

Ihretwegen würden alle weiterleben. Zum ersten Mal in ihrem Leben verstand sie, was es bedeutete, eine Frau zu sein. Nicht ihrem Clan zu dienen oder ihre Kinder zu trösten oder ihren Mann zufriedenzustellen. Ihre Rolle war es, die alten Bräuche zu bewahren und die Menschen, die sie liebte, zu schützen, mochte der Preis auch noch so hoch sein.

Ich kann dies tun und sogar gut tun. Wenn es nur einen Weg gäbe, dies alles ohne Schmerz zu tun. Sie wußte, daß sie schreien würde, wenn die Khota sie brannten, und winseln, wenn sie sie schlugen, aber das wäre eine Schwäche des Fleischs, nicht der Seele.

Ihre Seele würde die Waffe sein, mit der sie die Khota besiegen würde … die einzige Waffe, die sie besaß und von der sie nichts wußten.

Otter erwachte aus einem unruhigen Schlaf. Er lag unbequem zusammengerollt, und die weiche Wärme, die er in der Magengrube spürte, war Schnapper, nicht Perle. Zärtlich streichelte er den Hund und flüsterte ihm ins Ohr, wieviel er ihm verdanke, wie sehr er ihn liebe und daß Perle sich um ihn kümmern und ihn füttern werde, wenn er selbst nicht mehr da wäre. Als Antwort auf die leisen, zärtlichen Töne wedelte Schnapper mit dem Schwanz.

»Du warst mein bester Freund«, sagte Otter mit den Lippen an dem seidigen schwarz-braunen Ohr. »Ich halte auf der anderen Seite nach dir Ausschau.«

Otter stützte sich auf einen Ellenbogen und spürte die Erschöpfung. *Bald wirst du ausruhen können,* sagte er zu sich, *und das Wasser wird deinen Geist tragen, tanzend wie in Viertöters Traum. Das ist kein so schlechter Tod.*

Otter schloß für einen Moment die Augen, um seine Ruhe zu genießen. Er hatte keine Ahnung, wann sie das Brüllende Wasser erreichen würden. Vielleicht an diesem Tag.

Er hörte Perles Lachen durch den Lärm von Wind und Wasser und fuhr durch Schnappers dichtes Fell. *Er wird alles gut, Perle. Der Fluß forderte mich am Anfang, vielleicht genau für diesen Zweck. Du und meine Freunde, ihr werdet leben und lachen und die Wärme der Sonne teilen.*

Sein Leben war doch nicht so schlecht gewesen. Rote Mokassins würde gesunde Kinder von Viertöter bekommen, und das war schließlich auch Otters Blut. Die Maske von Bunte Krähe wäre bei Grüne Spinne und Schwarzschädel sicher. Und sein eigenes Leben mit Perle war zwar kurz, aber wunderbar gewesen.

»Und du, mein alter Freund«, sagte Otter leise und legte seine Wange an Schnappers weichen Kopf, »du hast ein schönes Leben vor dir. Perle wird dich vermutlich so gut füttern, daß du dick und faul wirst und nur noch schläfst und in der Sonne liegst. Tu, was sie und Schwarzschädel dir befehlen. Bewache ihre Packen für sie.«

Schnapper gähnte und leckte Otters Nase.

Wie würde es sein, in dem kalten, klaren Wasser zu ertrinken? Bald würde er es genau wissen. Er war bereit.

Vielleicht hatte die Macht sie so schnell zu ihrem Ziel gebracht, oder Wellentänzer hatte sich mit den Geistern des Wassers verbunden, als sie die Uferlinie vor sich hatten, wußte Schwarzschädel, daß dies ihr Ziel sein mußte. Über einer schmalen Bucht kreiste ein Krähenschwarm am Himmel.

Der Wind hatte sich endlich gelegt, und nun sprenkelten Wolken den Himmel.

»Seht doch«, sagte er leise und deutete nach oben.

Grüne Spinne folgte seinem Finger. »Für mich ist alles grau.«

»Ist es nicht großartig?«

»Häßlich, Krieger, so häßlich, wie du geworden bist.«

»Meinetwegen, Narr. Ich bin mit mir im reinen. Verrate mir nur eines. Sind die Khota hier? Haben sie uns geschlagen?«

Der Blick von Grüne Spinne flackerte. »So weit vor uns, Krieger. Sie warten mit großer Spannung, daß die Falle zuschnappt.«

Unsicher knirschte Schwarzschädel mit den Zähnen. »Zeig uns den Weg zu ihnen, Verdreher.«

Grüne Spinne deutete auf die Mündung des schmalen Wasserlaufs, und Schwarzschädel grinste. »Dann haben wir sie mit der Windfalle überholt! Ausgezeichnet! Also schön, Narr, dann wollen wir deine Maske und die schöne Sternmuschel finden. Und wenn alle in Sicherheit sind, werde ich die Khota finden! Werden sie vom Wasser oder vom Land kommen, Verdreher?«

»Wasser, Wasser, immer Wasser. Ihre Mokassins noch staubig und ihre Kanus bereit zur Verfolgung.«

Schwarzschädel zögerte, dann nahm er die Hand von Grüne Spinne und drückte sie fest. »Danke, mein Freund. Sobald du die Maske hast und Sternmuschel in Sicherheit ist, befiehlst du Otter, abzulegen und flußauf zu paddeln, so schnell er kann. Wenn die Khota aus dem Wald treten, wird Schwarzschädel dort sein.«

Der Blick des Verdrehers wanderte unruhig hin und her. »In der Tat, ein Wirbelwind des Todes. Tanze, Menschentöter, und dein Wind wird die heimtückischen Seelen fortblasen.«

Schwarzschädel holte tief Atem, tauchte sein Paddel mit Nachdruck ein, und Wellentänzer flog auf den Wasserlauf zu.

Als sie in den Kanal fuhren, sah er zu seiner Überraschung eine Anzahl Häuser auf den hohen Ufern, viele mit großen Muschelhaufen, die bis ins Wasser reichten.

»Seid gegrüßt!« rief Otter zu dem ersten Kanu hinüber, auf das sie trafen. »Ist das der Weg zum Brüllenden Wasser?«

»Ja, Händler. Aber sieh dich vor!« rief ein Mann winkend. »Der Fluß teilt sich weiter vorn. Ihr könnt beiden Armen folgen, denn hier versucht nur der Flußgeist, den Fall zu meiden. Wenn die beiden Arme sich nach der Insel wieder treffen, müßt ihr euch nahe ans Ufer halten. Wenn ihr in die Stromschnellen geratet, seid ihr verloren!«

»Wir verstehen. Wir müssen die Stromschnellen meiden!«

»Ja.« Der Fischer zögerte. »Mit so einem großen Kanu könnt ihr nicht vorbeikommen. Nicht einmal der Bärenclan wird euch helfen, so ein Boot zu schleppen. Warum bleibt ihr nicht hier und tauscht mit uns? Wir bringen euch in einem kleinen Boot hinunter, damit ihr das Brüllende Wasser seht.«

»Danke. Wir werden nicht über den Wasserfall gehen. Hier!« Otter warf dem Mann eine große rosa Schneckenmuschel zu. »Wir kommen wieder. Das ist für die Auskunft!«

Der Mann fing die Muschel auf und lachte zufrieden. Er rief: »Denkt daran! Meidet die Stromschnellen!«

»Bestimmt. Danke!«

Schwarzschädel musterte Otters Gesicht, sah den unbeugsamen Mut eines Mannes, der fest an sein Schicksal glaubte.

Ich sollte es ihm sagen. Aber das konnte er natürlich nicht. Otter würde etwas Dummes tun, vielleicht mit dem Kopf voran aus dem Kanu springen, nur um Schwarzschädel seine Entscheidung streitig zu machen.

Auch Perle schien etwas zu wissen. Hatte der Händler ihr von seinem Plan erzählt? Wußten beide Bescheid?

Nein, das konnte nicht sein. Sie betrachtet Otter noch immer mit einer so herzlichen Liebe. Keine Frau, auch nicht die tapferste, würde einen Mann so anschauen, wenn sie von seinem bevorstehenden Tod wüßte. Was auch immer Perle denken mag, sie glaubt nicht, daß Otter umkommt.

Schwarzschädel straffte die Schultern. Sein Atlatl fühlte sich an der Hüfte warm an. Die Wurfspeere hatte er mit der gewohnten Sorgfalt bereitgelegt, auch die Kriegskeule lag griffbereit. Ab und zu berührte er sie verstohlen, um dem Holz, Stein und Metall Geist einzuflößen. Denn bald müßten sie zu ihrer letzten Herausforderung bereit sein.

Ein Kriegslied, das sein Großonkel ihn gelehrt hatte, stieg in seiner Kehle auf, und als sie sich der Insel näherten, die der Fischer erwähnt hatte, begann Schwarzschädel, leise vor sich hin zu singen.

So sollte ein richter Mann sterben!

47. KAPITEL

Sternmuschel wunderte sich, als sie in den Fluß des Brüllenden Wassers einfuhren. Die Mündung war breit, und sie konnte die Strömung spüren, und in schneller Fahrt kamen sie an Fischreusen, Netzschwimmern, Muschelhaufen und Kanulandestellen vorbei.

Durch Lücken zwischen den Bäumen sah sie Gehöfte und Felder und Leute, die sie im Vorbeifahren aus ihren Kanus grüßten.

Sie blickte zur schrägstehenden Nachmittagssonne auf. Einen solchen Sonnenuntergang hatte sie noch nie erlebt, der ganze Himmel schien in Flammen zu stehen.

Auch das Wasser, klar, tief und dunkel, besaß eine ungewohnte Macht. Trotz ihrer Erschöpfung paddelte sie unentwegt weiter.

Sie drehte sich nach Bleiche Schlange um. Seine Augen loderten, sie spiegelten das Feuer, das in seiner Seele brannte.

Silberwasser saß still hinter ihr, beobachtete, wie die Ufer vorbeizogen und das Wasser im gewundenen Flußlauf wirbelte und strudelte.

»Da«, rief Bleiche Schlange, als der Fluß sich gabelte. »Lande an der Spitze, auf dem Sand!«

Sternmuschel steuerte das Kanu auf den flachen Strand zu, während sie sich fragte, welcher Flußarm wohl zum Brüllenden Wasser führen mochte. Sie hörte das hohle Knirschen, als das Kanu auf den Strand setzte.

Bleiche Schlange seufzte und zuckte zusammen, als er aufstand. Er stieg aus dem Kanu und warf sein Paddel auf das Ufer.

Sternmuschel rührte sich nicht, sondern beobachtete seine Backenmuskeln, die die Schlangen auf seinen Wangen zum Leben erweckten.

»Bleiche Schlange, was machen wir hier? Wir können hier doch nicht lagern. Wie weit ist es zum Brüllenden Wasser?«

Er hob den ersten der Packen aus dem Kanu. Dann streckte er seine Hand aus, um ihr auf den Strand zu helfen. Sie preßte die Knie zusammen, weil sie wußte, daß sie wahrscheinlich beim ersten Versuch zu gehen, hinfallen würde.

Zärtlich hob er Silberwasser aus dem Kanu.

»Geh nicht weit weg, Silberwasser«, sagte er zu dem kleinen Mädchen. »Deine Mutter will bald weiterfahren.«

Silberwasser nickte und schaute am Strand nach Muscheln und Treibholz.

»Das hier ist ein besonderer Ort«, sagte Bleiche Schlange. »Hier teilt sich der Fluß – das tut er, so sagt man, weil er nicht über die Kante des Brüllenden Wassers springen und dann auf die scharfen Felsen stürzen will. Erst wenn er das Unausweichliche nicht mehr länger aufschieben kann, kommt er wieder zusammen und braust auf den schrecklichen Abgrund zu.« Sein Kinn zitterte. »Auch ich muß dem Unausweichlichen entgegentreten.«

»Was hast du letzte Nacht gesehen?«

Er verzog das Gesicht und stützte die Hände auf die Hüften. »Wußtest du, daß Langer Mann den eigenen Tod gesehen hat?«

»Du meinst, er wußte, daß Wanderdrossel ihn fangen würde?«

»Nein, etwas ganz anderes. Eine schreckliche Krankheit war in seinen Körper eingedrungen und fraß seine Leber auf. Eine Krankheit, die nicht einmal er mit all seiner Macht heilen konnte.«

»Das wußte ich nicht. Aber ... er hatte unterwegs immer wieder Schmerzen.« Sie preßte ihre Hand auf die rechte Seite unter den Rippen. »Hier etwa.«

Bleiche Schlange packte sie an den Schultern, schaute ihr in die Augen, versuchte, in ihre Seele zu blicken. »Die Maske sagte, ich sollte dich nach der Frau fragen, von der Langer Mann gesprochen hat.«

Sie schluckte, unfähig, den Blick von ihm zu lassen. »Langer Mann sagte, er habe eine Frau kennengelernt, die wunderbarste aller Frauen. Sie kam zu einer Heilung. Er ... er verliebte sich in sie und gestand ihr seine Liebe. Sie wies ihn ab, sagte, daß sie nur ihren Mann liebe.«

»Und was machte er dann?«

»Er sagte, daß er sie mit Hilfe der Macht nahm. Daß er Zaubermittel bereitete, und so träumte sie, als er mit ihr schlief, daß es ihr Mann sei. Er sagte, er tat es oft, und sie merkte es nie.«

»Sonst sagte er es ihnen immer am Ende. Warum ihr nicht?«

Ihr Herz begann zu rasen, während Angst sie erfüllte. »Er sagte, er habe sie wirklich geliebt und es nicht ertragen können, Haß in ihren Augen zu sehen. Und dann ... dann starb sie.«

Die Worte sprudelten aus ihr heraus. »Ihr Geist wußte, was er getan hatte. Er sagte, er wolle es wiedergutmachen, den Zorn des Geistes dämpfen, indem er mir half, die Maske von Bunte Krähe zu beseitigen. Er sagte, daß er vielleicht ihre Vergebung für seine böse Tat erreichen könnte, wenn er mir half.«

Bleiche Schlange drückte ihre Schultern so fest, daß Sternmuschel vor Schmerz fast aufgeschrien hätte. »Hat er dir ihren Namen gesagt? Den *Namen* der Frau, Sternmuschel!«

»Nein ... nur daß sie kurz vorher gestorben war.«

Die Kehle von Bleiche Schlange zuckte krampfartig. »Wo ... wo hast du Langer Mann kennengelernt? Und wann?«

Finger schienen sich um ihren Hals zu legen und ihr die Luft abzuschnüren. »Nein! *Nein!* Es darf nicht ...«

Die Mundwinkel von Bleiche Schlange zogen sich nach unten. »Sprach er von einer Heilung? Eine Heilung, die deine Mutter vielleicht ...«

Sternmuschel schloß die Augen und nickte. Sie erinnerte sich ... Jetzt wollte sie fallen, auf dem nassen Sand zusammenbrechen und sterben. *Mutter? Er ... hat dir* das *angetan?*

»Sternmuschel.« Bleiche Schlanges Stimme holte sie zurück. »Jetzt sehe ich die Falle. Es ist nicht Silberwasser.« Er ließ ihre Schultern los und wirkte seltsam gebrochen. »Ich dachte, er hätte dich am Ende doch gehabt. Du, die schönste Frau der Welt, wäre reif für ihn gewesen.«

Er ballte eine Faust und beobachtete, wie seine Muskeln schwollen. »Ich dachte, er hätte dich behext, hätte dich genommen. Und trotzdem hätte ich dich geliebt. Zu meiner Frau gemacht. Ich hätte gewußt, daß Silberwasser seine Tochter ist, und ich hätte sie dennoch geliebt und ihr geholfen, die große Träumerin zu werden, die sie eines Tages sein wird.«

»Was?« rief Sternmuschel. »Silberwasser? Seine ... Du hast ja den letzten Funken Verstand verloren!«

Aus seinen Augen sprach Schmerz. »Nein, er hat dich nicht genommen, Sternmuschel. Das nicht. Aber das Verlangen nach dir, das er empfunden haben muß, brachte ihn auf die Idee, mich in eine Falle zu locken. Oder vielleicht war es das Verbrechen, das du mit meinem idiotischen Bruder Grüßt die Sonne begangen hast.«

»Was für ein Verbrechen?« Sternmuschel wich so hastig zurück, als würde sie verfolgt.

»Langer Mann wünschte, daß du Grüßt die Sonne verläßt, war es nicht so?« Bleiche Schlange funkelte sie an. »Er tat alles, damit du weggingst. Er überredete sogar Silberwasser, in jener Nacht mit der Maske zu reden. Er wußte, das würde dich von Grüßt die Sonne trennen!«

»Wovon redest du eigentlich!«

Er flüsterte. »Blutschande, Sternmuschel.«

Sie konnte es nicht begreifen.

Sein Lächeln wurde bitter. »Er liebte deine Mutter, er muß förmlich von ihr besessen gewesen sein. Natürlich wollte er sie schwängern. Er zeugte dich. Und als deine Mutter starb, ging er zu dir, um dich vor Glimmervogels wahnsinniger Wut zu retten.«

»Du ... du bist genauso verrückt wie Langer Mann!« Blutschande? Sie fühlte sich wie betäubt und aus der Bahn geworfen. Blutschande? Von allen scheußlichen Verbrechen ...

»Nein, Sternmuschel. Ich bin auch bloß eines seiner Opfer, wie deine Mutter, wie du. Ich bin sicher, daß er in seiner Verzweiflung glaubte, deine Mutter würde ihm wirklich vergeben, wenn er dich rettete.« Bleiche Schlange schloß die Augen, und über seine Wangen rannen Tränen. »Er schickte dich erst zu mir, als er wußte, daß sein Tod nahe war.«

Sie schüttelte matt den Kopf. Nichts davon konnte wahr sein. Nichts!

»Da wußte er es. Dort, an der Schwelle des Todes, wußte er, daß sie ihren Haß und Zorn auf seine Tat hinausschreien würde. Also schickte er dich zu mir. Ich war am richtigen Ort, und er setzte darauf, daß ich Mitleid mit dir haben und dir helfen würde. Ich weiß nicht, ob er plante, daß du – meine Schwester – und ich Blutschande begehen würden, oder ob er in seinen letzten Augenblicken nur wußte, daß ich dich retten würde. Es ist nicht wichtig. Mit Sicherheit wußte er, daß ich dich lieben würde.«

Sternmuschel war noch einen Schritt weiter zurückgewichen. »Davon glaube ich kein Wort.«

Bleiche Schlange deutete auf das Maskenbündel. »Glaubst du, daß die Maske das tat? Närrin! Der einzige Grund, warum Glimmervogel verrückt wurde, war, daß er nicht stark genug war. Er war nicht vorbereitet. Man muß lernen, wie man mit der Macht lebt, bevor man sie nutzen kann. Ein Bürschchen kann nicht einfach die Maske nehmen und durch die Augen eines großen Geistes blicken. Er wird wahnsinnig!«

»Warum hat Langer Mann nicht durch sie geblickt? Er kannte das Wesen der Macht.«

»Weil er die Maske benutzte. Indem er ihr die Schuld gab, verdeckte er seine eigenen bösen Taten. Die Macht ist nicht böse, so wenig, wie sie gut ist.« Sein Blick wanderte den Fluß hinauf, und er zuckte zusammen. »Nein! Noch nicht! Ich bin noch nicht fertig!«

Sternmuschel drehte sich um, und ihr stockte der Atem. Oben am Fluß kamen vier Kanus um die Biegung.

»Silberwasser!« rief Bleiche Schlange und winkte.

Sternmuschel sah ihre Tochter lachend herankommen.

»Ins Kanu, Schwester«, befahl Bleiche Schlange grimmig. »Ich werde tun, was ich kann. Schnell, paddle. Sonst wird Wanderdrossel vor Sonnenuntergang deine Eingeweide rösten. Ich verschaffe dir soviel Zeit wie möglich, aber rette die Maske! Und dich, wenn du kannst.«

»Sie retten? Sie retten! Ich bin hergekommen, um sie zu vernichten!«

»Tu es nicht! Los jetzt. Schnell!«

Während Silberwasser hineinkletterte, stieß Bleiche Schlange das Kanu mit der Spitze nach Westen in die Strömung. »Nimm diesen Flußarm. Er ist kürzer. Noch haben sie dich nicht entdeckt. Halte dich nah am Ufer, bis du außer Sichtweite bist.«

Sternmuschel paddelte verzweifelt, sie versuchte näher an das überwucherte Ufer zu gelangen. Dabei kämpfte sie gegen die Tränen an, die in ihren Augen schimmerten. Sie konnte es nicht glauben. *Blutschande? Ich nicht … ich nicht!*

»Mama?«

»Still, Kleines. Wir müssen uns beeilen. Wir müssen uns in Sicherheit bringen.

Wenn es nicht schon zu spät war.

Die Kanus flogen über den ruhigen Fluß des Brüllenden Wassers. Wanderdrossel saß im Bug des Ilinikanus und suchte die mit Bäumen bestandenen Ufer ab.

Zwischen seinen Kriegern gingen unbehagliche Blicke hin und her. Es war eine Sache, vom Brüllenden Wasser zu reden, aber eine andere, mit ihm hinunterzustürzen. Es war ein verzweifeltes Rennen. Vielleicht war Sternmuschel schon am Wasserfall und warf gerade die Maske über die Kante.

Und wenn es so ist, lasse ich sie tausend Tode sterben.

»Paddelt!« schrie er. »Strengt euch an!«

Die Männer hatten schon den ganzen Tag ein hohes Tempo gehalten. *Wie konnte die Frau es nur so weit schaffen?*

Er hielt kurz inne, um seinen Brustharnisch aus menschlichen Kieferknochen zu berühren. Sternmuschels würde auch bald dabei sein. Ob mit Maske oder ohne.

Ein Krieger rief: »Führer? Welche Richtung?«

Wanderdrossel hob den Kopf, um die Gabelung des Flusses zu prüfen. Er bemerkte den Mann, der auf dem Strand stand, erst spät – ein Fischer zweifellos, einer aus den Siedlungen. Der Mann mußte den Weg kennen.

Bevor Wanderdrossel Atem holen konnte, trug die kräftige Stimme des Mannes übers Wasser: »Wanderdrossel, Kriegsherr des Blauentenclans! Dreh bei!«

Wanderdrossel erhob sich wankend und rief: »Wer bist du? Woher kennst du mich?«

»Ich bin Bleiche Schlange! Ein Zauberer der Schlangengesellschaft! Ein Krieger, der für Bunte Krähe kämpft! Ich bringe dir eine Botschaft von dem dunklen Zwilling. Dreht um, ihr Männer vom Blauentenclan. Wer an dieser Stelle weiterfährt, kehrt nie mehr zurück. Auf euren Tod wird eine Ewigkeit des Jammerns folgen, wenn eure Geister unter dem Brüllenden Wasser gefangen sind. Ihr werdet nur das ohrenbetäubende Brüllen hören, das euch immer wieder in die Dunkelheit stößt – für alle Ewigkeit!«

Wanderdrossel lachte über das unsichere Gemurmel seiner Krieger. »Ein Zauberer, sagst du?« Sie hatten auf das Ufer zugehalten, und die Männer paddelten rückwärts, um auf der Stelle zu bleiben. »Der letzte Zauberer, mit dem wir zu tun hatten, schrie stundenlang, als wir seine Eingeweide in siedendem Wasser kochten.«

»Der Geist von Langer Mann erzählte es mir!« rief Bleiche Schlange bitter. »Aber wußtest du, daß er todkrank war? Bereits von einem Übel besessen, das seine Eingeweide fraß? Denkst du, du hättest ihn durch einen Zufall gefangen, Wanderdrossel? Er ging zu dir, wissend, was du vorhattest.«

Wanderdrossel lachte noch immer, aber an seiner Seele nagte Ungewißheit. »Kein Mann, ob Zauberer oder nicht, läßt sich fangen, wenn er weiß, daß seine Eingeweide gekocht werden.«

»Oh, doch!« Bleiche Schlange schlug sich auf die Brust. »Würde in mir ein schwarzes Übel sein, um mich zu töten, um meine Seele aufzufressen, ich würde dir direkt in die Arme laufen.«

»Ich verstehe ... und du hast es tatsächlich getan.«

Bleiche Schlange warf den Kopf zurück und lachte. »Oh, ganz im Gegenteil! Ich brauche kein Übel austreiben zu lassen. Austreiben, sage ich. Begreifst du, Wanderdrossel? Indem du die Därme des Magiers gekocht hast, hast du ihm das Übel ausgetrieben. Was für eine merkwürdige Ironie, du hast ihm damit geholfen!« Bleiche Schlange lachte weiter. »In welchen von deinen Kriegern ist das Übel wohl gefahren, als es den Körper von Langer Mann verließ? Hm? In deinen, Wanderdrossel? Bist du deshalb so von der Maske besessen?«

Seine Krieger hielten den Atem an.

»Los!« befahl Wanderdrossel. »Ergreift ihn.«

»Wartet!« Bleiche Schlange erhob die Hände. »Hört mich. Ich bin nur ein Bote von Bunte Krähe. Wenn ihr weiterfahrt, werdet ihr sterben, und eure Seelen werden in der Dunkelheit gemartert! Kehrt um!«

»Ich denke, ich werde deine Därme kochen.« Wanderdrossel hob sein Paddel und schob das Kanu voran.

»Meine nicht«, erwiderte der Zauberer mit einem schiefen Grinsen. »Bevor du in meine Nähe kommst, tauche ich ins Wasser, verwandle mich in einen Fisch und bin verschwunden. Oh, übrigens, wer zu sterben wünscht, muß in diese Richtung fahren!« Er zeigte auf den westlichen Flußarm. »Es ist die kürzeste Strecke in den Tod. Sternmuschel hat sie gewählt.«

Wanderdrossel trieb das Kanu näher. In diesem Augenblick stürzte sich der Zauberer kopfüber ins Wasser, und verschwand.

»Schwärmt aus!« befahl Wanderdrossel. »Das Wasser ist klar hier. Ihr könnt ihn bestimmt sehen.«

Die Kanus trieben auf dem Wasser, während die Männer über die Seiten in die blasse grüne Tiefe spähten.

Wanderdrossel schaute sich um. »Seht nicht nur nach unten, ihr Idioten! Irgendwann muß er zum Luftschnappen auftauchen!«

»Da!« schrien zwei Krieger gleichzeitig. Andere sprangen in ihren Booten auf, um besser sehen zu können, wohin die beiden deuteten. Dann blickten sie wieder auf Wanderdrossel.

»Seht ihr ihn?«

»Wir sehen einen großen Fisch, Kriegsherr.« Grünspecht sah ihn gequält an. »Wenn es der Zauberer ist, sind seine Worte wahr. Und... und du hast die Schwellung an der Leber des Magiers gesehen! Sie war eitrig und blutete. Wie konnte dieser Zauberer von der Krankheit wissen?«

Gemurmel brach unter den Kriegern aus. Wanderdrossel hörte zwei Männer erregt die Vermutung äußern, daß das Übel tatsächlich von Langer Mann auf ihn übergegangen sei und von seiner Seele Besitz ergriffen habe. Andere murmelten, daß sie dumm gewesen waren, einen Zwerg zu töten. Jeder wußte, daß Zwerge Glück bedeuteten.

Wanderdrossel fluchte, während er sein Kanu auf den östlichen Flußarm zusteuerte.

»Dieser Weg ist kürzer.« Einer der Krieger, dem die Angst in den Augen stand, zeigte nach Westen.

»Er *wollte*, daß wir diesen Weg nehmen.«

Grünspechts Stimme trug über das Wasser. »Kriegsherr, laßt uns nach Hause zurückkehren. Wir sollten diesen Punkt nicht überschreiten! Ich bin bereit, Sternmuschel zu jagen, aber nicht, mich Bunte Krähe in den Weg zu stellen.«

Wanderdrossel drehte sich um. Die drei anderen Kanus paddelten noch auf der Stelle. »Ich befehle euch zu kommen!«

Grünspecht stand auf und wagte zu grinsen: »Ich weigere mich, Vetter! Das hat nichts mehr mit unserem Clan zu tun. Die Maske ist aus unserem Gebiet verschwunden. Unser Besitz, unser Clan sind sicher. Mir genügt das. Ein Tod hat einen Tod vergolten.«

Wanderdrossel griff zu seinem Atlatl und band es vom Gürtel los. Er legte einen Kriegsspeer ein. »Du wirst mir folgen!«

»Nein! Und meine Krieger auch nicht!« Grünspecht verschränkte die Arme.

Als sich Wanderdrossel umdrehte, sah er, wie ein Krieger über die Seite sprang, ein zweiter tat es ihm nach. Einer nach dem andern sprangen sie aus dem Boot und schwammen zu den anderen Kanus, bis er allein in dem gestohlenen Ilinikanu übrig war.

»Willst du uns alle töten?« rief Grünspecht und zeigte auf die Krieger, die von Wanderdrossels Kanu wegschwammen. »Wir sind deine Verwandten!«

Wanderdrossel kochte vor Wut. »Ich werde die Maske finden, Vetter! Und wenn ich sie habe, werde ich euch suchen und durch die Maske blicken lassen! Ihr werdet eure Feigheit sehen – und eure Seelen werden aus euren Körpern fliehen!«

Damit ließ er die Waffe fallen, griff zum Paddel und trieb sein Kanu nach Osten, wo er die Stelle mit der schnellsten Strömung suchte.

»Ich komme«, stieß er zähneknirschend aus, während er eine nie erlebte Stärke verspürte. »Ich komme dich holen, Sternmuschel. Dich und die Maske. Ich bekomme euch beide!« Angetrieben von seiner Wut, schoß das Kanu vorwärts.

Und Grünspecht und seine Krieger sollten verflucht sein! Er blickte kein einziges Mal zurück.

48. KAPITEL

Wenn ich die Maske für die ganze Welt gewinne und einen meiner Freunde verliere, wird dann die Welt reicher oder ärmer sein?

Diese Frage quält mich.

Ich kann mir nicht vorstellen, daß jemand in einer Welt leben möchte, die ohne Otters Freundlichkeit, ohne die Stärke von Schwarzschädel und ohne den Mut von Perle ist.

Was hätte das für einen Sinn?

Und doch ist die Macht der Maske sehr groß. Bunte Krähe versichert mir, daß die Maske in den richtigen Händen mehr vermag, als nur vielen Menschen Ruhm und Größe zu bringen. Er sagt, sie kann Wunder tun, Krankheiten heilen, Armut vertreiben, die Leiden von Tausenden lindern.

Wirklich?

Sogar Erster Mann stimmt dem zu.

Wird sie auch mein Leiden heilen können, wenn alles vorbei ist?

Erster Mann sagt nein.

Und so bin ich mein eigener Geier geworden. Jeden Augenblick verzehre ich mehr von mir, picke an meinem Fleisch, reiße es mir aus, schlucke es …

Ob noch genug von mir übrig sein wird, um die nötigen Entscheidungen zu treffen, wenn wir beim Brüllenden Wasser sind?

Otter spürte, wie der Fluß schneller strömte, und er hörte auch schon das erste gedämpfte Tosen im kühlen, nach Frühling duftenden Wind.

»Die Stromschnellen!« Schwarzschädel stand hinter dem geschnitzten Fuchskopf auf und nahm seinen ganzen Mut zusammen.

»Wir fahren hinüber«, rief Otter und hielt auf das Ufer zu.

»Ja, ja.« Schwarzschädel starrte auf das ansteigende Ufer. »Aber wir sollten lieber schnell eine Stelle finden, Händler, wo wir anlegen können. Der Fluß wird reißend.«

»Dort!« An den Felsen sahen sie eine geeignete Stelle. Gemeinsam zogen sie Wellentänzer aufs Ufer. Otter fuhr mit der Hand über den geschnitzten Fuchskopf. »Du mußt sie sicher flußaufwärts bringen, gutes Kanu. Onkel und ich, wir haben unser Bestes in dein Holz gelegt. Sei Perle, Schwarzschädel, Grüne Spinne und meinem treuen Freund Schnapper so zugetan, wie ich es ihnen bin.«

»Was hast du gesagt?« fragte Perle, die hinter ihm ging, mit dem Atlatl von Wolf der Toten in der einen und Wurfspeeren in der anderen Hand.

»Ich habe Wellentänzer gesagt, er soll hierbleiben und nicht die Gegend erkunden«, log er und ging zurück, um seine Waffen zu holen. Da er nicht wußte, was sie erwartete, nahm er sein Bündel und eine schwere Seilrolle mit – das Seil, das Viertöter ihm an dem so fernen Tag im Dorf des Weißmuschelclans geschenkt hatte. Auch seine Flöte nahm er mit, in der Hoffnung, das Leben nach dem Tod mit Musik erfüllen zu können. Schließlich winkte er Schnapper. »Komm, alter Freund. Brauchst nicht aufzupassen, niemand wird sich um die Bündel hier kümmern.«

Der anhängliche Schnapper sollte dieses letzte Abenteuer miterleben, wie er so viele andere die ganzen Jahre mitgemacht hatte. Schnapper mußte bei Otters Tod dabeisein, sonst würde er ewig auf seine Rückkehr warten.

Schwarzschädel und Grüne Spinne waren schon an dem schwarzen Fels entlanggeklettert und in dem dichten Gestrüpp am Ufer verschwunden.

Otter hielt Perles Hand. Sie bahnten sich mühsam einen Weg durch Sumach und Himbeeren, und beide schrien leise auf, wenn die Dornen sie verletzten.

Ein Pfad lief parallel zum Ufer, und Otter beobachtete Grüne Spinne, der umherlief, die Nase schnüffelnd vorgereckt.

Schwarzschädel schien bestürzt. »Es ist meine Schuld. Ich habe den Fehler gemacht, ihn zu fragen, ob er den Weg zur Maske ausschnüffeln könnte.«

»Ich denke, wir sollten weiter flußabwärts schnüffeln«, sagte Otter. »Was immer geschehen soll, wird am Wasserfall geschehen. Ist das nicht die Vision, Grüne Spinne? Eine Frau im Wasser, ein kleines Mädchen und die Maske an der Kante des Wasserfalls?«

Grüne Spinne nickte und blickte zu Otter auf, Liebe in den Augen.

Dieser Blick berührte Otters Seele. Er deutete flußabwärts und sagte: »Dann sollten wir uns beeilen.«

Sie gingen durch den schattigen Wald. Keiner sprach ein Wort, das Geräusch ihrer Schritte schluckte der sumpfige Boden. Die Gerüche des Waldes, das Rauschen des dahineilenden Flusses, die leuchtenden Farben der Schmetterlinge und Blumen, die grünlich getönten Sonnenstrahlen – alles nahmen sie tief in ihr Inneres auf.

Wenn sie sich anschauten, umspielte ein herzliches Lächeln ihre Lippen. *Hier sind die besten Freunde.* Ein gemeinsamer Blick, eine vertraute Geste, ein Glitzern der Augen vermittelten diese Botschaft.

Das Tosen wurde stärker. Zwischen den Bäumen blickte Otter hinaus auf klares Wasser, das wie ein glatter Hügel über einen Felsen strömte. »Seht!« Er zeigte dorthin. »Seht ihr, wie schnell die Strömung ist? Gegen sie kann man mit keinem Kanu anpaddeln.«

»Was würdest du tun?« fragte Schwarzschädel. »Einfach über die Kante gehen?«

»Nein, geradeaus stromabwärts fahren und die Spitze auf das nächste Ufer richten. Daran müßt ihr bei der Rückfahrt denken: immer die Richtung halten! Das Kanu muß schneller sein als das Wasser, sonst dreht ihr euch um euch selbst, und das Boot läuft voll.« Er unterstrich, was er sagte, mit den Händen. »Wenn ihr könnt, lenkt das Boot ans Ufer. Wenn das nicht gelingt, müßt ihr in Ufernähe herausspringen. Dann verliert ihr zwar das Kanu, aber ihr könnt an Land klettern und habt euer Leben gerettet.«

Sie gingen weiter, und das Getose verstärkte sich. So hatte es sich Otter nicht vorgestellt: ein gewaltiger tobender Fluß, kaskadenartige Stromschnellen und ein so wildes Land! Als er über das stürzende weiße Wasser hinausblickte, fragte er sich, wie der Geist der Macht hoffen konnte, aus diesem aufgewühlten Chaos irgend etwas zu retten.

Als Sternmuschel und Silberwasser die Südspitze der Insel hinter sich gelassen hatten, stellten sie fest, daß der Fluß nach Westen abbog. Die Abendsonne stand schon tief und warf orangerotes und violettes Licht an den Himmel.

Jeder Muskel in Sternmuschels Körper schmerzte. Noch nie in ihrem Leben hatte sie sich so angestrengt.

Verzweiflung.

Langer Mann... Mein Vater. Blutschande? Nein, nicht ich. Niemals! Sie kämpfte mit dem Paddel, versuchte, noch schneller zu werden, sie strebte der endgültigen Abrechnung entgegen.

Rette die Maske! Der letzte Befehl von Bleiche Schlange brannte in ihr. Wem sollte sie vertrauen? Hatte Langer Mann wirklich gelogen? Hatte er seine eigenen Schandtaten verheimlicht, als sie sich gemeinsam durchs Land geschleppt hatten? Oder sprach aus Bleiche Schlange nur der Haß auf seinen Vater?

»Bist du böse?« fragte sie die Maske auf ihrem Rücken. »Ich muß es wissen!«

»Nein, Mama.« Silberwassers angsterfüllte Stimme tat Sternmuschel weh. »Sie ist nicht böse.«

»Ich möchte, daß die Maske mir antwortet!«

»Sie wird nicht antworten, Mama. Sie ... sie sagt, mit dir zu reden, würde nichts nützen.«

»Kaulquappe? Erinnerst du dich an die letzte Nacht im Haus von Grüßt die Sonne?«

»Ja, daran erinnere ich mich.«

»Hat Langer Mann dich gebeten, mit der Maske zu sprechen?«

Silberwasser zögerte. »Ja.«

»Ganz sicher?«

»Mama, er hat das Bündel aufgemacht, sogar das Wolfsfell zurückgeschlagen. Er hat gesagt, es wäre in Ordnung, nur dieses eine Mal.«

Eine Faust schloß sich um Sternmuschels verwundete Seele. »Ich glaube dir, mein Schatz.« Aber bedeutete das, daß Langer Mann bösartig war? Oder versuchte er nur, sie vor der Blutschande zu bewahren? Und wenn sie ein Kind empfangen hätte? Der entsetzliche Gedanke ließ sie schaudern. Ihr Mund war trocken, sie wünschte, sie könnte innehalten, um zu trinken, aber sie durfte ihren Vorsprung vor Wanderdrossel nicht aufs Spiel setzen.

Langer Mann hatte recht daran getan, sie und Grüßt die Sonne auseinanderzubringen. *Heilige Ahnen! Sie hatte mit Ihrem Bruder geschlafen!*

»Silberwasser?«

»Ja, Mama.«

»Was immer kommen mag, du sollst wissen, daß es mir leid tut. Ich wünschte ... ich wünschte, du wärest von all diesen Schwierigkeiten verschont geblieben. Ich wünschte, ich wäre nicht so streng zu dir gewesen. Ich wollte dich nur schützen.«

»Ich weiß, Mama. Ich habe dich lieb.«

»Ich liebe dich auch, Kaulquappe. Jetzt möchte ich, daß du aufpaßt. Sag mir, wenn du Kanus hinter uns siehst.«

»Ich passe auf.«

Sternmuschel blickte auf die bewaldeten Ufer und wünschte sich, sie könnte an Land gehen, sich hinsetzen und weinen. Über ihr kreisten Krähen, die ihr schadenfroh zuzukrächzen schienen.

»Mama!« rief Silberwasser erschrocken. »Dort hinten sehe ich ein Kanu.«

Sternmuschel warf einen raschen Blick über die Schulter und war etwas erleichtert, als sie sah, daß es nur ein Kanu war. Ein Mann saß darin. Die Erleichterung war verfrüht – sie erkannte ihn trotz der Entfernung: Es war Wanderdrossel!

Sie schaute zu den über ihr kreisenden Krähen. »Helft mir! Bitte!«

Mit letzter Kraft paddelte sie weiter. Da sah sie ein Kanu am Südufer liegen. Gedankenfetzen blitzten in ihrem Kopf auf... *ein schönes Boot... merkwürdig auf die Seite gekippt.*

Sie keuchte vor Erschöpfung, und als sie zurückschaute, war das Kanu von Wanderdrossel schon so nahe, daß sie ihn rufen hörte.

Die Angst trieb sie weiter, vorbei an den Felsen, und sie nahm zuerst nicht wahr, wie das Wasser brausend und gurgelnd über ihr war. Da erst sah sie das weiße Wasser. Ihr Kanu ruckte und hüpfte durch die Stromschnellen, schoß voran, und Entsetzen erfüllte Sternmuschel.

»Mama!« schrie Silberwasser.

»Halte dich am Boot fest, Kleine!«

Sternmuschel sah Menschen am Ufer, die aus dem Wald gestürzt kamen und wild gestikulierten.

Sternmuschel versuchte, auf das Ufer zuzupaddeln. Ihr Kanu stieg und fiel, rüttelte sie durch, während es mit den Wellen kämpfte und immer wieder an die Felsen schlug.

Das Ufer... du mußt das Ufer erreichen!

Als sie auf den Felsblock stießen, war ihr, als würde ihr das Paddel von einer gewaltigen Faust weggerissen.

Dann stürzte das Kanu in ein schäumendes Loch, und Sternmuschel schrie.

Sie sah, wie das Kanu gegen einen gewaltigen Felsen krachte. Der Aufprall schleuderte sie in das wirbelnde Brausen und die schmerzende Kälte hinaus.

»Silberwasser!« schrie sie gellend, als sie wieder auftauchte. »Silberwasser! Wo bist du?«

Die sprudelnde Kälte saugte Sternmuschel ein. Sie ging unter, versuchte, ihre Tochter zu entdecken. Als sie den Mund öffnete, um nach Luft zu schnappen, schluckte sie Wasser und mußte husten.

Da!

Vor ihr schlug Silberwasser mit den Armen um sich. Neben ihr schwamm das Maskenbündel auf dem Wasser.

Sternmuschel kämpfte gegen die heftige Strömung, um Silberwasser zu erreichen. Sie bekam das Kleid ihrer Tochter zu fassen ... aber die brodelnde Strömung riß ihr das Kind wieder aus den Händen.

Verzweifelt klammerte sich Sternmuschel an einen der Felsen. Sie fand einen Spalt und zog sich hoch – dabei suchte sie nach ihrer Tochter.

Dann verlor sie den Halt, die Kraft des aufgewühlten Flusses riß sie weg.

49. KAPITEL

Die drei Kanus mit den Kriegern des Blauentenclans ruderten entschlossen flußaufwärts. Bleiche Schlange schwamm vorsichtig an der Biegung der Insel entlang zurück und watete auf den Strand.

Ein Fisch, dachte er. Sein Bemühen, Sternmuschel Zeit zu verschaffen, war ihm besser geglückt, als er gehofft hatte. Wer hätte auch gedacht, daß Wanderdrossels Krieger davonlaufen würden?

Er stieg zu dem Gebüsch, in dem er seine Bündel versteckt hatte, und setzte sich hin. Niedergeschlagen starrte er auf die Biegung, um die die Krieger des Blauentenclans verschwunden waren.

»Ich habe dich geliebt, Sternmuschel. Nicht als Schwester, sondern wie ein Mann eine Frau liebt.« Er ließ das Wasser aus seinen Haaren laufen und wischte sich über das nasse Gesicht. Der letzte Versuch von Langer Mann, ihn zu verletzen, war mißgeglückt.

»Ich habe keine Blutschande begangen, alter Mann. Das kannst du mir nicht vorhalten, wenn ich deinen Geist in der Geisterwelt verfolge.«

Er blinzelte und sah die vier Kanus, die wieder um die Biegung aufgetaucht waren. Flach auf dem Bauch liegend, kroch er vorsichtig ins Gebüsch zurück und verbarg sich hinter Schößlingen.

Als die Boote näher kamen, konnte er erkennen, daß es keine Krieger vom Blauentenclan waren; Kleidung und Haartracht waren anders. Aber Krieger waren es auch, fremdartig gekleidet in lange gelbe Hemden und hohe Mokassins. Als sie die Gabelung des Flusses erreichten, wurde ihr Kanu langsamer, und er hörte sie in einer ihm unbekannten Sprache sprechen.

Ein Krieger zeigte nach Westen, und während sie die Paddel im Takt eintauchten, glitten die schlanken Kriegskanus außer Sicht.

Er rieb sich die Augen. Sollte er sie verfolgen?

Aber wie? Zu Fuß? Die Schlacht wäre längst vorbei, bis er dort sein könnte.

Aber er mußte es versuchen.

Viel Glück, Sternmuschel! Gesegnete Geister, ich bete darum, daß du lebst!

Aber die Maske ... Wenn sie über den Wasserfall stürzte, würde er es spüren – in seiner Seele.

Ich habe dir die Wahrheit gesagt, Sternmuschel. Er fand einen schmalen Pfad in den Wald und begann zu rennen ... *Die Wahrheit. Wenn sie uns auch noch so weh tut.*

»Ist es hier?« Grizzlyzahn suchte den Waldrand ab. »Das Land dort rechts könnte eine Insel sein.«

»Vielleicht.« Wolf der Toten blickte sich unruhig um. »Ich bin überglücklich, von dem verfluchten Meer fort zu sein. Wasser sollte immer Ufer haben!«

»Sag das den Kriegern, die ertrunken sind«, antwortete Grizzlyzahn. »Wenigstens waren wir dieses Mal so vernünftig, uns an die Uferlinie zu halten.«

»Wir sind fast am Ziel«, meinte Wolf der Toten beschwichtigend. Warum sollte er sich auch wundern, daß seine Leute leicht aufbrausten? Seit fast drei Monden waren sie nun unterwegs, und wozu? Neun von zehn seiner Krieger waren tot oder vermißt. Sie waren marschiert, hatten gegen Stechmücken und Zecken gekämpft, in der Sonne geschwitzt, im Regen gefröstelt, und ihre Seelen waren erbebt, wenn sie eine unendlich scheinende Wasserfläche in schmalen Kriegskanus überqueren mußten.

»Werden sie hier sein?« fragte Grizzlyzahn. »Was ist, wenn sie hier waren und wieder gegangen sind?«

Die gleiche Furcht hatte Wolf der Toten auch. »Ich habe Vertrauen.«

Aber das Vertrauen zerbröckelte wie in der Sonne getrockneter Sand. »Wenn sie nicht da sind, machen wir ein paar Tage Rast, fischen und erholen uns. Wenn sie innerhalb von zehn Tagen nicht ankommen, paddeln wir flußaufwärts zurück und überfallen die Siedlungen, an denen wir vorbeigekommen sind. Beschaffen uns Vorräte und vielleicht einige Frauen, die uns auf der Fahrt vergnügen.«

»Und was hast du im Sinn?« Grizzlyzahn untersuchte noch immer die Ufer, als die Flüsse sich wieder trafen und gemeinsam nach Westen führten. Es war die Richtung nach Hause.

Wolf der Toten legte sein Paddel auf die Knie. »Überleg mal. Mehrere Schleppstrecken liegen südlich von diesem See. Folge den Flüssen, schleppe die Kanus von Oberlauf zu Oberlauf, und du landest bei den Schlangenclans. Sie sind sehr reich – warten geradezu darauf, daß man sie ausplündert.«

»Und ich erinnere dich daran, daß sie beim letzten Versuch deinen Vater und seine Krieger nach Hause schickten – verprügelt!«

»Aber da wußten sie, daß wir kommen«, wandte Wolf der Toten ein. »Jeder Händler auf dem Fluß wußte von den Plänen meines Vaters. Nein, mein Freund. Diesmal kommen wir ohne Warnung. Und sind schnell wieder fort, in fliegender Fahrt den Strom hinab zum Schlangenfluß. Dort machen wir auch Beute und kehren mit einem ungeahnten Reichtum in die Heimat zurück. Der Ruf der Khota wird wiederhergestellt sein, mein Freund. Noch Generationen später werden die Händler von unseren Überfällen reden.«

Grizzlyzahn reckte das Kinn und rieb sich nachdenklich den Hals. »Solange wir nicht zu gierig sind und die Kanus überladen, könnte es klappen.«

»Das wird es!«

»Bilde ich es mir ein, oder fließt der Fluß hier schneller?« Grizzlyzahn schaute beunruhigt über Bord.

Wolf der Toten schaute in das aufgewühlte Flußwasser. »Er fließt schneller. Sieh doch die Strömung, als wäre sogar der Fluß aufgeregt.«

Grizzlyzahn paddelte wachsam, beobachtete die Oberfläche, suchte die bessere Fahrrinne. »Ich meine, wir sollten ...« Er gaffte, den Mund offen.

»Was? Was siehst du?« Wolf der Toten stand auf und suchte wachsam das Wasser ab.

»Beidrehen!« schrie Grizzlyzahn. »Dort, das Kanu. Siehst du es?«

»Ja, aber ich ...«

»Es hat einen Kiel ... einen *Kiel*!«

Wolf der Toten starrte auf das Kanu, das am Strand lag. Sein langer Kiel lief über die gesamte Länge des Rumpfs.

»Legen wir hier an! Krieger, seht euch vor! Seid bereit!« Und Wolf der Toten unterdrückte einen Freudenschrei. Jetzt hatte er Perle! Sie und den Wasserfuchs! Und wenn er mit ihnen fertig wäre, würde er auch noch über die Schlangenclans herfallen und ihnen einen Schlag versetzen, den sie nie mehr vergessen würden!

Schwarzschädel rannte zum Ufer, brach durch das Gebüsch, sprang über Baumfallen. Er hatte gesehen, wie das Kanu über einen Felsen schoß, sich in dem Strudel drehte, und wie die Frau und das kleine Mädchen in das tosende Wasser stürzten.

Er sprang auf den steinigen Strandstreifen und warf sich ins Wasser. Er hörte nur das Brüllen, als er in die Strömung schwamm. Da sah er das kleine Mädchen, das im Wasser strampelte und ein Bündel festhielt – und gleich wieder verschwunden war.

Schwarzschädel kämpfte sich in ihre Richtung. Da war sie, klammerte sich verzweifelt an das Bündel. Er schwamm auf sie zu.

Wie dein Kanu, Händler. Du muß die Richtung halten. Und es gelang ihm, auf Armlänge an die Kleine heranzukommen.

»Halte dich an meinem Hals fest!« rief er in der Händlersprache, als er sie zu sich zog. »Gut gemacht. Kriech auf meinen Rücken!«

»Wo ist meine Mama?« schrie das Mädchen. »Wo ist sie? Hast du sie gesehen?«

»Nein. Jetzt halte dich fest!«

Er versuchte, sich zum Ufer durchzukämpfen. Als er über eine Felsbank gespült wurde, entdeckte er eine Ansammlung von Treibholz, das fest zusammenzuhängen schien, und setzte das Mädchen mit dem Bündel darauf ab.

Dann zog er sich selbst hoch, um besser auf das Wasser schauen zu können. Das Kanu schwamm mit dem Boden nach oben vorbei und verschwand in der aufspritzenden Gischt und dem tosenden Wasser. Dann sah er etwas weiter flußaufwärts die Frau, die sich an einem Felsen festklammerte. Schwarzschädel hob ihre Tochter hoch. Das schien der Frau ein wenig von ihrer Angst zu nehmen.

Der Platz auf dem Treibholz war nicht sicher. Aber das Ufer lag weit weg, und als Schwarzschädel hinter sich blickte, schien alles in einem Nichts zu verschwinden. Von sehr weit unten sah er wirbelnde Nebel aufsteigen – er befand sich am Rand eines gewaltigen Wasserfalls.

Er mochte nicht glauben, was er sah. Die Frau, hatte ihren Halt verloren, rutschte in die Strömung und schoß um sich schlagend auf ihn zu.

»Bleib hier!« rief Schwarzschädel dem Mädchen zu. Mit einer Hand hielt sie das Bündel fest, mit der anderen klammerte sie sich am Treibholz fest.

Mitten in diesem Wahnsinn tauchte für einen kurzen Augenblick ein groteskes Bild vor Schwarzschädel auf. Ein zweites Kanu mit Mustern der Iliniclans bemalt, schoß den Fluß herab auf den Wasserfall zu. Sonnenlicht blitzte auf einem Brustharnisch aus Knochen auf. Der einzige Insasse paddelte in der Luft, den Mund zum Schrei aufgerissen, und stürzte hinab in das Inferno.

Schwarzschädel wandte sich wieder um. Die Frau trieb auf ihn zu. Die nassen Haare bedeckten ihr Gesicht, in ihren dunklen Augen stand das Entsetzen. »Hilf mir!« schrie sie. »Hilf mir!«

»Mama! Mama!« schrie das kleine Mädchen.

Schwarzschädel zog ein längeres Stück Holz aus ihrer Rettungsinsel heraus. Er mußte sich furchtbar anstrengen, das Holz festzuhalten, damit sie danach greifen konnte.

»Versuche, das Holz zu packen!« schrie er.

Und sie bekam das schlüpfrige Holz zu fassen. Es gelang ihm, sie daran an die der Strömung abgewandte Seite des Felsens zu ziehen. Dort zog er sie so nahe an sich heran, daß er sie schließlich auf das Treibholz heben konnte.

Sofort drückte die Frau ihre Tochter an die Brust und sah nicht, wie ein Teil ihrer Plattform abbrach, auf den Wasserfall zuschoß und hinabstürzte.

Er wischte sich die Gischt aus dem Gesicht, und überlegte, wann die Plattform aus Treibholz sich ganz aufgelöst haben würde. Das Gewicht von drei Personen könnte sie sicher nicht lange aushalten.

Schwarzschädel rief in der Händlersprache: »Rührt euch nicht!«

Sternmuschel begriff sofort, was er meinte. Auch das kleine Mädchen starrte mit entsetzten Augen nach unten.

Schwarzschädel überlegte, was er tun könnte. Da tauchte Otter zwischen den Bäumen auf.

»Sachte, Otter. Bleib du am Ufer. Fällt dir etwas ein, wie du mir hier heraushelfen kannst?«

Wieder löste sich ein Stück Holz, und Schwarzschädel sah verzweifelt, wie es einige Male herumwirbelte und dann über die Kante des Wasserfalls taumelte.

»Händler, wenn dir nichts einfällt, mußt du es selbst mit den Khota aufnehmen. Du und Perle und der Narr.« Er schaute zum

Wasserfall, der etwa vier Körperlängen hinter ihm hinunterstürzte. Eines war gewiß, es würde schnell gehen, es war kein langsamer Tod, bestimmt nicht schmerzhaft. Im langen Sturz würden sie ohnmächtig werden – und dann würde es vorbei – sein.

Er schrie in Sternmuschels Ohr: »Wenn noch mehr abbricht, springe ich! Ich bin der schwerste.« Er deutete auf Otter am Ufer. Perle war inzwischen bei ihm. »Meine Freunde finden eine Möglichkeit, euch zu retten!«

Sie hob den Kopf. »Warum? Warum wollt ihr uns retten?«

»Das ist ein Teil der Vision meines Freundes Grüne Spinne.«

Schwarzschädel sah, daß Otter ein Seil abrollte und an dessen Ende einen kleinen Felsbrocken festmachte.

»Der verrückte Narr, er kann mein Gewicht nicht halten!«

Otter schleuderte das Seil über seinen Kopf wie eine Bola, und es flog über den Fluß. Der Aufprall auf dem Wasser schlug das Felsstück aus dem Knoten. Das Seil kam nahe genug an Schwarzschädel heran, so daß er das Ende fassen konnte.

»Gut, Otter. Ich hab das Seil. Was nun?« Er zog es straff, kämpfte gegen den Zug, als die Strömung, die das gespannte Seil erfaßt hatte, daran riß und zerrte. Schwarzschädel sah, wie Otter das Seil an einen dünnen Ahorn band – nicht der beste Halt, aber vielleicht reichte es.

Ein weiteres Stück ihrer Rettungsinsel riß sich los. Er gab Sternmuschel Zeichen. Sie kroch vorsichtig vorwärts, das Kind mit einem Arm umklammernd.

Schwarzschädel schrie: »Ich binde jetzt das Seil um deine Schultern.«

»Was ist mit dir?«

»Das nächste Mal! Ich glaube nicht, daß es uns drei trägt!«

Er zog das durchhängende Seil zu sich und spannte es mit Otters Hilfe an. Sternmuschel half ihm, als er es in einer Doppelschleife um ihre beiden Beine band. »Es wird weh tun, wenn es dir das Blut in den Beinen abschnürt, aber wenn du dich am Seil festhältst, holen meine Freunde dich schnell ans Ufer.«

Sie nickte unsicher.

»Du mußt dich festhalten! Unter allen Umständen. Auch wenn du unter Wasser gerätst.«

»Ja!« schrie sie.

Schwarzschädel nickte ihr aufmunternd zu, gab Otter ein Zeichen, und der begann, an dem Seil zu ziehen.

Schwarzschädel atmete durch. »Fertig?«

Sternmuschel nickte, obwohl sie Todesängste litt. Sie schlang das Seil mehrmals um ihren Arm, und Silberwasser krabbelte auf ihren Rücken.

»Tief Luft holen!« befahl Schwarzschädel, »ihr beide. Und strample, schwimme mit den Armen, wenn du kannst. Kämpfe! Du mußt mit Leib und Seele kämpfen!«

»Also, wir sind bereit!« Sternmuschel nickte ängstlich. Schwarzschädel flüsterte ein Gebet an die Ahnen und ließ sie ins Wasser gleiten.

Sternmuschel wurde weggerissen, herumgewirbelt und sofort unter Wasser gezogen.

»Festhalten, Mädchen! Laß deine Mutter nicht los!« Schwarzschädels sah Sternmuschel und Silberwasser wieder aufauchten, dann versanken sie erneut. Ob die Kleine die Kraft hatte, sich festzuhalten? Oder würde sie in Panik geraten?

Otter und Perle zogen das Seil zum Ufer. Der Ahornbaum bog sich unter der Belastung. Perle stand bis zu den Knien im Fluß, erwischte das Seil und zog die beiden ans rettende Ufer.

Schwarzschädel hatte alles beobachtet. Als die beiden sicher an Land waren, atmete er tief durch und merkte erst jetzt, daß er die ganze Zeit den Atem angehalten hatte.

Perle band das Seil los.

Das Holz verschob sich unter Schwarzschädels Füßen, und er ruderte mit den Armen, um das Gleichgewicht zu halten. Da brach die Hälfte des Untergrunds weg und schoß auf den tosenden Wasserfall zu.

Schwarzschädel ließ sich ins Wasser gleiten, während sich sein Zufluchtsort weiter auflöste. Als eine größeres Stück wegbrach, sah er das Seil auf sich zutreiben.

Er packte es mit einer Hand und wickelte es um sein Handgelenk. Dann drückte ihn die Strömung tief unter Wasser. Er hörte das Brüllen des Flusses jetzt nur noch als leises Grollen.

Als er aus dem aufgewühlten Wasser wieder auftauchte, konnte er das schreckliche, ohrenbetäubende Brüllen wieder hören … und da hatte ihn das wilde Wasser auch schon über die Kante gespült.

Perle schrie, als sie Schwarzschädel den Wasserfall hinunterstürzen sah. Einen Augenblick später tauchte das Seil aus dem Wasser auf und zog sich mit solcher Gewalt stramm, daß das Wasser von den nassen Fasern aufsprühte.

»Otter!« schrie sie und rannte zum Rand des Wasserfalls. »Otter, er hält sich noch fest! Er muß ganz nah sein. Das Seil reicht gerade bis …«

Sie fiel am Rand des Wassers auf die Knie, und dort, knapp außerhalb ihrer Reichweite, konnte sie das Seil sehen, an dem Schwarzschädel über dem Abgrund baumelte. Er hing im tosenden Wasser, das über seinem Körper aufschäumte, und drehte sich in verzweifelten Versuchen, sich gegen die Wassermassen zu behaupten.

Perle ging ins seichte Wasser.

»Perle! Warte!« Otter rannte hinterher. »Pack das Seil!«

Beiden tauchten danach und hielten es fest, boten ihre ganze Kraft auf, um es aus der wilden Gewalt der Strömung auf die Seite zu ziehen.

»Halte dich fest! Verflucht, halte dich fest!« schrie Otter, während seine Muskeln schwollen, als sie rückwärts gehend wieder in Ufernähe gelangten.

Perle schaute an dem gespannten Seil entlang. Wenn der Knoten nachgab, der schwache Ahorn brach oder das Seil riß, würden sie alle in den brodelnden Abgrund gerissen.

Seite an Seite arbeiteten sie sich zum felsigen Rand vor, wo Otter sich über die Kante hinauslehnte. Perle drehte sich zu der Frau und dem Kind am Ufer um, die von dort, triefend vor Nässe, entsetzt zusahen. Sie schrie: »Pack das Seil! Hilf uns ziehen!«

Wahrscheinlich konnte sie nichts hören. Perle winkte zum Ahornbaum, wo das Seil angebunden war, und die Frau schien aus ihrer furchtbaren Teilnahmslosigkeit aufzuwachen. Sie rannte zum Seil, packte es und und setzte ihre ganze Kraft ein, es in Richtung Ufer zu ziehen.

»Wir schaffen es!« rief Otter. *Wir schaffen es!*

Im flachen Wasser warf sich Otter hin, um über den Rand des Wasserfalls spähen zu können. »Zieh! Er ist noch nicht aufgetaucht! Los, beeil dich! Ich weiß nicht, ob er dort unten atmen kann.«

Perle blickte über die Kante und sah Schwarzschädel dort schlaff hängen.

»Schnell!«

Die drei stemmten sich gegen den Felsen, während sie Schwarzschädel ächzend und stöhnend Stück für Stück hochzogen. Otter stieß einen Freudenschrei aus, als er Schwarzschädels vom Seil zerschnittene Hand zu fassen bekam, ihn mit Gewalt zu sich zerrte und aufs Ufer zog.

»Lebt er noch?« rief Perle, warf das Seil hin und beugte sich über ihn.

»Schnell weg mit dem Seil!« Otter wollte das dicke Seil lösen, aber er konnte es nicht, denn es hatte sich tief ins Fleisch von Schwarzschädel eingeschnitten. Sein schiefes Gesicht zuckte vor Schmerzen, und aus Mund und Nase lief Wasser.

Otter entdeckte eine fast durchgescheuerte Stelle am Seil und sagte erschrocken: »Da muß es an den Felsen hängengeblieben sein. Um ein Haar hätten wir dich verloren, Schwarzschädel.«

Wie als Antwort hustete der Krieger Wasser heraus. Der zweite quälende Hustenanfall rief Schnapper herbei, der ihm das Gesicht leckte. Schwarzschädel schlug die Augen auf und brachte eine Grimasse zustande.

Perle löste das letzte Stück Seil, und als sie sich bückte, merkte sie, daß sich die Frau Schwarzschädels Verletzung am anderen Arm anschaute. Die Haut war weggescheuert, das Gewebe darunter schlimm gequetscht, Blut tropfte aus den Wunden und färbte das Wasser.

»Kannst du stehen?« fragte Otter.

Schwarzschädel wälzte sich herum und erbrach sich. Wieder hustete er und zitterte. »Mir ist sterbenselend, Händler. Aber, ja, ich glaube, es geht.«

»Hilf mir«, sagte Otter. Perle legte sich einen Arm von Schwarzschädel über die Schultern und half ihm auf die Beine. Die Frau hatte die Hand ihrer Tochter und das Bündel genommen und folgte ihnen die Böschung hinauf. Ein schmaler Pfad schlängelte sich zwischen den Bäumen entlang; der Boden war feucht und mit Moos bedeckt.

Sie legten Schwarzschädel auf die Blätter, wo er noch immer Wasser aus der Lunge hustete. Hier, etwas weiter weg vom Wasserfall, konnten sie sich wenigstens verstehen, ohne schreien zu müssen.

»Schwarzschädel?« fragte Perle, indem sie seine Hand nahm und beim Anblick der wunden, blutenden Stellen zusammenzuckte. »Wie geht es dir?«

Er hustete, dann kniff er die Augen zu. »Meine Arme! Ich glaube, sie sind ausgekugelt. Und die Schmerzen! Ah! So schlimm war ich seit … nein, überhaupt noch nie verletzt.«

Die Frau beugte sich vor, um ihn genauer zu betrachten. Liebevoll legte sie eine Hand an Schwarzschädels zerschmetterte Wange und sagte in der Händlersprache: »Ich habe dich in meinem Traum gesehen.«

Schwarzschädel hustete heftig und rang nach Luft. Dann blickte er zu ihr. »Und ich dich in meinem. Sei gegrüßt, Sternmuschel. Ich bin Schwarzschädel. Deine Tochter … wie geht es ihr?«

»Gut. Silberwasser, komm und begrüße Schwarzschädel.«

Als das Mädchen argwöhnisch vortrat, fragte Otter: »Ist die Maske hier?« Er schaute sich um und suchte im Gras und zwischen den Bäumen. »Ich bin Otter vom Weißmuschelclan, und das ist Perle, eine Frau von den Anhinga.«

Sternmuschel nickte ihnen zu, dann zeigte sie auf das Bündel, das die Kleine trug. »Die Maske – woher wißt ihr von ihr?«

Otter zuckte die Achseln. »Bunte Krähe schickte uns aus, um sie zu retten. Du kommst von den Schlangenclans, ja?«

Sie nickte, viel zu traurig, schien es Perle. »Aus Sternhimmelstadt und von Sonnenhügel.«

»Was ist aus Glimmervogel geworden?« fragte Otter. »Viele Jahre lang habe ich Geschichten über deinen Mann und die Maske gehört.«

»Er ist tot. Er hat sich erhängt. Es wäre mir lieb, wenn du seinen Namen nicht mehr erwähnen würdest.«

»Dafür werden wir später Zeit haben, Otter«, sagte Perle. Sie hob eine Hand, um ihre Augen gegen die grelle Sonne abzuschirmen. »Wo ist eigentlich Grüne Spinne?«

»Ich weiß nicht. Seit wir Sternmuschels Kanu auf dem Wasser entdeckten, habe ich ihn nicht mehr gesehen.«

Schwarzschädel stöhnte vor Schmerzen. »Das war ein gutes Seil, Händler.«

»Es wurde eigens beim Weißmuschelclan hergestellt. Viertöter macht die besten. Es war ein Geschenk von ihm, und ich bin ihm ewig dankbar dafür.« Otter drehte sich um, den Blick nachdenklich auf das Bündel geheftet. »Es enthält wirklich die Maske von Bunte Krähe?«

Sternmuschel sah ihn an. »Ja. Und wenn du halb soviel Verstand hast wie ein Felsen, läßt du sie drin. Sie taugt nicht für Männer. Nicht mehr. Lang… mein Vater hatte eine Vision, daß sie in den Wasserfall geworfen werden sollte. Tot. Damit sie nie mehr jemanden verletzen kann.«

Otter musterte sie und nickte. »Ich zweifle nicht an deinen Worten.« Und er fuhr fort: »Ich denke, Schwarzschädel ist unser Held. Er hat dich und deine Tochter gerettet. Es war alles in der Vision von Grüne Spinne.«

Perle untersuchte Schwarzschädels abgeschürfte Arme. »Irgendwo hinter uns sind Khota.« *Und ich muß wissen, wann ich aufbrechen muß. Grüne Spinne, wo bist du?*

»Khota«, sagte Otter bitter, während er sich bückte. »Schwarzschädel, wir müssen zurück zum Wellentänzer. Schaffst du das?«

Schwarzschädel hob den Kopf, und sein Gesicht verzerrte sich, als fürchtete er, nicht mehr kämpfen zu können. »Und wenn es mich umbringt. Aber, Otter… Otter, such meine Keule. Ich brauche meine Keule.«

Perle legte seinen Arm über ihre Schulter, und sie hörte Schwarzschädel aufstöhnen, als sie sich auf den Weg zum Kanu machten.

Sie hatten noch keine drei Schritte getan, als Schnapper knurrte und seine Rückenhaare sich sträubten. Wie stumme Schatten sprangen Krieger aus dem Wald hervor und umstellten sie. Perle stolperte, blickte entsetzt und befreite sich von Schwarzschädels Arm. Sie hörte, wie Otter murmelte: »Gesegnete Geister, was machen wir jetzt?«

Schwarzschädel kniff die Augen zusammen und stellte sich breitbeinig hin. »Wir kämpfen«, flüsterte er.

»Sei gegrüßt, Perle.« Die Kriegskeule in der Hand wiegend, kam Grizzlyzahn auf sie zu. »Ich nehme an, du erinnerst dich an meinen Clanführer?«

Wolf der Toten trat hinter einem Ahornstamm hervor. »Wie schön, dich wiederzusehen, Frau!« sagte er. »Und was ist das? Der Wasserfuchs?« Mit spöttischem Grinsen entblößte er seine Zahnlücke. »Was für eine Freude, euch alle zu sehen!«

Und es tauchten noch mehr Krieger zwischen den Bäumen hinter ihnen auf, umschlichen sie wie ein Rudel hungriger Wölfe.

50. KAPITEL

»Wer ist das?« fragte Sternmuschel in der Händlersprache. Sie musterte die Neuankömmlinge argwöhnisch. Da waren ja die Krieger vom Blauentenclan noch besser als diese … Unmenschen.

»Khota«, erklärte Otter. Dann sagte er zu dem Hund: »Schnapper, paß auf das Kanu auf.« Er spitzte die Ohren und schien nicht zu verstehen. »Du hast mich gehört! Ich habe gesagt, paß auf das Kanu auf!«

Schnapper winselte, sprang aber zu Wellentänzer zurück. Otter stieß einen tiefen Seufzer aus. »Sie würden ihn als ersten töten, das könnte ich nicht ertragen. Ich möchte, daß ihm nichts geschieht … auch wenn wir es nicht schaffen.«

Sternmuschel hatte noch nie von den Khota gehört. Sie mußten sehr weit weg wohnen. Was machten sie dann hier? War die ganze Welt auf den Kopf gestellt?

Silberwasser drückte das Maskenbündel an die Brust. Sternmuschel beugte sich zu ihr hinunter. »Schatz«, flüsterte sie, »bei der ersten Gelegenheit rennst du weg. Renn so schnell du kannst. Lauf in den Wald und versteck dich. Wenn das hier vorbei ist, komme ich dich suchen.« *Wenn ich kann.* »Hast du verstanden?«

Silberwasser nickte ängstlich, und ihre Augen wanderten von einem Krieger zum nächsten. Erschrocken umklammerten ihre Finger das Bündel.

Sternmuschel richtete sich auf, aber eine harte Hand stieß sie zurück. Eine Männerstimme sagte in der Händlersprache: »Keine Bewegung. Ich stehe direkt hinter dir, Frau.«

Der eine, der Wolf der Toten hieß, sagte etwas zu Perle.

»Ich beschmutze meine Zunge nicht mehr mit deiner Sprache, Blutsauger. Wenn du mit mir sprechen willst, rede in der Händlersprache.« Perle trat kühn vor und band sich ihr Atlatl vom Gürtel los. Sie umfaßte es mit beiden Händen und schwenkte es höhnisch. »Laß sie gehen, Wolf der Toten. Mich willst du doch. Hier bin ich. Versuche, ob du mich fangen kannst, du schmutziges Ekel von einem Khota!«

Die Khota lachten.

Auch Perle lachte und schrie: »Wenn du mich fangen kannst, kannst du mich haben! Du kannst mich haben! Aber niemals wirst du mich in die Unterwerfung prügeln.« Die Männer lachten noch lauter, manche warfen den Kopf in den Nacken.

Auch Perle lachte, ein leises, bedrohliches Lachen. »Willst du es versuchen? Hm? Ich sehe einen Schimmer in den Augen deiner Schwächlinge, Wolf der Toten. Sie wollen mich! Laß meine Freunde gehen! Dann können wir sehen, ob deine hasenfüßigen Krieger dem gewachsen sind. Wie steht es mit dir, Mondnarbe? Hast du noch Kraft in dir, nachdem ich dich mit diesem Bandwurm gefüttert habe?«

Mondnarbe, der keine drei Schritte von Perle entfernt stand, blinzelte. Als er langsam begriffen hatte, knurrte er: »Das warst du? Du läufige Hündin! Du ...«

Perle machte einen Satz und schlug ihm geschickt ihr Atlatl an den Schädel, bevor sie unter dem Jubel der anderen Krieger wegsprang. Mondnarbe fiel hin und hielt sich stöhnend die Schläfe.

Perle lachte höhnisch und schwang ihre Waffe vor dem nächsten Khota. »Und was ist mit dir? Wie wäre es mit noch etwas Hundstod in deinem Essen? Du wirst soviel Zeit damit verbringen, den Hintern über einen Baumstamm zu hängen und zu scheißen, daß du keine Zeit hast, mich zu foltern!«

Sternmuschel gab Silberwasser einen Schubs und flüsterte: »Los!«

»Perle!« schrie Otter. »Was tust du?«

»Sei still, Otter!« knurrte sie. »Ihr hört meine Kampfansage, ihr dreckigen Khotaschweine? Laßt meine Freunde gehen, und danach werden wir sehen, wer wen überlebt!«

Drei Khotakrieger waren dabei, am Waldrand Holz aufzuschichten, genug für ein gewaltiges Freudenfeuer.

»Perle, nein!« rief Otter. »Bitte! Laß …«

Perle lachte die Khotakrieger aus. »Ich hätte Wolf der Toten beim ersten Mal getötet, wenn seine alberne Kriegskeule nicht aus morschem Holz gewesen wäre. Aber so ist es bei allem, was die Khota betrifft, oder nicht? Alles ist mit Moder gefüllt, faulig bis ins Innerste.«

Wolf der Toten stellte sich vor Perle auf, so nahe, daß er mit dem Finger über ihr Kinn fahren konnte. »Nein, Frau«, sagte er mit öliger Stimme. »Ich denke, wir behalten euch alle. Wir nehmen eure Schädel mit in unser Clangebiet. Ich habe es dem Geist der Macht versprochen. Niemand wird es jemals wieder wagen, die Khota zu verspotten.«

»Jeder verspottet die Khota«, krächzte Schwarzschädel und straffte die starken Schultern, ohne auf das von seinen geschwollenen und zerschnittenen Armen tropfende Blut zu achten. »Ein paar Schädel an der Wand werden daran nichts ändern.« Er richtete sich groß auf, und Sternmuschel wunderte sich, wie er das in seinem Zustand noch fertigbrachte. »Khota zu töten, ist wie gefangene Hasen in einem Pferch zu erschlagen!«

»Nicht Hasen …« Otters Gesicht war zu seinem Grinsen gefroren. Er hatte sich vorsichtig von Schwarzschädel wegbewegt, etwas nach links, so daß er, Perle und Schwarzschädel jetzt ein Dreieck bildeten. »Eher wie Fische mit dem Netz fangen. Hasen haben wenigstens soviel Verstand wegzurennen, aber zünde ein Feuer an, und die Khota kommen herbeigeströmt wie Weißfische zu einer Fackel. Leichte Beute für deine Pfeile!«

Sternmuschel schaute sich um. Silberwasser war verschwunden. Und mit ihr die Maske. Sie warf einen Blick auf Perle, die wie eine wütende Bärin aussah, bereit, anzugreifen, um ihre Jungen zu schützen.

Ich bin jetzt eines ihrer Jungen. Wenn sie sich opfern kann, um mich zu retten – eine Frau, die sie nicht einmal kennt – dann ...

Sternmuschel schloß die Augen und sprach ein kurzes Gebet. Es war ein wunderbares Gefühl, am Leben zu sein, trotz allem. Ein ironisches Lächeln spielte um ihre Lippen. Sie verschränkte die Hände, ballte sie zur Faust, dann warf sie sich herum und rammte dem Mann hinter ihr einen Ellenbogen in den Bauch.

Er schnappte nach Luft und taumelte vor Schreck zurück. Alle wandten sich zu ihr, auch Perle.

»Laß die Männer gehen!« rief Sternmuschel und stellte sich zu Schwarzschädel. »Perle und ich fordern dich heraus, Wolf der Toten! Was sagst du dazu, du Wurm? Erträgst du es, von *zwei* Frauen ausgelacht zu werden? Oder ist es genug, von nur einer verspottet zu werden?«

»Was tust du da, Sternmuschel?« fragte Schwarzschädel mit bebender Stimme, als bekäme er kaum Luft. »Dies ist nicht dein Kampf!«

»Ich habe meine Gründe. Außerdem warst du bereit, dich für mich zu opfern. Laß mir die Würde ...«

»Schluß damit!« schrie Wolf der Toten. Er musterte Sternmuschel im weichen Schimmer des Sonnenuntergangs. »Du bist sehr schön. Wer bist du?«

»Ich bin Sternmuschel vom Sternhimmelclan«, erklärte sie. Ihre Knie hatten so arg zu zittern begonnen, daß sie fürchtete, sie würde es nicht zu Ende bringen können. »Ich bin die Tochter des schrecklichen Magiers der Langschädel, die Tochter von Langer Mann. Schwester von Bleiche Schlange, dem Zauberer der Schlangengesellschaft. Du fragst mich, wer ich bin, Khota? Ich bin dein *Tod*!«

Sternmuschel zwang sich, zwei Schritte vorzugehen, so daß sie in das häßliche Gesicht von Wolf der Toten blicken konnte. »Mein Mann erhängte sich im Clanhaus, und weil er ein Selbstmörder war, wurde die Leiche verbrannt. Soll ich ihn rufen?«

Die Kinnmuskeln Wolfs der Toten wurden schlaff. Angst flackerte in seinen Augen, und Sternmuschel lächelte. Er zuckte zusammen, als sie mit den Fingern über seine Wange strich.

Dann breitete sie weit die Arme aus und schrie zum Himmel: »Glimmervogel! Komm! Ich rufe dich, mein Mann. Steh auf und komm! Diese Würmer, diese elenden Khota, wollen dich sehen!«

»Hör auf!« Wolf der Toten schlug ihr ins Gesicht.

Sternmuschel taumelte und spuckte ihm ins Gesicht.

»Böses Weib!« Jetzt schlug er mit der Faust zu.

Sternmuschel landete hart auf dem Boden, schnappte nach Luft. Seine Krieger brachen in lautes Gelächter und Hohngeschrei aus und klatschten sich zustimmend auf die Schenkel.

Trotz seiner unsäglichen Schmerzen in den verletzten Armen bückte sich Schwarzschädel, um ihr aufzuhelfen. »Was tust du?« sagte er leise. »Ich habe dich nicht gerettet, damit die Khota dich töten.«

Sie flüsterte: »Silberwasser ist entkommen. Ich versuche, für meine Tochter Zeit zu gewinnen.« Aber das war es nicht allein.

Schwarzschädel zog die Brauen hoch. »Du bist so schlimm wie wir. Wenn wir nur wüßten, wohin der Narr gegangen ist.«

»Welcher Narr?«

»Ein Verdreher. Sein Name ist Grüne Spinne. Seine Vision war es, die uns hergeführt hat.«

Die Khota hatten das Feuer angezündet. Das Holz knackte und sprühte Funken, die Flammen züngelten hoch. Otter zeigte auf Wolf der Toten. »Bevor das Feuer heruntergebrannt ist, werde ich dich töten, du Ekel. Das verspreche ich.«

»Mich töten?« Wolf der Toten lachte und entblößte seine Zahnlücke.

»Das schulde ich dir«, beteuerte Otter. »Zweifach!«

Wolf der Toten schlug den Händler mit solcher Kraft, daß er ins Wanken geriet.

»Wer sind diese Khota?« fragte Sternmuschel, während sie beobachtete, wie Wolf der Toten sich von dem Händler abwandte und mit einem seiner Krieger sprach. Es war der mit dem Halsband aus Bärenzähnen.

»Aasfresser, Grabräuber, Diebe. Hinterlistig und gemein wie Wiesel«, sagte Schwarzschädel.

»Das habe ich mir gedacht«, flüsterte sie zurück. »Aber woher kommen sie? Aus der Nähe? Oder sind sie …«

Wolf der Toten drehte sich um und schrie: »Fesselt die Männer! Sie können erst einmal zuschauen. Dann bringt die Frauen. Und seid geduldig, meine Krieger. Wir werden unser Vergnügen haben, einer nach dem anderen. Jeder bekommt seinen Anteil. Zuerst unterhalten uns die Frauen, und dann, wenn wir genug haben, lassen wir sie zusehen, wie wir ihre Männer zum Schreien bringen.«

»Mut!« flüsterte Schwarzschädel, als zwei Krieger Sternmuschel an den Armen packten und sie zum Feuer stießen, vor dem schon Perle trotzig stand.

Also schön, Sternmuschel. Sie warf einen Blick auf Perle. *Kannst du so stark sein wie diese Frau?*

Bei einem gewaltigen Ahorn, dreimal zehn Schritte weit weg, stießen die Krieger Schwarzschädel und Otter roh auf die Erde, zwangen sie, sich auf den Bauch zu legen. Dann zogen sie ihre Beine hoch, die Arme nach hinten und banden ihnen Hände und Füße zusammen.

Der große Mann mit den Bärenzähnen am Halsband lächelte Sternmuschel an. »Dich nehme ich zuerst, schöne Schlangenfrau.« Sie schloß die Augen, als er mit der Hand über ihr Gesicht strich.

»Das denkst du«, sagte sie. »Warte nur ...«

»Nein, du wartest!« schrie er, packte sie an den Schultern und warf sie auf die Erde, wo er sich grinsend auf sie legte. Mit einer Hand und einem Knie preßte er ihre Arme auf den Boden. Mit seiner freien Hand betastete er grob ihre Brüste. »Ich habe noch nie eine so schöne Frau wie dich gehabt. Vielleicht behalte ich deinen Schädel für mich, wenn das alles vorbei ist. Hm?«

Aus dem Wald war plötzlich eine eigenartige hohe Stimme zu hören. Sie sang, und eine Flöte begleitete sie. In der abendlichen Luft schwoll der Gesang an und ebbte wieder ab. Grizzlyzahn hatte schon die Finger in das Leder ihres Kleids gekrallt. Er wollte gerade die Nähte aufreißen, als er gespannt innehielt.

»Was bedeutet das?« fragte Grizzlyzahn, wälzte sich von Sternmuschel und stand auf, wachsam. Die Wachen konzentrierten sich jetzt nur auf den Wald und blickten unruhig umher.

»Was ist das für ein Klang?« lispelte Wolf der Toten durch seine Zahnlücke.

»Die Macht«, rief Otter. »Sternmuschel hat sie gerufen! Deshalb kamen wir her, und nun kannst du eine Kanuladung davon haben, Toter Wolf.«

Perle setzte sich auf und lachte. »Was glaubst du, blutsaugender Khota? Daß wir allein hier sind? Hast du jemals von Bunte Krähe gehört? Wir kamen her, um seine heilige Maske zu retten! Und wir haben sie. Glaubst du, unser Geisthelfer würde uns jetzt im Stich lassen?«

Das mußte der Verdreher sein, von dem Schwarzschädel gesprochen hatte, dachte Sternmuschel. Laut rief sie: »Bunte Krähe! Höre uns! Eine Tochter der Langschädel, deiner Kinder, bittet dich zu kommen. In meinen Adern fließt das Blut derer, die deine Maske hergestellt haben. Komm! Höre mich, Bunte Krähe. Komm! Tanze für uns, Bunte Krähe! Komm und tanze!«

Die Flötenmusik im Wald brach ab. Dann hörte Sternmuschel zu ihrem Entsetzen Silberwasser singen. Sie kannte die Worte, kannte das Lied – und wußte, wo ihre kleine Tochter es gelernt hatte.

Aus den Schatten kam eine Gestalt, die sich wirbelnd und tanzend zu Silberwassers hellem Gesang bewegte.

Dreh dich, Sonnengott! komm herbei!
Trage die Pflanze auf deinem Kopf.
Trockne die Samen in dem Topf.
Felsen und Himmel ziehen vorbei.

Die Gestalt stampfte und hüpfte, bei ihren Luftsprüngen die dünnen Arme weit ausgebreitet. Sternmuschel konnte im glühenden Licht der untergehenden Sonne die Maske sehen, sah den langen, glänzenden Schnabel und die Federn, die sich um den Rand sträubten.

Und die Macht!

Sternmuschel zitterte. Es war, als hätte die Maske die Dunkelheit aus den schattigen Winkeln im Wald, unterm Gebüsch und unter den Felsen eingesammelt und zu einem Geistwesen von ungeheuren Ausmaßen geformt. Sogar die Bäume schienen Platz zu machen, als die Maske zwischen ihnen wandelte.

Silberwassers kristallklare Stimme wurde lauter und hallte zitternd von den Bäumen wider.

Federn bunt und Totenklagen,
Holz über Gräbern, in Erde gegraben.
Faulheit und Mühsal, in Körben getragen.
Sonnenmann und Frau, im Himmel getraut.

Die Gestalt von Bunte Krähe tanzte rückwärts Pirouetten, beschrieb einen Kreis und reckte sich, als wolle sie sich in den Himmel schwingen.

Die Khotakrieger standen wie in Trance versetzt, ihre Blicke auf die furchterregende Erscheinung geheftet.

Silberwassers Stimme erfüllte nun die Welt, frisch und süß, wie Schneeflocken auf der Zunge.

Aus lockerer Erde baut einen Berg.
Aus Schweiß und Schmerz entsteht das Werk.
Hoch emporragend aus der Flut.
Kein Geist ist darin, die Leber voll Blut.

Bunte Krähe tanzte herbei. Scheu stießen die Krieger einander beiseite, um ihm Platz zu machen. Und in seinem Schatten folgte Silberwasser. Sie sang und ihr Gesicht strahlte. In den Händen hielt sie eine lange Flöte.

Du, Sohn von Vater Sonne.
Ins Licht gekommen in der Nacht.
Du hast die Wahl, mein Volk.
Tanzt für den Vater, euch unbekannt.
Wir ziehn nach Süden, dort liegt das Land…
Wo noch niemand Schneeflocken fand.

Bunte Krähe bewegte sich tanzend auf Sternmuschel zu, bis die Maske dicht vor ihrem Gesicht war.

»Sei gegrüßt, Frau des Volks. Freudig grüße ich dich und das Blut, das in deinen Adern fließt. Deine Seele lebt fort, Tanzender Fuchs, und ich hätte dich in dieser Verkleidung fast nicht erkannt.«

Sternmuschel sagte: »Ich verstehe nicht, was du redest.«

»Eines Tages, wenn du aus deinem Grab aufstehst, wirst du es wieder wissen. Fürs erste brauchst du nur zu warten. Dein Weg wird klar vor dir stehen, Frau des Volks. Noch einmal wirst du einen großen Träumer nähren und aufziehen.«

Bunte Krähe kreiste und wirbelte weiter in seinem Tanz und blieb dann abrupt vor Wolf der Toten stehen. Der Kriegsherr der Khota starrte in die schreckliche Maske und taumelte dann schwer atmend einen Schritt zurück.

Bunte Krähe starrte den Krieger an. »Du bist ein Scheusal, *Wolf der Toten*! Wie kannst du es wagen, dich in der Verkleidung eines Geisthelfers des Ersten Mannes zu zeigen!« Sein dünner Arm zeigte in den Wald. »Geh! Der Wächter wartet. Wolfträumer läßt Gerechtigkeit walten, und in diesem Fall werde ich mich mit meinem Bruder nicht streiten. Geh!«

Wolf der Toten wich noch einige Schritte zurück. Er zögerte, den Kopf auf die Schulter gelehnt.

Bunte Krähe drehte sich wieder, immer schneller, die glutrote Pracht des Sonnenuntergangs flackerte durch die grün, blau und golden schimmernden Federn seiner Halskrause. »Grizzlyzahn, ich sehe die letzten Khota, hochmütig, stolz und von allen im Stich gelassen. Hört, Krieger der Khota! Ihr alle! Hört dieses Lied!«

Ein klagendes Jammern kam über Silberwassers Lippen, als sie wieder zu singen begann. Sternmuschel kannte keines der Worte, dennoch erfüllte sie ein unerklärliches Gefühl des Verlusts, und schier unerträgliche Verzweiflung übermannte sie.

»Hört ihr, Khota?« flüsterte Bunte Krähe heiser. »Hört, was aus eurem Volk geworden ist, das ihr im Stich gelassen habt, um diesem törichten Anführer zu folgen!«

Unter den Kriegern war die Wirkung des Gesangs und der Stimme von Bunte Krähe zu spüren. Vielen stand der Mund offen, manche waren wie gelähmt, andere wichen zurück wie geprügelte Hunde.

»Das Lied besingt euren Untergang! Hört ihr? In diesem Augenblick singen es alle Ilini an den Flüssen. Deine Frau weint, Grizzlyzahn, trostlos, während sie den Samen von einem Mann der Ilini empfangen muß. Sie wird das Kind ihres neuen Besitzers gebären – den Säugling, der deiner hätte sein sollen! Die Khota sind ausgelöscht. Untergegangen mit der tapferen Blüte deines Volks. .

Du, der so stolz und überheblich war, findest jetzt den Kreis geschlossen. Was einst das Land der Ilini war, ist jetzt wieder ihres. Familien, die einst Sklaven waren, machen jetzt eure Familien zu Sklaven.

Hört ihr die Wehklagen eurer Kinder? Sie werden als Ilini aufwachsen. Ihr seid Wolf der Toten gefolgt, als er sich von dem listigen Wasserfuchs ködern ließ. Das Wehklagen eurer Familien begann mit dem Unwetter, das aus der dunklen Nacht hereinbrach. Es wurde noch schlimmer, als die ertrunkenen Leichen eurer Vettern im Süßwassermeer trieben. Die Ilini haben eure Brüder und Väter getötet und eure Frauen und Kinder zu Sklaven gemacht ... weil ihr ... ihr sie im Stich gelassen habt.«

Bunte Krähe flatterte umher, deutete krächzend auf jeden. »Wer von euch bleibt, um meinen Anblick zu besudeln? Verlaßt den Platz! Verschwindet! Wollt ihr euch wohl zu euren toten Verwandten gesellen! Bunte Krähe hat gesprochen!«

Mehrere Krieger flohen angsterfüllt in den Wald.

In diesem Augenblick schien Wolf der Toten neuen Mut zu fassen. Er schrie voller Wut. Sternmuschel verstand kein Wort.

Einarm leckte seine trockenen Lippen, blickte sich in dem immer kleiner werdenden Kreis um und rief in der Händlersprache: »Ich habe es euch gesagt! Ich habe gewarnt, Bunte Krähe nicht in die Quere zu kommen! Ich gehe!« Er warf seine Kriegskeule hin, drehte sich um und schritt das Flußufer entlang davon. Zwei Männer folgten ihm, wortlos, hoch aufgerichtet und mit steifen Rücken, als erwarteten sie, von Pfeilen getroffen zu werden.

Als wollte er, daß Bunte Krähe ihn verstand, schrie Grizzlyzahn in der Händlersprache: »Ihr Feiglinge! Ihr fürchtet euch vor einem Idioten, der eine Maske trägt. Wärt ihr doch anstelle eurer tapferen Freunde ertrunken! Feige Hunde seid ihr!«

Die Krieger stahlen sich einer nach dem andern davon, bis nur noch zehn bei ihrem Anführer standen.

Wolf der Toten wandte sich an sie. Aufgeregt begann er zu reden und unterstrich seine Worte mit Gesten. Perle schien ihn zu verstehen. Sternmuschel spürte es mehr, als daß sie es sah, wie die Anhingafrau vorsichtig zum Wald hin zurückwich. Die Khota redeten aufgebracht miteinander, schrien sich an, zeigten auf die maskierte Gestalt, die gackerte, hüpfte und flatterte wie ein berauschter Vogel.

Silberwasser sang nun ein anderes Lied, ein beruhigendes Schlaflied, das Sternmuschel ihr einst vorgesungen hatte, als sie noch ein Säugling war. Ihre Tochter sah wunderschön aus; in ihrem langen Haar glänzte das Gold des Sonnenuntergangs. Ihre Augen leuchteten von einem inneren Licht, wie es Sternmuschel noch nie gesehen hatte.

Eine Träumerin? Mein kleines Mädchen?

Bunte Krähe hüpfte und drehte sich immer noch, schlug mit den Armen wie ein Vogel im Flug und schien die Khota gar nicht zu beachten.

»Schluß jetzt!« befahl Wolf der Toten schließlich in der Händlersprache. Wütend blickte er seine ängstlichen Krieger an. »Natürlich hat die Maske Macht! Könnt ihr es nicht fühlen? Und seht doch, was sie mit euren feigen Freunden gemacht hat! Weggejagt hat sie sie! Wie könnt ihr an der Macht der Maske zweifeln?«

Den Kriegern war es unbehaglich. Wolf der Toten fuhr fort: »Aber *ich* bin mächtiger als diese Maske. Ihr habt es selbst gesehen, wie ich mich in einen Wolf verwandelte! Wie ich meinen Opfern die Kehle aufriß! Ich habe mich dieser Maske würdig erwiesen! Ich muß sie besitzen!«

Sternmuschel war übel. Perle hatte sich inzwischen fortgeschlichen. Otter und Schwarzschädel lagen noch unter dem Ahorn; gefesselt und unbeweglich.

Die Khota starrten auf Bunte Krähe.

Wolf der Toten ging in der Hocke, die Arme ausgebreitet, auf die maskierte Gestalt zu. Seine Krieger griffen zu ihren Kriegskeulen und begannen, den geheimnisvollen Vogelmann einzukreisen.

»Jetzt wirst du sterben, abscheuliches Weib aus dem Süden!« schrie Wolf der Toten gellend. »Und wir nehmen uns diese heilige Maske. Was unserem Clan auch geschehen ist – wenn wir diese Maske besitzen, werden wir unsere Familien rächen. Wir vernichten die Ilini bis auf den letzten Mann!«

Bleiche Schlange war gerade durch einen Bach gewatet, der in den Fluß des Brüllenden Wassers stürzte, als er die vier schlanken Kriegskanus sah. Sie lagen wie tödliche Dolche hinter einem großen Händlerkanu mit einem Fuchskopfbug.

Er kletterte die Felsen hinunter und schaute in das Kanu. Packen, Decken, Keramiktöpfe und zusammengerollte Matten lagen darin.

Dann stieg er wieder zu dem Pfad hinauf, um die unzähligen Spuren in dem feuchten Boden zu lesen.

Da hörte er ein verzweifeltes Winseln und blickte auf. Es war ein schwarzer Hund mit hellbraunen Augenbrauen und Beinen und einem schneeweißen Fleck auf der Brust. Der Hund schaute sich immer wieder um und winselte.

»Was ist los, mein Freund?« fragte Bleiche Schlange. »Wo ist Sternmuschel?«

Bei dem Klang erschrak der Hund und sprang ängstlich zur Seite.

Bleiche Schlange neigte den Kopf. Das Tier wollte bestimmt zum Kanu des Händlers; zu den Kriegern gehörte es gewiß nicht.

»Komm«, rief Bleiche Schlange. »Ich tu dir nichts. Ich ...«

Er spürte das Anschwellen der Macht. *Die Maske! Jemand trägt sie!* Er lief los. »Komm, Freund. Sternmuschel und Silberwasser brauchen uns.«

Er begann zu laufen, sah, wie der Hund unschlüssig stehenblieb. Aber Bleiche Schlange lief weiter, duckte sich unter niedrigen Zweigen hindurch und umging die Büsche auf dem Pfad. Kurze Zeit später hatte ihn der Hund eingeholt und lief an seiner Seite.

Da entdeckte er die Kriegskeule. Wie hatte sie nur den Kriegern entgehen können? Die Waffe lag schräg in einem Rosenbusch. Er spürte den Geist in ihr, als er seine Finger um den Griff schloß und sie aufhob. Glänzende Kupferstacheln ragten unter einem polierten Stein hervor, der zu zwei tödlichen Spitzen geschliffen war. Aber sie war so schwer! Was mußte das für ein Mann sein, der eine Keule wie diese schwingen konnte?

Laß sie liegen! Du könntest gar nicht damit kämpfen, selbst, wenn du müßtest. Aber er nahm sie dennoch, trug sie in beiden Händen, während er weitereilte. Das Brüllen des Flusses wurde immer lauter, und das Wasser, das auf den Wasserfall zustrebte, schäumte weiß. Er zog die Stirn in Falten und lauschte. Neben dem an- und abschwellenden Tosen des Wassers hörte er ... war es Musik? War das eine Flöte?

Der Hund lief ihm noch immer hinterher. Der Geist der Macht schien mit dem Klang der schwungvollen Melodie zu fallen und zu steigen.

»Sind wir gleich da?« fragte Bleiche Schlange und untersuchte die schwere Kriegskeule noch einmal. Sie sah sehr gefährlich aus – und sie war so groß! Wenn er sie schon nicht im Kampf verwendete, konnte er sich wenigstens dahinter verstecken.

Er schlich voran, wand sich geschmeidig an Pflaumen- und Weidenbüschen vorbei und sprang hinter einen Baum. Jetzt konnte er die kristallklare Stimme eines Kindes singen hören. Silberwasser!

In diesem Moment kam ein verängstigter Krieger den Pfad heruntergerannt, hielt inne, als er Bleiche Schlange erblickte. Dann stürzte er in panischer Flucht davon.

Bleiche Schlange hörte weitere Männer vorbeirennen. *Die Maske! Aber ... wer trägt sie?*

Er schlich bis zu einer Lichtung. Durch das Gestrüpp sah er einen großen Mann, der an Händen und Füßen gefesselt auf dem Boden lag. Mit einem Büschel Heckenrosen als Deckung rückte Bleiche Schlange im Zickzack näher heran. Nein, es waren zwei Männer – beide gefesselt, und weiter weg standen Leute ... Sternmuschel! Rechts von ihm kroch eine andere Frau durch das Gebüsch auf die gefesselten Krieger zu.

Die Aufmerksamkeit der anderen richtete sich auf eine magere Gestalt, die taumelte, zuckte und lachte und sich wie ein Blatt im Wind drehte. Die Maske vibrierte vor Macht.

Die Krieger, in gelbe Hemden gekleidet, begannen vorzurücken, Kriegskeulen in den Händen. Sie schlossen den Kreis um den sich drehenden Träumer mit der Maske, enger und enger.

Die unbekannte Frau kroch rechts an Bleiche Schlange vorbei und schaute ihn argwöhnisch und abschätzend an. Dann zog sie an den Fesseln des kleineren Mannes. Der Hund kroch zu ihr und leckte ihre Hände.

Bleiche Schlange kroch auf dem Bauch zu dem großen Krieger,

um ihm die Fesseln aufzuknoten. Er bemerkte, daß die verletzten Arme des Mannes bluteten.

Einer der Krieger im Kreis um den Träumer stieß einen lauten Schrei aus. Warum benutzte der Tänzer nicht die Macht der Maske? Mit ihr könnte er alle vernichten! Warum zögerte er?

Mit den Kupferstacheln der Kriegskeule trennte Bleiche Schlange die Faserschnur an den Händen und Füßen des großen Mannes. Als der die Keule sah, leuchteten seine Augen in einer Wildheit auf, wie sie Bleiche Schlange noch nie gesehen hatte.

»Jetzt, guter Fremder, gib mir meine Keule. Ich habe die Nase voll von den Khota ...«

Aus den Augenwinkeln bemerkte Sternmuschel eine Bewegung bei Schwarzschädel.

Der Verdreher taumelte seitwärts, versuchte, das Gleichgewicht zu halten, während er vergnügt gluckste. Als er stolperte, stieß Wolf der Toten ein gräßliches Geheul aus und stürzte sich auf ihn.

»Silberwasser! Auf den Boden!« schrie Sternmuschel und sprang zu ihrer Tochter, packte die Kleine und riß sie zu Boden, als auch schon wütende Rufe ertönten, gefolgt vom Geräusch stampfender Füße und gellenden Schreien.

»Rühr dich nicht!« befahl Sternmuschel, die den Körper ihrer Tochter mit ihrem bedeckte.

Sie wollte nicht glauben, was sie sah. Schwarzschädel kämpfte wie ein Besessener, wirbelte herum, tanzte, schwang eine riesige Kriegskeule mit einer ungeheuren Geschwindigkeit. *Woher nahm er nur die Kraft?*

Otter nahm eine Kriegskeule, die ein Khota weggeworfen hatte, und benutzte sie, um den Schlag eines Khota abzuwehren, der ihm den Kopf zerschmettern wollte. Der Händler drehte sich um die eigene Achse und traf den Krieger mit einem krachenden Schlag in die Rippen. Dem Mann blieb die Luft weg, und Otter schlug ihm den Schädel ein.

Es dauerte ein bißchen, bis Sternmuschel begriff, daß der dritte Mann, der eine Kriegskeule schwang, Bleiche Schlange war. Er machte eine so schreckliche Grimasse, daß die tätowierten Schlangen auf seinen Wangen zuzustoßen schienen, als er einen stolpernden Khota in die Knie zwang und ihm die Stirn spaltete.

Schwarzschädel drehte sich blitzschnell, um einen angreifenden Krieger zu Boden zu schlagen. Als der Mann stolperte, zerschmetterte er ihm mit einem Schlag das Rückgrat. Schnell sprang er zur Seite und streckte gleich noch einen Khota nieder.

Schnapper packte den Arm eines Mannes, der gerade mit der Keule nach Otter ausholen wollte. Der Hund zerfetzte das Fleisch seines schreienden Opfers.

Und zu all dem Schrecklichen lachte der Verdreher, johlte und hüpfte mitten in dem Gemetzel umher und klatschte in die Hände wie ein Kind.

Sternmuschel schnellte herum, als sie etwas hörte. Grizzlyzahn machte einen Schritt auf sie zu, wankte dann aber zur Seite und fiel zu Boden.

Perle stand mit blitzenden Augen wie ein rächender Geist da, eine Kriegskeule in der Hand. Ihr Schlag hatte seinen Hinterkopf zerschmettert, aber sein Körper zitterte und zuckte noch im Todeskampf.

Plötzlich trat Stille ein. Als wäre die schweigsame Seele des Geheimnisvollen herabgestiegen, hörten die Vögel auf zu singen, kein Stöhnen, kein Keuchen war zu vernehmen.

Schwarzschädel brach zusammen. Otter warf die Kriegskeule fort, mit der er das Gesicht von Wolf der Toten zu blutigem Brei geschlagen hatte. Er kniete sich neben seinen Freund und sprach leise mit ihm.

Die Augen auf den Verdreher gerichtet, stand Bleiche Schlange reglos da, während Blut von seiner Keule tropfte.

Grüne Spinnes einer Fuß schwebte in der Luft, seine Arme waren ausgebreitet wie Flügel. Mit fast unhörbarer Stimme sagte er: »Seht ihr es?«

»Ja«, antwortete Bleiche Schlange ehrfürchtig.

Sternmuschel folgte seinem Blick. Ein atemberaubender Regenbogen war erglüht und überspannte den Fluß, die farbigen

Streifen so klar, daß sie aus den reinsten Edelsteinen zu bestehen schienen.

Silberwasser, Perle und Bleiche Schlangen gingen los. Otter folgte. Sternmuschel kniete sich hin, um Schwarzschädel auf die Beine zu helfen. Sie legte seinen Arm über ihre Schulter, und zusammen traten sie hinter den Verdreher, um das Wunder zu bestaunen.

Sommersonnenwende. Die hochrote Sonne hing glühend, wie geschmolzen über den Baumspitzen und sandte in riesigen kupferfarbenen Zacken ihr Licht aus. Ein Zacken durchbrach den Nebel, der über dem Wasserfall brodelte. Aus der Verbindung des glühenden Lichts mit dem glitzernden Wassernebel war der Regenbogen geboren worden.

»Die Brücke ...«, murmelte der Verdreher und brach in ein wahnsinniges Gelächter aus. Schwarzschädel brummte: »Was hast du, Narr? Es ist ein Regenbogen!«

Grüne Spinne antwortete hinter der Maske: »Ja, aber ich sehe ihn *jetzt*.« Seine Stimme erfüllte tiefe Dankbarkeit, daß Sternmuschel die Tränen in die Augen stiegen. »Jetzt! Jetzt!« Seine Stimme überschlug sich vor Fröhlichkeit. *Ich bin jetzt hier!*

Otter fragte: »Wann solltest du denn sonst hier sein? Morgen? Gestern?«

Schwarzschädel winkte matt ab. »Er redet wieder irre. Laßt uns verschwinden, bevor jemand anders kommt, um uns umzubringen. Ich möchte nicht ...«

Da zerriß ein durch Mark und Bein gehendes Heulen die Luft. Alle fuhren herum, Grüne Spinne wälzte sich am Boden. Zwischen den vorderen Bäumen stand ein Wolf mit gespitzten Ohren. Tiefschwarz. Riesig. Er heulte noch einmal, und es klang gequält, wie ein Tier, das große Schmerzen leidet.

Grüne Spinne griff nach der Flöte, stand auf und sah das wilde Tier durch die Maske an. Seine Stimme war leise. »Du und dein dunkler Bruder habt schlecht gewettet. Das weißt du jetzt, ist es so?«

Ein wütendes Knurren entstieg der Wolfsschnauze, die langen weißen Reißzähne waren zu sehen. Grüne Spinne machte einen Schritt rückwärts, das wilde Tier tat einen Schritt nach vorn. Sternmuschel spürte, wie Schwarzschädel sich anspannte, bereit, den Wolf mit bloßen Händen zu töten, um seine Freunde zu retten. »Nein, warte«, flüsterte sie. »Er ist ein Geisttier.«

»Laßt uns nicht kämpfen«, bat Grüne Spinne inständig. »Gerechtigkeit muß sein.« Er sah, wie Schnapper mit gesträubten Haaren vorging. »Nein, Schnapper! Halt dich da raus, mein Freund!«

Mit zurückgelegten Ohren und hängendem Schwanz wich Schnapper vor dem Wolf zurück.

Eine kohlschwarze Krähe ließ sich auf einem tiefhängenden Ast nieder, und aus ihrer befiederten Kehle brach ein zorniges Krächzen hervor.

»Nein«, antwortete Grüne Spinne durch die Maske. »Ich habe meine Entscheidung getroffen. Keiner von euch kann sie umstoßen.«

Die Krähe schrie gellend und schlug mit den Flügeln, als wollte sie den Verdreher rügen.

»Du bist schlimmer als dein Bruder«, sagte Grüne Spinne. »Ihr seid beide schlechte Verlierer! Setze nie auf einen Menschen, Rabenjäger. Wir sind nicht zuverlässig.«

Der Wolf machte einen Satz, alle sprangen beiseite, und Grüne Spinne rannte weg, so schnell er konnte, sprang über einen Baumstumpf, rutschte auf Moos und nebelglatten Felsen aus. Er schrie: »Der Regenbogen! *Der Regenbogen!* Wo einst eine rote Spinne auf der Brücke tanzte ... wird jetzt eine grüne Spinne tanzen!«

Der Wolf schnappte nach seiner Ferse.

»Nein!« rief Otter. Er hatte die Worte von Grüne Spinne begriffen. Der Regenbogen berührte das Ufer direkt über dem Abgrund. Wenn Grüne Spinne versuchen würde, über ... »Nein! Grüne Spinne, warte!«

Der Wolf knurrte, als Otter losrannte, die Krähe kreiste krächzend über ihm und wollte ihn zurückzuhalten. Otter schlug nach dem Vogel.

Und vor ihnen allen jubelte und schrie der Verdreher, und sein begeistertes Lachen übertönte das Brüllen des stürzenden Wassers.

Perle sprang hinter ihnen den Pfad hinab, Bleiche Schlange folgte ihr mit Silberwasser auf dem Arm. Schwarzschädel humpelte, so schnell er konnte, und Sternmuschel schwankte, während sie ihn stützte.

Vielleicht war es ein Gaukelspiel des schäumenden Wassers, vielleicht gab die Maske ihm diese Leuchtkraft, aber Grüne Spinne blieb in ein unirdisches Licht getaucht, als er den Pfad hinunterrannte und schrie: »Ich bin hier. Ich bin jetzt hier! Hört ihr das, ihr zänkischen Brüder? *Ich gewinne! Ich bin jetzt hier!*«

»Komm zurück, Narr!« brüllte Schwarzschädel verzweifelt. »Geh nicht zum Wasser! Ich habe nicht die Kraft, dich zu retten!«

Grüne Spinne stürmte in den brausenden Fluß und tauchte direkt in den Regenbogen. Dichter Nebel wallte auf und verschlang ihn ganz.

»Nein! Grüne Spinne! Nein!« schrie Otter, der verzweifelt ins seichte Wasser watete. »Grüne Spinne, wo bist du? Wo ... bist ... du?«

Erschrocken machte Perle einen Satz und konnte Otter gerade noch daran hindern, flußabwärts und in die Ewigkeit zu rennen. Beide kämpften sie gegen die unerbittliche Strömung, die um ihre Beine strudelte. Dann ließ sich Otter von Perle in ruhigeres Wasser ziehen. Er barg sein Gesicht in ihrem Haar, und sie schmiegten sich eng aneinander.

Der Regenbogen verblaßte langsam, als die Sonne hinter dem Horizont versank.

Bleiche Schlange setzte Silberwasser ab, die gleich zum Wasser lief und über den Wasserfall hinausblickte, in den wogenden weißen Nebel, der aus dem Abgrund aufstieg.

»Ist er hinabgestürzt?« fragte Schwarzschädel. »Hat jemand gesehen ...«

Sternmuschel streckte den Arm aus. »Seht doch!«

Unweit flußaufwärts stand der Wolf mit der Krähe auf dem Rücken. Sie hatten wohl Frieden geschlossen – für den Augenblick jedenfalls. Beide Geisttiere beobachten den Wasserfall ...

Aus tiefster Seele kamen Sternmuschel die Worte von Langer Mann in den Sinn: *Nur die größten Träumer haben überlebt.*

»Er ist wunderschön«, flüsterte Bleiche Schlange. Sternmuschel folgte seinem Blick und sah gerade noch, wie Grüne Spinne über den Rand des Wasserfalls flog, die ausgebreiteten Arme langsam auf und ab bewegend. Er drehte sich in der Luft und richtete sein Gesicht, das die Maske verbarg, nach Osten.

Sternmuschel sagte leise: »Ich wüßte gern, wie die Sterne durch die Augenlöcher der Maske aussehen. Sie müssen herrlich sein.«

Silberwasser flüsterte: »O ja, sie sind herrlich.« Ein strahlendes Lächeln ließ ihr Gesicht aufleuchten. »Sie sind wirklich wunderbar. Er lebt jetzt in der Welt des Lichts ...«

EPILOG

Das dunkle Stück Schiefer fühlte sich in der Hand von Bleiche Schlange warm an. Mit einem braunen Feuersteinsplitter schnitzte er gerade den Kopf des Verdrehers. Grüne Spinne nahm er sich immer zuletzt vor. Jedes Jahr machte er diese Schnitzarbeit, immer das gleiche Motiv. Im Herbst begann er damit, und im Frühjahr war dann der Steinfetisch von Wellentänzer und seiner berühmten Mannschaft geschliffen und poliert.

Bleiche Schlange saß auf dem grasbewachsenen Muschelhaufen in der Sonne und blickte auf das funkelnd blaue Wasser des Sees. Der Frühling war in diesem Jahr zeitig gekommen und – unerwartet – auch die junge Frau.

An diesem Tag waren die Knospen aufgebrochen, und die Bäume leuchteten im hellen Grün der ersten Blätter. Das Gras, in dem er und Silberwasser saßen, wogte in der leichten Brise, die vom See wehte.

Der Lärm der Kinder, die im Dorf spielten, wehte von der anderen Seite des Clangebiets auf dem Hügel herüber.

Hinter ihnen lag der Schlangenhügel, den Bleiche Schlange damals, seinem Vater zum Trotz, gebaut hatte. Die Geister der Toten, die in diesem Erdhügel ruhten, waren in der Nähe, lauschten, beobachteten und kosteten von der Macht, die von der jungen Träumerin ausging.

Silberwasser blieb still und nachdenklich, denn ihr war der Schmerz im Herzen von Bleiche Schlange bewußt.

Sie trug ein Kleid aus schneeweiß gegerbtem Kitzleder. Es zeichnete jede Kontur ihres geschmeidigen Körpers nach. Seit wann trug die Jugend Kleider, die alles enthüllten?

Die Erinnerung an ihre Mutter hatte Bleiche Schlange jahrelang in seinen Träumen heimgesucht. Und der Gedanke daran verstärkte den Schmerz noch.

»Alles verändert sich«, bemerkte er unsicher.

»Nächstes Jahr werden sie es schaffen.«

»Ganz gewiß.«

Er schnitt eine feine Kerbe in den Kopf des Verdrehers. Für eine einzige Schnitzerei von Wellentänzer konnte Bleiche Schlange Waren eintauschen, die ihn durch ein ganzes Jahr brachten. Und mehr brauchte ein Mann nicht.

»Das kommt mit dem Älterwerden«, sagte Silberwasser liebevoll. Sie hatte das vollkommene Gesicht und die sanften Rehaugen ihrer Mutter, dazu langes, glänzend schwarzes Haar, das ihr bis zu den Hüften reichte. »Denk doch nur. Jedes Jahr haben die vier die Reise gemacht, und sie kamen zur Sonnenwende an. Diesmal war es einfach zuviel für sie. Sie brachen auf, aber bevor sie das Dorf des Gipfelclans erreicht hatten, merkten sie, daß es zu anstrengend war. Schwarzschädel hat so schlimme Schmerzen in den Gelenken … letztes Jahr konnte er kaum ein Paddel halten.«

»Und deine Mutter?« Bleiche Schlange vertiefte die Nasenkerbe mit dem Feuersteinsplitter.

»Schön wie immer. Ihr Haar ist noch schwarz wie Perles.« Silberwasser legte die schmalen braunen Hände um die Knie und hob das Gesicht zur strahlenden Sonne empor. Schelmisch fügte sie hinzu: »Ich bemerke viel mehr Weiß in deinen Locken, Onkel. Und seit wann trägst du Zöpfe statt eines ordentlichen Knotens?«

»Zöpfe flechten ist einfacher.« Bleiche Schlange schaute sie an, hingerissen von ihrer Schönheit. »Du siehst nicht wie eine Zauberin aus, Mädchen.«

Es war schwer vorstellbar, daß sie in ihrem fünfzehnten Jahr von der Schlange verschlungen worden war und nun durch das Land reiste, um zu heilen, zu träumen und Rituale durchzuführen. Der große Krieg, der zwischen dem Clan der Sechs Flöten und der Schlangenstadt ausgebrochen war, hatte ein Ende gefunden – nur weil sie in einer der entscheidenden Schlachten erschienen war. Silberwasser, damals erst siebzehn, hatte die Friedensbestimmungen diktiert, die noch immer eingehalten wurden. In ihrem zwanzigsten Jahr war sie eine Anführerin der Sternengesellschaft in Sternhimmelstadt geworden und beim letzten Langschädel in die Schule gegangen. Es hieß, daß niemand die Sternbilder besser kannte als Silberwasser.

»Ich bin mehr als eine Zauberin«, sagte sie ruhig. »Das weißt du.«

Aber du konntest meinen Freunden nicht genug Kräfte für ihre Reise geben? Er senkte den Blick, rieb mit dem schwieligen Daumen über das geschnitze Kanu. Bevor Schnapper gestorben war, hatte er ihn auch immer geschnitzt. Als er aber sah, wie traurig Otter wurde, hatte er ihn weggelassen, um Otter nicht zu quälen.

»Onkel, das Alter ist unausweichlich.« Ihre Hand ruhte auf seiner Schulter, und in seiner Seele spürte er ihre Macht. »Nicht einmal der größte Träumer könnte die Sonne daran hindern, den Himmel zu durchqueren, oder den Regen, herabzufallen. Glaub mir, sie haben noch viele Jahre vor sich. In dieser Zeit werden sie ihre Weisheit weitergeben.«

»Aber sie werden wiederkommen. Das weißt du genau?«

»Ja«, versprach sie ihm. »Es wird einige Jahre dauern, aber sie kommen gewiß. Ihre Kinder werden sie bringen.«

Er formte weiter an der Nase des Verdrehers, dabei kratzte der Feuerstein auf dem Schiefer. Wie würde es sein, die Sonnenwende ohne sie zu feiern?

Otter schnitzte jedes Jahr eine neue Flöte, und am Abend der Sonnenwende stieg er auf die Felsen beim Wasserfall und spielte auf der Flöte. Silberwasser stand dann hinter ihm, sang mit kristallklarer Stimme, und ihre Musik mischte sich mit dem Tosen des Brüllenden Wassers.

Perle verbrannte ehrfürchtig eine Wurzel und zwei Kürbisse und warf die Asche in den Nebel.

Und Schwarzschädel? Er humpelte trotz seiner schmerzenden Gelenke immer hinaus und brachte seine Opfergaben dar. Er legte sie mit einem Skunkfell in eine prächtig geschnitzte Holzschale, setzte sie in den Fluß, und sie stürzte den Wasserfall hinab.

Sternmuschel setzte ebenfalls eine Schale aus, in ihr waren Krähenfedern und ein Stück Wolfsfell.

»Ich bin so früh gekommen«, erklärte Silberwasser, »damit du Bescheid weißt und wir zusammen zum Wasserfall reisen können.«

Er paddelte ungern zum Südufer, wo der Fluß des Brüllenden Wassers in den See mündete, denn es erschöpfte ihn zu sehr. Er konnte sich nur schwer vorstellen, wie es der Wasserfuchs jedes Jahr fertigbrachte, die lange Strecke über so viele Flüsse und übers Süßwassermeer zu bewältigen.

Aber es waren nicht nur die körperlichen Anforderungen der Reise, die Bleiche Schlange schreckten. Es war auch die Aufmerksamkeit, die ihm auf dieser Reise zuteil wurde, denn jeder kannte die Geschichte von Wasserfuchs, Perle, Sternmuschel, Schwarzschädel und Schnapper.

Ich wollte nie als Held mein Leben beenden.

Er spürte, wie Silberwassers Augen forschend auf ihm ruhten. »Möchtest du nach der Sonnenwende mit mir in den Süden reisen? Vielleicht den Winter bei ihnen in der Stadt der Toten verbringen? Sie wären so glücklich, dich zu sehen, mit dir reden zu können, besonders Mutter.«

Er schüttelte den Kopf und fuhr über den glatten Stein der Schnitzerei. Seine Arbeiten durften nicht als Grabbeigaben verwendet werden, sie dienten als Glücksbringer auf wagemutigen Reisen. Und nur bei diesen Gelegenheiten entfalteten sie ihre Wirkung, weil er ihnen diese Macht einflößte.

»Nein, hier gefällt es mir. Die Menschen kennen mich. Hier ist mein Platz.« Und hier wurde er nicht wie eine Legende behandelt.

»Du hast die Geschichten gehört, nicht wahr?«

Mit der Eingebung der Träumerin verstand sie, welche er meinte. »Ja, Onkel.«

Er seufzte und drehte den Stein in den Händen, um an der Nase von Grüne Spinne weiterzuschnitzen.

»Beim Bärenclan«, sagte er, »wird über Flötenmusik im Wald erzählt. Und manchmal, wenn die Sonne richtig steht, sehen sie auf dem Regenbogen unter dem Wasserfall das Abbild einer Spinne sitzen.«

»Sie erzählen noch mehr Geschichten«, sagte Silberwasser.

»Ja. Von einer seltsamen Gestalt, dünn und unbeholfen ...«

Sie nahm seine Hand, »... die im Mondlicht rückwärts durch den Wald tanzt ...«

»... begleitet von einem riesigen schwarzen Wolf und einer Krähe.«

Er betrachtete sie und sagte: »Silberwasser, du warst der Maske nahe. Näher als jeder andere Lebende. Stimmt das?«

Ihr Lächeln tröstete ihn, wärmte seine Seele. »Onkel, weil das Blut des Zauberers in uns beiden fließt, will ich dir dies verraten: Ich habe ihn gesehen ... habe mit ihm getanzt ... aber nur in Sommernächten, wenn das Mondlicht weiß durch die Wälder flutet.«

DANKSAGUNG

VOLK AN DEN SEEN wäre ohne die vielen Helfer nie entstanden. Michael Seidman, damals verantwortlicher Lektor bei Tor Books, war der erste, der uns anregte, eine Reihe von Romanen über das nationale Erbe dieses einst so abgeschiedenen Landes zu schreiben; die Bücher sollten sowohl unterhaltsam als auch lehrreich sein.

Robert C. Mainfort, Jr., Archäologe im archäologischen Referat von Tennessee, steuerte Ausgrabungsberichte und Auslegungen bei und gab Auskunft über die Gewerbe in der Mittel-Waldlandzeit im Bereich der Pinson-Hügel und im westlichen Tennessee. Auch Mark Norton, Theda Young und Anita Drury von der Direktion des Pinson-Hügel-Nationalparks im westlichen Tennessee waren äußerst hilfreich.

Charles Niquette von der Cultural Resource Analysts, Inc., brachte seine Erfahrung ein und lieferte archäologische Berichte über Siedlungsstrukturen in der Mittel-Waldland-Kultur. Danke, Chuck!

Dennis LaBatt, Nancy Clendenen und David Griffing, Fachleute der Ausgrabungsstätte am Poverty Point bei Floyd, Louisiana, zeigten uns dort wunderbare Dinge. James Kingery von der Ohio Historical Society, tätig im Flint Ridge Nationalpark, erwies sich als sehr hilfreich, ebenso wie Brad Lepper von der Newark Earthworks Gedenkstätte. Brads Arbeiten über das Hopewell-Straßensystem in Ohio sind bemerkenswert.

Dank schulden wir auch unseren Kollegen, insbesondere N'omi Greber, R. Berle Clay, Dan Morse, Christopher Hays, Frank Cowan, Richard Yerkes, James Brown und all denen, die beim 58. Jahrestreffen der Gesellschaft für amerikanische Archäologie wissenschaftliche Berichte vorlegten.

Eine besondere Würdigung gilt Adrian Gardner, Shirley Whittington und Gord Laco von Saint Marie Among The Hurons.

Dawn Barry und Mr. Bancroft vom Serpent-Mounds-Landschaftspark halfen uns mit Gesprächen über die Mittel-Waldlandzeit in Ontario. Linda O'Conner und Lisa Roach vom Petroglyphs-Landschaftspark verlängerten für uns die Öffnungszeiten und erleichterten dadurch unsere Nachforschungen erheblich. Mima Kapoches vom Royal Ontario Museum nahm sich trotz ihrer vielen Arbeit Zeit, um uns über den Interaktionsbereich der Hopewell-Kultur zu unterrichten.

Wir möchten auch Ann Wilson und Gene Driggers, den Archäologen vom U.S. Forest Service, unseren Dank abstatten, ebenso wie Dr. Steven Chomko, dem Archäologen des US-Verteidigungsministeriums; sie haben wesentlich zur Entstehung dieses Buches beigetragen. Dank Dr. Cal Cummings, Chefarchäologe der Nationalparkverwaltung, konnten wir schwer zugängliche Forschungsberichte, Filme und Bücher einsehen. Dr. Linda Scott Cummings von den Paleo Research Laboratories antwortete auf unsere endlosen Fragen über Pollen, Fasern und Pflanzenreste von Ausgrabungsstätten, die für unser Buch wichtig waren.

Was wir Lloyd und Julie Schott verdanken, läßt sich nicht in Worten ausdrücken.

Sierra Adare sorgte unermüdlich für eine ausgezeichnete Organisation.

Herzlicher Dank gebührt Harriet McDougal, unserer hervorragenden Lektorin, die noch immer redigiert, wie es in den goldenen Tagen des Bücherverlegens üblich war. Erwähnt werden sollten außerdem Linda Quinton, Ralph Arnote, Tom Doherty, Roy Gainsburg und die überragende Forschungsgruppe, die immer an unser Unternehmen geglaubt hat. Harold und Sylvia Fenn, Rob Howard vom kanadischen Buchvertrieb und die großartigen Mitarbeiter von H. B. Fenn haben uns von Anfang an unterstützt. Ihnen allen gilt unser innigster Dank!